中华人民共和国成立70周年

优秀文学作品精选

报告文学卷 （上）

主编 李朝全

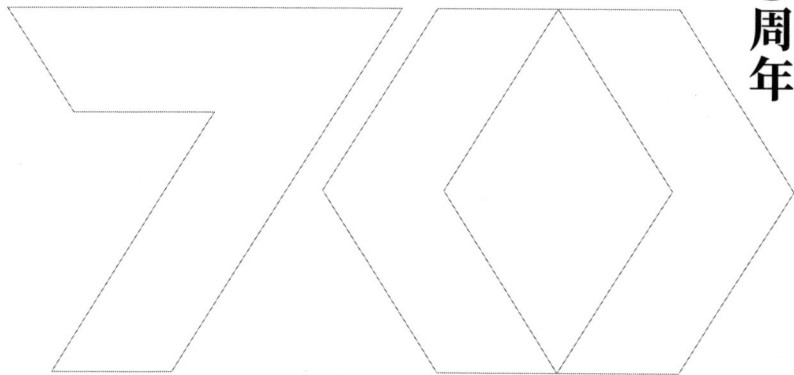

北京出版集团公司

北京十月文艺出版社

出版说明

习近平总书记在中国文联十大、中国作协九大开幕式上的讲话中指出："一个时代有一个时代的文艺，一个时代有一个时代的精神。任何一个时代的经典文艺作品，都是那个时代社会生活和精神的写照，都具有那个时代的烙印和特征。"为庆祝中华人民共和国成立70周年，展现我国70年来文学事业的光辉成就，回顾我国当代文学发展的历史道路，北京十月文艺出版社特编辑出版《中华人民共和国成立70周年优秀文学作品精选》。检视中华人民共和国成立70周年以来的经典文学作品，汇集成卷，既是为中国当代文学的70年立一历史存照，也便于我们的文学工作者和广大读者从中萃取精华、汲取能量，不忘本来、继往开来，使文学成为新时代实现中华民族伟大复兴的重要精神力量。

《中华人民共和国成立70周年优秀文学作品精选》按文学体裁分为8种12卷，各分卷主编为"中篇小说卷"洪治纲，"短篇小说卷"贺绍俊，"报告文学卷"李朝全，"散文卷"王必胜，"诗歌卷"李少君、张德明，"儿童文学卷"李东华，"戏剧卷"傅谨，"文学评论卷"白烨。编选工作坚持"二为"方向，贯彻"双百"方针，从当代文学发展的实际出发，兼顾不同题材、不同创作风格、不同地区（包括港澳台）

和不同作家的作品，力求全面准确地反映中华人民共和国成立70周年来文学发展的风貌。

本次编辑工作，我们秉承尊重作品原貌的原则，对于旧版中明显的讹误之处均予以更正，以弥补缺憾；但各部作品因创作年代、作者风格、地域特点等不同，在相关词语用法、儿化音表达方面也存在一定差异，本次编辑处理未作统一，力求最大程度上保持作品的本来面貌。相较于中国当代文学70年来的厚重博大、成就斐然，本套丛书的编辑出版囿于规模及篇目有限，尽管各卷主编在遴选过程中编选的作品均是经过时代淬炼与读者检验的文学佳作，但也难免有遗珠之憾。在编辑出版过程中，我们得到了作者、作者亲属及有关专家学者的大力支持与帮助，在此一并谨致谢意。因部分作品年代久远，我们未能取得相关作者及版权继承人的联系方式及授权，提前收录作品尚希见宥。本书出版后，我们将继续开展联系工作。如作者及版权继承人得知信息，也请及时与我们联系。再次致意。

北京十月文艺出版社

2019年8月1日

目　录 Contents

· 1 ·

与时代和社会发展同行
——中华人民共和国成立70年以来报告文学发展概述
李朝全

一　历史与渊源

　　报告文学是一种具有鲜明的时代特色和中国特色的文体。通常认为，报告文学就是"报告+文学"，是新闻和文学的联姻，是一种"艺术的文告"，因此，报告文学既具有新闻性，又具有文学性，新闻性又决定了报告文学必须具备真实性、非虚构性，能够提供新鲜的信息资讯，具有时效性。

　　广义的报告文学大体相当于纪实文学、写实文学和叙事文学，它包括了传记，从属于非虚构文学创作类型。报告文学最鲜明最根本的审美特质就是真实性、新闻性。它区别于其他体裁文学作品的特征亦在于此。

　　报告文学是一种历史悠久的文体样式，国际上较早的现代意义上的报告文学，包括美国记者约翰·里德的《震撼世界的十天》，捷克记者基希的《秘密的中国》，美国记者埃德加·斯诺的《西行漫记》，墨西哥爱密勒的《上海，冒险家的乐园》，捷克伏契克的《绞刑架下的报告》等。这些在20世纪10～40年代在国际文坛产生较大反响的作品，通常被视为现代报告文学早期的代表作。

中国的报告文学，更是有着悠远历史。研究者通常认为，以《尚书》《左传》《春秋》《战国策》《史记》等为代表的中国上古或者古代的历史典籍，大都可被视为纪实文学、报告文学的雏形，而《史记》这部"史家之绝唱，无韵之《离骚》"，更被看作是"文史一家"传统早期的代表。《史记》等奠定了中国文学创作的纪传传统。在中国本土，由《史记》等文史合一著作所开辟的史传和历史纪实的传统延续至今。在今天的表现之一就是，出现了众多历史题材的文学创作，它们也属于广义的报告文学。

国际上，从早期的报告文学创作，到20世纪50年代苏联出现了"干预生活"的特写作品，对扩大报告文学的影响产生了积极作用，也是报告文学的一个重要的发展。随后美国出现了非虚构创作潮流，六七十年代涌现了包括杜鲁门·卡波特的《冷血》、诺曼·梅勒的《刽子手之歌》等一批所谓新闻主义纪实作品。从严格的文体的意义上审视，这些所谓的"非虚构"其实都应被归入小说，但它们都披着新闻纪实的外衣出现，因而产生了巨大的社会反响。这，反过来也对报告文学的发展起到了有力的推动作用。2015年诺贝尔文学奖授予白俄罗斯的纪实文学作家阿列克谢耶维奇。这位记者出身的女作家创作领域涉及苏联卫国战争、阿富汗战争、核灾难等人类灾难备忘录。阿列克谢耶维奇的获奖，被认为是非虚构纪实文学的胜利。20世纪80年代初，非虚构创作的理念被引入中国。2010年以后，由于《人民文学》等杂志的推动，非虚构创作一度影响广泛，倍受关注，也对中国报告文学创作的发展起到了有力的反拨和推动作用。

中国早期报告文学的萌芽，有人认为发生于清末民初。戊戌变法后梁启超创作的《戊戌政变记》、五四运动期间冰心的《二十一日听审的感想》等一批纪实作品被认为是中国近现代意义上的报告文学的萌芽。

比较成熟的报告文学出现于1922年，瞿秋白发表的《饿乡纪程》和《赤都心史》这两部作品，长期以来都被认为是中国现代报告文学的开山之作。与这些作品几乎同时的，包括周恩来的《旅欧通信》、朱自清的《执政府大屠杀记》、谢冰莹的《从军日记》、郭沫若的《请看今日之蒋介石》，都被视为这个时期报告文学的代表性作品。

通常认为在20世纪30年代，"报告文学"这个概念被正式译介到中国，有人认为它是由阿英（钱杏邨）首先引进的，也有人认为它是由茅盾率先介绍的。茅盾关于报告文学的论述一直被经常引用。他主编《中国一日》，以及《上海一日》等都是当时影响深远的报告文学征集或创作活动。这期间，出现了像《上海事变与报告文学》、范长江的《中国的西北角》、萧乾的《流民图》、夏衍的《包身工》等杰作，都被视为这一时期报告文学开始走向成熟繁荣的标志。

抗日战争时期，出现了像丘东平的《第七连》等一批为抗战鼓与呼的有影响的报告文学。解放战争时期，也出现了像刘白羽的一些反映抗战生活、歌颂抗日军民的特写作品。

绵延2000多年的史传传统和现代报告文学的开辟，都为新中国报告文学的发展奠定了坚实的基础，也做了理论上、艺术上的充分的准备，"报告文学"这个外来词、舶来品，在中国的土地上深深地扎根，并日渐枝繁叶茂。

二　确名与繁荣

中华人民共和国成立70年以来的报告文学，从大的段落上划分，大致可以分为改革开放前和改革开放后两个时期。而改革开放前30年的报告文学的成就主要体现在中华人民共和国成立初的17年，在这期间出现了包括描写和反映新中国成立大典的林韦的《中央人民政府成立盛典》、司马文森的《新中国的十月》、华山的《英雄的十月》等作品。也有反映抗美援朝战争的作品，如巴金的《我们会见了彭德怀司令员》、魏巍的《谁是最可爱的人》，还有反映大陆对台湾当局的军事行动的刘白羽的《万炮震金门》等。魏巍的《谁是最可爱的人》，描写在抗美援朝中涌现的志愿军的英雄形象，讲述了艰苦卓绝的抗争历程，塑造了许多感人至深的人物，作家发自肺腑的感慨与抒情等等，都引起了读者深切的共鸣，也因此而成为中华人民共和国成立初的17年报告文学的一个优秀代表。

中华人民共和国成立初的17年报告文学另外一大创作题材就是反映社会主义建设的新成就和人民生活、社会面貌的新变化、涌现的社会新人形象，包括李若冰的《柴达木手记》，王石、房树民的《为了六十一个阶级弟兄》，魏钢焰的《红桃是怎么开的？》，穆青等人的《县委书记的榜样——焦裕禄》，西虹的《南京路上好八连》，黄宗英的《小丫扛大旗》等。

在这个时期，尤其值得提及的是，在50年代，受到苏联"干预生活"特写的创作思潮的影响，中国也出现了一批干预生活的批评性创作，除了有报告文学这样的纪实作品外，也有一些小说。这些作品在当时都产生了比较大的社会反响，也较好地发挥了文学干预生活，直接参与推动社会进步的功能。这些批评特写实际上也奠定了后来八九十年代以来风起云涌的社会问题报告的一个基石。

文学是时代的先行者，这个特征在新时期体现得尤为明显。1978年1月徐迟的《哥德巴赫猜想》发表，揭开了新时期报告文学的大幕。徐迟的创作融盎然的诗意与深刻的思考于一体，站在时代的前列，呼吁科学的春天，呼吁尊重知识、尊重知识分子的新时代的到来。《哥德巴赫猜想》因此成为新时期文学的一只报春燕。

随之展开的是伤痕题材和反思题材的报告文学。包括陶斯亮写给被迫害含冤逝去的父亲陶铸的《一封终于发出的信》，张书绅记录面对刽子手英勇就义的烈士张志新的故事的《正气歌》，也包括黄宗英的《大雁情》《小木屋》等。

伤痕和反思报告主要是对"文化大革命"带给国民身体和精神上的创伤、奴役进行揭露和对"文革"进行历史的反思。其中影响较大的作品如周明主编的《历史在这里沉思》六卷本作品集。

与新时期文坛的文学浪潮同向而行，报告文学除了出现了一批反思、伤痕报告之外，也涌现出一批刻画时代先锋、反映时代先声的优秀作品，譬如柯岩塑造有胆有识人物形象的《船长》、理由描写中国击剑运动员栾菊杰故事的《扬眉剑出鞘》、鲁光深情赞美女排精神的《中国姑娘》、陈祖芬刻画内燃机工程师王运丰形象的《祖国高于一切》。

进入80年代，报告文学昂然崛起，蔚为大观，在全社会产生了广泛而深刻的影响，大受读者的欢迎、喜爱和好评。报告文学的文体自足性、自立性由此确立，其在文体序列中的位置从此难以撼摇。一大批优秀的新闻记者、诗人、散文和小说作家纷纷转向报告文学创作，由此造就了报告文学创作的一个热潮。

在这个阶段，报告文学最受社会关注的题材主要是聚焦社会热点、焦点、症结点的问题报告。出现了如乔迈的《三门李轶闻》，涵逸聚焦独生子女问题的《中国的"小皇帝"》，胡平、张胜友反映出国潮纪实的《世界大串连》，徐刚表现告别伐木时代、拒绝乱砍滥伐森林主题的《伐木者，醒来！》。还有体育报告如赵瑜的《兵败汉城》《强国梦》，贾鲁生的亲历记《丐帮漂流记》，陈桂棣反映生态危机的《淮河的警告》等。这些作品都带有鲜明的问题意识和问题导向，注重百姓关切的社会热门话题，大多是作者亲自深入一线采访所得，题材新颖生动。每部作品发表之后几乎都产生了轰动性的社会效果。

改革报告和反映时代主旋律的作品亦相当壮观。包括张锲反映河南大地上的改革热潮的《热流——河南漫行记》，袁厚春描写军队改革的《百万大裁军》，程树榛为改革家树碑立传的《励精图治》，李延国的《中国农民大趋势》，麦天枢的《西部在移民》，王宏甲的《无极之路》，杨守松的《昆山之路》等等。这些作品关注当下中国正在发生的剧烈的变化，特别是人民生活工作状态和发展趋势的变化，聚焦国家重点工程和改革开放的大时代主潮，表现变革图存求发展的鲜明主题。

在历史题材的书写方面，也出现了如钱钢采访实录的作品《唐山大地震》，通过对当事人第一手的采访素材，鲜活再现地震当时的场景，留下了宝贵的历史资料。

三　转折与新机

1992年是中国经济社会发展的一个转折点，也是中国当代文学、跨世纪文学的一个转折点。这一年，我国确立了社会主义市场经济的主体地位，由此揭开了由市场主导的最重大的一场经济社会的变革。这场变革直接反映到报告文学的创作上来，也影响到文学整体的发展走向，改变了文学的社会传播方式、途径及影响力。从这时开始，作家创作中的市场意识、市场导向、读者意识得到了强化。有部分作家开始为市场写作，有的甚至沦为了市场的奴隶。文学的通俗化、娱乐化功能得到了强化。在报告文学领域，特别是到了2000年以后出现了不少带有鲜明的宣传广告意味的作品。这些作品打着"报告文学"的名号，干着贩卖广告、宣传推广的活，实际上产生了败坏报告文学声誉的作用。

对于作家和文学创作而言，市场经济是一把双刃剑。它一方面可能会诱使一部分作家唯市场之马首是瞻，另一方面也促使作家更加注重自己作品的社会影响和社会作用，更加关切读者的阅读期待和阅读需求，更加注重面对读者的创作。因此它也有可能在一定程度上推动了文学创作更加重视接受美学、接受期待和"理想读者"的自觉意识。在不少作家那里，文学创作开始成为一种自觉的寻找理想读者、理想受众的创造性活动。

1992年至今的报告文学创作如果从题材上观察，大致可分为时代主旋律、社会问题报告、回望历史纪实、人物传记等四大类型。

在时代主旋律报告文学方面，有一部分作品是与时代发展主题相关的时政报告，譬如90年代发表的邢军纪、曹岩的《商战在郑州》，黄传会聚焦希望工程的全景式报告《"希望工程"纪实》，直到21世纪初何建明的《国家行动》《国家——2011·中国外交史上的空前行动》《那山那水》《浦东史诗》，王宏甲的《智慧风暴》《中国新教育风暴》一直到《塘约道路》《中国天眼——南仁东传》，吕雷、赵洪描写广东改革开放成就的《国运——南方记事》，蒋巍讲述中国高铁事业发展的《闪着泪光的事业》，肖亦农反映沙漠治理效果的《毛乌素绿色传奇》，纪红建描写脱贫攻坚总决战的《乡村国是》。

还有一大部分是关于国家重点建设项目、重大工程的文学报告。譬如李鸣生的"航天七部曲"包括《走出地球村》《飞向太空港》《千古一梦》《发射将军》等以及《中国863》，徐剑描写青藏铁路的《东方哈达》，讲述火箭军前世今生的《大国重器》，梅洁记录南水北调的《大江北去》。许晨的《第四极：中国"蛟龙号"挑战深海》和陈新的《探海蛟龙》都是关于"蛟龙号"探海的生动纪实。反映港珠澳大桥建设情况的则有长江的《天开海岳》，曾平标的《中国桥——港珠澳大桥圆梦之路》。这些时政报告都紧扣经济社会发展的主题，紧扣社会变革的主旋律，表现那些值得载入历史的重大事件、重要工程、重点项目等，大都具有突出的史志特征。

在社会问题报告方面，报告文学作家更多地关注国计民生的方方面面，聚焦热点、难点、疑点、焦点、重点问题，主动回应群众关切和百姓期待。

这其中，如何建明反映乱采滥挖国家矿产资源的《共和国告急》，反映贫困大学生生存窘境的《落泪是金》，描写"黑色七月"的《中国高考报告》，记述汶川大地震的《生命第一》，反映天津大爆炸事件的《爆炸现场》。

杨黎光也是一个富于思辨色彩的作家，他早年的创作聚焦贪污腐败现象，探析腐败的危害和根源，出版了《没有家园的灵魂》，受到普遍赞誉。2003年非典爆发后，他写出了《瘟疫，人类的影子——"非典"溯源》，探究瘟疫同人类如影随形的关系，反思非典的危害和人为的因素，发人深省。

赵瑜揭秘式的《马家军调查》，一合揭示腐败、反思腐败人物两面性的《红与黑》，梅洁反映西部女性生存状况的《西部的倾诉——中国西部女性生存现状忧思录》，广州第一人民医院护士长张积慧所写的《护士长日记——写在抗击非典的日子里》等当年都产生了很大的社会影响。曲兰较早关注老年人生存状态，写出了《老年悲歌》，后来还出现了一些关注留守空巢老人的作品，如彭晓玲的《空巢》、弋舟的《我在这世上太孤独》等。

在医疗腐败方面，朱晓军的《天使在作战》《一家疯狂医院的最后疯狂》等作品相当深刻。李鸣生的《震中在人心》则是对汶川大地震的一次深入的反思，揭示出世道人心和精神道德重建的极其迫切性和重要性。同样旨在针砭社会人心的作品还包括赵德发的《白老虎——中国大蒜行业内幕揭秘》，白描的《秘境——中国玉器市场见闻录》。

黄传会长期关注基层百姓的生存状态。他的《我的课桌在哪里？》反映进城农民工子女教育困境，《中国新生代农民工》描写新一代进城农民工新的生机和发展走向。阮梅的《世纪之痛》、方格子的《留守女人》关注留守孩子、留守妇女的生存状态。杨晓升的《只有一个孩子》则是对失独家庭的一次人文关切和人性悲悯，也较早对独生子女国策做出了殷切的反思。

回望历史的报告文学，就是历史题材创作，历史纪实。这方面的作品如金辉的《恸问苍冥》、郭晓晔的《东方大审判》、张建伟的《温故戊戌年》，是对抗日战争、战后审判、戊戌政变等历史事件的重写或重述。王树增的"战争三部曲"包括《朝鲜战争》《解放战争》《抗日战争》聚焦历史上的三次重大战争事件，运用丰富翔实可靠的国家档案资料，披露了许多鲜为人知的历史内幕，力图揭示历史的真相，对于读者认识和了解历史起到了很好的作用。赵瑜《寻找巴金的黛莉》通过七封旧书信挖掘巴金和一个少女之间的友情和交往，刻画了一位普通少女的成长历程。邓贤的《中国知青梦》对知青一代的历史进行梳理和记录。何建明的《忠诚与背叛》则对红岩故事做了重新书写，揭示出信仰是一个永恒的主题，表现了信仰的强大力量。《南京大屠杀全纪实》则是对南京大屠杀可信的一种文学记录和反映，运用了中国、日本、美国、德国等各方面的历史文献等，力图还原大屠杀的真正面目。余艳的《板仓绝唱》通过杨开慧的遗留下来的书信还原她对毛泽东的爱情，动人心弦，令人唏嘘感慨。

在人物传记方面，有一些是对于时代精英、时代楷模、英雄人物的刻画和塑造。其中如何建明的《根本利益》对纪委书记梁雨润的塑造，《山神》对于十几年坚持不懈修通"天渠"的老支书黄大发的用情刻画。李春雷的《木棉花开》讲述改革先行者任仲夷的故事，《朋友——习近平与贾大山交往纪事》追述习近平与贾大山的交往纪事，文字都很精炼、传神；张雅文以第一人称撰写的自叙传《生命的呐喊》给人以励志和鼓舞；党益民的《守望天山》讲述数十年无怨无悔守护战友墓地的感动中国人物陈俊贵的故事；李青松的《一种精神》描写一个傻子一样"倾家荡产"种树不已的企业家；陈启文的《袁隆平的世界》生动刻画了"杂交水稻之父"的鲜明形象；张子影的《试飞英雄》勾勒了一批试飞员的英勇形象。近年来还涌现出了一大批描写时代楷模、全国道德模范、中国好人、感动中国人物的报告文学，譬如黄传会追述罗阳生平事迹的《国家的儿子》，李春雷描写新时代的雷锋郭明义的故事的《幸福是什么》，李朝全讲述盲人穆孟杰创办特教学校曲折过程的《梦想照亮生活》等。

除了现实人物的传记之外，还有许多是关于历史人物的传记。譬如作家出版社组织创作出版的"中国历史文化名人传记丛书"，已陆续推出了数十种。李洁非的《胡风案中人与事》、寓真的《聂绀弩刑事案件调查》等也是对历史人物及其遭遇的一种深刻挖掘。

回顾中华人民共和国成立70年以来报告文学的发展史，我们可以明显地看到其具有鲜明的时代特色，就是能够始终不渝地与时代同步伐，与时代和社会同向而行，及时记录和书写时代的变化和发展，思考在时代变革的大背景下世道人心的变化和社会的暗流涌动。

同时，报告文学很好地充当了"文学轻骑兵"、吹号手的作用，站在时代大潮的前沿，站在人民的前列，发人民之心声，发时代之先声，预见到时代发展进程中可能存在的一些问题和疑惑，面对国家、民族、社会之未来发展走向进行深入的思考探析，提出了一些堪称真知灼见的观点和看法。

报告文学始终与社会与人民在一起，坚定地坚持以人民为中心，关注国计民生，关注百姓关切，很好地发挥了文学参与社会生活、推动时代发展进步的作用，彰显出报告文学这种兼具时代特色和中国特色的文体不可替代、不可或缺的重要作用和地位，捍卫了报告文学的尊严。

与此同时，我们也必须看到，报告文学在发展中也存在着许多不足和需要提高与改进的地方，这主要体现在报告文学作家更多地重视新鲜事物的报告，重视抢抓题材抢热点抓焦点，而较少或者在某种程度上忽略了文学性、艺术性的提升，忽略了对人物的精心刻画和故事情节的生动展开、对人心人性秘密的探究与追索和对思想内涵的深度挖掘，许多作品失之肤浅粗陋，有一些作品语言粗糙，表达乏善可陈。

时代大变革为报告文学创造了空前丰富的素材和题材，也提供了无尽的发展空间与可能，未来的报告文学必定是充满无限可能性、富于蓬勃生机与活力的一种存在，它将继续成为中国文学系列中不可或缺的极其重要的一个组成部分。

2019年3—4月 于北京

谁是最可爱的人

魏 巍

在朝鲜的每一天，我都被一些东西感动着；我的思想感情的潮水，在放纵奔流着；它使我想把一切东西，都告诉给我祖国的朋友们。但我最急于告诉你们的，是我思想感情的一段重要经历，这就是，我越来越深刻地感觉到谁是我们最可爱的人！

谁是我们最可爱的人呢？我们的部队，我们的战士，我感到他们是最可爱的人。

也许还有人心里隐隐约约地说：你说的就是那些"兵"吗？他们看来是很平凡、很简单的哩，既看不出他们有什么高明的知识，又看不出他们有丰盛细致的感情。可是，我要说，这是由于他跟我们的战士接触太少，还没有了解到我们的战士：他们的品质是那样地纯洁和高尚，他们的意志是那样地坚韧和刚强，他们的气质是那样地淳朴和谦逊，他们的胸怀是那样地美丽和宽广！

让我还是来说一段故事吧。

还是在二次战役的时候，有一支志愿军的部队向敌后猛插，去切断军隅里敌人的逃路。当他们赶到书堂站时，逃敌也恰恰赶到那里，眼看就要从汽车路上开过去。这支部队的先头连——三连就匆匆占领了汽车路边一个很低的光光的小山岗，阻住敌人。一场壮烈的搏斗就开始了。敌人为了逃命，用了三十二架飞机、十多辆坦克和集团冲锋向这个连的阵地汹涌卷来。整个山顶的土都被打翻了。汽油弹的火焰把这个阵地烧红了。但勇士们在这烟与火的山岗上，高喊着口号，一次又一次把敌人打死在阵地前面。敌人的死尸像谷个子似的在山前堆满了，血也把这山岗流红了。可是敌人还是要拼死争夺，好使自己的主力不致覆灭。这场激战整整持续了八个小时。最后，勇士们的子弹打光了。蜂拥上来的敌人占领了山头，把他们压到山脚。飞机掷下的汽油弹，把他们的身上烧着了。这时候，勇士们是仍然不会后退的呀，他们把枪一摔，身上、帽子上呼呼地冒着火苗，向敌人扑去，把敌人抱住，让身上的火，也要把占领阵地的敌人烧死。……据这个营的营长告诉我，战后，这个连的阵地上，枪支完全摔碎了，机枪零件扔得满山都是。烈士们的遗体，留着各种各样的姿势，有抱住敌人腰的，有抱住敌人头的，有掐住敌人脖子、把敌人摁倒在地上的，同敌人倒在一起，烧在一起。还有一个战士，他手里还紧握着一颗手榴弹，弹体上沾满脑浆，和他死在一起的美国鬼子，脑浆迸裂，流了一地。另有一个战士，嘴里还衔着敌人的半块耳朵。在掩埋烈士们遗体的时候，由于他们两手扣着，把敌人抱得那样紧，分都分不开，以致把有些人的手指都掰断了。……这个连虽然伤亡很大，但他们却打死了三百多个敌人，特别是，使我们部队的主力赶上，聚歼了敌人。

这就是朝鲜战场上一次最壮烈的战斗——松骨峰战斗，或者叫书堂站战斗。假若需要立纪念碑的话，让我把带火扑敌和用刺刀跟敌人拼死在一起的烈士们的名字记下吧。他们的名字是：王金传、邢玉堂、井玉琢、王文英、熊官全、王金侯、赵锡杰、隋金山、李玉安、丁振岱、张贵生、崔玉亮、李树国。还有一个战士已经不可能知道他的名字了。让我们的烈士们千载万世永垂不朽吧！

　　这个营长向我叙说着以上的情景，他的声调是缓慢的，他的情感是沉重的。他说他在阵地上掩埋烈士的时候，他掉了眼泪。但他接着说："你不要以为我是为他们而伤心，我是为他们而骄傲！我觉得我们的战士是太伟大了，太可爱了，我不能不被他们感动得掉下泪来。"

　　朋友们，当你听到这段英雄事迹的时候，你的感想如何呢？你不觉得我们的战士是可爱的吗？你不觉得我们的祖国因为有着这样的英雄而自豪吗？

　　我们的战士，对敌人这样狠，而对朝鲜人民却是那样的爱，充满国际主义的深厚热情。

　　在汉江北岸，我遇到一个青年战士，他今年才二十一岁，名叫马玉祥，是黑龙江青岗县人。他长着一副微黑透红的脸膛，高高的个儿，站在那儿，像秋天田野里一株红高粱那样的淳朴可爱。不过因为他才从阵地上下来，显得稍为疲劳些，眼里的红丝还没有褪净。他原来是炮兵连的。有一天夜里，他被一阵哭声惊醒了，出去一看，是一个朝鲜老妈妈坐在山岗上哭。原来她的房子被炸毁了，她在山里搭了个窝棚，但窝棚又被炸毁了。……回来，他马上到连部要求到步兵连去，因为步兵连也需要人，就批准了他。我说："在炮兵连不是一样打敌人吗？""那，不同！"他说，"离敌人越近，越觉着打得过瘾，越觉得打得解恨！"

　　在汉江南岸的日日夜夜里，有一天他从阵地上下来做饭。刚一进村，有几架敌机袭过来，打了一阵机关炮，接着就扔下了两个大燃烧弹。有几间房子着火了，火又盛，烟又大，使人不敢到跟前去。这时候，他听见烟火里有一个小孩子哇哇哭叫的声音。他马上穿过浓烟到近处一看，一个朝鲜的中年男人在院子里倒着，小孩子的哭声还在屋里。他走到屋门口，屋门口的火苗呼呼的已经进不去人，门窗的纸边已经烧着。小孩子的哭声随着那滚滚的浓烟传出来，听得真真切切。当他叙述到这里的时候，他说："我能够不进去吗？我不能！我想，要在祖国遇见这种情形我能够进去，那么，在朝鲜我就可以不进去吗？朝鲜人民和我们祖国的人民不是一样的吗？我就踹开门，扑了进去。呀！满屋子灰洞洞的烟，只能听见小孩哭，看不见人。我的眼也睁不开，脸烫得像刀割一般。我也不知道自己的身上着了火没有，我也不管它了，只是在地上乱摸。先摸着一个大人，拉了拉没拉动；又向大人的身后摸，才摸着一个小孩腿，我就一把抓着抱起来就跳出门去。我一看小孩子，是挺好的一个小孩儿呀。他穿着小短褂儿，光着两条小腿儿，小腿乱蹬着，哇哇地哭。我心想：'不管你哭不哭，不救活你家大人，谁养活你哩！'这时候，火更大了，屋子里的家具什物也烧着了。我把他往地上一放，就又从那火门里钻进去了。一拉那个大人，她哼了一声，再拉又不动了。凑近一看，见她脸上流下来的血已经把她胸前的白衣染红了，眼睛已经闭上。我知道她不行了，才赶忙跳出门外，扑灭身上的火苗，抱起这个无父无母的孩子……"

朋友，当你听到这段事迹的时候，你的感想又是如何呢？你不觉得我们的战士是最可爱的人吗？

谁都知道，朝鲜战场是艰苦些。但他们是怎样想的呢？有一次，我见到一个战士，在防空洞里，吃一口炒面，就一口雪。我问他："你不觉得苦吗？"他把正送往嘴里的一勺雪收回来，笑了笑，说："怎么能不觉得！咱们革命军队又不是个怪物！不过咱们的光荣也就在这里。"他把小勺儿干脆放下，兴奋地说："就拿吃雪来说吧。我在这里吃雪，正是为了我们祖国的人民不吃雪。他们可以坐在挺豁亮的屋子里，泡上一壶茶，守住个小火炉子，想吃点什么，就做点什么。"他又指了指狭小潮湿的防空洞说："再比如蹲防空洞吧，多憋闷得慌哩，眼看着外面好好的太阳不能晒，光光的马路不能走。可是我在这里蹲防空洞，祖国的人民就可以不蹲防空洞呀。他们就可以在马路上不慌不忙地走呀。他们想骑车子也行，想走路也行，边溜达、边说话也行。只要能使人民得到幸福，也就是我们最大的幸福，所以，"他又把雪放到嘴里，像总结似的说，"我在这里流点血不算什么，吃点苦又算什么哩！"我又问："你想不想祖国呀？"他笑起来："谁不想哩，说不想那是假话。可是我不愿意回去。如果回去，祖国的老百姓问：'我们托付给你们的任务完成得怎么样啦？'我怎么答对呢？我说'朝鲜半边红，半边黑'，这算什么话呢？"我接着问："你们经历了这么多危险，吃了这么多辛苦，你们对祖国对朝鲜有什么要求吗？"他想了一下，才回答我："我们什么也不要。可是说心里话，我这话可不定恰当呀。我们是想要这么大的一个东西——"他笑着，用手指比个铜子儿大小，怕我不明白，又说，"一块'朝鲜解放纪念章'，我们愿意戴在胸脯上，回到咱们的祖国去。"

　　朋友们，用不着烦琐的举例，你已经可以了解到我们的战士，是怎样的一种人。这种人是什么一种品质，他们的灵魂是多么的美丽和宽广。他们是历史上、世界上第一流的战士，第一流的人！他们是世界上一切善良人民的优秀之花！是我们值得骄傲的祖国之花！我们以我们的祖国有这样的英雄而骄傲，我们以生在这个英雄的国度而自豪！

　　亲爱的朋友们，当你坐上早晨第一列电车走向工厂的时候，当你扛上犁耙走向田野的时候，当你喝完一杯豆浆、提着书包走向学校的时候，当你安安静静坐到办公桌前计划这一天工作的时候，当你向孩子嘴里塞着苹果的时候，当你和爱人悠闲散步的时候，朋友，你是否意识到你是在幸福之中呢？你也许很惊讶地看我："这是很平常的呀！"可是，从朝鲜归来的人，会知道你正生活在幸福中。请你意识到这是一种幸福吧，因为只有你意识到这一点，你才能更深刻了解我们的战士在朝鲜奋不顾身的原因。朋友！你是这么爱我们的祖国、爱我们的领袖，你一定会深深地爱我们的战士，他们确实是我们最可爱的人！

1951年4月1日夜草

（原载《人民日报》1951年4月8日）

我们会见了彭德怀司令员

巴 金

我们在3月22日正午以前见到了志愿军的彭司令员。外面开始在飘雪。洞子里非常暖和。三反办公室是一间并不太大的屋子，却只在靠门的这一头，在低矮的石顶盖下，悬了两盏没有灯罩的电灯。灯下放了一张简单的桌子，桌上有几个玻璃杯。四把简单的椅子放在桌子前面，椅子后面有十多根橡木板凳。我们十七个从祖国来的文艺工作者坐在板凳上，怀着兴奋的心情，用期待的眼光望着门外半明半暗的甬道。我们等候了一刻钟。我们等待着这样的一个人：他不愿意别人多提他的名字，可是全世界人民都尊敬他为一个伟大的和平战士；全世界的母亲都感谢他，因为他救了朝鲜的母亲和孩子；全中国的人民都愿意到他面前说一句感谢的话，因为他保护着祖国的母亲和孩子的和平生活。拿他对世界和平的贡献来说，拿他保卫祖国的功勋来说，我们在他面前显得太渺小了。所以在听见脚步声逼近的时候，一种不敢接近他的敬畏的感觉使我们突然紧张起来。

他进来了。我们的注意的眼睛并没有看清楚他是怎样进来的。没有挂任何勋章，一身简单的军服，一张朴实的工人的脸，他站在我们面前，显得很高大、年轻。他给我们行了一个军礼，用和善的眼光望着

·7·

我们，微笑地说："你们都武装起来了。"就在这一瞬间，他跟我们中间的距离忽然缩短了，消失了。我们亲切地跟他握了手。他端了一把椅子在桌子旁边坐下来，我们也在板凳上坐了。我们刚坐定，他又带笑说："你们里头有几个花木兰。"我们中间的三个女同志也笑了。他问我们："你们跨过鸭绿江有什么感想？"一个同志说："我们觉得是离开祖国了。"另一个同志说："我们不是跨过鸭绿江，我们是坐车过江的。"他带笑地纠正说："不，还是跨过的。"他拿左手抓住椅背，右手按住桌沿，像和睦家庭中的亲人谈话似的对我们从容地谈起来。他开头就说："朝鲜人是个可尊敬的优秀的民族。他们勇敢，勤劳，能吃苦，能忍耐。我们来朝鲜以前对这一层了解得还不够深刻。他们给日本帝国主义榨取了几十年，现在又遇着像美帝国主义这样强大残暴的敌人。他们现在是在苦难中，因敌机轰炸，有不少的人没房子住，也有缺粮饿饭的，我们应当尽力援助他们。他们在保卫世界和平的战斗中已经尽了他们的责任。"从朝鲜人他又谈到美国的侵略军。他说："过去我们看惯了日本兵的暴行。美国军队的残忍凶狠只有超过日本兵。所以朝鲜人是那样普遍地恨美国侵略军队。现在他们居然不顾一切用起细菌和毒瓦斯来了。苏联科学家说我们科学用种种方法要扑灭鼠疫，消灭害人的细菌，美国人反而在各处撒播病菌，这是丧失了人性。我们的战士说：'我们连飞机大炮都不怕，还会让这些蚊子苍蝇吓倒？'"他的明亮的眼睛射出一种逼人的光，我们看出来他对美帝国主义者的憎恨跟他对朝鲜人民的热爱是一样的深。他有点激动了，摘下军帽放在桌子上，他的光头上一些很短的白发在电灯下闪光，这些白发使我们记起他的年纪，记起他过去那许多光辉的战绩，使我们记起前一晚上丁处长告诉我们的小故事："彭总在这次'三反'中把烟也戒了。他说：'我假定还活十年，戒了烟，这十年中间也可以替国家节省一笔钱。'"单是这个

· 8 ·

小故事也可以说明他对祖国的深切的爱。这样鲜明的爱与憎更能够吸引人。我们更注意地望着他，好像要把他的一切都吸收进我们的眼底。大部分的同志不记笔记了，美术组的同志也忘了使用他们的画笔，为的是不愿意分散他们的注意力。他抓起帽子戴在头上，拿右手摸了摸嘴，然后把手放在膝上，继续谈起来。他用关切的口气，用具体的例子说明抗美援朝对祖国的关系，谈到抗美援朝的正义性和作战的经验，谈到几次战役胜利的原因，分析帝国主义阵营中间的矛盾，和美国统治阶级中间的矛盾，然后又谈到朝鲜停战谈判的前途。我们记牢了他的这样的话："我们的兵法家孙子说得好：知己知彼，百战百胜。相反地，敌人始终把我们摸不清楚。敌人愿意跟我们谈判，是因为我们把他们打痛了。在谈判中间他们还不甘心，又发动秋季攻势，结果还是吃了亏，伤亡十二万人，才又谈起来。现在敌人是进退两难：要打，他们得不到胜利，没有出路；要和，大资本家的暴利又没有了，经济危机也要来了。我们却不然：和，本来我们是愿意的，我们就是为了和平才来作战的；战，我们也不怕，我们是越打越强。"听着他的浅明的详细的反复的解说，望着他那慈祥中带刚毅和坚定的表情，我感到一股热流通过我的全身。朴素的话语中流露出对民族、对祖国的热爱，恳切的表情上闪露出对胜利的信心。他不倦地谈着，他越谈下去，这一切越是明显。他越谈下去，我们也越感到温暖，越充满信心。我的整个心被他的话吸引去了。我忘记了周围的一切。我忘记了时间的早迟。我忘记了洞外的雪，忘记了洞内的阴暗的甬道，忘记了汽车上的颠簸，忘记了回去时的滑脚的山路。我甚至忘记了我们在国内听到的志愿军过去作战的艰苦。我只看见眼前的这一个人。他坐得那么安稳，他的态度是那么坚定。他忽然发出了快乐的笑声。这时候我觉得他就是胜利的化身了。我们真可以放心地把一切都交给他，甚至自己的生命。我相信别的同志也有这样的感觉。我们的这种尊崇的表情一定让他看出来了，所以他接着说："作战主要靠兵，自古以来兵强第一，强将不过是利益和士兵利益一致的指挥员。指挥员好比乐队的指挥，有好的乐队没有好的指挥固然不行，可是单有好的指挥没有好的乐队也不行。个人要是不能代表绝大多数群众的利益，他便是很渺小的。"他甚至谦虚地说："我也常犯错误。拿我一生中做过的事来说，我不过是像毛主席所说的'功过各半'。"他一直从容地谈下去。军事、政治、经济、文化，各方面他都谈到。生动，深刻，具体，全面，他就这样地给我们谈了三个钟头。他最后一次把左手从椅背上拿下，挺起腰来说："我的话就完了。我是漫谈，恐怕文不对题。以后再找人给你们谈。"到了这时我们才吐了一口气，注意到时间过得太快了。接着他听见宋副司令员跟我们讲话，最后讲到"欢迎"时，他在旁边接下去说："我虽然没有说欢迎，可是我心里是欢迎的。"这一句话使我们的心激动胜过千言万语。我们能够用什么话来说明我们的感激的心情呢？甘主任在闲谈中对我们说："彭总这句话里头有很深的感情啊！"甘主任是了解我们的。他又说："人都有感情。战士的心是很细致的。有的战士背着炸药让自己生命跟敌人坦克同归于尽，他并不简单。他是有深厚的感情的。牺牲自己并不是容易的事。这样的感情，我们不应该让它埋没，我们有责任把它表扬出来，让祖国人民知道。"甘主任是个爱发笑的人，可是这时候他的声音抖得厉害，他很激动，他也有深厚的感情。我们文艺工作者也是有感情的人，接触到这样伟大的心灵以后，难道我们还不能够交出个人的一切吗？……

晚会结束后，我们走出洞来。雪落得更大了。汽车把我们送回到宿舍的山脚下。我们冒雪上山，好不容易走到宿舍的洞口。雪花满天，冷气扑面，我埋头看山下，只有一片白雪。没有一个人家漏出灯光。夜并不迟，北京时间不过九点光景。在祖国的城市里应该是万家灯火的时候吧。孩子平静地睡在床上，母亲安静地在灯下工作，劳动了一天的人也得到了休息。是谁在这遥远的寒冷的兄弟邻邦的国土上保卫着他们的和平生活呢？祖国的孩子们是知道的，祖国的母亲们是知道的，全中国的人民都是知道的。孩子们梦中的微笑，母亲们脸上满足的表情，全中国人民幸福的笑容，就是对中国人民志愿军和他们的指挥员彭德怀将军的感激的表示。

（原载《志愿军报》1952年4月11日）

为了六十一个阶级弟兄

王　石　房树民

一九六〇年二月三日，农历正月初七

现在，整整是下午四点钟

在首都王府井大街，车水马龙，热闹繁忙，商店穿戴着节日的盛装，人们满面春风地东来西往。就在这王府井北口八面槽的路东，有一家门市很小的国营特种药品商店。这时候，营业员们在笑盈盈地答对顾客，办公室里，算珠响个不停，快下班了，正忙着结账。忽然，有人兴致勃勃地拿来一大把红红绿绿的票子：

"同志们，今晚政协礼堂有精彩晚会，首都商业职工春节大联欢！"

"好哇！"大伙乐得嘴都合不上了。

原来，在春节放假的日子里，我们大家都休息，可商业职工却还忙在柜台上，为了让我们在假日里买到称心的东西，可真是忙得脚不沾地。所以，这个有首都著名艺术家表演、内容十分精彩的大联欢，只好推到正月初七才举行。大家分到了票子，更是欢喜地忙工作，只等下班以后，带上全家老少，去尽兴欢度20世纪60年代的第一个春节……

陡然，办公桌上的电话，响起了十分急促的铃声，戴近视眼镜的业务员老胡，一把抓起听筒：

"喂，哪里？"

"长途！我是中共山西平陆县委，我们这里有六十一名民工发生食物中毒，急需一千支'二巯基丙醇'，越快越好，越快越好！"听筒里的声音十分响亮而焦灼。

"我们立刻准备药品！"很怕对方听不清楚，老胡几乎喊起来了，"我们马上设法把药发到太原！"

"不行！太原距平陆尚有一千余里，而且要翻山越岭，交通极为不便，请设法空运……空运！！"

六十一个同志的生命，危在旦夕！一千支注射剂，非得空运！……每一个字，都好似一颗钉，颗颗钉在人们的心上！就在老胡抓耳搔腮地和对方通话时，大家已经都围上来了。商店里好一阵紧张，人们的心里，早已把"精彩晚会"丢得无影无踪。党支部立即召集紧急会议研究，决定全力以赴办好这件事。发动大家想办法，立刻请示领导。于是，全商店的人，把心拧成一股绳，把精力全都集中在这一连串的悬念、一连串的困难上了……

在我们的社会主义大家庭里，亿万劳动人民是一个亲密无间的整体。一根红线贯穿，颗颗红心相连，大家同呼吸，共甘苦……

事情原来是这样发生的：

二月二日，在山西省平陆县

一座新落成的红色大楼里，灯火辉煌。中共平陆县委扩大会议照常进行着。与会者心情振奋，讨论的是1960年跃进规划。

七点钟时，县人民委员会燕局长匆匆奔进会议室，找到县人民医院王院长说：

"一小时前，风南公路张沟段有六十一名民工，发生食物中毒，请立刻组织医务人员抢救！……"

他们的话还没有说完，坐在主席位置上的中共平陆县委第一书记郝世山同志，也已晓得了这紧急情况。这位五十来岁的老书记，立刻站了起来，目光炯炯地把会场扫视了一遍，然后，果决地说：

"同志们，现在要全力处理一件急事，会议暂停！"

说完，郝书记一甩手，披起那件旧棉大衣，立即召集县委常委会议研究，当机立断，全力抢救。片刻，大卡车就载着负责同志，载着县医院全部最好的医生，在茫茫的黑夜里，翻山越岭，向我们的六十一个阶级弟兄身边奔去！

这平陆县与河南省的三门峡市，只隔一条黄河。县北五十里外张村一带，正在修建一条从芮城风陵渡到平陆南沟的省级公路，这条公路是山西全省支援黄河三门峡伟大建设工程的交通命脉。筑路民工都是人民公社社员，干起活来，真叫干劲冲天，有个叫侯永胜的，一个人一天就挑了几百担土。他们展开了对手赛，改革了一系列工具，工效步步提高。甚至春节期间，自愿少休息，打了个开门红的大胜仗。谁想竟发生了这偶然的不幸！这是六十一个多么好的建设社会主义的积极分子，他们的生命有危险，我们能不心疼吗？

县里的汽车来到张沟工地以前，张村公社党委第一书记薛忠令，亲率公社医院二十多名医护人员，早已来到。他们正在忙着给病人洗身、洗脚、消毒。县里的医生跳下汽车，立即插手诊断，立即治疗！

他们使用了各种办法：

给患者喝下了绿豆甘草水解毒，无效！

给患者又注射了吗啡，仍然无效！

……无效！无效！

紧张，无比的紧张！空气窒人，医生、护士挥汗如雨。县人民医院负责医生解克勤等同志，经过紧张详细的会诊后，断定：

"非用特效药'二巯基丙醇'不可！必须在四日黎明前给病人注射这种药，否则无效！赶快派人去找！"

就在同一个时间内

县委会里，不安之夜。

我们的郝书记，不停地吸着烟，守在电话机旁，他嘴角上的皱纹，更加深陷了。参加革命二十多年来，他养成了这样一种习惯：自个生病（他现在还患着关节炎），好像没那么回事，可乡亲们一有个头痛脑热，他就记着放不下，非想个法帮你治好心里才舒坦。何况，现在这六十一个同志，有的是生命危险！郝书记更加坐卧不安了……这时候，他们接到了患者急需"二巯基丙醇"的电话，马上就派人去找。县人民医院的司药员王文明和张寅虎，这两个小伙子连厚衣服也没顾得穿，两步并作一步走，跳过一道道深沟险壑，到三门峡市去找药。你看，这才叫真正的"司药员"，药房里没有的，他愿意经历千辛万苦，跑遍天涯海角，也要给你找到！

他们来到了黄河茅津渡口，在微微的星光底下，只见那黄河翻滚着巨浪，只听那河水拍打岸头，声声震人心碎。这两个小青年，明明知道夜渡黄河容易翻船落水，极其危险，但是，为了挽救六十一位同志的生命，在这重要的时刻，就是天大的险，他们也心甘情愿去冒！他们毫不

· 15 ·

犹豫地去敲船工的门。船工从鼾睡中醒来：

"敲门干什么？"

"请摆我们渡河！"

"黄河渡口，自古以来，夜不行船，等天亮吧！"

"不能等！为了救人今夜非过河不可！"

当船工们听说是为了挽救六十一个祖国建设者，老艄公王希坚，不顾今晚正发喘，猛然从热乎乎的被窝里跳了起来，系上搭裢，吆喝一声："伙计们，走！"后面王云堂等几个人紧紧跟上。来到岸边，二话不说，驾起船，直奔河心。凭着与黄河巨浪搏斗了几十年的经验，凭着一颗颗赤诚的心，终于打破了黄河不夜渡的老例，把取药人安全送到了对岸。

可是，三门峡市没有这种特效药！

这已经是二月三日的中午了。时间啊，你停滞一会吧！你为什么老是从人们的身边嗖嗖地急驶而过，想挽也挽不住你……

郝书记急切而决定地指示："我们还是应该就地解决。向运城县去找！向临汾县去找！向附近各地去找！"

就在这时，张村公社医院又来了电话："如果明晨以前拿不到'二巯基丙醇'，十四名重患者，将会有死亡！"

找药的电话不断地打回来了：

运城县没这种药！

临汾县没这种药！

附近各地都没这种药！

郝书记斩钉截铁地说："为了六十一位同志的生命，现在我们只好麻烦中央，向首都求援。向中央卫生部挂特急电话！向特药商店挂特急电话！"

于是，这场紧张的抢救战，在二千里外的首都，接续着开始了……

人心向北京，北京的心立刻和平陆的心一起跳动……

二月三日，下午四时多，在卫生部

在中华人民共和国卫生部的一所四合院里，药政管理局的许多同志，都停下了别的工作，忙办这件刻不容缓的事。药品器材处长江冰同志，在接到平陆县委打来的电话后，就一面叫人通知八面槽特种药品商店赶快准备药品，一面跑去请示局长和正在开党组会议的几位部长。徐运北副部长指示：一定要把这件事负责办好，立刻找民航局或请空军支援送药！

现在，处里胖胖的老吴同志，头上汗水津津，正在紧张地向特种药品商店催药，共青团员冀钟昌正在与民航局联系；电话里传来的是不匀称的呼吸。显然对方也在焦急：

"明天早晨，才有班机去太原，那太迟了，太迟了！……对啦，请求空军支援！"

真急人，电话一个劲占线。当小冀接通了空军领导机关的电话时，空军已知道了这件事。原来民航局先一步为此事打来了电话。这时，值班主任向小冀又进一步了解了卫生部的要求，立即跑去请示首长。首长指示：全力支援，要办得又快又好！于是，像开始了一场战斗一样，有关人员各就各位，研究航线，研究空投，向部队发出命令……这一切都办得十分神速，这一切都灌注着人民军队的光荣传统，都灌注着对人民极其深沉的爱！

阶级友爱，情深似海。在我们中间，一个人发生困难，就有上百、上千、上万个素不相识的人，热切地向你伸出手，不遗余力地帮助你。

现在，已经是下午五点多了

从首都广安门外到八面槽的遥远路途中，穿过熙熙攘攘的人群，穿过川流不息的车辆，走过大街走小巷，一位三十来岁的工人，正冒着数九天寒风，拼命地蹬着一辆载货自行车飞驶。

"同志们，闪道，闪闪道！"

他不断地向行人呼喊着。这车上拉的就是"二巯基丙醇"。骑车的叫王英浦，是位先进工作者。你看，他把车轮蹬得飞转，三十华里的路程，一个小时多就赶来了。干吗要从三十里外运药来？这其中还有段小故事：

这"二巯基丙醇"原来是由国外进口的，算是一种稀有药品。可是去年大跃进中，我们的国营上海第一制药厂的工人，创造性地揭开了它的秘密，现在已能大批量地生产了。它再也不是什么稀罕玩艺，它的身价，已经从特种药品降为普通药品，所以特药商店刚刚把它送到库房去，准备发往各地普通医药公司经售。谁知现在又突然需要它，因此又拉回来了。

且说王英浦这时正气喘吁吁地把药品搬进屋来，大家忽地围住他：

"老王，你真是两条神仙腿呀！"

就在同一个时间内

我们的特种药品商店里，党支部书记田忱和共产党员何思鲁，正拿着电筒，伏在地图上，照啊，找啊，他们干什么呢？屋里明明亮着太阳灯，往常，针掉到地上都可以找到，可是今天却怎么也不够亮，噢，他们在找：平陆在哪？他们在想：到底如何运送？这些迄今还都是悬案！

正在这急死人的节骨眼上，卫生部又来了电话：

"空军已热情支援，保证今夜把药品空投到平陆县城！请你们快把一千支药装进木箱，箱外要装上发光设备……"

有飞机啦！人们的心眼里，真像久旱逢甘雨，兴奋得都跳起来了！但紧跟着又是一个困难：这发光设备可怎么解决呢？

就在同一个时间内

时间，一秒，一分……一闪而过。现在距离四日清晨已经没几个小时了。

在张村公社医院里，空气仍然异常紧张！张村公社的社员们，给自己的弟兄送来了大量豆腐、粉条、蔬菜、糖、细粮……这些东西堆在那里，有谁能吃呢？我们的弟兄还在危险中！山西省人民医院、临汾人民医院在听到这项紧急消息后，也都迅速派来了医生。现在，四十多位医护人员，头上冒着一串串的汗珠，他们已经二十来个小时没合眼，为了延续这六十一条生命，土法、洋方，各式各样的招，都使尽了，可是病人还不见有何好转！！

突然有人报告："同志们，县委来电话说，中央已决定今晚派飞机送药来！"

这是真的吗？是真的！病人们那绝望的眼神，忽然亮了，人人的眼里，都饱含着无限感激的热泪……

现在，时间将近晚上七点

特药商店里，药品箱都快装好了，可是发光设备却还没个着落。这时，一个戴眼镜的姑娘，猛地把辫子一甩说：

"我找五洲电料行去！"这人名叫李玉桥。

她飞也似的来到了五光十色的五洲电料行。嗬！这里真是顾客盈门，共青团员贺宜安在忙着给顾客拿这拿那。李玉桥简短地把情况跟小贺说完，问他：

"给你三十分钟，能不能办好？"

"放心吧，李大姐，坚决保证！"

李玉桥帮他搞营业，小贺抬腿就去找人。半路上正好碰见了王明德，小王是北京市的先进生产者，更是一位热心肠的小伙子。他俩急中生智，连跑带研究，真是一个蹎跄一个智慧，他们想用四节电池焊在一起，接上灯泡，可亮半个多小时；又研究出用十六节电池、四个灯泡，把药箱的四面都装上灯，空投落地时，这一面的摔灭了，保险那几面的还亮着。说着说着，他们就干起来了。这时，正好门市部主任老杨从外面开会回来，一听说这是急事，也帮他们忙活起来。过了一会，李玉桥又来催：

"时间紧迫，不能超过三分钟啦！"

"我们保证两分半钟就弄好！"

果真，李玉桥头脚走回商店，小王就带着焊好的发光设备，一溜风地也钻了进来，真是两分半钟啊！

现在，是七点半钟以后

一辆胜利牌小轿车，从卫生部大门里急驰出来，奔向特药商店。

车子来了。这时候，正像老何事后所描绘的：也不知那一箱子药品，到底是怎么拿出去的。只见大家一拥而上，生怕误了一分一秒的时间，生怕有个拿不住摔到地上，许多只手擎着这一千支"二巯基丙醇"，挤出商店的那狭小的门，轻轻地把它放在胜利牌小轿车最好的席位上！

胜利牌轿车载着一千支"二巯基丙醇"，正在灯火辉煌的大街上，在静谧的京郊林荫大道上，响着喇叭，箭也似的向机场疾驰。

就在同一个时间内

平陆县邮政局的电话铃声一阵疾响。从下午三点开始，平陆—北京的长途电话已经成为一条极为敏捷的专线，这电话又是空军领导机关打来的。亲自守护在电话机旁的邮政局长董鸿亮同志，忙把电话接到县委会。郝书记接过电话，只听见：

"请赶快物色一块平坦地带，要离河道远些准备四堆柴草。飞机一到，马上点火，作为空投标志！"

"好！立即准备！"

于是，书记、县长亲自指挥，有线广播站里传出来了最洪亮的声音，向县城附近的机关、学校、人民公社，向几千几万群众，发出了县委、县人民委员会最紧急的号召。声音所到之处，正在学习拼音文字的干部们，撂下了书本跑出来，学生们从温课的教室里拥出来，老人们拄着拐杖走出来，新婚夫妇从温暖的新房中走出来，建设局的工人们，拖着废木碎柴往城外空地上跑；圣人涧那面的山坡上，又有一大群红旗公社的男女社员，抱着大捆大捆的棉柴芦苇，向这块平坦地势上奔来……

眨眼间，岗尖岗尖的四堆大柴草已经准备好了！

几千人林立在这块名叫圣人涧的空地上。人们满怀急不可耐的激动心情，向茫茫的夜空，向东北方向，不，向我们伟大的首都，瞭望着，瞭望着；人们的心早已经穿过了云层！曾经在部队上做过通信工作的孙治勤同志，站在高高的山岗上，凭着他的经验，凭着他一双能听出十里以外的耳朵，倾听着飞机的动静……

这是一场共产主义风格大发扬的胜利战斗。舍己为人、友爱互助精神万岁！

现在，是夜里九点零三分

北京，繁星满天。一架军用运输机，满载首都人民的深情厚谊，冲向银光闪闪的夜空，向西南方向风驰电掣地飞去。卫生部的陈寅卿同志随机前往。

这是一次十分困难的飞行。夜间空投，在平陆空投场没有地面指挥和对空联络的情况下，加上地形复杂，山峦重重，空投的又是水剂药品，而且要保证做到万无一失……部队领导对这次空投任务极为重视，政委、大队长、参谋长亲自研究，特别选派了最有经验的机长、领航长、通讯长和机械师，并且是一架飞机派了两个机组同时前往。就在起飞之前，他们还选择了最好的降落伞，把药箱加了重，一切都筹划得最有把握，大家满怀着信心。

一个飞行员十分激动地请求机长："为了使药箱确保及时送到，我请求批准我跟着药箱一起下去！"

机长说："首长已经指示，人不要下去，我们要保证把药品准确投到！"

现在，我们的雄鹰正在高速航行。下面是茫茫大地，祖国到处是不夜城，繁星与万家灯火交相辉映，这时候，有多少人，还在辛勤地为祖国劳动着！

现在，是夜里十一点二十三分

"请平陆准备！准备！飞机再有七分钟就到你县，马上点火！"

董局长把这空军领导机关的电话通知，立刻传给守候飞机的人群，不知是谁，向每堆柴草上泼了一些煤油，火苗冲天而起，大火把天空和大地都照红了！

这时，飞机已越过黄河，来到平陆上空。现在飞机的高度是二千七百米，为了空投的准确，必须降低，越低越准！机长周连珊压了压操纵杆，飞机迅速下降，二千、一千五、一千……五百米，巍峨的山影从机身旁掠过，好危险哪！这是一场勇敢加技术的搏斗！

飞机上的全部人员，双眼睁得彪圆，心情极不平静！机长突然兴奋地命令：

"准备空投！"

保伞员、机械师还有小陈，早就把药箱上的电灯接亮了，只听电铃一响，他们嗖的一声准确地把药箱推出机舱，一千支"二巯基丙醇"带着降落伞，向预定空投地点坠下去，坠下去！……由县委打电话向北京求援，到神药从天而降，这其中牵动了多少单位，牵动了多少人，可是这全部复杂辗转的过程，却只用了八个多小时，这是多么惊人的高速度！

我们不是常说"千里送鹅毛，礼轻人意重"吗，这一箱从天而降的神药啊，盛满了首都无数人的最美好的感情，它比泰山还重！

就在同一个时间内

在平陆县城外的圣人涧，四大堆火越烧越旺。人流如春潮，数不清的手电光点缀着夜空，活像国庆夜首都天安门的探照灯光。郝书记、郭县长等都亲赴现场来了。

"看，天上有个亮灯下来了！"突然谁叫。

"那是降落伞，那是神药！"

几千双手高高地举起来，谁都想把这一箱药擎住！人们向飞机、向降落伞此起彼伏地欢呼！

降落伞带着闪闪的亮灯向下飘落！人流追踪着降落伞飘落，跑啊！跑啊！郭逢恒县长向降落伞跑去，劈面碰见了蒲剧演员杨果娃，这是个十六岁的女孩，唱小旦的。她的脸上还抹着红红的粉，戏装也没卸，全是舞台上那个打扮呢！

"果娃！你怎么也跑来啦？"郭县长问她。

"看戏的人都来啦，我怎么不来，来接毛主席送来的神药哇！"说着她又赶忙向降落伞跑去。

降落伞带着药箱安全地着陆了，安在药箱四角的电灯闪闪地亮着，寨头管理区的社员先抱住了药箱！几千人簇拥着这一箱药，你刚扛两步，他抢过去又扛在肩上……

交通局派来的一辆最好的汽车，最好的司机沈宽亮，早已等在县委会门口。药箱放在车上，车就大开油门，向五十里外的张村医院飞奔。俗话说：平陆不平沟三千，这里的山路狭窄崎岖，极端难行，汽车随时都可能发生故障抛锚。沈宽亮早把汽车做了最好的检修，可是他还在想：

"万一出了毛病，我就扛着它送去！"

二月三日，深夜

盼！盼！——在张村公社医院的大门口，社员们、医护人员们正焦急地盼望着……

汽车开来了！——好！

马上拿下药箱。

马上注射。

注射剂十分灵效，立竿见影，病人立时止住了疼痛，恢复了神志。医生原来规定，药品不能迟于四日黎明找到，但这药品却在黎明之前就送到了。我们的六十一个阶级弟兄化险为夷了。他们新的更强壮的生命，是党给予的，是同志们用阶级友爱救活的。狂喜从人们的心底里迸发出来……

不仅仅是这六十一个死而复生的人，不，我们每个人都有两次生命。党用她思想的阳光，帮助我们消除旧时代遗留给我们的思想毒菌，抚育我们成为全新的人。

二月五日

红日高照，春光灿烂。

县委书记处书记兼县长郭逢恒及县里其他几位领导同志，代表县委会和全县人民，率领着县文工团，携带着慰问品，来到了张村公社医院。他们亲自到床边抚慰病人。郭县长见病人已恢复了健康，打心眼里高兴。民工们紧紧地拉住了郭县长的手，不知说啥是好。

民工周满禄，眼眶里噙满滚热的泪，他说：

"万恶的日本鬼子打瞎了咱一只眼，没人管；国民党阎老西杀了咱多少人，苦水往肚里咽！今天，咱这些普通民工闹点病，中央就派飞机救咱们，党和毛主席真是咱贴心的人啊！"

张店公社的老汉吴进喜，从八十里外赶来看他的儿子吴广新。这时他激动得浑身抖动，拉着儿子：

"小子，在咱这偏僻山沟子里，我想你是没救啦！谁想毛主席在北京比咱老汉还关心我儿！小子，毛主席才真是你的亲爹娘！"

当场，大家都再也躺不住，纷纷爬起来，向郭县长请求：

"为了感谢党和毛主席，感谢首都人民的支援，我们明天就上工！"

郭县长慰抚他们说："你们要听党的话，好好休息几天！"

第一连连长怎也按不住心里的那股冲劲，攥着两只粗大的拳头，代表全连的民工向郭县长表示：

"我们一连全体向党和毛主席保证，鼓起最大干劲，把第三连的工全部包下来！"

紧跟着，大家在公社医院的里里外外，在工地上，贴出了几百张大字报表决心；写给党中央和毛主席的信，更像雪片般飞来……

民工们真是说到做到，他们一上工，就由过去每天挖十五方土，增加到挖三十方，工效提高一倍。有的人，更是一天干了三天的活！大家决心提前三个月修好这条支援三门峡伟大建设工程的公路！无数的奇迹在创造着！……

不仅仅是我们的这些筑路民工，不，十二万平陆人，不，六亿五千万中国人，人人心里都燃着一团烈火，这团烈火越烧越旺：对党和毛主席的深沉热爱，化作无穷无尽的力量，人们正在用它加速建设我们伟大的社会主义祖国！干劲冲天地、高速度地建设它吧，这是咱们的靠山，这是咱们永远幸福的保证！

（原载《人民日报》1960年2月29日）

县委书记的榜样——焦裕禄

穆青 冯健 周原

1962年冬天，正是豫东兰考县遭受内涝、风沙、盐碱三害最严重的时刻。这一年，春天风沙打毁了二十万亩麦子，秋天淹坏了三十多万亩庄稼，盐碱地上有十万亩禾苗碱死，全县的粮食产量下降到了历年的最低水平。

就是在这样的关口，党派焦裕禄来到了兰考。

展现在焦裕禄面前的兰考大地，是一幅多么严重的灾荒景象啊！横贯全境的两条黄河故道，是一眼看不到边的黄沙；片片内涝的洼窝里，结着青色的冰凌；白茫茫的盐碱地上，枯草在寒风中抖动。

困难，重重的困难，像一副沉重的担子，压在这位新到任的县委书记的双肩。但是，焦裕禄是带着《毛泽东选集》来的，是怀着改变兰考灾区面貌的坚定决心来的。在这个贫农出身的共产党员看来，这里有三十六万勤劳的人民，有烈士们流鲜血解放出来的九十多万亩土地。只要加强党的领导，一时有天大的艰难，也一定要杀出条路来。

第二天，当大家知道焦裕禄是新来的县委书记时，他已经下乡了。

他到灾情最重的公社和大队去了。他到贫下中农的草屋里，到饲养棚里，到田边地头，去了解情况、观察灾情去了。他从这个大队到那个大队，他一路走，一路和同行的干部谈论。见到沙丘，他说："栽上树，岂不是成了一片好绿林！"见到涝洼窝，他说："这里可以栽苇、种蒲、养鱼。"见到碱地，他说："治住它，把一片白变成一片青！"转了一圈回到县委，他向大家说："兰考是个人有作为的地方。问题是要干，要革命。兰考是灾区，穷，困难多，但灾区有个好处，它能锻炼人的革命意志，培养人的革命品格。革命者要在困难面前逞英雄。"

焦裕禄的话，说得大家心里热乎乎的。大家议论说，新来的县委书记看问题高人一着棋，他能从困难中看到希望，能从不利条件中看到有利因素。

"关键在于县委领导核心的思想改变"

连年受灾的兰考，整个县上的工作，几乎被发统销粮、贷款、救济棉衣、烧煤所淹没了。有人说县委机关实际上变成了一个供给部。那时候，很多群众等待救济，一部分干部被灾害压住了头，对改变兰考面貌缺少信心，少数人甚至不愿意留在灾区工作。他们害怕困难，更害怕犯错误……

焦裕禄想："群众在灾难中两眼望着县委，县委挺不起腰杆，群众就不能充分发动起来。'干部不领，水牛掉井'，要想改变兰考的面貌，必须首先改变县委的精神状态。"

夜，已经很深了，焦裕禄躺在床上翻来覆去睡不着。他披上棉衣，找县委副书记张钦礼谈心去了。

在这么晚的时候，张钦礼听见叩门声，吃了一惊。他迎进焦裕禄，连声问："老焦，出了啥事？"

焦裕禄说："我想找你谈谈。你在兰考十多年了，情况比我熟，你说，改变兰考面貌的主要问题在哪里？"

张钦礼沉思了一下，回答说："在于人的思想的改变。"

"对。"焦裕禄说，"但是，应该在思想前面加两个字：领导。眼前关键在于县委领导核心的思想改变。没有抗灾的干部，就没有抗灾的群众。"

两个人谈得很久，很深，一直说到后半夜。他们的共同结论是，除"三害"首先要除思想上的病害；特别是要对县委的干部进行抗灾的思想教育。不首先从思想上把人们武装起来，要想完成除"三害"斗争，将是不可能的。

严冬，一个风雪交加的夜晚，焦裕禄召集在家的县委委员开会。人们到齐后，他并没有宣布议事日程。只说了一句："走，跟我出去一趟。"就领着大家到火车站去了。

当时，兰考车站上，北风怒号，大雪纷飞。车站的屋檐下，挂着尺把长的冰柱。国家运送兰考灾民前往丰收地区的专车，正从这里飞驰而过。也还有一些灾民，穿着国家救济的棉衣，蜷曲在货车上，拥挤在候车室里……

焦裕禄指着他们，沉重地说："同志们，你们看，他们绝大多数人，都是我们的阶级兄弟。是灾荒逼迫他们背井离乡的，不能责怪他们，我们有责任。党把这个县三十六万群众交给我们，我们不能领导他们战胜灾荒，应该感到羞耻和痛心……"

他没有再讲下去，所有的县委委员都沉默着低下了头，这时有人才理解，为什么焦裕禄深更半夜领着大家来看风雪严寒中的车站。

从车站回到县委，已经是半夜时分了，会议这时候才正式开始。

焦裕禄听了大家的发言之后，最后说："我们经常口口声声说要为人民服务，我希望大家能牢记着今晚的情景，这样我们就会带着阶级感情，去领导群众改变兰考的面貌。"

紧接着，焦裕禄组织大家学习《为人民服务》《纪念白求恩》《愚公移山》等文章，鼓舞大家的革命干劲，勉励大家像张思德、白求恩那样工作。

以后，焦裕禄又专门召开了一次常委会，回忆兰考的革命斗争史。在残酷的武装斗争年代，兰考县的干部和人民，同敌人英勇搏斗，前仆后继。有一个区，曾经在一个月内有九个区长为革命牺牲。烈士马福重被敌人破腹后，肠子被拉出来挂在树上……焦裕禄说："兰考这块地方，是同志们用鲜血换来的。先烈们并没有因为兰考人穷灾大，就把它让给敌人，难道我们就不能在这里战胜灾害？"

一连串的阶级教育和思想斗争，使县委领导核心，在严重的自然灾害面前站起来了。他们打掉了在自然灾害面前束手无策、无所作为的懦夫思想，从上到下坚定地树立了自力更生消灭"三害"的决心。不久，在焦裕禄倡议和领导下，一个改造兰考大自然的蓝图被制定出来。这个蓝图规定在三五年内，要取得治沙、治水、治碱的基本胜利，改变兰考的面貌。这个蓝图经过县委讨论通过后，报告了中共开封地委，焦裕禄在报告上，又着重加了几句：

"我们对兰考的一草一木都有深厚的感情。面对着当前严重的自然灾害，我们有革命的胆略，坚决领导全县人民，苦战三五年，改变兰考的面貌。不达目的，我们死不瞑目。"

这几句话，深切地反映了当时县委的决心，也是兰考全党在上级党委面前，一次庄严的宣誓。直到现在，它仍然深深地刻在县委所有同志的心上，成为鞭策他们前进的力量。

"吃别人嚼过的馍没味道"

焦裕禄深深地了解，理想和规划并不等于现实，这涝、沙、碱三害，自古以来害了兰考人民多少年啊！今天，要制伏"三害"，要把它们从兰考土地上像送瘟神一样驱走，必须进行大量艰苦细致的工作，付出高昂的代价。

他想，按照毛主席的教导，不管做什么工作，必须首先了解情况，进行调查研究。"没有调查就没有发言权"。要想战胜灾害，单靠一时的热情，单靠主观愿望，事情断然是办不好的。即使硬干，也要犯毛主席早已批评过的"闭塞眼睛捉麻雀，瞎子摸鱼"的错误。要想战胜灾害，必须照毛主席的指示办事，详尽地掌握灾害的底细，了解灾害的来龙去脉，然后做出正确的判断和部署。

他下决心要把兰考县一千八百平方公里土地上的自然情况摸透，亲自去掂一掂兰考的"三害"究竟有多大分量。

根据这一想法，县委先后抽调了一百二十个干部、老农和技术员，组成一支三结合的"三害"调查队，在全县展开了大规模的追洪水、查风口、探流沙的调查研究工作。焦裕禄和县委其他领导干部，都参加了这场战斗。那时候，焦裕禄正患着慢性的肝病，许多同志担心他在大风大雨中奔波，会加剧病情的发展，劝他不要参加，但他毫不犹豫地拒绝了同志们的劝告，他说："吃别人嚼过的馍没味道。"他不愿意坐在办公室里依靠别人的汇报来进行工作，说完就背着干粮、拿着雨伞和大家一起出发了。

每当风沙最大的时候，也就是他带头下去查风口、探流沙的时候，雨最大的时候，也就是他带头下去冒雨涉水，观看洪水流势和变化的时候。他认为这是掌握风沙、水害规律最有利的时机。为了弄清一个大风口，一条主干河道的来龙去脉，他经常不辞劳苦地跟着调查队，追寻风沙和洪水的去向，从黄河故道开始，越过县界、省界，一直追到沙落尘埃，水入河道，方肯罢休。在这场艰苦的斗争中，县委书记焦裕禄简直变成一个满身泥水的农村"脱坏人"了。他和调查队的同志们经常在截腰深的水里吃干粮，有时夜晚蹲在泥水处歇息……

有一次，焦裕禄从杞县阳堌公社回县的路上，遇到了白帐子猛雨。大雨下了七天七夜，全县变成了一片汪洋。焦裕禄想："嗬，洪水呀，等还等不到哩，你自己送上门来了。"他回到县里后，连停也没停，就带着办公室的三个同志出发了。眼前只有水，哪里有路？他们靠着各人手里的一根棍，探着，走着。这时，焦裕禄突然感到一阵阵肝痛，时时弯下身子用左手按着肝部。三个青年恳求着说："你回去休息吧。把任务交给我们，我们保证按照你的要求完成任务。"焦裕禄没有同意，继续一路走，一路工作着。

他站在洪水激流中，同志们为他张了伞，他画了一张又一张水的流向图。等他们赶到金营大队，支部书记李广志看见焦裕禄就吃惊地问："一片汪洋大水，您是咋来的？"焦裕禄抢着手里的棍子说："就坐这条船来的。"李广志让他休息一下，他却拿出自己画的图来，一边指点着，一边滔滔不绝地告诉李广志，根据这里的地形和水的流势，应该从哪里到哪里开一条河，再从哪里到哪里挖一条支沟……这样，就可以把这几个大队的积水，通通排出去了。李广志听了非常感动，他没有想到焦裕禄同志的领导工作，竟这样地深入细致！到吃饭的时候了，他要给焦裕禄派饭，焦裕禄说："雨天，群众缺烧的，不吃啦！"说着就又向风雨中走去。

送走了风沙滚滚的春天，又送走了雨水集中的夏季，调查队在风里、雨里、沙窝里、激流里度过了一个月又一个月，方圆跋涉了五千余里，终于使县委抓到了兰考"三害"的第一手资料。全县有大小风口八十四个，经调查队一个个查清，编了号，绘了图；全县有大小沙丘一千六百个，也一个个经过丈量，编了号，绘了图；全县的千河万流，淤塞的河渠，阻水的路基、涵闸……也调查得清清楚楚，绘成了详细的排涝泄洪图。

这种大规模的调查研究，使县委基本上掌握了水、沙、碱发生、发展的规律。几个月的辛苦奔波，换来了一整套又具体又详细的资料，把全县抗灾斗争的战斗部署，放在一个更科学更扎实的基础之上。大家都觉得方向明，信心足，无形中增添了不少的力量。

"榜样的力量是无穷的"

夜已经很深了，阵阵的肝痛和县委工作沉重的担子，使焦裕禄久久不能入睡。他的心在想着兰考县的三十六万人和二千五百七十四个生产队。抗灾斗争的发展是不平衡的，基层干部和群众的思想觉悟也有高有低，怎样才能把毛泽东思想红旗高高举起？怎样才能充分调动起群众的革命积极性？怎样才能更快地在全县范围内开展起轰轰烈烈的抗灾斗争？……

焦裕禄在苦苦思索着。

他披衣起床，重又翻开《毛泽东选集》。在多年的工作中，焦裕禄已养成了学习毛主席著作的习惯，他从毛主席的著作中汲取了无穷的智慧和力量。县委开会，他常常在会前朗读毛主席著作中的有关章节。无论在办公室，或下乡工作，他总要提着一个布兜儿，装上《毛泽东选集》带在身边。每次遇到工作中的困难，他都认真地向毛主席的著作请教,严格地按照毛主席的指示去办。他曾对县委的同志们介绍自己学习毛主席著作的方法,叫作"白天到群众中调查访问,回来读毛主席著作,晚上'过电影',早上记笔记"。他所说的"过电影",主要是指联系实际来思考问题。他说:"无论学习或工作,不会'过电影',那是不行的。"

现在,全县抗灾斗争的情景,正像一幕幕的电影活动在他的脑海里,他带着一连串的问题,去阅读毛主席《关于领导方法的若干问题》那篇文章。目光停在那几行金光闪耀的字上:

> 我们共产党人无论进行何项工作,有两个方法是必须采用的,一是一般和个别相结合,二是领导和群众相结合。
>
> 从群众中集中起来又到群众中坚持下去,以形成正确的领导意见,这是基本的领导方法。

毛主席的话给了他很大的力量,眼前一下子豁亮起来。他决定发动县委领导同志再到贫下中农中间去。他自己更是经常住在老贫农的草庵子里,蹲在牛棚里,跟群众一起吃饭,一起劳动。他带着高昂的革命激情和对群众的无限信任,在广大贫下中农间询问着、倾听着、观察着,他听到许多贫下中农要求"翻身"、要求革命的呼声。看到许多队自力更生、奋发图强对"三害"斗争的革命精神。他在群众中学到了不少治沙、治水、治碱的办法,总结了不少可贵的经验。群众的智慧,使他受到极大的鼓舞,也更加坚定了他战胜灾害的信心。

韩村是一个只有二十七户人家的生产队。1962年秋天遭受了毁灭性的涝灾,每人只分了十二两红高粱穗。在这样严重的困难面前,生产队的贫下中农提出,不向国家伸手,不要救济粮、救济款,自己割草卖草养活自己。他们说：摇钱树，人人有，全靠自己一双手。不能支援国家，心里就够难受了，绝不能再拉国家的后腿。就在这年冬天，他们割了二十七万斤草，养活了全体社员，养活了八头牲口，还修理了农具，买了七辆架子车。

秦寨大队的贫下中农社员，在盐碱地上刮掉一层皮，从下面深翻出好土，盖在上面。他们大干深翻地的时候，正是最困难的1963年夏季，他们说："不能干一天干半天，不能翻一锹翻半锹，用蚕吃桑叶的办法，一口口啃，也要把这碱地啃翻个个儿。"

赵垛楼的贫下中农在七季基本绝收以后，冒着倾盆大雨，挖河渠，挖排水沟，同暴雨内涝搏斗。1963年秋天，这里一连九天暴雨，他们却夺得了好收成，卖了八万斤余粮。

双杨树的贫下中农在农作物基本绝收的情况下，雷打不散，社员们兑鸡蛋卖猪，买牲口买种子，坚持走集体经济自力更生的道路，社员们说："穷，咱穷到一块儿；富，咱也富到一块儿。"

韩村、秦寨、赵垛楼、双杨树，广大贫下中农自力更生的革命精神，使焦裕禄十分激动。他认为这就是在毛泽东思想哺育下的贫下中农革命精神的好榜样。他在县委会议上，多次讲述了这些先进典型的重大意义，并亲自总结了他们的经验。他说："榜样的力量是无穷的，我们应该把群众中这些可贵的东西，集中起来，再坚持下去，号召全县社队向他们学习。"

1963年9月，县委在兰考冷冻厂召开了全县大小队干部的盛大集会，这是扭转兰考局势的大会，是兰考人民自力更生、奋发图强的一次誓师大会。会上，焦裕禄为韩村、秦寨、赵垛楼、双杨树的贫下中农鸣锣开道，请他们到主席台上，拉他们到万人之前，大张旗鼓地表扬他们的革命精神。他把群众中这些革命的东西，集中起来，总结为四句话：

"韩村的精神，秦寨的决心，赵垛楼的干劲，双杨树的道路。"他说：这就是兰考的新道路！是毛泽东思想指引的道路！他大声疾呼，号召全县人民学习这四个样板，发扬他们的革命精神，在全县范围内锁住风沙，制伏洪水，向"三害"展开英勇的斗争！

这次大会在兰考抗灾斗争的道路上，是一个伟大的转折。它激发了群众的革命豪情，鼓舞了群众的革命斗志，有力地推动了全县抗灾斗争的发展。它使韩村等四个榜样的名字传遍了兰考；它让毛泽东思想的伟大红旗，在兰考三十六万群众的心目中，高高地升起！

从此，兰考人民的生活中多了两个东西，这就是县委和县人委发出的"奋发图强的嘉奖令"和"革命硬骨头队"的命名书。

"当群众最困难的时候，共产党员要出现在群众面前"

就在兰考人民对涝、沙、碱三害全面出击的时候，一场比过去更加严重的灾害又向兰考袭来。1963年秋季，兰考县一连下了十三天雨，雨量达二百五十毫米。大片大片的庄稼淹在洼窝里，渍死了。全县有十一万亩秋粮绝收，二十二万亩受灾。

焦裕禄和县委的同志们全力投入了生产救灾。

那是个冬天的黄昏。北风越刮越紧，雪越下越大。焦裕禄听见风雪声，倚在门边望着风雪发呆。过了会儿，他又走回来，对办公室的同志们严肃地说："在这大风大雪里，贫下中农住得咋样？牲口咋样？"接着他要求县委办公室立即通知各公社做好几件雪天工作。他说，"我说，你们记。第一，所有农村干部必须深入到户，访贫问苦，安置无屋居住的人，发现断炊户，立即解决。第二，所有从事农村工作的同志，必须深入牛屋检查，照顾老弱病畜，保证不许冻坏一头牲口。第三，安排好室内副业生产。第四，对于参加运输的人畜，凡是被风雪隔在途中的，在哪个大队的范围，由哪个大队热情招待，保证吃得饱，住得暖。第五，教育全党，在大雪封门的时候，到群众中去，和他们同甘共苦。第六，把检查执行的情况迅速报告县委。"办公室的同志记下他的话，立即用电话向各公社发出了通知。

这天，外面的大风雪刮了一夜，焦裕禄的房子里，电灯也亮了一夜。

第二天，窗户纸刚刚透亮，他就挨门把全院的同志们叫起来开会。焦裕禄说："同志们，你们看，这场雪越下越大，这会给群众带来很多困难，在这大雪拥门的时候，我们不能坐在办公室里烤火，应该到群众中间去。共产党员应该在群众最困难的时候，出现在群众的面前，在群众最需要帮助的时候，去关心群众，帮助群众。"

简短的几句话，像刀刻的一样刻在每一个同志的心上。有人眼睛湿润了，有人有多少话想说也说不出来了。他们的心飞向冰天雪地的茅屋去了。大家立即带着救济粮款，分头出发了。

风雪铺天盖地而来。北风响着尖厉的哨声，积雪有半尺厚。焦裕禄迎着大风雪，什么也没有披，火车头帽子的耳巴在风雪中忽闪着。那时，他的肝痛常常发作，有时痛得厉害，他就用一支钢笔硬顶着肝部。现在他全然没想到这些，带着几个年轻小伙子，踏着积雪，一边走，一边高唱《南泥湾》。

这一天，焦裕禄没烤群众一把火，没喝群众一口水。风雪中，他在九个村子，访问了几十户生活困难的老贫农。在梁孙庄，他走进一个低矮的柴门。这里住的是一双无依无靠的老人。老大爷有病躺在床上，老大娘是个瞎子。焦裕禄一进屋，就坐在老人的床头问寒问饥。老大爷问他是谁，他说："我是您的儿子。"老人问他大雪天来干啥，他说：

"毛主席叫我来看望您老人家。"老大娘感动得不知说什么才好，用颤抖的双手上上下下摸着焦裕禄。老大爷眼里噙着泪说："解放前，大雪封门，地主来逼租，撵得我串人家的房檐、住人家的牛屋。"焦裕禄安慰老人说："如今印把子抓在咱手里，兰考受灾受穷的面貌一定能够改过来。"

就是在这次雪天送粮当中，焦裕禄也看到和听到了许多贫下中农极其感人的故事。谁能够想到，在毁灭性的涝灾面前，竟有那么一些生产队，两次三番退回国家送给他们的救济粮、救济款。他们说：把救济粮、救济款送给比我们更困难的兄弟队吧，我们自己能想办法养活自己！

焦裕禄心里多么激动啊！他看到毛泽东思想像甘露一样滋润了兰考人民的心，党号召的自力更生、奋发图强的精神，在困难面前逞英雄的硬骨头精神，已经变成千千万万群众敢于同天抗、同灾斗的物质力量了。

有了这种精神，在兰考人民面前还有什么天大的灾害不能战胜！

"县委书记要善于当'班长'"

焦裕禄常说，县委书记要善于当"班长"，要把县委这个"班"带好，必须使这"一班人"思想齐、动作齐。而要统一思想、统一行动，就必须用毛泽东思想挂帅。

他是这样想的，也是这样做的。

县人委有一位从丰收地区调来的领导干部，提出了一个装潢县委和县人委领导干部办公室的计划。连桌子、椅子、茶具，都要换一套新的。为了好看，还要把城里一个污水坑填平，上面盖一排房子。县委多数同志激烈地反对这个计划。也有人问："钱从哪里来？能不能花？"这位领导干部管财政，他说："花钱我负责。"

但是，焦裕禄提了一个问题：

"坐在破椅子上不能革命吗？"他接着说明了自己的意见：

"灾区面貌没有改变，还大量吃着国家的统销粮，群众生活很困难。富丽堂皇的事，不但不能做，就是连想也很危险。"

后来，焦裕禄找这位领导干部谈了几次话，帮助他认识错误。焦裕禄对他说：兰考是灾区，比不得丰收区。即使是丰收区，你提的那种计划，也是不应该做的。焦裕禄劝这位领导干部到贫下中农家里去住一住，到贫下中农中间去看一看。去看看他们想的是什么，做的是什么。焦裕禄作为县委的班长，他从来不把自己的意见强加于人。他对同志们要求非常严格，但他要求得入情入理，叫你自己从内心里生出改正错误的力量。不久以后，这位领导干部认识了错误，自己收回了那个"建设计划"。

有一位公社书记在工作中犯了错误。当时，县委开会，多数委员主张处分这位同志。但焦裕禄经过再三考虑，提出暂时不要给他处分。焦裕禄说，这位同志是我们的阶级弟兄，他犯了错误，给他处分固然是必要的；但是，处分是为了达到治病救人的目的。当前改变兰考面貌，是一个艰巨的斗争，不如派他到最艰苦的地方去，考验他，锻炼他，给他以改正错误的机会，让他为党的事业出力，这样不是更好吗？

县委同意了焦裕禄的建议，决定派这个同志到灾害严重的赵垛楼去蹲点。这位同志临走时，焦裕禄把他请来，严格地提出批评，亲切地提出希望，最后焦裕禄说："你想想，当一个不坚强的战士，当一个忘了群众利益的共产党员，多危险，多可耻啊！先烈们为解放兰考这块地方，能付出鲜血、生命；难道我们就不能建设好这个地方？难道我们能在自然灾害面前当怕死鬼？当逃兵？"

焦裕禄的话，一字字、一句句都紧紧扣住这位同志的心。这话的分量比一个最重的处分决定还要沉重，但这话也使这位同志充满了战斗的激情。阶级的情谊，革命的情谊，党的温暖，在这位犯错误的同志的心中激荡着，他满眼流着泪，说："焦裕禄同志，你放心……"

这位同志到赵垛楼以后，立刻同群众一道投入了治沙治水的斗争。他发现群众的生活困难，提出要卖掉自己的自行车，帮助群众，县委制止了他，并且指出，当前最迫切的问题，是从思想上武装赵垛楼的社员群众，领导他们起来，自力更生进行顽强的抗灾斗争，一辆自行车是不能解决什么问题的。以后，焦裕禄也到赵垛楼去了。他关怀赵垛楼的两千来个社员群众，他也关怀这位犯错误的阶级弟兄。

就在这年冬天，赵垛楼为害农田多年的二十四个沙丘，被社员群众用沙底下黄胶泥封盖住了。社员们还挖通了河渠，治住了内涝。这个一连七季吃统销粮的大队，一季翻身，卖余粮了。

也就在赵垛楼大队"翻身"的这年冬天，那位犯错误的同志，思想上也翻了个个儿。他在抗灾斗争中，身先士卒，表现得很英勇。他没有辜负党和焦裕禄对他的期望。

焦裕禄，出生在山东淄博一个贫农家里，他的父亲在解放前就被国民党反动派逼迫上吊自杀了。他从小逃过荒，给地主放过牛，扛过活，还被日本鬼子抓到东北挖过煤。他带着家仇、阶级恨参加了革命队伍，在部队、农村和工厂里做过基层工作。自从参加革命一直到当县委书记以后，他始终保持着劳动人民的本色。他常常开襟解怀，卷着裤管，朴朴实实地在群众中间工作、劳动。贫农身上有多少泥，他身上有多少泥。他穿的袜子，补了又补，他爱人要给他买双新的，他说："跟贫下中农比一比，咱穿的就不错了。"夏天他连凉席也不买，只花四毛钱买一条蒲席铺。

有一次，他发现孩子很晚才回家去。一问，原来是看戏去了。他问孩子："哪里来的票？"孩子说："收票叔叔向我要票，我说没有。叔叔问我是谁？我说焦书记是我爸爸。叔叔没有收票就叫我进去了。"焦裕禄听了非常生气，当即把一家人叫来"训"了一顿，命令孩子立即把票钱如数送给戏院。接着，又建议县委起草了一个通知，不准任何干部特殊化，不准任何干部和他们的子弟"看白戏"……

"焦裕禄是我们县委的好班长，好榜样。"

"在焦裕禄领导下工作，方向明，信心大，敢于大作大为，心情舒畅，就是累死也心甘。"

焦裕禄的战友这样说，反对过他的人这样说，犯过错误的人也这样说。

他心里装着全体人民，唯独没有他自己

县委一位副书记在乡下患感冒，焦裕禄几次打电话，要他回来休息；组织部一位同志有慢性病，焦裕禄不给他分配工作，要他安心疗养；财委一位同志患病，焦裕禄多次催他到医院检查……焦裕禄的心里，装着全体党员和全体人民，唯独没有他自己。

1964年春天，正当党领导着兰考人民同涝、沙、碱斗争胜利前进的时候，焦裕禄的肝病也越来越重了。很多人都发现，无论开会、做报告，他经常把右脚踩在椅子上，用右膝顶住肝部。他棉袄上的第二和第三个扣子是不扣的，左手经常揣在怀里。人们留心观察，原来他越来越多地用左手按着时时作痛的肝部，或者用一根硬东西顶在右边的椅靠上。日子久了，他办公坐的藤椅上，右边被顶出了一个大窟窿。他对自

己的病，是从来不在意的。同志们问起来，他才说他对肝痛采取了一种压迫止疼法。县委的同志们劝他疗养，他笑着说："病是个欺软怕硬的东西，你压住它，它就不欺侮你了。"焦裕禄暗中忍受了多大痛苦，连他的亲人也不清楚。他真是全心全意投到改变兰考面貌的斗争中去了。

焦裕禄到地委开会，地委负责同志劝他住院治疗，他说："春天要安排一年的工作，离不开！"没有去。地委给他请来一位有名的中医诊断，开了药方，因为药费很贵，他不肯买。他说："灾区群众生活很困难，花这么多钱买药，我能吃得下吗？"县委的同志背着他去买来三剂，强他服了，但他执意不再服第四剂。

那天，县委办公室的干部张思义和他一同骑自行车到三义寨公社去。走到半路，焦裕禄的肝痛发作，痛得骑不动，两个人只好推着自行车慢慢走。刚到公社，大家看他气色不好，就猜出他又发病了。公社的同志说："休息一下吧。"他说："谈你们的情况吧，我不是来休息的。"

公社的同志一边汇报情况，一边看着焦裕禄强按着肚子在做笔记。显然，他的肝痛得使手指发抖，钢笔几次从手指间掉了下来，汇报的同志看到这情形，忍住泪，连话都说不出来了，而他，故意做出神情自若的样子，说：

"说，往下说吧。"

1964年的3月，兰考人民的除"三害"斗争达到了高潮，焦裕禄的肝病也到了严重关头。躺在病床上，他的心潮汹涌澎湃，奔向那正在被改造着的大地。他满腔激情地坐到桌前，想动手写一篇文章，题目是：兰考人民多奇志，敢教日月换新天。他铺开稿纸，拟好了四个小题目：一、设想不等于现实。二、一个落后地区的改变，首先是领导思想的改变。领导思想不改变，外地的经验学不进，本地的经验总结不起来。

三、榜样的力量是无穷的。四、精神原子弹——精神变物质。

充满了革命乐观主义的焦裕禄，从兰考人民在抗灾斗争中表现出来的英雄气概，从兰考人民一步一个脚印的实干精神中，已经预见到新兰考美好的未来。但是，文章只开了个头，病魔就逼他放下了手中的笔，县委决定送他到医院治病去了。

临行那一天，由于肝痛得厉害，他是弯着腰走向车站的。他是多么舍不得离开兰考啊！一年多来，全县一百四十九个大队，他已经跑遍了一百二十多个。他把整个身心，都交给了兰考的群众、兰考的斗争。正像一位指挥员在战斗最紧张的时刻，离开炮火纷飞的前沿阵地一样，他从心底感到痛苦、内疚和不安。他不时深情地回顾着兰考城内的一切，他多么希望能很快地治好肝病，带着旺盛的精力回来和群众一块战斗啊！他几次向送行的同志们说，不久他就会回来的。在火车开动前的几分钟，他还郑重地布置了最后一项工作，要县委的同志好好准备材料，当他回来时，向他详细汇报抗灾斗争的战果。

"活着我没有治好沙丘，死了也要看着你们把沙丘治好！"

开封医院把焦裕禄转到郑州医院，郑州医院又把他转到北京的医院。在这位钢铁般的无产阶级战士面前，医生们为他和肝痛斗争的顽强性格感到惊异。他们带着崇敬的心情站在病床前诊察，最后很多人含着眼泪离开。

那是多么阴冷的日子啊！医生们开出了最后诊断书，上面写道："肝癌后期，皮下扩散。"这是不治之症。送他去治病的赵文选同志，决不相信这个诊断，人像傻了似的，一连声问道："什么，什么？"医生说："你赶紧送他回去，焦裕禄同志最多还有二十天时间。"

赵文选呆了一下，突然放声痛哭起来。他央告着说：

"医生，我求求你，我恳求你，请你把他治好，俺兰考是个灾区，俺全县人离不开他，离不开他呀！"

在场的人都含着泪。医生说：

"焦裕禄同志的工作情况，在他进院时，党组织已经告诉我们。癌症现在还是一个难题，不过，请你转告兰考县的群众，我们医务工作者，一定用焦裕禄同志同困难和灾害斗争的那种革命精神，来尽快攻占这个高峰。"

这样，焦裕禄又被转到郑州河南医学院附属医院。

焦裕禄病危的消息传到兰考后，县上不少同志曾去郑州看望他。县上有人来看他，他总是不谈自己的病，先问县里的工作情况，他问张庄的沙丘封住了没有，问赵垛楼的庄稼淹了没有，问秦寨盐碱地上的麦子长得怎样，问老韩陵地里的泡桐树栽了多少……

有一次，他特地嘱咐一个县委办公室的干部说：

"你回去对县委的同志说，叫他们把我没写完的文章写完；还有，把秦寨盐碱地上的麦穗拿一把来，让我看看！"

五月初，焦裕禄的病情进一步恶化了。在这种情况下，他的亲密战友、县委副书记张钦礼匆匆赶到郑州探望他。当焦裕禄用他那干瘦的手握着张钦礼，两只失神的眼睛充满深情地望着他时，张钦礼的泪珠禁不住一颗颗滚了下来。

焦裕禄问道："听说豫东下了大雨，雨多大？淹了没有？"

"没有。"

"这样大的雨，咋会不淹？你不要不告诉我。"

"是没有淹！排涝工程起作用了。"张钦礼一面回答，一面强忍着悲痛给他讲了一些兰考人民抗灾斗争胜利的情况，安慰他安心养病，说兰考面貌的改变也许会比原来的估计更快一些。

这时候，张钦礼看到焦裕禄在全力克制自己剧烈的肝痛，一粒粒黄豆大的冷汗珠时时从他额头上浸出来，他勉强擦了擦汗，半晌，问张钦礼：

"我的病咋样？为什么医生不肯告诉我呢？"

张钦礼迟迟没有回答。

焦裕禄一连追问了几次，张钦礼最后不得不告诉他说："这是组织上的决定。"

听了这句话，焦裕禄点了点头，镇定地说道："啊，我明白了……"

隔了一会儿，焦裕禄从怀里掏出一张自己的照片，颤颤地交给张钦礼，然后说道："钦礼同志，现在有句话我不能不向你说了，回去对同志们说，我不行了，你们要领导兰考人民坚决地斗争下去。党相信我们，派我们去领导，我们是有信心的。我们是灾区，我死了，不要多花钱。我死后只有一个要求，要求组织上把我运回兰考，埋在沙堆上，活着我没有治好沙丘，死了也要看着你们把沙丘治好！"

张钦礼再也无法忍住自己的悲痛，他望着焦裕禄，鼻子一酸，几乎哭出声来。他带着泪告别了自己最亲密的阶级战友……

谁也没有料到，这就是焦裕禄同兰考县人民、同兰考县党组织的最后一别。

1964年5月14日，焦裕禄同志不幸逝世了。那一年，他才四十二岁。

在他生命的最后时刻，中共河南省委和开封地委有两位负责同志守在他的床前。他对这两位上级党组织的代表断断续续地说出了最后一句话："我……没有……完成……党交给我的……任务。"

他死后，人们在他病榻的枕下，发现了一本《毛泽东选集》。

他没有死，他还活着

事隔一年以后，1965年春天，兰考县几十个贫农代表和干部，专程来到焦裕禄的坟前。贫农们一看见焦裕禄的坟墓，就仿佛看见了他们的县委书记，看见了他们永远也不会忘记的那个人。

一年前，他还在兰考，同贫下中农一起，日夜奔波在抗灾斗争的前线。人们怎么会忘记，在那大雪封门的日子，他带着党的温暖走进了贫农的柴门；在那洪水暴发的日子，他拄着棍子带病到各个村庄察看水情。是他高举着毛泽东思想的红灯，照亮了兰考人民自力更生的道路；是他带领兰考人民扭转了兰考的局势，激发了人们的革命精神；是他喊出了"锁住风沙，制伏洪水"的号召；是他发现了贫下中农中革命的"硬骨头"精神，使之在全县发扬光大……这一切，多么熟悉，多么亲切啊！谁能够想到，像他这样一个充满着革命活力的人，竟会在兰考人民最需要他的时候，离开了兰考的大地。

人们一个个含着泪站在他的坟前，一位老贫农泣不成声地说出了三十六万兰考人的心声：

"我们的好书记，你是活活地为俺兰考人民，硬把你给累死的呀。困难的时候你为俺贫农操心，跟着俺们受罪，现在，俺们好过了，全兰考翻身了，你却一个人在这里……"

这是兰考人民对自己亲人、自己的阶级战友的痛悼，也是兰考人民对一个为他们的利益献出生命的共产党员的最高嘉奖。

焦裕禄去世后的这一年，兰考县的全体党员、全体人民，用眼泪和汗水灌溉了兰考大地。三年前焦裕禄倡导制定的改造兰考大自然的蓝图，经过三年艰苦努力，已经变成了现实。兰考，这个豫东历史上缺粮的县份，1965年粮食已经初步自给了。全县二千五百七十四个生产队，除三百来个队是棉花、油料产区外，其余的都陆续自给，许多队还有了自己的储备粮。1965年，兰考县连续旱了六十八天，从1964年冬天到1965年春天，刮了七十二次大风，却没有发生风沙打死庄稼的灾害，十九万亩沙区的千百条林带开始把风沙锁住了。这一年秋天，连续下了三百八十四毫米暴雨，全县也没有一个大队受灾。

焦裕禄生前没有写完的那篇文章，由三十六万兰考人民在兰考大地上集体完成了。这是一篇开颜欢笑的文章，是一篇闪烁着毛泽东思想光辉的文章。在这篇文章里，兰考人民笑那起伏的沙丘"贴了膏药，扎了针"①，笑那滔滔洪水乖乖地归了河道，笑那个老几辈连茅草都不长的老碱窝开始出现了碧绿的庄稼，笑那多少世纪以来一直压在人们头上的大自然的暴君，在伟大的毛泽东时代，不能再任意摆布人们的命运了。

焦裕禄虽然去世了，但他在兰考土地上播下的自力更生的革命种子，正在发芽成长，他带给兰考人民的毛泽东思想的红灯，愈来愈发出耀眼的光芒。他一心为革命、一心为群众的高贵品德，已成为全县干部和群众学习的榜样。这一切宝贵的精神财富，今天已化为强大的物质力量，推动着兰考人民在自力更生、奋发图强的大道上继续奋勇前进。兰考灾区面貌的改变，还只是兰考人民征服大自然的开始，在这场伟大的向大自然进军的斗争中，他们不仅要彻底摘掉灾区的帽子，而且决心不断革命，把大部分农田逐步改造成为旱涝保收的稳产高产田，逐步实现"上纲要"（达到《农业发展纲要》规定的产量要求）、"过长江"，建设社会主义新兰考。

焦裕禄同志，你没有辜负党的希望，你出色地完成了党交给你的任

---

① 这是焦裕禄生前总结兰考人民治沙经验说过的两句话。"贴了膏药"是指用翻淤压沙的办法把沙丘封住；"扎了针"是指在沙丘上种上树，把沙丘固定住。

务，兰考人民将永远忘不了你。你不愧为毛泽东思想哺育成长起来的好党员，不愧为党的好干部，不愧为人民的好儿子！你是千千万万在严重自然灾害面前巍然屹立的共产党员和贫下中农革命英雄形象的代表。你没有死，你将永远活在千万人的心里！

（原载《人民日报》1966年2月7日）

哥德巴赫猜想

徐　迟

"……为革命钻研技术，分明是又红又专，被他们攻击为白专道路。"

1978年两报一刊元旦社论《光明的中国》

一

命Px（1，2）为适合下列条件的素数P的个数：

$$x - p = p_1 \text{ 或 } x - p = p_2 p_3$$

其中P$_1$、P$_2$、P$_3$都是素数。（这是不好懂的；读不懂时，可以跳过这几行）

用x表一充分大的偶数。

$$C_x = \prod_{\substack{p_1 x \\ p > 2}} \frac{p-1}{p-2} \prod_{p > 2}\left(1 - \frac{1}{(p-1)^2}\right)$$

对于任意给定的偶数h及充分大的x，用x_h（1，2）表示满足下面条件的素数P的个数：

$$p \leqslant x, p + h = p_1 \text{ 或 } h + p = p_2 p_3$$

其中P_1、P_2、P_3都是素数。

本文的目的在于证明并改进作者在文献〔10〕内所提及的全部结果，现在详述如下。

<h1 style="text-align:center">二</h1>

以上引自一篇解析数论的论文。这一段引自它的"（一）引言"，提出了这道题。它后面是"（二）几个引理"，充满了各种公式和计算。最后是"（三）结果"，证明了一条定理。这篇论文，极不好懂。即使是著名数学家，如果不是专门研究这一个数学的分支的，也不一定能读懂。但是这篇论文已经得到了国际数学界的公认，誉满天下。它所证明的那条定理，现在世界各国一致地把它命名为"陈氏定理"，因为它的作者姓陈，名景润。他现在是中国科学院数学研究所的研究员。

陈景润是福建人，生于1933年。当他降生到这个现实人间时，他的家庭和社会生活并没有对他呈现出玫瑰花朵一般的艳丽色彩。他父亲是邮政局职员，老是跑来跑去的。当年如果参加了国民党，就可以飞黄腾达，但是他父亲不肯参加。有的同事说他真是不识时务。他母亲是一个善良的操劳过甚的妇女，一共生了十二个孩子。只活了六个，其中陈景润排行老三。上有哥哥和姐姐；下有弟弟和妹妹。孩子生得多了，就不是双亲所疼爱的儿女了。他们越来越成为父母的累赘——多余的孩子，多余的人。从生下的那一天起，他就像一个被宣布为不受欢迎的人似的，来到了这人世间。

他甚至没有享受过多少童年的快乐。母亲劳苦终日，顾不上爱他。当他记事的时候，酷烈的战争爆发。日本鬼子打进福建省。他还那么小，就提心吊胆过生活。父亲到三元县农村中的一个邮政分局当局长。小小邮局，设在山区一座古寺庙里。这地方曾经是一个革命根据地。但那时候，茂郁山林已成为悲惨世界。所有男子汉都被国民党匪军疯狂屠杀，无一幸存者。连老年的男人也一个都不剩了。剩下的只有妇女。她们的生活特别凄凉。花纱布价钱又太贵了；穿不起衣服，大姑娘都还裸着上体。福州被敌人占领后，逃难进山来的人多起来。这里飞机不来轰炸，山区渐渐有点儿兴旺。却又迁来了一个集中营。深夜里，常有鞭声惨痛地回荡；不时还有杀害烈士的枪声。第二天，那些戴着镣铐出来劳动的人，神色就更阴森了。

陈景润幼小的心灵受到了极大的创伤。他时常被惊慌和迷惘所征服。在家里并没有得到乐趣。在小学里他总是受人欺侮。他觉得自己是一只丑小鸭。不，是人，他还是觉得自己也是一个人。只是他瘦削、弱小。光是这副窝囊样子就不能讨人喜欢。习惯于挨打，从来不讨饶。这更使对方狠狠揍他，而他则更坚韧而有耐力了。他过分敏感，过早地感觉到了旧社会那些人吃人的现象。他被造成了一个内向的人，内向的性格。他独独爱上了数学。不是因为被压，他只是因为爱好数学，演算数学习题占去了他大部分的时间。

当他升入初中的时候，江苏学院从远方的沦陷区搬迁到这个山区来了。那学院里的教授和讲师也到本地初中里来兼点课，多少也能给他们流亡在异地的生活改善一些。这些老师很有学问。有个语文老师水平最高。大家都崇拜他。但陈景润不喜欢语文。他喜欢两个外地的数理老师。外地老师倒也喜欢他。这些老师经常吹什么科学救国一类的话。他不相信科学能救国。但是救国却不可以没有科学，尤其不可以没有数学。而且数学是什么事儿也少不了它的。人们对他歧视，拳打脚踢，只能使他更加更加爱上数学。枯燥无味的代数方程式却使他充满了幸福，成为唯一的乐趣。

十三岁那年，他母亲去世了，是死于肺结核的。从此，儿想亲娘在梦中，而父亲又结了婚，后娘对他就更不如亲娘了。抗战胜利了，他们回到福州。陈景润进了三一中学。毕业后又到英华中学去念高中。那里有个数学老师，曾经是国立清华大学的航空系主任。

三

老师知识渊博，又诲人不倦。他在数学课上，给同学们讲了许多有趣的数学知识。不爱数学的同学都能被他吸引住，爱数学的同学就更不用说了。

数学分两大部分：纯数学和应用数学。纯数学处理数的关系与空间形式。在处理数的关系这部分里，讨论整数性质的一个重要分支，名叫"数论"。17世纪法国大数学家费马是西方数论的创始人。但是中国古代老早已对数论做出了特殊贡献。《周髀》是最古老的古典数学著作。较早的还有一部《孙子算经》。其中有一条余数定理是中国首创。后来被传到了西方，名为孙子定理，是数论中的一条著名定理。直到明代以前，中国在数论方面是对人类有过较大的贡献的。5世纪的祖冲之算出来的圆周率，比德国人奥托的，早出一千多年。约瑟夫（指斯大林）领导的科学家把月球的一个山谷命名为"祖冲之"。13世纪下半纪更是中国古代数学的高潮了。南宋大数学家秦九韶著有《数书九章》。他的联立一次方程式的解法比瑞士大数学家欧拉的解法早出了五百多年。元代大数学家朱世杰，著有《四元玉鉴》。他的多元高次方程的解法，比法国大数学家毕朱，也早出了四百多年。明清以后，中国落后了。然而中国人对于数学好像是特具禀赋的。中国应当出大数学家。中国会出大数学家的。

有一次，老师给这些高中生讲了数论之中一道著名的难题。他说，当初，俄罗斯的彼得大帝建设彼得堡，聘请了一大批欧洲的大科学家。其中，有瑞士大数学家欧拉（他的著作共有八百余种）；还有德国的一位中学教师，名叫哥德巴赫，也是数学家。

1742年，哥德巴赫发现，每一个大偶数都可以写成两个素数的和。他对许多偶数进行了检验，都说明这是确实的。但是这需要给予证明。因为尚未经过证明，只能称之为猜想。他自己却不能够证明它，就写信请教那赫赫有名的大数学家欧拉，请他来帮忙做出证明。一直到死，欧拉也不能证明它。从此这成了一道难题，吸引了成千上万数学家的注意。两百多年来，多少数学家企图给这个猜想做出证明，都没有成功。

说到这里，教室里成了开了锅的水。那些像初放的花朵一样的青年学生叽叽喳喳地议论起来了。

老师又说，自然科学的皇后是数学。数学的皇冠是数论。哥德巴赫猜想，则是皇冠上的明珠。

同学们都惊讶地瞪大了眼睛。

老师说，你们都知道偶数和奇数，也都知道素数和合数。我们小学三年级就教这些了。这不是最容易的吗？不，这道难题是最难的呢。这道题很难很难。要有谁能够做了出来，不得了，那可不得了啊！

青年人又吵起来了。这有什么不得了。我们来做。我们做得出来。他们夸下了海口。

老师也笑了。他说："真的，昨天晚上我还做了一个梦呢。我梦见你们中间的有一位同学，他不得了，他证明了哥德巴赫猜想。"

高中生们轰的一声大笑了。

但是陈景润没有笑。他也被老师的话震动了，但是他不能笑。如果他笑了，还会有同学用白眼瞪他的。自从升入高中以后，他越发孤独了。同学们嫌他古怪，嫌他脏，嫌他多病的样子，都不理睬他。他们用蔑视的和讥讽的眼神瞅着他。他成了一个踽踽独行、形单影只、自言自语、孤苦伶仃的畸零人。长空里，一只孤雁。

第二天，又上课了。几个相当用功的学生兴冲冲地给老师送上了几个答题的卷子。他们说，他们已经做出来了，能够证明那个德国人的猜想了。可以多方面地证明它呢。没有什么了不起的。哈！哈！

"你们算了！"老师笑着说，"算了！算了！"

"我们算了，算了。我们算出来了！"

"你们算啦，好啦好啦，我是说，你们算了吧，白费这个力气做什么？你们这些卷子我是看也不会看的，用不着看的。那么容易吗？你们是想骑着自行车到月球上去。"

教室里又爆发出一阵哄堂大笑。那些没有交卷的同学都笑话那几个交了卷的。他们自己也笑了起来，都笑得跺脚，笑破肚子了。唯独陈景润没有笑。他紧结着眉头。他被排除在这一切欢乐之外。

第二年，老师又回清华去了。他现在是北京航空学院副院长、全国航空学会理事长沈元。他早该忘记这两堂数学课了。他怎能知道他被多么深深地铭刻在学生陈景润的记忆中。老师因为同学多，容易忘记，学生却常常记着自己青年时代的老师。

四

福州解放！那年他高中三年级。因为交不起学费，1950年上半年，他没有上学，在家自学了一个学期。高中没有毕业，但以同等学历报考，他考进了厦门大学。那年，大学里只有数学物理系。读大学二年级时，才有了一个数学组，但只四个学生。到三年级时，有数学系了，系里还是这四个人。因为成绩特别优异，国家又急需培养人才，四个人提前毕了业，而且，立即分配了工作，得到的优待，羡慕煞人。1953年秋季，陈景润被分配到了北京！在第×中学当数学老师。这该是多么的幸福了啊！

然而，不然！在厦门大学的时候，他的日子是好过的。同组同系就只四个大学生，倒有四个教授和一个助教指导学习。他是多么饥渴而且贪馋地吸饮于百花丛中，以酿制芬芳馥郁的数学蜜糖啊！学习的成效非常之高。他在抽象的领域里驰骋得多么自由自在！大家有共同的dx和dy等等之类的数学语言。心心相印，息息相通。三年中间，没有人歧视他，也不受骂挨打了。他很少和人来往，过的是黄金岁月；全身心沉浸在数学的海洋里面。真想不到，那么快，他就毕业了。一想到他将要当老师，在讲台上站立，被几十对锐利而机灵、有时难免要恶作剧的眼睛盯视，他禁不住吓得打战！

他的猜想立刻就得到了证明。他是完全不适合于当老师的。他那么瘦小和病弱，他的学生却都是高大而且健壮的。他最不善于说话，说多几句就嗓子发痛了。他多么羡慕那些循循善诱的好老师。下了课回到房间里，他叫自己笨蛋。辱骂自己比别人的还厉害得多。他一向不会照顾自己，又不注意营养。积忧成疾，发烧到三十八摄氏度。送进医院一检查，他患有肺结核和腹膜结核症。

这一年内，他住医院六次，做了三次手术。当然他没有能够好好地教书。但他并没有放弃了他的专业。中国科学院不久前出版了华罗庚的名著《堆垒素数论》。刚摆上书店的书架，陈景润就买到了。他一头扎进去了。非常深刻的著作，非常之艰难！可是他钻研了它。住进医院，他还偷偷地避开了医生和护士的耳目，研究它。他那时也认为，这样下去，学校没有理由欢迎他。

他想他也许会失业？又有什么办法呢？好在他节衣缩食，一只牙刷也不买。他从来不随便花一分钱，他积蓄了几乎他的全部收入。他横下心来，失业就回家，还继续搞他的数学研究。积蓄这几个钱是他搞数学的保证。这保证他失了业也还能研究数学的几个钱，就是他的生命：他的生命就是数学。至于积蓄一旦用光了，以后呢？他不知道，那时又该怎么办？这也是难题；也是尚未得到解答的猜想。而这个猜想后来也证明是猜对了的。他的病好不了，中学里后来无法续聘他了。

厦门大学校长来到了北京，在教育部开会。那中学的一位领导遇见了他，谈起来，很不满意，提出了一大堆的意见：你们怎么培养了这样的高才生？

王亚南，厦门大学校长，就是马克思的《资本论》的翻译者，听到意见之后，非常吃惊。他一直认为陈景润是他们学校里最好的学生。他不同意他所听到的意见。他认为这是在分配学生的工作时，分配不得当。他同意让陈景润回到厦门大学。

听说他可以回厦门大学数学系了，说也奇怪，陈景润的病也就好转了。而王亚南却安排他在厦大图书馆当管理员，又不让管理图书，只让他专心致意地研究数学。王亚南不愧为政治经济学的批判家，他懂得价值论，懂得人的价值。陈景润也没有辜负老校长的培养。他果然精深地钻研了华罗庚的《堆垒素数论》和大厚本儿的《数论导引》。陈景润都把它们吃透了。他的这种经历却也并不是没有先例的。

当初，我国老一辈的大数学家、大教育家熊庆来，我国现代数学的引进者，在北京的清华大学执教。20世纪30年代之初，有一个在初中毕业以后就失了学，失了学就完全自学的青年人，寄出了一篇代数方程解法的文章，给了熊庆来。熊庆来一看，就看出了这篇文章中的英姿勃发和奇光异彩。他立刻把它的作者，姓华名罗庚的，请进了清华园来。他安排华罗庚在清华数学系当文书，可以一面自学，一面大量地听课。而后，派遣华罗庚出国，留学英国剑桥。学成回国，已担任昆明的云南大学校长的熊庆来又介绍他当联大教授。华罗庚后来再次出国，在美国普林斯顿和依利诺的大学教书。中华人民共和国成立以后，华罗庚马上回国来了，他主持了中国科学院数学研究所的工作。

陈景润在厦门大学图书馆中也很快写出了数论方面的专题文章，文章寄给了中国科学院数学研究所。华罗庚一看文章，就看出了文章中的英姿勃发和奇光异彩，也提出了建议，把陈景润选调到数学研究所来当实习研究员。正是：熊庆来慧眼认罗庚，华罗庚睿目识景润。

1956年年底，陈景润再次从南方海滨来到了首都北京。

1957年夏天，数学大师熊庆来也从国外重返祖国首都。

这时少长咸集，群贤毕至。当时著名的数学家有熊庆来、华罗庚、张宗燧、闵嗣鹤、吴文俊等等许多明星灿灿；还有新起的一代俊彦，陆启铿、万哲先、王元、越民义、吴方等等，如朝霞烂漫；还有后起之秀，陆汝钤、杨乐、张广厚等等已入北京大学求学。在解析数论、代数数论、函数论、泛函分析、几何拓扑学等等的学科之中，已是人才济济，又加上了一个陈景润。人人握灵蛇之珠，家家抱荆山之玉。风靡云蒸，阵容齐整。条件具备了，华罗庚做出了部署。侧重于应用数学，但也要向那皇冠上的明珠——哥德巴赫猜想挺进！

五

要懂得哥德巴赫猜想是怎么一回事，只需把早先在小学三年级里就学到过的数学再来温习一下。那些12345、个十百千万的数字，叫作正整数。那些可以被2整除的数，叫作偶数。剩下的那些数，叫作奇数。还有一种数，如2、3、5、7、11、13等等，只能被1和它本数，而不能被别的整数整除的，叫作素数。除了1和它本数以外，还能被别的整数整除的，这种数如4、6、8、9、10、12等等就叫作合数。一个整数，如能被一个素数所整除，这个素数就叫作这个整数的素因子。如6，就有2和3两个素因子。如30，就有2、3和5三个素因子。好了，这暂时也就够用了。

1742年，哥德巴赫写信给欧拉时，提出了：每个不小于6的偶数都是两个素数之和。例如，6=3+3。又如，24=11+13等等。有人对一个一个的偶数都进行了这样的验算，一直验算到了三亿三千万之数，都表明这是对的。但是更大的数目，更大更大的数目呢？猜想起来也该是对的。猜想应当证明，要证明它却很难很难。

整个18世纪没有人能证明它。

整个19世纪也没有能证明它。

到了20世纪的20年代，问题才开始有了点儿进展。

很早以前，人们就想证明，每一个大偶数是两个"素因子不太多的"数之和。他们想这样子来设置包围圈，想由此来逐步、逐步证明哥德巴赫这个命题：一个素数加一个素数（1+1）是正确的。

1920年，挪威数学家布朗，用一种古老的筛法（这是研究数论的一种方法）证明了：每一个大偶数是两个"素因子都不超九个的"数之和。布朗证明了：九个素因子之积加九个素因子之积（9+9），是正确的。这是用了筛法取得的成果。但这样的包围圈还很大，要逐步缩小之。果然，包围圈逐步地缩小了。

1924年，数学家拉德马哈尔证明了（7+7）；1932年，数学家爱斯斯尔曼证明了（6+6）；1938年，数学家布赫斯塔勃证明了（5+5）；

1940年，他又证明了（4+4）。1956年，数学家维诺格拉多夫证明了（3+3）。1958年，我国数学家王元又证明了（2+3）。包围圈越来越小，越接近于（1+1）了。但是，以上所有证明都有一个弱点，就是其中的两个数没有一个是可以肯定为素数的。

早在1948年，匈牙利数学家兰恩易另外设置了一个包围圈。开辟了另一战场，想来证明：每个大偶数都是一个素数和一个"素因子都不超过六个的"数之和。他果然证明了（1+6）。

但是，以后又是十年没有进展。

1962年，我国数学家、山东大学讲师潘承洞证明了（1+5），前进了一步；同年，王元、潘承洞又证明了（1+4）。1965年，布赫斯塔勃、维诺格拉多夫和数学家庞皮艾黎都证明了（1+3）。

1966年5月，一颗璀璨的讯号弹升上了数学的天空，陈景润在中国科学院的刊物《科学通报》第十七期上宣布他已经证明了（1+2）。

自从陈景润被选调到数学研究所以来，他的才智的蓓蕾一朵朵地烂漫开放了。在圆内整点问题、球内整点问题、华林问题、三维除数问题等等之上，他都改进了中外数学家的结果。单是这一些成果，他那贡献就已经很大了。

但当他已具备了充分依据，他就以惊人的顽强毅力，来向哥德巴赫猜想挺进了。他废寝忘食，昼夜不舍，潜心思考，探测精蕴，进行了大量的运算。一心一意地搞数学，搞得他发呆了。有一次，自己撞在树上，还问是谁撞了他。他把全部心智和理性通通奉献给这道难题的解题上了，他为此而付出了很高的代价。他的两眼深深凹陷了。他的面颊带上了肺结核的红晕。喉头炎严重，他咳嗽不停。腹胀、腹痛，难以忍受。有时已人事不知了，却还记挂着数字和符号。他跋涉在数学的崎岖山路，吃力地迈动步伐。在抽象思维的高原，他向陡峭的巉岩升登，降下又升登！善意的误会飞入了他的眼帘。无知的嘲讽钻进了他的耳道。他不屑一顾；他未予理睬。他没有时间来分辩；他宁可含垢忍辱。餐霜饮雪，走上去一步就是一步！他气喘不已，汗如雨下。时常感到他支持不下去了。但他还是攀登。用四肢，用指爪。真是艰苦卓绝！多少次上去了摔下来。就是铁鞋，也早该踏破了。人们嘲笑他穿的鞋是破了的：硬是通风透气不会得脚气病的一双鞋子。不知多少次发生了可怕的滑坠！几乎粉身碎骨。他无法统计他失败了多少次。他毫不气馁。他总结失败的教训，把失败接起来，焊上去，作登山用的尼龙绳子和金属梯子。吃一堑，长一智。失败一次，前进一步。失败是成功之母；成功由失败堆垒而成。他越过了雪线，到达雪峰和现代冰川，更感缺氧的严重了。多少次坚冰封山，多少次雪崩掩埋！他就像那些征服珠穆朗玛峰的英雄登山运动员，爬啊，爬啊，爬啊！而恶毒的诽谤、恶意的污蔑像变天的乌云和九级狂风。然而热情的支持为他拨开云雾；爱护的阳光又温暖了他。他向着目标，不屈不挠；继续前进，继续攀登。战胜了第一台阶的难以登上的峻峭；出现在难上加难的第二台阶绝壁之前。他只知攀登，在千仞深渊之上；他只管攀登，在无限风光之间。一张又一张的运算稿纸，像漫天大雪似的飞舞，铺满了大地。数字、符号、引理、公式、逻辑、推理，积在楼板上，有三尺深。忽然化为膝下群山，雪莲万千。他终于登上了攀登顶峰的必由之路，登上了（1+2）的台阶。

他证明了这个命题，写出了厚达二百多页的长篇论文。

闵嗣鹤老师给他细心地阅读了论文原稿。检查了又检查，核对了又核对。肯定了，他的证明是正确的，靠得住的。他给陈景润说，去年人家证明（1+3）是用了大型的、高速的电子计算机。而你证明（1+2）却完全靠你自己运算。难怪论文写得长了。太长了，建议他加以简化。

本文第一段最后一句说到的"文献〔10〕"就是这时他以简报形

式，在《科学通报》上宣布的，但只提到了结果，尚未公布他的证明。他当时正修改他的长篇论文。就是在这个当口，突然陈景润被卷入了政治革命的万丈波澜。滚滚而来的巨浪冲击了一切剥削阶级的思想意识。史无前例的"无产阶级文化大革命"，像一颗颗的精神原子弹、氢弹的成功试验一样，在神州大地上连续爆炸了。

六

陈景润在"文化大革命"中受到了最严峻的考验。老一辈的数学家受到了冲击，连中年和年轻的也跑不了。庄严的科学院被骚扰了；热腾腾的实验室冷清清了。日夜的辩论；剧烈的争吵。行动胜于语言；拳头代替舌头。"文化大革命"像一个筛子。什么都要在这筛子上过滤一下。它用的也是筛法。该筛掉的最后都要筛掉；不该筛掉的怎么也筛不掉。

曾经有人强调了科学工作者要安心工作，钻研学问，迷于专业。陈景润又被认为是这种所谓资产阶级科研路线的"安钻迷"典型。确实他成天钻研学问。不关心政治，是的，但也参加了历次的政治运动。共产党好，国民党坏，这个朴素的道理他非常之分明。数学家的逻辑像钢铁一样坚硬；他的立场站得稳。他没有犯过什么错误。在政治历史上，陈景润一身清白。他白得像一只仙鹤。鹤羽上，污点沾不上去。而鹤顶鲜红；两眼也是鲜红的。这大约是他熬夜熬出来的。他曾下厂劳动，也曾用数学来为生产服务，尽管他是从事于数论这一基础理论科学的。但不关心政治，最后政治要来关心他。并且，要狠狠地批评他了。批评得轻了，不足以触动他。只有触动了他，才能使他今后注意路线关心政治。批评不怕过分，矫枉必须过正。但是，能不能一推就把他推过敌我界限？能不能将他推进"专政队"里去？尽量摆脱外界的干扰，以专心搞科研又有何罪？

善意的误会，是容易纠正的。无知的嘲讽，也可以谅解的。批判一个数学家，多少总应该知道一些数学的特点。否则，说出了糊涂话来自己还不知道。陈景润被批判了。他被帽子工厂看中了：修正主义苗子，"安钻迷"，白专道路典型，白痴，寄生虫，剥削者。就有这样的糊涂话：这个人，研究（1+2）的问题。他搞的是一套人们莫名其妙的数学。让哥德巴赫猜想见鬼去吧！（1+2）有什么了不起，1+2不等于3吗？此人混进数学研究所，领了国家的工资，吃了人民的小米，研究什么1+2=3，什么玩艺儿？！伪科学！

说这话的人才像白痴呢。

并不懂得数学的人说出这样的话，那是可以理解的，可是说这些话的人中间，有的明明是懂得数学，而且是知道哥德巴赫猜想这道世界名题的。那么，这就是恶意的诽谤了。权力使人昏迷了；派性叫人发狂了。

理解一个人是很难的。理解一个数学家也不容易。至于理解一个恶意的诽谤者却很容易，并不困难。只是陈景润发病了，他病重了。钢铁工厂也来光顾了。陈景润听着那些厌恶与侮辱他的、唾沫横飞的、听不清楚的言语。他茫然直视。他两眼发黑，看不到什么了。他像发寒热一样颤抖。一阵阵刺痛的怀疑在他脑中旋转。血痕印上他惨白的面颊。一块青一块黑，一种猝发的疾病临到他的身上。他眩晕，他休克，一个倒栽葱，从上空摔到地上。"资产阶级认为最革命的事件，实际上却是最反革命的事件。果实落到了资产阶级共和派的怀里，但它不是从生命树上落下来的，而是从知善恶树上落下来的。"（马克思：《路易·波拿巴的雾月十八日》——二）

七

台风的中心是安静的。

过了一段时间，不知是多少天多少月？"专政队"的生活反倒平静无事了。而旋卷在台风里面的人却焦灼着、奔忙着、谋划着、叫嚷着、战斗着，不吃不睡，狂热地保护自己的派性，疯狂地攻击对方的派性。他们忙着打派仗，竟没有时间来顾及他们的那些"专政"对象了。这时有一个老红军，主动出来担当了看守他们的任务。实际是一个热情的支持者，他保护了科学家们，还允许他们偷偷地看书。

待到工人宣传队进驻科学院各所以后，陈景润被释放了，可以回到他自己的小房间里去住了。不但可以读书，也可以运算了。但是总有一些人不肯放过了他。每天，他们来敲敲门，来查查户口，弄得他心惊肉跳，不得安生。有一次，带来了克丝钳子；存心不让他看书，把他房间里的电灯铰了下来，拿走了。还不够，把开关拉线也剪断了。

于是黑暗降临他的心房。

但是他还得在黑暗中活下去啊，他买了一只煤油灯。又深怕煤油灯光外露，就在窗子上糊了报纸。他挣扎着生活，简直不成样子。对搞工作的，扣他们工资；搞打砸抢的，反而有补贴。过了这样久心惊肉跳的生活，动辄得咎，他的神经极度衰弱了。工作不能做，书又不敢读。工宣队来问：为什么要搞1+1=2以及1+2=3呢？他哭笑不得，张皇失措了。他语无伦次，不知道怎样对师傅们解说才能解释清楚。工人同志觉得这个人奇怪。但是他还是给他们解释清楚了。这（1+1）、（1+2）只是一个通俗化的说法，并不是日常所说的1+1和1+2。好像我们说一个人是纸老虎，并不就是老虎了。弄清楚了之后，工人师傅也生气地说：那些人为什么要胡说？他们也热情支持他，并保护他了。

"九一三"事件之后，大野心家已经演完了他的角色，下场遗臭万年去了。陈景润听到这个传达之后，吃惊得说不出话来。这时，情况渐渐地好转。可是他却越加成了惊弓之鸟。激烈的阶级斗争使他无所适从。唯一的心灵安慰从来就是数学。他只好到数论的大高原上去隐居起来。现在也允许他这样做，继续向数学求爱了。图书馆的研究员出身的管理员也是他的热情支持者。事实证明，热情的支持者，人数众多。他们对他好，保护他。他被藏在一个小书库的深深的角落里看书。由于这些研究员的坚持，数学研究所继续订购世界各国的文献资料。这样几年，也没有中断过；这是有功劳的。他阅读，他演算，他思考。情绪逐步地振作起来。但是健康状况却越加严重了。他从不说；他也不顾。他又投身于工作。白天在图书馆的小书库一角，夜晚在煤油灯底下，他又在攀登，攀登，攀登了，他要找寻一条一步也不错的最近的登山之途，又是最好走的路程。

敬爱的周总理，一直关心着科学院的工作，腾出手来排除帮派的干扰。半个月之前，有一位周大姐被任命为数学研究所的政治部主任。由解析数论、代数数论等学科组成的五学科室恢复了上下班的制度。还任命了支部书记，是个工农出身的基层老干部，当过第二野战军政治部的政治干事。

到职以后，书记就到处找陈景润。周大姐已经把她所了解的情况告诉了他。但他找不到陈景润。他不在办公室里。办公室里还没有他的办公桌。他已经被人忘记掉了。可是他们会了面，会面在图书馆小书库的一个安静的角上。

刚过国庆，十月的阳光普照。书记还只穿一件衬衣，衰弱的陈景润已经穿上棉袄。

"李书记，谢谢你，"陈景润说，他见人就谢，"很高兴。"他说了一连串的很高兴。他一见面就感到李书记可亲，"很高兴，李书记，我很高兴，李书记，很高兴。"

李书记问他："下班以后，下午五点半好不好？我到你屋去看看你。"

陈景润想了一想就答应了："好，那好，那我下午就在楼门口等你，要不你会找不到的。"

"不，你不要等我，"李书记说，"怎么会找不到呢？找得到的。完全用不着等的。"

但是陈景润固执地说："我要等你，我在宿舍大楼门口等你。不然你找不到。你找不到我就不好了。"

果然下午他是在宿舍大楼门口等着的。他把李书记等到了，带着他上了三楼，请进了一个小房间。小小房间，只有六平方米大小。这房间还缺了一只角。原来下面二楼是个锅炉房。长方形的大烟囱从他的三楼房间中通过，切去了房间的六分之一。房间是刀把形的。显然它的主人刚刚打扫过清理过这间房子。但还是不太整洁。窗子三槅，糊了报纸，糊得很严实。尽管秋天的阳光非常明丽，屋内光线暗淡得很。纱窗之上，是羊尾巴似的卷起来的窗纱。窗上缠着绳子，关不严。虫子可以飞出飞进。李书记没有想到他住处这样不好。他坐到床上，说："你床上还挺干净！"

"新买了床单。刚买来的床单，"陈景润说，"你要来看看我。我特地去买了床单。"指着光亮雪白的兰格子花纹的床单："谢谢你，李书记，我很高兴，很久很久了，没有人来看望……看望过我了。"他说，声音颤抖起来。这里面带着泪音。霎时间李书记感到他被这声音震撼起来，满腔怒火燃烧。这个党的工作者从来没有这样激动过。不像话；太不像话了！这房间里还没有桌子。六平方米的小屋，竟然空如旷野。一捆捆的稿纸从屋角两只麻袋中探头探脑地露出脸来。只有四叶暖气片的暖气上放着一只饭盒。一堆药瓶，两只暖瓶。连一只矮凳子也没有。怎么还有一只煤油灯？他发现了，原来房间里没有电灯。"怎么？"他问，"没有电灯？"

"不要灯，"他回答，"要灯不好。要灯麻烦。这栋大楼里，用电炉的人家很多。电线负荷太重，常常要检查线路，一家家的都要查到。但是他们从来不查我。我没有灯，也没有电线。要灯不好，要灯添麻烦了。"说着他凄然一笑。

"可是你要做工作。没有灯，你怎么做工作？说是你工作得很好。"

"哪里哪里。我就在煤油灯下工作；那，一样工作。"

"桌子呢？你怎么没有桌子？"

陈景润随手把新床单连同褥子一起翻了起来，露出了床板，指着说："这不是？这样也就可以工作了。"

李书记皱起了眉头，咬牙切齿了。他心中想着："唔，竟有这样的事！在中关村，在科学院呢。糟蹋人啊，糟蹋科学！被糟蹋成了这个状态。"一边这样想，一边又指着羊尾巴似的窗纱问道，"你不用蚊帐？不怕蚊虫咬？"

"晚上不开灯，蚊子不会进来。夏天我尽量不在房间里耽着。现在蚊子少了。"

"给你灯，"李书记加重了语气说，"接上线，再给你桌子、书架，好不好？"

"不好不好，不要不要，那不好，我不要，不……不……"

李书记回到机关。他找到了比他自己早到了才一个星期的办公室老张主任。主任听他说完后，认为这一切不可能："瞎说！怎么会没有灯呢？"李书记给他描绘了小房间的寂寞风光。那些身上长刺头上长角的人把科学院搅得这样！立刻找来了电工。电工马上去装灯。灯装上了，开关线也接上了。一拉，灯亮了。陈景润已经俯伏在一张桌子之上，写起来了。

光明回到陈景润的心房。

八

（他写着，写着）……

由（22）式及上式，当 x 很大时，有

$$M_1 \leqslant (8 + 24\varepsilon) C_x (\log x)^{-1}$$

$$\sum_{\substack{x^{\frac{1}{10}} < p_1 \leqslant x^{\frac{1}{3}} < p_2 \leqslant \left(\frac{x}{p_1}\right)^{\frac{1}{2}} \\ n \leqslant \frac{x}{p_1 p_2}}} \left(\frac{\Lambda(n)}{\log \frac{x}{p_1 p_2}}\right) \phi\left(\frac{x}{p_1 p_2 n}\right)。$$

由引理1，本引理得证。

引理8，设 x 是大偶数，则有

$$\Omega \leqslant \frac{3.9404 x C_x}{(\log x)^2}$$

［引理8的一句话，读作"设 x 是一个大偶数，则有奥米茄小于或等于3点9404 xC_x，除以括弧中的罗格 x 的平方！"请注意，这一公式是解决哥德巴赫猜想的（1+2）证明的主要关键］

证：当 x 很大时，由引理5到引理7，我们有

$$\Omega \leqslant \left\{ \frac{8(1+5\varepsilon)xC_X}{\log x} \right\}$$

$$\left\{ \sum_{x^{\frac{1}{10}} < p_1 \leqslant x^{\frac{1}{3}} < p_2 \leqslant \left(\frac{x}{p_1}\right)^{\frac{1}{2}}} \frac{1}{p_1 p_2 \log \frac{x}{p_1 p_2}} \right\}$$

又有

$$\sum_{x^{\frac{1}{10}} < p_1 \leqslant x^{\frac{1}{3}} < p_2 \leqslant \left(\frac{x}{p_1}\right)^{\frac{1}{2}}} \frac{1}{p_1 p_2 \log \frac{x}{p_1 p_2}}$$

$$\leqslant (1+\varepsilon) \sum_{x^{\frac{1}{10}} < p_1 \leqslant x^{\frac{1}{3}}} \int_{x^{\frac{1}{3}}}^{\left(\frac{x}{p_1}\right)^{\frac{1}{2}}} \frac{dt}{p_1 t (\log t) \log \frac{x}{p_1 t}}$$

……

何等动人的一页又一页篇章！这些是人类思维的花朵。这些是空谷幽兰、高寒杜鹃、老林中的人参、冰山上的雪莲、绝顶上的灵芝、抽象思维的牡丹。这些数学的公式也是一种世界语言。学会这种语言就懂得它了。这里面贯穿着最严密的逻辑和自然辩证法。它是在探索太阳系、银河系、河外系和宇宙的秘密，原子、电子、粒子、层子的奥妙中产生的。但是能升登到这样高深的数学领域去的人，一般地说，并不很多。

且让我们这样稍稍窥视一下彼岸彼土。那里似有美丽多姿的白鹤在飞翔舞蹈。你看那玉羽雪白，雪白得不沾一点尘土；而鹤顶鲜红，而且鹤眼也是鲜红的。它蹁跹徘徊，一飞千里。还有乐园鸟飞翔，有鸾凤和鸣，姣妙、娟丽，变态无穷。在深邃的数学领域里，散魂而荡目，迷不知其所之。

闵嗣鹤老师却能够品味它，欣赏它，观察它的崇高瑰丽。他当时说过："陈景润的工作，最近好极了。他已经把哥德巴赫猜想的那篇论文写出来了。我已经看到了，写得极好。"

"你的论文写出了，"一位军代表问陈景润，"为什么不拿出来？"陈景润回答他："正做正做，没有做完。"军代表说："希望你早日完成。"

室里的领导老田对李书记说："可以动员动员他，让他拿出来。但也不急。他不拿出来，自然有他的道理的。"

李书记问了问他，陈景润说："有人还在骂我，说我不交论文是因为现在没有稿费了。说是恢复了稿费我就会交了。"李书记追了他一句："谁这样说你？"他回答："你不要问了。谢谢你，你可别去问啊！问了我更麻烦了。没有稿费，谢天谢地。我不要稿费。我压根儿也没有想到它。那个稿子我还在做。我确实没有做完。"

九

"我确实还没有做完。我的论文是做完了，又是没有做完的。自从我到数学研究所以来，在严师、名家和组织的培养、教育、熏陶下，我是一个劲儿钻研。怎么还能干别的事？不这样怎么对得起党？在世界数学的数论方面三十多道难题中，我攻下了六七道难题，推进了它们的解决。这是我的必不可少的锻炼和必不可少的准备。然后我才能向哥德巴赫猜想挺进。为此，我已经耗尽了我的心血。

"1965年，我初步达到了（1+2）。但是我的解答太复杂了，写了两百多页的稿子。数学论文的要求是（一）正确性；（二）简洁性。譬如从北京城里走到颐和园那样，可有许多条路，要选择一条最准确无错误、又最短最好的道路。我那个长篇论文是没有错误，但走了远路，绕了点儿道，长达两百多页，也还没有发表。国外没有承认它，也没有否认它，因为它没有发表。从那年到今天已经过去了七年。

"这个事是比较困难的，也是难于被人理解的。从学习外语来说，我是在中学里就学了英语，在大学里学的俄语；在所里又自学了德语和法语。我勉强可以阅读而且写写了。又自学了日语、意大利语和西班牙语，到了勉强可以阅读外国资料和文献的程度。因而在借鉴国外的经验和成就时，可以从原文阅读，用不到等人翻译出来了再读。这是必不可少的一个条件。我必须检阅外国资料的尽可能的全部总和，消化前人智慧的尽可能不缺的全部的果实。而后我才能在这样的基础上解答（1+2）这样的命题。

"我的成果又必须表现在这样的一篇论文中，虽然是专业性质的论文，文字是比较简单的；尽管是相对地严密的，又必须是绝对地精确的。若干地方就是属于哲学领域的了。所以我考虑了又考虑，计算了又计算，核对了又核对，改了又改，改个没完。我不记得我究竟改了多少遍。科学的态度应当是最严格的，必须是最严格的。

"我知道我的病早已严重起来。我是病入膏肓了。细菌在吞噬我的肺腑内脏。我的心力已到了衰竭的地步。我的身体确实是支持不了啦！唯独我的脑细胞是异常地活跃，所以我的工作停不下来。我不能停止……"

十

1973年2月，春节来临。

早一天，数学研究所的周大姐说，佳节前后，要特别关心一下病号。她说："那些老八路的作风，那些过去部队里形成的作风，我们千万不能丢掉了。尤其像陈景润那样的同志，要关心他，他很顽强。他病得起不来了，但又没有起不来的时候。在任何情况下挣扎起来，他坚持工作。他为什么？他为谁？为他自己吗？为他自己，早就不干了。不是，他是为人民、为党工作。我们要去慰问他。也要慰问单位里所有的病人。"

其实，外表看来魁梧、说话声音洪亮的周大姐自己也是一个力疾从公，患有心脏病，应当受到慰问的人。

大年初一早晨，周大姐和几个书记，包括李书记，一行数人，把头天买好了的苹果、梨子装进一些塑料网线袋子。若干袋子大家分头提了，然后举步出发，慰问病人。他们先到陈景润那里。他住得最近。

陈景润正从楼梯上走下来。大家招呼他。他很惊讶，来了这许多的领导同志。周大姐说："过春节，我们看你来了，你的病好点了吧？"李书记也说："新年好，给你贺新年。"陈景润说："噢，今天是新年了啊？我很高兴，谢谢你们，谢谢你们。新年好，你们好。"李书记说："到你屋里去坐坐吧。""不。不行，"陈景润说，"你没有先给我打招呼，不能进去。"周大姐沉吟了一下，说："好吧，我们就不去了。李书记，你给他送水果上楼吧。我们还上别家去，你回头再赶上我们好了。"李书记说："好。"周大姐和陈景润握手，并祝他早日恢复健康，然后转过身走了。李书记把水果袋递给陈景润说："春节了。这是组织上送给你的。希望你在新的一年里，多给党做点工作。""不要水果，不要水果，"陈景润推却了，"我很好，我没有病，没有什么……这点点病，呃……呃，谢谢你，我很高兴。"说着说着他收下了水果。李书记说："上你屋聊聊？"他又张手拦住，"不，不要进屋了，你没有给我打招呼。"

李书记说："那好，我不上去了。你有什么事，随时告诉我。我也得去追上他们，到别家去看望看望。"于是握手作别，他返身走。刚走两步，后面又叫："李书记，李书记！"陈景润又追过来，把水果袋子给了李书记，并说，"给你家的小孩吃吧。我吃不了这多。我是不吃水果的。"李书记说："这是组织上给你的，不过表示表示一点点的心意罢了。要你好好保养身体，可以更好地工作。你收下吧，吃不下，你慢慢地吃吧。"

他默然收下了。他噙着泪送李书记到大楼门口。李书记扬手走了，赶上了周大姐他们的行列。陈景润望着李书记的背影，凝望着周大姐一行人的背影模糊地消失在中关村路林荫道旁的切面铺子后面了。突然间，他激动万分。他回上楼，见人就讲，并且没有人他也讲："从来所领导没有把我当作病号对待，这是头一次；从来没有人带了东西来看望我的病，这是头一次。"他举起了塑料袋，端详它，说，"这是水果，我吃到了水果，这是头一次。"

他飞快地进了小屋。一下子把自己反锁在里面了。

他没有再出来。直到春节过去了。头一天上班，陈景润把一叠手稿交给了李书记，说：

"这是我的论文。我把它交给党。"

李书记看看他，又轻声问他："是那个（1+2）？"

"是的，闵老师已看过，不会有错误的。"陈景润说。

数学研究所立即组织了一次小型的学术报告会。十几位专家听了陈景润的报告，一致给以高度评价。然后，数学研究所业务处将他的论文上报院部。

十一

显见，我们有

$$P_x(1,2) \geqslant P_x(x, x^{\frac{1}{10}})$$

$$-(\frac{1}{2}) \sum_{x^{\frac{1}{10}} < p \leqslant x^{\frac{1}{}}} P_x(x, P, x^{\frac{1}{10}}) - \frac{\Omega}{2} - x^{0.91}。 \tag{28}$$

由（28）式、引理8和引理9，即得到定理1

$$P_x(1,2) \geqslant \frac{0.67xC_x}{(\log x)^2}$$

的证明。

完全类似的方法可得到定理2的证明。

以上就是陈景润的著名论文：《大偶数表为一个素数及一个不超过二个素数的乘积之和》的"（三）结果"。作为结果的定理就是那个"陈氏定理"。

四月中的一天，中国科学院在三里河工人俱乐部召开全院党员干部大会。武衡同志在会上做报告。他说到数学研究所一位中级的研究员做出了世界水平的重大成果。当时没说人名，听到了，还不知说谁。李书记在座中，捅了一下旁边的人。"干什么？"那人说。他问："你听到没有？""怎么啦？"那人又说。"这活儿是陈景润做出来的啊！""噢？还这么重要？"那人说。"这是世界名题。真不简单！"

第二天，新华社记者来访。他见到了陈景润，谈了话，进他房间看了看。回去就写出一篇报道，立即在内部刊物上发表。其中，说到了陈景润的经历；他刻苦钻研的精神；重大的科研成果以及他现在还住在一间烟熏火烤的小房间里。生活条件很差！疾病严重！！生命垂危！！！

毛主席看到了这篇报道，立即做出了指示。

当天深夜，武衡同志走进了陈景润的小房间。

他立即被送进医院，由首都医院内科主任和卫生部一位副部长给他做了全面的身体检查。他患有多种疾病。他们要他立即住院疗养，他不肯。于是，向他传达了毛主席的指示。

他一共住院一年半。

在住院期间，敬爱的周总理曾亲自安排了陈景润的全国人民代表席位。在第四届全国人民代表大会上，陈景润见到了周总理，并和总理在一个小组里开会。人代会期间，当他得知总理的病时，当场哭了起来，几夜睡不着觉。大会后，他仍回医院治疗。

当他出院的时候，医院的诊断书上写着：

"经住院治疗后，一般情况较好。精神改善；体温正常。体重增加十斤；饮食睡眠好转。腹痛腹胀消失；二肺未见活动性病灶。心电图正常；脑电图正常。肝肾功能正常；血沉及血象正常。"

早在他的论文发表时，西方记者迅即获悉，电讯传遍全球。国际上的反响非常强烈。英国数学家哈勃斯丹和联邦德国数学家李希特的著作《筛法》正在印刷所校印。他们见到了陈景润的论文立即要求暂不付印，并在这部书里加添了一章，第十一章："陈氏定理"。他们誉之为筛法的"光辉的顶点"。在国外的数学出版物上，诸如"杰出的成就""辉煌的定理"，等等，不胜枚举。一个英国数学家给他的信里还说："你移动了群山！"

真是愚公一般的精神啊！

或问：这个陈氏定理有什么用处呢？它在哪些范围内有用呢？

大凡科学成就有这样两种：一种是经济价值明显，可以用多少万、多少亿人民币来精确地计算出价值来的，叫作"有价之宝"；另一种成就是在宏观世界、微观世界、宇宙天体、基本粒子、经济建设、国防科研、自然科学、辩证唯物主义哲学等等等等之中有这种那种作用，其经济价值无从估计，无法估计，没有数字可能计算的，叫作"无价之宝"，例如，这个陈氏定理就是。

现在，离皇冠上的明珠，只有一步之遥了。

但这是最难的一步。且看明珠归于谁之手吧！

十二

陈景润曾经是一个传奇式的人物。关于他，传说纷纭，莫衷一是。有善意的误解、无知的嘲讽，恶意的诽谤、热情的支持，都可以使得这个人扭曲、变形、砸烂或扩张放大。理解人不容易；理解这个数学家更难。他特殊敏感、过于早熟、极为神经质、思想高度集中。外来和自我的肉体与精神的折磨和迫害使得他试图逃出于世界之外。他相当成功地逃避在纯数学之中，但还是藏匿不了。纯数学毕竟是非常现实的材料的反映。"这些材料以极度抽象的形式出现，这只能在表面上掩盖它起源于外部世界的事实。"（恩格斯）陈景润通过数学的道路，认识了客观世界的必然规律。他在诚实的数学探索中，逐步地接受了辩证唯物论的世界观。没有一定的世界观转变，没有科学院这样的集体和党的关怀，他不可能对哥德巴赫猜想做出这辉煌贡献。被冷酷地逐出世界的人，被热烈的生命召唤了回来。帮派体系打击迫害，更显出党的恩惠温暖。冲击对于他好像是坏事；也是好事，他得到了锻炼而成长了。没有这生活的沉浮，他不可能写得如此成熟而简洁。病人恢复了健康。畸零人成了正常人。正直的人已成为政治的人。多余的人，为国增了光。他进步显著，他坚定抗击了"四人帮"对他的威胁与利诱。无所不用其极地威胁他诬陷邓副主席，他不屈！许以高官厚禄，利诱他向人妖效忠，他不动！真正不简单！数学家的逻辑像钢铁一样坚硬！今后，可以信得过，他不会放松了自己世界观的继续改造。他生下来的时候，并没有玫瑰花，他反而取得成绩。而现在呢？应有所警惕了呢，当美丽的玫瑰花朵微笑时。

1977年9月于中关村

（原载《人民文学》1978年第1期）

扬眉剑出鞘

理　由

一辆闪着红十字标识的救护车和两辆小汽车，驶出马德里体育宫，沿着公路向前疾驰。

这是1978年3月26日的晚上。马德里的初春的夜色清凉如水，而车里人的心情却灼热、焦急……

汽车停在一所医院的门前。

鬓发斑白的西班牙击剑协会主席和中国青年击剑队教练员庄杏娣，簇拥着一个年轻的中国女运动员，直奔医院的急诊室。击剑协会主席找到医生，用西班牙语急切地告诉刚才发生的事。

姑娘的左臂上包扎着绷带。她叫栾菊杰，还不到二十岁。身材修长，亭亭玉立。红润的脸颊，红得像一朵山茶花。眉眼俊气，一副清秀的江南女孩子的模样——在她的身上，找不到一丝好武斗勇的特征；恰恰相反，还显得有几分稚嫩。

医生解开缠绕在她左臂上的绷带，嘴里发出啧啧的惊叹声。映入人们眼帘的有两处伤口。那是一柄钢剑折断之后，被断裂的锋茬刺穿的。伤口透过皮下的肱二头肌，鲜红的血在向下流淌。内侧的伤口刺开了花，雪白的肌肉向上翻卷着……

击剑作为一项体育运动，从来有益于增强体魄而无损于健康。竞赛规则的保障，进攻武器的限定和防护装备臻于完善，使双方运动员的人身都很安全。1901年成立国际剑联以来，在比赛中像这样的事故极为罕见。这支鲜血淋漓的手臂，仿佛向人们诉说着一场凶猛的搏斗……

击剑被视为欧洲的传统项目。从斯巴达克思的角斗，到中世纪的风流骑士，都把击剑当作一门格斗技术。此后火器取代了冷兵器，击剑仍作为一项体育运动在欧洲世代相衍。国际剑联成立后的七十七年中，历届世界比赛的前列名次，全部被欧洲的选手垄断；从来没有一个亚洲选手，哪怕是取得一次决赛的权利。近十年来，苏联的选手侧目欧洲，雄峙剑坛，几乎囊括所有的奖牌和银杯。

我国的剑术虽有悠久历史，后来演化为一种矫健而优美的造型艺术，跟对抗的欧洲击剑不同。对抗性的击剑运动，在我国是20世纪50年代中期才引进的。这株体育园地的新苗，在它短暂的生长期中几度风霜，两次被砍去，主要在于其"洋"。1973年，由于参加国际比赛的需要，这个项目又恢复了。我们这个真实故事的主人公，就是那时应运而生，踏上剑坛的。可是她习剑不久，体育界又刮来一阵邪风。"江青反革命集团"及其余党歪曲"友谊第一，比赛第二"的口号，把严肃的事业变成浅薄的空谈，把祖国的荣誉当作轻率的儿戏，拿革命英雄主义的锦旗去擦桌子。以在黑板报上写一篇"帮"云亦云的批判稿代替在训练中出几身汗水。一时取消比赛，取消名次，取消集训，"洋"的不要，"中"的也不要。我们的体育受到的内伤，比通常见到的运动生理创伤更难痊愈。栾菊杰算是幸运的，她所在的江苏省击剑队是一支刻苦训练的劲旅；但是孤掌难鸣，得不到向兄弟省市学习交流的机会。1977年年初，栾菊杰第一次出国比赛之前，将近一年没有举行全国性的集训和比赛了。那次她去奥地利参加第二十八届世界青年击剑锦标赛，还没进入半决赛就被淘汰，只得个十七名。这个成绩是可以预料的，我国体育的严冬季节刚刚过去，元气尚未康复，而栾菊杰毕竟也还缺乏经验。

然而，那次有一件事是不能忘却的。在各路选手云集的练习场上，栾菊杰曾经主动邀请欧洲某个国家的选手练剑习武，对方却耸了耸肩膀，显出不愿耽误时间的样子，姑娘的心被重重地刺疼了。我们是为友谊而来的。友谊的基础是互相敬重，但在世界这个小小的角落里，在那个特定的剑坛上，我们没有赢得应有的敬重，没有获得更多的友谊。民族情操是体育运动的血液，殷红的血液不容亵渎，麻木者沉沦，知耻而后勇。姑娘倚剑站在那里，嘴唇在剧烈地颤抖！

这就是我们故事的真实背景。

光阴流水，又是一年。第二十九届世界青年击剑锦标赛今年三月在西班牙举行。昨天，当栾菊杰站在马德里体育宫的大厅里，臂佩金光闪闪的国徽，把剑柄竖在面前，高高地扬起剑尖，按照一种古老的、庄重的礼节，向观众和各国运动员致意时，她并没引起人们特别的注意。人们把传统的目光，转向欧洲剑坛的几颗新星去了。

女子花剑比赛一交手，场上发生奇异的变化。栾菊杰以一种清新的姿态，出现在击剑台上，挺身仗剑，锐不可当。在前三轮的小组比赛中，她一共打了十四场，赢了十二场。进入半决赛以后，强手云集，猛将相逢，都是些打出来的拔尖人物。而栾菊杰愈战愈勇，竟以一比八的压倒优势，击败了上届亚军、苏联选手蒂米特朗。暴雨似的进攻，旋风似的结束，看台上欢呼呀，蹦跳呀，惊愕的叹息和沮丧的号叫呀，整个剑坛被轰动了！

亚洲朋友围住中国领队李春祥，兴奋地说："这不仅是中国的光荣，也为我们亚洲人争了一口气！"

从上届比赛到这一届比赛，她的步子跨得太大了。人们甚至来不及回顾她，品评她……

决赛前的马德里体育宫大厅，气氛活跃而紧张。参加决赛的各国击剑队也许正在紧张地调整战术吧。在疾风吹皱的波光浪影中，有一处是很平静的，那就是中国青年击剑队的临时休息地点。栾菊杰身穿玫瑰色的运动服，躺在深褐色的橡胶地板上，恬静地睡着了。身旁放着头盔、手套和她的剑。决赛将在晚上七点钟开始。我们还有一些时间来研究她、思索她身上发生的变化……

让我们把视线的焦距，对准她身旁的那支剑吧。一把好剑，应该是坚韧的。峣峣者易折。而足够的刚度和韧度，要在锤炼中获得。一个运动员也是这样。

为了认识她，认识一下她的家庭是蛮有意思的。小栾出生在南京市，父母都是工人，和我们所有的工人家庭一样。生活充实而愉快。只是父母孩子生得多了些，一共七个，前六个是女儿，最小一个是男孩，她是老二。这样的家庭让孩子去搞体育有为难之处。跑跑颠颠的孩子吃得比大人还多，衣服磨损快，鞋子也破得快。但她的父母对体育很热心，在我国千万个业余体校的学员家长当中，这个家庭是难能可贵的：墙上贴满五十多张奖状，那是老大老二和老三从运动会上拿回来的，父母引以自豪。他们替下一代想得多，宁可自己节省一点，也要让孩子锻炼得结结实实，同时又不放纵孩子。老二很懂事，样样家务都能干。读书（她是三好学生）、练剑、回家还要带孩子。她爽朗、乐观、发奋、刻苦。她的才能在击剑运动中得到发挥。习剑刚刚四个月，参加一次全国比赛，名列第二。三年之后，披挂多年的老将退出赛场，她名列全国第一。自然，这个奇迹般的纪录也反映了我国剑坛当时青黄不接的状况……

她去年参加奥地利的比赛归来，教练员向她提出一个问题："小栾，你好好总结一下，为什么没能进入半决赛？"

党组织告诉她，不能光从客观上找原因，现在的条件好多了，自己得发愤图强。

条件的确太好了！这一年，我们的祖国驱散阴霾，晴空万里，体育战线又焕发出新的活力。客观条件改变了，主观条件上升为矛盾的主要方面。有人意识到这种变化，纵身到时代的中流去击搏；亦有怨天尤人的，徜徉在时代激流的岸边。你做哪一种人？

她发愤了，发狠了。

这一年国内比赛频繁。集训、比赛、再集训，每一次都取得了成绩，也暴露了问题。看清自己的弱点才谈得上去克服它。她的打法单调，常搞一锤子买卖；她的爆发力差，一剑又打不"死"对方。为了锻炼爆发力，她每天奔跑在紫金山麓。变速跑，加速跑，规定跑五圈，她跑八圈、十圈。脚踝扭伤了，她咬着牙跑了一个多月，直跑得右腿变形，才想起去医院打"封闭"。"封闭"了又跑，跑坏了又"封闭"。这种严酷的训练并不见之于体育经典，后来却帮了她的大忙。要想突破现代体育的"禁区"，回避负伤的问题是不可能的。无病呻吟，小病大养，只能望洋兴叹。她奔跑着，默默忍受伤痛的折磨，锻炼顽强的意志。她奔跑着，清秀的脸上淌下了小溪般的汗水。同伴们风趣地说："瞧，她练得跟一条野牛似的！"

她的教练员庄杏娣和文国刚，都是十数年前我国剑坛的风云人物，如今向新秀们贡献出自己的心血和技艺的结晶。文教练指导她改进手上的动作，击打刺，交叉刺，转移刺，对抗刺，第一战术意图过渡到第二战术意图，学一招，用一招。她的进步不小，稳步地前进，稳步地上升，从不大起大落。可是，就在这次来马德里之前，她变得不稳定了。一次集训比赛当中，比分直线下跌，轻易输给对手。集训队批评了她，她惊愕、迷惘、内疚；眼睛哭得红红的，又瞪着红肿的眼睛走上了剑台，把对手打下去，重又保持了"稳定"。一个风纪严明的运动队，就像是一座熔炉，她的剑锻了再锻，在这次预赛中初露锋芒。这把剑，现在就放在她的身旁……

决赛前的小栾，睡在马德里体育宫的地板上，觉得有点发凉。她揉了揉眼睛，一骨碌坐起来了。

"睡着了吗？"坐在她身旁的翻译同志问道。

"还做梦呢。一闭眼就梦见我在打。一打就是我赢！"

翻译也笑了："真的，白天你赢了好几场了。"

她说："还没赢够呢。来马德里之前，我想能进入半决赛就不错了，进入半决赛，又想挂上一个小六儿（第六名）。现在小六儿是稳拿了，我又在想……"

"你在想什么？"

"我想把五星红旗升上去！"

翻译高兴得跳起来："太好了，这回就看你的啦！"

小栾急忙拉住她："这件事我们两个知道就行了，不要再去对别人说呀……"

激战前运动员的心里，仿佛奏起一支奇妙的乐曲。回荡在她心中的既有轻松舒展的基调，又有激越高亢的旋律，摆脱了个人胜负的羁绊，喷薄着为国争光的热忱。运动员的心里响起这样的和弦，就处于最佳竞技状态。

晚上七点，决赛开始。大厅里的观众比白天骤然增多。按抽签决定比赛排列顺序，栾菊杰将和苏联的扎加列娃对阵。这对双方都是一场关键性的比赛。看台上的气氛上升到白热化。

小栾穿一套紧身的白色击剑服，扎一件金属丝织的背心，携盔持剑，登上赛台。在大厅中乳白色的灯光辉映下，她一身洁白。

裁判员发出"预备"的口令。

击剑运动要求双方在一定的时间和空间里，按照一定的姿势进行搏斗。进攻、防守、绝对速度、相对速度、脚下的腾挪闪躲，手上的千万变化，全都凝集在一个目标，把剑刺向对方的有效部位。当然不是为了把对方刺倒在脚下，而是为了使自己在无数次的刺击中变得更加坚强。挥舞在运动员手中的那把剑，不停地解剖着对手的性格，也向对手描绘着自己的性格。荟萃于运动员身上的思想风貌，积年累月的训练成果，刹那间就能撞击出火花，有形或无形的火花，灿烂夺目或暗淡失色的火花。

裁判员发出"开始"的口令。小栾轻捷地跃进几步，挥出剑去，在对手面前晃了几晃，对方举剑相迎。这是一种互相调引的动作，两道剑光翩翩缠绕，仿佛在空中画着问号，都在试探对方的虚实。小栾越逼越近，对方一直退到"警戒线"上，出现短暂的相峙。小栾奋臂挥剑，啪的一声，把对方的剑向外一击，剑尖威胁着对手的胸部。对方本能地把剑向内拨去，做出防守动作，这正是小栾所预料的。她连续转入第二战术意图。趁对方头一个防守动作还没完成，一抖腕子，把剑抽了出来，那剑在空中画出一个扇面形，从内侧绕到外侧，指向对方暴露出来的空当。同时弓步上前，飞剑直刺。这一连串娴熟细腻的剑法，伴随着力度、幅度、深度、精度，刹那间爆发出来，如灵蛇吐焰，银光一闪，正中对方的腹部。

裁判台上，表明扎加列娃被刺中的彩灯霍然亮了！

看台上高声喝彩。

苏联选手刚一上场就受挫，焦躁地在台上踱着步子。

比赛重新开始。小栾继续争取主动，越过中线，挺剑前进。她透过面罩观察，对方那雪亮的护手盘在不停地翻转，两条腿在强悍地跳跃着，这表明对手也在伺机进攻。小栾毫不迟疑，冲开对方的门户一剑刺去。就在她抬腿举剑的瞬间，对方突然大喊一声，凶猛地扑上来，双方几乎要迎头相撞了。小栾的左脚落地以后，对方的脚也踏下来，踩住她的脚面。对方的剑刺在她左臂上方的无效部位。这一剑刺得太狠了，剑身像蛇一样的拱曲，又形成僵硬的直角，弹簧钢制成的剑身也承受不住这样剧烈的变形，发出刺耳的断裂声。折断的剑头约有二十厘米，飞迸出去，落在击剑台上。对方的半柄断剑依然在手，剑头失去了安全装置，而对方由于惯性作用，全身的重量还在向前运动。这时，小栾的左臂传来一阵电击般的感觉，待她收回自己的动作，左臂已经麻木了，僵硬了……

铺设在场地上的电路装置传出指示讯号，裁判台上同时亮起两盏白灯，表明双方都刺在无效部位。

这"无效"的一剑比有效的一剑造成的后果更严重。小栾恰是左手握剑的，她低头看看左臂，两层的确良咔叽的击剑服被刺穿四个洞孔。她试着抡了抡胳膊，觉得像铅一样的沉重，伤势显然不轻……

刚才击刺的速度太快了。坐在台下的我国领队和教练，坐得更远的各国观众，都没看清刚才的细节，唯有小栾知道自己的伤痛。这时，如果她要求下场检查伤势，脱下击剑服，袒露手臂，那幅情景是目不忍睹的，我们已在前面忠实地描绘过。她肯定会得到人们的同情，还会立刻得到精心的救护。她完全有理由那样做。如果她那样做了，别人也会请她中止比赛，善意的或强制的，那是可以想见的结果。但是，参加决赛的中国运动员只有她一个，她肩负着祖国的荣誉。她看到眼前是一场真正的战斗，严酷的战斗。她的心里重复着几句话："千万不能叫人知道我受伤了。只要能把五星红旗升上去，让我去死也干。拼，拼了！"

啊！多么纯真的思想，多么可爱的品格！这就是我们一个不到二十岁的姑娘，站在欧洲的击剑台上，经过独立的判断，迸发出的心灵火花！忍受着巨大的伤痛，凝结着战士的情操，超越了击剑运动本身的含义。我们应该为有这样豪光四射的年青一代而骄傲！

扎加列娃又换了一把剑走上来，比赛接着进行。

栾菊杰左手握剑冲上前去。精力高度集中的人，是能够创造生理上的奇迹的。她的脑神经坚定地指挥着臂神经，心脏忠实地向血管里输送着血液，肌肉顽强地履行着自己的职责，技术水平表现得十分稳定。"来如雷霆收震怒，罢如江海凝清光。"千百双眼睛睽视着她，居然看不出她有一丝受伤的样子。当她刺出决定性的一剑时，欢腾的风暴从大厅上空掠过。同志们闪着湿润的笑眼向小栾拥了上来，栾菊杰以四比五战胜了苏联选手扎加列娃。这是无言忍受伤痛取得的光辉战绩。四比五可以描绘场上的现象，怎能描绘姑娘深沉的内含？祖国啊，你的女儿用鲜血浇开胜利的牡丹，为你赢得了一剑！

小栾刚坐下来，一个同伴发现了她击剑服上的穿孔："呀，你受伤了，脱下衣服看看吧……"

"不看，不看。没时间了！"

眼前还有四场鏖战在等待她，她又携剑上场了。

栾菊杰勇挫扎加列娃之后，斗志正酣。可是，在对法国的拉特丽耶和对意大利的伐加罗尼两场比赛中，我方出现了两次器材故障。我们国产的击剑器材生产技术和我国的击剑项目一样的年轻。我们涌现出优秀的击剑运动员，一时还没有堪与媲美的击剑器材。特别是它的电路装置，一会儿灵，一会儿不灵。裁判员为了检查故障，比赛中断了二十多分钟，并且先后判罚栾菊杰失去两分，原因是耽搁了比赛的时间。

小栾又何尝愿意耽搁时间？她在这二十多分钟是怎么度过的，别人想也难于想象。随着时间的拖延，她的伤势在恶化。左臂麻木的感觉消失了，一阵阵发热，又黏又湿，这是因为流血引起的，也是剧痛发作的征兆。她以五比三输了拉特丽耶，又和伐加罗尼对阵，这时她的情绪下降到低点，而臂上的伤痛却发作到顶点。

小栾的动作失去常态，看台上一片嘈杂。

"小栾！抬剑过高，抬剑过高！听见了没有？"几个年轻的中国女运动员焦急地站起来，大声呼喊着。

她听得清清楚楚，可是手上的剑不听控制，左臂一阵阵痉挛似的疼痛。我们的姑娘是倔强的，她决不肯就此罢手。她咬紧牙，用浑身的力气瞄准对方刺去，手臂在空中伸出一半变得发飘了，这一剑又落空……

看台上传来一阵惋惜的叹息。

她以五比二又输了一场。当她回到自己的座位上时，喉咙哽咽着，晶亮的泪花在眼窝里转动，禁不住夺眶而出。她赶快拉过一条毛巾，悄悄把脸遮住……

教练员庄杏娣坐在她的身旁，领队李春祥也走过来。他们并不知道小栾在场上动作失调是伤势发生作用，只当是因为器材故障罚掉的两分破坏了她的情绪。用什么安慰我们的姑娘呢？

物的条件不用去多想，那暂时是一个事实，最终都能靠人的条件去改变（这个条件正在改变，后来上海某厂的同志听到消息，决心在几个月当中攻克它）。下面还有两场比赛，眼前的处境虽很艰难，为祖国夺取荣誉的希望仍然存在。还是多想想迫在眉睫的战斗吧。

激战临前，烦琐的解释会分散运动员的注意；稍加压力也将收到完全相反的结果。教练员最熟悉姑娘的脉搏，像地质队熟悉埋在大地深处的矿藏。应该用最少的语言，敞开心的窗子，让流动在她身上炽热的熔岩宣泄出来！

"小栾，器材不是你的问题，别去想了。"教练员亲切地说，"想想我们离开北京的日子吧，还记得吗？"

小栾揩揩脸颊上的泪水，放下了毛巾。

记得，当然记得。一丝清爽的风，吹去心头的云翳，唤起明亮的回忆。啊，那情景就像昨天发生的一样……

栾菊杰随中国青年击剑队离开北京的前夕，正是全国五届人大胜利闭幕的日子。英雄的首都到处是人的海、花的海、旗的海……即将出国比赛的小栾，像一滴幸福的水珠，被沸腾的海洋溶化了。党中央宣布社会主义新时期的总任务，八亿人民踏上锦绣的征程，向着四个现代化，向着二十一世纪！这一切，在小栾的心里激起多么美好的憧憬。体育也要现代化，"禁区"也要闯一闯。当时她激动地说："这次去马德里，我决心打出好成绩，打出中国人民的志气来！"这是她说过的话，也是鼓舞她在预赛中勇闯三关的动力，难道现在能够动摇吗？

"要顽强！"

"咬住打！"

"为祖国争光！"

"为祖国人民争气！"

领队和教练激烈地说。

小栾站起来了，紧紧握住剑柄。耳边如闻声声战鼓催征，心中凛然溅起千尺飞瀑！一股豪迈的感情激流涌遍全身，左臂上的伤痛被这股奔腾的激流荡涤了，消融了。她扬眉挺剑，再次登上赛台。先以二比五战胜了法国运动员特安盖，又以四比五击败联邦德国运动员比肖夫，荣获第二十九届世界青年击剑锦标赛亚军。

马德里体育宫的大厅里冉冉升起鲜艳的五星红旗，这是从国际剑坛升起的第一面五星红旗！

当栾菊杰走下击剑台时，已是她受伤后的两个多小时，鲜血浸透了雪白的征衫。同志们这时才发现她伤势严重，催促她把击剑服脱下来。各国运动员也纷纷围拢过来。

无数双眼睛——金黄的、碧蓝的、黝黑的，同时注视着这条受伤的手臂，各种语言发出同声惊叹！

科威特朋友向栾菊杰赠送一个银光闪闪的盘子："把这个银盘子赠给本届比赛中最勇敢杰出的人。"

法国记者发出消息："栾菊杰博得了所有人的钦佩。""毫无疑问，天赋灵巧和敏捷的中国人，对击剑运动是有才能的。"

本届比赛与上届相比，风景迥异。中国击剑队所到之处，各国朋友频频祝贺，声声慰问。我们赢得了应有的敬重，我们获得了很多的友谊！

外国朋友在赞扬之中，时时带着"意外"这个词汇。

意外吗？这是情理之中的意外。一年啊，在历史的长河中只是短暂的一瞬，祖国焕发了健壮的容颜和肌体。在党中央领导下，八亿人民扬眉吐气，豪光四射。作为体育战线一名普通战士的栾菊杰，她的剑脱鞘而出，凝聚着祖国的灿烂霞光！

我们为霞光而歌唱！

霞光绚丽的祖国，拥抱了胜利归来的英雄儿女。国家体委发出学习栾菊杰同志先进事迹的通知。姑娘的家乡江苏省和南京市给予她凯旋式的欢迎。

一个运动员荣获银牌和奖杯，接下荣誉的果实，也播下考验的种子。栾菊杰还很年轻，她将怎样回答？

愿霞光永远在她青春的剑锋上闪耀！

（原载《新体育》1978年第6期）

一封终于发出的信

——给我的爸爸陶铸

陶斯亮

一

爸，我在给您写信。

人们一定会奇怪："你的爸爸不是早就离开人间了吗？"是的，早在九年前，您就化成灰烬了，可是对我来说，您却从来没有死，我绝不相信像您这样的人会死！您只是躯体离开了我们，您的精神却一直紧紧地结合在我的生命中。您过去常说我们是相依为命的父女，现在我们依然如此。爸爸呀！你我虽然隔着两个世界，永无再见面的那一天，但我却铭心刻骨，昼夜思念，与您从未有片刻分离……

爸，九年前，您含冤死去；九年来，我饮恨活着。是万恶的林彪、"四人帮"害得我们家破人亡，妻离子散。我简直无法想象您这么一条硬铮铮的汉子，是如何咽下最后的一口气；同样，您也想象不到在您印象中如此脆弱的女儿，又是怎样度过了那些艰难的岁月……

爸，我永远不会忘记这一天。1967年1月4日，半夜里有几个同学猛然把我从睡梦中叫醒，递给我一张《打倒陶铸》的传单，上面印着江青、陈伯达等人1月4日对一些群众组织的讲话，说您"背着中央文革小组独断专行"，是"中国最大的保皇派"，他们要"发动群众"把您"揪出来"。记得1966年11月我离开北京回上海时，妈妈曾对我说：爸爸还是有一定的危险性，弄不好就会粉身碎骨，你要事事谨慎……当时，我以为妈妈只是一般的叮咛，没有在意。可是，现在竟然真的大祸临头。同学们劝我赶快给家里打电话。电话是妈妈接的。她讲："情况就是这样，可究竟是怎么回事，你爸爸也不知道，他当时还在接见群众组织的代表呢！"听了妈妈的话，我惊奇极了，也伤心极了。您知道女儿是单纯的，我不敢想，可无情的现实却逼得我不能不想：为什么江青、陈伯达他们要这样从背后捅您一刀？这难道光明磊落吗？可怜的爸爸，在您被抛出来的最后一瞬间还被蒙在鼓里，成了一个可耻的政治骗局的无辜牺牲者。党中央政治局的一个常委，政府的一个副总理，没有经过党的任何会议，党也没有做过任何决议，以后也没有追发过任何补充文件，就这样任凭几个人的信口雌黄，莫名其妙地被赶出政治舞台，横遭囚禁迫害，我想不通，这究竟是为什么？为什么？

许多朦胧的往事一下子涌到眼前。我想起：不久前，有些叔叔、阿姨悄悄告诉我："亮亮，你知道你爸爸为什么搬出钓鱼台吗？那是因为你爸爸到中央工作后，江青他们想拉他在一次中央会议上带头向小平同志发难，被你爸爸拒绝了。""亮亮，因为保一些干部，你爸爸跟江青、陈伯达他们顶得很厉害，听说江青对他发了好几次脾气，这样下去可要吃亏的。""亮亮，你该提醒爸爸，江青不好惹，能退让就退让点吧！"这些叔叔、阿姨的劝告当然都是一片好心，可我知道：违心的事爸爸是不会干的。当时，我虽然摸不清政治斗争的深浅，可心里一直为您不安，我万万没有想到大难临头得如此迅速，如此猛烈。我被这突如其来的惊涛骇浪打得头晕目眩……

八月，我们想尽了办法才得到允许去北京看您。那时，您和病中的妈妈被软禁在"卍"字廊的住所里。一路上，我不停地设想即将相逢的情景，当我兴冲冲而又心神不安地走进家门时，一眼就看到出来接我的您，您像孩子一样的高兴，但我却愣住了：一个声音嘶哑、头发花白、驼背的老人出现在我面前。这哪像我那生龙活虎的爸爸呀！爸，仅仅几个月的工夫，您怎么就被折磨成这个样子了呢？我心酸地仔细看着您：深感负疚的痛苦，茫然不解的思索，强捺在心里的愤怒，都汇集在您那皱起的眉峰和额头上，但您的目光依然炯炯有神，就像两团燃烧的火。看着您，我心酸，我心痛。我怕您看出我的悲痛，就假装着去洗脸，可是任凭怎样擦，也擦不尽唰唰下落的泪水；怎么忍，也忍不住喉头的哽噎。过了一会儿，妈妈进来找我，轻轻地对我说："亮亮，你要坚强些，父亲和我都不喜欢你这样。"爸爸，从那时起到现在十一年过去了，可当时的情景仍然历历在目，仿佛就发生在眼前……

在"卍"字廊的一个月，是我与您相处的最后一段日子，如果当时能知道这点，我一定会千倍、万倍地珍惜它。当时，您已完全丧失了自由，饮食起居都有专人监视，您除了被带去看大字报外，只有晚饭过后的那段时间能到屋外的廊上放放风。您是个从不停息的人，可现在却硬是被关在笼子里，外面阶级斗争的疾风暴雨正在冲击着整个中国，您怎么能不为党和国家的命运、前途担忧呢？江青一伙虽然使您身陷囹圄，但他们何曾有一时能囚住您那颗为国为民的心！您有在思索时踱步的习惯，我记得，那时您每天都用急促的步子在不大的房间里走来走去，您经常是几个小时、几个小时地这样急促地走着，走着……虽然您从来没向我流露过一句内心的愤懑和焦灼，可我从那急促沉重的脚步声中却听到了您热血沸腾。您当时的情景真像是一只被关在笼子里的猛虎。爸爸，您可知道，从此我就不爱去动物园了，因为每当我看到孩子们兴高采烈地逗弄铁笼里的老虎时，我立刻就想到您，一种触动隐伤的痛苦常常催我泪下……

我还记得，您多么珍惜那短短的放风。您经常目不转睛地凝视着四周池水里的荷花，对我说："亮亮，你要好好记住它。你看它出污泥而不染，光明磊落，象征了一种崇高的品德。"直到今日，我眼前还时时清晰地浮现您当日目视荷花的那种专心致志的样子。爸爸，从此我也爱上了荷花，因为我知道，您是在用荷花来寄托自己的情操和志向啊！

由于监管的人监视很严，我们不能谈任何现实情况，您就给我讲历史上的贞节忠臣的故事。您是那样满怀激情地给我讲汉朝的范滂如何刚直不阿，挺身就险，跟擅权祸国的宦官阉党做斗争；您又是那样情真意切地给我讲为官清正廉洁、关心人民疾苦的宋代贤臣范仲淹，如何不畏权贵，抨击时弊，在被贬外逐时，还念念不忘"先天下之忧而忧，后天下之乐而乐"。有一次，您意味深长地给我讲李贺的诗："我有迷魂招不得，雄鸡一声天下白。少年心事当拿云，谁念幽寒坐呜呃。"您说："亮亮，你领会到了吗？李贺在这里寄寓了自己在困厄时的苦闷心情和他不甘在伤感中消沉的决心。"爸爸，您在这里借李贺的诗向女儿表达了自己的处境和心情，您是多么渴望着鸡鸣天亮啊！尽管在监禁中您也不悲戚伤感，仍然壮怀激烈地向往着"拿云"的心事。我看着，听着，我的整个身心都融会在您的思想感情中。爸爸，您可知道，您的气质使软弱的女儿也因此坚强起来，而且随着岁月的流逝，我对您当日的这些囚训，也就领悟得越来越深，到后来简直是刻骨铭心了。

妈妈经常为您担心。记得，有次她劝您："人家已经批判你搞封资修，现在，你何苦还说这些！"您听后，气愤地说："嘿，我就是因为不会给他们叩头下跪才落得今天这个下场！以后，我也还要凭着这点骨气活下去。"十一年过去了，您的这段话一直在激励着我，鼓舞着我。每当我在困苦挫折中稍存气馁和懈怠时，我的耳边就会立刻回响起您的这段话。我是陶铸的女儿，我也要有爸爸的骨气。

二

为了把您搞臭，江青和陈伯达等人无中生有地在社会上散布您是叛徒，然后又伪造民意，加害于您。那时，我单纯得像一泓清水，当我初次听到您是"叛徒"的流言时，我的心僵硬了。半年多来，出自江青、陈伯达之口对您的所谓反党、反社会主义的种种诬陷，我都嗤之以鼻。我从小在您的教育下长大，您是怎样一心一意为党和人民拼命地工作，我十分清楚。他们诬陷您反毛主席，可我看到的却是您每当谈到毛主席时的那种肃然起敬的景仰和深情。我从小就听您的教诲，我身上所有的对党和毛主席的感情，大都是从您那儿得来的，我怎么能怀疑您？我又怎么能怀疑自己？可说您是叛徒，我的心就乱了，虽然我脑海里装的都是过去那些叔叔、阿姨讲给我听的关于您在南京国民党狱中英勇斗争的故事，可这终归是听说呀，难道连叛徒这样重大的问题也能编造吗？有一次，趁监管的人不注意，我心怀疑虑地质问您："你出卖过同志吗？"听了我突如其来的质问，您一下子愣住了，十分恼火，愤怒地直视着我的眼睛，难过地说："难道你也不相信爸爸？我是宁愿把自己的热血全洒在地上，也不会做对不起党的事的！"这件事我记得太清楚了，您当时的表情，是只有受了最大伤害和委屈的人才会有的。今天，写到这里，您写的那首诗又字字真切地出现在我的眼前：

狱中

（一九三五年）

秋来风雨费吟哦，

铁屋如灰黑犬多。

国未灭亡人半死，

家无消息梦常过。

攘外空谈称绝学，

残民工计导先河。

我欲问天何聩聩，

漫凭热泪哭施罗①。

　　您这首诗其实我很小就读过，可那时不甚懂得它的价值，因此，日子一长也就慢慢忘记了。就在那次谈话过后不久，您再次把这首1935年在狱中写的咏志诗抄录给我。您当时的神态是那样严肃、坦然，眉宇间的凛然正气使我仅有的一丝疑问烟消云散了，我为有您这样一个经过铁窗考验的爸爸自豪。但同时，心里又罩上了一层阴影，我奇怪为什么在我们党内会有这么大的冤案？当时，您也和我一样困惑不解，我们多么渴望有一天能解开这个谜！现在，谜底揭晓了，真正的叛徒、特务就是诬害您的江青、陈伯达之流，可是爸爸，您却长眠地下，抱恨千古了……

　　爸爸，您还记得江青他们策划的那次批判会吗？那是一个炎热的八月天，突然有一群彪形大汉闯进来，说是要开批斗会，二话没讲就把您押走了。妈妈正患病，可是这伙人仍然硬拖妈妈去陪斗。您们走了，

---

　　① 施罗指邓中夏、罗登贤两位同志。

屋里是死样的沉寂，空荡荡的，只有屋外看守的浓闷脚步声陪着我在屋里发愣。我实在放心不下，想去看您和妈妈，又怕惹出麻烦被赶出去。正当我踌躇不决时，有个看守偷偷地走进来同情地对我说："你想去看就去看看吧，没关系的。"爸，至今我还常常以感激的心情想起这位同志，因为从他身上我看到了沉默的人民和民心。

我站在围斗的人群后面，悲愤地看着。当时，他们故意制造一种气氛，在那里拍摄电影，准备在全国放映。您和妈妈站在台前，那些人吼着，叫着，让你们低头认罪、背诵语录，而你们是那样不卑不亢，神态自若地对待不明真相的人的辱骂和围攻……对于这种人格的侮辱和摧残，我实在看不下去，不等结束就先回去了。我给您和妈妈准备热水，等您们回来好烫烫站肿了的脚……

批斗会结束后，十几个人押着您回来。您气呼呼地坐在椅子上，我端着盆走过去，忽然看到您的额头上有个大包，我扑上去想帮您揉揉，可您一把将我推开，愤怒地说："别管它，让它留着。要不是相信共产主义，相信党和毛主席，老子今天就和他们拼了！"面对您的盛怒，那些人不知所措，而我也受到了极大的震动。写到这里，啊，爸爸！好像您又怒容满面地站在我的眼前……

爸，我记得这段时间里，您也有过两次极大的喜悦。一次是您被带出去看大字报回来，高兴地对妈妈和我说，刚才见到了陈毅同志，尽管周围监视的人很多，但陈伯伯还是意味深长地向您点头致意，从陈伯伯的亲切目光中，您看到了党和同志的信任。在这个时候，还有什么比得到同志的信任更使您感到幸福的？当时，有许多老同志都很同情您的遭遇，他们常常冒着被牵连的危险，通过各种途径表示对您的关切。有一次，我碰到了康（克清）妈妈，她悄悄地把我叫到身边，询问您和妈妈的情况，分手时再三叮咛我，一定要劝爸爸、妈妈相信党、相信群众，要坚强地活下去。当我偷偷把这些话告诉您时，您微笑了。此后，每当我看到您在沉思时脸上露出幸福的微笑，我就知道，您又在重温同志的信任和爱，用它给自己的信仰淬火加钢……

我知道，您一直到死，心里都带着同志们的信任，它给予您斗争的勇气和力量。

三

爸，那是一段多么痛苦、难堪的日子啊！但生活仍然沿着自己的轨道前进。我至今能告慰自己的就是我也曾在苦难中给您带来过一点欢欣。那是一个夏日的黄昏，我轻轻地走近您，告诉您我有男朋友了。您高兴极了，激动地拉着我的手仔细地问：他是谁？是个什么样的人？当我把照片拿给您看时，您眯缝着眼认真地端详了好久，然后满意地说："看样子人很聪明，有头脑，可你是否把咱家的情况都告诉了他？千万不要因为我连累了人家。"我知道您当时忧喜交加的复杂心情，赶忙说："他什么都考虑过了，无论将来如何，都不后悔。"您含笑地点了点头，我以为这下子已经解除了您的疑虑，哪知道，第二天您交给我一封给他的信，里面详细地谈到了我的优点、缺点，您受审查的情况，劝他务必再做慎重考虑。爸，今天当我也有了子女时，我才越来越懂得，为什么当时您是那样的痛苦和不安：您既怕说得分量不够将来我受委屈，又怕自己受审查的严重情况吓住了这位您还不了解的年轻人。您长时间对自己的受屈从未呻吟过一声，可是，那天，您却怕因自己的处境而妨碍一对年轻人的幸福，感到那样愤怒和痛苦。信送走后，整天您焦躁不安，这天对您好像格外的长，直到我带来了回信。信写得很短，斩钉截铁地表示他不改变主意，他要和我结婚。这一来您再也无法按捺自己的高兴。您笑着在屋里走来走去："我的亮亮有爱人了！""我的亮亮有爱人了！"突然您猛地拉住我的手兴冲冲地对妈妈说："咱们给亮亮的爱人送点礼物吧。"可已被抄了几次的家哪还有什么东西？您翻了半天才找到了一架旧半导体收音机和一个亚非作家会议发的手提包。您想了想，觉得太少，又从自己身上脱下了那件穿了多年的毛衣，对我说："亮亮，再加上这件毛衣吧，虽说旧了些，但总是爸爸的心意。爸爸实在是再没什么可送你们了！"说着，您就哈哈大笑起来，您笑得那样爽朗，那样开心，没有一点压抑和阴暗。听着您的笑声，我的忧患和伤感也都消融了……

可是，他们哪里允许您有一丝一毫的欢乐呢！很快，他们就强迫我们分开，再不允许我和您在一起。

那是1967年9月8日，我和妈妈在广播里听到反动文痞姚文元的文章《评陶铸的两本书》，每一句都如钢刀扎心。他们在搞文字狱！他们在用笔杀人！我愤怒，我神志恍惚，我悲恸欲绝！可妈妈仍是镇静地面对着这拔地而起的狂风，好像一切都已在她预料之中。我和妈妈相对无言，彼此心里都明白，您这次是被彻底抛出来了……过了一会儿，您走过来。两眼发直，悲愤地自言自语说："姚文元这是置我于死地啊！"您一夜没睡，在屋里徘徊着，直到天亮。等我惴惴不安地再见您时，您已恢复了平静，好像是一夜之间您已经为自己在政治上做了最后的选择：斗争到底，绝不屈服！

一两天后，有人找我谈话，让我立即离开北京去东北白城了。当时我正发高烧，妈妈也患重病，体重只剩六十来斤。我要求暂缓几天再走，被拒绝了。为了不使您再伤心，妈妈和我没有把赶我走的事告诉您。我要走了。走前的那天晚上，我一直找各种借口待在您的屋里，我想哭，又怕您发觉，只好强忍着。您看出我有些反常，以为是我身体不舒服，再三催我早睡，我只好走了，走了……这一夜，我辗转反侧，怎么也不能入睡，而您则通宵在看列宁的《国家与革命》。我几次披上衣服要过去，都被妈妈拦住了。我躺在床上悲愤地想：我们究竟犯了什么罪？第二天破晓，我就起来了，见您的屋里还亮着灯，我知道您没睡，我在您的房前转了很久、很久，不能决定是否该进去同您告别。那时，我对这场斗争的残酷性怎么能估计得充分，幻想迟早总有一天会见到您，眼下您正处在极度的痛苦中，我怎么能再让您伤心？再说我也想避开使人心碎的送别场面，咬着牙没和您告别就走了。我在青海、甘肃一待就是五年，我万万没想到从此一别，就再也没能见到您——我最亲爱的父亲，甚至连一封信他们也不允许我给您写啊！爸，我的好爸爸，您可知道，这不告而别的憾事整整折磨我十一年，十一年啊！

十一年来，我日日追悔莫及，每当想起这件事，就心如刀绞，泪不能忍……爸爸，在您最困难的时候，我被迫离开了您，我内心负疚，我抱憾终生……从此，您不但在政治上被迫害蒙冤，在生活上又妻病女离了，在这几重痛苦的折磨下，妈妈后来告诉我，您一直保持着乐观，不向权势折腰，几次申请要去农村落户。您认认真真地对妈妈说："我们老两口好好劳动，只要每月有三十元钱，就能过得很好了。"您在一首诗中写道："我欲卜宅滴湘，贫雇永结邻芳。沐浴东风浩荡，劳动学习昂扬。"以后，在整理您的遗物时，我们从散佚的文稿中发现了您在1967年10月1日，也就是在姚文元的文章发表二十二天后，您在纸上写的自勉：

自杀，就是有见不得人的事，不想把自己的问题弄清楚。当然也有这样的可能，就是你去见了马克思，问题还是弄不清楚。那也不要紧，事实终归是事实，最后还是可以弄清楚的，我相信我自己的四句话：性质纵已定，还将心肝掏。苌弘血化碧，哀痛总能消。

这是血和泪的控诉，这是火和钢的自白。这里面的每一句话，每一个字，都是深思熟虑的产物，都是不屈不挠的结晶。我想，任何一个有革命正义感的人，看到它，都会情绪激昂，热血沸腾。他们会看到在自己面前矗立的是一个真正共产党员的形象：他既热情而又坚定，既有生的愿望而又不惧牺牲；他是一个有血肉身躯的平凡的人，他有着一般人的喜怒哀乐，也有着自己的缺点错误，但他更有一个坚定的共产主义信念和一颗全心全意为人民服务的心。

爸爸，您的女儿说得对吗？

四

在大西北高原，我有了儿子，您知道后可高兴了。爸爸，见到小亮的人都惊叹地说：简直太像外公了。听到这话，我是多么高兴啊！人们常说，当胎儿的心脏在母亲的身体里和着母亲的心脏一起跳动的时候，母亲热爱和思念着谁，孩子长得就会像谁。爸，小亮是带着我对您多么深沉的眷恋之情成长、出生的啊，在他身上融进了我对您的全部的热爱和思念，他怎么能不像您呢？

可是，这个与您酷似、您最疼爱的外孙却从来没让您见过。爱人来信讲："我们多次请求把孩子抱进去让他外公看上一眼，都被拒绝了，我只有抱着不满周岁的小亮，伫立在萧瑟的秋风中，默默地等待在外公住处的门口，盼着外婆出来，看一眼小亮，然后回去把他牙牙学语的可爱乖相讲给外公听，引外公高兴……"每当接到这样的家信，我真恨不得插上双翅飞回北京。我想您，想得心都要碎了。我曾多次申请回家探亲，都被粗暴拒绝。突然，1969年10月下旬的一天，单位领导同志通知我马上回北京，这种意外的"开恩"，使我不知是喜是悲。在这之前，我，这个"叛徒""中国最大保皇派"的女儿是严禁离开西北的，可这次究竟是为什么呢？爸，在家时您常叫我傻亮亮，可是苦难使人变得头脑复杂起来，我觉得这件事来得蹊跷。提心吊胆到北京，爱人来车站接我。他脸色阴沉忧郁，强做笑脸对我说："亮亮，你只能见到妈妈了……"听到这话，我就像遭到了雷击，赶忙问他："爸爸呢？"他避开我的眼睛，低声告诉我，根据林彪一号通令，爸被疏散去外地了。接着他说："亮亮，别慌，听说安排得还好……"我知道他这是在安慰我，各种可怕的念头在脑际萦回，可我多愿他的话是真的啊！……

妈妈在一个临时住的招待所里等我们。她愈发瘦得可怜了，可是，妈妈的自持使我心静下来。爸，您可知道，您不在，妈妈就成了我唯一的精神支柱了。妈妈让我单独跟她待一会儿，当屋里只剩我俩的时候，妈的脸变得惨白，劈头就说："亮亮，你爸爸活不长了，他得了癌症……"她抽泣，再也说不下去。爸，我长那么大，从没见妈掉过泪，可现在，妈却泪飞如雨。那时，只有那时，我才真正懂得了什么叫心如刀绞，我多想抱住她说："妈妈，您就痛痛快快地哭吧，您就把胸中积郁已久的愤怒和悲痛全都哭出来吧……现在只有女儿一个人，您哭吧……妈妈，我的坚强的好妈妈……"可是，妈妈很快就控制住自己，给我讲起您的病和不久前被迫生离死别的情景。

爸爸，原来您在1968年10月就感到身体不适了，由于被监禁，就医有种种限制，一直拖到第二年四月胆囊受压，全身变黄，病显危态后，才被允许去医院治疗。妈妈告诉我，是敬爱的周总理亲自批示给您做剖腹探查，指名让全国最好的肿瘤和外科专家共同负责您的手术，并且让通知家属征求意见。当妈妈把总理的批示内容告诉您时，对总理的感激之情，使您这个铁骨铮铮的硬汉子竟热泪满眶，您欣然同意开刀。听到这里，我哭了。爸爸，总理想救您，可是晚了，就医太晚了啊！探查结果证明您得的是胰腺癌，虽然做了根治手术，可是到九月，病情再度恶化，此后您就再没有出过门。

爸，女儿是医生，我知道胰脏靠近腹腔的一个大神经节，癌块侵犯神经会引起极大的疼痛。妈妈在您的病情记录中写道："经常痛得在床上东倒西歪，前趴后仰，每次痛过后都是一身大汗，要用几条毛巾才能擦干，像这样，一天要发作三四次……虚弱得连大便的气力都没有，每隔几天，就得用手给他抠大便……昏昏迷迷地睡着就讲谵语，有时听到在叫亮亮。"可妈妈却从没听过您哼一声。有时她看您太痛苦了，就劝您："实在忍不住就哼几声吧，哼几声吧！"您说："哼有什么用，你已经够苦了，听到我哼，会更难受的，为什么还要给你增加痛苦？我咬咬牙就过去了。"有一次，您夜里痛得实在熬不住了，就请求身边的监管人员给您几片止痛片，遭到的竟是厉声呵斥，极度衰竭的您，只好从床上挣扎着起来，踉踉跄跄，一跌一撞地去取药……即使到了这样的地步，您明知已患了不治之症，仍然倔强地对妈妈说："我不能死，特别是这个时候，不应该死！"爸爸，可以说，一直到心脏的最后一跳，您都还抱着强烈的生的愿望。您死的时候才六十一岁……六十一岁！……

十月中旬，您差不多已是濒于死亡的人了，可就在这时，上面却来了命令，让您到外地去。专案人员对妈妈说："根据一号通令的精神，陶铸要马上离开北京去安徽合肥。我们给你考虑过了，最好去广东插队，如果你要同陶铸一起去，到合肥后要断绝和女儿的一切来往，因为陶铸的住处不能让人知道，如果你不去合肥，那么就要和陶铸断绝联系。"直截了当地说，他们就是让妈妈在您和我之间做一个选择。妈妈同您商量，您经过反复考虑后对妈妈说："我活不久了，你跟我去也

· 102 ·

帮不上忙，何苦再牺牲你？还是争取和亮亮在一起吧，现在不行，将来总还可能。有你和亮亮在一起，我也放心了，我们只有她这一个女儿……"妈妈还能说什么呢？爸，我的爸啊！

生离死别的三天，您和妈妈是在怎样一种难熬的悲哀依恋中度过的，我无法想象，可听妈妈讲，你们彼此谁也没有说过一次伤心的话。妈妈强捺着悲痛，为您准备了该带的东西，什么都为您想到了，什么都为您拼命做到了。您能给妈妈的仅是一首诗：

赠曾志

重上战场我亦难，

感君情厚逼云端。

无情白发催寒暑，

蒙垢余身抑苦酸。

病马也知嘶枥晚，

枯葵更觉怯霜寒。

如烟往事俱忘却，

心底无私天地宽。

今天，我读着它，依然像九年来每次读到它一样感到震动。爸，这哪是一首诗，这是一个痛苦而坚强的心灵的跳动。它熔铸了您作为一个革命同志加丈夫的全部情感和信念啊！

分别的日子终于到了，再有一个多小时您就要被押送合肥。您知道此去离泉台只有一步，您再也见不到妈妈和我，妈妈也知道这是你们的诀别，可你们这对为共产主义共同战斗了四十多年，共度忧患，感情笃深的老夫妻竟然没有掉一滴泪。您由于不完全性肠梗阻已经几天没吃东西了，妈妈强颜欢笑地为您切了一片薄薄的面包。为了安慰她，您忍着剧痛一口口把面包强咽下去。每咽一口，您都要流一头汗啊……

专案人员问您还有什么话要讲，您沉思了一下，一字一句地说："我已经是油尽灯残的人，他们尽可随意给我做结论。但我是一个共产党员，我有权利保留自己的意见。我相信历史会对一切做出说明。"爸爸，您就是这样威武不屈，一直到死，也没向江青和陈伯达他们低头。就要分手了，您无限深情地对妈妈说："我怕是难见到亮亮了，等你看到她，要告诉她，爸爸对不起她，让她跟我受委屈了。但爸爸的政治历史上是清白的，是对得起她的。希望她无论在什么情况下都要跟着党，跟着毛主席干革命；我相信亮亮也会这样做的。"说完，您和妈妈握了握手，妈妈要送您也不让，就这样由人架着上路了。您和妈妈分别得那样从容，那样镇定。你们把个人的生死置之度外，想到的仍然是革命，是对党的忠诚，是共产党员的气节和对下一代的教育。爸，您们把自己的一切都献给了人民，而唯一属于您们的女儿，却在临死前都没能见她一面，您死能瞑目吗？

爸爸，妈妈把您的遗言告诉了我，从那时起已经过去九年了。我一时一刻也没有忘记您的话。"四人帮"被粉碎前，一个"黑帮"的女儿，生活的道路是多么艰难，她要不断地受到各种歧视和冷遇。有时，在受到一而再、再而三的打击后，我真想破罐破摔，自暴自弃，可是一想到您，我就又觉得不应该那样做。我随时想到我不单纯是一个陶斯亮，我是陶铸的女儿，有人认为这是一个耻辱的称号，那是因为江青她们在您的名字上泼撒了污垢，可我则知道陶铸是一个坚强的老共产党员。我不能让自己的言行玷污了您的名字，给那些人留下攻击您的口实和笑柄。

五

您走后，妈妈很快就被强迫去广东了。爸爸，广东是您和妈妈战斗了多年的地方，您们在这块土地上流血流汗。您知道吗，至今广东人民没有忘记您。这种人民的怀念对一个共产党员来说是最可珍贵的，女儿把这点告诉您，您在九泉下也会感到欣慰的。

我们去广东农村帮妈妈安排了新家。那是一间破旧的小屋，阴暗潮湿，四面漏风，有很多虫子。这间房深深地铭刻在我的记忆中，这不仅仅是因为体弱多病的妈妈在这间房子里孤苦伶仃地生活了三年，而且更重要的是我和妈妈在这间小屋子里度过了您逝世后最初的一段时日……

1969年12月的一天，被林彪一伙控制的广州军区突然有人来找妈妈，通知我们：您到合肥后四十三天就死去了，时间是11月30日上午11时。闻讯后，妈妈虽然脸色铁青，但在来人面前仍然是那样沉稳持重，一直到人走才簌然泪下……我们坚决要求去合肥料理您的后事，但是遭到了拒绝，一直到今天，我们都不知道您的遗骨沦落在何处……

一个为党、为人民的革命事业战斗了四十多年的老共产党员，就这样被林彪、江青残酷迫害，夺去了生命。那时，像您这样的老革命，被他们害得家破人亡的不知有多少啊！这些用血和泪写成的事实，就是林彪、"四人帮"所谓的"对资产阶级全面专政"的政治内容。爸，今天可以告慰您的是：这些淋漓的鲜血已经提醒人们，永远记住这些奇耻大恨，认真总结历史的经验教训了。

爸爸，您的女儿是个医生，曾给许多病人看过病，曾在许多病人弥留之际进行抢救，也曾守护过许多病人与生命告别。可是，在您病中，我却没能给您喂过一次药，打过一次针，甚至在您临终之际，我都不能让您看上一眼……爸爸，女儿对不起您……女儿实在对不起您……我知道，您一定会原谅女儿的，可是，我又怎么能宽恕自己呢？怎么能不含着刻骨的仇恨诅咒万恶的林彪和"四人帮"呢？

爸，我听人说，在夜深人静时，九泉之下的人会听到亲人的絮语和思念，这时，他们就会化作梦来与家人相会。这当然是不可能的事情，但我却常常希望它是真的，那样，我就可以和您在梦中见面了。爸爸，您现在在哪儿？您可曾听到女儿的呼唤？您是否知道女儿在您逝世一周年的时候，一个人在大西北高原的月夜给您荒祭的事呢？

1970年11月28日，离您去世一周年还差两天。当时，我仍身不由己，来自四面八方的监视使我不能对您的死表示任何哀悼。于是，我只好提前两天避开那些人的注意来暗中悼念您。那天晚上，我找了个借口，一个人先回了宿舍，偷偷地在罩衣里面戴上早就准备好的黑纱。我来到单位外的一个事先选好的荒僻场地，对着您逝世的东南方向恭敬地默哀了三分钟，然后借着月光念了写给您的悼词。我对着苍天大地发誓：等到红旗盖上您的身体那一天，我一定要书寄黄泉告诉爸爸：林、陈、江之流垮台了，人民又得到解放了！好让您展开紧锁的眉头，再听您开怀的大笑……

冬去春来，第一年过去了，埋在我心底的愿望的种子没能冲破冰封的土层……

第二年又过去了，催苏唤生的春天还迟迟没有到来……

等啊，等啊，我们一直等了七年，才盼来了党中央揪出了祸国殃民的"四人帮"……现在，党中央终于为您平反昭雪了。爸爸，我真恨不得砸开死亡的铁门，找遍整个九泉，将这个好消息告诉您，您听到了一定会高兴得拉着我的手重返人间。

亲爱的爸爸，十一年了，我不知在默默中给您写了多少封信，我既不能让人知道，又没有可投之处，可我却不停地写，不停地写……写在纸上的我不得不一封封毁掉，可写在心上的却铭刻得越来越深。现在，我终于给您发出了十一年来在纸上和心上反反复复写的这封信。它仅仅是我作为一个女儿在短短的时间里看到的，听到的，想到的。它怎么能装得下我积郁多年的感情，又怎么能表现您四十多年来的战斗生涯呢？它仅仅是一朵小小的白花，是女儿向您致哀和报春的一朵小小的白花。关于您一生的功过，党、人民和与您共同战斗过的同志是会给予正确评价的。

您虽然去世了，但您作为一个真正共产党员的革命形象，却永远不会在人民的心上泯灭……

安息吧，爸爸！

（原载《人民日报》1978年12月10日、11日）

大雁情

黄宗英

她……

我挤上第一辆向长城进发的记者车。踏着城头上的朝露，我抢占了制高点。这是1978年春天，祖国大地万木百草茵茵萌发的春天，全国科学大会正在北京召开。

我看见一些鹤发童颜的科学家，奋发挺进，拾级而上。年轻的姑娘们，嘻嘻哈哈笑着，比赛着看谁跑得快。我移开视线，看见城堞边站着一个姑娘，她凝神眺望着向北飞去的大雁。我走过去，问道："姑娘，你在想什么？"话音刚落，我察觉出了自己的错误。她一回头，我看见她的两鬓已经斑白，微黑的面颊上，已刻下细密的智慧的年轮。透过近视眼镜，她安详地看着我，淡淡地一笑："我看见大雁，就想起了大雁塔下的植物园。"

"你是——？"

"我是种野药的。"

我、赛跑的姑娘、种药的同志临时凑到一起，不等到各自背囊里的杂食交换着吃完，就已天南地北、从古到今、数着地球的经纬谈个没够了。人们啊，往往如此，有时在一起工作几十年，却依然形同陌路；有时，才碰头，就好像几辈子之前就相知了。尤其那位两鬓微霜的种野药的妇女，引起我的兴趣。为什么？说不清。大概是因为她那直率泼辣的性格，也可能是因为她那泰然自若的神情，也许是因为她太平凡、太普通——普通得就像我在农村里常碰到的那种半土半洋的助产士，才放下喂猪的勺把，洗洗手又抄起消毒的刀钳。我觉得，她是一位生活在群众中的、朴朴实实的科学工作者。我想：她，也许正是若干天来我在五千名科学家代表里，寻了千百回的描写对象。普通人，总是大多数。我正应该从普通人中找一找这一代科学工作者的缩影。

她，姓秦，名官属。生于1929年，现任陕西西安植物园实习研究员。细端详，她比她四十九岁的实际年龄显得苍老，却又具有那样一种吸引人的特殊魅力。她那经常紧闭成一字形的嘴唇和沉静的目光，显示出一种为远大志愿和理想而深思的神情。这是一种有着顽强事业心的知识分子脸型。在"四人帮"横行的年代里，"事业心"三个字成为禁语，成为"反党思想的罪恶渊源"。于是这种神情在知识分子群中好像消失了。在这跨入历史新阶段的全国科学大会的会场上，我重又欣喜地看到了那么多的面生眼熟的思考者的肖像。

我向她约时间采访。她笑笑，没有回答。夜里，我回到旅社。书桌台灯下压着一张纸条，写有几行娟秀的字迹：

记者同志：

感谢你们对我的支持和鼓励，请求你们千万别写我。我的处境很为难，望能谅解。

秦官属　×月×日

纸条上的字句，不像一般的谦虚；难道有什么特殊情况？我要弄个明白。

我想：横看麦子竖看麻。了解科学家，最好在他的实验室或场圃里。我决心到陕西跑一趟。

我得到陕西省代表团副团长——也是省科委两位副主任杨戈和刘抗同志的热情支持。大会快结束时，西安植物园领导也打电话来表示欢迎。

她？

我能抽身去西安时，已是几个月之后。

我确实受到了热情的、郑重的欢迎。省科委出面安排，由西安植物园具体接待。

庄严美丽的西安啊，世世代代，你孕育了多少俊杰英才。唐代大诗人李白和杜甫就在这里留下了千古传诵的佳话；半坡村六千年前母系氏族公社遗址里精巧的陶器；北宋始创的历史碑林中灿烂的书法石刻；西安事变中周恩来同志执行党的统一战线政策，扭转乾坤，掀起民族抗日高潮的黄楼；还有玄奘藏经的大雁塔，以及塔畔三百亩连片的植物园……古往今来的历史啊，你曾留下多少光辉的足迹！而现在呢？未来呢？大雁啊，你们能不能告诉我：在你们的翼翅下，西安植物园将怎样承担"提高整个中华民族科学文化水平"的一份重任呢？为什么本应是一片翠绿的植物园，竟是这般荒芜？园墙是新筑的，园内可向祖国汇报的科学研究新成果，究竟有多少项目？出了多少人才？在实现祖国四个现代化的伟大进军中，这里做出了多大贡献？纸面上的建园长远规划又怎样实现？俗话说："种田看田头，着衣看袖头，烧饭看灶头。"

植物园中阡陌小径上的枯草败叶，植物栽培布局上界、门、纲、目、科、属、种的杂乱无章，实验室里缺胳臂短腿的板凳，这些现象说明什么呢？

唉，嚼着主人待客的、园里试制的可口椒盐扁桃仁，还要挑剔地感叹，实在太不通世故人情了。主人若知道在热情接待我参观之后，竟写下这样的贬句，也许当时不请我吃桃仁，而要摔我一顿毛栗子了。我焦急，我慨叹，不是因为看到了这些被"四人帮"破坏的情景；而是看不见园主人在粉碎"四人帮"以后大打翻身仗的激情和壮志。难道他们是在等待吗？等待什么呢？党中央又已把四个现代化的号角吹响。祖国的未来，应该较盛唐无可比拟的辉煌。马克思主义武装的党和人民，岂能不如自己的祖先？岂能让古老的历史老是戳着我们的脊梁？更岂能容忍我们的敌人幸灾乐祸地投来蔑视的目光？！又怎忍心啊，怎忍心使我们的朋友惋惜、哀叹、失望？！

我扯到哪儿去了？

我开始调查。

园书记老梁对我介绍了秦官属的情况，肯定主流和成绩，也指出不足。在我所接触的植物园的干部中，对老秦能久离家庭进深山工作这一点都还是肯定的，其他的意见则大不一致了。我最敏感的是否定的意见：

她：脱离群众，脾气极坏，骄傲自大，特爱吵架撒泼。

她：个人主义、成名成家思想严重。

她：地主的女儿，始终跟反动家庭划不清界限。

她：不能正确对待"文化革命"中群众对她的帮助，至今耿耿于怀。

她：本来不想进山，更不想去搞野生药物的栽培，是组织上一再说服才勉强去的。

……

这真叫我一筹莫展，不免心寒了。我怎么冒冒失失地找了这么一个采访对象？

我找园领导个别研究。

老梁同志很有政治风度地说："你写吧，这对秦官属同志会是很大的促进。至于群众方面，我可以多做做思想工作。尽管缺点很多，女同志嘛，也不简单了。"

"噢……"我愕然地望着书记。心想：作为女同志，我可不同意在选先进问题上这么个照顾法。唉，我迢迢千里而来，怎么回去交账？是他们选错了去北京的代表，还是我选错了写报道的对象？她所工作的洛南县药材公司为什么竭力推荐她呢？

我感到问题似乎已超出我写文学报道的范围了。于是，向省科委刘抗同志如实反映了情况。刘抗同志想了一想，说："当然，我不勉强你写作。但我想，你既来了，就还是深入下去。如果下边错了，省里官僚主义，你调查清楚了，我们可以吸取教训，改进工作。碰到乱线团，不摘出个头绪来，我估计你那性格也丢不开它。哈哈，到秦岭玩玩去，中分祖国南北的分水岭啊。商洛地区是当年李自成屯兵之地，又是咱们的老解放区，值得去参观参观。只要不兴师动众，大吃大喝，我是支持作家游山玩水的。名山大川、人物风情里有政治嘛。去走一趟吧，写不写是次要的。"

她

我们一行数人，驱车驰过莽莽秦岭之巅。高原上，麦子收了，柿子坐果了。

植物园的同志们辅导我阅读大自然的课本，指点给我看，这是漆树、黄莲木、五角枫、吴茱萸……花瓣淡粉的野蔷薇向我们点头微笑。羽毛乌黑的顺河溜溅起水花。窄梁尖峁坡地、川道平坦河滩，一片紫、一片白……同志们一路上谈笑风生，朝气勃勃，我觉得和他们并不难相处，而老秦……

当我在商洛山区洛南县药材公司晒药场旁下车时，以当年蝗虫庙旧址改建的发电站，正把光源输向灯火点点的小镇。我看到秦官属正在院里收拾洗净晾干的单衣裤褂和棉袄——高原的人们，即使在盛夏季节早晚也离不开棉袄。老秦是黎明起身，从海拔两千米的黑嶂山村，赶了八十里路回县城迎我的。在黑嶂举行的栽植桔梗现场会上，她圆满完成了短期培训技术人员的讲课任务，风尘仆仆地来和我这个新交的老朋友会面。

县药材公司实验室在正中间，东屋是官属的宿舍，西屋就是我的临时客房了。

晚饭之后，小县城的夜异常清静。官属和我都赶了一天的路，不免有些倦意。一时，我也不急于和她深谈什么。我坐在她屋里小板凳上洗脚。热乎乎的水，解着我的疲乏。我们有一搭、没一搭地闲聊着。后来，我还是忍不住了，就拐弯抹角、语重心长地对她说："你现在参加了全国科学大会，地位和从前不同了，你应该注意群众关系……"

老秦默默地折叠晾干的衣物，叠了又叠，拉了又拉，压了又压，好像要把那几件带补丁的粗布劳动服，折叠得和首都高级旅馆里洗烫出来的礼服一样平整。

沉默，压得我胸口发闷。我站了起来，朝当院把水泼掉，心想：让她去自我思想斗争吧，我的责任尽到了。

"哈哈！老黄同志啊，我们等了你好几年啦！"我来到药材公司办公室，公司负责人之一老王极其热情地给我沏茶。

我摇摇头笑道："都说你们山里人木性子，你可会说俏皮话。我几个月前才决定来陕西，你们怎么会等了我好几年？"老王说："我说的是实心话。我们几年前就盼望记者、作家来咱洛南，好好儿地把老秦的事写一写，表扬表扬。我实在不会写文章，挺生动的事儿，让我一写就干巴了。我只会画图表，你看——"老王拉亮一盏日光挂灯，指点我看东面墙上的一张洛南县地图——是那种在县委各部、公社、大队办公室常见的统一挂图。不同的是，这张长方形的地图，展现在我眼前，很像一块大赤豆糕，上面布满了密密麻麻的红圆点。

老王说："洛南县历史上是个药材产地。山上野生着远志、藿香、桔梗、五味子、丹参、半夏、金银花、石斛等。解放以后，中药受到重视，医疗卫生事业一发展，天然药材短缺情况日益显著。从1966年起，我们县开始搞野生药材家种。但是因为年年赔钱，发展很慢。刚开始才有四十亩药场，到1970年，也才二百二十六亩。1972年我们邀请西安植物园派技术员来帮助我们总结经验教训，进行野生驯化的技术指导，老秦和其他一些同志，就是那一年来的。从此情况迅速好转。你看看，你看看——"他指着"赤豆糕"上数不清的红点点："到1978年药材场地发展到一万六千五百亩，是1970年的七十三倍！而且，除极少数做试验的种圃外，大都是在龇牙咧嘴的梁峁、坡洼、死板土、石渣土上筑堰开荒。"

"那么种药能改良土壤、改善农民生活吗？"

"当然！所以咱们药材公司对老秦同志不是什么个人情谊。老秦和我们一起艰苦创业。我们没去的山，她去了；我们吃不了的苦，她吃了；我们解决不了的问题，她解决了。——所以我们都敬佩她。"他深有体会地说，"更重要的是证明了科学技术本身也是生产力这一马列主义真理嘛！虽说，这一万六千五百亩地是贫下中农一锄一镐刨出来的，可这斑斑红点也渗透了老秦的心血。啊！老秦亲自动手不说，没有科学的指导，我们哪有那么大胆子铺那么大摊子？老秦没来那阵，我们多辟一个药厂，就多赔上一笔资金。有一冬，光天麻一项就赔了两万块！现在你看——"

老王又指点西边墙上的两张图表——洛南县历年药材生产发展示意图和洛南县历年药材收购计划与完成金额对比示意图。箭头一年比一年往上蹿得高。我赞叹地说："今年的箭头要蹿透房梁了吧！"

"药材收购额1970年是三十二万零四百元，今年可达一百万元。这对解决国家短缺药材起了一定作用。药材公司从过去年年赔本，变成年年增加上缴利润。如今各大队各种医疗费用大部分已能自给，队里副业收入逐年增加，为农业机械化提供了资金。省科委刘副主任看见这表，兴奋地夸奖说：太好了，你们这指标直线上升，快顶到房梁了……"

"刘抗同志来过？"我插嘴问。

"来过！那正是1976年11月，刚刚打倒'四人帮'，她要我们总结经验往省里送！"

我猜想秦官属所以能出席全国科学大会，一定和刘抗同志此来有关。

电灯忽然灭了。

"给工厂让电。"老王说，"你赶了一天路，也该歇了。"他照着手电筒送我，边走边说，"我们县里凡有药场的社队，谁不知道秦师傅、老秦同志、秦老师呢？尤其是公司直接抓的试验点，老人娃子都认得她。他们说：'秦师傅离儿别女，扔着老伴，把心扑在俺这苦山疙瘩里。她黑着头发进山，如今白了头发，俺们忘不了她。'"

东屋灯光下，几个青年技术员围着秦师傅议论回社队后将要采取的措施，有的提出没有弄懂的问题。

老秦过来给我屋里点了蜡烛，又回到青年中去了。

我累了，躺了下去。落枕又毫无倦意。

耳边，听着东厢房老秦和青年们融洽无间的谈话声……轮到思想斗争的倒是我了：什么叫群众关系？群众关系好与不好的标准是什么？为什么对老秦会有两种截然不同的评价？

第二天一大早，按照我的习惯，一个人溜上了街，正值小集。我转了一圈，回到药材公司收购站门口，只见送零星药材的农民队伍越排越长。老秦夹在公司职工中间鉴别药材。她不时地和职工、农民交谈着如何识别药材真假、好次、什么该挖、什么挖早了……这个大学毕业的研究实习员成了药材业的行家里手，我却孤陋寡闻得不知道这个专业设在什么大学里……

参观场的日程开始了。按照公司领导的安排，要把好的、中的、差的、老的、新的都给我们看看。

一路车行一路谈，公司的领导们还有老王一一向我介绍所经各场的建场史。老秦一下车总是去找该场的技术员了解情况。有时她也会过来跟我说："这就是头一年我搞试验失败了的地方。"或说："这就是我才来时认不出药草出洋相的地方……"

海拔一千八百米的蟒岭在望。古城公社谢底大队快到了。这里杉皮小屋和砖瓦房错落有致。进村了，远远听见像鸟叫般的童声："秦姨——"

蓝天、白云、树丛、小径、石级，金银花含苞，红芍药怒放。一个小女孩，像一只淡粉色的蝴蝶，从山顶飞下来，飞下来，一头扎在了老秦怀里："秦姨，我做梦都梦见你哩。快家去，快家去。"小女孩又像一头小鹿，深情地蹭啊、顶啊、拉啊地把老秦拽进家。一个小男孩也过来抱住老秦的腿。"小康成，长高了！瞧，鞋又穿反了。"老秦说着坐在小板凳上，把男孩抱在怀里，给他换鞋。

孩子们的妈才收早工进家，前脚张罗给我们沏红糖茶，后手急忙从柜子里找出藏着的柿饼、核桃；一边点火做饭，一边把几个月来当队干部的丈夫受气、受累，大儿子的对象，小姑娘的老师，以及娘家母、舅舅、表叔……三亲六邻家里屋外的事一嘟噜一嘟噜地往外端。直到谢底大队药场场长叫我们上场部去吃晌午饭时，她才住嘴，生气地说："咋不在家吃？糕都给蒸上了。"场长说："两桌人哪，嫂子。"孩子妈说："她秦姨来客，我翻转米坛也愿意咧！"老秦推说今天真的有事，下回一定来。又针对刚才谈话中了解到的孩子妈的病情，开了一个药方，让那大嫂到医疗站去取药服用。——老秦有这本事，我又没想到！

等我们坐在药场吃饭时，小姑娘又蝴蝶般地飞来，在老秦耳朵边悄悄告诉她，一小篮蒸糕已放到她床头柜上，让她夜里当点心吃。

经过参观、访问、座谈、闲聊，我在谢底大队接触了许多不同身份的人，了解到了许多情况。于是，秦官属同志来山区前前后后活动的底片，在我的脑海里越来越清楚地"感光显影"了。

谢底大队位于蟒岭北坡的群山之中。耕地和住家都散落在三阴、四岭、八坡、七条沟里。一年做到头,打粮少,费工多。这里地薄人穷,山可是富啊!光叫得出名来的野生资源就有一千一百多种。俗话说:"认识是宝,不认识是草。"这一带坡坡岭岭上千年万载野生着丹参。山里人不知道丹参是医治心脏病的名贵药材,每当盛花时节,只是放牛娃子采摘几朵紫花,放在嘴皮上当"蜂糖罐儿"吮吮,而丹参、丹皮一股脑儿喂了牲口。置身于天然药库里的庄稼人,生了病,却要跑到五十里外的公社所在地古城镇去买药治疗。后来,县药材公司进山收购药材,用两角一斤的价格收进晒干的丹参。不到三冬两春,紫色的"蜂糖罐儿"在万绿丛中越来越罕见了。其他野生药材也是越挖越少,越采越少。1972年,县药材公司和西安植物园合作,到这里搞"七叶一枝花"的栽培。西安植物园派出了一个科研小组,秦官属也随同前来。当时她虽然早已"回到群众队伍",并任命为专题组长,处境依然尴尬。贫下中农一眼就能看出,她是那种"犯了错误来改造的人"。但是,贫下中农对"四人帮"的"全面专政"是有着本能的对抗的。他们对大批知识分子干部下乡改造,自有一套要求和标准。

秦官属初来谢底大队,就住在破庙里。柯拉叶子的酸菜,她咽得下。腰里揣上橡子面窝头,大早上山,一天没水喝,不叫苦,不埋怨。她能这样,贫下中农就觉得不简单,是自家人了。

老秦干活泼泼辣辣,认认真真。她撂下三岁的娃子,五岁的妮,顾不上照顾孩儿他爹,整年整月在山沟里奔波。每年她不等六九阳坡绿就进了山,待到秋霜打草草枯黄,挖出待收的药草,栽下来春萌发的根块籽种,她还是不放心离开。乡亲们心疼她,常常逼她回城去看顾看顾她的家。

"天麻神仙脚,石钵拿不住,天种人不种。"在西安植物园同志来之前,这个队就试种天麻。因为科学知识不足,风险很大。老秦他们来了之后，现在队里连小孩儿都知道天麻和密环菌的伴生关系。人们学会拴住神仙脚了。现在大队药场种了一百六十窝，估计每窝可挖出一至三斤天麻。收购价格是每斤六元五角。1977年有一窝天麻就重三斤六两。人们说：科学比神仙强。

秦官属用超声波处理桔梗种子，出芽快，苗齐壮。

秦官属搞无性繁殖，普遍扩种丹参。如今"蜂糖罐儿"漫山遍野。宅前屋后，蝶闹蜂繁。山里人赞道："小篮一斤半斤，换来手扶拖拉机进村。"

谢底大队药物，从半亩杭芍，发展到五百多亩药材地（其中有三百亩是木本药材）。

从1972年到1977年，药场收入一万四千元。大队的手扶拖拉机、粉碎机、脱粒机、架子车、缝纫机、开山炸药……大都是用药场赚来的钱买的。预计1978年药场收入可达一万元。群众管药场叫"银行"。

尽管现在秦官属并不经常来谢底大队，但大家仍认为这一切成绩都和师傅们带来的科学知识分不开。

两天来，孩子们总是围着老秦打转转，跟前跟后，既不干扰，又不离开。我偶然问孩子们："你们长大了，干什么啊？"孩子们回答："像秦姨那样嘛！——"秦官属同志在山区培植成功的岂仅是药材……

参观访问以来，我总感觉到老秦有意躲着我，于是我常常借故请教药物靠近她。她一路上如数家珍般指点我认黄柏、忍冬、威灵仙……她教我认五味子，告诉我，到没有人家的山上去种药，喝不上水，吃干粮时，就摘一把五味子解渴，这就酸甜苦辣咸全有了。

一次，她从岩缝中拔出一棵草问我："认识吗？"

那大概又是什么药，看起来它是那么不起眼的草，却有着长长的棒槌般的根，花骨朵还没开，从花托透出的花色看，将绽出淡紫色的花。

我开玩笑地胡猜："一定是'勿忘我'——Oh！Good！Forget—me—not！"

老秦微笑着说："它不会去拉住上帝的衣角，祈求上帝给它取名。它的名字可能是古代山里一位读书人给取的吧！学名远志，俗名细草、小草。这小草能在岩石缝里扎根。根部入药，名曰'醒心杖'。药性能益智强志，也就是西医说的，对健全脑神经有作用。"老秦的神情显得庄严起来，"这小草，漫山崖长着，用不着我去育种。可这几年，它成了我的好朋友……"

这庄严，我能意会：大多数知识分子——祖国浩浩荡荡的脑力劳动大军啊！他们像漫山遍野的小草，分布在九百六十万平方公里的大地上。无论在什么情况下，无论是狂风暴雨，冰雹严霜，刀砍火伤，哪里有土地，哪里有人民，他们就在哪里深深扎根。

我问秦官属："你在哪个大学里学的野生药物？"

庄严的神情变成了愤懑："我根本没学过。"她头也不回，噔噔噔地奔下山去。

用什么办法打开老秦半掩的心扉？我这个记者没辙了。老秦像是一头受过伤害的小兽，动不动就炸毛。是她敏感到别人已向我说过什么？还是她担心和我谈多了会惹出更多的麻烦？

离开谢底前的黄昏，蟒岭舒坦地仰卧在绚丽的晚霞中。姑娘们恋恋地问起我们文化界的生活。我们谈到了周总理关怀知识分子的几则"小事"。我突然发现老秦满脸绯红，满眼泪花……

谢底大队药场新建的实验室土屋里，夜雨敲打着格子窗。在烛影下，我们两人回忆着那被林彪、"四人帮"扰乱的黑暗年月。我们谈到了"人心所向"，谈到了丙辰清明……渐渐地，她那掩着的心扉向我敞开了。

解放前，秦官属由于弟妹众多，生计困难，读到高中二年级时，就弃学任教，当了一名小学教员。

解放后，1951年，秦官属抱着改造沙漠、绿化祖国的理想，以"同等学历"考入西北农学院林学系，是该届仅有的两名女生之一。入学之初，有人劝她转系，说女同志搞林，受不了那份苦。她回答："我还没受，怎么就断定受不了？"

在大学学习、实习和最初工作的日子里，她逐渐地对杨树的优选育种专题，产生了很大的兴趣，进行了较深入的研究。她和老师、同学、同志们一起，以陕北高原、渭水河滩为考察基地。她驰马、骑驴、跨骆驼，踏过内蒙古茫茫草原，攀过新疆高高的阿尔泰山。她在鄂尔齐斯河里洗过脚，在布尔津河畔搭过帐篷。秦官属以优异的成绩毕业。1959年4月，西安植物园建园之始，她就来了，1961年开始搞杨树引种，她是杨树树种优选研究专题的业务组长。植物园中，选自全国各地的杨树树种有一百多种。

老秦也曾随外国植物学家远走峨眉、太白，近踏渭河两岸。以后，外国专家从他们遥远的祖国，邮寄来了各国的杨树优良品种。那随苗而来的泥土里渗透着抗击法西斯的鲜血，碧绿的青苔维护着人民友谊的生命之芽……

"文化大革命"的风暴来临了，由于林彪、"四人帮"的干扰破坏，老秦从重点培养、使用的对象，转瞬之间变为重点批判的对象，靠边站了。原来生机勃勃的植物园，原来团结战斗的集体啊，突然之间，战友变陌路，助手变对手，互相学习变成互相攻击。切磋钻研的科研单位，变成了"文攻武卫"的角斗场。同志之间的关系，一下子紧张起来，对立起来。没完没了地斗个不停，乱得没个够。

于是，一百多种的杨树种植圃一大半被刨掉了，杂种上庄稼，名为贯彻"以粮为纲"的方针。外国杨树树种没人经营了，植物园里杨树研究的课题被取消了。

在批斗会上，有人大声嚷叫："搞杨树树种研究，本身就是脱离生产的修正主义课题。杨树，用不着你研究也长了几千年了，哪个农民不会种？"老秦肚里气鼓鼓地想："无知！你倒不说根据化石，距今七千万至一亿年前地质年代晚白垩纪时期，就有杨树了。什么脱离生产……"越批她越想不通。揿着脑袋不让辩论，还能挡得住心里不服气："你倒不问问，不管是为了国计民生，还是为了生财有道，世界上有多少国家，在精心钻研杨树树种的优选！"践踏科学的"自杀政策"像舂米的木杵捣得她心碎欲裂。

大自然慷慨地奉献给人类以笔直、坚韧、速生、挺拔的杨树。它树种繁多，宜旱宜涝，抗风固沙。它能渐渐改变小气候，能快快献出好木材。如果我们的祖国能广为换种上适宜于当地条件的优良杨树品种，那么，全国每年增产的木材，只用电子计算机才能计算出来……

撤了杨树研究课题，刨了中国杨树种圃，心痛得秦官属三魂七魄离了窍。她常常到仅存的外国树种的杨树林中徘徊。从小有着韧性性格的老秦，曾多次萌起轻生的念头，恨不得一头栽到大杨树上，血肥杨林，死了算啦！她多年收集的植物学资料被抄走了，笔记弄散了。她一气之下，把自己省吃俭用置来的业务书籍胡乱捆扎起来，论斤卖掉，有的一本一本地当了引火纸生煤球炉。一天清晨，她又拉过一本书点火引炉子。火力不够，再拉过一本……突然，像全身引着了火一般，她猛地站了起来……她呆呆地望着那本书……那封面……那……啊……七批八斗不低头、不掉泪的秦官属，她把那本书紧紧地贴近火热的胸膛，号啕大哭起来。

那本书是：中国共产党西北农学院总支委员会印赠的、周恩来同志于1956年1月14日在中国共产党中央委员会召开的关于知识分子问题的会议上所做的关于知识分子问题的报告。

山风传送着松涛。屋里恬适地响着药场青年女工们均匀的鼾声。新置办的超声波仪器和玻璃瓶中标本液里浸润的药材标本，在烛影下闪光。蜡烛快烧尽了，淋漓酣畅地流着泪……

"我坚决相信党不会抛弃我们知识分子的。相信社会主义不会不要科学文化……"官属没有哭，却流下了泪；我也没有哭，也流下了泪……在林彪、"四人帮"横行的黑暗日子里，多少知识分子，多少从事科学、文化、教育工作的共产党员，为了这个不泯的信念，流过泪，甚至流尽了最后一滴血。

"风摇十洲影，日乱九江文。"世界上没有任何力量能阻挡科学文化前进的浪潮。

远志啊，远志！读书人——我们当代的知识分子啊！只要我们的专业知识，能对祖国、对人民、对党有用；能点滴造福于世界，能对人类美好的理想——共产主义的实现有所促进；那么，即使工作再艰苦，精神的折磨再大，尝尽人间五味，也如嚼过神秘果，只品得出个甜哪甜！

沉默了好久，我问她："你本不愿意来种药吗？"她理直气壮地说："当然！凭什么撤掉杨树选种课题？再说，我又没学过药科。下达野生药物驯化课题时说这是战备任务，万一失败了，再扣上一顶'阶级报复'的帽子，怎么受得了？我不干！"

"那你怎么又干了呢？"

她拿自己也没办法地摇摇头："唉，关着我时，我倒也死了心。出来了，我能够工作。没有工作，这种惩罚实在受不了。有人说我每个细胞都是黑的，说十七年培养的大学生都是专门拆社会主义墙脚的。我就想通过实践修个墙脚给他们看看。我不能和人民赌气，不能和党赌气。没有党，我能上大学？人民需要药，我就不信学不会……"

过了一会儿，我又问："都说你脾气大，你能否告诉我，你发的最大的一次脾气，是为了什么？"

她一下子从被窝里坐了起来："那是有人要锯杨树树种！就是那仅存的外国稀有杨树树种！有一次我从山里回到西安，发现有人要锯我的杨树，我一下子就站到了杨树前头。我大喊大叫：为什么要锯杨树树种？谁敢锯，就先锯了我！——"

蜡烛流尽了它那最后一滴泪，屋里霎时变黑了。

屋外，雨，不知什么时候停了。月亮悄悄出来了，透过婆娑点点的树梢，映照出秦官属同志挺直的半身侧影。画面外，是秦官属款款的声音："当时有人劝我，你早就不搞杨树课题了，这事和你还有什么关系？何必为这个得罪人！唉，这怎么是我个人的事呢？这些树种，好不容易在咱们的土地上扎根、长大了，它就是我们祖国的科研成果了。谁也没有权利毁掉它！"

透过窗框上的画面，我仿佛看到远处的山峦峭壁，漆黑险峻。我想起了此番进山，行经洛南胜景——《山海经》上记述的仓颉造书之地。传说上古时候，仓颉为帝南巡登此山，有灵龟负图出于水中。仓颉悟而创文字，造为六书，写下二十八个大字。这可不得了啦！龙哀鬼哭，说是有了字，人就能书了，泄露天机。于是泼油纵火，颓山裂石……如今，我行经此山，只见岩上一片乌焦。可是，人间毕竟有了文字。文字在发展。科学文化在发展。可笑的是，远古至今，星流日转，仍有妖魔害怕人民识字有文化！林彪、"四人帮"暴跳号叫，大肆鼓吹"焚书坑儒"，欲毁我五千年文化精华于一旦，拒世界优秀文化于国门之外。他们远远听见"四个现代化"，就像瞥见照妖镜之灵光，赶快撒出浑身解数。而唯独他们自己能独霸天机，独知天秘，大书帮文，大播帮语，横扫狠砸，武卫文攻，空留下乌焦一片鬼话连篇，是为20世纪70年代人间之奇景也！噫吁兮，呜呼哀哉！

她？？

驰车返回西安的路上，对我来说，最触目的是，展望山巅、野岭、川道、河滩，几百里长的公路两旁，几乎都是白杨、白杨、白杨，新栽的，成材的……在这阴坡油松阳坡橡、四旁沟洼核桃多的莽莽秦岭之地，我也几乎只认得出杨树，杨树，杨树……老秦的话响在我耳边："如果都换种优选树种……"

我问书记老梁："为什么把老秦的杨树研究课题撤了呢？"虽然我知道老梁那时还没来植物园，还在原来单位被当成"走资派"批斗，但他倒也答得出来："园里把这题目让给林业研究所了。"

"记得来植物园第一天，我听说老秦是被掐着脖子，才勉强搞药的。这算不算用非所学呢？"我知道老梁过去也是学农的，是懂业务的领导。"不能那么说。"老梁说，"就好像演员演戏，今天演这个，明天演那个。"我摇摇头。我虽然不懂植物学的分类究竟多细，但高高的乔木和丛生蔓长的草药，它们除了都可称是植物、都是靠光合作用生长以外，还是大有区别的。我说："她大学四年，实际工作六年，搞的都是杨树，忽然丢下杨树搞药，对她个人的研究专业来说，不能不说是改行，就像演电影、话剧的，你让他改唱京戏，即使掐着脖子也唱不好。"

梁书记解释说："植物园根据生产需要改变研究课题，是常事。""那不能把老秦调到林业研究所吗？"老梁忙说："哎哎，老黄你可不能拆我的台啊！"我也笑了："现在你就是掐她脖子，恐怕她又不愿放下药啦。"

我又继续问："锯树是怎么回事？"

"锯什么树？"

"锯外国的杨树品种，老秦为了这个不是跟人大吵过吗？"

"她就那脾气！嘴不饶人，爱吵爱闹。"

"吵得对不对？""有时也有道理，就是方法不对头。一次人家在杨树林里搭工棚，她说烟囱熏了树，大吵大闹。我们开了个会，把工棚撤了，换了地方。"是的，老秦和我说过，书记为此召开了紧急会议。

我又问："锯树呢？"

"那是间伐。一般长到一定年限，木心变色，或太密了，就应该间伐。"

"间伐？"我不言声了。如果应该间伐，老秦大吵，就是无理取闹。

我曾问某同志："你对老秦在洛南山区的野生药材驯化研究工作怎么估价？"答："她还是肯吃苦，肯钻的。不过，洛南县野生药材驯化有成绩，不是老秦一个人搞出来的。何况，严格地说，那也算不了科研，很多地方都搞成功了。农民自己都会搞。"

"用超声波处理种子的经验算不算科研成果？"我想起了老秦那密密麻麻的笔记、对比试验的记录卡片和用"西安植物园科研小组"的署名刊印出来的经验材料。

答："那是很一般的处理种子的方法，谈不上科研成果，而且也没做否定试验。"

我问某骨干："回过头来看，当初对秦官属的批判是否对头？冲击是否过头？"

答："我们园里相当文明，没打过她，只不过挂挂白袖章，短期隔离，劳动劳动。群众运动嘛，她应该正确对待。"

"对这样一位同志，该怎么落实政策？"

对方觉得我的提问很奇怪："她还有什么落实政策问题？都去北京开过会了嘛！又没给她立专案，也没定什么性，档案里也没塞进什么材料。再说，她也不是一点问题没有，她……"

我问曾经是植物园搞过专案的同志："老秦究竟是不是地主出身？"

他很严肃地回答："填出身成分的政策界限是硬碰硬的。她上大学时，乡里填送的表格上写着：'出身：地主'。"

"老秦五一年上大学，这是土改后的结论吗？"

"这次运动，我们又外调了。地主出身是肯定的。"

"那为什么老秦说，政府没给她父亲戴地主帽子。"

"人总是要为自己辩护的。"他说。

"人总是要为自己辩护的。"我说。

唉，植物界没有两片相同叶脉的叶子；而人界，却有着统一的表格，出身一栏只够写三五个字，怎么表达得出中国社会长期以来那么复杂的情况……唉，本来，什么出身并无大碍。毛主席曾说过："有成分论，不唯成分论，重在表现。"可是从什么时候起，这个本人无从选择的出身，简直要命哩？！

我又问另一位骨干："这么多年来，西安植物园的领导对老秦在洛南的工作算是支持的吧？"

答："支持得不够。但，这是园里的重点科研项目，总的来说……是支持的。"

"那为什么在她这个课题组长的身边，技术人员一直在调换？合作者、助手为什么那么不稳定？"

"老秦脾气暴。另外，作风也不大正派。有个青年技工和她配合挺好，可是她……唉……"问："那青年多大岁数？"答："二十五六岁。"我的心一沉："怎么搞的？！……"对方说："是啊，她把他介绍给自己女儿搞对象，现在八成都快成她女婿啦。"

我惊讶得眼睛都直了："那怎么样哪？那又怎么样哪？"

最后，我问老梁："你说，报道老秦的这篇文章我是写，还是不写？"

"你写，你当然可以写。"

"你们园里干部和群众，对她有意见的不在少数。我写了，会不会有反作用？"

"不碍，我们组织上做工作。"

是啊，我曾问过一些人："你们是不是不同意秦官属出席全国科学大会？"

有的同志回答说："赞成。"有的却说："去也去了，反正有个名额，但是起标兵作用，向她学习，那可办不到！"

"我为什么写她呢？"我也不知是问自己，还是问书记。

"老黄同志啊，落实政策嘛！党中央大抓科研，团结一切可以团结的力量，调动一切可以调动的积极因素嘛！"

"……"我……

又是一个星期日。对我们搞创作的人来说，上帝的安排和法定的例行假日，都关系不大。在我又了解到一些情况之后，有多少问号在我脑子里翻腾！

我强迫自己静下来翻阅植物学方面的书籍，并认真地做着阅读摘记：

纤维素分子对植物极为有用，假如没有纤维素，所有植物都会像胶状物那样柔软。它依靠太阳能进行光合作用。就像老秦，在党的阳光下……（呀，怎么拿老秦和植物类比？）

我接着阅读：植物生长发育的必需元素是：碳、氢、氧、氮、磷、钾、钙、镁、硫、铁、锰、铜、锌、钼、硼，必需元素在十五种以上，而有些人只会给植物"二二三""六六六""DDV"。天天打除虫剂还了得。（思想别开小差……）缺少某一元素时，植物体就会出现某种病症。秦官属缺少哪种必需元素呢？她为什么过早地白了头发？她的性格为什么变了？她本来在学校里爱唱歌，爱打球，爱傻笑……（哎，我干吗又连上她？）

我继续阅读——自由水：不被植物细胞内的胶体所束缚，束缚水则反之。抗热性、抗旱性和抗寒性较强的植物，体内束缚水较多。老秦束缚水较多……（糟糕，老秦不肯退出我的"植物生理学"笔记了！）

是的，是的啊！三年枝柴五年橡，七年矿柱十年檩。老秦同志，你已长成一棵挺拔的、枝叶茂密的直木——大杨树了。正是：

似杨枝沾土就活，

效丹参红在根本，

如桔梗开花漫野，

怀远志感报春晖……

忽然刘抗出现了："大星期天，还把头揿在书上！到我家玩玩去。

今天不许工作，也不谈工作。"没二话地把我拽走了。

嗑着瓜子，喝着茶，聊着这个那个，谈着谈着，瓜子不嗑了，茶忘喝了。我又说起老秦的事儿来了。当我讲到"老秦就在大杨树前头一站，大喝一声，谁敢锯！要锯就先锯我"时，刘抗同志不自觉地站了起来："太好啦！我们有这样的女干部，实在是太好了！我们本来对她了解很不够……"我觉得她相当了解老秦。要不，老秦处在这种情况下，怎么能去北京开会？可是刘抗同志还是没提她去过山区的事。

我说："有人说那树该锯，是间伐。"

刘抗说："噢？……我想对杨树种圃该不该间伐，从西安植物园来说，最有发言权的，应该是秦官属吧！"

"矛盾着的问题很多，我希望向省科委做一次正式汇报。"

"你和杨戈同志谈一下吧，我来约时间。"刘抗说。

我一见杨戈同志的面，他就对我说："关于锯杨树的问题，间伐是站不住脚的。当时，植物园领导决定间伐，实际是挑粗粗大大的伐，主要是盖房子要用材料，因此秦官属同志怒火三丈是对的。这，连老梁也承认了。这件事说明秦官属同志的斗争性是很强的。"

我要求杨戈同志说："能否请省科委调查落实，比如秦官属同志的地主出身问题……"

杨戈同志说："就是地主出身，又为什么不能写呢？在三大革命运动中洗刷了地主阶级烙印，证明我们党的力量嘛！"

我说："她家在解放前几年主要经济来源是靠她父亲和她自己教书的收入，土地剥削量不到总收入的三分之一。解放初期，她父亲是地区林业局局长、政协主席、技术干部。当然旧知识分子的经历可能是复杂的，但经过了那么多运动，应该是清楚的。而她的母亲则是个有着卖身契的壮族女奴。和秦官属挨肩只差一两岁的弟弟、妹妹都是职员出身，她为什么是地主出身呢？'文化大革命'运动中，她父亲被扫地出门，遣返原籍，身染重病。秦官属把他接回城里，死在她家——这就构成了她是'地主阶级孝子贤孙'的主要罪状。"

杨戈同志沉默半晌，说："宗英同志，你亲耳听到了贫下中农、基层干部对她的反映，你亲眼看到了她在山区的艰苦努力，你还嘀咕什么呢？出身问题我们帮你调查调查，存而后论吧。我看，你是不是心有余悸啊？"

"她父亲即使是战犯我也敢写她！可基本情况得明啊。这是写报告文学的起码条件。秦官属的家庭成员中，有七个是搞林的。她父亲，她两个弟弟，两个弟媳，她爱人——你们陕西榆林地区干得颇有成绩的飞机造林，第一批去的成员里，就有老秦的爱人。他俩在大学同系，毕业前夕各自做身新布棉袄结了婚。爱人的专业水平本比老秦高，他干什么这些年任劳任怨，当爹又当妈，和陌生的锅台打交道，苦心钻研孩子们'罢吃'的酸馒头、腰皮带宽厚的大面条！搞林业，多艰苦……地主……孝子贤孙……他们一家子疯啦，已经是社会主义社会了，竟然野心勃勃，想分霸祖国荒山大漠？他们想当'林主'吗？！"我不知是跟谁生气，连说话都粗声粗气了。好在杨戈同志并不在乎，笑眯眯地说："写吧，你就写吧。我们支持你，不要怕。"

我不是胆小的人，也不是很勇敢的人。我只不过是用笔向社会说话。我要尽可能地了解一个人的全部情况，以便把握住他的基本素质。当然，秦官属不是没有缺点。世界观完全改造好了的人能找出几个呢？一个人的优点和缺点，往往是一面镜子的两个方面。今天，促成一个人做出成绩的优点，以后又往往成为他犯错误的前因。一个人是好是坏，并不决定于他做出成绩的大小、犯过错误的多少。要紧的是素质。而秦官属的情况不清不楚、不明不白……

在"文化大革命"中，我们知道了许许多多本来不认识的人的事情。一提到某某，人们会说："噢——我知道。"他们相识吗？不。"大字报上写的……""小报上登的……""批斗会上听的……"啊，有多少未设专案的专案，没有入档的材料，以及存而后论的出身、成分、问题……传播四方，抹不掉，洗不清。西安植物园里的同志们，本来对秦官属并没有什么个人成见、个人恩怨。造成如此局面的根由、造成致命内伤的元凶，是万恶的"四人帮"！"四人帮"强迫人们戴上形而上学的眼镜，使革命队伍内部、同志之间彼此相看时，"管窥蠡测"地只看对方的污点、缺点——扩大了的、硬上纲的、变了形的、无中生有的……"四人帮"发明了种种新式刑具，给人们的思想打着冒牌"马列"标记的镣铐，刻着"全面专政"钢印的枷锁……善良的人们啊，让我们尽快地清醒过来，团结起来。

本来，这篇报告文学对我来说，当大雁从北方飞来的时候就可以写了。可是，踌躇再三，难以动笔。矛盾写不写？写出来能起什么作用？目前全国都在大力落实政策，我现在发稿也许过时了吧？没有必要了吧？老秦毕竟是出席了全国科学大会的代表，毕竟比更大量的、默默地工作着的知识分子们的政策落实问题要好办些。从典型的普遍意义来说，真过时，真没必要了，那可是大喜特喜了。我嘀咕来，嘀咕去，仿佛进入了梦乡。我梦见：

大雁飞过我的窗前，盘旋，盘旋。大雁们围在我的书桌前，站成一个半圆，在观看、在议论我写下的草稿。只听得头雁用宽厚的男低音说："呃——这种情况很熟悉嘛，很熟悉。我们从北方飞到南方，从南方飞到北方，常常碰到，常常碰到！"

大雁们马上用各种声部参加讨论："快——研究研究。""快——

研究研究。"

　　大雁们把我写好的草稿一张一张地衔走了，衔走了。大雁们排成了人字形，飞远了，飞远了……

1978年秋

（原载《十月》1979年第1期）

正气歌

张书绅

清明节前一天，一股寒潮突然袭击了沈阳城。

阵阵冷风抽杀着街道两旁柳桃的蓓蕾，抽杀着行路人的心。

天是灰暗暗的。没有了阳光，没有了蓝天，也没有春天特有的芳馨。

终日紧闭的沈阳监狱的铁门开了，一辆囚车从高墙里冲出，沿着东北大马路向东飞驰而去。

行人一个个止住了步，望着远去的囚车，心一阵紧缩。

"车里是什么人？"

"没看到贴布告，也没开公审会，这是……"

"是秘密处决吧？"

"……"

囚车在刑场上停下来。一个女"政治犯"走下车。她穿一身绛紫色囚服，瓜子脸，一双秀丽的眼睛很快地扫过刑场，从容地向前迈了几步，面向着东方。

四十几年酷爱整洁的习惯，使她在临刑前，很想梳理一下散乱的头发。但是，她的手被死死地扣在手铐里。于是，她高昂起头，迎风而立。风好像理解了她的心意，把飘落在脸颊上的一绺黑发吹到耳后。她满意了，脸上露出一丝微笑。

就要告别这个世界了，她多想高唱国际歌，表达一个共产党员对共产主义至死不渝。她多想高呼"共产党万岁！""毛主席万岁！"像无数先烈那样英勇就义。她多想大声地呼唤那远在北京的老母："永别了，妈妈！"她多想轻轻地嘱咐身后的一双儿女："孩子们，要听党的话，好好学习！"然而，她不能，不能了！"四人帮"及其死党惨无人道地剥夺了一个共产党员就义时高呼口号、高唱国际歌的权利！

英雄无声地倒下了。

时间是1975年4月4日上午10时12分。

鲜血染红了印在囚服上的三个字：张志新……

一

"长太息以掩涕兮，哀民生之多艰！"

"岂余身之惮殃兮，恐皇舆之败绩。"

这是二千二百多年前，伟大的爱国诗人屈原面对动乱、危机、濒临灭亡的祖国，用血和泪唱出的哀歌。想不到二千二百年之后，屈原的缕缕忧思重新飘荡在祖国的大地上。

1968年2月，一个无星的夜，十一次特别快车在京沈线上飞驰着。机车好像一头激怒的雄狮，焦躁地向山海关冲来，不时发出悲壮的长鸣。志新坐在靠近车窗的座位上，昏黄的灯光照着她的匀称身材。瓜子脸，齐耳短发，穿一件青呢大衣，看上去十分清净、质朴，身边的衣帽钩上挂着一条鲜红的长围巾，随着车厢的震颤，微微摆动着。围巾的颜色和大衣的颜色似乎不大协调，但这正是志新性格的特征，要么是青，要么是红，她不喜欢乌乌突突的中间色。

列车在离开北京到达天津之前，车厢里闹闹哄哄，一直安静不下来。旅客们大声地发着牢骚：

"晚点，又是晚点！真不像话。这叫首都车站啊，首都！首都！"

"晚点是小事，但愿不要遇上武斗劫车。"

说这话的人立即住了嘴，惊慌地回顾着。接着是可怕的沉默。

人们在沉默中前进。

终于，对于晚点的抱怨，对于武斗的忧虑，被瞌睡战胜了。于是，就在沉默中睡去。

志新却怎么也睡不着，旅客们的议论在她的思想里激起了轩然大波。一年前，她作为辽宁省委宣传部的一个干部，一名共产党员，以极大的政治热情投入了"文化大革命"，加入一个群众组织，参加各种形式的集会，可是，不久她的激情冷却下来了，随着运动的发展，许多事情使她迷惑不解。怀疑一切，打倒一切，群众分裂成几大派，用大喇叭对骂，用大字报攻击，后来又上升为武斗，由棍棒、石块发展到机枪、土坦克。6月1日，在某大学里发生了有上万人参加的全市性武斗，多少无辜的青年倒在血泊中，南湖的树林里出现了令人不忍目睹的学生的新坟，而"屠杀"他们的人，也许就是他们的父亲、兄弟、同学、好友。武斗还在升级，沈阳城内枪声整天时起时伏。听说有的儿童在街上玩耍被流弹打死了，志新也深为幼小的儿女担忧，同爱人曾真商量好，把孩子送到天津姨家躲一个时期。她原以为只有沈阳这样乱，可是到了天津，天津也在进行大规模的武斗。从天津又到北京，去看望几个弟弟妹妹，看到北京也在武斗。又听说武汉、济南、重庆、广州……全国都处在武斗之中。这是为什么？难道武斗就是革命？这个善于思索、勇于追求真理的共产党员决心在实践中进一步地探索。她亲自跑到北京街头，倾听着，观察着，分析着。游斗的旋风刮遍了北京市的大街小巷，大大小小的"当权派"，包括中央和国务院部委领导同志，六七十岁的老人，也都戴上高帽，挂上大牌子，在卡车上作"喷气式"，受到各种难以忍受的训斥和侮辱。她每天都看到一些传单，听到一些传说。"江青点了×××的名了！""江青说×××是叛徒、特务！""江青说……"江青只要说一句话，北京城的墙壁上、柏油路上就到处出现"打倒×××""油炸×××"的大字报，连德高望重的朱老总、贺龙、陈毅、李富春等老一辈革命家也在劫难逃。从中央政治局，到街道党支部，所有的党组织都被摧垮了，被中央文革和各种名目的"造反总部"代替了。全国数以百万计的大大小小当权派，成了"走资派""三反分子""叛徒""特务"，被关进了监狱，关进了牛棚，关进了"学习班"，靠边站了。党组织瘫痪了，政府瘫痪了，工厂瘫痪了，交通瘫痪了，人们整天掉在派性的旋涡里不能自拔。

那天，志新从街头回到母亲家里，一进屋，看到哥哥的衣服被撕破了，就找出针线，叫哥哥把衣服脱下来给她缝补。志新接过哥哥的衣裳，猛然间看到上面有一片陈旧的血迹。按照血迹的部位，她看到哥哥身上伤痕斑斑。她问哥哥是怎么回事，哥哥含泪述说了天外来祸。原来，哥哥买了一个相框，想镶一张毛主席像，但是相片大、镜框小，他就把相片的四周剪掉了一条，因此被打成"现行反革命"，遭到严刑拷打。哥哥刚说完，妹妹志勤在一旁抽泣起来。志勤在乐团工作，因为提琴拉得太好，遭到了批判，说她是"黑尖子""提琴匠"，为"封资修"唱赞歌。从哥哥、妹妹的不幸，看到了国家和人民的不幸，志新非常难过。受冲击的何止是"当权派"？连小学教员、乐队演奏员也遭到了无情打击。多灾多难的黄帝子孙啊！可是，谁是这灾难的制造者？谁是罪魁？

志新回忆着同父亲的一段谈话。那是在天津旧居里，父亲同女儿久别重逢，唠了些别后之情，很快就谈到了国家的命运。父亲清瘦的脸上严峻得可怕。老人家已年逾八十，在人生的道路上经过了无数的坎坷，正在艰难地走着最后一段路程。他年轻时曾追随孙中山先生参加过辛亥革命，为人刚正不阿，铁骨铮铮，不畏强暴，热爱祖国，他的爱国情绪对幼年的志新发生了重大的影响。父亲酷爱音乐，加上他家的楼下就是琴行，所以志新姊妹从小就喜欢音乐，成了天津市有名的"张氏三姊妹"小乐队，每次演出都轰动全城。虽然家境困难，常常用豆腐渣果腹，但老父亲还是积蓄了一些钱，给女儿买了两把小提琴。父亲经常带着三个女儿为抗日救国做捐款演出，用音乐痛斥国民党反动派卖国罪行。在漫长的岁月里，父亲到处寻找着富国强民的救国良策，但他终于没有找到。解放了，盼来了伟大的中国共产党，看到了中华民族的崛起。十几年的时间，"东亚病夫"变成了东方巨人。可是好事多磨，如今的"大动荡""大分化""大改组""大武斗"把好端端的中国糟蹋得不成样子，工不能工，农不能农，学不能学。他忍不住对女儿大呼道："如此下去，国家不堪设想，爸爸死不瞑目！大清的江山亡于慈禧，今日之中国将断送在何人之手？"说完，老人干枯的眼窝里滚出两大滴泪珠……

　　列车在暗夜里前进。志新闭上眼，继续沉思着。半月前，她带着一双儿女从沈阳奔向天津，是为了消除对儿女安全的忧虑，想不到，现在却带着对党和人民的更大忧虑从北京返回沈阳。

　　清晨，志新踏着地上的薄霜，走出沈阳站。刚踏上马路，突然，五六辆武斗卡车从身边呼啸而过。已经跑出老远了，还隐约可见车上刺刀的寒光。卡车在视野里消逝了，迎面又来了一列长长的队伍，拉着一大串"当权派"在游斗。志新不忍再看，赶紧拐进胡同。她路过几家工厂门口,又看到一大排"牛鬼蛇神"大弯着腰在请罪。志新急匆匆往家里飞奔。越走近家门,越想念亲人。她打开家门,见到爱人的第一句话就说:"老曾,这半个月我心里很乱,很不安,天津、北京到处在批斗、武斗,这样下去怎么得了!江青一手遮天,她究竟是个什么东西?我怀疑!"

志新回到了省委机关。熟悉她的人都说,她从北京回来后变了,变得沉默了。她总是一个人长时间地思索着、苦恼着、探寻着,她几乎一句话也不说。沉默,一连数日孤独地沉默着。这沉默是痛苦的,又是短暂的,就像一个蓄满山洪的水库,看上去连一点波纹也没有,可是一个大的可怕的爆发已经孕育成熟了。

一天,礼堂里又召开了批斗省委书记的大会。照例是老一套,挂牌子,戴高帽,搞喷气式,呼口号。人们对这一套早已看惯了,厌烦死了,却又不得不跟着做,因为这是最时兴的"造反",最纯粹的"革命"。然而,一件意外的事情发生了,在打倒×××口号声的极短的间歇里,会场上响起了悲伤的啜泣声。这啜泣的人就是张志新。

志新再也忍不住了,她有许多的泪要流,有许多的话要说。会后,她在同志们面前失声痛哭,却又滔滔不绝:"你们说'文化大革命'是保卫毛主席革命路线,可是现在毛主席身边还有几个人了?中央委员、政治局委员,被打倒这么多人,省委领导全靠边了,难道这些人都是敌人?我想不通啊!老干部总是为党做过一些好事,有些人犯了一些错误,是否都该打倒?这里面有名堂!中央文革里有名堂!我对江青、叶群这些人根本不了解,对林彪就是不信任!"

志新的这些话是对同志们谈心时说的,她还没来得及公开讲出来,就同几万名原东北局、省委、省人委的干部一起被赶到了盘锦五七干校。大家刚放下行李,"清队"的十二级黑风便席卷了干校所有的连队。多少无辜的好同志蒙受了不白之冤，一批又一批的共产党员被审查、专政，上午还是同志，下午就是"敌人"，人心惶惶，不可终日。原省委宣传部到盘锦的不足四十人，一多半被立案审查，还抓出一个小"三家村"。因为揪得过多，连外调人员都派不出。和志新睡在同一炕上的五个人中就有四个被审查、专政，没过多久，睡在炕梢的那位副部长被迫自杀了。那一天正是元旦，连里改善生活，这位老干部一个饺子也没吃，就吊死在荒凉的野地里了。死后，在她的脸盆里发现了她的亲笔遗书，上面只写了这样几个字：

"我当时不是党员，我没有出卖过同志。"

这哪里是什么遗书呀，这是一个共产党员的纯洁的心，是向林彪、江青一伙讨还血债的控诉书！

志新久久地凝望着这份遗书，泪水止不住地流呀，流呀，这不是软弱女子伤感的泪，这是忧国忧民的泪呀！正是这忧国忧民的泪水，浇开了光彩夺目的英雄之花，谱写了威武不屈的生命之歌！

二

志新在干校忍着肝病的痛苦，白天和同志们一起劳动，拉车，她把身子尽力前倾着，使出全身的力气。手指粗的麻绳磨破了肩膀，碾碎了厚厚的垫肩，她咬破了嘴唇，坚持着，顽强地坚持着。夜里，借着暗淡的灯光，她拼命地读马列和毛主席著作。寻找答案，解决难题。她沉默寡言，忧心忡忡。

志新默默地劳动，默默地学习，默默地思索，在默默中形成一整套观点、看法，而一旦观点成熟了，她便立即打破了长时间的沉默，冲破了林彪、"四人帮"所制造的封建法西斯的白色恐怖，不畏强暴，挺身而出，旗帜鲜明地、系统地阐发了自己的见解。在和同志们的交谈中，在连排会议上，在后来一次又一次的批斗会上，志新同志庄重申明：

"对江青我就是怀疑，对江青提点意见有什么不可以？中央文革到底是集体领导还是江青个人说了算？江青历史上到底是干什么的？江青审查了没有？江青把很多电影、戏剧都批了，现在就剩下几个样板戏，唱唱语录歌，这样搞下去，祖国的文化艺术不是越来越枯竭和单调了吗？江青有问题为什么不可以揭？中央文革也可以揭嘛！"

"什么'顶峰'？什么'一句顶一万句'？什么'不理解的也要执行'？这样下去不堪设想！这不是树毛主席的威信，是树林彪自己的威信，我对林彪没有什么信任！"

"现在天天搞什么'宣誓'，搞这个形式主义干什么？他不忠于毛主席，就是做那些事也不行。忠不忠于毛主席，主要看认不认识真理。中国共产党从诞生以来，毛主席坚持了正确路线，尤其是1935年遵义会议以后，确立了毛主席在党内的领导地位，结束了第三次左倾路线在党中央的统治，在最危险的关头挽救了党，毛主席的威望不是靠大树特树树起来的，是在几十年革命斗争中自然形成的，毛主席在党的历史上建立的丰功伟绩是不容否定的。"

在那乌云蔽日、风雨凄凄的日子里，人们啊，连呼吸都要谨慎，连吃饭都提心吊胆，有谁敢对林彪、江青一伙说半个不字！"现行反革命分子""三反分子"等各种型号的帽子就像影子一样时刻追踪着无辜的人们。在这万马齐喑的时刻，志新同志勇敢地说出了亿万人民的心里话，表达了全党全国人民的心声，向着林彪、"四人帮"公开地挑战，公开地进击了。

同志们为志新的大无畏革命精神深深感动了，对她的革命气节十分敬佩，同时也为她的处境和命运忧虑不安。

同志们私下里找她谈话："志新啊，你不能再讲下去了，这是'反革命'言论啊，无论如何，你必须立即刹闸！立即刹闸！"志新理解大家的心，但是她回答说："同志啊，这个闸我不能刹！你看看我们伟大的党被践踏成什么样子，看看我们的人民，我们的国家……"

为了"拉"她，一些好心的同志想出一个办法，叫志新最疼爱的女儿林林写信，要妈妈赶快刹闸。

志新读着女儿的信，泪珠在眼窝里滚，那些字儿歪歪扭扭、蹦蹦跳跳，多像天真的小林林！世界上最细心的是母亲的眼睛。志新在信纸上看到了一滴泪痕，她知道，女儿的信并不是女儿的心。志新看完信，微微一笑，立即给女儿写了一封回信："想念的林林，妈妈知道你的心。妈妈一定坚持真理，做一个名副其实的共产党员，一个值得你们热爱的好妈妈！"

整党开始了。"四人帮"玩弄着拿手把戏，向党的组织和党员又一次下手了。党员们已经两年没过组织生活，像风筝断了线，像孩儿离开了妈，他们重新聚在一起，心似大海翻腾。他们多么希望听听党的声音，多么想向党的组织汇报汇报自己的思想，谈谈心里话，心里的话积得太多太久了，就是三天三夜也讲不完。他们多么希望恢复党的组织，过过正常的党的生活。可是，党员们失望了。"四人帮"的"整党"是要彻头彻尾地整垮党，以"整党"为名，继续整老干部，整党员。他们逼迫党员承认"当了国民党兵"，检查，无休止的检查，交代，没完没了的交代。可是，就连这样的整党，志新同志也不能参加，她被立案审查了。

志新独自坐在炕上，房东和孩子们都出去了，屋子里空荡荡。她再也忍不住了，泪水涌出眼窝。离开党的组织，离开同志们，在所有的痛苦中这是最难忍受的痛苦。她呆呆地坐在窗前，夕阳透过窗镜照在她的脸上、身上。她的思想里掀起了一层层狂涛巨浪：难道我真的错了吗？难道我真的离开了党？不，经过几个月的思考，不是我过于固执，也不是个性太强，我看不出错在哪里，怎么能向谬误投降？古往今来，有多少革命者、科学家为捍卫真理而献出了生命，他们是我学习的榜样。卑怯者总是过于看重生命，只有真正的革命者才能比较出真理和生命的分量。她想起了曾经看过的歌颂伟大科学家哥白尼的话剧，哥白尼为了捍卫"日心说"被教会杀害了，但是教会只能消灭哥白尼的肉体，却无法扑灭哥白尼发现的真理。哥白尼的热情赞助者乔尔丹诺·布鲁诺，勇敢地接过哥白尼手中的火炬。在宗教猖獗的中世纪，他公然脱掉袈裟，向神圣的教会发动猛烈攻击，他到处宣布宇宙是无限的，整个宇宙没有中心。他被罗马教会视为异端分子，被教会当局的异端裁判所逮捕了，关了七年监牢。布鲁诺至死不屈，于1600年2月被判处极刑。教会在罗马城的鲜花广场燃起熊熊烈火，活活烧死了布鲁诺。布鲁诺在烈火中忍受着极大痛苦，却高昂着永不低垂的头。后来，鲜花广场的熊熊烈火，竟成了更加巨大的真理的火炬，照亮了罗马，照亮了欧洲，照亮了全球，照亮了未来的新世纪。林彪、江青一伙就是20世纪的教会，两年来，他们妄图以他们的封建宗教邪说，扑灭马列主义、毛泽东思想真理的火炬。不！这绝对办不到！志新心情十分激动，她决心做一个高举真理火炬的共产党员。鲜花广场的火照红了志新美丽端庄的脸，她的眼睛迸射出兴奋的光。她写道，我没有离开真理，也就没有离开党。我绝不是一个人，我同党在一起，同八亿人民在一起！哪怕暂时只有我一人，我也要参加整党。于是，她下了炕，对着镜子梳了梳浓黑的短发，坐在桌旁，开始了第一次整党学习。

志新精心地阅读毛主席的著作，系统地回顾了"文化大革命"以来出现的一些问题：构成这场路线之争的内容究竟表现在哪些问题？它的由来、发展过程和内容又是怎样？什么性质的斗争？什么特点？错误的一方错在哪里？她如饥似渴地向马列主义、毛泽东思想学习，向斗争中学习，也向历史学习。她仔细地翻阅着历史，总结着历史的教训和规律。

历史上曾经多次重复过这样的情形：当过于强大的邪恶势力作为一种潮流突然袭来时，有少数的人便立即舍生奋起，不畏强暴，英勇搏击，于是就成了英雄，为祖国和人民创造了惊天动地的业绩。大多数的人民群众，则在强大的潮流冲击下，不得不将愤怒和真话埋在心底，不得不跟着走一段路，正如雄鹰有时也顺风滑行一样，但这沉默是短暂的，而一旦人民从沉默中奋起，那就是反动派的埋葬日。在黑云压城的形势下，照例少不了投机者，他们出卖曾经一起工作过的同志，也出卖原来信仰的真理，追随邪恶势力，坑害人民，把自己的命运和最无耻的人连在一起。自然，又有少数的自私者、懦弱者，违心地成了温顺的奴隶，做了些亲者痛仇者快的事。英雄、人民、投机者、懦弱者，这是历史剧不可或缺的人物。当乌云过去胜利到来的时候，人民将敲响锣鼓，欢呼英雄；奏起哀乐，悼念烈士。"帮凶"们将受到历史的公判，在公判中求得新生，而懦弱者、自私者，也将受到"良心"的审判，在哀乐声中忍受精神鞭子的抽打，那痛苦将是长期的和难以忍受的……

志新决心向英雄们学习，做独立支撑的大树，背靠马列，扎根大地，同林彪、江青一伙斗争到底！这次个人整党收获很大，她眼含热泪，向党写下了心里话：彻底的唯物主义者是应当无所畏惧的，她襟怀坦白，因为不是为了谋求什么私利，不是维护利益相关的某一宗派和阶层，所以不能不坚持真理，不能不旗帜鲜明，政治上采取诚实的态度，是有力量的表现，采取欺骗的态度，是软弱的表现。我要敢于正视真理，不管真理使人多么痛苦！

志新的整党尚未结束，"四人帮"在辽宁的死党就下了逮捕令。

1969年9月24日，在"清队"的"台风"中时刻惴惴不安的同志们被聚到广场上，他们原以为开什么批判会，可万万没想到，是逮捕张志新同志的大会。志新的爱人曾真，事先一点也不知道，走进会场时才看到"批斗现行反革命分子张志新"的大字横幅，他几乎晕了过去。曾真同志望着台上的志新，心中百感交集，但是他不敢掉泪，因为没有哭的权利。他把泪水吞进肚里。胃溃疡发作了，他用拳头顶住胃部，一眨不眨地望着亲爱的志新，朝夕相处的亲人。

例行步骤做完了，志新被戴上手铐。她昂首挺胸，向吉普车走去。曾真怎么也想不到，这就是他同亲人的永别！

志新被抓走了。但这并不是"四人帮"死党的全部目的。他要抓一儆百，要叫全体干部、群众在江青"女皇"的面前垂手称臣、匍匐在地。在逮捕大会之后，全干校再一次刮起了十二级"台风"，他们叫嚷：张志新背后没有人，没有个摊摊，她的胆子不会那么大，要注意阶级斗争新动向，要将计就计，要盯住那些同情者、支持者，予以狠狠的打击！

在黑风阵阵的暗夜里，各连队都在开会，人人都要表态、声讨，同张志新"划清界限"，但是，志新就像一颗火种，在风暴中没有熄灭，反而变成照耀全干校的火炬。在"肃毒"会上，巍巍然又站立起一个强者，他斩钉截铁地说："我看不出张志新同志错在哪里！共产党员公开阐明自己的见解怎么是犯法？她的观点有道理！"

这位同志当即被捕，判了十八年徒刑，投进了监狱。但是，更多的同志已经被镣铐的铿锵声唤起，斗争在继续……

三

志新同志有着崇高的革命理想，有着坚强的革命意志，有着高尚的革命情操。即使在那漫长痛苦的牢狱生活里，那阴森的高墙，冰冷的手铐、脚镣，无情的棍棒、皮鞭，也无法禁止她对同志，对人民，对伟大的党，对马列主义和毛泽东思想的最真诚的爱和尊敬。

她爱同监的"政治犯"。她一进监房，就像投进一块磁石一样，不论是纯洁的钢，还是有杂质的钢，都一下子被她吸引去了。她在这些难友中很快就获得了信赖和威望。她一个一个地拜访"政治犯"，问她们何时入监，因何判罪，判了多少年。通过这样的调查，她知道了这些人大部分和她是同类型的"政治犯"。她，作为省委的机关干部，一个共产党员，有责任组织起一个战斗集体。于是，她开始了"地下"工作。一个只有二十岁的"现行反革命犯"，从入监那天开始就老是哭泣喊冤。志新像母亲一样爱抚她，劝她不要哭，坚强起来，要坚信总有一天会昭雪平反。这个孩子不再哭了，望着志新，第一次在监牢里露出笑脸。

当她忆起被捕的场面时，心如刀绞。她写道："这种处境对一个自尊心十分强的人，又怎能容忍？一个女共产党员，机关干部，究竟犯了什么罪？被两个大汉抓头发，挂牌子，双臂背扭？"如果她不明确自己是坚持党的政治原则，这样的尝试，就只能使她魂飞气断。但想到党的利益，自己吃点苦头算什么？她相信同志们能够以不同的形式投入斗争的洪流，彼此心心相印，为埋葬人民的敌人做出贡献。

她爱人民，常常把老房东怀念。在干校时，有一次过节分了一些糖果点心，她全部送给了房东的小孩。后来，她被专政了。同志们为了

"拉"她，请贫下中农给她办学习班。有个李大嫂拉着她的手说："咱庄稼院有句话，小胳膊可扭不过大腿呀。你，你就忍两天吧，哪有不晴的天？哪有不干的道？"真挚的感情，朴实的语言，深深感动了她，她眼里含着泪说："多好的贫下中农呀，就是为了他们，我也要坚持真理，不惜一切代价，捍卫党和人民的利益！"

她爱自己的亲人，最惦记的是妹妹志勤。志勤在北京乐团工作，因为钻研业务受到了批判，害了神经官能症。她给志勤写了好几封信。

志勤：

……你这病好治，我给你开个药方。一是听医生的话，一是关心国家大事。记得我们俩一起读《钢铁是怎样炼成的》小说吗？保尔不是说过这样一些话：生命对于人只有一次。人的一生是应当这样度过的：当他回首往事时，不因虚度年华而悔恨，也不因碌碌无为而羞耻，这样，他在临死的时候就可以说，我的一生都已贡献给人类最壮丽的事业——为共产主义而斗争。勤妹，保尔的话应当成为我们的座右铭。人们说游泳是最好的体育活动，能帮助治疗几种疾病。我看投入政治斗争的游泳行列并真正下水学习游泳，也是治疗政治上几种疾病的最好办法。……决心投进去吧！我是下了决心，在政治风浪中学会游泳。

她爱那些革命老干部，对他们怀着热烈的敬仰。在狱中，她认真研究了党的历史，研究了当时被打倒和"靠边站"的朱德、叶剑英、邓小平、贺龙、陈毅等党和国家领导人，从1927年南昌起义到1949年全国解放，这些老同志在每个关键时刻，在每一个重大的战役中建立的丰功伟绩。她激动地写道：每当重温这些战斗的诗篇，仿佛见到了那些动人的场面，在南昌起义失败的教训里，在皖南事变有利有节的斗争中，在解放战争由战略防御转入战略进攻的转折时刻，在收复革命圣地延安的喜讯中，在辽沈、平津、淮海三大战役组成的解放战争的新航程中，在向全国大进军的神圣命令中，哪一个革命者不应看到，这一切一切都是由千千万万革命先烈用血和生命写成。正是这些革命先辈使反动的蒋家王朝土崩瓦解。这些军事统帅以自己对党的无限忠心，为党，为革命，为人民立下了不朽的功勋，绘成了这可歌可泣的战斗画面。在那些残酷斗争的历史年代里，他们没有被敌人子弹撂倒，也没有被敌人铁锁把肋骨压弯。革命胜利了，祖国解放了，社会主义理想在实践中实现了，就在这个时刻遭到了来自党内、来自昔日"战友"的突然袭击。是谁？根据什么做出了与事实相背离的武断？是林彪、江青狼狈为奸。写到这，志新再也抑制不住内心的愤怒，她要大声疾呼，为革命的老干部叫屈鸣冤。

她热爱生活，珍惜自己的政治生命。即使穿着难看的囚服，她也总是整整齐齐，干干净净。衣袖飞了边儿，她为此十分不安，怎么办呢？没有针也没有线，她想出了一个办法，用条帚"迷子"当针，从破衣服上扯下几条线，坐在铁窗下，一针一针地仔细缝补起来，把袖口补得平平整整。补完，穿在身上，又用手扯了扯袖头，脸上露出孩子般欢欣的笑容。1970年12月25日，是她入党十五周年的纪念日。这一天，她早早起了床，仔细地把衣装打扮，把浓黑的短发梳了又梳，然后立在墙边，透过窗上的铁栏，望着天上温暖的太阳，眼里闪着泪花。十五年前这一天，她在党旗下庄严宣誓，成为一个光荣的共产党员。此刻，身在牢房，耳边又响起了入党时的誓词："承认党纲党章，愿为党的事业奋斗到底，在党的领导下，勇敢地进行革命斗争，在任何环境下，接受一切考验，永不动摇，永不叛党，为共产主义事业贡献出自己的一切。"

昨天发誓言，今天要实践。她心潮澎湃，感慨万千，挥笔写下了《迎新》诗篇：

　　十五年前的这一天，
　　我庄严地宣读了誓言：
　　为社会主义而奋斗，
　　为人类解放而献身。
　　十五年后的这一天，
　　我严肃地接受"党"的"审判"，
　　不是我违背了誓言，
　　也不是党来把我屈冤。
　　为什么还没有落案？
　　时间和实践将公正裁判！
　　追求真理，坚持战斗，
　　奔向党指引的航线，
　　驾驶起生命的航船。
　　铲私根，战恶浪，永向前，
　　勇敢地去接受考验，
　　用胜利去迎接春天。

　　这一天放风时，她戴着铁镣，步履却特别有力，还做了几节操。

　　她像儿女热爱母亲那样衷心热爱伟大的党。同党的感情，铁镣锁不住，高墙隔不断。入监那年的7月1日，她要纪念党的生日。找不到红纸，就用白纸扎了两朵小花，扎完了，心里又非常不安，白花怎么能献给党呢？她苦恼地来回踱着步子，然后，面对板床，默默地站着，突然间，有了一个重大发现，木板床是紫红色的，可以用它来涂染！她用双手捧起白水，洒在板床上，用手指搓着，搓呀搓呀，板床上浮起了一层红水，她用手指蘸着红水，仔细地涂染着一个个花瓣。两朵小白花终于变成了红花，那颜色虽不鲜艳，却有一种特别的美。她打开藏在身边的党章，翻开封皮，露出党旗，轻轻地放在桌子上。她把两朵小红花分放在党旗两边，面对着鲜红的党旗，脸色庄严而沉静。几年来，党的组织被破坏了，党的生活停止了，党员就像孩子失去了娘，感到没依没靠，孤孤单单。今天，面对党旗，她更加怀念亲爱的党。

她爱马列主义、毛泽东思想，这是她力量的源泉，行动的指南。在监狱里，每人每月只发给两元钱生活费，她除了买点肥皂、牙膏，从不错花一分钱，一元一角地积，一角一分地攒，用这些可怜的生活费，买了几十本马列和毛主席的书。有一次，书店到监狱里卖书，她一次就买了十六元钱。为了读书，她还用手纸上的商标，做了几个非常精美别致的书签。在狱中，每天只有两个小时的自由活动，她就用这些宝贵时间，通读了《马克思恩格斯选集》《列宁选集》《毛泽东选集》共十二卷，还细读了毛主席五篇哲学著作和《共产党宣言》。起初，监狱发给她纸，要她写认罪材料，后来发现她都用来写学习笔记，而且越学越坚定，管教员在她面前经常张口结舌，丢脸出丑。一怒之下，不给她发纸，还收缴了她的笔。可是这难不住英雄，她用木签蘸墨汁，在手纸上顽强地写下去，写完的手纸堆起老高。五年来，就这样戴着铁镣，写下几十万字的学习笔记。她入狱后，对狱中的工作人员尽力做些教育启发工作，但对于夺走她的笔，却十分愤怒地痛斥道："身为专政机关之长，你听着！你为什么不敢把笔退还给我，看来我的笔是被你当作枪缴去了，但指挥这支枪的思想，你们却永远也缴不去。自称为无产阶级专政的执行者，你们哪一点像无产阶级？你以为利用这一恶劣手段就可以软化革命者的意志，可以向错误路线投降吗？这除了说明你们手中没有真理，在真理面前束手无策、软弱无能外，你们什么也得不到！你们还有什么办法，都使出来吧！行凶者，帮凶者，你们可以逃之夭夭吗？不！我要向党向人民控诉你们！声讨你们！你们将受到历史的严惩！这笔账是要算的！"

"这笔账是要算的！"

这声音震撼了黑洞洞的监狱，吓破了"四人帮"死党的狗胆，他们把志新钉上两副脚镣，戴上手铐，打进"小号"，长达一年半。他们挑动那些流氓犯、盗窃犯，无情地殴打、折磨志新。流氓们用摧残她作为资本去争得减刑，换来"模范犯人"的称号。

为了彻底打掉志新的"反革命气焰"，逼她投降，他们无耻地施用了法西斯下流手段。

一天，刚吃过早饭，几个大汉突然闯进监狱，把志新五花大绑，推上一辆囚车。为了防止志新抗议、申辩，他们用泡沫塑料，塞进她的嘴里，又用透明指纹胶把嘴糊上。

第一辆车上押着两个男犯，志新是在第二辆车上。囚车向刑场缓缓地开去。

志新见此情景，心里明白了，生命就要结束了，但她十分安然，只是略感遗憾。走得太匆忙了，没能向同屋的难友们告别，没来得及把书籍遗物分赠给她们留作纪念。

志新坦然地挺起腰杆，昂着头，风儿吹拂着她的短发，她是那样庄重安详。

囚车在刑场边停下了。

那两个男犯被拖到刑场，瘫在地上。但志新却挺胸昂首，戴镣前行。

枪声响了，两个男犯被击毙，志新没有被打死。原来她是被带来陪斩的。他们企图以此威吓这个坚贞不屈的共产党员。然而，他们失算了，以小人之心，度君子之腹，"民不畏死，奈何以死惧之？"他们永远也不能理解英雄的精神世界。不明白她何以这样坚定，这样视死如归。

　　志新有着强烈的爱，也有着强烈的恨，正是这爱和恨的土壤使她获得压倒一切敌人而决不被敌人所压倒的力量。她凝视着地上的两摊鲜血，嘴角浮现出一丝冷笑。在那淡红的血泊中，她看到了黎明的曙光，在那震耳的枪声里，她听到了死神在猛烈地敲打着江青一伙的窗棂。

四

　　志新被捕后，看守所、法院进行了多次提审。每次她都是理妆整容，从容地步入审判庭。审判员指令她坐下，她不坐，不让她坐时，她却坐下来，好像在家里一样安然自如。每一次她都郑重申明：我没有罪，我不是罪犯，你不可以用对待罪犯的口气同我说话。审判员几次审问，她都拒绝回答。没有办法，只好改用谈感想的方式提审。下面就是这种感想式提审的部分记录：

　　问：到这儿来以后，有什么想法？对个人问题怎样认识？

　　答：9月24日批斗后逮捕了我，我没有构成犯罪，我想不通。

　　问：你始终不认罪，劲儿到底憋在哪里？

　　答：我说的都是事实，是真理。我没有向任何人乱讲，包括我的爱人。我是按照组织原则向党讲心里话，这是一个共产党员起码的权利，怎么会是犯罪？

　　……

谈来谈去，审判员得出了如下结论："张志新纯属思想问题，构不成犯罪，无法判刑。""上头"听了这个结论，大为恼火，认为这是惊人的"反改造"，说这位审判员严重右倾，撤离了岗位，派了新的审判员。

前车之覆，后车之鉴。新的审判员一上来就声色俱厉地质问志新：

"你为什么这样嚣张地攻击林×××？"

"这是我的看法，这不是反革命行为。"

"反对林×××就是反党、反社会主义！"

"我哪一条是反对社会主义？你回答我！"

审判员在志新的严厉质问下张口结舌了，他强作镇静，牛头不对马嘴地叫着：

"你犯了攻击伟大的中国共产党的罪行！"

"我不是攻击党，我是一个共产党员，是党培养我参军、上大学，我怎么会反党？一个共产党员提出自己的看法是符合党的原则的！"

"你拒不认罪，要考虑个人前途！"

"离开党，谈不上个人前途，我没什么考虑的！你还有什么话要说？"审判员的气势被志新的厉声质问压下去了，审判庭内再一次出现审判审判者的尴尬局面。审判员只好草草收场，他无力地说："回去吧，写一份认罪书交上来。"志新略加思考之后，毅然地回答说："好吧，我会交给你一份认罪书的！"夜幕降临了。志新站在铁窗下望着监狱外高远的夜空。耳边响着哗啦啦的镣铐声和时高时低的哭声。她心潮起伏，泪湿前胸，想到国家的命运，想到江青一伙的卑鄙行径，也想到提审时的情景，她奋笔疾书，写下了《谁之罪》这首悲壮的诗篇：

在漫长的岁月里，

在尖锐的斗争中，

夺去党的具体领导，

她可知怎么行？

呼唤没回应，

喉干泪水尽，

在战友的带领下，

她锻炼成长，

红心献革命，

永不忘誓言！

为真理而奋斗，誓死捍卫党。

今天来问罪，

谁应是领罪的人？！

今天来问罪，

我是无罪的人！

　　写完了诗，大家劝她吃一点东西，她摇摇头，在囚室内来回踱着步子。听着脚下镣声锵锵，她为《谁之罪》谱了曲。先是轻声哼唱，继而引吭高歌：

　　"今天来问罪，谁应是领罪的人？！"

　　"今天来问罪，我是无罪的人！"

　　悲壮有力的歌声穿过牢笼震响在辽阔的夜空。有几个难友也跟着唱起来。真理是囚不住的，人心是锁不住的，歌声是关不住的！志新望着难友们，心情非常激动，她从几年来的实践中预感到，埋葬那些王八蛋的日子不会太远了，她鼓励难友们要勇敢地坚持下去，用斗争去赢得胜利！

这一夜，志新通宵未眠。十天之后，她交出了一份长达万言的"认罪书"：

"……在这段时间里，我进行了学习和考虑，坦率地讲，没有解决认罪问题，具体地说，就是立场观点不变，态度如前，更坚定了自己的信念……

"高举着真理的火炬，走自己的路，让人家去说吧！想要革命吗？你就应该是强者——这就是一个共产党员的宣言！

"……"

这是捧向党的赤热的心，这是讨伐林彪、"四人帮"的锋利的剑！哪一个革命者读了这份"认罪书"不慨然下泪！只要还有一点共产党员气味，谁忍心对她再施酷刑？当这份"认罪书"放在审判员桌上时，他的思想展开了激烈的斗争。他的良心受到了责备，反复量刑只能从轻，而他的私心又在作祟，鼓动他狠反"右倾"。良心和私心谈判的结果，决定判十五年徒刑。

省里主管政保的一位"大人物"听到这个决定，再一次大发雷霆：这是首长排号的大案要案，怎么能判得这样轻？你们只会死抠条条框框，不理解领导的意图。他亲自跑到盘山，亲自阅卷，亲自审问。志新再一次受到提审，她已预料到事情的严重，从容不迫地来到"大人物"面前，抢先厉声质问：

"你叫什么名字？"

"我叫××！"

"你受谁的指派？"

"我……"

"大人物"口吃了。

志新同志义正词严地揭穿了他们的阴谋，"大人物"威风扫地，理屈词穷，恼羞成怒地咆哮道："张志新死不认罪，从严，从严，从严！"他推翻了地方法院的意见，判处志新无期徒刑！

志新心如火焚。她对着高窗铁栏忧愤地自语道："真痛心啊，在我们的国家里，竟有人如此公开践踏法律，如此滥用无产阶级的专政机器！真理啊，你在哪里？"

虽然判处了无期徒刑，但志新从不承认是犯人。在她写的所有材料里，都把犯人二字加了引号。有一天，志新在车间劳动，负责扎鞋口这道工序。管教员训话时说："你们每天的定额是一千二百双，争取多干，立功赎罪。"

下午四点钟，管教员发现志新的机器停了，她正静静地坐在那里休息。管教员气极了，大声申斥道："张犯志新，你怎么停了机器？"张志新连理也不理，还是静静地坐着。管教员闯到她面前又喊了一遍："张犯志新，你怎么停了机器？"志新从容地回答说："我是共产党员张志新，不是犯人！我做完了一千二百双，那是给国家创造的财富。你说多做是立功赎罪，我没有罪，一双也不多做。"

管教员气得没有办法，就去清点鞋帮数目，想找个碴治治志新，可是数来数去，刚好一千二百双，也只好作罢。

志新的申诉石沉大海，她已意识到，在这血雨腥风的日子里，冤狱遍中国，冤案堆如山，千千万万的革命者在经受着诬陷的痛苦，监禁的磨难，杀头的危险。但是啊，那过多的冤狱不就是过多的火山！地下的火正在沉默中孕育着天翻地覆的明天。志新知道，为了冲破黎明前的黑暗，要流更多的血，付更大的代价。她为此牺牲心甘情愿！

1970年10月26日，志新从盘山转押到沈阳监狱。像战士调防一样，她勇猛地跨进新的战场，迎接新的斗争、考验……

五

谁人没有骨肉？哪个没有亲人？志新也有一个温暖的家，一张全家照片一直带在她身边。入监那天，她要求带着这张照片，遭到了无理的拒绝。身边虽然没有了照片，但亲人的面孔时刻浮现在她的眼前。她常常向难友们叨念：爱人曾真太老实，胃病很重，家里担子都压在他肩上了，我心里很不安。说到这，志新总是皱着眉，沉默地把爱人惦念。过了一会儿，却又满脸带笑地夸奖她的一对儿女，说女儿林林多么可爱，五岁就学会了弹怀琴。儿子彤彤聪明伶俐，三岁就能随着收音机的乐曲自编舞蹈动作，那天真的样子，真是笑死人，又逗死人。每当说到这里，她就幸福地闭上双眼，于是高墙和铁窗立即消失了。就这样长时间地回忆着过去。当她再次睁开眼睛时，总是对难友说：刚才我看到彤彤、林林了……泪水在眼眶里转。

志新想起了临来干校时的情景，那时，她背着行李包，提着旅行袋。爱人抱着儿子，女儿紧靠在妈妈身边。走了一程又一程，谁也不愿先说"再见"。林林已经长得齐肩高，像个大姑娘了，志新望着女儿苗条的身影，轻轻地皱了皱眉。父母都上干校了，社会秩序这么乱，丢下一个十三岁的女孩子，当母亲的怎能放心？她搂着林林的肩头，轻声地嘱咐了些女孩家该注意的事情，说完了，又抱过三岁的小儿子亲了亲。临别，对林林说："妈妈走了，你要好好学习，有什么事就去找张大娘。再见吧！"说罢加大步伐向前走去，走了一段路，又站下来，回过头，望着正在招手的一双儿女。

她走了，身后传来林林甜脆的声音："妈妈早点回来呀，早点回来呀！"

整整一年之后，志新回来了，她是戴着手铐回来的。几个公安人员押着她。当她迈近那熟悉的家门时，心情十分矛盾。她想象着突然打开房门的情景。儿子一定不认得妈妈，会瞪大眼睛问，哪来这么个犯人？懂事的林林会怎样呢？她会扑上来，抱着大腿哭叫着，妈妈，妈妈，你是怎么了？警察叔叔，你们是最爱人民的，我小时候走迷了路，不是你们送我回的家吗？你们抓错了人！为什么要抓妈妈？为什么，为什么呀？

志新推开门，屋子里空空的，没有彤彤，也没有林林，孩子们啊，你们都在哪？为什么不来看妈妈？

抄完家了，林林和彤彤还是没回来。

走出楼门了，楼门口有一大群孩子，还是没有彤彤和林林。志新明白了，一定是好心的张大嫂怕吓坏了孩子，把林林和彤彤哄在她家里了，志新的眼睛湿润了。

志新被押上吉普车，车轮转动了，志新紧扒着小玻璃窗，向外边望着。车后跑来一个小孩，那不是我的小林林？林林在车后面追赶着，她已听到了林林的呼叫声："妈妈——妈——你不能走啊，还我妈妈——"志新擦了擦眼睛，想看得更清楚一些，可是林林不见了，只有灰尘。

吉普车开出沈阳，开始猛烈地颠簸了。志新就在颠簸中闭上眼睛，回忆着可爱的林林……

林林五岁那年，妈妈就教她弹琴，她很快就能准确地弹出七个音符，妈妈夸奖她，又教她弹曲子。第一支曲子就是教的《东方红》，妈妈在女儿幼小的心田上，播下了对伟大领袖毛主席的爱的种子。记得有一次，妈妈带林林去看歌剧《江姐》，林林看到台上反动派的狰狞面目很害怕，把头偎在妈妈怀里，妈妈亲昵地扶起孩子的头，说："不要怕，反动派没什么可怕的，你看，他们很快就要完蛋了，坚强起来，孩子！"林林似乎懂得了妈妈的意思，就昂起头，眼睛盯着台上，一眨不眨地看。林林问妈妈："妈妈，什么叫烈士？"妈妈说："烈士是好人，最好最好的人……"林林说："我懂了，烈士是最好最好的人，江姐是烈士，妈妈也是烈士……"

想到这，志新更加惦记林林，她想，回到监狱第一件事就是写一封信……

1971年夏末秋初的一天，身着绿装的邮递员带着志新从狱中寄出的一封信，走进省委宿舍新六楼。他举着信喊道："曾真同志——曾真——"没有回音。又到二楼、三楼继续呼叫："曾真同志——曾真——"还是没有回音。一个男孩子把邮递员领到志新住处的门口，邮递员敲开门，得到的回答是："这不是曾真的家，他是反属，早已赶下乡了。"邮递员问："到什么地方去了？"回答是："不知道。"邮递员为难了："这封信可怎么投递呢？曾真啊，你在哪里？你在哪里？"

志新怎么会想到，她投出一封"写错了地址"的信，她的爱人曾真拉着十几岁的女儿，背着不懂事的儿子，被赶出了沈阳，来到辽西最偏远的一个小山村插队落户了。志新怎么会知道，亲人曾真由于生活的艰难和精神的折磨，几乎丧了命，一个月里动了三次大手术。后来，因为顶着"反属"帽子被赶出疗养院大门。志新怎么会知道，女儿小林林在"反属"帽子的压力下，十几岁的孩子过早地成熟了，学会了看别人的眼色。她写了几十份入团申请书，批了几十次"反革命"妈妈，还是入不了团。志新怎么会知道，儿子彤彤考沈阳音乐学院少年班，初试已经合格，却被消了复试权。志新怎么会知道。曾真的心有多难，他几次想去探监，一怕重犯不让见，二怕给孩子带来麻烦，被说成划不清界限。

这个大老实人被逼得走投无路，才下决心提出离婚，用处理志新衣物为理由赶到沈阳监狱，要求同亲人会面，可是，还是被无理拒绝了。曾真长久地呆立在监狱的高墙下，真是望眼欲穿啊！

然而，志新什么也不知道，她只知道寄出的家信给打回来了，没有收到回信，却收到了建昌县法院发来的离婚判决书。

一张薄纸，重如千斤，压碎了志新的心。她双手捧着判决书，简直不敢相信自己的眼睛。从跨进监狱大门那天起，她就做好了一切思想准备：艰苦的生活、繁重的劳动、精神的侮辱、肉体的摧残，她准备在高墙里度过后半生，也准备随时为真理献出生命。但是啊，她从来没有想到离婚。这沉重的一击来得太突然，她几乎难以支撑。她多想推倒高墙，冲到亲人的身旁，当面问一问爱人："曾真啊，难道你真……"她要搂住林林，抱紧彤彤，"孩子啊，你们不能没有母亲！"可是，怎能埋怨爱人？又怎能埋怨孩子们？是谁夺走了亲人？千罪万孽来自祸国殃民的林彪、江青。株连，株连，这封建社会最毒辣最阴险的手段，想不到在社会主义社会里，竟作为监狱的补充在流行泛滥。志新轻轻地呼叫着，亲人们啊，我明白了，你们是没有被捕的"犯人"，你们戴的是精神的手铐、脚镣，狱外还有更大的狱，监外还有更大的监。

在社会主义制度下，竟发生了如此残忍的事情，真理和家庭成了你死我活的矛盾。要家庭吗？你就得丢弃真理；要真理吗？你就得丢弃家庭！该怎样做出抉择呢？反正都不轻松！

在社会主义制度下，竟发生了如此奇怪的事情，共产党员的称号和母亲的称号，不能同时并存。要做共产党员吗？就得抛掉最可爱的子女；要做母亲吗？就得丢弃最圣洁的党性。该怎样做出抉择呢？反正都够痛心！

林彪、江青一伙，为了扑灭真理的火炬，不知残杀了多少人。可是啊，生离比死别更狠毒，夺走母亲的孩子甚于杀死母亲，他们企图用这样残酷的手段，降服高举真理火炬的人。

志新流着泪对难友说，世界上母亲千万个，哪一个没有慈母心？难道唯有我张志新的心最毒狠？不，凡是了解我的人，都不可能得出这样的结论。

罗马城鲜花广场的烈火在她的眼前跳跃，江姐临刑前的高大形象在她的眼前出现了。真理的火炬映照着志新，她全身沐浴着真理的金光。

志新擦干了泪，把手里的判决书撕成条条，又把条条扯成碎片，丢在地上，踩在脚下，理理短发，就坐下读毛选。她一边读，一边做着笔记，写下了如下的话：

"一个共产党员，应该是襟怀坦白，忠实积极，以革命利益为第一生命，以个人利益服从革命利益，无论何时何地，坚持正确原则，同一切不正确的思想和行为做不疲倦的斗争。"

"两个家庭加起来二十一个人，就是都抛掉了又有什么了不起？为了追求真理，这一切都可以抛开，生活本来就不是这么个小圈圈。现在好了，一身轻，无牵无挂，斗争到底！"

六

1975年春天，慷慨的大自然照例用红花绿叶装点了烟雾蒙蒙的沈阳城。第一朵柳桃花在街头悄悄地绽开了粉红色的花瓣。然而，人们无心赏花，因为心中已没有了花，没有了花的春天。

在这无花的春天里，"四人帮"加快了篡党夺权的步伐。"四人帮"在辽宁的死党，动用专政工具，开始了血腥的大搜捕、大镇压。无数革命老干部、革命群众被专政，被"办班"，被投进监牢。志新所住的牢房里，"现行反革命犯"在急剧增加。

志新望着身边的那个辽西来的姑娘，刚满三十岁，已经有了十年狱龄，监狱吞掉了她人生中最可贵的青春。她是怎样被捕的呢？原来，十年前，讨厌的派性斗争使她厌倦了，有一天，她心情很烦躁，拿着笔在报纸上信笔乱写，她也不知道写了些什么。一个善于观察"阶级斗争新动向"的人把这张报纸拿去，做了一番考究。画了各种形状的圈圈，有鸭蛋形的，有烙饼形的，有鸡肠子形的。一共画了二十四个圈圈，圈出二十四条"反动"标语。证据确凿，铁证如山，有口难辩，抓进大牢，判了十五年徒刑。

志新转过头，望着紧靠山墙的那个四十多岁的妇女。她来自辽南，现在正望着铁窗低低哭泣。她是那么朴实、厚道，有话不会说，有冤不会喊，这个"罪大恶极"的"现行反革命"，只因为做鞋打袼褙用的旧报纸上有一张像，判了有期徒刑十年。

志新的眼睛里突然流出热泪，她望着对面床铺上一个空荡荡的床位，那是老干部陈钧同志，因为怀疑、反对江青，被打成"现行反革命"，这位原东北局的老处长受到大家的热爱和尊敬。她身患严重高血压、心脏病，志新曾多次半夜起床，守护在陈钧床边，倒水喂药。可是，再也看不到她了，她被活活折磨死了。监狱是政治斗争的风雨表，"现行反革命"塞满监狱，说明斗争到了决战的时刻，邪恶势力已处于风雨飘摇。志新同志手扶铁栏，笑望着火红的太阳，充满了必胜的信心。她抓紧一切时机，无情地揭露、批判江青一伙的反党罪行。

斗争到了关键时刻，祖国正处在黎明前的黑暗。张春桥叫嚣要"杀人"，"四人帮"在辽宁的死党积极照办。他穷凶极恶地说："张志新死心塌地，活一天和我们干一天，杀了算了。"下令法院办理加刑手续。

4月3日，志新再一次以审判者的气势出现在法庭上，进行了最后一次斗争。经过简单的几句对答之后，志新不等再问，便慷慨激昂地发表了演说，她以法庭为战场，有力地揭露了"四人帮"反党反人民的罪行。她说："我是一个共产党员，不过说了一个共产党员该说的话，我的观点起之有因，立之有据，坚持不改有理！"

第一个审判员被顶下了台，第二个上来了，又哑口无言。审判只好草草收场。法院要志新签字，志新已经看穿了这次审判的卑鄙目的，要求看记录，遭到了无理拒绝。志新抗议道："不给看记录是非法的，我拒绝签字！送我回监！"

为了杀害英雄，他们竟明目张胆地践踏法律，以这份没有签字的提审记录为根据，改判张志新同志死刑！按照法律程序，判死刑后，应有十二天上诉期，可是，他们杀人心切，第二天上午就执刑了。

4月4日，当属于英雄的最后一个黎明来到时，管教员问志新："你还有什么话要说？"志新坦然地说："我是一个共产党员，我的观点至死不变！"这就是英雄留下的最后一句话，千古不朽的"正气歌"。

从1969年9月24日被捕，到1975年4月4日英勇就义，志新同志同人民的敌人针锋相对地斗争了二千一百个日夜。没有一刻松懈过斗志，没有一天不奋笔疾书，慷慨陈词。敌人用泡沫塑料没有堵住她的喉咙，用透明指纹胶没有封住她的嘴，用株连、离婚、陪决，没有削弱她的斗志。敌人害怕了，颤抖了。害怕志新同志在刑场上继续揭露他们的罪行，竟毫无人性地切断了她的喉管，剥夺了她说话的权利。

志新同志无声地倒下去了。在给烈士遗体拍照时，他们用一条黑布缠在烈士的脖子上。但是，一指黑纱怎能掩盖得了反党反人民的滔天罪行！历史是公正无情的，企图涂抹历史的人，终究逃不脱历史的审判！

伟大的爱国诗人屈原临终前曾引吭高歌："虽体解吾犹未变兮，岂余心之可惩？"但是，残暴的奴隶主比起"四人帮"到底仁慈得多，屈原终于没有被肢解，清清的汨罗江保存了他的完美躯体。而张志新烈士的遗体却在肢解之后，不知丢弃到什么地方了。

七

志新的老妈妈，一个年近八十的爱国知识分子，听到女儿的噩耗后，悲痛欲绝，放声大哭。刚哭了几声，就用强力克制住了，对女儿志勤说："你到隔壁邻家去一下，要是问我为什么哭，就说你姐姐病死了，她，病，死了……"老人家怕别人知道是"反属"，给活着的儿女带来更多的非难。她哽哽咽咽挥笔写道："我的女儿是刘胡兰，是韩英，绝不是反革命！不看到这样的结论，我死不瞑目！"

老人家的夙愿终于实现了。历史还了她女儿的本来面目。1979年3月31日，中共辽宁省委召开了为革命烈士张志新同志平反昭雪大会。追认张志新同志为革命烈士，称誉她是中国共产党的优秀党员，中华民族的优秀儿女，号召全省共产党员和人民群众向她学习。

4月4日，在志新殉难四周年的这一天，辽宁省委宣传部召开了张志新同志的追悼大会。林林、彤彤捧着妈妈的没有骨灰的骨灰盒，在宣传部领导同志的护送下，送往革命公墓安放。

在召开追悼会的这天晚上，曾真同志带着林林、彤彤和从北京赶来参加平反大会的烈士的两个妹妹围坐在一起，回忆着烈士光辉的一生。志勤问："姐姐牺牲前没有留下什么遗书吗？"曾真说，留下了一封信。曾真把一封烈士的遗书双手捧给志勤。志勤急速地读下去：

曾真：

结婚十四年，我们生下了一男一女，我没有也无力完成自己的义务，希望你很好地抚养下一代，对林林要耐心，女孩子每长一年，事就更多，要很好地爱护她，叫她不要早婚。妈妈对不起他们，过去自己修养不好，打骂过孩子，让他们别往心里去。要好好学习，锻炼身体。要改正"没有坚持精神"的缺点。让林林好好看小弟弟。不要伤心，要坚强！

那一百元钱，是我平时节俭积攒起来的，打算为父母办理丧事用。请把钱寄给我母亲，这也是最后一次孝敬！我没给父母写信。你也不要把我的事告诉他们，免得受刺激犯病。你平时要多注意身体，为了革命，多照顾自己吧。如果你照看不了孩子，可写信和母亲商量，把孩子放到天津。我不在了，收入减少了，担子都是你的了。对孩子要耐心，我对不起你！

一个人不管是生或死，只要是为了革命就是有意义的。

我懂得了革命，决心要为革命贡献一切！真正的革命事业永远是兴旺的，蒸蒸日上的。我愿为美好的未来添点土，出点力，但有没有这种可能，看来不由我决定了！

中国共产党万岁！

伟大的祖国万岁！

毛主席万岁！

这封信是1969年1月9日晚写的，但是没有寄出来，被非法扣押，作为志新的反革命罪证装入档案。同时，又复制了一份，并在信的末尾写上"这是现行反革命分子张志新写给曾真的信"，作为曾真的罪证塞进曾真的档案里。

曾真同志百感交集，他在信上"这是现行反革命分子张志新写给曾真的信"的后面，写了下面的话：

"我在经过了十年又七十一天的漫长岁月之后，终于收到了这封永诀的信……"

（原载《鸭绿江》1979年第5期）

祖国高于一切

陈祖芬

柏林妻子

三十年前。德国柏林。

俗话说：人非草木，岂能无情。即使像王运丰这样豁达的人，现在也屡屡跌进感情的深渊。他陷在厚实的沙发里，望着正在地毯上嬉戏的三个儿女：孩子们和她长得太像了！那凹陷的棕色眼睛，那举手投足之间，无一不渗透着她的音容笑貌。说来也怪，只有在她出走之后，他这做丈夫和父亲的人，才充分地领略了这一切遗传上的惟妙惟肖之处。于是孩子们那欢快的笑声，只能引起他悲凉的情思。人对于失去了的东西，总是感到分外的宝贵。她出走了，却较之她在家的时候，愈发地使他感觉着她的存在和他视之比生命更宝贵的她的爱情。

这些日子发生的事情，像旋转木马似的把他搞得晕头转向。一切都是从那个邮件开始的。那是一张祖国寄来的《人民日报》——报道了新中国成立的消息。他简直不是看报，而是吞！他一口气把那条喜讯吞了下去，然后才久久地品味着、陶醉着……当然喽，回国去！1938年他出国留学时，坐的是德国海轮。这样先进的海轮，这样超乎他想象的内燃机！世界上一见钟情的故事不少，他和内燃机的姻缘就由此产生了。海轮途经新加坡，几个洋人向海里扔下几枚钱币，对中国人说：谁下海捞着，钱就归谁。洋人笑着，笑得白脸变成血红；下海的中国人也笑着，笑得黄脸变成惨白。这种愚昧痴呆的笑，都是因为他们心里没有一架燃烧起自豪的力量的内燃机！

柏林到了。啊，这么多的汽车！一辆、两辆，三、四、五、六……唉，数不过来！来自人力车和马车的国土的王运丰呵，这些飞驰的汽车无疑是给他来了个下马威：你们中国造不了汽车，你们连一个内燃机厂都没有！

唉唉，中国在德国的四百多留学生，几乎谁都不学内燃机专业——回国没饭碗啊！可是难道中国就永远没有内燃机，永远没有自己制造的汽车、轮船了？！不！……

现在王运丰是联邦德国内燃机专业的国授（国家授予）工程师。拥有一吨多重的书。正是这些书，浓缩成他生命的精髓；而他的生命，也分解在这些书里了。书本是他生命的影子，当然要跟随他回国的。影子是不会和他自身分开的。妻子再好，也可能分开……前几天国民党在联邦德国的便衣跟踪他、审问他。昨天半夜又有人打电话来威吓："小心点，否则我们要用手枪来对付你。"妻子吓得睡不着了。她痴愣愣地瞪着他，那棕色的大眼睛更加凹陷了。一夜之间，她变得像一朵萎缩了的花。他的心也萎缩了起来：他干了什么对不起她的事？他召集了留德同学和侨民开会，呼吁响应周总理对海外知识分子的号召，回国参加社会主义建设，而且立刻给周总理发了电报："留德同学会全体会议通过决议，表示忠于中华人民共和国毛泽东主席，并响应周恩来总理的回国参加建设的号召，请速派遣外交代表和安排留德学生回国事宜。"祖国解放前几年，国民党驻联邦德国的机构先后三次动员他回国，他拒绝了。可这次，他偏要回！"你别走吧……"棕色眼睛的妻子哭了，泪水莹莹地望着那六间一套的家。每间房里都有大幅的地毯和贵重的家具。于是，他看见爱情在讲究的咖啡壶上闪耀，在雕花木上微笑，在地毯上伸展，在她的泪水里流淌……只有他和她才知道，他的事业加上她的爱情，才能经营起这个美妙的家庭。他们是一体的。他和她之不能分开，犹如他们那三个孩子不可能再分解成他和她的细胞一样。

但是，当她知道他回国的决心已不可动摇时，她赌气回到东柏林的娘家去了。这位柏林妻子和他竟是同样地把祖国看得高于一切。唉，人们往往津津乐道：一个共性如何使有情人终成眷属。但人们可知道，往往同一个共性，又能使眷属终成无情人？

无情？当法官宣读了离婚的判决后，她在法庭上当众就哭了起来。他真想一把搂住她说：别哭了，和我一道去中国吧，就像结婚时他拥着她走向他们的家……

家被无理查封了。家具、地毯、车库，一切都贴上了封条。根据当地法律，私自撕毁封条的，要加倍从严地法办。但是封条可封不了王运丰那急于回国建设的心，那颗像内燃机一样产生巨大能量的心。一切可能发生的凶险，都在"祖国"这个古今中外最有魅力的名词面前，变得不值一顾了。王运丰撕下了汽车上的封条。在德国司机的帮助下，他带走了三个孩子和跟随他的影子——一吨书。而财产，全丢下了。"生活中最没有用的东西是财产，最有用的东西是才智。"这话是谁说的？对了，莱辛！是啊，只要有书，有才，就可以为祖国服务。他怀着赤子之心奔向理想的境地。呵，解放区的天，是明朗的天，解放区的人民好喜欢。20世纪50年代的知识分子是天真的。第一个从联邦德国回国的工程师王运丰，和他那三个七岁、五岁、二岁的孩子一起稚气地笑着……

"德国特务"

有人靠回忆度日，有人靠想象生活。有人因独具精神而力量过人，有人因敏于思想而陷于痛苦。人之所以成为人，就是因为有了思想。王运丰被作为专政对象，独个儿在河北蔚县的崎岖山路上担煤。他的思想却因抵抗专政而变得毫无规则。如果他能未卜先知地预料他这个留德的内燃机专业工程师在20世纪60年代中期将以担煤为生（虽然煤也是燃料），真不知当初他还能不能拼命攻读了！不过他当然还是要攻读的，否则他就不叫王运丰了！"王运丰，你老实交代，你是不是德国特务？"特务？他在德国倒是有特殊的任务。他在内燃机专业毕业后，本来满可以每两年准备一篇博士论文，到1945年，两个博士学位也到手了。但他不去考。他给自己规定的特殊的学习任务，是尽可能多学会几门技术——祖国什么都欠缺啊！于是他又去学焊接、电工、管理、铸造。铸造是冶金不可或缺的部门，但在旧中国被看成下贱活：打铁翻砂嘛！联邦德国教授惊讶地打量着站在他面前的王运丰："我没见过中国留学生学我这个铸造系的。"王运丰在铸造厂实习，每隔三四分钟就得把一只七十斤的砂箱搬上机台。搬几下还凑合，一会儿就对这七十斤的宝贝儿望而生畏了。那也得搬！默默地喊个号子吧："一、二——为了祖国！""一、二——为了祖国！"十个月后，他的臂力使他在留德侨民中成了划船冠军。二十多年后，他的臂力使他还能在蔚县山区担煤、运煤……

黑煤上闪烁着白雪。漫天又飞扬起雪片。1945年，炮弹皮和断砖碎瓦像雪片似的飞着。苏军进攻柏林了。柏林当局规定，居民听到空袭警报，全下防空洞。"王先生，整个楼的人都下防空洞了，你快走吧！"

邻居劝他。"我就不信炸弹正好掉到我的头上。"炸弹尖叫着，偏偏来到了他的头上。他万念俱灭，只等着人生最后的刹那。一声巨响，楼晃悠着，土直往他头上掉。还有知觉？那就是说还没死？他活脱脱地蹦了起来，跑出去一看，五十米远的一幢楼成了瓦砾堆。他又回到楼里攻读。他不是不怕死。天生不怕死的人是没有的。他只是想，每次轰炸几小时，他要是往防空洞一钻，这几小时岂不是浪费了？对于一个学习癖，最痛苦的莫过于时间的浪费了：几个小时又可以吸收多少人类文明的精华！顾不上危险不危险了。一个人只有忘却自我，才能真正地发现自我。正是在忘却的时刻，他会焕发出他全部的智慧和力量，他将惊讶地看到他拥有着什么样的才能！

"王先生是我们的安慰，王先生不怕轰炸我们也不怕了。"德国邻居们信任地望着他，差点没把他当成了上帝。但是炸弹像下最后通牒似的把他的门、窗都震落了。搬家。又震落了门、窗。再搬。他终于把一叠十几张设计图交给了德国老师考核。"王先生真不是一般的学生！"他快活地在弹坑间疾步走着，好像在生与死的边界线上穿行。"王先生来了！"书店老板亲热地招呼他，"我给你留出了一捆书，准是你需要的。"他和书店老板之间已经达成了这样的默契：不用他挑书，老板知道该给他留下一些什么样的书了。他又把一份咖啡送给了好心的老板。咖啡在战时因缺货配给而变得身价百倍。但是咖啡再贵重也就是咖啡。而书籍却能变出内燃机，变出坦克，变出祖国所需的无穷尽的宝物。

天安门前的阅兵行列里，开来了一辆辆中国制造的轻坦克、水陆两用坦克和装甲车。王运丰坐在观礼台上，像父亲欣赏儿子那样，向坦克倾注着全部的情和爱。真不知是坦克因他的注视而变得威武雄壮，还是他因坦克的出现而变得这样不能自己。他回国后就担任了坦克专业局的技术领导职务。可是厂呢？只有农机修理厂、机车修理厂。衣衫褴褛的祖国母亲啊，让我们来装扮你吧！先把这几个修理厂改建成发动机厂和坦克制造厂。唉唉，师傅们还是在山沟里制造步枪的半手工业做法，没有工艺规程，做出的零件一会儿一个样。必须把坦克几千个零件的每一个工艺规程都写下来，一切纳入现代化生产的轨道！规程写了三年，以后进程就快了。原先坦克的大部件都得向苏联订货，以后订货单上开的项目一年比一年少了，最后终于全部取消了订货单，而代之以中国制造的坦克。

　　不过他跟坦克的缘分并不长，反而跟卡车很有缘。一辆卡车载着造反派抄了他的家，抄走了毛主席、周总理接见他这个全国先进生产者的相片，抄走了好几箱书。书是他的影子。人一旦连影子都给剥夺了，将是怎样的凄苦！另一辆卡车拉他游街、批斗："无产阶级革命造反派的战友们，他，是一个彻头彻尾的德国特务！他的柏林老婆还到中国来串联过！"唉，柏林妻子！他离开柏林时，把本想留给她的小女儿也带走了——愿思念女儿的心情使她回到他的身边来吧。他给她邮去了路费，一年年地等着，终于把她等来了。他怎么也没想到这期待中的会见又这样地激动着他。在匆匆的一瞥中，他就把对于他是那么熟悉的她的身影、她的一切都看清楚了。"亲爱的，我们再也不分开了！"她笑了。她又伤心了：孩子们的德语说不利落了。因为前不久他出差了七个月，孩子们没人管了，就把德语忘了一半。可是他总得下去开展工作啊。他吻别了妻子，又走了。妻子回来一年多，他走了倒有八个月。他怎不想想，这个数字对一个不懂中国话又对德国有着深深的眷恋的妻子来说，意味着什么！何况当时又正逢困难时期。"你看人家全家去德国了，我们一起走吧！"妻子痴愣愣地瞪着棕色眼睛，做着最后的努力。火车门关上了。妻子的泪水一行行挂在车厢玻璃上。他追着启动的车厢想说，想说什么？唉唉，全忘了，忘了。他只是用内疚的、失神的眼睛看着她，眼睁睁地看着火车载走了他的爱、他的心。他的胸膛一下空虚了，只有火车的隆隆声在他那空荡荡的胸膛里撞击着、回响着……

卡车的隆隆声在野地里显得孤单单的——又是一辆卡车把他送往蔚县监督劳动。押送"德国特务"的人戒备森严地拿着枪。其实，为确保安全起见，他们不妨先枪决他领导下设计的坦克。卡车途经八达岭。雪把他的胡子、眉毛都染白了。黑夜里他只见野狼闪着碧绿的眼睛。他柏林家的地毯就是这种绿色。现在要是能把这地毯裹在身上就好了。在这大冬天里坐卡车，身上冷得就像穿了皇帝的新装——什么也没穿！也许今晚就冻死，连同他的知识一起消亡。培根说知识就是力量。但是知识碰到暴力，毫无招架之功；知识分子碰到秦始皇，也只有束手待坑……

雪，纷纷扬扬地下着。漫天大雪使天地之间成了个大雪坑。王运丰在蔚县的山路上挑着一担煤，一步一停地向山上爬着。爬了半天好像还只是停留在雪坑的坑底。好大的坑啊……

中国母亲

一个人在平静的时代生活、工作，他也许永远也不会懂得什么叫解放。当王运丰重新获得工作的权利时，他的感觉犹如一个刚走出监狱的人，来到充满阳光的天地里，感到了令人目眩的光明、自由和解放。他的知识和才能，原先就像是一群拥挤着给关进笼子的小鸟，现在要把它们通通放出来，让它们冲天而起，展翅飞翔了。唉唉，要干的事情太多了。六十多岁的人啦，他是恨不得把每一分钟的时间拉长。有些人受了委屈，或是疯狂地对社会挥着拳头，或是颓废地失掉了自信。一个人要是对自己都不信任，还会信任什么真理呢？——王运丰摇着头。他自信他的才能，他的价值，所以他这个"德国特务"偏要给周总理写信——

给我工作！可惜总理已病了。他又给邓副总理写信，不料"批邓"开始了。1977年他再给党中央写信，于是应邀出席了国宴。获得了工作的权利。

是啊，只要能为祖国工作，他什么都可以不计较——贫困、委屈、凶险，一切。1960年苏联撤退专家，某柴油机厂陷于困难境地。"领导同志，让我去支援这个厂吧。""老王啊，那是重灾区，你知道吗？""怎么不知道？我刚从那儿出差回京嘛。那儿，已经有人吃树叶了。""你能受得了？""那儿的上万职工都受得了，我为什么受不了？我还要把三个孩子都带去。整个家迁去！"

"厂长同志，你们厂哪个部门最吃紧？"王运丰问。"铸造。不过铸造车间最脏、最累——""我来主管铸造车间。"王运丰毫不怀疑当年他在德国铸造厂搬那七十斤重的砂箱时，就预感到有一天会在中国的铸造车间里大显身手了。他和职工们改善了车间管理，稳定了产品质量。

人们往往以为，一场战斗胜利结束了，就可以痛快一下。但是王运丰是这样疲乏，以致没有精神来享受曾经那么期望着的胜利的日子。是的，只是在任务完成了之后，他才一下感到精力衰竭，难以支付生命的需要。生活是苦啊。"李师傅，你怎么没吃饭去？""王总，是，是这样，我粮票没了。""李师傅，拿着，快买饭去！""三斤？！""快去！"他回家了。孩子们饿得用自来水把生高粱面冲得稀稀的，当饭吃呢。可怜的孩子啊，爸爸怎么忍心看着你们挨饿啊！他晕倒了。营养不良性关节炎，脊椎硬化，等等，他近乎瘫痪地卧床了。一般的人，谁不愿意生活得好一些，活得长一些，留给子女的钱多一些。老年得病难免会想这想那。但是他最揪心的，是他的才能没有得到预期的、真正的发挥。就说在柴油机厂吧，书记很好，带头吃苦。可工厂是多头领导，总工程师制又没建立。他这个党外人士又只能担任副职。他的职权范围就相当有限。想做一些重大的改革，无职无权，无法推广，才能施展不出来啊！医治这种制度上的弊病，比医治营养不良性关节炎要难多了。

当他干活的时候，他只有一个要求：不要把他的手脚束缚起来。但是难啊，总有一些绳索从他的前后左右伸将过来……1975年，他靠边站时，有一位老上级请他到南京帮助筹建电子计算机站。他是个给剥夺了工作权利的"德国特务"，到南京去当临时工，政治上可是担风险的事。但他说去就去了，就像当年走向重灾区。他从大量的技术资料中，发现外国某公司提供的电子计算机，和合同中规定的型号不一样。这是一套拼凑的旧设备，连正规的出厂合格证都没有。可我们的干部说："我们已经验收了，而且支付了货款的百分之九十五。""不能听任外商欺骗！""客人是我们请来的，别谈电子计算机的问题。"王运丰震惊了：这么奴颜婢膝！是啊，往往愈是真心实意地学习外国先进技术的人，愈是有自力和奋发的精神；而排外的人，往往走向媚外。科学使人格高尚，而无知使人格萎缩。

"我要上国际法庭控告你们！"外商想先发制人。

真闹出事儿来，王运丰当然是罪加一等。那么又会有一辆卡车把他带走。也许是囚车。不过他这时倒冷静了：其实死也是生活的一部分，不值得大惊小怪的一部分。当初轰炸柏林时，年纪轻轻的都不怕死，何况现在？人要是能死在他所爱的事业上，那也就找到了最好的归宿。可是孩子们怎么办？这些年他们插队、掏粪，而且因为那显而易见的外国血统而给人围观！活着，还能送去一片父爱……唉，人老了，更重感情了。这三个孩子从小离开了妈……当初在柏林法庭上离婚的劲头哪去了？我是个科学家，一个热爱祖国母亲的科学家。母亲可以一时错怪她的孩子，但我不能不爱母亲。让我们感谢祖先传给我们的这种默默的献身精神吧！我已经和计算机站的领导和同志们研究了一切材料和数据，我们绝不能花钱买一架废物，更不能让外国人把中国人当作废物。"科学是使人的精神变得勇敢的最好途径。"布鲁诺又在给我以启示了……

勇敢战胜了欺骗。外商同意交一套新产品："你们中国还是有人才的。"

还是有人才的？仅仅"还是"？不，我们有的是人才！但是在我们这块充满着人才的土地上，还延续着一种扼杀人才的习惯：有些掌握科学而不掌权的，得服从本单位掌权而不掌握科学的；有些想干且知道怎么干的，得服从不想干且不知道怎么干的。在两种对立的精神品质的阴错阳差、东拉西扯中，人才还在给消耗着，但是人们往往不震惊，不愤怒，因为这一切都已习惯了。而习惯是一种何等不可思议的力量！它能把一切可笑的和可泣的、可怜的和可叹的、可鄙的和可赞的、可恶的和可爱的统一起来，维系着一个伟大而落后的国家。

"王院长，您来了！"是的，在五机部党组、国防工办和王震副总理的一次次关心下，王运丰副院长沐浴着党的政策的春雨，来到了五机部科学研究院。"王院长，您来了！"是的，他又来到了以人相待的社会里，重新感到在人和动物的千差万别中，还有礼貌这一说。而礼貌，正是对人的价值的肯定。他回国三十年，实际工作时间只十五年。其他时间除了挨斗、靠边，还有让他干坐办公室。他本来可以创造多少价值？他自己无法估计，更无暇估计。他又忙于筹建电子计算中心。"如果说，机械化是19世纪进入20世纪的一个象征，那么，电子计算机科学将是从本世纪过渡到21世纪的重大标志。"——他什么时候成了电子计算机的义务宣传员了！他什么时候变得这么交游广阔！他几次去联邦德国寻找三十年前的同学、老师。在国际合作中，有时私人友谊比官方谈判更起作用。他联系派遣了一批中国实习生去联邦德国学机械制造业，又几次请来联邦德国的专家、教授来我国讲学，进行造船、建工等方面的合作。"王先生，"柏林大学的老校长望着他三十多年前的学生，

"在我有生之年，能为中德教育合作建立关系，是最大的愉快。"而王运丰也感受到一种意识到自己的价值的愉快。可是我们的行政效率……直到他第三次赴德找老校长时，教育合作才刚有所进展，而这时，老校长已过世了……

我们有些当领导的，往往把精力花在如何转动官僚主义的机器上，而不去转动生产机器，去提高生产力。当我们很多人恨不得把每一分钟拉长的时候，偏有一些人在把每一分钟掏空。制造冤案的时代过去了，但是那种因循的习惯，却像幽灵似的嬉弄着勤勤恳恳的人才。母亲老了，往往有些怪癖。好在祖国母亲现在是又古老又年轻：既有老人的涵养和怪癖，又有年轻人的朝气和冲动。我们做子女的，应该关心的不是母亲给了我们什么或给了多少，而是我们是否帮助了母亲！说起来，王运丰被抄走的书至今没退还。他在"牛棚"被迫写的材料，也没退还。"造反派"为了给他强加罪名，硬把他这中农出身改成"富农"，也至今不更正。他的住房还是那么紧，他那些没被抄走的书，也只能继续封存在板箱里——没有地方摆出来。一位联邦德国专家来他家做客时，他很怕有伤国体："我这间房又是卧室，又是书房，又是饭厅，又是会客室。""不，王先生，这已经不错了。你记得吗？战后我那间屋连窗玻璃都没有，只好用X光胶片贴在窗框上。"

好了，伤感使人衰老，牢骚使人不思进取。王运丰毕竟找到了他的幸福，他从1938年出国留学时就希冀着的幸福：为祖国奉献才能。人是要有信念的。在古今中外人类发展史上，信念始终是动力。王运丰在科学的道路上探索了一辈子，他确认的最伟大而又最平凡的真理，则始终只有一条：祖国高于一切！

（原载《人民日报》1980年10月2日）

三门李轶闻

乔　迈

在公元第一千九百八十年的早春时节，在我们国家九百六十万平方公里地面上的一个角落里，发生了一件很小的又是很大的，平平常常的又是非同凡响的，乍听之下似乎出人意料、细细想来却又尽在意中的事。

好事不出门，坏事传千里。消息像插上了翅膀，随着料峭的春风，迅速传往四面八方，在不同的人们中间，激起了不同的反应：有拍案而起的怒责，有幸灾乐祸的冷嘲热讽，有庄严的沉思，有含着苦笑的悲叹……

昔日默默无闻的小村落——散漫地分布在东辽河左岸一片大盐碱滩上的吉林省怀德县十屋公社三门李第四生产队——因此名声大噪了。

这是关于五个共产党员和他们的一段奇异遭遇的故事……

我们共产党人在群众中的位置

旧历辛酉年——鸡年——的春节快到了。汗巴流水苦累了一年的庄稼人，兴高采烈地忙着杀年猪，淘米做豆包，赶集买年画，换粉条子，买鱼，打酒。半天上零星地响着性急的孩子们提前燃放的鞭炮，空气中混合着淡微微的火药味儿，更使年关的气氛足了。

然而，这几天有一件事，比迎接春节更加吸引着三门李庄稼人的心，那是关于联产计酬、自愿结合划分作业组的消息。多少天以来，在积肥场上，在饭桌边，在月光和雪光照射得难以成眠的热炕头，干部们，老农们，父子、叔兄和小夫妻们，咕咕哝哝议论的都是这事。这可不是一件小事啊！包工包产到作业组，人合心，马合套，就不愁多打粮，多贡献，早富。但是，作业组怎么个划法呢？谁和谁在一组呢？人们在焦急地等待着。

终于，大队书记沈春亲自来村里主持召开分组会议了。这是一个规模空前的社员大会，人们参加会议的踊跃程度可以同土改时候斗地主的大会相媲美。平时总是显得过大而空洞的"队屋子"，此时嫌窄了。来的不但有劳力们，一家之长们，也还有爱凑热闹的小嘎子们以及奶着孩子的妇女。大蛤蟆头烟像施放驱霜烟雾似的呼呼升起来，把临时换上的二百瓦大灯泡都熏暗了。然而，屋子里很静，没有往常开会那种没完没了的闲嗑和打趣儿逗哏。

书记宣讲了县委的有关文件，又讲了大队党支部的建议。那个建议很简单，就是根据本生产队劳力、土地和牲畜等情况，认为分成两个作业组比较合适。组划多了，人员不够用儿。庄稼人心急嘴也急。沈春的话音刚落，有人就呼儿号儿地喊起来："这个政策行啊！拥护！既是自愿结合，谁就插旗招兵吧！"一人喊，众人应。会场上，呼兄唤弟，喊朋叫友，乱成了一片。

沈春一看，大势所趋，人心所向，心里也觉着高兴，暗暗佩服中央的政策深得民心，作业组一定能划分得好，来年生产错不了。就又急忙讲了划组的注意事项，主要是希望把骨干劳力和弱劳力搭配好，避免出现一头轻的现象，别的地方是有这样偏差的。同时，作为党的领导者，沈春书记当然也没有忘记提醒大家发扬风格，团结友爱，互相照顾，等等。

报名开始了。有人喊："我们是田富组长！"接着，就哇哇地念了这个组员的名字。大队书记一看，更觉高兴，这不是事先就有串联了嘛！可见人们对分组积极性之高，对党的政策拥护之热忱了。但是，刚念名字的时候，会场太嘈杂，念的速度也太快，连汤水不落的，沈书记没有太听清楚都是谁和谁一组，只觉得恍恍惚惚好像田富那个组多数是姓冷的，王占河那组差不多都姓王，似乎还剩下了一些人没进这两个组。沈书记赶紧动员："既是基本有两个组了，也好，就以他们为基础吧，看看，还没入组的人，哪个组要，要上哪组，抓紧时间报吧！"

听了书记的话，刚才热闹非凡的会场忽然安静下来，光剩下了人们使劲咂着嘴唇抽大蛤蟆头烟和分明是不那么自然的咳嗽声。沈书记感到有点诧异，便以诲人不倦的领导者风度，又讲了一遍政策条文，然后问："都还有谁没进组？举举手吧，先拢一拢，看哪个组欢迎，自己愿意到哪个组去。都有谁呀？"说着。就在人们中间仔细审视起来。

大蛤蟆头烟又使劲地鼓起来了，烟雾先是升到棚顶，再慢慢往下压，快压到人们头上了。人们的目光有点异样。沈书记越发奇怪。他猛然发现了，在大蛤蟆头的烟雾缭绕中，有五个低垂着的头。头垂得那样低，以致稍不注意就看不见他们，即使看见了，也无法看清他们的脸和眼睛。数九寒天，窗户上哈气成霜，可那五个人的发梢额角，却闪着亮晶晶的汗珠。

中共三门李大队支部书记沈春的脸腾地红了起来，好像被一只无形的手狠狠扇了一巴掌。他看清楚了，那不是别人，正是本生产队的五名共产党员。看：身材高大、年纪五十开外的党小组长王才，复员兵、年轻英俊的小伙子荣凤春和刘清洲，河北人、壮年汉子王汉周和他的妻子、剪短发的王淑梅。对啦，正是他们五个人没有进组。在惶惑中，沈春想起了不久以前改选生产队长的事。他们这里硬是把党员队长荣凤春选掉了，换上了一个非党员。那是不是今天这种事情的先兆呢？是的。可惜自己当时竟没有留心。

沈春无奈，只好等脸红过一阵以后，勉强把心稳一下，很委婉地说："我刚才看，还有几户等着入组的，都是社员，总不能甩出去几家，那样也不好。看看哪组愿意吸收他们？"

沉默。

沈春身上的不自在一分一秒地增长起来，好像浑身的血都在往外膨胀。再看自己那五个同志，脑袋越发垂得低了。

"看看……哪组……"沈春的声音越发微弱，以致连他自己都怀疑自己是不是还在说话。

沉默，还是沉默。

屋子里这样静，连小孩子吃奶的声音都停止了。也不知道这样过去了多长时间。

"我们组就这些人啦！"忽然有一个人说，声音很低，语气却很坚决，使得全屋的人都悚然吃了一惊，所有的眼睛都转过去看，却是刚才插旗的王占河。

"我们组也够啦！"又一个红脸汉子跟着高声大嗓地嚷，"书记刚才不是讲让自愿吗？我们就这些人自愿。"

这是封口了。眼珠不叫眼珠，真眼仁（人）呀！

五个共产党员是哪组都不要！……

当天夜里，这几个被抛弃的布尔什维克不约而同地聚集到了党小组长王才的家里。王才是这几个人中间的长者，有着近三十年的党龄，又当过二十来年的生产队长。这位从八岁起就当半拉子、扛大活的老同志，当年曾是村里的一等棒劳力，后来又驰骋疆场受过伤，抗美援朝渡过江，在难忘的1967年，还戴着三尺长的"走资派"高帽子，在全大队被"光荣"游斗。如今，霜欺两鬓，英雄老矣！

但他真的老了吗？今晚，王才望着默默聚拢来的同志们，心里边一阵酸楚。他一个个地看着大家的脸，有的垂头丧气，有的愤愤不平。那个唯一的女党员、河北人王淑梅两眼红红的，呼吸之间还有抽咽声在。他想安慰他们几句，却又觉得无话可说。这时候，他们中间最年轻的一个、二十七岁的荣凤春说话了："这不是故意整人吗？咋的，一个不要！真把我们党员一碗凉水看到底了！上公社、上县，也得说道说道。"

"不假！"王汉周接过来了，他在河北曾经当过大队团委书记，很有点理论功底，说话喜欢提到纲线上认识，这时就操着一口河北腔说："共产党领导一切，分组不要党员，这就是阶级斗争！"另一个年轻党员刘清洲听了，也就着高往上拔大声说："可不是咋的！这就是不要党的领导，不要四个坚持！跟沈书记说说，他们自个成立的两个组不合法，得推倒重来。"

"我看倒不一定扯到阶级斗争上去。"还是女党员王淑梅实事求是些，"人家一多半怕是嫌咱们干活不行。咱也别强求人家，自己成立个组吧，架不住早点起，晚点歇，能总落后？"刘清洲听了也说："可也是！搞原子弹、人造卫星不行，真格的了，种大地，这么大个子，就干不了？"

七言八语，莫衷一是。王才听着这些议论，心里不住地翻腾。能扯到阶级斗争上去吗？当然是气话。真的是人熊、干活顶不上去吗？也不全对。他总觉得大伙没说到真正的原因上去。是没有看到？还是不肯那么认识？他想引导大家从自己身上找找原因，就说："咱这五个人，除我过了五十岁，三十上下的多，就是汉周也才四十六，正是庄稼人下力气干活的好时候。可这些年咱们都咋干的呢？我是党小组长，我清楚。你们也不傻，能不知道？不讲别人，就说我吧。自个儿觉得年纪大了，在村子里边，没有功劳还有苦劳，如今两个儿子在城里工作，活泛钱儿多，光自留地一年就收四石粮。自家日子过好了，就想当老太爷享清福了，管大家的事少了，地也不下了，不像个共产党员。今天会上的事，我有责任，我对不起党……"

老王才这一说，其他人都耷拉下眼皮。荣凤春年轻，受不了这话，赶紧说："你老上岁数了，要怪得怪我们年轻的。我复员回来，庄稼活生了，好当甩手队长，对人态度又不好，挺横的。我结婚以后那阵，听社员有反映，说我穿得溜光水滑，骑个小车，见天嘤儿嘤儿地，东跑一趟，西颠一趟，干拿补贴工分，当时我还有情绪。把我队长选掉了，也不是滋味。如今看，这不是给党抹了黑嘛！"小伙子说着，流下了眼泪。

这一来，大伙都检讨开了。有说因为嫌前勤太累，甘心当了保管员的；有说年纪轻轻却操起鞭杆子当小猪倌的；有说利手利脚却不爱再下田的。是啊，我们这几个党员，除去淑梅不算，都当过兵，都当过生产队长，人人能说会道，可就是有一点，马列主义是专冲别人的，把"为中国人民和世界人民谋利益"变成为自己个人谋利益了。

"见椅子歇腿，见酒盅开胃，千里马也架不住恋栈。谁能拥护恋栈的千里马？"见大家说得差不多了，王才总结似的说，"我们党员啥时候变得这样了呢？"他在沉思中，想鼓励同志们几句话，但是找不到适当的词儿。他努力回想着当年在战场上遇到这种情况的时候，班长或连长是怎么鼓励自己来的。他终于没有想起来。当年的共产党人似乎没经历过这种失败。当年的共产党人，在人民群众中，如鱼在水，如鸟在林，从来没有听说过被人民群众抛弃不管的事。屡闻不鲜的，倒是老大娘或大嫂子，大伯和大哥们，有时甚至还有刚懂一点人间善恶的小嘎子和小闺女，为了保护一个党员，宁可在敌人的皮鞭和棍棒下，血肉横飞，宁可被烧了房子，填了水井，有时甚至不惜满村老幼面对敌人喷火的机枪口，也绝不肯让党员同志受半点伤害。而我们的党员，也可以随时随地为人民的利益，极端自觉地献出自己的一切，乃至生命。党是人民的心，人民是党的命。

但是现在，我们五个共产党员不受欢迎了。

怨谁？怪谁？……

在这寒冷的冬天的午夜里，在这间孤零零的小土房的暖烘烘的火炕上，中国共产党的一个小组，以前所未有的郑重态度，讨论着这样一个极其严肃的课题：我们共产党人在群众中间的位置。这是何等发人深思的课题呀！月挂中天，星汉灿烂，大盐碱滩上闪耀着雪一样的色彩。那是使人望而生厌的涩碱，还是月轮的明洁的光辉？

三星歪了，夜已过半，中共三门李四队党小组的讨论得出了一个重要结论：不是群众冷落了我们，而是我们辜负了群众。不是人民不要我们这些共产党员了，而是我们不怎么像共产党员了。

我们怎么办？就此躺倒吗？沉沦下去吗？不！我们从哪里跌倒的，就还在哪里爬起来！

我们共产党人要做什么样的榜样

分组第二天的黎明时分，一个惊人的消息风快地在村里传开了：党员们自己插旗建组了。

这个消息立即在村里引起了各种议论。一些人点头称是："这么样好，谁也不沾谁的，谁也不拐谁的。"有人把这意思就说得刻薄些："党员们也该自个劳动养活自个了。"一些老年人却觉得过意不去了。他们想起了党员的种种好处，办事公道啊，爱帮助人啊，肯自己吃亏啊，对老年人有礼节啊。缺点是有，特别是这些年，可谁没有缺点呢？再好的马也有失前蹄的时候，就一个也不要人家？他们很埋怨起那些分组的积极分子来了。

但也还有一个人很高兴。那是个老病号，本村的头等穷户，长得小身板像麻秆儿似的，只能放放猪，不能上趟子（下地）。他叫戴洪元。在那晚的分组会上，他曾经很兴奋地自报："我参加王占河组。"

"我们人够了。"王组的人赶紧说。

"那我报田富那组。"戴洪元有自知之明，因此很能将就，他的意思是有个组就行。

"我们再要就多了。"冷组的人也赶紧声明。

戴洪元干翻白眼说不出话来。现在一听党员单独成立了作业组，他赶紧跑回家，让孩子从南大甸子喊回了正在搂毛柴的妻子，然后紧紧闩上门，夫妻两个紧张地商量起来了。他的妻子——跟他青梅竹马、安贫乐处的苦难伴侣——一边从头发上往下摘草棍，一边听他说话。很快地，一个最庄严不过的家庭决议形成了：报名入党员这组。戴洪元飞起两条细腿，小脸兴奋得通红。他去找党小组长王才了。他很有信心。

这个戴洪元，三岁上被卖到戴家，如今四十七了，既不知道自己是从哪儿来的，也不知道父母往哪儿去了。他在贫困的境遇中挣扎着长大。二十五岁那年，得了一次严重的肠梗阻病，在四平和长春住了三个月医院。有二十一天，滴水不进，全靠打葡萄糖活命。结账时候，总共花掉了一千六百多元钱，都是国家给报销了。他总说："我没有亲人，共产党就是我的亲人。我从小没娘，共产党就是我的亲娘。"划分作业组的会上，他寻思自己跟王家组是亲戚（他的养母姓王），跟冷家组是儿女亲家，哪组还不能要？可就偏偏哪组也没要。"谁要他那个累赘！"有的人说。这回他来找共产党员王才了，眼泪汪汪地，他喊："三舅（他论的是屯亲，其实并非真的甥舅关系），我要参加你们党员这组。别人不要我，我跟共产党，共产党不能把我扔了吧？"

虽然来的是一个半残废人，王才也很感动，他觉得这时候来找他入组，是一种支持，是一种鼓励，也是一种信任，就赶紧说："要是你不嫌弃，就来吧。我们吃干的，不能叫你喝稀的就是了。"戴洪元很自卑，他吭吭哧哧地说："我顶不上个好半拉子，要了我，你们就得少打粮。"王才说："放心。一粒也不兴少打的。还要比他们那两个组打得多。往年，我们党员没把劲使到生产上，光练嘴皮子了。教训了别人，自个不咋的，对不起乡亲了。今年，我们要把劲别过来。党员都下了决心，要在发展生产上起先锋作用，把我们作业组办成全公社第一等的。今年我们党员要出这个风头，哪怕先烂呢，也非当这个出头椽子不可。我们要拼命了，你不嫌累，就来吧。"

这以后，他们还另外吸收了两户没人要的职工家属，正式组成了作业组。大队党支部批准了他们的组成，同时把这几个组按顺序划定为第一、二、三作业组。但是三门李的庄稼人自有他们独特的命名法。他们把以王姓为主的称作"王组"，把以冷姓为主的喊为"冷组"，而把以党员为主的这个组，别出心裁地叫作"党组"。

啊，"党组"！这是亲切的称呼，还是包含有某种揶揄？

总之，"党组"的旗帜就这样打起来了，最年轻的党员荣凤春抖擞精神，就任了第一任组长。好心人替他们捏把汗。有人给算了一下，论人头，他们组能有十几个人干活，其中除了三个党员是中青年以外，还有一个病号，三个老头，一个半拉子，六个小姑娘，忙的时候还可以动员起来五个家庭妇女（其中包括两个老太太）。年龄最大的七十四岁，最小的十六岁。这样，他们就集中了全村的老弱残兵。而另外那两个组则全是一色棒劳力。怪不得有爱凑热闹的人给编出顺口溜来："王组强，冷组棒，党组真够呛！"另有好心人替他们发愁说："到秋天，'党组'这台戏可咋唱？"

戏是可以唱的。事实上，自从"党组"正式组成那一刻起，这台戏已经开唱了。他们不怕拖累，肯于吸收半残废人戴洪元和没有劳力的职工家属入组，显示了共产党人克己为人的宽广胸怀，赢得了善良的庄稼人的敬佩。现在，他们又克服劳力不强的困难，送齐了粪，虽然是跟头把式，连跑带颠干的。

"党组"真正经受考验是在春播时节。

严冬过去了。春风在人们的期待中染绿了柳树的梢头。大盐碱滩上也在这里和那里悄悄地冒出一点绿芽儿。绿芽儿渐渐连缀起来，颜色由浅而深，阳光一晃，好像是在大地上镶嵌着一片片翡翠叶子。东辽河的坚冰解冻了，大车路过这里，牲口也总要停下来喝几口清凉甘洌的水，然后昂首向天，咳咳地叫几声再走。在土屋里闷了一冬天的老人们也走出来了，扶着柳条栅子，舒活舒活筋骨，眯起眼，长久地望着蓝天上的雁阵。春天来了，有的是希望，有的是时间。三门李人豪兴十足，他们要在20世纪80年代第一春里，大干一场。

三个作业组撒开人马，进到芳香的田野里。就像有人预言"党组"一春天送不齐粪那样，现在又有人预言他们的地要种不上了。当此时机，党小组长王才挺着高大的身躯下地来了。他抓起一把湿土，使劲攥着，宣誓似的说："我不当舒服老爷子了，豁上这把骨头，干吧！"

他早年生活不安定，落下个胃痉挛的毛病，一犯就疼得打滚。这时候，他就带着药瓶子下地，病犯了就吞一片药。每天，他第一个在朦朦胧胧的曙色升起以前就起来，挨家叫醒自己组的同志，踩着早霜下地。往年种拉拉稀苞米，今年他提出种单株密。他挂个小棍，在前边踩格子，不用度量，不用计算，一步一个脚印，步间恰好四十五公分，好像他的脚上天然就带着一个电动钢卷尺似的。整个播种期间，他就是这样在走，十五垧苞米地，都是这么样走出来的。每天平均要走两万多公尺。但这不是在平坦的大路上悠闲散步，而是在疏松的垄台上，深一脚浅一脚，来来去去毫不变样地走。东辽河边上，既无山又无树，风沙很大，有时刮得人平地摔跟头，何况在一条窄窄的松土垄台上。风沙难撼志士身。共产党员王才就这样一步步向前走着。在他的身后，是"党组"的同志们。

王汉周是负责滤粪的。他从河北迁来没有几年。河北不是这样干活的。一方风土，一方活计。到哪随哪。但这些年他没有好好学活计，如今不会使巧劲就只好使笨劲，汗流满面地苦干不歇。荣凤春一春天没穿他那身油光水滑的新郎官礼服了，他早换上了从部队带回来的草绿色军装。经过春风和汗水的漂白，军装很快地褪色了，一张年轻英俊的脸也变得黧黑。他的媳妇心疼丈夫，偷着宰了一只老母鸡，炖上了她在娘家时候拣的油蘑。动筷子的时候，荣凤春对妻子说："不用宰鸡，我累不垮，力气在心里边呢，使也使不完。"那个本来还很年轻却被称作"老倭瓜，不起面了"的刘清洲，是除了王才以外最能起大早的一个了。他是怀德十八中的毕业生，说话好讲个遣词造句。"清洲哥，真早啊！"有人喊。"这也叫物极必反了。"他笑一笑说，"以前我是上工没一天不迟到的，现在不早点就达不到新的平衡啦。"

在春耕的紧张时刻，"党组"成员的家属们也都来了。那可真是有人出人，有力出力，出不了力的也来站脚助威。其中有小媳妇，有小学生，还有一位须发如霜、矮小驼背、身子几乎弯成一个圆圈的老人，那是王汉周的七十四岁的爹爹。这些家属们，他们有个儿子、父亲、丈夫或哥哥"在党"。这些"在党"的亲人今年面临着一场严峻的考验。这场考验的成败似乎也和他们命运攸关。他们嘴上不说，但人人心里想的都是这个。"捧我们'党组'！"这好像成了他们不言自明的行动口号。别组是一个点种的和一个滤粪的，他们至少有两个点种的和两个滤粪的。一副犁杖后边，常常跟着一大串人。他们好像不是在种地，而是在和他们的亲人一起，从事一种神圣的事业。这事业绝不是单纯用工分和经济收益所能表示的。这使他们的精神变得异常专注，情绪变得分外高涨。而人在精神专注和情绪高涨的时候，往往能做出平时做不出的事情来。今年，他们的地就种得又快又好又精细，一点也不像我们北方习惯的大犁划沟、大把扬籽的粗拉拉的干法。

这一年的春播，三门李四队的三个作业组上了劲，工效大为提高。去年种地，全队用了一个月工夫。今年分组，十五天就干净利索地完成了。

好雨知时节，慈爱的大自然母亲也为自己的儿女们及时地助了一臂之力。春播刚完，一场春雨就落下来了。种子发芽，小苗拱土，田野一派绿色。沈春书记组织了一次全大队的苗情检查，有大队干部、生产队干部和各作业组长参加。他们沿着本大队的地面巡视，发现哪块地的苗齐苗全苗壮，哪里的苗色发绿发黑，那就一定是"党组"的。"你看人家'党组'种那地，地头地尾都没扔，没一垅缺苗的。""王组"和"冷组"的人说，有点佩服了。

见苗三分喜。"党组"更来情绪了。"王组"和"冷组"不敢怠慢，赶紧补苗。"'党组'铆上了，向你们学习！"他们中的一些人诚恳地说。

"'党组'的苗太密，以后怕不能结棒，要吃甜秆儿。"他们中的另一些人也是诚恳地说。

果然，不几天以后，"党组"满地的青苗泛黄了。这是脱肥了。为今之计，就是要赶紧追肥。化肥最赶劲。荣凤春组长火急奔往公社求援。公社机关立刻紧张起来。他们一直在关注着"党组"的命运啊！"你们这几个人代表着全公社的党员。"这是党委书记的话。岂止全公社，就连县委的书记、地委的部长，心都被牵拽着啊！公社很想给"党组"吃一点偏食，可惜手头并没有化肥。十屋公社党委书记亲自出马，去友邻毛城子公社请求支援。毛城子一听是三门李"党组"需要，也紧张起来。"他们这个'党组'也代表我们这些党员啊！"这是毛城子公社党委书记的话。他们立刻从自己手头分出了六吨硝铵。

硝铵拉回来了，"王组"和"冷组"眼巴巴地看着。这当口追化肥，可真追到点子上了。"到底是'党组'，有党撑腰。咱这没有党员的老百姓组，可成了后娘的孩子了。"他们这样想着。

与此同时，"党组"也在想：共产党员能吃独食吗？我们能做那种光顾自己、不管群众的事吗？好事都归我，见着便宜就抢，这是我们共产党员的风格吗？不，不是。我们宁可少打点粮，多吃点亏，也不能把党的性质改了。三一三十一吧。六吨硝铵，一组二吨，平均分下去了。这不是送化肥，是送成吨的粮食啊，这不是送粮食，是送去了党的传统啊！"王组"和"冷组"大为震动。庄稼人心肠软，受一点好处就不得了，何况是紧关节要时候成吨的化肥，他们的心和党员的心往一块贴了。

"嗯，三门李党小组，有点像么个样子了。"十屋公社党委书记听到这件事，点头说。

"党组"把追肥的活包给了妇女。王淑梅动员起了五个家庭妇女，其中包括王才的老伴和荣凤春的老妈。妇女们干活心细，又不糊弄，组里是放心的。往年追化肥是拿锄头，直着腰板刨坑，大把抓肥往下扔，今年，"党组"妇女们一改常规，拿小木棍扎眼，用汤匙舀肥，弯下腰，一点一点往眼里放，就像给自个心疼的孩子喂奶。农村妇女生活条件艰苦，家务负担重，不少人都有难治的痼疾。荣凤春的妈妈年轻时候生过一对双胞胎，落下个病，俩肩膀总是酸疼酸疼的。王淑梅有肾炎，这些日子正犯病，两条腿浮肿，一按一个坑，半天不下去。可她们都坚持着干。在她们的丈夫和儿子面前，她们从来不说一个累字、苦字、疼字，她们汗水淋漓的脸上总是挂着笑容——只有在劳作不息而又家庭和美的劳动妇女的脸上才会有的那种笑容。到晚上，回到家里，男人们能蹲着或坐下抽支烟，揉揉腰腿，她们却还要趴在灶门脸前烧火，忙忙地淘米做饭。火光映着她们的脸膛，烟气熏着她们的眼睛，而她们粗心的丈夫和儿子总是很难发现她们的手和腿是在颤抖着的。这样一干就是多少天，她们到底抢在雨前，追完了全组的地。

转眼也就到了铲地的时候。三门李地方地多人少，铲地一向是北大荒干法，大夹板锄，两条胳膊悠开了，粗干毛撸，形同赛跑，轰轰隆隆，眨眼之间一大片地就完了，铲下来多少草就算多少草。河北人王汉周初来这里干活很不适应。他的老家就在万里长城脚下，离秦皇岛不到一百里。那里铲地的方法有点奇怪，最大特点是往后边退着铲。而且铲得非常精细，因为土地少、人口多。绝不肯伤一棵苗，就像大姑娘绣花一样。王汉周来到三门李铲地，冷不丁由往后退改为向前进，觉着十分诧异，不仅干得很笨很慢，而且干着干着就又身不由己地往后边退了起来，引起人们一阵阵哄笑。加以他的口音太特别，这里的庄稼人又太好奇，听他把"昨天"喊成"夜个"，把"肚子饿了"叫成"肚子卧了"，无论小闺女和老头子都得笑出眼泪来。有些淘气的小媳妇和大姑娘爱没深没浅地闹，远远见了他，总要停下步子，尖起嗓子，一齐大喊："姐夫（谁知道从哪家宗亲论的），夜个你肚子卧了没？"这样一来二去，王汉周就不爱上前勤去了。

但王汉周也有他的好处。今年"党组"铲地要求质量，就是要保全苗、锄净草，"种十成保十成""丰收年不收无苗田"呀。这正是河北铲地法的优势所在。王汉周有用武之地了。他下了地，除掉仍对向前进感到有些别扭而外，他那种精细劲，那种认真的态度，那种一苗不伤的精神，都叫人打心眼里佩服。素来被人判为"不会铲地"的王汉周成为打头的了。一帮年轻人都跟他学，铲得又细，搂得又深。三门李因此出现了新的铲地法。等到沈春书记又带人来检查夏锄情况的时候，看了"党组"的地，他和检查组的人无不点头赞叹，说是这样的地铲一遍顶两遍了。

我们共产党人好比种子

满地庄稼比赛似的蓬蓬勃勃长起来了。大盐碱滩已经为一片壮观的青纱帐所覆盖。"党组"的庄稼继续拔尖，丰收已成定局。人们的态度也慢慢变过来了。但是"党组"仍旧战战兢兢，不敢有半点松懈。

"人家小看咱们，咱们可不兴小看人家。"还在"党组"处境艰难的时候，党小组长王才就常这样对同志们说，"大家一个屯子住着，哪能总是针尖对麦芒的！分组不分心，共产党员还要讲究风格。"

他们也真是这么做的。夏天，冬小麦黄熟时节，劳力很紧张。"种在冰上，收在火上"，"麦收三晌"，火似的太阳一照，眨眼间麦子就勾头了。不及时收上来，就要掉粒。偏赶上天气预报说要有大雨。抢秋抢秋，真是和天老爷抢收成啊！"党组"劳力虽不硬实，但是能动员起来的人手多，干劲又大。人家一头晌歇两气，他们只歇一气，中午也不休息，忙忙地扒拉一口饭，就又下地了。他们很快就拔完了麦子，运回去了。这时候急坏了那两个组，特别是"冷组"。大片麦子在地里挺着，眼看就要颓秧了。三门李地方粗杂粮多，种一点麦子金贵得要命。来人去客，擀个面条，新年春节，包个饺子，全指靠着这点出产。"冷组"的人急得火上了房，不吃不喝不歇气，拼命干，越着急那麦子还越难拔了。抬头看看天边，黑云彩正由小变大，风也带出凉味了。正当这个时候，一群人轰一声拥进了麦地，立刻烟尘风扬，干起来了。"冷组"人抬头看，正是"党组"派人来了。他们很是激动，一迭声地感谢。"党组"却说："这也是互相支援呗！"人们的心越发贴近了。

分组以后，农具什么的也照样分了三份，但他们仍共同使用一个仓库，一家占了一个角，从来没发生过什么纠纷。不像有的地方，分了组，就在仓库里垒起高墙，开出几个大门，各走各的，如同路人，邻组相望，鸡犬之声相闻，老死不相往来。

柳枝泛红，北雁南飞，转眼间壮丽的秋天来到了。小杂粮上场以后，"党组"的领先局面以具体的物质成果显示出来了。无论是小麦、糜子、小豆和葵花子，"党组"的人均所得都超过了另外两组，其中有的超出了差不多一倍。四大作物（高粱、谷子、苞米、黄豆）的产量，"党组"也大大领先。全作业组产量高达五十五吨。"王组"和"冷组"也不错。全队三个组加在一起比去年多产粮四十多吨。

这是一个生产上的重大胜利。但引人注目的东西还不止这些。前不久，三门李重新选举了生产队班子，党员刘清洲被三个组一致推为生产队长，"王组"和"冷组"还称他为"总组长"，意思是刘清洲也是他们的组长。在沈春书记看来，这种情况很自然地又成了一个预兆，说明三门李三个作业组的构成将要有所变化了。"王组"和"冷组"已经放出口风，要求"向'党组'靠拢"。有人还在私下里活动，对某个党员说："过年你得上我们组来。没有党领导哪行！"对此事反应最为强烈的是那两组中的一帮小伙子和大姑娘。青年人喜欢用自己的眼睛看生活，他们有自己的功利主义，不像上岁数人那样注重经济观点，他们更着眼于精神生活的需要。他们很不满意地说："三门李的分组法大有问题。把党员都给分走了，我们入党、进步的事咋办？谁培养？未必你们这些长翅膀的（非党员）当得了介绍人吧？"对这样的埋怨，他们的父兄是难以作答的。就这样，经过近一年的艰苦奋斗，卧薪尝胆，三门李四队的共产党员们，同乡亲们一道，共同迎接了一个大丰收。他们在我们国家九百六十万平方公里地面上的这一个小小村落里（在五十万比一的地图上都查不到的），以党的一个最基本的细胞，重新恢复了党的威信，重新获得了人民群众的信赖。

这威信是怎样失去，又怎样重新获得的呢？三门李大队党支部书记一边谈着，一边陷入了深深的思索。以前不是没有发现过党员们的问题，也不是没有采取措施解决。批评啊，个别谈话啊，办学习班啊，学习十二条准则啊，可就是不起多少作用。这回用了什么办法呢？没有。没有什么办法。大队支部和公社党委甚至没有批评一声、指责一句，可党员们竟一个个奋起改正了缺点。这是什么巨大的权威力量做出的奇迹呢？是生活，是人民群众，是一种极严峻又极公正的社会现实。"我们共产党人好比种子，人民好比土地。"我们党的领袖老早就这样说过了。种子是不能离开土地而生存的，就像地神安泰离开大地母亲就会窒息而死一样。这些年来，我们的教训有一千条一万条，归根到底，其实恰恰是这一条：我们作为种子脱离了人民这块土地。

当我们勇敢地正视这种现实，挺起胸来，不是靠宣言，而是靠行动，不是靠旁人，而是靠自己，去克服缺点错误，去发扬党的传统，去以我们自己的手，恢复我们自己的形象，则我们就必定能够重新开花结果，达成我们的目标，就像在三门李这块丰饶而又贫瘠、富裕而又荒凉的大盐碱滩上，我们五个普通党员所获得的成功那样。

（原载《春风》1981年第6期）

中国姑娘

鲁 光

忠诚，就忠诚自己的土壤；
追求，就追求自己的理想。

——引自友人的诗

这是一曲振奋人心的搏斗之歌。它的主旋律，就是祖国的荣誉高于一切！

人们把体育比喻为一个民族精神的橱窗。那么，就让我们打开中国女排这个小小的窗口，看一看我们中华民族应有的精神风貌吧！

一 圣保罗黎明的灯光

南美洲，巴西的繁华都市圣保罗。公元一千九百七十七年夏末，午夜之后。

光怪陆离的霓虹灯还在疲惫不堪地闪耀着，车水马龙的街衢却已经空寂无人。坐落在闹市街头的 A 旅馆的灯火已经熄灭，一扇扇古老的百叶窗静静地垂挂着。从世界各地来参加第一届世界青年排球锦标赛的青年男女们在这儿下榻。

在一个房间里，古朴的百叶窗和深红色的窗帘把宽大的玻璃窗遮盖得严严实实，华丽的吊灯也已关熄，只有那一座台灯在散发着柔和的淡黄色的微光。两张素洁的单人床相距咫尺。周晓兰和韩晓华的眼睛已经闭上了，看样子已经进入梦乡了，其实，她们的思绪却像潮水一样起伏着。

晓兰轻轻地翻了个身。

晓华的眼睛睁开了："晓兰，你睡不着？"

"嗯！你呢？"

两位姑娘把身子往对方挪了挪，脸冲着脸，几乎闻得着对方温热的鼻息。

晓兰是个秀美、文静而又沉稳的姑娘。她扬了扬修长的眉毛，感慨道："明天，就是我们搏的时候了。"

晓华也感慨起来："是啊，也许，咱们这一辈子就只有这么一次搏的机会呢！"

"睡吧！"她们又互相提醒着。

重新闭上眼睛，合上嘴唇，不再吭气，并在心里一个劲地叮嘱自己："睡吧！睡吧！别想了！"但是，理智还是禁不住感情波涛的猛烈冲击。

晓兰的那对明净的眸子又在闪动了。她想，索性睁开眼睛，也许可以把那些滚滚奔来的思绪赶跑。她看见，那雪白的房顶竟然变成了一幅宽大洁白的银幕，映现出几个月前在香港预选赛中发生的情景：沸腾的九龙伊丽莎白体育馆，赢了球而狂抱一团的南朝鲜女选手，失望而去的港澳同胞，伤心哭泣的中国姑娘……那一双双哭红了的眼睛啊！

干吗要回忆这些伤心事？晓兰又紧紧地闭上了双眼。但再一次睁开眼时，房顶上又赫然现出两行阿拉伯数字：0∶3，0∶3。

这两个〇比三，正是她们在香港预选赛中输给南朝鲜青年女排的不光彩的记录。

不过，她清晰地记得，当时她没有哭。不是她不想哭，她真恨不得号啕大哭一场。实际上，酸楚的、悔恨的泪水，已经涌到眼眶里了，她咬着嘴唇，硬是把它憋回去了。当时她在心里对自己说："好汉流血不流泪。哭，是永远也哭不赢的，圣保罗决赛时再见吧！"兴许正是这股不服输的炽热的火焰，把伤心的泪水给烧干了吧！

现在，她就躺在圣保罗闹市区的旅馆里。她们的对手——南朝鲜青年女排就住在离她们不远的房间里。明天晚上，不，应该说是今天晚上了，离此刻只有十多个钟头，她们等待了一百多个日日夜夜的激战，就要打响了。

"她们会不会也睡不着呢？"晓兰又禁不住开口了。

晓兰说的"她们"，是指三位队友：湖北姑娘周俊芬、广西姑娘温美玲和浙江姑娘林辉。

晓华翻身坐了起来，说："打个电话试试，如果她们也睡不着，干脆把她们叫来，再一道合计合计。"一边说，一边已经拿起电话听筒，轻轻地拨动了电话号码。

"喂，睡着了吗？睡不着？那就到我们屋来一趟吧！悄声点，不要惊动指导……"

周俊芬、温美玲和林辉，蹑手蹑脚地穿过寂静的走廊，来到晓兰、晓华的卧室。

两张单人床已经并到一块儿。五位中国姑娘趴卧在这张"大床"上，脑袋凑拢在一起。说来也真巧，这五位姑娘都诞生在1957年，眼下刚满二十岁。山东姑娘晓华是共产党员，其他四位姑娘当时都是共青团员。二十，正是贪睡的年龄呀！

"南朝鲜二传好，但我们个儿高，网上比她们强。"

"她们上半年赢了我们，有点轻敌；而我们憋了一肚子气，赢球心切，斗志旺。"

"从实力看，她们还是比我们稍强一点。不过拼起来，就难说了。"

她们把自己和对方的长处、短处，都摆了个够，又互相叮嘱了一番，鼓励了一番。最后，达成了一个不成文的"秘密协议"：如果输了球，谁也不许哭鼻子；赢了球嘛，可以痛痛快快地哭。

已经是凌晨四点多了，她们才意识到彻夜未眠！在临赛的前夜，这是绝对不许可的。如果此事让领队和指导知道了，挨一顿狠剋是肯定的。

还可以躺下来美美地睡上一小觉。晓华和晓兰没有把床再分开，紧挨在一块儿，闭上眼，就沉沉入睡了。尽管过不了一会儿，街上就开始喧腾，但那些嘈杂的刺耳的声响并没有把她们惊醒。她们实在太困倦了。让她们安安静静地睡吧，哪怕多睡上几分钟也好。

二　重新点燃的希望之火

上午，中国青年女排做赛前练习。汽车从 A 旅馆出发，穿越闹市街头，向体育馆驶去。中国姑娘们无心欣赏目不暇接的异国都市风光，有的在闭目养神，有的在沉思，有的闭上眼睛之后还真的睡着了。

领队阙永伍心里不禁纳闷起来："大清早怎么就打瞌睡呢？"她就追问姑娘们。起先，姑娘们还严守着"机密"，但经不起一再追问，终于有人"坦白交代"了。

车上的空气顿时紧张起来。姑娘们怀着忐忑不安的心情，等着挨剋。

阙永伍是一位四十五六岁的中年妇女，个儿不算高，但清瘦有神。她望望坐在一边的指导邓若曾和曲培兰，默默地交换着眼神。

过了一会儿，机灵的姑娘们就从领队、指导们脸部和眼神的细微变化中，做出了自己的判断：喜悦多于指责。

果不然，阙永伍开口说话了："中午这一觉，可一定得好好睡呀！"

中午，姑娘们一倒下就睡熟了。但阙永伍却像吃了兴奋剂似的，一点睡意也没有。她的思绪回到了十年前，祖国的花城广州。

1967年年初，珠江中的小岛——二沙头。虽然是隆冬季节，岛上依然草木葱茏，修竹挺立，绿树滴翠，米兰吐香……阙永伍身穿运动服，坐在江边的石凳上，痴痴地望着滚滚东去的混浊的江水，眼里噙满了晶莹的泪花。也许这是她参加革命以后头一次掉泪。泪水，伤心的泪水，洒落在江水中。国家女排的姑娘们，站在一边，默默地注视着这位已经三十六岁而未结婚的教练，生怕她突然纵身跳进江里去。

有位队员甚至冒冒失失地问她："指导，你会不会跳江自杀？"

跳江？她还不至于如此没有出息。但她确实感到空前的委屈和说不出来的伤心——应该说，是极度的悲愤。

再过几天，她将率领中国女排去日本参加世界排球锦标赛了。根据当时的实力，中国女排将会名列前茅。但是昨天从北京传来了十二道金牌，勒令她火速回去揭发交代问题。理由只有一条，因为她是排球队里的"保皇派"。这犹如从天上倾倒下来一盆冰水，泼洒在她那颗炽热似火的心上。

在即将出征的关键时刻，朝夕相处的阙指导要离开她们，女排的姑娘们就像丢掉了自己的灵魂似的，不知所措。主力队员董天姝、李英杰、韩翠青不顾一切地奔到指导住的小楼，砰的一声推开房门，恳求说："指导，你不能走啊！……"

阙永伍望着窗外粗壮高大的英雄树，眼泪夺眶而出，心里像刀割似的疼痛。

董天姝哽咽着说："指导，要想得开呀，自己保重……"别的话，再也说不下去了。

几天后，"女皇"江青也降旨了：排球队不要出国，回北京参加"文化大革命"！

对阙永伍来说，这是一个致命的打击。难道自己为之奋斗了半辈子的事业，自己为之不惜牺牲一切的事业，就这样夭折了吗？难道几代中国姑娘为之贡献了青春年华的事业，就这么半途而废、毁于一旦吗？她伫立江边，默默向大江发问，向苍天发问。但她得不到任何回答。她悲愤得几乎要发疯了！

猛烈的江风，吹散了她的一头秀发；滚滚的江水，卷起了她心海的波涛。

她十八岁那年，和她一起参加工作的九位姑娘都先后结了婚。她也被人追求着，"红娘"还是她的一位顶头上司。但她不想过早结婚，趁"红娘"出差之机，将男方送来的照片退了回去，并写了一封表示歉意的信。其实，当时她正在"热恋"。"恋人"就是那只白色的大皮球。

这一年，她参加了在波兰举行的世界青年联欢节。当时中国人到处受到外国朋友的欢迎，但"东亚病夫"的帽子尚未摘掉。有的外国朋友来到中国运动员的驻地，甚至好奇地想看一看中国姑娘的脚是不是"三寸金莲"。中国女排与保加利亚女排打了一场，第一局吃了个鸭蛋，第二局得二分，第三局得四分，三局加在一起才得了六分。在那次比赛中，只有我国著名游泳选手吴传玉获得一百米仰泳冠军，在国际体坛上，为新中国升起了第一面灿烂的五星红旗。耳听着雄壮的《义勇军进行曲》，眼看着鲜红的国旗徐徐升起，阙永伍热泪横流。在她的心底里萌生出一个强烈的愿望：献身祖国的体育事业，为祖国的荣誉奋斗终身！

新中国成立初期，没有一个像样的排球场地。她们在天津民园体育场的足球场上划了一块地方，作为排球的训练场。后来，又搭起一个席棚，作为室内球场。她们就在泥地上滚翻、摔跌，汗水和着泥土，姑娘们都像泥猴似的。她们在如此艰苦的条件里奋斗了三年，1956年去巴黎参加世界排球锦标赛时，就取得了优异的战绩，名列第六。

阙永伍因为胃严重下垂，退出了运动员的行列。但她继续战斗在排球战线上。1958年，她回到故乡成都，当了省女排的教练。她带的四川女队，曾经几次打败过国家队。贺龙副总理点名调她到北京工作。1963年，她已经三十一岁，正与一位男朋友在谈恋爱。他不情愿她走。她的母亲也已经年迈，希望女儿留在身边。但她表示，只要领导上认为她能胜任国家队教练工作，她就服从国家的需要。

她只身来到首都。痴心的男朋友一两天就给她发来一封信，催促她成家。有一封信甚至直截了当地告诉她："只要你同意，我明天就坐飞机去北京结婚。"

结婚？不行，绝对不行！她刚到北京，贺龙副总理见到她时，亲昵地叫着她的绰号，叮嘱她："猴子，把这个队伍交给你了，一定要带好呀！"眼下，她刚上任，新队员刚刚从全国各地集中起来，白天黑夜跟姑娘们一起摸爬滚打，哪有时间结婚成家呀！球队就是她的"家"。说实在的，连写封信都没有时间！她思虑再三，不得不给这位心急的男朋友写了一封直截了当的信："你爱我，就等我，得等几年。等得了，就等；实在等不了，也就只好吹。"那位男朋友倒也挺干脆，说他等不了。这也难怪,有几个三十好几的男人,还能再等几年呢?就这样,她的第二次"恋爱"又告吹了。

与一个自己喜欢的情人决裂,心中一点也不痛苦,那是假的。她也是一个有血有肉的姑娘啊!不过,没日没夜的繁忙,使她渐渐淡忘了失恋的痛楚。

"文化大革命"爆发前夕,阙永伍已经是一个三十五岁的老姑娘了。在我们这个传统习惯浓厚的国度里,到这个年龄尚未完婚的,还会引来各种闲话。热心的同志们在新华社给她物色了一位忠厚老实的男朋友。阙永伍跟他见面时,照例还是那个老条件:得等几年!

等几年呢?天才知道!

调皮的女队员们经常半开玩笑地向她刺探情报:"指导,什么时候吃你的喜糖呀?"她总是这么回答:"你们不拿冠军,就别想吃我的喜糖。"

当时,日本女排被称为"东洋魔女",正称雄于世界排坛。中国女排的口号叫"打翻身仗",追赶的目标就是她们。中国女排与日本女排实力上的差距是相当远的。日本国家队——贝冢女子排球队来访时,中国队只赢过两局球,处于绝对劣势。日本的另一支强队——全国一般选拔队来访时,贺龙副总理很想赢一场球。"你们打赢了,我请客。"他抚摸着浓密的短胡子笑着说。回到宿舍,阙永伍半开玩笑地对队员说:"如果你们赢下这场球,我就请你们吃喜糖。"

说来也巧,中国姑娘们虽然打得很艰苦,而且眼看要败阵了,但她们最后果真反败为胜,把这场球赢了下来。汗水还在流淌,姑娘们就像一群叽叽喳喳的喜鹊,围住指导,不住地嚷嚷:"给我们喜糖!给我们喜糖!"阙永伍想起了贺龙元帅感叹万分说的一句话:"三大球不翻身,我死不瞑目。"她笑了一笑,恳切地说:"等打完世界排球锦标赛吧……"姑娘们不干了："指导说话不算数了……"阙永伍挺顶真地说："算数，这回真的算数。打完世界锦标赛，我就结婚……"

1965年冬，日本女排运动员在训练中滚翻救球的最高纪录是四百多次。我们就超过它，创造五百次。"极限"训练的对象，正是今天青年女排的指导曲培兰。

当阙永伍向曲培兰交代任务时，曲培兰没有吭声，只是使劲点了点头。她知道，等待着她的将是一次多么严峻的考验！前几天，她的同伴于淑文在北京师范大学做过一次这种训练，接连滚翻救球二百五十次。看到小于狼狈不堪的模样，姑娘们都掉泪了。女领队不敢当场掉泪，一次次偷偷跑到休息室哭。而这次，比上次还要多滚翻一倍呢……

训练是在一〇一中学的操场上进行的。小曲上场时，穿一身崭新的紫红色衣裤，精神抖擞。两位男教练轮流给她扣球，一个扣累了，换一个扣。滚翻到一百多次后，小曲红润的脸色变得苍白，浑身上下汗水和着泥水，躺在地上喘着粗气，爬不起来了。球，不停地往她身上砸来。四周围观的上千名师生，齐声呼喊："加油！加油！"于是她又挣扎起来，顽强地向来球扑去。

"三百……""三百五十……"，全场师生齐声数着数。

她摔倒了，挣扎着起来，再摔倒，再挣扎着起来。球，一个一个不停地飞袭而来，在她眼里，除了这白色的排球之外，一切都消失了。她的心里只有一个信念："超过日本！超过日本！即使死在场上，也要超过日本！"

崭新的球衣球裤磨烂了，套在膝盖上的两层厚厚的护膝磨烂了，露出了渗血的粉红色的嫩肉……

两位男教练目不忍睹，手软了，不肯再往下扣球。阙永伍流着泪，走上去，从男教练手中接过球，使劲向曲培兰扣去。一个，两个，三个……她心里也响着一个响亮的声音："超过日本！超过日本！"她是凭着这个坚定的信念在扣球的啊！

空旷的操场上，除了阙永伍的扣球，曲培兰的垫球和重重的倒地声，就只有师生们的哭泣声和数数声。

曲培兰奇迹般地挣扎起来，奇迹般地扑救来球，奇迹般地倒地滚翻。

"四百九十七！"

"四百九十八！"

"四百九十九！"

"五百！"当千百个颤抖的喜悦的声音一起呼喊出这个象征着胜利的数字时，曲培兰倒在地上动弹不了了。她像一个从混浊的泥水里钻出来的人一样，头发水淋淋的，身上没有一块干净的地方。她多么想站起来，向观众挥手表示感谢。但她的双膝软得像海绵，站立不起来。她的双手也不听使唤，沉重得抬不起来。她躺卧在被自己的汗水浸湿的土地上，微笑着。虽然笑得很吃力，但这是一个胜利者的微笑！

当然，用今天的眼光来看，这种"极限训练"并不一定符合科学，也许是不足取的。但那一代中国姑娘的精神和毅力，却是十分可贵，值得赞美的。

正当中国姑娘们不惜一切代价，在赶超世界先进水平的征途中前进的时候，中国大地上刮起了一阵大动乱的狂飙，把一切美好的理想变成了泡影。

阙永伍回到北京，独自坐在那间寒冷的北屋里。她看不见熟悉的排球，见不着朝夕相处的队员，面前的桌子上，只有供她写揭发、检查用的一叠厚厚的白纸和一支陈旧的钢笔。她的痛苦达到了极点。当运动员时，她练得那么苦，连男运动员的鱼跃救球她都练会了。当教练之后，她一心扑在事业上，一次次地牺牲了自己的爱情。如今，青春开始消失，鱼尾纹已经爬上她的眼角……她何罪之有？

女排姑娘们面对着铺天盖地的大字报，也百思不得其解！为祖国争光，这不是运动员崇高的神圣的职责吗？怎么变成"为修正主义涂脂抹粉"了呢？不过，她们的理想的心火，并没有熄灭。她们盼望着这场暴风雨赶快过去。到那时，阙指导还带她们远渡重洋去出征。因此，在那些内战烽火连天的日子里，姑娘们每天依然聚集到一起练球。不久，阙永伍的行动也自由了，又来训练场指导姑娘们训练。而且照样那么顶真，那么严格。有的队员关切地问她："指导，人家不是正批你'女法西斯'，骂你'鬼猴'吗？"阙永伍回答说："批归批，只要你们需要我，我就来指导。"

谁知，她们对形势估计错误了。这场暴风雨一直刮了整整十年。她们失望了，开始恋爱、结婚、生儿育女。阙永伍也在三十六岁那年，与一直默默等待着她的老陈完成了终身大事。从此。一代排球明星，在中国和世界球坛上，销声匿迹了。

等到这场"史无前例"的暴风雨过去，祖国大地春暖花开的时候，人们发现，我们的祖国已经到了崩溃的边缘。体育成绩大倒退，与世界先进水平的距离拉开那么远了。老一代的国家队员们，心有余而力不足了。像董天姝等一些老队员，还站了最后一班岗，带着年轻的新队员，拼了一阵老命。但希望只能寄托在年青一代中国姑娘的身上了……

整个午睡，阙永伍就这么海阔天空地回想往事。下午是准备会，研究如何打晚上的比赛。她不想责备姑娘们，而想赞扬她们。因为，她看到，老一代中国运动员的责任感和荣誉感，已经在年青一代中国姑娘身上得到延续。而这，正是中国女排重新崛起的希望所在。埋藏在她心底的希望之火，被姑娘重新点燃起来了！在准备会上，姑娘们没有听到领队的一句指责，有的只是满腔热情的激励。

晚上的比赛，是那么激烈！运动员刚出场，比赛还没有开始，观众台上的加油战已经达到白热化的程度。南朝鲜的侨民们举起一把把锃亮的小铜号，鼓着腮帮拼命吹；举起一副副呱嗒板，噼噼啪啪使劲打；而我们的侨胞们，则用猛烈的掌声，为自己祖国的姑娘们加油助威。场上的杂乱的声响，震耳欲聋，连站在对面说话都听不清。

谁见了这种场面不紧张啊！中国姑娘们的心激烈地跳动着。

韩晓华生怕同伴们沉不住气，用手做喇叭，大声说："别忘了昨天晚上说的。冷静，一板一眼打！"

周晓兰望望观众台，大声补充了一句："台上闹翻天，当作没那么回事。"

比赛开局，中国姑娘就以十三比十五相近的比分失利。小号声，呱嗒板声，呼喊声，响成一片。

晓兰紧紧握着拳头，附在女伴的耳边说："重新开始！还有四局，不要泄气！"

以下的比赛，真正打得难解难分。中国姑娘以十七比十五相近的比分直下三局。

三比一，中国女排终于胜利了！

欢乐的、激动的泪水奔涌而出。中国姑娘们哭了，真的痛痛快快地哭了。六个主力，哭着抱成一团。泪水擦去了，又流淌出来。擦不干，抹不净呀！干脆任它流吧！六位主力姑娘，又紧紧地和领队、指导抱成一团。替补队员也蜂拥而上，使劲用手掐她们，掐得生疼生疼的。她们高兴得忘乎一切了。后来，别的姑娘都不哭了，周晓兰还在不住地掉泪。同伴们关切地问她："你怎么啦？晓兰！"晓兰边哭边说："在香港，我不是没有哭吗？现在我是在掉上半年的眼泪呢！"

这天晚上，周晓兰伏在Ａ旅馆的写字台上，记下了一页动人的日记：

"三比一打败南朝鲜，这在我国排球史上是第一次。怎么能叫我们不高兴，不欢呼，不跳跃，不歌唱呢！这时，我才深深体会到什么叫幸福。这就是最大的幸福！当祖国需要我们时，我们能够为祖国、为人民争得荣誉，这就是我们运动员最大的幸福，最大的快乐！"

第二天晚上，中国女队与日本女队决赛时，以二比〇领先，再赢一局，就登上世界冠军的宝座了。但她们"雪耻"心切，对拿世界冠军却缺乏足够的思想准备。眼看冠军即将到手，却打得拘谨起来，结果连输三局，反胜为败。这是多么遗憾啊！也许她们将遗恨终身！不过，这次输球，没有一个姑娘落泪的。回到旅馆已经午夜。晓兰和晓华屋里的那盏台灯，又一次亮到黎明。她们各自坐在自己的床上，相对无言，默默地收拾着行装。她们心里都在想，回国后，青年队就要解散了，恐怕没有机会报日本这个"仇"了。但是，一定要记住，将来谁进了国家队，谁就要去报这个"仇"！

阙永伍屋里的灯光，也一直亮到黎明。虽然，她为这最后一场的失手，感到无限惋惜。但她的心情却是激奋的。她关掉了台灯，拉起百叶窗。透过宽大的玻璃窗望出去，外面是满天嫣红的朝霞。她心底重新点燃的希望之火啊，就像那嫣红嫣红的朝霞一样，在炽烈地燃烧、燃烧……

三　挥动黄手绢唱的歌

同年深秋，苍茫的暮色，笼罩着日本的商业都市大阪。

中国女排姑娘们乘坐的大型轿车，顺着五光十色的街道缓缓向前行驶。

多彩的夜景，与中国姑娘们喜悦的心境是相吻合的。今晚，1977年世界杯排球赛进入最后一个高潮——发奖。应该说，中国女排的战绩是值得庆贺的。1974年，中国女排在世界锦标赛中只得了个第十四名。而1976年6月由袁伟民组建的这支队伍，只经过一年多时间的训练，头一次参加世界比赛，就名列第四。这是我国女排自1953年建队以来所取得的最佳战绩。而且在世界杯的预选赛中，她们还打败过"东洋魔女"日本队。这给她们的启迪和鼓舞，也许比第四名的战绩本身还要深远得多。看来，只要努力奋斗，世界上没有打不败的对手！

靠窗坐的那位高挑姑娘，叫曹慧英，中国女排的队长。从外表看，她恬静、文雅，瓜子形的脸上，总露着几分淡淡的笑意。在赛场上，她可完全是一个"要球不要命"的姑娘，同伴们都称她为"铁姑娘"。

你看，中国队与南朝鲜队的激战正在进行。一个险球从曹慧英身边平飘而去。她飞身扑上去。球救起来了，而她倒在地板上，左腿肌肉拉伤，像撕裂似的疼痛。她用手使劲抹着受伤的部位，疼得头上冒出了汗水。本来就偏袒的裁判，看到中国队的主将倒在地上起不来，急不可待地示意曹慧英退场。曹慧英瞥见裁判那种幸灾乐祸的神情，气不打一处出，霍地站了起来，瞪圆了双眼，忍着钻心的疼痛，继续投入比赛。这局球，中国队虽然以二分之差输掉了，但这位中国女排队长的英勇顽强的精神，却赢得了全场观众的心。"3号！""曹——慧——英！"观众们用欢呼，用掌声，用各自喜欢的方式，表达着对她的敬意。

她从场上下来时，腿一抬就疼得像刀割似的，伤处出现了紫红色的瘀血。而第二天，中国队还有一场硬仗——对世界强队古巴。外国记者们议论纷纷。有的预测，如果中国的3号不上场，双方实力的均势就将发生变化，中国队的命运是凶多吉少。可是，第二天，当银笛长鸣时，曹慧英居然又英姿勃勃地率领众姐妹出场了，这不仅使许多记者和观众感到吃惊，也给古巴女排在心理上造成了压力。她的扣杀依然那么凶猛有力，救球依然那么奋不顾身。你简直看不出她是一位伤员。其实她的伤情还真不轻，上场前打了封闭针，在伤腿上捆扎上厚厚的几层绷带。她是一位挂了彩而冲锋不息的英勇战士啊！中国队终于以三比二击败了古巴队。

此刻，这位从小就爱唱歌的河北乡村姑娘，正在心里唱着一支欢乐的歌。今天是她运动生命史上光辉灿烂的一页，大会将颁发给她三个奖：拦网奖、敢斗奖和最佳运动员奖。

"扑哧"，她笑出声来了。不过，她倒不是为一个人独得三个奖而笑。她想起了一件往事，一件挺逗挺逗的往事。

她还不到十六岁时，已经长到一米七十七。在乡村里，每次走亲戚、赶集，都招来乡亲们好奇的目光。她那忠厚老实的父亲可犯愁了，心想，一个闺女家，手长脚丫大，再这么一个劲长下去，怎么得了！想来想去，终于想出了一个并不新奇的老办法：裹脚！

"裹脚？"曹慧英一听，乐得腰都笑弯了。一个高高大大的姑娘，配上一双"三寸金莲"，那成什么怪模样了呢！她嗔怪地对爹说："你也不琢磨琢磨，如今是什么时代了，还兴这个！"

后来，她的妈妈上北京姐姐家串门。姐姐问："妹妹长多高了？"妈妈说："别提她了，高得要命，有个坑都恨不得让她踩进去。"接着，又感叹了一番，"那么个大姑娘了，走路没个走路的样子，走着走着就来个劈叉……"姐夫一听，倒高兴了："怎么不叫她去练体育呢？"他认识体育学院的一位教练，写了一封推荐信。

于是，曹慧英进了体院青年集训队打排球。青训队的排球班开训已经八个月了，而小曹过去连排球都没有摸过。但好动、朴实、勇敢的性格，使她与排球一见钟情。入队不到两个月，她就上场打主力了。后来，她又到八一女排打主力。1976年重建国家队时，她又被袁伟民看中，调来打主力。她的成长，真可说是一帆风顺。

爸爸呀爸爸，当初多亏没有听你的，要不"三寸金莲"怎么上场，怎么为国争光呀！她望望自己的那双大脚，心里有说不出来的喜欢。

坐在曹慧英前面的杨希，是小曹在北京体育学院青训队的同窗好友。她出身于干部家庭，从小就受到良好的教育。她长了一副高挑的身材，省体育队和体院的教练都看中了她，让她去打球。妈妈有点舍不得，因为杨希个儿虽高，但身子单薄，怕她吃不了那份苦。爸爸挺开通，说："大家都说她是搞体育的料，那就让她去吧！"

一到排球班，她就天真地向别人打听："练什么最苦？"别人告诉她，练长跑最苦。她想："好，那我就练这个。"

起先，四百米的跑道跑一圈，脸就苍白，喘不上气来，头昏眼花。但她坚持跑，而且每星期加一圈。星期天，别人睡懒觉，她也早早起床，到运动场上跑步。最后，她竟能一口气跑下十七圈。她跟曹慧英一样，从青训队到八一队，然后调进了国家队。球越打越好，观众也越来越多。谁说排球没有人看呢？在日本，出现了一股"杨希热"，崇拜她的观众成千上万。比赛时，只要她一站出来发球，场上就发出有节奏的呼喊声："唷要——希！唷要——希！"只要她扣杀了一个好球，场上就会发出雷鸣般的欢呼声、掌声。她在街头或旅馆里一露面，四周就会传来阵阵"唷要——希""唷要——希"的呼喊声。人们簇拥过来，跟她握手。握不上手的，哪怕摸到她的手一下，也感到欣慰。签名的纸板，一叠一叠送到她手上。她自己也记不清，签写了几百、几千个名字了。有的日本青年挤到她身边，递给她一支粗大的油墨水笔，然后指指自己的胸前，让她就在他们崭新的衣衫上签名留念，弄得她不知所措。而那些日本青年就将她的手拉过去，往身上写。她也记不清，有多少痴情的日本青年穿着写有杨希名字的衣服，欢笑着狂奔而去。更令人感动的是，有两位日本小姑娘，由妈妈陪着，从几百里之外赶来大阪，目的只是请这位中国姐姐签写一个名字。还有许多球迷无缘见到这位中国女球星，就托人辗转送来对杨希的赞美和祝福的录音带，也有痴情的求爱的录音带……听说日本还成立过一个五十人的"杨希接待委员会"。从日本各地给她写来的信，装了一大麻袋。

日本为什么会出现"杨希热"呢？袁伟民曾经向一位日本报纸的记者打听过。原因有四个：第一，杨希是主攻，球扣得有力，打得漂亮；第二，杨希球风好，风度潇洒，无论赢球还是输球，脸上总是笑眯眯的；第三，杨希的名字，在日本语里，是"有人缘"的意思，叫起来响亮；第四，杨希的长相酷似日本电影明星、《绝唱》的女主角山口百惠。

崇拜者们，几乎是跟踪着她。中国女排到东京比赛，他们蜂拥到东京看；中国女排到大阪比赛，他们聚集到大阪看。

此刻，在她乘坐的轿车旁边，就有她的崇拜者紧紧相随。只要车子在十字路口碰上红灯停了下来，这些球迷们就从各种小轿车里伸出头来，向她呼喊，向她挥手致意。

作为一个运动员，何尝不希望有自己的观众和崇拜者。应该说，杨希是幸福的。

中国姑娘们步入体育馆大厅时，成千上万辆汽车已把广场堵塞得严严实实。身着艳丽和服的日本女郎，已经亭亭玉立在入口处。发奖仪式马上就要开始了。

发奖，本是激动人心的欢乐时刻。但对中国女排的姑娘们来说，却变成了一个巨大的刺激。第一、二、三名，站立在特制的高高的领奖台上，而中国姑娘却只能站在领奖台一边的地板上。在日本的国歌声中，太阳旗和第二、第三名所在国的国旗，在升旗杆上徐徐升起。日本选手和第二、第三名的外国选手，高举着奖杯，向观众致意。而中国姑娘手上有什么呢？每人手里发了一块黄手绢，按规定，她们得不停地挥动黄手绢向得胜者庆贺。

中国姑娘们从刚才来路上欢乐的峰顶一下子跌落下来。如果地板有缝，她们真恨不得马上钻了进去。轻柔如云的一方方黄手绢啊，竟重得把姑娘们的手臂都压得抬不起来了。胸前运动衣上的"中国"两个大字和闪闪发光的国徽，变成了两团火，烧得她们浑身发烧，脸发烫。过去，她们也常常听到这句话："你们是代表祖国人民出去的。"但感受不深。此时她们才真正意识到，她们确实不是几个普通的女排运动员，而是一群中国姑娘，是中国人民的代表。她们深深感到，眼下的成绩，与祖国的地位太不相称。中国人不应该站在地板上，而应该站立到高高的领奖台上去。徐徐升起的应该是我们鲜艳的五星红旗，大厅里回荡的也应该是我们雄壮的国歌。

该曹慧英领奖了。但她仍然痴痴地站在那里。同伴们捅捅她，她才迈出了脚步。她的欢乐劲儿早已烟消云散。她真不情愿去领这个奖。她心里想："我个人即便得一百个奖，也不如全队拿一个奖杯呀！"

发奖仪式其实才进行了短暂的一二十分钟。但中国姑娘们却感到在这儿站了漫长的一个世纪。她们不知道自己是怎么回到休息室的。她们默默地聚集在一起，没有人掉泪，也没有人说话，休息室里的空气仿佛已经凝固了。突然，沉寂中爆发出低沉、悲壮的歌声：

"没有眼泪，没有悲伤……"

这《洪湖赤卫队》的歌声，一遍又一遍地重复着。虽然没有任何人指挥，却唱得那么整齐；虽然没有一个人是真正的歌手，却唱得那么富有感染力。这种催人泪下的歌声，在音乐会上是很难听到的。

在歌声中，一位鬓发斑白的长者，慢慢地摘下眼镜，转过身，匆匆走出了休息室。他就是中国排球代表团团长、国家体委副主任黄中。

当姑娘们乘坐客机，飞翔在浩瀚的太平洋上空，飞翔在祖国辽阔的蓝天之下时，心里依然在唱着这支悲壮的歌。这歌声里凝聚着她们为祖国荣誉献身的崇高精神，凝聚着她们继续向排球运动世界高峰攀登的勇气和力量。

四　灵丹妙药

北京初春的傍晚。崇文门外，太阳宫体育馆门前的一蓬蓬迎春花，开得正旺。被簇簇小黄花压弯腰的枝条，竞相往前伸长着，仿佛随时准备迎接从馆里出来的女排姑娘们。

暮色由淡到浓，不久天就黑下来了。馆里灯火通明，姑娘们刚刚练完球，汗水湿透的衣衫紧紧地贴在丰腴的身上。白色的排球撒满一地，姑娘们正弯腰捡拾着。

"谁还想再加练一点！"教练袁伟民冲着这群疲惫不堪的姑娘大声问道。

"我加练一点儿！"一位灵巧秀气的姑娘抬起头来，抢先回答。她两只手抱着十来个排球，酷似一位杂技演员。

她叫陈招娣，家住西子湖畔，是一位典型的杭州姑娘，是曹慧英和杨希在北京体院青训队的同窗，又是她们在八一女子排球队的球友。如果你在街上见到她，大概看不出她是一位女排运动员。其实，在她那江南女子的秀气中，却藏着几分野劲。那才是地地道道的运动员性格呢！

陈招娣把一大抱球放进粗铁丝焊成的筐子里,走到袁伟民跟前,用眼睛说:"练吧!"

袁伟民用右手的五个手指,从筐子里抓起了一只球,猝不及防地向她扔了过去。招娣敏捷地往后退了几步,稳稳地将球垫了起来。不等她站稳,"嘭!"一声,球又从教练手里飞到她的左边。她往斜里飞身迎了过去。球垫起来了,她却摔倒在地上,就势一个滚翻,又从地上爬了起来。

她的加练任务是救十五个球。如果救丢一个,就负一个球。她玩命地向球飞扑过去,滚翻起来,又飞扑过去。渐渐地,她的双腿发沉了,脸色苍白了。但她仍然不顾一切地奔跑着,滚翻着,飞扑着。当她救起第九个球时,倒在地上起不来了。

袁伟民可并不因此而停止扔球。他一边将球狠狠地扔过去,一边大声叫:"快!""快起来!"

招娣趴在地上大口大口喘着气,眼看球从自己的身边头上飞了过去。她不是不想去救,实在太累了,即使站立起来,也追不上那刁钻的来球。她负了两个球了。本来是自己主动要求加练的,练一会儿不就完了吗?谁知强度这么大,难度这么高。招娣心里嘀咕开了:"袁指导呀,你也太苛刻了。"

袁指导却不动声色。他一边扔,一边不紧不慢地数着:"负三!""负四!"……

招娣也冒火了,愣劲一上来,就不顾一切了。心里说:"扔吧!扔吧!扔吧!"霍地从地上站起身,气冲冲地嚷道:"我不练了!"走到场外拿起衣裤,就径自朝门口走去。

袁伟民这个人也挺有意思的。他不冒火,也不大声嚷嚷,只是不轻不重地说:"想练就练,不想练就不练,那不行。今天练不完,明天开始就练你。"

招娣才走出几步，猛然转过身，向袁伟民快步走来，把衣裤往地板上一扔，气呼呼地说："练就练！"

请别误会，招娣不是一个吃不得苦的女子。她生性好强，从不甘心落后。在青训队时，有一次她的脚腕扭伤，走不了路。从宿舍到训练房，有一段相当长的路，而且刚下过雪，但她拄着拐杖一瘸一拐艰难地往前走，到训练房时，拄拐杖的手上打起了许多紫红色的血疱。一位场馆的工人师傅看了感动不已，特地为她的拐杖包捆上一层厚实的海绵。有一段，她每天尿血，医生怀疑是肾炎，不让她吃盐。她自己到处找书看，发现是过度兴奋造成的，就对医生说："不碍事的，注意一点就是了。"仍然坚持进行艰苦的训练。她的腰伤相当严重，有时打完一场比赛下来，好像腰已经断裂似的，直都直不起来。有一位医生甚至不同意她继续打球，说搞不好会造成瘫痪。她含泪恳求医生："打到这个水平，没有为国家做出贡献就下去，我不甘心呀！"她一边配合医生治疗，一边以巨大的毅力坚持锻炼，终于延长了自己的运动寿命。

这一切，袁伟民心里都一清二楚。顶撞一下他，向他发一顿火，他并不计较。说实在的，他非常喜欢招娣的这种泼辣性格。打起比赛来，她还真的拼得出，顶得住。他常说："一个队十二个队员都应该有自己的个性，打起球来才有声有色。如果把她们性格的棱角磨平了，这个队也就没有希望了。"但此时此刻，他只是用严峻的目光瞧了她一眼，轻声地问了一声："开练吗？"

招娣走到红十字箱跟前，撕了几条胶布，裹在手指尖上。不裹，手指尖裂开的口子，实在疼得受不了。如果从她打球算起，她用的胶布，拼凑起来至少可以做一身衣裤了。她裹好胶布，走回场去，把腰往下一猫，那意思是："开练吧！"

袁伟民一个球一个球地扔着、砸着。招娣奋不顾身地向飞来的球飞扑着、滚翻着。好不容易把刚才的负球给补上。九个，她还是只救起了九个球！离十五个还有六个呢！很明显，招娣的动作变迟缓了。终于，她又倒下起不来了。

站在一边供球的姑娘，迟疑地不给球了。袁伟民瞪着眼，叫着："给球！"他仍然不慌不忙地扔着球，冲着躺在地上的招娣喊："球！喂，看球！"

一个，两个，她又负了好几个球了。她感到满肚子委屈，站起身，看也不看教练，拿起衣服，又径直向门口走去。她实在忍受不了了，世界上哪有这么狠心的教练呀！如果说，真有铁石心肠的话，我看他的心比铁还硬。想着想着，眼泪涌出了眼眶，洒落在光洁的酱黄色的硬木地板上。

"走也可以，还是那句话，明天一早就练你！"身后又传来袁伟民那不紧不慢、不软不硬的声音。在平日，袁伟民那夹杂着苏州乡音的普通话，在这位杭州姑娘听来是那么亲切动听，有时她还淘气地跟他说几句婉转似莺啼的苏州土话。但此刻，他的声音不但不亲切，不动听，还是那么冰冷和刺耳，字字句句都像从冰窖里蹦出来的。

她依然往前走着。不过，脚步显然放慢了，一步比一步迟缓。快走到门口时，她站住了。她那被极度疲惫和委屈情绪弄得热昏了的头脑，开始冷静下来，理智回到了她的心中，她像一截木头被钉在那儿，一动也不动。

袁伟民也站在原地没有动弹，目光盯着这位任性的姑娘。他像一尊石雕似的，手里还抓着一个球，一副随时准备砸出去的样子。

姑娘们用担忧的眼神望着他。她们恨他吗？恨！有时恨不得扑过去，狠狠地咬他一口。不过，事后冷静下来想想，又觉得他应该这样。

不这样，怎么去赶超世界强队，怎么去为祖国争光呢！

1978年，简直是中国女排的倒霉年！从日本回国后不久，队长曹慧英在一次国际比赛中受了重伤，半月板撕裂，住进了医院。腿伤未愈，又发现有肺病，转到结核病医院治疗。在出访中，坐车又不幸发生车祸，好几位姑娘受了伤。更惨的是，这年去苏联参加世界排球锦标赛，连第四名都没有保住，只落得个第六名。但她们没有在厄运面前屈服，既不怨天尤人，也不灰心丧气。她们从技术上、思想上进行了认真的总结。

她们明白，冲出亚洲并非易事，走向世界更是艰难。中国女排的崛起，不能靠侥幸，只有靠自己苦练巧练！

看着招娣那汗湿了的背影，姑娘们的心情是很复杂的。她们深深地同情她，可又生怕这个任性的姐妹真的会离开自己的球场。有两位姑娘沉不住气了，迈动脚步向招娣走去……

正在这时，招娣也迈动脚步了。不过，她不是往前去"抢红灯"，而是来了个向后转，步子那么猛，动作那么冲地向球场走来。她回来干什么，不用问了。

加练，又继续下去了。

不知是喘息了一会儿，还是来了一股邪劲，招娣练得完全忘我了。

袁伟民见她那么奋不顾身地扑救来球，就笑着说："招娣，可以减掉几个！"

招娣用泪眼瞪了瞪他，发狠地说："不要你慈悲！"

袁伟民的话，其实也是一种激将法，因为他深知招娣的性格。

她终于以惊人的毅力，垫起了十五个球。

当她们淋浴完，走出体育馆大门时，那蓬蓬迎春，正在乍暖还寒的春风中，摇曳着黄灿灿的花枝，热情地赞美这群迟归的姑娘。但是，姑娘们拖着沉重的双脚，匆匆地从它们身边走过，压根儿就没有留意迎春花的多情。也许，它们何时发绿长叶，何时含苞，何时开花，她们也没有留意过呢！

回宿舍，她们得上五层楼。五层楼的楼梯有多少个台阶？姑娘们心里可清楚啦。她们用手扶着栏杆，慢慢地抬起腿，龇牙咧嘴的，有的还发出"哎哟""哎哟"的呻吟声。每上一个梯阶，都这么艰难。上上停停，停停上上，凭借着淡黄色的灯光，互相瞧瞧，一个个都是这副狼狈相，真是哭笑不得。谁能想到，一群风华正茂的年轻姑娘，一群充满活力的年轻运动员，上个楼梯都这么艰难！

在女排训练场上，像招娣今晚这样的"两走两练"的情景，倒不很多。这是由她那直率、坦然而又带几分愣劲的独特个性所决定的。但练得这样艰苦，甚至比这更艰苦的，大有人在。

这里是湖南省郴州集训基地。这天，温文尔雅的杨希因为大腿肌肉受伤，躺在屋里休息，记者正好访问了她，打趣地对她说："杨希，过去见你总是笑眯眯的，今天可见到你哭了。"杨希挺实在地回答说："我哭得可不少，不过，你们不常来看我们训练，见不着就是了。"接着，她又补充了一句，"我们队上哪个姑娘没有掉过眼泪呀！你不知道，我们的指导呀，在训练场上从来没有说过满意的话，总是不满意，不满意。要我们往上呀，往上呀，去赶超世界强队呀。天天努力，天天达不到他的要求。还让我们天天斗争，天天打胜仗呢！一个人哪能天天打胜仗呀！就拿这二十来米的路来说吧，每天一步一步往训练房走的时候，心里都在斗争。今天身体实在太累了，伤也犯了，厚着脸皮请一次假吧，可到场上看别人都那么练，自己又不好意思开口了。忍着伤病练吧。一天练下来，浑身酸疼，饭也懒得去吃。晚上往床上一躺，是一天中最舒服的时候。可一想到明天，又犯愁了，明天该怎么练呀！人们都说，共产党人是钢铁意志，我们真是钢铁意志呀！只要你稍微松一点，就会被他盯上，抓住你补课……"

杨希就被补过一次课，而且还是在国外访问期间呢！她一口气练习滚翻救球四十分钟。两层裤子都磨烂了，两只大腿都磨破了皮，渗出鲜红的血来。夜里，随队医生给她敷药时，说："如果让你妈妈看见，该心疼了！"也不知怎么搞的，她听了这话，眼泪就禁不住唰地流了出来。

杨希扬扬两道细长眉毛，咬了咬嘴唇，又对记者说："我们从来都不让爸爸妈妈看我们训练的。他们看到自己的宝贝女儿练成这副模样，非哭着把我们领回家去不可。平时回到家里，也从来不告诉他们练得如何如何苦。只是说，练的时候累一点，练完了就不累。他们去看过我们的比赛，我们在场上摔了几下，他们就担心得不得了。回到家里总问：'摔得疼不疼？'我们就说：'不疼。'说真的，人都是肉长的，能不疼吗？不过，比起训练来，比赛算是我们最轻松的时候。还有一次，我回家去，妈妈见我这么瘦，一个劲地追问我，是不是练得太苦了。我告诉她：'妈，我们运动员不能胖，胖了就跳不起来，打不了球。'妈信了，后来街坊邻里问我为什么这么瘦时，我妈还帮我说呢！"她突然想起什么别的事似的，话题一转，问起记者来："你说，人有多怪呀？"其实，她并不需要别人的回答，自己笑了起来，接着说了下去："练得苦时，真想休息半天，哪怕受点轻伤休息半天也好。可是等你真受了伤，这么躺在床上，心里就不是滋味，又想马上跟大伙一起去练。不过，平时真休息半天时，那可宝贵了，又想美美地睡上一觉，又想写封信，又想看个电影，又想看篇小说……真不知道该怎么过才好呢！"

的确，中国女排姑娘们的生活节奏是紧张的。清晨，朝阳还没有从东方升起，她们像一片美丽的朝霞，从宿舍飘向训练房。傍晚，夕阳已经西沉，她们才像一片绚丽的晚霞，从训练房飘回宿舍。她们常常紧张到没有闲情逸致欣赏大自然的美景。有时候，她们会突然发现马路两旁光秃的树木绿荫如伞，花木葱茏，于是像哥伦布发现了新大陆似的，惊讶地欢叫起来。有一天晚上，陈招娣对记者感叹地说："人家的青春，是在花前月下度过的，而我们的青春却在流汗、疲惫、困倦、头脑发涨之中度过，在紧张、激烈的旋律中度过。"记者回答她说："但你们的生活过得多么有意义啊！"招娣领首笑道："那倒也是。我们站在高高的领奖台上，当庄严的国歌在我们耳畔回响，灿烂的国旗在我们头上冉冉升起的时候，我们是感到自己所付出的一切代价都是值得的。将来，当我们都变成白发苍苍的老太婆时，回想起今天的生活，将会感到自豪。因为，我们的生活过得很充实，我们的青春年华没有白白地流逝，它曾经为我们的祖国放射过光和热。"

五　道是无情最有情

如果说，袁伟民在对待陈招娣的加练问题上，有点"过分苛刻"的话，那么，他对待这堂训练课的态度，简直可以说"冷酷无情"了。

坐落在山坡上的餐厅，灯火明亮。餐桌上银白色的火锅，炭火红红，水已经沸腾，冒着缕缕的热气。伙房里，厨师们已切好菜，配好作料，烧热锅，只等坐落在山坡下的那幢训练房灯光一灭，就马上动手炒菜。但一直等到晚上七点多了，训练房的灯光依然那么明亮。管理员下去看了一趟，回来说："看来一时还完不了，先退了火再说吧！"

厨师们等着也没有事干，干脆去看姑娘们训练。

训练是从下午两点开始的，绝大多数姑娘都已练完，场上只剩下新手汪亚君没有完成任务了。四川姑娘朱玲和上海姑娘周鹿敏为她垫球，传球。她的任务是扣杀二十组快攻球，三个好球为一组。如果三个球中扣坏一个或扣出一个一般球，这组球就不算数。如果扣坏两个或扣出三个一般球，就得负一组。起先，小汪还不大在乎，心想到下课时总能扣完。谁知愈扣负得愈多。看到那么多人在一边陪着自己，她心里更不好受。扣着扣着，她弯腰站在那儿说："指导，肚子饿了，练不动了。"

袁伟民将球放下，说："休息一会再练吧！"

厨师们真想劝说大家先去吃饭。但他们知道，在训练场上他们是不便插嘴的。他们用同情的眼光瞧瞧小汪，无可奈何地摇摇头。

小汪喝了几口白开水，又开始扣球。扣了一阵，倒下起不来了，趴在地板上哭着嚷道："今天我可完不成任务了！……"

厨师们一听，眼泪唰唰地流出来了。有的转过身，一边抹着眼泪，一边往外走。在场的记者看到这个情景，也禁不住掉了眼泪。

袁伟民对站在一旁加油的几个队员说："你们有谁愿意帮小汪扣的，可以上来扣。"

话音刚落，两位姑娘挺身而出。袁伟民一看，原来是四川姑娘张蓉芳和扣球手郎平。

可是，情况并不妙。扣到八点多钟，还剩下好几组。郎平举手喊道："指导，休息一会儿吧！"她独自走到一边，偷偷抹着眼泪。而小汪因为自己连累了这么多人，心里更不好受，哭出声来了。

这时，几乎所有的队员都朝袁伟民瞪眼，虽然谁也没有骂出口，但心里一定都在骂他，恨他。而他呢，仍然站在发球线上，手里拿着球，笑眯眯地喊："加油呀！加油呀！"实际上，这"加油"声何尝不是为他自己喊的呢！他也已经在场上站了六七个钟头了。

扣杀再度开始时，场上出现了一个挺有意思的情景：所有的队员都把火气冲着袁伟民来了，垫得好，传得好，扣得狠。她们精神高度集中，团结一致，每球必争，达到了玩命的忘我程度，不知扣出了多少个罕见的漂亮球！

训练结束时，已经是晚上九点多钟了。

像这类事，绝不是偶尔发生，于是，袁伟民给一些观看过他训练的人留下的印象，就是"冷酷无情"的人。

不过，这位训练场上的"无情人"，一走出训练房，就判若两人了。你看，他和姑娘们一道汗水淋淋地从训练房走出来了。有一位姑娘，眼泪还挂在脸颊上，嘴噘得老高。显然，她还在生他的气。袁伟民笑嘻嘻地打趣道："噘得太高了，都可以挂两个油瓶了……"姑娘先是把脸往旁边一别，不理睬他，接着就猛冲过去，使劲抹他的背，然后是破涕为笑，骂他："你这个人怎么这么讨厌呢！"

在这一抹一笑中，场上结下的"怨恨"顿时烟消云散了。

其实姑娘们一点也不恨他，相反，那么愿意亲近他。他搬入新居时，淘气的姑娘们集体敲了他一次"竹杠"："袁指导，恭贺你乔迁之喜。请——客，吃馄饨！"

袁伟民笑道："晚上，你们自己动手！"他急忙给爱人打了个电话，因为他自己对烹饪术一窍不通。

袁伟民的新居在新落成的高层大楼里，是个两间居室的套间。姑娘们人未到，声音先到，一进屋，就沸腾开了，先像走马灯似的在两间房里浏览了一番，对房间的布置、摆设，发表了一通评论，然后，就捋上衣袖，各显神通。陈招娣发现袁伟民插不上手，就过去跟他下象棋。

袁伟民的爱人郑沪英，在20世纪60年代也是一名排球运动员。虽然她早已成了妈妈，性格还是有运动员的特点：坦率、热情。她一边招呼着姑娘们干这干那，一边也跟着说笑。

等姑娘们说了个够，笑了个够，吃了个够，告辞而去，袁伟民和妻子小郑发现，糖盒空了，瓜子皮撒了一地，桌子上厚实的玻璃板也碎了。不知是哪位姑娘在上面切香肠，手头重，给切碎了。肉馅还剩了一大堆，显然是买得过多了……

如果要指责袁伟民"冷酷无情"，他的妻子最有这个权利。

大年初二，外面到处是爆竹声声和穿红着绿走亲访友的人们。而"排球夫人"郑沪英却感冒发烧，躺在床上动弹不得。她把身边的唯一亲人——七岁的小儿子叫过来："袁粒，妈病了，你去找男排的叔叔，到医务室给妈拿点药来！"

平时挺淘的儿子，这时突然变得懂事听话了，点点头跑出门去。

第二天，小郑的病情不见好转，而孩子又发起高烧来了。娘儿俩躺在一张床上。好在邓若曾教练的爱人蔡希秦来串门，看到这个情景，留下来照顾了她娘儿俩一天。

袁伟民呢？春节前夕就和邓若曾带着女排南下冬训，正在衡阳为观众做春节表演呢！

一年四季，他什么时候把这个家放在心上过！她在南京怀孩子时，反应重，呕吐难受，他工作忙，没有回去照顾她。生孩子时，他工作忙，没有回去看望她。孩子都牙牙学语了，还不认识这个爸爸呢！后来，好不容易把她调到北京，照理说，就在身边，可以多照顾照顾了。但她到北京三年，他竟然没有在家过一个团圆年。

忙，忙，忙，他总是没完没了地忙。平日里，早上顶着星星走，晚上顶着星星回。走时孩子还在熟睡，回来时孩子早已进入梦乡。他偶尔也陪夫人看一场电影，但总是那么心不在焉，往往看了后面就忘了前面。可过去他是一个电影迷啊！她交代给他的事，他往往忘到九霄云外，但对外国强队的那些女选手，对她们的长长的名字和身高、打法，却可以倒背如流。对队里的十几个姑娘的脾性也了解得那么透彻，甚至每个队员喜怒哀乐时的神情动态，他都可以模仿得惟妙惟肖。

是的，她有权利怨恨他！但是，说来也怪，她一点怨恨之意也没有。过去，她也为我国女排赶超世界水平流过汗。今天，虽然不打球了，她的心与女排姑娘们的心仍然是相通的。她把实现理想的希望寄托在年青一代姑娘身上，而自己的爱人是这支年轻队伍的教练，所以，她全力支持丈夫的工作，默默地承担着繁重的家务，就连自己和儿子同时病倒的消息也不写信告诉他。而每当他带队出国比赛，她又为他和她们担惊受怕……

在"冷酷无情"方面堪与袁伟民"媲美"的，要数邓若曾了。平日里，他常常跟姑娘们一起哼唱轻柔的抒情歌曲，但一到训练场上，马上变成地地道道的"打手"。他扣出来的球总是那么势大力沉，不知把姑娘们打哭过多少回！他比袁伟民大几岁，打球的资历比袁伟民老，当袁伟民进国家男排时，他还是袁伟民的队长呢！但他甘心当助手，常常说："我四十好几的人了，不图别的，就图女排翻个身！"

我们要说，在这两位"无情"人身上，不正包含着人类最美好的情感吗？

六　香港的鲜花

喧腾的九龙伊丽莎白体育馆，突然静寂下来了。中国女排与南朝鲜女排的决赛，已经打到最后一局的最后一个球。如果中国姑娘再赢一分，就将以三比〇的优势取胜，成为1979年亚洲排球锦标赛的冠军！

头一天，中国女排已经以三比一击败日本女排。日本女排自1962年登上世界冠军的宝座之后，一直称雄亚洲和世界排坛，被称为"东洋魔女"。从1976年中国女排重建以来，虽然也赢过日本队几场，但日本队认为，在重大的国际比赛中，日本队仍将击败中国队。这次，中国姑娘们团结奋战，立于不败之地。郎平漂亮的重扣，孙晋芳高超的传球，张蓉芳、陈招娣的顽强拼搏，周晓兰出色的拦网，使得成千成万观众眼花缭乱。外国记者评论说，中国女排的崛起，意味着"东洋魔女"称霸亚洲局面的结束。

最后一个球的争夺，是那么激烈。白色的大皮球忽而飞到网的这一边，忽而飞到网的那一边，紧紧地吸引着几千双观众的眼睛。

"嘭！"一声，郎平的一记重扣，激起了全场经久不息的欢呼声和鼓掌声，像海涛击岸，像山洪暴发，像飞瀑倾泻。观众们蜂拥到场子里，将一束束散发着馨香的鲜花，献给教练、领队和姑娘们。

中国女排的姑娘们为这个来之不易的胜利兴奋得紧紧抱成一团。两年前，她们唱着"没有眼泪，没有悲伤"离开日本；今天，她们在香港让欢乐的泪水尽情流淌。鲜花，是观众们送给她们的，她们又将鲜花撒给观众。鲜花撒向哪里，哪里就激起一个欢乐的旋涡。人们都希望抢到一枝中国姑娘撒出来的鲜花带回家去，插到花瓶里，让家人分享这难忘的欢乐。

中国姑娘手中的鲜花撒光了，她们高高举起双手，向沸腾的观众致意。

"亚琼，把这一束花送给你爸爸！"领队张沛走到一位瘦高个的女排姑娘身边，将一束鲜花交给她。

陈亚琼好像刚刚从梦中惊醒，这才想起来，她在香港的父亲今晚特地来看她打球，此刻还在观众台上呢！

她用感激的目光望望领队，接过鲜花，就向观众台上飞奔而去。

观众都争相伸出手向她要花。亚琼赶忙用抱歉的口吻说："对不起，对不起，这束花，是送给我爸爸的！"

她的爸爸和她的小侄子看见她了！他们眼里闪动着泪花，双手向她伸过来，伸过来。要不是前头有拥挤的观众挡着，他们会向她飞扑过来的。小侄子很自豪地对周围的观众说："她是我姑姑！她是我姑姑！"是啊，有这么一位姑姑是中国女排主力，他多高兴，多自豪啊！

"爸爸，你高兴吧！"亚琼将鲜花送给老人，"这是我们领队送给你的！"

老人高兴地说："打得好，打得真好！谢谢领队，谢谢大家！"

老人出神地打量着站在跟前的女儿。含着泪花的眼睛看她，就像隔着一层水，她变得模糊起来了。他记得，自己离家时，亚琼才是一个六岁的娇女孩，想不到十七年后，她长得这么高，出落成这么一个有出息的国家女排运动员。

"爸爸，今天晚上我回家住，住几天再回北京去！"亚琼说完跟老人摆了摆手，就往场里走去。

夜已深沉。亚琼靠在汽车软垫上，闭上双目，长长地松了一口气。紧张、激烈的比赛，已经告一段落。女排的姐妹们，明天就将凯旋回国，而她将与在香港的亲友团聚，过几天与内地球队的集体生活迥然不同的香港生活。

四年前，她母亲从内地来香港与父亲团聚，国内就只留下亚琼一个女孩子了。她母亲想把女儿带走，对亚琼说："一块儿走吧！"亚琼态度是那么坚决："你们走吧，我要留下来打球！"那时，她与排球结下姻缘实际上只有两年时间。

1972年深秋，十六岁的亚琼从侨乡永春到福州的亲戚家串门。福建体委的一位同志见到了她，连声说："好，好！"亚琼也不知道好什么，疑惑不解地望着对方。

过了一会儿，那位体委的同志给她送来一套崭新的运动衣裤和一双运动球鞋，叮嘱她："明天，你就到省女子排球队去！"

她瞪大了惊愕的眼睛，天真地问："去干什么呀？"

那位同志诙谐地说："你不是喜欢跑步吗？你就跟在她们后面跑步吧！"

第二天，福建女排的队尾，就跟上这个瘦高瘦高的姑娘。她每天准时到，从不迟到早退。队里见新来的这位姑娘为人纯真老实，就将保管室的钥匙交给她。这是一件不太有人愿意干的苦差事：每天练球前，她得先去打开门，拿出球来。而每天练完球，她得将球背回屋里去，没气的还得打好气，然后上上锁。这件事，她一直干到1978年调往国家队前夕，才把钥匙交给另一个队员。

按照流行的体重计算法，一个人的标准体重，应该是身高减去整数，用零头乘二。亚琼当时的标准体重应该是一五二市斤，而实际上她只有一〇二市斤，太瘦弱了。所以，有的人认为她练不出来。但亚琼心里却挺有主见。她想，在队里，我年纪最小，个子最高，而且还在长，为什么就练不出来呢？她憋了一口气，非要练出来不可。

她练得确实太苦了。老队员练完了，省队的教练姚自立总要给她加点"小菜"，再练点防守技术。她的确太瘦弱，人们都戏称她为"钢铁将军"，因为滚翻救球，只要一倒地，就听到她的骨架碰撞地板发出的声响。疼痛是可想而知的，但她还是勇敢地往下倒。她的两条大腿和胯部，着地多，磨破了皮肉，鲜血渗流。过几天刚刚结上痂，滚翻几次，又磨烂了。就这样，烂了好，好了烂，多少年也没有痊愈过。有时，实在疼得无法着地，她就用男子的鱼跃救球。久而久之，她的拦网姿势竟然也形成了自己的独特风格：男子式的跨步上。但有谁知道，她的这一"绝招"是怎么得来的呀！

到了国家队以后，她的最大苦恼是扣球老慢半拍。二传手孙晋芳给她传来一个时机很好的球，但她常常扣不上。为这件事她急得不知掉过多少眼泪。孙晋芳像位温存的大姐姐，把责任揽到自己身上，总是说："亚琼，不要紧，这个球算我的！"越是这么说，她心里越是不好受。她明白，自己的扣球动作有毛病。毛病在哪里呢？队里专门把她的扣球动作录了像。教练跟她一起看，一起分析。同伴们也帮她"会诊"，她自己也朝夕苦思苦想。有一次，她往墙上甩打实心球，一口气甩打了几十个以后，又上场练扣杀。不知怎么搞的，这天她扣杀得比往日都顺手，受到了姐妹们的称赞。

"今天是怎么回事呀？"亚琼自己心里也挺纳闷，"兴许是刚才甩实心球甩的。"从此，每天训练完了之后，她总要一个人抱着沉重的实心球甩，一甩就是几十个、上百个，直甩得胳膊累得发酸发麻，甚至抬不起来。这样甩了一段时间，她扣球的动作协调起来了。

……

父亲的寓所是舒适的。吃过夜宵，又与家人聊了一会儿之后，她躺下休息了。连日的劳累、兴奋、紧张积攒在一块儿，她是困乏了。但她并没有马上入睡，思想的野马又脱缰而跑了。她在想她的事业：打败了日本和南朝鲜队，冲出了亚洲，不过是实现了多年来最低的夙愿，中国女排的口号是"冲出亚洲，走向世界"啊。她在想她的姐妹们：她们此刻一定跟自己一样，也没有睡着吧？是啊，真正的目标还在前头。她们不会在掌声、鲜花和庆贺的酒浆中沉醉，她们将继续不懈地努力，奋勇地攀登，为祖国人民去摘取世界排球运动的皇冠……

七 大松博文

在中国女排战胜了日本女排之后，应该写一写这位日本人。因为他在中国排球运动的发展过程中，曾经起过特殊的作用。

1965年4月15日，一位中等个儿、健壮如牛的日本中年人来到了中国。他就是当时奥运会冠军日本女子排球队的著名教练大松博文。他应我国总理周恩来的邀请，来担任为期一个月的排球教练工作。

自从日本女排在头年荣获奥运会冠军之后，大松实际上已经不摸球了。当时曾有一位日本记者问过他："大松先生，你现在想什么？"大松直率地做了如下回答："我想美美地睡一觉，然后陪着我的妻子好好地吃一顿饭。"

但是，当他接到中国的邀请后，又拿起球来了，一个人到体育馆进行了半个月的自我训练，然后才来到中国。

对中国运动员的训练是在上海市南市体育馆进行的。这是一种马拉松式的大运动量训练。他分两班训练中国女运动员，先训练几个省队，然后训练联队。时间是从中午十二点到晚上十点，后来又延长到晚上十二点，甚至一点。且不说他每天要打出几百几千个变化多端的球，光在场上站立的时间就长达十二三个钟头。

大松的训练是很严的，严得人们都骂他"魔鬼大松"。特别是他创造的那种滚翻救球，使中国姑娘们摔得浑身上下青一块紫一块，腿一瘸一拐的，连站都站不稳。有的姑娘练到后来简直是瘫在地上动不了了。但大松还是一边叫，一边将球猛砸过去。一些被他训练过的姑娘，至今回忆起来还心有余悸。一位当年北京队的队员这样回忆道："练到后来，我头发晕，眼发花，房子也旋转起来了。但我还得不停地去飞扑大松打来的球。他穿的是条绿色的短裤，扣球时一动一动的，仿佛是两盏绿色的灯笼似的。我不顾一切地紧紧盯着那两盏绿灯笼，奔跑着，扑救着。这时，世界上除了那两只朦朦胧胧的绿色灯笼和模模糊糊的白色皮球之外，我什么也看不见，仿佛连我自己也不复存在了……"

有一位山东姑娘实在忍受不了了，瞪圆了眼睛，大声骂道："你这个鬼大松，我跟你拼了！"

大松问翻译这个姑娘说什么。翻译机灵地告诉他："她说，大松，你练吧，我才不怕你呢！"

其实，大松已经从姑娘圆瞪的双眼里听懂了她骂什么了。因为，在日本，那些女排选手也这么瞪着怒眼骂过他。

但是，大松还是被中国姑娘的顽强精神感动了。姑娘们咬牙切齿地忍受着连做梦都想不到的"极限训练"。泪水忍不住流出来了，用手抹去，还在扑救来球，而且脸上还露出笑容，虽然是一种哭笑，但毕竟还在笑！有位四川姑娘练到昏倒在地板上，醒来后还让同伴扶着她去接大松不停打来的球。十八九岁的姑娘，正是爱打扮、爱美的时候，但她们在摔伤的背部和臀部绑上了厚厚的海绵，两个膝关节也套上了厚厚的护膝，变得臃肿不堪。大松事后在回忆文章中写道："尽管变成了那样难看的姿势，但中国姑娘们用手敏捷地抹去眼泪，刮掉头上的汗水，仍然紧紧跟随我训练。她们这时已完全忘掉了自己，拼出去了，这可以说是一种庄严的悲痛。"

而一次意外的长跑，更使这位严峻的日本教练感动得眼圈发红。

那天，上海举行盛大的群众示威游行，通往体育馆的交通完全被堵塞。大松是上午十一点进体育馆的，当时游行队伍还没有完全展开。而联队下午三点多钟准备出发时，车辆已无法通行。

联队从上海市体委打电话到体育馆，告诉大松这个情况，说队伍可能要迟到一个半小时。大松一点也不通人情，固执地嚷道："我不管游行队伍堵塞交通还是大轿车开不过来。必须准时进馆，汽车开不动，那你们就马拉松跑过来！""好的，那我们就跑去。不过，就算拼命跑，也得跑一个钟头。"联队的人说。"一个钟头正够时间。说四点钟到，就必须四点钟到。你们马上开跑吧！"大松说。

一个小时以后，中国姑娘们汗水淋淋地跑到体育馆向大松报到了。

不容易动感情的大松，两眼发热，眼圈红了。他连忙询问她们是怎样跑来的。

姑娘们说，街上都是人，她们是穿过游行队伍的缝隙，绕小巷跑来的。大松打量着姑娘们，只见她们头发湿透贴着脸，身上热气腾腾，衣衫全汗透了，流的汗比一堂训练课还多。他马上拿起电话，告诉他下榻的宾馆服务员，快送五十个苹果来。他要奖赏这些顽强的中国姑娘。他说："如果在日本，即使让跑来，也不会真跑来。最后只能说声'没办法才迟到'。而中国队员却穿过层层的游行队伍，不停地跑到球场。这些年轻人，只要想做什么，就无论如何要办到。这种精神是伟大的，是一种大有希望的惊人力量。"后来，他又在一篇回忆文章中写道："本来，中国人就有不屈不挠的性格。把这种性格带到了球场上，她们就有了一个绝不动摇的信念：为了国家，一切都要忍耐克服。"

中国姑娘的顽强精神，使大松感动；而中国观众盼望振兴中国体育事业的精神，又使他感到惊讶。

一千人的体育馆，每天座无虚席。许多人一直看到深夜才散去。看到中国运动员练不动时，满座的观众就一起拍手呼喊："加油！加油！"

于是，练不动的姑娘慢慢地挣扎着开始活动。于是，观众们的呼喊声更响，就像阵雷一般。这又给场上的姑娘们注入了神奇的力量，使她们重新站立起来。于是，掌声、呼喊声越发响了。这成千上百的观众不是旁观者，仿佛是自己在经受着一场严峻的考验。

大松深有感触地说："一个人的斗志可以唤起千百人的呼喊声；而千百人的呼喊声，又能激起一个人的斗志。这种光景，在别的国度里是看不见的。"

在中国，最使这位日本教练折服的是周恩来总理。周总理日理万机，却以那么大的热忱关注着中国排球事业的发展。这个印象，他是从与周总理的一席长谈中留下的。

5月2日晚上，人民大会堂宴会厅。周总理坐到大松夫妇中间，难忘的长谈开始了。后来，大松在自己的一本著作中，对这次长谈做了详细的记载。

周总理兴致挺高地说，奥运会的时候，我在电视上看到你们拿冠军时的情况。你当时的心情，我是非常了解的。后来你的夫人哭了，你的两位千金也抱着尊夫人哭了。无论由谁来看，比赛以前的场上情况，都是苏联队赢的可能较大。可是一旦比赛开始，你的选手们是压倒的胜利。大松，我对于那些选手的力量，的确佩服。

总理这么一说，气氛就活跃起来了。接着，周总理问大松，我刚才听说，大松教练有时打选手，有的时候骂，这有点问题，能不能停止呢？

大松说："周总理，我没有恶意，不是恨她们。我像教训自己的妹妹或孩子那样对待她们。要是说：你们都快累倒了，休息休息吧。人在这种情况下一下子就会瘫下去。这，总理你是知道的。要加强意志品质，就要那样。就要刺激她们：干什么哪！别老发呆呀！再这样就给我滚回山东去！这样一骂，眼看要倒下的队员就会猛然振奋起来。不激起这样的精神，在筋疲力尽感到坚持不了的时候停止训练，到什么时候也改变不了现状。"

周总理默不作声，两眼炯炯有神地望着他。

大松继续往下说："我认为如果怜悯运动员，那练习就无法进行了。骂的本身就是爱的表现。这和侮辱完全是两码事。不打屁股，就真要倒在地上不动了。这样做，总理也许想，这不是把运动员当牛马嘛。但是并非如此。狮子把幼狮顶下山谷，不正是培养幼狮爬坡的本领吗？老麻雀在小麻雀长得差不多时，为了唤起它离开巢窝的精神，也是一连数日不给吃的，这不使人认为是残酷嘛！我就是抱着这种心肠训练运动员的。不管别人怎样想，怎么说，只要队员们能理解就行。"

周总理耐心地说，可是这样就不好办了。中国人民解放军有三大纪律，八项注意，里面就提到不许打人和骂人。还有一条是不许调戏妇女。无论如何对女队员是不许打骂的。

总理把军队的纪律拿出来了，但大松仍然不能接受。他说："周总理，我是你请来当教练的。我不会侮辱交给我训练的队员的。我只是全力以赴使她们提高技术，使她们成为有坚强意志品质的队员，是为了希望中国成为排球的世界冠军。正因为我是这样想的，所以我才做您要我别做的事情。我请总理对我所做的事不要作声。"

周总理说，那哪行啊！我们有那样的纪律，而我请来的教练却破坏了这个纪律，而我却对此保持沉默。大松，你想想，那能行吗？队员要拿着三大纪律八项注意来找我，怎么办呢？……

大松说："周总理，我在您面前骂队员，您就把耳朵塞上；打队员，就请您把眼闭上。您就装没听见也没看见。"

周总理换了一个坐姿说，大松，你这话是从何讲起呢，能不能再解释一下？

大松说："我曾经对中国的教练和医生们讲过，妇女和男子是有分别的。体质上大有不同。男子一开始练习，便拿出十分力量。所以，一垮下来，就是力量已经用到头了。然而，女选手在开始练习的前十分钟，虽然很有战斗精神，不久，也会倒下来。这不是她们惜力。这是因为女性的身体先天是如此的。过了两三分钟，是会恢复的。过不久，她们又不行了，又要倒了。这时。如认为她们真不行了，那就不对头，还是要刺激她们起来。不这样锻炼，就不能有充分的训练。外表和实际是不同的。这是因为，精神方面较弱，体力也与男子有异。"

周总理又问，这样猛烈的训练，会不会对妇女的身体发生坏影响呢？这一点，有没有问题？曾经从医学观点研究过吗？

大松说："完全没有问题，这并不是我信口开河。我曾经和一位详细观察选手状态的医生全盘研究过，不仅对于每一名女选手的脾气，就是对于她的体质，也比选手自己都认识得更清楚。甚至哪一位选手当时的状态是好是坏，也完全知道得清清楚楚。由于有了这一长期经验，在训练中国女选手的时候，从每一位选手的态度和动作，以及面颊、嘴唇的颜色等，就可以了解这位选手的疲劳程度如何……所以，周总理，您完全不必担心。绝对不会把选手练死或者练伤。当然还有妇女们另外担心的事。我在十三年来，一共训练了近八十名选手，每一位都结婚了，都有了孩子。其中，还有生双胞胎的，母子都健康得很呢！"

周总理听到这里，突然哈哈哈朗声笑了起来，关切地问，生双胞胎的那一位，母子三人健在吗？

"都健在呀！"大松答道。

周总理又大笑起来。

大松在后来回忆起这次难忘的长谈时说："周恩来这位先生非常平易近人，但他有惊人的观察力。在轻松的交谈中，他却看到问题的根本上。我到过世界上很多国家，见过许多总统和总理，却没有见过像中国总理周恩来那样关心排球事业的总理……"

一个月的时间，很快就到了。大松将离开中国回国。在离别的前夕，他还进行了最后一次训练。送别晚宴是在深夜举行的。在席间，他动感情地说，中国有这么多顽强好学的女选手，有这么好的观众，有这么关心排球的国家总理，不拿世界冠军是说不过去的。他送给每个中国姑娘一条毛巾，意味深长地说："我送给你们毛巾，是希望你们今后流更多的汗水……"

前几年，这位闻名遐迩的日本教练，因心脏病突发与世长辞了。在仙台他的墓前，竖立着一块小小的墓碑，是他的那些已经当了妈妈的排球队员送的，碑文只有六个字："有志者事竟成"。

十五年前，中国姑娘曾经问过大松："你们是怎样练成世界冠军的？"

大松回答说："对人来说，最苦的莫过于战胜自己。运动员和我本人都牺牲了一切，集中精力于排球。一连多少年除了三天年假，一天也不中断练习；在奥林匹克运动会前，一天的练习时间长达十二小时；不断地想出了和做出了世界上谁也没有做过的事——结果就是世界冠军。"

八 警惕翻船

1980年5月14日夜，上海飘洒着绵绵春雨。中国女排与日本女排的比赛刚刚散场，观众如潮水一般从徐家汇雄伟的体育馆里涌流而出。

场内的观众已经散尽，但体育馆门前依然簇拥着一堆一堆的人群。他们冒雨站在那儿等待中国女排的姑娘们。有的想离得近近的目睹她们的风采；有的想跟她们握一握手，表示一下祝贺胜利的诚意；还有一些姑娘们的亲友，想跟她们说几句亲热的话语。

今晚，中国女排着实使上万观众受了一场虚惊。三局球，每一局开始时中国姑娘都处于逆境：头一局以九比十三落后；第二局以九比十二落后；第三局，先是以一比八落后，接着又以九比十四落后。总之，每局球，中国队只要再输二分、三分甚至再输一分，就要败北。许多观众的心都提到了喉咙口，连气都不敢大口喘。但是每一局都出现了戏剧性：中国姑娘只要一打到九分。就奋起直追，比分扶摇直上，一口气追上六分七分；而日本队的比分，仿佛被钉死在电子显示牌上，再也动弹不得。最后，中国姑娘竟然以三比〇又一次击败了日本女队。

过瘾啊，看得实在过瘾！犹如乘一叶扁舟，在江河里穿风越浪，虽然担惊受怕，却能亲历那种惊心动魄的情景。

一位署名"一个敬佩你们的人"当即给女排写信："我对别人的要求严格得近乎苛刻，然而看了你们的球赛，却不能不赞不绝口。我从你们身上，看到了中华民族的宝贵品质。技术上的过硬固然难得，而精神上的过硬更难得。日本女队是以顽强著称于世的，而她们却遇到了比她们更顽强的人。你们的顽强精神，使我深深地相信，在你们的心目中，祖国荣誉高于一切。你们打出了队威，打出了国威。你们是中华民族的好儿女！"

一群工人在信中写道："一个人，一个国家，贫穷落后并不可怕，怕的是失掉了方向和信心。只要敢于正视现实，立志赶超，艰苦努力，一步一个脚印地向前迈进，是没有攻不下的难关的。我们的党和国家是多么需要像你们这样不说空话、踏实苦干的实干家啊！"

……此时，相识的与不相识的人们，三五成群地议论着那些中国姑娘。

"毛毛的球打得真嗲！"一个戴眼镜的小伙子说。

"毛毛场上的风度也穷嗲的呀！"一个壮实的青年附和着。

"毛毛"是一个备受赞美的人物。

"毛毛"是谁呀？她就是12号，四川姑娘张蓉芳。她从小就有一股"毛劲"，敢和男孩子一道爬树上房，敢跳进冬天的寒流中搏风击浪。直到如今，仍然保留着一股可爱的"毛劲"——泼辣顽强。小时候，人们叫她"小毛毛"，如今长成姑娘家了，只好把"小"字去掉，叫她"毛毛"。

她刚上场时，你一点儿都看不出她的"毛劲儿"：微微地弓着腰，左手轻轻地放在背后，两只眼睛细眯着，好像刚刚睡醒，有点睡眼蒙眬的样子。她的个儿，跟陈招娣一样，一米七十四，是队里最矮的。总之，她的神情没有什么惊人的地方。但是，只要球声一响，她就变了副模样，精神抖擞，眼观六路，耳听八方，像一位很有经验的老猎人，眯着眼，是为了紧紧盯住他的猎获物。无论是飞身垫球，还是跃起扣杀，动作都是那么敏捷、快速、准确。扣杀过去的球奇巧刁钻，往往使对方防不胜防。有时因扣杀过猛，摔倒地上，但只要一见来球，又会猛然一跃而起，杀对方一个神出鬼没的回马枪。她灵巧得像山野里的一只猴，勇猛得似丛林中的一只虎。在赛场上，她那张汗水涔涔的脸，总是那么丰满红润，那么光彩照人，透出一种特有的健美。用队长孙晋芳的话来说："毛毛在场上那才水灵呢！"

……雨还在悄不声儿地飘洒着。在强烈的灯光照射下，这绵绵细雨，犹如从天上垂挂下来的千千万万条银色的彩线，在夜风中轻柔地摇曳飘动。日本客人已经出馆，乘车回下榻的宾馆去了。但仍然见不到中国姑娘的身影。人们开始不满起来。有人大声议论道："想见一见都这么难，中国女排也太傲气了！"

突然，从体育馆门口走出一个人来。人们引颈而望，以为女排姑娘们开始往外走了。谁知，走出来的人是体育馆的一位工作人员。他站在台阶上，大声地对观众们说："请同志们回家吧！中国女排正在馆里补课呢！"

"补课？"观众不解地嚷了起来。

工作人员说："是的，是补课。她们说，今晚的球赛没有打好……"

"打得好！打得顽强！"观众不平地喊叫起来。

说句公道话，这场球应该说是打得很精彩的。

袁伟民、邓若曾也承认这场球打得不错。在补课开始之前，袁伟民对围拢过来的姑娘们说："从某种意义上看，这场球比一路领先顺利赢下来还有价值。过去，落后时，我们就没有信心去追赶。而领先时，又怕人家追赶自己。现在，落后时不慌乱，能反败为胜，这是可贵的。这是我们的队伍走向成熟的标志。"

的确，中国女排这些年来经过挫折、失败、胜利的考验，已经成熟起来了。这次在南京举行的国际女子排球邀请赛中，她们先后以三比一和三比〇胜了美国队和日本队。在而后的访问比赛中再次以相同的比分，赢了这两支强队。今晚是第三次以三比〇胜日本女排了。

袁伟民望望不太情愿补课的姑娘们，心平气和地说："但是，我们要很好想一想，为什么三局球开局时都落后呢？我看，还是我们轻敌了，骄傲了！虽然在准备会上大家也讲了要防止骄傲情绪，但是打起比赛来，还是提不起神。"他停顿了片刻，又语意深长地说下去，"今天补课，就是为了让大家记住，我们开始成熟了，但不能骄傲；如果骄傲了，将来总有一天会阴沟翻船的。奥运会是四年一次，而我们一个人的运动寿命有几个四年呀？请大家好好想一想！"

本来，有些姑娘对这次补课，心里并不服。她们想，好输不如赖赢，不管怎么说，我们是赢下来了呀！但听指导这么一分析，也就没有再吭气，顺从地拖着疲惫不堪的身躯，又练上了，一直练到午夜十二点多。当她们淋洗完毕，回到上海市体委招待所时，黄浦江畔的海关大钟传来悠扬的钟声，已经凌晨两点多钟了。天明之后，她们就将各奔东西，有的去杭州，有的上南京、苏州、无锡……

毛毛将回她的故乡——成都。她这趟回乡与别的姑娘心情不一样，既不是探亲访友，也不是重游故地。在那儿等待她的将是一个庄严的党支部大会。共产党员们将讨论她的入党转正问题。再过几天，她将成为中国共产党的正式党员了。一想起这件事，她的心情就那么激动，把睡意全赶跑了。

她是在十三岁的时候自动找到成都人民体育场要求当排球运动员的。从此，失误，苦练，进步；再失误，再苦练，再进步，使她一步步走向了成熟。

她刚进四川女排时，五个老队员带她一个新队员。她们之中已经有四个成了妈妈了，但仍然和她这个十多岁的女娃娃一道摸爬滚翻。毛毛心里既感动又不安。她心里只有一个想法："好好练，赶快接她们的班。"

有一场比赛，四川女排打得不顺，毛毛在场上该救的球不救，该扣死的也随随便便扣过去就算了。

回到住地，教练严肃地问她："毛毛，你今天怎么啦？该救的球，为什么不救？"毛毛坦率地说："我想，反正这场球要输，打好一个球也没有什么意思。"教练摇摇头，心想："她呀，还不懂得每球必争的意义呢！"

后来，毛毛写了一个赛后总结，在认识上有了一个飞跃。

1976年夏天，她刚进国家队不久，就参加了一场与秘鲁女排的比赛。毛毛传了一个球给四号位的主攻手，没想到，传出了一个刚刚过网的"探头球"，自己的主攻手打不着，却被对方的攻球手一锤子打死了，而且打得那么脆。

1977年，在世界大学生运动会上，中国女排与美国女排交锋。毛毛怕美国大高个拦网，心里一直嘀咕。果然，她几次扣杀过去的球，被美国高大的队员挡了回来。打不死，心里不服，再打，又被挡了回来。虽然，这场球中国队以三比二险胜，但因为多输了两局球，而失去了争夺冠军的机会。

这两场球深深地刺激了这位四川姑娘。她苦苦思索着："我的个子是爹妈给的，就这么高，再往上长是不可能的。但是，先天不足可以后天补呀！"

袁伟民对毛毛的要求也是格外严、分外高。他希望这个精灵的四川姑娘进攻上有绝招，防守上更娴熟。虽然毛毛自己已经练得那么刻苦，但他有时还要给她"补课"。

毛毛对传球有点"犯怵"，他就专拣传球练她。

球，一个前，一个后，一个左，一个右，变化多端地向毛毛袭来。毛毛不吭不响地奔跑着，抢救着，累得上气不接下气，袁伟民给的球难度却更大了。练到后来，毛毛火气也上来了，将球接住，狠狠地往场外一扔。

袁伟民严厉地说："捡回来！"

毛毛犟着不动。

袁伟民问："想不想练？不想练就下去吧！想通了再练！"

下去？我偏不下！毛毛与招娣在这一点上略有不同。你说不让练，她偏练。一边哭，一边练。哭是哭，练还是狠练。那神态是，我练死在场上，也不会下去的。

正是这种可爱的犟劲，弥补了她的先天不足，使她练就了一身好球艺：眼快，手快，脚快，球路刁，打吊结合好，防守垫球强。这次在南京国际女排邀请赛中，美国女排身高一米九十六的海曼，在毛毛的扣吊面前也无可奈何。她不再怕高个，相反，高个被她制服了。

九　中国的"铁榔头"

世界上还有什么幸福能超过人民对自己的信任呢！

四十七次列车离开北京，冲进茫茫夜海，风驰电掣般向南，向南……

在卧铺车厢里，一位高挑个儿的姑娘，凭窗眺望。她颀长、结实、健美。微微卷曲的黑发拢在脑后，分扎成两绺，轻巧地垂挂着。深红色的运动衫领子，悄悄露出深蓝色的外套，仿佛是一枝"出墙"的红杏。虽然我们看见的是她的背影，但可以感觉到，在这位姑娘的身上洋溢着青春的活力和蓬勃的朝气。

车窗外，一片漆黑，夜色正浓。只有点点灯火，偶尔从她眼前向后飞逝而去。郎平啊，你是在欣赏祖国大地的夜景呢，还是在沉思默想？也许是那瞬息即逝的灯火，把你带回到昨晚为全国十名最佳运动员授奖而举行的健美晚会上去了吧？

对这位刚满二十岁的北京姑娘来说，那确实是永生难忘的。当她接受鲜艳的花束和银色的奖杯时，座无虚席的首都体育馆里，爆发出海涛般的掌声。何止是到会的一万八千人在鼓掌呢，她仿佛还听到投她票的十几万球迷的掌声和没有投票机会的千千万万普通观众的掌声。她手捧鲜花和奖杯，激动得含泪欢笑了。

她欢笑，但并不沉醉。她深深地懂得，自己是代表女排集体来领奖的。排球运动是一个集体项目，赢得的每一个球都要经过几位同伴之手，都凝聚着战友的汗水和心血。个人球艺再高，如果没有同伴的合作，也将一事无成。她想起了朝夕相处的同伴们：风度翩翩的老大姐孙晋芳，沉着顽强的张蓉芳，敢打敢冲的陈招娣，文静果敢的周晓兰，憨厚纯真的陈亚琼，埋头苦干的曹慧英，和蔼可亲的杨希，沉静灵巧的张洁云，聪慧灵敏的周鹿敏，腼腆壮实的梁燕，活泼爱笑的朱玲，还有那严厉而又亲切的指导、领队……总之，她想起了队里的每一个人。

银杯啊，怎么这样沉？啊，那里面盛满了自己和战友的汗水。

银杯啊，怎么如此重？啊，那里面装着祖国和人民的殷切期望。

自从郎平到国家队打球以后，几乎没有机会跟妈妈、爸爸在一起过个团圆年。如今，离春节只有几天时间了，而且她又患着感冒，妈妈是多么希望女儿留在身边多住几天啊！但是女儿的心早已飞了。中国女排不在北京，前几天已经去湖南郴州冬训了。她决定明天就南行，去追赶自己的队伍。温暖的战斗的集体，像一块强大的磁石，深深地吸引着她。

南行的列车，呼啸着飞速向前。此刻，郎平已经困倦了。她曲着腿，躺卧在狭窄的铺位上，沉沉睡着了。乘她憩睡的时候，让我们掀开她打球的简历表看一看。

从孩提时代起，她练过绘画，迷过音乐，又幻想过当飞行员，还想过当工程师。十三岁那年，父亲带她去体育馆看了一场国际排球赛。她惊喜地发现平日上体育课托不了几下就往地上掉落的排球，在运动员们的手上竟然那么听话，这简直是令人陶醉的艺术啊！于是心里萌生出一个新的理想：当运动员！

别看她现在身高一米八十四，可当时还只有一米六十几，长得又细又高，体重只有七十多斤，体质很孱弱。但她不管这些，自信自己能当一个好运动员，于是来到住家附近的一所业余体校报了名。体校的教练瞧了瞧她的身架，摇了摇头，拒绝了。但她又跑到北京市第二业余体校报名。那儿的教练张暖庆也觉得她太单薄了些，犹豫了片刻，竟然出人意料地同意收下了这个瘦弱的女孩。

她盼着有一天自己也能穿上印有"北京"字样的运动衣，代表首都人民参加比赛。于是她夏练三伏，冬练三九，成千上万次地挥动长臂苦练枯燥乏味的基本功。有一次，她的脚脖扭伤了，怕回家后妈妈不让她来体校，就星期天也不回家。平时回家她也不忘带个球回去，对着墙壁托球，弄得墙头上印满了排球的痕迹。两年后，她跻身于北京女排的行列，而且成了主力队员。但是，她又多么盼望有一天胸前的运动衣缀上庄严的国徽，代表祖国人民去与世界强队争胜负啊！一年之后，她的愿望又实现了。袁伟民决定起用这位不满十八岁的年轻姑娘参加第八届亚运会，而且让她顶替著名的主攻手杨希，打四号位。

在泰国曼谷，郎平像一颗奇异的新星，在排球坛上升腾起。在与南朝鲜队的比赛中，她那势大力沉的凌厉劈杀、森严凶狠的拦网，为中国队的胜利立下了汗马功劳。她被称为"中国女排的新兵器"。可惜在迎战"东洋魔女"日本女排时，她的脚扭伤，影响技术发挥，扣杀常常不能奏效。而且在日本姑娘的严密防守面前，她的扣杀也暴露出过于单调平板的弱点。没有打完一局，袁伟民就把她换下来了。比赛结果，中国女排以〇比三败北。一位观众来信指责说："不该在这种关键时刻，起用一个没有把握的新手，这是中国女排的教练用人不当。"这对一帆风顺的郎平来说，是一个莫大的刺激。她感到委屈。于是她又把目光瞄向世界几个强队的主攻手，发奋追赶。不到一年工夫，她的发奋努力就结出了成功之果。1979年年末，在香港举行第二届亚洲女子排球锦标赛时，她为中国队荣获冠军立下了战功，被人们誉为中国的"铁榔头"。中央电视台播放比赛实况的录像时，银屏里是一片"郎平！郎平！"的呼喊声；银屏外也是一片"郎平！郎平！"的欢呼声。她确实像一把当当响的铁榔头，发挥了振奋人心的威力。她的进攻力量，得到了世界排球界人士的高度评价。人们把她称为堪与美国身高一米九十六的海曼和古巴的玻玛列斯媲美的世界三大主攻手之一。

列车急速南行，南行。郎平恨不得列车飞驰得快些再快些。经过三十来个钟头漫长的旅途生活，她终于在郴州与自己的队伍相聚了。她是那么高兴，才离别几天，宛若几年。

郴州的春天，细雨绵绵，无休无止，仿佛是穹隆漏了似的。训练基地坐落在北湖公园里。公园不算大，但有山有水，有楼台亭榭，有喷水池，有金鱼，有群猴，姑娘们的宿舍后面还有一片桂花树林。但郎平是无暇欣赏这一切的。除了饭堂、宿舍之外，只有在那座竹席棚顶的简易训练房里才能看见她挥汗如雨的高大身影。

对郎平来说，这是一次极为平常的训练课。暮色已经降临，姑娘们都已完成了任务，拖着疲惫的身子向宿舍走去。但她还在里面练习发球。袁指导给她的任务是再发三组球，每组三个好球，如发两个一般球或两个失误球，就得再加一组。场里除了郎平"砰""砰"的发球声，就只有袁伟民的裁判声："一般！""失误！"她发了好一阵，任务不但没有完成，相反又加了几组。郎平抚摸着酸疼的肩膀，有点发急了。她透过墨绿色的球网望了望教练，袁伟民不动声色地伫立着，双手紧抱在胸前。那神态是说："完不了，别想下课！"没有一点商量的余地。

郎平自言自语地说："我奉陪到底！"她发狠地拿起球，又"砰！""砰！"地发了起来。

"停！"袁伟民神态严峻地走了过来，"不要发菜球！累了可以休息一会儿。"

什么叫菜球？郎平当然明白。顾名思义，菜球就是送给对方吃的小菜，即没有威胁力的"和平球"。比赛时，好不容易争回一个发球权，发菜球那是绝对不允许的。郎平暗暗责怪自己，怎么发出菜球来了呢？

不行，绝对不行。她走动了几步，挥动了几下胳膊，又叉着腰沉思默想了片刻，重新开始发球。

"砰""砰"的发球声，"好球""好球"的裁判声，一直响着响着，响到很晚很晚。当郎平拖着沉重的步子走出训练房时，一位记者半开玩笑地悄声问她："指导会不会存心整你？"她用手抹了把脸上的汗水，微笑道："那可说不准。"袁伟民知道了此事，风趣地说："今天没有。不过，整过她不少次就是了。"

新春佳节来临了。宿舍的走廊上挂起了四盏古色古香的大灯笼，住屋外面的墙头的窗户上悬挂着缀满"梅花"的树枝。女排的姑娘们也休息了一天，开联欢会，放鞭炮，吃花生，嗑瓜子……这些瓜子花生是哪里来的？是郎平用她所获得的首都新闻单位举办的"十佳"运动员的评奖的奖金买的。

年初二，她们应衡阳市人民的邀请，去打表演比赛。打完比赛已经是晚上十点多钟了，但领队和指导却不让姑娘们走，说是要补一补课。

"郎平，你怎么不动弹呀？"指导点着名呼叫她。

郎平站在场地外边，依然不动。她正不舒服呢。

教练走过来，又一次问她："怎么啦？"

郎平说："指导，我有点恶心，想吐。"

教练心里明白，但他还是说："想吐就吐，吐完了再上场补课！"

教练的心肠就是狠，不近情理！不过，郎平却没有埋怨的意思，你不让她上，她自己还想上呢！她清晰地记得，去年春天，她们出访美国，从香港到斯普林斯，坐了二十多个钟头的飞机。这座高原城市海拔二千多米，疲倦加高原缺氧，使她们非常不舒服。晚上练习时，八个姑娘边练边吐。但吐还要练。当时她们真恨教练太不体谅人。但第二天打比赛时，她们却感到精神很好，以三比一赢了美国女排。在整个访美比赛中她们取得了六胜一负的战绩，其中在旧金山一场，有一局还使美国队吃了一个鸭蛋。只有这时，她们才真正明白，教练为什么不顾她们呕吐还要狠心坚持训练。以练为战啊！这天晚上，郎平也是怀着这种心情，坚持把课补完的。

这就是袁伟民的"整"。所谓"整"，就是有意制造困难，用各种意想不到的手段，来磨炼她。

说也奇怪，郎平却喜欢指导的这种"整"。虽然有时"整"哭了，觉得苦得受不了，但下来后又感激指导，希望指导以后再"整"自己。因为她明白自己在队里挑大梁的地位。世界上的几个强队，谁不研究她！他们把她的技术动作拍成电影，录了像，正在作为"强敌"，研究攻克的对策。要想使榔头继续敲响，就得不断锤炼。而教练的每一次"整"，不都是对自己的一次锤炼吗？

千锤百炼吧，中国的"铁榔头"！有朝一日，当祖国人民需要你"一锤定音"时，切盼你能够敲得重重的、响响的，敲出我们的国威来！

十　把掌声分给她一半

"外行看热闹，内行看门道。"一般人看排球比赛，往往把自己的热情，全部倾注在"一锤定音"的攻球手们身上。而内行的观众，却总把自己的掌声和欢呼声，分一半给场上的灵魂——二传手。

二传手孙晋芳，是中国女排的队长。身材匀称，体格壮实健美。在高个如林的同伴中，她的个头并不算高，也许还稍微矮了一点。两只眼睛是细眯着的，一流汗，就眯得更细。难怪同伴们都亲昵地称呼她"小眯"。不过，透过那细眯的眼缝，闪射出来的却是机敏、聪慧而又幽默的目光。她的神态从容不迫，颇有一种大将风度。

仔细的观众不难发现，场上每一个球，在杀向对方之前，几乎都得经过她的手。而她的传球技艺，高超得惊人。无论多么险恶的来球，只要经过她的手一调整，一缓冲，顷刻间就化险为夷，变得平和起来。对于她的球艺，一位体育记者曾经做过如下的描写："如果说向她飞来的球像一团团熊熊燃烧的烈火，那么，从她手里飞走的球已经变成一缕缕袅袅青烟……"自然，这是艺术夸张，不过，看她打球时又确确实实有此种感觉。

孙晋芳是江苏人，说一口像音乐似的婉转动听的苏州乡音。小时候，人家都说她瘦弱得可以被一阵风刮跑，胳膊肘也细得一掰就能折断。一位弱不禁风的姑苏少女，怎么会成为闻名世界的优秀运动员呢？是学校里的体育老师看中了她，把她推荐给青少年业余体育学校，此后命运之神就使她和排球结下了不解之缘。

她朝夕苦练的动人情景，是难以一一描述的。让我们展示其中的一幕，而且是她在训练之余自我苦练的一幕。

石头城南京，孝陵卫宿舍的走廊里。孙晋芳和她的球友张洁云正在练习托球。也许是走廊的廊顶过于低矮，或是两边的墙壁过于拥挤，托不了几下，球就碰落地上。但她们不泄气，捡起球，又一下一下托起来。三伏天，南京是闻名全国的大火炉，闷热得厉害。室外有的是空旷的天地，干吗非要在走廊里练球呢？这是大有道理的：在这又矮又窄的地方如果能传递自由，那么到空旷的球场上传球就更加得心应手了。汗，汗，如雨的汗！原来蓬松漂亮的头发，湿淋淋的，已经粘到一块儿去了。运动衣衫的颜色被汗水浸染得由浅变深，只要轻轻一拧就可以拧出一摊汗水。她们简直像两个刚刚从水里钻出来的人。一边托，一边数，一，二，三，四……一直数到五百多下。廊顶仿佛突然升高了，墙壁和门窗也似乎向两旁闪开，狭小的走廊啊，宛如变成了一个无边无垠的空间。更神的，还是孙晋芳的那双手，仿佛变成了两块磁石，吸引着飞舞的白球。

有一双挥洒自如的手固然是至关重要的，但作为一名优秀的二传手，还必须具有宽大的胸怀。用姑娘们自己的语言来形容，那就是心里要能撑进去一条船。二传手是无名英雄，掌声一般都冲着攻球手，而责怨却常常落到她的头上。而她的自尊心又强，脾气又偏，心海里还曾经有过不少阻挡船只撑进去的暗礁。

这是发生在1979年夏天的一件事。中国女排访日比赛的最后一场。中国队轻取前两局，从第三局开始，处于逆境。新手郎平的重磅扣杀，屡不奏效。孙晋芳提醒她："郎平，注意攻球线路！"郎平竟然毫无反应。过了一会儿，郎平冲着她说："给球高一点！"小孙心里掠过了一丝不悦的阴影。球，在场子里飞过来飞过去，仿佛是一个任人摆布的无情之物。其实，它还是有情有义的。运动员的喜怒哀乐，即使是瞬息的变化，都无不在它的身上反映出来。尽管袁伟民还不知道场上发生了什么矛盾，但从性格外露的苏州姑娘撇起来的嘴巴上，已经洞察到小孙心里有了不痛快事。他叫暂停，把她换了下来。因为场上的局势正吃紧，袁伟民不能离开指挥岗位，便叫坐在身边的邓若曾去跟她谈谈。

邓若曾心里窝了一肚子火。他是队里谁人都知道的恨铁不成钢的婆婆嘴。心是好得没法子说，嘴上却数落你个够呛。他对孙晋芳说："不管场上出现什么矛盾，你也得把球打好。有什么事，下来再解决，这是祖国荣誉攸关的事！……"

小孙重新上场时，嘴倒不撇了，也想扭转败局，但遗憾的是怎么也扭不过来，最后还是输掉了这场球。

回国后，领队和教练又相继找她谈心，党小组也开会帮助她。起先她心里还不服。心想，一个新队员，在场上竟然不理睬一个老队员和场上队长的提醒，而且还用那样冲的口吻要求老队员，未免太那个了吧！她跟郎平住一个屋，有几天进进出出都相对无言。但小孙毕竟是个心里藏不住事的姑娘，有天晚上，终于开口了："郎平，那天场上，你对我的提醒怎么理也不理呀？"郎平惊讶地问："你提醒我什么来着？场上吵闹得太厉害了，我一点也没有听见呀！"

糟糕，真糟糕！原来是自己误会了人家。当然，郎平年轻气旺。性子也直，老扣不死球，心里焦急，说话口气可能冲了一点，但郎平自己并没有意识到，何况这是一个误会呢。即使郎平真的责怪她，自己也应忍辱负重，以祖国荣誉为重呀！输球的原因。当然是多方面的，但她与主攻手配合失调是一个不可饶恕的过失。要知道，在二传手与主攻手之间，是不能有半点疙瘩的。她悔恨自己心胸不宽阔，决心继续磨炼自己，要把心海中的暗礁一块一块炸平。

看，她是用多么顽强的意志在磨炼自己啊！

明明她是忍受着腰伤坚持训练，但指导却一个劲地点她的名："小孙，把大家的情绪调动起来！"她不知为此类事抱过多少委屈：又不是我不好好练，干吗老盯着不放呢？指导却说："你是队长，是全队的灵魂，对你要求就是要不一样。"有时，袁伟民还存心找碴整整她。

那天是孙晋芳一个人练防守。不知怎么回事，她的嘴又撅了起来。袁伟民和邓若曾心想，今天就要整整你的这个倔脾气。他们对场上的其他队员说："你们都不练了，过来看小孙练！"小孙一听，更不高兴。打了这么多年球，她还是头一次碰上这一遭呢！我又不是没有完成任务，干吗要跟我这么过不去？但当着这么多队友的面，不好发作，只得强压着心里的火气。

袁伟民对围拢过来的姑娘们说："今天小孙什么时候说练顺了，就完事。"他不停地给她扔球，小孙前后左右扑救。姑娘们站在一旁为自己的队长呐喊加油。小孙的脸仍然绷得很紧，一丝笑意也没有。

第二次休息之后，孙晋芳终于说了："指导，我气顺了。"但脸上还是没有一丝笑容。

袁伟民心里也明白，嘴上说是顺了，心里并没有顺。不过，对孙晋芳来说，能当着这么多人的面说出这句话来，还是很不容易的。

当晚，袁伟民找这位同乡谈心。他推心置腹地对她说："心里的疙瘩还没有解开吧？"小孙突然来了一句："我的犟劲是向你学来的呀！人家都说你当运动员时，比我还犟呢！"袁伟民笑笑："犟劲也有好坏之分。你不要学我不好的那种犟劲嘛！"小孙脸上终于有了笑容了。袁伟民语重心长地接着说："不是我和邓指导要你小孙拜倒在我们脚下，服服帖帖地顺着我们。不是的，这是场上的需要，事业的需要。你想想，你是场上队长，我们的指挥，我们的战术意图都是要通过你去实现的。我们每局只能暂停两次，每次只有半分钟。我们的意见再好，你不去兑现，也等于零。况且，你的喜怒哀乐，你的情绪起伏，会直接影响队员，影响胜负……"

这些亲切、真诚的话语，像一股温煦的春风，吹进了她的心扉。她的气，真正顺了。

船呀，终于撑进了她的心海！她熟知每一个同伴的性格、脾气、体质和技术，比赛时总号着她们的脉搏给球。郎平的性格爽朗，兴奋时容易跳早，球要给高些。她身体疲惫时，容易跳不起来，球要给近网，不给远网。招娣敢打敢拼，是一员虎将，但有点愣，发急时，不能轻易给她球，而要提醒她："招娣，别急！别急！"毛毛勇敢倔强，技术全面，什么球都能打，不过给球还是宁近勿远，宁矮不高，宁快不慢。晓兰性格内向，稳得住。亚琼不能埋怨，要多鼓励。梁艳年轻，眼疾手快，给球的速度要跟得上……

凭着她对每个同伴的这种细致的了解和充分的信任，也凭着每个同伴对她的了解和信任，六个上场队员默契得恰似一个人一样。你看，在发球前一刹那，同时有二三个攻球手把手伸到身后，向她发出打什么战术的信号。她如电的目光飞扫而过，灵敏的头脑迅速进行分析，而且马上用手势回答同伴。于是，一套套令人眼花缭乱的快速打法：平拉开、短平快、交叉、背溜……纷纷呈现在你的眼前；一幕幕惊心动魄的战斗场面由她导演出来，一曲曲悦耳的乐曲由她指挥而生。

一位观众写信赞扬她："……看你打球，使人想起了听交响乐，在你的指挥棒下，可以演奏出各种各样旋律不同的优美乐章。"

现在，孙晋芳已经是一位"世界优秀的二传手"，是一个成熟了的沙场老将。但她的年龄也随着增大了，今年已满二十六岁。"老"与伤又往往是一对孪生姐妹。腰伤较重，病痛常常折磨着她。在赛场上，她始终是那样斗志旺盛、生龙活虎，一走出赛场就往往直不起腰来。去年南京国际女子排球邀请赛时，中国女排力挫日本队和美国队。为了打好这次比赛，她赛前打了"封闭"针。发奖那天，中国姑娘们高举奖杯向观众致意，孙晋芳不得不用手扶着自己的腰。

如果把中国女排的姑娘们比为一颗颗璀璨的珍珠，那么，孙晋芳就是一条闪闪发光的金线，把颗颗珍珠串联在一起，中国女排才成为闪耀着奇光异彩的战斗集体。

应该把欢呼声和鼓掌声分一半给她！

十一　爱情啊，请你晚一点来

人类的寿命在延长。而运动员的"运动寿命"，因为新陈代谢的加速，却在缩短。对一个运动员来说，能创造优异成绩的"黄金时代"是很短暂的。

女排姑娘们深深意识到这一点，惜时如金，把自己的精力高度集中到心爱的排球事业上。

但是，她们并不是生活在"真空"的社会里。在那些雪片般飞来的观众的信件中，未免也夹杂着一些青年人的求爱信；在那千百万的球迷中，总少不了一些痴情的追求者。甚至，还有从异国送来的温情。但是，不适时机撒下的种子，是不会发芽开花的。面对着一封封情意缠绵的求爱信，面对着一件件别有一番情意的礼物，面对着一张张小伙子英俊的照片，姑娘们不知多少次虔诚地祈求：爱情啊，请你晚一点来！

不过，随着年岁的增长，爱神还是悄不言声地降临到她们之中几个老队员身上了。

社会上不是流传过姑娘找对象的"十条"吗？什么一套家具，两老倒贴，三转一响，四季服装，五官端正，六亲不认……还有什么收音机要带照片，缝纫机要带锁边，自行车要带冒烟……那么，我们女排姑娘们"交朋友"有什么条件呢？

一位排球姑娘曾经这么考验过她的"朋友"。她显得很苦恼的样子，向她的"朋友"诉说："唉，我老了，又有一身伤，打不了那么久了，你赶紧打'报告'吧！"她的"朋友"一听，赶忙摇头，挺为难地说："那怎么行呢！现在国家正需要你出力……"这位姑娘笑了，高兴地说："你呀，凭这一条，就'达标'了！"

当然，别的条件还有，但这是诸条件中至关重要的一条：她们的"朋友"必须在事业上全心全意地支持她们！

老队长曹慧英身体康复之后，已经二十四五岁了。在社会上正是青春妙龄，而在体育运动员中却已经列入"老"字辈了。如果讲名誉地位，她提了干，入了党，还当选过人大代表，应该说，一个优秀运动员所能得到的，她都得到了。况且，有的医生还不同意她继续打球，说搞不好造成肺穿孔，后果就不堪设想。见好就收，见台阶就下，这不正是有些人津津乐道的吗？但是，曹慧英却选择了另外一条艰难困苦的路。她对她的"朋友"说："一个人的运动寿命本来就不长，我一住院一疗养，又耽误了许多宝贵的时间。我要尽量延长一点，哪怕再打上两三年也是好的。过了这几年，要想再为祖国争光，那就没有机会了。吃点苦，流点汗，甚至冒点风险，都是值得的。这样做了，将来回想起来，自己就不会后悔。"她望着"朋友"问道："你支持吗？"她的"朋友"早已听懂她说这番话的用心了，爽朗地笑着说："慧英，你打吧，打多少年，我都等你，等你哪一天不打球了，咱们再结婚。"

曹慧英归队时，周晓兰、郎平、陈亚琼等几位新秀已经成长起来。她虽然打不上主力了，但她甘心情愿当替补。她想："到关键场次，哪怕能上去顶一局半局也好呀！"如今她已经二十七岁了，是队里名副其实的"老大姐"。她身上虽然有伤病，但英勇泼辣并不减当年，还是那副"要球不要命"的劲头。

二传手孙晋芳的"朋友"，对体育的爱好本属一般，但自从结识了小孙之后，仿佛受到了传染，也迷起排球来了。有一次，小孙拿着"朋友"来信，笑着对队友们说："你们看，他多有意思啊，本来不爱看电视，放咱们的'网上群星'时他去看了，从头看到尾。"其实，何止去看电视呢！他还订阅了《体育报》，浏览各种体育刊物，见到有关排球的消息、资料，通通剪下来，贴成一本。他对小孙说："你是搞体育的，应该收集资料。眼下，你既然顾不上，我来帮你收集。"

球队登上飞机出国访问。一位刚刚交了"朋友"的姑娘，从舷窗俯视着渐渐变小了的送行的人们，眺望着渐渐远去的美丽的首都，陷入了沉思默想：

"以前是自己孤身一人，到哪里都无所谓。现在不一样了，有个人牵着自己的心。要干一番事业，就必然得抛弃一些东西，做出一点牺牲。少见面或暂时不见面，也可以算是一点小小的牺牲吧！……人是要有点精神的。特别是一个青年人，要为实现自己的抱负和理想去奋斗。如果整天沉浸在绵绵的情意之中，就会丧失自己的理想，使精神空虚，甚至葬送自己的一生。要把爱情作为动力，更好地激发自己的干劲，更好地工作，这才是80年代青年应取的态度……朋友，再见吧！任务的顺利完成，将会给我们以后的见面带来更加绚丽的色彩！让我们在广阔的天空里比翼齐飞吧！"

十二　深深的海洋

炎热的夏天，女排的姑娘们到秦皇岛海滨做十天半月的休息和调整。姑娘们爱大海！爱日出和日落的壮观，爱狂涛巨澜，爱辽阔和粗犷……

大海扬波，靠地球自转、潮汐和飓风；那么，姑娘们心海里的波涛，靠什么力量激荡呢？

这里，不妨展读几封观众的来信。

一位大苗山的瘫痪青年在信中写道："今天是我二十六岁生日。往年过生日，我都是在极度痛苦和悲伤中度过的。我是个患风湿瘫痪病的青年，已经在床上度过了十二个年头。可是，今天，当听到你们胜利的捷音后，我哭了，是幸福和激动的眼泪……"

北京的一位大学生在信中写道："现在我们才真正体会到，体育能激发人们的爱国热情。当五星红旗升起的时候，当国歌奏响的时候，作为一个中国人，谁能不为此感到骄傲，真恨不得对这茫茫的苍天、茫茫的大地，喊一声：'我是一个自豪的中国人！'而这一切一切令人激动不已的成绩的得来，全靠你们平时的汗水、战时的毅力和拼命精神，你们是当今当之无愧的最可爱的人。"

河北的一位省政协委员竭力赞扬排球队的那种"坚韧不拔"的精神。他在来信中说，全国同胞只要有这种坚韧不拔的精神，就能早日实现四化。这位老人向中央建议，将"坚韧不拔"的精神定为"国魂"。

一位年轻的教师在信中说："国家兴亡，匹夫有责。由于你们的胜利，为国家民族争得了荣誉，唤起了全国人民，特别是青年学生的爱国热情，也唤起了我对国家前途的信心，使我心灵深处的一潭死水重新荡漾起希望之波。我以前看不到出路，只是徘徊。现在我看到了，为了民族，为了中华之觉醒，我们这一代不能徘徊，要奋斗、奋斗！"

这些信件，是我国男女排在香港世界杯排球预选赛获胜后收到的。不是几十封，几百封，而是成千累万，从祖国九百六十万平方公里的土地上，像雪片般向她们飞来。观众们除了表示庆贺之外，高谈阔论的并不是排球，而是"精神主粮""国魂""理想""信心""希望"……居住在首都的青年们，则把她们请去，尽情地向她们抒发被排球所激起的爱国热。她们永远忘记不了，来到北京大学时，青年学生们一边高呼着"团结起来，振兴中华"的响亮口号，一边把她们裹进了人流。从西门到礼堂，只有一二百米的距离，学生们却抬着她们，簇拥着她们，走了一个多钟头。沿途，学生们挤掉的鞋，不少于上百只。

数不清的观众的来信，广大青年的爱国热情，犹如千万股滚滚的爱国热流，汇成了一个汹涌澎湃的海洋。观众们的每一句热情话语，少先队员们送来的每一条鲜艳的红领巾，幼儿园小朋友们寄来的几分硬币，港澳同胞语重心长的叮嘱……这一切无不在姑娘们的心海里掀起一朵朵雪浪花。姑娘们清晰地听到，每一个浪涛都在响亮地说："为国争光，振兴中华！"

当读者们读到这篇拙作时，中国女排的姑娘们又要出征去了。11月7日，引人瞩目的世界杯排球决赛的战幕，将在日本拉开。四年前，中国姑娘唱着"没有眼泪，没有悲伤"的歌，从那里回来。四年后，她们又将满怀着新的希望到那里去。世界排坛的列强，将在那里决一雌雄！这是一场酝酿了四年之久的大搏斗啊！与四年前相比，中国女排的阵容更整齐强大了，技术、战术也有了显著的进步，她们堪称世界第一流的队伍。用运动员们自己的话来说，离顶峰只差一个台阶了。用徐寅生的话来形容，中国女排与世界冠军只隔着一层纸了。但要登上这最后一道台阶，要捅破这一层纸，并非易事。不过，不管征途上有多大的困难，我们的姑娘们都决心奋力去登攀。

当今世界排坛强手如林，赛场的风云是难预测的，会出现某些偶然的因素。但无论胜败如何，三十年来她们为"走向世界"所做的努力，她们代代相沿的为祖国荣誉而搏的精神，都是值得赞扬和讴歌的。使人欣慰的还有，就在她们身后，比她们更年轻的一批新手已成长起来，并且正迅速地走向成熟。她们将不间断地搏斗下去，追求下去……

她们追求的目标是世界冠军吗？是的，又不尽然。她们一代一代苦苦追求的，是祖国母亲的伟大前程啊！

姑娘们，我们在高举金樽为你们的出征壮行呢！

1981年7月于北京酷暑中

（原载《当代》1981年第5期）

"希望工程"纪实

黄传会

在共和国的记事簿里，应该写上这样三组数字：

我国有近两亿文盲，全世界每四个文盲中，就有一个是中国人。

近十年来，我国平均每年至少有一百万名儿童因家庭贫困而失学。

三年来，三十二万名失学儿童被"希望工程"救助而重返校园。

引 子

把他——联合国教科文组织驻中国代表武井士魂先生，作为我创作这部报告文学的最后一个采访对象，我是想，人家毕竟是联合国资深官员，毕竟是教育方面的权威，请他谈谈对"希望工程"的看法，也许更具权威性、更具客观性。

担任我们之间的翻译是日本共同社北京支局记者河野先生，去年10月2日，为了报道中国的"希望工程"，河野先生赴广西平果县采访，亲眼看到了贫困地区儿童对知识的渴求，感受到了"希望工程"的深远影响。离开海城乡新民村时，河野先生把身上剩下的所有的钱，全部捐给了村里的失学孩子。

采访的范围是广泛的，我请武井士魂先生介绍了当前世界的教育态势、发展中国家的教育现状、他对中国教育的感受，当然，重点还是请他谈谈对中国正在实施的"希望工程"的看法。

"……其他国家也有过类似的救助失学少年的活动，但他们主要是借助于外力，借助于他国或国际社会的宗教或慈善团体。而贵国的'希望工程'，则主要是依靠自己的民众的力量，从这个意义上说，贵国的'希望工程'具有世界意义的独创性……"

1990年9月30日，联合国世界儿童问题首脑会议通过的《儿童权利公约》，提出了"儿童优先"的原则，要求在本世纪结束的时候，让地球上的每一个儿童都受到基础教育。

这是一项激动人心的宏伟目标。

不过，对于每年有数以百万计儿童因贫困而失学的中国来说，要实现这个目标却又充满着艰难。

或许，正因为艰难才有了"希望工程"……

1989年10月30日，中国青少年发展基金会向海内外庄严宣布，建立我国第一个救助贫困地区失学少年基金，让千千万万因家庭贫困而失学的孩子重返校园。这项旨在集社会之力，捐资助学，保障贫困地区失学孩子受教育的基本权利的宏伟事业，被命名为"希望工程"。

三年来，近二十万名失学儿童被"希望工程"所救助。

"希望工程"使所有的失学儿童看到了希望之光……

第一章　一百万双饥渴的目光

又回来了，又回到了古老而又现代的北京。仅仅是在两个小时前，我还站在黄土高原的中川机场上，挤拥着我的是焦旱赤裸的山峁和满目的苍凉。

明媚和煦的三月阳光，刺得我有些睁不开眼。

一切都显得不怎么和谐。

从首都机场开往城里的豪华型大巴的扬声器里，传来了《黄土高坡》，歌者唱得慷慨激昂。我想，唱我家住在黄土高坡的，必定没在黄土高坡住过，否则，她绝不可能唱得这般潇洒。

大街上行人匆匆。大巴在东单路口停住，一队穿着天蓝色校服的小学生，从车头鱼贯而过。这些无忧无虑的孩子，不必为每学期几十元学杂费而发愁，不必为买一只文具盒或几本课外书或一件什么玩具而忧心。在中国，他们称得上为幸运儿。

刚进家门，便接到一位朋友的电话，她责怪我为什么不能早几天回来，否则，可以赶上她宝贝儿子的生日。她说，过生日那天，孩子爷爷送的那只蛋糕，是专门在一家四星级饭店订的；姥姥送的玩具枪是托人从香港买来的……面对琳琅满目的礼品，儿子对她说："妈妈，太多了，我都不知道先挑哪件好。"

那几天，我老爱痴痴地望着正在读小学六年级的女儿，女儿发现了，便问我："爸爸，你怎么老盯着我？"

痴痴地望着女儿，心头老在琢磨着那个古老的命题——什么叫命运？

生在北京楼房里的是北京孩子，降落在陕北窑洞土炕上的是陕北娃儿。对于命运的注释，还有比这更通俗、更准确的吗？

五个少女的灰色故事

北京切诺基抬着头，艰难地爬行在几乎成四十五度角的陡坡上，好几次它大口大口地喘着粗气，不得不停下来歇一会儿。

我不无担忧地问身旁的司机："能行吗？能上得去？"

小伙子却显得极自信："放心，我是百色地区正规的驾校毕业的。"

十里山路，折腾了一个多小时。

切诺基驶进了平果县新安乡汤那屯，或许是难得有人开着小车到这里来，一大群孩子怯生生却又好奇地围了过来，村民们三五成堆，也远远站在一旁指指点点着。

我的脑际闪过的第一缕思绪是：原来广西并非到处都是桂林山水，原来广西居然还有这么贫困的地方！

正赶上开学的第二天，小学校王尚松校长告诉我，全校一百二十九名学生，来报名的只有八十人，交了费的还不到一半。

我问："一名学生每学期收费多少？"

王校长说："一、二年级书本加学杂费是十八元，三、四、五年级十九元。不过，我们这里书本一般只买语文、算术、思想品德，像自然、地理、历史、音乐、美术都不买。不是不想买，是买不起。"

"那这些副课都不上了？"

"只能这样。"王校长叹了口气。

一二十元，对于城市孩子来说，不过是买一件玩具的钱；但在这里，对于多数家庭却是不轻的负担。特别是那些同时有两三个孩子上学的家庭，负担更像山一般沉重。

"九分石头一分田"，恶劣的自然条件，使全村三百六十九户人家，去年的人均收入还不到一百四十元，人均粮食仅只一百四十公斤。解放四十多年了，村里至今仍不通电。普查人口时曾做过统计，全村二千零十八人，四十五岁以上的除了村长、会计等五个人稍识几个字外，其余的全部为文盲。

我提议到几位交不起学费的学生家看看。

农加学家原先住的是土改时分的地主的房子，去年八月塌了，父子俩（农加学父亲农上团因贫穷至今未娶，加学是他领养的）四处打"游击"，亲友们实在看不下去，刚刚帮他们盖了一间木房子。

这里的木房子分上下两层，下层或养猪或养牛，上层住人。空荡荡的屋里四面透风，找不到一件能值十元钱的稍像样点的家具。

农上团不过四十五岁，却满脸是黝黑的皱纹，佝偻着背。我问他去年的总收入，他掰着手指头算给我听：承包的两亩山地打了六百斤玉米，卖了三只鸡得了十九元钱。

"除了这些再没其他的？"

农上团摇了摇头。

"六百斤玉米哪够吃一年？"

农上团说："去年我们吃了三个月国家返销粮，修房子还借了四百元贷款。"

一旁的王校长告诉我，这里的村民一年到头都喝玉米粥，一般是早晨起来熬一锅粥，全家人喝一天。说着，他走到锅台前，掀开锅盖，果然可见半锅结着嘎巴儿的玉米粥。

我说："老农，你才四十五岁，正是干活的时候，农闲时可以到外头找点活干嘛。"

农上团的头摇得像拨浪鼓："山里人，做生意，不会，不会！再说，我走了，这个家怎么办？房子叫谁看？"

我们又来到梁盛炳的家。建在山脚下的两间木房子，有一面连山墙都没有，用几张破竹席围着。屋里最引人注目的是墙上贴着的一张毛泽东的画像和一位孩子得的奖状。

梁盛炳全家五口人，去年只收了八百斤玉米，加上乡里分给的五百斤返销粮，这才刚刚开春，就已经快断粮了。三个儿子，老大念小学五年，老二念四年，老三九岁了，还在家失学。

这时，老三躲藏在他父亲身后，用一双惊奇的目光悄悄望着我们。

我对梁盛炳说："老三都九岁了，得想想办法让他去念书。"

"念书是要紧，吃饱肚子比念书更要紧。老大、老二的学费已经够我发愁的了，老三，"梁盛炳低声说，"实在是顾不上了。"

回来的路上，我问王校长："你这一百二十九名学生，估计最后要流失掉多少？"

"好好再做做工作，恐怕还得二三十名来不了，主要是女生。"

"为什么？"

"村民们重男轻女，觉得女孩子将来反正是人家的人，念不念差不多。一般女生念到四年级、五年级就不让再念了（这里的小学是五年制）。"

我又问："上学期四年级的女生，这学期几个没来？"

王校长说："一共就七个女生，来报名的只有两个。"

"那五个就不来了？"

"每家我都去了，家里都说缺钱，负担不起。"

我忽然闪过了一个念头，见见这五名已经流失的女学生。

屯子不大，王校长不一会儿便让人把她们喊来了。

梁红亮、王笑荣、王雪莲、农英明、王美爱，五个女孩儿站在我们的面前，显得有些拘谨。

她们当中最大的王美爱十四岁，最小的王笑荣才十一岁。早春二月，我穿着厚厚的羽绒服，可她们没有一个穿毛衣或绒衣，都只穿着薄的单衣。

王校长在一旁插话："刚才，听说北京来的记者要见见她们，她们都换上了最好的衣服，这是过年过节穿的，平时舍不得穿。

我问她们到过县城没有，她们都摇头。

我问她们坐过汽车没有，她们都摇头。

我问她们平时在家都干什么，梁红亮回答放牛，王笑荣回答上山砍柴，王雪莲回答打猪菜，农英明回答砍柴，王美爱回答一边放牛一边砍柴。

我说："叔叔给你们出一道题：你们现在最想的是什么？"

梁红亮、王笑荣、王雪莲、农英明几乎异口同声地回答："想读书！"

王美爱想了想，低声说："我想读书，可是家里没钱，爸爸说'没有饭吃，怎么读书？'要是读书不要钱就好了。"

我再也问不下去了。

走前，我还到王笑荣的家看了看，她的父亲王安壮对我说，他的四个孩子都该上学，加起来七八十元的学费实在负担不起，想来想去只好让笑荣停学。

切诺基启动了，要走了。一大群衣衫褴褛的孩子又围了过来，村民们用漠然的目光望着我们，算是送行。

小车驶出了村口，将要拐弯时，蓦地，我看见那五位女孩子站在路旁，正向我们招手。

"停下，停下！"我喊了起来。

还没待车轮停稳，我便跳下车，急迫地朝她们迎去。

女孩儿们显然是哭了一场，一个个眼角挂着泪花，用一种渴望而又充满着企盼的目光凝望着我，她们的嘴角嗫嚅着，想说什么却又说不出来。

是该安慰安慰她们？还是该鼓励鼓励她们？一时，我也不知该说什么好。

沉思良久，我正欲说："孩子们，现在，我们国家还比较贫困，过几年一定会慢慢富起来的。"却又止住了。要是她们说"叔叔，过几年，我们就永远没有读书的机会了"，我该如何回答？

我摇了摇头，分别握了握她们的手，再也没有勇气抬头正眼看她们一下。我觉得我自己，还有我们，都欠了这些山里孩子一笔债，一笔永远无法偿还的债。于是，便逃也似的回到车上。

切诺基转了一道弯又一道弯，我禁不住往窗外瞥了一眼，天呀，五位女孩儿依然站在山头，依然在向我们招手……

雨中访瑶寨

到新民村瑶寨采访，得先坐车到海城乡，然后还得走十五里山路。

车上，陪同的团县委书记小梁给我讲了这样一件事：20世纪60年代，一位大学生分配到平果县，县里征求她意见：是留城关还是到海城？她琢磨了片刻，心想，海城顾名思义一定是建在海边的一座小城，于是选择了海城。待她到海城一看，却原来是穷乡僻壤，后悔不已。

春雨潇潇，从县城到海城乡七十公里，汽车走了快三个小时。

出乡政府行不多远，便开始爬山。山道崎岖，且又下雨，极不好走。

乡教委办覃主任向我介绍全乡的教育情况。这个贫困县里的纯少数民族乡（全部为壮族、瑶族），学生的入学率仅维持在百分之八十五。全乡八十三所小学，一个教学点一名教师的就占了六十三所。其中离乡里最远的百潭村那定教学点，一名代课教师教了二十一名学生，到乡里开次会，来回要走一百里公路。

走了两个多小时，出了一身汗，近中午，我们来到了这个寂静的瑶寨。

一排低矮的平房（三间教室），便是村小学。学校前的几株桃花不畏寒冷，开得正艳。没想到的是，教室的窗户居然还贴出两幅鲜红的标语："欢迎中国作家来我校采访""欢迎县团委、教委领导来我校指导工作"。

我禁不住心头一热。

本想先找村长谈谈，覃主任说："村长没有文化，村里的情况还不如黄校长知道得多。"

黄校长介绍，新民村共有十个自然屯，人口一千一百三十八人。去年人均有粮不到九十公斤，收入不足八十元。这几年地没增多，人口却添了不少，所以，人均粮食反而少了。这里的山地，除了种种玉米，什么都不长。村民们想喂猪，可是人都吃不饱，猪吃什么？喂羊，山上光有石头不长草。

贫穷使许多家庭交不起每学期五元的学杂费（这里的学费比其他学校少），全村一百五十二名适龄儿童，只有九十九名能上学，入学率仅占百分之六十五。

来前，我在一份简报上看到，村里有三个孤儿卢秀金、卢兴海、卢兴兵，两年间父母相继去世，留下姐弟三人相依为命。今年才十五岁的姐姐卢秀金，不得不用瘦弱的双肩过早地挑起了生活的重担。为了支撑起这个家，她既当爹又当娘，没日没夜地干活。大弟弟卢兴海该上学了，学杂费怎么办？思来想去，她只好拆掉围房子用的木条当山柴卖了；待到小弟弟卢兴兵也要上学时，她再也想不出办法，因为那些木条子已经差不多卖光了……

站在卢秀金家那间歪歪斜斜的茅草房前，真叫人担忧来一阵稍大点儿的风，就会将它掀倒。

屋里光线昏暗，一个八九岁的小男孩儿，赤着脚，穿一件脏兮兮的单衣，坐在灶前，正冻得发抖。

黄校长用土话问了小男孩儿几句后，告诉我，他就是卢兴兵，他的姐姐和哥哥帮别人家干活儿去了。

"他们还帮别人忙？"我有些纳闷。

黄校长说："可能是过去人家帮了他们忙；也有可能他们借了别人的粮食，用帮工交换。"

里屋是孩子们睡觉的地方，一张简单得不能再简单的木床上铺着半领破草席，草席上堆着几块黑乎乎的烂棉絮，真想象不出姐弟仨是如何度过寒冷的冬夜的。

我的眼睛一阵酸涩。

我蹲下身子，拉过卢兴兵的手，问他："兴兵，你想上学吗？"

卢兴兵木然地望着我。

"读书，想读书吗？"

他眨巴了一下眼睛，很快朝我点了点头，显然，这句话他听懂了。

我留下点钱，请黄校长代卢兴兵把学费交了，剩下的再帮他买点学习用品。

我唯一能尽到的只有这么点力量。

寨子里像这样的孤儿还有三个，半孤儿（父母一方在）六个。

我们走进一间间破旧的茅草房，无一不是家徒四壁，空空如也。

阴雨翻飞，雨丝淋湿了我们的头发和衣服……

眼前的这个瑶寨使我想起了其他的一些少数民族，尽管党和国家对少数民族一直持一种倾斜政策，调动各种手段常年给予扶持。但由于历史、自然等诸种因素的影响，至今，仍有四分之一的少数民族人口处于贫困圈内。

少数民族贫困地区的基础教育，更是远远落后于其他地区。

宁夏回族自治区海原县，地处黄河中游黄土丘陵沟壑区，是我国水土流失最为严重的地区之一，是国家重点扶贫县。据县教育科统计：1989至1990学年度，适龄儿童未入学率为百分之十九点九，流失率为百分之十点五，全县失学儿童总数达一万四千四百七十名，每三名儿童就有一名失学。

云南省贡山独龙族怒族自治县，北与西藏、西与缅甸为邻。解放前，一直处于与世隔绝的状态，极端落后。加上本民族没有文字，长期停留在"木刻传递信息，结绳记数日子"，甚至以鸟语花开来判断节令物候。解放后，贡山的经济发展了，但由于原来基础薄弱，至今仍有三分之二人口尚未解决温饱问题。适龄儿童的入学率只能维持在百分之七十五，而这其中有三分之二学生未读到小学毕业就流失了。棒打乡除了乡中心小学外，各村均无完小。学生们读完三年级经过考试，才有一部分学生能到乡中心完小继续学习。即便这些"幸运儿"，也往往由于路途遥远、家庭困难等原因而中途辍学。在各村小，见不到一本课外读物，见不到一件体育器材，见不到一间能称为"教室"的教室，除了必不可少的粉笔外，没有任何其他教具。

广西龙胜各族自治县的红水村，由于本村人口稀少没有教学点，而到外乡上学又得走几十里山路，至今尚无一名小学毕业生。

青海牧区六州每平方公里人口只有一点八人，地广人稀，同时又因游牧流动性大，很多孩子无学可上或间断失学。

在内蒙古大草原，季节性的风沙和大雪，常常迫使大批学生季节性失学……

改变少数民族贫困地区教育落后及失学严重的现状，迫在眉睫！

红土地的呼唤

大别山南麓有一个红安县。

红安是块神奇的土地——

共和国的两位主席董必武和李先念就诞生在这里。新中国成立后，从红安走出来的两百多位功勋显赫的将军中，有两人任过全国人大常委会副委员长，有四人任过国务院副总理，有十人任过中央正副部长，有十二人任过大军区司令员和政委，还有一百八十多人担任过省级领导或被授予少将以上的军衔。

红安是块为中国革命的胜利付出了巨大代价的土地——

战火曾把这里烧成一片焦土，"无人区"从县北一直延伸到县南。在先后持续的二十几年战争中，全县遇难群众达十万之多，登记在册的烈士二千二百人，红军长征时，每四名英烈中就有一名属红安籍。

天台山、老君山、黄毛尖……到处是险峻绵亘的山峰，这里的每座山头都曾在战火中颤栗，它们用自己的胸膛抵挡过顽敌的枪炮，谱写了一曲又一曲的悲壮之歌。

然而，大山也有劣势，和平建设时期，它们隔阻了山外的文明之声，固执地把贫穷和愚昧挽留在自己的怀抱之中，致使红安这块一千八百平方公里的土地，成为我国最贫困的地区之一。

我在红安采访期间，听说了这样一个感人肺腑的故事：

三年困难时期，张体学省长从红安视察回武汉后，连夜要通了当时任国务院副总理的李先念同志的电话："李副总理，你就是砍我的脑壳，也要给我拨两亿斤粮食，家乡父老乡亲实在是活得太艰难了。"李副总理更着急："你就是砍我的脑壳也拿不出两亿斤粮食，现在活得艰难的不仅仅是一个红安县、一个湖北省！"红安人听到这个消息后，坐不住了，他们做出决议：再上交一千万斤大米，支援外省重灾区。三百多位人民代表在县人代会上一致投了庄严的赞同票，而当时，四十二万红安儿女自己却正在饥饿中挣扎着……

这就是红安人！这就是红土地的精神！

七里坪镇——红四方面军的诞生地。如今，当独联体已经将列宁的诞生地列宁格勒又改为圣彼得堡时，这里的那所创办于1930年2月18日的小学，依然高挂着"列宁小学"的校牌。陈列室里收藏着半个多世纪前列宁小学的国语课本，当时的苏维埃政府编写了这样的教材："春风起，秋风凉，打倒富豪不交粮。""列宁是全世界无产阶级的导师，他一生都为革命工作。苏联的十月革命，是在他领导下完成的。"在这里，老赤卫队员记忆犹新，当他们第一次跨进列宁小学的校门时，他们的父母像送子参军一样，为孩子们披红戴花。

老区人民并非不懂得教育的重要，只是贫穷一直困扰着他们，使这里的教育处境窘迫。

就在离七里坪镇不远的花园畈村马蹄山村，我们走进了学生郑红艳的家。

两间进门要低头的低矮上房，已经年久失修，屋内，除了一张油漆剥落的旧桌子，几条摇摇晃晃的板凳和一只木脸盆架外，再也找不到别的家具。可是，让人想不到的是，墙上竟赫然贴着一张《中华人民共和国义务教育法》。

两年前，父亲不幸病故，他没有留下任何值钱的东西，却留下了一千元的债。

为了还债，母亲吴喜梅终日劳作，省吃俭用。在他们家，一年也难得吃到一回沾油星的菜。

哥哥正在上初中，每天一放学就跑去帮人家放牛，为的是在农忙时能借人家的牛耕耕地。

郑红艳寒、暑假一天都不敢在家里待，全在县城里帮人照看孩子，每学期几十元的学费，就指望着两个假期靠自己去挣。

"你会带孩子？"

"开头不行，后来慢慢学会了。"

"带一个月给多少钱？"

"十七元。"

吴喜梅红着眼圈，说："两个孩子不讲吃不讲穿，就想着念书。成绩也好，哥哥每回考第一，红艳也是头几名。好几回，我想说：孩子，家里实在太穷了，你们就莫念了……可话到喉头，我又说不出口……"

是的，没有什么比孩子对读书的渴求更让人动心！

盐店河村的秦罗庄，是一位上将的故乡。站在将军的旧居前，我的两眼在四下寻找着，试图想寻找出这个一代名将的诞生地，有什么与众不同之处。然而，我失望了，我看到的依然是一个破旧的小乡村。

村民秦钜华的家就住在将军旧居的后门。六口之家，去年的全部收入是：三千六百斤稻谷，油料卖了二百元，打小工挣了二百元，村里还给了二百元的救济款。

秦钜华身上披着一件面子已破了好些洞洞、裸露着黑棉絮的旧军棉袄。

有人问："老秦，你这军棉袄是谁给的？"

"这？听说是那年韩先楚将军回上新集镇老家，见乡亲们过得艰难，专门从部队调来的，十好几年了。"

秦钜华三个儿子，除小三在上小学，大儿子、二儿子都失学在家。我说："老秦，你家老大、老二怎么只读了三年，就不叫再读了？"

"同志，不瞒你说，是叫穷逼的。我常年有病，孩子妈是个哑巴，老娘八十多岁，这些年是年年欠债。老大、老二上学都是老师代垫的学费，到现在还欠了张教师和刘教师一百多元没还。"

秦钜华的哑巴妻子一会儿撩开自己的破衣烂衫让人看；一会儿又把人拉进里屋，指着千疮百孔的蚊帐比画着，不知"说"些什么。

村支书告诉我们，1989年初夏，将军回来过一次，当时，有人提出来让将军开开口，请中央、省里帮助解决一些困难。将军为难了，他说：我们在外面当领导，如果光顾自己的家乡，有人会说闲话的。家乡要想真正富起来，还得靠乡亲们自力更生。有将军这番话，乡亲们谅解了。

当年，秦罗庄同将军一起出去当红军的有近百名后生伢，几十年南北转战，都相继倒在了异乡的土地上，将军是唯一的幸存者。今天，看到家乡的人民还被贫穷折磨着，将军的心变得像灌了铅似的沉重！

第二章　烛光里的忧思

当贫穷像潮水般涌来时，是谁，挺起自己的胸脯，为孩子们组成了一道防波堤？

当流失的儿童即将汇入文盲大军时，又是谁，最先伸出温暖的手臂，把孩子们拉进自己的怀抱？

是他们——生活、工作在贫困地区的教师们。

"师者，所以传道、授业、解惑也。"然而，贫困地区教师所付出的，却远远不止这些。论物质享受，他们清贫到不能再清贫的地步；论奉献精神，个个到了一种无私无我的境地。

都阳山镌刻着一个男人的名字

韦造祥急急火火从乡里回来，一进屋，先是捧起缸子咕嘟咕嘟灌了一肚子水，然后，朝妻子没头没脑甩了句："我辞了！"

正在煮猪食的妻子抬头问了句："什么辞了？"

"我把村党支部书记的职务辞了。"

"你想做什么？"

"办学校，当教师。"

妻子有些急了，"这可当真？"

韦造祥说："乡里和县里都批准了。"

妻子嘀咕道："怎么也不商量商量？"

韦造祥激动地说："还商量什么？孩子们实在是再耽误不得了！"

一提到孩子们，妻子也不吭声了。

二十八户壮族和瑶族人家，散居在都阳山深处的十二个自然峁场里，组成了这个"世外桃源"，组成了这片"文盲区"。

1984年秋，在村民的迫切要求和上级教育部门的支持下，这里开设了有史以来的第一个民办教学点。可是好景不长，孩子们才念了一年书，那位老师却因为受不了大山的苦，走了。学校被迫停办。

家长找到了韦造祥，几乎是在苦苦哀求："书记啊，可怜可怜孩子吧，代我们下山去请个老师来！"

乡政府跑了，乡教育组跑了，他们都挺为难地说："外地人不愿进峁场，你们本地又无人顶上，难呀！"

一个月过去了，两个月过去了，一学期过去了，教师却依然没有着落。

望着乡亲们一双双热切的目光，望着孩子们一双双渴望的目光，韦造祥比谁都着急。

山区穷，除了自然条件外，韦造祥觉得最根本的原因在于山里人没有文化，没有知识。如果这一代孩子再耽误了，作为村的党支部书记，自己将成为历史的罪人。

没有其他办法可想了，唯一的只有自己顶上去。于是，韦造祥选择了辞职这条路。

听到这个消息，不少人为他惋惜：当村支书，既能分到责任地，领到村干补贴，享受公费医疗，将来还有可能转为国家干部。无论从哪点讲，都要比当民办教师强。

韦造祥决心已下，毫不动摇。

说是叫峁甫屯小学，其实只有一间不足十五平方米、四面透风、摇摇欲坠的茅棚教室。原来有十二名学生，现在一些家长听说韦造祥要办学又送来了几名。要想进行正常的教学，非建新校舍不可。

可要建校，钱从哪来？向上级伸手，国家也不富裕；要群众集资，这里的许多村民连温饱问题都没解决，哪还拿得出钱？他同妻子商量，妻子非常通情达理，最后商定：钱自家拿，物自家献，力自家出，不管付出多大代价，也要把校舍建起来。

韦造祥把自己最好的一块自留地让出来，作为教室地基。他掏出多年来舍不得花的退伍费买了四千多斤石灰、两根横台、十多根横条；又利用节假日，早晚时间开了七十多方石头。最后，把家里养的两头猪全杀了，所得的钱一部分用于买瓦片，一部分用于请人工砌墙。整整忙了一年，1986年5月，一座七十多平方米的教室石墙砌好了。上梁那天，附近的村民像过节日似的全部赶来了。

村民们被感动了，帮助开辟了一块小运动场。后来，又建了一间二十平方米的石瓦房作阅览室。

为了建校，韦造祥瘦了一圈，几乎到了倾家荡产的地步。但是，看到孩子们背着书包走进明亮的教室，坐在自己亲手为他们制作的课桌椅上，他和妻子欣慰地笑了。

崖甫山高岭峻，有人把崖甫小学形容为"挂在天边的小学"。

一场暴雨整整下了一夜，第二天上课时，韦造祥发现有五位离校较远的孩子没来上课。这些孩子不知离开家了没有？他们要是被阻在半路怎么办？他越想越不放心，同妻子匆匆交代了几句。抓过一只斗笠，转身便消失在雨幕之中。

山里的村民点远的相隔一二十里，韦造祥把五位孩子的家全跑了一遍，悬着的一颗心才落了下来。待他返回学校时，天都麻麻黑了。

夜里，韦造祥对妻子说："山里老要刮风下雨，孩子们老来不了，日子长了要影响学习的，得想个法子。"

妻子也说："是得想个法子。要不，以后刮风下雨，我们去接孩子，怎样？"

"路近的可以，路远的哪接得过来？"

妻子两眼一亮："要不，就在我们家准备几张床，让那些路远的孩子住家里。"

韦造祥高兴地说："我们想到一块了！"

说干就干，两口子又绞尽脑汁筹备木材，做了十一张床铺。

一个星期后，十一个家离学校远的学生高高兴兴地住进了韦老师的家。吃当然也在学校吃，韦造祥只让学生从家里带些玉米面，其他的他全包了。

也够难为韦造祥的妻子，她不得不兼任炊事员，有时遇特殊情况，连路近的孩子都在学校吃午饭。

那天中午，县教委主任上山检查工作，他见四十名学生全在韦造祥家吃饭，感动得热泪盈眶，他拉着韦造祥两口子的手，说："你们的心真比金子还金贵啊！"

里龙村有个孩子叫覃日努，父亲病故后，母亲又改嫁走了，他成了孤儿。常常是走东村逛西村，饥一顿饱一顿。

韦造祥听说了覃日努的不幸遭遇后，心里很不是滋味。他让人把覃日努找来，问他："你想上学吗？""上学？"覃日努回答，"饭都没得吃，还说什么上学。"韦造祥拍了拍他的肩膀，说："从现在起，你就是这里的学生了。"

韦造祥收养了覃日努，并为他起了个新的名字覃志坚。

崇甫小学现有十二个孤儿、半孤儿，对于他们，韦造祥均给予特殊的照顾。他说："他们都是山区的孩子，山区要想摆脱贫困，以后主要靠他们。"

当过兵的韦造祥是位能人，他能加工粮食和饲料，还会看病，本来，他完全可以让自家的小日子过得殷殷实实。现在，顾不上这些了。他每月代课金三十六元，基本上用于学生身上。这几年家庭副业收入的一千二百多元也全用在办学上。对那些因家庭困难交不起学费而不能入学的儿童，他实行免费入学。使这里的入学率由原来的百分之五十上升到百分之百。

韦造祥是个初中毕业生，为了提高教学业务水平，保证教学质量，他坚持在职自学，参加自治区中师自学考试并已获得了《语文基础》《教育学》《心理学》等单科合格证书。

韦造祥一人教三个班，实行三级复式。学生念完三年级后，要走四五个钟头的山路到中心小学去读四、五年级。家长放不下心，学生也不愿去，往往中途辍学。1988年秋季，他增设了四年级。四十五名学生，四级复式，备课、批改作业，工作量多大。韦造祥长期超负荷工作，没睡过一次午觉，没过过一个星期天。有时，他下山开会，他的妻子便放下农活儿，到教室里坐班当“编外”教师。

每周周一的早晨，岩甫小学都要举行一次升旗仪式。那面国旗还是韦造祥的妻子亲手缝制的。

迎着初升的朝阳，韦造祥和他的四十五名学生注视着徐徐上升的五星红旗，显得格外地庄严。

这时，从学校旁经过，上山干活儿的村民们全都停下脚步，一个个也变得庄严起来。

是啊，这所学校寄托着他们的希望！

这些孩子寄托着他们的希望。

师　魂

一堆黄土，埋着一位年轻教师的魂灵。

虽还不到清明，乡亲们却已纷纷带着纸钱和供果，来到坟前，用最原始的却又最真诚的方式，寄托着他们对他——原莲花乡中心小学校长蔡海山的缅怀之情。

大别山的许多孩子上学要“披星戴月”，早晨天不亮就出发，晚上回到家已是繁星满天。况且，深山里还不时有野狼出没。为了让家长们放心，蔡海山任教九年，坚持每天往返三四十里的山路，翻越十六座山岭，风雨无阻接送孩子。

1988年6月30日下午，暴雨连天。蔡海山把三个学生送到了指定地点，他已经往回走了，可想想他们还小，让人放心不下，又赶回来，准备把他们送到家。谁料在经过一条山沟时，为保护学生，他自己反被无情的山洪吞噬了。

牺牲时，蔡海山还不到二十八岁。

站在蔡海山的坟头，我们都默默无语，我们都在思索着……

有人说：在中国，最能忍受的是教师；最有良心的也是教师！

请看看这是怎样的一种良心？

康乐县胭脂乡庄头小学校长马希民，教了大半辈子书，教出的学生起码有千把人。但是谁敢相信，他自己的五个孩子，有四个却都先后失学了。

在庄头小学见到马希民时，他听说我是从北京来的，激动得嘴唇都有些颤抖，握着我的手，说："我没做什么，我不就是教教书嘛，还有劳你这么远来看我。"

他仅仅是在教书吗？

1983年秋季开学时，马希民从西坡村小学调到那那亥村小学。

那那亥村是个近千人口的大村，可小学却只有一、二两个年级总共八名学生。三间土屋算是教室，没门没窗，连课桌椅都没有。

马希民到村里转了一圈，比他想象的还要贫困，心不由得凉了半截。

这一夜，马希民在土屋子里整整坐了一夜。是去是留？苦苦斗争。他知道，如果自己甩手一走，势必连这八名学生也读不成书了。一咬牙，终于留了下来。

首先要把这八名学生给稳住。他使出了浑身的解数，精心组织每一节课，认真辅导每一个孩子，期末，那那亥村小学的成绩列全乡第一名，全县第四名。

然而，一想到村里还有那么多的孩子没来上学，马希民的眉心又蹙紧了。

那天，他对学生们说：明天，你们把村里想上学的小伙伴通通喊来。

第二天，一大帮衣衫褴褛的孩子果然拥进了学校里。

马希民问他们："孩子们，你们想上学吗？"

"想——"孩子们几乎是异口同声地回答。

马希民又问："那你们为什么不到学校来？"

"爸爸说：家里没钱。"

"我爸说等以后有钱了再上学。"

"我妈要我在家带弟弟。"

听着孩子们的回答，马希民落泪了，他说："孩子们，老师一定想办法让你们都来上学。"

走进村民马来太的家，一家五口人正围在锅台边喝棒子面粥，那粥稀得能照出人影子来。

家里连条板凳都没有，马来太尴尬地说："马老师，炕上坐，炕上坐！"

马希民把马来太十岁的大儿子和八岁的二儿子拉到身旁，说："孩子都该上学了。你已经不识字，难道还想叫孩子们也不识字？"

马来太苦着脸："怎不想让孩子念书？可钱呢？每日三顿饭都已经叫我发愁。"

马来太的妻子在一旁直抹眼泪。

马希民叹了口气，说："这样吧，你把两个孩子送来，学费、书本费我来承担。"

马来太抓过了马希民的手，"马老师，叫你来负担，这哪行？"

"别说客气话了，孩子们耽误了是一辈子的事。"

出门时马希民又回头叮嘱了几句："明天，一定把孩子送来！"

他又来到马东山的家，这是他第三次来马东山家。

马东山的女儿马贵兰九岁了，还不能上学，爸爸妈妈要她留在家里照看六岁的弟弟。马贵兰"馋"读书，隔几天就要到教室外偷偷"听"

堂课。

一见马希民又来，马东山主动开了腔："马老师，真够难为你的。实在是家里腾不出人手来，我和她妈一下地，那小的没人看。"

马希民说："这回我想好了，明天，你让贵兰带着她弟弟到学校来，她一边上学一边照看弟弟。"

"这能行？"马东山有些不相信。

"只能这样了，要不，就把孩子耽误了。"

第二天，马贵兰带着她的弟弟来到学校。

就这样，马希民以他的菩萨心肠感动了一户又一户的村民，找回了一个又一个失学的孩子。

那那亥村小学的学生从八名，发展到二十名、四十名、六十名，最多时达到九十名。年级也从一、二两个年级扩展到五个年级。

可是就在这十年间，马希民自己的四个孩子却先后失了学。

马希民一心扑在学校里，家中的一切全靠他妻子一人支撑着。大儿子读到四年级，由于家中缺少劳力，被他妈拉了回去。二儿子读到三年级，他妈说家里的地种不过来，也被叫了回去。

三儿子好不容易上到初一，却赶上大哥、二哥分家，家里的地等着他回去种。那天，三儿子从学校跑到庄头，刚对马希民说了声"爸爸，我想上学"，就"哇"地哭开了。

"你不想想，你大哥、二哥分家了，你再上学，家里的地谁种？"

"我种、我种……我早晨上学前种、晚上放学后种，星期天种……"三儿子说。

马希民不停地叹息着。

"爸爸，我求求你好不好……"三儿子一下子跪在了地上。

马希民把儿子搂进了怀里，心如刀绞。他何尝不想让孩子继续读下去，可一想到妻子体弱多病，自己又常年顾不了家，实在想不出其他办法。

三儿子终究没能逃脱失学的命。

至今，一谈起这件事，马希民依然是万般内疚，他说："我这个人大半辈子没做什么坏事，我最对不起的是那几个孩子。当爸爸的是名教师，可自己的孩子却没读成书。现在，每次回家，我都不敢正眼看他们，我觉得欠着他们呢……唉，不说了，不说了……"

马希民把脸侧到了一旁，眼里闪烁着泪花。

第三章　希望工程

一位睿智的老人，在短短的几年内，连续多次对教育问题发出了忠告：

> 我们要实现现代化，关键是科学技术要上去。发展科学技术，不抓教育不行。靠空讲不能实现现代化，必须有知识、有人才。
>
> 从长远看，要重视教育、科学技术，否则，我们已耽误了二十年，还要再耽误二十年，后果不堪设想。
>
> 我们要千方百计，在别的地方忍耐一些，甚至牺牲一点速度，也要把教育的问题解决好。
>
> 改革十年最大的失误在教育方面发展不够。

这位老人就是中国人崇敬的邓小平。老人话语之急切，足见其心情之焦虑。他一定是看到了中国教育现状所潜伏着的某种危机。

国家教委主任李铁映1989年3月就教育问题答中外记者问时说：我

国有二点二亿文盲；在全部二点二亿学生中，三分之一左右只能读到小学，三分之一读到初中，再能读到高中的不到三分之一；全国平均受教育程度不足五年。

而且，我国中小学生流失量近年仍呈上升趋势。据国家统计局1989年3月发表的统计数字，1988年全国普通教育各级各类学校学生流失数达七百五十七点七万人，比1987年增长百分之三十四点五，比1986年增长百分之三十八。从1980年到1988年，全国中小学流失生达三千七百多万名。尤其令人忧虑的是在每年四百多万名流失生中，有一百多万名学生是由于家庭贫困而辍学的。这些不该成为文盲的孩子，拥进了本来就已触目惊心的文盲大军。

经济落后和沉重的人口包袱，使我国教育的发展步履维艰。我国的在校生，比美、英、法、日和苏联等国在校生的总数还要多。由于绝对值大，尽管政府已经逐年增加教育投资，但按人均计算就捉襟见肘了。以1988年为例，国家教育财政拨款三百二十一亿元人民币，加上其他渠道筹资一百○二亿元，共计四百二十三亿元，人均不足四十元。到1990年，人均教育经费仍只有五十二元，约合十美元，而在发达的工业化国家，目前的人均教育经费已以千美元计。

全国的平均水平尚且如此，至于那些尚未解决温饱问题的贫困地区（全国目前由国家和各省、自治区重点扶持的贫困县有三百七十九个，其中，国家重点扶持三百二十八个），基础教育条件之差，则更加令人目不忍睹。

这是块久旱的土地，多少缺水的幼苗，正期待着雨露的滋润！

1989年3月，由共青团中央、中华全国青年联合会、中华全国学生联合会和全国少先队工作委员会联合创办的中国青少年发展基金会，在北京正式成立。该会的宗旨是：争取海内外关心中国青少年事业的团体、人士的支持和赞助，促进中国青少年工作、社会教育、科技、文化和福利事业的发展，推动现代化建设和祖国统一，促进国际青少年间的友好关系，维护世界和平。

3月的北京，春天已经迈着急匆匆的步子赶来了。

徐永光、郗杰英、李宁、杨晓禹等工作人员，也是怀着一种急迫的心情，在描绘着基金会这一刚刚出世的新事物的蓝图。

为青少年服务，该做的工作实在是太多了，应先拣哪件办？

他们不约而同地把目光盯在了同一个目标上：教育。

一阵热烈的议论过后，又陷入一阵冷静的思索。

徐永光站在窗前，久久地凝思着。忽地，他觉得一座座若隐若现、神秘莫测的山峦在眼前晃动着。像是大瑶山，没错，是大瑶山……

两年前，也是春寒料峭的三月。

团中央组织部部长徐永光带领考察组，前往广西大瑶山少数民族贫困地区考察。

每座大山都在向他们倾诉；

每个山村也都在向他们倾诉。

那一天，他们走进金秀瑶族自治县的共和村。

站在村中心小学那几间破烂不堪的教室前（有两间的墙都倒塌掉一半），给人的感觉好像是这里刚刚被敌机轰炸过似的。寒风中，有些孩子就钻在稻草团里听课。

这个四千多人的村子，解放后还没出过一名初中生。有一年县里统考，全校二百五十名学生中，语文、算术两门全科及格率为零，单科及格率仅占百分之四点八。

学校现存的教具只有两件：一只已经转不动的地球仪；一架珠子已掉了一多半的算盘。

前年，郗杰英曾作为中央国家机关赴吉林省讲师团副团长在吉林工作了一年。在贫困的山区里调查，他深切地感受到文化的落后和群众对于教育的渴求。

有一次，到四平伊通县山区，正逢依耽乡的老百姓为在农村执教二十八年的老教师刘深懋送葬。自发组成的三四千人队伍，长达五六里地。人们举着巨幅挽联，上书：

一本教案、一支卷烟、一片深情，五十一岁清白为人，一生何求多富贵；

两间茅屋、两千弟子、两袖清风，二十八年耕耘桃李，平身（当为"此身"，编者）已是不贫穷。

与其说这是一副挽联，不如说这是贫困山区的人民对人民教师的礼赞，对教育的呼唤……

李宁、杨晓禹也都曾经在基层工作过，在农村考察过。

就说不久前的那次太行山之行吧，越来越叫人感到沉重。

在桃木疙瘩村，面对那间已经是人走房空的破教室，纵然是铁石心肠，也禁不住潸然泪下。

从韭菜山下来，张胜利、吕成山等十一名失学少年的哀求声一直在耳旁回响着："叔叔，我们想上学，我们想上学啊！"

……

四个人的目光交会在一起，他们一致认为：眼前的当务之急是应救助贫困地区那数以百万计的因家庭贫困而失学的少年儿童。

"精卫计划""春雨计划""爱心计划""桃李计划""振兴计划"……徐永光他们搜肠刮肚，想为这项具有战略意义的事业取一个响亮的名字。

想了许多名字，似乎都不太确切。

那夜，徐永光辗转反侧，夜不能眠。为了寻找一个能够涵盖这项事业意义的字眼，他翻起了《辞通》和《资治通鉴》。忽地，他的脑际迸出了"希望"这个词，多闪光的一个词啊，孩子们是祖国的希望，教育是人类文明的希望，我们的这项事业也充满着希望，何不叫"希望计划"？

"希望计划"，大家都说好。

徐永光拿过写着"春雨计划"的宣传提纲清样，圈掉"春雨"，填上"希望"。

郗杰英接过清样，沉思片刻，说："叫'希望计划'，还不如叫'希望工程'，这项事业既充满着希望，同时又是一项艰巨的工程。"

"希望工程，太好了！"

在团中央的书记会议上，基金会常务副理事长刘奇葆，向全体书记介绍了"希望工程"的构想，提请书记处批准。

没有异议，一致通过。

团中央书记处批准：在全国实施"希望工程"。

从春天来到了秋天。

10月30日，中国青少年发展基金会在北京召开新闻发布会，向海内外庄严宣布，建立我国第一个救助贫困地区失学少年基金，让千千万万因贫困而失学的孩子重返校园。"希望工程"旨在集社会之力，捐资助学，保障贫困地区失学孩子受教育的基本权利。这是一项着眼未来、造福后代、为发展我国基础教育的伟大的工程。

"希望工程"的资助方式是：一、设立助学金，长期资助我国贫困地区品学兼优而又因家庭困难失学的孩子重返校园；二、为一些贫困乡村新盖、修缮小学校舍；三、为一些贫困乡村小学购置教具、文具和书籍。

"希望工程"的近期目标是：经过三五年的努力，在国家重点扶贫县普遍设立"希望工程助学基金"，以提供助学金的方式，实现救助失学少年的目的。对少数确有培养前途，而家庭又特别贫困的中小学生提供特别助学金，支持他们继续深造，直至中学、大学毕业。

在猎猎飘扬的旗帜上，写着中国青少年发展基金会的信念：

中国只要还有一名因贫困而失学的孩子，"希望工程"的崇高使命就不会结束。

蓝天下涌起一片爱潮

北京。后圆恩寺甲一号，原先一个极不起眼的小四合院。

中国青少年发展基金会刚成立时，知道它的人也是微乎其微。

然而，"希望工程"却使这个极不起眼的小四合院成为社会的一个热点，引来了中国乃至世界的关注目光。

这里，每天都在发出同一种呼唤：

请您为救助贫困地区失学儿童奉献一片爱心！

献上一分一角十分爱，助我百万贫困失学童！

挽救一个流失生，就是挽救一个未来；保住一个在校生，就是保住一个希望。

深情、热切的呼唤，犹如一池吹皱的湖水，泛起层层浪花。

从全国各地、从海外汇来的一笔笔捐款，一封封信函，源源不断地送到这里。

基金会办公室主任顾晓今动情地对我说："在基金会工作是幸福的，我们每天都沉浸在爱的旋涡之中，我们每天都能感受到灵魂在受到净化。"

爱，是人类情感中最高级的一种情感；爱他人、被人爱，又被视为是人类文明程度的尺度。

有人形容这里是一架感情的天平，爱在这里获得了最重的分量；

有人形容这里是一个检测站，时时在检验一个民族的素质……

同一个太阳　共献一片爱心

基金会宣传部的王宁，给我讲了两个故事：

中国人民解放军总后五一幼儿园离休老医生李静，从报上得知"希望工程"的情况。

春节，孩子们带着孙子、孙女、外孙女回家看望老人来了。

李静把孙子李佳、孙女李蓓、外孙女刘扬扬叫到了身旁，给他们讲贫困山区孩子的命运，讲张胜利，讲卿远香。当她讲到卿远香失学后，白天喂猪、砍柴，晚上拿出课本自学，考试时在考卷末尾写上"我想上学"时，他们都哭了。

末了，李静说："往年，过春节奶奶都给你们压岁钱；今年，不打算给了。咱们把钱寄给那些上不起学的小朋友，让他们也上学好吗？"

李佳、李蓓、刘扬扬眼里含着泪花，异口同声地说："好！"

李静把四十元钱送到基金会，基金会用这笔钱救助了河北省完县杨家台乡的齐二敏同学。齐二敏是个品学兼优的好学生，由于父亲双目失明，家庭生活难以维持，不幸失学。

6月26日，是李静的生日。老太太提前向儿子、女儿打了招呼：

"今年过生日，别给我送什么东西了，你们想孝敬我，每人给点钱，我另有用场。"

李静把孩子们给的二百四十元，加上自己凑的四十元，共二百八十元，冒雨送到了基金会。她对办公室主任顾晓今说："我今年都六十七岁了，说不定哪天就突然死了。我想了想，决定不每年交一次了，索性把齐二敏小学连初中的学费都交给你们。如果到时我不死，齐二敏又能考上高中和大学的话，我再接着供养她。"

我来到了五一幼儿园，园领导给我介绍了这位1940年参加革命、从延安走出来的老同志一件件感人的事迹。离休十年来，她义务治病三千多人，有些农村来的病人，吃、住在她家，连药费她都包了。

李静每月离休工资二百多元，自己省吃俭用，花个四五十元，其余的差不多都用于接济别人。人家称她是"四乐老太太"：助人为乐，以苦为乐，知足常乐，自己寻乐。

走进李静的家，整洁得像是走进连队的小卫生所。只是实在太简朴了，简单得不能再简单的几件家具，差不多都是50年代公家配给的。

李静告诉我，巧了，被她救助的孩子齐二敏的家乡完县，抗战时她曾经在那里待过，有一天夜里过鬼子的封锁线，她身旁的两位战友都牺牲了。

回忆起在太行山的生活，老太太显得有些激动："太行山的老乡为抗日做出了多大的贡献，一想到他们到现在还那么穷，真叫人于心不忍。"

分手时，李静说："'希望工程'太及时了，我们大家都应该帮帮忙，让老区人民早日摆脱贫困！"

故事之二——

中国儿童艺术剧院院长、著名儿童剧表演艺术家方掬芬，现在也已经是一名老太太了。

1990年3月，儿艺决定重排建院剧目《马兰花》，献给"六一"儿童节。

困难接连不断，特别是经费差了一多半。

那天，方掬芬无意间发现报上披露的中国青少年发展基金会成立的消息，两眼禁不住一亮，她想：既然是青少年发展基金会，肯定是为青少年服务的。现在剧院排戏有困难，何不去求他们助一臂之力？

儿艺的两位同志来到了基金会，接待她们的是基金部的李宁。

她们介绍了《马兰花》的重排情况，谈到了资金的不足，希望能得到基金会的援助。

李宁有些为难了，他说："你们也是为了孩子，照理我们应该鼎力相助。可我们基金会募捐来的钱，全是用来救助贫困地区那些上不起学的穷孩子的。"说着，李宁向她们介绍起了"希望工程"的实施情况。

听着听着，那两位女同志落泪了，走时，她们说："你们比我们更需要钱。我们不仅没给你们什么支持，还找你们要钱来，实在是太惭愧了！"

回去后，她们向方掬芬汇报了"希望工程"，方掬芬坐不住了，连说两声："实在是没想到！实在是没想到！"

第二天，方掬芬在排练场向全体演员宣读了有关"希望工程"的材料，演员们的心灵受到了强烈的震撼，他们一致向领导要求：《马兰花》上演后，连续义演五场，所得收入全部捐给"希望工程"。

6月5日，崇文区育风小学千余名学生来儿童艺术剧场观看《马兰花》。小观众们每人都收到了一份宣传品，上面写着："亲爱的小朋友们：当你们坐在这宽敞、舒适的大厅里，静静地等着演出开始的时候，你们有没有想到，还有许多与你们同年龄的小朋友，此刻正为不能上学而苦恼。他们多想和你们一样坐在窗明几净的教室里读书、写字，可是他们不能像你们这样无忧无虑地上学，因为他们生活在贫困地区……"

在演出前简短的捐赠仪式上，方掬芬代表儿艺全体艺术家将二百盘由儿艺音像出版社出版发行的《孙敬修最后讲的故事》和英雄少年《赖宁》磁带，请中国青少年发展基金会转赠给贫困地区的孩子们。方掬芬表示，以后有机会，儿童艺术剧院一定把《马兰花》送到贫困山区，让山区的孩子们与大城市的孩子们一样，也能享受更多的欢乐。

7月7日，在中央人民广播电台《午间半小时》节目里，播音员用饱含激情的声音，播送了"希望工程"的特写。

这边，基金会办公室电话铃声不断，有来了解情况的，有来打听地址的。一位听众在电话里说，听了广播我仿佛看到贫困地区失学儿童们那瘦弱的身躯、愁苦的面容、渴求的目光，让人心潮难平，感慨良多。

冯雪兰——中国农工民主党党员，北京丰台东铁营医院内科主治医生。她是在听到广播后匆匆赶来的。

这位中年知识分子参加工作后，给自己立下一条不成文的规定：每年拿出一百元为人民做一件有意义的好事。她曾经给唐山地震灾区寄过药，给老山前线汇过钱，接济过因生活困难而无钱治病的农民……

冯雪兰含泪将一百元交给了基金会秘书长徐永光，她说："真没想到贫困地区竟然还有那么多的孩子，因为交不起每学期二十元的学杂费而失学。我去年有病，家庭经济不很宽裕，捐一百元太少了，只能帮助两名失学的孩子，实在不好意思……"

徐永光说："冯医生，你不要小看自己捐的这一百元，它能使两名失学的孩子重新回到自己的校园；它有可能使这两名孩子改变一生的命运，也许这两名孩子都能成为对人类有贡献的工程师、科学家……"

全国政协委员、航空航天工业部高级研究员吴大观，同夫人华国一道，亲自送来了二千元的捐款。

作为一名政协委员，吴大观曾在政协会议上，多次提出，希望国家狠抓国民教育，增加教育经费，挽救贫困地区的失学儿童和青少年，但是，根据中国国情，想要全部由国家来解决这个问题实在是太难了。

吴大观欣慰地对基金会的工作人员说："'希望工程'独辟蹊径，走的是另一条路。一个人的力量是有限的，如果百人、千人、万人……大家都来关心那些失学的孩子，就将产生一种了不得的力量！年轻人，感谢你们，你们正在做的是一件关系到民族未来的前程的事业！"

华声特种电器厂是一个以残疾青工为主的福利工厂，当职工们得知"希望工程"后，纷纷要求捐款。

在悬挂着"赞希望工程，走希望之路"横幅的捐赠仪式上，职工们坐着轮椅，架着拐杖来了。二十六岁的残疾姑娘贺宁，因为要去医院做双腿矫形手术，特意委托厂长代捐二十元钱，而她自己，每月不多的工资，不仅要养活自己，还要赡养老奶奶。王立梅捐了四十元，在颁发捐赠证书时，她说："这份荣誉我得亲自领。"坐在轮椅上，她硬是用了一分多钟依靠双拐自信地站起来，全场爆发起热烈的掌声。厂长李佩璋说："社会给了残疾人很多爱，我们应该回报社会、回报人民，这一千一百多元钱是我们一点小小的心意。"

也是一位残疾人，挂着双拐，差不多跑了半个北京城，满头大汗，气喘吁吁，终于找到基金会。工作人员忙迎上前，搀扶他坐下。

"我们家六口人，每人捐三元。"他从口袋里掏出了十八元钱。

他每月工资只有三十六元，一家人过得十分艰难，加上所在的铝厂生产不景气，一个月要停产半个月，日子更是难上加难。这十八元钱，是他春节期间替福利公司看大门挣的一笔辛苦费。他说得很朴实："能让贫困地区的小弟弟、小妹妹重返校园，将来成有用的人，我心里很高兴。我的身体残疾了，我们不能眼睁睁看着那些孩子成为'文化残疾'人。"

他走了，坚决不留名字，只有双拐挂地发出的"嗒嗒"声，在震撼着人们的心……

一枚枚闪光的镍币，一颗颗纯真的爱心。

工商银行荆门支行宏图分理处的两位同志，花了整整一个下午的时间，才将航空航天部宏图飞机制造厂子弟小学少先队大队部送来的一堆足有五公斤重的钱币清理出来。

北京四通公司捐款一百万元；

云南玉溪烟厂捐款六十万元；

北京人文函授大学捐款一百二十万元。

在基金会财务室的捐款收据存根上，还有一些落款处只是这样写着：

一名有良心的中国人；

一名郊区农民；

一个海军列兵；

一商店售货员；

一名退休老工人；

一位也曾失过学的小保姆；

请不要问我是谁，我们都是中华儿女；

……

说得真好！我们都是中华儿女，面对艰难，只有靠我们用自己的双肩担起！

同一个民族　共汇一股暖流

1991年10月25日，"希望工程"百场义演——《同一个希望》大型文艺晚会，在山东济南隆重开幕。

人们像潮水般涌向张灯结彩的市体育馆，馆前，两只巨大的彩色气球腾空而起，彩球下方悬挂着两幅大标语："祝贺希望工程全国巡回义演隆重开幕""同是一重天，同在一家园，同为我后代，同心结同爱。"馆内，面对主席台一条横幅上的八个大字引人注目："为了孩子，为了未来！"

晚上七点整，馆内灯光渐暗，一群少年儿童手持蜡烛，缓缓登场，组成了象征着幼苗和希望的图案。

希望是绿色的小苗，
希望是幼稚的小孩。
希望是爱心一片，
希望就在明天……

满含纯真希冀的童声合唱《希望》，把观众们带入晚会主题"同一个希望"的庄严而又充满温馨的艺术世界。

大陆青年演员杨丽萍、解晓东、田震、范琳琳和台湾著名歌星潘安邦、大小"百合"联袂登台，使晚会气氛热烈、高潮迭起。

一曲《小丑》的旋律响起，正当观众和灯光师在一起寻找演员时，一位穿着背带裤、头顶一只青呢礼帽的演员却从观众席中走来，人们一下子便认出了他：凌峰，台湾著名艺人凌峰。

我们一定还得1990年中央电视台的春节联欢晚会，一个剃着光秃秃的脑袋、典型的"中国脸"上带着洗不净沧桑感的台湾艺人，第一次出现在大陆的荧屏上，使人们真切地感到海峡两岸的距离缩短了。

为了拍摄《八千里路云和月》，凌峰四年来有一半以上时间生活在大陆，北至东北黑龙江，西达新疆伊犁，南到云南边境，从发达的大城市到偏远的小乡村，他"深入基层"，去了解这方土地、这方人民。他特别强调中华民族的整体感，不论是大陆还是台湾，都是中华儿女。

在这期间，闻悉中国青少年发展基金会所实施的"希望工程"，他的心被触动了，觉得这是攸关民族大业的"工程"，是个跨世纪的"工程"。

于是凌峰首倡组织"希望工程"百场义演，将所筹资金全部捐献给失学少年。他还提议成立"海外爱心基金委员会"，力争在两年内为贫困山区兴建十所"希望小学"。他曾动情地对人说："我好像在'希望工程'中找到了自己的归宿，我要把后半生全部投入'希望工程'中去！"

凌峰的义举得到社会各界的支持，在海外引起了广泛的反响和热切的关注。

兰州、深圳、西安、温州……凌峰用他的那颗爱心在实践他的诺言……

每一张门票都代表一份爱心，每一位观众都是我们的同路人。他们把满腔热情留在这里，把一片爱心撒向人间，撒向未来。正如晚会节目主持人所说：

> 他们为了同一个希望走到一起
>
> 他们希望
>
> 希望在同一片蓝天下
>
> 同一块黄土地上

让每一个孩子都上学

他们希望

希望能有那么一天

没有一个孩子因贫困而徘徊在

校园之外

"中国人帮中国人，救孩子就是救中国！"

实施"希望工程"的消息传到香港，一贯热心于在内地投资兴教助学的香港同胞，又一次慷慨伸出援助之手。

4月16日，著名电影制片家施南生小姐率先在港岛发起"希望工程——人人有书读助学计划"，以响应内地的"百万爱心行动"。

演艺界姜大伟、李琳琳、张正甫、萧芳芳、张艾嘉、梁家辉、沈殿霞、刘天兰、郑丹瑞、李家鼎、施明等带着他们的子女出席了新闻发布会。

梁家辉认为"希望工程"是一件很有意义的事，捐出的钱虽是个小数目，却可以让那些失学的孩子享有平等的机会接受教育。将来两地孩子互相通信，又可以增进友谊、加强了解。他支持这件事，并代表将要出世的孩子捐了钱。

"肥姐"沈殿霞带着女儿欣宜来了。她表示，即便以后和女儿到国外，仍然也会支持这项"工程"，她特别赞同女儿与大陆的小朋友通信。

施南生告诉记者们："原来的助学口号是'一个帮一个'，但来参加招待会的演艺界朋友每人都救助了好几位孩子，光林青霞一人就救助了十名。所以，我们又临时改为'人人有书读助学计划'。"

次日，一辆"希望工程"宣传车载着演艺员，穿梭港九所辖各区，向市民分发捐助表格。红歌星一边分发表格，一边说："九七年以后香港跟大陆就同属于中国这个大家庭了，既然是同胞，既然是一家人，就应该拉近彼此间的距离。"

成龙、张曼玉、周星驰、张学友等著名影视歌星，也走上街头，在闹市劝捐。

5月30日晚，张学友在香港体育馆举办"满怀希望音乐会"，为"希望工程"筹资。

演唱过程中，每隔一段时间，馆内的大荧幕上，便展示一幅幅大陆失学孩子的照片。那一双双饥渴的目光，那一间间破败的教室，令人心颤。

唱罢《太阳星辰》，张学友走到观众席中劝捐："在大陆，每年有一百多万小弟弟、小妹妹因交不起学费而失学。而我们只要捐出三百港币，即可让孩子读到小学毕业。现在哪位歌迷只要捐上三百元，即可点唱任何一支歌曲，如果我唱不出来，我甘愿捐出相同数目的助学费用，谢谢！"

歌迷们兴趣极高，分别点了《可喜也可悲》《一颗不变心》《梦里边缘》《梵音》和一首英文歌曲。这里面，只有《梦里边缘》和英文歌曲把张学友"难"住。

音乐会共筹得捐款一百五十万港币。

截至6月底，香港各界总筹款已过两千万元，且筹款仍在持续。

弹丸之地澳门，也掀起了助学热潮。

澳门公职人员协会发表"致全澳公务员书"，呼吁全体会员本着"幼吾幼以及人之幼"的爱心，为造福失学儿童献一分力量。

澳门中华教育会发动各校师生、家长参与"希望工程"，捐款数字直线上升。

澳门胡氏集团总裁胡顺让6月8日认捐五十万元，希望将这笔款项用于为贫困山区修建一所学校。商人何华添亦捐资十万元。

同根同胞，无不呈现出唇齿相依、休戚与共之情。

著名学者、国际文教基金会董事长南怀瑾先生，多年来一直关心着海峡两岸的教育事业。他对旨在救助失学少年的"希望工程"非常赞赏，特捐资五万美元。

"一代江山一代才，后生每况胜先前。艰难困苦多英杰，珍重当来青少年！"南先生为"希望工程"赋诗一首，并表示要动员在海外的学生共同出力，为振兴中华民族的教育事业尽自己所能。

4月22日上午，国际释迦文化中心主席、香港富进戴投资有限公司董事长郭兆明先生和电影《似水流年》女主角、香港富进戴投资有限公司董事、总经理顾美华小姐同在北京向"希望工程"捐款十万港币。

在中国青少年发展基金会举行的捐款仪式上，郭兆明用几千年前释迦牟尼的巴利语做了长达五分钟的祝福仪式。他祝福中国国家强大、人民幸福、经济发展。他希望海内外宗教界多关心下一代的教育问题，他说：支持"希望工程"，就是爱心和慈悲心的最好体现。

为"希望工程"捐款的热潮也波及台湾。

台湾华昌国际投资股份有限公司杨正雄先生、许玛玲女士和台湾现代妇女基金会执行长潘维刚小姐，在贵州省独山县基长镇捐资兴建"希望小学"。为了感谢台胞的义举，基长镇镇长宣布授予杨正雄先生、许玛玲女士、潘维刚小姐和凌峰先生为基长镇麻募村荣誉村民。

台湾英业达股份有限公司董事长叶国一先生捐赠十万元人民币，在四川省宣汉县花池乡兴建"希望小学"。

台胞林昭南、叶朋寿、李金龙捐赠五十万元人民币，分别在山东省平邑县、福建省永定县兴建两所"希望小学"。

在平邑县"希望小学"的奠基仪式上，徐永光秘书长动情地说："台湾的艺术家、企业家们不辞辛苦到了我们山区，他们不仅出钱，而且出力。这是为什么？是因为他们有一颗爱心，这是一种饱含人间真情的伟大的爱心。他们还出于这样一种信念：中国要真正强大起来，我们的孩子必须受到良好的教育。少年强则国强，只有这样，中华民族才有希望，才能巍然屹立于世界民族之林。"

中国的"希望工程"也得到越来越多的国际友人的关注和支持。

为了推动中日两国文化交流，更广泛地宣传"希望工程"，中国青少年发展基金会、中国美术家协会、日本安部牡丹园和日本共同通信社决定在中国和日本共同举办"中国的四季"美术展。

在短短的几个月内，组委会共收到包括台湾籍画家在内的全国各地画家创作的二千四百余幅中国画和油画作品。经中日双方专家的共同评定，选出一百二十幅作品作为获奖作品参加展览。

1991年10月18日至23日，"中国的四季"美术展在日本东京上野之森美术馆隆重开幕。展出期间，中日各新闻单位都突出宣传了"希望工程"。日本共同通信社还在画展开幕之前赴广西采访"希望工程"，在开幕后连续三天发表了配图片的系列消息，引起很大反响。

安部牡丹园社长安部功为中国青少年发展基金会捐款一亿日元，以支持"希望工程"和中国基础教育的发展。

今年2月24日至3月1日，北京肯德基有限公司为"希望工程"举行义卖周。义卖周期间，公司所属的四家餐厅均悬挂"为了孩子、为了未来"大幅宣传广告，分送"希望工程"材料。

3月10日，肯德基国际公司亚太区总裁特意赶到北京，将义卖周利润十万元人民币和国际公司五万美元，赠送给基金会。北京肯德基公司的二百六十名员工每人还从个人收入中捐赠四十元。他们宣布：北京肯德基有限公司每位员工每年都将负担起贫困地区一名少年儿童的学杂费，并将此内容写入《员工守则》，这将成为今后招收新员工的标准之一。

4月20日，正在华旅游的美国退休军人白士那（Bashner），费了一番周折，找到了基金会。

"外国人可以参与这项活动吗？"他问基金会的工作人员。

当得到肯定的回答后，他说："我曾经是美国海军陆战队队员，1945年在天津服役。我一直对贵国充满着友好之感，看到你们的宣传材料，得悉贵国还有那么多孩子因为贫困而不能上学，十分痛心。我决定先救助两名孩子。"

这位七十岁的老人，还表示要同有关部门联系，到一所小学去教英文，为中国的教育做自己力所能及的贡献。

也是一位老人——日本仙名市的佐腾富太郎先生。第二次世界大战日军侵华期间，作为一名士兵曾随军赴华参战。到了晚年，每每想起战时的一幕幕，愧疚万分，深感对不起中国人民。去年老人病重，曾有意将自己的部分遗产赠送给中国。后老人听好友三津木先生（日本创作学会副会长）介绍中国贫困地区失学儿童情况，遂决定将这笔遗产捐给"希望工程"。今年4月25日，老人逝世，其子佐腾贺夫函寄中国青少年发展基金会，转达了父亲的遗愿。

贝尔是美国的一名退休校长、一名热心的社会活动家。他曾在贝鲁特的战火中援救过受伤的儿童，曾远渡到英国参加抗议种族隔离的集会。他还是狮子会的成员，在全世界狮子会中享有盛誉，被人们称为"人民大使"。他给基金会寄来五十美元，以支持"希望工程"。最近又寄来一封热情洋溢的信。信中说：

闻悉你们开展"百万爱心行动",十分兴奋!与每个上学孩子结对子是一个伟大的想法。"百万爱心行动"如能把我包括进去,我将深深地投入于此并去鼓励更多的美国人来参加这项活动。

请寄给我两张申请卡,我自愿为中国的两个孩子提供五年的书杂费,届时,我将把他们视为自己的家庭成员。如果你们同意我在美为你们做些工作,请多寄给我一些申请卡。

"世界上的人民与社会如能团结一致,那么,整个世界将会完全不一样!"这是贝尔先生的一句名言。

愿全世界人民都能和平相处;

愿全世界儿童都能享受受教育的权利!

百万爱心行动

1992年4月15日,"希望工程——百万爱心行动"计划出台。

随着"希望工程"的社会影响不断扩大,参与和支持"希望工程"的有识之士日益增加。许许多多的捐赠人已不满足于间接的捐款资助,希望采取一种更直接的方式,与失学少年建立联系,给予定向资助。

江苏盐城八六一八九部队张继军给基金会来信建议:"希望由你们牵线搭桥,使每一个愿帮助失学孩子的人找到自己想直接帮助的对象。这种做法容易使人产生成就感,也容易调动人们的积极性,并使捐助者在心灵上产生很大的慰藉。"

基金会的组织者们也清醒地看到,虽然两年来"希望工程"已产生广泛的影响,但被救助的失学儿童不过近四万人。这个数字相对于每年的失学儿童数,实在是微乎其微。要救助千千万万张胜利、江峰、卿远香那样的失学少年重返校园,必须动员更多的民众,人人奉献一片爱心，携手共筑"希望工程"。于是他们决定开展一项"百万爱心行动"——动员百万人、救助百万失学少年！它的基本做法是，由每一个捐款者直接与被捐助者结成对子，直接联系，直接支援。

4月16日，新华社、《人民日报》、中央电视台、中央人民广播电台、《中国青年报》等首都十五家新闻单位以及海外新闻机构，均以头条新闻报道了这一消息。

从这一天开始，将要在海内外产生强烈反响的"百万爱心行动"拉开了帷幕。

北京后圆恩寺甲一号，又一次成为爱心融汇的热点……

4033879、4035547，基金会专设的两部热线电话，从上午九点开始便铃声不断。

"中国青少年发展基金会吗？我是邮电工业总公司的……哦。不必问姓名了，就算是一名普通职工吧。这样吧，我马上给你们汇去两百元，请帮助选一名失学的孩子，我包他小学五年……"

"……我刚刚做了孩子的妈妈，我想以我刚出生三天的女儿的名义资助一名失学孩子，最好是女孩子，我的小女儿叫欧阳李孋。我是这么想的，我们这个世界应该多一些爱，我想从小培养女儿的爱心……"

"……基金会吗？这是广州的长途电话，对，我在一家合资企业工作。我们的下一代需要文化，将来的社会要靠他们出来竞争，我资助三名孩子，一包到底！"

"……感谢你们，你们做了件功德无量的事。我们全家商量好了，救助一个孩子，以后他（她）就是我们家庭的一个成员……"

黑龙江、辽宁、江西、江苏……

工人、干部、军人、退休老人……

每个电话都急切地表达着一个共同的心愿：为了孩子，为了未来，拿出一点钱，奉献一份爱！

第一个赶到基金会捐款的是中医学院卫生管理系的青年教师刘新社，刚刚看到报纸便急匆匆地赶来了。

他将二百元交给工作人员，说："我老家在陕西，过去上学也是非常艰苦的。我救助二名孩子，一方面是对失学孩子的一点心意，同时也是对家乡的一片心愿。我有个正在上小学四年级的女儿，你们最好帮助选择一名失学的女孩，让她们结成对子，互相帮助，共同成长！"

北京同仁医院的一位退休老人，在儿媳和小孙女的搀扶下，急切地赶到基金会，他说："看了报纸的宣传和广告，我相信你们是真正为那些上不起学的孩子办事的。这两千元捐给'希望工程'助学基金，不需结对子，这两百元是我小孙女捐的，她希望和一名失学的女孩子交朋友，让她也了解了解贫困山区的小朋友是怎样生活、学习的。"

北京化工学院的一位老教师，找到基金会，交给工作人员一只信封便走了。大家打开信封一看，里面竟是一条金光闪闪的项链。老教师在留下的纸条上写道："这是我父亲留下来的唯一一件遗物，现赠给你们，以解失学少年的燃眉之急。"捧着这条沉甸甸的金项链，大家像是捧着一颗金子般的心。

正在东海执行巡逻任务的海军无锡舰官兵，听到了中央人民广播电台的广播后，水兵们纷纷找到舰领导，要求捐款资助。

4月17日晚，《人民日报》总编室的八位编辑，在编发第二天的"希望工程"专版时，深深被稿件的内容所感动，当即捐款五百五十元，并向领导建议在全社范围内开展为"希望工程"捐款活动。

中央电视台新闻采访部五十多名职员，以集体名义申请救助边远地区一个班级的失学少年。

《中国青年报》女记者马明洁到甘肃康乐县采访，见到了那位为了攒钱交学费而到砖窑搬砖的小女孩马义梅，当即为她代交了全年的学费，并保证资助她念完小学、初中。

6月7日，星期天。北京广播电台经济台播出了"希望工程——百万爱心行动"特别节目。

上午九时，节目开播不久，许多听众便赶到经济台专设的"百万爱心行动现场报名台"前，要求捐资救助。

"希望工程——百万爱心行动"传进中南海，牵动了中央领导同志和许多老一辈无产阶级革命家的心。江泽民、杨尚昆、李鹏、邓颖超、乔石、姚依林、宋平、李瑞环、丁关根、薄一波、宋任穷、刘澜涛、温家宝、彭冲、倪志福、方毅等给予充分肯定，并带头捐了钱。

5月18日，两位解放军战士来到基金会，捐了三千。请他们留名，他们说什么也不肯。工作人员告诉他们，这是这里的规定，实在无法推辞，他们说："非要写，你们就写'一名老共产党员'吧。"两位战士走后，他们悄悄跟了出去，记下了停在远处的小车的车牌。通过有关部门，终于了解到这名老共产党员是德高望重的邓小平同志。后来小平同志又以"一个老共产党员"的名义，将两千元人民币捐赠给"希望工程"。

邓颖超同志是在病中闻悉"百万爱心行动"的，这位无私地把自己的一生奉献给了人民的无产阶级革命家，实在已经没有什么家底、拿不出多少钱来了。但是，最后她还是让秘书赵炜捐了一千元。

九十五岁的帅孟奇老人，两年前已经为"希望工程"捐了二千元，这次又捐了五百元。她表示，自己百年之后，要将所有的财产都捐赠给青少年教育事业。

今年"六一"国际儿童节前夕，国家主席杨尚昆专门就"希望工程"接受了中央电视台记者采访。杨主席说，"希望工程"是团中央中国青少年发展基金会做的一件很好的事情。发展教育，国家还有困难，"希望工程"帮助贫困地区失学儿童上学，这件事社会各界包括个人都能给予支持，特别是现在正在开展的"百万爱心活动"很好。当然，最终解决贫困地区失学孩子的问题还要靠发展经济。杨主席满怀深情地希望全国所有的孩子都有受教育的机会，并祝愿孩子们身体好、学习好，具有美好的心灵。

面对种种方兴未艾的义举，感慨之余，思绪禁不住纵横古今：

我们想起了1937年卢沟桥事变后的民族救亡大捐献；

我们想起了新中国成立初期的全民性抗美援朝大捐献；

我们想起了去年规模浩荡的举国赈灾大捐献！

中国人民在危难时刻所表现出的民族凝聚力，每每令人肃然。

第四章　孩子，你们的未来不是梦

这是中国青少年发展基金会最新公布的两组数字：

"希望工程"实施以来，共收到各种捐款三千多万元，到今秋新学期开学时，将有二十万余名失学儿童得到救助。建成（含正在筹建中）"希望小学"十九所。

一片片爱心，一份份深情，一股股暖流，变成希望的甘露，从北京涓涓流向祖国四面八方，滋润着失学儿童久已干渴的心田。

两名幸运的孩子

张胜利（河北涞源县桃木疙瘩小学）

张胜利哭了，哭得极伤心，泪珠顺着焦黄蜡瘦的脸颊直往下滚——他失学了。

这位正在读小学三年级的十三岁孩子，从没见过高楼大厦，没看过电视，没玩过玩具。不知道山外的世界多幸福，没个比较，自然不知道自己过的日子有多苦，他的唯一乐趣和愿望只是想读书。

桃木疙瘩村坐落在远离涞源县城一百多里地的韭菜山上。大山隔绝了人类的文明，隔绝了现代化。全村八户人家三十来口人，人均收入不到一百元，一年打下的粮食不够吃三个月，过着没有笑声的日子。

张胜利一家六口，父亲长年有病，母亲是个哑巴，底下还有两个弟弟、一个妹妹。家里穷得除了一铺土炕、一方泥垒的锅台和一只缺了口的水缸，再也找不到一件像样的家什。

每学期，父母亲都要为孩子的十来元学杂费而操心。张胜利挺懂事，为了减轻家里的负担，什么活儿都干，他甚至把家里人的头发和指甲攒起来拿去卖，可那又值多少钱？

年初，父亲把张胜利叫到了炕前，对他说："孩子，你念不念书以后也是当农民，家里实在是供不起了，就别念了吧。"

张胜利哀求道："爸爸，你就让我把小学念完吧，我实在是太想念书了。"

父亲火了，一巴掌打了过去："这么大了，你怎么还这么不懂事？"

张胜利流着泪，说："爸爸，你打吧，你怎么打都行，就是书千万千万还让我继续念下去。"

早晨，父亲见他披着书包往外走，便一把夺过书包扔到灶膛里，张胜利死命从火中抢出了书包，哭着说："爸爸，我要读书，我要上学！"

放学时，张胜利再也不敢把书包背回家，只得把它悄悄寄放在姨家。

也许意识到自己快读不成书了，他悄悄给两次到山上来过的县政协车志忠副主席写了封信：

车爷爷：

　　您好！

　　您家里今年打的粮食够吃吗？我爹他们都不让我上学，因为家里穷，供不起我上学，可我还想上学，念出书来像您一样做个为国争光的人！

张胜利

4月，父亲病故，不久，母亲改嫁。

家庭的重担落在了张胜利的肩上，挑呀挑呀，实在是挑不动了。没有办法，只好把二弟送给了外乡人，把三弟和小妹妹寄养在哑巴六叔家。

张胜利终于没能逃脱失学的命运。他每天帮邻居干点杂活儿，换口饭吃。

张胜利一失学，三年级只剩下一个吕成山。吕成山也没法念。这中间，由于家庭困难，又流失了七个孩子，村小只好关门了。

离开了教室，不能读书，张胜利像个木头人似的，整天无精打采。那天中午，在山上放羊遇到了吕成山，两个小伙伴说着说着又禁不住泪如泉涌。

"成山，你说车爷爷收到我的信了吗？"张胜利问了句。

吕成山说："信肯定会收到的。"

"那为什么车爷爷不来救救咱们？"

他们不知道车爷爷正为他们在四处奔波，八方呼吁；

他们不知道那个专门为改变穷孩子命运的基金会成立了。

7月，山上来了几位大哥哥、大姐姐，说是来搞什么调查的。

10月初，山下传来消息，说北京的"希望工程"要救助他们。

1989年10月17日，对于张胜利来说，这个日子将是他人生道路上的一个新的重要的转折点——他在失学一年之后，又重新背起了书包。

穿着那套基金会刚刚发给的天蓝色运动服，在"资助就读证"的颁发仪式上，张胜利代表十一名失学儿童讲话。这之前，老师已经帮他准备好了发言稿，他也背得滚瓜烂熟。但是，面对眼前伯伯、叔叔、大哥哥、大姐姐一双双关怀、热切的目光，他激动得全忘了。想了半天，才说了句："今天，我特别高兴，特别激动，我又可以上学了。"

底下有人提醒他："你就说说以后该咋办吧。"

张胜利涨红着脸说："以后，我们一定努力学习，星期天不休息也要读书。"

半年后，即1990年4月18日，中国青少年发展基金会在北京召开"救助贫困地区失学儿童、实施希望工程"座谈会时，张胜利作为全国第一位受"希望工程"资助学生代表应邀到会。

坐在庄严肃穆的人民大会堂里，向全国人大副委员长习仲勋、雷洁琼以及国家教委、团中央的领导汇报自己接受资助而复学后的喜悦之情，张胜利激动得连说话的声音都带着颤抖。

五月的阳光显得格外温暖。

张胜利来到天安门广场，凝望着金碧辉煌的天安门城楼，觉得自己恍若走进了一幅画里……忽然，他的眼前闪现出一个偏僻的小山村，哦，那不是桃木疙瘩村吗？他的心禁不住一震！强烈的反差，让人心潮难平……

今年元月，我是在涞源县上庄乡中见到张胜利的，他已经是初中一年级的学生。

据班主任介绍，他学习相当刻苦，只是由于几次停学，基础打得不够坚实，正在奋力追赶。

问到将来的打算，张胜利想了想，说："争取中学毕业后。能考上中师。"

我说："毕业以后当老师？"

"嗯。"张胜利点点头，"回桃木疙瘩小学当老师。现在，我的弟弟又失学了，还有其他上不起学的孩子。我要是当了老师，一定让他们都能上学。"

但愿张胜利能实现这个小小的愿望；

但愿张胜利真成为桃木疙瘩村小学教师时，村里再也没有失学的孩子……

马义宾（甘肃康乐县高集小学）

失学，在孩子心灵中留下的将是永久性的创伤。

以至于现在让马义宾谈谈两次失学经过，他的眼里仍不时要泛起一阵忧郁。

马义宾全家六口人，父母皆为文盲。除了种六亩地，养两只羊，再没有其他收入。村里已经通了电，但为了省下每个月一元来钱的电费，他们家至今没拉电灯。

头一次失学，是三年级的第二学期。虽然报了名，但学费没有交。

马义宾对他父亲说："阿大，都开学一个月了，学费还没交呢。"

父亲说："再缓些日子吧，阿大正在想办法。"

好不容易凑足了十元钱，准备交给学校，春耕到了，家里却连一点化肥都没有，只得先拿钱去买化肥。

吃晚饭时，父亲对马义宾说："家里实在是拿不出钱了，明天你别再去上学。"

马义宾哭着说："阿大，你就让我上吧！"

他父亲火了："肚子都填不满，还上什么学？"

马义宾被迫离开了校园。

半个月里，班主任聂老师到家里来了三次，后来学校同意学费先欠着。

马义宾回到学校，正塌下心来好好念书，到了六月，家里的地忙不过来。那两只羊又没人放，他又一次被父亲叫回家中。

不知哭过多少回，上山放羊时他还带着课本。

此时，马义宾哪里知道，他的命运即将发生一次大的变化。

为了进一步推广"希望工程"，在全省掀起重教助学的热潮，甘肃省省委书记顾金池准备带头救助一名失学儿童。他让团省委帮他选择一名家庭贫困且又品学兼优的孩子作为救助对象。

团省委推荐了马义宾。

去年8月4日，顾金池趁到康乐县搞调查研究之便，专程来到高集村，来到马义宾的家。

顾金池给马义宾带来了本子、铅笔、文具盒，又给了四十元让他交学费，并告诉他，今后五年的学费都代他交了。

此时此刻，马义宾的父母泪流满面不知说什么好，顾金池告诉他们："不管家里多困难，也得让孩子们去上学。我们穷，就是因为没有文化。不让孩子读书，就永远也挖不掉穷根儿！"

此时此刻，马义宾又惊又喜，他拉住顾金池的手，说："爷爷，谢谢您！谢谢您！"

顾金池抚摩着他的肩，说："不要谢，孩子。读书是你们的权利，让你有书读是我们应该做的工作。"

省委书记的行为推动了全省救助失学少年的"希望工程"。十三名省级干部每人承包了一名失学孩子五年的学费；上百名地、县级干部起而效仿，出资救学；社会各界慷慨解囊，向素不相识的失学少年献上一片爱心……全省有六千多名失学少年重返校园，高集村也有十名孩子像马义宾一样重新背起了书包。

马义宾又上学了，并且担任了学校少先队的大队干部，还被评为"三好生"。

最近，他在给顾书记的信里写道："顾爷爷：我现在慢慢懂了我们为什么失学的原因，为了不辜负祖国和人民对我们的殷切希望，为了不辜负您对我们的殷切希望，为了早一点摆脱家乡的贫困面貌，我和同学们一定刻苦学习……"

爱是不能忘记的

今年"六一"儿童节，广西平果县实施"希望工程"，领导小组收到大连石化工程公司团委寄来的一张四千元的汇款单及一封热情的来信。信中说："这四千元是本公司职工为'希望工程——百万爱心行动'献出的一份情……"

大连石化工程公司为何从遥远的北方给平果县失学儿童捐款？这里边有一段动人的小插曲。

前年，贫困的平果县被中国青少年发展基金会定为全国实施"希望工程"试点县后，二百五十名失学少年重新回到了校园。

海城乡拥良小学曾三次失学的方元军同学领到"资助就读证"时，开始怎么也不敢相信这是事实，他以为这辈子再也跨不进学校的门槛了。

当晚，方元军满怀激动之情，给救助自己的大连石化工程公司女职工刘淑兰写了封感谢信，信中方元军称刘淑兰为"妈妈"，表示要刻苦学习，以优异的成绩来报答"妈妈"的恩情。

刘淑兰收到信后，感慨万端，她没有想到自己只尽一点微薄之力，却得到如此厚报。从此，她把方元军认作自己的"儿子"，在学习和生活上不断给予关心和支持。而方元军也挺争气，他知道学习机会来之不易，学得特别刻苦。

3月15日，北方的"妈妈"决定自费到平果县看望南方的"儿子"。公司领导得悉刘淑兰这一举动后，颇为赞赏，特派了一名宣传干事和一名女同志陪同，大连日报社闻悉，也派记者随同采访。

19日，拥良小学以最隆重的礼仪迎接刘淑兰一行。方元军一眼便"认"出了"妈妈"，他跑上前去，腼腆地喊了声"妈妈"，便光是流泪再不知说什么好。刘淑兰也百感交集，她一边擦着泪水一边说："今天大家都高兴，不哭了，不哭了。"

刘淑兰一行在平果县住了五天，了解到了老区人民的贫困，看到了山区孩子求学的艰辛，她们是洒着泪水踏上归程的。

大连石化工程公司团委将此事在公司内做了广泛的宣传，引起了广大职工的强烈反响。"希望工程"像一根银线，把大连石化和广西平果县连在了一起……

有播种便一定会有收获，用爱的甘露浇灌的禾苗正在茁壮成长。

据对平果县二百五十名被"希望工程"救助学生的调查，在去年期末考试中，双科及格数二百三十七名，占受资助人数的百分之九十四点八。凤梧乡怀达小学十九名受资助的学生，双科成绩都在七十分以上，及格率达百分之百。

平果县实施"希望工程"领导小组规定，凡是享受"希望工程"助学金的学生，均应由学校、家长、学生三方签订一份"入学合同保证书"，明确三方责任。学校一方除负责对学生的正常教学外，还要承担学生失学期间的补课任务，保证这些学生能够跟上班级同学的正常学习水平。家长要做出支持孩子上学的保证，保证孩子不缺课、不退学，直至小学毕业。学生则要端正学习态度，刻苦用功。仕仁小学五年级学生韦小雷，过去欠老师的书钱太多，不敢上学，经常缺课。受到资助后，学习成绩明显进步，去年期中考试，他的成绩一跃而为全年级（八十四名同学）第四名。

失学少年被救助后，怎样才能让他们学得好，留得住，进步快，这是整个管理的重点。四川旺苍县根据农村工作的特点，把加强各级政府对该项工作的领导同具体实施的单位个人有机地结合起来，形成了工作的制度化。

他们建立"被救助学生跟踪调查表"，对每一名学生都建立学籍档案和学习档案。双汇小学学生张天成，被救助后，由于在家里待了一段时间，缺了一些课怕赶不上，便偷跑回家。校长黄培远立即派教师倏树蓉两次到张天成家家访。在其家长的支持下，三天内张天成又回到学校，通过一个学期的帮助，张天成还担任了班长。贯子小学、鹿渡小学、汶水小学，对被救助学生实行了"三多"政策，要求社会、学校、家庭多给流失生一些关照，多给他们一点学习时间，多给他们一些鼓励，使他们自尊、自信、勤奋学习。

他们还制定了"旺苍县实施希望工程经费管理办法"，要求各实施点，必须保证"希望工程"的资金全部用作救助失学少年，并建立专门账户，任何单位和个人，不得以任何方式挪用或乱用这笔经费。

当一笔笔资金汇到中国青少年发展基金会时，群众也在关心着一个问题：他们是如何使用和管理这些资金的？

中国青少年发展基金会是经中国人民银行批准成立、由民政部登记注册的。依照国务院颁布的《基金会管理办法》开展筹资和资助活动，接受中国人民银行的稽核和民政部的监督管理。

基金会以及全国各地从事"希望工程"的工作人员，其工资、福利完全是由国家支付的。"希望工程"实施中的工作经费有两部分来源：一部分是根据国务院《基金会管理办法》规定，从基金利息中提取；另一部分来源于社会的专项赞助，比如一些广告费、印刷费就是由企业提供的。

"捧出一颗心来，不带半根草去"，精心用好"希望工程"的每一笔资金，这是基金会二十三名工作人员，全国二十三个实施省、三百多个实施县的上千名专门工作人员的共同心愿。

有一天，徐永光秘书长走进财务室，看到满桌子汇款单，禁不住心头一热。他拿过一叠汇单，在手里掂了掂，对财务人员说："这可是倾注了千百万人的感情和期望啊，同时，也是对我们的最大的信赖。在这里工作不允许有丝毫的疏忽和差错，否则，我们将负天下人……"

就基金的管理和使用问题，我还专门采访了基金部主任李宁。

李宁介绍，中国青少年发展基金会对资金的管理有自己的几个特点：一是所有捐赠者的姓名、单位、金额及捐赠日期，全部实行计算机管理，输入计算机之中；二是凡单位捐款百元以上，个人捐款二十元以上，都将收到被救助孩子的复信；三是定期向社会公布收支情况；四是定期检查各地的资金使用情况。为了保证捐赠资金不截留挪用，全部用到失学孩子身上，他们制定了一整套规章制度：如《"希望工程"助学金实施办法》《关于创办"希望小学"的意见》《关于建立地方"希望工程"助学基金的若干规定》《关于做好给"希望工程"捐赠者复信的意见》等。

我问："被救助对象是怎么确定的？有没有可能会走后门？"

李宁给了我一张《登记表》，说："确定救助对象手续十分严格，先要学生个人申请，然后由所在小学和村委会共同推荐，最后由县里审批。到现在，我们还没有发现走后门的现象。"

我来到了计算机室，想亲自验证一下。

我问操作员小王："凡是为'希望工程'捐了款的，你们都储存了他的资料？"

小王告诉我："只要是寄到北京我们这儿的都能查到，不过，六月份以后寄的还暂时不行，我们还来不及输进去。"

我说："请把捐款人李静的资料调出来。"

小王在键盘上熟练地打了几下，对我说："叫李静的捐款人一共有三个，你想调哪一位？"

"都调出来吧。"

几秒钟后，计算机的屏幕上出现了三个李静的材料，她们是：北京前门东大街六号楼六一四〇二李静；总后五一幼儿园李静；江西永修县团拓林水电厂木工车间李静。

总后五一幼儿园李静的捐款时间是一九九一年八月二十七日，金额共计二百八十元。我翻了翻采访本，屏幕上显现的内容和我所掌握的完全一致。

"请再告诉我捐款人吴大观的材料。"

片刻，小王告诉我："吴大观的住址是北京安外北苑二号大院一号楼二百〇六号，捐款时间一九九一年十二月九日，捐赠金额二千元。"

没错，完全正确！

"能告诉我捐款人'爱心'同志的情况吗？"我临时编了一个名

字，想蒙她一下。

小王却说："根据计算机提供的资料，共有四位叫'爱心'的同志捐了款，他们是延安市杜甫川爱心、克拉玛依石油局爱心、金南武警水电第七支队虎头坡指挥所爱心和四平八一三八六部队六十八分队爱心，这些'爱心'同志做了好事又不愿留名，全是化了名的。"

对每一位捐赠者负责，对每一分钱负责，这是这里的工作人员所恪守的一条原则。

财务室主管会计老张讲了这么两件事。

去年年初，一位解放军战士用自己的津贴费给张百发副市长寄了五十五元，请他转交给"希望工程"。张市长将钱转到团中央，团中央又将钱转到基金会。面对这份无名战士的捐款，他们按信封地址两次给部队去信，请部队帮助查找，最后终于找到了捐款人青永红。小青回信，感动地说："你们严肃认真的工作态度令人钦佩！"

美国一家基金会的代表来考察，他听了介绍，又亲自检验了计算机管理系统，连声赞扬道："我们美国是基金会很发达的国家，你们的管理水平，按美国基金会的标准看，也是高标准的。"他当即捐了二百美元，并说："回美国我要告诉我的朋友，让他们也来支持'希望工程'。"

第五章　关于明天的话题

先从"母鸡下蛋"说起。

"教育是只母鸡"，这个概念的版权似乎应该属于日本。冰心老人在《我请求》一文中曾写道："……我忆起抗战胜利后1946年的冬天，我们是第一拨到日本去的，那时的日本，真是遍地瓦砾，满目疮痍。但是在此后的几次友好访问中，我看到日本是一年比一年地繁荣富强，今天已成为世界上的经济大国。为什么？理由是再简单不过！因为日本深深懂得'教育是只母鸡'！"

中华民族曾以古老的文明饮誉于世。悠悠五千年历史，从孔夫子到陶行知，从蒙学到私塾，无不证明中国人崇尚教育。

但是，现在美国已经普及了中等教育（适龄青少年入学率达百分之九十六点四），高等教育已经初步实现了大众化（百分之五十的十八岁至二十四岁的青年上大学）；日本1978年中等教育入学率已达百分之九十六点二；连朝鲜民主主义人民共和国经过四十年的努力，都已经在全国实现了普及十一年制义务教育。不得不承认我们落后了。

中国的"母鸡"究竟得了什么病？

我在采访中，一路上听到最多的是：诉苦。县里诉经济不发达，财政收入入不敷出；各级教育部门诉教育经费少，发了"人头费"，所剩无几。

人的肚皮都填不饱，哪还舍得拿大米、小麦去喂鸡？而母鸡长期营养不良，又怎能下得了蛋？

财政困难造成教育落后，似乎是个最通俗的又最有说服力的答案。不过，根据一些公开的、内部的、民间的材料证明，我们原本还是有些粮食的，只不过它并没喂到"母鸡"的嘴里。

我在北方某重点贫困县采访，这个县穷得每年第四季度发工资都很困难，可吃喝风在这里却非常盛行。

至于南方一些经济发达地区，公款吃喝更是厉害。一个县的接待科长告诉我，去年全县吃喝掉的绝不少于一百万元。

与公款吃喝同样令人触目惊心的，是一些人的严重失职或玩忽职守给国家造成的损失。

据《瞭望》杂志披露，1991年，全国各级检察机关立案查处玩忽职守案件共三千一百八十九件，这些案件给国家造成经济损失达八点三亿元。

由于决策的错误造成的经济损失，同样令人震惊：

铁路兖石线投资十三亿元，远期设计运量一千八百万吨，然而，当巨资耗尽，路轨铺到兖州时，经进一步勘测，才猛然发现此地原无煤可运……

还有全国集团购买力，像张着血盆大口，每年要吞噬大量资金。1990年，仅有据可查的就达七百多亿元，是当年全国教育投资的近两倍。

我们穷，可是我们有时花起钱来却大方得要命！

我们穷，可是一些败家子糟蹋起钱来比谁都厉害！

我们这只可怜的"母鸡"，原来是可以多吃到一点粮食的。

今年5月18日，《中国青年报》刊登了湖南省耒阳市花石乡江波村的两张照片：一张是刚建的钢筋水泥结构的气宇轩昂的"钟氏宗祠"；一张是古态陈旧的土木结构的江波小学。"钟氏宗祠"往往每搞一次活动，耗资都是数以万计。

江波小学到了雨季，老师要穿着长筒雨靴上课，学生则要戴着草帽听课。

究竟是什么原因使江波小学重建喊了近二十年不能付诸实施？

有人说，是因为现在的学校还没倒。

也有人说，建了新祠堂，菩萨可以保佑学校不倒，子孙后代会兴旺发达。

悲哉！我们本来就不多的钱，却不是都用在刀刃上。

同样道理，像我们这么个发展中国家，如何将有限的教育投资科学使用，使它得到最佳的社会效益，也非常值得研究。据世界银行教育署赛可尧·勃劳斯的研究表明：在发展中国家物力投资的收益率一般在百分之十左右，而用于小学教育投资的收益率为百分之二十七，中等教育投资的收益率为百分之十六，高等教育投资的收益率为百分之十三。因此，集中有限的财力，大力发展基础教育，是发展中国家的最佳抉择。

中国青少年发展基金会在宣布实施"希望工程"时，只有注册资金十万元。一年以后，每年资助强度达到三百多万元（不包括地方基金会所提供的资助），它的发展速度超出了人们的预想。

对于教育谁都说重要，但在我们的各级领导岗位上，却有那么一些领导，"说起来重要，做起来次要，忙起来不要"。

于是，有人便提出了教育的立法问题：义务教育必须是强制性的。

美国在1920年就在全国通过了义务教育法令，规定不送学龄儿童上学，父母要受到法律制裁。日本的明治政府为实现"家无不学之人"，则规定：上学的儿童都要佩戴注明家长姓名和住址的标记，对闲散在街头上没有佩戴标记的儿童，警察有权督促其家长。我们的老祖宗马克思也主张对儿童实施初等义务教育，他在《共产党宣言》中指出，无产阶级夺取政权以后，应该"对一切儿童实行公共的和免费的教育"，这既包含着免费，也包含着强制的因素。

1986年4月，《中华人民共和国义务教育法》正式颁布，这标志着我国普及教育工作进入了一个新的阶段。不容乐观的是，经过四年的努力，到1990年通过普及初等义务教育检查验收的县只有一千三百二十六个，占全国县的百分之六十六点八；全国一点二二亿小学生中，能毕业的仅三分之一。

虽然，在《义务教育法实施细则》中，我们也规定："对学生辍学未采取必要措施加以解决的，要对有关责任人员给予行政处分。"但我在采访中，却未发现有一例因学生辍学而受到处分，或因未按规定送子女就学而被处罚的。

于是，有人提出了另一个命题：普及初等义务教育的前提是教育必须是免费的。在那些连温饱问题都没解决的贫困山区，你让家长送孩子上学，人家会说："连饭都吃不饱，还上什么学？"就这么一句话足以将你噎住。是啊，"民以食为天"，还有什么比吃饭更重要？在贫穷面前，法律法规失去它应有的力量。

又回到了根本上来，要解决教育问题，最关键的是要把经济搞上去。

中华民族的振兴呼唤着教育！

不过，我们应该清醒地看到我国基础教育普及所面临的困难。

据专家们预测：

"下一个十年中国基础教育将面临学龄儿童急速增长的严峻挑战。至2000年，中国小学在校生数为一点三六亿。因此，在2000年全国范围内普及初等教育的目标实现有待于全社会的艰苦的努力。"

"普及基本教育的困难不仅在于学龄儿童的急速增长，还在于中国地区发展的不平衡。农村贫困地区是中国普及基本教育的难点。1989年，全国农村人均纯收入在二百元以下的贫困人口还有四千万人，大多分布在西南和西北自然条件恶劣的地区。这些地区社会发展程度低，经济落后，县、乡财政非常困难，如不采取特殊政策措施，很难在本世纪末全部普及小学教育。"

三年的实践证明，"希望工程"符合我国的国情。它为发展我国的基础教育，为解决令各级政府头疼的儿童辍学问题劈开了一条新路。

在"希望工程"实施一周年的记者招待会上，有位记者问："你们做的是一件非常沉重的事业，明知不可为而为之，精神可嘉！但是，面对每年上百万名失学少年，'希望工程'能起多大的补救作用？"徐永光这样回答他："每年救助一百多万名失学孩子，需要资金近千万美元。如果我们的事业能得到海内外更多的有识之士、友好团体的理解和支持，我认为做成此事并非可望而不可即。"当时，基金会定下的目标是：经过三五年的努力，在三百二十八个国家重点扶贫县普遍布点实施救助；到1995年，每年至少为十万名失学少年提供助学金。现在看来，这个目标已提前实现。我们是个泱泱大国，如果参与这项事业的人更多一些，那么一百万将算不了什么。

"希望工程——百万爱心行动"计划，是"希望工程"向更深层次发展。我们想象一下，如果把贫困山区的一百万名孩子和城里的一百万个家庭结成对子，它给贫困山区带去的不仅仅是支持教育的财力资源，还将通过千万条受、赠双方的联系渠道，吹进改革开放之风，渗透先进的思想、观念和文化。如果真正把这项工作组织好，它所产生的作用将是无法估量的。

1990年9月30日，联合国世界儿童问题首脑会议通过的《儿童权利公约》，提出了"儿童优先"的原则，要求在本世纪结束的时候，让地球上的每一个儿童都受到基础教育。七十多个国家元首和政府首脑以及数十个国家的外长或常驻联合国代表在《公约》上签了字。中国驻联合国大使李道豫代表这个地球上人口最多的国家的政府签了字，同时也代表了他们的决心。

距2000年只有八年了，让我们共同去努力吧。

为了孩子；

为了明天；

为了蓝天下那簇圣火！

1992年盛夏于北京

（原载《当代》1993年第1期）

生死一线

——嫩江万名囚犯千里生死大营救

杨黎光

当我踏上这块黑土地时，距那场共和国历史上史无前例的万名囚犯千里大营救正好50天。50天前，就在我脚下这条公路上，一支绵延数十公里的由近百辆汽车组成的庞大车队，日夜兼程，往返千里，持续多日，把1万多名因嫩江决口而被洪水围困的罪犯安全地转移到吉林省的7个监狱，创造了一项举世震惊的壮举。在中国在世界历史上也没有如此数量的罪犯千里安全大转移的先例。

十万火急：万名囚犯被水困

1998年的七八月间，全中国人民都在关注着中国的"三江"（长江、嫩江、松花江），数百年不遇的特大洪水冲击着束缚它们的"三江"大堤，威胁着世代生活在两岸的人民。

在"三江"中嫩江最小，可是1998年，这里发生了四百年不遇的特大洪水。

嫩江，实际上是松花江的上源之一，它发源于大兴安岭的伊勒呼里山南麓，其源头虽为山间小溪，但从源地黑龙江省的西部自北向南流后，沿途汇集了大、小兴安岭的众多支流。再加上嫩江流域河网发达，支流密集，到黑龙江省的嫩江镇附近时，嫩江水面已宽达300米左右，最大水深6.6米。再往下流，自布西镇以下，河流行进在广阔的松嫩平原之上，沿途汇集着众多的支流如甘河、诺敏河、阿伦河、雅鲁河、绰尔河、洮儿河、霍林河等，在吉林省的三岔河与第二松花江汇合，注入松花江。

嫩江自黑龙江省流进吉林后的第一站，叫白沙滩，这里属于吉林省的镇赉县，也是嫩江国堤吉林境内的起点，人们称它为吉林省嫩江大堤的0公里处。

镇赉县，是三省交界地区。位于科尔沁大草原的东端，西与内蒙古自治区毗连，北靠黑龙江省，距嫩江上游黑龙江省的泰来县只有50多公里。

白沙滩一带，是嫩江的冲积平原，沼泽湿地与沙丘交错分布，历史上这里人烟稀少，新中国成立前没有防洪江堤。直到1956年元月，政府决定在这里建劳改农场。1956年的元月16日，当时的吉林省第五、第八劳改大队的干部、工人、犯人到达这里，修筑了36公里长的嫩江大堤，以后逐年加固延伸，形成了后来的嫩江吉林境内的国堤。这条江堤的修筑，挡住了每年汛期嫩江江水的泛滥，圈出了一片肥沃的土地。如今是全国四大监狱之一的吉林省监狱管理局镇赉分局的所在地。

在这片208平方公里的土地上，分布着9个监狱、3个劳改大队，关押着1.03万名犯人。这些服刑人员绝大部分是刑期在5年至14年的中短期刑事人犯。

我之所以在文章的一开头，这样不厌其烦地详细介绍这里的情况，是因为以下的故事都是发生在我所介绍的这样一个重要的背景之下。

1998年入汛以来，由于受蒙古气旋、高空横槽和暖切变等天气系统的影响，嫩江中、下游连降大雨。6月27日，嫩江先于长江发生了第一次洪峰。7月下旬，嫩江及其右侧支流雅鲁河、绰尔河和洮儿河水猛涨，出现了第二次洪峰。8月12日，发生了第三次洪峰，洪峰水位高达149.30米，超过历史最高水位0.69米，洪峰流量14800立方米／秒。据水文权威部门考证，洪水频率约为400年一遇的特大洪水。

镇赉分局的干警、看押武警和一部分身强体壮的服刑人员自6月底就分期分批开上了嫩江大堤，全力以赴投入这场史无前例的抗洪抢险之中，经历了惊心动魄的近两个月的日夜拼搏，终于战胜了三次洪峰，保住了嫩江吉林境内自0公里至38.2公里长的大堤，其中的艰辛和困苦足可以写下厚厚的一本大书。

当人疲马乏的镇赉分局抗洪人员在江堤上庆幸战胜洪魔、等待着退水班师回朝的时候，一场灭顶之灾正悄悄地降临到他们的身边。

当第三次洪峰来临之后，特大洪水造成镇赉县的上游黑龙江省泰来县嫩江大堤多处溃口，挣脱大堤束缚的洪水如脱缰野马从背后朝着50公里以外的镇赉县包抄过来。这时，还一无所知的镇赉抗洪人员，仍然坚守在大堤上。

吉林监狱管理局镇赉分局的9个监狱、3个劳改大队的所在地，全县地势最低。洪水一路汹涌，数日内就到达镇赉，沿途冲断了公路，冲塌了桥梁，冲毁了变压器，使镇赉分局的交通、通信、供电全部中断。15亿立方米的洪水使9个监狱变成一片汪洋，最深处竟达2.5米。整个镇赉分局208平方公里的土地，仅仅剩下分局总部所在地——四方坨子这块约2平方公里的孤岛，再就是人们日夜坚守下来的嫩江大堤这一线天地，所有的监舍都被洪水围困，一万多名犯人除了坚守在大堤上抗洪的，其余都陷在一片泽国之中。

镇赉分局的领导紧急决定，在家所有监管人员全部押送犯人，转移到嫩江大堤上。此时，一万多名犯人和几千名干警以及家属都拥挤在水天一线十来公里长的嫩江大堤上，由于洪水来得突然，大堤上没有给养，没有饮用水，没有帐篷，没有药品，粮食只够吃两天的。而拥挤在数米宽几十公里长的江堤上的一万多名犯人，如同关在笼子里的老虎，在茫茫一片汪洋之中，绝望、沮丧、害怕……随时都有炸狱的危险。

情况十万火急！！！

一份急件上报中央："由于黑龙江泰来县境内国堤决口，吉林省监狱管理局镇赉分局所属五监狱、七监狱已进水，其中五监狱家属区已进水3米。8月19日，洪水已达镇赉分局，公路已中断，预计近日除部分高岗外，其余将全部被淹，平均水深可达2.5米，届时镇赉分局所属9个监狱的监舍及居民住宅和约14万亩农田将全部被淹，镇赉监狱分局有干警职工和家属1.2万人，罪犯1万多人急需转移。目前分局已转移4000名家属和934名老弱病残罪犯。形势相当严峻。吉林省监狱管理局和镇赉分局目前正在积极采取措施，组织人员撤离。"

中共中央政治局委员、中央政法委书记罗干，当天就做出批示："请司法部立即派人前往灾区协助处理监狱受灾后的问题，要做到职工及家属和监狱的犯人安全转移。"

8月19日晚上12点30分，当时正在吉林省通榆县领导抗洪的吉林省委常委、省政法委书记、省公安厅厅长赵永吉同志接到吉林省委书记张德江同志亲自打来的电话。张德江同志在电话中说："现在镇赉情况紧急，四方坨子四面环水，干警家属和犯人们都被围困在那儿，请你赶快赶到四方坨子组织干部、家属、犯人转移。"近两个月一直在一线领导抗洪的张德江同志，当时身心都处在极度疲惫之中，他声音沉重地对赵永吉同志说："困难一定很大，怎么安置得你想办法。犯人也是人，一定要保证不丢一个人，不死一个人，不逃一个人。"

作为政法委书记的赵永吉当然明白省委书记这几句话的分量，如同他平时那沉稳的工作作风一样，此时，他只在电话中说了一句话："好，明天一早我就赶过去。"

其实，此时已经是8月20日了。

冒险踏察：洪水滔滔灾情重

1998年的10月13日，我应公安部的邀请来到吉林省公安厅采访"大转移"。正巧赵永吉同志要带着当初与他一同组织实施这次大转移的政法口同志去镇赉灾区视察，于是，我一同踏上了这次重返大转移之路的千里之行。陪同我一起采访的是吉林省公安厅宣传处的常炜光副处长。

10月14日的清晨，一支小小的车队从长春出发，沿着长（春）白（城）公路，朝着吉林省西北部最边缘的镇赉县开去。

我的采访就在去灾区的路上，在打开常炜光同志的笔记中开始了。

接完张德江同志电话后的赵永吉，仔细思考着他该从哪儿着手。曾经担任过吉林省政府秘书长的赵永吉，作为省政府的"大管家"，在他任内处理过许多突发事件，有着遇变不惊沉着冷静善于协调的良好的领导者素质。但是处理这样的一个突发事件，不要说赵永吉同志没有遇见过，我想，就是共和国的总理也是第一次。

思考了一会儿的赵永吉想站起来打电话，却突然又"哟"了一声倒下去。额头上立即沁出细细的冷汗，双手紧紧地顶着自己的腰眼。认识赵永吉同志的人，都知道他患有严重的腰间盘突出，而且是一种非常严重的"里出外进"式的突出，使他的腰不能活动自如。今年7月份，由于工作太劳累，他的腰病复发了，到7月底的时候基本上动不了，有段时间甚至坐不起来，站不住，连省委常委会都没法去开，医生让他一定要卧床静养。所以，第一次省委分工每一位常委负责一段抗洪工作时，张德江书记就没有给他分配具体任务。8月初，嫩江中下游连降大雨，吉林境内的嫩江支流洮儿河、霍林河洪水猛涨，抗洪形势十分严峻。赵永吉同志躺不住了，他支撑着身体下到了洮儿河、霍林河流经的通榆县领导抗洪。张德江同志给他打电话的这一天，他刚好从通榆赶回来，接受上海市公安局捐助的抗洪物资，准备第二天（20号）就赶回通榆县。由于这段时间，一直在大堤上奔波，赵永吉同志的腰痛得更厉害，这天晚上痛得他满头是汗，正在这时接到了张德江的电话，张德江书记的第一句话就是问他："腰怎样了？"赵永吉当然知道省委书记深夜亲自打电话来，绝不仅仅是关心他的腰病，所以他说："没问题。"后来我在采访赵永吉时，他说："在那种场合、那种情况下没有条件可讲，我们作为党的干部，这种时候没有什么不行的。"

由于思想高度集中思考问题，赵永吉又忘了自己的腰痛。所以，当他一下站起来的时候，腰却没有配合他。

由于省委分工赵永吉负责通榆县这一段抗洪，所以，他对镇赉分局被洪水围困的情况并不很清楚。赵永吉考虑，首先要做好一定的准备，再就是尽快赶到灾区了解灾情，制订具体转移方案。他是政法委书记，监狱又属于政法口，大转移的一切工作还得靠政法系统自身。他看看表，此刻已经是8月20日的凌晨，他抄起电话通知：清晨6点准时召开政法委扩大会，7点出发去灾区。

尽管是连夜通知，但这次会议开得从未有过的准时，人员到得从未有过的整齐。除了政法委员们，还有将在大转移中发挥主力军作用的省武警、省交警、省消防警和省边防局的领导，赵永吉后来对我说，"我考虑当时情况紧急，我就把武警、交警、边防警的领导，甚至消防警的领导都带上了。我考虑遇到紧急情况，会要有一支很大的队伍。特别是边防消防都是现役编制，有情况可以立即行动。实践证明，这种考虑是对的，而且他们发挥了十分重要的作用。"

6点钟准时开会，赵永吉首先把当前的镇赉分局的情况说了一下，强调在洪水面前，我们政法口的所有干警都应讲政治，讲大局，讲团结，讲协作，镇赉分局的困难就是我们政法系统的困难。会上，正式成立了救援行动指挥部。接着，赵厅长布置了三件事：一是政法系统的所有班车，从今天开始停开，车辆保养待命，以备转移犯人急用；第二件事，政法系统的所有招待所、培训中心，凡是能住人的地方都挤出来，做好接收受灾干警家属的准备；第三件事，从现在起政法口各单位组织领导值班，准备精干力量，随时有情况，随时调得上，防止突发事件发生。

会议开得非常简短，交代完任务，进行了简单的分工，赵永吉命令：马上出发。

10月14日，我随赵永吉同志去镇赉灾区的那天也是早上7点钟出发的，在去灾区的路上，我打开了常炜光的工作笔记：

……

8月20日，上午。

今天上午，我们在扶余县松花江的大堤上拍摄公安干警抗洪的新闻时，突然接到赵厅长秘书蒋伟的电话，告诉我们将组织万名犯人大转移，让我们紧急赶到镇赉。

立即出发。一路上，车开得很快，大家都明白将要面临的是什么，所以车上说话的同志不多。

我知道这可能是一件十分重要的历史事件，所以我们带着录像设备。经过一个多月的抗洪，宣传处里的同志们都很疲惫，但现在大家都打起十二分精神，准备着接受更艰巨的任务。

8月20日，下午。

下午2点钟左右，我们赶到镇赉县的莫莫格蒙古族乡，再往前路就断了，全部被洪水淹了。

在这里，我见到了赵厅长。赵厅长神情很凝重，看得出这次任务非同一般。他昨夜像没睡好，脸色有点苍白。不停地用手在揉腰，看来他的腰病又发作了。

和赵厅长在一起的，还有省武警总队的一位参谋长、省交警总队的总队长李文才、边防局的政委吕文彦、消防总队总队长杨俊才等。

此时，赵厅长很急，因为四方坨子与外界一切联系都中断了。此时，不知道里面情况，而我们又无法进去。

这时省检察院的索维东检察长从镇赉县赶到莫莫格乡来了。他一直在镇赉县跟着常务副省长王国发一同领导抗洪，他把基本情况向赵厅长汇报了。但四方坨子与外界联系中断以后，现在里面情况如何，他也不十分清楚。

现在情况比较紧急，交通断了，电也断了，电话通不了，人也进不去，找不到一条船。当时我们和谁也接不上。

赵厅长做出两点决定：让边防总队立即从鸭绿江中朝边境一带，调8艘橡皮艇过来。一定要第二天（21日）到位；立即和司法厅厅长杜兆清联系，因为杜兆清一直在四方坨子领导抗洪，他对四方坨子情况一定清楚。赵厅长说，告诉杜厅长，我们在莫莫格等他，请他立即过来谈情况。

8月20日，傍晚。

一直等到晚上5点多钟，杜兆清厅长匆匆赶来了。他说，现在大堤上挤着1万多犯人，干警家属有三四千人。可能实际人数比这还多，因为洪水来得突然，干警家属不像犯人那样好统计。杜厅长说，目前镇赉监狱分局的208平方公里，再加上周围的村庄，有230多平方公里，只剩下二三平方公里的高岗，其余全部被淹没。镇赉监狱分局的领导仍全部坚守岗位，但分局所在地四方坨子，断电、断水、电话也不通。各监狱相距都很远，究竟还有多少干警和犯人困在水里，以及还有多少家属没有撤离，情况不是十分清楚。

赵厅长临危不乱，立即做出几点决定：四方坨子断电，要有照明，立即组织人送两台发电机进去。再就是送一些给养进去。赵厅长考虑很细，特意叮嘱，包括食盐、蔬菜、矿泉水等。当时得知沈阳军区有两架直升机在镇赉支援抗洪，赵厅长亲自和他们联系。赵厅长说，这里监狱情况紧急，务请支援飞机把发电机组和供养运进去。沈阳军区出动了直升机，跑了三四个来回把发电机组和部分给养送进去了。赵厅长做的第三个决定是立即制订转移方案。

8月20日，晚上。

晚上，罗干同志派来的司法部副部长肖建章、武警总部副参谋长陈传阔少将、司法部监狱管理局局长杜中兴、最高人民检察院政治部副主任张有海等领导匆匆赶到镇赉，参与领导犯人大转移工作。

晚上，由赵厅长主持召开会议，主要研究转移路线问题。会上提出了四个方案：一个是用直升机，把人从四方坨子上倒到莫莫格来。这样快，几分钟一趟，到了莫莫格再上汽车运往全省各地监狱；第二个方案用冲锋舟，也是把人运到莫莫格，莫莫格到四方坨子20多公里，路途短，冲锋舟可以来回不停地跑；第三个方案就是用大船，从大堤上把犯人直接开到大安县的月亮泡码头，因为当时水大，可以通航；第四个方案就是沿着大堤陆路走，走到月亮泡。这个方案路途最长，犯人最远可能要走100华里左右。沿途押解工作难度大，犯人的体力消耗也非常大。

讨论当中，第一方案用飞机和第三方案用大船，都有困难。一是，直升机一次只能拉几吨重，一万多犯人要拉多少次，要多少架次的直升机。而且当时直升机在当地不能加油，运几趟就要飞回长春加油。看来，用直升机的方案根本无法实行。第三方案用大船，如果一艘船运三百到四百人，便于押运，相对安全可行。但是，当时根本找不到船。只知道有一艘个体户的船在帮助部队运给养，目前还在最远的地方——白沙滩。这样，实际上只有第二方案的水路和第四方案的陆路转移可供选择。于是，会议决定对这两条路线进行踏察，实地考察一下。会议倾向于第二方案——用冲锋舟把人从四方坨子上往莫莫格倒转。

陆路踏察，由省监狱管理局的副局长李立光、赵宪德两人负责。

赵厅长决定亲自去踏察水路转移路线，并上四方坨子实地了解受灾情况。时间定在明天（21日）。

8月21日，上午。

边防分局紧急调来的8艘橡皮艇，经过23个小时数千公里的长途跋涉，从吉林省最南边中朝边境鸭绿江畔的集安市，赶到最西边的镇赉县。于今天上午到达莫莫格。赵厅长决定乘这些新到达的橡皮艇上四方坨子。

这些橡皮艇都是崭新的，驾艇的武警战士现打气，赵厅长，还有北京来的领导包括我们宣传处的同志，一行20人分别上了6艘橡皮艇，从莫莫格去四方坨子。

10点多钟下的水，下水的时候，大家都有点紧张，因为水情不明，水流得很急，当时有一个随船的记者把照相机都掉到水里去了。大家都满脸严肃，有一种完成重要任务的使命感。

走的时候我帮赵厅长穿救生衣，边穿边问他，赵厅长，你会游泳吗？赵厅长轻声说，不会。这可让我紧张了一下，因为去四方坨子的路上汪洋一片。这时，一同前来的白城公安局局长刘伟，故意开玩笑地说，不要紧，赵厅长块头大，掉到水里，也是漂的。大家哈哈一笑。但我看见，在后来整个踏察过程中，刘伟都非常注意赵厅长的安全。我看见赵厅长此时镇定自若地上了船，稳稳地坐在那儿。

下水之后，发现虽然汪洋一片，但朝四方坨子走相当困难。因为是洪水淹没区，没有航道，船是在被淹没的旱地、水田、田埂上走，一会儿是小麦豆菽，一会儿是苞谷高粱，还有大片大片当地农民种的经济作物——向日葵，被淹得水面上就露出一个个花盘。有的地方水很深，有的地方又很浅，橡皮艇不是搁浅，就是螺旋桨被水草小麦缠住，人要不时地下到水里，清理水草推船前进，走得相当困难。有时，觉得前面没有障碍物加快马力往前开，结果却进了一片小树林，绕半天才绕出来。

有几段路船没办法通行。大家只好下来抬着走，走了一段走不通了，大家又上船走。很多年没有赤脚走路了，现在在水里抬着船走，感到水热乎乎的，但是石子硌脚，很痛。今天，天气非常晴朗，道路两边都是水，水旁边的草地上，白茫茫的抹着一层白网。原来，水把蜘蛛都淹到树上去了，蜘蛛在树上织了很多的网，这些蜘蛛网被风一吹，一条一条地到处飞。飞得我们满脸都是，大家走几步就得抹抹脸。道两旁还有许多蚂蟥、大夹板虫（北方水里的一种虫，前面有两个夹，夹人很痛），蛤蟆特别多，好在没蛇。从报纸上看到南方长江溃堤，树上有很多蛇，东北地区少见蛇。走一段路又不通了，一些桥被水冲断了，又被水托起来。公路的涵洞，被水淘开了，水在涵洞里打着漩，从马路这边往马路那边灌。一段一段的公路表面看起来是完整的，但下面已经被水淘空了，走在上面仿佛像走在浮桥上一样。有几座桥一边塌了，一边还

·331·

挂在岸上。

到中午快12点时，又走到一个高岗上，一打听这里叫五棵树，通往四方坨子的公路经过这里，由于地势较高，一段公路还是完好的。大家继续抬船前进。橡皮艇在水里感觉轻飘飘的，但上岸后，6个人抬着都很沉，而且越抬越沉。看得出大家已经很疲劳了，所以行进的速度越来越慢。可是，我们还必须抬着船走两公里多才能再下水。

正在这时，遇到一个灾民小伙子，开着一辆手扶拖拉机。上去一打听，他叫王忠文，今年26岁，家已经被洪水淹没了，只剩下这台手扶拖拉机，正用它往外抢运一点东西。小伙子见我们穿着迷彩服，知道我们是来抗洪的，于是放下自己的东西，一定要用拖拉机为我们拉船。这下可为我们解了燃眉之急。

小伙子一直把我们朝四方坨子方向送到公路已经断了的地方，才放下我们的船。临走的时候，赵厅长要给他一点钱，当作油费。小伙子坚持不收，他说，都是抗洪的还收什么钱？

8月21日，下午。

船越往四方坨子走，赵厅长神情显得越凝重，这儿的灾情让人过目难忘。

很多房子都塌了，一些结构比较牢一点的房子都泡在水中，有些只露出房顶。没有被水淹上的星星点点的高岗上，有少数灾民住在那儿，情景很惨，高岗上还有一些无主的马、牛、骡子、羊等。当地人把高岗叫作"坨子"，四方坨子也是高岗，所以它还没有被水淹。沿途看到很多牲口散在一些不大的"坨子"上，根本没有人管。

快到四方坨子时，淹得更严重，沿途看到不少来不及带走的牲畜和家禽泡在水里。有猪，有羊，有马，有骡子，还有许多没主的鸭子在水里游。水里不时地漂着一些死鸡死猫。有一只老母猪刚刚下了一窝小猪崽，白色的，浮在一个草垛上。老母猪已经饿得躺在草垛上一动不动，一窝小猪拼命地拱着母猪的奶，可能是母猪已经没有奶水，有两只小猪饿得往草垛外边跑，结果跟猪妈妈躺的那个草垛分开了，回不来了，小猪一个劲地叫，分开的草垛却越漂越远。那叫声深深地印在我的脑海里，总也挥不去。

给人印象最深的是一匹马，也许是水上来以后主人来不及带走，就把它拴在一棵树上；水涨上来后，马跑不了，随着水越涨越高，挣扎了几天的马已经筋疲力尽只能拼命地往上抬头。马还活着，前腿站立着，但后腿已经塌胯了，站不住了，只是在水里坐着。水是从15号开始逐渐涨起来的，这马在水里恐怕至少也是站了四五天了，那情景真是惨不忍睹，当时我真想上去解开这马，但解了它还能活吗？再说时间太紧，还有一万多犯人几千干警家属被洪水围困着，我们只能尽快往四方坨子赶。

下午3点多终于到了四方坨子，20多公里的路，整整走了5个多小时。镇赉监狱分局的局长崔国文向赵厅长和北京来的领导汇报了四方坨子受灾情况，给我们的印象，可以说是灭顶之灾。有人伤心地说："艰苦奋斗四十年，一夜回到解放前。"受灾的干警们变得一无所有。当时镇赉分局的干部们虽然没人落泪，但一个个都是满脸沧桑，神情凝重。洪水给大家最大的打击是，经过近两个月的抗洪，镇赉分局的同志克服了难以想象的困难，保住了38.2公里的嫩江大堤，结果洪水从背后包抄过来了。镇赉分局前几年经济效益不太好，一段时间干警的工资都发不出来。近年经过领导班子的努力，经济状况有了较大的好转。特别是今年，庄稼的长势特别好，如果不被水淹，一定是个大丰收年。

去四方坨子的同志听完汇报，一个个心里都是酸酸的，非常难受，什么都没有了，受灾太严重了。

赵厅长仔细地向镇赉监狱分局的同志了解情况，交换转移意见后，决定立即往回返，向张德江同志和省委其他同志汇报，尽快制订大转移实施方案。

8月21日，傍晚。

下午5点多钟，我们赶紧往回走。

临上船之前，看见路边有一只刚出生不久的小花狗，饿得奄奄一息，眼看着就要死了，开船的小武警战士实在不忍心，就把它抱起来，放进了自己的怀里，悄悄地把它带回了驻地招待所。大家都来喂它，喂了两天，小狗就活蹦乱跳地非常招人喜爱。大家给它取个名叫"花花"。在大转移的十多天里，这条小狗一直被大家当作宝贝，一有空就逗它玩。大转移结束的时候，都对它依依不舍的，后来我们住的鹤源宾馆服务员看见后说："交给我们吧，我们一定把它好好养大。"

船往回开仍然不顺利，到五棵树的时候已经是晚上六七点钟，天快要黑了。大家心里都着急，现在一是人疲马乏，二是时间太晚，还要抬着船走两公里多路，实在是抬不动了。

我们刚上岸，突然发现下午送我们的王忠文坐在他的那辆手扶拖拉机边正等我们。原来，分手的时候，他听说我们三四点钟还要回来，就开着他的拖拉机在这儿等了我们三四个小时。这下可让大家又激动，又高兴，赵厅长也非常高兴。王忠文用拖拉机把我们一直送到中午我们上岸的地方。我们大家都依依不舍地和他告别。

再次下水天就黑透了，船一会儿到了一片苞米地，一会儿又开进了小树林，后来又动不了，螺旋桨上全是草。由于水把变压器都淹了，没有电，到处都是一片漆黑。而且天黑以后，天也变凉了，大家真是又累又饿又冷。

继续往回走，越走越感到危险，到处都是水，将近两米深的水，一片汪洋，像在大海里一样，什么也看不见。走了两个多小时吧，看到一点灯光，就朝灯光方向走，说啥就是到不了跟前。不是庄稼给拦住了，就是河套田埂给拦住了，又得绕回来。绕着绕着就把那方向给绕迷了，又看不见那灯光了，看不见灯光更找不着方向。大家更不敢走散，但船与船之间又看不见，于是就不停地喊话，二号船，在哪儿？在这儿。三号船在不在？在。大家不要走散啊！

喊着喊着，还是看不见方向，我急中生智，把带的照相机拿出来了，打开闪光灯，利用闪光的一瞬间，找方向。开船的武警小战士，都有点害怕了。他担心这样绕来绕去，橡皮艇要坏，坏了就没办法修好。当时我脑海里非常奇怪地总翻出《铁达尼号》电影里的画面。大家就拿出桨帮助划，希望能快一点。

大家拿出手机和岸上的同志联系，可是手机都没有电。焦急中，还是随同的省边防总队吕文彦政委，用对讲机与停在莫莫格汽车上的车载电台联系上了，他立即让停在莫莫格岸边的所有汽车全部调转车头，朝水面打开车灯。当时我们感觉那真是光明一片。开始是一个灯，后来所有的灯都亮了，连警灯都闪了起来，亮了一片。我们的船找到方向，全部朝着灯光驶去，这样才脱离了险境。

车都停在莫莫格我们下水的地方，但回来时，水涨了，早上下水的地方已经被淹了。上岸后，检查人数。这时已经11点多了，上午10点多钟出发，回来11点多，走了差不多13个小时。

转移方案：海陆空三舍取一

在车上，常炜光向我详细地叙述完这段经历时，我们已经进入了白城市的地界了。白城市是吉林省最西边的城市，再往前一点就是内蒙古自治区的呼兰浩特市了。镇赉县就属于白城市。万名犯人千里大转移的总指挥部当时就设在白城，白城既是千里大转移的中途站，又是接受安排第一批转移出的犯人的城市。

那天晚上，赵厅长带着一行人从四方坨子踏察回来以后，立即赶到了白城。因为，莫莫格是一个乡，周围又被洪水淹没，没有办法住上那么多来解救犯人的人。当时，白城由于抗洪的人多，东西都涨价了，矿泉水卖到5块钱一瓶，鱼倒是降价了，但没人吃。

后来，我在采访赵厅长时，赵厅长告诉我："走了一趟一看，我感到用冲锋艇从四方坨子往莫莫格倒短也不行。现在撤退只剩下一个方案：陆路走大堤，从嫩江大堤边的鸡爪濠顺着嫩江走到大安港的月亮泡码头，再用仅有的那艘船运一部分老弱病残。从大堤上走，不同的监狱距月亮泡，从50公里到90公里不等，估计用8个小时到10个小时可以到。再从月亮泡码头用汽车运往全省各地监狱。

"张德江书记给我打完电话以后，心里一直惦记着这一万多名犯人和几千名干警家属的转移。当时他已经赶到了镇赉县领导救灾。21日那天知道我上了四方坨子，从晚上10点钟起就让省委秘书长开始跟我联系，一直联系不上，因为我那时候还在水里打转转呢。他非常着急，因为他知道我已经从四方坨子走出来了，但一直没有回到莫莫格，担心路上出危险，让人出来找我们。直到快12点的时候，我们到达了莫莫格，他才和我联系上。张德江书记决定第二天（22日）听我汇报一次。22日我把情况向张德江做了汇报，他基本同意犯人从陆路转移，部分干警家属和老弱病残的犯人坐船。"

22日召开了紧急会议，会议决定几件事：由省交警总队负责调集50辆大客车；由边防局、消防局调集30台带有高栏的解放牌卡车用于武警押运；再就是沿途指挥车、巡逻车、开路车及车载电台的落实；还有沿途公安警戒，交警疏导交通，一定要保证车辆畅通；由监狱管理局制订撤退计划，决定撤退时间和人数等；接受撤退出来犯人的各监狱立即做好接收准备，安排好吃喝拉撒睡；长春方面把所有的政法系统的招待所、培训中心甚至有一些新盖的还没有搬进去的办公室腾出来，准备接待干警家属。

大转移的押解全靠镇赉的武警兵力不够，于是立即从武警吉林总队、长春支队和白城支队调兵力。当时长春武警二支队有700人在嫩江这边抗洪，因为洪水上来后，也要往外撤，决定这批人同时担任押解任务。这700名武警已经过多日抗洪，因当时的生活条件很差，都十分疲惫，但接受了押解任务后，立即投入了准备工作。

会议最后决定23日凌晨3点，第一批犯人开始转移。

决定做出以后，赵厅长立即赶到了大转移的中转站——月亮泡码头。

"泡"在当地方言里是湖泊的意思。月亮泡属于大安市，是吉林省著名的平原区淡水湖，紧靠嫩江右岸，实际上是嫩江的遗留湖。月亮泡码头是月亮泡通往嫩江的闸口。嫩江吉林境内的国堤，从白沙滩到月亮泡约有100公里，万名犯人的大转移只此一条生命线。当时负责踏察这条路线的是吉林省监狱管理局李立光、赵宪德两位副局长，为了万无一失，他们两人带着人把这条路线走了一遍。

赵厅长从白城赶到月亮泡，把月亮泡大坝口定作中转站，当时月亮泡那儿并没有多少建筑物，大坝口边上有一个小食杂店，就把它租下来作为临时指挥部。食杂店只有一间小屋，在大转移的那些日子里，赵厅长就天天待在那儿。

1万多名犯人和干警家属撤退出来，途中要吃要喝，到中转站后要准备给养补给。另外，据了解，大堤上无论是参加抗洪的犯人或洪水上来后紧急从监狱撤出来的犯人，都只有一身衣服，如今泥里水里多日没有干衣服替换。这些实际困难都交给了省监狱管理局的副局长张正书解决。

张正书立即派人到长春拉给养，准备了蔬菜、面包、矿泉水、囚服、胶鞋、香肠、咸菜等，因为当时白城市由于驻扎的抗洪人员多，物价比较高，为了节省钱，所以到长春去采购。买来东西后就装袋，每10个犯人准备了一个编织袋，每一个编织袋里有10个小袋，每小袋里装有一套囚服、一双胶鞋、一袋食品，食品里包括面包、矿泉水、两根香肠和一小包咸菜，还准备了治拉肚子的药。可见工作人员考虑得非常仔细。由于撤退出来的人太多，当时省监狱管理局抽调了五六十人做这些工作，月亮泡中学20多位老师，闻讯也自愿加入这项工作中来。

省监狱管理局狱政处做出了详细的转移方案。一切按照这个方案有条不紊地进行着。

那么现在拥挤在堤上的万名犯人和几千名干警家属的情况又如何呢？

水天一线：生与死的考验

在大堤上一直表现很好并渴望减刑的犯人汪朝贵跳水企图逃跑，足以说明当时大堤上危急的情况。

汪朝贵眼见挤在大堤上，除了没有清水，烧饭燃料都成问题了，他看见有的监狱人员已经在烧装粮食的麻袋了。

于是一个念头在他的脑海里越来越强烈：与其这样在这儿等死，不如逃。逃也许有一条生路。他有逃跑的有利条件：一、他水性好；二、他对这一带情况熟；三、他现在处在嫩江的上游，如果顺江而下，现在水流急，大堤上人多又乱，下水后不等管教干部发现，他就已经漂出很远了。于是这天，他找了一个管教干部不注意的时候就一个猛子扎下了水，同时跟随他的还有3个犯人。

汪朝贵一个猛子扎到水里以后，憋了很长时间的气，也不愿露出水面。他不敢睁开眼睛，睁开了也没用，江水非常混浊，什么也看不见。他希望顺水游得更远一点。因为，从这个时候开始，他就是一名逃犯了！在押犯出逃是罪上加罪。他当然希望离他所在的劳改队越远越安全。

汪朝贵是一个农民，家就在吉林省最边远的白城地区大安县，现在改为大安市了。不过他的家在农村，紧靠着月亮泡水库。月亮泡水库很大，有206平方公里，他自小在月亮泡里抓鱼摸虾长大，练成了北方人少有的好水性。月亮泡码头是月亮泡通往嫩江的出口，他在这儿干过活，所以对月亮泡的地形地貌比较熟。汪朝贵因盗窃被判刑，现在离月亮泡水库不远的吉林省镇赉监狱服刑。他的刑期较短，在服刑人员当中属于表现比较好的一类犯人。他的想法是：自己身体好，有力气，只要肯干活，能吃苦。这样才能争取减刑，早日出狱。

1998年6月嫩江涨水以后，他给监狱干部写信，要求上嫩江大堤参加抗洪抢险，监狱里批准了他的要求。其实，他当时心中的真实想法，还是他的那个"好好表现，争取减刑，早日出狱"。因为，他知道参加抗洪是争取减刑的最好机会。他于7月初上的大堤，在大堤上干了一个多月，无论是堵漏还是打桩取土，处处干在前面。大堤上生活非常艰苦，由于参加抗洪的人员多，他所在监狱离大堤较远，供应跟不上，特别是下雨的时候，因道路太泥泞，监狱里送饭的车开不上来，虽后改用履带拖拉机，但常常中饭要到晚上才送到，他也没有一句怨言，默默地干活。虽然在大堤上面对着滔滔的洪水，但大堤上却缺少能饮用的水。

他看见和犯人一起抗洪的武警战士因找不到清水，只好在岸边挖一个小水坑，然后就用水坑里的渗水煮饭。他有时实在太渴，就偷偷喝一点生水，结果闹了好几天的肚子，还是管教干部每天"逼"着他吃药，才好一些。他在大堤上受到监狱领导多次表扬，虽然生活很苦，但他心里还是美滋滋的，因为他确信自己这次减刑是一定的了。

但上游泰来县大堤决口以后，他看到洪水把镇赉监狱分局下属的9个监狱淹成了一片汪洋，一万多名犯人都撤到了大堤上，还有那么多的老弱病残的干警家属也挤在这儿，求生的本能使他开始恐慌了。他的家在月亮泡边，见过发洪水受灾的惨景，他知道洪水一会儿半会儿下不去，这么多的犯人挤在这么狭小的长堤上，坚持不了几天，而且政府救那么多的干警家属都来不及，就是想救犯人，这么多人也没有能力呀！这样下去，不被洪水淹死，也要饿死。

随着洪水越来越大，大堤上的人越来越多，给养越来越紧张，他们已经一天只吃一顿饭了，现在就是有粮食，这么多人拥挤在一起，不淹死也会饿死。

他终于忍不住冒出了水面，只见水天一色，由于洪水太浑，水流太急，经验告诉他，这样的大水，如果不马上往岸边靠，让水流冲到江中间去了，那么，你就是有过江龙的本事，也上不了岸了。他回头一看，跟着他一块下水的3个犯人现在离他不远。于是，他扭头拼死往岸边游，那3名犯人也跟着他往岸边游。游了一阵子，大家都筋疲力尽了，水流却越来越急。这时，他们的体力也差不多耗尽了，如果再不上岸，就要淹死在江里。4个犯人不约而同地往岸边游，这时天色已晚，他们悄悄上了岸。

上岸以后，发现还是在嫩江大堤上，还是属于镇赉监狱分局的地盘，大堤上主要还是三种人：犯人、管教、武警。好在所有的犯人都穿一种因服，他们赶紧混进了犯人的队伍中。结果，到晚点名的时候，这支犯人队伍发现多了4个人，而正好汪朝贵所在监狱已经发现少了4个犯人。这样，事情就完全暴露了。后来撤退出来的汪朝贵，后悔不已。他说，在这种水天一线的特殊情况下，和劳改队在一起，和"政府"（服刑人员对监狱管理人员的一种特殊称呼）在一起才是最安全的。

此时的大堤上，镇赉监狱分局上万名在押的服刑人员经过近两个月连续的艰苦抗洪，战胜了无数次的险情，虽然保住了分局负责维护的38.2公里嫩江大堤，可现在洪水却从背后把他们又逼上了大堤，首先从心理上的打击就是巨大的。大堤上，无论是犯人，还是干警，情绪都不好。

当时上过大堤的常炜光这样描述大堤上的情况："一两万人全部挤在大堤上已经好几天了。这些犯人分两种情况，一种是参加抗洪的，这部分人最辛苦了，已经干了快两个月了。还有一部分是水上来之后撤上去的，这部分犯人当中有老弱病残。再加上几千干警的家属。我们上去的时候是21日，他们撤到大堤上已经待了五六天了，情况比较危急。一天只能吃一顿饭，几十个人吃一大桶粥，因为来的时候只拿了两三天的粮，洪水来得太突然，临时抢一点粮带到堤上。有粮也没有东西烧，大堤两边都是水，没有生火的柴火。有的监狱没办法就烧装粮的麻袋。当时我们在堤上看到，左边也是水右边也是水，两边都是水就是没有水喝，没有能饮用的水。嫩江下来的洪水和从后边上来的水都非常脏，水里还漂着死牲畜。家属吃什么呢，都和犯人是一样的。原来还指望着后方送点粮，现在后方全是水了，都淹了。当时大堤上的干警最急的是两个方面，一是怕犯人出事，拥挤在大堤上的犯人，缺吃少喝没有药品。犯人怕饿死，怕没有水喝，怕洪水上来以后没有人管他们。有暴狱的可能。再就是这些干警也和犯人一样上来抗洪的时间也快两个月了，现在洪水上来后不知道自己老婆孩子在哪儿，不知道自己的家被淹成什么样了，家中那点儿小家底还能剩下多少。谁都想回家看看，但谁都知道不能回家。这部分干警有一句自嘲的话：'每一个犯人都是有期的，都有释放的一天；每一个干警都是无期的，永远要守在这块黑土地上。'"

我后来在采访中得知，不少干警的父辈就是当年开发这块土地的老一辈管教干部，他们的孩子上学读书后又回到这块土地上。比如镇赉监狱分局的副政委陈凤春，祖籍四川，他家是个"劳改世家"，父亲也是管教干部，1956年调到四方坨子来建场，当年修嫩江大堤就有陈凤春的父亲。那时陈凤春才一岁，妈妈抱着他来到四方坨子，在这儿长大。陈凤春1985年参加高考，考上了中央司法教育学院管理系。1987年毕业后，他回到四方坨子从一个普通的管教干部做起，一直做到镇赉监狱分局的副政委。因全家出了两代管教干部，所以他自称是"劳改世家"。管教干部的生活条件一直是很差的，特别是像镇赉监狱分局这种农业单位，一般都是自成一体，交通不便，子女就业都是比较困难的。当了一辈子管教干部，已经到了退休年龄这次还和犯人一起走出来的镇赉分局八监狱监狱长杨德生对我说了这样的一段顺口溜：献了青春献终身，献完终身献子孙。

管教干部工作的一个最大特点，就是犯人在哪儿，你就得在哪儿，必须一守到底。当时这些管教和犯人一道在嫩江大堤上苦干了近两个月，他们的家几乎全被淹了，但是，现在面对着那么多的犯人，干警们都必须稳定自己的情绪，用一句他们自己的话说，不稳也不行啊！可是稳定是稳定，一个个干警都是心急如焚啊。

当4名逃跑的犯人被找回来以后，又有一名犯人仗着自己水性好，跳到水里往江心游，结果由于水流太急，游着游着就游不动了，管教干部赶紧派人把他救回来了。当时犯人中存在着一种意识，跑是死路一条，不跑也是死路一条。大堤上，干警和犯人相比在人数上处于绝对的劣势，犯人多，干警少。而且，干警家属已经和犯人混在一起了，当时情况比较混乱，数字不清楚，根本不知道到底有多少家属在大堤上。由于喝了不干净的水，不少人拉肚子，于是又有谣言，说犯人当中有霍乱。极少数犯人当中确实存在暴狱倾向，管教干部仿佛坐在火药桶上。

这时的整个四方坨子抗洪总指挥是镇赉监狱分局的局长崔国文。

镇赉监狱分局负责的38.2公里的堤段，整个抗洪期间出现过42次险情。第三次洪峰到来时，其水位超过大堤堤顶75公分，镇赉监狱分局一万二千多名干警、武警和服刑人员，硬是用一天的时间把大堤加高了一米。

最严重的一次是在8月16日——上游泰来决口的两天后，镇赉监狱分局所负责的32公里处嫩江大堤发生严重滑坡，近6米宽的堤顶一下滑掉了宽3米多长60多米的大口子，江水还在不停地冲击，随时都有决口的可能。如果决口，那么整个吉林省的抗洪都将功亏一篑，高达149.30米的洪峰和每秒14800立方米流量的洪水，就会如同脱缰野马，冲向镇赉，冲向松嫩平原，冲向吉林油田。

镇赉监狱分局的4000多名干警、武警和服刑人员，在现场担任总指挥的镇赉监狱分局副局长徐维国的带领下，奋战了6天6夜，抛下了30万条麻袋，沉下了三条拖船，人们站在水中组成人墙，用血肉之躯挡住了洪水的冲击，排除了险情，造了一道新堤。现场指挥后来成为全国抗洪英模的徐维国昏倒在大堤上。

当保住了大堤后，洪峰也过去了，江水开始缓慢下降，人们刚刚松一口气，正将大堤上人疲马乏的抗洪人员部分往回撤的时候，却由于上游泰来县大堤的决口，洪水从身后涨上来了，迅速淹没了自己的家园。

8月15日，正在检查水情的崔国文局长听到群众反映，说泰来通往镇赉的公路上漫水了。崔局长马上赶去察看，当时还没有接到泰来决口的通报。但他感到可能是那里大堤出问题了。崔局长急忙赶回分局立即组织人员临时筑一道子堤，把洪水挡住，保住自己的家园。结果，紧急调上去的人员和推土机刚刚拉开架式，洪水就过来了，而且来势汹涌，连推土机都撤不下来了。

这时候，崔局长心里只有一个念头，后来我在采访他的时候，他跟我谈到这个念头："家园保不住了，但是必须保住干部职工家属和一万多名犯人的生命。"

在洪水还没有完全淹没四方坨子通往外地唯一公路的时候，崔局长就地组织了紧急转移。一是把犯人转移到大堤上去，因为当时只有嫩江大堤地势最高；二是把干警家属职工转移到高地和楼房上去；三是立即向上级求援，调动汽车把一些老弱病残的服刑人员和一批干警家属向外地转移。上级立即调来几十辆汽车，从15日到19日上午10点，一共转移出去了934名老弱病残服刑人员和干警家属。这批人员的转移，为后来整个犯人的大转移，减轻了不少负担。

一边往大堤上转移犯人，一边洪水就上来了。这时候，五监狱有380名犯人和40名干警在往大堤上转移。刚走的时候水深不足半米，走了不到两公里，水就涨到1米5，小个犯人在水中都仰着头踮着脚才能把头露出水面。押送干警紧急用对讲机求援。当时分局指挥部里只留下不足30人，其余全部上了大堤，崔局长立即带着剩下的人，把平时一个几十人都抬不动的木船抬到水里，赶到围困现场。当时看到一位叫戴文礼的副科长，他的个头也只有1米6，站在深水处，以自己身体为标志，说，以我为限，告诉犯人水深多少，不要乱动，等待救援。

崔局长立即组织人员先救小个和身弱的，把水里的犯人一个个拉到船上，再运往高处。一共运了十多船才把这批犯人全部救到安全地带。

几个小个犯人见局长亲自来救自己，都激动地哭着说："'政府'不来，我们肯定得死。"

三监狱的政委赵警龙在大水上来以后留在最后。当时监狱里还有一批伙房里的犯人因为要给大堤上的犯人做饭还没有撤离。这时洪水已经上来了，把监狱里的院子淹没了。犯人很害怕，有个犯人吓得哭了起来。赵警龙知道现在稳住犯人的情绪很重要，否则就要乱起来。他就对犯人说："我还没走呢，我最后一个走，你怕啥？"

赵警龙对犯人黄喜珊等人说："小个先往外撤，大个扶带着小个撤。立即行动。"黄喜珊等人撤出来以后，一查发现缺一个人，立即点数，犯人不少。最后发现少的正是政委赵警龙。大家急了，黄喜珊赶忙回来找。结果发现赵警龙还在监舍的楼上从三楼到一楼挨屋检查，边走边喊，"还有人吗？还有人吗？有人赶快往外撤！"赵警龙找了半天没有找到一个人，下楼以后还是不放心。这时候洪水已经到了监舍的一楼了，监狱里已经是一片汪洋。事隔50天我到三监狱采访时，洪水仍然没有退，监狱中监舍那幢楼像一个孤岛立在水中，人们要经过监狱院中临时搭的桥，才可以进出。查完监舍仍然不放心的赵警龙急中生智，推下一口做饭的大锅到水中，以锅当船，又找了两个木板儿当桨，划着锅围着大楼转了一圈。

后来问他："为什么要围着大楼绕一圈？"赵警龙政委回答说："因为我害怕有些身体弱的犯人落下了。"

其实赵警龙本人身高只有1.68米，并不属于大个行列。

作为总指挥的崔国文，当时是把犯人和干警职工家属的安危摆在一个同等位置来考虑的。从某种意义上来说，当时犯人的安危压力更大。在采访中崔国文对我这样说："犯人也是人，也是公民，一万多犯人，改造好以后，还要回到社会为社会服务。这是我们监狱管教人员神圣的职责。弄不好，也会放虎归山，危害社会。"

此时压得崔局长喘不过气来的是大堤上那一万多犯人。东面是百年不遇的洪水（嫩江），西面（四方坨子）是平均2.5米深的汪洋，内侧水位比外侧水位还高40公分。大堤上，粮食只够维持两三天的了。尤其是饮水、药品的供应极其困难。对饥渴、疾病和洪水的恐慌在犯人中开始蔓延。如果产生哪怕是极少数的犯人暴狱逃跑，处于极度惊恐之中的一万多犯人，就会像被捅的马蜂窝一样，其情景简直不敢想象。

这时，嫩江的洪水又在上涨，8月16日的滑坡堵住以后，镇赉监狱分局负责的堤段又发生多处险情，监狱的管理者，仍然要带着干警和犯人继续抗洪。这样，一边要把大部分人转移出去减轻大堤上的生存压力，一边仍要留下一部分人继续抗洪抢险，确保大堤的安全。

8月22日救援行动指挥部宣布：第二天凌晨3点大转移行动正式开始，一万名服刑人员将分四次在鸡爪濠集结，整队出发。

转移的命令一下达，各监狱立即着手准备。当时各监狱领导首先考虑到，转移途中有一百多华里，犯人不能空着肚子走路，要准备干粮和水。但当时这两样东西都很缺。于是，各行其道，想方设法。

三监狱一监区的领导立即抽了8个犯人连夜开始烙饼。整整烙了一天一夜，给每个转移的犯人带着两三张烙饼背着。

三监狱犯人夏冬明在采访中对我说："出发前，'政府'对我们说，要走一百多里，肯定渴，又是夏天，有瓶拿瓶，有壶拿壶，实在没有拿块塑料布也要带点水。"后来转移中，最困难的就是水。

干警和武警也和犯人一样，准备的也是八成熟的烙饼，还有饭团子、馒头等。

三监狱的犯人沈长顺在采访中告诉我说："在转移途中，我看到干部、武警和我们犯人吃的都是一样的。"

我从当时由省监狱管理局狱政处王学军副处长等人做的转移计划表上看到：第一批转移的犯人是1758名。出发地点，鸡爪濠。集结地点，月亮泡码头一号坝。预计到达时间是14—16时，转运地点，白城监狱。准备车辆42台。

漫漫长堤：转移能否顺利实现

8月23日凌晨，转移开始，担任押解任务的是武警吉林省总队二支队。这支队伍一直在大堤上边负责看管犯人，边参加抗洪，干部战士已经是非常疲惫。出发前，中队长站在夜幕中，为了鼓舞士气，对整队出发的战士们说："同志们，我们要不怕牺牲，不怕疲劳，坚决完成这次长途押解任务。同志们，能不能完成任务？"

战士们齐声回答："能！"

"好，开始出发。"

话音刚落，老天似乎有意要考验一下我们的战士，突然下起了一场急雨，而且一下就是一小时。最困难的不是被雨淋，而是急雨造成道路泥泞，这给长途跋涉的人增加了非常大的困难。

凌晨三点，大转移在风雨交加的夜幕中悄悄开始了，从鸡爪濠通往月亮泡有120华里，指挥部要求到达月亮泡的集结时间最迟是当天下午4点。大雨使道路变得更加泥泞，那么满身疲惫体力透支的人们，能否用11个小时的时间，走完120华里的泥泞道路呢？

困难是难以想象的。

管教干部和犯人一样都是体力严重透支。三监狱一监区的干警赵振伟是8月8日上的大堤，一直干到大转移开始都没有下来。8月16日32公里大堤滑坡，他带着干警和犯人一连干了3天。当时，由于道路泥泞，

347

给养送不上，他们24小时才吃一顿饭。监狱做好的饭，由于道路泥泞人走不上来，用履带拖拉机运，也要送一整天才能到达大堤上，再加上天气炎热，馒头都变色了。8月19日，监狱领导看大堤上的抗洪人员太辛苦，连夜杀了羊，在监狱食堂里做好，从早上开始送，结果到晚上才到大堤上，羊肉都有味道了。大家多日没见过肉了，看着那羊肉实在是馋啦。有人说，饥饿不是最可怕的，最可怕的是把肉放在饥饿的人面前。大伙看着那羊肉心里可矛盾了，吃了怕闹肚子，不吃又馋得慌。于是，有人一咬牙就把治拉肚子的药磺胺先吃下去，然后再啃几口羊肉。

那天，省委书记张德江和常务副省长王国发到大堤上来视察灾情。大家正在吃头天晚上送来的馒头，由于隔了一夜，天气又热，馒头再蒸热的时候就变色了。张德江书记拿起一个馒头，眼泪就掉下来了。他转身对司法厅长杜兆清说："犯人也是人啦，一定要设法解决犯人的伙食问题。"杜厅长沉重地告诉省委书记说："干警们吃的也是一样的啊。"张德江书记听后更是激动不已。常务副省长王国发立即给白城打电话，指示火速用船送给养，十万火急。这样，从白城用船运来了面包、火腿肠、矿泉水还有蔬菜，才解了燃眉之急。

但是，长时间在大堤上抗洪，使干警们的体力消耗太大，短时间内根本恢复不了。大转移中，犯人只要往前走就行了，管教人员除了要和犯人走同样远的路，还要在路途中看押照顾犯人，还要随时担心发生各种意外。

当时，还有一个最最重要的命令：要保证大转移中，不丢一个人，不死一个人，不逃一个人。

赵振伟他们是头一天晚上接到押解犯人到鸡爪濠集结的通知，第二天凌晨出发。从他们守堤的地段到鸡爪濠有6公里。晚上7点钟出发，走到11点到鸡爪濠。让犯人立即休息补充体力。这时，大家都没有事，因为知道要脱离危险转移出去了，犯人们情绪都非常好。

第二天早上3点钟从鸡爪濠出发，这一段都是嫩江大堤，虽然下了一阵急雨，大堤上很泥泞，但由于是刚开始走，犯人们又经过充分的休息，精神好，所以一路上虽然走得很吃力，但基本都能跟上队伍。

走了30多华里，到了一个叫英台村的地方，这时是上午9点钟左右，队伍停下来休息吃东西。

这时，有一个犯人叫于平安，40多岁了。因吃了不干净的东西，拉肚子，而且越拉越厉害，虚脱得体力不支走不动了。没办法，于是干警们就找了两个抗洪装土用的编织袋，用两根棍子穿上，做了一个临时担架来抬于平安。一开始时，犯人不愿抬。管教干部纪军、段强、赵振军、顾志红和侯彦中就上来大家换手抬。可以想象，在道路泥泞的大堤上，身体已经非常疲惫的人，抬着一个人，又是长途跋涉，体力付出是多大？抬了一阵子，都累得呼呼直喘气，担架上的于平安感动得直叫着要下来自己走。后来他见大家不让他下来走，自己从担架上滚下来了。大家只好换着他走。走了一段实在不行又抬。这时，犯人们被管教们感动了，身体好的都争着要求抬。就这样抬了100多里，一直把犯人于平安抬到集结地月亮泡上了汽车。

于平安平时表现就不错，这次他感动地对管教干部们说："我没说的，只有好好改造，才能报答'政府'！"

其实赵振伟在大堤上抗洪时，脚就打了疱，从鸡爪濠出来，他的脚上已经是疱上加疱了。但他是三监狱一监区的副区长，要带着一帮人，咬着牙也不能掉队。脚底有疱不能着力，他只好扭着身子用脚的外沿边走路。手上拿着的一把遮雨的伞成了他的拐杖。路上休息的时候，他站在一边不敢坐下来，他害怕坐下来后就起不来了。

政工股长王永还有生产股的王中，两个人的名字只差一个字，他们都不是一线管教干部，按照监狱当时的安排不用跟着犯人一块走，可以坐船。当时，调来一艘个体的船，准备运一部分家属和犯人。但是，王永和王中，特别是王中已经40多岁了，都提出跟着大部队走。他们说："我们能帮着看一看，能帮一把就帮一把。"

事隔50天后，我在四方坨子见到随一批犯人回迁的王永，谈到当时的情景，他说："来水时，我在大堤上。当时妻子老人在哪儿不知道。后来叫我们押解犯人转移，最揪心的就是不知道媳妇孩子在哪儿。转移出去以后，我们也是跟随犯人不能离开。犯人暂时关押在哪个监狱，我们也必须随着在哪个监狱负责看管。直到今天再跟着犯人回迁，我还是没有和媳妇见上面。"说到这儿，王永竟掉下了眼泪。转移到鸡爪濠时，王永除了身上穿的一套警服，其他什么都没有带。当时，押解犯人转移出去的干警都是这样。

赵振伟也是这样，他上大堤后就一直没有回家。现在洪水上来了，家已经被淹了，最让他放心不下的，就是不知道媳妇在哪儿。昨天晚上到鸡爪濠集结的时候，他意外地发现媳妇也撤到鸡爪濠来了，正等待着转移。两口子终于见上了一面，可是没说上几句话，赵振伟又押着犯人转移了。媳妇还留在鸡爪濠等待着转移。因为这批家属老的老小的小，甚至其中还有一位癌症晚期病人，根本不可能走出洪水淹没区，正在等待着船来把他们运出去。可船还不知道在哪里，他们正在焦心地等待着。赵振伟就是带着一颗又悬起的心上路的。

在英台村休息的时候，大部分犯人差不多都把东西吃完了。当时干部们看着也急，因为还有很远的一段路要走，但是也没有办法控制。这时干部们只好把自己的食品和水留下一部分，以防万一。这点食品和水后来救了一些犯人的命。

从英台村再出发时，艰苦的阶段开始了。首先是太阳出来了，天气变得非常闷热。犯人们已经走了10个多小时，体力消耗很大，绝大部分人脚上又打了新疱。犯人走50里，干部差不多要多走一倍，因为要不停地队伍前队伍后地照应。

嫩江堤防是顺着地形修筑的，平原地段筑堤修坝，到了有山坡或者高岗的时候，就顺着山坡和高岗修筑。出了英台村，有一段高岗，江堤依高岗而下，队伍沿着岗子走，忽然出现了一大片一人多高的苞米地，有好几百垧大，一眼望不到边。

我是在长江边长大的，在采访当中听到苞米时，一直把它当作高粱。后来一打听才知道，苞米实际上就是玉米，北方人方言习惯把它叫作苞米。因为，这片苞米地在这次大转移当中，发生了好多故事。既然大家都把它叫作苞米，我也只好约定俗成了。这片苞米地，人走进去了一会儿就看不见了，抗日战争的时候，山东和河北人把它叫作青纱帐，利用它来作掩护打击日本鬼子，如今犯人走进去了，情景就不一样了，所有管教人员和武警都紧张起来。

突然，从苞米地里传来枪声……

转移途中：保证不跑一名犯人

在决定了大转移方案以后，所有领导、干警和押解武警心中最大的压力就是担心犯人乘机脱逃和老弱病残犯人发生意外。

我在采访中问赵永吉同志："您作为总指挥，转移当中最担心的是什么？"

赵永吉同志回答说："在我脑子里最重要的一点，就是不能发生犯人脱逃或死亡事故。这是我最大的担心，也是必须要保证不能发生的。我觉得，如果发生这样的事情，组织上交给我的任务就没有完成。"

有人把监狱比作老虎的笼子，千里大转移，离开了监狱的高墙电网，就如同失去了束缚老虎的笼子。镇赉监狱分局这一万多名服刑人员绝大部分都是刑事罪犯，其中必有一部分没有改造好，甚至抗拒改造的。吉林省监狱管理局副局长李立光对我说："当时最大的担心，就是转移途中发生犯人脱逃和意外。这么多犯人，平时还发生过逃跑事件，如今洪水把监管设施都给冲毁了，又是这样长途大转移，其中那一百五十多里路的复杂地形的徒步转移，是最容易出现重大反改造事故的。"

这些因危害社会而被判刑接受改造的人，如果没有改造好就脱逃以后，他们对社会的危害将更大。尤其在转移当中如果发生炸狱或集体脱逃，那就如同一群归山的虎了。

这是组织者们面临的最大问题。

在大转移开始前，监狱管理部门做了充分的准备。

镇赉监狱分局局长崔国文告诉记者："为了保证一个不掉队，一个不脱逃，转移当中每50个犯人为一个方队，方队与方队之间保持一段距离。每一个方队前面和后面是押解武警，我们管教干部插在中间管理。保持方队的目的是不让所有犯人都挤到一块儿，就相当于分段管理，严格控制逃跑事件。另外，利用积极的改造好的犯人搞互包，就是犯人之间你管我，我管你，建立互包组，有困难互相帮助。武警战士和我们干警也在前后左右，进行看管，跟着犯人一块走，这样就像一个流动的小监狱似的。"

各监狱又做了更加具体的安排。

九监狱规定：在路窄的地方，视线不好的地段，犯人一路行走必须手拉着手，谁也不能松，这样既可以保证不让一个犯人掉队，犯人中间出现了问题，例如体弱的、走不动的，也可以马上知道。另外，就是有犯人想逃跑也会马上反映出来。等到路宽的地方，视线好的地方，犯人再齐头并进。

五监狱规定：每50个犯人有10个干部管理，把任务落实到人，一个干部得负责5个犯人，五监狱还成立一个追捕小分队和一个防暴队，如果发生炸狱或者集体脱逃，防暴队和追捕队立即行动。

对担任押解的武警部队也下达了明确的任务：在押解途中，如果发生逃跑的，必须做到，一、口头警告；二、鸣枪警告；三、开枪射击。保证不逃掉一个犯人。

严密的防范措施是为了防止大转移当中犯人的脱逃事件发生。那么在大转移中犯人是如何想的呢？我采访了几位犯人。

首先采访的是三监狱服刑人员夏冬明。

夏冬明是镇赉县本地人，今年31岁，1994年的正月初十，他在白城到长春的火车上明目张胆地抢了邻座乘客的钱，被乘警当场抓住，后因犯抢劫罪情节特别恶劣被从重判处11年。夏冬明对这个判决至今不服，理由是当时他喝醉了酒（我国刑法当中没有因喝醉了酒就不承担法律责任的规定），而且抢的钱数额不多。夏冬明年轻，身体好，由于有文化，他在监狱里充当犯人的文化教员，因此在抗洪的初期和中期都没有上堤。后来是他自己多次写报告要求上堤参加抗洪，到后期才被监狱领导批准上了大堤。因此，他的身体消耗比一般犯人要少。还有一点，夏冬明是本地人，对当时转移路线的沿途地形也熟悉。因此，他最具逃跑的条件。

我问夏冬明："你有机会跑吗？"（对于一个正在服刑当中的犯人，你如果要问他："你想逃跑吗？"我想，他一定不敢说实话，所以，我用了这样一个婉转的问法。）

夏冬明说："在转移中的这一百多华里地，经过不少村庄、林带，并且过了三四处齐腰深的水。还有就是那一人多高看不到边的苞米地，这一段其实是挺容易跑的。"

我想，夏冬明说了心里话，对于一个被判了11年徒刑，心里又不服判决，已经在大墙中关了多年，还要被关多年的他，心里一定渴望着自由。因此，在转移中他心里一定是有两种念头在激烈地斗争着：逃与不逃。

夏冬明最终没有逃，不但没有逃跑，而且在整个转移当中表现很好。为什么？在交谈中，夏冬明讲了他的想法。一是长期的改造政策的影响。在监狱服刑期间，只要你表现好，就有不断减刑的希望；再就是在转移中，严密的防范措施，从武警到管教都始终提高着警惕；三是管教干部在转移途中对犯人人道主义的关怀，使他感觉如果要逃，不但后果严重，而且对不起这些与他们一起同甘共苦的干警们。

实际上，夏冬明选择了一条光明的出路，他由于在改造中表现突出，1995年9月被减刑一年，1997年9月又减刑一年半。这次抗洪和大转移中，由于表现突出，被减刑2年10个月。这样，他的11年刑期，实际上只需服刑5年零8个月就可以刑满出狱。夏冬明高兴地告诉我，他1999年10月20日就可以重获自由了（每一个正在服刑的犯人，有两个时间他们是刻骨铭心的，一是被判刑的日子，一是刑满释放的日子）。

并不是所有的犯人都像夏冬明这样明智，尤其是当转移途中遇到复杂地形恶劣条件时，潜在的危险就更大。

张振伟告诉我，据他们初步掌握的情况，仅他们三监狱想逃跑的就有近百人。

执行押解三监狱犯人任务的武警吉林总队二支队的胡凯，也了解到一些情况。他得知，三监狱有犯人预谋抢劫哨兵的救生圈和救生衣，集体逃跑。胡凯及时把这个情况向领导做了汇报。押解武警和监狱监管干部都做了预防性的准备，对有逃跑企图的犯人加强了监管，采取互包的形式，由犯人中表现好的一帮一，千方百计防止脱逃和其他更严重的反改造事故。

因此，在大转移中，不但是指挥者紧张，监狱管理者紧张，干部和战士都很紧张。

增强防范，制止和威慑了一部分脱逃企图，但并不能提前发现所有的敌对行为，当大转移队伍走进这一片一人多高的苞米地时，响起了枪声。

武警战士孙德志开了枪。

三监狱砖厂的犯人一般都是重刑犯和改造表现不好的。在转移当中，押解人员对他们的看管更不敢掉以轻心。负责押解的二中队武警，更是打起十二分精神。

当时在转移途中，规定犯人的方队与方队之间，相互应该保持三十到五十米的距离，这样防止犯人挤成一团，有人浑水摸鱼乘机搞事。当转移进入那片苞米地时，本来队伍一进入，五米之外就看不到人，看押人员要求犯人手拉手，报数前进。这就要求队伍不能相互挤得太近。

这时，砖厂犯人的队伍到了，进入苞米地时犯人的方队突然加快了速度，有人故意往前赶，方队的前锋已经超过前面一个犯人的方队，秩序突然混乱起来。

正在一旁的武警战士孙德志担心有犯人在为逃跑和闹事创造条件，他立即大声地发出口头警告。可是犯人不听，砖厂的犯人队伍一团一团地继续往前赶，而前面的犯人方队因为在手拉手前进，行进速度不能快，结果砖厂的犯人方队一部分人已经超过前面的犯人方队，混乱在扩大。

一般情况下，武警和犯人的比例是一比六，当时在转移中已经是一比八，一比九了。如果在这样大的一片苞米地里，有人鼓动逃跑，极有可能产生连锁反应，那么就会像炸了窝的马蜂一样，整个苞米地里乱成一团。而且会让那些不敢逃跑或者没有想到逃跑的犯人，不由自主地跟着逃跑。这就极易发生人们最担心的炸狱事件，局面变得不可控制了。这是领导和所有干警都最担心发生的事。

当然，这是一种担心，并不等于一定会发生。物理学中有一种平衡的原理。当力量均衡的时候，事物就是稳定的，哪怕只有一个支点。当力量一方欲发生倾斜的时候，哪怕你在那边只放上了一根针，物体也会迅速倾斜。

人类社会生活中，这种对比力量稍稍发生变化，就改变了事物发展方向的现象比比皆是。当然这种对比力量有无形和有形的，正与邪的力量对比就是无形的。此时，监管人员和武警与犯人的力量对比悬殊，因为正压邪，而且监管人员和武警代表着国家的力量，所以犯人并不觉得自己人多力大。当进入一个特定的环境，比如这片苞米地，外因环境发生了一些变化，少数抗拒改造的犯人，以为别人看不见他，而以一种侥幸的心理搞破坏，那么随时就有可能发生意外。因为，人的思维有时是一瞬间的，一个不计后果的念头，在一瞬间不可能考虑到充分的后果。因此，在这种情况下，各种意外都可能发生。

为什么说这种可能不一定发生呢？是因为当时工作做得特别充分、采取了许多有力的措施、力量的均衡虽然处在许多可变因素之中但并没有打破、想破坏这种均衡的力量太小等，所以这种可能发生的概率就小。

但是，当时作为一个武警战士的孙德志，他是处在非常紧张之中的，在他的脑海中最大的担心就是一旦发生意外后的严重后果。后来我在采访中，犯人告诉我："那位开枪的武警，满脸都是汗，紧张得来回跑。"

孙德志发出口头警告后，事情并没有发生变化，也许在那么大的苞米地里，他的声音太弱小了。当然也不排除有故意装没听见的。

后来记者问孙德志："你当时是在什么情况下开枪示警的？"

孙德志说："秩序非常混乱，口头警告他们也没有听，我就开枪示警了。"

记者问："你开枪以前，他们已经超过警戒线多远？"

孙德志："已经超过前面那个队伍了，秩序已经混乱了，砖厂的犯人一般都是重刑犯和反改造的。"孙德志又解释了一句。

记者问："当时，你开了几枪？"

孙德志："开了四枪。"

记者："效果呢？"

孙德志："他们一看真开枪了，就稳定些。"

记者："当时你紧张吗？"

孙德志："我当时心里很紧张，但是自己也得控制自己，得冷静。遇事要沉着冷静。"

孙德志的枪声响过不久，在大转移的队伍中又响起了枪声。

转移中，英台村是必经之路，当武警六中队押解着犯人路过这里时，发现有犯人不服从管教干部的管理，企图伤害管教干部，有几个人串联起来故意在队伍中推推搡搡，碰撞管教干部。担任哨兵的武警及时予以制止，向天鸣了一枪。

枪声响过以后，威慑作用非常明显。监管人员在武警的配合下，立即采取了措施，让所有犯人就地坐下，原地休息，然后清点犯人人数。犯人的转移队伍迅速得到了控制，秩序又恢复了正常。

转移还得继续进行。

人性关怀：稳定人心的力量

镇赉监狱分局管辖下一共有九个监狱，也许读者要问怎么在前面的例子中，讲得多的是三监狱。这是因为，我去镇赉四方坨子采访时，洪水仍然淹着镇赉监狱分局的大部分地区，像在大转移中走得最远，也最艰难的二监狱、八监狱当时都还被洪水泡着，而且他们也离分局所在地——四方坨子最远，有的有几十公里，道路都被洪水冲断了。我几次想进去，都因道路不通半途而废。还有一个原因，就是有些监狱的犯人还没有回迁。三监狱在四方坨子上，地势相对高一点，但我到三监狱时，监区的院子里仍然是一片汪洋，只有那幢楼房像孤岛一样，由一座浮桥与外面连着，但道路已经通了。所以，结束在三监狱的采访，我得知二监狱的犯人还没有回迁，目前在公主岭市监狱里。于是，我在吉林省监狱管理局办公室主任张光烈的陪同下，火速赶到公主岭监狱。

二监狱长到北京去开英模会了，接待我的是分管改造的副政委周百军。周百军在谈到大转移时，先深深地叹了一口气，说："唉，虽然已经过去一个多月了，说起来好像还在眼前。"可见这个印象是刻骨铭心的。

二监狱是最后一批转移的。8月27日晚上5点钟接到通知，这时他们在嫩江大堤吉林段32公里处抢险刚刚结束。这里要插上一句，前面的文章中讲到32公里的滑坡就是这里，这个险段一直险情不断。8月23日，大转移刚刚开始，犯人才走出一公里，32公里处大堤又出现塌方，为此还把三监狱的人又紧急调回了400人，参加抢险。镇赉监狱分局一边转移，一边还要留下足够的人手坚守大堤。二监狱和其他监狱的一部分人就是这样留下来的。双重的任务，双重的压力。

到8月27日第一批转移的人员已经分别到达全省各监狱了，而留在大堤上的人面临更为严峻的形势，即粮食、饮水更困难，相当一部分人在拉肚子。这时水情已经基本稳定，内水已经高过嫩江水位，人们不是在保堤，有些地方已经在考虑炸堤放水了（我到镇赉去的时候，已经炸堤放水了。现实就是这么严酷，人们几乎用生命保住的大堤，因内水居高不下，又不得不亲手炸了它）。作为政法委书记，赵永吉要为这些留下来的人的生命安全考虑。于是决定全部撤退。

二监狱接到转移通知的时候，要求28日夜里2点出发。这时只有9个小时的准备时间，他们除了和先期转移的监狱有着相同的困难外，再就是体力更疲惫。

可天公更是作难人，等到2点钟准备出发时，下起了瓢泼大雨。只好等待雨停。可是雨越下越大，只好冒雨出发。结果雨大得相距几米就看不见人。

从他们所在的32公里处，到一个叫少力马场的地方有20公里，干警们和犯人们在大雨中走了六个半小时。每一个人都是精疲力竭。可是老天对他们的作难还在后面。

从少力马场出发到英台村，一共不到3公里路程，他们却走了3个多小时。为什么？因为这里前几天曾有万人转移通过，一万多人践踏过的只有几米宽的大堤，我们想象一下已经是一种什么样的情景，又加上今夜的暴雨。从少力马场到英台村，泥泞过膝。这支队伍不是在走，而是在爬！一步一步地往前爬！非常可惜，当时没有随行摄影记者，如果记录下这个画面，将是非常悲壮的。

不仅如此，那天不但雨大，还刮着六七级的大风。狂风掀起了一米多高的大浪，疯狂地冲击着大堤，浪花把堤上转移的人们浇得精透。而这么窄的堤面上，是一支渴望着生存的队伍。此时，无论你是干警还是犯人，无论身强力壮还是年老体弱，大家都只能互相搀扶着用共同的体热温暖着共同的生命。

二监狱二大队有一个犯人叫江新塑，因犯盗窃罪，被判7年徒刑。江新塑虽然今年只有22岁，但得过胸膜炎，转移前一直在养病。转移的这天，因淋了雨开始发烧，而且越烧温度越高。大队长李华一直关照着他，把自己的干粮全给了他，并让管教干部刘喜江和体强的犯人一直搀着他。迷迷糊糊的江新塑走着走着，在大浪中突然一下滑下去了，紧跟在后面的刘喜江一把抓住了他，否则，江新塑真要是滑到了大浪滔天的江中，神仙也没有办法救他。

五大队有一个犯人叫陈亮，40多岁，右腿小时候患过小儿麻痹症，在这种风雨交加之中，走如此泥泞的道路，其困难可想而知。

在转移当中，管教干部捡了一头无主的毛驴，就让给了大队长郎志军，因为郎志军得了一种病，身体缺钾。这种病说倒就倒，过去在工作中经常发生这样的事。这种风雨之中，大家不约而同地想到了郎志军。可是，郎志军看到犯人陈亮这样走恐怕走不到目的地，就把毛驴让给陈亮骑了。郎志军竟然坚持着走了下来。

犯人辛春祥今年59岁了，1959年参加工作，1972年入党，1992年7月20日，因犯贪污罪，被判13年徒刑。因此，我在采访他时，发现他最喜欢讲的一句话就是，"我曾是一个共产党员，受党教育20多年，这点觉悟我还是有的。"就是这个"有点觉悟"的辛春祥，在大转移中，可让管教干部操够了心。我见到辛春祥的时候，发现他的头发已经花白了，但感觉身体还不错。我问他犯了什么罪，他立即回答："贪污了150880元。"我想，要是还有元角分，他也能一个数字不少地报出来。所有的经济犯罪人员，哪怕服刑很长时间，也能一口报出自己贪污受贿的金额，因为这个数字对于他是无法遗忘的。

别看现在辛春祥身体还好，但是一年前，辛春祥突然患了轻微中风，半身不遂了。经过在狱中的治疗，后来手脚恢复了功能。但是这样的年龄，又是患过中风的人，走如此泥泞的路，其艰难是可想而知的了。因此，从一开始上路，他就一直得到多位管教干部的关照。走不多远，管教干部宋光伟接他的包说："我替你背着吧。"辛春祥不好意思让干部替自己背包，就不肯。宋光伟说："走吧，我跟着你吧。走不动，就说。"后来，管教干部王忠余、王云国又跟了上来。一路上，三个管教干部在照应着辛春祥。干部的行动感动了犯人，年轻的身强体壮的犯人就主动来照顾年纪大的犯人。青年犯人魏龙江，看到辛春祥实在走不动，就走上来对辛春祥说，"来，我背你一会儿。"俗话说，远道无轻担。走了这么远这么滑的路，再背一个人，是非常吃力的。辛春祥不好意思，魏龙江二话没说，背起辛春祥就走，一背就是一里多路。后来，辛春祥见魏龙江实在累得不行，坚决要下来自己走。

走到一个大闸口的时候，辛春祥实在走不动了，就坐在那个闸口边上直叹气。这时，他看见一大群鱼在闸口边自由自在地游来游去。辛春祥后来跟我说："我看到这群鱼儿，呆了，一是羡慕鱼儿的自由，再就是必须要走出困境。眼下和人生都是这样。"辛春祥浑身上来一股劲儿，他终于坚持走到了目的地。

有一个犯人只差一点就到不了目的地了。

二监狱有一个叫王洪春的犯人，今年32岁，因犯抢劫罪被判10年徒刑。王洪春患有心脏病，平时在监狱里就基本不用出工。大转移时，他已经在大堤上，必须把他带出去。一开始，他走得还可以。可是在风雨交加之中，走了一段，他的心脏病就犯了，这下可难坏了管教干部。当时上不着天，下不着地，周围没有人烟，在那种泥泞中，又是风大雨大浪大，如果不把他带出去留下来肯定死。于是大家搀扶着他鼓励他走。

二监狱监狱长、司法部二级英模刘玉杰，亲自跟着他。

经过一段泥泞道路的跋涉，上了一个高坡，王洪春实在坚持不下去了，就喘着气说："你们走吧，我实在走不动了，我慢慢地坚持，能走多长时间就多长时间，不行，我就死在这儿了，我不能连累了整个大队都走不出去。"

监狱长刘玉杰说："不行，我们就是背也要把你背出去。"

后来就组织几个人背，一人一次背100多米，越背越累得不行，就少背一截。这样大家轮着背，背到英台村，都累得要趴下了。刘玉杰看这样不行，想办法做担架。没有材料，就找来了一条转移时有人拿着顶雨的麻袋。一条不够，有干警就把自己的衣服脱下来，绑在一起做了一个临时担架，用来抬王洪春。

这时，王洪春已经处在昏迷状态了，刘玉杰在现场指挥抢救。

干部们有的找药，有的找水，一会儿找来一点火腿肠和水，喂着王洪春吃下，王洪春这才有了一点生气。因淋着雨，王洪春体温低，冷得发抖，有一位管教干部就脱下衣服给他穿上，自己又找了一条麻袋披在身上当衣服。有人说抽烟能暖和，王洪春平时抽烟。干部们马上找，掏了一包，给雨水浇湿了，又找到一包又是湿的，好不容易找到一支没湿的烟立即给他点上……

在公主岭监狱采访的那天，刘玉杰正好从北京开完"全国司法系统抗洪英模表彰会"。中午回到长春，我立即赶回长春采访了刘玉杰同志。

我问他当时心里是怎么想的。

刘玉杰说："在大转移中，每一名犯人的生命安全对于我们都非常重要。所以说，确保每一名犯人的安全到达，就是我们每一个干警的职责。"

刘玉杰最后和在月亮泡的指挥部联系上了，指挥部火速派来一艘冲锋舟把王洪春送到了大安市医院。

王洪春从昏迷中醒来，睁开眼，第一句话就是："我还活着吗？"当他知道自己确实还活着时，哭了。包括监狱长在内，一共有12个干部护理王洪春，最终从死神的手上把他救了回来。

镇赉监狱分局有一万多名犯人，犯罪的因素是千差万别的，因此犯罪的人也是千种模样。你看王洪春有那样严重的心脏病，可他竟然还是暴力犯罪——抢劫。犯人董入伦眼睛患有严重的白内障，转移时又得了肠炎，拉得身体都要虚脱了。在风雨中，在那样泥泞的道路上对于这样视力不好，体力也弱的犯人来说，困难就更大了。

董入伦在转移中，为了避开大堤上的泥泞，就走在大堤边上抗洪人员用麻袋堆起的子堤上，他觉得这上面的泥泞相比大堤中间要好一些，结果这样差点把命送掉了。

28日大雨足足下了一整天。因患有严重的白内障，董入伦只能看见子堤的轮廓。子堤是在洪水上来后，沿着大堤的外沿修的，因此它和大堤的外沿成一个45度的斜角。走着走着，视力不好的董入伦脚下一滑，一下摔倒了，立即顺着斜坡往江里栽去。紧跟在他后面的监狱刘分队长赶紧冲上前，一把抓住他的后衣领，这时董入伦下半身已经滑进了江水里，刘分队长把他从江水里拉了上来。

记者问董入伦："当时，你怎么栽到江里去了？"

董入伦想了想回答说："就是迷糊了，啥也不知道了，一下就栽到江里去，刘队长上去把我从水里拉起来，拽着我两个肩膀头，往上拉，拉到上边我就躺在大堤上呼呼直喘气，啥也不知道了。刘队长看躺在这儿也不行，就拉着我的一只胳臂，就这么斜着背着走。背着我挺远挺远的。大堤上的道本身一个人走都滑，摔跟头，再背一个人就更难走了。"

董入伦擦擦眼泪又说:"当时,刘队长边背着我边劝我,董入伦啦,你一定要坚持住,你家还有儿女呢,一个姑娘,一个儿子,还有妻子在家等着你刑满释放呢。你得坚持住,别扔大堤上了。我说,刘队长,够呛。那时候我没敢想能活着到今天。要不是到了月亮泡,政府给我抢救及时,我就全完了,也回家见不着儿女了。谁也见不着了。"说着,董入伦又激动地抹眼泪。

就这样,二监狱的干警和武警押解着1130名犯人,从早上3点钟出发,走了12个小时,终于雨停了,这里也可以看见月亮泡了。但界碑标明这里离月亮泡还有16公里。大家都累得要瘫下了,想坐下来休息一会儿。副政委周百军此时保持着清醒的头脑,他知道如果这时让犯人坐下来休息,那么就再也起不来了。他大声地说:"坐下来就是死亡,站起来就是希望,跟我走!"周百军带头走在队伍的前面,人们都艰难地跟在后面。一步一步地往前挪,朝着月亮泡,沿着生死一线——嫩江大堤……

这最后的16公里,走了6个小时,终于在晚上10点多钟的时候,到了月亮泡。

当时,赵永吉、索维东和省监狱管理局的副局长于广胜迎了上来,大家情不自禁地抱在一起。周百军这个七尺汉子,眼泪掉下来了。他只说了一句话:"我可是把人带出来了。"领导们什么话也说不出来,只是用力地拍着周百军的后背,说:"谢谢!谢谢!!"

二监狱长刘玉杰到达月亮泡后,就一屁股坐在地上,双手去脱自己的鞋。可是脱了半天,就是脱不下来。由于长途跋涉,再加上长时间泡在水里,脚泡肿了,挤在鞋里,痛得他如同受刑,所以一到目的地,赶快脱鞋。最后脱不下来,不得不用刀子把鞋割开了。

刘玉杰对我说，"这时候我感到世界上最大的享受，就是有一双干净宽松的鞋。"

翘首以盼：走出生的希望

转移人员在大堤上艰难跋涉的时候，指挥部领导在月亮泡码头焦心地等待着。第一天（23日）的下午，按照计划犯人下午4点钟到达。没到4点，赵永吉就来到月亮泡码头一号大闸口，站在那儿翘首以盼，左等也不见踪影，右等也不见踪影，越是等不着，越是焦急，就这样一站就是一个多小时。

准备带着宣传处的同志把这个重要的一刻拍下来的常炜光，几天来一直跟在赵厅长身后，他最清楚赵永吉同志的身体，他是一个严重的腰病患者。可是这时，谁也不敢上去劝赵厅长回去休息。

月亮泡既是大转移陆路水路的集结点，又是临时物资供应站，大转移期间，这里一共发放了16卡车的食品、矿泉水、7000套囚服、9600双鞋。在大转移的第一天，负责后勤的同志已经将准备好的给养全部到位，等待着转移队伍的到达，使服刑人员及时得到补给。

由省交警总队紧急征集来用于转移犯人的车辆，清一色的大客车，全部停在月亮泡码头边，连省公安厅用于干警上班的交通车，也征集在这儿，用于运送犯人。司机们都在驾驶座上待命，只要转移的犯人一到，立即就可以开车，将犯人送到全省各监狱。

后来我在采访中问赵永吉："当时心里想些什么？"

赵永吉说："当时，我们这些人都特别着急，随时联系。走到哪儿了，有什么情况没有。这边备了几个小船，一看有个犯人走不动了，马上就派船去接应。24小时有个急救车在那儿，一旦到这儿了，有情况就及时抢救、给药。有时大雨，这边监狱管理局，准备了一些干爽的衣服、鞋子，让他们换上。另外又通知转移到的那些监狱，准备一些姜汤，我们能做到的，都把它做好。"

经过长时间的艰苦跋涉，第一批转移的1758名服刑人员终于接近了目的地——月亮泡。

当第一批犯人快到达目的地时，常炜光带着宣传处的同志背着摄像机上去采访。当宣传处的崔北方同志上去采访一位犯人时间："你们走了多长时间？"这位犯人竟然不知道时间，他反问崔北方："现在几点了？"崔北方看看表告诉他，"现在是下午3点10分。"犯人说："12个多小时，政府对我们都挺关心，走道上带着水和粮食。大家都挺高兴。"崔北方问："犯人有没有掉队的？"犯人说："没有，都没有。"崔北方问："路上有没有发生伤亡的？"犯人说："都没有。"

崔北方又问另一个犯人："现在身体状况怎么样？"犯人回答说："还行。""有什么感觉？""有些人的脚走破了。""是不是都安全到达了？""都安全到达了。"

崔北方问一位管教干部："情况怎么样？"回答："都挺好，没有什么怨言。"

崔北方问一位武警战士："走了这么长时间的路，是不是挺辛苦的？"武警战士："辛苦是辛苦，军人以服从命令为天职，再辛苦，我们一旦接到命令，咬着牙也要坚持下来。"一位武警战士接着说："如果有犯人流窜到社会上，对社会造成危害，我想那后果就是难以估量的了。"

崔北方转身看见一位武警战士正脱下胶鞋和袜子，摄像马上给了一个特写：我们看到在这位武警的脚掌心有一个比五分钱硬币还要大一半的水疱。崔北方上前问："脚走破了？"武警战士笑笑，穿上鞋子又赶队伍去了。

我问赵厅长："今天回顾这些，哪些印象最深刻？"

赵厅长说："犯人没来，那种焦急的心情，感到自己的责任重大。这时候看着犯人的身体真是比自己重要，重要的原因就是责任重大，等到看着犯人都顺利到达了，一颗心就落地了。我比较满意的就是，在关键的时候还是讲大局，讲政治，讲团结，讲纪律。我最感动的就是，所有安排这么急，没有任何人有怨言，没有任何单位提困难，都是按照决定执行。之所以这么顺利，海、陆、空、白天，黑夜，雨天，太阳，全靠全方位多兵种参加，公检司法、交通警、消防警、边防警，所有的警种都参加了。前方后方，团结一致，江泽民主席说的抗洪精神，在这次大转移当中，表现得最充分。"

到了月亮泡的第一批武警，他们比犯人还要辛苦，犯人是轻装转移，他们除了带枪，还要带着给养。一路上始终提高警惕，不敢有半点松懈，这毕竟是一群十八九岁的孩子。到月亮泡以后，犯人上了大客车，每人都有一个座位，不再受风吹雨淋，可武警为了便于沿途看押，上的都是敞篷卡车，还有几百公里的路程要站着。一位干部为了鼓舞士气，把士兵集合起来，想总结一下。当他面对着列队站在自己面前的战士们，一下又不知说什么了。想想此时此刻说什么都没力，这位干部灵机一动，引吭高歌一曲：《当兵的人》。疲劳至极的战士们，在干部的影响下，立即抖擞起精神，齐声高唱："咱当兵的人，有啥不一样……"

这首人人都熟悉的歌曲，此刻表现出的罕见的力量非语言所能表达。

这首人人都熟悉的歌曲，让所有在场围观的人们热泪盈眶……

这次大转移，共抽调人员5000余人，动用车辆2400台次，持续奋战

272个小时，累计押解行程12万公里，圆满地完成了10946名犯人的长途转移。

站在一旁的赵厅长也转过身，他伸直了那几天来痛得一直让他无法入睡的腰，极目远望着仍被洪水淹没着的四方坨子，他坚信，有这样的干部战士，没有战胜不了的困难。

连日来，一直悬着的心，放下了。

抗洪和大转移期间，绝大多数干警不知道自己家受灾情况，也不知道家人的去处。直到20多天后，一切都安排妥当了，才腾出时间与家人联系。由于顾不上回家抢运东西，各家的损失少的在六千，多的在一万元以上，当时就在大堤上指挥的分局副政委陈凤春说："走的时候呢，我都把他们送到鸡爪濠，很多干警和我讲，政委我的家被淹了，我的家人现在不知哪儿去了，但政委你放心，上级交给的任务，我一定百分之百地完成好，按照要求把犯人带出去。"

到月亮泡的一万名服刑人员转乘客车，经过近的十几公里，远的六百多公里的路程，跨越七个市四个县三十六个乡镇，押运到全省七个监狱，分别安置。历时7天的大转移，没有逃走一个人，没有死伤一个人，8月29日圆满结束。1998年年底前，这些人又分5次回迁到了四方坨子镇赉分局的9个监狱。在抗洪中表现突出的3800名服刑人员，受到了立功减刑的奖励，很多司法干警和武警官兵也在抗洪和大转移中立了功受了奖。

8月28日最后一批犯人撤出，今年已经59岁的镇赉监狱分局总农艺师李岚春从大堤上回到了四方坨子。因为家已经回不去了，他的家进水2米多。李岚春1962年吉林农业大学毕业就分来四方坨子，如今已经36年了。36年所积存的家当如今全泡在水里。进水前他一直在堤上，没有搬出一点东西。吃饭间大家都没有多说话，空气显得特别的沉重。这时，这位即将退休的老同志，突然站了起来作词一首，题目叫作"咏叹"："前线抗洪，后边'黑水'进泛，良田淹，家园毁，亲人散，玉米地里能行船，一片汪洋呈现。坚守大堤，家人转移都未见，冒风雨，费寝食，除险段，舍弃小家顾全局，无悔无怨。看眼前，四十二年家业毁之一旦。"吟到这里，两行热泪顺着这位布满皱纹的东北汉子的脸往下流，当年他从吉林农业大学毕业后分配来镇赉时的那张充满青春气息甚至还带着稚气的脸，如今为镇赉这块土地，早已是沟壑纵横。他已经到了退休的年龄。他的家，被洪水完全淹没，家当全无，他说："作为个人小家，损失了这都无所谓，作为我们镇赉分局，42年了，几代人的辛苦，建到现在这个规模，一下子毁了。"所以他伤心落泪。这确实是，男儿有泪不轻弹，只是未到伤心处。

老一辈的镇赉监狱的干部们都对这块土地有着特殊的感情。这使我想起吉林监狱管理局办公室张光烈主任对我说的一件事。

水退以后，监狱管理局派他们去四方坨子视察灾情，路上有一个女同志跟他们一块儿上了船，说是回家看看淹成什么样了。当时由于水上来得急，干警们基本上没有来得及从家里搬出东西。不少人连存折都没来得及抢出来。我到镇赉监狱分局采访时，看到不少干部正到局里去开证明，再到银行去办挂失手续。

张光烈他们回来的时候，又看到这个女同志和他们同船。只见她什么也没拿，就拿了一个塑料小包。大家以为她拿的是存折之类的东西，就让她尽快去挂失。这位女同志说，不是存折，是我父亲的证书。打开一看，是7本各个时期的获奖证书，全被水浸湿了。望着这7本已经发黄了的证书，船上的人一个也说不出话来。大家心里沉甸甸的。

这位女同志解释说，水上来以后，家里什么也没有抢出来。转移到长春后，父亲日夜想着这些证书。水刚刚有点退，他就天天催着我一定要回来。父亲说其他什么都不要了，把我证书拿回来。这就是镇赉分局老一辈的干警。

双目流泪的李岚春突然声音转向高亢："向前看，鼓干劲，意志添，灾后一年恢复生产，五年家业重建。"

我突然想起一句话：灾难是人类的老师，一分耕耘，一定会有一分收获。

我们来共同祝愿：镇赉明天一定会更好。

（原载《报告文学》2000年第2期）

西部的倾诉
——中国西部女性生存现状忧思录

梅　洁

之一　孕育的恐怖及其他

新加坡、香港还是别的一个东南亚国家或地区，在一间铺满花布的灿烂的房间里，年轻的妇幼中心的阿姨正在向幼稚园的孩子们讲述"妈妈的子宫"。孩子们席地而坐。坐在花布上的孩子和他们倾听的神情组成了这个世界上最美丽的表情。"妈妈的子宫"被画在一张硕大的白纸上（还同时画有卵巢），呈粉红色，白纸用支架撑展着，挂在孩子们的正前方。

阿姨问："你们知道这是什么吗？"孩子们回答："是喇叭花！"孩子们嬉笑着，东倒西歪，奶声拖得很长。阿姨纠正："这是妈妈的子宫。你们回答得很好，它长得像一朵喇叭花。你们知道子宫是干什么的吗？""不知道！""它是你们来到这个世界之前睡觉的地方，你们温暖的睡床。你们知道它长在妈妈身体的什么地方吗？""不知道！""它长在妈妈的肚子里。"漂亮的阿姨说着就拍自己的肚皮。接着阿姨又说："你们看，它没有眼睛，没有鼻子，没有嘴巴，你们待在里面怎么和妈妈说话呢？你们恐怖吗？"这时，孩子们瞪大惊恐的眼睛回答："恐怖——！"他们又一次把声音拖得很长。亲爱的阿姨笑了："不要怕，宝宝们！你们每一个人都有一根脐带和妈妈的子宫连着，妈妈通过脐带和你们说话，供你们呼吸和营养，你们的肚脐眼就是长脐带的地方。摸摸你们谁没有肚脐眼！"孩子们又一次笑了，笑得东倒西歪。然后纷纷举起小手，争先恐后地回答："我有肚脐眼！""我也有肚脐眼！"……

我不知中央二台在播放什么国家什么地域的什么节目，打开电视时我就看到了上面这个画面。这个画面令我惊愕而感动。我感动女性身体内如此隐秘的一个部分竟被如此温暖洁净地传达到如此幼小的孩子们的心里，我惊愕在中国成年人的社会心理中也讳忌、也躲闪谈论的女性生殖器官，竟被几个年轻的阿姨如此真切地在说给五六岁的孩子们听。

此刻，我无法阻拦我已脱缰的思绪，它已飘飞万里到达了西部高原——1998年7月至9月我一直在那片沉寂辽阔的高原上行走。我行走的理由不是为了满足文人想象中的浪漫，我是在探寻贫困地区与母亲、与"生命之初的睡床"有关的命题。

中国贫困的西部每年都有数百万儿童在失学、辍学，他们中十有六七是女童。我知道西部女孩不知道那个美丽如喇叭花的器官的功能，她们来月经时都吓得发晕；她们甚至不能也没有条件以洁净的方式来保护那个维系人类的温床——她们用破布袋装草木灰来对付每月来临的青春之潮；她们和她们的父母绝对把这不期而遇的生命破碎视为"脏水"，来潮时她们被禁止去寺院斋堂祭拜，甚至不能去祖坟上祭拜亡祖。她们九岁就要订婚，十五六岁要出嫁，出嫁后她们恐惧做爱，然而不久，她们又听其自然地日出而作，日落而性。她们几乎一年生一个孩子，她们不到30岁就有五六个儿女，她们说起生孩子如同儿戏："像下耗子一样！"但她们若生不了男孩还得继续受男人蹂躏，继续像生小老鼠一样生儿育女……她们的女儿长大，像母亲的童年一样去放羊、去捡发菜、去挖甘草根，再长大像母亲少女时一样用破布袋装草木灰侍弄月经。她们经历着"贫困—得不到教育—愚昧—更加贫困"的人生怪圈，而西部低素质人口却在翻番地剧增。

孕育在这里成为威胁生存的恐惧。

于是，西部万丈厚土却寸草不生，西部辽阔千里却没有了森林。可人类的至珍至爱没有了草芥森林还能有什么呢？除了沙漠戈壁没有了可供温饱的土地，除了大风干旱没有了可供饮用的净水，除了愚钝没有启蒙，除了贫困没有智性。瘦骨嶙峋的西部没有了生命的质量和孕育的美丽，人类丧失着自身发展的可持续性……

在西部的农村走了数月之后，我终于听懂了那位宽厚冷静、目光忧伤的联合国秘书长安南站在世纪的门槛上发出的声音：人类进入21世纪的通行证上首先承诺的应是为每个人提供受教育的权利！

我一直在想，什么时候西部的孩子们不再大批地失学，西部的大人们不去封杀悬挂在教室里的"喇叭花"（如果有老师悬挂的话），西部的儿童们也能倾听有关"妈妈的子宫"的温暖的声音……那时，西部将告别贫困告别愚昧，西部的森林和草就会慢慢长起来，而西部的孕育就将交融着温暖的理性与激情。

人类教育的滞后、同步或超前难道不该是现代人关心的主题？

上帝造人时，赋予人生育的能力，这使人类得以繁衍并获得幸福，然而，也因此使人类遭到报应和灾难。

地球诞生已有47亿年，地球上出现生物已有20亿年，人类的诞生迄今只有300万年。起初的200多万年人类数量一直很少，大约1.2万年以前，人类开始栽培农作物时地球上人口约500万。从有公元纪年开始，即差不多2000年前，地球上的人口约2.5亿。从公元1年到工业革命即1750年世界人口翻了两番，达到7.28亿，又过了200年，即1950年，地球上的人口净增了17亿。然后又过了个瞬间，即不足50年，世界人口又净增了35亿！这就是今天全世界的人口，已超过了60亿！仅在300年前，世界人口翻一番需要35000年，大约要经历1400代！而现在，不足50年，没用一代人的时间，世界人口就翻了1.5倍还多。

孕育的背后蕴藏着巨大的恐怖。

有人看到了这个恐怖，比如200多年前的马尔萨斯。1789年马尔萨斯的人口原理》发表时，他看到的世界不过只有7亿多人。但马尔萨斯恐怖了。他提醒人类：在食物供给满足的情况下，人口将按几何级数1、2、4、8、16、32……增长，而生活资料只能按算术级数1、2、3、4、5、6……增长。马尔萨斯担忧人类会因食物供给不足而发生战争、贫困，他当时没有想出别的控制人口增长的好办法，他提倡晚结婚或终身不婚不育。

然而，马尔萨斯的声音被人类孕育的幸福抑或是蒙昧的黑暗吞没了。

现代人称马尔萨斯为庸俗经济学家，但210年过去了，当人类如洪水般一天天淹没吞噬地球时，人类也没有想出比马尔萨斯更好的办法。

中国人浩浩荡荡。

从18世纪30年代（清雍乾之交）人口突破1亿之后，便一亿一亿地翻番。翻到20世纪50年代末人们在欢呼"六万万人民万岁"时，"中国的马尔萨斯"出现了。

1957年6月《人民日报》全文发表了中国著名经济学家、北京大学教授马寅初先生的《新人口论》。马寅初在分析了中国人口高速增长与资金积累、提高劳动生产率、发展科学文化事业之间的矛盾之后提出：

提高人口素质，控制人口数量。

马寅初拥有比马尔萨斯高明、鲜活得多的办法。比如加强宣传，消除"传宗接代""多子多福"的封建观念；修改婚姻法实行晚婚；若婚姻法控制不力，可借助行政措施，即生两个孩子有奖，生三个孩子征税，生四个孩子征重税。并提出用征来的税金做奖励少生孩子的奖金，国家财政不进不出……

这是多么行之有效的办法！

这是中华民族有良知的知识分子发出的智慧之声！

这是继马尔萨斯之后、经历了168年文明对愚昧的又一次提醒！

然而，马寅初被打倒了。全国上下声讨，北大马寅初住宅，大字报铺天盖地。一个智者的声音被淹没了，文明伤痕累累……

"人多力量大""人是第一宝贵的因素"，那就放开生吧。

一年2000万、3000万地生，每年生他个澳洲，生他个加拿大！直生到天空昏暗、江河污染、森林草地破坏殆尽，直生到用占世界7%的土地养活着占世界五分之一的人口。直生到人均只剩下1.31亩耕地、以占世界40%的农民仅养活占世界7%的非农民。生到20世纪70年代中期中国意识到要搞计划生育时，中国的人口已达到了9亿。没过几年即1980年中国提出"一对夫妇只生一个孩子"时，人口已突破10亿！当中国把计划生育作为国策时，人口增长率开始慢了下来，20年全国上上下下地努力，终于使中国少出生了3亿人口。然而，终因基数过于庞大，2000年中国人口仍将达到13亿，2010年突破14亿……

宋健等系统工程学家曾根据资源、物产估计：中国淡水资源容量最好人口4.5亿，中国粮食生产总人口不能超过12.5亿，能源资源不能超过11.5亿。现在，我们已全部超过了好几亿。以后的年月呢？据有关专家测算，到2050年中国人口达到16亿时才可能出现零增长。十几亿人堆积在这片资源有限的国土上，吃什么喝什么用什么？

贫困与愚昧交织的中国西部，文盲率很高尤其是妇女文盲充斥的西部，涌现在中国生育大潮的风口浪尖之上——

1977年联合国沙漠化会议提出了干旱地带每平方公里人口密度的临界指标，即每平方公里不能超过7人，半干旱地带不能超过20人。今天，干旱沙化的西部把冰川沙漠荒原全部计算在内每平方公里已达49人！"苦甲天下"的甘肃定西每平方公里已达130人！定西的通渭每平方公里79人！山河破碎的会宁每平方公里已达88.5人！80年代初，甘肃唯一有余粮可外运的河西走廊每平方公里的耕地上已容载572人！这样高的人口密度同江苏省人口密度几乎相近。即使这样，"三西工程"（甘肃境内为两西工程）还将其作为移民50万人的地方。

笔者赴宁夏采访时从银川一家书店购得一本《中国人口——宁夏分册》，从中发现，沙漠荒原包围的宁夏1985年人口密度已达62.4人，超过临界线近7倍！从1950—1985年宁夏年平均出生率为32.68‰，除西藏外，排全国第一。其中，在马寅初遭难的年间，即50年代至70年代的20多年里，年平均出生率从未降到40‰以下。1962年以后连续8年排全国第一，1962年为44.6‰，1963年50.52‰，1964年49.37‰，1965年48.08‰，1966年42.20‰，1967年43.13‰，1968年40.89‰，1969年42.69‰，1970年40.27‰。据1981年对宁夏妇女终身生育子女数的普查，40岁妇女生育6个，45岁生育6.82个，50岁生育7.07个，55岁生育7.03个，60岁至64岁生育6.79个。据对同为"苦甲天下"的西海固地区的50—54岁的妇女终身生育子女数普查，同心县为8.06个，固原县7.64个，海原县8.44个，西吉县7.88个，隆德县7.94个，泾源县7.51个。

在西海固山区，妇女早婚早育成风，从普查资料看，1981年全国15～19岁已婚青年占同龄青年4.28%，宁夏山区为8.4%，翻了一番。

而南部山区为13.7％，翻了两番；全国妇女平均生育期为20～34岁，宁夏山区为18～47岁，西海固山区为16～49岁，生育期普遍长；1981年育龄妇女生五胎以上的全国为7.67％，宁夏山区为10.7％，而西海固山区则高达34.8％，最高的生了23胎！实在是惨不忍睹。

完全无节制的生育使宁夏1985年的总人口比1950年增长了246.2％，增长速度比全国平均快1.6倍。

蒙昧笼罩着西部女人的生命。

这时，我不禁想到把青春、心血和智慧献给了西部女童教育的专家、学者周卫先生，想到他曾经经历的一幕——原籍江苏的周卫先生，1968年大学毕业后，即被分配到最贫困的西海固地区西吉县一所偏僻的农村中学当老师，在那贫穷的山塬沟壑里，他发现几乎每户人家都是六七个孩子，最多的人家12个孩子。有一次在家访动员学生上学时，正好碰到婆媳俩同时坐月子，每人怀里抱一个刚出生的娃娃，这让一个知识分子的心像突然被马蜂蜇了一下，惊愕而疼痛。他问婆婆的男人："你有几个孩子？"男人说："5个。"周卫看炕上爬的、地上跑的光屁股娃娃不止5个，又问他。男人又忙说："儿子娃5个，还有2个女子。"原来，他心中就没有把两个女娃算作家里的人。周卫又问孩子们的名字，他说了几个就说不出来了，索性就用孩子出生时他的年龄替代，叫什么"马三十七""马四十"……

我想，也许是这太多的疼痛最终成为周卫在日后的年代里，锲而不舍地从事西部女童教育研究的原因吧。

我也不禁想到我在宁夏同心县窑山乡时的一种心境：我曾在下马关镇买了100支铅笔、20把削笔刀，我是准备送给窑山村里的孩子们的。可当一个9岁小男孩向我走过来时，我却迟疑了。因为我刚刚从他们家出来，他的父亲只有40岁，他的母亲只有37岁，可他们家兄弟姐妹竟然有6个！一个也没有上学。我问他母亲："你这么年轻怎么生这么多孩子？"她满不在乎地说："俺们生孩子不金贵，下耗子一样……""你们这里不搞计划生育？""搞，管得不严。""孩子们上不了学怎么办？""挖甘草……"望着眼前的女人，我无言以对。但我深感心里很痛。我真想对她说，你真不该把这么多生命带到这个世界上来。你应该知道，你的每一次孕育都给这个世界增添一份恐怖……然而，我什么也没有说。所以，当9岁小男孩向我走来时，望着这个不该来世的小男人，我发生了瞬间的迟疑：你要笔干什么？你永远也不可能上学。可是，当孩子抬着头用乞求的眼神望着我时，我的心软了。我发给了他两支铅笔，一把削笔刀。孩子是无辜的，罪不可恕的是愚昧。

我想，还有组数字能够给我们一种启示——1981年全国12岁以上的女性文盲半文盲占同龄妇女人口的24.57%，宁夏同年为57.59%，而宁夏南部山区则高达80.26%！而在宁夏1981年生育4胎以上的妇女中，大学文化程度的为零，高中文化程度为0.05%，初中文化程度的为1.04%，小学文化程度的为8%，文盲和半文盲则为90.91%。现实再鲜明不过地在告诉我们，教育之于妇女的生育观、人生观何等重要！教育之于人类已经陷入的困境——人口爆炸式增长何等举足轻重！

之二　仅仅是"楼兰人来不及种树了"吗

一位始终在关怀、忧虑人类生存的作家，曾站在被沙漠掩埋的楼兰古城遗址，心情非常沉重。当他从出土文物中得知3000多年前的楼兰，也曾有环境学专家向国王建议对"砍树者"实行"罚马""罚牝牛"，当国王将此建议晓谕臣民时，一切都已晚了，沙漠、狂风、干渴已开始疯狂地吞噬楼兰。楼兰人来不及种树了。我们完全可以想象，曾经"马蹄嗒嗒，驼铃声声，商贾使节络绎不绝"、处在古丝绸之路上的楼兰城的富裕和繁华；我们同样也可以想象，当沙暴卷来并掩埋这座城市时，无处逃生的楼兰人的惊恐与绝望。

于是这位作家站在位于塔里木盆地南缘的楼兰遗址，面对强大的塔克拉玛干大沙漠告诉人们：一切繁荣倘不以坚固的生态平衡为基础、丰富的自然资源为依托，那么繁荣就是靠不住的，一阵黄风就能刮走。

楼兰被掩埋了。和楼兰同时兴起在古代"丝绸之路"上的尼雅、卡拉当格、安迪尔、古皮山等繁华城镇也都先后湮没在近代的沙漠之中。这是世界旧大陆的悲剧。

当我穿行在辽阔的西鄂尔多斯荒原，当我行走在沟壑纵横、山塬破碎的甘肃定西和宁夏西海固，当我站定在漫漫无际的腾格里沙漠之中时，我总在想，仅仅是楼兰人来不及种树了吗？世界旧大陆的悲剧就不再发生了吗？

事实上，中国西部因贫困而蒙昧、因蒙昧而无节制地生育，又因恐怖的生育而降临给生存环境的巨大的、灾难性破坏已经发生——

我在宁夏采访时，随处可以看到和听到贫苦的农民和他们的孩子生钱的唯一办法是挖甘草，即使我在同心县韦州镇，很优秀的老师在赞扬某某女童能艰苦读书是因为该女童能吃苦挖甘草，赞扬该父母能供女孩念书也是要领我参观满屋子的甘草。人们居然不知道这一代又一代的挖甘草已经把宁夏整个的生存环境给毁得面目全非……

历史上的宁夏不是今天这样被沙漠和秃岭紧紧包围，自古就有"天下黄河富宁夏"之说，"黄河两岸，沃野千里"。唐人韦蟾在《送卢潘尚书之灵武》（灵武为今宁夏灵武县）诗中写道："贺兰山下果园成，塞北江南旧有名，水木万家朱户暗，弓刀千队铁衣鸣。"说的就是宁夏"粮果飘香耕耘忙"的景象；《山海经》说六盘山上"其木多棕"。棕是亚热带植物，大量生长在六盘山上，足见六盘山和它脚下的西海固气候多么温暖湿润。然而今天的宁夏已是"一年一场风，从春刮到冬"，春天的风可以将禾苗吹死、掩埋，夏天的风可以将庄稼"青干"在地里，秋天的风常使成熟的农作物纷纷落粒；曾经青山葱茏的六盘山下的西海固如今万山秃尽，每年水土流失数万平方公里，每年损失1亿多吨肥沃土壤，成为黄河中上游水土流失最严重的地区之一；宁夏土地沙化面积已达17000平方公里，地处西鄂尔多斯荒漠区的盐池县因滥挖甘草而使土地沙化面积已达700多万亩，占县内沙区面积的86％！

甘草，又称"药王"，属国家保护植物。在宁夏这样的干旱荒漠区，保护甘草更是保护草原的重要手段之一，然而宁夏却在疯狂地挖甘草。作家徐刚曾在《疯狂的宁夏草原》一文中披露：最早的"疯狂"始于1984年，4个县70多万亩草场全部被破坏。1985年中宁县药材公司在完成下达收购10万斤甘草的任务之后，又超收70万斤。草原管理部门向药材收购部门打官司，要求交纳草原建设费，然而官司输了。官司都输了，以后还能管什么？于是人们又一次疯狂地拥进了草原，不挖白不挖。1987年，宁夏自区至县，又下达了收购350万斤甘草的任务指标。1993年，数千人、上百辆手扶拖拉机浩浩荡荡开进了盐池县草原，埋锅烧饭、安营扎寨地挖起了甘草。70位农民跑到银川上访，问"草挖光了羊吃什么"。于是自治区政府下文"禁止采挖甘草"，然而疯狂的采挖者们依然挖了4个月，把所有有甘草的草原全部翻了个底朝天。

1949年宁夏有甘草资源1400万亩，那时年收购量为75万公斤，1993年宁夏甘草资源减少了一半，只剩下700多万亩，但当年收购任务居然为572万公斤！有人收就有人挖！是什么人在年年下达如此之高的收购甘草的指标呢？从80年代至今，宁夏仅挖甘草一项直接和间接损坏的草原达八九百万亩！每年因挖甘草损失的牧草达5000万公斤，断掉5万只羊的粮草!

现在,宁夏甘草已经不多了,人们须到50里外、100里外去挖,挖不到就三五人合伙,拿上被褥、镢头、麻袋和锅碗瓢盆,开上手扶拖拉机到内蒙古、新疆去挖……

然而,1998年9月,我在宁夏采访时,无论在农村还是在城市,无论是书报资料还是电视节目,都依然在说:"宁夏有三宝,枸杞发菜和甘草。"

《汉书·地理志》云:天水、陇西"山多林木,民以板为室屋"。今甘肃天水、陇西、定西等地域囊括了甘肃中部18个贫困县。"民以板为室屋"的甘肃中东部地带什么时候变成"万丈厚土、寸草不生"的呢?

甘肃中部地区从东汉中期到解放前的2000多年间,多次爆发大规模战乱,战祸绵延先后达60多年,给当地经济和自然环境造成重大破坏。《定西县志》记载:"清代以前,森林极盛。乾隆以后,东南二区砍伐殆尽,西北两区犹多大树,地方建筑实利赖焉。咸丰以后,西区一带仅存毛林供居民燃料。光绪初年左宗棠提倡种树,东自会宁,北至榆皋,西至临洮,道旁杨柳浓荫蔽日,名左公柳。光绪二十一年,建筑营房砍伐殆尽。"

由于自然生态的被破坏,这一地区旱灾发生的频率越来越短,从清朝263年中的17年一旱,到1892年至1946年4年一旱,1952年始,变为1.4年一旱。"人相食"这一自然界最残酷的现象,许多年来我们这一代人只是作为一种理念而不敢实信。然而这一现象在甘肃中东部许多县志上都有记录:1528年,靖远大饥,会宁大旱;陇西大旱人相食;环县大旱人相食;秦州各县大旱人相食。1548年,靖远大饥,饿殍盈野。1628年,靖远、会宁、兰州、庄浪大旱;定西、通渭大饥;环县旱,大饥，人相食……1635年，临洮夏旱，饿死甚众；会宁飞蝗蔽野。1865年，靖远大饥；皋兰冬大饥，饿莩载道……1930年，定西大旱，灾民3万……

1960年，定西、通渭、会宁一带大旱，赤地千里，老百姓挖草根、剥树皮而食。通渭灾情严重，饿死者甚众……

笔者在甘肃采访时，甘肃"两西指挥部"调研室张振江先生说到1982年的大旱：1982年一年没有下雨，粮食绝收，人畜饮水极度困难。政府动员数千人往灾区送水，送水车队经过时，天上飞的鸟、地上跑的大牲畜牛、羊、猪、狗都疯狂地跑过来和人抢水。定西地区120万人全部靠汽车拉水度命，国家补助拉水费近600万元。张先生说，以定西为代表的甘肃中部18个干旱县600万人近400万人没水吃。"吃粮靠返销，生活靠救济，生产靠贷款"在这一地区持续多年，仅定西地区从1973年至1982年吃国家返销粮14亿公斤。"吃的救济粮，穿的黄军装"就是那些年中部地区的真实写照。

"始于1982年的'两西工程'是中国共产党的一大德政。没有'两西工程'就没有今天的甘肃。"张振江说。这位1968年甘肃农大水利系毕业的知识分子，几十年来，为甘肃水利发展和"两西工程"建设付出了巨大的努力，做了大量的调查研究。"甘肃中部的干旱，主要是生态环境遭到了根本的破坏……"

张振江说道，为了落实中央的重大战略部署，1984年甘肃省委抽调了10000多名专家、领导和干部对中部地区生态环境做了一次规模空前的调查研究。调查结果触目惊心——

定西县：植被破坏呈持续性、全面性、群众性。破坏的方式主要为铲草皮、挖草根。全县铲草皮、挖草根的面积达70.3万亩，占全县三荒面积的40%；全县草场超载放牧达2.5倍以上，天然林木已荡然无存，新栽林木也已毁掉54%……大量的生态破坏，造成了极为严重的恶果。全县每年水土流失180万吨，每亩达3.3吨，伴随泥土每亩流失有机质22公斤，由此造成全县土地支离破碎，沟壑纵横，土壤瘠薄，耕地严重缺肥；自然灾害频繁发生，1950年至1983年34年中，大小旱灾23年，平均1.4年一次，其中粮草绝收的大旱达10年，除此，冰雹、霜冻也频频发生。1963年至1983年21年间，定西一县吃国家返销粮1.29亿斤。

永靖县：史载，永靖灌木丛生、牧草茂盛、牛羊成群。明清以后移民开荒，人口剧增，林草面积已逐年减少。1950年以后，永靖县人口失控，所有的负载都压在了土地之上，大面积开荒使永靖陷入"越穷越垦、越垦越穷"的恶性循环。首先是乱砍滥伐，使森林破坏殆尽：据小原村群众回忆，40年代，那里只有9户人家47人，200多亩地，山草长30多厘米高，到处有次生林。后来，人口猛增，扩大开荒，把毛刺林连根挖出当柴烧。1958年吃食堂，次生林全部挖光。到1983年小原村人口已增加到117人，坪沟乡也由1950年的2042人增加到4390人，于是，森林覆盖率仅剩3.9%；林木砍完之后，永靖农民开始挖树根铲草皮。全县干旱区农户1.47万户，全年共需要燃料8000多万公斤，其中做饭需要4800多万公斤，烧炕需要3300多万公斤。这其中44%的燃料是烧秸秆和畜粪，其余则全靠铲草皮、挖树根。小原村户均铲草皮1500多公斤，面积近30亩；再就是全县超载过牧，把秸秆饲料和仅有的草场全算上，只够一半的牲畜牧用，超载达50%以上，迫使草场严重退化。环境的急剧恶化使永靖县水土流失面积达78.55%，80年代初，人均口粮只有150斤，不够半年吃，人均收入只有四十几元，吃盐都不够。

会宁县：1949年以前，全县荒山植被达60%以上，近50年会宁的人口几乎翻了两番，1998年会宁人口为57万。50年代会宁每年调出粮食1100多万公斤，60年代会宁依然可以每年调出粮食890多万公斤。从70

年代开始会宁非但没有余粮外调，每年还要调进粮食少则3000万公斤、多则6500万公斤。会宁从一个余粮县变为一个严重缺粮县，致命的原因是人口的增加使会宁的山河遭到严重的破坏。如同定西、永靖和其他县一样，七八十年代以来，会宁每天破坏植被3000～6000亩！如果按半年烧草根、半年烧秸秆，会宁一年破坏的植被也达50万到100万亩！

......

现在，我们再来看青海。青海是黄河、长江的发源地，黄河是青海境内的第一大河，过境干流长1960公里。青海的湟水河、大通河等90条河流汇入黄河，占黄河水量近一半，所以说青海是母亲河的最大输液者。然而，80年代以来，大量淘金者拥入河湟谷地，使这里的人口增加了10倍。加之生育失控、草原过度放牧，今日的青海南部鼠类猖獗，毒草、杂草丛生，荒漠化面积迅速扩展。据国家环保局卫星图片显示，荒漠化速率已由七八十年代年均3.9％增加到90年代年均20％，加快了近4倍。生态恶化使青海自1992年以来几乎年年发生旱情，受灾面积数百万亩，黄河的干流之一湟水流域每年因水土流失丢掉耕地上万亩。1997年黄河上游水量降至历史最低点，致使上游的两大水库龙羊峡、李家峡水库蓄水量减少了近25亿立方米，成为建库以来最少的一年。1998年8月我在青海采访时得知，那个周长为360公里、世界上最大的咸水湖泊青海湖，从70年代以来每年水位下降10至13厘米，致使一些地方如今已露出了沙丘、形成了半岛。10年前，我到达过青海湖。那时，望着湛蓝湛蓝的湖水，我把它比作大海退却时遗落的一滴伤心的泪水，抑或是地球在山崩地裂地自我嬗变时留下的一份蓝色忆念。那时，我很诗意很浪漫。10年后我又一次站在青海湖边，望着一天天一年年减少的湖水，我就想，当这滴泪水彻底干涸时，当这份忆念彻底泯灭时，地球将怎样抖动它的愤怒呢？那一刻，我很忧郁也很恐惧。

当我即将结束西部的采访时，我来到了腾格里沙漠南缘的沙坡头。当我独自站立在这无边无涯的瀚海里面，当我向波涛般凝固的黄色走去时，我居然不是恐暝，我体验的是博大、是敬畏。科学告诉我们，沙漠是在人类到达地球之前的几千万年，已经完成了它的铺张的，所以当人类出现时它已非常傲岸。但那时的沙漠还是有自知之明的，它仿佛对人类说：我们相依相存吧。那时的人类对它是敬畏的、不敢轻易触怒的，因为它是"天赐"的。"腾格里"是蒙语，意即"天上掉下来的"。可是后来人类狂妄了，得意忘形了，在这个桀骜不驯的大物面前不小心翼翼了，于是这个大物肆虐了。我不是在这里讲童话，因为依然是科学告诉我们，地球原本留给我们的原始沙漠是很少的，现在地球沙漠的87%是人类后来的活动造成的。

沙坡头是腾格里大沙漠南端紧逼黄河的连绵沙山，东西长十几公里，在黄河北岸堆积成高达百米的沙坝，这里曾经流沙纵横，平均每10个小时出现一次沙暴，沙暴一来，地毁人亡。沙坡头一带年降雨量只有200毫米，蒸发量却为3000毫米，是降雨量的15倍！沙漠每年以8至9米的速度向黄河方向推移。我想，如果沙坡头不出现一个治沙林场，不走来一批献身于治沙事业的专家和工人，黄河在这里早已成为地下河！那条抻长的京兰铁路不知已被湮埋过多少次！

1957年沙坡头建立了固沙林场。走来了专家，走来了工人农民。他们在茫茫沙海里安营扎寨，开始与人类的暴戾搏斗。他们创造了1米×1米半隐蔽式草方格沙障固定流沙，那些草方格的草用的是麦秸或稻草秸。然后，他们又抢墒在草方格里播进草或灌木。30年不懈的努力，30年生与死、成功与失败的搏斗，终于在沿铁路两侧连绵不断的沙山上布下了一张绿色巨网，这张网宽近千米、长近70公里，形成纵横几万亩的固沙林带。昔日吞村毁舍、席卷大地的黄沙被绿色巨网牢牢捕获，再也未能逞凶。绿色巨网曾经历了百年不遇的大沙暴的袭击，但安然无恙。

在沙坡头沙漠边沿高高地耸立着一座碑，那上面记载着1994年联合国命名沙坡头固沙组织为世界500家最佳治沙单位的表彰内容。仰望那座沙漠中的丰碑，我感受着一种悲怆和震撼：这是人类对命运抗争的纪念。回眸南望依然喘息着、挣扎着穿越沙漠的黄河，我就想，我们的"生存教育"应该添加的内容，我们的老师应领孩子们常来沙坡头看看。告诉他们我们生存环境的危机与艰难，不能再砍树、铲草皮、挖树根了！告诉他们沙暴曾经湮没了一个楼兰、尼雅……可沙暴只仅仅湮没楼兰、尼雅吗……？让他们回去告诉他们的父母，让他们长大了，告诉自己的孩子……

之三　雾罩窑山

窑山，是中国西部宁夏回族自治区同心县一个贫困乡。

1998年7—8月我走过了甘肃、青海之后，9月我便到了宁夏。我在宁夏走了很多的路，从宁北走到了宁南。我站在了腾格里沙漠南沿的黄河岸畔，我进入了那个曾经神秘存在而又最后彻底消失的西夏王国残败的墓陵，当我穿越了600平方公里的西鄂尔多斯荒原，然后翻越六盘山到达和甘肃定西一样有"苦甲天下"著称的宁夏南部山区西海固时，贫陋的窑山只是我行程中一个小小的驿站，可是，我还是想说说窑山。

在我赴宁夏之前，宁夏在我心中的印象有三种定格：第一，宁夏是个沙窝子；第二，天下黄河富宁夏；第三，宁夏人的顽韧与强悍。所有的印象都来自既遥远而又贴近的传说。应该说，在完成了宁夏的行走之后，这三种印象都有了感性意义的再现。

今天，纯地理意义的宁夏可以说是腹背受敌：腾格里沙漠从东至北步步围逼，西边的贺兰山已剥蚀得面如死灰，南边数百平方公里的鄂尔多斯高地和塬、梁、峁、涧、沟壑纵横的黄土高原寸草不生，这也许就是人们说的"宁夏是个大沙窝"的缘由吧。

多亏了黄河。黄河从贺兰山南麓入境，折东麓北流至石嘴山出境，流经宁夏392公里，黄河过境处，沃野百里，水肥土美，果花飘香，谷米殷积，早在十六朝时便有"塞上江南"的美誉，这就是我后来到宁夏时看到的银川大平原——黄河大灌区。我抵达宁夏时已是9月上旬，一望无边的稻田青黄相间，再有20天就要收割谷米，路边街市，摆满了中宁产的大枣、苹果，又脆又甜……也许，这就是"天下黄河富宁夏"了吧。

然而，曾经连续18年出生率达44‰、居全国第一的宁夏，如今人口已接近500万，就这么一块绿地，还能富饶多少年呢？

9月12日，我独自一人走进了距银川北35公里处的900多年前一个王朝的墓陵——西夏京畿皇陵，在贺兰山下的洪积扇上，方圆十里建有9座帝陵和147座陪葬陵，这被称为"中国金字塔"的皇陵是一个已经在中国销声匿迹的民族——党项族王朝的陵园，这个王朝曾经把自己的疆域辽阔到了今日的甘肃、宁夏、青海、陕西、内蒙古河套的全境，与北宋和辽国分庭鼎立。直到13世纪初，成吉思汗带领的蒙古人灭了这个王朝。在长达190年的统治中，它创造了完全属于自己民族的文字——那最少11笔画的象形文字，据说今天在全国只有3人可以认读，那是西域神秘灿烂的文化。西夏国的兴灭不是我此刻要写的内容，我只是想说，那个曾经神祇般养孕福佑了匈奴、羌戎、鲜卑、吐蕃、党项、蒙古等游牧民族的贺兰山，那个南北绵延250多公里、东西宽60多公里的贺兰山，绝对不是今天的"面如死灰"，它一定是峰高林密，树木葱茏，水草丰茂，马鹿成群，这不仅有明诗可鉴，更有遍布贺兰山的古岩画做证。

明人有诗赞贺兰山："贺兰之山八百里，极目长空高插天。断峰迤逦烟云阔，古塞微芒紫翠连。"这是何等壮丽的自然景观。而贺兰山岩画更为世界著名，那数百幅凿刻在岩石上的牛、马、羊、犬，虎、豹、狼、鹿，以及飞禽以及牦牛，以及人类的活动：射猎、交媾、战争、群舞……贺兰山岩画既是古人类的文化遗存，也是对贺兰山自然生态的真实记录。

然而，这一切都消失了，贺兰山秃了，金碧辉煌的西夏皇陵也只剩下几座偌大赫然的黄土堆。

站在颓败荒寂的陵园我四下眺望，眼前是一片白茫茫的盐碱地，"莫非银川是因为这一望无际的、如同银屑般的盐碱而得名的？"我茫然地想。

北边的文明消失了，宁夏人本可以掉转头往南走，因为南边有土层厚达20至90米的黄土高原，有耸立在黄土高原之上的六盘山。曾几何时，那黄土高原水草丰盛，牛羊成群；那六盘山上森林覆盖，古木绕云。史载，长安三百宫、咸阳阿房宫均取六盘山林木建盖。丝绸之路经宁南固原州，六盘山下，商贾、使节、僧侣穿梭，马帮、驼铃声声，成吉思汗10万人马驻扎六盘山，忽必烈让其子在此盖行宫……

然而，这一切也都消失了，六盘山上的森林绝迹了，黄土高原上寸草不生了。文明消失在人类活动的进程中。

也许，我们有一百条理由来说明文明消失的原因，但我们无论如何也无法躲避它最强大的敌手——野蛮与蒙昧。

今天，宁南山区8县全部为国家扶贫的贫困县，一场艰苦卓绝的"扶贫攻坚战"正在这块土地上进行。"苦甲天下的西海固"世界闻名。

"我们去西海固。"我对宁夏教科所王建华老师说。

"那我们就走窑山。"王老师说。

也许，王老师一生也不再会忘记窑山，作为一个知识的启蒙者，他在那里辛苦了10年。1968年夏天，王建华由宁夏大学数学系毕业，"文化大革命"使分配延迟了一年，1969年10月王建华被分配到贫困的同心，接受了一年"贫下中农再教育"之后，他到县教委报到，县教委说，你到窑山公社吧。王建华二话没说，找了辆拉货的大卡车，行李往车上一扔，人往车帮上一坐，摇摇晃晃50里就到了窑山，县里的电话提前打到了公社，一个老师赶着毛驴来到窑山路口接王建华。那时窑山公社只有一所小学，4名老师，王建华是第5名，半年后，这所小学成立一个初中班，此为戴帽中学，王建华教初中班。没有学生，一家一家去找，最后找来了12个学生，窑山中学就这样诞生了。除了教书，王建华和学生们一起拾柴，一起翻山越岭抬水，一起在校园里种树，冬天到了，王建华又和学生们一起四处集雪，然后把雪抬到学校的水窖里，这是他们最好的饮水啊。王建华在窑山一教就是10年……

9月13日晨8时，我们出发到窑山。

出银川市往南，不到两个小时我们就进入茫茫无涯的鄂尔多斯荒原。流沙在这里滚动，稀落的狗蒺藜、骆驼蓬和芨芨草干枯而萎缩，这是一片死亡之海。唯有十里一座的烽火台在向荒原深处延伸，唯有这剥蚀风化的烽火台像一位苍暮的老人，孤独地站在荒原向你诉说千年的狼烟、诉说曾经的刀光剑影。王老师让全师傅把车停下来，他陪我向荒原高处的一座烽火台走去，此刻，一幕奇景出现了——一个穿红花衣服的女子领着3个孩子不知什么时候已在荒原站定，在这吞噬生命的瀚海，他们在等待什么？守望什么？我望着荒原中的女人和孩子，心中充满了惊惧和怜悯，此刻，我感到原本沉寂的荒原更加沉寂，原本孤独的荒原更加孤独。

自治区教育学院全师傅开的老"伏尔加"已跑了14年，行程已达40万公里，全师傅说早该报废了，因为没有钱买新车，它只好超期服役。此刻，老"伏尔加"如一峰伤痕累累的骆驼，在荒原里艰难爬行，我们用了足足两个小时，才走出鄂尔多斯盆地。

我们在古老的韦州镇回民女小待了一天一夜，然后继续往窑山赶。

老"伏尔加"在黄土高原上山、下山，再上山、再下山，不知不觉中，我发现我们连人带车都已坠在了茫茫无边的雾海中，山路的能见度只有几米。全师傅说我们已到了大郎顶，大郎顶海拔2800米。

此刻，坐在全师傅身边的王老师不时地在提醒全师傅："开慢点，开慢点……"他声音很低，但我分明听出了他的紧张，王老师的提醒使我意识到老"伏尔加"已走进了悬崖峭壁，这时我才明白这大雾的来头。只见车窗外的雾白如棉絮，时而轻轻曼曼地飘拂，时而又波涛滚滚地翻涌。此刻，我想起数年前我乘飞机飞往格尔木时的心境，在万米高空望着机下白如棉絮静如死海的云涛，我产生了一种幻觉：若飞机坠落，这厚厚的云海会是一床棉被把我轻轻托住……无限的惊恐赐予我无望的寄托。在大郎顶，这种莫名的心境伴随着恐惧又出现了。"开慢点！开慢点……"王老师还在叮嘱，全师傅一声不吭。

几十分钟后，当我们"掉"在了一个沟底，我仿佛也从天空"坠"到了地上，长长出了一口气。"你老让我开慢点，我知道你是不信任我……"长着维吾尔人模样的全师傅说。"我主要是操心人家梅老师，这么远来宁夏出了事负不起责任。我倒不怕……"三人"扑哧"一笑。

一路进王家古窑小学，进田老庄小学，进胡庄完小，进岳家川小学，进李家山小学……几乎每一所小学每一个教室里，都有学生站着上课，因为他们没有凳子，到处都可以看到孩子们4个人挤一张桌子。岳家川小学36个一年级学生在教室外的土院里，用树棍和废电池的炭棒在地上写字，他们和三年级组成复式班，因为教室站不下，两个年级只好轮流上"露天课"……

正午，我们到达窑山。

前面我说过，我曾在下马关买了100支铅笔，20把削笔刀，我准备把它们送给窑山的孩子，因为我听王老师说窑山的孩子常常因买不起一支铅笔而辍学。

窑山是宁夏南部山区同心县的一个贫困乡。同心县和西吉、海原、固原三县（简称"西海固"）同为著名的"三西工程"移民县。和西部黄土高原的任何县份一样，同心县境内地形十分破碎，山、塬、涧、川、丘陵交错纵横，干旱、风沙是这里气候的主要特征，年降水量仅为272毫米，而年蒸发量高达2325毫米，是降水量的8.5倍，岁月已把同心的植被剥蚀殆尽，森林覆盖率仅为1.3%；1949年全县95%的人口是文盲和半文盲，儿童入学率仅为0.63%，女童更是寥寥无几，当时粮食亩产只有15公斤；1997年同心县已有6万多名中小学学生，学龄儿童入学率已达92.4%，女童入学率83.3%，同心县是宁夏回族人口最多的县，对于一个回民高度集中的地区，这样的发展速度已经很是不易。也如同所有贫困的地方一样——越穷人口越是急剧膨胀，同心县人口增长的速度远远高于全国和宁夏全区的增长速度，1949年同心县只有2万多人，1997年同心县人口为33.4万人，其中回族占80.4%，比1949年增长了11.5倍，平均年增长率为5.7%（全国为2.7，发达国家仅为0.7），每平方公里已达48人，人口的压力已使同心破碎的土地不堪重负，教育也随之受损，"三西工程"同心计划移民10万人。如果我们权且认为那个5.6%的失学儿童的统计是准确的话，那全县依然每年有3400多名儿童加入文盲队伍，其中2700多名为女童。

窑山是同心县最贫困的乡之一，全县37个贫困村窑山的13个行政村全部包括在其中。解放前，窑山没有一所学校，也没有一个识字的人，结绳记账，画蛐蛐子记账。1952年窑山办起第一所小学，又过了20年于1972年窑山办起第一所初级中学，也就是王老师来后办的那所中学。又过了25年，即1997年窑山学龄儿童入学率仅为73％，女童60％，女童完成小学5年学业的不到5％，全乡1708名学龄儿童有470多名失学，窑山至今12岁以上的回族妇女文盲仍高达89％。窑山极缺老师，民办老师、代课老师占了58％，女教师尤其缺乏，全乡98名老师只有2名公办女教师，另有4名代课女老师。

我见到了窑山自己的第一个女教师——窑山小学五年级班主任杨梅花。

我也见到了第一个回窑山教书的女大学生——窑山中学生物、物理老师杨英。

这是窑山顶上两棵绿色的树，这是窑山天空两颗希望的星。

窑山学区年轻的学区校长马景海对我说，窑山乡现在有36所小学，一所中学，实在是因为贫困使这里的许多孩子上不了学。年成好点，上学的就多，年成一不好，马上大批失学。1996年受灾，全乡1400名适龄儿童，只招了300个学生，1100个孩子失学；1998年收成好些，招了605人，贫困地区教育也是"靠天收"。马景海说，孩子们主要是交不起书本费，如果国家把课本费免了，孩子们全能上学。每年开学，怕新华书店不给课本，全乡98名老师（其中包括50多名民办、代课老师）把两个月的工资4万多元全部交给新华书店，先垫上把学生们的课本买回来，等慢慢收起学生们的钱再给老师们发工资，有的学生始终也交不起，老师只好给垫上。民办老师一月只有50元工资，一年还只发9个月，再给学生们垫上书本钱，有的一年也拿不到两三百元钱。民办老师、代课老师实在是太廉价的劳动力。马景海还说，窑山人均收入不足200元，口粮每年不够吃，一点生钱的法子都没有，只有靠抓发菜、挖甘草维持一点油盐钱。过去甘草能挖到，挖一斤甘草能卖1元多，一天能挖个十几斤，发菜抓一天也能抓个半两一两，能卖十几元。现在甘草挖光了，发菜抓完了，生钱的法儿眼看也没了。现在挖甘草要跑四五十里远，最远的200多里地。现在有不少人到内蒙古、新疆抓发菜，拿上粮食、锅、破被子，自己做饭，白天抓，夜里睡露天地……

作为一个基层教育工作者，马景海真实的叙说已经使我们看到了窑山生存的艰难，应该说，窑山是整个西部的一个缩影。也许，马景海忽略了另外一面，那就是成千上万的西部人一年又一年、一代又一代的挖甘草、抓发菜，最终彻底破坏了西部的生态环境，西部今天之所以万丈厚土寸草不生，不能说与挖甘草、抓发菜没有干系。可是，不挖甘草、不抓发菜他们会活得更加艰难。

这是一个生存陷阱。

人类什么时候就掉进了这个陷阱的呢？

如果我们少增加一些人口，如果我们早一些办好教育，如果我们更早一些懂得人类和大自然须臾不可分离……也许，我们就不会掉进这个陷阱，或者这个陷阱浅一些，我们挣扎一番还能爬出来。

然而，悲哀的是在陷阱出现之前，没有人能告诉人类这些"如果"。

即使天宇间曾经出现了智者的大音，最终也被愚昧和狂妄席卷了……

愚昧将使人类遭受大罚。

之四 关于困境

"……贫困，除却经济范畴的意义外，还应该包含精神内质，那就是创造力和意志力的缺乏。"甘肃省教科所所长、年轻的教学论博士张铁道对我说。"什么叫教育？对于国家而言，是通过教育的孕育使民族获得发展的能量；对个体而言，那就是人对命运及其发展过程的关注。作为一个教育者，我们的教育目的真义是在改变他人命运的同时，也在丰富着自身的命运……"张博士眺望着窗外阳光般的城市，然后回过头来向我讲述他在澳大利亚留学时的房东："那位坚强的老人启示了我。老人在30岁时失去了丈夫，她有两个儿子，二儿子是个残废，靠着国家的资助她为二儿子成了家，她自己也靠国家的救济金生活。可她每星期都要拿出两天时间到医院去义务服务，帮助那些需要她帮助的人，如拿药、擦洗、喂饭水等。有一次，我对老人说，你可以不必这样做。老人回答，每个人都有他自己生活的权利……老人的回答使我悟出了人生的道理：你在帮助别人的同时也在帮助自己。我常常想，我们的教育究竟为受教育者提供了多少这样的精神内质？"甘肃省教育大厦耸立在黄河岸边，黄河就在窗外滔滔东去。置身在位于17层的张博士办公的房间，我仿佛依然能够听见那不绝的孕育生命的水声……

实际上，1997年10月张博士在面对他的导师李秉德教授、李定仁教授完成他的长达8万字的博士论文答辩时，已经就发展中国家课程设置的弊端，以及普及什么样的教育才能更有效地为个人和社会服务，提出了质疑。

张博士认为：第二次世界大战后，亚洲发展中国家相继赢得了独立，他们出于谋求经济发展的迫切需要和愿望，普遍实行了统一的西方学校教育模式，即"英才"选拔模式。为此，发展中国家的课程始终没有走出以实现工业化、城市化为目的，以发展智育为中心的西方学术课程窠臼，严重脱离本国以农村人口为主体、农村发展为主要导向的教育需求和办学条件，在很大程度上导致了学生缺乏学习兴趣、学业成绩低下、大批学生留级辍学（中国1986年至1987学年小学辍学学生数为414万人，辍学率为3.1%；1987年至1988学年辍学学生达482.6万人，同年，平均留级率达6.4%，其中一年级留级率高达13.19%），进而造成严重的教育浪费。张博士说，片面的学习课程对于亚洲发展中国家来说，只是帮助少数"英才"通过考试脱离贫困的农村现实，而大部分升学无望的"不合格"学生则落得身心俱损的结果，许多学习者没有通过学校教育获得为改变农村贫困面貌所必需的知识技能、态度和价值观念，难以适应农村的社会现实生活。

张博士说，关于发展中国家不顾本国实际照搬欧洲以培养英才为目的的学校教育模式所付出的代价，早在70年代就已引起国际学者的关注。比如法国学者保罗·朗格让就曾这样说过——

"……这些国家中的大多数人口仍然生活在农业地区。那些乡下人经常发现，他们所学到的东西不仅在地理上与他们地区相隔甚远，而且在社会、文化和心理水平上也与他们的生活格格不入。因此，教育与生活的联系被隔裂，这不仅导致了文化体验的贫困，而且也诱使人们离开农业地区。事实上，学校教育在大多数情况下，都是鼓励人们抛弃乡村，加入都市人口队伍。"

还有一位欧洲学者保罗·哈里森在对亚洲、非洲进行了长达5年的实地考察后，完成了轰动世界的《第三世界贫困的内幕》一书。哈里森惊奇地发现"政治的独立并没有给非洲和亚洲带来文化的独立。教育形式与内容仍然因袭欧洲的传统，学校只注重讲授空洞的理论和遥不可及的事实，却不涉及当地村庄农民的实际生活"。

哈里森每到一处都看到，"整个学校教育都在培养学生参加考试竞争，尽管65%～95%的学生都无望升学，但大部分国家的课程却不去帮助他们为生活做准备。"于是哈里森将毕业证书比喻为"摆脱农村体力劳动和贫困压抑的'一张有去无回的单程车票'"。哈里森谴责，教育实际上已经成为诱使青年远离他们的亲人、鄙视体力劳动、抛弃需要他们贡献聪明才智的农村的、与社会格格不入的寄生虫和梁上君子。

我想，无论张博士也好，无论朗格让、哈里森也好，他们都是对的。但是反过来想，如果发展中国家不用"英才选拔"模式，即通过考试来淘汰和选择人才还有什么更好的方法呢？就此问题我曾请教过北京师大教育系学者史静寰女士，她很无奈地说，没有更好的办法，现在唯有"高考"这块领地还相对是块净土，存在着很大程度上的公平竞争，如果"高考"体制被打破，后果不堪设想。我们曾经打破过，但最终是一场闹剧中的悲剧。

张博士的同事马金玲小姐，1987年西北师大教育系毕业，11年来一直在甘肃省教科所从事贫困地区基础教育研究，在她陪同我去甘肃天祝藏族自治县时，这个把头发修剪得如英俊儿郎的女子对我说：在长期的调查研究中已经发现现行的课程无法给学生提供高质量的教育，与当地生产、生活结合太少，学完回到地里完全是另一码事。这些年国家提倡素质教育，课程也增加了乡土教材，也学，但效果不好。很长时间上一次乡土教材课，为的是上面检查好说说而已。农村的孩子还是想学正规课，想升学，这是个矛盾，已成为死结，很难解开。马金玲说到了天祝县炭窑沟小学，她说学校周围搞了大片洋芋地膜覆盖，长势很好，周围很多群众去参观，是块教学生实用技术的实验地。后来校长调走了，也不知现在怎么样。谁都知道教学针对性不强，可一味地有针对性，高考怎么办？家长学生都要求升学。这是中国教育的一大困境。如何挣脱这一困境？马金玲说完，目光一片茫然。

应该说这不是马金玲一人的茫然，这是中国教育的茫然。当一种教育模式历史性地被固化，当由固化而形成的教育观念已如此深入人心，当现代化在中国的城市与贫困的农村相距如此遥远，我们设身处地为贫困的家长和学生们想想，他们何错之有？

所以，当我在"苦甲天下"的甘肃定西，人们告诉我，生存环境极其恶劣的甘肃会宁每年居然有五六百名学生考上大学，会宁因此而成为甘肃著名的"状元县"，当人们告诉我说北京电子一条街有247名会宁大学生、北京部级机关也有50名会宁学生，而会宁山河依旧破碎，会宁像被吸干了乳汁、输尽了血液而倒在路旁的母亲时，我无言以对；当天祝藏族女县长马官保告诉我，他们县的学生范建春1996年史无前例地考上北大计算机系，全县开庆祝大会嘉奖学校、老师、学生，1998年他们县的张永生以621分成绩、名列武威地区第一被清华大学录取，武威行署要在全地区召开庆祝嘉奖大会时，我不能不和他们一起由衷地高兴。故乡如慈祥的母亲，并不在意儿子们学成是否归来，依然敲锣打鼓送他们上路。

此刻，谁能把此视为教育的困境？

然而，谁又能说得清这不是困境？

之五　祁连山的雪化了

8月12日晨8时，我和甘肃省教科所马金玲小姐搭乘兰州开往武威的长途汽车，13时40分我们到达祁连山区的天祝藏族自治县华藏寺镇。一下车我们便遭际青藏高原彻骨的寒凉，站在街心我们冻得浑身哆嗦，不一会儿我就发现金玲脸发白、嘴唇发紫。如果天祝县女童教育课题组的周发科主任再晚一点来接应我们，我们真有被冻僵的感觉……

天祝地处我国地形第一阶梯青藏高原向第二阶梯黄土高原的过渡地带，境内峰峦叠嶂，河谷纵横，海拔4800多米的祁连山、马牙雪山终年白雪皑皑。22万藏、汉、土、回、满、蒙等16个民族生活在这片天寒地冻的雪域高原。天祝历史上没有县制，以部落为居，1949年9月天祝解放，这是中国少数民族解放最早的区域。1950年5月，中国民族区域自治的政策刚一定下来，经周总理亲自批准，天祝就成为新中国第一个实行民族区域自治的地方。当时天祝有44个部落22座寺院。就教育而言，天祝和刚刚诞生的新中国一样，百废待兴。当时，境内只有一所公立完全小学，5所初级小学，在校生203人。经过近50年的发展，1998年天祝已拥有民族师范、职业中学、完全中学、小学共341所，在校生41753人。适龄儿童入学率达到99.43%，其中女童入学率达99.48%，高于平均数，全县15～46岁的农村青壮年非文盲率达97.4%，扫盲已达到国务院规定的验收标准。1997年天祝已全县实现"普初"，世纪末，天祝是甘肃省已定的实现"普九"的县份之一。届时，天祝将成为中国最早实现"普及九年义务教育"的少数民族自治县。这实在是一件了不起的事情。前面我已经提到天祝不断有考取清华大学、北京大学的高才生。

我们已经用了很长的篇幅，说了许许多多关于贫困制约教育尤其是制约女童教育发展的事例与佐证，那么天祝是祁连山里、是雪域高原里的一块富美的天堂吗？

不是，天祝是国家级贫困县。截至1997年年底，全县财政赤字已累计4000多万。以1997年为例，全县财政收入2900万，而财政支出为5100多万，除省里每年补贴1100万外，缺口仍近千万。那么天祝是怎样在困难中发展教育的呢？县教育局那个清瘦干练的周发科主任反复对我说，是"领导重视"。在内地、在西部、在整个中国，我们都经常可以听到"领导重视"和"领导不重视"的说法，以及由此而引发出的两种完全不同的事务结果。前者会将一种务实的作风贯穿于整个理想与意志的实施过程之中，权力之于前者，成为改善民众处境和履行义务和责任的有效而有力的"法宝"；反之，后者则是对责权的玩忽和对民众的期望与信赖的亵渎，应该说，中国教育的现状与困难在很大程度上是中国的各级当政者对教育的不够重视所致，任我们走到什么地方，都可以听到一些教育工作者和民众的抱怨。

周发科向我说到了他们县主管教育的藏族女县长马官保。

马官保是1993年当选为天祝县副县长的，一上任，她就接到西顶小学的一封信。拆开一看，里面有一幅教室危房的照片，歪斜的墙头，绽裂的墙壁，破漏的顶棚……还有一句撞疼她心扉的话："没有别的请求，只是希望领导了解情况。"马官保当即决定要亲自去看一看。

第二天一早，马官保就叫上县教委副主任一同前往大红沟乡西顶小学。通往西顶的路铺着一层厚厚的积雪，无法通车，马官保就步行十几里走到了西顶。眼前的境况比照片上更让马官保心疼：墙斜屋漏的教室，扑嗒、扑嗒滴落着房顶渗透下来的雪水，水点、泥点不断砸在老师的讲台上、头顶上，砸在学生们的课桌上、脸上。即使这样，老师仍一丝不苟地在讲课，学生们仍一动不动地在听课。马官保见此，心头一热，差点掉下泪来。回去时西顶的老乡要用拖拉机送马官保，他们不忍心让女县长在泥里雪里再走十几里路，他们还宰了一只羊让女县长带上，马官保都一一谢绝了。回县当天，她立即找县长汇报，立即批给西顶小学修建费7万元。几个月后，当人们纷纷投工献料、在欢呼声中把马官保的爱与责任一同砌就成了一座崭新的西顶小学校时，天祝政府和女县长投进去的仅仅是7万元钱吗？1998年8月我到达天祝时，周发科告诉我说，全县小学校舍危房面积已由1993年的8.44％降到1997年的0.97％；马官保上任时，全县2000多名教师只有85套住房，条件最好的县一中，90多名教师也只有12套住房。许多老师租老百姓的房或用碎砖烂瓦垒间小房，住得破破烂烂。"就这样的生活条件，怎么要求老师们提高教育质量？"马官保感到再这样下去实在对不住辛辛苦苦教书育人的老师们。"不能安居哪来乐业啊！"马官保想。于是，她想方设法，四处筹资，县财政、银行、房改资金……马官保当年筹资40万元，先为城关小学和县一中老师解决住房困难。周发科说，现在全县老师的住房基本都得到了解决。

在天祝宁静寒凉的傍晚，马官保来到了我的住处。这是一位朴素文静的藏族中年女干部，一坐定她对我说："来晚了，刚刚散会。县委、县政府刚刚做了一个死规定，18岁以前不准入寺，必须接受九年义务教育。2000年全县一定要实现'普九'……"面对这位异族女性，当我稍稍了解了她的身世和经历，我便觉着她的全部努力不仅仅是那个朴素的"为官一任、造福一方"的权责良心，支撑她的还有苦难铸就的博大的爱与悲悯之心。马官保的父亲11岁时成为天祝连城西寺的活佛，曾被送到北京雍和宫学习7年，19岁时回到连城西寺。天祝解放后父亲还俗，在县政府做藏文翻译。"文革"一开始父亲便成为"牛鬼蛇神"被"管制和监禁"了起来，马官保和母亲也被撵到了天祝最贫困的东坪乡农村，贫病和抑郁相交的母亲就死在了东坪乡下的破窑洞里。16岁的马官保从此孤苦无依。这时，人世间的善良和悲悯走近了马官保——东坪小学那个戴帽初中班的尹国庆老师天天派同学去和马官保做伴，帮助她做农事，鼓励她对生活充满信心。1972年从天祝一中走出的马官保又到三沟台农村当民办老师。在这期间，马官保饱尝了做民办老师的艰难和孩子们上学的艰难。应该说这是马官保日后"为官一任"时一定要为老师和孩子们扎扎实实办几件事的心理基础。

"现在，全县有19所牧区寄宿制中小学，有2400名学生，其中女生占一半；民族中学女生多一半；天祝师范已培养了400多名藏汉双语老师，女生多一半。现在教育最大的困难还是贫困，县里没有骨干企业。1997年全县'普初'验收时，干部群众勒紧腰带一下子捐了437万元的硬件建设经费。总之，再穷不能穷教育，再苦不能苦孩子。"马官保坐在我的对面，说到了我在西部到处听到并到处看到写在墙壁上的一句话。对于把这句话仅仅只作为时髦口号的地方，我是很不以为然的。但在天祝，在从马官保口里说出时，我感到了一种真正的亲切。"我们对寄宿制学校2400名学生全部免去课本费，一人10元。另外，每人每月补助10元伙食费，0.8元医药费，一年下来需要31万元；师范生每个学生每月补助26元。一年需要50多万元；全县2300多名老师，光人头工资一年近1500多万，300多所学校，规模小，分散，但又必须办。财政再困难，但这几项必须保证到位。但所有的学校财政也只能保工资，没有任何办公经费，全靠勤工俭学。县城里的小学发动学生捡瓶子、拾破烂；农村小学种粮种菜卖。牧区一年四季都需要烤火，没煤烧，全靠学生捡牛粪。芨芨滩牧区小学发动群众每户给学校养一只羊，不准死不准卖，每年一只羊剪五六斤羊毛，一斤羊毛卖4元，卖20多元交给学校，群众叫'捐圣羊'。芨芨滩有80多户人家，一年可捐2000元。芨芨滩小学80多名学生，9名老师，一年有2000元办公经费能基本保证正常运转……明天，我和周主任陪你去抓喜秀龙乡，女童试验学校都在那里。"听着马官保的叙述，我感念着一个藏族女性如何把她的权责和爱心结合起来，支持着民族教育，体谅着依然艰难的天祝人民。

入夜，我和来自高寒山区的三沟台小学校长宋维山、来自高山草原抓喜秀龙乡南泥沟小学校长孙德贵、红圪达小学校长谢多来、永丰小学校长赵斌忠、来自天堂乡科拉9年制学校校长晃裕财、茇茇滩小学校长毛永世——他们在县里参加校长培训，全县156名校长都集中在县里进行培训，长达一个月的培训校长们都是食宿自理——我们围坐在小小的房间里，聊他们的学校、聊他们的学生、聊他们艰难的勤工俭学。是的，他们很困难，他们出差无钱报销，他们上课没有仪器，他们还缺课桌凳、缺教室、缺图书，他们种青稞、种油菜子、种草、种树、种耐寒白萝卜，卖的钱补助点办公费，为困难儿童垫付书本费。三沟台小学种的6000株白杨长大了，每年修剪的树枝够烧柴了；南泥沟小学131个孩子冬天去拾牛粪，拾来的牛粪帮助他们度过漫长的寒冬；茇茇滩每户一只圣羊够老师们一年买粉笔、墨水、备课笔记本子了。但毛校长说，草场退化了，茇茇滩人养羊很少，82户只养了1600多只，平均每户只有20只，而四口之家养260只羊才能够养活一家人。他还说，羊毛市场也不好，原先8元一斤，现在4元一斤，也不好卖。茇茇滩人生活还很苦……

然而再苦，校长们、老师们、家长们都在设法让所有的孩子上学。发现有孩子不来上学了，老师们就到家里找，到山里找，到草原上找……

周发科主任告诉我，联合国教科文组织的官员、儿基会的官员都来过天祝；日本、澳大利亚、泰国、巴基斯坦、印度、印度尼西亚、圭亚那、丹麦、尼泊尔、孟加拉等十几个发达国家和发展中国家的教育官员、女童教育专家都来过天祝，有的还不止来一次。

从马官保那里，从周发科那里，从校长老师们那里我明白了，为什么那么多国际教育专家频频来到天祝……

华藏寺镇浸溶在祁连山寒凉的清晨里，如洗的蓝天像一只硕大的玉盘覆盖在四周的达日山、格宁山和马牙雪山上。街市上没有行人，唯有一小阵一小阵的冷风擦地而过。站在这"天上一角"凝眸四野，我感受着这"十善华锐地"的圆满和吉祥。不一会儿，马官保、周发科走来，带我和金玲到抓喜秀龙草原。

抓喜秀龙为藏语吉祥富饶的意思，系清顺治九年五世达赖喇嘛进京路过此地时命名的。这一片地处河西走廊东端咽喉乌鞘岭与祁连山东延马牙雪山之间的狭长地带，境内最高海拔4300多米，一条高原美丽的河流金强河从这里发源，一路潺潺，流向了黄河。

沿河而上，我们来到了抓喜秀龙乡南泥沟小学。

周发科告诉我，天祝县5所女童教育试验学校全部在抓喜秀龙乡，1992年以前，天祝全县女童入学率为82％，抓喜秀龙乡为78％，全乡每年都有几百名孩子失学、辍学。

南泥沟小学的女教师谢玉香（藏名才让卓玛）不断地往炉子里添着牛粪，她怕我们冷。她说抓喜秀龙今天气温最低零下10摄氏度，最高只有3摄氏度。她说在抓喜秀龙一年四季都要穿棉袄。谢老师1977年天祝师范毕业就来到了抓喜秀龙高原，她在南泥沟小学教二年级汉语、四年级藏语。南泥沟小学服务半径10公里，娃娃们天亮5点就从家走，中午吃一顿干粮，学校供应点开水。她说娃娃们念书很苦，但大都能来念，有20个学前班娃娃，路途特别远的，家长骑马接送。但谢老师马上说到了桥喜文、桥喜武兄弟，她说桥家兄弟的父亲犯法被判了7年刑，母亲跑了。哥哥桥喜文13岁，去年念五年级时不念了，放羊让弟弟念。弟弟桥喜武10岁，念三年级，下学期可能要辍学。

"我是桥喜武的班主任，"谢老师说，"放假时学校要求预交今年秋天的学杂费30元，娃没有，我先垫上。娃说四五月份剪了羊毛还给老师，但娃们的羊毛今年也没有卖出去，还不了老师，娃们可能不敢来念了……"说着，周发科和谢老师就开始满村子地找桥家兄弟，几个啃着元白菜根的孩子告诉我们，说他们到山里放羊去了。山遥远无尽，草滩遥远无尽，孩子们会在哪儿呢？谢老师说，近处的草滩是冬天的草场，夏天的草场都在50里、100里以外，娃们肯定已走得很远，既已走，就要走到入冬才能回来。她还说，娃们也不会有帐篷，夜里都是挤在羊群里、搂着羊肚子睡⋯⋯

望着浑圆无边的草滩、草滩上浑圆无比的山塬、山塬后面耸入云天的马牙雪山，我们一片惆怅。万年不化的马牙雪山今年非常奇怪，百里银山化得片雪不留，灰白色的石灰质悬崖显得峻冷、狰狞，更加像缺钙而疏松的马牙。

"祁连山的雪今年也化了⋯⋯"马官保忧郁地说。

"为什么？"我惆怅地问。

"不知道⋯⋯可能是气候变暖吧。"马官保望着马牙雪山说。

说着，我们又开始在抓喜秀龙寻找李万芳、李万琴姐妹。谢老师说，万芳姐妹的父亲10年前就跑掉了，一直下落不明。去年突然出现，住了一夜，第二天把万芳、万琴的二姐带走了，二姐只有15岁，至今杳无音讯。大姐前些年16岁时自己跑出去嫁人了，母亲带着姐妹俩和奶奶过，奶奶老了，母亲有心脏病，腿也疼。万芳已经失学了，万琴读小学一年级⋯⋯

我们在双岔村问了十几个大人和孩子，一个小时后，我们才在金强河边找到了正在割草的万芳、万琴和她们的母亲。13岁的万芳眉宇间、眼神里已经布满了生活的忧怨与愁绪，9岁的万琴依然是个可怜兮兮的小女孩，42岁的母亲高桂英看上去足有60岁。

"他嫌我只生女娃不生男娃就跑了，"高桂英说，"万琴没满月他就跑了，10年都不知去向，也不管家⋯⋯房子快塌了，雨大一点就泡塌了⋯⋯娃们上学靠卖点油菜子，家里没有一只羊，只养一头牛耕地⋯⋯开学要借钱了，也没人敢借给我们⋯⋯"高桂英割着草嗫嚅着。

"我资助她们姐妹上学吧。"我轻声对马官保、周发科说。

"那我们替孩子和她们的妈妈谢谢你了。"马官保、周发科说。

再有10多天就要开学了,我给万芳姐妹留下100元,送她们随身用的两支圆珠笔、两个采访本。我对她们说,要常给我写信、寄成绩单……

下许,在祁连山自然保护区中段,在巍峨的石门峡崇山峻岭,我看到玛尼经轮在石门河上缓缓转动,五彩经幡在如洗的蓝天下灵魂般飘拂,马官保的歌声从帐篷中传来——

> 太阳和月亮是一个妈妈的女儿
> 她们的妈妈叫光明
> ……

又唱:

> 无极的雪域啊
> 无极的唐古拉草原老调
> 我双手合十
> 祈愿众生吉祥

听着马官保的歌声,我一时泪流满面,也说不清因为什么……

之六 西鄂尔多斯荒原的雨声

我很久地沉浸在对宁夏韦州镇的历史想象中。

韦州地处西鄂尔多斯荒原的南端，1998年9月当我穿越辽阔的荒原到达韦州时，韦州整个的色调是土黄色，和荒原一样。土房、土墙、土路，给人一种异常干涸的感觉。可历史上的韦州肯定不止这一种单调枯萎的土黄色，它肯定有别样的色彩。否则，那个明太祖朱元璋第14子不会在韦州建离宫别墅的。"风清月明""凉爽宜人"的韦州肯定不是除了人便万物凋瑟。佐证韦州历史上文化自然景观的另一史料记载是：韦州曾成为明代伊斯兰教经堂教育中心。明万历年间，韦州出了一位卓越的经学大师海东阳，经名艾哈默德。这位海东阳是明代后期中国伊斯兰教经堂教育创始人胡登洲的嫡传弟子，胡太师祖创立经堂教育于陕西咸阳，很快被海东阳（穆斯林人尊称海太师爸爸）和其父海师等著名经师传入回族聚居的半个城（今宁夏同心老城）和韦州城一带。胡氏嫡传弟子有三人，其中两人即至同心城、韦州城设帐讲学，二传弟子著名的有四人，其中有三人到同心城、韦州城讲学，其三传弟子也大部分授业于同心、韦州，足见同心、韦州当年伊斯兰教经堂讲学如何盛行。海东阳在韦州设帐讲学，阐训万代，成绩卓著，蜚声海内。云南、陕西、山东、杭州等地学子负笈载道，接踵其门而求学，韦州成为"天下之人，裹粮问业，户外之履满焉"的经堂教育中心。

　　我一直在想象"裹粮问业，户外之履满焉"、学子如云的韦州，想象这沙漠边缘曾经有过的求学盛况。如此深厚的文化渊源不可能迹断烟灭，它一定渗入韦州人的血脉之中。那么我就想，我专程到韦州要访问的一个人是不是就归为这种文化传承和渗入的现象之一斑呢？

　　她是一位女校长，叫马新兰，经名：海迪彻。当然，马校长从事和献身的是现代教育，我只是想说这位女性精神中的韦州文化。46岁的马新兰生命的27年都献给了韦州的女童教育，1985年恢复韦州回民女小时，马新兰从韦州中心小学调回民女小当校长，那时加她一共6个老师、90个女学生。1998年，回民女小有21名老师，360个学生。1985年到1998年从回民女小走出去的女学生已达1000名。她们中许多人上了中学，其中又有许多中学毕业后考上了北大、北师大、中央民族学院，许多人做了教师、干部、商界老板。从学校到清真寺，从社会到家庭，韦州女小走出去的学生都成为生活和社会发展的需要……就马新兰个人而言，千名学生完全堪称"弟子如云"；就宗教传统而言，在"女孩九岁就要封斋、不能再与男孩一起蹦蹦跳跳、十五六岁就要出嫁"的韦州，马新兰让1000名女孩在不同程度上获取了另一种人生，这在韦州、在鄂尔多斯荒原应该是一种奇迹。

无论怎么说，马新兰也是韦州文化教育的接班人。韦州回民女小始创于1929年，停办于中国异常饥馑的1960年。而它的创始人正是马新兰的外祖父苏乐。明代至清，苏姓为韦州回民的主姓，海东阳墓碑的立碑人中就有近50名苏姓回民。韦州的海姓回民是在海东阳定居韦州后从各地迁徙而来的。30年代的苏乐，是韦州镇四大知名人士之一，他从事商业又经营土地，当年韦州人评价一个人的富有和财产是看你有几连子骆驼，一连子骆驼是15峰。苏乐有四连子骆驼，这在地处荒原的韦州已相当富有。苏乐把盐池县会安堡的盐运到陕西宝鸡、甘肃天水，再把那里的日用百货、布匹、药材运回韦州。那时，四季穿越西鄂尔多斯荒原和六盘山崇山峻岭的驼队，数苏乐的壮观；苏乐开办回民女小，在韦州是开天辟地的壮举，苏乐聘请马新兰的爷爷到女小当教师（当然马新兰成为他的孙女是几十年以后的事），新兰爷爷是韦州著名阿訇，是海东阳经堂教育的后承人之一；苏乐开药铺，马阿訇的儿子就在药铺抓药，后来精明的苏乐决定把自己的女儿嫁给这个青年抓药郎时，他一定是发现了这个青年有别于他人的精神和品格。1952年马新兰诞生时，抓了一辈子中药的父亲已成为韦州镇著名的中医，他精通中医中药，且是韦州镇唯一通读了四部中国古典名著《红楼梦》《三国演义》《水浒传》《西游记》的文学爱好者。这样一个通理博大精深的中医中药又了解波澜壮阔的人类生活的人，就决定了他会把5个孩子送到学校去念书，包括新兰和一个姐姐，决定了新兰和姐姐最终成为韦州镇唯一念到六年级的女孩，唯一考上县城中学的女孩。

那时韦州和县城不通车，新兰和姐姐每学期必须步行近100公里走到学校。当时这样的辛苦是无法阻拦苏乐、马阿訇和那位著名老中医的后代的，不幸的是新兰和姐姐只念了一年初中就遭遇上了"文革"，以后的日子和我们大家都一样，新兰们不能再读书，只能是"混个初中毕业"，那是1968年。

1971年，19岁的新兰做了民办教师，月工资只有5元。做一个女教师、教许多许多的孩子是新兰童年就有的梦想。这梦想如同一粒种子种在一个小女孩纯洁的心灵之后，它是一定要发芽开花结果的。是谁在新兰心上种下了这粒美丽的种子呢？几十年以后，马新兰依然沉浸在纯洁的回忆中——

"……我们的女儿若没有女教师，家长是不让去上学的。那年她来了，我们全村的女孩都去了。她向我们走来时，我们非常紧张，全都躲在墙根偷偷看她……她那么美丽、那么漂亮，她是从北京来的。我不知她怎么就从那么远的北京来到我们这么偏僻的韦州。那是1958年，我只有6岁。她只教了我们一年就走了，我不知她后来到了哪里，但我一直都在想念她。长大了当一个女教师就是在看见她以后产生的，抹都抹不掉。1992年，周卫他们开始搞女童研究时，把我们学校定为试验学校之一。他们上上下下做工作，一定要让试验学校的女教师达到40%以上，一定要让每个试验学校配一个女校长，我是深深明白他们的心意的。一个好的女教师、女校长兴许一生都会成为她心中一束不再凋谢的七色花，她会因此一生怀着梦想去追求、去奋斗……"应该说，当年那位从北京来的女教师和马新兰相伴的日子绝不是一年，而是整整一生。

当女校长之初，马新兰带着师生捡半截砖头盖教室、垒院墙；到草滩上捡发菜，卖了添置办公用品；亚运会在北京开幕前，马新兰让学生们把"叔叔，请你注意安全"的话一针一线绣到小手帕上，当几十条、几百条小手帕寄到北京、上海、银川的交通部门时，成千上万的司机叔叔、阿姨们就聚集到一起宣誓"向宁夏的小朋友们学习"。女童教育试验开始后，马新兰一周一节大课，一讲就是4个小时，她给自己的学生讲"怎样自强自立"，给学生的母亲讲"怎样做一个合格的母亲"；她开设缝纫、裁剪、刺绣、烹饪、育种等各种实用技术课，她希望孩子们考不上学能尽快在社会上自立……

西部女童教育试验对于奋进的韦州回民女小实在是推波助澜：1992年9月7日新学期刚刚开始，宁夏教科所周卫、王强们即把写着"心灵手巧、自立自强"中、阿、英三种文字的校训牌轰轰烈烈授给了韦州回民女小，自那时起，女小就成为大西北女童教育试验一颗闪亮夺目的星。你随时都可以听见一个偌大的外部世界向女小频频走来的脚步声——

1993年9月17日，女童教育试验一年后，在银川参加"全国女童教育试验汇报交流会"的青海、甘肃、宁夏三省（区）县、乡和学校的60多名代表来到了女小。出席这次会议的国家教委教育发展研究中心副研究员王晓辉来到了女小；北京大学中外妇女研究中心的五位教授王庆淑、郑必俊、齐文颖、臧健、王春梅来到了女小；宁夏教育厅、民委、妇联的负责人来到了女小……

1994年12月11日，参加国家教委、全国妇联联合在银川召开的"全国女童教育现场会"的全国28省市、200多位代表来到了韦州女小；全国妇联书记处书记康泠来到了女小；国家教委基教司司长王文湛、自治区副主席刘仲来到了女小……

1994年7月19日，北京大学历史系教授杨立文、臧健一行6人来到韦州女小进行"口述史"访谈……

中宣部文艺局苏小卫等6人捐赠的4大包工具书和儿童读物从北京寄到了韦州女小……

北京大学教授郑必俊、臧健救助失学女童的800元捐款寄到了韦州女小……

中央广播电台一行4人来韦州女小采访录音……

中央电视台大型电视系列片《解放》摄制组来韦州女小拍女童教育纪实片……

签着中央电视台各栏目主持人姓名的一份挂历从北京寄到了韦州女小……

加拿大友人帮助建小农场的2万元人民币交到了韦州女小……

巴林国法克利亚·亚瑟利比女士捐赠乡村图书室的750美元交到了韦州女小……

英国伦敦大学教授伊丽莎白一行5人来女小参观考察……

清真寺和社会各界群众的捐款来到了韦州女小……

还可以举一些。

女童教育试验4年间，从荒原南端小小的回民女子小学走出去的又是什么呢？

1992年4月3日，由宁夏教科所推荐提名，马新兰参加了全国中小幼教职工访日团，赴日本参观考察中小幼教育；

1993年11月18日，应北大中外妇女问题研究中心邀请，马新兰随西部女童教育课题组一行8人来到北大参加第二届国际妇女问题研讨会，韦州女小的手工刺绣品义卖在北大引起轰动；

1995年8月20日，马新兰赴北京参加联合国第四次世界妇女代表大会，将西部女童教育成功经验通过非组织论坛介绍给世界各地；

与此同时，马新兰成为全国五一劳动奖章获得者，并被亚太地区新闻单位评为"亚太地区十大杰出妇女"，1993年教师节，马新兰成为中央电视台《东方之子》栏目人物……

还可以举一些。

这频频地"走进来"和"走出去"，使荒漠南端的韦州、韦州小小的回民女子小学成为"天下人知"的地方。当年在韦州传播经堂教育的海东阳也未必到这份上吧？

在如此的"走进来"与"走出去"中，马新兰和这世界的大人们便把美好的理想和具体的生存、把广阔的外部世界和孩子们未来的人生有机地结合在一起。教育，在西部荒漠沙原如同一滴滴甘露渗透在回民的小女儿们心上。

伴随着"走进来"和"走出去"，一个个美丽动人的故事发生了——

故事之一：1995年6月，北京师范大学教育系史静寰博士带领学生做"性别意识研究"。她写信给马新兰，让马新兰在她的学生中做一个测试，即用简单的图画表达"我长大了做什么"，同样的测试在北师大附小同时进行。当两个完全不同地域的学校的测试结果集中在史教授手里时，她出乎意料地惊诧了：北师大附小女学生图画绝大多数表示长大了当歌唱演员、舞蹈演员、播音员、秘书、美容师等，男孩子表达的是商界老板、警察、士兵、运动员、科学家、飞行员等；韦州女子小学的图画表达则是开飞机、开火车、电脑操作、科学家、运动员、教师等，这样的比例很高。北师大附小学生们的图画使史教授发现，城市的职业性别选择已潜移默化为孩子们的性别意识，但马新兰的孩子们是怎么回事呢？这让史教授好一阵费解。马新兰到北京参加世妇会时史教授问马新兰："能说说你的孩子是怎么回事吗？"马新兰说："史老师，你得知道，在我们那里学校是女孩子唯一能产生梦想的地方。"

作为始终从事着前沿性教育理论研究的史教授，她非常感慨在封闭贫困的西部，学校作用的明显以及许许多多像马新兰这样的校长和老师们正带领千千万万孩子挣扎着走出传统，而城市没准儿正悄悄向传统回归……

故事之二：1993年9月北大五位女教授到达韦州时，围观女教授使韦州万人空巷。"三西工程"移民中的一户移民马小玲母女挤在人群中间，上完小学一年级的马小玲从100多里外的贫困山村马高庄移民到韦州时已经失学。小玲母女挤在了臧健教授身边，臧健拉着小玲的手问："小朋友，你上学没有？"小玲摇摇头。臧健又问："你几岁了？"小女孩不说话，旁边人代答："11了。"臧健又问："你们家兄妹几个？"小玲母亲回答："三男一女，她为二。"臧健又问："哥哥上学没有？"小玲点点头。臧健继续问："你想上学吗？"小玲使劲地点点头。在这点头与摇头中，善良的臧健对马小玲已经充满了深深的同情与爱怜，她掏出随身带的两支圆珠笔送给马小玲："小玲，你要争取上学，若实在上不了学，你就跟哥哥学习识字、写字……"说完，臧健就随"大部队"到韦州城南参观清真大寺，又折回参观康济寺塔，转了韦州的好几个土街土巷。这时的马小玲始终挤在人群中，尾随在臧健身后，只是臧健没有发现。几个小时后，臧健他们上车去同心县城，在马达已经启动的瞬间，臧健突然发现远远站着的马小玲，并且真真切切地听到了马小玲的喊声："阿姨，再见！"这个一度只会摇头点头的小姑娘在离别的瞬间突然发出的喊声，让臧健柔肠寸断，她和身边的全国妇联儿童基金会的丁鹏霎时泪流满面，"小玲再见！再见……"臧健意识到此生此世她不可能忘掉西鄂尔多斯荒原南端这位小姑娘了，丁鹏说："小姑娘大约也永远不会忘记你了。"第二天，在同心县城的座谈会上，臧健眼含热泪地说到了默默的、无望无助的那个韦州小女孩，说到了那声令她永远牵念伤感的喊声。在座的人无不伤怀感动，臧健发现马新兰哭了。

回到学校，马新兰就把这个故事讲给全体老师们听，然后发动老师和学生在韦州镇寻找马小玲。因小玲一家是移民，没有户口，许多人也不认识，找不到。几天后，马新兰他们才在河滩的一间租房里找到了马小玲一家。小玲的母亲说，自那天见到臧健阿姨后，小玲一夜一夜在梦中哭醒，有时睡着睡着就突然坐了起来，说我要上学。臧阿姨给的两支圆珠笔也让哥哥和弟弟拿走了，小玲哭了半天……马新兰听完就说，明天就让小玲到女小上学，免去学杂费。小玲妈说，小玲得看四弟，我和她爹每天都要去挖甘草（又是挖甘草！）。我们是外来户，没有地，口粮全靠买。一斤甘草卖一元钱，除了买粮还要供两个男娃娃上学。马新兰说，让小玲带小弟弟上学，小弟弟可免费上学前班。于是小玲上学了，马新兰还免费发了小玲一套校服。这年11月马新兰到北大参加第二届国际妇女问题研讨会时，专门给臧健带了一张马小玲穿校服的照片。这就是你说的那个马小玲，我们已经找到了，她已上学，马新兰说。太谢谢你们了，是你们救了孩子。臧健说。她一遍又一遍地抚摸着照片，像抚摸着别离已久的小女儿。马新兰散会时，臧健买了文具盒、铅笔、毛背心托她带给小玲。

回韦州后，马新兰专门召开一个全校大会把臧健的东西转交给马小玲，她要在孩子们心上留下一个仪式。

此后，臧健就和小玲通信，小玲每学期的考试答卷都写得工工整整，由父亲寄给臧健。

1994年臧健一行到韦州做"口述史"访谈时专门去了小玲家，小玲又高兴又紧张。臧健给小玲带来了书包和自己女儿的许多许多的书。小玲，阿姨看看你的书包。臧健说。小玲拿来了，是个又脏又破的白塑料袋。小玲，你看，阿姨给你从北京买来了新书包，还有这么多书。小玲你一定要好好学习，这书包里装的全是知识。小玲，你会做什么，能告诉阿姨吗？小玲终于说话了。小玲紧紧拉着臧健的手。那一刻臧健的心被泪水淹渍了，她想，她和小玲有一种前世今生的缘分。

后来宁夏自治区教科所陈少娟资助300元帮助小玲念完小学，1997年已考上韦州中学的小玲每年接受着臧健500元的资助。

故事还没完。1998年7月，韦州女小的马虹以很优秀的成绩考上了同心县重点中学，但马虹姐妹6个，5个都辍学的辍学、不念的不念，马虹父母绝不同意再让马虹上中学。马新兰知道后越想越觉得可惜，她想找一个帮助马虹的人，她想起了和臧健一起来韦州的中国儿童基金会的丁鹏。她让马虹给丁鹏写封信，她也亲自给丁鹏写封信。可发信时怎么也找不到丁鹏的详细地址，她就把信发给了臧健，她托臧健把信转丁鹏。臧健呢，收到信后一刻也不停地为马虹想办法，她知道丁鹏那年从宁夏回京不久就调到了中国银行，臧健觉得这么多年她们也没来往把信转去也不大好，臧健就问全国妇联春蕾计划能不能救助，回答：春蕾计划只资助小学女童，不资助中学女童。于是臧健就找到弟弟一家商谈，能否资助马虹。弟弟一家欣然应允，并决定以弟弟的女儿臧彤的名义进行资助，每年500元。臧彤在1998年夏季以652分的优异成绩考上了北大生命科学学院；臧彤在中学时代就曾想资助一个贫困地区的孩子念书。

1998年9月我到达韦州女小时，马新兰把臧健和臧彤资助马小玲、马虹上学的信及汇款单复印件一一拿给我看。这一年的岁末，在北大勺园，臧健请我吃韩国料理，我发现，这实在是一位柔情善感、充满同情心的知识女性。我向她索看了马新兰、马虹写给她和给她侄女臧彤的回函。至此，我有一种感觉，中国的女儿们，把善意与良知、把理性与同情织梭般织成了北京至大西北横跨天际的彩桥，这彩桥接通了西部女童抵达另一种人生的路。

西鄂尔多斯荒原下雨了。

那一个雨夜我住在了韦州，窗外，韦州一片漆黑寂静，雨点紧一阵慢一阵地敲打着窗棂。

马新兰坐在我的对面，和我说着很长很长的夜话。

荒原的雨声，辽阔而贴近……

之七　六盘山下不眠的倾听

臧健在北大勺院2号楼门前等我，她很高地站在雪后的阳光下。雪后的阳光分外灿烂，穿着豆绿色羽绒服的臧健分外灿烂。"你是梅洁……""你是臧健……"当我们几乎同时在行人中认出对方时，我想肯定有一种不朽的默契在我们心中同时升起。

在2号楼内的韩国料理间，我迫不及待地给臧健拿出了马小玲的照片。

臧健反复抚摸着照片，惊喜得一遍又一遍地说："都长这么大啦……"看着臧健充满母性的爱怜我很感动，我说："女大十八变，越变越好看呀，小玲今年都15了……""我本来说今年暑假领着我女儿和臧彤到韦州去看看小玲、马虹、马新兰的，后来有事又耽误了……1993年新兰给我带过小玲一张照片，我实在没想到5年后又有人给我带来照片……"说着话，臧健一双温柔细长的眼睛一刻也没离开照片上的小玲。

马新兰领我在韦州的土街土巷走了很远的路，走出了镇子、走过了河滩，走到了两间小土房前，就走到了小玲的家。小玲在屋外的一小块地里挖土豆。土豆很小，核桃那么大，像我在窑山看到的一样。

"今年天旱，没长大……"小玲望着我，很腼腆地笑。读初二的小玲已长成大姑娘样，朴实、健康、大方、耐看，有一种成熟美。

"让梅阿姨给你照张相，给臧健阿姨带去。"马新兰说。

"那我换件衣服……"马小玲说。

"不用换，这就挺好。"马新兰说。

"你就挖土豆，我给你照。"我说。

于是，在土豆地里，我给挖土豆的小玲拍了五六张照片。那时我就想，我是一定要把照片带给臧健的。

就着两盘石锅拌饭、两条炸黄花鱼，我和臧健的话题就没离开小玲，没离开西部女童。然而，我听到更多的是"大龄女童"。作为研究中外妇女问题的学者，臧健发现了一个新问题领域。

以往无论是儿童学或生物学或统计学的研究，习惯将儿童年龄定义在0～14岁，15岁以上即与成年人同等看待，臧健说，联合国儿童发展基金会的定义，将儿童界定为0～18岁。这一概念从1995年开始，已为我国政府所接受。因此，我们今天谈论女童，应指0～18岁的全体女孩子。

儿童按照不同的年龄大致可以分为三个发展阶段：0～5岁为婴幼儿期，6～12岁为学龄期，13～18岁为青春期。女童研究的范畴，应包括女童生长、发育、就业的全过程，也就是说我们考察历史形成的以及不断演变的对女童的歧视，关注女童所应获得的平等权利是否受到侵犯，应包括女童从出生到青春期的整个发展阶段。

臧健在多年的研究中，尤其是在1993年7月赴宁夏做"口述史"访谈中发现，贫困地区的失学女童不仅仅局限于学龄期儿童，13～18岁的大龄女童失学问题往往更为严重。相比来讲，大龄女童的生存状况更为不利。种种原因，贫困地区有70％适龄女童不能入学，这就势必造成贫困地区有70％的13～18岁的没念过书或只念过一二年书的大龄女童文盲。这些女童再也无法进入学校，即使在西部女童教育搞得好的地区和学校，大龄女童也因为年龄偏大正规学校无法接受而失去受教育的机会。这部分大龄女童文盲将构成下个世纪初中国妇女文盲的主体。臧健说，目前的研究表明，妇女受教育程度与初婚年龄之间存在着密切关系，贫困地区大龄女童受教育程度低是她们早婚早育率高、多胎多育的基本原因。

臧健说，90年代以来，世界发达国家与发展中国家处于青春期的大龄女童卖淫、性交易与性剥削问题，在我国也开始出现。在发达地区城市中做三陪女、卖淫女的，大部分来自贫困地区和贫困家庭，其中有相当部分是未成年的大龄女童。卖淫是个遍布全世界的社会问题，仅靠公安部门打击是不够的，它需要全社会的努力。假如贫困地区的大龄女童能够享有受教育的权利，假如她们能够得到技能培训，假如她们具备了发展能力，她们中大部分人就不会选择卖淫脱贫的方式。就此问题，臧健在1993年的"口述史"访谈报告中，在1995年世妇会女童论坛上，在1997年"贫困地区女童发展战略研讨会"上，多次呼吁政府和全社会予以关注。

臧健认为，在女童失学辍学比例和大龄女童文盲相当高的地方，非正规教育不仅使女童特别是大龄女童重新享有受教育的权利，更获得参与社会的机会，其作用不可低估。非正规教育往往是与贫困相联系的，越是贫困的地区，其效果越明显。非正规教育不能反映一个国家的教育水平，却是发展中国家借以促进改善贫困地区女童状况的有效途径……

臧健对大龄女童问题的研究与关注使我立即想到了一个人，这就是六盘山下的固原地区西吉县单家集的单秀明。也许我们早已从《红旗飘飘》大型丛书里、从许多长征过的前辈的回忆录里，看到过单家集。1935年至1936年吴焕先、程子华、徐海东、毛泽东、张闻天、王稼祥、聂荣臻、左权、陈赓、杨勇等红军领导人率红二十五军、红一方面军、西征部队红一军团先后三次进驻单家集。离单家集不远的将台镇就是红军三军会师胜利结束长征的地方。

我发现，几个月来我在西部走了很远的路，但我走来走去没走出黄河，没走出古丝绸之路，再就是没走出这条长征之路。当然我们更能从毛泽东的著名诗词《清平乐·六盘山》里获悉，这是块播撒过革命种子的地方。这革命主义里包括英雄主义、浪漫主义、现实主义等。单秀明的母亲就是在这些革命主义熏陶下成长起来的一位英雄的穆斯林女儿，无论是抗日战争、解放战争还是新中国成立，这位女性都勇敢地担当了单家集村妇救会主任、村贫协主席，我们完全可以想象一个在风雨、炮火中奋不顾身的女性的形象。因此，这位母亲就在1965年国庆节时，随少数民族代表团走上了天安门观礼台，受到了毛泽东、刘少奇、周恩来等党和国家领导人的接见。然而仅仅一年之后，一切都翻了过来。"红卫兵""造反派"洗劫了单家，因为他们在反复的抄家中发现了这位母亲和刘澜涛的合影，"和叛徒合影肯定是叛徒。"造反派们说。他们殴打这位英雄母亲的丈夫，说他把图钉钉在毛主席像上（用图钉把一张像钉在墙上何罪之有？），立即定为"现行反革命"……于是，这位熬不过惊恐、折磨、凌辱的男人就在1966年岁末上吊自杀，那年单秀明初中毕业，是单家集史无前例的三个女初中生之一。而母亲为了孩子们，顶着熬着走了过来……从遥远的西部农村单家集我们进一步理解什么叫"浩劫"——无论城市农村，也无论天涯海角，命运之苦在劫难逃，如同洪水过街，片甲不留。这种让人无法逃遁、无处藏身的"革命"，其渗透性、残酷性与无人道性实属人类罕见。

少女单秀明经历了光明与黑暗、天堂与地狱的心灵轮回，这势必要奠定她日后的不屈不挠；而血脉里流淌着英雄母亲凛然傲然、追求光明与正义血液的单秀明，日后的人生绝不会卑琐与平庸。

1974年单秀明被西吉县兴隆镇农业技术推广站聘为农业技术推广员，社会上普遍称为"老推"。"老推"的日子永远和农民在一起，面朝黄土背朝天。所不同的是他们在顽强地推广良种和先进的农业技术的同时，顽强地与千年的传统和保守、愚昧、落后抗争。西吉是"苦甲天下"的西海固（西吉、海原、固原）三县的首称县，西吉聚居着80％的回族人口，经济文化非常落后，直到90年代许多村子仍没有一个女孩上学，农村女性文盲率高达90％。

干旱贫瘠的西吉兴隆，历史上从来不种蔬菜、更不种西瓜，1983年，单秀明率先要在兴隆推广地膜西瓜。她发动了40名能够管得住男人的女人——单秀明向我说这句话时对我解释了一句：即在男人面前说话能够算数的女人。她向她们说："你们种，我承担风险。成功了你们付给我种子、化肥、地膜款，失败了我赔你们每亩地400斤麦子，种子、化肥、地膜款我不要了。"那年推广种植了60亩，亩产2000公斤，成为西海固农民当年家喻户晓的新闻，结束了兴隆不能种西瓜的历史。后来的兴隆几乎每家每户都三亩两亩地种西瓜，全镇最多的年份种500多亩西瓜，最少的年份也种200多亩，现在，亩产已达4000公斤。后来单秀明见到我时说："一亩地赔400斤，60亩要赔24000斤麦子呀！种子、化肥、地膜我已垫进去6000元。真砸了拿啥赔呀？现在想起来也后怕，那时就是坚信能成功。"1987年单秀明推广地膜玉米1700亩，外面风传："种不成没事，有农技站赔呢！"单秀明说："你必须给我好好种，别老想着等我赔，只要有人种成功一亩，也别想我赔你。"单秀明说，该硬时也得硬。结果一举成功，亩产390公斤，现在兴隆的地膜玉米亩产550公斤，最高的达800公斤，单秀明在兴隆累计推广地膜玉米2万多亩。25年来，单秀明参加完成农业技术试验课题30多项，示范推广地膜玉米栽培、农作物立体复合种植等农业新技术24000多亩，增产粮食164万公斤，净增产值74万多元；单秀明大力进行农作物品种改良，使兴隆镇的小麦品种更换了5次，马铃薯品种更换了5次，玉米品种更换了3次，胡麻品种更换了4次，兴隆的良种覆盖率达到98％；单秀明推行中低产田改造，使近万亩中低产田亩产由150公斤提高到300多公斤；单秀明推行土壤培肥技术、小麦玉米套种技术、节能日光温室技术20多项，使全镇29300多亩农作物单产由90公斤提高到184公斤，增产粮食5040万公斤，使兴隆镇90％的农民解决了温饱；如同不种西瓜一样，兴隆人历史上不种蔬菜，执着也执拗的单秀明一定要带领兴隆人种蔬菜。现在兴隆人种的蔬菜不仅满足自己食用，还大批量地运往西安、兰州。最多时兴隆一年种植蔬菜1600多亩，亩产3000多公斤，1997年兴隆农民仅蔬菜收入就达20多万元，最好的户一亩蔬菜产值就达2000元。西瓜、蔬菜使兴隆的穆斯林女儿们个个挺起腰板做人了，丰收的季节，她们的西瓜、蔬菜生意热闹成了"兴隆一条婆姨街"……

这是一个多么顽强的、了不起的女儿！这是一个与穿梭炮火、打土豪分地、做军鞋抬担架的母亲一点也不逊色的女儿啊！

1990年单秀明创办农业技术学校，培训近2万人次，使全镇5000多农村主要劳力掌握了一至两门技术；同年宁夏自治区因单秀明为从事农业技术推广15年的唯一回族女技术员而予以嘉奖；1994年全国妇联授予单秀明"三八红旗手"称号，也就在这一年，单秀明才结束了20年"临时老推"的生涯，即摘下了"临时工"的帽子；1997年单秀明获中华科教基金会授予的"全国农技推广奖"。1998年9月，我到达单家集时，听说有关部门正在考虑解决单秀明破格晋升农艺师的问题，我顿感哑然。如此卓著的25年还不够个农艺师？而一个农艺师的职称又怎能涵盖一个穆斯林女儿25年的生命奉献？25年对贫困最切实最根本的救助？

单秀明之所以走进我的写作范围是因为她于1996年又创办了"兴隆回族女子职业教育中心"。

长期与农民打交道的单秀明已经发现农村女娃娃生存的贫困，她们大部分不能上学，上了学的也不接触生产劳动，不懂现代农业生产技术，返乡后她们依然因袭传统落后的农、牧方法，既无致富本领也无劳动习惯，更无终身从事农业生产的准备，而她们中能够升上中等专业学校或高等学校的微乎其微，她们很少有机会体验教育带来的收益，她们对教育的要求不高。单秀明发现，在贫困的西部农村妇女是开发最不充分的人力资源。于是她就想为农村的大龄女娃娃们做些事情。在多年的农技培训过程中，她发现农村女娃娃们对学农业技术不大感兴趣，于是她就想开办一个以服装、裁剪、缝纫、刺绣为主的职教中心。1995年北京世界妇女大会上，她把想法告诉了宁夏教科所副所长马毓勤，她请马所长给她的中心起个名字……此后，"兴隆回族女子职业教育中心"就挂牌成立了。仅仅两年，"中心"在兴隆农技站的一间办公室里已办班11期，培训了宁夏、甘肃、新疆三省5县18个乡镇的600多名15岁至18岁（最大35岁）的大龄女童，其中7％为文盲，她们中60％的人都已自立，有几十人已成为远近闻名的服装技师并开始一批一批带徒弟。

我们在城市里、在我们生活的社区随时都可以看到这样那样的培训中心，美容、美发、厨师、缝纫、电脑……我随意做了个调查，这些培训40天至2个月的收费每人至少在600元至1000元（不包括食宿），当然这是赢利性质的培训，属商业行为。而单秀明的培训呢？所有学员培训2个月只交30元培训费，残疾女童不收费。单秀明自己除了在兴隆农技站领每月四五百元农业技术人员的工资外，再没有任何收入；培训中心现在的老师郭桂芳是中心首期培训出的学员，小郭是从第七期接任的，前六期的老师是由区教科所从银川聘请，小郭可以胜任老师了，银川就不再来了。小郭能挣个大款吗？不能。单秀明说小郭一月只拿60元工资，远远不及她个人开缝纫铺。

西吉兴隆回族女子职业教育中心充满了救助性和奉献性，但实际上属教育行为。而教育包括职业教育应该是国家行为，她们日后的艰难在于两个一无所有的女人担当起了一种毫无赢利的义务行为，她们未能像私学、私铺那样收费。

为西部女童教育付出了无数心血与精力、几近心力交瘁的马毓勤和宁夏教科所给了"中心"许多具体切实的帮助，他们通过中国宋庆龄基金会引来了日本宋庆龄基金会4万元的资助，为"中心"盖了一座80平方米的教室，他们帮助从银川请培训教师，资助了11台缝纫机、2台锁边机和毛衣编织机、5000元开办费，固原行署教育处资助了30套、价值5000元的桌椅，还有著名宗教人士洪维宗的妹妹赞助的两台多功能缝纫机、1000元人民币，还有尤专员的1600元工资……

西部大龄女童在贫困的宁夏西吉县兴隆镇感受着一个偌大世界的关爱。

1998年9月14日下午5时40分，我们从单家集单秀明家出来，区教科所王建华老师说，我们翻六盘山，连夜赶固原。没想到那辆已跑了40万公里的"老伏尔加"刚开出不到10米就突然灭了火，任全师傅"翻江倒海"地找原因就是找不出，就是打不着火。两个小时过去我们依然停在单秀明家的大门外边，寸步难行。天已渐渐黑了下来。

"你们别走了，就在这里过夜。小郭，给他们擀面片！老二，去找根绳子把车拖到院子里来，明天再想办法……"单秀明开始做决定并分派任务，看得出她是一个非常干练且临阵不乱的女人。

就这样，我们在单家集住了下来。吃了小郭擀的面片后我不知单秀明把王老师和全师傅安排在哪个农家，我可是偎在单秀明床上的被窝里，和同样围坐在被窝里的单秀明说了一夜的话⋯⋯

走不了是缘分，若车坏在六盘山上，这半夜三更的，前不着村后不着店还不遭了抢劫？还不冻坏？留下和我说说话心里高兴。单秀明说。你丈夫在哪儿呢？我问。一家子分了三摊，老头子在县医院开车，他是撒拉族。单秀明说。是青海循化撒拉族？我上个月才去过那里⋯⋯我眼睛一亮地问。是，他就是从那里过来的。两个儿子在县城上班，一个小女儿在银川念书，就我一个人几十年都在兴隆、在单家集。这一辈子都没顾上给老头子织件背心，想起来也对不住他⋯⋯我现在最操心的是小郭，我都49岁了，奉献也罢，累也罢，还能干几年？可小郭才二十五六岁，为职教中心对象也吹了，对象在银川开车，她在这里做奉献，能不吹吗？现在最大的难处是没宿舍，一期五六十人没处住。女娃娃们从几十里、几百里外赶到这里来学习，中心解决不了住处，她们只好投亲靠友或住本镇女娃娃家里，实在解决不了的只好来了又回去⋯⋯这里冬天很长，生煤火的钱都困难。我在这里硬撑着，领农业上的工资，争取来的钱又都办了教育，不伦不类的，农业上也有意见⋯⋯看得出，你很艰难，你的收费太低了，可以适当提高一些。我说。来的都是些穷娃娃，咋提呢？单秀明说。那也要想办法创收，向社会化缘终归不是常事，小郭的工资也太低，我说。马所长在就好了，她能给我很多帮助，可惜她调到北京了⋯⋯说着，单秀明就下地给我找马毓勤的信。那信是我来单家集前三个月从北京中央工艺美院寄给单秀明的——

亲爱的秀明女友：

转眼分别已有一月，由于我家长途电话不甚方便，所以先写信给你以慰思念之情。

我与宁夏，特别是宁夏的教育事业，尤其是浸透着咱们姐妹诸多心血的女童与妇女教育事业，有着难以割舍的情感。离宁来到北京后，杨主席（宁夏自治区副主席、现人大主任）、金大姐（自治区政协副主席）、您……一个个志同道合、与我和我们女童教育有着不解之缘的女友们的音容笑貌，时常浮现在我的脑海里。我将永远热爱宁夏——这块哺育了我，又让我付出艰辛的热土！怀念和我一起为事业奋斗过的友人们！

我非常高兴结交了您这样一位真诚、正直、聪明、能干、爽快的女朋友，我也非常感谢您对我工作的支持。特别是我遇到困难的时候给予我的关怀和帮助！我永远珍惜这份情义，永远把我最温暖的心意留给您……

（下面一段是马所长到新单位后的一些情况，略——笔者注）

我的通信地址在信封上，邮编别写错。我的电话是……（略），010是北京的区号，晚上9点以后是半价，星期六、日也是半价，有机会来个电话，真想听到你的声音。

当然也希望读到您的信。拨款5000元收到了吗？请告诉我。省着花，说不定以后很难再有这样的支持了！

还要干些工作，做出成绩，才会有援助。尽量争取创收，充分发挥设备的作用。

有事多与杨主席商量，她品格高尚，又有极高的威望，遇事经验丰富，也有办法。

……

您多保重，凡事想得开，人生苦短，多想拥有的，多想自己已有的成功就高兴了！常联系。

（笔不好，字写得又大又不好看，希原谅）

祝一切好！

思念您的毓勤

1998.6.16.

我之所以把这封信原封不动地抄下来（略的部分是与我写作主题干系不大），是因为我看了这封信后落下了眼泪。我感知着两位穆斯林女儿事业的艰辛、友谊的诚挚以及她们为西部女童教育全部的付出。无论怎么说，信中透露的是非平庸女性对事业、友情和人生的真正的纯粹。

快凌晨4点了，单秀明说，睡吧，明天你还要赶路。我们睡下，但我发觉我们谁也没有入睡，因为我们都在不断地翻身。凌晨5点，我听见隔壁房间里小郭已起床为我们准备早饭了。因为我们的留宿，小郭一夜也未回家，留下来帮着做饭。

天亮，六盘山地区下起了中雨。单秀明的儿子、侄儿忙乱着，他们从单家集村子里求来一辆三轮机动车，把"老伏尔加"拖到了兴隆镇，又从兴隆镇拦了一辆中巴客车把"老伏尔加"拖往西吉县城……

离开兴隆很远了，我看见单秀明、小郭还站在雨里送我们。

雨越下越大，六盘山区一片雨茫茫。这时，我心里回响着回族作家张承志多次寻访"西海固"后写下的话：这里的一切问题是关于人、人心、人的处境问题……

（原载《报告文学》2000年第7期）

护士长日记

——写在抗非典的日子里

张积慧

无论何时何处，无论男女老幼，无论高贵与卑微，我之唯一目的，为病家谋幸福。

——摘自希波克拉底誓言

引 子

羊年伊始，正当广州市民还沉浸在幸福祥和的节日气氛中，"三阳开泰""羊年吉祥"等祝福的话语还回荡在耳旁时，一种罕见的、突发的传染性较强的非典型肺炎开始在广东地区肆虐流行。由于该病病因不明确，病情一时无法控制，加上医务人员在救治患者过程中纷纷被传染而病倒，使不少不了解真相的市民产生了恐慌。一时间，禽流感、鼠疫、炭疽等各种猜测和谣言满天飞，一些不法分子更是制造混乱，哄抬药价、物价，扰乱社会治安。对此，省、市政府及时发布信息，医学专家释疑解惑，使这一风波逐渐平息下来。与此同时，一场与非典型肺炎进行生死决战的战斗也就在广州市多家医院拉开了序幕。

广州市第一人民医院接受了一个光荣而艰巨的任务：组建新的病区，主要接收那些因奋不顾身治疗非典型肺炎患者而倒下的医务人员及兄弟医院转来的重症病人，使他们得到最好的治疗和护理。医院在接到任务后，抽调业务能力较强的医生、护士组成了特殊的战斗集体。我，一名具有十多年护龄的护士有幸成为这个集体的一员。在与同事们朝夕相处，并肩与病魔决斗的日子里，我所看到的、听到的，让我如此震撼、感慨和激动，我情不自禁拿起笔来记下这一段特别的日子……

第一天

医院要成立一个非典型肺炎的病区，初步决定设在空置的旧病区楼内……

2月15日　星期六

上午我去天河城购物，11点30分手机突然响了，医院护理部冯主任在电话里说："医院要成立一个非典型肺炎的病区，初步决定设在空置的旧病区楼内，抽调你病区的护士们去，你吃过午饭后立即回医院，并通知所有休息的护士回来，院领导班子正在讨论具体操作方案。"我赶紧吃了一盒盒饭，于下午1点赶回了医院，这时护士们也陆陆续续地从四面八方赶来了。下午2点冯主任来到我们中间，向大家说明这个病区主要是收治在抢救非典型肺炎患者时不幸被传染的医务人员，以及兄弟医院转来的重症病人。市卫生局指示把他们转到我们医院，并要求我们调用最好的技术力量，使他们得到最完善、最彻底的治疗和护理。

医院决定起用空置的旧病区大楼，因为该楼层有完善的中心供氧及消毒设施，但在清扫完毕后我们才发现水电已封闸，而氧气、呼叫对讲系统已被人为地拆剪，所有房间的电源开关和消毒设施都是残缺破损的，没有一张床、一个床头柜和一把椅子……总之，只剩下空楼一座。这时，带病参加筹备工作的总务部黄忠主任对院领导保证："只要病区需要的，我们就全力维修，保证供水、供电、供氧。"在黄忠主任的指挥下，总务部的师傅们在仓库和其他病区找来配套中心供氧的铜管，甚至发动了供货厂家寻找原始的配件。护理部主任提出最少要准备两百件隔离衣，但当时仓库仅有几十件存货，在短短的十几个小时内，包括水、电、供氧、对讲等系统以及床、床垫、病人被服、工作人员的衣服全部准备就绪。

接受任务后，我们护士一共12人迅速分成5个小组，分别到器械仓、杂物仓、供应室、被服仓、药库领取各类物品。各路人马迅速出动，从计划、做单到领物，大到呼吸机，小到大头针都必须一一考虑到。体力劳动开始了，一车、两车、三车地搬运物品，往返都是跑步前进，直到晚上9点多钟，我们才拖着疲惫的身躯回到办公室，此时已经没有力气多说一句话了，一脸的疲惫，一身的尘埃，有的人手脚都起了血疱，娇嫩的皮肤划出了一道道血痕。平时特别爱美，注重仪表的护士姑娘竟成了这副模样，但现在大家已经顾不得那么多了。坐下来喝一口水，吃了盒盒饭，待拿出手机来看时，几个姑娘的手机出现了这样的留言："亲爱的，你忘了今天是什么日子吗？情人节！""你在哪里？我的玫瑰花一直在寻找你，请快点现身吧！"

第二天

"我既然选择了这个职业，就不能后退，我还没哭呢，你们更不要哭了，也不用担心。"

2月16日　星期日

今天上午我们护理组继续领物品，直到上午11点才基本领齐所需的医疗器械、病人被服、药品、治疗用品及无菌物品等。我简直不敢想象从昨天下午到今天仅用了七个多小时的时间，这些体重只有四五十公斤的姑娘，哪来那么大的力气，把将近二十倍于自己体重的各种物品从不同的仓库，搬回到现在的五楼，各组成员把领回的物品归类，并整齐有序地摆放好。中午吃饭的时候，一直和我们在一起干活的两位护理部主任无不动情地说："姑娘们，我代表院领导谢谢你们，你们辛苦了。"

现在这个病区被命名为"临时病区"，医院领导班子针对这次非典型肺炎的防治定下的目标是："不漏掉一个病人，不倒下一个医务人员。"因为临时病区开设在医院一个空置的旧病区楼，设施破旧或缺损，所以进行装修和维护的工作十分繁重。对此，医院总务部的黄忠主任已经连续两天在现场指挥。各项准备工作紧张而有序地进行着，我们忘记了吃饭，忘记了时间，大家只有一个目标：一定要在今天把病区组建好。傍晚，整个临时病区从水、电、中心供氧、病房环境的布置（污染区、半污染区、清洁区）以及各种工作规程、人员职责、消毒隔离制度的制定等，一切已经准备就绪。市卫生局领导和医院领导一行十多人来到现场，对基本准备就绪的临时病区给予了高度的肯定和赞扬。一位领导感动地说："仅用了一天半的时间就筹建好这样一个有规模、高质量的病区，说明市一医院医务人员是一支团结的、特别能战斗的队伍。"是啊，正是由于医院平时制度化、规范化的各类人员的培训和考核，科学规范的管理，我们才能在突发事件中展现过硬的本领并经受住考验。每月、每季、每年的各种考核和检查，督促着医务人员不断地学习、学习再学习。现在看来管理层的决策是对的，良苦用心得到了实践的检验。

直到晚上近10点钟，大家才捧着盒饭进晚餐。护士小冯把自己调到临时病区护理非典型肺炎病人的事打电话告诉家人，电话那边妈妈、姐姐、弟弟等人立刻大哭起来。小冯对妈妈说："我既然选择了这个职业，就不能后退，我还没哭呢，你们更不要哭了，也不用担心。"妈妈只好让她必须每天打个电话报平安。看见小冯这样，吓得其他的姑娘都不敢向家里通报。

第三天

"亲爱的病友，康复路上，您我并肩同行。"

2月17日　星期一

早上8时，谢书记等院领导班子成员及医务部、护理部的领导们与临时病区的全体医护人员在会议室开了一个简短的会议，传达了省、市领导的讲话精神，要我们从思想上、业务上做好充分的准备，与病魔做斗争，帮助那些被疾病折磨的患者以及那些曾经战斗在第一线、奋不顾身救治患者而被传染上的医护人员，使他们尽快康复，回到亲人的怀抱。谢书记的一番话，使我们深感任务的艰巨和光荣，我们下决心一定不辜负上级领导、患者及家属的期望和重托，圆满完成任务。谢书记还特别指示：临时病区要成立临时党小组和团小组，这个特殊时期更要注意加强思想政治工作，党员、团员要起到先锋模范作用。

记得刚刚入行时，我们曾庄严宣誓："无论何时何处，无论男女老幼，无论高贵与卑微，我之唯一目的，为病家谋幸福。"虽然我们一直在从事救死扶伤的白衣天使工作，也曾经无数次无偿地加班加点，但直到今天我才领悟到这誓言的深刻含义。会后领导们再次检查了各项准备工作，一再强调医务人员自身的防护措施要严格、严密，当看完洁静的病房、规划合理的布局，健全的消毒隔离措施和制度，醒目的各种标识、流程和指引后，领导们满意了。

护理部冯主任专门召集我们护理组成员，特别叮嘱我们："请大家记住，每一个病人都是我们的亲人和战友，我们在为他们提供服务的同时，要让他们感到温暖和支持，要让每一位患者相信，在康复路上，我们与他们并肩同行，我们的服务要更体现出一份浓浓的情意。"在冯主任的带领下，我们在每一间病房贴上了"亲爱的病友，康复路上，您我并肩同行""病人满意，我们放心""有事请找我"等一句句关爱的话语。我们知道刚开始可能会忙乱，也可能因缺乏经验造成疏漏，但我们有爱心、热心、关心和耐心，我们要努力营造一个温馨的临时病区。

上午11点，我们迎来了市第八人民医院转来的第一批病人，与病魔的战斗正式打响了。

第四天

我看到赵子文主任在为患者插管时，与病人脸对脸的距离只有20厘米！之后，护士姑娘们又为患者吸出带毒性的痰液50毫升……

2月18日　星期二

早上，上班不久，从市第八人民医院转来了一个昏迷的病人，这是一名护士。她不幸病倒后，深爱她的丈夫每天给她送汤、送饭、送花，不顾医护人员的极力劝阻，因而她的丈夫不幸染病也倒下了，而且走得那么匆忙，没能给爱妻留下半句遗嘱。得知这个情况后，在场的医护人员心情无不万分悲痛！这曾是一个多么幸福的家庭啊，这是我们的姐妹啊，我们一定要全力救治她。

赵子文主任一声令下：送ICU室、上呼吸机、心电监护、抽血……初建的病区，护理组的12名护士都是从不同的病区抽调过来的，面对完全陌生的工作环境、彼此不熟悉的同事、生疏的护理工作，她们没有时间彼此熟悉，或许她们中的部分人会对非典型肺炎这一疾病产生恐惧，因为看到被感染上的就是同行。但是，当站在岗位上，她们就像战士上战场一样，没有时间犹豫，更不可能退缩，大量而繁重的治疗与护理工作只能独当一面。我看到赵子文主任在为患者插管时，与病人脸对脸的距离只有20厘米！之后，护士姑娘们又为患者吸出带毒性的痰液约50毫升，更换因大小便失禁弄脏的裤子……经过一番紧急救治后，患者的各项生命指标慢慢平衡。

事后我问赵主任及参加抢救的护士们，当时首先想到的是什么？赵主任说："只想快点插好气管接上呼吸机，时间就是生命。"护士说："当时我觉得手不够用，恨不得再长出只手来赶快把所有的事做好。"这个患者的毒性比较强，我问赵主任怕不怕，赵主任答道："怕和不怕是相对的，当你看到有那么多医务人员倒下的时候说不怕是虚伪的，当我来到病人中间，看到身心遭受折磨的一个个病人那期待的目光的时候，我忽然感到非常的害怕起来，害怕自己的治疗措施稍有疏忽，病人就永远站不起来，见不到他们的亲人。说实话，这才是我最怕的。"原来赵主任害怕的不是自己被传染上，而是害怕不能给予病人最有效的治疗。

一位护士的丈夫在知道爱人将被抽调到临时病区时，提出让她辞职，但她并没有这样做。她知道救死扶伤是医务工作者的天职，而此时此刻的逃避则是对自己职业的背叛，对自身价值的否定。她瞒着家人，毅然来到了临时病区。她还交代原来病区的同事，如果家人打电话来找她，就说她刚刚走开或是做治疗去了。真是用心良苦啊！这一切使我明白了，为什么医疗战线从发病至今接连倒下了一百多名医务人员，但我们仍然前仆后继，答案就在这里：为医学科学献身，救死扶伤，责无旁贷！

第五天

一天丈夫出差在外，护士长淑霞晚上近10点才拖着疲倦的身体回到家里，当看到儿子穿着脏校服，啃着快餐面时，她的眼泪夺眶而出。

2月19日　星期三

刚上了两天班，病区的所有护士都有一个共同的感受：累！全身心的累！医生们每天不停地巡视病人，根据病情变化调整治疗方案，而护士姑娘们手脚不停地执行着医生下达的医嘱，加上她们都穿着工作衣、隔离衣等几层的衣服，戴着厚厚的口罩，在病房来回地穿梭，一个班下来衣服全部被汗水浸透了；更有精神上的压力和重负：怕稍有疏忽，自己护理的病人会出现意外，以致病情加重，带来严重后果。因为患者曾是我们同一战壕的战友，是我们的兄弟姐妹，所以护士姑娘们在治疗护理中格外地谨慎和细心。

护士长淑霞是我院考上中山医科大学的在读护理研究生，正在放寒假。接到医院成立临时病区的通知后，二话没说就投入了"战斗"。面对刚组建的护理组和要求极其严格、相对复杂的消毒隔离工作流程，她不敢有半点的松懈，在进行严格管理的同时，还要冲在最前线，每天都要巡视重病房的病人。一天，丈夫出差在外，她晚上近10点才拖着疲倦的身体回到家里，当看到儿子穿着脏校服，啃着快餐面时，她的眼泪夺眶而出，说："妈妈对不起你呀，我的乖儿子……"

我自从来组建临时病区后，一连几天没有回家了，女儿米米来电话说："妈妈，我好想你，你回来吧，以后我再也不惹你生气啦，我唱支歌给你听，好吗？"听到女儿那稚嫩恳求的话语，我的眼泪情不自禁地流下来，好久说不出话。孩子在电话里喊道："妈妈，你说话呀，你说话呀。"她爸知道出问题了，马上接过电话安慰我说："你安心工作吧，一定要注意身体，注意休息，女儿我会照顾好的，你就放心吧，等会我跟她讲讲道理就没事了，抓紧时间睡觉吧。"我自认为是一个坚强的人，但这些天发生的事情常常使我思绪万千，辗转难眠。

年轻护士黎海阳和妈妈住在一起，为了使自己下班有更多时间休息，也为了怕自己带着病原体回家，传染给母亲，硬是把母亲"赶"到了姐姐那里去住。想女儿心切的母亲昨晚偷偷跑了回来，海阳不高兴地说："妈妈，叫您不要回来，您怎么又回来呢？"妈妈小心翼翼地说："我煲了汤给你送来，我马上就走，我马上就走。"当带着爱意和不舍的妈妈下楼后，海阳伤心地哭了。

第六天

"护理部成立了护理人员的第二、第三梯队，如果要替换你们，你们下不下去？"想都没想，她们立即回答道："不下，既然来了，就干下去，除非倒下。"

2月20日　星期四

今天又转来了一批倒下的医护人员，我们的工作更忙了，每天拖班的时间就更长了。多种输液药物的配制、静脉推注、吸痰、床上擦浴、病情观察记录、床边护理等使护士姑娘们手脚不停，每个姑娘下班后双腿双脚都肿了。医院后勤保障工作做得很好，给我们准备的一日三餐十分丰盛。下班后虽然肚子很饿，但我们谁也吃不完一份饭，包括那些平时食欲很好的大个子医生。下班后，唯一希望的就是睡觉，哪怕只有半个小时或10分钟，哪怕就在办公室。吃晚饭的时候，李护士长对我说，护士小康的小孩病了几天了，小康没有说，也没回家去看，刚刚小康在偷偷掉眼泪时她才知道，小康的丈夫要替她到院长那里请假，小康说服了丈夫，坚持上班。

李护士长还告诉我，下午接听的几十个电话中，其中一个让她印象特别深，胡广平的妈妈打电话来说："我女儿几天没回家了，打她手机又关机，我查了很久才知道她在这里，我只想问你一句，她好吗？"

刚刚20岁的护士黄琳和谢美娟，都是父母的掌上明珠，将近一年半未回过湖南老家探望父母，原想过完年后向我要假回去的，当家里知道她们来到这个病区后，每天没少打长途电话来问候女儿。吃饭时，我问她们："护理部成立了护理人员的第二、第三梯队，如果要替换你们，你们下不下去？"想都没想，她们立即回答说："不下，既然来了，就干下去，除非倒下。"这就是年轻而娇气的护士们的豪言壮语，我没有夸大和添加她们所说的每一个字。现在社会上是谈非典色变，而我们的医务人员们却冒着生命危险迎难而上，置一切于脑后，他们是真正的勇士。

我们医院的精神是"仁心仁术，方便为怀"。以往，我怎么也理解不透，这些天来，我们并肩战斗的同事们，用他们那高尚的情操，精湛的医术，朴实无华的言行，给我诠释了这八个字的深刻含义：把方便留给别人，把困难留给自己；把幸福留给别人，把痛苦留给自己；把安全留给别人，把危险留给自己。一代传一代，直到永远。

第七天

今天有两个病人出院，这证明了我们与非典型肺炎的战斗已取得了初步的胜利。

2月21日　星期五

我院到市第八人民医院支援的护士梁健不慎感染上了非典型肺炎，被送回临时病区，同事去探望她的时候，她总是一个劲地感谢组织的关心、感谢同事的关心，唯独没有谈她自己。其实，当初接受任务时，她是有理由让领导派别人去的，她身体瘦弱，患甲亢病才刚刚治愈，她的亲朋好友都担心她的身体是否能吃得消。但是，小梁没有忘记自己在入党申请书上的誓言，她更懂得，共产党员要起先锋模范带头作用，这次任务是对她最好的考验。她说服了亲朋好友，走入了市第八人民医院非典型肺炎病区。此次感染前，她已经感到身体不适，但她还是坚持护理完一名重症病人后才走下工作岗位，就这样，她不幸被传染上了。一个有着医学知识的护士，面对着工作职责与个人安危的选择，她义无反顾地履行着一个医务工作者的天职，把自己的个人得失置之度外，真正体现出"于危难处见精神"。

临时病区的所有医务人员没时间顾及自身安危和家人的埋怨，以病房为家，不分上班下班，全身心投入工作中去，有些同志甚至24小时连轴转。赵子文主任、黄侃主治医师从2月9日开始支援市第八人民医院一直工作到现在，黄侃医师是主动请缨的；钟维农主治医师和两位护士长已连续一周没回过家；林材元主任和曾军主任是广州市非典型肺炎防治专家小组的成员，这些天一直在支持着我们，需要会诊时他们随叫随到，他们还给病人进行非典型肺炎的健康教育宣传；院内综合科的张溪林主任在得知病区人力不够时主动到医务部说："别忘了我是呼吸专科的医生，我随时准备接受任务。"张主任后来被安排值呼吸内科的二线班。许多医务人员都主动要求调到临时病区工作。

这两天，全院各部门、科室自发地来到我们临时病区慰问，鲜花、慰问信和慰问品摆满了我们的办公室，市卫生局领导也前来慰问我们，看望了每一位医务人员和病人，向我们表示最真诚的问候，使我们感到我们并不是孤军奋战，我们的身后有全院职工和广州市卫生局乃至全市人民做我们的强大后盾。我们虽身在隔离病区，但心却始终和全院的兄弟姐妹紧紧相连。这场战斗，我想不用多久就会结束，饱受病痛的患者会重新站起来回到亲人的身旁。目前大部分的病人的病情已好转，今天有两个病人出院，这证明了我们与非典型肺炎的战斗已取得初步的胜利。

第八天

今天是星期六，护理部冯主任说："今天我是来上班的，这些天姑娘们太辛苦了，你让瘦小的那个回去吧，我来顶一顶。"

2月22日　星期六

从筹建临时病区的那天开始，医务部王建琴主任、齐晓红科长，护理部冯主任、郭主任每天早、晚必来病区巡视，了解患者病情、床位使用情况，掌握疫情动态，嘱咐工作人员注意严格执行消毒隔离制度，调动人力，协助、协调各部门的工作，对因参加抢救患者而被感染的医务人员，更是关怀备至。每次走进病房，都转达各级领导对他们的关心和问候，给他们以鼓励和支持。王建琴主任甚至风趣地跟他们交谈，说："这是换位思考的好时机，好好体验一下做病人的心情与感受，等你们康复后，工作时就能特别理解病人、体谅病人了。"

自从临时病区组建以来，完善消毒隔离措施，保护病区的所有医务人员不被传染上疾病是冯主任作为重中之重的任务和目标，她不断地提醒大家，检查督促大家。她的身影每天都会出现在重症病区，与护士姑娘们谈心，舒缓她们的精神压力和恐惧心理。今天冯主任又穿着工作服来了，病区李护士长以为冯主任又来了解情况，马上说："冯主任，今天是星期六，暂时没什么需要解决的，你回去休息吧。"冯主任说："今天我是来上班的，这些天姑娘们太辛苦了，你让瘦小的那个回去吧，我来顶一顶。"听到冯主任的这席话后，姑娘们都感动了，这就是三年内接受过两次大手术的护理部主任，我们的老大姐、我们的带头人啊！

自从组建临时病区的这些天来，病区的医护人员无论在精神上还是体力上都大大地透支。我在病区接收病人的第三天因劳累导致感冒发烧、全身无力，但那正是最繁忙的时候，重病人员的增多，治疗量的加大，姑娘们的思想情绪也有些波动，我不敢也不能去休息，咬牙坚持着。我想只要我在这，可以做做姑娘们的工作，安抚她们的情绪，尽量协调医护的工作。今天才知道，小冯前两天拉肚子，看到大家都很忙，调不出人手顶班，她也没吱声，自己吃了药坚持上完夜班。我一定要把工作做得再细些，不能再让姑娘们带病上班，要牢记院领导的指示：不倒下一个医务人员。

第十天

一些勇士在战斗中倒下了，他们是那么的不甘心，其中有一位染病的医生在梦中还说道："激素……加量。"

2月24日　星期一

今天，中共广东省委常委、省委秘书长蔡东士同志一行十多人代表广东省委、省政府来到我们当中看望一线的医务人员，转告了省委书记张德江同志的亲切问候和嘱咐："要不惜一切代价，不惜一切努力地救治全体病倒的医务人员。"听到上级领导亲切关怀的话语，在场的医务人员无不感到万分的激动和温暖，同时也感到肩上的担子更重了。会后，我们把上级领导的关怀转达给住院的每位医务人员，他们无不感到安慰和感动。4床患者说："自我得病以来，家里人不敢来看我，男朋友和我分手了，真的感到很孤独、很沮丧，好像被社会抛弃了，今天听到上级领导对我们这么关心，心里感到很温暖。"11床患者也说："原先我还担心这、担心那，现在不怕了，我有信心把病治好。"

在这里住院的三十多名医务人员，半个月前还曾经战斗在救治病人的第一线，那时他们是那么的奋不顾身，一位医生说："抢救病人的时候谁还想得到他是'毒王'啊，救人命要紧。"就这样，一些勇士在战斗中倒下了，他们是那么的不甘心，其中有一位染病的医生在梦中还说道："激素……加量。"

目前，在这里住院的医护人员，心理受到的打击和创伤远远大于其肉体上的折磨，远离亲人和朋友，有的甚至得不到家人和社会的理解和关心，情感的休克使他们感到焦虑和恐惧。一位28岁年轻漂亮的护士患者，在经受疾病折磨十多天后，心里一直绷紧的那条弦终于无法舒缓了，在前天晚上出现了精神分裂症状，一会哭、一会笑，语无伦次，经诊断为创伤后精神分裂症。在场的人心都碎了，她还那么年轻，还有许多美好年华，可现在……

第十一天

终于找到了一套有效的治疗方法。

2月25日　星期二

今天又有10名病人出院了，这对我们、对病人来说都是一个巨大的鼓舞，是一个了不起的成绩。

我们这个临时病区的医生是医务部从各相关科室调遣，以呼吸内科为主的各科高年资医生组成的特别治疗组。由赵子文、钟维农负责病房，曾军、林材元负责门诊。一开始，他们用几种方案对病人进行对照治疗。在那难熬的等待奇迹出现的日子里，他们不分昼夜地对病人的临床数据、指征、疗效进行连续的监测、观察、跟踪和记录。为了尽快地找到有效的治疗方法，他们都长住在医院里。每小时都有医生巡视病情，每天都坚持三级医生查房制，他们将收集到的资料进行分析和验证，经过多次的讨论后终于找到了一套有效的治疗方法。一些从外院转来的顽固性高热、症状持续无改善的患者经过我们的治疗后，第二天体温就下降至正常，症状得到改善。然而他们不满足于对患者出现的临床指征进行治疗，不满足于已取得的疗效，他们还考虑到病人尚未出现的并发症，是否会复发等。用赵主任的话来说："我们要做的事还有很多，千万不能麻痹大意。"

第十二天

我真心希望患者们给医务人员多一些理解，少一些责怪。

2月26日　星期三

上午11点多钟，一名昨天出院的病人拿着收费明细单，不顾可能再次受到感染的危险，来到病房对护士说："我到医保局查过了，发现医生用了医保不能报销的白蛋白。"天啊，我的心顿时凉到了极点，我不知道是生命重要还是金钱重要。当时该患者是高烧后几天才到我院住院的，两肺大面积渗出，胸片呈大片状阴影，血浆蛋白只有2.5克，医生为了尽快控制病情，抢救生命，减少并发症，迅速采取了有效的治疗方案，终于使他转危为安。在救治病人的节骨眼上，医生们已没有时间去比较药物的价格，没有时间考虑哪些药是公费、哪些药是自费，而只考虑药物的疗效和生命的可贵。

下午一上班，值班护士又告诉我："26床的病人未办出院手续就逃走了，欠下2600元。"如果说上午的病人是无理取闹的话，那么下午这位治愈逃跑的病人就是不应该了。这些现象虽是少数，但却令人很痛心。在这场与病魔的斗争中，那些勇敢的医务人员不怕可能被感染倒下的危险，前仆后继，英勇地、无私地战斗在最危险的第一线，为的是什么呀？难道仅仅是为了工作那么简单吗？不，他们是在用自己的生命谱写着人类最美的诗篇，为患者谋幸福，为医学科学献身。

我真心希望患者们多给医务人员一些理解，少些责怪，这样才能减少误会，才有利于医学科学的健康发展。

第十三天

她们像受伤的战士一样被大个子医生背到了休息室，回过神后的宋玉萍第一句话就是："我没事了，让我上去加药吧。"

2月27日　星期四

近两天天气闷热，我们戴着的24层纱口罩使呼吸也变得困难起来，大量的工作常使大家汗流浃背，湿透两层工作服。今天上午，两位可爱的护士终于因体力不支倒在了工作岗位上。她们像受伤的战士一样被大个子医生背到了休息室，回过神后的宋玉萍第一句话就是："我没事了，让我上去加药吧。"

胡广平护士从筹备临时病区到现在一直在ICU从事重病病人护理工作，对超负荷的工作她没有一句怨言，经常拖班加点，让病患者的生活质量尽量好些，用她的话说："我好希望他们醒来呀，他们的孩子在等他们回去的啊！"然而当有患者抢救无效死亡时，她也陷入感伤之中，今晨她终于支撑不住昏倒了。护理部考虑到广平身心已处于极度疲劳状态，就将其调到二线。她临走时跟护士长说："我不想走，行不行啊，我很快就会没事的了，你求一求冯主任不要调走我好不好？"被拒绝后，她含着眼泪，依依不舍地对好友说："晓春，我要走了，你一定要坚持到最后，千万别倒下。"写到这里，我的眼泪已经模糊了视线。广平是我们这个集体中最普通的一员，我每天都会听到、看到类似的事情。这些朴实的言行体现了我们这个战斗集体的凝聚力，来到这个队伍的人都不想走，调走的人还闹着回来，这是多么难得的呀。

第十四天

"爸爸，你真行，你是我心中的英雄。"

2月28日　星期五

今天是周末，经过两个星期的艰苦奋战，病魔投降了，病区又有12个病人出院了，住院病人的病情正在康复，原来激烈的战场终于暂时安静下来了。

钟维农医生，这名具有多年临床经验的呼吸内科医生，从建立病区到今天一直没有回过家，天天都是编外24小时值班。每天既是一线值班医生，又是二线值班医生，同时还承担着三线值班的任务。只要他在，大家心里都感到很踏实。一天晚上，ICU病人的呼吸机出现了异常的声音，护士报告后，他很快上来排除了故障；又一天晚上，越秀区人民医院请他去会诊，并非值班的他照样二话没说地去了。开始几天，为了收集数据，他常常工作到深夜。他的敬业精神、一丝不苟的工作作风，他不计个人得失、风趣的大将风度感染了全体人员。在他的带领下，大家团结、协作，工作抢着干，把休息的时间让给别人，经常说些幽默、笑话故事，让工作气氛轻松些。

我真希望在这样的集体干下去，在这种和谐的氛围中工作是一种精神上的享受。

吃饭时我问钟医生想回家吗？他没有直接回答，只是说这个月的手机费暴涨了，因为每天都要给儿子打半小时的电话，儿子曾在电话里夸他："爸爸，你真行，你是我心中的英雄。"是的，为了患者早日康复，钟医生真可谓是一名默默无闻的英雄。

第十七天

收到病人出院后写来的感谢信和锦旗，心里真是有说不出的高兴。

3月3日　星期一

经过18天的连续作战，大家都感到身心疲惫。这两天，院领导给我们请来心理医生尹平为我们进行心理调适。在集体讲课后，他又耐心地进行个别辅导。大家的精神压力大大减轻，真是太管用了。一些医生和护士说要把这些知识传授给住院的病人，因为他们也正遭受着心理的煎熬。

我看到有的医护人员写赞扬信给病倒的医务人员，称他们是真正的勇士；有的与病人握手谈心，让他们增强战胜疾病的信心；有的请来病人的家属，在隔离措施许可的前提下进入病房抚慰自己的亲人。这一切使得医患关系变得十分融洽。我们还收到病人出院后写来的感谢信和锦旗，心里真是有说不出的高兴。

第十九天

钟医生迅速给病人颈部皮肤消毒，在锁骨上窝部位切开皮肤，止血、分离皮下组织，放入橡皮引流条，见有大量气泡逸出，提示引流通畅。

3月5日　星期三

凌晨3点左右，睡梦中的我突然听到急促的电话铃声。有情况！我抓起电话一听，值班护士正向值班的主治医生钟维农汇报：5床病人呼吸加快，气管压力明显增高，血氧饱和度下降。"可能是气管有分泌物堵塞或者是出现气胸、纵隔气肿……提高吸氧浓度，检查氧源、呼吸机管道，给病人吸痰……"钟医生迅速在电话里发出指令（虽然这些工作按常规护士们都会去做）。我把电话放下，冲出去时，钟医生也已冲出值班房戴上帽子、口罩，换上隔离鞋，边走边穿隔离衣，约2分钟，穿戴完毕，赶到病人床边，边听汇报边检查病人和仪器。检查呼吸机管道是否通畅，检查后证实呼吸机运转正常，但患者呼吸频率仍为50～60次／分，气道压力超过50厘米水柱，血氧饱和度只有50％～60％，一看病人，呼吸急促，烦躁不安，唇紫发绀，颜面浮肿，有皮下捻发音，听诊双肺呼吸音粗，马上得出结论：病人出现了纵隔气肿，不马上处理，病人会因纵隔摆动，缺氧而死亡。钟医生随即吩咐护士准备手术切开包，并请放射科医生到床边照片。在准备手术切开包的同时，钟医生调节呼吸机参数，降低呼吸末正压、潮气量，加快呼吸频率……钟医生迅速给病人颈部皮肤消毒，在锁骨上窝部位切开皮肤，止血、分离皮下组织，放入橡皮引流条，见有大量气泡逸出，提示引流通畅。十分钟后，病人呼吸逐渐平缓，气道压力下降，血氧饱和度上升到90％。这时放射科医生来了，胸片结果证实为纵隔气肿，经过紧急而有效的处理，病人病情渐趋稳定。为了防止病情反复，钟医生继续留在床边观察病情。这时，我无意中看了一下窗外，天已发白，一看时间，已过了6点钟，一场与时间赛跑的抢救战结束了，我们又赢了！

第二十二天

赵主任手里多了一大篮鲜艳的玫瑰，不好意思地说："献给辛苦的护士们。"

3月8日　星期六

今天是一个值得纪念的日子——三八国际妇女节。一大清早，钟维农医生和梁瑞梅护士长买来了一大捆康乃馨，赵子文主任即委派年轻、英俊的男医生黄侃把这些鲜花送到病房，给每位女患者发3枝，寓"重生健康"之意。顿时，病房沸腾了，有的说："太好了！"有的喊："万岁！"

忽然，赵主任想起了什么，只见他跑了出去，回来时手里多了一大篮鲜艳的玫瑰，不好意思地说："献给辛苦的护士们。"姑娘们笑了，就像那朵朵含苞欲放的红玫瑰。

今天，临时病区都沉浸在欢乐的节日气氛中。

今天过得真开心，要是天天这样多好。

第二十四天

"保护好自己就是保护好病人，保护好病人就是保护好社会。"

3月10日　星期一

在这个没有硝烟的战场上，同志们的斗志越来越强，对于夺取最后的胜利，大家信心百倍。24天来，我们共收治了62例患者，治愈出院43例，无院内交叉感染发生，无医护人员被感染。初战告一段落，我们向上级、向人民交了份满意的答卷，等到病魔被击退的那一天，我们有信心交100分的答卷。

这些天来，院领导们不断地来看望我们，给我们以精神上的鼓励，提醒大家不要麻痹大意，仍要严格管理、严格执行消毒隔离措施。"保护好自己就是保护好病人，保护好病人就是保护好社会。"这是王院长临走时对我们说的话，是啊，为了病人的家庭幸福，为了社会的安定团结，我们一定要保存战斗力，直至最后的胜利。

第三十一天

　　临时病区的党员一心想着工作，想着病人，任劳任怨，无私奉献的精神是我们的榜样。

3月17日　星期一

　　自2月20日成立临时党小组以来将近一个月了，到目前为止我们共收到了12位同志的入党申请书，他们中有医生、护士和助理护士。在这些入党申请书中，字字句句表达着共同的心声：我义不容辞地来到临时病区，决不退缩，我志愿加入中国共产党，请考验我！有几位还不约而同地写道：临时病区的党员一心想着工作，想着病人，任劳任怨，无私奉献的精神是我们的榜样，在临时病区的经历和锻炼将是自己人生当中的一笔财富。

　　总支书记姚磊对我和梁护士长说："医院党委决定选拔几名优秀的积极分子让他们火线入党。"并嘱咐我们要给予正确的引导，使申请入党的同志在思想上提高对党的认识，在工作上严格要求他们，养成吃苦在前、享乐在后的品质，要有意识地锻炼他们、考验他们。

第三十二天

"王主任，我是男同志，体质好，家庭负担不重，请让我留下来吧！"

3月18日　星期二

昨天刚上班，谢书记、王主任又来看望大家，再次带来了全院职工的问候，并对此前的工作进行总结和分析，同时要求大家不要放松警惕，采取一切措施防止病毒的扩散传播。

王主任说："经过整整一个月的战斗，你们取得的成绩为医院赢得了荣誉，尽管这场战斗还未结束，但我还是要抽调一部分同志到二线工作。"话音未落，只见黄侃医生马上站起来说："王主任，我是男同志，体质好，家庭负担不重，请让我留下来吧！""你从2月9日去市第八人民医院支援到现在已经快40天了，先把你换下来透透气吧。""40天又怎么样，你看我不是好好的吗？说不定有抗体了，让女医生先下一线吧，她们有孩子，有家庭负担，而且在一线的时间也不短了。"听黄侃这么一"挑拨"，女医生于晓春、郑云、郭群英马上异口同声地说："我们也不想走，听王主任的安排吧。"言下之意是要待得最久的男医生先下到二线。看到这样的场面，领导们感动得热泪盈眶。经过短暂的协商，最后王主任含着眼泪读出要离开人员的名单：郭群英、陈曲海、詹琪。其他未被读到名字的医生心里好像放下一块大石头。我看到郭群英医生背过身去流下了眼泪，陈曲海医生低着头一声不出，詹琪医生像木头一样发呆。只有黄侃医生脸上露出了满足的笑容。那满足，不是击败对手胜利时的满足，而是把安全留给别人，把危险留给自己，得到这样一份特殊荣誉时的满足，这种笑容就像一个小孩得到了久违的、向往已久的礼品一样纯真、可爱。

这就是我们的战斗集体，这个建立了深厚情谊，谁都不舍得离开的集体，有了这样一个集体，还有什么困难可以阻止我们呢？

今天早上，詹琪医生把他昨天晚上用全部感情写好的《给亲密战友的一封信》交给了梁护士长，然后依依不舍地离开了。我打开信：

亲爱的战友：

你们好，今天是我们临时病区成立一个月的日子，也是我们分别的日子。

当王主任念到我的名字时，我的脑子一片空白，虽然表面上要表示出服从组织的安排，但心里却很舍不得大家。交完班后看着你们各自准备开始工作，我突然感到有些不知所措，分离的一刻才发觉彼此之间已经难舍难分。

建区以来，"临时病区"这个名字已经成为一个响亮而又光荣的称号，临时病区的每一个成员都为自己是她的一分子而感到无比骄傲和自豪！

回想建区伊始，正值非典流行的高峰期，没人知道病源到底是什么，没有人能拿出针对性的治疗方案。人们看到的只是大批的医务人员病倒。有的一人发病，全家遭殃；有的出现呼吸衰竭要插管上机；有的甚至家破人亡。亲历其境的人被吓疯了，不明真相的人更是盲目地听信谣言，引起社会上的恐慌。随着疾病进一步蔓延，兄弟医院的压力越来越大，我院临危受命，用了不到两天时间成立了临时病区，一群看不到敌人的战士就这样匆忙上阵了！说句心里话，我们每个人都怕，怕自己被传染，更怕传染给家人。但是我们每个人心里都有一种责任感，作为一名医生，就应该"为病人谋幸福"，治病救人是我们的天职！我曾经问过病区里负责换氧气的工人师傅："你觉得辛苦吗？"他说："怎么说呢，反正我们就是真心希望这些病人都能早日康复，这样我们也就可以早点儿休息了。"是啊，"早日康复"也是临时病区五十多名医护人员的共同希望啊！

在临时病区同志的共同努力下，我们的工作取得了骄人的成绩，我们的赵主任在临床实践中总结出一套有效的治疗方案，激素的使用以及呼吸机的使用指征，这些曾经被一些医学权威否定或不屑的方案在我们的临床工作中得到了验证，并在各兄弟医院中推广。在我们的积极治疗和精心护理下，我们的大部分病人已经康复出院了，剩下的病人也逐渐好转。在临时病区查房，让我感受最深的是病人对医生的信任和感激，看到病人出院时那孩子般的笑容，我再一次体会到作为医生的那种久违了的成就感和满足感。

在临时病区工作的二十多个日日夜夜，是我人生最难忘的一段时光，我不仅学到了很多关于救治非典型肺炎的宝贵临床经验，同时还深深地感受到集体的友情和亲情。也许是病魔的可怕让我们这个集体更加团结，没人计较年资高低，工作多少。新收病人时大家配合默契，互相帮助，繁重的工作并没有给我们太多压力，一句简单的问候，一个支持的眼神，都足以抵消一身的疲惫和委屈。还记得于医生生日那天大家分切生日蛋糕时的欢笑；还记得梁护士长不厌其烦叮嘱大家注意清洁隔离时的唠叨；还记得赵主任深夜打来电话询问病区情况时的嘱托；还记得钟医生扮演龟田小队长时的滑稽表情；还有医院领导及各个兄弟科室送来的慰问和支持。这样的集体叫人怎舍得离开呢？

一百多年以前，在瘟疫流行的危难关头，我们的前辈本着"仁心仁术，方便为怀"的宗旨创办方便医院，悬壶济世，治病救人；一百多年后的今天，方便医院的后人秉承前人的遗志又一次成为救治非典型肺炎的主力军！这是我院的骄傲，更是我们义不容辞的责任！还记得我们在《致全院同事的一封感谢信》中的誓言吗？战斗至最后一刻，以自己的生命为代价战胜病魔！虽然我提前离开了大家，但我的心始终和你们并肩战斗在一起，随时听候你们的召唤。

祝：身体健康！工作顺利！

詹琪

2003年3月17日

看着看着，我心里有说不出的千情万意，难以用文字来形容。

第三十三天

这整个过程都被患者的丈夫在病房的窗外注视着，他在临走前含着热泪对我说："我妻子在你们这里住院我很放心，我相信你们。"

3月19日　星期三

一上班，钟维农医生、黄侃医生又要去市第八人民医院接回一个昏迷病人，紧张的工作又开始了。约10点，救护车停在一楼门口，钟医生、黄医生及市第八人民医院的一名医生及一名护士抬着担架匆匆下了车，黄医生的另一只手上还提着一台便携式呼吸机，我们一起将病人转到了床上，赵主任立即下达了一连串医嘱。只见黄琳护士在给病人的右手绑上袖带、胸前贴上心电极后启动开关，对病人进行心电监护，然后量体温；刘灵芝在病人的右股动脉抽血用于血气分析等检验；甘雁妃给病人插胃管；苏远青插尿管；黄月娥在病人的左手部寻找静脉，准备建立两条静脉通道；钟医生迅速将呼吸机的管连接好，调节呼吸参数……所有这一切均在半小时内完成，每个人都有条不紊地进行着自己的操作。与此同时，谢美娟立即通知住院药房送来急需的药品让病人迅速用上，再通知营养食堂为病人送来流质食物。半小时后病人的呼吸有痰鸣音，只见黄月娥迅速将吸痰管插入气管内，吸出约5毫升浓痰，接着她又在气管插管内注入2毫升生理盐水稀释浓痰，再抽吸，反复两次后共吸出痰液约20毫升，顿时病人的呼吸有了改善，血氧饱和度上升。经过上述处理后，病人的生命体征逐渐恢复到正常。

约11点30分，我在检查病人皮肤时，发现病人大便失禁，病人穿着的衣服裤子很难脱下来，我说："剪掉它，立即更换。"擦干净病人的臀部后，助理护士王怀莹、张梅立即拿来热水将病人的全身擦了两遍，再换上洁净的衣服。所有的事情都忙完了，林晓慧又将吸出来的有毒痰液、分泌物和用消毒水浸泡后的脏衣裤等装入垃圾袋做危险垃圾处理。这整个过程都被患者的丈夫在病房的窗外注视着，他在临走前含着热泪对我说："我妻子在你们这里住院我很放心，我相信你们。"

第三十八天

瘦小的康青前天因体力不支病倒了，体温38.5℃，尽管各种迹象不像非典，但大家还是不约而同地往那个方向想……

3月24日　星期一

前天加班抢救病人，瘦小的康青终因体力不支病倒了，体温38.5℃，尽管各种迹象表明不像非典，但大家还是不约而同地往那个方向想。梁护士长暗自流下了伤心的眼泪，埋怨自己照顾不周。后经抗炎治疗后，小康的体温恢复正常，胸片证实无异常后，大家的心才放了下来，梁护士长破涕为笑，真是虚惊一场。

梁护士长是将近五十的内科老护士长，自动请缨来到临时病区的。领导考虑她年纪已大，不适合在病区一线工作，就安排她在生活区。她像细心的老大姐一样关心着我们的生活起居，天凉了要我们加衣服，送预防药时要看着我们吃下去，她照顾生病的同志，监督大家的消毒隔离措施是否执行到位，严格管理进出临时病区探视、检查人员的隔离措施是否正确等。有她在，我们免除了一切后顾之忧。

第四十六天

全市新发病例数正在下降，非典得到了有效的遏制。

4月1日　星期二

到今天为止，我们总共收治了74名患者，治愈出院70名，现在只剩下4名患者正在康复中，暂无新病人入院，全市新发病例数也正在下降，非典得到了有效的遏制。但香港地区的新发病人还在增加，出现了社区暴发的迹象，非典在全球蔓延。"我们不能掉以轻心，一切听从上级安排，还是那句话，不要漏诊一例病人，不要让一个医务人员倒下。要严阵以待，这样才能做到有备无患。"这是王启敏院长今天来鼓舞士气时说的话，我们真是任重而道远啊！

这难忘的四十多天，我深深感到我们这个集体的可贵。每个人都克服了自己的困难，顶住了超负荷的压力，全身心地投入救治病人的工作中。这是一种集体的精神，一种集体的力量。

　　　　　　　　　　（《护士长日记——写在抗非典的日子里》
　　　　　　　　　　　　广东教育出版社2003年5月）

老年悲歌
——来自老父老母的生存报告
曲　兰

一个风烛残年的独居老人，由于体力不支不能下楼购买食品，不得已只好将每天三餐减为一餐，生命只能是苟延残喘；另一个气若游丝的垂暮老人，因为子女不在身边，也不"常回家看看"甚至也很少打电话问候，以至于死后尸体的腐臭四下飘散惊扰了邻居，其子女才闻讯姗姗而来……

古人云："不孝有三，无后为大"。然而"有后"不孝，又怎么样？他们撇下自己的年迈父母终日忙碌，对年迈的父母亲不闻不问，更不屑于"常回家看看"，这样的子女于你又有何益？

——你家里有老人吗？如果有，你"常回家看看"吗？如果没有，你是否想到过自己有一天也会成为老人？

不论你家里有没有年迈的父母，请你一定读一读下面这篇催人泪下并将为之唏嘘感慨的报告文学吧，因为关注今天的老年人，就是关注明天的你自己！

有人说，人生是一个舞台。

我们每个人都在这个舞台上扮演过自己的角色，都从中体验过人生的酸甜苦辣、喜怒哀乐、人世沧桑……然而，正是我们经历的所有这些构成了人生的精彩。不知人们是否想过，所有这些"精彩"——甚至包括痛苦在内，也许有一天都会失去，可能是你，也可能是我，会走进一个你不得不面对的世界？当时间变得漫长的时候，生命，就变成了一种折磨；就是那一道单元门，或是几级台阶。就把我们同外面那个精彩的世界隔绝开来。

相对于我们的青年或者中年时期来说，老年也许是我们一生中最漫长的一段生命，尽管由于阅历的丰富，这是我们一生中最睿智的时期，然而，也是我们最无奈的一段生命。

那天晚上，80多岁的夏大爷几乎没什么感觉就晕倒在地上，他想站起来，但就是怎么也挣扎不起来……他心里很明白，或者说他其实很明白自己的处境：如果远在上海的女儿这时碰巧回来，就有救了，否则只有等待死亡。他喊不出来，可他能清晰地听到门外人们匆匆的脚步声，假如有一个脚步声停在他的门口，也许他就得救了……然而，那脚步声总是由近而远，一次又一次……他突然感到很悲哀：他的生命就寄托在奇迹上——奇迹能发生吗？

也许是心灵感应，那天奇迹还真发生了。女儿竟然奇迹般地回来了，于是我们才有幸知道了这个有关奇迹的故事。

夏大爷的老伴在十几年前就已经去世，唯一的女儿又远在上海。他于是便开始了"出门一把锁，进门一盏灯"的孤寂日子。前几年，身体没什么毛病。白天出去走走，有时也和过去的同事、一些老同学聊聊天什么的，孤独感还没有现在这样强烈。生病后，因为耽误了治疗的最佳时期，一条腿不得不进行截肢。从一个健全的人一下子变成残疾人，他就再也走不出这片被禁锢的小天地了。

自从那次"奇迹"之后，女儿万般无奈找了一个师傅经常来帮忙，每天把老人需要的水、药品和暖瓶等物放在身边伸手可及的椅子上。对师傅千叮万嘱，安顿好之后，女儿又走了，把老人的牵挂和希望也带走了，当然也把更深的恐惧留给了他：女儿告诉他，她找了一个德国人……

女儿挺孝顺，要什么就给什么，有空就打电话，可女儿是否知道，时间，对这个24小时被束缚在床上的人来说流动得有多慢！她是否知道父亲内心深处的恐惧？他心里对那个德国人耿耿于怀，他管那德国人叫德国鬼子，他怕德国鬼子把他唯一的慰藉和希望带走。他不能去干涉女儿的婚姻，然而，他知道，类似的"奇迹"是不会发生第二次的……

同样高龄的陈教授可就没那么幸运了。

陈教授在一所著名大学教书，可谓桃李满天下了。播撒下遍地芳菲之后，老教授却渐渐从人们的视线中隐去了。自从老伴离开他以后，宽绰的三居室里只剩下他一个人与孤灯相伴。忙碌的人们几乎没有人会注意到这个老人：他每天佝偻着腰，拿着饭盒哆哆嗦嗦地去食堂买饭吃——因为他已经无法为自己做饭了。

1995年春节，他的一个学生从广州过来看望恩师，却怎么也敲不开门！于是他只好打电话到老师的隔壁人家，隔壁人也说我们这几天忙着过节，没注意老人，但好像也没见老先生出来。大家都知道老先生有把钥匙放在过去任教的数学系，就赶紧找数学系办公室的人取钥匙来开门。打开门时发现老人躺在地上，人们上去推了推他，发现他竟然还活着，好一会儿才有气无力地说："我已经三天没吃饭，起不来了。"说完就昏了过去，人们七手八脚地把他送到医院，然而已经错过了抢救的最佳时期，老人溘然长逝。

——我无法想象一个人在冰凉的地板上躺了三天是什么滋味。当你想喝一口水都喝不上的时候，会是一种什么感觉？

什么是老年？可能很多人都没有认真地思考过风烛残年对一个人意味着什么。当你丧失劳动力的时候，不仅意味着收入下降，被排除在社会主流之外，还意味着空巢、疾病、丧偶等种种人生悲剧，死亡的阴影几乎每时每刻都悬挂在你的头上……我们年轻时健康、富有、浪漫……只要我们不惜力，凭着诚实的劳动，与幸福有关的这一切，应该俯拾皆是。而当你进入老年之后，所有这些都会失去。

当我们从忙碌的中年走过来，终于把孩子抚养大，他们像小鸟一样飞走之后，我们可以喘一口气的时候，却发现，前面是茫然一片。我们不知道该如何去面对自己无法自理，也无法掌握的生命中最后那一段时光。

进入20世纪90年代，"人口爆炸"的硝烟尚未散尽，我国就"急匆匆"地迈入了老龄化社会。人口普查数据显示，到2000年，全国60岁以上老年人口已达到1.32亿，占人口总量的10.32%，占世界老年人口的1／5，亚洲的1／2。而根据专家预测，今后几十年内，我国老年人口数量将以年均3%以上的速度递增，而80岁以上的高龄老人则每年以5%的速度增长。到2050年，全国老年人口总量将达到4亿多，占总人口的1／4多。

据调查，目前在我国的老年人中，"空巢"率已经达到26.4%，这就意味着有四分之一的老人身边无子女照料。他们一旦到了高龄，丧失自理能力，生活就会非常困难。有很多老人意外死亡很长时间甚至尸体都腐烂了，才被人们发现。

可能我们的生活太丰富了，所以我们无暇顾及主流社会之外的那个老年群体，也无法想象下面这些情景：那一道门，甚至几级台阶就会把一个活生生的人隔绝在人的世界之外，甚至剥夺这些老人的生命！我们想象不到，对于我们来说，举手之劳的事，会让这些高龄老人束手无策。

80多岁的李老汉终日惊恐的一件事，就是拿钥匙开门！他总是不敢出门，为了减少出门的次数，他只好减少饭量，这样就可少买东西……他之所以把自己关起来，不是因为喜欢孤独，而是因为他患有帕金森氏病，只要出了门就有可能回不了家！有一次，他外出回来，就是这么一个把钥匙插到钥匙孔里的简单动作，他的手哆嗦半天却怎么也无法准确地把钥匙插到那个小眼里去！半个多小时过去了，他仍然进不了门，急得他直用头撞墙……

90多岁的于老汉自己行动已十分不便，却还要照顾同样是90多岁卧病在床的老伴儿。老太太已经无法自己走到卫生间上厕所了，只能在床边的便盆解手，老太太在于老汉的帮助下颤巍巍地坐下去，没想到一下子却把便盆坐翻了，于老汉怎么拉也拉不起来，万般无奈，想来想去只好打电话找居委会，老太太就在地上坐着，解不了手。直到居委会找了他们楼下一个刚退休的妇女去帮着才把老太太扶了起来。怎么办呢？连解手这样的小事，老两口都完成不了，于老汉对来帮忙的妇女说："我们给你钱，你能不能每天来两次？"她说："我刚退下来，好多事要做，也不能每天上你们这儿呀！"于老汉很无奈地说："我们给你钱怎么还不行呢？"

人到老了，自理能力就非常差了，一个独居的70多岁的老头儿，老犯糊涂，经常把锅坐在煤气炉上就忘了，出去买东西，不仅烧坏了锅，弄得满楼道都是烟，最后把消防队也招来了。

还有一个老太太，那天买了一只鸡，回来用弹簧秤一称，差了2两，又回去找，就把锅忘了，里面的水把煤气浇灭了，满楼道是煤气味儿，差点儿引起大火。闻讯赶来的人们只好把门给踹开，关掉了煤气。当她惊异于人们为何打开她的家门时。耳聋的她，却听不清人们在说什么。

他们也是一对90岁高龄的老两口，为了下楼这件事，已经商量了好几个月了。5层的楼梯，对他们就构成了一条不可逾越的鸿沟，于是他们就被禁锢在家中的小天地中，日复一日，只能互相面对，与外界唯一的联系就是那台电视。他们太想去晒晒太阳，听听孩子们嬉戏的声音了……这一切对别人来说太平常了，而对他们来说却是一种奢侈——唯有这样他们才会感到他们还活着，活在一个人的世界中。他们仅有的一个儿子在国外。因为住在5层楼上，他们平时很少下楼，靠着儿媳的姐姐每周为他们买一次菜和生活用品维持生活。

在一个天气晴好的冬天。他们终于决定实施蓄谋已久的下楼计划。对两位高龄的老人来说，下这5层楼，无异于一次冒险，也许一脚站不稳，就会从楼梯上摔下来，后果不堪设想——他们之间只要有一个人出了意外，生活就维持不下去了。可他们总得去晒晒太阳啊，要不，骨质会更加疏松，会连路也走不了了。于是两人搀扶着，如履薄冰般一点一点走下来，没想到当他们刚走到阳光下时。两人同时感到天旋地转……

当居委会主任从院内花坛经过时，看到这两个老人紧紧地挤靠着一起坐在花坛边上，冻得浑身哆嗦。一问方知，他们因无力上楼而回不了家，又冻又饿地坐在这里已经整整一天了！主任连忙叫了几个年轻人把老人背上了5楼。

下楼的远征终告结束，从此他们再也没走到过外面那个世界。

高龄的马老太太住在一栋有电梯的楼房中，按说走出家门对她来说应该并不是一件难事，但她却近半年没出门了。由于高龄导致的骨质疏松，她已经骨折过好几次了。经常来照顾她的女儿工作忙——她知道自己不能出任何一点儿意外，只要生病，就会耽误女儿的宝贵时间，影响她的前途。

马老太虽然蜷缩在家中，心里却很明白，她如果老不走动，走路的功能很快就会丧失了，那就真走不动了。于是，她每天都在家里那巴掌大的地方来回走3000步，每走100步，她就在纸上画一道儿，直到走满3000步。她用毅力在与死神做斗争。

一个人如何度过每天这漫长的时间呢？每天吃完早饭，她就坐在窗口看人们上班，等到上班的人们走完了，她就回到床上睡个回笼觉。然后起来做她每天都做的三件事：第一是玩玩具。她把孙子当年玩的玩具都放在一个纸箱子里，每天都挨个儿玩一遍，特别是那个拼图，一次一次拼上又拆开。第二件事是攒烟头，她把每天抽剩的烟头攒起来，5个一组，一遍又一遍数。第三件事是翻看一本旧相册，每天都翻，这本相册看上去已经脏兮兮的，被翻得角都翘了起来。

开始是60多岁的大儿子照顾她，后来儿子得了脑溢血，来不了，只好由女儿来照顾她。女儿每周来一次，给她做一周的饭放在冰箱里。如果打开她的冰箱，你可以看到，芹菜都已经空了，胡萝卜也长了白须，看上去起码放了半个月了。平时她也就是把冰箱里的菜拌点儿盐就吃下去了。

我问她："你平时就吃这个吗？"

"我还吃什么饭哪？每天吃的药比饭还多哪！"为了对付12种慢性病，她每天一次就吃差不多一小碗药，再喝点儿水，就吃不下什么东西了。

当我问她："你每天怎么解闷呢？是儿女们回来，还是找人陪？"

"我不希望儿女们回来，耽误他们的时间。"

然而，她还是向往外面那个世界，要走到人们中间去！

她每天都走3000步呢，在外面遛一会儿总该没问题吧？何况她住的这栋楼还有电梯！她终于下决心走出家门，可她万万没想到，当她的脚踏上大地，接了地气的一刹那，突然感到天旋地转，失去平衡，没走两步便一屁股坐在地上……

这种奇怪的现象在医生那里得到了解释：人长期在屋里，视野对耳内迷走神经的刺激形成一种固定的条件反射，当人突然来到外面的世界时，宽阔的视野会使人的平衡功能发生紊乱，于是人便会感到天旋地转。很多小说中也写过，长期在地牢里囚禁的犯人一走到外面的世界时会眩晕。

人们不会想象到，老人们为走出隔绝——就是为了走出那个单元门，进行了多么艰苦卓绝的努力！随着改革开放，人们生活水平提高了，纷纷搬进楼房告别了昔日的大杂院。然而，虽然人们居住的密度更大了，但彼此间的距离却更远了。一个个单元给人们带来私密空间的同时，也把人们隔绝在一个个防盗门后。

然而，人，毕竟是一种社会性的动物。无论是哪个年龄段的人，也都忍受不了与世隔绝的痛苦。

在陈老先生的生命中，唯一的乐趣就是读儿子的来信。繁忙的工作、体贴的老伴都已经成为过去,当生命中一个又一个希望被实现并且失去意义之后,出国留学的儿子,以及有关儿子的一切消息,就成了支撑他活下去的全部动力。

幸亏他有个远在天边的儿子,于是他每天也就有了个念想,吃过早饭,他就到收发室去等信。如果看到儿子的信,他就把信从头到尾念一遍,于是这一天他就像过节一样,兴高采烈的,然后就去找往日的老伙伴,讲给人家听,等到把信讲得熟得都背下来了,第二封信也来了。

可前些年,事情开始发生变化了,儿子开始不愿意写信,改打长途电话了。因为能直接听到儿子的声音,老爷子开始还挺高兴,但儿子的一句话让他心里不痛快:"爸,这周我就不写信了,太忙。反正我这儿的情况电话里也说了。"以后,儿子打电话回来老人就觉得不满足了:好容易把电话等来了,拿起来还不敢多说,国际长途,怕儿子多花钱。越是这样,到儿子来电话时,真想说的事又记不起来了。

前年,儿子把孙子也带回来了,可把老爷子乐坏了。孙子还在儿子的指使下给他买了电脑,让他学会收E-mail。这高科技的东西真是好。真是"天涯若比邻"了,他与亲人的联系越来越方便了。

可孩子们一走,他就开始恨上了这高科技:没有它时,他心中还有个念想,可以到收发室去等信。现在联系方便了,儿子倒不写信了,有事都在电话里说了,或者发封E-mail了事。他发现,到收发室等信的那点儿乐趣,对他来说,竟是那么重要!

刘老伯与老伴燕子衔泥一般,养大了一双儿女。先是将女儿供到大学毕业,又八方努力,帮助她找到了一份理想的工作,女儿结婚后生活得也挺美满。此后,老两口又倾其所有将大学毕业的儿子送到国外留学。现在,儿子拿到了博士学位,在美国成家立业。

忙完了儿女的一切，老两口也到了退休年龄。正好接着给女儿带孩子，直到将外孙送上了小学，他们才算喘口气，告别了忙碌的日子。

要说周围的人，没有不羡慕他们老两口的：一生的辛劳没有白费，似乎一切都很美满，孩子们都挺给他们争气。

然而，外孙长大以后，女儿一家回来的时候也越来越少，最后发展到两三个月才来一次。老人想孩子，时而去女儿家看望，可由于女儿家与他们的住处相隔太远，大热的天来回奔波很辛苦，便渐渐很少去了。日子就在寂静中一天天地耗着，两位老人时常感到孤独。不久前的一个周末。刘老伯到菜市场买菜跌伤了脚，老伴一着急犯了心脏病，俩人都起不了床。他们只好向女儿求援，一打电话才知道，女儿一家外出旅游去了。万般无奈，刘老伯只好向邻居求救，邻居帮着在街上拦出租车，拦了多少辆都不停，好容易找到一辆车，车主听说是心脏病人，就怎么也不肯拉，让他们要医院的救护车。折腾了两个多小时，救护车总算来了。刘老伯拖着伤脚将老伴送到了医院，可由于耽搁的时间太久，老伴的病情加重，最后发展到半身瘫痪，生活完全不能自理。

从此，刘老伯的日子更难过了，每天干完家务后便看着病床上的老伴发愁。后来女儿花钱给他们雇了一个保姆，刘老伯不用干家务了，但日子却比原来更艰难了。两个老人时常思念儿女，回忆他们小时候的种种趣事。每当这时，刘老伯就会无奈地安慰老伴说："儿女就是长大飞出巢的鸟，老人只能独守空巢。看看周围那些老人，不也都像我们这样寂寞地过着吗？老了，这也是没办法的事。"

要说儿女们有本事是好事，可惜忠孝不能两全，越有本事，他们也就走得越远。剩在巢里的两只老鸟，也就只能终日与电视为伴了！

据一位心理科的大夫说，这样的分离焦虑和不适障碍都是空巢家庭成员最初的反应。有些空巢家庭不但孩子已经独立生活，老伴儿也故去了，家庭中只剩下一个人。这样的老人通常更容易感觉孤独，而后出现抑郁症状：觉得生活没有意思，经常回想往事，感觉失落、悲观。

一般来说，只要是健康的人，面对空巢情况都会进行自我调适，如果不适的感觉延续下去，三个月、四个月，甚至更长，就是病态的反应了。尤其值得注意的是，空巢家庭的成员大部分都是老年人。老年人除了需要不断进行心理调适外，对自己的身体状况也要格外关注。由于子女不在身边，老人很可能会出现各种意外，使原有的生活难以维持下去。此外，骨折是对老年人威胁最大的健康难题。因为行动不便，使活动量减少导致很多老人患有骨质疏松，他们骨折发生率极高，特别是股骨头骨折后果更严重。

对于高龄的空巢老人来说，还有一种情况值得引起注意，那就是营养障碍。两个老人特别是一人生活时，常常懒于做饭，这种情况下，就会出现不同程度的营养障碍，像蛋白质摄入不足或是维生素补充不够等。

中央戏曲学院的一位老师退休后在生活热线当主持人。有一次接到一位老人的电话，打了很长时间，说的都是家里那点儿鸡毛蒜皮的事儿，直到最后也没说出想解决什么问题。当这位老师问他究竟想咨询什么问题时，老人叹口气说："我没别的，就是想说说话儿，说说家里这点儿事儿。"

说说话儿，这对任何人都是太简单的事儿了，然而对很多老人来说，别说有人听你说说话儿。就是想听人说说话儿。也十分的不容易。王大爷就是为了说说话儿，想出了一个绝招儿——把家里的马桶弄坏了!

房管所的水暖工小方怎么也不明白,王大爷家的马桶老坏,按他的经验这样修好之后起码能用一年,可两天之后又坏了。于是,再一次给王大爷修好马桶的两天之后,他又敲门来到王大爷家,笑呵呵地问:"大爷,您的马桶没坏吧?"

王大爷一愣,随后一把抱住了小方:"孩子!真是难为你了!"老人随后抽抽噎噎地哭了起来,把真话告诉了这个素不相识的水暖工:"如果不是你来修马桶,我就连说话儿的人都没有!"

王大爷平时太寂寞了,就希望家里来个人,如果知道今天该收水电费了,他就早早在门口等着,只要听到动静立刻就把门打开。据说这样的老人不在少数。

80多岁的刘老太太,平时生活不能自理,女儿上班时,就把她锁在家里(女儿小的时候,她外出办事时,就是这样把女儿锁在家中的)。那天听说居委会要到家里走访,老太太为此兴奋得好几天都没睡着觉,天天在门后站着等居委会的同志——家里终于要有人来了,可有人说个话儿了!居委会的同志无论如何也想不到,他们的到来,会让刘老太如此兴奋。那天居委会的同志终于去了,她们刚敲了一下门,门立刻就开了,把毫无准备的一大帮人都吓了一跳。

幼儿园正准备搬家,忙乱中却突然钻出一个老头儿,他执意劝说园长不要搬走。本来搬家就够乱乎的了。还要跟这个较真的老头废话,弄得大家十分气恼:这老头儿怎么回事!简直是无理取闹!幼儿园搬家关他什么事儿!

谁也不知道,这些欢蹦乱跳的孩子们对老人多么重要!就是孩子们吵吵闹闹的声音。支撑着老人生活的信心。

我到老人家采访时，发现他的家中全是灰尘，不知多少天没打扫了，对这个行动迟缓的老人来说，打扫卫生已经是很困难的事了。在落满灰尘的地上，有一条清晰的脚印通向窗口，可以想象，这是老人家每天都要经过的地方。是什么东西吸引着老人每天都要到窗边去呢？我走到窗边，发现窗下面就是那个幼儿园！每天，老人看着忙碌的父母们把孩子们送到这里，看着孩子们在下面玩游戏，看着他们打闹……在老人那静得让人恐惧的世界里，孩子们的喧闹声是他唯一的乐趣！

现在，喧闹声没有了，只有滑梯、攀登架静静地立在那里，诉说着凄凉。可老人每天还是要走到窗前望着，悲凉中一线希望在支撑着他——他相信有一天孩子们还会搬回来的，他每天还是准时走到窗前，等着……

曾有人写过一篇怀念父亲的文章。说父亲晚年寂寞，很想和儿女们说说话，可是儿女们始终很忙。后来父亲去世前对着聚集在床边的儿女们很兴奋地说了许多，儿女们怕他累着，劝他不要说了，好好休息。他最后带着倦意地说了一句："好吧，不说了，你们都很忙。"然后他就真的永远休息了。

这篇文章让我想起自己那一对白发爹娘，平时我总借口忙。没时间陪他们说话。其实真有那么忙吗？可能更多是因为我们作为任务去和父母聊天时。自己都兴味索然。我的老母亲想我的时候，只能一遍又一遍看我写的文章——亏她有个写东西的女儿，才多了一条沟通的渠道。

人们也许不能想象：一个单元门和几级台阶，就能成为一道屏障。将老人们与外界隔绝开来。而隔绝，恰恰是人类最深刻的悲哀！否则，在这个世界上就不会存在监狱——人们正是用这种最深刻的痛苦来惩罚犯罪。隔绝，其实是比死亡更可怕的事情。有一天我们也会老，也走不出家门了，我们会怎样度过这漫长的时间？

　　疾病，几乎是每一个超过50岁的人都会日渐恐惧的事情。人们说："有什么别有病，没什么别没钱。"可能过去人们更多的是恐惧"没什么别没钱"，现在生活富裕了，开始恐惧"有什么别有病"了。一旦"有病"，也就"没钱"了，再富裕的日子也会黯然失色。我在采访中发现，老人们普遍有一种很深的恐惧：对疾病的恐惧，对意外死亡的恐惧，对丧失劳动力后收入下降的恐惧……作为独生子女的父母，我们这一代人对晚年的恐惧就更深一些，因为我们似乎更靠不上什么人了。何况自古就有"儿孙满堂，不如半路夫妻"一说，即使儿孙满堂。也难说有一个孝顺子女能让我们晚年无忧！在我们的一生中，最没有安全感的一段时光，大概就要算老年了——我们怎样才能获得安全感？什么时候才能不在恐惧中度过我们人生最后的时光？

对于我们这个一贯讲究养生之道的民族来说，对衰老与死亡的恐惧在我们心理上造成的冲击可能比其他民族更为深刻一些。因为我们不相信天堂的存在，那个对西方人精神上具有无比慰藉的上帝大概不会管我们——西方人就够他忙活的了！我们这姥姥不疼舅舅不爱的东方人。也只有把希望投放在今生今世了。多少年来。我们都在孜孜不倦地寻找各种长生不老之术，从古代吞服金丹到各种现代抗衰老技术，我们的先人尝试得还少吗？却无法让我们躲避走向死亡的宿命，也无法避免在死亡之前经历那些可怕的磨难。

原卫生部副部长殷大奎教授曾经在一篇文章中谈到长寿的问题，这篇文章的题目是：《延长寿命不是科学的惟一目的》。他说，目前我国的人均寿命已经超过了71岁，但从整体上来说，其中10～15年的生命质量是比较低的，有的生活不能自理，有的一直躺在床上，有的干脆就是植物人。绝大多数人在这10～15年里疾病缠身，痛苦不堪。

在我们这个星球上，再没有比人类更懂得爱惜自个儿了。我们曾经那么执着地追求长寿，那么热爱生活！然而，我们是否对这生命最后的15年有一个清醒的认识？如果我们被延长的那一段生命，是在极度痛苦中度过的，我们追求长寿又有什么意义呢？

不管我们愿意不愿意，我们的寿命还是延长了，老龄化社会随着经济的发展也不期而至了，其速度之快、来势之猛似乎超过了我们的想象。随着科学的发展，特别是人类破解基因后，据说人的寿命还会大大延长。于是我们就面临这样一个问题：在我们的一生中，最漫长的一段生命将是老年，如果我们真的有幸能活到150岁，而我们一生的工作时间可能只有30多年，我们的积蓄只能保证我们活到80多岁。剩下的日子我们该怎么办？长命百岁固然可喜，但高龄却常常是疾病缠身，我们那点儿收入，能让我们维持健康吗？

卓老太也是一个被禁锢在床上的人，她因为脑溢血后遗症导致的偏瘫，已经在床上躺了6年了。因为生活不能自理，为了方便，人们给她剃成光头。床，成了她的栖身之所，也成了她的监狱，因为她无法走出一步，每天她唯一能做的事情就是长时间望着窗外，看着太阳一点点地升起来，再一点点地落下去。躺在床上的卓老太现在唯一的念想就是盼望国家能早日出台一部法——关于安乐死的法律。有时她真想哭：因为她连死的权利都没有！

她要忍受病痛，忍受保姆的白眼儿，要忍受与世隔绝的孤寂……6

年的折磨已经把她所有生存的欲望都磨没了。儿女们不能说不孝顺，为她请了保姆来照料她。然而这种照料，同照料一只猫、一只狗又有多大区别呢？所有的亲情只剩"保姆照料"这一点内容了。她活着，不仅自己痛苦，也是别人的负担。解脱这种处境的唯一办法就是死，可她自杀两次都没成功，却在肚子上留下道道伤疤……

在采访中，我也注意到小保姆在看卓老太时那冷漠的眼神，那眼神让我也感到不寒而栗，一下子就明白了卓老太的处境：面对没有任何情感交流的意愿、如同看一个动物一样的眼神，生命会是一种什么状态？当尊严不存在的时候，生命的延续就不再有意义，而死亡就成了一种期盼。

在卓老太的床前，我突然意识到疾病的可怕！它不仅给人身体带来巨大的痛苦，而且会毫不犹豫地吞噬掉你的金钱。而你一旦丧失了自理的能力、卧床不起时，也就丧失了自主权甚至丧失尊严。我想，除了意外死亡，我们每个人都免不了这样一种结局：那就是随着年龄的增长，在我们生命的最后15年里，疾病越来越多，最后逐渐走向死亡（无疾而终的好事恐怕轮不到我头上）。

——你敢说卓老太的命运不会落在你的头上？

前不久的一天，天气十分寒冷。我乘公共汽车去看一个朋友，这时一位老人吃力地提着一个篮子爬上来，坐在我身边。她一上车，售票员就让她买票，她有些吃力地说："您让我缓口气，我这胳臂疼得抬不起来，我缓过来就给您拿钱。"好一会儿，她才费力地从衣袋里掏出钱，递给售票员。我关切地问她："您这胳臂应该去医院瞧瞧啊！"

"唉，哪有钱哪！老伴得癌症了，他这一病啊，是人也没啦，钱也都没啦！家里的钱只能尽让他看病了，我这点小毛病就对付着算了。"

她告诉我，她1993年从北京一家工厂退休，现在每月800多元的退休金。老伴是家中收入最多的，参加工作早，去年刚退休，每月有1000多元的退休金。

"老伴是结肠癌，两年前做了手术。没想到刚一退休就又不行了。听人家说，癌症只要一转移就不好治了。原来这家里就指着老伴儿这点工资，他要一走，我们这家就更完了，我更瞧不起病了！这癌症不像感冒，三天两天的能好，这种病哪有个头儿啊？现在家里什么也不敢买了，有点儿钱就往这无底洞里扔吧！"

"孩子呢？他们经济上总会好点儿吧，不能帮你们一下吗？"

"孩子的工作也不稳定，有今儿没明儿的，哪能指望他呀！就这样，我儿子还得不时给媳妇家点钱，他的丈母娘不到年龄就内退了，每月才300元的退休金，她自己的儿子还没工作，每月还要拿出100元给她儿子，你说，200元够干什么的？"

"那您老也应该看病啊，何况胳臂的毛病怎么着也看得起呀。"

"您这就差了！现在只要一进医院，钱就少不了。我那老伴为了给家里省钱，医生要给他开的很多药，他都不吃。做完化疗有一种能缓解症状的药，因为贵，他不让医生开，我去看他时，他吐得那叫厉害啊。我看着心里别提多难受了！现在，索性我也不去看他了，少受点刺激！"

"人老了，最怕得病。一得病，多少钱都得扔进去！"我感叹道。

她说："可不是！要不现在大伙儿老说，没病就是发财！唉，这人就是有天大的本事，也搁不住病啊！"

据统计。我国疾病模式目前正处于从传染病为主向慢性病为主转变的过程中，慢性病患者越来越多。这当中除了生活方式的影响，还有一个不能回避的问题是老年人口的比例明显上升，多种慢性病的患病率随年龄的增加而升高。

据北京市老年保健及疾病防治中心办公室主任汤哲介绍，在北京地区的老年人中，72%～73%的老年人患有各种慢性病，而且，得病的老年人中，有50%的人身患多种疾病。而对老人威胁最大的前四种疾病是脑血管病、心脏病、肿瘤及呼吸系统疾病，这四种疾病的致死率占老年人死亡率的75%以上。

我国目前的医疗保障体系，主要是针对常见病、多发病的防治，相对于各种慢性病，基本上是要由个人负担大部分的，而且很多用于慢性病治疗的特效药品都是自费药。因此。老年人一旦生病住院，个人负担仍然很重。疾病，会造成恶性循环：越病，越穷；越病，对别人的依赖越多，自主就越少。

在我周围生活的老年人中，我发现，他们最恐惧的就是疾病，特别是疾病导致的意外死亡，很多老人明显缺乏安全感。一位居委会主任告诉我，她的辖区内有一对年龄均已90多岁的老两口，他们时常嘱咐她说："主任，你平时经常来看看我们，你如果敲门时，我们5分钟之内来给你开门了。就没事。如果没开门，你就得想办法来救我们了。"

我曾经两次采访过这样一位老人。时隔两年，当我第二次采访他的时候，先给他打了一个电话，在电话里，当他知道我是两年前采访过的那个记者后，还没等我说完便急切地问我："你现在哪里？你的电话是多少？能不能把你的电话告诉我？我已经在床上躺了1个多月了，我有事能找你吗？"

我说："可以，我的电话是——"

他说："我不会很麻烦你的，只是迫不得已的时候求你行吗？"

我不知道他是不是如此急切地求助身边的每一个人，甚至不管是否了解底细，可见他的恐惧感有多深了。在上一次采访时，他曾对我说，他最恐惧的就是生病，恐惧病倒在床时身边没有人。

老人是两航起义人员，一直在民航工作，年轻时有一个在老家比他大7岁的表姐，一人带着3个孩子。表姐浑身是病，生活非常艰难，3个孩子也因家穷而上不起学。出于一种朦胧的说不清的感情和善良的天性，他把表姐一家接到北京，当时正是新婚姻法公布，民航为了推出一个贯彻新婚姻法的典型，动员他与表姐结婚。于是他糊里糊涂地成了3个孩子的父亲，也糊里糊涂地成了典型。

在以后的45年中，他不仅要照顾多病的表姐，还要照顾3个孩子，终于把孩子们都抚养成人。两个大的孩子在外地，只有表姐最娇惯的小女儿在北京工作。不久，他的表姐去世了。在她病重时，女儿并不来看她，人一死，女儿来了，只是把母亲的东西都拿走了。这个名牌大学毕业的中年女人还盯上了他的房子。当她知道继父有了女友时，千方百计阻挠他们。背着老人，用很下流的语言侮辱继父的女友张女士。张女士终于忍受不了，伤心地去了美国。

后来老人得了很重的病。就是一个人孤零零地躺在病床上，连一个给倒水的人都没有。叫天天不应叫地地不灵的日子，让他从此特别恐惧生病。当他的女友张女士得知这个情况后，为了他，毅然放弃了美国的优越生活，回到国内来照顾他。现在，张女士年龄也大了，两个高龄老人生活在一起，都是一身的病，因而对疾病的恐惧更深了。

我到他们家中采访时发现：家里虽然很整洁，但简陋得像是30年前人们生活的房间——毕竟是两个疾病缠身的老人了。沙发还是50年代的简易沙发，厨房里连抽油烟机都没有。

"为什么不安抽油烟机呢？"我很奇怪。

"我们已经没有这个能力了。我们有时也想添置点儿家具，可哪有力气啊！"

据一项调查表明，我国目前老年人年龄和收入成反比，即年龄越大收入越低。

年龄越大，自理能力也就越低，而其所面临的生活、健康方面的问题也就越多。面对医疗护理及其他必需的家政服务费用的增加，使老年人尤其高龄老人忧心忡忡。在社会转型过程中，以基本工资为基础的退休金比退休前的实际收入大为减少，有些亏损企业甚至不能按月发放退休金和医疗费，因而老人们很难与其他社会成员共同分享到经济社会飞速发展的成果而日益成为社会的贫困阶层。

与此同时，因缺乏与老年人群需求相适应的老年卫生保健服务体系，造成老人看病难的一系列问题：医院太远，看病过程太长，使体弱多病的老人无法适应；老人医药费负担沉重，加之又进入体弱多病阶段，医药费开支数额明显增加，得了大病更是不堪重负。

很多老年人经过一生辛苦劳作，省吃俭用，都或多或少地积攒了一部分"老底"，这些"老底"聚集了老人一生的心血，是老人为自己平安度过晚年生活奠定的经济基础。但是，由于老年人工作生活的年代生活指数都比较低，因而积蓄也十分有限，所谓的"老底"实际上也并不丰厚，很难保证老年人安全地度过高龄老年期。

出于对疾病的恐惧，很多老人不停地到医院检查身体，生怕有了癌症或大病没有及时发现。还有不少老人每天都要吃各种不同的药，以为吃得越多，健康也就越有保证。在前些年公费医疗的时代，导致医疗费用大幅上升，造成很多不必要的损失，从而也成为医疗制度改革的导火索。

我认识一位退休老人朱老伯，在社会全面进入医保前，非要到医院去做心脏造影。

他的两个儿子都在领导岗位，平时工作很忙。听说父亲要做心脏造影，着实吓了一跳：到了要做心脏造影的地步，可见父亲的病已十分严重！私下里内心十分自责：平时就知道忙工作，忽视了父亲，这下可好，老人一旦有个好歹，他们岂不后悔一辈子！

于是儿子们放下手头的工作，开始跑前跑后地联系医院，没想到医院里做心脏造影的人太多，竟然排不上队，两个儿子急得抓耳挠腮。朱老伯的儿子恰巧有一个是记者出身，出于职业敏感，觉得这个现象十分蹊跷，便去问医生："难道现在得心脏病的人这么多吗？"医生颇不以为然地说："根本就不是！好多人怕明年医疗制度改革后交不起那么多钱，所以都集中在今年年底来做。医院的工作量比平时多了几十倍！"

到了关键时刻，方显出"英雄本色"，儿子们终于通过各种关系为父亲联系住上了医院。那些日子，全家都笼罩在一片阴云之中，不知会"造"出个什么影儿来。儿子们家里、单位、父母处连轴转，忙得茶饭无心，平时还要在父母面前强作笑颜，特别是每日忧心忡忡地加强了对母亲的保护，不断做她的思想工作，生怕一旦"结果"出来，她会受不了。其实两个儿子精神已经快崩溃了。

结果终于出来时，全家都松了口气：什么事儿也没有！这时老爷子才吐了真言："医生当初就说了，我这造影可做可不做。"这让备受惊吓的儿子们简直不知该说他什么好！

类似这种情况，在北京享受公费医疗的老人中其实很普遍，我个人认为，很多老人是因为恐惧疾病而住进了医院，而非真正的器质性病变。

在南方某城市，还出现过更极端的例子。一位看了一辈子大门的老人，因为被单位用两万元买断了30年的工龄，竟出家当了和尚。过去真有个灾啊病的，可以找组织，现在这两万元把这最后一条线也买断了。想想反正看病也看不起了，干脆割去一头烦恼丝，出家了。

有人说老年期是人生的丧失期，不仅会失掉金钱，还会丧失配偶，更重要的还会丧失健康。正因为如此。这个年龄段，也是最容易丧失生存意义的时期。因此，在高龄老人中，心理疾患常常比生理上的病痛更多地侵扰着他们，而这一点又常常被人们所忽略。无论是他们自己还是他们的亲属。往往对他们生理的疾病还比较重视，而对他们心理的疾患却往往是不仅忽略了，而且常常贻误治疗时机。

我发现。有不少老人思维怪异，行为失常，特别是一些六七十岁的老年男性，会为一些鸡毛蒜皮的小事斤斤计较，不肯罢休；有的对一些不值得争论的话题，也火冒三丈，唠叨起来没完没了；还有的性情孤僻，沉默寡言，固执己见。多疑多虑。在生活中不仅与周围的人难以相处，而与老伴或家人也不断冲突。有的老人退休后，情绪常常极不稳定，无缘无故就会跟人吵架，说不清楚自己到底哪里委屈，有的老人说"经常想大哭一场"。

在一家养老院里，就发生过这样的一件事：一位80多岁的老人仅仅因为自己所住的房间里被安排了新伙伴，就跑到院子里大吵大闹。护理员们像哄小孩一样哄他，还为他在床头安了一个布帘。结果，老人转怒为喜，为了那个新装的布帘高兴了好几天。所以人们常形容老人是"老小孩"。因为在一些高龄老人身上，出现许多儿童的表现。

据专家介绍。老年人的这些"怪脾气"，与男性进入老年期以后体内的雄激素减少等生理变化有关。医学研究还发现，老年男性的"怪脾气"还与高血压及脑动脉硬化等老年疾病有关。这类患者，早期常常伴有头痛、头昏、耳鸣、失眠、记忆力减退等症状，而且情绪极不稳定，感情脆弱，精神抑郁，或痛哭流涕，或嬉笑激动。此外，有1／3的病人还会出现恐惧或多疑的心理，常常无端怀疑自己得了癌症或其他大病。这种情况发展下去，就可能导致智力衰退，情感渐渐淡漠，趋向于老年痴呆症。特别值得注意的是，有些患有高血压及脑动脉硬化的老年人，平时无任何自觉症状，但因突然受刺激发脾气。在大怒之下往往会发生中风，严重的甚至会危及生命。

2002年发生了一起令人瞠目的凶杀案，凶手是一名85岁的老人。这名85岁高龄的老凶手于老汉在杀妻之后，自杀未成自己先累得睡着了！宣判的时候，他拄着拐杖颤巍巍挪进法庭，即使戴了法庭给他配的助听器，却连法官的问话都听不清楚！

根据《刑法》的规定。作为无生活自理能力的高龄罪犯，他原本可以监外执行。但是他因犯罪已不能享受原来的退休金，对于这样一个完全丧失劳动能力的高龄罪犯，只好于判决宣布10天后生效之日让其入狱服刑。——得，监狱只好把他养起来了！

那天晚上到底发生了什么事，人们也只能从这个话都说不连贯的老人嘴里获知了。85岁的于老汉独自在家照顾99岁瘫痪在床的老伴儿李老太。老太太从未有过正式工作，老两口靠于老汉每月760元退休金生活。据说当晚，李老太把正在熟睡的于老汉喊醒，让他倒水、拿饼干。拿到水后，李老太又喊水凉。要这要那。让于老汉十分生气，于是手持斧头和尖刀朝躺在床上的李老太猛击、猛刺。由于老汉年老体虚，李老太尸检时身上28处伤口无一致命伤，是由于"创伤失血过多休克而死"。于老汉讲，杀死老伴后，他拿起菜刀割脖子自杀。由于年老体衰，他割了两下只受轻伤，竟累得睡着了。次日一大早。醒来后的于老汉即投案自首。

据说这于老汉73岁才第一次做新郎，没有过子女。老太太和于老汉开始感情还很好，但近年来经常吵架。老太太没有收入，老两口靠于老汉每月760元退休金生活。老太太有一儿一女，儿子从未来看过他们，女儿很少来，即使来了也是向老太太索要生活费，2002年一次就拿走了老两口攒下的7000余元。2003年年初，李老太患病瘫痪卧床，生活无法自理，85岁的于老汉独自在家照顾瘫痪在床的老伴儿。

于老汉在法庭上听判决时还兀自喃喃："我一直当宝贝似的宠着她，想不到她还这么气我。"他的思维几乎像一个儿童。

于老汉在杀死老伴儿后，用菜刀割颈自杀，后自言当时想法："老伴儿也死了，自己又这么老，活着没意思。"

监狱，这种惩罚犯罪的场所，竟然成了养老的地方，确实有些滑稽。

同是2002年，还发生了另一起因琐事发生争执，某老年公寓一名84岁的老人持刀将同室另一名86岁的老人刺死的悲剧。

据说那天中午，公寓服务员给212室的两位老人打饭，端着饭菜返回212室时，发现悲剧发生。公寓立即报警，民警赶到现场时，地板上满是血迹，民警协同120医护人员将倒在血泊中的老人夏某送往医院抢救，将行凶者李某带回派出所调查。受害老人被送往医院后抢救无效不幸身亡。

经查，现年84岁的李某系铁路退休工人。据介绍，李某脾气古怪。其老伴与子女都感到很难与其相处，两个月前，李某被家人送到老年公寓。受害者夏某，登记年龄76岁，但据了解，夏某实际年龄为86岁，因无儿无女，老人的外甥于一个月前将他送到老年公寓。

当时夏某在床上剪脚指甲，李某的饭碗正好放在两张床间的茶几上，李某说夏某不讲卫生，夏某开口反驳，两人因此而发生争执。生气的李某手持拐杖向夏某头部狠砸四五下，夏某被打昏，之后李某用一把水果刀刺向夏某。经法医鉴定，夏某头、胸、腹等部位刀伤多达17处，其中致命一刀刺伤了右肺叶，致其死亡。事发当晚，因涉嫌故意杀人，犯罪嫌疑人李某被公安局依法刑事拘留。李某悔恨难当，老泪纵横。

这两件同时发生的高龄老人犯罪案件，让我想起多年前在《北京法制报》当记者时采访的一桩类似的案件。那也是一位80多岁的老人，与女儿、女婿一起生活。因一点生活小事与女婿发生口角，竟趁女婿在家中干活毫无防备之时，用利斧将其砍死。当他已近中年的女儿下班回家时，看到丈夫倒在血泊中，白发苍苍的老父亲被警车押走，顿时昏了过去……

一点微不足道的原因，就酿成血案，确实令人扼腕！高龄老人犯罪现象确实应该引起人们的警惕，这类案件常常不是因为社会因素，而是因为个人生理因素。根据医学调查，老年人心理障碍常常与他们脑动脉硬化有关，而由此导致的老年痴呆、老年精神病，又常常不被周围的亲人们察觉，因而一旦出现悲剧，人们往往猝不及防。

在这个年龄的老年人中。还出现过更荒唐的事件。据四川在线2002年报道。一位退休老人，不顾多年卧病在床的老伴，整日在外嫖娼，让儿女们脸面无存。他的儿子说到这件事时激动得声音都发颤！

为了挽救父亲，儿子一家苦口婆心，从讲道理到进行经济制裁、行动限制，能想到的办法都用尽了。平时看到报纸上关于扫黄打非的报道，他们都会刻意放到父亲易留意的地方。每天给父亲限制回家时间：中午11点，晚上5点。除了买菜，不让父亲身上带多余的钱。家庭关系十分紧张。为了证明自己痛改前非，父亲甚至出门不带钥匙，表明自己很快回家。然而"强制行动"只奏效了两三个星期，此后，父亲又故态复萌。工资也不交给家里。年近古稀的老人似乎还真的"爱"上了那个与自己长期有不正当关系的女人，有时冲动得要提了菜刀去砍与那个女人有关系的其他男人。

儿子一家为此备受伤害，几乎成了惊弓之鸟：只要父亲没有按时回家，一家人就心神不宁。

他的儿子因为承受不了这种心理折磨，连工作都受到影响。他既担心父亲被公安机关抓获，又担心他染上什么病，还担心生病的母亲受不了这种打击。每次路过那些地方，他的儿子都不敢抬眼睛，生怕看见自己的父亲也在那里出现。为此。他的儿子甚至冒出了要杀死父亲或毒死父亲的念头。

一辈子老实本分，老了，却做出这种下三滥的事儿，确实令人不可思议。撇开道德的因素不谈，我认为，老年人的荒唐行为，很多都与长期孤独或脑动脉硬化导致的心理障碍有关。在我多年的记者生涯中，也采访过一些类似的案子，其中有的是勤勤恳恳工作多年的老工人，他们晚年的荒唐行为让周围的人们不能理解。可能人们更多地关注老年人生理上的疾病。因为这是很容易发现的，一张化验单就能证明。而老年人，特别是高龄老人心理发生的变化。人们却往往忽略了。

不仅如此，据调查，我国65岁以上老年人患有痴呆症的患者已经超过了500万人，约占世界总病例数的1/4！这数字真是很可观了。其实，老年性痴呆症从轻度记忆与认知障碍，到最后的植物人状态，其过程短则几年，长则几十年。如果家属能细心观察、早日发现，就可能将病痛降到最低的程度。

2002年的夏天，陪伴了张学良将军72年的赵四小姐，带着无限的依恋、无限的忧虑，撒手尘寰。刚过百岁诞辰的张学良一直坐在她的旁边。默默地握着她的手，很长时间不肯离去——也许我们谁都无法得知这位世纪老人此时此刻想的是什么，但我们知道，对于历尽沧桑的张将军来说，人生最大的悲剧也就莫过于此了。当时，一篇报道此事的新闻标题是：《英雄美女，阴阳永隔》。

人生有一种悲剧，是我们每个人都躲不过的，那就是丧偶。即使爱情再牢固、再"地久天长"，有一天也会被这个"悲剧"所拆散。张学良与赵四小姐的爱情，比我们所知的任何爱情故事都更打动我们，连铁石心肠的大特务头子戴笠，看到赵四小姐不顾一切地追随已是囚徒的张学良时，也为之感叹："红粉知己，汉卿（张学良字汉卿）有福啊！"然而，这一对什么人也拆不散的情侣终于还是被死亡所拆散。很快，百岁高龄的张将军也步老伴的后尘而去。

——正是我们人类所具备的生物属性，使这一悲剧成为必然。如果说，在我们的一生中，我们可以幸运地躲过战争、车祸、火灾等种种意外事故造成的悲剧的话，我们却无论如何也躲不开另一种悲剧——丧偶（只要你不是死亡的那一方），区别只是或迟或早罢了。而丧偶的悲剧最多、也最普遍的，恰恰是发生在人生最脆弱的老年期！

学富五车的郝御风先生，以善于研究和思考著称。郝先生不仅在学术上善于思考，在生活小事上也很喜欢思考。比如今天吧，他就遇到个研究不透的难题——他怎么也无法将挂面下到锅里。水烧开了，他拿着一把挂面琢磨了半天，平着下吧，挂面的长度大于锅的直径，显然不行，竖着下，又有挺长一段露在外面……老先生颇费周折地从各个角度尝试了一下都不行，于是叹了口气，只好作罢，饿着肚子等女儿回来。

郝先生是西北大学中文系的主任，早年毕业于清华大学，30年代在国内就颇有诗名。1971年夫人病逝，在家里从来是饭来张口、衣来伸手的他，一下子就陷入困境。为了照顾他，女儿每天一大早就要从自己家中赶来。先服侍他吃完早饭，又为他做好午饭，再急匆匆地去上班。可老人家每天中午热饭时，不是把饭烧焦就是把炉子弄灭，总是十分狼狈。有时女儿太忙，中午来不了，怕老父亲饿着，便买了一些挂面让他自己下着吃，却怎么也想不到这些年母亲把父亲惯得竟然连挂面都不会下！

在老伴去世的那段时间里，郝先生大部分时间都是在公园里度过，一天又一天徘徊在铺满落叶的林间小路上。一方面，他不愿成为儿女们的负担；另一方面，他与儿女也无法像与老妻那样沟通。一辈子琐琐碎碎、磕磕绊绊就这么过来了，而这琐琐碎碎构成的一切想起来就让他觉得无比温馨，这一切一瞬间就随着老妻的去世而坍塌了。形只影单，瑟瑟秋风更在他心上添了一分凄凉。他长时间地坐在公园的长椅上消磨时光，渴了上茶座喝杯茶，饿了上小饭馆充饥，没有多久，他便也随夫人去了另一个世界。

同在西北大学中文系任教的费秉勋教授在谈到丧偶时说：老辈文人多肩不能挑手不能提，生活不会自理；但往往又得遇贤妻，衣食住行把他侍候得妥妥帖帖，对他脾气的旮旮旯旯熟悉得明晰通透，而且顺其心思行事。这样，他在贤妻面前就成了一个孩子，贤妻对他来说就成了一个"母亲"。在生活方面他始终长不大，对这人"母亲"就终生离不开。陈忠实在《白鹿原》中写朱先生离开人世之前，对妻子喊了一声

"妈"，实在是深刻绝妙的一笔。

过去人们说，人生的三大不幸是少年丧母，中年丧妻，晚年丧子。现在想想，这句话这会儿还真有点儿过时！中年丧妻在多大程度上是不幸已经很难说了（不是有句新谚语吗：中年有三喜，升官、发财、老婆死），倒是中年离婚的现象却十分普遍；况且对中年人来说，即使丧偶，那份恩爱也毕竟还没有经过太多岁月的沉积，生离死别之时的痛楚也没那么刻骨铭心。如果说人生真正的悲剧的话，现在应该说是晚年丧妻。在我曾经生活过的北京团结湖街道，有这样一个真实的例子：有一对老人，相依为命地走过了几十年的风风雨雨，老太太去世后，她的老伴整天抱着骨灰盒过日子，每天对着骨灰盒又哭又说。他把老太太去世前的最后一次大便用纸包起来留着，留作纪念；还非要把老太太最后一次小便也喝了，幸亏让机灵的小保姆给换成了橘汁。

我们很少看到描绘老年爱情的作品，因为老年人常常被人们忽略，包括他们的感情方式。人们也总觉得少年夫妻老来伴儿——不过就是个伴儿，既不浪漫，也谈不上刻骨铭心。可是人们在这里却大错了！几十年的相濡以沫，会悄悄积淀下一种巨大的力量，这种力量平时湮没在琐碎的生活中，只是在丧偶的一瞬间才会爆发出来，给人以致命的打击。

这些年，由于居住条件的改善，城市老年人多与子女分居，住进单元楼房。生活中真正相依为命的只有老伴儿。我在采访中发现，丧偶给老年人带来的打击常常是致命的，而一旦老年人不能从丧偶的悲剧中走出来，时常引起连锁反应，导致更大的悲剧。

很多人在丧偶后，最怕见亡人的东西，人亡物在的那种悲凉，锥心刻骨。而钱老太却恰恰相反，她每日把自己关在她和老头儿生活过的这间屋子里不出来，她身边摆满老伴儿的东西——这可急坏了儿女们。

她不指望孩子们能理解她，在这个世界上，能够理解她的也只有一个人，而那个人已经去了。只要在这间屋子里，她就觉得他还在她身边，还能看到他进进出出的身影，还在与她无休无止地商量儿女们、孙子们的琐事。这里有他的气息，有他的声音，她只有在这里才能感觉他真实地存在着。

儿女们觉得无论如何不能让母亲再这样下去了，唯一的办法就是让她离开这个熟悉的环境，也许慢慢就淡忘了。女儿想出种种招数，终于把老太太接到自己家。那边儿子则闪电般带装修队进驻，三下五除二，把房子整个儿变了个样儿，想给母亲一个惊喜。

他们万万没有想到。当母亲站在这间装修得既阔气又新潮的房间面前时，没有一丝喜悦，人却陡然蔫了。对于她来说，唯一支撑着她还能活下去的那个环境没有了，她什么也没说。又一次把自己关在房里——她自杀了。儿女们只好忙不迭地将她送进医院。

让儿女们心惊肉跳的是，对于他们的做法，她一句埋怨都没有。假如她发脾气：你们为什么不经我同意就装修？他们也许心里塌实点儿。可老太太就是不说话——哀莫大于心死。从那以后，她开始不在家里待着了，而是天天到老头儿的墓去，风雨无阻。她一定要待在她认为离老头儿最近的地方，她有好多话要对他说，倾诉，成了支撑她生命唯一的方式。谁劝也没用。

然而，风烛残年的老人根本经不住这么折腾，精神上的打击加上过度疲劳，她很快就因急性胰腺炎等多种疾病住进了医院。在采访中，女儿哭着对我们说："没想到父亲这一走，我们好端端的家就变成这样！母亲眼看就不行了，下一个就轮到我了！"

女儿也是40多岁的人了，父亲去世的一年多时间里，母亲先后6次自杀，她几乎没睡过一天安稳觉，和嫂子轮流守着母亲，生怕再出意外。家中的变故加上过度疲劳，使原本身体就不好的她患上了严重的肾衰竭，基本上已经无法照顾母亲了。他们兄妹三人，一个哥哥在外地，一个哥哥下了岗。哥哥要生活，要养活一个正上高中的孩子，为此，只好去摆摊儿。现在她也病成这样，哥哥只好放弃生意来照顾母亲。儿女们的困境不敢告诉母亲，怕她再寻短见。实在没有办法，只能将外地的哥哥叫回来，而重病的母亲却对风尘仆仆赶回来的儿子说："你们不用来看我，替我去看看你父亲吧。"

在采访中。重病的女儿告诉我，他们所有的办法都想尽了：把母亲单位的老姐妹们叫来劝，母亲却说："我和你们的情况不一样。"一句话就把人家挡回去了。找母亲原单位的领导，领导十分为难：我们对老干部都是定期看望的，可是……找医院的大夫，大夫们也束手无策：我们也是尽心竭力了，我们治得了身体上的病，治不了心理上的病。于是，儿女们又去找心理医生……

死亡的阴影笼罩在这个家庭中，谁都不知道下一个悲剧什么时候发生。一个老人的去世，不是一个家庭的毁灭，而是儿女们的几个家庭陷入绝境。

据中国老龄科研中心1992年的一次调查，中国60～64岁的城市低龄老人丧偶率为16％，农村为20％。而80岁以上的高龄老人丧偶率，城市为63％，农村为76％。随着年龄的增长，老人群体的丧偶率也呈大幅上升的趋势。人民大学的穆光宗博士在谈到老年丧偶时说："空巢化、高龄化再加上丧偶，会使老年人的生活雪上加霜，更加孤独无助。而这一点过去一直很少引起社会的关注。"

老年人怎样从丧偶的悲剧中走出来？重新找到生活的支点？

北京大学的郭崇德教授认为：对丧偶老人应提倡再婚，重新寻找生活伴侣。据郭教授调查，城市老人丧偶后想再婚的还是多数。为此，一些社会机构也成立了专门的老年婚姻介绍所。

我在采访中发现，确实有一些老人再婚后走出丧偶的阴影，重新获得了幸福。但从整体上来说，老人再婚一方面成功率不高，另一方面，再婚后离婚的比例也比较高。而其中很重要的一个原因就是子女干涉。某市的民政部门1999年上半年调查了1811位有再婚愿望的老人，因子女强烈反对而未能结婚的竟占78％。

与过去不同的是，现在的子女干涉父母婚姻大多不是出于传统观念，而是由于房子、财产等因素。有一位老人再婚时，子女们就百般阻挠。当她因病住院时，子女们情急之下决定采取"逼宫"的手段，逼迫病重的母亲立刻把存折交出来，让他们拿去公证，免得母亲一旦去世"便宜了那个老东西"。还有的老人再婚后为不与子女冲突，只好悄悄到别处租房，却仍然被跟踪而至的子女将继母的东西扔出门外……

老局长觉得自己就像《平原游击队》的李向阳，与儿女们玩起了敌进我退、敌退我进的战术。儿子一回家，他就退守到长春的新老伴儿家，好不容易熬到儿子出国了，他才敢携新夫人回北京——这毕竟是他自个儿的家呀！过去当八路时跟鬼子打游击，现在这老把式竟跟儿子玩了起来！

自从老局长宣布说要找个新老伴儿以来，家里就开了锅，连家中的辈分似乎也乱了套，儿子成了家长，话也撂在那儿了：这事儿你就别想了。老局长心里愤愤的：敢情你们都有自个的事儿，所有的寂寞都让我自己扛！追求幸福也是我的权利呀！

有好几次，老局长的对象来电话，儿子先用严厉的目光扫一眼父亲。然后家长般拿起话筒，只要是女的，马上毫不客气地说一声：不在！电话"啪"地挂了。老局长若怯怯地问是谁来的，回答也颇不耐烦：你别管！这一招还真管用，愣让他给搅黄了好几次。逼得老局长没办法，只好在长春找了个对象——把根据地转移了！

不过老两口这日子也过得忐忑不安：不知哪天，"胡汉三"杀回来怎么办？

王老太快60了，这辈子也够苦的。老伴在15年前就去世了，她用中学教师那份不高的薪水，将两个儿子抚养成人并供他们上了大学，毕业后儿子们都在深圳找到了一份令人羡慕的工作。于是，她开始一个人在老家过起了形单影孤的日子。5年前，大儿子的孩子出生，王老太顺理成章地来到深圳，成了儿子不花钱的保姆。如今，5年过去了。两个孙子都在她的照看下长大了，进了幼儿园，老太太的日子又轻松了起来。后来，大儿子的单位又分了一套房子，他们一家三口搬到新房去了，王老太便又开始了一个人的生活。

忙碌了这么多年，王老太已经不适应这种孤家寡人的生活，整天待在屋里发呆。两个儿子还算孝顺，时常给母亲送钱送吃的，只是，他们总是显得很忙，常常一两个月才能与母亲见个面。老太太一个人待在家里，一连几天都没人说上一句话，身体也不如以前健康。老家的表妹来深圳做客，看到她的情况后，颇为她担忧，建议她走出封闭的环境，多参加一些老年人的活动。在她的鼓励下，王老太每天清晨来到荔枝公园，加入了老年秧歌队。很快，她就和伙伴们混熟了，每天有了事做，生活也有了规律。

扭了半年的秧歌后，王老太像变了个人。她终于想明白了，她应该有一个属于自己的生活。很快。她与同住一个小区的单身老汉林老伯产生了感情。这位林老伯的老伴在两年前去世，他现在一个人生活，但女儿就住在隔壁，照顾得更多一些。林老伯虽然比她大5岁，但身强体壮，为人热情，时常上门帮助她干一些换煤气罐之类的力气活。而她也时常做些好吃的饭菜，与他一同分享。有时，林老伯的女儿一家外出了，她还上门帮他打扫打扫家里的卫生。

秧歌队的一位老大姐见他们两个你有情我有意，便给他们牵了个线儿，于是他们约定先回去与儿女商量，然后选个日子把婚事办了。——这事还不简单吗？

当天晚上，林老伯对女儿说了自己想娶个老伴的想法，女儿女婿听后一脸的惊诧："结婚后你若与她合不来怎么办呢？那后果有多严重，你想过吗？"林老伯说："她人很温和，对我也好，我们会合得来的。"女儿不屑地说："我看还是不要结婚的好。你这么大岁数了，还扯这个干什么？"林老伯听了这话，生气了："你们年轻人是人，我们老年人就不是人吗？"父女不欢而散。

当天晚上，王老太也打电话叫来了两个儿子，说了自己想再嫁的打算后，两个儿子相互看了半天，一脸的不解："我们每月都给你那么多钱，你不愁吃不愁穿，还想怎么样呢？"看着两个儿子都沉着脸皱着眉头，王老太知道他们不会同意她再嫁，有些伤心地说："你们的父亲去世时，你俩都只有十来岁。这么多年来，不少人劝我再嫁，可我担心你们受气，就一直一个人带着你们过。那份艰辛，你们是不会理解的。现在你们都成家立业有了自己的生活了，可你们有没有为我想一想，我每天的日子是怎么过的？你们每月虽然都给我钱，可钱能换来一个人生活的快乐吗？"听了母亲的述说，两个儿子不好再说什么，表示会尊重母亲的决定。

第二天早晨，王老太晨练刚回来，两个儿子就来了，他们回去与老婆一商量，都改变了主意："妈，我看你还是别再找人了，你如果觉得孤独，就搬过去同我们一起过吧。"见母亲没有言语，大儿子开导道："你这么大年纪了，如果再结婚，不但会让人家说我们当儿子的不孝，还会带来很多麻烦，比如房子问题啦，财产问题啦，那个老头子以后的赡养问题啦，都很让人头疼。"瞧，儿子想得多远！

王老太知道：感情是无法同亲情抗衡的。于是，她伤心地来到林家，想向林老伯说声抱歉。一进家门，见他有气无力地躺在床上，就什么都明白了。两人面面相觑，最后只是一句话："来世有缘我们再相聚吧。"

为了争得婚姻自主。广州的一些老人竟把养老院作为"私奔"之处！有一位高级工程师，老伴儿去世后，他与一名原来的女同事有了感情，可将"准老伴"带给儿女"过目"时，却遭到晚辈一致否定：都这么大年纪了，这不让人看笑话吗？晚辈难堪呀。为此，老人家大病了一场。与"准老伴"商量来商量去，只有"私奔"这一条路了：老人家先住到养老院去。为避人耳目，"准老伴"每天下午4时才悄悄溜到院里看他，像地下工作者一样。不久，"准老伴"也按计划入住养老院，有情人方成眷属。

在父亲弥留之际，儿子们都以为他们的孝心可以让老爷子从容离去了，没想到老人却用最后一点力气吐出了心中的怨气：我这辈子就是听了你们的话，一直苦熬着，没找老伴，你们哪知道这些年我的苦处哇！

儿女们面面相觑：如果他们当初尊重了父亲的意志，有个老伴照顾他的话，也许他们至爱的父亲会活得更长一些！——可这世界上有后悔药卖吗？

黄老汉妻子去世那年，最小的女儿还未参加工作，有女儿的照顾，黄老汉没觉得太孤独，生活也没什么不便。女儿结婚之后，麻烦就来了，生活中所有的事都需要自己料理了，而且，偌大的一套房子，就只剩下他一个人，形只影单不说，他连打扫的心气都没有！于是他几次对孩子们说了自己想再找老伴的想法，但几个孩子都反对：不就是没人照顾嘛，找保姆吧！

偏巧找的这个保姆还特别"敬业"，除了干活，一句话不多说，让没茬儿老想找话说的黄老汉颇为尴尬："她别是以为我有什么企图吧？"

于是不久后老人再次召集孩子们开了一个家庭会，又提出找老伴的想法，但孩子们还是难以接受。他们不明白：老爷子都这个岁数了，还整这花花事儿干吗？面对孩子们的反对，老人只能再次放弃找老伴的念头。

几番较量之后，黄老汉终于死了心，孤零零地生活近20年，直到去世，才敢吐真言。

一位在北京东城区某老年婚姻介绍所工作的女士说：有一位丧偶的女教师，女儿非常支持母亲再找一个老伴儿，于是这位女教师勇敢地走进了老年婚姻介绍所。可他们给这位教师介绍了3个对象，她却结了3次婚都离了，每次都因为对方子女干涉。这位红娘最后的结论是："我从事这个工作8年了，我觉得，老人再婚后还是离的多。"

我在采访中也遇到这样两位高龄的丧偶老人，未婚同居已经3年了，感情非常好，但老人们告诉我：他们"不敢"结婚。这让我颇为震惊：都什么时代了，婚姻还不能自主？原来他们只要一结婚，儿女们就会打上门来，让他们不得安宁。儿女们怕父亲的房子落到别人手里——父亲是否孤独无助并不重要，重要的是他那套价值20多万元的房子！他们老了，一身都是病，经不起子女们的折腾了，于是两位老人只好采取同居这种他们自己也感到挺难为情的事儿。

——你说说，如今这时代真是倒了个个儿，老家儿们都成了刘巧儿了！

其实，老年人找个情投意合的老伴并不容易。老刘巧儿们即使没有子女的干扰，也很难突破自身的局限而找到合适的伴侣。因为老年婚姻常常会受到各种因素的制约，年龄、疾病、经历、住房、经济条件，任何一个在年轻恋人们眼里不是事儿的事儿，都会成为老年婚姻的障碍。老年人再婚时功利性的考虑往往很多，可能就是因为对方的某种疾病，就能让老年人犯嘀咕：我得侍候他多久啊？越是高龄，健康越成为择偶的重要因素，因而老年人择偶的成功率很低。

所以，一方面老年人再婚成功率低，另一方面，再婚后离婚率又十分高。一些专家认为："对于高龄老人来说，再婚未必是一个好的选择。"于是北京有许多丧偶老人再次找到合适的对象时，常采取不结婚而同居的方式，一则可进可退，二则免受子女骚扰。别看一纸婚书只是个形式，但只要一办，财产问题就来了——正如穆光宗博士所说：涉及家庭经济资源再分配，纠纷就来了。

除了再婚之外，孤独的老人们还有别的路可走吗？

她还清楚地记得他们是1950年4月28日从河南调到北京的。丈夫当时在中央警卫师工作，任务就是保卫中央首长。那年，家还没安顿好，丈夫就上了天安门，参加"五一"劳动节的保卫工作。多少次，丈夫匆匆离开她：快给我准备衣服，我要随首长出差！可这一次，他不是出差，他永远地走了！

天，一下就塌了下来。

将近半个世纪共同生活的日子里，尽管聚少离多，但她一直就生活在他的呵护中。每当他从外面出差回来，总是第一个来到她的床前摸摸她的额头，看她发不发烧，问寒问暖；退休后，因为她身体不好，连上早市买菜都是俩人一起去，他不让她拿，连根儿葱都不让她提，他是男人，他觉得这都是男人该做的。从年轻到现在，他一直这么呵护着她，照顾她成了他的天职，就好像对待他的工作，从不懈怠。

1994年9月，公安部给老干部体检，说他脾脏有个囊肿，住院仅3个月，丈夫就去世了。她根本无法接受这个打击：他平时身体一点儿毛病都没有啊！

临终的时候，她跟他商量："你还有什么要求？走的时候穿什么？"他很平静地说："我干了一辈子保卫工作，就给我穿一身军装吧。"

她忍住悲痛问他："你还有什么要嘱咐的吗？"

这时，她看到他眼里突然闪出泪花，动了感情："我就是觉得对不起你！你身体不好，我走在你前头了，不能照顾你，把痛苦留给你。我就是不放心你呀，有一件事你一定要做。"说着，从枕头底下拿出一张纸，那是他在住院期间从病友和医生那里了解到的3个治胆结石的偏方，给了她，"你一定要试试这几个方子。"说完，才合上眼睛。

她扑在他身上哭得死去活来：这就是她的丈夫！在病情急骤恶化的时间里唯一想的只有她。她平时就有高血压，这时血压一下就升到200多，她一下就什么也不知道了。

后来，她回到家，清理丈夫的遗物。过去家里的大事小事都是丈夫管着，她从不操心，而现在已经没人可依靠了，以后所有的事都要她自己操心了。这时她才发现，他们所有的存折上都是她一个人的名字。

在那以后将近半年的时间，她老是生活在幻觉中，老是听到丈夫说："明天我要随首长出差,把我的毛裤准备好。"她急急地把他的毛裤拿出来,才想起他已经不在了,顿时泪如雨下。她只有一遍又一遍摸着这曾经有他体温的毛裤。恍惚中,总觉得他又出差了,不定哪天就回来,想着给他留吃的,想着给他找他换季的衣服。甚至晚上给他留门⋯⋯

我们在采访她的时候,她说:"老伴儿去世半年到一年的时间,真是见花花落泪,看鸟鸟伤心,看什么都是悲悲切切的,怎么也解脱不出来。天天就是看他的照片发呆。"女儿看她这样,怕她想出病来,就把她带到了杭州。她没事儿时出去遛弯儿,人家同她打招呼:"看女儿来了?老伴怎么没一起来呀?"一句话,犹如当头一棒,她竟连话也回不出来,赶快跑回家,回去以后就不下楼。她不愿出去了:看到别的老人两口子相互搀扶着无话不说,她也受不了。女儿看到她这样,开导她:"你那么爱读书,就看书吧。"她听了女儿的话,每天读读书,觉得好一些,就回北京了。可一回到熟悉的环境中,触景生情,又陷入悲痛中。她不断地问自己:我一辈子尽做别人的思想工作了(她退休前是某国营公司的党委书记),难道就做不了自己的工作?

她想:"老伴儿临走前就让我注意身体,我得走出来,得按老伴儿说的去办。"她下决心把丈夫生前的东西都从墙上摘下来,一件一件收起来。她要改变一下环境,不再去碰心里的伤疤。她要好好活着,这是老伴儿最后的愿望。

她觉得,要从丧偶的悲痛中走出来。首先就是不能封闭自己。她开始到单位里过去要好的朋友那儿走走,和几个丧偶的老姐妹聊聊天,谈过去一起经历的荒唐事、可笑的事。几个人还买了通票,满北京一起去玩儿,互相开导,穷欢乐,慢慢地,还真就想开了。她还参加了老干部读书会,把自己的时间安排得满满的。

过去，她和老伴儿都爱旅游，现在老伴儿不在了，她开始让自己习惯一个人去旅游。她以杭州女儿家为大本营，把周围的景点转遍了。她还决定以后每年旅游两次。当她忘情于山水之中时，会觉得自己太渺小了：生生死死本是人生的必然，以生与死这种必然来折磨自己实在没有必要。她到蒋介石的故乡溪口旅游时，女儿让她坐轿子，她觉得很可笑，"我是共产党员啊，怎么可能坐轿子？"女儿笑她：什么时代了！坐轿子又不是旧社会的官太太，不过是一种体验罢了！她想想也是：人生说到底不过是一种经历，在生命中沉淀到最后的，不是别的，恰恰只是经历带给人的感受。于是她生平第一次坐了回轿子。

　　大悲大喜之后，常常是大彻大悟。感悟人生，需要智慧，点点滴滴的心得、感受都化作了她的日记，几年间她整整记了6大本！过去跟丈夫说的，现在跟日记说。不经意之间，也是熟能生巧，倒把文笔给练出来了，这些年，她还在东城老干部报上发表了28篇文章。

　　我在采访中发现，她真的是走出来了：她的衣柜里有很多时装，适合各种场合的衣服都有。她还写了一本书，自己出钱印的，只印了10本，在亲友们中发行，封面是外孙女设计的。题目是：《3个娃娃的成长》。写她的3个孩子。3个儿女每人写了6个故事。她的生活又开始变得有滋有味。

　　丧偶，无疑是人生的巨大悲剧，也是人生的一个关键路口：你将决定你下一步往哪走？这不仅是要从感情中走出来的问题。因为失去生活中另一半的支撑之后，你必须重新安排生活。专家们认为，丧偶老人一般在半年到一年半的时间之后，大多能解脱出来。悲痛，是必然，也无可厚非，然而悲痛过后需要的是理智——选择的理智，因为后面的路会更难。

医学专家对2500名老年丧偶者的研究证明，丧偶半年之内是老人的高死亡危险期。医学家发现，这期间的免疫功能竟然只有其他时间的1／10，而居死亡首位的疾病是心脏病和中风。

专家们认为：老年人长期孤独寂寞，会带来一系列的生理和心理疾病，比如胃肠系统、心血管系统以及身体免疫系统的疾病。同时，由于孤独而缺少亲人周到细致的照顾，许多老年人本可以及时发现治疗的疾病却错过了治疗的最好时机，造成了严重的后果。

很多老人一旦丧偶，就基本上处于与世隔绝的状态，除了子女偶尔来看看以外，与社会的各种联系基本都断绝了，如同现代鲁滨孙，对老人十分不利。如果条件许可，应尽可能为老人创造一个相对社会化的生活环境。

目前，北京已经出现老人自动组织起来的、非婚姻的家庭，这些老人共同购买了一个院子，共同出资雇请3个保姆照料生活。还有几个有亲缘关系或者是朋友的丧偶老人生活在一个单元房里，互相照顾、互相帮助。也有一些老人采取不婚而同居的生活。专家们认为：家庭、社会都应对老人的选择持更宽容的态度，与此同时，尽可能帮助丧偶老人走出心理危机状态，应该是整个社会的责任。

西方一些国家的做法也颇值得我们借鉴，他们为丧偶老人设立专门的救助机构，如老年心理危机干预中心，对丧偶老人提供心理上的援助和生活上照料。目前，我国天津也专门成立了帮助丧偶老人的聊天站，使丧偶老人及时得到各方的救助。

社科院的陈云女士提出，对老年人的关怀和服务应有差异性。不仅仅是成立救助机构，更重要的是社会的方方面面，比如住宅。她所在社科院，很多老人的子女在国外。这些老人丧偶后更加孤独，子女只好把他（她）接到国外。但老人在国外很难适应，由于语言障碍连电视都看不了，反而更苦闷，过一段时间后只好回国。进入高龄，老人连探亲也不愿去了。这部分丧偶老人既不能与子女在一起，身体又大多有病，他们有一个愿望，就是希望社会能为他们提供个性化的住宅，使他们这些有相同境遇，因而有共同语言的老人们能择邻而居，互相帮助。

人生本是悲喜剧，人生本无常。赵四小姐与张将军牵手72载，也终将一别，何况我辈凡人？说到底，人生最大的悲剧，不是失去，而是从未得到过，因为失去反正是迟早的事；经历过，爱过，也就此生无憾。像年轻人说的：曾经拥有，足矣！对于老年人来说，走过人生的风风雨雨，"惯看秋月春风"之后，最终走入的便是白发渔樵的境界：一壶浊酒喜相逢，古今多少事，都付笑谈中……

近年来，有两个文化现象引起我的注意：一个是1998年春节晚会上，一首歌词平实得像聊天一样的歌儿引起轰动，这首歌儿的歌名就是《常回家看看》。这首歌让人们于不经意间想起我们这个民族传统的孝道。另一个文化现象就是在2002年颇为叫座的电视连续剧《激情燃烧的岁月》，这一部近一半内容都是表现离休老人石光荣在家无所事事、郁闷中四处发泄怨愤的电视剧，何以会引起那么多人的共鸣？

据歌手陈红说，她唱了这首歌后，有的老年人拉着她的手连声说这首歌唱出了他们的心里话。然而，被这首歌所震撼的不仅是老年人，还有很多中年人、青年人……

从"文革"结束后的20多年间，能被人们普遍传唱的歌并不多，人们能记起来的大约只有《十五的月亮》《小芳》《血染的风采》等几十首歌，像《常回家看看》这样既没涉及爱，也没涉及死的歌能引起轰动，应该说是一个奇迹。

——如果我们不缺少亲情，我们还会被这首歌所震撼吗？

据某报以抽样方法调查的上海市老人中，子女与老人不交谈的占23.26%，较少交谈的占40.39%，而经常交谈的仅占35.18%。这些数据揭示出一个事实，超过半数的家庭忽略了老年人的精神需求。

《常回家看看》说出了很多老人的心声：他们要求并不高，只是需要儿女常回家看看，仅此而已！

而2002年在全国各大电视台热播的电视连续剧《激情燃烧的岁月》，则让大多数坐在沙发里品味这部戏的人，都回想起自己所经历的那个激情年代。在今天这样一个商业气味十分浓重的时代氛围中，那个年代的那种朴素的激情也许显得弥足珍贵。

但我始终想不明白究竟是什么吸引着人们的目光，也许我的心理与当年错失了这部电视剧的央视负责人是一样的？这部戏究竟表现了一种人性之美，还是一种包容在历史硬壳中的一个干核？石光荣的性格是一种令人向往的激情还是一种古怪的偏执？这部电视剧的近一半内容，是石光荣退休回家后因无所事事，郁闷中四处发泄怨愤的无奈。

应该说，从文学的角度来谈人物性格的塑造，这是相当成功的，石光荣退了那么多年了，他说话的口气、语气还始终脱不了"师长"的影子，极为生动地再现了某种时代特征。但如果说到"激情"，我却在这部戏中找不到多少影子，我无法想象离休后的怨愤与激情之间有什么必然的联系。其实，这部戏的后半部分更像是一部老年问题的片子。

不过，如何评价一部戏，是仁者见仁，智者见智的事，与我想说的事情无关。我关注的是：一部关于老年人题材的文学作品何以能引起如此轰动？这倒是一个值得注意的现象。

不久前我在报纸上看到这样一则新闻：河南安阳市古稀老人吴某守寡88年，含辛茹苦将三个儿子抚养成人并都成了家，三个儿子生活均比较富裕，但老人到了晚年，却连个住处都没有。分家时口头协议，她只住三儿子院里的两间房子，等老人去世后，房子归老三所有。后来老三借口翻盖房子，让老人搬了出去，到三个儿子家轮流住，一家一个月。三个儿子、儿媳都把老人当成累赘，都不愿老人在自家住。老人只好找村支书来调解，甚至跪在地上哀求，三个儿子还是不答应。老人终于绝望，便当着三个儿子的面喝农药身亡。老三被判处有期徒刑三年，另两个儿子分别被判处有期徒刑二年和一年。

类似的故事在农村可能并不鲜见，但在城市里这种情况却并不多见。受教育程度相对较高的城市人，在道德理念上虽然没有刻意追求传统的孝道，但受文化程度的影响，加之经济条件也相对较好，一般对老人的照顾也更好一些。然而在今天，传统的孝道也给我们所有人提出了一个新的课题。

左邻右舍都管刘老汉叫"日本老头儿"，当面叫他，他也不恼，好像是默认了。

刘老汉有两个儿子，其中一个在日本，据说要把老爷子接过去。老人每天最重要的一件事，就是邮递员送信的时候等在那里，就是等信这件事每天支撑着他的生活。后来，他索性不让邮递员来送信了，天天跑邮局自己去拿，跟邮局的人都混了个脸儿熟。人们都知道他在等儿子的信，也都知道儿子要带他去日本享福。

儿子刘新曾经是个警察，后来托朋友关系去了日本。没有任何特殊技能的他只能靠打工谋生，艰难可想而知。然而即使再难，也不能让84岁的老父亲知道，每次写信只是报喜不报忧。前两年回国，一进家门，家中的情形让他愣住了：马桶坏了，厕所里积了一周的大便；地上的尘土积了很厚；老父亲已经不能给自己做饭了，全靠邻居和居委会做一些吃的送来，有一顿没一顿的……问他为什么不打电话叫房管所来修马桶，才发现老父亲手抖得已经打不了电话了！40多岁的汉子不禁流下了眼泪。

刘新真是左右为难，自己一人在日本尚且艰难，他有多少精力再去照顾几乎离不开人的父亲呢……然而，他还有别的选择吗？刘新回日本后迅速为父亲办好了探亲的一切手续，再次回到老人身边。

谁都知道老人要走了，新理了发，新做了棉袄，平日落寞的脸上也有了笑容。房子也与居委会签了合同，由居委会代管。老人并不知道儿子内心的忧虑，高高兴兴与邻居们告别，随儿子上路。

到了机场的一刹那，老人却突然变了卦，死活不肯走了，刘新怎么说都不行——终于他跪在了老人面前……

说起这件事，居委会主任叹道："嘻！也是40多岁的老爷们了，就那么哭着走的！"

人们不解地问：怎么不跟儿子走呢？老人愤愤地说："什么儿子！我没儿子！"谁也不会想到，在等待和思念儿子的漫长的时间里，他渐渐对儿子的孝心和动机都产生怀疑，不再相信儿子了。不少老人都说：小人儿理解不了大人，大人理解不了老人。代际之间似乎永远有一道无法逾越的鸿沟。

"父母在不远游"的祖训早已被人们遗忘了，这些年一直不断的出国潮，把老人们的子女撒向世界的各个角落。即使生活在一个城市中的子女也被生存竞争所困扰，难得有时间聚在父母身旁。于是这首《常回家看看》适时地触动了我们心中那渴望亲情的角落……

要说赵先生不是孝子，那可真冤枉他了。可他感叹地说："我真是理解久病床前无孝子这句话！"年近50岁的赵先生是一家企业负责人，工作上的事就够他操心了，而家里就更不让他省心。他与爱人双方家里有4个老人，都是年近古稀，需要人照顾，尤其是自己的父母。赵先生兄妹3人，一哥一姐均在外地，照顾老人的担子自然落在他身上。

他的母亲5年前患老年痴呆，父亲也有高血压、冠心病。这些年，赵先生没有歇过休息日，逢到周末就从石景山区跑到东城区去看望父母，平时也是随叫随到，送老人看病，为老人买药。就这样难免不影响工作，为了更好地照顾老人，赵先生一狠心，自己要求调到下属一分厂搞行政。什么前途不前途的，能把家里事周转开就不错了。

有人出主意："为什么不把老人送养老院啊？"赵先生无奈地说："老人不同意，家里人也不答应啊。"从母亲患老年痴呆那天起，赵先生就想过这个问题，可刚一流露出这意思，老父亲先不干了："有儿有女的，让我们上敬老院，亏你说得出口！"接着，收到老父亲告状电话的大儿子、大女儿，也向赵先生兴问罪之师。"就你在老人身边，可别给老赵家丢人！"

没办法，只好四处找保姆。如今这保姆也不好找，人家宁愿带小孩也不看老人。最后找到一个年已50岁的四川妇女，总算是老人身边有人，饿不着冻不着，有什么事情就打电话找赵先生。好几年过去了，如今母亲已经去世，剩下老父亲依然靠保姆照顾。说到这点，赵先生颇为感慨地说："我累一点无所谓，但我觉得我的父母晚年也根本没有什么生活质量可言，只是活着而已。"

前不久，一位老妪上书法院，状告儿女不孝。经调查，儿女们专门为她购置了公寓房，并为她雇了保姆，衣食丰足，出行方便，并无任何虐待的痕迹。问其告状的理由，她直言，无人和她说话，太孤独了，希望儿女们和她生活在一起。

做儿女的，实在也不明白老太太到底还想要什么。衣食不愁，还怎样？比起那喝农药身亡的农妇来，不知强了多少倍！那"说话"就那么重要？

——对了！就那么重要！

其实，在今天这个物质已经很丰富的年代，对于消费相对较低的老年人群来说，缺少的更多是心理需求，而不是物质需求。

有报道说，北京市2000年6000件民事纠纷中涉及老年人生活的有600件，其中，最多的是精神赡养纠纷。上海某大学社会学系曾到一个街道对家庭代际关系做调查，结论是：老年人与下一代不和睦的约占29.5%，一般化的占29.5%，和睦融洽的占11%。

调查表明，随着物质生活水平的提高，如今，老年人对赡养有了更高的要求，已经从过去的"只求温饱"跃升到"精神层面"。

一方面，今天的年轻人在生活和工作中面临巨大的生存压力和挑战，需要时间去"充电"，需要花费比老一代人更多的精力参与竞争，身心疲惫，精力透支，对老人"奉陪不起"；另一方面，很多老年人不愿意放弃自己的生活习惯和方式，与年轻人的生活方式差异越来越大。一个闲，一个忙，一个要人陪，一个没时间陪。于是矛盾就产生了。人到老年，他的社会性或者说他们与社会连接的纽带，很大一部分依赖于子女们。而子女们呢，又常常是有心无力，他们理解不了老人们对"说话"的渴望，就如同忙碌的人理解不了孤独的含义一样，他们理解不了一个人的社会性对于人的内心来说，是多么重要的需求。于是老人们发出"日子越过越好，心情却越来越糟"的感叹。

在这种情况下，心理状况本来就十分脆弱的老年人，很容易发生变化，如情感脆弱、容易灰心等，而如果得不到及时的心理排解和抚慰，便会导致老年痴呆症等各种心理及生理疾患。有的老人对我说："我把儿女带大了，又把孙子带大了。现在他们不需要我了，都不理我了，我还不能说他们不孝顺，赶明儿他们知道了，就更不孝顺了！"

有的老人说："这厂子是我当年建起来的，现在他们连看也不看我。"

随着人口老龄化的加剧，需要照顾的老年人日益增多，在生活节奏日益紧张、工作竞争更加激烈的今天，传统的养老方式面临巨大的挑战。特别是独生子女这一代人成年后，他们的生活压力就更大，要求他们用传统的方式为父母养老，就更加成为一个难题。很多人认为：让我为老人花点钱不难，可让我抽出大量的时间陪伴老人的生活实在是难以做到。

一位中年妇女曾对我说：我母亲88岁过世了，我真是非常爱她，但她走了以后，我们几个孩子都松了一口气。不是我们不孝顺，实在也是折腾不起了。在她生病期间，我们请了6个保姆，哪个都干不长。那些年轻保姆都是想到大城市里见世面的，没碰到一个是真正干活儿的。而我们兄弟姐妹5个又都抽不出时间照顾老人。社区里虽然也有送医送药的，但都以赚钱为目的，不可能把老人交给他们。

人民大学的穆光宗先生对"孝道"有一个很现实的评价："在现代社会，要做孝子非常不容易——成本非常高。老人病了，子女想24小时守在身边几乎不可能。因为竞争很激烈，时间是非常稀缺的资源。"

有的老人长期生病，需要人照顾，于是子女们就面临"忠孝不能两全"的选择：做孝子，牺牲前途？还是索性扯下那层亲情的面纱，心里一点愧疚都没有地就奔自己的阳光道？

北京大学人口所研究老年问题的陈功博士更是语出惊人："在社会发展越快的时候，也是老年人危机最深重的时候，他们常常是牺牲品，而且他们也只能牺牲。因为社会要保证整体的发展，实际上对高龄老人是处于无能为力的状态。"

想想那个曹雪芹，说话怎么那么直白，那么露骨呢？当年，《红楼梦》里的"好了歌"可真是大大地刺激过我们：痴心父母古来多，孝顺子孙谁见了！

——难道我们辛辛苦苦养大的孩子会不孝顺？那我们不是白忙活了？据中国老年人供养调查体系一项调查表明：中国有三分之一老年人认为子女不孝。在《红楼梦》那个以传统孝道为道德主体的年代尚且"孝顺子孙谁见了"，那么今天，我们这一代独生子女的父母岂不更没指望了么？

我们老了该靠谁呢？如果什么烦心事都让我们赶上了怎么办：空巢、丧偶、疾病缠身，要是孩子再不孝顺，我们除了自怨自艾之外，还有什么办法可想？我们真的就无法左右自己的命运？

在动物界，为了维护整体的生存，衰老的动物会被同伴抛弃，有的甚至被吃掉。那么人类呢？是否我们也会成为牺牲品？难道我们就走不出悲剧的宿命？

在我身边，我发现有这样一种现象：人们一旦临近退休，都会感到恐慌，虽然不少人嘴上说："我不想干了，退了算了！"可是不到迫不得已，即使工资照拿，他也绝不退休。不光是有权力的人不愿意退，没有权力的老百姓一样不愿退休。因为只要你一退休，就真正进入老年了，以往熟悉的生活就会发生完全的改变，你就会被排除在主流社会之外，生活从此就会成为另外的样子。几乎人人都恐惧这一天的到来。可是退休这一天总是要来到的，你总是要成为主流社会之外的一分子。

在新中国成立初期，我国人口的平均寿命不到40岁。这就是说，在那个时代，当把最小的孩子抚育大，父母的生命也就快走到了尽头。对大多数人来说，人生短促而繁忙。但今天的情况变了。现在我国人口的平均寿命超过70岁，城市人口的平均寿命已经达到77岁，过去是人活70古来稀，现在连80都不稀了！这无疑是社会进步、文明发展的结果。然而，寿命的延长也提出了这样的问题：我们如何应对这多出来的一段生命？我们如何让这一段生命过得有意义而且能够幸福？

假如20年前，你问一个老人：你认为什么样儿的晚年生活是幸福的？

可能他会这样回答你：不愁吃不愁穿，儿女孝顺就知足了！

在跨进21世纪之后，你还会这样认为吗？

我有一个即将进入老年的朋友，我一向认为她对这个问题思考得较深，当我问起来时，她这样回答我："不愁吃不愁穿和儿女孝顺，早已不是我们这一代人心目中幸福的标准了。比如说我吧，我认为老年幸福最起码要包括三个因素。第一是经济相对富裕，第二是个人的社会化程度，第三是健康。"

我说："不愁吃不愁穿可以不计，因为现在已经不是问题了，但你不认为子女孝顺很重要吗？"

她笑了："你会对你的独生儿子抱有幻想吗？认为他真的会孝顺？

更何况，即使我的孩子很孝顺，我也不愿意与他们一起生活，因为年龄不同导致的差异会使我们生活在一个屋顶下并不会很愉快。现在住房已经不是问题，为什么非要委曲求全地生活在一起呢？"

我想想，也真是！孝顺，是需要一种特定的环境的，这需要整个社会氛围被传统道德观念所左右。而今天，却恰恰是一个宽松且不断变化的年代，包括道德理念都在不断变化，这一代独生子女怎么可能成为孝顺的一代人呢？我又要提到那个聪明的曹雪芹，他在那个时代就看清了"孝顺子孙谁见了"这个残酷的现实，真是睿智啊！

"那你怎么解释你认为晚年幸福的这三个因素呢？"

"首先是经济条件。在丧失劳动能力之后，今天的大多数老人仅靠退休金，恐怕是很难过上富裕生活的，不说别的，有点儿病就全完了，疾病可是个无底洞！没有一定的经济条件，连病都看不起。第二个是老人的社会化程度。现在很多老人属于空巢家庭，基本处于与世隔绝的状态，每天连个说话儿的人都没有。孤独寂寞就不用说了，一旦有了困难，也常常得不到别人的帮助，以致出现意外。今天生活在单元楼里的空巢老人就如同现代鲁滨孙，基本上处于与世隔绝的状态。老人的生活中能有一个社会群体，并能得到相应的帮助，也是老人幸福的重要因素。至于说到第三点，健康，在老年能一直保持健康，不仅很难，而且重要性不言而喻。"

在今天，享受退休金的老人更愿意独立生活，这样也有更多的自主权。国内外的一项研究显示，老人文化程度越低，对子女的依赖程度愈高，心理健康愈差，且愈不快乐。如果老人经济能独立，生活能自理，多数会选择独居。

但下一个问题是：我们靠什么养老呢？

对此，老年学界颇有争论。有人认为：根据中国的具体情况，还是应该以家庭养老为主，这是因为，一是中国的社会保障体系尚不完善，二是中国人传统观念也是承袭家庭养老方式的；也有人认为：社会化养老应该是个方向，现在几代同堂的现象已经越来越少了，空巢老人越来越多，只有社会化养老方式能够解决他们高龄后的生活照料问题。

我个人是很赞成社会化养老的，我琢磨着我肯定是在养老院或者类似的养老机构中去见马克思的，我可不想受那种"久病床前无孝子"的刺激，我宁肯不用儿子养老而对其心存幻想！

下面这个故事可能很富于戏剧性，在网上有许多关于此事的报道。天津社会科学院专门研究老年问题的专家郝麦收，做了一件让所有人都感到吃惊的事：

他与刚满20岁的儿子郝丁签了一份《亲子双向自立协议》。协议内容分为两部分，第一部分是："郝丁承担的4项责任：1.自立承担接受高等教育的经费；2.自立谋业，自己创业；3.自立结婚成家；4.自己培育子女。"

第二部分是："郝麦收及其妻子孙子芳承担的4项责任：1.养老费和医疗费的自我储蓄；2.日常生活和患病生活的自我料理；3.精神文化生活的自我丰富；4.回归事宜的自我办理。"

一位研究老年问题的专家何以会签署这样一份没有人情味的协议？要说琢磨养老这事儿，恐怕我们所有人都没有他在行吧？

原来，他在一项研究调查中发现，中国人的结婚费用每年呈大幅上涨趋势，其中的绝大部分由父母承担。郝麦收认为，父母为子女负担的结婚费用对父母造成了破产性损失，由于自己的养老费用变成了子女的结婚费用，父母也只能依靠子女养老。丧失经济能力的父母从此也就丧失了自主权。

作为中国第一代独生子女的父母，郝麦收发现自己的儿子郝丁在家自娇自宠，挑吃挑喝，性格柔弱。郝麦收说，自古以来，中国一直是子代依赖父代建家，父代依赖子代养老。今天，中国的这种双向依赖关系既不利于独生子女的成长，又让他们在成家立业之后还要承担照顾双方父母的重任。这份协议，就是为了创立现代双向自立的亲子关系，以合同契约的形式，约束彼此责任。

协议签定后，20岁的郝丁只好硬着头皮自己找工作。他的第一份职业是电脑打字员，随后几次跳槽，经历社会的风雨洗礼，如今是天津市一家大型媒体广告部的骨干。其间他曾向父母借款两万元，用以攻读大专学历，并念完了研究生课程。

父子的和解是因为一次电台节目。当郝丁对着广播话筒说："我理解了父母的良苦用心，'道是无情却有情'"时，郝麦收霎时间泪流满面。不久前郝丁刚刚还清两万元的教育经费，他说："自立让我变得意志坚定、不畏困难，我相信父母今后肯定能做到协议规定的责任，但我不会放弃赡养他们的义务。"

在中国这个"百事孝为先"的国度，郝麦收的做法并不为人们所理解。有人认为，协议削弱了血缘亲情。孝敬老人是中国几千年的传统美德。父母有教育、抚养子女的义务，子女有赡养老人的义务，父子关系不仅仅是一纸协议就能"摆平"的。

我想，一个老年问题专家却率先与儿子签这么一个协议，确实很耐人寻味。我曾经看过一个电影《狐狸的故事》。小狐狸刚一长大，老狐狸就把他咬出窝去。曾经很护子的狐狸妈妈忽然变了脸，又咬又追，非要把小狐狸们一个个都从家里赶走，直到小狐狸一步三回头地远远离开了家。这故事看起来未免有些残酷，甚至让人有一种凄凉之感。但老狐狸的这种做法，确实保证了两代人的生存。小狐狸锻炼了独立生活的能力，老狐狸也能在年老体衰时不再负重。多么残酷的心理断奶！而这种生存教育对于小狐狸来说又是非常重要的，因为它如果长期生活在父母身边，生物本身的惰性就会使它丧失捕食能力。

我想，我大概不会与自己的儿子签什么协议（我这人有死要面子的臭毛病，宁肯让那层温情脉脉的面纱罩着），但我却非常赞成郝麦收先生的做法：在孩子成年之后，我们仍然为他们付出，既养成了他们的依赖性，不利于他们的成长，我们自己的生活也会受到影响。

——老狐狸的智慧，体现了动物的本能，也给我们一种启示：我们的人情味儿确实应该表现得更适度一些。

那好，既然我们把小狐狸们给咬出去了，我们的晚年又该是个怎样的情景呢？

在目睹了众多的老年人生之后，我对老年这一段人生有了一个清晰的了解。老年人生大体上可以分为两个阶段：低龄老年和高龄老年。

可能有人对此颇不以为然，认为这种划分没有多大意义。其实明白这个划分原则，对老年人统筹自己的晚年十分重要。一般来说从退休到完全丧失劳动能力为低龄老年。

这时，你的生活不仅能完全自理，而且还能帮子女带带孩子，解除他们的后顾之忧，因而你同子女的关系会比较融洽，你也有更多的自主权。同时，由于人生经验丰富，你能很精明地安排自己的生活。在度过退休后最初的一段不适应期后，你会生活得很轻松，没有了工作和孩子的拖累，如果身体再比较健康的话，这一段可以算是你人生的黄金时期。

据我所知，这个年龄的老人，有参加老年时装队的，有组成俱乐部驾车旅游的，有报团去全国各地甚至欧洲旅游的，有在老年大学刻苦攻读的。当然也有不少继续"发挥余热"的，特别是一些曾经多少有点权力的老人……省吃俭用了一辈子的老人们，那不多的退休金，大体能游刃有余地度过10～20年。

——然后呢？

然后就是体质越来越差，行动越来越困难，做事越来越力不从心，身体上的各种毛病越来越多，对疾病和意外事故的恐惧越来越深，故交知己越来越少……更重要的，你对别人，对社会的依赖越来越深，于是你的自主度也越来越少。如果你不幸中风，或者得了其他卧床不起的病，你的命运可就完全听凭别人摆布了！

如果你刚巧有一个孝顺懂事的好孩子，那可真是人生之一大幸（你这时可能得庆幸没听我的，没把小狐狸咬出去）！不过在我们这一拨独生子女的父母中，能有如此高超的教育手段的人恐怕不多，我们大多数人都是溺爱有余，教诲不足。

——然后呢？

然后就是当我们面临空巢、疾病、丧偶时，我们的命运就如同前面所写的那些老人一样，甚至连他们都不如，因为他们大多有2～3个孩子，他们被孝顺的概率总比我们高些吧？

我有时想，假设我能比较健康地活一辈子，就算最后被空巢啊疾病啊各种老年灾难折磨个四五年才死去，也不算太糟糕。但是——要是我讨人嫌地又活了20年呢？要是我就是病病歪歪地死不了，该是多么地不长眼哪！既招人不待见，我自个儿也活得难受，可偏巧我这个人又是不会很自主地很尊严地选择安乐死的，"好死不如赖活着"的观念在我的头脑里根深蒂固。像我这样二皮脸的老人，该怎样活得更好一些呢？

我想。要想晚年生活得好一些，上面说的那三个因素非常重要。首先是经济上要比较富裕。要想富裕，就要学会理财，可大多数老人的退休金都不多，我们该如何理这点儿小财呢？（我们大多数人的"小财"，说到底只是退休金和一套公房而已）

　　在电视剧《激情燃烧的岁月》里，石光荣退休后一直想回蘑菇屯"盖上一栋瓦房，门口打一眼井，院子里面拴上一头毛驴，房前房后种上几亩地"。褚琴不愿陪他去当地主婆，热衷于教人跳舞。

　　如果用理财师的眼光看，这恐怕就是老年人不同方式的退休投资案例：有人想投资郊区地产，有人看准了都市女性健身市场。

　　据说北京一家电台的王女士有和"石光荣"类似的想法，她和丈夫商量好退休后花5万到10万元买一间农家小院，过神仙眷侣般的生活，同时将西城区的房产长期出租，租金加上退休金也算是小康。我的好几位面临退休的朋友，都有这种"归隐田园"的想法，想在退休后买一个农家小院，一方面可把闹市区的那套公房出租了，另一方面可在小院里种点儿什么，既可活动筋骨，又可补贴家用。

　　——小财也得理理呀！谁让我们是21世纪的老人呢！

　　我认识一对老人，两个人都有不高的退休金且身体状况都很好。应该说这点儿退休金，过日子也够了，但不富裕。于是他们采取了这样一个方法：将几年前买下的位于团结湖的一套单位分的公房出租，每月大约能有1800多元的房租收入。然后老两口拿出一辈子的积蓄，又在通州买了一套商住两用的底商房，既可经营点小百货，又可居住。就像《激情燃烧的岁月》中褚琴她爹那样。他们的积蓄只够交这套底商房的首付款，而每月还贷的钱则由团结湖的那套公房的房租抵销了。老话说：没有不开张的油盐店，虽然开一个小店的收入不算太丰厚，却比他们的退休金多不少。这样，在他们退休后身体条件还比较好，能够做一些轻微劳动的时候，等于仍然有一份工作。10年后，当贷款还完了，这套底商的房子就完全属于他们老两口了。那时城里那套房子的房租就可以存起来，以备不时之需。如果他们年龄更大之后，不能再经营这个小店了，他们就可以再把这套底商房的门脸儿那部分租出去，这样两套房子的租金加上退休金，在他们高龄后经济上就有了保障。

老人家告诉我，退休之前他就一直在考虑这件事，一退休就实施了。这样就解决了两个问题：一个是经济来源，一个是退休后继续社会化的问题。

我问他："如果你们高龄以后，连小店也经营不了时，会不会依靠孩子们？"

老人很肯定地说："不会。我们从一开始就没想过依赖孩子们给养老。我们现在一共有3笔收入：退休金、房租和小店经营所得。现在我们俩身体也还硬朗。10年后，我们应该有一些积累了，至于养老的事，我们老两口早就想好了，等我们完全丧失劳动能力之后，或者进养老院，或者找一处各方面条件都比较好的老年公寓住下来。我们从现在起已经开始收集各地老年公寓的情况了，到时候选择一个条件最好的。"

"孩子们会同意吗？您觉得他们是否孝顺？"

老人笑了："他们孝顺不孝顺是一回事，养老又是一回事。即使他们孝顺，如果你过度地依赖于他们，就失去了自主选择的权利，这是我们不愿意过的一种生活。"

"您怎么想到开一个小店呢？您和您的老伴都是知识分子，都没有经过商啊！"

"在我们这个年龄，大概也只能经营个小店了，给别人打工，我们的体力和精力都不行了，而且在家门口开店也不用挤车上班，我们还可以根据我们的身体情况，决定营业时间的长短。这样，我们就不会因退休后继续工作而影响健康。我的一位朋友，退休后又找了份儿工作，很累，但挣得不少，加上退休金，比退休前还挣得多。可干了没几年就累病了，治病花的钱反而更多，没几年就去世了。而且，以我们的经济条件，只能在郊区买底商房。再说，反正已经退休了，干吗要在城里挤着呢？"

尽管交谈不多，我却很佩服老人的精明。这样一来，老两口在还清贷款之后，他们的收入远远多于他们的退休金。要知道，我们一辈子的那点积蓄，如果存在银行里，吃不了多少利息，而"小财"这样一理，就变成小康的日子了。据我所知，许多欧洲的老人也在退休前经济相对宽裕时买几套房，退休后不仅有退休金，还能吃房租。

第二个问题就是老人退休后的继续社会化的问题了。这是"各庄有各庄的高招儿"了，前面已经说过，在此不多说了，比如旅游、上老年大学等，我觉得上面那两位老人开一家小店也不失为一个继续社会化的好办法。据说在上海，有四分之一的证券投资者是老年的"小股东"，他们每天在这里和老朋友谈谈新闻，论论股经，"赚上点小菜钱"只是副业，找到同龄人交流才是"正事"。

当我们退休后，脱离主流社会，继续社会化的问题就成为老年人最重要的一个事情了。不是所有人都能找到一个能够融进去的社会团体，特别是一些高龄的老人，能找到"说话儿"的人，并不容易。于是有的老年人就考虑住到老年公寓去。

我记得几年前，有一个网民说到他上网的目的时，曾这样说："我今后的大事，都准备靠网络来解决了，找对象，找工作都准备在网上找。"

有一个准备入住老年公寓的丧偶老人也这样对我说："我以后的大

事都准备在老年公寓解决了——找老伴、生活照料等问题，要是我一个人待在家里，也没有机会接触那么多老太太呀！"

瞧人家多有眼光，一下子就瞄准了找老伴儿的最佳场所！也许很多人没有想到，对老年人来说，聊天，对于维护生理健康与心理健康，是多么重要！

据说美国老年人独立性很强，退休后一般不依靠儿女，大都生活在老人服务院所，其中老年公寓是最常见的一种。老年公寓由政府或社区出资为退休老人提供的低收费的老人住所，一般收住65岁以上的老人，大都身体健康、生活自理，无须他人过多照顾，大多数美国人退休后将自己的房子卖掉，住进老年公寓。用卖房的钱支付公寓所需。美国设有专门款项用于老人小型住宅的设计与兴建，或者整修老人现有的住宅。此外，政府规定公寓不得对老人提高房租，在土地税等方面，对老人有减免的优待。

据了解，最近一段时间，天津几家档次较高的老年公寓也相继收住了一些老年夫妻。他们都是将自己的住房卖掉，住进条件较好、收费相对较高的老年公寓中。其费用除去养老保险金以外，所差数额由卖房钱补齐。

据说现在还有人在考虑建立寄宿制的老年大学。这个创意不仅是教育上的一个突破（如今不是提倡终身教育了吗？），也是老年赡养问题上的一个突破。这种大学为老人提供了一个新的社会环境，为老人转移丧偶的注意力、走出悲剧的阴影提供了思路。现在，有的老人观念还无法转变过来，宁愿关在单元门里，做现代鲁滨孙，也不愿进养老院（自尊心使然？）；儿女们呢，也乐得不因此而担一个不孝的名声。而寄宿制的老年大学巧妙地保护了老人们的自尊心，为他们提供了一个借口，让老人们堂而皇之走进去而不必担着被遗弃、或者等死的名声，又可根据各自的情况来去自由。只是我琢磨着，教这些老学生恐怕不是件容易的事。

第三个问题就是健康。这几乎已经是所有老人的共识了，但如何保持健康，却是很多老人并不知情的。我发现很多老人在这个问题上陷入一种误区，以为药物能够给他们带来健康，每天都要吃上一大把药。其实，人到老年之后，身体的解毒能力也随之下降，过多的吃药反而对身体有害。我认为，要想获得健康，首先要有相应的知识，不仅是生活知识，还要有一定的医学知识和养生知识。退休之后，当我们有时间了，学习这些知识应该不是一件难事。不是说活到老，学到老吗？

我16岁下乡时，曾经跟随一个老中医在乡间行医，此后，我一直没有放弃对中国传统养生学的研究，并对其中的哲学意境有了一些感悟。很想在这里给我的老年朋友一个忠告：中国最经典的中医理论《内经》中有一句话曾让我受益终身，这句话就是"不治已病治未病"。年龄越高，维持健康的时间、精力、金钱也越多。别以为在上面下的功夫不值得，我认为在健康上下多大力气都是值得的，这是"磨刀不误砍柴工"的事，如果我们的晚年不被疾病所折磨，该是件多么幸福的事啊！

我想，一个人，你或许可以不煞费心机地为青年时期筹划，或许可以不煞费心机地为中年时期筹划。因为你不用担心收入问题，而且也还有太多的偶然因素影响你的命运，比如婚姻、生育、工作调动，甚至各种突发事件等，让你计划赶不上变化。

但是，你一定要为你的老年筹划，因为老年不仅漫长，而且一直是丧失期，因此，筹划得越早越好！

我想，如何养老，可能每个人的选择不同。最重要的，是我们进入老年之后，不会因失去健康而贫穷，不会因失去伴侣而孤独，不会因子女远走高飞而无人照料，不会因年老而被恐惧所折磨……我琢磨着，马克思如果活着，肯定会赞同社会化养老这种方式的，因为我已经决定到养老院里等着向他汇报了。哪怕我真的不长眼地活了100多岁，也不用担心像张爱玲那样死了多日还无人所知。（她是我最欣赏的女作家。人家名人都免不了这种下场，何况我这小老百姓？）

由传统道德理念派生出来的"不孝有三，无后为大"的理论，曾让中国历朝历代的老年人承袭同一种养老模式，也使无数老年人把他们晚年的幸福寄托在"子女是否孝顺"这个偶然因素上。而今天，随着社会的发展，这种养老模式越来越显露出它的弊端，许许多多的老人，正用他们自身的悲剧否定了这种养老模式。

我们晚年的幸福，除了我们自身的努力之外，还有赖于整个社会的关爱。其实，社会化养老是一种更为先进、更为人道、也更为自主的养老模式。老一代人，用他们的青春为今天的社会奠定了发展的基础，后一代人动用社会资源，建立一整套科学而有效的老年保障体系，是一个社会快速发展与和谐运行的重要体现。为了让老年人安全幸福地度过他们的晚年，社会应该为老年人提供专门的医疗体系、娱乐体系、教育体系、住宿体系、生活用品供应体系、心理咨询体系……使老年这个弱势群体能够得到有效的保障。

我相信，我们这一代人一定能走出悲剧的宿命。

（原载《北京文学》2003年第6期）

4万：400万的牵挂

张雅文

　　亲爱的读者，在我上手术台前，我要把我所采访、所亲身经历的一切告诉你们，希望中国几百万像我一样徘徊于生命边缘的心脏病同胞能认识他——著名心外科专家刘晓程。

　　愿上帝赐我神来之笔，否则我将有愧于我的主人公，有愧于千千万万亟待拯救的生命，也有愧于我这颗曾经濒死的心。

——作者题记

　　这是一份来自国务院的数据报告，振聋发聩，触目惊心。

　　"心血管病是人类健康和生命的主要杀手之一。我国现有400多万心血管病人等待手术，而全国每年仅能完成4万多例（比例仅占百分之一）。泰达国际心血管病医院的建成，将为改善我国心血管病的治疗做出贡献，给广大心血管病患者带来福音。"（摘自吴仪发给泰达国际心血管病医院开业典礼的贺词）

　　另据报道：中国每天有1.3万人死于心脑血管、癌症等疾病。北京平均每小时就有一人死于心血管疾病。

　　中国现有400多万需要手术的心脏病人，但得到手术的比例仅为

1%，余下的400多万心脏病人将揣着"破碎"的心，日夜盼望着白衣天使能拯救他们的生命。但是，或因贫穷，或因昂贵的医疗费用，或因排不上号住不上院，或因庸医的误诊，使多少病人苦苦等了三年、五年，甚至十年八年，从而错过了最佳治疗时间，过早地结束了本该延续几十年的生命。而排不上号住不上院的、交不起医疗费的，多是那些没职没权没钱没关系的普通百姓，尤其苦了那些贫苦农民和下岗职工。

这种严重的供需失衡现象，深深地触动了一位医生的良知，他因此而做出的一次次惊人之举，像地震一般震撼着中外的医疗界，震撼着千百万亟待拯救的生命，也震撼着中国亟待改革的医疗体制！

面对一双双乞盼的眼睛，他不知该把这张生死牌发给谁

贝多芬说："我要扼住命运的咽喉，它决不能使我完全屈服！噢，能把生命活上千百次真是多美！"

生命是美好的，但它属于人只有一次，任何人都扼不住命运的咽喉。

1987年5月，春天带着不可抗拒的骚动与活力，从遥远的天际涌来，冲破坚硬的寒冷，把鲜活的生命撒向枯黄的世界。饱尝了严冬的寒冷与沙尘的北京人，踏着春色，漫步在华灯初放的长安街上，欣赏着绚丽多姿的夜景，享受着春天的馈赠。但在全国唯一一家心血管病专科医院北京阜外医院一间门诊室里，却上演着司空见惯而又令人痛心的一幕。一位中等身材、精明干练、两眼蓄满善良与睿智的中年医生，被一群走投无路的心脏病患者及家属团团围住，一直下不了班。他就是两年前从澳大利亚留学归来、三十八岁的主治医师刘晓程。

"刘大夫，听说你是佳木斯人。俺是鹤岗煤矿的。咱们是老乡呢。"一个又黑又瘦的下井汉子怀抱三岁的孩子,操着山东口音,跟刘晓程一个劲儿地套着近乎,"刘大夫,求你看在老乡的面上救救俺老婆,俺们再也等不起了:她都快不行了!刘大夫……"汉子说不下去了,低头呜咽起来。他身边瘦弱的女人用胳膊肘碰碰他,啜嚅道:"要不俺不治了,俺回家。"却遭到汉子的一声嗔斥,"你不治就得死!你死了俺的两个娃咋办?呜呜……"

下井汉子挖煤塌方砸断一条腿都不曾掉过泪,现在却被病老婆压得放声大哭。他一哭,女人和孩子也跟着哭起来。

刘晓程刚想安慰那汉子几句,却被一个穿着破旧、满脸沧桑的中年农民打断了:

"刘大夫,俺把房子都卖了,还借了1万多元钱饥荒。俺爷儿俩从黑龙江跑北京两趟了,这次再手术不上,俺们全家就活不下去了!求你看在家乡人的面上救救俺儿子吧,他才十四岁。俺爷儿俩给你下跪了!"

"别别!千万别……"刘晓程急忙上前制止,但晚了,一老一小直溜溜地跪在了他面前。

瘦得像铅笔杆似的少年瞪着满含泪水的大眼睛,可怜兮兮地望着刘晓程。父亲却发出一阵令人心碎的哭号:"刘大夫,求你救救俺儿子!救救俺全家吧!呜呜……"

望着这对父子,望着这一张张求生的面孔,刘晓程的眼睛湿润了,一种深深的疼痛与同情,紧紧地攫住了他那颗虽然每天被病人揉搓却依然慈悲的心。他知道,这些普通老百姓本来就很穷,偏偏又患上这样那样的心脏病。他们卖房卖地拖儿带女,千里迢迢地跑到北京,整夜整夜地排队挂号,把全部希望寄托在医生身上,但却令他们大失所望。他们苦苦地哀求他,给他下跪,不为别的,只为一张小小的住院单——一张求生的"通行证"。而他何尝不想大笔一挥,给每人开一张入院单,让他们痛痛快快地接受手术,痛痛快快地活下去?可他每天只能开一张入院单,一个月只有30张的权力。一下午就要接待五六十个患者,许多病人都需要手术,他真不知该把这张"生死牌"发给谁?二十多年的坎坷生涯从没有难倒过他,可面对一群向他哭诉的家乡父老,他却难过得不止一次地掉下泪来。他觉得自己有愧于一名医生的称号。

这时,药剂科的丁飞主任手拿一包方便面走进来,进门就嗔怪他:"刘大夫,都10点了,快吃点方便面吧!你天天这么折腾,早晚会被折腾死的!"丁主任看到刘晓程天天被患者"糊"得可怜,心疼得几次落下泪来。

可是,面对一群看病比登天都难的父老乡亲,面对一个个本应该尽快手术的心脏病人,刘晓程却无论如何也不忍心走开。令他终生难忘的是那位27岁的姑娘。此刻,她就像死人幌子似的,瞪着一双美丽却无神的大眼睛,凄婉地望着他。

"你为什么不早点来?"刘晓程问她。

姑娘的眼泪"刷"地掉下来了,忙从衣兜里哆哆嗦嗦掏出一张已经发黄的入院通知单,双手像捧着命根子似的,小心翼翼地捧到刘晓程面前,啜泣道:"我八年前就来了,开了入院单没有床位,大夫让我回家等通知,可我等了八年也没等到通知,实在等不了啦。"

刘晓程的脑袋"轰"的一声,忙接过那张已经被八年时光磨损出几处破洞起了毛边的入院单,看到上面赫然写着"1979年4月23日",心里不由得发出一阵惊愤的慨叹:可悲呀!八年,抗战都结束了,可一个心脏病患者却手拿入院单没有等来住院通知!一个严重的先天性心脏病患者怎么能等得了八年?人的一生又有几个大好的八年?八年,一个花样的少女变成了二十七岁的大姑娘,而一颗破碎的心却因漫长的八年而失去了治疗机会。现在，她的心脏已经无法接受手术了，等待她的只能是死亡。可她完全可以不死，完全可以活好多年，完全可以结婚生子过正常人的生活，可这一切，就因为八年的耽搁而变得永远不可能了。

这位来自黑龙江农村的姑娘并不知道刘晓程的内心，而是可怜巴巴地乞求道："求求您刘大夫，让我住院手术吧。我实在等不了啦。我不想死，我才二十七岁，我已经等了八年啦。"

面对这双对生命充满渴求的眼睛，面对足足等了八年却不得不提前告别人生的家乡姐妹，刘晓程无论如何也不忍心用善意的谎言去欺骗她。但他又怎么能告诉她："你不能手术了，你只能回家等死了。"他怎么能说出这种没有人味的绝情话？

他想：如果这些病人是我的兄弟姐妹，是我的亲生父母，看着他们得的并非不治之症，只是因为住不上院而一拖再拖，最后不得不提前告别人世，我该是怎样一番心境？该是何等痛苦？

此刻，他心里忽然发出一阵悲愤的质疑：为什么天远地远初次来就诊的病人就已经是手术禁忌症了？为什么还是手术适应症的病人又要争那张维系生命的小纸片？为什么得到了这张纸片的人还要继续等下去，甚至一直等到死？我这个医生再出这种门诊，再发这种毫无价值的纸片，还有什么意义？我到底是救死扶伤的医生，还是误人性命的"罪魁"？我是诚实善良的大夫，还是整天用谎言安抚病人及家属的"骗子"？

宁可再被毁灭一次，也要学习

刘晓程出生于黑龙江省佳木斯市。父母都是1945年参加革命的医务工作者。母亲是妇产科医生，父亲是佳木斯医学院著名的外科主任刘沛。刘晓程是五个子女中唯一的男孩儿。

1968年，刘晓程下乡到宝清县生产建设兵团。艰苦、压抑的知青生活，过分的体力透支。使他得了肺结核，每天咳嗽、低烧不止。下乡的第四个年头，他提前返城了。

不久，被打成"反动学术权威"的父亲落实政策，刘晓程获得了一个工作指标，面临当工人和实验员的选择。犹豫再三，他走进了令人谈虎色变的"臭老九"行列，成为佳木斯医学院生理教研室一名实验员。并非子承父业，他并不想当医生，他不喜欢整天跟生理不健全的人打交道。他从小最崇拜爱因斯坦和爱迪生。但，正像马克思所说：当年轻人选择职业时，社会早已经为他决定好了。

实验员，就是洗刷各种试管和器皿，把兔子、青蛙、老鼠准备好，供大学生实验时使用。但工作之余可以旁听老师的讲课，这是刘晓程选择实验员的真正原因。一位在"文革"中也被打成"反动学术权威"的老医生气得骂他："你还要念书？吃一百颗豆还不知豆腥气？"

但对刘晓程来说，求知成了他生命最需要的精神食粮。他宁可因求知而再次遭到毁灭，也不愿浑浑噩噩地混下去了。他不相信中国会永远像现在这样知识无用，没有知识，一个国家靠什么发展？一个民族靠什么前进？

他一边工作，一边玩命地学习。初、高中学的是俄语，改学英语必须从ABC学起，晚间说梦话都叽里咕噜地背着英语单词。一年后，就是张铁生交白卷的1973年，医学院基础研究所以满票通过，推荐他走进了哈尔滨医科大学，成为一名二十四岁的"工农兵"大学生。当他满怀鸿鹄之志跨进校门准备苦读时，却发现梦寐以求的大学校园，到处都充斥着声嘶力竭的政治口号，以及越来越离奇的"教育革命"，偌大的校园竟然放不下一张平静的课桌。

1979年，十年浩劫结束后，刘晓程决定报考研究生。当他一切准备就绪，手拿《招生简章》准备填写志愿的那天夜里，父亲突患脑血栓住进医院。紧接着，结婚不久的妻子又因妊娠中毒症，怀孕七个月的第一个孩子流产了。

沉重的打击接踵而至，一边是需要呵护的亲人，一边是大学学府强烈的呼唤，面对人生的最后一次抉择，他一连数天彻夜无眠。

"生老病死是人生规律，你不要管我，今年你一定要考！为了学本事干事业，你能考到伦敦、纽约才好呢。那才是你对父母的最大孝敬。"父亲对守候在病榻前的儿子语重心长地说。

"你去考吧，我们以后还会有孩子的，别惦着我。二位老人我会尽力照顾的。"从小同窗、一向贤惠善良的妻子洪依舒也一再鼓励他。

刘晓程含着泪，在研究生志愿栏里一连写下三个志愿——第一志愿：北京中国医学科学院心血管病研究所阜外医院；第二志愿：阜外医院；第三志愿：还是阜外医院！阜外医院是中国心血管病研究和治疗的最高权威机构，他立志要成为一名优秀的心血管外科医生。

1979年秋，三十岁的刘晓程以骄人的成绩，考进了中国医学科学院心血管病研究所阜外医院，成为一名心血管外科研究生。他发誓：一定要无愧于阜外医院和导师的录取，无愧于父母和妻子的支持，更无愧于自己的选择！

许多研究生同窗跟刘晓程一样，都经历过蹉跎岁月，都格外珍惜这来之不易的求学机会。刘晓程更是怀着强烈的求知欲，在广博的医学海洋里没日没夜地搏击，连吃饭和睡觉都变成多余的了，只有学习才是生命中最需要的。听英语录音，一听就到凌晨4点，上课的路上，要背会30多个英语单词……他决心把空耗的时光夺回来。

三年后，刘晓程以出色的成绩完成学业，并留在阜外医院工作。1984年，阜外医院又破例提前送他去澳大利亚深造。

你是人，我也是人，我凭什么不如你

美国前总统卡特说："我们不可能人人都像牛顿、法拉第或爱迪生那样有伟大的发现，也不可能像米开朗琪罗或拉斐尔那样有传世之作，但我们可以抓住平凡的机会并使之不平凡，进而使我们的人生变得更加壮丽。"

澳大利亚很美，碧水，蓝天，风光旖旎秀丽。

但是，第一次踏上澳洲的刘晓程却无暇光顾这一切，第二天就走上手术台，面临两台大手术，而且要给主刀医生当第一助手。

第一次走进亚布里斯班市查理王子医院心血管外科手术室，一切都是陌生的，金发碧眼的医护人员；令人眼花缭乱的各种器械；几位主刀医生各自不同的操作方式；叽里呱啦一句都听不懂的俚语、方言……更糟糕的是，他就像从慢悠悠的牛车上卸下来的一枚螺丝，忽然被拧到一台高速运转的机器上，一上来就得适应人家那种快节奏、高效率的工作方式，丝毫不存在你是新来乍到给点时间让你适应一说。而且主刀医生盛气凌人，开口就训人："拿镊子！不不！不是剪刀，是镊子！你懂不懂英语？不懂回去学会再来！"

嗨，别提有多狼狈了，当场他就出现了"文化休克"，也就是老百姓所说的傻眼了，听不懂人家说什么，当然不知道该做什么。按照手术惯例，主刀医生给病人开完胸，建立起体外循环，助手就该从患者腿上取完大隐静脉，递给主刀医生做搭桥术了。可他没有取完静脉，主刀医生立刻嗔怪起来："太慢了！简直太慢了！"这使刘晓程越发手忙脚乱，大汗淋漓，不知所措了。

主刀的奥布莱恩博士是世界著名的心外科专家，刘晓程只是一名中国留学生，遭训斥是在所难免的。可是，对于自尊心极强的刘晓程来说，却像童年唯一一次挨父亲的皮带——父亲的皮带是抽在他屁股上，而这次却是抽在他脸上，抽在一个中国人的自尊心上。他发誓："我就不信你们能做到的我做不到！你是人，我也是人，我凭什么不如你？我一定要把你们的技术学到手，绝不能给中国人丢脸！"

下了手术台，他急忙把主刀导师的操作程序全部记录下来，把剩下的静脉搜集起来，从护士长那借来手术器械，回到宿舍苦练搭桥术，设计出各种高难度的吻合方法，边缝边思索，边画图……几个月下来，他不仅对四位导师不同的操作方式烂熟于心，而且对四位导师的手术方案取长补短，形成一套自己的独特手术方法。

白天，他要给四位导师当第一助手，常常忙得连杯咖啡都顾不上喝。一台手术下来，导师去喝咖啡，他却忙着写手术记录、填卡片、手术后医嘱、看下一台手术造影片子……没等做完，下一台手术护士又在叫他："刘医生，手术开始了！"他一天最多跟过五台大手术，从早8点一直忙到晚9点，回到宿舍累得连眼皮都抬不起来了。

在一次主动脉瘤的手术中，患者突然大出血，奥布莱恩博士竟然无端地冲刘晓程发起火来："谁让你把着的（指血管）？"

"你让我把着的！"刘晓程早已受够了导师的傲慢与训斥，破天荒地顶了他一句，心里却愤愤地说，"你牛什么牛？不就是你们国家比我们国家富点儿嘛，有什么了不起的！我们国家早晚会富起来的，早晚有超过你们那天！你说你是虔诚的天主教徒，还说大家在上帝面前都是兄弟姐妹，其实你根本看不起我！我告诉你，我和你一样是人，不是一条狗。你别张口就来训斥我！我要教训教训你，导师也应该学会尊重人。今后，绝不许你再侮辱我的人格！"

血止住了，奥布莱恩主动向刘晓程搭讪，刘晓程却不理睬他。

第二天上班，奥布莱恩又主动跟刘晓程打招呼，刘晓程装作没听见。

奥布莱恩是个虔诚的天主教徒，在权威与人格、傲慢与尊严的较量中，他心理开始失衡了，开口向刘晓程道歉："对不起，晓程，昨天是我的错，我向你道歉。"接着又说，"晓程，今天你来主刀，我来给你当助手！"

刘晓程不敢相信自己的耳朵，因为澳大利亚的法律严格规定，外国医生只能当助手，不能主刀手术。

"我让你做的，一切后果由我来负。"奥布莱恩说。

于是，就在这所世界著名的澳大利亚查理王子医院手术室里，中国医生第一次走到主刀位置，第一次打破澳大利亚严格而冷酷的法律，划开了"洋人"的胸膛……当刘晓程以熟练的技法，稳健而准确、轻快而严密地做完心脏搭桥术，在场所有的人都惊呆了。奥布莱恩绝没有想到这个多次被自己训斥的中国留学生，竟然有这样一手好功夫。

当晚，奥布莱恩请刘晓程共进晚餐。两人从此成为要好的朋友。

"晓程，你是我见过的最有骨气、最优秀的中国人。"奥布莱恩向刘晓程举起酒杯，"我相信你会成为世界一流的心外科专家。"

"你也是我见过的最优秀的心外科专家，最令人敬佩的导师！"刘晓程回敬道。

奥布莱恩虽然傲慢，却丝毫不讲师道尊严。一次，刘晓程发现奥布莱恩没有切开极容易被忽略的薄内膜就要开始做血管吻合，就急忙提醒了他。奥布莱恩连声道谢："谢谢！太谢谢你了晓程。我的疏忽险些危及患者的生命。"

在这里，任何人的脸面都不重要，重要的是人的生命，是如何做好每一个手术细节，使手术最大限度地获得成功。几位导师还采纳了刘晓程提出的一些改良手术的建议，风趣地称它为"刘氏法"。导师们一切为了病人、一丝不苟的治学精神，使刘晓程受益匪浅，成为他一生工作的典范。

从此，奥布莱恩不顾法律约束，不仅让刘晓程在洋人身上主刀，而且做一些连澳大利亚本国高资医生都轮不到的高难手术。一年内，刘晓程参加了600多例手术，主刀完成50多例，仅冠状动脉搭桥就做了二三十例，患者最高年龄八十三岁，无一例死亡或发生合并症。

刘晓程以其独特的人格魅力及高超的医术，终于赢得了同行们的爱戴与尊重。留学一年期限到了，奥布莱恩主动带刘晓程去州卫生主管部门打延期，让他再研修一年。

1985年，国际心脏外科会议在澳大利亚召开，走上讲台，代表澳大利亚查理王子医院做学术报告的不是别人，正是我们优秀的中华儿女刘晓程。他流利的英语、精湛的发言，令全场震惊，从而成为第一个享此殊荣的外国人。

留学期限到了，奥布莱恩让刘晓程把家属接来，一切手续由他办理。他说这里的条件比中国好得多，对刘晓程今后的发展大有益处。

在查理王子医院，一名普通医生的年收入高达几十万美元，而在阜外医院，一名主任医师的年收入也不过几千元人民币。而且，中国刚刚兴起的留学生陪读热正方兴未艾，多少人都梦寐以求地想借此机会搭上出国的列车，从而开始另一番人生之旅。从阜外医院一起来澳洲留学的医生已经把家属接来了，劝刘晓程也如此效仿。可是，刘晓程却忘不了童年时代，父亲多次给他讲过钱学森等科学家从美国归来报效国家的故事。他舍弃不掉对祖国、对家乡的那份刻骨铭心的眷恋。

一次，他跟同事到澳大利亚花城土温巴山去旅游，看到山顶有一只标着世界各国方位的坐标，就面向自己的祖国，迎着落日的余晖，唱起了思乡曲："乡间小路，引我回家。那个地方，我永远属于她……"唱着唱着，一行思乡的泪不知不觉地流了下来。他知道，他的心永远属于那个虽然贫穷却不能忘怀的祖国，属于那个无论多么优越的条件都无法取代的母亲……

"导师，中国的病人太多，太苦了，那里非常需要医生。如果我们学成了都留在国外，那谁去解救他们呢？中国有句俗话，叫作儿不嫌母丑，狗不嫌家贫。这里的条件虽然优越，但并不需要我。我的祖国虽然很穷，但她需要我，我也需要她。"刘晓程婉言谢绝了导师的挽留。

奥布莱恩听了很受感动，说："我很理解你，也很赞成你的选择。回国以后有什么困难尽管告诉我，需要学什么欢迎你再来。我的邀请永远对你有效。"

随同刘晓程一起归来的，还有整整两箱子国内奇缺的体外循环插管和接头。在查理王子医院，刘晓程看到在国内奇缺的体外循环插管和接头，用过一次就丢进了垃圾袋，而在国内用过几百次都舍不得丢掉，就对同事们说："我的国家还很穷，可不可以请你们别丢掉这些东西，让我攒起来带回国去用？"同事们不但没有耻笑他，反而帮他将这些东西一根根地收集起来，刷净，消毒，替他保存起来。

阜外医院麻醉科主任看到这两箱东西，高兴地喊起来："噢，太好了。这可解决大问题了！"

"我那乡土哟，我恨你，我不能不爱你！"

这是巴金老人多年前发出的感慨。

像许多海外归来的学子一样，刘晓程怀着满腔热血扑向朝思暮想的祖国，扑向自己的事业。他的心就像喷薄欲出的朝霞，充满了激情与渴望，渴望把自己所学的医术全部报效给祖国，报效给民众，拯救那些亟待手术的病人。可是，他很快就发现，面对阜外医院原先那种慢节奏、低效率的工作环境，就像当初到查理王子医院突然面临那种快节奏、高效率的环境一样，他同样感到不适应了。他觉得自己就像一颗日夜运转磨得锃亮的螺丝，忽然被拧到一辆慢悠悠的牛车上，无论如何卖力气都快不起来了。

他感到痛苦而茫然，一系列的问题常常叩击着他彻夜难眠的心：阜外医院每年仅能做1000例手术，排号却排到了1.4万例。按照现有的速度，许多病人要等到十年以后才能手术。全国需要手术的心脏病人有300多万，而全国每年能手术的仅不到百分之一。那300多万病人不知等到猴年马月才能手术，而绝大多数病人一直等到死都手术不上。这种尖锐的供求矛盾何时才能解决？在澳大利亚，他一年可以做几百例手术。回到国内，他这位主管四个病区的主治医生一年只能做88例。全院上自院长下至年轻医生，都想多干工作，多救病人，可都觉得有劲使不出来。这到底是为什么？

1987年春节期间，阜外医院派刘晓程带队到黑龙江牡丹江市开展心脏手术。他看到家乡十几万心血管病人处在投医无路、求治无门的水深火热之中，感到很痛心。一天，一个农民带着患有严重先天性法乐氏四联症心脏病的十三岁男孩，顶风冒雪找到刘晓程，说他带着儿子跑了好几家医院，都做不上手术，求刘晓程救救他儿子。可是，刘晓程带队出来时阜外医院有指示：到条件差的地方开展心脏手术，不要做复杂的，以免发生意外。刘晓程留下父子俩的地址，劝父子俩先回去等候消息。父子一走，刘晓程立刻电话请示阜外医院的导师郭加强院长。郭院长问他有没有把握？他说："虽然有风险，但我还是有把握的！"郭院长说："那你就做吧，但一定要慎重，要预防术后并发症。"

于是，刘晓程不顾外面风雪交加，乘着牡丹江市励副市长的三菱吉普，立刻去追赶那对父子。吉普车在风雪弥漫的山路上颠簸了三四个小时，几次险些翻到沟里，晚间9点多钟，终于在距离小说《林海雪原》所描写的"座山雕"威虎厅不远的偏僻山沟里，找到了父子俩的家——一间东倒西歪、窗户上钉着塑料布、房顶压着厚厚积雪的破草房。屋里除了几张瘦骨嶙峋的脸，只有一盏如豆的油灯忽忽闪闪地摇曳。直到许多年后，刘晓程都忘不了这个"家"。

半夜12点，当父子俩乘火车，搭马车，艰难地跋涉了十几个小时，雪人似的走进家门时，眼前的情景就像一盏灯，猛然照亮了爷儿俩几乎冻僵的心，也照亮了这个被世界遗忘的家庭。

农民汉子一把抓住刘晓程的手，老泪纵横地哭喊道："刘大夫，你是俺们全家的救命恩人哪！俺们做梦都没想到啊！"

这个五口之家本来就穷得叮当响，孩子有病更是雪上加霜，四处磕头作揖借了几千元钱，可都扔在铁道线上了，两次去北京手术都排不上号。农民汉子呼天不应，叫地不灵，几次想一头撞死在北京大街上，可转而一想，自己死了一家老小怎么办？现在，北京来的大夫却顶风冒雪找上门来了，来接儿子回去手术……天底下哪能有这么好的医生？

他不敢相信这是真的。

"刘大夫，你这北京来的专家，用市长的车来接俺儿去做手术，俺不是在做梦吧？"

"文化大革命"期间，刘晓程的父亲冒着坐牢的危险，顶着造反派的压力，抢救过被医生放弃、濒临死亡的农村孩子。今天，刘晓程担着手术风险，在风雪弥漫的山路上跑了上百里，为了找到一个素不相识的农家孩子……因为他知道，在这极其偏僻、方圆几十里见不到人烟的山沟里，一个患有严重先天性心脏病的孩子，如果不能尽快地接受根治手术，那将意味着什么。如果这次巡回医疗不能为孩子手术，这孩子就不知会等到哪年哪月了。

刘晓程连夜把父子俩接回医院，第二天就为孩子成功地做了手术。这次巡回医疗，他在牡丹江成功地做了八台心脏手术。

巡回医疗很快就结束了，可是，黑龙江十几万心脏病同胞求医无门、备受煎熬的情景，却历历在目，一直蹂躏着刘晓程的心。

回国两年，他的内心苦苦思索了两年，斗争了两年。

经过多少个不眠之夜的思索，这位海外归来的学子不仅斗胆发出了天问：造成这种日益尖锐的供求矛盾的原因到底是什么？难道仅仅是因为我们穷吗？

"不！我们不单单是经济和科技落后，还有封建思想残余及诸多因素造成的低效率和看不见、摸不着，却处处存在着的内耗！这种内耗大量地表现在扯皮、推诿、有劲不使，或有劲使不上的工作上。在大城市科研单位里死争死挤，却难以发挥作用的人，何止一二？有了技术人才，宁可自己封存不用，也不肯放走的大单位，何止一二？教了三年打铁，临出徒才放手让他打一把炉钩子的师傅，又何止一二？一代又一代，周而复始。可悲的传统观念，根深蒂固的封建思想残余……难啊，我们的知识分子真是太少又'太多'了！

"谭嗣同为了唤醒中华民族的觉醒，甘愿献出生命。他在断头台前从容地喊出了'死得其所，快哉快哉'的千古绝唱。谭嗣同大义凛然、视死如归的精神，令多少人感慨不已。资产阶级革命家为国为民尚有如此壮烈之举，我们20世纪的共产党人就不能牺牲点什么，来治治有目共睹的通病和顽症吗？"（这段激越之词，摘自1993年刘晓程以全国优秀中青年干部身份，在人民大会堂向中直机关和科研院校代表做的报告《人生蹉跎，丹心一片，为国为民，不虚此生》）

这番令有识之士感慨万端的肺腑之言，无处不是对中国医疗体制与传统观念的挑战。但是，他太渺小了，他仅仅是一名留学归来、满怀忧国忧民之心的医生。他所能左右的仅仅是他自己，而非一个沉寂几十年、远远滞后于社会发展的国家医疗体制。于是，他向自己提出了一个天大的难题：我为什么不能回到家乡，为备受病痛折磨的父老乡亲建一所心血管病专科医院？

他终于做出了重大抉择：回家乡，为家乡父老做点力所能及的事！

可他觉得，这样做太对不住妻子和儿子了。他和妻子结婚八年分居了六年。现在，妻子刚从东北调到北京邮电医院，孩子被安排在师资雄厚的大木仓小学，阜外医院刚分给他两室一厅的住房，一家三口终于在北京落户了，刚刚有了一个安稳的家。可现在，他却要亲手砸碎它……一想到这些，一种深深的自责噬蚀着他的心：我有什么权利毁掉这一切？又有什么资格把他们母子再拖回到前途未卜的动荡之中？

又是一个无眠之夜。刘晓程在与妻子彻夜长谈。

"看到家乡人倾家荡产地跑到北京来找我，看着他们走投无路、求医无门的样子，我常常觉得自己很无能。你想想，如果那些人是我们的父母，是我们的兄弟姐妹，眼看着他们住不上院，排不上号，病情一天比一天严重，你说我们心里是什么滋味？"刘晓程长叹了一声，"唉，老百姓看病真难哪。尤其咱们黑龙江，死冷寒天，心脑血管的发病率均居全国之首……"

妻子洪依舒瞪着大眼睛幽幽地望着他，许久不说话。

她理解晓程内心的痛苦。她经常看见他夜里辗转反侧，唉声叹气。可是，看看这个来之不易的家，想想眼前这令多少人可望而不可即的一切，她实在不忍心丢下。可她太了解晓程的个性了，只要他认准的事，哪怕是刀山火海也毫不退却。"文革"期间大串联，一群学生豪言壮语要步行去北京见毛主席，坚持到最后的只有晓程和另一名男同学，一双脚都走烂了……

刘晓程见妻子久久不语，就说："我知道你为我付出的太多了。这样吧，你和孩子留在北京，我一个人回黑龙江。"

"别说了。"妻子打断了他，"从我的工作和孩子的教育考虑，我确实不想走，可我怎么能放心让你一个人回去？我还是带着孩子跟你一起走吧。"

"……"刘晓程一时语塞，一把搂过这位行动永远胜过语言的妻子，久久地拥在怀里。

为了慎重，刘晓程专程回佳木斯去征求父母的意见。

父亲，永远的太阳

克林顿曾说："母亲告诉我永远不要放弃，不要屈服，不要停止微笑。无论发生多么可怕的事，第二天一早起床，母亲都会微笑着站在我面前，她从不把痛苦流露给别人。"

克林顿有一位伟大的母亲，刘晓程则有一位伟大的父亲。

父亲刘沛是佳木斯医学院享誉四方的外科专家。他精湛的医术、高尚的医德，不知恩泽过多少人！老人家过八十大寿，佳木斯市委书记带着市委、市政府的"五大班子"去为老人祝寿。1988年，刘晓程和父亲同时享受国家首批政府特殊津贴。

父亲对晓程的管教很严。一次，父亲得知晓程从家里悄悄拿了2元钱买栗子吃，又对母亲说谎，第一次用皮带把晓程的屁股抽成了紫茄子。七岁的晓程却永远记住了父亲的教诲："做人要诚实！不许说谎，说谎是万恶之源！"

在晓程的记忆里，父亲每天早5点就去病房查房，父亲常常蹲在厕所里观察病人的大便，以便做出准确的诊断。晓程不记得父亲让他给吃不上饭的病人送过多少次饺子，也不记得父亲掏钱给过多少贫病交加的病人，更不记得多少病人感激涕零地跪倒在父亲面前，他只记得病人看到父亲时眼里所流露出的目光——那种拜见上帝般的感激与崇敬。这给他幼小的心灵打上了永不磨灭的烙印。

多年前，一位市委书记夫人乳房上长了一个良性瘤，要出省治疗，让父亲刘沛出诊。父亲却说："用不着出省，没必要花那份钱！"一句话把第一夫人顶了回去。

"文革"期间，一个罕见的患先天性中肠旋转不全的农家孩子，被医生放弃治疗，已准备后事了。孩子父母抱着奄奄一息的孩子正悲痛欲绝，被打成"日本特务""反动学术权威"的父亲在清扫垃圾，急忙奔过来说："千万不要放弃孩子，我能治！"

造反派立刻质问他："你敢承担这孩子手术的后果吗？"

父亲说："一切后果由我来负！"

这时，忽然响起一阵惊天动地的口号："打倒日本特务刘沛！打倒反动学术权威刘沛！敌人不投降我们就叫他灭亡！"

就在一片"打倒"与"灭亡"的口号声中，身陷囹圄的父亲担着可能毁掉自己一生声誉，甚至可能因"陷害"革命群众而被判刑、枪毙的风险，脱掉清扫服，匆匆走上久违了的手术台……孩子得救了，父亲又回到"牛棚"里继续清扫厕所。

"名誉与生命相比，毕竟是微不足道的。在毁誉与病人的生命面前，必须勇敢地选择后者，这才是一个好医生。"这是父亲的人生信条，也是他对儿子的训诫。

父亲不媚上、不卑下，博爱济贫，珍爱他人生命的做人准则，成为刘晓程一生的楷模。

"文革"期间，刚学会游泳的晓程不顾淹死的危险，跳进松花江救起一名遇险的教师。当了医生以后，他更是处处以父亲为楷模，以母亲的遗训为座右铭，严格自律。母亲七十三岁那年，因患严重风湿病连筷子都拿不住，却颤抖着双手为儿子留下一条遗训："医乃仁术，好自为之。"这条遗训一直挂在晓程的办公室里。

"风萧萧兮塞外寒，壮士一去兮不复还！"

父亲得知刘晓程决定回黑龙江创业，竟说出一番令晓程大为感动的话。

"当初我让你出去闯荡，是为了让你多学本领，现在我像当初一样支持你回来。你应该把学的东西为家乡父老贡献出来。"

得到父亲的支持，越发坚定了刘晓程回黑龙江创业的决心。

此刻，中国正处在"出国热"的大潮之中，多少海外学子都挖空心思想留在美国、澳大利亚等发达国家。当然，我们无可厚非他们的选择，人各有志，中国封闭得太久了，耽误得也太久了，人人都有选择人生道路的权利。但是，我们不能不为刘晓程逆潮流而动，选择艰苦人生的勇气而叫好，不能不为他"先天下之忧而忧，后天下之乐而乐"，以天下为己任的境界而肃然起敬。

无情未必真豪杰。1987年5月13日这天深夜，刘晓程来到儿子床前，抚摸着熟睡中的儿子的脸蛋，轻声道："儿子，爸爸也许对不起你。爸爸没权利剥夺你现有的条件，等你长大以后也许会埋怨爸爸，到那时爸爸再向你解释吧。"

经过两年的痛苦挣扎，一颗崇高的心灵终于得到了解脱。他的心境变得从未有过的旷达与坦然，就像暴风雨过后的大海，浩瀚而平静，又像鼓满风帆的航船，期待着新的远航。

他开始伏案疾书，给院领导写《请调报告》。

这不是一份普通的《请调报告》，而是一次自我心灵的剖白，一张人生价值的答卷，一份向旧医疗体制宣战的檄文——

"二十岁时，我为人为什么活着这个严肃的问题而苦恼过，求索过。在那个动荡的年代，我心中的希望之光泯灭过，我也曾颓废过，消沉过。但我终于自拔了，振作了，并在坎坷的道路上奋斗了二十年。而今，作为一名80年代的中年知识分子，作为一名中华儿女，我又为怎样度过余生这个严肃的问题，而苦苦思索、认真探求。经过人生的苦、辣、酸、甜，我真正地认识到，人为了自己活着，就会永远感到空虚和不满足，而为了人民去工作和奋斗，就感到充实。这种思索与探求，使我的心灵得到净化，使我抛弃了小我，去追求人生的真谛。

"到阜外医院八年，我由一名基层医院的普通医生，成长为一名心血管外科主治医生。回想八年来的一幕幕，我不禁心潮澎湃，思绪难平，对给予我一切的阜外医院和我的启蒙导师，心中充满了对亲生父母般的赤子之情，有着永远不能忘怀的感激与眷恋……

"我国现有300多万心脏病人等待着手术，而全国每年仅能完成几千例，存在着严重的供求矛盾。心血管疾病虽然不像霍乱、天花等烈性传染病那样被视为洪水猛兽，但却毫不留情地吞噬着千万人的生命。我由衷地赞同、支持我院当前所搞的心血管外科临床协作和建立全国培训中心，但也清楚地看到，当前这种协作方式达到真正奏效的难处……我觉得，各地方搞心血管外科唯一有效的途径是建立心血管专科医院。像阜外医院、上海胸科医院等有实力的大医疗中心，应向全国搞协作和培训，不应像蜻蜓点水，飞走后又是一潭死水；而应像一架播种机，到祖国的沃土上去播种……舍出几个卒子，甚至几员大将，必将走活一盘死棋。

"黑龙江是我的故乡，那里因气候寒冷，经济文化落后，先后天心脏病的发病率都高于全国平均数，十几万病人处在投医无路，求治无门之中。我决心抛弃北京优越的物质文化生活条件，离开培养我的阜外医院，为家乡水深火热中的父老兄弟筹建一座心血管病医院，为中国的心血管外科事业开辟一条新路。我深知，自己的精力有限，时光有限，业务水平和行政能力也有限，也许今生今世难遂凤愿。但我情愿做铺路石，做人梯，让后人继续去开拓，去登攀。我的离去，对阜外医院的损失只是暂时的、局部的，却有可能改变家乡千万人的命运。我向领导正式提出，请把我当作第一粒种子播下去吧！"

十页报告，一挥而就。

他最后写道："心底无私天地宽。站在人生的十字路口，我的心境从未像现在这样开朗，头脑从未像现在这样清晰，决心从未像现在这样坚定。风萧萧兮塞外寒，壮士一去兮不复还！"

写得有几分悲壮，几分苍凉。

这份在阜外医院建院以来从未有过的《请调报告》，就像一枚炸弹，在医院里掀起一场轩然大波。人们猜测着刘晓程调离阜外的真正原因，是领导对他重视不够，还是家属安排不周？仔细一想，阜外医院对他不错，送他出国留学；破格提拔他为四个病区的负责人；刚分给他两大居室的住房；他妻子被调到邮电部医院……而且在学术上，他成功地完成了全院第一例正后壁梗后室壁瘤切除术并搭了两支桥；他使术后停跳45分钟的病人心脏复苏；他参与了国家"七五"攻关重点科研"冠心病心肌血重建方法"的研究和协调工作；他建立起液氮保存的同种生物瓣实验室，并将该瓣首次应用于临床，填补了国内空白。这一课题获得国家自然科学基金和中国医学科学院科研基金……

"晓程，是工作不顺心，还是院领导考虑不周？院领导一直很器重你，希望你不要走。"院党委书记陈德林同志找刘晓程谈话。

"告诉我，晓程，到底因为什么？"郭加强院长是刘晓程的研究生导师。刘晓程是郭院长最得意的开门弟子，两人私交甚好。郭院长直言不讳地问道。

"导师，黑龙江是心血管病的高发区，十几万心血管病人急需手术，那里更需要我。我准备在黑龙江建一座心血管病医院！"

"噢，原来是这样，并不是因为人际关系或者待遇问题……"郭院长的心里感到一丝安慰，"我看你还是把关系留在阜外，先回去干一段看看再说，觉得不理想再回来嘛。"

"谢谢导师，可我必须破釜沉舟，背水一战，否则会动摇我的意志！"

"你还是好好考虑考虑吧！"

院领导不放，刘晓程只好去找曾担任佳木斯合江地委书记、现任中组部副部长的曹志同志"说情"。曹志给卫生部陈敏章部长写信说："刘晓程立志到下面去，为人民解除病痛，这种精神应给以支持。"

看到刘晓程去意坚决，郭加强院长只好忍痛放行。

"既然是这样，我也就不勉强留你了。今后无论遇到什么困难都尽管告诉我，你导师的大门永远冲你晓程敞开着！"

"谢谢导师的关怀！"

临行前，一群收入微薄的护士凑钱请刘晓程到烤鸭店去吃烤鸭，约好每人送给他几句话，可到了餐桌上一句话都讲不出来，只有一片呜咽声。中层干部送别会上，一位副主任说："晓程，你想到了我们大家想过的事，却做出了我们没有勇气做的事。"后来，这位副主任果然去了海南。一群研究生把刘晓程拉进宿舍，几杯薄酒为他饯行："晓程你先走，我们为你壮行。这条路走对了，我们毕业后也回家乡！"

院器械处给刘晓程送来大量的器械，并把空压机换了马达，怕他用坏了没处修；麻醉科主任给他送来一大袋麻醉用品；历来有"把家虎"之称的监护室护士长，破天荒地送给他一堆难买的小器械；药剂科的丁飞主任眼含热泪叮嘱他："今后不管什么紧缺药，只要阜外有的就有你晓程的！"病房的病人听说他要走，纷纷爬起来为他送别……

人们赞扬刘晓程的妻子洪依舒很伟大，竟然舍弃北京优越的环境，跟丈夫回黑龙江去受苦，这在一般女人是做不到的。刘晓程也觉得妻子很了不起，但在临行前一天晚间，洪依舒看到昨天还温馨流溢的家，忽然变得冷冷清清一无所有了，她哭了。他拥着她在空空荡荡的屋里站了很久。他知道，这个家再也不属于他们了。

多少生命因他而改变了命运，因他而改变了生存质量

凤凰卫视资讯台总编阮次山先生说："如果一个人年过三十，你胸中的理想依然存在，你必然会有前途。就是做一个升斗小民，也可以选择做一个什么样的升斗小民。"

1987年6月14日，刘晓程启程回黑龙江。

决心回黑龙江之后，他的首选地是故乡佳木斯。春节放假期间，他曾找到市政府领导谈过，说他要回佳木斯建一所心血管病医院，为家乡父老做点贡献。这位领导却以资金紧张为由，轻而易举地回绝了他。之后，他来到距离佳木斯很近的牡丹江市。牡丹江的东安医院曾派医生到阜外医院学习过心脏手术，他曾带过他们的进修生。1987年春节期间，他带着巡回医疗队就在东安医院做过八台心脏手术。这次，他向牡丹江市政府领导说明了来意，立刻受到市政府领导的欢迎，并任命他为东安医院的党支部书记兼院长。就这样，以美丽的镜泊湖著称的牡丹江市，

张开双臂热烈地欢迎这位赤子的到来。

然而，随着他们一家三口的到来，一些流言飞语却像空气一样悄悄地弥漫开来。

"他肯定是在北京干不下去了，要不从国家大医院跑到这大集体医院来干啥？""听说在镜泊湖给他盖了一幢别墅呢。要不，他从北京跑这穷地方来图啥呀？"

东安医院是一所区级大集体医院，小日本侵略中国时盖的，半个多世纪的风雨剥蚀，早已经老掉牙了。墙壁一碰就掉白灰，地板使劲一踩就会陷下去。全院仅有2000平方米房舍、70张床位，却有200多名职工。医院穷得叮当响，负有几十万元的外债，没有像样的麻醉师，没有得力的助手，没有像样的器械……刘晓程一家三口挤在一间狭小的办公室里。难怪老百姓要问：刘晓程来牡丹江到底图啥？

可是，刘晓程却感到一种从未有过的畅快，终于扔掉一切束缚，可以甩开膀子干了，第二天就走上了手术台。就在这所简陋得令人难以置信的医院里，就在这间用竹竿支起塑料布、用来接住屋顶剥落的白灰及滴水的手术室里，靠几位仅受过初级训练的医护人员协助，他一台接一台做起了人类最先进的心脏手术，一周就完成了十几例。

这里还经常停电，一停电体外循环机就停了，只能用手摇泵继续手术。一次，《健康报》的两名记者来采访又遇到停电，从未见过心脏手术的记者用颤抖的手擎着手电，为刘晓程照明继续手术。过后，两名记者带着一群患者家属去找市长"请愿"，市长特批为东安医院增加了双路电，这才解决了停电问题。

牡丹江能做心脏手术的消息不胫而走，各地的心脏病患者纷至沓来。小小东安医院原来门可罗雀，现在却一下子火爆起来。但刘晓程深知，即使他长出三头六臂日夜不停地手术，也远不能解决医患之间严重的供需矛盾，必须尽快培训出一批能独当一面的心外科医生。可是，医院要钱没钱，要人才没人才，要培养出一批心外科医生，谈何容易？

但，在刘晓程眼里，一切困难都不过是脚下的沙砾，人生的道路就是由诸多沙砾组成的。他一边手把手地教年轻医生手术，一边四处抽调人才，一边游说各级领导筹建心血管病医院。他教诲年轻人："你们这些人要以天下为己任，要让自己尽快成熟起来！拿破仑说，不想当元帅的士兵不是好士兵。我要告诉你们，不想超过师傅的徒弟就不是好徒弟！"

在刘晓程看来，每个人心灵深处都隐藏着一种激情，只要你把他们心中的激情点燃起来，人人都会焕发出一种不可估量的能量，只有周围的人都能充满激情地对待工作，对待生活，才能形成一股强大的"核"力，才能干出一番事业。

刘晓程的到来就像一团火，点燃了死气沉沉几十年的医院，也点燃了一颗颗沉闷多年的心。大家纷纷被激励起一股从未有过的生机与活力。

这里的医生从未见过心脏四联症根治术，不懂心脏换瓣，更没有见过国内只有少数医生能做的冠状动脉搭桥术。刘晓程就带领大家去电影院，乘人家放电影空隙，借用电影放映机来观看病人带来的心脏造影片子。可是，刚一开机片子就忽然起火了，吓得放映员急忙关掉了机器。原来国产造影片子放映机拉不动，一拉就烧。他只好带着大家在观片灯下一片一片用放大镜看，边看边给大家讲解各种心脏手术，看完一个造影片子要花六七个小时；为了强化医护人员的英语，在资金十分紧缺的情况下，他为大家订购大量的外文书籍和期刊，请来全市最好的英语教师教大家口语。他要求医护人员平时尽量用英语对话。而且，在导师奥布莱恩博士的帮助下，这所小小的大集体医院竟然派出三十多名医护人员到查理王子医院留学。

刘晓程不仅重视医术，更重视全院医护人员的医德。

他向全院职工提出："假如病人是你的父母、兄弟、姐妹和孩子，你该怎样对待？"他第一次打出了"患者就是上帝"的口号。病人丢掉了，他和大家一起寝食无味；手术成功了，他和大家一起欢呼雀跃。为了抢救亟待输血的病人，他毫不犹豫地伸出自己的胳膊；为了一个复杂手术，他16个小时没下台；为了救活一个病人，他三天三夜未合眼，晕倒在手术台上……

每当手术结束，当刘晓程向病人家属出示从他们亲人心脏上取下的病理标本，从病人家属颤抖的双手上，从他们感激的目光中，医护人员似乎读懂了人生的真谛——人为什么活着这个简单而复杂的命题。试想，还有什么比拯救他人的生命而使自己活得更崇高、更充实、更有价值呢？

刘晓程说："有人曾说，世界上三种人是最幸福的，一种是母亲看孩子洗澡；另一种是大人看小孩玩沙子；最后一种就是我们医生治好了病人。"

一天，一位五十五岁的农民苦苦地哀求刘晓程救救他，说他不想死，家里上有老下有小，一大家子人都等着他呢。刘晓程却发现这位农民的心脏像篮球似的，任何搭桥术对他极度衰竭的心脏来说都无济于事了，要想拯救他生命，只能做心脏移植。但就目前的现状，到哪儿能弄到一颗鲜活的心脏给一个农民换上？

也许，这位农民前世修来一份天缘，就在这时传来一个消息，说一名被判处死刑的杀人犯临死前良心发现，要求死后把自己的器官捐给社会。听到这个不知真假的消息，刘晓程急忙跑到看守所，费尽口舌见到了罪犯。

罪犯二十多岁，男性，一副心如死灰的表情。

刘晓程问他："你真决定要把自己的器官捐给社会吗？"

青年毫无表情地点点头。

"你为什么要捐自己的器官？"

"为了赎罪……"

"你不为你的决定后悔吗？"

"有啥可后悔的，人都死了留着它有啥用！"

刘晓程向青年伸出手来，青年却迟疑着："我手上沾满了鲜血……"

"我是医生，我手上也沾满了血。"

"可你是为了救人……"

"我为你感到遗憾，因为你是法盲。可我很敬佩你做出这样的决定，我要谢谢你。"

青年疑惑地盯着刘晓程，迟疑地伸出手来握住他的手，"你……为什么要谢我？"

"因为你将拯救另外一个人的生命。"

青年用那呆滞的、走到人生尽头的目光，茫然而惊讶地望着刘晓程，久久不动。

刘晓程跟这个即将告别人世的青年成了朋友，一连几次来探望他。临刑前一天晚间，他还为青年设了一顿便宴。

"刘大夫，你这么把我当人，我死了也知足了。"青年满眼泪水，将杯中酒一饮而尽。

在一个烟雨蒙蒙的清晨，刘晓程目送着青年一步一步向刑场走去，青年留下的最后一句话是："如果我早能遇到你，也许不会走到今天。"刘晓程感到遗憾，他拯救过千万人的生命，唯独拯救不了这个年轻人。令他聊以自慰的是，他帮助青年实现了最后的心愿。就在这一天，那位五十五岁的农民获得了第二次生命。手术做得相当成功。时间是1992年7月5日。

紧接着，刘晓程又为一名三十八岁的农民成功地完成了心脏移植。医护人员给两名移植心脏的病人起名叫大宝和二宝。痊愈之后，大宝和二宝戴着红袖标，为医院担任起警卫和导诊员。

在完成移植心脏的基础上，刘晓程又完成了我国首例心肺联合移植术，使小小牡丹江医院成为全世界能开展此项手术的五十家医院之一，使我国跻身于世界心血管外科的先进行列。国际心肺移植协会邀请牡丹江医院加入了世界心肺移植协会。

当年，"八女投江"的故事曾为牡丹江塑造了血染的辉煌。而今，刘晓程又使牡丹江名声大噪。他的事迹震撼了国内外专家、学者。卫生部部长陈敏章写信表示祝贺。国外一些专家、学者纷纷向他伸出援助之手。德国某厂家赠给牡丹江医院200根体外循环插管；加拿大朋友说服了加拿大政府，为牡丹江医院提供了价值240万人民币的设备；十位美国朋友在1989年，顶着其国政府的压力，带着20万美元的捐赠设备专程来到牡丹江。美国慈善机构总裁麦根先生问刘晓程："你为什么在国内国外都要牺牲自己？"

刘晓程回答："为了千千万万贫困的病人。"

麦根总裁大为感动："我来中国27次了，中国要求援助的单位很多，但我决定将你的名字放在我们名单的第一位。你缺什么尽管告诉我，我会全力支持你！"

五年之内，麦根总裁4次援助刘晓程价值十几万美元的药品及器材。麦根不仅亲自带器材来中国，还派儿子从美国专程飞来中国送器材及药品。

澳大利亚的朋友利用假期纷纷自费飞到牡丹江，来举办讲座，与刘晓程在简陋的手术室里同台手术。离别前夜，导师和澳大利亚的朋友一定要去看看刘晓程的妻子和儿子。当看到著名心血管医生一家三口住在简陋的办公室里，他们的眼睛湿润了，紧紧地拥抱着刘晓程说："我们还会来的！"等他们再来时，给刘晓程带来一个惊人的好消息：经澳大利亚朋友的努力，澳大利亚国际发展援助署决定，为牡丹江医院培养专科技术人才。

江泽民说："晓程啊晓程，你是晓得事业能够成功啊！"

1989年10月6日，对于几百万心脏病人来说，是一个非同寻常的日子。下午3点，应国家人事部之邀，来自全国的31名海外归来的天之骄子，英姿勃发地走进了中南海小会议室，来与江泽民总书记座谈。刘晓程也在其中。

到牡丹江以后，刘晓程一直在为筹建心血管专科医院的巨额资金而四处奔波。尽管黑龙江省、牡丹江市领导对他大力支持，在财政十分紧张的情况下，为筹建新医院投资1000万元，但距离创建一所现代化心血管医院所需还相距甚远。他正在为资金问题发愁，这时忽然接到国家人事部的邀请，请他赴京参加江总书记与留学生代表的座谈。聪明过人的他立刻意识到：机会来了。所以，当江泽民总书记面带微笑坐下来，31名留学生还沉浸在兴奋与拘谨之中，坐在前排的刘晓程却第一个发言了。

"我是从澳大利亚留学归来的刘晓程，我在牡丹江东安医院工作。当年，我的导师让我留在澳大利亚。我说：中国有句老话，叫作儿不嫌母丑，狗不嫌家贫。澳大利亚虽然条件优越，但并不需要我。我的国家虽然很穷，却很需要我。为了报效国家，我从澳大利亚回到祖国。为了拯救更多的心脏病人，我又从阜外医院回到了黑龙江。目前，我国有三四百万心脏病人需要手术，可我们每年仅能手术不到百分之一，存在着严重的供需矛盾。许多病人都在苦苦地等待着手术，可绝大部分病人一直等到死都排不上号。所以，我们计划在牡丹江创建一所心血管病专科医院。今天，我请江总书记支持我，请在座的各位领导支持我，帮助我们解决资金问题！这不是支持我个人，而是支持广大留学生报效祖国的事业，支持我们解决老百姓的疾苦！"

"好！晓程同志讲得太好了！"江泽民同志立刻赞扬道，"我就喜欢晓程说的那句话，儿不嫌母丑，狗不嫌家贫。如果中国人都像晓程同志这样，以天下为己任，那我们中国的发展就快了嘛！晓程同志，请你放心，我一定全力支持你！在座的各位也一定全力支持你！"

"那我代表家乡的父老乡亲谢谢您，谢谢江总书记的支持！"刘晓程急忙说道。

会议原定两个小时，却开了三个多小时。末了，江泽民同志握着刘晓程的手，笑道："晓程啊晓程，你是晓得事业能够成功啊！"

座谈会不久，国务院开会并形成会议纪要："支持刘晓程同志创建心血管病医院，此事由李铁映和宋健同志负责。"

第二天，《人民日报》发出消息：澳大利亚归来的留学生刘晓程，为了解决百姓疾苦，向江泽民总书记提出创建心血管病医院的建议，得到江总书记的大力支持。

之后，江泽民同志在会上多次表扬刘晓程，胡锦涛同志也接见了刘晓程。

得知国务院形成会议纪要的当天，刘晓程和副院长王铁林连夜起草报告，两人带着省、市各级政府的批文火速赶到北京，找宋健、李铁映同志批示，游说国家计委、科委、财政部、卫生部、物资部等各级部门的领导……

"李科长，我是黑龙江牡丹江东安医院的刘晓程。这是我们申请创建心血管病医院的报告。为了众多被病痛折磨得走投无路、处在水深火热之中的心脏病人，我们要在牡丹江创建一所心血管病专科医院，得到了江总书记的支持，请您也给予大力支持！您不是在支持我个人，而是在支持千千万万排不上号、住不上院的心脏病人，支持我们的兄弟姐妹，支持我们的医疗事业……"

游说完科长游说处长，游说完处长再游说局长，一个接一个地游说，说得口干舌燥，脚上磨出了血泡，一连几天连饭都顾不上吃。

精诚所至，金石为开。他们一心为百姓解决疾苦的真诚，深深地感动了上帝，感动了所有的社会良知。财政部李明安司长说："财政，财政，理财参政。这钱给谁与不给谁，就是最大的政治！你们一心为百姓办事，我们虽然财力有限，但一定要支持你们！"

中央各部委相继为牡丹江新医院筹集了两千万资金及中央外汇。有幸曾蒙刘晓程为其换过心脏瓣膜的北京建筑设计院高级设计师潘志英同志提出："即使不给钱也要帮刘晓程设计医院大楼。"牡丹江的群众得知新医院开办经费不足，纷纷送去钱、布匹、冰箱、彩电……

1991年7月31日，中国第二所心血管病专科医院在牡丹江市隆重开业。已经成为全国人大秘书长的曹志同志及各部委领导和黑龙江省委书记、省长都来参加典礼。当时，洪水冲垮了铁路，却没有阻挡住中外朋友前来参加开业庆典。奥布莱恩博士和查理王子医院院长斯太堡先生，带着刻有中澳两国地图及用红线连接两座城市以表示姊妹医院的牌匾（另一块相同的牌匾挂在查理王子医院）及15箱医疗器材，专程来参加新医院的开业典礼。说来奇怪，数天阴雨绵绵，这天9点剪彩却忽然云开雾散，艳阳高照。人们说，老天都为之感动了。

刘晓程来牡丹江七年，为来自全国23个省的3000多名患者做了心脏手术，病人成活率高达98.6％；他六天内完成了2例心脏移植，完成了中国首例心肺移植；他创建了中国第二所现代化心血管医院；他培养出一批能独立操作的心外科医生；为黑龙江省医院、哈尔滨儿童医院、哈尔滨242医院及印度尼西亚万隆医院等多家医院，培养了大批全套心血管技术专业人才……

短短七年，千千万万个生命因他而改变了命运，因他而改变了生存质量。但，没人知道刘晓程家庭的故事，无论是对过世的还是活着的，他都欠下一笔永远无法弥补的人情债。

1991年12月10日，处于弥留之际的母亲，用她游丝般的声音艰难地呼唤着儿子："晓程，晓程……"老人想在离开人世前再见儿子一面。可是，此刻的晓程却东渡日本，正为建立新的双边关系而奔忙呢。等他赶回佳木斯，留给他的却是蒙在白单下的母亲遗容了。

"妈妈，晓程回来晚了！晓程对不起您啊！"晓程趴在母亲遗体上痛不欲生。

儿子是心脏病专家，却没能为死于心衰的母亲尽一点力。儿子抢救过千万人的生命，唯独没能抢救生养自己的母亲。儿子心灵深处留下了永远无法释怀的疼痛与遗憾。但，母亲留给儿子的那张"医乃仁术，好自为之"的条幅，却像母亲那双慈祥的眼睛，永远激励着儿子，彪炳着儿子恢宏的事业，勉励着儿子永远以仁者之心对待病人。

镜泊湖距离牡丹江市仅110公里，那里湖光山色，景致很美。他却从没带妻儿去过。妻子洪依舒在牡丹江二院眼科工作，三天一个夜班，他忙她也忙，家里弄得盆朝天碗朝地的没个家样。半夜归来，他常常看到小手小脚黑乎乎的儿子手拿吃剩一半的面包，蜷缩在沙发上睡着了，他忙把儿子抱到床上，给孩子脱去鞋袜盖好被子，内心酸酸的，充满了自责："儿子，爸爸对不起你。如果真有来世，爸爸一定当个好父亲。"

来世是虚幻的，现实才是真实的。他的个性决定了他今生的选择，也决定了他今生的命运。

1994年5月的一天上午，市委领导来到牡丹江心血管病医院礼堂，向全院职工公布一个消息：中组部发来调令，刘晓程被提拔为中国医学科学院副院长、中国协和医科大学副校长……

全场顿时鸦雀无声，人们都像傻了一样。瞬间，七年来许许多多斑斓灿烂的回忆，充盈着所有人的心扉，撞击着他们敏感而脆弱的神经，全场响起一片抽泣声。这是怎样艰苦而又痛快淋漓的七年啊！春的觉醒，夏的苦斗，秋的收获，冬的拼搏。水与血的交融，不似亲人，胜似亲人，既是领导又是导师，既是情同手足的兄长，又是望"子"成龙的"严父"。因他而改变了多少人的命运，因他而拯救了多少个不幸的家庭？在人们心目中，他是一座伟岸奇绝的山峰，让人在污泥浊气中领略着圣者的风范；他又是一本内容丰富的书，令人百读不倦。然而，他却要调走了。

此刻，坐在台上的刘晓程也是泪眼蒙眬。他舍不得离开这些风雨同舟的同事。全院职工跟着他没日没夜地折腾了七年，苦了七年。现在刚刚好转，他却被调走了。他为职工盖的120户宿舍刚刚收尾，托儿所刚刚动工，他本想为职工创造更多的福利，可是……他觉得对不住这些患难与共的同事，可他不能不听从中央的调动。

老百姓更不愿让他走。许多群众听说刘晓程被调走了，一连几天堵在医院门口要见他……

调令来了三个月，刘晓程一直没动身。他向新接任的院长一一交代清楚，又看着年轻弟子主刀做完了最后一批高难手术……临走，他像导师叮嘱自己一样叮嘱弟子们："记住，今后遇到什么困难都要告诉我，我的大门永远冲你们敞开着！"

动身那天，全院职工及病人用泪水和歌声为他送行："送战友，踏征程……革命路上常分手……一路多保重……"

歌声中饱含着情同手足的深情，也饱含着难舍难分的悲伤。

高官厚禄，为什么留不住他

然而，谁都没有料到，调回北京的第六个年头，2000年，刚刚五十一岁的刘晓程却向卫生部递交了辞呈。

又像当年一样，人们对他百思不得其解：刘晓程为什么要辞职？是没有得到提拔重用，还是领导班子不和，还是想下海去赚大钱？

这时的刘晓程已经是中国医学科学院党委书记、副院长；中国协和医科大学副校长，管辖着协和、阜外、肿瘤、整形等六大医院，十几个国家级研究所，30名院士、2000多名教授和数万名职工，权力大得令人羡慕。他处事果断，一身正气，群众威望很高。研究所教授在送给他的贺卡上这样写道："刘青天，龙斩妖蛇。"他又是博士生导师。1994年，他创建了协和医院的心外科；国外统计，静脉搭桥十年的通畅率为42%～45%，而动脉搭桥则高得多，为90%～95%。1996年，刘晓程在国内率先使用了这种效果明显更好的动脉心脏搭桥。他在心外科领域声誉很高。北京一些医院在心脏手术中遇到难题，常常向他求救。

在他任职的六年里，工作干得相当出色，上下一片赞誉。他被评为"国家级有突出贡献的中青年专家""全国先进工作者""有突出贡献的回国留学人员"；英国剑桥和美国北卡罗来纳国际传记中心将其列入《国际知识分子名人录》《国际传略词典》等权威国际传略文献；他的事迹被拍成电视专题片《求索》《脊梁》及故事片《归国的留学生》；

他被选为"十四大"代表……

1995年卫生部派他到中央党校学习，参加了被人们称为"黄埔军校"的第一批省、部级学习班，该班学员大部分都被提拔到省、部级领导岗位。刘晓程也被中组部列为卫生部副部长人选。

1996年，世界卫生组织向中国要一名助理总干事，卫生部首推刘晓程，希望他能为世界卫生事业做出贡献。世界卫生组织助理总干事的年薪10万美金，可以带家眷，工作地址坐落在瑞士美丽的日内瓦湖畔。刘晓程赴瑞士接受即将担任世界卫生组织总干事的布伦特兰女士的面试。布伦特兰女士让他谈谈对世界卫生组织的认识，刘晓程谈到世界卫生组织应为人类防治疾病、提高健康水平做出贡献。布伦特兰女士却问他："你怎么看待在本组织中的男女平等问题？"

刘晓程说："男女平等是人类社会和各级国际组织应为之努力的永恒主题，但不是世界卫生组织所应关心的首要问题。世界卫生组织应该关心和解决危及全人类健康的迫切问题，不仅仅是本机构内职员的性别比例。"

生性秉直、刚直不阿的刘晓程从不会顺情说好话，更不会取悦他人。无论是在这位出身名门的挪威前首相面前，还是在美国前总统老布什面前，他都不失一个中华儿女的人格与尊严。

1997年，刘晓程受美国"艾森豪威尔高级访问学者董事会"之邀，随同中国首批30位著名中青年学者及管理者出访美国。美国为每位来访者出资4万美金，让其自订考察项目，任其在美国随便考察。说是考察，其实就是向来访者灌输美国价值观的一种策略。两个月考察结束后，董事会主席老布什总统亲自出席考察结业式，并让每位来访者提一个问题，由老布什来回答。

刘晓程却给老布什出了道难题。他说："总统先生，据我所知，美国年生产总值10万亿美元，其中14.5％用于卫生事业，但美国却有2200万国民没有医保。美国建国以来，宪法修改了二十多次，联邦宪法和很多州宪法在衣、食、住所的基础上，又把教育列为基本人权。我赞同受教育权应是文明社会的基本人权，但不知总统先生如何看待教育与健康的顺位？如果教育是基本人权，那么健康更应是基本人权。没有健康，人们怎么接受教育？请问您如何看待这一问题？如何解释花这么多钱用于卫生事业，却有那么多国民得不到医疗保险问题？"

老布什向这位看上去温文尔雅却有着独立见解的中国人礼貌地笑了笑，说："这个问题提得很好，确实是美国的实际情况。但我对卫生领域所知不多，您的问题我解答不了。很抱歉！"

刘晓程不但没有遭到排斥，反而成了最受欢迎的中国学者，后来成为美国"艾森豪威尔外国高级访问学者基金会"中国出访人员的考官，及国际顾问委员会在中国邀请的唯一顾问。

但是，布伦特兰女士不是老布什。世界卫生组织助理总干事的职位刘晓程落选了。后来得知，布伦特兰女士是一位女权主义者。但布伦特兰女士给刘晓程发来一封信，说她很敬佩刘晓程的人格和才干。

此刻的刘晓程，坐在中国医学科学院党委书记兼副院长、中国协和医科大学副校长的位置上，可以说要什么有什么，名誉、地位、专车、宽敞的住房，前呼后拥，风光无限，而且，只要他好好干别出什么差错，卫生部副部长的位置在等着他呢。

人们不禁要问：你刘晓程到底还要什么？你还有什么不满足的？你还折腾什么劲儿？

一位政治家曾说，每个人都有自己的生存法则，只有读懂了他独特的生存法则，才能理解他人生的潮起潮落，风卷云舒；才能理解他所选择的山高路险，河流湍急。

是的，只有读懂了刘晓程的人生法则，才能看透那绚丽的彩虹，为什么照不亮他内心的阴霾？金光闪闪的"琉璃塔"，为什么包裹着一颗痛苦而压抑的灵魂？只有读懂了他的人生法则，才能诠释他人生的真谛，才能看到他自我超拔的胆识与魄力，才能剔除世俗的偏见，领略他超凡的境界。

蹉跎岁月，留给他的并非都是蹉跎

瞿秋白在牺牲前曾说："光明和火焰从地心里钻出来的时候，难免要经过好几次的尝试，试探自己的道路，锻炼自己的力量。"

一个人的经历，决定着一个人的情感与人生。

1968年冬天，北国边陲黑龙江特别冷，零下42摄氏度，不少南方来的知青都冻坏了手脚。凌晨2点钟，正是老百姓称为鬼龇牙的时刻，在宝清县建设兵团853农场21团一座最原始、最古老的石灰窑里，一群身穿黄棉袄的知青已经开始劳作了。

那个年代能穿上黄棉袄是一种荣耀，一种革命的象征。唯有一个瘦弱的少年身穿一身黑棉袄。只见他第一个跳进刚出完石灰的滚烫的石灰窑里开始"平窑"。这种原始的石灰窑形状如同日本鬼子的炮楼，上面填石灰石和煤，下面出烧透的石灰。几米直径的上口既是进料口，又是烟囱。所谓"平窑"，就是蹦到冒着火苗和浓烟的窑里，徒手把堆得小山似的石灰石码平。外面零下42摄氏度，窑里零上80多摄氏度，一冷一热，温差120多摄氏度。黑棉袄少年忍受着炼狱般的痛苦，拼力码着石头。别人换班上去休息了，他却仍然继续干下去，直到把整个窑平完了，他才筋疲力尽地爬上窑顶。他的黑棉袄肩头蒙上一层厚厚的、汗水浸透的白花花的盐卤，刚发下来的皮手套磨出了窟窿，露出冒着血丝儿的十个指尖儿，一碰就钻心地疼痛。

苦难犹如手中的铁锤，而少年的身躯却像脚下的石头，在无数次的锤打中变得无比坚强，就像他和战友们写在石灰窑上的明代于谦的《石灰吟》诗："粉身碎骨浑不怕，要留清白在人间！"

"文革"时期，头戴一顶"黑五类"狗崽子的帽子，已经压得人喘不过气来，而这位少年居然戴了三顶：爷爷是地主；父亲是"日本特务"兼"反动学术权威"。三次抄家，母亲被剃"鬼头"，父亲被关进"牛棚"。一个好端端的知识分子之家，转眼就变得支离破碎了。

接踵而至的打击，使高中还没毕业的晓程感到十分痛苦。他极力想用革命行动来证明自己是革命的，极力想改变"黑五类"狗崽子的命运，就割破手指写成血书，强烈要求到生产建设兵团去改造自己。因为"黑五类"子女无权去生产建设兵团，所以只能用血书自荐。然而，并非是血书起了作用，而是853农场21团宣传队需要一名手风琴手。当时能拉手风琴的如凤毛麟角。少年的晓程才华横溢，聪慧过人，不仅拉一手好手风琴，还唱一手好歌。直到今天，他偶尔还会拉起心爱的手风琴唱起《三套车》呢。

他成了生产建设兵团里最下等的公民，一切脏活、累活非他莫属，烧石灰、打炮眼、淘粪、伐木头……然而，对一个19岁的少年来说，更大的伤害并不是体力的透支，而是无休止的心灵打击。生产建设兵团的知青都是腰扎宽皮带、身穿黄棉袄，一副准解放军的打扮，唯独他没有这个资格，他只能穿黑棉袄。853农场的宣传队员都可以载歌载舞、登台表演，唯独他一人躲在幕后只能为别人伴奏，不许登台露脸。而且有人监视着他的一举一动……无论他如何用革命行动来证明自己，他都永远是一只靶子，随时准备被拉出去为他人当作立功表现的机会。

他那颗孤寂痛苦的心灵在蛮荒而空旷的世界里，踽踽独行，无人为伴，找不到解脱，更找不到欢乐。唯有一天劳动结束了，月亮升起来了，他背着自己心爱的手风琴来到郊外，尽情地拉起来。一群知青闻声而来，眼含泪水唱起了俄罗斯歌曲："茫茫大草原，路途多遥远。有位马车夫，将死在草原……"歌声充满了悲凉与感伤。只有在这时，他心中的孤独与郁闷才会随着琴声迸发出来，才能感受到人与人之间那份应有的平等与和谐。

逆境能使人叛逆、颓废，也能使人迸发出无坚不摧的毅力。像后来许多有成就的知青一样，无论怎样艰难困苦，无论怎样受尽凌辱，他从没有气馁过。他心灵深处一直蕴藏着一股岩浆般的激情。它渴望着喷发，渴望着人生的转机，只是苦苦地等待着机会。他抓到一切能抓到的书来读，《毛泽东选集》《国家与革命》《马克思的青年时代》……读得最多的是那本影响了几代人的《钢铁是怎样炼成的》。奥斯特洛夫斯基的那段名言影响了他一生："人的一生应该这样度过，当他回首往事时，不因虚度年华而悔恨，也不因碌碌无为而羞耻……"

蹉跎的岁月，没有尊严的生活，超出承受力的体能透支，把一个天真少年抛到了人生的最底层，使他成为一个逆境中的弱者，饱尝了底层人的艰辛与困苦，也饱尝了一个弱者的渺小与渴望，从而使他与底层百姓结下一种深厚的、永远不可割舍的情感。

这段生活影响了他一生，也决定了他一生。

这也是他屡屡做出惊人之举，向自己、向医疗体制提出挑战的原因之一。他的心是属于平民百姓的，任何官位与金钱都无法撼动他的初衷。

金光闪闪的"琉璃塔"，却包裹着一颗痛苦的灵魂

艾森豪威尔曾说过这样的话："我们切不可把短暂的人生都放在无谓的名利上，不可把浮躁和骚动强加给我们生命的宝贵时光。"

在刘晓程看来，中国改革开放二十多年来，其他行业都在突飞猛进地发展，医疗卫生业却一直相对滞后。老百姓看病难、手术难的问题根本没有得到解决。就拿心血管病来说，全国有四百多万心血管病人需要手术，每年仅能手术四五万例，仍然只占百分之一二。而且，药品层层扒皮，吃回扣，从药厂卖到老百姓手里要翻上几倍、十几倍，甚至上百倍。得一次感冒，没有几百元休想治好。住一次院，没有几千元、上万元就别想出院。医生对病人大开方，大检查。你头痛，就让你做CT，做核磁共振，说怀疑是肿瘤，你不敢不做。你嗓子痛，就给你开几百元的药。你要手术，除了支付昂贵的费用，还要给医生送红包，少则几千，多则上万，甚至几万……有的医院不愿收医保病人，因为医保是后付款，愿意收现金，不愿收疑难病患者，怕担风险。有的医院为病人做心脏造影，居然连"备皮"都不做。有的医生竟然给心绞痛病人打杜冷丁止痛。老百姓说，去医院看一次病，半夜三更去排队挂号，楼上楼下一顿折腾，没病也气出病、急出病来了。而且，中国享受医保的人数只占全国人口8%，92%的下岗工人、个体户、8亿农民都不能享受医保。

医生收红包已经成了极普遍的现象，成了行规，不给"红包"医生就不高兴，患者也提心吊胆，怕医生给自己小命"穿小鞋"。一名主刀"名医"一年可以成为百万富翁。可想想那些穷苦农民和下岗工人，省吃俭用、卖房卖地，甚至卖血弄来的一点血汗钱，花着昂贵的医疗费不算，还要给医生送"红包"。有的穷苦农民，卖房卖地还不够给医生送

红包的呢。这哪是让老百姓治病，分明是让老百姓"致穷"，要老百姓的命嘛！这种不顾脸面，不顾尊严，明目张胆的索要行为，哪还是什么救死扶伤的"白医天使"，简直就是趁火打劫的强盗！"非典"期间，医护人员从"白眼狼"变成了白衣天使，"非典"一过，一切又恢复到老样子。

悲哀呀，我的同行们！刘晓程不禁发出悲愤的感叹：从希波克拉底到李时珍，古今中外，历来都崇尚医学，尊重大夫，救死扶伤从来都是有灵魂的人从事的事业。为什么到了我们这代，却变得这般见钱眼红，这般不近人情了？但是，刘晓程绝非一个只看现象不看本质的肤浅之辈。他觉得一味地谴责医生收"红包"并不公平。几次全国人大会议都提出了"红包"问题，可有谁透析过"红包"现象形成的原因？有谁了解过医生的付出与索取的严重失衡，以及"红包"背后所蕴藏的深刻的社会问题？

刘晓程认为，"红包"现象是医疗体制造成的。人所共知，早在80年代就出现了"脑体倒挂"的民谣："搞导弹的不如卖茶蛋的，操手术刀的不如操剃头刀的。"90年代以来，改革开放使多少人富得流油，一名歌星的出场费高达几万元；一个房地产开发商转眼就腰缠百万、千万，甚至上亿元；一名大权在握的官员即使不贪不占，也有大把大把的额外进项，更不用说那些灰色收入了。可是，一位拯救他人生命的主任医师，月工资不过3000元。这个收入远远低于世界其他国家，连亚非拉一般发展中国家都不如，只高于亚洲个别社会主义国家。中国医生吃的是草，挤出的却是奶。他们拿着微薄的收入，却要承担救死扶伤的天职。可医生也是人，也要生存，也要生儿育女赡养老人，也要生活，他们为什么不能像别人一样富起来？他们心理能平衡吗？医生收红包是他们兜里空。患者送红包是为了买安全。

刘晓程觉得，"红包"现象只是我国医疗卫生体制浮出水面的冰山一角。改革二十多年来，我国医疗卫生体制远远滞后于社会发展，存在着严重的问题。13亿老百姓对此怨声载道，600万医务工作者更是满腹牢骚。

他觉得，首先政府对公立医院定性不准，是建立福利型、公益型的医院，还是建立福利加公益型的医院？没有明确定性，使公立医院处于两难的尴尬境地。

加拿大、英国、澳大利亚、新加坡、欧洲等许多发达国家，实行全民医保，病人住院连伙食费都有补助。而我国政府对公立医院的投入，除退休职工工资外，只够在岗员工20％的工资。院长难为无米之炊，只好向职工宣布："你们的奖金和工资只能由你们自己去挣！"这种明显的利益驱动机制，必然导致内行哄外行、采购吃回扣、医生收"红包"、医院坑病人的局面。而且，公立医院大多都背着沉重的包袱，许多医疗单位的冗员多达1/3。就拿协和医院来说，全院2400名在岗职工，600名退休职工，4人养一个，怎么能养得起？

其次，政府对医疗卫生重视不够，投入太少。

按照世界健康的社会形态，政府对医疗卫生的投入应该随着国民经济的发展，形成逐年上升的趋势，而在中国却恰恰相反，政府对医疗卫生的投入是越来越低。去年"非典"过后，新任卫生部长吴仪在全国卫生工作会议上讲道："改革开放以来，我国卫生事业费占财政支出的比重逐年下降，已由20世纪80年代的平均3.1％下降到2002年的1.7％，大大低于发达国家，也低于大多数发展中国家。2001年，在世界卫生组织191个成员国中，我国政府人均卫生投入占卫生总费用的比重居第131位。1995年，全国疾病预防控制机构的支出中，财政拨款占75.2％；2002年，这一比重下降到41.7％。我国政府的卫生投入不适应公共卫生发展的需要。"

美国对医疗卫生的投入占国民生产总值的15％；加拿大占9％；日本占7％，就连许多发展中国家都远远高于中国。

而且，我国的医疗资源严重不足，却又存在着严重的浪费现象。

国家对城市建设、街道布局都有明确的规划，但对医院建设却没有统一规划。仅北京东单地区，不足五平方公里，却设有协和、北京、同仁三大医院。而且，中央各大部委、中央党校等单位，都建起漂亮的、配有高档医疗设施的医院（而不是卫生所）。这些医院的利用率很低，大多都在低水平上重复。这还不够，人们正在以更快的速度在北京疯狂地建医院。按北京现有的医疗现状，每千人所拥有的床位、大夫、核磁共振等医疗设施，超过了"亚洲四小龙"。但在边远地区却存在着严重的缺医少药现象。在发达国家，国家配备的医疗机构往往是塔形的，除了国家中心医院，社区要配备一二级医院，病人可根据病情去医院就诊，而不会出现感冒、发烧也去协和排队的现象了。

再次，国家没有自己的医药科工委，国家对民族医药业支持力度不够，致使大量昂贵的洋药、洋器械涌入中国市场，大大地加重了老百姓的负担。

一个进口冠状动脉球囊扩张管要上万元；一个冠状动脉支架高达1万～3万元；一个心脏瓣膜要2万元；一个心脏起搏器最贵的高达10万元……有人为了拿回扣，极力帮助外商促销，使中国的药厂被挤垮，使本来就虚高的药价越发虚高。心脏病人做一次支架或搭桥，少则四五万，多则十几万。想想，中国的老百姓能混饱肚子才几年？有的地区至今连温饱都没解决，他们怎么能消费得起这些与国情极不相称、只有发达国家才能消费的洋器材、洋药品？一个月收入不过几百元的普通家庭，几万元对他们来说意味着什么？意味着卖房卖地、东挪西借，一家老小背上几十年的外债过日子！

昂贵的药品，昂贵的器材，再加上不菲的"红包"，"三座大山"压在中国老百姓头上，有多少人被压得喘不过气来？又有多少本来就一贫如洗的家庭，雪上加霜，越发穷得叮当响？又有多少人被疾病折磨得家破人亡？

中国有强大的国防科工委。我们可以让火箭上天，宇宙飞船遨游太空。中国已经成为世界第一电话大国、第六经济大国、世人瞩目的军事强国……可我们为什么不能成立医药科工委，让中国老百姓享受物美价廉的国产医药产品？

刘晓程觉得，政府对医疗卫生事业的管理，只存在自由竞争，没有宏观调控，没有形成有效的医疗保障体系。目前，农村合作医疗被挤垮，卫生防疫站形同虚设，一些传染病，如艾滋病、血吸虫病等开始抬头。曾被毛泽东引以为傲，以一首《送瘟神》来抒发消灭了血吸虫的"瘟神"，却又卷土重来，成为百万群众的大敌。中国的地方病防治机构大部分都已取消，而各地的地方病却仍然相当严重。中国的艾滋病人数已引起世界的高度关注，仅河南就有38个"艾滋村"。中国的艾滋病的发展趋势已经到了决战临界点，如果再控制不住，其后果不堪设想……这一系列的问题不能不令人担忧。

刘晓程觉得，中国的医疗卫生体制是中国最滞后、最需要改革的领域之一。它就像一辆老朽的牛车，在万马奔腾的大好形势下慢悠悠地转着，承受着老百姓怨声载道的唾骂与责怪，丝毫没有进展。几年前，曾发生过这样的事，中央政府就医疗卫生改革问题让各部委提出方案，八大部委对中国卫生体制都提出了提案，唯有卫生部本身没有提案……

刘晓程觉得医疗卫生关系到国计民生，关系到国家的安全稳定，关系到老百姓生存的基本权利，关系到老百姓的生死存亡。他虽然身在高位，却不是一个唯"官"是从的人。面对医疗卫生界的弊端，身为中国医学科学院党委书记兼副院长的他，觉得自己有责任、有义务向上级反映。因此，他多次向卫生部、向中央有关领导进谏。

他提出：国家应该加强对医疗卫生的宏观调控，建立明确的医疗卫生保障体系；政府对公立医院应该有明确的定性，不应把公立医院变成商业性医院，商业操作必然导致医院坑病人、医生骗患者的局面；政府应加大对医疗卫生的投入，改变目前这种远远落后于发达国家、连许多发展中国家都不如的局面。国家穷，没有那么多资金投入，可以增加吃、喝、玩、乐等娱乐业及房地产等暴利行业的税收，用来解决国民的医疗卫生问题；国家应该成立医药科工委，支持民族医药业的发展。

高度的社会责任感强烈地呼唤着他，驱使着他，使他一次次做出了非同寻常的惊人之举。

2000年4月28日，身为中国医学科学院党委书记兼副院长、中国协和医科大学副校长的刘晓程，同中国医学科学院、中国协和医科大学院校长一起，联名向主抓医疗卫生的国务院副总理上书，向副总理当面反映原卫生部某领导"抵制卫生系统教育管理体制改革；对卫生领域的科技体制改革能拖就拖；任人唯亲，不公平正派；沽名钓誉；搞非组织活动；对违法乱纪者姑息养奸，使中国医学科学院和协和医科大学体制改革无法进行"等诸多问题。他们在信中最后写道："如果×××部长这样对待中国的卫生事业又得不到限制和纠正，我们二人唯一的选择是共同愤然辞职，以谢天下！"

刘晓程对副总理直言不讳地讲道："有些人不是以天下社稷为己任，而是'唯上唯书不唯实'。长此下去，中国的医疗卫生事业非毁在这些人手里不可！中国的医疗卫生事业已经到了非改革不可的时候了！"

绝非他危言耸听，后来发生的一系列事情，充分证明了他的正确性。

2003年，中国暴发了震惊世界的"非典"，令中国政府及国人猛醒。卫生部长被撤职。"非典"过后，政府亡羊补牢，增加投入，但仍然没有从根本上解决问题。多少有识之士发出强烈呼吁："中国暴发'非典'是偶然中的必然。中国必须加强医疗体制的改革！"

2003年12月17日，《参考消息》转载美国《时代》周刊一篇题为《世界卫生组织官员认为中国公共卫生系统需要改革》的文章写道："联合国1998年的调查发现，中国贫困线以下的人口中，不少人因为曾经生过一场大病致贫。""全国4000个基层防疫中心要自己提供50％以上的预算，而在其他多数国家，类似机构都是由国家出资。""许多在毛泽东时期已经基本得到控制的传染病现在又重新抬头，肺结核、乙肝等传染病现在又开始扩散。现在中国有5％的人是乙肝病毒携带者，而在美国只有1％。世界卫生组织2000年的一份报告显示，191个成员国中，中国的医疗体系排名第144位，落后于印度尼西亚和孟加拉。中国卫生部统计显示，去年中国有81万人感染了血吸虫病，几乎比1988年增加了一倍。""在中国的所有国际组织都发出了明确信号：中国的公共卫生系统需要改革。但是迄今为止，我们还没有看到任何回应。"

2003年，国务院颁布了《突发公共卫生事件应急条例》《中华人民共和国中医药条例》《医疗废物管理条例》《乡村医生从业管理条例》……

温家宝总理上任不久就说："要把群众看病贵、看病难的问题当作本届政府的一项重要工作。"

这一切，都印证了刘晓程三年前的呼吁。但在当时，他提出的许多建议，多次进谏，都在毫无反馈的时光中无声无息地消失了。他只能发出无奈的感叹："难哪。医疗界的改革太难了！"邓小平同志曾说过："经济体制改革必须和政治体制改革同步。"中国医疗体制的改革必须涉及政治制度改革。这远远不是一个刘晓程所能改变的。

他感到自己虽然坐在中国卫生界的高位上，但仍然是棋盘上的一只小卒。尽管他使出浑身的解数，可他瘦弱的肩膀仍然推不动这部陈旧的机器，因此陷入难以名状的苦闷之中。他觉得自己下过乡，当过"黑五类"，饱尝过蹉跎岁月之磨难，也留过洋，受过中国总书记接见，与美国总统座谈过，大荣大辱都领教过，到了这把年纪，一切都看淡了，唯独看不淡的是那份为人为医的天职。

古语说，不为良相则为良医。他觉得中国的医疗改革，任重而道远，自己已经五十一岁了，再这样耗下去实在耗不起，与其整天在文山会海、接来送往的繁杂琐事中空耗生命，莫如趁自己还有足够的体力和精力，做点力所能及的事，为中国的卫生事业闯出一条新路，为饱受病痛折磨的心血管病人带来一点福音，也算不枉活一生。自己瘦弱的肩膀既然推不动事业的发展，就下去建一所梦想中的医院，用实际行动去为老百姓造点儿福吧。

2000年12月31日，当人们沉浸在新千年到来的喜悦之中，一个知天命之人却站在新旧千年的交叉路口上，迎着扑面而来的千年之风，向卫生部正式提出：第一辞去一切官职；第二要求提前退休——因为只辞职不退休，还要受人事制度约束，不能随便离开单位易地工作。

于是，他再一次向自己、向传统观念、向医疗体制发出了挑战。

从中央到下属的各级组织，纷纷向他发出挽留与恳谈。但，一切努力都是枉然。领导和员工们，为他举行了盛大的告别宴会。

临走前，他把所有的荣誉证书全部付之一炬。帮他收拾东西的党办主任看到这么多国家级的荣誉证书化为灰烬，十分心疼，几次呼喊着从火堆里抢出来："哎呀，这是全国先进工作者证书，烧了多可惜呀！"

刘晓程却说："留着它有什么用？过眼烟云，什么都没用了。"他只让党办主任留下一个蓝本医疗证，"这个留着，等我得大病的时候用。"

无官一身轻，万岁老百姓。2001年元月，一个挣脱了体制束缚，摆脱了功名利禄，打碎了世俗桎梏的人，迎着新千年的曙光，气宇轩昂地走出了办公室，目送他的是一片惋惜而又充满敬佩的目光……

在当今这物欲横流的世界里，有几人能够抵住官位的诱惑，又有几人能挡住金钱的吸引？反之，为金钱和官位折腰，甚至断送性命的人，却如雨后春笋，屡杀不绝。相比之下，我们不能不为刘晓程超凡的人生境界而赞美，而叫好，而献上一束鲜花了。

我可以丢掉一切，唯独丢不下病人

刘晓程说："我上辈子可能欠别人的太多，这辈子来偿还了。"

他从澳大利亚留学归来时，就梦想有一天在中国的土地上创建一所世界一流的心血管病医院，让国人也享受世界一流的医疗服务，从而实现自己"博爱、济贫"的抱负。然而，岁月沧桑，花开花落，梦想一直还是梦想，转眼年过半百，但他心中的梦想并未因时光的流逝而泯灭。辞官以后，他决心要实现这个梦。而且他很快就遇到了知音，天津市委、市政府、天津开发区管委的几位领导全力支持他提出的宏大构想——在天津经济技术开发区（英文字头缩写TEDA简称"泰达"）创建一座世界一流的国际心血管病医院。

企盼十几年的梦，终于可以实现了。

52岁的他，完全沉浸在实现梦想的兴奋中。就像十四年前到牡丹江一样，他以超人的精力，火一般的激情，率领几十名职工，一边借天津开发区医院的房舍开展心脏手术，一边创建心血管医院。

"这两年是空前辛苦，却是空前的欣慰！"这是刘晓程最深切的感受。

2002年10月末的一天傍晚，秋风瑟瑟，凉意袭人。从天津塘沽狭窄的火车站口走出一位憔悴不堪的中年农民，怀里抱着骨瘦如柴的妇女。他们从牡丹江上车坐了二十几个小时的硬座，他足足抱了她二十几个小时。这妇女患有严重风湿性主动脉瓣、二尖瓣双瓣膜心脏病，已属晚期，心衰三度，不能行动，体重不足38公斤。她的生命就像秋风一样盘旋在细若游丝的呼吸中，随时可能飘走。十几年来，他们倾家荡产跑了好多家医院，最大的收获就是那份沉甸甸的、被宣判死刑的病历……这次，他们终于打听到刘晓程的下落，就怀着最后一线希望千里迢迢跑来找他。

中年农民抱着妻子一出站口，有人迎了上来："请问你们是从牡丹江来的吧？"

"嗯哪。你是……"中年农民不觉一愣。

"我是刘院长派来接你们的。"在电话里得知病人不能行走，刘晓程派孔祥荣主任开车来接他们。

一听是刘院长派车来接自己，这对走投无路、连卧铺都买不起的农民夫妇来说，实在受宠若惊，眼里顿时闪着泪花。

可是，面对被多家医院宣判死刑、随时可能死去的重患，面对刚刚起步还没有拿到心脏手术正式批文的开发区医院的有限条件，这个手术到底做还是不做？重大的抉择拷问着刘晓程，也拷问着与他共同创业的全体职工。

做，失败了，对刘晓程，对刚刚起步的事业的负面影响是不可低估的；不做，找个借口将病人推出去，等待病人的只有一个字：死。而且病人的病情容不得半点拖延。

有过无数次类似经历的刘晓程，丝毫没犹豫，手一扬，命令道："准备手术！"这是刘晓程一贯的作风。

10月27日，天津市卫生局组织专家来评审开展手术的条件，答应下周一（10月31日）发批文。但病人的病情已无法再拖，刘晓程恳请卫生局领导和专家组，破例批准他先手术后补批文。他对病人高度负责的精神感动了大家，默许他"违法"于次日进行手术。

麻醉师是借的，体外循环医生是借的，手术室护士长是现请来的……

10月28日9点，全院职工集聚在手术室门口，一双双沉重的目光，默默地目送着病人被推进了手术室……这是医院的第一例心脏手术，大家都知道这次手术成败的分量。对全院来说，她不仅是一条生命，而且是一个开端。从上午9点一直到深夜23点，一连14个小时，全院职工的心都一直悬着。

一个濒临死亡的灵魂一直徘徊在无影灯下。刘晓程要为病人心脏实施主动脉瓣、二尖瓣双瓣膜替换术，而且由于病人肝功能极差，渗血不止，无法关胸。23点一刻，死神终于退却，手术获得了极大成功。

10月28日从此成为泰达国际心血管病医院的纪念日——为了纪念一个普通农妇的新生，也为了纪念救死扶伤精神在国际心血管病医院永远发扬光大。

术后，八名医护人员对病人日夜轮流监护。病人没有毛衣，护士长车慧将自己的毛衣送给她；医生护士每次打饭都多打一份，给买不起饭菜的病人丈夫。

数天后，病人痊愈出院了。农民夫妇握着刘晓程的手久久泣不成声，末了说道："俺们这辈子报答不了你，只能等下辈子报答了！"

如果不是遇到刘晓程，如果不是医院为她免去2万多元的医疗费用，如果不是全体医护人员对他们关怀备至，这对濒临绝境的农民夫妇，很难说会走到哪一步。

刘晓程任心外科医生二十五年，手术8000多例，不知经历过多少这样的事情。患者的感谢信多得数都数不清。老抗联战士、黑龙江省老省长陈雷同志赠给他一块金匾，刻着"晓界生死，程接古今"八个大字。

但，刘晓程不是神医，在拯救濒危病人的手术中也有失败的时候。

一名二十三岁的年轻人两年前在某医院做了心脏肿瘤切除，但术后效果不佳，又复发了，生命垂危。一家三口苦苦哀求刘晓程为其做心肺移植术。刘晓程深知这种手术风险极大，成功率极低，尤其这种晚期肿瘤加上第一次手术已形成广泛粘连的病情，更增加了手术的风险。但不做心肺移植，病人必死无疑。做，也可能生，但没有十分把握。如果失败了，他也可能因此而名誉扫地，可他必须竭尽全力去做。这是他做人的准则。

"我不敢保证他能活，但我会尽全力。"他坦诚地告诉病人家属。

手术那天，小伙子面带微笑向亲人告别，看来他心里做好了各种准备。

手术进行了十几个小时，很遗憾，死神还是夺走了年轻人的生命。遗体已经装上车了，家属却坚决不走，必须要见刘院长，谁劝都不听。

大家都为刘晓程捏了一把汗，以为家属要找他算账，就说："刘院长，你可要挺住啊！"

刘晓程却说："没什么挺不住的，我们尽力了！"

没想到，死者父母一见到刘晓程却扑通一声跪下了，拽都拽不起来。

"刘院长啊，我儿子上手术台前一再叮嘱我，说他死了也要我来谢谢您！"死者父亲握住刘晓程的手，悲痛欲绝，"刘院长啊，我替我儿子来向您道谢了。您为他尽力了！"

此情此景，催人泪下。不是为了生者，而是为了告慰死者，来感谢一位并没有救活死者的医生。

"我很遗憾，没有救活他。"刘晓程的声音沙哑，他已经耗尽了体力与精力。

"刘院长您千万别这么说，您已经尽力了。我儿子死而无憾了！"

没过几天，这位名叫郑铭长的死者家属将一块写着"仁心仁术除疾患，全心全意为患者。柳叶神术冠天下，济世丹心惠众生"的牌匾，送到了刘晓程面前。

死者家属给医生送牌匾，在当今的医疗界，谁曾听说过？

"中国的老百姓已经够苦了，我们还是为老百姓造点福吧！"

与刘晓程一起共事的人都承认，刘晓程的精力过人，工作效率更惊人。

2002年3月28日，新医院破土动工，不到一年半，2003年9月26日，投资7.2亿、亚洲最大、占地11万平方米、建筑面积7.6万平方米的泰达国际心血管病医院，在天津经济技术开发区举行隆重的开业典礼。

这座设有600张病床，集医疗、教学、科研与康复四位一体的心血管病医院，是天津经济技术开发区继摩托罗拉、丰田、雅马哈、雀巢、三星等3700家企业之后，又一家令世界瞩目的非营利性公立企业。

卫生部副部长朱庆生同志在开业典礼上宣读了吴仪的贺信。信中写道："心血管病是人类健康和生命的主要杀手之一。我国现有400万心血管病人等待手术，而全国每年仅能完成4万多例。泰达国际心血管病医院的建成，将为改善我国心血管病的治疗做出贡献，给广大心血管病患者带来福音……"

这所世界一流的医院，是刘晓程的理想、意志与追求的完美体现。它处处充满了人文关怀。医院大厅刻着刘晓程一生的座右铭"博爱济世"。走廊里，装有防止病人摔倒的软包扶梯；住院处设有病人休息的阳光室；宽敞舒适的病人家属等候区，摆有沙发、茶几、大型薄屏彩电……病人可以享至一千多元的"总统"病房，也可以享受50元的二人普通病房。所有病房都配有日本原装多功能床、电话、小型薄屏彩电、卫生间、热水、纯净水、中央空调……医院还设有咖啡厅、商业街、花店、贵重物品存放处、24小时快餐厅、商务中心、屋顶儿童乐园……

医院配有世界最先进的各种检测、治疗心血管疾病的高科技仪器：双梯度核磁共振、16排CT、ECT、平板式数字减影心导管机、三维实时成像彩色B超……还有一台病人不用穿刺动脉做心脏造影，就可以确诊有无心脏病的世界第三台、欧亚第一台电子束CT。在这，病人不用端着大小便到处找化验室，医院特为他们设立了可以传递标本的特殊卫生间。化验室设有全自动条码扫描、运送、分检、离心、取样的检验线，按一下电钮，就通过自动物流系统传到化验室，医生可以通过信息系统随时看化验结果。全院看不到胶片和纸张，这是中国真正的数字化医院。

刘晓程以院长身份公开向社会承诺："国际心血管病医院将实行公开、透明的每种疾病的收费限价，保证收费低于医保部门核定的单病平均收费标准，保证以优质的服务为广大群众解除疾苦。坚决杜绝吃回扣、收红包、大检查、大开方的各种不正之风！"

医院规定，对请不起专家的贫困病人，将主动为其安排专家，而专家的报酬将在医院的二次分配中解决，与病人交费不挂钩。

医院对各种医疗设备及药品全部实行公开竞价招标。由于对厂家压价压得太低，厂家推销员拖着哭腔说："刘院长你压得也太狠了，还让我们厂家活不活？"

刘晓程却说："你还是考虑让老百姓活不活吧！这些仪器和耗材的价钱，最后都要压到老百姓头上。中国的老百姓已经够苦了，卖房卖地来看病。我们还是为老百姓造点福吧！我们一不要回扣，二不需要培训。你把压到老百姓头上的虚高价钱压到最低，看我们能不能接受？"

王铁林是刘晓程的大学同窗，曾与刘晓程共同创建了牡丹江心血管病医院，是刘晓程的金兰之交。这次得知刘晓程又要创建国际心血管病医院，王铁林毅然辞去珠海中山大学第五医院院长之职，到这担任行政副院长，跟刘晓程一起创建这所医院。这位中国医院建设和装备学会副秘书长兼《中国医院建设和装备》杂志副总编，在中国医疗建设方面享有很高的声誉。这次建设国际心血管病医院，创造了包括开办费在内每平方米6000元的最低成本，不到一年半时间建成一座大型现代化医院的世界纪录。

在购置设备的竞价中，刘晓程和王铁林一个唱红脸，一个唱黑脸。刘晓程思维敏捷、口才雄辩。王铁林性格内向、沉稳多思。两人对西门子、飞利浦等几十个商家轮番轰炸，让商家分头单独报价，从上午一直唇枪舌剑到第二天凌晨4点。

商家们从未见过这样的院长，人家都是趁机想大捞一把，他俩却分文不要。商家们不得不被院长的人格所折服，最后以令人咋舌的低价成交：一台全功能手术台从18万降到10万，刘晓程还向厂家白要了两台；700张日本原装全功能病床以2.5折成交，还白送两套总统电动轮椅；一台西门子呼吸机要价4万美元，最后以1.9万美元成交……

三天三夜，成交了1.8亿元人民币的仪器和设备。

在这里，病人不用给医生送红包，医生绝对不敢拿你的小命"开玩笑"。刘晓程不仅率先垂范，而且公开宣布："那些被红包喂肥了的'专家'，技术再好也不可能登上我们搭的舞台，因为我们的薪水填不满他们的欲壑！救死扶伤的事业是有灵魂的人从事的事业，没有同情心的人是不能从事这种职业的！如果发现哪个医生收红包，将立刻开除！"

早在牡丹江心血管病医院，曾发生过这样的事。刘晓程发现一名弟子多次向病人索要钱物，多次批评屡教不改，最后一次，病人借钱给弟子买了两条烟。刘晓程得知此事后对弟子说："你不配做我的弟子，我们从此断绝师徒关系！但我给你找条出路，送你到北京中日友好医院去进修！"弟子哭了，一再认错。

刘晓程却愤然道："病人连手术费都交不起，天天吃窝头！你竟然去搜刮病人的救命钱，你还有良心吗？你不配当医生！"两人从此断绝了师徒关系，但仍然是朋友。

刘晓程对国际心血管病医院的全体职工讲道："大家都得挣钱养家糊口，这是生存的需要。但别忘了我们手中操着他人的性命。我们不能昧着良心赚黑钱！我要让你们有尊严、有人格，合法地，通过劳动获得应得的报酬！而不能收受红包，让老百姓骂我们是毫无人性、毫无自尊的白眼狼！"

但在当今，不正之风猖獗，职业道德沦丧，孔方兄主宰一切的现实中，不少人对刘晓程的做法感到不可思议，有人甚至提出非议："他是为了赚大钱才提出辞职的。这所国际医院一定有他的股份，要不他才不会下那么大气力呢！"

刘晓程却淡然一笑，快言快语道："我要想赚钱还不容易！我可以去国外，也可以去'走穴'，一年赚个几百万不成问题！何必要什么股份？再说，这是政府投资的非营利性公立医院，没有我刘晓程一分钱。钱是身外之物，生带不来，死带不去，要那么多有什么用？人各有志。我感兴趣的不是钱，而是建医院。如果需要，我可以再建几所这样的医院，这就可以大大缓解心脏病人看病难的问题了。我才不在乎别人说什么呢。谁愿意说谁说，事实会证明一切！"

这些年来，刘晓程一直在牺牲，国内、国外都在牺牲。因为他的牺牲，从而改变了多少病人及家属的命运？因为他的牺牲，改变了多少医生的命运？他的弟子遍布广东、厦门、大连、北京、牡丹江等许多城市，他们都成了当地心外科的顶梁柱。协和医院的副主任医生苗齐，泰达国际心血管病医院的心外科主任孔祥荣，都是刘晓程手把手带出来的弟子。

刘晓程决心把这所国际心血管病医院建成一座技术现代化、管理科学化、人员素质高能化的世界一流的医院，把她办成一所深受百姓信赖、收费合理、真正救死扶伤的医院。因此，必须有一个卓越的专家群体，有一批优秀的管理人才。他以自己独特的人格魅力，吸引了国内外大批致力于救死扶伤事业的有识之士及医学界的精英。他的研究生同窗麻醉专家薛玉良、心内科专家熊鉴然、心内科专家齐向前、放射专家朱杰敏、他手把手教出来的大弟子心外科专家孔祥荣、超声专家黄云洲、受聘于沙特阿拉伯皇家医院手术室护士长的车慧……一批"海归"骄子及医学专家纷纷舍弃高额的薪水，投奔到刘晓程麾下。

"刘院长身上闪光的东西激励着我们，呼唤着我们，使我们心灵深处蕴藏的美好理想被激发出来，燃烧起一股干事业的热情。他的人格魅力就像一双红舞鞋，跟他在一起就像着了魔似的，即使累得筋疲力尽也心甘情愿。"

"刘晓程的品格光彩照人，他是时代的楷模。我佩服他的学识和胆量，更佩服他不媚上，不卑下，处处为老百姓着想的品格。"

"不是为了来挣钱，而是为了实现一个医务工作者的人生价值，为了刘院长提出的博爱济世的抱负。我喜欢这里纯洁、简单、没有内耗的人际关系，工作起来痛快！"

这是投奔者的心声，也是对刘晓程的评价。

一次聚餐，精明干练的护士长车慧向刘晓程敬酒，风趣地说："院长，我们每个人都擎起一片天，就会托起你这轮太阳。你这太阳的光芒再回照到我们身上，我们将永远跟国际心血管医院在一起！"

是的，刘晓程把博爱济世的阳光洒向医院的每一个角落，洒向每一位患者和职工。患者没钱回家，他悄悄掏钱塞给患者；全院号召献血，他第一个伸出胳膊；医院新调来职工，他为他们安排好大到住房、孩子上学，小到煤气、冰箱等一切日用品，乃至一把门锁……

有人说，刘晓程是一座独具风采的高峰，迎风斗雪，奇绝险峻。有人说，他是虚怀若谷的大丈夫，内心坦荡，豪情万丈。

但，人生总有遗憾，刘晓程最愧疚的是对不住亲人。他不止一次地说："如果真有来世，我什么都不干，一定做个好父亲，好丈夫，好儿子！"

但，今生今世他是永远做不到了。在北京工作的妻子，对拼命三郎的丈夫永远牵着一颗心，因为他也是个心脏病患者。她对他的奢望不高，只希望他活着，只要他活着就好……

为了尽孝，刘晓程把九十高龄的父亲接到天津开发区。尽管近在咫尺，他也只能隔三差五打个电话，个把星期闪电式地看一眼风烛残年的老父亲罢了。

采访者变成患者，明天我将走上手术台

也许，这就是天意。

我和刘晓程来自同一座城市，但并不相识。2003年10月8日，佳木斯准备出一本报告文学集，朋友邀我来写刘晓程，这才第一次结识他。

我也是个心脏病患者，2003年9月做了心脏支架，但术后感觉一直不好。采访时，我请刘晓程看看我做心脏支架造影的CD片。他和几位专家会诊后告诉我，说我心脏除了支架部位还有六处病变，最严重的部位已经堵塞了90%，随时可能发生心梗，要想彻底解决心脏问题，必须搭5~6个桥，建议我尽快做搭桥手术。

听到这番话，我完全惊呆了，悲哀与绝望一下子把我吞没了。想想啊，一个拳头大的心脏除了支架部位，居然还有六处堵塞。这哪还是心脏，简直是一只破筛子啊！令人费解的是，一个月前我刚刚做完支架，当地医生说我心脏还有两处堵塞，但短时间内不会发生危险，他们并没有告诉我这么严重啊！而且，不单是对疾病与死亡的恐惧，还有导致这场疾病的原因所带给我的委屈与愤慨，远比疾病所带给我的痛苦更加令我难以承受。

我父母都没有心脏病，都是八九十岁才过世。而我这个国家一级速滑运动员出身的作家，身体一直很棒，精力充沛过人。我先生总是亲切地叫我活兔子。我曾孤身一人赴俄罗斯、乌克兰、韩国、比利时、荷兰等好多国家采访，连战火纷飞的车臣都去过。我一生都坚持锻炼，2000年冬天，每晚还游泳一千公尺呢。可是三年后的今天，我竟然变成了一个亟待拯救的心脏病重患。这个极大的落差实在令我无法接受。我知道，这完全是由于创作《盖世太保枪口下的中国女人》这部电视剧，对

生命的透支太大造成的。长时间的过度疲劳，加上屡遭侵权与伤害，接连打了三起官司，我受不了那种投告无门、欲哭无泪、长达三年的摧残与折磨，得了严重心脏病。当时，眼看着自己自费赴欧洲采访、呕心沥血三年的作品活活被他人夺走，谁能不玩命地抗争啊？可现在一想，与生命相比，一部电视剧又算得了什么？三起官司都赢了，又怎能弥补我生命的巨大损失？那些侵权事件只不过是我生命流程中一段令人唾弃的游戏，应该把它扔进垃圾袋，让它永世不要打扰我宝贵的人生了！

当一个人濒临死亡，她对生命的诠释与理解，会跟以往有着截然不同的含义。

可是，人生最大的悲哀莫过于清晨醒来已近黄昏。一切都悔之晚矣。

我本来是来采访的，现在却成了亟待拯救的病人。这种极大的落差几乎把我击倒了。

我觉得生命随时可能离我而去。可我还有多少创作计划没有实施，还有多少美好人生没有享受啊！我是那么热爱生活，热爱创作，热爱人生，现在，这颗破碎的心却跟我过不去了。我对刘晓程说，我才60岁，正是创作的黄金时代。我不要多，再给我十五年就行。我太爱创作了。

刘晓程却说："把你那颗破碎的心交给我吧。十五年太保守了，你准备再创作二十年吧。"

我知道他在安慰我。

刘晓程找来内科副主任林文华医生当我的"保健医生"，并给林医生下了"死令"，要他指导我用药，必须保证在我术前不发生意外。

我决定把这篇报告文学写完再手术，我要向约稿的朋友有个交代，万一我没有走下手术台那就太遗憾了。我觉得刘晓程这个人物太难得了，可以说在当今医疗界实属凤毛麟角。我要告诉那些像我一样徘徊于生死边缘的心脏病同胞：中国有这样一位院长，有这样一所医院……

于是，我揣着这颗破碎的心，忍受着随时发生的心绞痛，用我顽强之笔，蘸着生命之墨，竭力撰写着这篇报告文学。我每天都如履薄冰般地走在生命的边缘，生怕一不小心踩重了，踩碎了十分脆弱的生命，使我过早地陷入死亡之谷。

从此，一向活泼、开朗、奔放的我，一向与歌声和笑声相伴的我，却再也不能从心底里发出笑声了。我曾试图用美国总统罗斯福的名言擦拭我心灵的泪——"将死亡视为不可逃避的平常事实而加以接受，便可以永远地解脱对死亡的恐惧。"我也曾试图用创造人类奇迹的科学家霍金的痛苦来稀释我的痛苦，用他的意志坚强着我的意志。但我却发现，我不是一位伟人，我只是一个平凡的作家。一向自诩无比坚强、任何苦难都不曾使其低头的我，原来如此脆弱，如此不堪一击。生命原来如此脆弱。

傍晚，我和先生漫步在海边，看潮起潮落，渔歌唱晚，看美丽的夕阳西下，倾听他人的欢声笑语，而我却只有忧伤和叹息。万家灯火照不亮我阴暗的心，强劲的海风吹不散我心头的愁绪。然而，不管有多么痛苦，我都必须接受这个残酷得令人绝望的现实。这就是命运。

人们常说，苦难对于作家来说是一种财富，这只能指过去时而言。当生命可能不再属于你时，苦难绝不是什么财富，而是一种灭顶的灾难，一种残酷的折磨。哲人的名言在生命断裂面前，只不过是人们送到死者面前的一束鲜花，鲜花是给活人看的，死者看到的只能是漆黑的坟墓。

在这段时光里，我深切地感受着一个人对于生命的强烈渴望，感受着病人渴望医生来拯救自己生命的殷切企盼，感受着任何人都无法排遣的无望与悲怆，也感受着一个人徘徊于生死边缘的孤独与无助。我体会着400万心脏病同胞所遭受的、任何语言都无法描述的痛苦煎熬。而我只需要煎熬几个月，可那400万同胞却要煎熬几年，十几年，甚至一直煎熬到死……那是怎样一种漫长而绝望、痛苦而无助的煎熬啊？我的心脏病同胞们，我太理解你们了！

2004年3月8日，我终于完稿了。

夜里，我给先生写了一封长信。尽管刘晓程一再说："雅文大姐你应该相信我，我一定要还给你生命！"可我知道，心脏手术风险很大，我必须做好各种准备。

把该做的事情都做完了，把该交代的事情都交代完了，3月9日，在先生的陪同下，我住进了我所描写过的泰达国际心血管病医院。

3月15日，刘晓程将亲自为我主刀手术。

14日晚，手术部主任薛玉良来询问我以往麻醉的情况，是否有过敏史；担任手术助手的外科医生王正清、张鬼来询问我是否是疤痕体质；手术室的两名护士也前来探望。医院规定，凡是手术，相关医护人员都要来探视病人。

晚间，中国作家协会领导打来电话，黑龙江作协领导和文学院领导来看望我，好多朋友都打来电话安慰我，鼓励我。两位素昧平生的外企大学教师——我忠实的读者，听到我要手术，竟然专程从北京跑到天津医院来为我祈祷。他们二人和林文华副主任将手搭在我的手上，虔诚地为我祝福，为我祈祷，祝福我闯过这道生死大关。那场面太感人了，令我刻骨铭心，永志难忘。

亲爱的读者，明天，我将带着亲人与朋友的祝福走上手术台了。

我无法预测我生命的裂谷到底有多深，我不知我脆弱的生命能否跨过这道裂谷？如果跨过去了，我将获得了新生。如果跨不过去，我将化作一缕白烟同这美好而残酷的世界永别了。那么，这篇作品将成为我的遗作。

亲爱的读者朋友，无论我能否再见到你们，都请你们记住，这里有一位院长，有一所医院，有一群生命的守护天使⋯⋯这里，将会给濒危的心血管病人带来生的希望——无论你是富人，还是穷人⋯⋯

再见了，我的朋友！

补记：我终于活过来了

当我周身插着各种管子躺在监护室里昏睡着，只觉得有人拍了拍我的脸，说："醒醒吧，雅文大姐！今天是16号了。手术做完了，给你搭了六个桥。这回你破碎的心修好了。"

我听出是刘晓程，却睁不开眼睛。我的第一反应是：我还活着！但又不太敢相信，这么快就手术完了，不太可能吧？我哪里知道，从3月15日上午9点20分我被推进手术室，已经过去20多个小时了。医生从我两只小臂及胸内取下三支动脉，为我心脏搭了六个桥，手术做得非常成功。

当确信一切都是真的，我无法描述我对刘晓程及所有医护人员的那份感激，任何语言都是苍白无力的，只有真正"死"过一回，亲身经历过获得第二次生命的人，才能体会到什么叫救命之恩。

接下来，在我处于极度虚弱，刀口剧痛，连咳痰、翻身、喝水都不能自理的日子里，我受到医护人员的百般呵护。从监护室到普通病房，从护士长、护士、护工到林文华副主任以及我的外科主治医生王正清，都时刻监护着我的病情，帮我服药、捶背、翻身、洗头⋯⋯对我照顾得无微不至。我第一次感到病人在医院里是主人，而不是处处要看医护人员脸色，甚至用"红包"去取悦他们的"小媳妇"。可我仍然心存疑虑：是不是因为我采访过刘晓程，所以他们对我格外关照？

林文华副主任的一句话，使我感到一丝释疑。他说："这里是一年一签合同，实行全员聘任制。所以人人都要把自己最优秀的一面展现给患者，展现给工作。"

看来，体制决定着一切。

我能下地走动了，看到许多病友都享受着我同样的待遇，听到病友对医护人员赞不绝口的称赞，我还采访了两名外国病人，这才冰释了我心中的疑虑。

四十六岁的艾尔伯特是来华工作的加拿大人，3月22日半夜11点，突发心梗，凌晨2点，被救护车送到泰达国际心血管病医院急诊室。当时，他胸痛剧烈，血压下降，病情危重。曾在加拿大工作多年的内科主任齐向前医生，立刻给他做了心脏介入手术，放了一个支架，病情明显改善，第二天就下床走动了。但要彻底解决心脏问题，还需做搭桥手术。但，加拿大保险公司不相信中国大陆的医疗技术，不同意支付艾尔伯特的保险。艾尔伯特却说："不支付我自费也要做！这医院太好了。在加拿大，只有我太太照顾我，在这里大家都来照顾我，我非常满意。"后来，加拿大保险公司给刘晓程打来电话，最终同意支付他的保险。于是，艾尔伯特成为发达国家在中国大陆做心脏搭桥手术的第一人。而且，加拿大的保险公司与泰达国际心血管病医院正式签约，今后加拿大人在中国突发心脏病，都到该院来就诊。

但是，台湾出生的美籍华人陈先生就没这么幸运了。五十一岁的陈先生在外企中心国际公司任职，3月12日凌晨1点，突发心梗，凌晨2点，被救护车送进天津某大医院急诊，一直等到下午2点，陈先生已经神志不清，医院才为他做了心脏造影，并放入一个支架。医生说他心脏发生弥漫性病变，需要做搭桥手术，但远端血管太细，搭桥只能解决

80％的问题。陈先生夫妇感到痛苦而茫然，跟医护人员搞得很不愉快。有关保险公司同意用直升机送陈先生去香港或台湾手术，又怕途中发生意外。这时，台湾长庚医院著名心脏专家李英雄先生通过朋友打来电话，让陈先生立刻去找刘晓程。于是，他们来到泰达国际心血管病医院。

看过造影片子，刘晓程说："我可以全部解决你的心脏问题。"

陈夫人顿时激动得热泪盈眶："上帝，我们终于从地狱逃了出来，来到了天堂。我真不相信中国还有这么好的医院，这么好的医生！真不知该如何感谢你们！"

刘晓程为两名外籍人士成功地各搭了五个桥，目前二人均已康复。后来，陈先生听说医院为一个被遗弃的孤儿做手术，还寄来1万元赞助费。

术后第十九天，我怀着虽然虚弱但却健康的心，带着外科全体护士送给我的中国"同心结"，带着内、外科主治医生的叮嘱，在我先生和孩子的陪同下，踏上了回家的路。

没有比此时此刻更能体会活着是多么美好的了。

坐在车里，有一种恍若隔世之感，对窗外的一切感到既陌生，又亲切，有一种看不够的贪婪。二十天前还枯黄的树已经变绿了。一排排小白桦顶着鹅黄色的新绿，在风中轻轻摇曳。阳光暖暖的，风柔柔的，树绿绿的，一切都是那么美好。来时的灰暗心情已经全部消失，生命又属于我了，我心中又充满了新的希望。

一路上，我一直在为自己庆幸，庆幸上苍让我结识了刘晓程，结识了这所医院。可是，另一种思绪却不时地缠绕着我，令我胡思乱想……

我在想，假如那位朋友没有邀我来采访刘晓程，那么，我对自己的病情可能一直糊里糊涂的，说不定哪天会突发心梗……假如我不是一名作家，不享受医保，我只是穷山沟里一名农妇，或者只是一名每月仅有一两百元的下岗女工，根本没有能力支付两次十几万元的手术费用，那么，我将如何面对这场灾难？又将会有怎么一番人生结局？

转而又想，那400万像我一样徘徊于生死边缘的心脏病同胞，他们什么时候也能像我一样，获得手术机会，轻轻松松地活下去？中国老百姓看病贵、手术难的问题，什么时候才能得到真正解决？

完稿于2004年3月14日泰达国际心血管病医院6病区16病房

补记于2004年5月20日北戴河

（原载《北京文学》2004年第9期）

中华人民共和国成立70周年

优秀文学作品精选

报告文学卷 （下）

主编 李朝全

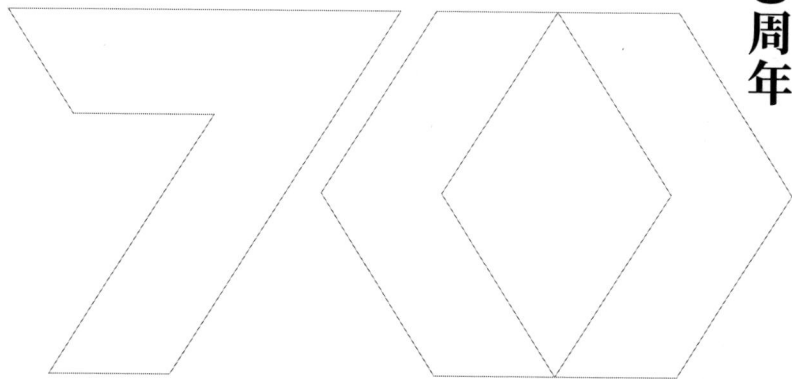

北京出版集团公司

北京十月文艺出版社

出版说明

　　习近平总书记在中国文联十大、中国作协九大开幕式上的讲话中指出："一个时代有一个时代的文艺，一个时代有一个时代的精神。任何一个时代的经典文艺作品，都是那个时代社会生活和精神的写照，都具有那个时代的烙印和特征。"为庆祝中华人民共和国成立70周年，展现我国70年来文学事业的光辉成就，回顾我国当代文学发展的历史道路，北京十月文艺出版社特编辑出版《中华人民共和国成立70周年优秀文学作品精选》。检视中华人民共和国成立70周年以来的经典文学作品，汇集成卷，既是为中国当代文学的70年立一历史存照，也便于我们的文学工作者和广大读者从中萃取精华、汲取能量，不忘本来、继往开来，使文学成为新时代实现中华民族伟大复兴的重要精神力量。

　　《中华人民共和国成立70周年优秀文学作品精选》按文学体裁分为8种12卷，各分卷主编为"中篇小说卷"洪治纲，"短篇小说卷"贺绍俊，"报告文学卷"李朝全，"散文卷"王必胜，"诗歌卷"李少君、张德明，"儿童文学卷"李东华，"戏剧卷"傅谨，"文学评论卷"白烨。编选工作坚持"二为"方向，贯彻"双百"方针，从当代文学发展的实际出发，兼顾不同题材、不同创作风格、不同地区（包括港澳台）

和不同作家的作品，力求全面准确地反映中华人民共和国成立70周年来文学发展的风貌。

本次编辑工作，我们秉承尊重作品原貌的原则，对于旧版中明显的讹误之处均予以更正，以弥补缺憾；但各部作品因创作年代、作者风格、地域特点等不同，在相关词语用法、儿化音表达方面也存在一定差异，本次编辑处理未作统一，力求最大程度上保持作品的本来面貌。相较于中国当代文学70年来的厚重博大、成就斐然，本套丛书的编辑出版囿于规模及篇目有限，尽管各卷主编在遴选过程中编选的作品均是经过时代淬炼与读者检验的文学佳作，但也难免有遗珠之憾。在编辑出版过程中，我们得到了作者、作者亲属及有关专家学者的大力支持与帮助，在此一并谨致谢意。因部分作品年代久远，我们未能取得相关作者及版权继承人的联系方式及授权，提前收录作品尚希见宥。本书出版后，我们将继续开展联系工作。如作者及版权继承人得知信息，也请及时与我们联系。再次致意。

北京十月文艺出版社

2019年8月1日

目 录 Contents

天使在作战

朱晓军

当医疗腐败的雪球从高山上滚下，越来越大，呼啸着砸向病人时，一位女医生挺身而出。她一次次勇敢地向有关部门举报。为了取证，她让自己柔弱的身体遭受一次次戕害。九年来，她一次次陷入极度被动的境地，两次被迫离开挚爱的医疗岗位，至今享受着"工人编制，农民待遇"，没有经济收入和养老保险等"四金"。

"医疗器械企业制假，医院用假，医生为病人进行假治疗，这已成为一种潜规则。在医疗系统中，这个过程几乎就是各方牟取利益的流程图。"她说。她知道自己的对手是一个强大的利益联盟——有钱的造假厂商、有权力的官人、有名望的专家，还有那些谋财害命的医务人员。

有人说她打的是一个人的战争，有人说她就是中国的"唐·吉诃德"，也有人说她是啄木鸟，在啄害虫。她家的保姆却说："陈医生是在拿石头砸天。"几乎没有几个人相信她会赢得这场战争，可是她却顽强地坚守阵地，对医疗腐败的死穴，发起一次次猛烈的进攻……

2006年3月，人民的总理温家宝在记者招待会上说，他最觉得痛心的问题是"还没能够把人民最关心的医疗、上学、住房、安全等各方面问题解决得更好"。

住房、教育和医疗，这是中国百姓最关注的三大焦点。

住房关系着人们生活的质量，教育关系着人们未来的生存状态，医疗关系着人们的生命和健康。

人，在医院降生，回到医院辞世。医院是生命的始点，也是终点。

佛家认为，人生有四苦——生、老、病、死。这"四苦"都需要医生帮忙解决。医生在病人的眼里是神圣的，西方将医生誉为白衣天使，东方则将医生视为菩萨。

俗话说，吃五谷杂粮哪有不生病的？在生命的苦旅上，医院是驿站，谁都免不了要跟医生"亲密地接触"。张洁在《世界上最疼我的那个人去了》中写道，母亲在开刀手术前，拉着医生的手说："从今以后，你就是我的亲人了。"在病人的眼里，医生是最亲的亲人。他托付给医生的是生命。生命是一切的平台，失去了生命，权力、金钱、爱情、事业、未来，还有家人的幸福都要归零。因此，不论什么人站在医生的面前都要虔诚、敬服和信赖。不想信赖也要信赖，你别无选择。生命都交人家去打理了，再掖点藏点还有什么意思？

亲人，是需要双方承认才能确定的。不论希波克拉底誓言、《赫尔辛基宣言》，还是中国唐代著名医学家孙思邈都认为，对医生而言，病人的健康高于一切。医生要对得起病人的那份信赖。孙思邈在《大医精诚》中说，医生首先要有慈悲同情之心，决心解救百姓疾苦。若有人求医，不要看他的贵贱贫富，老少美丑，恩怨亲疏，同胞老外，智商高低，都像对待自己的亲人一样；也不能瞻前顾后，先考虑自己的利弊和生命。

"这些医生究竟是上帝派来的天使，还是撒旦派来的魔鬼？"

在20世纪末，几千年来的信赖动摇了，从没有过的疑惑出现了。病人将医生一分为二，一类是救死扶伤的"白衣天使"；另一类是劫财害命的"白衣魔鬼"。在"白衣魔鬼"的眼里，疾病就是他的钱口袋和来钱道儿。他们要跟疾病狼狈为奸，密切勾搭。落在他们手里，小病会搞得你倾家荡产，大病让你家破人亡，健全的让你缺少"部件"，残缺的让你支离破碎……

老百姓愤愤地说，"十个劫道的，不如一个卖药的"。卖药的并不可怕，只要捏紧钱包死活不撒手，他就干没辙。最可怕的是医生，他说你有病，你没勇气否认；他要你服这药，你不能买那药。有时，你明知那种药药价虚高，医生会得到回扣，还得咬牙买。破财免灾，这是中国人的思维逻辑。可是，"白衣魔鬼"的逻辑却是破财招灾。他们将谋财害命的游戏已玩到了极致。俗话说："倒霉上卦摊。"那是自找挨骗。如今是倒霉上医院，那是无奈，有病拽着，不去不成，明知被宰，也要拎着钱袋子自己送上门儿。

Who（谁）？"白衣天使"还是"白衣魔鬼"？当病人在医生的对面坐下，心里难免要打鼓。

有的医生委屈地说，医生倒霉就倒在媒体上了。其实绝大多数医生是好的，败类只是少数。也有医生很客观地说，现有的医疗体制就这样，我们不宰病人，医院就要宰我们，不仅让我们拿不到工资和奖金，甚至要"炒"我们。谁不想当孙思邈、希波克拉底、白求恩，可那样在医院混得下去吗？

天使和魔鬼是势不两立、不共戴天的，就像李逵容不得李鬼。

这是一场残酷的战争，你死我活、惊心动魄的较量。

正义终归要战胜邪恶，世界不可能划归魔鬼，中国的医疗界也不可能让"百年魔怪舞蹁跹"。可是，人们要记住天使在战争中付出的代价！

为什么要把光量子说成激光？医院怎么可以骗病人？

从医28年，陈晓兰从来没有像今天这么困惑，这么迷茫，这么痛苦

1997年7月24日，这本来是个寻常的日子。寻常的日子就像从树上飘落溪流的树叶，打个漩儿就冲走了。可是，这片树叶却滞留在陈晓兰的心里，漂不走了。

早晨6点，她就上班了。上海市虹口区广中地段医院的办公区内还沉浸在梦境。理疗科位于办公区，距院长和书记的办公室仅几步之遥。她打开门，来苏水味扑面而来，理疗器械和理疗床像一群乖孩子似的迎接着她。她将它们一一看过后，换上白大褂。在所有的衣服中，她最喜欢穿的就是这白大褂，几十年来怎么穿都穿不够。女儿说过，妈妈穿白大褂最好看，最像医生。

医生不是演员，不是演出来的，是做出来的。为做好医生，她坚持提前一小时上班，拖后一小时下班。在给病人治病前，医生需要一个心理缓台，来净化心绪。不是所有病人都能在工作时间出来的，晚下班一小时，一些病人就可以在下班后来看病了。

"陈医生，X科的医生非让我扎激光针不可，我不扎他就不给我开药。"开诊后，一位老病人上来对陈晓兰说，"光扎一针激光针就要40元，再加上药费就得100多元。激光针扎上后不仅很痛，还浑身颤抖……"病人信赖她，看病时遇到问题都会找她商量。

"激光针，什么激光针，我怎么不知道？"陈晓兰疑惑地问。这时，理疗床躺满了病人，她脱不开身，只好让护士到注射室取一份说明

书来看看。

陈晓兰将说明书读了一遍，没发现什么问题。据说明书介绍，这种疗法能够降低血黏度，增加血氧饱和度，适用于治疗脑血栓、脑动脉硬化等症，是一种先进的医疗器械。

"那激光针一扎，人就抖起来。"旁边的两位病人说道。

一个病人抖，两个病人抖，怎么病人都抖呢？是输液反应，还是器械的问题？这是性命攸关的事情。她给病人处置好，下楼去了注射室。

狭小的注射室弥漫着浓重的臭氧味儿，输液的病人一个挨一个地挤坐着。陈晓兰说，她想看一下"激光针"。手忙脚乱的护士抬手指了指："这就是。"她走过去，弯下腰，仔细地打量着那个像月饼盒似的器械，那上面有"光量子氧透射液体治疗仪"几个字，与之配套的是"石英玻璃输液器"。在输液前，先对药液进行充氧，然后让含氧的药液流经治疗仪，经激光照射后输入病人的静脉。

蓦然，她见那盒子上印有"ZWG-B2型"一行字。一年前，在晋升医师职称时，她申报内科、外科或者儿科医师，可是医院却非让她申报医技类医师。申报医技类医师是要考医用物理学的，这对1968年中学毕业，没有学过物理的陈晓兰来说是不可能通过的。她知道，自己得罪了院长，院长在刁难她。她想去找区卫生局讨个公道。"如果你有本事就考出来，没本事就别丢人现眼。怎么那么没骨气，像是跟人家讨饶似的，"爸爸生气地说，"真不像是我的女儿！"说完，爸爸妈妈就不再搭理她了。她只好硬着头皮申报考了医技类医师。参加辅导班学习时，她每次都早早去，坐在第一排。老师在上面画，她在下面画。可是，老师讲的是什么，画的是什么，她都不明白。好在课后爸爸给她辅导，妈妈托人帮忙找一位大学的副校长给她补习。结果，有许多读过医用物理学的医生都没考及格，她却考了86分。

陈晓兰直起身子，当着病人的面对护士说："这哪里是激光？回家查查字典吧。"说完，转身回理疗科了。

金钱的能量往往是无法估量的，它可以把冷僻变成火热，也可以让火热变成冰冷。如果你是医生，只要在处方上写"激光针"三个字就可以赚钱，在"激光针"的后边写1就可以拿到7元钱，如果写7，就可以将49元畅畅快快地收入囊中，你会怎么样？会不会感觉天上掉下一只钱口袋？对，那些汲汲于捞钱的医生可能就是这种感觉，他们拼命地向病人推荐"激光针"，甚至逼病人就范。阿基米德说："给我一个支点，我就能够撬动地球。"钞票改变了医生的支点，"激光针"在广中地段医院流行起来，在狭小的注射室外病人排着长队等候扎"激光针"。

"你昨天是不是讲了一句影响医院经济效益的话？"第二天早晨一上班，院长悻然过来问罪。

"没有呀！"陈晓兰莫名其妙地看着院长。

"你是不是讲过光量子不是激光？"

"是啊。"她恍然大悟，"光量子确实不是激光，那上面不是写着'ZWG'吗？那是'紫外光'三个字的汉语拼音缩写。"说着，她拿出书来，跟院长解释道，"激光和紫外光，一种是受激辐射发出的光，一种是自发辐射发出的光，二者的物理性能是不一样的。"

她抬头，发现院长已气呼呼地走了。她望着院长的背影，百思不解，不明白医院为什么非要把紫外光说成激光。难道激光就等于高科技？近年来，激光在普外、心脑血管、泌尿、口腔、妇科、耳鼻喉、眼科、肛肠科都被广泛应用。将"光量子"说成激光，病人容易接受，觉得多花40元钱值得，如果说是紫外光，病人就会觉得物无所值。

可是，紫外光不是激光。医院怎么能欺骗病人，医生怎么能说谎？苦恼会让人思索，思索在不经意间就会推开意想不到的柴扉。药液经紫外光照射后会不会发生药性变化？她疑惑了。"药物可以用紫外光照射吗？"她打电话问老师和上海有名望的医生，多数医生都认为不行。

"光量子"像光阴冲不走的淤泥滞留在她的心头，堵得难受。她是一位行医严谨、恪守规范的医生，为此深受病人的欢迎，写给她的表扬信像春风中飘飘洒洒的花瓣。按医院的规定，医生上交一封表扬信奖励2元钱。她却把表扬信锁在抽屉里，拒不上交。她认为，医生就应该为病人治好病，就应该像对亲人那样来对待病人；不论医生待病人怎么好，只有不够，没有过分。医生给病人看好了病就要受到表扬，那就像赞扬裁缝"非常会做短裤"一样，让人耻笑。

陈晓兰性格内向，不善交际。每天上班后，她除上厕所之外，从来不离开诊室。可是，同事却非常喜欢在她那儿坐坐，她那儿不仅有几张舒适的理疗床，还有她这位乐于助人的医生。她心灵手巧，不仅理疗室的一些器械是她自己做的，而且同事的雨伞、拉链等东西坏了，她都会一声不吭地给修好。她淡泊名利，在医院，人们往往会为半级工资打破头，她却把两次涨工资的机会让给了别人。她从来不主动讨好领导，也不跟别人拉关系，却在医院口碑极好，每次选先进，她都全票通过。

可是，她却感到自己在医院越来越"水土不服"了。从医二十八年，她从来没有这么困惑过，这么迷茫过，这么痛苦过。

一位病人死了，不是死于疾病，而是死于医生给她开的
那瓶药——过期失效的药。
面对这种图财害命的医疗腐败，她怎么能够保持沉默

二十八前的上海北站，知青们在跟亲人告别，月台上泪雨纷纷。爸爸、妈妈、奶奶，还有一些亲属簇拥着身高只有1.48米、梳着两只小抓鬏的陈晓兰。大家目光依依，泪水滚落。她刚满十六周岁，从来没有一个人出过门。她感到很新奇，欢心雀跃，喜笑颜开，好似不是去江西安福县插队落户，而是去北京大串联。

"呜——"的一声，知青专列呼啸着驶离上海，车窗外的爸爸、妈妈还有奶奶的慈爱面容不见了，小弟跟着火车跑动的身影也像一片落叶似的刮走了。陈晓兰"哇"地咧开嘴——哭了，蹦着跳着喊着要下车了。带队的老师哄了一阵子，才把她哄住。

车厢惛惛，沉沉闷闷，知青满脸黯然。陈晓兰在厕所里，像个孩子似的跳高去摸上面的一根管子。一下，两下，三下，她摸着了，开心地笑了。她出生于上海滩家道从容的读书人家，父母都毕业于圣约翰大学，家里有50多位亲属遍及海外，其中不乏社会名流。"文革"前，她家不仅拥有一幢三层小楼，还有两个保姆和自己的裁缝、医生。那时，她看弄堂里的小朋友踢毽，就跑回家把奶奶的金戒指拿出去当毽踢。

有人吃饭了。吃饭也会传染，本来没什么感觉，突然看见别人吃东西就饿得抓心挠肝了。知青们纷纷从行囊里取出吃的，摆放在茶几上，摆出与这些吃的决战的架势。陈晓兰的行李很沉，可是里边没多少能吃能穿的，有的是榔头、锯子、刨子，规格不同的凿子，什么七分凿、五分凿、三分凿；有青霉素、链霉素、土霉素等药物，还有听诊器、止血钳和一个布娃娃。

她从小就想像表姨那样身穿白大褂，做一位医生。她最理想的是做外科医生。爸爸说，当外科医生要心灵手巧，不仅能缝缝补补，还要有木工、钳工的手艺。为此，她买了一些木工工具，在家里"吱嘎吱嘎"地锯木头，"乒乒乓乓"地做凳子、椅子。

陈晓兰天真地望着车窗之外，想象着自己背着药箱，行走在阡陌的田间小路。她笑了，笑得很甜……

火车终于到站了，她跳下车，就像只欢快的黄鹂跑去逮蚂蚱去了。咦，蚂蚱都是绿的，这里的却是黄的，太好玩了，逮几只拿回去给弟弟。老师终于把她喊了回来，见她小脸上蹭着红色的泥土，掏出手帕给她擦。擦着擦着，几滴泪水滴落在她的脸上，老师哭了。来接他们的贫下中农挑着青年的行李，像背孩子似的背起陈晓兰，沿着山上的羊肠小路向山村走去……

陈晓兰以为插队的地方肯定缺医少药，没想到那里不仅不缺医，居然有两位权威。一位姓廖，是华侨，在德国学成后，不远万里回来报效祖国，结果被"造反派"打成了特务，流放到乡村；另一位姓朱，曾是江西省人民医院药剂科主任，他出身不好。下乡后，陈晓兰当上了赤脚医生，师从那两位"反动学术权威"，开始了医务生涯。老师是监督改造对象，在她面前却是很严厉，要求她一招一式都要符合规范，不得有半点偏差。是啊，医生是跟生命打交道的，哪能容得半点粗心和马虎？

二十年后，在上海一家大医院的手术室里，没有剪刀、止血钳、托盘的尖锐的碰撞声，无影灯也关了。在一个僻静的角落，传出手术刀在肌体上划动的声音。陈晓兰捧着一条腿，按廖老师当初教的姿势在解剖。这条腿刚刚从病人身上截下来，还没僵硬。老师让她包扎和填单，她却用它来温习老师讲过的人体结构。表皮剖开了，肌肉剥下了，血管却怎么也剥不下来，像豆腐渣似的没有弹性和韧性，一碰就断。她执着地剥着，时间悄然而过。"这是德派！"突然，老师站在她的后面，望着她的姿势和动作惊讶地说。

廖老师教她的不仅是标准的"德派"，还有作为医生应有的医德医风。简陋的公社卫生院，一位蓬头垢面的患有肺炎的病人蜷曲在病床上。突然，病人呕吐起来，陈晓兰本能地躲开了，廖医生却迎面冲过去，将病人抱坐起来。呕吐物一股股喷射在廖医生的身上，弥漫着难闻的气味儿。病人吐完了，望着廖医生衣襟的秽物，难为情了。廖医生却安慰道，"没关系，没关系，吐了就好了。"她劝廖医生赶紧把脏衣服脱掉。廖医生却摆摆手，直到把病人安置好了才去换衣服。廖医生语重心长地对她说，当病人躺着呕吐时，要马上把他扶起来，这样当他吐完第一口后吸气时，才不至于把呕吐物吸入气管，造成窒息。否则的话，不仅病人很痛苦，医生抢救起来也很费事。不要当着病人的面就把吐脏的衣服脱下来，那会加重病人的心理负担。医生是属于病人的，要时时刻刻为病人着想。

爸爸对她说，在英语中，医生和博士是同一单词。你要经常思想，凭你的医德医术配得上这个称呼吗？做医生的，心里应该装着病人，哪能唯利是图？

可是，这几年医院一切向钱看了，"以物代药"盛行，医生开的治疗单像商场的提货单，可以在医院领到按摩仪、袜子、短裤；医院对医生采取奖金与病人的支出直接挂钩的管理政策，出现了"大处方"；医生越来越依赖于仪器，可是对仪器的性能却了解得越来越少；医生越来越缺乏诚实、认真细致和应有的责任感，让病人越来越感到没有安全感……

1996年，医院调整诊室，把理疗科从二楼调到三楼。调整，是一个很敏感的字眼，或显或隐地泄露出调整者的倾向、态度和被调整者的价值和地位的变化，甚至牵涉利益的重新分配。陈晓兰跟院长提意见，理疗科的病人多数七老八十，还有些病人患有半身不遂，走路腿脚画圈，趔趔趄趄，上楼非常不方便，这么一调，他们很可能就不做理疗了。诊室的调整是根据创收决定的，就像街头书报摊，看上去五花八门的报刊一种挨一种地摆着，无章可循，其实赚钱多的、畅销的都放在抢眼的位置；赚钱少的、不大畅销的被冷落在边上。科室的调整表明理疗科边缘化了。过去，那是黄金科室，病人多，收入高。由于陈晓兰拒绝开大处方，病人虽然没有减少，可是收入却不如其他科室了。

出乎陈晓兰意料的是，调整后理疗科的病人并没有减少，病人艰难地跟着她爬上来了，甚至本该看内科、外科等科的病，病人也要挂理疗科，还有的病人在其他科看完病，像走亲戚似的爬上来看看她。

"陈医生，我家离这儿很远，倒三趟车才到你这儿……"一位年逾古稀的老奶奶坐下来，气喘吁吁地对她说。

"您这么大年纪了，为什么不在家附近的医院看呢？"她惊异地问。

"我们那儿的医生看病很贵，我都不敢去医院哪。听说你陈医生这儿不宰病人，我就来了。"老人这话说得陈晓兰脸一阵阵发热，心里很不是滋味。不宰病人就是好医生，病人对医生的要求是多么的低啊。

她给老人看完病，开了药，老人满意地走了。

过一会儿，老人却哭着回来了："陈医生，人家都说你不宰病人，可是你给我开的药咋这么贵呢？"

"不贵啊，心痛定片2.40元100片，每片10毫克，那是很便宜的药啊。"陈晓兰望着老人，疑惑不解地说。突然，她发现老人手里拿的不是心痛定片，而是心痛定缓释胶囊。这种药17.60元6片，每片5毫克，100片就是281.6元，那是很贵的。

她激愤地匆匆下楼，径直去药房。她让药剂员出来，把她开的处方念一遍。然后，她问药剂员，你能不能搞清片剂和缓释胶囊的区别？对方委屈地说，陈医生，你的处方量是其他医生的几倍，提成还不到他们的零头。这事儿，陈晓兰早就听说过，据说院里提成最高的医生每天只看16个病人，什么药最贵给病人开什么，每月提成几千元。陈晓兰却和他们相反，尽量给病人开便宜药，她每月的提成只有几元钱。有一个月，她拿了2.6元，同事都笑她。她比其他医生更需要钱，她是单亲母亲，要供养女儿。为多赚点儿钱，她下班后给裁缝店缝纽扣、锁扣眼，给厂家拆纱，跟别人去修空调。可是，她情愿挣那些辛苦钱，也不愿拿药品提成。病人绝大多数都不是有钱人，因为有病不得不将血汗钱拿出来治病。如果医生多拿几元的回扣，病人就得多付几十元钱的药费。当病人用那虔诚的、信赖的目光望着你，你怎么狠得下心去宰他呢？

性情耿直的陈晓兰不买账地对药剂员说："我是医生，你没资格改我的处方。今后，我给病人开什么药，你就要给病人拿什么药。"她平日从不跟护士或药剂员摆资格，这次却不这样了。

药换了，钱退给了病人，她跟老人道了歉。老人走了。

"陈医生，我老伴去世了，死于心梗。她每天都按时服用阿司匹林，怎么会心梗呢？"陈晓兰回到诊室，一位多日不见的老病人悲戚满面、恍惚无神地坐在她的面前。

不会吧，阿司匹林是预防心梗的药啊，她会不会吃错药了？陈晓兰感到蹊跷，让病人把药拿给她看看。

"她什么时候开的药？"第二天，老病人把药拿来了，陈晓兰看后惊诧地问道。那是过期药，早已失去疗效。

"她死前在你们医院开的，24.80元一瓶。"老病人说。

医院怎么能给病人开过期药，怎么能坑害病人？另外，这药在药店只卖6.20元，医院怎么加价这么高？6.20元，一位病人失去了性命。院长啊，你为什么就不想一想，如果这位病人是你的父母、妻儿、兄弟，你能让他服用这种过期失效的药吗？

"陈晓兰掉进化粪池了。"消息像风似的传遍医院的角落。那是一个严冬的上午，天出奇的冷，陈晓兰给一位八十多岁的老病人开完处方后，匆忙跑到另一幢楼去帮她付款。理疗科迁到3楼后，凡是年过古稀或腿脚不好的病人，陈晓兰都要帮他们去交医疗费。那天医院的下水道堵塞了，门诊的一楼粪水横溢，陈晓兰小心翼翼地踩着污水里的砖头走了出去。回来时，她一掀门帘就跨了进来，"扑通"一声掉进了门口的窨井。反应机敏的她用双手撑住了井沿，下半身没在粪水里。粪水淋漓的她爬了上来，一头钻进消毒室，脱去衣服，用冰凉刺骨的自来水冲洗身体。寒冬腊月，消毒室里没有空调，她冻得身抖牙颤。事后，院领导脸无愧色地对她说，医院赔偿你损失，你开个价吧，上不封顶。她气愤极了，这哪里是"开价"的事儿？你开的是医院哪！如果哪位年迈的病人，或者是孕妇掉下去，被夺了生命，你怎么赔？

痛苦和失望像结石一般地折磨着陈晓兰，夜晚闭上眼睛，那位流着泪的老奶奶，那瓶失效的阿司匹林，还有候诊室里那口敞开的窨井就浮现在眼前。当医院偏离救死扶伤，把行医当成牟取私利的工具时，医院还是医院吗？她想找领导谈谈，一想医院情况领导不比她更清楚吗？她想给虹口区有关部门写封信，一想还是不行，那样不仅自己与院长的关系会恶化，还会得罪许多同事。院长平素待她不错，信任她，器重她。当年她进医院时还是院长亲自拍的板，院长领着她去领的白大褂，把她安排在了人人争着去的理疗科……

可是，作为医生她怎么可以面对医疗腐败保持沉默，怎么能眼睁睁地看着病人遭受戕害而不管？这不符合她陈晓兰做医生的原则啊。经过一番痛苦的思想斗争，她将一封检举信交给虹口区纪委。他们说她反映的问题很严重，表示查处，结果却把信转给区卫生局的领导，区卫生局的领导又转给广中地段医院的院长。从此，院长和一些同事对她的态度发生了变化。

倔强的陈晓兰又写了一封检举信，连同那瓶过期失效的阿司匹林一起交给上海市卫生局的纠风办。她对纠风办主任说，医生吃的是蛋炒饭，病人喝的是稀粥。可是当今的一些医生却将匙子伸到病人的碗里捞米粒。他们不是因为贫穷而宰病人，而是私欲的膨胀。

"你讲得太可怕了，我汗毛都竖起来了，不至于吧？"主任说。

"那么请你到下面去看看。"陈晓兰说。

结果，还是没有查处。她失望极了，痛苦极了。她只不过是一名普通医生，不想升官，不想发财，也不想轰轰烈烈。她本来性格内向，从不抛头露面。从小到大，如果家里来了父母的客人，她就躲在自己的房间里看书，直到客人走了才出来。客人一天不走，她就闷在里边一天不出来。她爱幽静，一杯香茗一本书。读累了，拉一会儿小提琴。她想洁身自好，不再操心医院里的事。不过，每次给病人开完药后，她都会叮嘱他们取完药后给她看，以保证病人不服用过期失效的药，不被医院宰。她再也不把自己的病人介绍给其他医生，怕他们被自己的同事宰。

可是，一年后，偏偏又冒出了"光量子"，她哪里沉默得下去！如果她保持沉默了，她还是那个对病人满腔热血的陈晓兰吗？她对得起那些培养她的老师吗？

陈晓兰不断地讲紫外光不是激光，"光量子"是个骗局。院领导恼羞成怒地斥责："谁再提紫外光不是激光，谁就下岗！"

陈晓兰是一个眼睛里容不得沙子的人，"光量子"成了她一块心病。下班回家后，她跟父母讲了。学化学的母亲十分肯定地说，生理盐水充氧后会变成酸性溶液。说着，妈妈给她写出化学反应式。学土木工程的父亲说，氧微溶于水，把氧充入药液是不可能的。

夜晚，她躺在床上，辗转反侧，不能入寐。给药液充氧？不对！氧气中不仅存有颗粒和有机微粒，还存有细菌，其中的一些细菌紫外线是无法杀除的，如枯草菌和芽孢，它们会污染血液。另外，那些无法溶解吸收的微粒会形成各种异物栓子随血流动，对器官和脏器形成威胁。用紫外光照射药液？也不对，紫外线能使葡萄糖分子的空间结构破坏，产生氧化反应。丹参、黄芪、鱼腥草、头孢拉定等药物本身就要求"避光保存"，怎么能光照呢？药品经过这一系列理化作用后，原有的药理活性会发生变化，除被激活或者灭活之外，还会有其他物质的生成。世界上没有医生会让病人把药品放进微波炉转一转，放在太阳下晒一晒，然后再服用。可是，光量子就是要把药液用紫外光照射，然后再注入病人血液的。

药物是把双刃剑，既是生命的卫士，也是生命的杀手。据世界卫生组织调查，世界上有三分之一的病人不是死于疾病，而是死于药物中毒。医生怎么可以随心所欲地给病人用药？病人找你看病的，不是花钱来送命的！

想到这，她不由得打个寒噤，感到有点儿心惊胆战了。每天那么多病人接受"光量子"治疗，万一出现问题，那将危及多少病人的生命和健康？不行，必须把这事弄清楚。

周六值班，她买了两瓶盐水和丹参，从注射室借来一套"光量子"。她先将丹参注入盐水，然后给药液充氧，经"光量子"的紫外光照射后，输入一个代表人体的干净的密封药瓶里。下班时，试验做完了，凭肉眼没有发现什么变化。她把"光量子"还了回去，匆忙赶去上课了。那时，她正在读医科大专自考，每周六晚上都去上课。

周一早晨上班，陈晓兰目瞪口呆地望着那瓶经过"光量子"处理过的药液，它不仅变得混浊了，而且里边还悬浮着絮状物。如果把这种药液输入人体，那将会成为栓塞，还会造成免疫系统机制紊乱，产生各种各样的免疫疾病。"光量子"不仅谋财，而且是害命！

她想，这回院长该让"光量子"停下来了吧？结果，院长还没等她把话说完就恼羞成怒地说，光量子是专家发明的，你算什么东西！

"我不算什么东西。我是医生。医生要为生命和健康负责！"陈晓兰气愤地说。

最可怕的就是法官失去了良心，医生丧失了医德。金钱可以是一笔财富，也可以成为万恶之源。它不仅能改变一个人的地位，也可以改变一个人的智力和是非观念。院长连"ZWG"是紫外光都拒绝承认，怎么会承认"光量子"对病人有害？退一万步说，就是对病人有伤害，她院长大人又有何责任？"光量子"是厂家生产的，又不是从她家厨房搬来的。出了问题，倒霉的是病人，医院顶多被罚点钱。

中国对造假的行为太宽容了，宽容到了近乎纵容！赚一百万，罚三五千，这还能算是罚款吗？而且罚的不是责任人，而是单位。倘若医院故意使用假冒伪劣医疗器械，不仅要对院长本人进行罚款，而且视后果轻重追究其刑事责任，那么院长不仅要对陈晓兰感恩戴德，甚至早已被吓得屁滚尿流了。

院长的态度像把钝刃戳在陈晓兰的心上。下班后，她把那瓶药水拿回了家。爸爸看后，拍案而起："病人的血管不是下水道，把这种东西输进去后，让它怎么出来？"妈妈取出试纸，测试一下絮状物的pH值，果然呈弱酸性。他们都是理想主义者，具有同一种基因——疾恶如仇。

"光量子"说明书说，这种"治疗理论"是上海医科大学陆应石教授发明的。一位医学教授怎么会犯如此低级的错误？

"我已经给上医的一位同学打电话了，她说上医没有叫'陆应石'的教授。"一天，妈妈对陈晓兰说。

"妈妈，您的同学都年近古稀了，可能对本校的年轻人不熟悉。"她不相信地说。

妈妈又打电话问一位同学的弟弟，他也说上医没有这么个人。这怎么可能呢！陈晓兰亲自跑到上海医科大学人事处去查询。工作人员把

"陆应石"三个字输入电脑，结果出来了：上海医科大学根本就没有叫陆应石的教工。

造假者可谓胆识非凡，居然发明了一个陆应石教授，而且还是上海医科大学的。可能他认为在上海就不会有像陈晓兰这样的医生。这到底是对上海医生尊严和责任心的蔑视，还是对上海医生现状的一种把握？

治疗理论发明人是假的，那么"光量子"会是真的吗？如果是假的，这是一件多么恐怖的事情？仅广中地段医院，一年将有4万多人次接受"光量子"治疗；那么全上海呢，起码有百万人次；那么全国呢，将是数千万人次！这是多么触目惊心的数字，在这个数字的背后，将是震惊人寰的灾难！

陈晓兰再次跟院长汇报。院长还是置之不理。她跟同事们说，也没几人理睬，甚至有人用异样的目光看着她，似乎她在那儿说谎，在嫉妒别人拿回扣。可是，用药怎么能当儿戏？这将会带来多么大的灾难？

二十八年前，天若泼墨，寥落疏星挣扎地眨动着眼睛。17岁的陈晓兰背着药箱深一脚浅一脚地出诊归来，在路过一个村庄时，蓦然，不远之处飘来时断时续的凄厉哭声，阴森可怖，让她毛骨悚然。为什么会这么哭呢？是家里发生不幸，还是有人生病？她循声而去。

在一间低矮的农舍，门开一道缝。昏暗的灯光似乎为逃避瘆人的哭声，从缝里挤了出来。她走进去，见狭窄的地上摆放一口新做的薄皮棺材，里面躺着一个小男孩。一位农妇趴在棺材边哭着。陈晓兰摸了摸那孩子的脉搏，没摸出来。她取出脱脂棉球，拽出棉丝放在孩子的鼻孔前。棉丝被吹动了，这孩子还没死！她急忙把他抱出来。怎么抢救呢？她有点不知所措了。突然，她想起药剂老师曾给休克病人注射过阿托品，她取出一支阿托品，用针管吸了小半支，注入小男孩的臀部。听孩子妈妈说，小孩是拉肚子死的。她冲些淡盐水，给他灌了下去，他肚子渐渐鼓了起来。她又给孩子针灸和按摩足底。四五个小时过去了，天放亮时，她已累得腰酸背疼，两手麻木。突然，一线尿液喷射在她的脸上，接着孩子排出粪便。孩子被救活了，她笑着抹去脸上的汗水和尿液。

那年，她回上海探亲时，放下行囊就跑到上海市第四人民医院。"我在乡下救活一个小孩儿。"她把抢救小男孩的过程声情并茂地讲给表姨的同事。开始时大家听得津津有味，当听她说给孩子注射了小半针阿托品时，一位医生跳起来："你怎么给他用阿托品？你们看这个赤脚医生，她给拉肚子的孩子用阿托品！"接着，那位医生把她从二楼拽到四楼，拖到表姨的跟前。表姨听说那件事后，瞪大了眼睛："啊？昏了头了，你？"表姨让那位医生把陈晓兰接到药房，交给药房主任开导。

药剂科主任严肃地对她说，在20世纪50年代欧洲流行给孕妇用"反应停"。一年后，许多欧洲妇女生下了海豹胎——婴儿像海豹一样没有胳膊和腿。后来发现这是"反应停"引起的，这时欧洲已经出生了10000多个海豹胎，而且大部分存活，给这些残疾人和家庭带来了无尽的苦恼。

三年后，陈晓兰回上海探亲时，听了一场专家的讲座，当听说阿托品可以治疗中毒性痢疾时，她差点跳起来。她跑到上海第四人民医院，得意洋洋地把这事告诉了表姨。没料到，表姨却冷面地质问道："你用的时候知道吗？你说你给孩子注射小半支阿托品，小半支是什么概念？用完后，你跟踪调查了吗，做记录了吗？他后来有没有不良反应，有没有并发症？你还想为自己平反昭雪？做梦去吧。作为医生，你怎么能够胡乱用药？"

怎么能胡乱用药？"光量子"倘若出现后遗症，将危及多少病人和他的家庭？"光量子"在广中地段医院已成为主打疗法，不论大病、小病，医生都要病人接受"光量子"治疗；"光量子"成为一种医疗的高消费，治疗费加药费平均150元／人次。

"光量子"是一座金矿，它使得医院的收入直线上升，渐渐占到整个医院收益的65％～70％，医生的奖金如遇牛市，一个劲儿地往上蹿，连小护士的奖金都飙升为每月1200元了。这么好的东西，院长怎么会放弃，医生怎么会放弃？哪怕它是假的，可是用它赚来的钱却是地地道道的真金白银。这些钱能使医院富足，让院长、医生和护士的腰包变得鼓鼓的。病人有不良反应又怎么样？在市场经济下，做任何事都需要成本，"光量子"治疗的成本是病人付出的，医院只管弯腰捡钱就是了。出了事故怕什么？既不会有人丢官，也不会有人坐牢。

作为一个医生，必须维护生命的价值和尊严！陈晓兰不放弃，不断地宣讲紫外光不是激光，"光量子"是个骗局。这样必然要遭人骂，可是不这样，她要骂自己一辈子。人际关系陡然紧张起来，她与同事之间的和谐融洽不见了，许多人对她恨之入骨。在医院的大会上，院领导恼羞成怒地讲："谁再提紫外光不是激光，谁就下岗！"年底，医院给她的评语不再是以往的优了，而是雪意溽溽，寒气逼人："不服从组织的统一决定，反对把光量子说成激光。"

独裁会让人忘乎所以，权力会让人变得弱智。

医院做出"关于陈晓兰同志自动离职的处理决定"。
陈晓兰下岗了，"光量子"却没有"下岗"

20世纪80年代初，安静的考场，分分秒秒都似拉圆的弓，只能听到笔和试卷的轻微摩擦声和考生的清清浊浊的呼吸声。时间过半，有人满面焦炙，有人一脸平静，也有人满脸畅快。陈晓兰左手捂着嘴，右手在不停地写着。"啪"又一滴殷红的鲜血落在试卷上，像绽开一朵红梅。她掏出手帕，小心翼翼地将它拭去，接着答题。哦，她的脸挂彩了，嘴唇在流血。

陈晓兰在农村当了七年的赤脚医生之后，终于返城了。下乡的第二年，她得了风湿性心脏病，按政策可以返城，不过返城后就不能当医生。她放弃了返城的机会，让妈妈托人将她从江西转迁到生活条件较好、离家较近的安徽农村。可是，她的病情越来越重，最后还是返回到上海。她进了一家小集体企业，当了工人。接着，她完成了女人一生中最重要的两件大事——结婚和生子。

生活中没有来苏水味，没有病人，听诊器寂寞地守着抽屉，陈晓兰感到郁闷，心里没着没落。她的病不仅没有减轻，反而更加病病歪歪的了，一年要休半年的病假。突然听说局里要举办招贤考试，给当过教师、会计和医生的返城知青一个重返原来岗位的机会，她跑到厂部报了名。可是，她要生火烧饭，照看刚刚两岁的女儿，哪有时间复习功课。她心急如焚。在考试的那天早晨，夫妻发生了冲突，她被丈夫打了一顿。她顾不得脸面，捂着伤口进入了考场。

伤口在一跳跳地痛，血流不止，她清楚这伤势很重，需要缝合。她不能管它，这是返回医疗岗位的难得机会，如果失去了，也许今生今世就无缘了。她埋头答着，渐渐忘记了脸上的伤，忘记了挨打的委屈，卷面上的字像一个个痊愈的病人，笑脸盈盈地向她走来。铃声响了，考试结束了，她从卷面收回目光，交卷了。伤口好似醒了过来，疼痛难忍了，她急忙赶到医院，缝合4针。

成绩公布了，陈晓兰取得96.5分的优异成绩，被安置到厂里的医务室，终于返回医疗岗位。

1981年，她爬出了痛苦婚姻的僵壳。当初结婚时，父母反对；离婚时，父母还是反对。在老人的眼里，离婚是件很丢人的事，她应该"嫁鸡随鸡，嫁狗随狗，嫁根扁担抱着走"。可是，那不符合她的性格，她宁肯死，也不愿跟他过了。离婚后，她没有搬回娘家，领着三岁的女儿搬进老式弄堂的一间旧房子。那居室位于二楼，只有11.4平方米，没有煤气和卫生间，厨房在一楼，6平方米，4户人家共用。她自己动手，在居室搭一层阁楼，上面当卧室，下面做书房，在苦难中营造出一缕温馨。

下班了，她匆匆离开医务室，跑去接上小学的女儿。路上买点吃的，让女儿填饱肚子。然后，领着女儿赶到另一学校。她安顿好女儿，在教室坐下，从自己的书包掏出课本，跟一群没有学历的医务人员听老师讲课。厂里的领导本来不同意她报名参加医科的中专自考。他们认为，陈医生的医术已经很厉害了，外科、内科、妇科都能治，还读什么自考？干吗要拖家带口地跑去混那张轻飘飘的文凭？可是，对陈晓兰来说，她为的不是那张文凭，而是渴望学习，渴望提高自己的医术。最后，领导被她感动了，在她的报名申请表上盖了章。

下课了，女儿手里还拿着没吃完的食物，趴在课桌上睡着了。女儿那么小的年纪，上一天的学已经够累的了，晚上还要陪妈妈读书，想到这儿，陈晓兰心酸酸的。她心疼地背起女儿，左肩挎着女儿的书包，右肩背着自己的书包，迎着一盏盏昏黄的街灯向家走。为省几角钱，陈晓兰要饿着肚子背着女儿走五六站路。没办法啊，每月只有42元的薪水，她要买油盐酱醋，要支付水电柴煤的开支，要供女儿读书，自己还要学习。到家了，总算到家了，她疲惫地把女儿放到床上，给女儿脱去衣服。她真想爬上床，舒展开僵硬的四肢，可是不行，还要生火烧饭，慰藉辘辘饥肠。

经济拮据，她常常为买不起一本医学书而苦恼。在中专毕业前，她交不出那笔不菲的实习费，只好狠心卖掉奶奶的遗物——一套金首饰。她身体本来不好，加上营养不良，走路就像踩在海绵上似的飘飘悠悠的。在实习中，她昏倒在手术室里。她就是这样完成了学业。

工厂还没挺到她中专毕业就倒闭了，三十六岁的她下岗了。倒闭的原因除经营不善之外，还有医疗的负担过重。在改革初期，许多机构千方百计地将改革的成本划给别人，自己坐享其成果。那时，医院已有了医疗腐败的萌芽，出现了"以物代药"——药品用饭盒、暖瓶来包装，诱使不自觉的职工跑到医院大开猛开药物，然后把药倒掉，将精美的包装盒拿回家。医院的这种做法无疑使不景气的企业雪上加霜。陈晓兰对此非常痛恨，在职工报销医药费时，卡得很紧，不该做的检查坚决不让做，不该报销的绝对不签字。尽管如此，医药费还是像管涌洪水从工厂流向医院，每年的医疗费数额大得惊人。企业倒闭了，好占小便宜的职工傻了，后悔去吧。

一个冬日的傍晚，陈家灯火辉煌，高朋满座。这天是陈晓兰父亲七十大寿，天南海北的亲戚纷纷赶来祝寿。夜巷深处，一叶剪影独自徘徊。夜寒袭来，剪影若冬日的柳枝瑟瑟缩缩，那是陈晓兰。两年来，她疲于奔命地四处寻找工作，耗尽了自信和勇气。医院是全民的事业单位，而她是集体的编制，进不了全民；她又是企业编制，进不去事业单位。难道只有一条路——放弃做医生吗？她不甘哪，这份职业已融入她的生命，她就是为当医生而活着，怎么可能放弃？夜深人静，席散客去，她踽踽踏入家门，含泪祝福父亲。凌晨，她房间里的灯还亮着，她饱蘸泪水给虹口区委书记写信。

那封信改变了她的命运，她被破格调入上海市虹口区同心地段医院，被安置在理疗科当医生。那是医院最好的科室，工作环境舒适，不值夜班，还拥有内科、外科、儿科等科室的处方权。六年后，她随同同心地段医院合并到广中地段医院。

　　陈晓兰啊，你已经46岁了，倘若为"光量子"下岗了，你该怎么办？你为何就不能变通一下，别那么较真，同事们给病人开"光量子"，你不好也开吗？别跟钱过不去，一针赚9元（后来回扣调至9元），一个月下来轻轻松松入账三四千元，何必下班回家守灯熬油地一边读书一边拆纱，搞得满屋灰土飞扬，让妈妈家的保姆都不高兴。你要想洁身自好，也可以呀，只要对医疗腐败视而不见，充耳不闻，装聋作哑，就可以求得生活的安稳平静。下班后，你可以继续给人家缝纽扣、拆纱，写稿子，赚干净钱。你跟"光量子"过不去，就等于跟院长过不去；跟院长过不去，就等于跟自己过不去。你的饭碗掌握在院长的手里。

　　可是，医生是跟生命打交道的，是为病人而活着的，看病人受戕害怎么能不管？

　　"光量子"的不良后果出现了，一些接受过10次"光量子"治疗的病人出现了重度感染，用一般的抗菌素无效，只有用"新型"的三线抗菌素。一位叫施洪兴的病人因咽痛咳嗽而接受"光量子"加先锋6号治疗，第一天不仅出现了输液反应，而且牙龈和鼻腔出血。由于医院不予退款，他选择了继续接受"光量子"治疗，十来分钟后，再次出现牙龈和鼻腔流血。连续治疗两天，病人出现了血尿和昏迷。送进海军411医院抢救，人救过来了，病情转为慢性尿毒症。他能够活下来还算幸运，在陈晓兰调查的23位接受过"光量子"治疗的病人中，有9位死于肾功能衰竭和肺栓塞。

　　陈晓兰将"光量子"事件举报到上海医药管理局。举报材料递上去了，烦恼和麻烦接踵而至。院方先是通知她理疗科取消，接着雇人把理疗科的门撬开，将所有的理疗器械和陈晓兰的私人物品搬走。然后，院方让她去某二甲医院进修。她在院方的眼里已是眼中钉、肉中刺,害群之马。她把学习上的那股刻苦劲头用在调查医疗腐败上了,她溜进电脑室,破译了医院药品的虚高;她在医院除了工作就是搜集证据。有她在医院,什么猫腻能遮掩住?没有猫腻,哪有暴利?那么,最好的办法就是让她离开医院。

"请你告诉我,让我去进修什么?是让他们跟我进修,还是我跟他们进修?如果是让我跟他们进修,你最好去打听一下,他们的业务水平是否比我高?"陈晓兰理直气壮地对领导说道。

院方黔驴技穷了,给陈晓兰找个进修的地方还真不容易。最后,院方决定让她回家"全脱产自学",工资和奖金照发。让医生离开临床,这是惩罚。她哭着回到家,把医院的决定跟父母说了。爸爸没说话,去书店买回一本《孙子兵法》。爸爸说,你的唯一目的不就是让"光量子"停下来,不再坑害病人吗?那么,你可以同意在家脱产自学,利用这段时间去跟有关部门反映问题。最后她听从了爸爸的劝说。

对于老病人来说,陈晓兰的理疗科就是一个温馨的家园,在那里不仅可以疗治肌体的病痛,还可以得到心灵的慰藉。理疗科突然变成一间冷冷落落、空空荡荡的屋子,亲人般的陈医生也不见了,病人们愤怒了。他们不能没有理疗科,更不能没有陈医生!几十位病人坐在医院里不走,他们坚持:"陈医生不在,我们就不看病。"

医院会在意他们看不看病吗?他们大多数是中老年病人,是边缘化的消费者,他们不吃医院里虚高的药品,也不做"光量子"治疗。可是,几十号病人待在医院不走,他们不像候诊室的凳子一声不吱,他们有头脑,有嘴巴,要说话,要讲述陈医生多么多么的好,要宣传"光量子"是如何的骗人,这会影响医院收入的。医院里有人提议拨打110,让警察把他们带走。一位在某检察院当检察长的病人说:"你们拨吧,不过请你们告诉110，最少要来3辆警车，少了坐不下。"医院束手无策了。

一位病人给有关部门写了一封信，其他病人争相签名。信中写道："陈晓兰医生医德高尚，她急病人所急，想病人所想，所有经过她治疗的病人都会异口同声地称赞她：'当今社会像这样的医生确实难找！'她（对病人）态度好，医术高，技术上精益求精，对病人提出的问题从来都是耐心解答。我们唯一的要求就是：保证陈晓兰医生仍旧能以她的精湛医术为我们广大的患者服务。"在那封信的天头、地脚、两侧白边签下了68位病人的姓名、住址和电话号码。这哪里是密密麻麻的签名啊，这是病人们对陈晓兰的肯定、信任和厚爱。现今的医生，有几人能享受到这样的厚爱？

上海化工研究院的退休职工应先生也写了一封信。他在信中讲述了自己的所见所闻："从八十多岁的老人到七八岁的小孩，都一致认为她（陈晓兰）是一位罕见的好医生。每天来她理疗室的病人有50多人次，甚至经常高达80多人次。由于她的医术高明，有的病人远在仁济医院也专程赶来找她看病。有的小孩脚跌伤了，流着血，按理应该去看骨伤科或外科，但也来找陈医生。可见她对病人的吸引力……陈医生不怕脏，不怕臭。有的病人呕吐，不仅吐一地，还吐在她身上，她一把一把揩洗干净。她对老人特别照顾，经常帮助他们下楼去付款和配药……她经常（为病人）选用药价便宜、疗效好的几元钱的药，代替那些几十元药价的昂贵药，来减轻病人的经济负担。她对来理疗的各种病人经常讲吃药用药的学问、理疗的知识，病人不仅受益匪浅，而且如同到家里一样温暖。陈医生把温暖带给病人，病人把心交给了陈医生……尤其可贵的是她疾恶如仇，对那些只要赚钱不讲医德的同仁同事，不讲情面，毫不护短，有力揭露。因此，她得罪了一些人，所以有些人伺机打击报复……对这样的好医生，尊敬的领导请给予大大的表扬，并准许陈医生留下来，（让她继续）为我们这一大批病人治病，赐准为祈，谢谢！再谢谢！！”

还有的病人在信中愤怒地写道："目前，医院借改革之名，把价格低、疗效好的科室解散，让我们这些患者去光顾那些昂贵的治疗手段，这简直是与改革的宗旨背道而驰……"

陈晓兰听说后赶过去，劝他们回去。病人一见到她就像久别的亲人，一拥而上，这个拉着她的手，那个抚着她的背，满眼的亲情与泪花。病人非常信赖她，对她的话就像医嘱一样听从。临别，她对病人依依不舍，一一叮嘱，如何继续治疗，服什么药，多食哪些食物，要注意什么，还把自己家里的电话告诉了他们，让他们有事就给她打电话。离开了病人，她的心一下子变得空空落落，泪水潸然而下。此时，她只有默默地为他们祈祷，祝他们健康。

经调查，"光量子"的真实情况浮出水面，它是上海市某三甲医院的实业有限公司盗用河南的"光子氧透射液体治疗仪"的生产许可证号非法生产的，配套用的"一次性石英玻璃输液器"也是非法生产的。1998年6月，河南省药监局在来函中明确指出："在（使用"光子氧透射液体治疗仪"）治疗的过程中，不得擅自加入任何药物输入人体"，"该产品的使用说明书中若有加入药物输入人体的内容，可按伪劣产品予以查处"。6月，上海医药管理局责令广中地段医院停止使用"光量子"，并罚款一万余元。这家医院使用"光量子"长达23个月，已赚得数百万元真金白银。失得相比，九牛一毛。这哪里称得上罚款，只不过是跟用假者讨点儿小费而已！

医疗腐败那是一张庞大的密实的网，从上到下，从里到外，从卫生局到医院，从院长到医生护士，从厂商到销售、到设备科主任，有多少人像贪婪的蜘蛛蜷伏在网上？陈晓兰这样做，无异于划破了网，阻了他们的财路，他们怎会不对她恨之入骨？于是，院方一边通知陈晓兰中止自学，回医院上班；一边背地组织3名职工和1名家属充当打手，想将她打昏后送进精神病院。幸亏四人中有一位有正义感的人怕陈晓兰吃亏，悄悄地告诉了她。怀疑陈晓兰精神有问题的又何止是医院，甚至区卫生局的一位局长（后来其因涉嫌经济犯罪而被捕）在跟她谈话时，特意安排精神病院的一位副院长对她进行诊查。

在他们的眼里，陈晓兰确实有病，她百读不厌的书竟是《医学伦理学》，不仅仅是看，而且按照书上说的去做；她掉进窨井后，医院的赔偿她不要，反而写检举信。院里的医生们为躲避献血服用阿托品，使得心动过速，体检不合格，她明明患有心脏病，反而主动去献血；医院为献血者提供的出租车她不坐，却带着女儿骑自行车去血站；医院给献血者一周假，她第二天就上班了。别人利用"光量子"捞钱，她却不顾一切地去反对。别人没把选择区人大代表当回事，她看得很神圣，在投票前特意烫了头，穿得漂漂亮亮。她拒绝投组织者推荐的人物，而是认真地读一遍候选人的介绍，将票庄重地投进选举箱。离开时，有人告诉她，中午医院招待大家一顿饭，她却说："选举是我的权利和义务，吃饭是你们的事情。"转身走了。他们认为，在这个世道，哪有不为自己着想、哪有不想捞钱的人；哪还有"毫不为己，专门为人"的白求恩？陈晓兰有病，确实有病，而且病得不轻。

时代变了，过去私心过重被唾弃；如今没有私心或私心太少被认为是不正常。这到底是陈晓兰不正常，还是社会的不正常呢？

科学可以为权力服务，可是不会随权力的意志而改变。那位精神病医院的副院长说，陈晓兰的精神没有问题，她看问题是立体的，全面的，客观的。陈晓兰有精神病之说破灭了。

1999年1月31日晚上，陈晓兰躺在床上，辗转反侧。明天，她要去医院接受"光量子"的"治疗"，让那经紫外光照后会产生絮状物的药液输入自己的静脉，随着血液流入心肺肝肾。这有可能导致她隐性感染和栓塞、溶血、败血症、弥散性血管内凝血功能障碍（DIC），甚至诱发红斑狼疮……妈妈就是红斑狼疮的患者，在陈晓兰体内可能潜在着红斑狼疮基因。她也许像那位姓施的病人由此而患上尿毒症，也许会因此而不幸地死去。父母年迈体弱，女儿正值豆蔻，他们都离不开她。她犹如面对千仞悬崖，拍天海啸，转过身便可重拾安乐。可是，她不能转过去，转过去就会看见一批批的病人前仆后继地去遭受"光量子"迫害。医生，难道你的责任只是手持听诊器为病人断病祛疾吗？天降你大任是救死扶伤，你要像战士一样去保护病人的生命与健康，不论对手是病毒、细菌，还是"白衣魔鬼"。

　　可是，1998年11月，她在那场较量中已失败一次了——广中地段医院做出"关于陈晓兰同志自动离职的处理决定"。她下岗了，失去了工作，离开了医院。

　　可是，"光量子"却没有完全"下岗"，在其他医院仍然火爆，它像外来的有害生物快速蔓延，在金钱的支撑下表现出旺盛的生命力。广中地段医院的要好同事也开始抱怨陈晓兰了："你呀，尽胳膊肘往外拐，现在我们医院的'光量子'停下来了，其他医院还都在用。过去，我们医院每天收入两万多元，'光量子'一停，连6000元都不到了。"

　　陈晓兰不相信，骑着自行车跑遍了虹口区各个医院。她越跑腿越软，越跑头皮越麻，"光量子"果真在其他医院盛行。难道这"光量子"像《晏子春秋》中所说的，"橘生淮南则为橘，生于淮北则为枳，叶徒相似，其实味不同。所以然者何？水土异也"，在广中地段医院是假劣器械，是非法的、害人的，在其他医院就会变为合法的、有医疗价值的吗？否则，为何只查禁广中地段医院一家？陈晓兰再次去上海市医药管理局反映。她得到的答复是：人家那些医院没人举报，所以我们就不能查处。

这是什么道理？执法部门明知假冒医疗器械在那些医院泛滥，只因为没有人举报就允许它存在？如果警察看见有人抢劫杀人，是否因没有人举报就视若无睹？这到底是病人的悲哀，还是百姓的悲哀？执法官员看得下去，陈晓兰却看不下去。

"那么我来举报好了。"她说。

"你不是那些医院的职工，举报无效。"官员说。

"那么，除了医院的职工之外，谁举报有效？"她不甘地追问道。

"患者，病人是受害者。"

执法的官员啊，你明知道病人是受害者，为什么就不能保护他们？为什么非要等有资格的人来举报？在中国，有多少医生会像陈晓兰这样冒着下岗的风险去举报呢？对于病人，有谁能知道医院给自己用的医疗器械是假的，是对身体有伤害的？如果五年没有病人举报，你们就让它泛滥五年；十年没人举报，你们就让它泛滥十年？坑害的是谁？是病人，是百姓，是养活你们的人民！百姓对某些政府部门的最大不满不是生活的艰苦，而是他们用自己血汗养活的官员不把他们当人！

只有先当受害者，才有资格当举报者。陈晓兰只有冒险接受"光量子"的戕害。"受害"前，她找上海市药品检测所的工程师咨询，如何避免"光量子"的伤害，发生意外怎么处理。工程师们纷纷劝她不要去做这个受害者，等大家想办法来解决"光量子"的事情。可是，"光量子"每天都要戕害成百上千的病人，怎么等得了呢？

从2月1日起，陈晓兰在朋友的陪伴下，在3天内接受4次"光量子治疗"，取得了有力的证据。她到上海医药管理局举报，没有立案；到上海虹口区人民法院起诉，也没有立案。她走出那些机构的大门，心里弥漫着悲哀和凄苦，难道在这么大个上海就没有机构让病人免遭"光量子"的戕害？最后，她只好去北京，向国务院、卫生部、医药管理局、工商总局等部门反映情况。

1999年4月15日，上海市卫生局会同医疗保险局、医药管理局终于做出了在全市医院禁止使用"光量子"的决定。在上海为害长达三年之久的"光量子"终于寿终正寝。据上海市医疗保险局的一位负责人讲，上海市有1000台"光量子"，以平均每台每天治疗10人次计，那么一天至少要用掉医保费用40万元！

上海是幸运的，幸运的是出现了陈晓兰。几乎全国各地都把"光量子"列入医保项目，直到2005年卫生部下文取缔"光量子"。6年，它骗去全国百姓多少钱，有多少人被它害得家破人亡？

没过多久，又一种假冒伪劣治疗仪进入医院使用。
到新医院工作不久的陈晓兰就像炒股被套上似的，欲罢不能啊！

2000年6月22日，陈晓兰经过长达19个月的艰难上访之后，总算迎来了一道曙光：上海市信访办、卫生局等7个厅局就她在举报过程中遭受的不公正待遇当面道歉，并奖励人民币两万元；同时决定将她调到闸北区彭浦地段医院理疗科当医生，由广中路地段医院补发她两年的工资，并补缴"四金"。

一位官员对陈晓兰说，这是上海市信访办有史以来规格最高的一次道歉。

"你们不用给我道歉，应该给那些被'光量子'害死的人道歉，看看他们能不能爬起来原谅你们。"性情倔强的陈晓兰说道。官员尴尬了，可是官员就是官员，不论什么样的尴尬都走得出来。一位官员意味深长地对她说，陈医生，你可要珍惜这次工作机会啊。

陈晓兰的委屈涌上心头，忍不住放声大哭起来。她怎么不珍惜机会，怎么不珍惜工作？不珍惜她那个医生职业，会顶着如磐的压力，艰难困苦地去举报"光量子"吗？她使多少病人免遭戕害，为社会和百姓减少了多少经济损失？仅上海市一天就是40万，那么10天是400万，一年就是1.46亿元！可是，有多少人这么想呢？连这位政府官员都不一定想到这一点。不过，她还是接受了他的好意。她告诫自己：反腐，那是党组织的事；打假，是政府的职责，自己别再管了。

"给你查一下血好吗？"2001年2月1日，陈晓兰身着白大褂坐在彭浦地段医院的理疗科里，对病人说。听说她又当医生了，老病人纷纷赶来就医。新医院的院长待她不错，给她配备了一位护士。

"那么你明天早晨来抽血。抽血前要12小时空腹，对，对，连水都不要喝。"见病人点头同意后，她叮嘱道。病人满意地拿着化验单走了。

"给你拍一张X光片好吗？"每当病人需要器械检查时，她就跟病人商量。当年学医时，老师教导她，看病是要花钱的，你不问病人，怎么能知道他在经济上能不能承受呢？病人惊异了，怎么还有这样的医生？在商场顾客是上帝，在医院病人却是仆人。病人在医院是没有话语权的，医生要他做10项化验，他不能做8项。尤其是在这"以疗养医"的年代，医院赚的就是检查化验拍片的钱，往往药还没配，病人几百元的血汗钱已经扔了出去。

"你哪儿不舒服呢？我给你检查一下。"她和颜悦色地对一位病人说。西医诊病要视、触、叩、听，中医要望、闻、问、切。她采取中西医结合，对病人看得认真，触得仔细，听得专注，叩得用心。绝不会像有些医生那样，没问两句就开了一沓检验单，把该医生做的检查统统交给仪器去做。

"吃梅干菜烧肉就可以降血脂。梅干菜要切得很短，肉要炖三个多小时。连续吃两周……"她对一位病人说。

"陈医生，你还是给我开点儿药吧。"病人说。

"你需要用药，我会给你开的；不需要，我就不能开。医生不能乱开药，病人也不能乱吃药。"她对用药很谨慎，能食疗的不开药，哪种药没有副作用呢？

"你家里有什么药？"她对另一位病人说。在给病人开药之前，她总要问这么一句。如果她要病人服的药病人家里有，她就叮嘱病人每天服几次，每次服多少，什么时候服。

"陈医生，我家有一大堆药，究竟是什么药，我也说不清了。"病人比画着说。

"家远不远？那么，你回去取来让我看看好吗？"

病人把药拿来了，她一一鉴定，这种是什么药，那种又是什么药，这种药过期了，千万不要再服了。

"陈医生，我就这么些钱，你按钱给我看病好了。"一位中年人对她说。他可能被医生宰怕了，进了医院心里就没了底，见到医生就像遭遇打劫似的，先主动把自己包里的钱"洗"了出来。

"该用的药要用，不该用的再便宜我也不会给你开。"陈晓兰感到脸像被人打了似的，心里十分难过。医生怎么会把病人搞成这个样子？她给病人看了病，开了药。

"陈医生，谢谢您，谢谢！"不一会儿，那位病人又回来了，给她深深鞠一躬。他做梦也没想到没花几个钱就看了病。

"别谢了，陈医生不光对你，对所有病人都这样。"旁边的老病人说。

医生首先要把病人当亲人，他才能相信你，把他的心里话都说给你。否则，你不了解病人，怎么诊断？一天，老患者给陈晓兰领来一位年过古稀的病人，她得了一种怪病，儿女领着她跑遍了上海的各大医院，看了好多名医，都说她没有病。可是，她清清楚楚地感觉到自己有病，是心脏病，而且越来越重。儿女认为她是没事找事，折腾家人，也就不再理睬她。我明明有病，我痛苦啊，医生看不出来也就罢了，怎么儿女也不理解呢？老人孑然独坐街头，默默流泪。

陈晓兰一边给其他病人看病，一边听她跟别人闲聊。她原来是自己过，后来儿子把她接过来。她不愿意住在儿子家，又不好意思说。儿子媳妇上班后就把她一个人锁在家里，连个唠嗑的人也没有。陈晓兰明白了，她是心理的问题。

"您心里很难受是吗？"陈晓兰给她听听心脏，第一心音和第二心音改变不大，只是心跳略快。

"是啊，我心口难受死了。"病人说。

"哦，你心口难受是真的。你的心脏是有点儿问题。比方说，心脏是一扇门，你的门不是关不上，也不是卡紧了，而是没关好，或者说关轻了，没关严。不过，你的门没有坏，门框也没有坏，只要用一点儿药就好了。"陈晓兰和风细雨地对老人说。

"专家都讲我没病。"老人怅然地说。

"专家讲你没病，是说你的心脏没坏掉，它既没缺少一块，也没多出来一块。"

"对，你说得对，我的心脏不会缺少一块的。"老人佩服得五体投地。

陈晓兰给她开了一盒逍遥丸。

"陈医生，你开的药太好了，我的心脏好多了。"两天后，老人来了，感激不尽地说。

"陈医生，我的病好了。"几天后，老人又来了，红光满面地说。

在病人的眼里，陈晓兰这个医生很神奇，不管什么病她都能看好。陈晓兰说，我不是神奇，只不过注重跟病人沟通罢了。在沟通中，你就会找出他的病究竟在哪里。他认为自己有病，你否定他有病，他认为你没检查出来。这样，他心理压力更大了，新的病又出来了。有些病是不需要治疗的，只要心理疏导一下，用点儿安慰剂就行了。

第一个月，陈晓兰的门诊量只有380人次，连自己的工资都没挣出来，她感到非常难为情。可是，情况很快发生转变，她的门诊量直线上升，没几个月就突破6000人次。

8个月后，陈晓兰自己却有了心病。她发现医院新引进的鼻激光治疗仪是一种类似"光量子"的器械，病人治疗一次也收40元。骗人的医疗器械又出笼了，她心里矛盾重重，管还是不管？管的话，还会陷入矛盾漩涡，遭受打击和迫害。唉，别管了，自己已年近半百，学历不过大专在读，职称还是初级的医师，二者都不具竞争优势，下岗后能重返医疗岗位已属不易。可是，每当她的目光和病人眼中流露出的依赖相遇时，她就感到不安，心灵就遭受一次鞭挞……

不久，医院出台了新规定，要求医生多开诊疗费和检查费，限制药费，"鼻激光"在医院越来越火了。病人的有限的救命钱被这种伪劣器械吞噬掉了，疾病却没得到治疗。陈晓兰感到块垒在心，觉睡不稳，饭吃不下，无论如何也说服不了自己不再去管伪劣器械。她写了一份举报材料，请上海的全国人大代表李葵南带上市人代会，转交给常务副市长。

鼻激光治疗仪被取缔了，输液的"光纤针"又冒了出来。鼻激光是骗钱的，"光纤针"却是图财害命的。陈晓兰就像炒股被套上似的，欲罢不能，只好继续举报……

2002年12月31日，院方突然通知陈晓兰：她已按"工人编制"退休了。

"你们错了，我是干部编制，不是工人编制。"在办公室里，她莫名其妙地望着对方。

院方说，广中医院是集体所有制的，彭浦医院是全民所有制的，你在这里只能享受工人待遇。她就这样离开了医院，"退休"了。

"我是工人编制，农民待遇。"她自嘲地说。"四金"被"强制封存"，她既领不到退休金，也享受不到医疗保险。彭浦医院说，在她调动时，两个医院有协议，她在岗时，工资由彭浦医院发；退休后，回广中医院办理手续。有人愤愤地说，他们哪里是给陈晓兰安排工作，而是布下了一个圈套。也有人说，陈晓兰是一个小人物，她没有"安分守己"，得罪了掌有生死予夺大权的群体，所以不钻进这个圈套也得钻进那个圈套。

"我不陪妈妈来，她就该遭受这样的治疗吗？如果病人和病人的家属不认识你们，就应该回家等死吗？你们这是医院还是火葬场？"她忍不住恸哭起来

那是一个天寒地冻，雪虐风饕的冬日，医疗腐败不仅让她失去了工作，还夺去了她亲人的生命。父母离去后，留下了一个个漫长的夜晚，让她去内疚，去痛苦。如果不去检举揭发医疗腐败，而是精心照料年迈的父母，他们是不会走那么早的。可是，他们不走又会怎么样呢？会心安理得地活着吗？

"晓兰，晓兰！"呼唤声梦呓般的细微，像枚树叶被风吹送进窗棂。在妈妈去世9个月前，在家忙于整理举报"光量子"材料的陈晓兰闻声放下笔，趴在二楼的窗口向外一看，啊，是妈妈。妈妈怎么的了？腰躬成90度，苍白的脸艰难地仰着，一副痛苦的表情。

"噔噔噔"她慌忙跑下楼。看来妈妈虚弱得已爬不上20来级台阶了，要不绝对不会在楼下喊她。她把妈妈背上楼，安放在床上。妈妈长长喘口气，绵软无力地告诉她，妈妈又去医院了，医生给妈妈做了胃肠道钡餐造影透影。第一杯硫酸钡服下去后，医生说边缘模糊，看不清楚，又让妈妈吃了一杯，最后确诊了：幽门梗阻。

"妈妈，开什么玩笑，那是不可能的。"她不相信地对妈妈说。怎么会可能呢，懂点医学的人都知道，幽门梗阻是外科急诊病人，医生怎么会让妈妈回家呢？

妈妈无力跟晓兰争辩，接着说，给她看病的医生说，让她下周一去做肝功，如果肝功正常的话，就可以给她开单做胃镜了。妈妈多么渴望做胃镜，渴望把自己的病查清楚。她胃不舒服已经半年了，一次次去医院看病，那些医生连检查都不肯做，给开点儿多酶片就把她打发了。可是，那药妈妈服后毫无效果，只好再去看医生。一次，妈妈问医生，能不能换一种药，比如吗丁啉？医生却冷冷地说那种药太贵了，不属于你们公费吃的。妈妈请求做胃镜，医生又冷冷地说没必要。妈妈是享受公费医疗的，似乎公费医疗的待遇就该如此。她多次要陪妈妈去看病，可是妈妈却让她先把"光量子"的事了结，那是关系千万人生命和健康的大事。妈妈过去是中学教师，她教过的学生在那所医院工作，可是她不找他们，她不愿意也不习惯于走后门，不习惯给别人添麻烦。

尽管她不相信妈妈会是幽门梗阻，但她知道妈妈是不会说谎的。她给在那所医院工作的同学打电话，请同学帮忙了解一下妈妈的病情。很快那位同学就回话了：

"没错，是幽门梗阻。"

"是完全梗阻还是不完全梗阻？"她焦切地问。

"上面没写。"同学说。

"太过分！"陈晓兰火冒三丈地赶到医院，质问那位给妈妈看病的戴眼镜的医生："这个病人已经好几天没吃东西了，你给她触诊没有？你听见振水音没有？那么，你现在告诉我：她的幽门已经梗阻，那么喝进去的那两杯500CC的硫酸钡怎么出来？你让她4天之后再来做你的钡功，查你的胃镜，你这不是糟践人吗？"

"这样吧，你把她先弄过来。"那位医生说。

"我还能相信你吗？就凭你对病人这种态度，还把人弄过来！"她更加愤怒了。

她转身去找院长，要求医院组织内科、外科和胃镜室主任会诊。院长同意了。

"晓兰，这是你妈妈吗？你为什么不陪她来呢？"跟她稔熟的内科主任说。

"我不陪她来，她就该遭受这样的治疗吗？如果病人和病人的家属不认识你们，就应该回家等死吗？你们这是医院还是火葬场？"她忍不住恸哭起来。医生啊，你应该全力以赴去拯救每一位病人，怎么能将病人分出远近亲疏、贵贱贫富？怎么能够有关系就好好治疗，没关系就见死不救？中国几千年的医德医风，难道就这么丧失殆尽？

"不是，不是。晓兰，别急，别着急……"内科主任安慰道。

那是她的母亲，她能不急吗？如果医生能够把病人当亲人，病患的家属哪里会这么心急如焚？

最后，妈妈被确诊为胃癌，是硬介细胞癌，那是癌中最猖獗的疾病，而且是中晚期。妈妈被误诊了，被延误了。在那一刻，陈晓兰感到天塌地陷，头痛欲裂，恶心欲呕，站不起来。她一测血压，高达200。她把家里所有的钱都拿出来，去给妈妈买药。

妈妈住院了，这位坚强的、可爱的、高尚的老人非常想让自己的小女儿陈晓兰守在身边，可是她却拒绝陈晓兰护理，甚至以放弃治疗来要挟。她要晓兰去把"光量子"的问题尽快解决。她是女儿与医疗腐败斗争的坚强后盾，不论女儿遭受多么残酷的打击，面对黑云压城，妈妈都像一株坚定不移的大树站立在她的身后。妈妈也许为自己的倒下，不能再给女儿以帮助和支持而感到不安，为不能跟女儿一起同医疗腐败抗争而感到遗憾。

"妈妈，'光量子'被取缔了，信访办向我赔礼道歉了，市卫生局的领导说，要来医院看您。我很快就要回到医疗岗位上去了。"一天，她对妈妈说。妈妈笑眯眯地望着她，不说话。"妈妈，怎么的，他们确实跟我道歉了，你不相信吗……"她问道。妈妈摇摇头，什么话也没有说。也许妈妈知道女儿将面临着什么，也许妈妈不相信医疗腐败会轻而易举地解决，"光量子"只不过是晓兰的万里长征的第一步，以后的路还很长，将更加艰难。

"妈妈，我的内科学、外科学、老年医学都通过了。"陈晓兰高兴地对妈妈说。妈妈看着她，微笑。妈妈不相信，她也不相信。"妈妈，我真的通过了，而且分数挺高。"妈妈越笑越开心，最后眼泪都笑出来了。妈妈的最大心愿就是女儿能成为最好的医生，她不让女儿来医院护理自己，要女儿去钻研医术，去复习功课，顺利通过大专自考。

在那些日子，陈晓兰哪有时间和心思去看书复习啊，那本《外科学》几乎没有翻过。考试前，她坐在学校的大门口，手捧着书和考试大纲却看不进去。过来一位同学，她就会问：

"我妈会不会诊断错了，不会是癌吧？"

"病理不是都做了吗？那不会搞错的。"一位将要参加给妈妈做手术的同学十分肯定地说。

"老师说，年纪大的人不大可能得恶性肿瘤。这种说法对不对呢？"

"也会搞错，也会搞错的。"另一位同学望着失魂落魄的陈晓兰，不忍心再坚持下去了，安慰道。

铃响了，陈晓兰被人流裹进考场；考试结束的铃响了，她又被人流裹出考场。同学们纷纷问她一些试题应该怎么答。以往，她会很清楚地告诉他们，可是这次考的什么，怎么答的，她无论如何也想不起来，脑袋里一片空白。

自己这次肯定不及格了，她想。同学告诉她：成绩公布了。她懒得去看。老师打电话来告诉她，她的外科学、内科学和老年医学都通过了。她不相信，认为老师在安慰她。直到老师通知她去取单科结业证时，她才相信。

"老天有眼，在人生低谷给了我安慰。这靠的完全是平时的基本功……"她捧着结业证说。

在妈妈手术后，陈晓兰在病房护理妈妈28天。在那28天里，她是一个很乖巧的女儿，白天精心护理妈妈，陪妈妈聊天；晚上，她在水泥地铺上泡沫，睡在妈妈的床边。妈妈虽然饱受疾病的折磨，却享受着跟女儿朝夕相守的幸福。在妈妈手术的那一天，还有四位病人做了手术，这四人数妈妈的年纪最大，体质最差，病情最重。医生、护士都认为那四位病情较轻的病人都能够活下来，而妈妈是根本没有希望的。

没想到，那四位病人很快就相继去世了，妈妈却活着。这与陈晓兰科学的、精心的照料有关。

在医院，妈妈目睹了许多绝对不该发生的事情，给妈妈带来很大的刺激：在一位病人急需抢救时，医护人员将呼吸机推过来，插头却与插座不匹配，急忙换了一台，还不行。一连换了4台，最后总算插上了，呼吸机却不工作，医护人员围着呼吸机团团转。妈妈让陈晓兰去帮忙，她过去一看，呼吸机开关没打开。她伸手将开关打开，呼吸机终于工作了，可是病人早已死了。

在抢救另一位病人时，医生做人工呼吸的动作很不到位，角度和力度都远远不够，陈晓兰看在眼里，急在心上，这哪是诚心抢救病人，只不过给活人看一看，让家属感到医生已经尽力罢了。妈妈让她过去帮忙，可她不是这家医院的医生，确切地说，她不过是一个下岗失业的医生，病人的主管医师怎么会允许她去抢救呢？她只有转过脸去不看。

那位病人死了。那是必然的。在中国，有多少生命在医生的手边流逝？医疗腐败哪里只是医生多开药，多拿回扣，而是无视病人的健康和生命啊！

妈妈数日沉默无语，心绪低沉。一天，妈妈突然让陈晓兰在病榻前跪下。她莫名其妙地跪下了，两眼疑惑地望着妈妈，从小到大，不论她犯什么错误，当初她不听父母的话，执意要嫁给那个男人，妈妈都没有让她跪过。妈妈要她答应一件事：当妈妈病危时，放弃抢救。

陈晓兰心如刀绞，泪水涌漾地跪在地上，说什么也不肯答应。膝盖麻木了，腰酸背痛了，她的脸颊挂着泪珠，嘴角紧闭。她是女儿，怎么可以眼睁睁地看着妈妈死去？她是医生，怎么可以见死不救？可是，她不是妈妈的主治医师，在医院这种医德医风下，能抢救过来的可能性究竟会有几成？她渐渐理解妈妈了，这是拒绝亵渎生命，践踏人格尊严啊！最后，她答应了妈妈。

癌细胞在妈妈的肌体扩散了，转移了。母女间生死离别的日子逼近了，陈晓兰经常趴在妈妈的枕头旁，享受那最后的融融母爱。妈妈不停地摩挲着她的头发，似要把所有的母爱都释放出来。一天，妈妈突然语调轻微，却字字如钉地说：

"晓兰哪，你是医生，患者不懂，你懂，你要保护他们的权利。"

她明白了，让妈妈最后放心不下的是医疗的腐败。她的心碎了，恨自己无能，不仅对不起病人，更对不起妈妈。

妈妈走了。陈晓兰悲痛欲绝，不知道妈妈留给她的那么漫长的抗争医疗腐败的道路，她能否有能力和气力走下去。她后悔啊，后悔当初当了医生，如果不当医生也就不知道妈妈是怎么死的了，就不会为那些医疗界的同道去背负沉重的十字架；她后悔自己对妈妈关心得不够，陪伴妈妈的时间太少。过去，妈妈喜欢去的地方就是陈晓兰的诊室，静静地坐在一旁，看女儿给患者看病，喜欢听病人夸奖女儿，赞美女儿。这是母亲的最大快乐和享受。可是，陈晓兰不愿妈妈在那儿，撵妈妈回去，她是怕同事怀疑她"以权谋私"，给妈妈做理疗。世界上，任何一对母女组合中，自私的是女儿，无私的是母亲。想到这时，陈晓兰为自己当年的自私而感到愧疚。

在妈妈去世八个月后，爸爸也走了。陈晓兰听爸爸的左肺有明显的啰音，领着爸爸去医院看病。没想到医生居然连听都不听就给爸爸开心痛定。心痛定会使血压降下来，可是它会使心跳加快。爸爸已经心跳过速，再用心痛定是非常危险的。可是，不论她怎么说，那位医生就是不听。这哪里是医生，这是杀手，是病人说的"杀人不偿命的职业杀手"！她把医生开的药夺了过来，扔了。她跟医生吵了起来，最后吵到院长那里，心痛定才撤下来。这时，他们已给爸爸注射了半瓶心痛定，爸爸的心跳已高达170多次／分钟，经过一番抢救才把爸爸抢救过来。

爸爸住进了监护室，十四天后，医生还没查出病灶。在爸爸拍X光片时，她提出要把爸爸扶起来拍，医生拒绝了。她认为，他们拍出的X

光片模糊，看不清楚。医生说，她的要求太高了。她一遍遍地问爸爸的主管医师："请你告诉我，我爸爸到底是心衰（心脏衰竭）引起的呼衰（呼吸系统衰竭），还是呼衰引起的心衰？"医生说不出来，她要组织会诊。医生说，不能会诊。她提出转院，又被拒绝了。他们找不出病灶，不能对症下药，只好一天天地拖着。最后，陈晓兰忍无可忍地去找主任。

最终医院同意请专家会诊，她从胸科医院请来两位专家。两位专家没有要求拍片，分别用听诊器听了很久，然后两人会意地对视一下，不约而同地将手指指在爸爸左肺的位置："感染的病灶就在这，后边的啰音都是传导性的！"一位专家把爸爸扶坐起来，用空掌轻轻地拍打爸爸的后背，让爸爸轻轻地咳嗽。突然专家重拍一下，爸爸的一口很浓重的痰咳了出来，爸爸的心跳好多了，呼吸也流畅了。爸爸的病确诊了，是肺部感染引起的呼衰，并发了心衰。

父亲去世那天是周六，这时她已调到彭浦地段医院，周末上午值班。在快下班时，来了一位要做理疗的病人，对她来说，病人不做完理疗，她是不会离开岗位的。当病人做完理疗，已是下午2时30分，她收拾一下，下班回家，想吃口饭就去医院看望爸爸。

她刚进家门，就接到外甥女的电话，急忙跑到医院。她的同学、爸爸的主治医生对她说，他已经竭尽全力抢救了，很遗憾没抢救过来。为抢救爸爸，他们连午饭都没有吃。他认为，爸爸的气管进了食物，因此导致窒息而亡。她对那位同学千恩万谢。

她无比悲痛地走进病房，昨天爸爸还在跟她聊天，今天却再也不能说话了，想到此她泪如雨下。她打来一盆清水，想给爸爸洗洗脸，让他清清爽爽地上路。突然，她发现爸爸那满口的假牙戴得好好的。谁给爸爸戴的呢？这个人还蛮细心的，如果在爸爸死后不及时戴上，遗体僵硬时就戴不上了。弟弟说："爸爸的假牙根本就没摘下来。"原来在爸爸吃蚕豆时噎了一下，眼睛突然瞪大了。弟弟慌忙喊医生。医生过来就抢救。陈晓兰感到眼前一黑，好像被人打了一闷棍。在抢救时，先要取出病人的义齿。爸爸的假牙不摘下来，吸痰器的气管插管怎么能插进气管？难怪那位同学说吸上来的都是食物。他们肯定把插管插进了爸爸的食道，导致爸爸窒息而死。如果医生能够正确地抢救，能够认真负责的话，爸爸是不会死的；如果她那天正点下班，及时赶到医院，爸爸也不会死的。

她喟然长叹，如果医疗制度改革不成功，医疗腐败现象不改变，那么不论有权人，还是有钱人，很可能一场小病进了医院都会一命呜呼，甚至留给生者一屁股的债！

"我在1997年就反映假冒医疗器械的问题，到现在一没有立法，

二对造假用假的机构没有制裁。我不能再相信你们了。"

一次次地较量，已把她打造成战士

在第一次下岗时，许多海外的亲友劝她出国，别跟医疗腐败抗争了，甚至还帮她找好了工作，到妈妈一位同学的诊所里当医生。她执着地说，出国容易，海外有那么多亲戚，随时都可以走。可是，中国不强大的话，你跑到天堂又怎么样，还不是受人欺辱？20世纪50年代，华侨在印尼受到了惨无人道的迫害，一位华侨不是只穿着一只鞋子跑回祖国的吗？

中国要想强大，想要建设一个和谐的社会，医疗腐败不解决怎么行？

医疗腐败那不是某个人的问题，那是整个医疗体系和制度的问题。

她清楚地意识到："医疗器械企业制假，医院用假，医生为病人做假治疗，这已成为一种潜规则。在医疗系统中，这个过程几乎就是各方牟取利益的流程图。"对手太强大了，那不是某个医院，某些医生，而是一个庞大的利益联盟，是有钱的造假厂商、有名望的专家、有权力的官人，还有那些借用假器械捞钱的医院领导和医务人员。她一个没权、没钱、没地位、没了工作的医生，一位跟女儿相依为命的弱女子，何以能与之抗争？

通过一次次的上访，她总结出了上访的要件：上访要具备专家的头脑，无赖的脸皮，运动员的体魄，还需要有足够的财力。对于她而言，除了清醒的头脑之外，其他都不具备。

有人说，这是陈晓兰一个人的战争；有人称她是中国的唐·吉诃德。在海外的弟弟很体贴姐姐，出钱给她请了一位保姆。那位从农村来的保姆在她家干了不长时间，知道了陈晓兰在做什么之后，说，陈医生那是拿石头砸天……

在一次上访中，一位官员很直率地问她，现在像你这样的医生还多不多？

"我从来没有孤独过。"她坦率地回答。是啊，她凭着一个医生的良心，为全国老百姓做事，怎么会孤独？

陈晓兰说："我得到过不少人的支持和帮助，其中有医生、记者、亲戚、朋友，是他们给了我勇气和力量。"在她要去上海市医药管理局举报"光量子"时，跟一位医药管理局的离休干部打听路，老人先是劝她不要管，那事很复杂。她坚持要去，老人就摇着头把医药管理局的地址写给了她。当她走出很远时，老人托人追上她，捎话说，让她去找某处长，这个人还比较正直。一次上访时，接待室门前排着长龙，很多人都是前一天就来排队。听说她是为老百姓反映医疗腐败问题的医生，人群中让出了一条路，大家纷纷把她让到前面。在北京，一位陌生的老板听说她的事后，不仅帮她找一家便宜旅店，而且还叮嘱旅店老板，她是一个好医生，你要保护好她。中专和大专自考班的同学，还有同学的家人、朋友和病人都帮她搜集各医院的医疗腐败的证据。一位博士生导师、医疗器械专家对她说："你咬咬牙再顶一下，我们大家支持你。看病的事儿，我们替你做，举报医疗的黑幕没人能取代你啊！"一位朋友帮她在网上建一个主页："一个有良心的医生——陈晓兰医生主页。"一进入这个主页，你就会发现她感动了多少人。许多人在网上留言，说她是英雄，真正的医生，对她敬佩得五体投地；有人坚决支持她，愿意为她提供帮助……

可是，在这个世界上，有多少人会相信陈晓兰能赢得这场战争？

可是，她是一位医生，一位真正的医生。在医疗腐败面前，她是没有任何退路的，要像《英雄儿女》中的王成一样与阵地共存亡。"你是医生，患者不懂，你懂，你要保护他们的权利。"妈妈的遗嘱，她不能辜负。

"第一，我不能放弃，我放弃了就没人替病人说话了；第二，我不能输，我输了，全国的老百姓就都跟着输了，那些假的医疗器械、假的治疗就要在医院存在下去，全国的病人就要被其盘剥和戕害。"她把反医疗腐败的重点放在假冒器械上。

那些造假的厂商对她恨之入骨，有人嚣张地说，如果不是李葵南在前边挡着，几个陈晓兰都让她闭口。有些官员对陈晓兰怕得要命，他们无法预料她能把他们的"天"砸出多大的窟窿。某区卫生局要求下属的各医院要像解放初期全民"防奸防特"那样严加防范陈晓兰，许多医院还向医生护士介绍陈晓兰的长相和身高。上海市卫生局一位领导在写给上海市委、市政府的信中说："建议有关部门对原虹口区广中地段医院陈晓兰医生扭曲事实真相，混淆视听的行为予以训诫。"市药监局的某位官员对采访、报道过陈晓兰的记者说："陈晓兰里通外国，她找外国记者反映……"还有一位官员呼吁，对陈晓兰要进行政治定性。那些有医术没良知的医生，甚至于既没医术又没良知的医护人员，对她怨恨不已，称她是医疗界的"叛徒"，一时间各种势力黑云压城似的袭向陈晓兰。

"我的原则是中国人的事情，中国自己解决，不可能找外国记者的。"她说。可是，这声音太弱了，弱得远远不如妈妈当年站在楼下，腰弯成90度的呼唤声。有谁能听得见呢？

那些人会不会找什么借口对我进行迫害？她跑去找妈妈的同学、解放前曾是中共上海地下党、解放后曾担任过领导干部的王伯伯。王伯伯劝她，你要把所有证据存放到外滩的银行里去，或者放到我家。否则，他们把你抓起来，搜查你的家，把所有证据收走了，最后顶多给你赔礼道歉，赔偿你点儿钱。你要避开这场灾难……

我又没干坏事，为什么要躲起来？她心情灰暗地回到家，挥笔给主管医疗的市长写了一封信，要求市领导安排人直接跟她谈话。

主管医疗的市长安排市长办公室主任、信访办主任接待了她。他们告诉她，市里始终在关注她的情况……

尽管那些人不能把她怎么样，可是在这场实力悬殊的较量中，她怎么能够胜出？从反抗医疗腐败那天起，她的处境极其被动，历经11个月的检举揭发，"光量子"被禁止了，可是它的替代产品——"鼻激光"和"光纤针"出现了；她把"鼻激光"举报停了，"静舒氧""伤骨愈膜"又出现了，假冒器械层出不穷……表面看，陈晓兰获胜了，实质上却败了，病人不受这个骗，就受那个害，病人的权益根本没法得到保护。在这么一种适合医疗腐败滋生的环境里，别说中国只有一个陈晓兰，就是有十个、百个陈晓兰也无济于事啊！

在斗争中，她渐渐明白一个道理，假冒医疗器械之所以能够在医院猖獗，其根本原因是：在中国买卖假币、假烟、假酒、假药都是犯罪，而制造和使用假劣的医疗器械却不是犯罪。她决计进京，向卫生部、国家药监局反映，呼吁为医疗器械立法。有人劝她不要外出，劝她要注意人身安全，以防那些人狗急跳墙。对她下毒手……

2003年的一天，陈晓兰登上了开往北京的列车。她刚爬到上铺，整理好自己的铺位，一位陌生男子敲着她的铺位，用一种不容商量的口吻让她下来。

"下来干吗？"她以为对方找错了铺位，"你把你的票仔细看看呀，这是我的铺位啊。"

他仍然坚持让她下来。他身材高大，可以平视上铺的她。接着又过来三四个男子，要取下她的旅行包，让她下来。

她制止他们动她的东西，并要他们出示车票。他们说，×在下面等她。

"我也不找×，我下车干什么？"她明白了，他们是怕她进京上访，想把她拦下。

"就是她，就是她！"又有许多人跑了过来。周围的旅客也聚拢过来，有人让那些男子出示证件。他们拒不出示，只是让她下车。正值相持不下之际，她认识的官员×跑过来。

"陈医生啊，我们可找死了。好好回去吧，回去吧。"×说。

"我又不找你，跟你回去干什么？我是医生，我要把所发现的有关医疗器械方面的腐败向国家药监局反映情况。"1999年4月，"光量子"在上海被禁用后，上海药监局没有向国家药监局反映，"光量子"在其他地方仍然泛滥。她给国家药监局写过信，发过传真，可是一直没有答复。

"回去吧，上海能解决。"他说。

"我在1997年就反映假冒医疗器械的问题，到现在一没有立法，二对造假用假的机构没有制裁。我不能再相信你们了。"一次次地较量，已把她打造成战士。

"走开，走开，不要影响我的工作。"列车员走过来说。那些人很无奈地下车了，列车员悄悄地拉一下她的衣角。

那些人不甘心地站在月台威胁道："陈晓兰，你到不了北京！"

"我一定能够到北京，而且还能到国家药监局！"她回应道。

列车驶离了上海，滑入了夜幕，蓦然，莫名的恐惧袭上她的心头，父母去世了，亲属大部分在海外，万一自己出了意外，谁来接替自己？那些历经千辛万苦收集的证据交给谁？还有，女儿托付给谁？近来，经常有素不相识的人问她："你女儿好吗？"她很惊异，也很敏感，他们怎么知道她有个女儿？女儿过去很支持她，觉得她很伟大，为她而自豪。一次，女儿在公交车读到一篇关于她的报道，当读到她为了取证竟然"以身试针"时，女儿放声大哭起来。回到家，女儿搂着她哭着说："妈妈，假冒伪劣的医疗器械层出不穷，你是抵挡不住的。妈妈，你不要再管了……"

陈晓兰打电话给一直支持她的同学倪平："如果我有不测，你一定要接替我干下去。"倪平是全国"五一劳动奖章"获得者，安徽省"三八红旗手"，她非常爽快地答应了。陈晓兰就把证据存放在哪儿都一一交代清楚了。接着，她又给王伯伯打电话，如果她回不了上海，请王伯伯帮忙做几件事。这位可爱的老人多次为她的事去找市长，他曾经跟市长说："我用党性担保，陈晓兰是没有私心的。"当老人听完陈晓兰的话后，坚定地说："晓兰，放心吧，你做的事，我老头子一定会接着做下去的……"那夜，老人几乎未眠，一会儿一个电话打过来，他劝她说："晓兰，下车吧，你的爸爸妈妈都不在了，你要听伯伯的话，伯伯不想让你发生任何意外……"他说，他有责任替她的父母保护好她，要她赶快下车，换一列车进京。陈晓兰被说服了，去找列车员索票下车。这时，列车上的人知道了她就是那位同医疗腐败决一死战的医生。列车员劝她不要下车，乘警对她说，陈医生，你在我们列车上是绝对安全的。周围铺位的旅客爬起来了，要保护她的安全……

列车驶入北京站，还没停稳，乘警就护送她下了车。当她走出车站时，身后的旅客还都没跟上来。

第二天，倪平赶到北京，特意来保护陈晓兰。在第三天，当她们要去国家药监局时，发现了跟踪者，那是一个男子。倪平乱了方寸，她们身带重要证据，万一被劫，那么就无法去药监局举报。最后，她们分开，几经周折，甩掉跟踪者，分别赶到国家食品药品监督局（SFDA）。那天是局长接待日，一位副局长接待了她们……

年过古稀的舅妈带着沉重的药液离开了人世，在没有尿的情况下，医生给她输入19公斤的药液，这让她怎么排出来？她怎么会不死，胀也把她给胀死了。大输液中的病人会带来什么

年过古稀的张印月躺在病床上，脸色苍白，双目紧闭，浑身插满管子，嘴里还插着一支塑料注射器，血水顺着嘴角流下来，本来枯瘦的身体却像充足气的皮球——鼓胀胀的……

2005年9月21日晚，陈晓兰接到表哥张怡打来的电话后，赶到上海某三甲医院，看到的就是这一情景。张印月是她的舅妈，三天前老人因感染性休克被送进医院抢救。老人出现心跳、呼吸和肾脏三项功能衰竭，经过一天的抢救，病情有所缓解，转入急诊住院部。

陈晓兰当了三十多年医生，从来没见过这种把注射器插入病人的嘴里的抢救方法。医生解释说，呼吸机没牙垫，他们发现用注射器代替效果挺好，于是就在院内推广起来。看来他们颇具"创新"能力。呼吸机怎么会没有牙垫？陈晓兰提出要看看产品说明书，说明书是医疗器械使用的法定依据。他们却推说找不到了。

突然，医生发现老人的血压还有，呼吸还在，心电监护器上那条波动的曲线似乎被一种神秘的力量扯平了，怎么会出现这种怪现象？医生立即组织抢救。在"啪啪"的电击中，老人的身体上下跳动。家属看着老人被这般折腾，万箭穿心。忽然，医生停止了电击，原来老人的心脏并没有停止跳动，是心电监护器的导线被碰掉了。导线接上了，那道可爱的波动曲线复现了。这是多么低级的错误，会有心跳停止，血压和呼吸依然还存在的现象吗？医生怎么退化到了只会看仪器，不会摸脉搏的地步？

"这种抢救药在短时间内注入体内才有效，怎么能选择输液？你们把药放进500CC溶液中，那得什么时候输完？"陈晓兰问道。

"我放了10支药，肯定能达到疗效。"医生说。

"这样就超剂量了，我舅妈还能醒过来吗？"

"你们以前的医生不懂，我们现在……"

"你懂什么？临床经验是积累出来的，不是读出来的。对肾衰的病人，你一天就给她输液6000CC。3000CC就足以把她的所有血管胀开！在病人尿少和无尿的情况下，输液要有所限制，用量应该是前天的出量再加400～500CC，否则液体进去后，怎么出来？胀也把病人胀死了。你这是治病吗？你的目的就是把所有的药都给输进去，然后跟家属收钱。家属花钱的目的是抢救亲人，你各种药超剂量地都给她输进去，她不是死于这种药，就是死于那种药！"陈晓兰气愤地说。

老人住三天医院，花了8645.62元，其中药费5591.46元，治疗费460.34元，化验费934元。在抢救中，医生给老人开了七支泰能亚胺培南（其中有三支不知去向），每支218元。在泰能药品说明书的注意事项一栏明确说明："过敏、严重休克或心脏传导阻滞者禁用。不用于脑膜炎治疗。肾功能衰竭时须调整剂量。"陈晓兰认为，在舅妈住院抢救的三天，最能体现医生技术水平和价值的花费只有34元。医生却认为："对于她这种病人来说，这是个很一般的数字。"是啊，难怪病人不敢进医院。

陈晓兰请医生检查舅妈的瞳孔。没想到，在这家现代医疗设备齐全的三甲医院居然找不到一只常用的诊疗用具——手电筒。陈晓兰只好从手袋中取出手电筒递过去。陈晓兰已发现舅妈瞳孔扩散，对光反射已经不存在，手脚出现大片淤血，实际上已经死亡，心跳和呼吸之所以还有，那是在呼吸机与药物作用下的一种假象。

"扩散没有？"她问。

"没看到边缘。"医生说。

这是什么话呢？瞳孔扩散还是没扩散，病人死了还是没死，连这一点都判断不出来吗？陈晓兰要求撤掉呼吸机。医生说，只要病人心脏还跳就不能撤，要撤需要征得上海市医保局的同意。荒唐！陈晓兰拨通医保局的电话，得到的答复是：我们不可能做出这种规定。

"你在撒谎。医务人员是不能撒谎的！"陈晓兰气愤地说。

"我记错了，是我们医院的规定。"医生说。

"你们哪位院长规定的？你讲吧，我可以打电话问。"

"不不，是我们科主任规定的。"

"你们科主任我认识。"陈晓兰说。

医生不吱声了，只好同意撤下每小时收费8元的呼吸机。当医生拔掉插在张印月嘴里的注射器时，鲜血和血块从嘴里喷涌而出。这又是陈晓兰从来没见过的现象。医生解释说，这是病人牙齿出的血。可是，她满口的假牙，难道假牙也会出血？

老人死了，在医院走完了最后的旅程。在去世的前五天里，老人的尿量只有40毫升。可是在最后这三天里，医生给她输液1.9万毫升（约19公斤）。她是背着沉重的药液离开人世的。

在SFDA的药品法则里写着，100毫升以上的输液叫大输液。国际医生的用药原则是：能口服的不肌注，能肌注的不静脉注射和输液。可是，在经济利益的驱动下，大输液却成为当今医生的首选。医学专家认为，"输液产品是直接进入人体血液的药品，哪怕将0.05毫米直径以下的不溶性微粒带入人体，微粒也不会被排出，能造成静脉炎、肺动脉炎、肉芽肿、栓塞等，灭菌不彻底的药品还会造成中毒甚至死亡。"在国外，大输液前需要病人和家属签字，病理科主任签字，药剂科主任签字。

在80年代中期，中国大输液的产量只有3亿瓶。据有关资料显示，2003年，中国大输液的产量已达到32亿瓶。"其中，一种新型包装的大输液产品，国内制药企业一下子从国外引进了37条生产线，此外还有10多条生产线正准备投产。"大输液成为中国制药行业五大制剂之一。

"据世界卫生组织2000年的估计，全球每年人均注射3.4次，其中不安全注射的比例高达40％，造成全球每年有2170万人感染乙型肝炎，在新感染病例中占32％；使200万人新感染丙型肝炎，占新感染病例总数的40％；使26万人感染艾滋病，占新感染病例总数的5％，在南亚，这一比例可能已高达9％。另外，肝癌的28％和肝硬化的24％也可归因于不安全注射。全球每年死于不安全注射的人数达50万人。在全球，不安全注射使130万人提早死亡，其中我国占29.4%；造成2600万寿命年的损失，直接医疗费用达5.35亿美元，我国占26.5%。"流行病学家、计划免疫学家王克安说："在发展中国家，每年大约有160亿次各种注射，其中95%以上用于治疗目的，约3%为免疫预防注射。据报告，70%用于医疗目的的注射或是不必要的，或是可以通过口服途径给药代替的。"

陈晓兰认为，大输液的泛滥也是一种医疗腐败现象。她正在收集有关大输液的证据，准备向国家卫生部反映。

医疗腐败如同从高山上滚下来的雪团，它越滚越快，越滚越大，呼啸着向病人的头上砸来。如果说陈晓兰父母的死是医生的失职的话，舅妈的死则有点谋财害命的味道了。那么后边发生的"哈尔滨天价医药费""沈阳的敲骨吸髓事件"等震惊人寰的事件则是医疗腐败的"深入发展"。

医疗腐败日益猖獗了，如制止不住将会出现雪崩，给中国的百姓带来巨大的灾难！

打假应该是政府的行为，是你们的不作为才导致假劣医疗器械泛滥成灾，

才逼迫她这位医生下岗失业，耗七八年的宝贵时间去举报啊

"陈医生，您又来反映问题了。"在SFDA的电梯里，官员们跟陈晓兰打招呼。她已经进京34次，SFDA的门槛已被她踏平了，跟这里的人也都混熟了。有时，她需要复印资料，不用像那些上访者满大街找复印社，在他们的办公室就复印了。

"来了。"她回答道。不来怎么办？问题没解决，伪劣医疗器械还在全国各地泛滥。

"在医疗器械领域，唯一执行的法律依据是《医疗器械监督管理条例》，可是，在这一条例中却没有对假冒伪劣医疗器械进行定义，也没有相关的处罚条款。生产医疗器械的企业应该对其产品负责、承担后果，不能只取利润，不承担风险，一边行贿，一边造假。另外，应该把在医疗机构内通过医疗服务达到欺诈目的的案件，从普通的医疗纠纷、医疗事故中剥离出来，追究其刑法责任……"这种话，她不知在SFDA说过多少遍。

"陈医生，这些问题你最好到卫生部反映，让他们解决。"一位SFDA的官员对她说。他是球技精湛的"足球门卫"，不论什么问题都能挡在球门之外，或把它踢回，或传给他人。

"不，不。到卫生部只能反映医风医德的问题，医疗器械的注册、销售、使用都归你们药监局管。你们的权力很大，连医疗器械的说明书都归你们管。可是，你们连说明书都没管好。几乎所有医疗器械的说明书上都写着'或遵医嘱'。遵医嘱意味着什么？那就是医生想给病人怎么用就怎么用。这样，说明书还有什么用？"她可不是一般的中锋，不仅进攻性极强，而且对各部门的职责了如指掌。

她来到11层01办公室门口，轻叩两下，随即推门而入。一位胖胖的、脸色黧黑的官员坐在一张大大的办公桌前。他衣着朴素，看上去有几分憨厚质朴，身后耸立一面共和国国旗，桌上插着袖珍国旗。他就是SFDA的医疗器械司司长郝和平。自SFDA成立，他就出任这个司的司长，在医疗器械领域是位呼风唤雨的人物。前不久，他还荣获"中央国家机关防治非典型肺炎工作优秀共产党员"的称号，是中央国家机关工委表彰的58名共产党员之一。这位司长并没有因为她的贸然闯入而表现出不快，热情地让她坐下。她在他的对面坐下，再次向他反映情况。他似乎在听，可是对她既不反驳，也不首肯。她讲累了，口干舌燥了，停下来，望他一眼就把目光转向了他身后的国旗。郝和平啊，你怎么也应该对得起这面国旗吧！

郝和平这人很平易近人，不论陈晓兰说什么或怎么说，都不愠不恼。不过，她是不说白不说，说了也白说，这位执掌医疗器械行政审批大权的官员这耳听那耳冒。他可不像那些手下的小官吏去挡你的球，而是敞开球门让你猛劲儿踢。当你踢完之后，汗流浃背地坐在地上，再看一眼球门，立马就傻掉了，里边空空如也，踢进去的球早已没了踪影。你还会爬起来继续踢吗？陈晓兰却踢了下去，她是一位百折不挠、执着不已的中锋，一次次去攻郝和平的球门。

"司长的办公室，你怎么可以随便乱闯？"SFDA有人不满了，指责她道。

"我反映的是人命关天的问题，应该他管他没有管好，我怎么就不能进去跟他说？再说，我已经象征性地敲两下门了。"她理直气壮地说。

在SFDA，陈晓兰不仅找郝和平，还先后跟四位副局长反映了八次问题。一次，一位副局长听完她反映的情况后，让身边的郝和平和另一位司长把手机号码告诉她，以便联系。这有何用？当面反映都解决不了，在电话里谈能解决吗？尽管如此，她还是很感激那位副局长。

卫生部下文了，在全国范围内取缔光量子。可是，厂家还在成批生产，一箱箱光量子销售到全国各地，在一些医院它还是主打治疗。陈晓兰专程去北京，要求SFDA撤销"光量子"的注册证号。郝和平不作为，他手下的官员说："既然卫生部已经取缔了，那么就让它自生自灭吧。"

"你们不撤销它的注册证号，它就是合法的医疗器械，生产厂家就要继续生产，医院要继续使用！"陈晓兰说。

可是，她人微言轻，球踢进去了，算不算数，官员们说了算。他们想管就管，不想管她又奈何？

在一次SFDA局长接待日，一位副局长端坐在会议圆桌的上首，身边围坐着郝和平和其他司的司长，陈晓兰坐在圆桌的下首。当副局长听完她所反映的"光量子"等医疗器械的情况后，当即给郝和平布置了五项任务。

"以医疗器械司为主，以市场司为辅，根据陈医生提供的证据，召开专家论证会。专家由SFDA和陈医生分头请，双方数量相等。"副局长说。

"我不是专家，只不过是一名临床医生。"陈晓兰说。

"不，你就是这方面的专家。"副局长肯定地说。

陈晓兰长长喘口气，这次没有白来，问题终于得到了解决。没想到，郝和平一出门就把五项变成了两项，到了下边的处室两项变成了一项半，副局长的指示还没出SFDA就流失了70%。

专家论证会终于召开了。郝和平没有让陈晓兰去请跟她观点一致的专家，而是在开会的前三天才通知她参加会。她打的是一个人的战争，要孤军对付那些专家和官员。为备战，她连续3天带着黄瓜和馒头，跑北京紫竹院的图书馆去苦读，去收集资料。

论证会开始时，在专家们面前，陈晓兰不敢讲话。听北京的一位专家讲某种医疗器械如何好，她憋不住了，对那位专家说："您先等一下，不要说它好或是不好，如果您是中医请告诉我，用这种器械治疗半小时后，在望、闻、问、切上有什么变化，比方一小时后脉搏有什么变化，病人的舌苔是什么样的；如果您是西医，请您告诉我，治疗后血液的黏稠度是多少，列出伯努力方程式，把整个过程告诉我……"她说完，那位专家马上坐下了，没再发言。他并没有因此而记恨陈晓兰，在一次陈晓兰没有出席的论证会上，上海的某位专家攻击陈晓兰，说她是工人。这位专家拍案而起："如果有像陈晓兰这样的工人，那么我们这些专家就不必坐在这里论证了！"

在讨论光量子时，G官员不准陈晓兰提石英玻璃输液器，因为它是药监局注册产品。陈晓兰只好讲氧加入生理盐水或葡萄溶液中会有化学反应。G官员马上对生产厂家说，"陈医生对你们在盐水和葡萄溶液中加氧有意见，你们能不能在说明书上不加那些文字？不加就不加了。"似乎他是他们的老板。

陈晓兰接着说，用紫外光照也不对。

"那么把紫外光照射那部分的文字也改了。"G官员说。

"G官员，你这样讲就不对了。光量子就是由这些组成的。这就像一幢三层楼房，你不要一楼，也不要三楼，那么那幢三层楼房还存在吗？"陈晓兰不快地说。气氛顿时紧张了。

"陈医生，你打这个比方我听不懂。"G官员瞪着她说。气氛有点儿剑拔弩张了。

"是啊，你现在听不懂，回去琢磨琢磨就明白了。"她毫不让步地说。全场寂然，时光似乎凝固，不再流淌。那毕竟是高层的论证会，与会者见过的世面多了，沉寂很快就被划破。

"你不是有乳腺癌吗？为什么不用'光量子'来治疗一下？你说它好，你自己不用让别人用，你只能诓人家，诓不了自己。"当一位专家大谈特谈光量子好时，陈晓兰忍不住质问道，流淌的时光又停顿了。

"她那癌症跟别人的不一样。"有人打圆场说。

"有什么不一样？癌就是癌，跟癌不一样那就是瘤了？"陈晓兰想，你不要耍花样，以为别人低能！

当论证光纤针时，G官员又喋喋不休地大讲光纤针效果如何好。

"你不是有糖尿病吗？光纤针不是能治糖尿病吗？你为什么就不试试呢？"陈晓兰质问道。

"哦哦，我不试，我不试。"G官员把脑袋摇得跟拨浪鼓似的说，在场的人都忍俊不禁了。

"你明知道那东西根本就没有疗效。你自己不用，却让全国的病人用！"陈晓兰一针见血地指出。G官员尴尬地闭上他的嘴巴。

她对国家药监局越来越不满，对郝和平这种欺上瞒下的作为越来越深恶痛绝。医疗器械司的职责是起草有关国家标准，拟订和修订医疗器械、卫生材料产品的行业标准、生产质量管理规范并监督实施；负责医疗器械产品的注册和监督管理；负责医疗器械生产企业许可的管理；负责医疗器械不良事件监测和再评价；认可医疗器械临床试验基地、检测机构、质量管理规范评审机构的资格；负责医疗器械审评专家库的管理；负责对医疗器械注册和质量相关问题的核实并提出处理意见等。陈晓兰怀疑郝和平等SFDA官员与医疗器械生产厂家、药品生产厂家有着千丝万缕的联系，甚至在某种程度上已形成利益的共同体。他们是故意不作为，利用相关条例的漏洞牟利。

一次，她对SFDA的一位副局长说，郝和平阳奉阴违，在监管上不作为。事后，SFDA的一位官员说，"你老告郝司长的状，说他的坏话，这不对。要知道郝司长多次帮你的忙，开第二次光纤针的论证会时，你们上海的专家都攻击你，有人说你是工人。郝司长用手指叩着桌面说，你们不要这样评价陈晓兰，我们是用纳税人的钱请你们到北京来开会，要论证的就是陈晓兰提出来的问题。我接待过许多上访者，只有陈晓兰不是为自己，她没有私心，为的是病人利益"。

难道郝和平说她好，她就得说郝和平好吗？中国医疗改革20年，"光量子"泛滥了15年，老百姓的数以百亿的救命钱被它吞噬掉了，无数家庭被害得倾家荡产，家破人亡，这能说跟郝和平这位SFDA的审批大员、医疗器械司的司长没有关系吗？

"绝对的权力导致绝对的腐败。"陈晓兰总结的是，SFDA有100%的权力，却没有任何责任；卫生监督管理局有95％的权力，只有5％的责任；医疗保险局只有权力，而没有责任。这样怎么会不导致医疗腐败，医疗改革又怎么可能成功？

一次，陈晓兰去SFDA，经常接待她的官员大都不在。

"那几位去哪了？"她问一位熟悉的官员。

"有出国的，有去献血的。"那位年轻的官员说。

"那你怎么没去？"她奇怪地问。

"我才不去呢，那么脏。"官员说。

这句话犹如搬起石头砸在她的心，你们是监管医疗器械的权力机构啊，知道那些医疗器械脏，自己不去用，可是你们却眼睁睁地看着全国的病人用。我的爸爸妈妈用的就是这些脏的医疗器械啊。她的心碎了，泪流满面地走出SFDA的大楼。

她顶着寒冷的西北风，泪流满面地走在街上。从SFDA到旅馆只需10分钟的路程，她却转悠两个来小时。她伤心啊，委屈啊，打假应该是政府的行为，是你们SFDA的职责，是你们的不作为才导致假劣医疗器械泛滥成灾，才逼迫她这位医生下岗失业，耗七八年的宝贵时间去举报！她在没有工资，没有医保的情况下，为举报假劣医疗器械花去了近10万元钱。为节省几个钱，往返于京沪她尽量坐慢车，一次从北京回上海，她站到济南，脚肿得站不住了。狠狠心补了一张上铺，仅仅因为上铺便宜那么几元钱，年过半百的她要爬上爬下。她喜欢清洁和安静，刚进京上访时，她住的是280元的宾馆标准间，后来降到100元的普间，后来降为30元的地下室。

这次，她原打算在京待3天，没料到要找的官员出国了，她只好等了10天。带的盘缠越花越少，她只好天天啃馒头喝开水，甚至连3元钱的澡都不洗了。最后，只剩下买一张返程硬座票的钱了。可是，她一次次地跑北京，有多少次是有效的、是对那些官老爷那麻木、冷漠的心灵有所触动的？有多少次是无效的，是劳民伤财的呢？她的泪越流越多，脸颊杀得难受。她感到自己无法面对死去的父母和支持她的女儿，也无法面对自己，还有那些病人。眼泪哭干了，她回到旅馆。她不愿意让旅馆的老板知道自己哭了。那位老板听说她是为举报医疗腐败而进京的，对她非常照顾，30元住宿费只收她20元。

她举报的那些伪劣医疗器械，多数都是在药监局注册的，在产品鉴定书上有专家签名的。难道那些专家不学无术，还是药监局的官员被蒙骗了？

2005年6月，SFDA的局长被免职。7月的一天，陈晓兰去SFDA时，一位官员欢欣地告诉她：郝和平因涉嫌商业受贿被刑拘。陈晓兰没有感到大快人心，而是感到了沉重。2001年至2004年，经SFDA注册的境内医疗器械产品平均每年高达7370种。2004年，美国食品和药品管理局仅批准了52种使用新技术的新医疗器械，公布了3365种使用现有技术的医疗器械。在每年注册的7300多种医疗器械中，哪怕其中仅有一两个伪劣产品，她就是一辈子也举报不完！

6个月后，SFDA的药品注册司司长曹文庄等官员被"双规"，随即被正式批捕。医疗器械注册和药品注册是SFDA的两大"主业"，随着两位行政审批大员的被捕，引发了一场地震。陈晓兰对北京市西城区检察院的检察官说，郝和平等贪官不仅是经济犯罪，更重要的是渎职！他们放弃国家和人民的利益，坑害了全国的百姓！

2005年9月5日，SFDA局长接待日，这次只接待陈晓兰一个人。一位副局长绕过长长的会议桌走过来，跟她握手，真诚地说："感谢你这8年来的坚持！"这是陈晓兰第九次参加SFDA局长接待日，也是她第三十二次赴北京反映医疗器械问题。这次她反映的是"静舒氧"的问题。

"静舒氧"这东西太有诱惑力了，就像一条传送带，这边放上它，那边就传过来一捆一捆的百元现钞。陈晓兰却把传送带割断，将"静舒氧"打入地狱。她冒着生命危险来到Y省。

她被一些人围困在医院……

陈晓兰第一次见到被称为"静舒氧"的东西，是在上海一家医院的高干病房。那是一个绿色的塑料小瓶，与之配套的是一根长长的针。据说这种东西很神，可以在呼吸系统之外，为病人"再架一条给氧通道"，"在病人输液的同时使氧气直接溶解到液体中，以溶解氧的形式直接供给组织利用，减轻组织缺氧，即内给氧，再配合吸氧，从而达到治疗各种缺血缺氧性疾病的目的"。

陈晓兰的同学L的父亲接受的就是"静舒氧"治疗，在那次的2600多元治疗费中，有2100多元被它吃掉了。他是具有相当级别的离休干部，这些开销由国家买单。

L和母亲都是医生，她们对"静舒氧"表示怀疑，请陈晓兰去看看。

"这肯定是个骗局。按生理学原理，氧气吸入人体与红细胞化学结合后，通过动脉和人体组织进行气体交换。氧气直接输入静脉怎么能提高血氧饱和度？高氧血在静脉里是否会引起血管壁氧化脆性？"陈晓兰说。

于是，L跟护士长说，不要再给父亲使用"静舒氧"了。

"没事的，反正也不要你们出钱，给他用用也没关系。"护士长坚持要用。

"我去买瓶敌敌畏请你吃，你吃吗？我也不要你付钱。你肯定不吃，你知道有毒。可是，这种器械可能会对人体有害，你却非要给人家用。"陈晓兰气愤地说。

可是，"静舒氧"是经过上海医学会临床试用准入论证的，五位专家均同意准入，无一人不同意。陈晓兰在"静舒氧"的说明书上发现，那绿色塑料瓶子里充的根本不是什么氧气，而是洁净空气。可是，这洁净空气却比氧气还昂贵，一小瓶37元。

陈晓兰一次次赴京向SFDA反映，在她的不懈努力之下，2005年，SFDA终于下文严肃查处"静舒氧"。她以为这下"静舒氧"可以寿终正寝了，不能再坑骗病人了，没想到这时，她接到了Y省的医疗器械销售主管S的电话。

S说："如果不是你举报，在2006年全国每个病人在输液时都会挂上一瓶'静舒氧'。你截断了那些人的财路，他们恨死你了。不过，我却认为你很伟大。"

"我没有你们想象的那么伟大，我是一个很平凡的人，在不知深浅的时候，觉得是对的就跨了一步，没有去想跨出去的那只脚能不能站住，所以每一步都跨得挺艰辛。"她实事求是地说。

S说，他们给省里的两位主管官员20万元。可是，在论证会上，七位专家却没有一人同意准入。他们原以为用20万元搞定那两个官员，让那官员把专家搞定。没想到，官员没把钱分给专家。专家也不过是聋子的耳朵——摆设。他们不签字"静舒氧"照样进入了Y省。他说，Y省的"静舒氧"除了7台之外，都是经他的手卖出去的，总共600多台。

他说，他早就知道"静舒氧"是骗人的。一次，他到下边给当地的官员和医院的头头送回扣，在那里见到一对年迈的村民。老太太患有心脏病，老汉好不容易凑了百八十元钱，陪着她去看病。结果，医生就给老太太开了两针"静舒氧"。老汉满怀悲凄地说："70多元钱就扎这么两针，还不知道能不能治好，这针咋就这么金贵呢。"老头说着说着就老泪横流。老人的话像巴掌似的打在他的脸上，S转过脸去，哭了。这哪里是推销器械，这是在做伤天害理的勾当啊！他决心洗手不干了。

可是，"静舒氧"太具诱惑力了，厂家以每针6元钱的价格卖给他们，他们以每针23.17元的价格卖给医院。他想，我不推销"静舒氧"别人也会推销。对那些病人来说，又会有什么不同呢？再说，我们这些人不从这些病人身上赚钱，从谁身上赚呢？于是，他又做了下去。

一天，在外地的母亲来电话说，她病了，在医院扎了几针，很贵。他问妈妈，那针是什么样的？妈妈说，有一个绿色的塑料瓶，还有一根长长的针……他立马明白了，那就是"静舒氧"。他叮嘱妈妈千万不要再扎那种针了。放下电话，他一拍大腿，真是报应！他推销的"静舒氧"用在了他妈妈的身上。后来，"静舒氧"给央视曝光了，他也就从医疗器械公司辞职了。

"Y省的一些地方还在用'静舒氧'，尤其是C地区。不过，你千万不要来，他们跟黑社会有联系。"

可是，不去就没有证据，没证据就不能举报，不举报"静舒氧"就要继续坑害那里的病人！

2006年3月，陈晓兰来到Y省的省会，随同她前往的是央视的三位记者。

在宾馆入住后，她就给S打电话。他很快就过去了。她说，还有两位朋友，想一起聊聊。他说，不是两位，而是三位，你们一起来了四人，一位住在外边，两位跟你住在宾馆。入住后，你们调过一次房间。陈晓兰惊呆了，突然感到有点毛骨悚然。

"在这里，你不能出去，否则会有生命危险的。你在央视是露过脸，网上还有你的照片，他们会认出你来的。"

"可是，我又没伤害谁，我只想让病人不遭受伤害。我又不想得到任何好处……"她望着S说。

"谁拦了他们的财路，他们就要干掉谁。你千万不要去C地。"

可是，陈晓兰他们还是去了远离省城的C地区。他们昼伏夜出，一天晚上出来吃饭时，突然陈晓兰心酸地说："怎么那些造假、售假、用假的人变得光明正大，我却变得鬼头鬼脑的。"

在要回来的那天上午，他们去了一家医院。听说，他们在使用"静舒氧"，可是在医院转了好几圈儿也没见到。陈晓兰只好故意弄脏手，然后跟护士借肥皂，趁机查看护士的工作间。几个楼层都看过了，没有发现。在准备撤离时，她提出去跟医生打听一下。记者连忙阻拦，那样太危险了。她说，我们不能白来。

"我是从上海来的，想了解一下'静舒氧'的情况，听说你们一直在用。"她走进医生的办公室，对一位医生说。

"我们医院这个月没有用。不过，上个月还在用。"那位医生很诚实地说。

"那么器械放到哪去了？"她问。

他带他们去找护士长，护士长又把他们带到办公室，从工作台下边取出三台"静舒氧"。央视的记者急忙进行拍照。

"你是哪的，销售公司的？"突然，护士长觉得有点不对头了，问陈晓兰。

"不是……"陈晓兰本可以哼哼哈哈搪塞过去的，可是她不会撒谎。

"那你们是干什么的？把拍完的带子都给我留下来！"护士长变脸了，说着掏出手机拨了一通。片刻，从四面八方跑来很多人，把他们团团围了。

"你们不交出带子就别想出去！"他们凶狠地说。

这时，一位个头很高、穿着黑衣服的男子走进来，一眼盯住了陈晓兰。原来他是这所医院的设备科主任。

"我在前天的电视上见到过你。我已经通知供货商了，他们马上就到了……"

供货商来了，这意味着什么？

"你知道造假是违法行为，你通知他们来是什么目的？那样的话，我不仅要打110报警，还要给你们当地的药监局和卫生局打电话报案！"陈晓兰气愤地说。

那位主任有点害怕了，因为他们用的"静舒氧"不是从医疗器械采购部门购的，而是厂家直接送进医院的。这是违规的。

"到这里来的不是我们三个，外边还有一帮记者。我们事先约定，如果11点钟我们不出去，他们就要进来。"记者吓唬地说。

最后，那些人无奈地让开一条路，陈晓兰他们终于逃离医院，当天带着证据乘飞机返回上海。

尾　声

傍晚，上海嘉定公墓，碑碣如林，万籁俱寂，光阴恍若辍止。

陈晓兰坐在墓前，沉浸在手捧的书中。夕阳轻抚她憔悴而苍老的面容，在风儿的撩拨下，花白发根钻出来。夕阳带走了最后一道光线，她站起来，深情地望着眼前那两座墓：一座墓是爸爸的，一座是妈妈的。这里是她心灵的家园，每当心情烦躁时，她来陪父母坐一会儿，跟他们唠唠，在墓前读一会儿书。

她从来不给父母烧纸，只给他们读报读刊，将医疗领域的反腐败情况告诉他们，甚至将一些文章烧给他们。她知道他们最关心的是医疗界能否清除污染，让病人有一个安全的放心的医疗环境。

2006年，她获得央视"3·15质量先锋奖"。九年来，在她的举报下，7种伪劣医疗器械被禁用。可是，她也为此付出很大的代价。抗击医疗腐败，她呕心沥血，饱经风霜。过去她不仅比实际年龄年轻许多，而且长得也漂亮；如今她比实际年龄老许多，脸上过早地出现了老年斑，她越来越害怕照相和上镜头，自己看了都心酸。她经常夜以继日地写举报材料。一次，她想从电脑桌前站起来，突然感到心慌气短，绵软无力，摔倒在地，怎么也爬不起来。她打电话给一位同学。同学不在家，同学的丈夫焦急不安地说："你千万不能去医院啊，有些医院和医生都恨死你了，别让他们再对你下黑手……"

"放心吧，我不会去医院的。如果我生病了，我就挺；挺不过去，我就死。我绝不能带着一身的药去西天，让女儿背下一身的债务……"

三年前，女儿在她的催促下结婚了。了却她一块心病，不用再为女儿的安全担忧了。

"妈妈，你的话女儿一直铭记在心：'晓兰，病人不懂，你懂，你是医生，你要保护病人的权利。'女儿不遗余力去做了。爸爸妈妈，你们活着的时候女儿没有陪好你们，没有尽到女儿的孝心，总有一天女儿会来陪伴你们的，一直到地老天荒。"

她对女儿说，等妈妈死后，一定要让妈妈穿着白大褂离去，另外，把妈妈的执业医师证放在妈妈的身边。哪怕到另一个世界，她还想做个医生，一个真正的医生！

医疗腐败还存在，魔鬼还猖獗，天使还要战斗下去。

（原载《北京文学》2006年第6期）

一种精神

李青松

树是种出来的，

不是说出来的。

种树。种树种树种树。

种树。种树种树种树。

种树需要苦干，种树需要一种信念和精神。

——题记

"二杆子"

他的长相颇像禹作敏。细高个子，长脸，猴瘦猴瘦，一副疾恶如仇的样子。第一次见到他时，很是惊愕，还以为时光倒转，回到了20世纪80年代的大邱庄呢。事实上真是个庄，但不是大邱庄，而是赵盘庄。在山西省中阳县暖泉镇。他跟你说话时，两眼紧紧盯着你，时不时会有唾沫星子喷出来。他这人气大，说到一些看不惯的事情，就会咬牙切齿。他的中阳话口音很重，他说十句，我能听懂两三句，他说两三句，我干脆就听不懂了。不过，他挂在嘴上的那句话。我还是听懂了——"你懂我的意思了吗？"他是个颇有争议的人。有人讨厌他，说他张牙舞爪，咋咋呼呼，不明事理。有人说他身上有一股匪气，要是生在旧社会，一准当土匪，占山为王了。有人说他是个"二杆子"，把钱都撒山上去了，胡球日哄。日哄个甚？——种树。种树种树种树。种油松，种侧柏，种山杏，种刺槐。就是这么个被称作"二杆子"的人，竟然绿化了10万亩荒山，种了2000万株树。在中国，造林先锋不止他一个，张侯拉、马永顺、牛玉琴、石光银……能数出一长串，而凭个人的力量绿化这么大面积种这么多树的人，他却是头一个。

头一个怎么啦？是啊！有人指着正在青山垣上给树挖坑的那个背影，说，还说不准他是给树挖坑还是给将来装自己的棺材挖坑呢！说完，捂着嘴哧哧一通乐。猫腰撅腚的那个背影当然没听见，他的心思全在坑里呢！在乡下，与精明相对的词才是"二杆子"呢！他的脾气把他害了。人说性格决定命运，而性格是啥决定呢？——脾气。这话在这个被称作"二杆子"的人身上算是应验了。

种树。种树种树种树。他本来拥有三座煤矿的股份，也算是知道有钱人的日子是什么样了。吃香的喝辣的，美美地受用一辈子，甚至几辈子都够了，还折腾个甚？可是，他还是折腾。据说，山西煤老板们暴富后，通常都干三件事，一则买豪宅，问问，北京、上海、海南、深圳的高级别墅的钥匙都在什么人手里？二则买豪车，瞧瞧，凯迪拉克、奔驰、宝马轿车轮纹里的煤屑就知晓车的主人都是干什么的了。三则……唉，那是人家私密的事情，还是不说了吧。然而，这三件事，他都没有去折腾，却偏偏折腾着去种树。种树。种树种树种树。这个"二杆子"真是个犟种，树能生出金蛋子吗？可话说回来，种树也不一定就种成个穷光蛋啊，那要看你种什么树，好家伙！要是种核桃种红枣种板栗种成10万亩，10年后不成百万富翁才怪呢！种什么树的问题，我们想到了，这个"二杆子"就想不到吗？他当然没有"二"到那种程度。他不是不想种，而是不能种——青山垣的土地条件太差，片麻岩上几乎没有土层，经济林根本种不活。他只能种那些耐瘠薄耐干旱的树。油松、侧柏、山杏、刺槐这些树皮实，好活。不过这些树却没一点经济效益，只有投入没有产出。种得越多，负担就越重。那简直就是无底洞了。种树。种树种树种树。他算是掉进"洞"里了。

青山垣

青山垣在吕梁山中段。说到吕梁山，人们自然就会想到马烽、西戎的《吕梁英雄传》，当年民兵队长雷石柱带领民兵打鬼子，端炮楼，反扫荡，威震吕梁山。今天，一个"二杆子"种树能种出什么名堂？你还能成为英雄吗？

即便是英雄，也是个掉进"洞"里的英雄。那还能算英雄吗？狗熊还差不多。

这是一个巨大的"洞"——有面积，有株数。论面积，10万亩不是个小数，得相当于多少个天安门广场呢？这还真不好丈量。论株数，2000万株该是相当的壮观无比了，一米一株，一株一米，若是一株一株排列下去，从赵盘庄排到北京，围着鸟巢排一圈，再从北京排回赵盘庄，大概没有问题吧。2000万株，聚起来就是一座绿色的山，躺下去就是一片绿色的海。

种树。种树种树种树。他是20年前开始往"洞"里掉的。那个"洞"在吕梁山中段的青山垣。青山垣辽阔而荒凉，几丛灌木几蓬衰草简直就可以算是冷漠的大自然的额外恩赐了。早年间，一个说书的盲艺人曾经给他算过一卦，说他前世是树神，天生看山的命，命中主贵，必有大作为。这个被称作"二杆子"的人的命运注定要和青山垣的命运连在一起了。

当时村里正在拍卖"四荒"。拍卖会开得异常沉闷。对了，"四荒"就是荒山、荒坡、荒滩、荒地。大家心里都有数，汗珠摔八瓣，好田还种不过来呢，哪还有力气治理"四荒"啊！再说，那"四荒"自古就是荒着的，除了牲口啃草磨牙，除了丢死孩子，葬死人，还能有啥用途？人人心里的算盘珠子早拨拉好几遍了。于是，女人扎堆嗑着瓜子，汉子们缩着头吧唧吧唧抽闷烟。村里没一个人站出来承包，眼看拍卖会就要泡汤了。"二杆子"的脾气上来了，腾地站起来——"我包！"一个一个缩着的头伸出来，诡异的目光看着他。村长唯恐他反悔，手起槌落，"当"一声响，荒凉的青山垣的使用权就落在他的手里啦。哄！——全场乐倒了一片。好啊！他没有一个竞争对手，输赢都是自己。村民们纷纷扛起板凳，往门口走。转瞬间，青山垣跟大家没关系了，只跟他一个人有关了。村民们嘻嘻笑着散去了，嘴里叨叨着——"二杆子""二杆子"。村委会屋里瓜子皮满地，丢在角落里的烟屁股，有的还在冒着缕缕清冷的烟。他一个人傻在那里了。……

不一会儿，婆姨知道了，风风火火赶来，同他吵了一架，末了，一跺脚，哭着回娘家了。"二杆子"的犟劲上来，八头牛也拦不住。好嘛！你回娘家，我上山。第二天，他背着行李卷上了青山垣。在山上搭了个窝棚，种树。种树种树种树。

到底是女人。一个月后，婆姨心软了，拉着孩子找来了。到山上一看，丈夫蓬头垢面，胡子拉碴，衣服裤子被杂草灌木划成了条条，就像野人一样。毕竟是夫妻，婆姨的眼泪哗就下来了，结果，没把丈夫劝下山，自己和孩子也留在山上了。唉，"二杆子"的犟脾气，不但害了自己，也害得全家人跟着遭罪哩。

盟　誓

不久，他的一些亲戚也上山帮他来了。种树。种树种树种树。

头一年种的树，活了两成，八成都死了；第二年种的树活了三成，七成都死了；第三年种的树，活了四成，六成都死了……

死的比活的多得多。都折腾死了，还折腾个甚？他说，那也得折腾，不把自己折腾死，就得折腾。因为不种树，不折腾，他就得死。树魂儿已附在他的魂儿里了。

我们都种过树，闹着玩似的，挖个坑栽个树苗，踩几脚，浇点水，树死树活，没我们的事了。坐大巴去坐大巴回，中午还有面包、咸鸭蛋、香肠吃，有矿泉水喝。嘻嘻哈哈，哈哈嘻嘻……这是种树吗？这不是种树，这是表演种树。真正的种树根本不是那么回事。种树看似容易，实则难。难就难在怎样把树种活。

从第八年起，他开始雇人上山种树。200人，300人，500人，青山垣就像当年大寨的虎头山，彩旗招展，热火朝天。种树。种树种树种树。树是种上了，可来年春天一看，成活率还是不高。什么原因？种树不认真，缺乏监督的眼睛。可也不能一个人种树，另一个人站在旁边监督啊！那谁来监督呢？让山神爷来监督吧。

这个被称作"二杆子"的人从红军过草地时，刘伯承与小叶丹的盟誓得到启示。此后，种树的头一天，他把所有种树人，召集到青山垣的最高处，杀鸡盟誓。他把鸡血滴到酒碗里，每人一碗，先敬天，再敬地，最后自己喝到肚里。之后，跪到地上，点燃一炷香，把香高举过头顶，向天盟誓。先是别人："我种的是神树，如果种不活，甘遭报应。"后是他自己："如果哪个人认真种了树，我欠了他的工钱，那就死我儿子。"盟誓完毕，鞭炮齐鸣。誓者庄严肃穆，听着涔涔汗下。

在吕梁，这一切只有这个被称作"二杆子"的人才能做得出来呢。

不过，这一招还真管用，成活率比以往提高了不少。种树。种树种树种树。一片一片的绿，盖住了裸露的秃岭，青山垣渐渐有了生机。

卖棺木

种树。种树种树种树。买树苗雇工的钱从哪儿来？

早年间做买卖贩运粮食赚来的钱投到山上去了；后来开煤矿挖乌金赚来的钱投到山上去了；再后来开门市部卖建材产品赚来的钱也投到山上去了。可还是不够，他又向银行贷款，向亲戚朋友借款，甚至还贷了"驴打滚"的高利贷……搞得债台高垒，债务如山。

这个被称作"二杆子"的人是两头忙呢——一头在山上，种树种树种树；一头在山下，借款借款借款。量力而行，量入而出，有多少钱办多少事，何必东挪西借，着急上火，嘴上起泡？往大了说，你种树是为了绿化祖国，为了民族的生态安全，可少了你种的那几棵树，就国破山河碎了吗？中华民族就得搬到月球上去了吗？没那么严重。然而，他还是四处借款。种树。种树种树种树。亲戚朋友躲着他，没人敢跟他来往了。这个"二杆子"疯了吗？是疯了，他开始变卖家产了——电视机卖了，缝纫机卖了，录音机卖了，摩托车卖了……陡然间，家徒四壁了。还有什么能卖？他一眼瞥见了墙角的给父亲备下的棺木。他的父亲当过八路军，参加过抗美援朝。当年，贺龙一二〇师驻扎在中阳，个子还没有三八大盖高的父亲投奔了贺龙的队伍，扛枪打日本鬼子了。这个被称作"二杆子"的人孝顺父亲，父亲爱打扑克，他就买回一箱子扑克，又买回一箱子香烟，他让侄子保管香烟，村子里谁陪父亲打牌，打一次发一包香烟。20世纪80年代，他在东北贩黄豆时赚了一笔钱，作为长子，他从小兴安岭给父亲卖了一副上好的红松棺木。那副棺木拉回赵盘庄时，很令庄里的老人们羡慕——瞧瞧，人家"二杆子"多孝顺。"二杆子"的父亲高兴得合不拢嘴。背着手，仰着头，从庄东头走到庄西头，又仰着头，背着手，从庄西头走到庄东头。那是多么光彩和荣耀啊！就像他在朝鲜战场上打穿插立了头功。

可万万想不到的是，在一个月黑天，"二杆子"硬是偷偷把棺木卖了。清早起来，父亲发现红松棺木没了，差点没背过气去。他跳着高地骂，从太阳出来就骂，一直骂到太阳落山。一下子，"二杆子"由大孝子变成了大逆子。逆子就逆子吧，有钱种树就行。棺木将来可以再买，可种树季节一误，就是一年，再也补不回来呢。

用卖棺木的钱，他买了400公斤松子和山杏核撒在青山垣。种树。种树种树种树。赵盘庄的人悄悄议论，接下来，这个"二杆子"还会卖啥呢？不会把婆姨也卖了吧？

投 药

常言说：三分造，七分管。有些地方年年种树不见树，很重要的原因就是轻视了管护，封禁措施不到位。要想保住种树成果，必须实行"三禁"，即禁樵，禁牧，禁垦。对这个被称作"二杆子"的人来说，禁樵和禁垦相对容易一些，而禁牧就令他犯难了。他即便再横，也是一人难抵万家啊！难，也得禁。小小暖泉镇有1万多只羊，5000多头牛，还有马，还有骡子，还有驴，也都头数不菲哩！纵然种的树再多，如果管不住这些牲口的嘴，那些树迟早都得变成牲口拉出的粪蛋蛋。他请人写了许多"封山禁牧"的告示，贴在乡间的耀眼处，告知乡民，青山垣不准放牧云云，否则便如何云云。告示贴出去20多张，还没等糨糊干了呢，就被人扯下来，蹲茅坑拉屎擦屁股了。

你是政府啊！你说禁牧就禁牧。祖祖辈辈都在青山垣放牧，几千年来，十里八村的牲口都是吃青山垣的草长大的，你贴一张纸，就断了牲口的活路？狗日的。——呸！呸呸呸！！

放牧，照旧。照旧，放牧。

他前脚种了树，牛羊们后脚就跟着来了。舌头卷，蹄子刨，刚种下的小树，统统进了牲口的肚里。他从东边赶，牲口跑到西边，他向西边追，牲口又呼地跑到东边了。两条腿的他，总没有四条腿的牲口跑得快。狗日的！狗日的！辛辛苦苦种下的树，就这样都喂了牲口了。"二杆子"服软了——他拎上好烟好酒，找几个村的村长道自己的苦处，请求各村发布"村规民约"禁牧，结果，人家都跟他打哈哈。心说，你不是横吗？你还用求我们？狗日的！嘴上却说，村委会是大家的村委会，得代表大多数村民的利益，而不能代表你一个人的利益。维护你一个人的利益，而损害大多数村民的利益，那是违反村民委员会组织法的，使不得，使不得。

他苦不堪言。自己的事情只好自己办了。我是谁？我不是"二杆子"吗？我是"二杆子"我怕谁？他心一横，决定投药。他想，这件事不能偷偷摸摸地干，得光明正大。老办法，先告知——他贴出"投药"告示，说，青山垣的树木，近来虫害肆虐，为除虫并防止虫害蔓延，将喷洒农药云云，擅自进入林内放牧者，后果自负。他在青山垣的四周插了许多"此地有农药"牌子。投药那天，还专门从镇上请来鼓乐队，敲敲打打，吹吹唱唱，就像办喜事唱大戏一样闹腾一天。目的只有一个，告知大家：我投药了！别去青山垣放牧啦！他本不想药死谁家的牲口，吓吓了事。可他担心的事情还是发生了。一户村民的1头牛和10只羊被药死。户主是个婆姨，又哭又骂地找上门来。他摊上官司了——经过调解，他共赔偿人家5800元。

虽然输了官司，却赢了禁牧。从此再也没人敢上青山垣放牧了。

种树为个甚

种树。种树种树种树。种树为个甚？

其实，这个被称作"二杆子"的人，最初种树的动因很简单——为了娘临死时说的那句话。这个被称作"二杆子"的人，1960年出生于吕梁山中段一个只有9户人家的小村子。兄弟姐妹7个。一家人挤在一口土窑洞里，生活贫苦。他从小讨过饭，给村集体放过羊，知道饿肚子的滋味，也知道苦难意味着什么。饥饿是那个年代的显著特征。早年间，他苦苦奋斗的一切都是为了摆脱饥饿。温饱解决之后，他苦苦奋斗的一切又都是为了改善生态。——也许，这就是他的人生历程。

1988年，他的母亲因肺心病发作离开了人世。临走时，面如枯槁的母亲对他说："娘的病是烟熏的。"这句话像针一样扎在他的心上。他悲伤，他痛悔不已，他肝肠寸断。不论在什么场合，一想到母亲离世时的情景，就禁不住泪流满面。他在母亲的墓地种了一片小树。他希望这片小树长大后能够为母亲遮风挡雨，能够让母亲每天呼吸到新鲜的空气。此后不多天，一位朋友的父亲也去世了。一问病因，也是肺心病发作。朋友告诉他，县医院里接诊这种病的患者很多。每个月都有几个去世的。他专门去医院问了一次，医生告诉他，是空气出了问题，经常呼吸恶劣的空气就会得这种病。怎样才能根治？医生随口说了一句："除非山上都种上树。"

肺心病与树有何关系？肺心病与树没有直接关系，但却与人呼吸到什么样的空气有关系。中阳境内矿产资源丰富，三分之一的国土面积上都有矿脉分布，有铁矿、煤矿、白云石矿……那些年，山上到处都在挖口子开矿，沟沟筑土炉炼焦，浓烟滚滚，异味弥漫。眼前的山在一座一座秃下去，山间的小溪都成了臭水沟……空气质量越来越差，恶劣的空气把越来越多人的生命夺走了。他把医生的那句话牢牢记在心里。种树。种树种树种树。既是人生的夙愿，也是他的梦想和追求。

种树。种树种树种树。他要通过自己的努力，把家乡的大山弄成他想象中的样子。一种信念和精神支撑着他，他才有了圣徒般的行为。种树种树种树。种树。往小了说他种树是为防治肺心病，不再让母亲那样的悲剧重演。可是，种树种到后来，他的眼界宽了，见识广了，种树的动因也渐渐变大了，大到超出赵盘庄，超出暖泉镇，超出中阳县，超出山西省，甚至超出国界了。他说，他种树为了娘临死时说的那句话之后，还要再加上一句：为了全人类。

很多人听了他的话，乐得前仰后合。可是，谁能说，他种的树跟全人类没有关系呢？他说他种的树释放出来的氧气可能随风飘到河南、陕西，湖北、湖南，也可能飘到日本、韩国。这不就是为了全人类吗？生态面前人人平等。空气不认肤色，不辨语言，不厚官员，不薄百姓。他种的树都是松树、柏树……得长一百年才能成材。他说，他种树既不是为自己准备棺材，也不是为儿子准备棺材。退一步说，就是为自己和儿子准备棺材，也用不着种10万亩啊！到底为谁呢？说着说着，他把自己也说糊涂了。他说他自己也不知道。种树。种树种树种树。他说，他是个爱树如命的人。再过一百年、二百年，甚至一千年，人们拍拍树干说，这都是那个被称作"二杆子"的人种下的树。

有这句话就足够了。——他说。

有这句话就知足了。——他说。

种下一种精神

种树。种树种树种树。欠了一屁股债的被称作"二杆子"的人，还在青山垣上种着树。那里有他的梦想。不种树，毋宁死！人到了这步田地，谁也拿他没有办法了。每天鸡叫头遍，他就起床上山了，扛着锹，怀里揣着窝头，肩上挎着父亲转业时带回的军用水壶。种树。种树种树种树。

种树，种一天容易，种一年也不是很难。他一种种了20年，不是种一亩两亩，而是10万亩，不是三株五株，而是2000万株，没有一种精神能行吗？没有一种精神能坚持下来吗？这个被称作"二杆子"的种树人的事迹经当地媒体报道后感动了千千万万的人。2008年10月，吕梁市市长董洪运登上青山垣，他看到满山满岭的树后，感慨万千。他说："比山高的是树，比树高的是人，比人高的是精神。"此前，受国家林业局局长贾治邦委托，全国政协委员、原国家林业局副局长赵学敏带领几位司长，也专程来中阳调研，在青山垣看了种树现场后，当场赋诗一首："青山垣上翠云深，一路颠簸见故人。风雨沧桑染霜鬓，光阴荏苒树成林。宏图初展岂言老，壮志小酬更献身。何日九州全绿化，欢天喜地作林神。"

绿色没有为他带来金子，却带来了荣誉，各种证书、奖状摆了一炕。县劳模、林业标兵、绿化奖章、绿化模范、全国五一劳动奖章……那年五一他还被请到北京，登上了天安门，受到中央领导的接见。如今，他还是吕梁市政协常委，山西省政协委员。政协会上，他常常语惊四座，发出与别人不一样的声音。

种树。种树种树种树。在经济上未能胜利的被称作"二杆子"的种树人，在精神上算是胜利了。毛泽东说："要使我们的河山都绿起来，要达到园林化，到处都很美丽，自然面貌要改变过来。要发展林业，林业是个了不起的事业，同志们，你们不要看不起林业。"

老人家下半句话可能忘说了——我在这里替老人家补充上吧："同志们，你们更不要看不起种树人。"

这个被称作"二杆子"的种树人，没有上过一天学，只是粗通文字。他不是律师，却常常帮人打官司。他不偏三向四，凡事讲个理。他爱憎分明，敢作敢当，豪情万丈，对破坏生态环境的行为从不姑息。这个被称作"二杆子"的人，不是个好村民，他脾气大，嗓门高，不安分，敢顶嘴，抗上级，当众骂过村长，也常惹镇长不高兴；这个被称作"二杆子"的人，不是个好丈夫，婆姨患上脑梗塞，七次病发，辗转吕梁、太原、北京住院就医，他没一次陪在身边。他在哪儿？他在青山垴上，他在种树；这个被称作"二杆子"的人不是个好父亲，他十六岁的女儿得急性阑尾炎，他去看了一眼，还没等做完手术，就急急地走了，他去干啥？他坐在装满树苗的农用车上去青山垴了，他去种树……种树。种树种树种树。现在的人一个赛一个的聪明，谁会干这种"二杆子"才干的事情？但我要说，在这个被称作"二杆子"的人身上有一种可贵的精神，值得我们学习。你可以不喜欢他，甚至讨厌他，但你不可以蔑视他种下的那些树，不可以对他种树的精神嗤之以鼻。种树。种树种树种树……20年种树不止，在这一点上，我们谁都不如他。有人说，他是沽名钓誉。我倒要说，如果种树也能成为沽名钓誉的凭借，那么对这种沽名钓誉理应大力倡导和弘扬。我们种了几株树？为祖国为人民，我们尽了哪些义务？

这个被称作"二杆子"的人，有一颗慈悲的心。他说，你对山好，山也会对你好。然而，他不是个好村民，不是个好丈夫，不是个好父亲……他到底是怎样一个人呢？我一时陷入茫然和困惑之中了——他至少是个对山好的人吧。做好一个人，然后才能做一个好人。人之所以为人，就在于人在承担改造世界的责任的同时，还承担着拯救自然的使命。现在的问题是，已经很少有人明白什么是人，人应该怎样去做了。我们发出的誓言太多，行动太少，甚至没有行动。他是一面镜子，照出了我们内心的斑斑污渍，对比他，我们是那么的虚伪和可笑。而他是那么真实，直率，一眼见底儿。

盼　头

种树的季节又要到了。

昔日的荒山秃岭怎么不见了？这就是青山垣吗？——这就是。青山垣浸在春光里，半山的松树柏树，半山的刺槐灌木。而石头裸岩呢，则夹在绿色与绿色之间了。山坡上也没什么人，像是连半个人也没有，只剩下春阳暖意散落各处。登上了面前的山岭，举目一看，那山岭后面还是山岭，层层叠叠的，也不很远，也不很大。石头压着的枯草里，冒出了绿青青的草芽子，那些芽子望去甚有张力，生命的趣味浓厚，鲜活不已。生长是一种力量，是任何东西都无法压制的。

山峦间卧着三五间房子的地方，就是他的"乔氏林场"了。山门是用松枝搭建的，一条山路蜿蜒着穿过那里通往青山垣的深处。我突然发现，实际上这个被称作"二杆子"的人的内心世界，极其丰富，充满善良和美的东西。他说，他的远景是要把青山垣建成"生态教育基地"和"国家自然保护区"，让将来的娃娃们知道，他们的父辈们是怎样保护和建设生态的。从小培养生态意识，爱护自然中的一草一木，一蝶一鸟。学会做人，做一个有爱心的好人。

种树。种树种树种树。新的一天开始了。青山垣早晨的太阳就像一个涨血的大圆球，一下一下拱出地面后，打了哈欠，带着夜的慵倦，再一用力，就升腾了起来。鸟雀照例是比太阳殷勤了许多，唧唧喳喳的叫声，此时早在林子里响成一片了。而林子呢，则用粗壮而有节奏的匀称的呼吸向青山垣提醒着自己的存在。绿色既需要空间的分布，更需要时间的积累。这都是早年种下的树，有胳膊那么粗了，树势很旺。乔灌草立体结构，初步形成了生态系统。一个春秋就是一个年轮，这个被称作"二杆子"的人，终于有了盼头。青山垣上到处是意外和惊喜，到处都是绿葱葱的松和柏。远看去，一棵树就是一个树的波浪，欢呼着卷上去，把尘嚣和功利也卷走了。从山顶看呢，远一处，近一处，深一块，浅一块，像一潭一潭碧绿的湖水，无风时，湖面纹丝不动，逢风起，满山满岭就温柔地拂动起来。

我们尽情地呼吸着，满鼻满口就都是松和柏的芳香了。漫步林间，那些松和柏依山微微地起身，似乎在用力拥抱着青山垣。树是有灵性的吗？面对此情此景，我们立刻失去了虚狂和浮华，如同进入了庄严的境界再也不敢多说什么了，只是提着脚步在枯草和落叶上轻轻起落。我们对这个被称作"二杆子"的人，肃然起敬了。而对"二杆子"这三个字，此时也有了别样的理解。种树。种树种树种树。"二杆子"哪里还有什么贬义，分明是一个符号，一种精神呢！

这个被称作"二杆子"的人名叫乔建平，山西省中阳县暖泉镇赵盘庄农民。种树。种树种树种树。20年来，他种树不止，共种了10万亩2000万株。

让我们向这位农民致敬！

（选自《报告文学》2006年第6期）

中国农村的"留守"孩子

阮　梅

在多达上亿的外出打工者中，大量的父母甚至来不及妥善安置自己的亲生骨肉，来不及找到合适的去处便抛家别子远走他乡。有的仅靠一根电话线一年偶尔几次的联系；有的一去多年音讯全无；有的孩子哭干泪眼盼来的却是父母反目成仇、绝情离异，本当属于自己人生春天的最美好亲情被无情隔断。没有父母不疼儿，没有哪个父母愿意离开自己的孩子。无疑，农村还很贫瘠的生存发展空间，城乡二元结构体制就是这种无奈现实的背后推手。

"留守儿童"被定义为：父母双方或一方流动到其他地区，孩子留在户籍所在地并因此不能和父母双方共同生活在一起的十四周岁及以下的儿童。尽管"留守儿童"现象早已出现，但"留守儿童"的概念却是近几年才产生的。2005年5月23日，由中华全国妇女联合会和中国家庭文化研究会主办的首届"中国农村留守儿童社会支援行动研讨会"在郑州召开，这次会议公布的中国农村留守儿童数量是近2000万人。从诸多媒体的报道我们推算得到，这个数字近年仍在递增，且实际数字已远远超过2000万人。我所调查的河南、安徽、四川、湖北等几个打工大省情况基本相同，各省常年外出务工人员都在1000万人以上，夫妇共同外出打工的均占到了1／3。留守孩子都在300万人以上。在调查中我们看到，大量的留守孩子处在这种天各一方的极不人道的亲人关系模式里，由于缺乏来自父母的亲情呵护与完整的家庭教育和监管，许多儿童过早地承受着成人社会的各种压力，在思想道德、心理健康等方面出现严重问题。不少儿童表现出害羞、不善于表达的自闭倾向，一半以上的孩子呈现出不同程度的心理问题。因缺少家庭的关爱，有的变得自卑懦弱，多疑敏感，有的变得性格怪异、暴躁叛逆。家庭监管的严重缺位，学校教育的疏忽，社会环境的不良影响，还导致诸多留守孩子出现行为失范。在平时的学习生活中，有的经常在课堂违纪，有的经常撒谎，有的很少参加集体活动。还有不在少数的甚至沾染上吸烟、酗酒、打架等不良嗜好，成为学校学生管理工作的"老大难"。监护权缺失形成恶果，还导致留守儿童存在诸多安全隐患。许多留守儿童患病不能及时得到医治，溺水、撞车、触电、打斗等意外伤亡事件在生活中屡见不鲜。由于缺少父母监管，社会制度化的关爱体系不够，许多留守儿童还成为不法分子侵害的目标，被拐卖、强奸、诱奸的现象也时有发生。亲情疼爱与教管的缺失严重地影响了孩子与别人的社会交往，导致孩子对周围环境和人缺乏安全感和信任感，有的出现攻击型性格趋向，自控力差，好冲动，动辄就吵闹打架，从而极易被社会上不法分子引诱参与打架斗殴、吸毒、贩毒，甚至被骗去参与买凶杀人，走上犯罪道路。曾有权威媒体在公开的消息中说，全国的刑事犯罪中，有近20％的青少年罪犯来自留守家庭。

"世上只有妈妈好，没妈的孩子像根草。"在调查中我们看到，大多数留守儿童正像这首歌里所唱的情景一样，离开了爸爸妈妈的亲情怀抱，这些本还处于需要父母倍加呵护与特殊关爱时期的幼小生命，在孤独无助的留守生涯里，便像极了一丛蓬生而起又自生自灭的野草，呈现出枯荣由天的悲凉景象。有的历经风摧雨残、雷打火烧，百折而不妥协，越挫越韧，变得坚不可摧，有的经日蚀夜磨，冰刀霜剑，导致伤痕累累，身心俱毁，成为父母生命里永远不忍触摸的伤痛。

一　花样的孩子，草样的年华

留守儿童面临的最大问题，是情感孤寂。大量的父母离开亲生骨肉外出奔波，为的是给孩子创造一个好的生存环境，好的教育环境，殊不知，孩子本来丰富多彩的精神世界却因此而丧失了重要的支撑，变得苍白而清冷。

斑斑泪语向谁寄

有时候，我只是一个会吃饭、会运动的机器——爸爸：你外出打工，已有几年了，我非常地挂念你们。又是年关了。想到那一年，我们一家人在家过年，一起度过那快乐的一段日子，我就又悲伤起来了，为什么我现在的日子总是忧愁？有时候，我还安慰自己：妈妈不在了，好爸爸呆（待）会就会回来。多少次的思念，只化作了多少次的泪流满面，多少次的伤心，都因"爸爸"这两个字而起。我多么希望您今年能回来一起过年。您不在家的时候，多少时候，我被孤独、忧愁占据，那个时候的我，不再是我，只是一个会吃饭、会运动的机器而已。

爸爸：什么都不要，只要你回来——你还记得吗？我七岁那年，你把我托给奶奶照顾，便和妈妈一起外出打工。你走的那一天，小小的我抱着你的腿哭得死去活来，不让你走，但最终你还是走了。爸，当我看到别的孩子和父母快乐地在一起的时候，你知道我有多羡慕吗？当我看到别的父母亲到学校送伞时，你知道我是多么妒忌吗？但我知道，这对我来说，只能是遥远的梦境。我的童年生活没有在你怀里撒娇的时候，也没有影子般跟着你跑的日子，我得不到每个小孩子所需要的爱抚。在平淡的日子里，只有奶奶的一些老故事陪伴着我。每当我生病的时候，我都很希望你能陪伴在我的身边，但是在我的病床旁却从未有过你的身影，只有奶奶、同学的问候。一眨眼，七年过去了，我已经是初三的学生。过去的一切，我也学会了理解你，只是，你要知道，钱是永远赚不尽的。我还是希望你有时候能回来关心我，鼓励我，助我更好地学习。每次我要什么你就买什么，但是无论买什么，也胜不过你在我身边给予我的关心与呵护啊……

这是我从一所学校的几个留守孩子作文中随手摘录下来的几段句子。

家里安静得连一根针掉到地上都听得见，我好害怕——为了我读书，出去打工，我很感激你们。可是我没有实现你们的愿望，我让你们失望了，我现在的成绩很差，无法在（再）赶上去了。我现在只希望你们回来照顾我。每周星期天的时候，一个人在家里，屋里像没有人一样安静，像住在坟堆里，晚上总是从噩梦中吓醒。你们原来在家的时候，屋里有说有笑的，现在是静得连一根针掉到地上也听得见。——儿子刘康。

伤心时，我最想要你的安慰——亲爱的爸爸：当我提起笔，我的内心在颤抖，因为您在（对）我的那份爱永远地深埋在儿子心底，无法用语言来概括。每到周末，我无时无刻不在等待着你的声音，希望在我伤心时您能给我一个安慰。好不容易盼星星盼月亮，盼来一次电话中与您交谈，本来有一肚子话要向您诉说，可我每次都应付地回答您，而我心里想说的话，那么多，一句都没有说。爸爸，我从何说起呀！您总是问我要什么，我们什么都不要您的呀，只要您能够回来。你一走就是三年，我都已经想不起您的模样了……——儿子范青青。

没有"顶梁柱"，家里一下子变得死气沉沉——自我读初二以来，姐姐上了高中。一下子家里需要钱的地方多起来。无奈，爸只好到外地打工挣钱供我们读书。爸出去了，姐也一个月才能回来一次。我也一周才回一次家。爸外出打工，有病的妈妈一个人留在家里要做几亩田的事。每当我想到只有妈妈一个在田里时，我就想哭，对于去学校，就像是去千里之外，要和妈妈"生离死别"一样。就算我到了学校，心里总是想着家里，以至于我学习成绩直线下降，甚至于有时向老师撒谎回家看妈妈，没有"顶梁柱"，家里一下子变得死气沉沉。——女儿倩倩。

母亲，我让您失望了——这次的期中考试，我考得很糟糕，原因是我上课有时候不太认真，在家里只顾着看电视，不看一下书，不搞学习，还有就是英语分赶不上来了，我实在是搞不懂英语……母亲，我对不起您，我逃了两次学，还出去帮人打过两次架。不过是和我的两个好朋友在一起，他们不会让我吃亏的。不管如何，母亲您今年一定要回来看我，您已经有四年没有回家了，再不回来我就会离家找您去了。——儿子罗冲。

爸爸妈妈：您是我最恨的亲人——妈妈回来看我的时候，是我最最高兴的日子，妈妈每次出门的时候，是我最最难过的时刻，我从早到晚不停地哭，妈妈走了我还在哭，嗓子哑得没声音了我还在哭，似乎我的哭声能把妈妈哭回来似的。记得有一回，爸爸妈妈一起回家过年，同学告诉我，说我爸妈来了就在家门口，我朝门口一看，真的是爸妈回来了。但我对同学说：他们不是我爸妈！受委屈的时候，爸妈不在身边，有一次我坐在河边想跳下去。爸妈都不在家里，看到同学妈妈买新衣服给同学了，我就想，他们不是我的爸爸妈妈了，所以，我恨你们！——女儿陈影。

只要你们在家里，天天骂我、打我都行——亲爱的爸爸妈妈：你们还好吗？每次想到你们，都有一种说不出的滋味，千言万语我也不知道该如何来表达我对你们的爱。是你们给了我一个原本温暖的家。可自从你们出去打工，首先我就像一只小鸟一样获得了自由。那时我巴不得你们出去，那么我也就没有约束了，但我想错了，现在正在后悔。我已经真实地发现了我是一个脆弱的女孩子，没有你们在我的身边，我感到了孤独。每周，我都不想回家，因为我面对的只是空荡的房子，连一个说话的人都没有。现在，我宁愿你们在家里天天说我、骂我、打我都行，都不想你们一个也不在家。我知道你们也有你们的原因，每次接到你们的电话，内心深处有无数的话想对你们说，但每次都被一句"手机快没钱了，下周再给你打电话"作为你们的理由而挂断。每次放下电话时我都在流泪，一个人在家的时候，我真的很脆弱，我不想瞒你们。爸爸妈妈，我只有一个请求，你们一定要理解我，在每次打电话来时，多说一会儿话，不要早早地就把电话挂了，其实我很不想挂电话，不管你们有没有话说，我都不想挂断……

爸爸妈妈：你们真的不要我了吗——我经常在小卖店的电话亭旁经过，有很多同学经常在那里去等父母的电话，我也梦想有一天会有父母的电话打过来。也很想给你们打电话，但是，我接不到你们的电话，也不知道你们那边的电话号码。爸爸妈妈：你们真的不要我了吗？

这是一封封无法投寄的信。在老师布置了《给父母的一封信》的作文后，因为不知道父母的确切地址，这些孩子的信件只是暂时放在班主任老师的资料柜里。

一山区初级中学组织《我是留守孩子，我坚强》的命题作文，十二岁男孩于伟的文字，道出了留守孩子孤寂的心音。

放学的时候，学校外有很多的父母都在等自己的小孩子。同学都想马上冲出校门投到父母的怀抱中。而我不敢往那遥望，放学的那一刻，别人的快乐就建立在我的伤心处，那时带给我的只是羡慕和孤独，在一大堆人群中，我都找不到我渴望的那张面孔，到处是陌生的，那种滋味是交（绞）心的痛。

我经常告诫自己，父母是为了我才外出，我才会这么寂寞，事实也是这样。每次想到这点，我就宽慰自己。可是每次回家，房子里空荡荡的，只有嘈杂的电视机在拼命播放，没有人可以与我说话。有时实在忍不住的时候，我就对着屋门前的一条小狗说话，不知道的人，可能以为我患了精神病，总在那里自言自语。可他们那（哪）知道我一个人实在是寂寞难耐呀！

父母在外打工奔波，为的都是自己。我应该理解自己的父母，一切靠自己。我不能责怪父母的，我不能。可是，有时候一觉醒来，全身冷冰冰的，电视机也没人来关。外面风刮得像哭，雨把房子地上都冲湿了。再也没有人为我关窗户，给我添被子了！一切只能靠自己。感冒了，发烧了，一天没有吃饭了，没有人为你端茶送水，只能自己托（拖）着疲惫虚弱的身子使出全身的力气到医生那里买药，然后又自己托（拖）着身子走回家，没有人对你虚（嘘）寒问暖，这种孤独，不是人世间最痛苦的吗？

在学校，天气突然转冷。同学们的父母都纷纷送来衣服，其实我并不期盼我的父母到学校为我加衣，我要的只是妈妈的那种关心来抚平我内心的寒冷呀！

老师，我是留守孩子，可是我学不会坚强呀！父母没在家的时间里，我就如一棵墙角边的小草，任凭风吹雨打，没有依靠……

"重阳节又到了。除了过年，我们苗家人最看重这重阳节了。我不奢望同亲人们欢聚一起吃一餐饭，我只想见到亲人一面就足够了……""好多年没有见到爸爸妈妈了……算起来，爸爸妈妈，外出打工已经八年了，那时我才六岁，刚刚读书。真久呀，这么久的日子有时候连我自己都不知道是怎么过来的？也不知道一次次想念亲人的时候又是怎么挺过来的……就连最近的一次与妈妈的相见，也是在三年前读小学六年级时的事了……""白天，学习时间紧，还不怎么想，可一到夜里，被噩梦吓醒后，我就常常哭到天亮……我最怕的是星期六、星期天，因为同学们都回家去了，而我呢，一来回不了家，二是回去家里冷冷清清，什么吃的都没有……"打开网络，留守孩子的孤寂之音也随处可闻。

"那次放学回家，到处找不着妈妈，晚上爷爷告诉我，妈妈已经走了。""小时候，我总是睡在爸爸妈妈身边，现在，我只能睡在床里边。我很害怕，只能把头蒙在被子里睡。""父母不在家，我觉得没有了快乐，只有寂寞与孤独。""父母不在家，我像爷爷家喂着的那条狗，一天三餐之外，无人管，无人问。""我爸爸妈妈在家时，我很勤快，但现在，却懒惰得连一只碗都不想拿了。""爸爸从2002年去广州后，就一直没有回来过，一年最多打两三个电话，我感到特别伤心。""我最伤心的事，是妈妈半年都不打一个电话给我。""爸妈不在家，很多事情没有人叫（教），这学期，老有同学骂我，我都怕进学校门了。""病了没有人管。""爸爸不能陪我在家复习功课。他们很久不回来。""每次过节，父母都不在身边，看到别人一家在一起，心里特别想哭。""妹妹病了，我不知怎么办。""爷爷犯病了，借不到钱买药。""我摔伤了，没有人管我。""父母不要我了！""我跟同学打架，在学校挨骂了。""过年过节的时候看到邻居家热热闹闹，再看自己家里冷冷清清，只有弟弟和我，心里就酸地一下，眼泪冒出来。""有一次，五个同学一起回家，走着走着，天晚了，其他四人一个个都被父亲接走，只有我一个人走在路上，没人问。""有一次病了，烧得好厉害，打妈妈电话，老是打不通。那个晚上，哭得枕头都湿了。""爸爸妈妈三年没有回家了，我好伤心。"孩子们在填写"我最伤心的一件事"时，答案无一不与缺少父母亲情呵护有关。

记得有次在一山区女孩家里，不知不觉就坐到了天黑，等失聪的奶奶刚走进睡房，女孩一把抓着我的胳膊便大哭："阿姨，你留下来，就做我一天的妈妈好吗？我的妈妈已经三年没有回家，我作业不晓得做，晚上睡觉害怕，奶奶耳朵聋了，我哭她都听不见……"父母亲情的缺失，无疑在他们幼小的心灵上留下了难以愈合的心灵创伤。

对于尚在中小学生阶段的留守儿童，依恋性情感还是他们基本的需求之一。简短的几句电话问候缺乏亲子之间的直接互动，根本无法满足儿童的情感渴求。这些孩子对于父母双亲伸手可及的体肤、触目可及的音容笑貌，简直就像婴儿需要吮吸母乳一样，有着不可遏制的渴望。可一边是孩子们掰着指头一天一天苦数归期，一边是父母因本来挣钱不多，舍不得往返路费，加上年假的双倍工资诱惑，一旦外出就显得遥遥无期。有的竟长达十余年之久，而且有的在其间极少回家。加上平时劳动时间长，工资不高，父母大多只是匆匆忙忙几句电话里的问候。

"想要一个家，一个属于自己的家。左手牵着爸爸，右手牵着妈妈。"这是一个九岁男孩以《我的理想》为题写的作文中的内容。回眸我们走过的幼年时代，曾经有过多少委屈与过错，只因拥有父亲无言的抚摸，母亲含泪的责怪，都不化而解。

少年不幸有谁怜

徐洁是我在一个学校做留守孩子座谈时，偷偷把信塞在我口袋里的男孩。

在找老师了解他的情况时，管德育的副校长说，他是学校里带人逃课上网最多、经常搞一些小破坏、上课最喜欢打瞌睡的那一个。可拆开孩子的信，我们不难窥见到孩子其实极其矛盾的内心世界：

我今年十三岁，我爸爸妈妈外出做生意快七年了。爸妈出门的时候，我想和他们一起走，但他们不同意。那个时候，我很想他们，每天都想。

我本来是很坚强很快乐的一个孩子。但自从爸妈出门后，我到了外公家，我就不快乐了。进入外公家后的我，很调皮，很坏，不是个好学生，不是个好孩子。当然，这都是他们说的。我只感觉到，我到了外公家后的一切的一切，都使我很伤心。不是因为外公他们不给我吃，不给穿，是因为爸妈不在身边，我不能在自己的家里好好过日子，不能在自己家里和爸妈一起过日子。我甚至很多次地想过要结束我的生命，也想跑掉算了，就跑到外面流浪也行。但我一想到爸爸妈妈回来找不到我后很伤心的样子，我就像被无数把刀刺入了一样。于是，我不敢跑。

在学校，同学经常欺负我，有一次同学还冤枉了我，我心里很悲伤，我就和我们班几个父母也在外打工的同学一起离家出走了，到县城上了三天网，带的钱花完了，我们只能回来。

我们这样走了好几次，老师告到了外公那里，去年外公实在受不住我的调皮，怕管不住我，就在暑假时跟我说，决定把我送到爸爸妈妈那里去。那一次，想到马上可以见到爸妈了，心里好高兴啊！在我的想象中，爸妈到了城市，一定更年轻了，更精神了，也像城市人一样，变漂亮了！我想象着爸妈的样子，做着留在城市里像城里孩子那样好好读书、天天跟上班的爸爸妈妈住在一起的好梦。

呜呜——到了广州，"妈妈爸爸，你们好！"我原准备见到他们后就喊这句话！可是，我只看到了妈妈一个人，远远地就看见妈妈的头发都白了好多了。看到时，我的眼泪不知道怎么一下子就流出来……倒是妈妈看到了我，跑上来欢喜地抱住我的肩笑着说，你怎么来啦！

晚饭后，看到在摊位上忙来忙去的妈妈，发现妈妈真的老了！我又一次感到心被千把小刀刺穿。妈妈的白发、皱纹，都是为了我……我真的很难过，想起我在学校还不好好学习，觉得自己违背了爸爸妈妈的意愿，内心感觉到很惭愧。一下子像懂事了很多似的。

在大约两点多钟时，我们收摊了，妈妈要我打了炒粉回去（炒粉只有晚上九点到早晨四点之间才有）给回"家"（是一个没有窗户的破小屋）的爸爸，我们回去时，才知道，原来爸爸他从早上五点到现在，连晚饭都没有吃啊！

我的心里好难受。

爸爸妈妈那里的情况，根本不可能留我到城里读书，我只得回家。

"莫等愁（闲，）白了少年头，空悲切。""少壮不努力，老大徒伤悲。"那次回到爷爷奶奶的家后，想起爸爸妈妈在外面很辛苦的样子，我总是拿这些古人的话一遍遍写在本子上，来管束自己。可是，在家里，我管不住自己不看电视；上课的时候，我集中不了精力听老师讲课；在学校，我阻止不了别人总是骂我。所以，我又逃课了，也和同学打架了，我的成绩再也赶不上来了……

一个人的时候，我还是想哭，哭过之后，我还是喜欢发誓：我是男子汉，我一定要坚强，一定要坚强起来！可是，每次都做不到，我也不知道我什么时候做得到……

我只盼望我的爸爸妈妈快点回来……回来管着我，很想很想。我想和其他同学一样，天天和爸爸妈妈一起吃饭，天天和爸爸妈妈一起看电视，天天有爸爸妈妈和我说说话……

留守孩子远离父母，缺乏良好的倾诉对象，受到委屈无处倾诉，在行为习惯和价值观念上难以得到父母的引导与帮助，在情感上也得不到足够的关心，便很容易偏离主流的道德价值观。社会上一些心怀叵测的人也正好趁机而入，一些涉世不深的孩子稍稍不慎就容易上当受骗，染上不良习气，甚至走上犯罪道路。

走进少管所，随便找出一个少年，就有可能是留守孩子。在一少管所调查时，一孩子说，他父母在山西打工有三年了，外婆带他，但管不住他，平时他想怎么玩就可以怎么玩。很多时候他选择上网玩游戏，游戏里面数杀人、抢东西有趣。自己设置跟里面的人物打架，有时候两人决斗，PK，杀怪物，经常上通宵。平时在学习苦闷的时候就找同学碴子打一架，为小事就开战。外婆管不了他上网，也管不了他打架。2006年10月9日，他和同是无人管束的伟伟、文文约了在县城玩，玩了一天，带的钱全部没有了，便第一次想到了抢钱：由伟伟提议去"擂肥"（抢劫），他们学着电影里的镜头，伟伟在前面抢，他断后，抢的时候，那个人拉住包不放手，他就打，用脚踢，直到放手。这宗抢劫案中的三名未成年人均是中途辍学，父母外出打工未归者，且两人因表现不好多次被学校勒令退学和开除。监护人监管不力，最终导致了三人走上犯罪道路。2006年7月，安徽省怀远县人民法院受理了一起抢劫案，被告人一个十四岁，一个十五岁，因犯抢劫罪被分别判处刑罚。这两个少年系怀远县淝河乡同一村的邻居，他们的父母均在上海打工，把他们留在家中让隔代的祖父母来监护他们。祖父母年事已高，父母不在身边，缺少管制，经常上网打游戏。钱花光了，想到平时在网上常打的一个叫"暴力警察"游戏，于是便模仿里面歹徒抢银行的场面，到学校去抢学生的钱，从而走上了犯罪的道路。

在乘火车外出采访的途中，一经常在外地做服装生意的河南籍中年妇女讲，近几年她每次坐火车从外地回乡，刚进入家乡地界，火车上都会有工作人员用话筒提醒旅客注意钱包，说本地小偷最厉害。每次听到这样的话，她就有一种羞辱感，内心像有针在扎一样："其实这些小偷也就是无父母管教的半大孩子。"而据笔者调查，像那种"半大"孩子犯事一次抓进派出所去接受教育，随后放出来又继续作案的留守孩子不胜枚举。谁抓到了告到学校，也就是罚站，到派出所教育后，回来还是没人管，还是照样偷。有的孩子从小偷小摸开始，天长日久渐成大偷，甚至发展到杀人放火，无恶不作。哈市南岗分局一派出所曾接到过一起报案，四千多元现金被盗。案件很快被破获，实施盗窃的是三名未成年人，而参与其中的十二岁的小强原本是一名品学兼优的好学生，还曾担任过班长。因九岁时父母出门打工，他由七十多岁的爷爷奶奶照看，情况就发生了意想不到的变化。少了父母约束的小强开始厌学，经常出入录像厅和网吧，学习成绩也一落千丈，到案发前他已旷课很长一段时间了，并和社会上一些不三不四的小青年混在一起。而此次实施盗窃，小强也是因为没钱上网吧了。

没有不良的少年，只有不幸的少年。经心理学家研究发现，亲情之爱在儿童的成长过程中，起着一种不可替代的作用，丧失父母亲情会出现许多始料不及的后果，留守孩子更多地暴露在逐渐恶化的社会环境中，很容易造成孩子社会化过程的严重扭曲。近些年来，留守孩子违法犯罪越来越呈现出低龄化、多样化、集团化、手段成人化等特征。《农民日报》2005年6月6日报道，浙江省苍南县破获的一个由农村未成年人组成的"五街帮"犯罪团伙，涉案三百余起，其中包括绑架、抢劫、强奸、盗窃、寻衅滋事、故意伤害等违法犯罪活动。《南方日报》以《呼和浩特：懵懂少年缘何踏上不归路？》为题，报道了呼和浩特市警方不久前破获的一个由13名青少年组成的特大抢劫团伙。这个犯罪团伙从5月6日开始，在短短半个月时间持刀抢劫23次，作案四十多起，致六人重伤。这一团伙成员的平均年龄不到十八岁，头目小磊（化名）年仅十五岁；新华社《新华纵横》记者陈淼、编辑张如仪以《少年踏上不归路》为题，报道了贵州省天柱县留守孩子吴某涉嫌"杀人、放火、抢劫、绑架"等被当地检察机关提起公诉的事件，被当地警员称为"从警20年，从来没有遇到过这样丧心病狂的犯罪嫌疑人"。2005年8月，我所调查的一个市级县批捕的8人故意伤害案件，仅因一人因琐事与人发生矛盾后，即结伙持刀持枪无故将4名受害者砍成轻伤，参与者达十五六人，抓捕的8人中年龄最大的十八岁，最小的十六岁，其中留守孩子7人。报载：眉山市某县2003年未成年人刑事犯罪23人，其中属于农村留守孩子的就有12人。2002年至2003年8月，达州市宣汉县未成年人犯罪51人，其中22名系外出务工农民子女。而据笔者所调查的17个看守所显示，农村留守孩子犯罪都占到了当地少年犯罪的78%以上。

无论是有意识的仇视还是不自觉的误入歧途，广泛的留守状态确实成了适宜繁殖"问题少年"和"不良少女"们的丰厚土壤，从而既使中国近年来的犯罪浪潮愈加凶猛，也为今后的犯罪提供了庞大的预备军。《解放日报》2004年8月31日有关人士发表评论说。公安部曾经进行过的一次相关调查显示两个"大多数"："全国未成年人受侵害及自身犯罪的案例大多数在农村，其中大多数又是留守儿童"。

重度抑郁，榜样女生的内心秘密

"老师说，你父母不在家，你要照顾自己，你还要照顾生病的奶奶，很累，是吗？"

············

"父母不在家，一个人面对困难。你觉得这种生活给了你什么启示？"

"困难只能靠自己，什么人都靠不上。"

"你对自己有信心吗？学习，生活？"

"我现在……我现在，连书都不想读了。"

"为什么不想读书了呢？"

"我害怕去学校。"

"为什么？"

"我的成绩一直在往下降，去学校，怕老师找我谈话，怕同学笑话我；打电话跟父母说，又怕父母担心我、说我。"

"为什么会下降？下降了慢慢努力就是啊！"

"我做不到像以前那样……我的学习时间太少，连作业都无法完成……"

去年12月，我见到了这位被学校树为留守孩子典型的十二岁初一女生小君。女孩的家，在山坳间，周围全是秃秃的山，只有很远的山坳冒出了几缕淡淡的炊烟。走近她家门的时候，有老人的咳嗽声从室内传出来。厨房里，黑咕隆咚，小君正在用柴火煮饭，灶台上，有她给奶奶煎好的中药。对比学校给我看到的照片，我眼前的小君要显得木讷、消瘦得多。小小年纪，脸上灰暗无光，一副疲惫不堪的样子。短短的半个小时，小君说话老是走神。我问她是不是病了，她没说话，只摇了摇头。

小君告诉我，父母外出打工已五年，父母一年回来一次。父亲有三弟兄，家庭经济状况都不是太好。奶奶常年卧病在床，有老年痴呆症，听力与视力都不行。奶奶病中的残余岁月，就靠三兄弟轮流供养。轮到小君家时，父亲没在家，就由小君负责所有事宜。小君说，每年有三个月，她都这样过：早晨五点起床做早餐，然后还要煨好药给奶奶吃，中午买菜回家做饭，晚上回家做饭洗衣熬药后，就到了十点多，时间少了，作业总是写不完。

我担心地问她晚上怎么过？一个女孩子家？她说奶奶经常住在她家里，晚上就跟奶奶过。我当即找她要到其母亲的电话，想就孩子晚上单独住宿的这件事，建议其母亲适当考虑孩子的人身安全问题，可是没能联系上。等到今年年初，再次想起这件事，打电话到小君留下的电话号码上的时候，才知道女孩因患抑郁，已经休学治病。

笔者对同一镇六个村的调查发现，初中及以下的在校生1190人中，父母外出务工的897人，父母双双外出务工的有363人。问卷调查显示，近60％的留守孩子存在心理问题，有66％的留守孩子不愿意与代管家长、教师和同学说心里话，还有30％的留守孩子表示心里怨恨父母。在调查中笔者得知，很多哪怕是在学校被广为推介的孩子典型，只要父母长年不在身边，他们积极乐观的天性便很难持久，有的还成为父母和学校放不下心的孩子。

余秀华在《成人病向孩子进攻》一文中列出的10种"最爱找孩子麻烦"的病，其中就有抑郁症。我国目前约有20％的儿童出现抑郁症状，其中4％为临床抑郁。发生于幼儿时期的抑郁症，多发于留守幼儿或亲人突然亡故。他们的表现为焦虑不安、抑郁、恐惧、不爱活动等症状：有自闭、攻击性强、胆小、表达能力差、注意力不集中等异常行为。这些孩子长此以往便很难树立正常的自我价值观，严重的甚至有轻生倾向。而心理状态的改变往往要经历一个缓慢的过程。家长只有特别注意孩子每一个不太正常的动作背后的原因，将病根找到，医生才能对症下药。可留守孩子父母没有在身边，代管家长的关心照顾毕竟难以取代父母的亲情呵护，众多缺少父母疼爱的留守孩子就成了抑郁泛滥的温床。

无处逃避的厄运

由于留守孩子家庭父母外出，社会上的不法分子往往伺机而动，致伤致残、绑架杀人等各种违法犯罪无孔不入，尤其是对留守女童的猥亵、诱骗，所到之处，了解到的情况和问题触目惊心。

留守女童遭人强暴，曾被媒体视为极端个案，其实这种伤害在农村留守孩子现实生活中已经屡见不鲜，且愈演愈烈。2007年4月12日，

《新法制报》报道，南昌县一七旬老翁以动画片为诱饵，多次将邻家十三岁小女孩骗到家中进行强奸，之后还怂恿另一老人与该女孩发生关系。四川新闻网载，2003年5月，四川省一长期寄居亲姑妈家的肖姓女孩，多次被其表哥奸淫而不敢告发。2004年3月，四川省一个十三岁女孩小英，因父母长年外出打工无人看护，被一长辈多次以糖果和钱诱奸，小女孩不敢说，也不清楚自己的生理变化，最终酿成悲剧，在事先无人知情的情况下，生下一个孩子。像随州、京山多名留守幼女遭遇性侵犯等悲剧在调查过程中还听到多起。

女生较男生进入青春期早，这一时期所伴随的心情烦闷不安、情绪不稳定等特征使得她们与同龄男生相比，容易出现更多的问题。加上道德的失范，这也给不法之徒留下了更多可乘之机。2006年5月25日，《南方日报》报业集团、《南方都市报》记者贾云勇以《留守女童悲惨遭遇：17名幼女被卖失童贞》为题，报道了一宗触目惊心的奸淫幼女案。17名懵懂无知的小女孩，由于长期缺乏家教，对伦理观念知之不多，正处青春萌动时期的她们无以抵抗金钱的诱惑。一河南案犯邓某正是利用这些女孩的致命弱点在一年内不断"买处"，屡屡得手。从2004年的秋天开始，该男子涉嫌奸淫幼女17名、20次以上，其中包括12名十四岁以下的幼女。这些幼女大多为在校初中生。令人更为痛心的是，有两名女孩还在与邓发生性关系后，受不住金钱的诱惑，逐步发展到为邓寻找下手的目标，导致该地一中学竟有12名女生被糟蹋，且这些女生全部分布在初一年级的三个班内。邓被抓以后曾交代说，他所盯住的女孩子全部是父母不和，父母外出打工孩子无人管护的家庭。警方介绍，在他们的走访中，女孩的代管家长都说根本管不住这些孩子。此案更令人不敢相信的还有，案发地所属县检察院公诉科的一位负责人还说出一个石破天惊的事实，邓某在实施性侵害时很少使用暴力，大部分受害者都是自愿的。

父母外出，希求得到外来的精神慰藉与情感补偿，是众多留守孩子藏在内心的渴望。2005年8月13日，署名为雷萌的网友在家庭期刊集团网"警世档案"中，以《产婴杀婴，母亲怎堪14岁女儿如此放纵》为题撰文，报道了一个十四岁的花季少女的悲惨故事。8月30日，当地记者也报道了这件产婴杀婴案的过程："2005年8月13日上午11时40分，辽宁省铁岭市公安局接到110转来的报警电话，称在铁岭市银州区某居民楼前发现了一个被摔死的男婴。刑侦人员迅速赶往现场，经过初步检查，法医发现这个血肉模糊的男婴全身一丝不挂，身上除了出生的血迹和薄薄的胎衣外，还有未经过处理的胎盘等物。据此，法医断定这是一名刚出生不到一个小时的男婴，死因明显系高空坠落致死。"根据线索找到女孩家，"女孩脸色苍白地躺在床上，表情异常痛苦。床上、地上满是尚未凝固的血迹，临街窗户的窗台上也有许多暗红色的血印。"报道中称，早已失去父爱的女孩见唯一可以依赖的母亲也要离开自己外出打工，伤心得多次求妈妈不要出去。有一次，她甚至跪在妈妈面前，哭着说："爸爸早就不管我了，你如果再走了，谁管我呀！妈妈，求求你，我不要新衣服，不吃肉，什么都不要，我只要和你在一起。"一个未满13岁的女孩独自生活，遇到的困难是无法想象的。后来，她因食用过期食品而中过毒，也差一点因此死于非命，孤独、寂寞、空虚，使她变得越来越敏感而任性。同时，没有亲人管束、得不到关爱和温暖的她，基本上处于失控的状态，不知不觉中将一些不三不四的人认为知己。在生产的剧痛来临之时，疼得直翻滚的她声声呼唤妈妈的到来。不幸已发生，一切不可挽回。赶回来的母亲与孩子抱头大哭，她说她像奴隶一样地干活，挣钱，就是为了供女儿上大学，让女儿过上好日子。万万没想到，竟然会是这样一个结果。现在女儿毁了，她的所有希望也都破灭了。"我不该离开孩子，不该把她一个人扔下不管哪，是我害了孩子呀……"母亲伤心欲绝，但面对她和孩子的，还有孩子必须承担的刑事责任。

二 早殇的花蕾，在天堂哭泣

一位教育学者曾经这样说过："教育的理想是为了人的一切，无论是品德的还是人格的，生理的还是心理的。教育的理想是为了一切的人，无论城市的还是乡村的，富贵的还是贫穷的。我们必须意识到，作为当今中国社会的一个特殊群体，这些未成年的孩子们同样是我们国家的未来，对他们教育问题的关注和真正解决则是我们迈向和谐社会的一个重要因素。"而在笔者漫长的采访过程中，我更想说的是，在这个注定会逐步走向和谐的社会里，看着这些草根孩子由于监管不力，连最起码的健康生命权都被残酷地剥夺去，更是我们这个社会的撕心大痛。

孩子诀别人世，原因大致有两种，一种是因代管家长监管不力，在出现车祸、疾病突发、溺水、被不法侵害等突发事件面前，无人援助救治而死，这些可怜的孩子，他们是带着对生命的无限向往而误入死亡之谷的；第二种，是孩子们在长久的孤独寂寞中，对亲情绝望到了极点，一念之差自己掐断了自己花一样稚嫩纤细的生命之根，带着对父母的无限眷恋而哭泣着步入虚幻中的天堂的。

大年三十悲情日记：一家痛丧四子

在笔者此次的调查过程中，记忆里最惨烈的生命悲剧有两个，一个是一初二女生因先天性心脏病在校外出租屋猝死的事。另一个，是发生在同一家庭的两兄妹三个小孩子同时溺死、手术后再生一子又被车撞死的事。在古历旧年三十，笔者难抑心头之痛，决定去山区探望未能谋面的那一对永远失去了三个孩子的夫妇。大人望插田，小孩望过年。但展现在我眼前的是一个个农家小院的孩子们各有悲欢的画面。当晚我以日记的形式，记下了当天的感受：

　　大年三十，是农家习俗赶在新年前摆酒敬诸神、辞旧迎新的日子。来到那个寻常得在中国乡村版图上随处可以看到的乡村，呈现在眼前的是一派祥和气象，喜庆的鞭炮声一直在不停歇地爆响。阴了好几天的太阳，也从早天的细雨薄雾中露出脸庞，给田野镀上了一片亮色。上午9时30分，我来到这家门前，想看一眼一直没有见过面的孩子父母，但大门紧闭，里面寂静无声。庭院杂草已露峥嵘之相，后面的菜园里，几畦过冬的菜类挤在蓬勃而生的杂草间，恐怕是早已无人问津。只有歇在枯枝上不时被鞭炮惊飞的几只鸟儿，在"叽咕叽咕"鸣叫，像是在说"凄苦""凄苦"。

　　走过邻家三四户，有两家门户半开半合，听不到人声。显然，这几家还属于出门在外解决生存的一类。而紧连着这几家的，是一户场面格外热闹的人家：高大的楼房被粉刷一新，铺了水泥的草坪上，搁两张牌桌，大人小孩散坐其间，喧哗声不断。门楣上一副烫金对联格外醒目："种棵摇钱树摇钱，买个聚宝盆聚宝"，横批："日进斗金"。显然，这是一户打工攒了些钱回来吃团圆宴的人家。我看见就在他们家不断燃放的鞭炮声中，隔壁一老太带着两个约两岁的男孩在自家草坪上捡拾这家人未燃尽的鞭炮，男孩子将捡拾到的一颗颗放得吱吱地响，嘴里还在不停地喊着："外婆看，外婆看。"外婆没有去看。外婆的视线停留在遥远的村口。我知道，在农村，还有许多这样的老人，她们颤颤的小脚既要撑着自己说不定哪天就会停顿下来的年迈日子，也还得承载住孙子对未尽的岁月无限炽热的希望与梦想，只要儿女们没有回来。

似乎受到孩子笑闹声的感染，一对肩挎背包从我身边走过的中年夫妇慢下脚步来，女的不时转回头，痴痴地朝孩子观望，带着一种渴慕的眼神。

转眼就是三个小孩的坟地。只见坟地野草上，已被人添上了新土。回想起刚刚过去的夫妇，我猛然惊觉：那擦身而过的背着行李的中年男女，不就是饶家孩子的父母吗？真是踏破铁鞋无觅处，得来全不费工夫。但我始终不敢上前，我怕我稍有不慎就会触碰到他们永远结不了痂的伤口而让它们再次淌血。低头望着孩子们不能形成高度的坟茔，耳边轰响起在不远的学校曾经听到过的叽叽喳喳的笑闹声，这种无邪的笑，此时以从来没有过的锐利刺疼着我的心，想必也将永远地疼痛在长眠地下的他们的父母心间，伴随着这对父母绵延的生命，让他们的父母亲人，伤痛一辈子。

一家四子遭水淹土埋，这个家庭惨剧，是笔者去年7月底最先从一县妇联材料中获知，然后去采访的。那时，离这家最后一个孩子出车祸丧生还不到两个月。因为不能去加深其父母亲的悲痛，所有的情节我都是通过反复采访孩子的同学、班主任老师、亲戚邻居和所在村组干部才得知。那是一个令天下父母万箭穿心、笔者不忍复述的故事——

2003年5月的一天，因为父母皆出门打工、同时由奶奶代管着的翔翔、程程两亲姐弟与表妹燕子一起，来到山上摘杏子吃。天气炎热，习惯了无拘无束、几年已无父母管束的弟弟程程不顾劝阻，想都没有想后果，就拉着姐姐翔翔跳进塘里"凉快凉快"，扯女同学下来时，女同学说，父母出门交代过不准玩水，玩了会骂人的，不肯下。姐弟俩嬉戏了一会儿，刚想靠上另一边岸头，谁知却跌进一个更深的陡坑。为救表哥表姐，情急之下的燕子哭着喊着跑到坑边，一手扯住一把杂草，一边下死劲拉，就在燕子一声"妈妈——"的惊恐叫声刚刚钻出喉咙，瞬息间，燕子被表姐拉下水里，陷入了与表哥表姐同样万劫不复的生命地狱。紧接着空寂的山谷开始飘荡起那位没有下水的同学惊恐万状的呼喊声：救命啊！来救命啊！三姊妹落水了！快来人哪！而此时正值午后，山隙少有人烟。没有人听到她的喊声。

等到孩子的父母被乡邻以其他理由骗回自己的家，看到三个原来活蹦乱跳的孩子陡然间成了并排摊在土坡上的三具尸体，来不及哭喊，一下子昏死过去。后事，是好心的乡邻帮忙操办的。三个小孩，三个木匣，一个大坑埋下去，围观几百人，就这样，孩子们被埋在了水塘边的山边上。

孩子母亲在熬尽了无数个撕心裂肺的日日夜夜后，找到医院，花上数千元钱做手术。第三年，历经生命的又一次大痛，母亲含泪再产下一子。可在打工满两年后，母亲回家来看儿子，母亲隔着花坛看到了儿子……看到了近在咫尺的儿子在转过花坛时，被急速行驶的汽车碾在车轮之下。瞬息间，活蹦乱跳的儿子成为一摊污血。不再动弹的尸身像极了一个巨大的血色问号，涂写在鲜花簇拥的花坛旁，也像一把把寒光闪闪的利刃，把父母的心尖戳成碎片……

　　你从北方来，

　　我从北方来，

　　屋子也没带，

　　锄头也没带，

　　被子也没带，

　　碗筷也没带，

　　父母也没带，

　　妻子也没带；

城里楼很高，

城里很富饶，

城里很热闹。

城里很友好，

蓝天是帐子，

草地是被子，

饿了笑一笑，

困了睡一觉；

佳肴烤香了，

盘子洗净了，

鞋子缝好了，

商标钉牢了，

货箱扛完了，

轮船起航了，

楼房盖成了，

钥匙交出了。

这是岳阳籍作家翁新华在2000年8月有感于农民工的艰辛在小说中所写的一首名为《钥匙交出了》的诗。可农民工"钥匙交出了"，接着如普通建筑工人李路唱的那样，对着城市《挥挥手》后回家了，可回来之后呢，人却没有了。哪怕兴家的梦圆了，可人去楼空，伤心父母又有几个愿意回到伤心之地？

亲情久等不归，活着不如离去

2006年7月7日，青少年思想道德网以《少女过年自尽 关注"留守孩子"》为题，报道了去年春节安徽省宿州市大黄庄发生的一桩令人震惊的惨剧——一名十三岁的少女阿春，期盼在外打工的父母早日回家过年，结果事与愿违，没能等来预期的团聚。想到连续两个春节父母都不回来，女孩过年期间郁郁寡欢，最终含泪服下农药自尽。在当地记者采访时，父亲黄平纪说起女儿的不幸忍不住痛哭失声。阿春在村小学读五年级。2003年，黄平纪夫妇和两个弟弟、弟媳三对夫妻到浙江温州打工。三家的六个小孩，均交给了爷爷、奶奶照顾。六个小孩中最小的不到两周岁，阿春是其中最大的一个。阿春每日挑水做饭洗衣，照顾弟弟妹妹们，还要照常上学。若是冬天起床晚了，做饭就来不及了，为赶着上学，姐弟俩常常就不吃饭上学。饱一顿饿一顿。眼看又一个春节到了，阿春想到父亲的承诺，以为热一顿冷一顿的日子总算熬到年头了。看到外出打工的村民纷纷回家过年，阿春就满怀希望地打电话给父亲，可父亲却告诉她买票有困难，过年又回不了了。正月初五，从城里舅舅家回来的她，看到外面人家热热闹闹放鞭炮，孩子在父母身边嬉戏笑闹的情景，自己家里却还是冷冷清清，父母还是没有回来。不由得悲从中起。想到自己没有父母的疼爱，过年也得不到一件想穿的新衣裳，2月19日傍晚，情绪极度低落的阿春拿起剧毒农药甲胺磷就喝，被十岁的弟弟发现后拼命夺走，并将药瓶打落在地。阿春还狠下心来打了他一下。当弟弟过了半个多小时回到家中的时候，阿春已经倒在了地上。闻讯赶来的村民将阿春送到医院，虽全力抢救，阿春终因喝药太多，抢救无效，离开人世……

"应有天心连地腑，河山隔断鱼莺哭。"看着像花蕾一样稚嫩的生命一个个瞬息消亡，让人不禁扼腕叹息。子女最痛爷娘心，本来父母外出吃苦受累拼命挣钱，为的是孩子能更美好更快乐地生存在这个世界上，却不知他们等到的会是如此的噩耗。命运，竟会给无数的父母开出一个个如此残酷的玩笑。

由于代管家长监护不到位，非正常死亡时有发生，交通事故、溺水淹死、疾病致死的屡见不鲜。笔者在其他省份农村中小学调查，留守学生同样也普遍存在着因家庭教育监护不力和亲情缺失而导致的安全隐患问题。留守子女的监护问题，是外出打工父母的一块心病。无论走到哪个乡镇，都能听到由于监护不到位而出现的非正常死亡事件。

上面的事例无一不是最惨烈的生命悲剧，而这些极端的生命悲剧还在一个接着一个、一个地方一个地方地重演。回顾众多受到各种伤害的留守孩子个案，伏案沉思，其实这些死亡与伤害全属无辜，它们完全可以避免。假如家庭或学校有一方在生命安全教育上不是严重缺位，那些在生活中频繁出现的在水里溺死、车下碾死、火里烧死、刀下砍死的一个个还在天堂里哭泣的天使般的孩子们，此刻都应该安享着生命的甜汁，成长在幸福而斑斓的花季生命里。他们的父母、他们的亲人在未尽的生命情感里也不会有永远抹不去的伤痛。在众多留守孩子生命安全存在大量隐患、生命安全不断出现问题的时候，我们是否应该问一句：应该由谁来为他们铸起保卫生命的安全阀？

三 "中国式"农民离婚，孩子敌不过的浩劫

20世纪末，中国农民大规模向城市流动遗留下的一系列社会问题中，农民工工资讨要难问题、难以计数的空巢孤独老人问题、两千多万生存质量低下的留守儿童问题日渐成为媒体的热点，很快进入大众的视野。但随着大量的流动人口而一路飙升的农村离婚率，却作为新时代婚姻质量"进步"的标志，未能引起人们的特别关注。殊不知，在广大的农村，"离婚"，正在演变成更为严重的社会问题。也正是这场看不见

的浩劫，成为众多留守孩子心中不可触碰的疼痛。

"爸爸出去打工两年没回来，妈妈脾气变得特大，动不动就和我吵架，有一次，就因为我多看了一会儿电视，就骂我，这一次骂得特狠，我很难过。想找爸爸，但没有他的消息。"在调查中，一个孩子对我说。"亲爱的爸爸妈妈：你们在外面现在过得怎么样了？不会又有矛盾了吧？爸爸妈妈，其实我很恨你们！我知道，每个人生下来到哪个地方，是不可选择的。但我还是恨你们把我带入一个这样的家庭。妈妈爸爸，你们知道吗？每次你们回家都吵架，不是伤害你们自己，而是伤害你们的孩子。你们有没有替自己的孩子打算？你们有没有理解过我的感受？当然妹妹还小，不懂，但我已经十四岁。记得有一次，你们吵得很厉害，我转身跑了，躲藏在一个角落，结果你们找到了我，还向我保证，说你们再也不吵架了。那时我觉得好欣慰。可是没过几天，你们又吵了，我像又中了一记重锤。我觉得，你们大人说话不算话！从那以后，你们知道不知道，我的心情很复杂，直到现在，我仍然很绝望。尽管现在同学们看到的是一个活蹦乱跳的我，但他们其实不知道我心里面在想些什么。我的成绩垮了，因为我每天晚上做同样的噩梦，我梦见你们都不要我了！爸爸妈妈：我就好比一棵树，如果你们只顾自己的感受而总是争吵，忘了给这棵树更多的关心，让它自生自灭，那么它会更早地枯萎。"这是一个叫江浩的孩子在写给爸爸妈妈信中的一段话。

年轻的父母外出打工，有的一方出门一方在家，有的打工地不在一起，因忍受不了长年的相思之苦，感情出现裂痕，就容易走向离婚。而随着离婚率的一路攀升，越来越多的父母解脱了自己的一时之苦，却丢给了孩子不应该承受的伤痛。一个县法院2005年度受理的691起离婚案件，有90％是因为当事人外出打工，双方或一方有外遇。这样一来，直接受害的是无辜的孩子。有些父母顾虑自己若抚养孩子，对以后的工作和再婚都有影响，所以都拒绝抚养子女。原本盼望外出打工的父母春节回来能和自己一起玩耍、走亲戚，但换回来的却是父母的离异并对自己的放弃，这对幼小的心灵又是何等的打击！面对父母的离异，孩子常常哭得肝肠寸断。特别是在有的贫穷山区，还上演着一幕幕出走的"秦香莲"从此再也不回家乡认前夫、不认儿女的"事实离异"或遗弃悲剧，更有甚者，父母情感破裂导致婚姻纠葛，最终还演变成父母相互残杀的家庭悲剧，只留下孩子无依无靠，走向犯罪道路。

秃山底下的"孤儿"村

这是一个国家级贫困县，一些不起眼的人家，就像一把随着一阵劲风飘落下的籽粒，散落在光秃秃的山谷。这里田土不能耕作，少得可怜的一点农作物，常常还被野猪践踏得精光。唯有山，一座连一座的山将乡亲邻里相隔开来，有的数里，有的相隔上百里。随着打工潮的兴起，这里60％的成年妇女开始出外打工谋生。但比起别的地方不同的是，她们出去的多，回来的少。有的母亲一旦外出找到了出路，就既不办离婚手续，也不再回来，更没有钱寄回家，连找都没有地址可找寻。形成了这个县事实离异多，履行手续少；婚生子女多，养育子女少的不良风俗。无辜的孩子天天盼，月月盼，但希望渺茫，时间过去了一年又一年，孩子一双泪眼望到的还是冬的苦寒，见不到山外的星点春光。但久住这里的人们已经见怪不怪。

"妈妈——你在哪里？"

在家家户户鸣鞭放炮的喜庆春节，看着别人一家热热闹闹地在一起的幸福场景，面对笔者，住在贫困山区的孩子狗儿不禁流下了泪水。

狗儿有三姐弟，1996年3月，为改变拮据的家境，母亲决定到深圳打工，走前狗儿看到妈妈和爸爸好言好语说了大半夜，没有料到，第二天母亲的离去，竟然是他与妈妈的最后一别。刚开始，狗儿每月都能够在电话里听到妈妈的声音，然而好景不长，在一次妈妈寄回家300块钱和一袋衣物后，就再也没有打来的电话了。1999年春节，沮丧的狗儿从邻居那里听到了一个有关妈妈的消息，但是这个消息如五雷轰顶，让他怎么也想不明白：妈妈竟跟一个做生意的男人跑了，不会再回来了！妈妈怎么能够这样？怎么忍心这样？过了一段时间，狗儿母亲久寻未归，久而久之，忧虑过度的父亲也落下了顽疾，当地政府见他家里已是债台高筑，便带着狗儿到了当地的电视媒体。狗儿的哭声牵起了媒体的一场关爱行动。可尽管媒体投资逾万发起了寻亲义举，但狗儿妈妈始终不见下落。妈妈的离去始终如一个未解的谜，像一个沉重而冰冷的问号，永远地烙在了狗儿早已泪痕斑斑的心底。

而在这个县，到处可见这种实际上已经失去了妈妈的孩子：

——玲玲，家有三个姐弟，小的时候，妈妈外出打工，后来一直没有回家。听村里回来的人说，是跟外人结婚了，一去六年，一直没有回来办手续。玲玲爸爸因为妈妈走了，情绪不好，从此不太管三个小孩子。懂事的她便停了学，外出打工供两个弟弟读书，但家里仍然非常困难，结果两个弟弟也停了学。从此，三个孩子一直过着饥一顿饱一顿的日子。

——群群，可可，母亲自从出外打工，就再也没有音讯。2002年父亲外出在深圳打工时出了车祸，一个月没有醒来，治疗醒来之后，发现大脑又有了问题。为了解决生计，他又跟人去广州打工，专门在厂里做煎油的工作，400元一月，一次不慎，全身又被烫，住了一个多月院。到目前，母亲一直没有找到，父亲根本没有钱寄回家来养子女。

"如果有哪个小伢崽来到我家门口，或者在我家附近不走，随便拽着一个问，就有可能一两顿没有吃饭。有一天，一个四岁小伢对我说，他已经一天没有饭吃了。好可怜哦！"在当地组织的座谈会上，一村妇女主任边说边擦眼泪。

"妈妈把爸爸毒死了，政府把妈妈枪毙了。
我和弟弟成孤儿了，不偷不抢怎么活？"

这个小男孩，叫春春。对比上两个来讲，早期的生活，他是最幸运的一个。父亲在外面打工，能干的母亲留在家里耕种，爷爷奶奶早已作古，不成为家里的负担，日子虽然过得紧巴但还算过得平静。可不幸的事还是在他们家发生了。有一天，父亲突然死亡，随后母亲被抓。后来才知道原因，生性胆小的母亲根本不同意父亲外出打工，父亲执意外出后，又长期不归，也少有钱寄回，负担沉重的母亲后来有了相好的男子，便要求与其父亲离婚。几经交涉，父亲不愿意，多次争吵之后，母亲在百求不应的情况下买来老鼠药，将父亲骗回家，毒死了父亲。母亲被执行死刑时，春春十一岁，弟弟九岁。可怜的春春在好心的乡亲帮衬下，算是过了两个月有吃有住的日子。后来，政府给的吃完了，乡邻也不可能长期照顾他，春春有了上顿没下顿的，有时候，一天也难以吃到一顿饭。春春便带着弟弟在街上讨饭吃，后来连讨饭也困难了，春春便偷，偷不到就抢，抢人钱财，连人家放到路边的旧自行车都拿去卖。因春春没有到负法律责任的年龄，派出所抓了又放，放了又抓。

"妈妈把爸爸毒死了，政府把妈妈枪毙了，我和弟弟成孤儿了，没人管了。我不偷不抢我怎么活？"笔者在当地调查时，几个月没有出现的春春嘴上叼着支烟，腋下挂着一根拐杖，脸上尽是伤痕，一副破败不堪的样子。同去的妇女主任说，这副模样，怕是偷东西又被人捉到，被人打了。

　　　　　"有爸爸，有妈妈，却没有人要佳佳。"

　　佳佳的爸爸妈妈一个在深圳、一个在广州打工，今年三十多岁。但在佳佳四岁的时候，夫妇因感情疏淡和双方的互不信任，离婚了。由于佳佳妈工作时间长，工资低，无力照管，爸爸工作跳槽，生活陷入困境，佳佳只得跟外婆生活在湖北老家。有一天，正在做工的佳佳妈接到家乡朋友的电话，说佳佳常常一人坐在外婆家门前的小塘边发呆，看上去有点傻。佳佳妈知道是夫妻两年有余的离婚拉锯战使女儿受到了精神刺激，感到十分内疚，便特意约了孩子父亲赶回老家。可想不到的是，眼前的佳佳还是那么灵巧，调皮，每天乖乖地写完作业后，还忙着跑前跑后地为爸爸妈妈端茶递水，围着家人笑闹个不停。过了几天，佳佳妈不得不离家回深圳了，佳佳却突然一反常态死死地扯住妈妈的皮箱不让走，并高喊着已离家数日的"爸爸"，痛哭不止。佳佳妈知道是父女情深让孩子一时习惯不了没有爸爸的日子，只得带着佳佳暂时住到了深圳，准备好好带养两年，等到孩子情绪真正平稳，学习成绩补上来，再送其回家。可在深圳的日子里，尽管佳佳常常兴致勃勃地给妈妈讲学校里的故事，在校表现也非常好，但妈妈还是感觉到，没有爸爸在一起的佳佳，处处都在妈妈面前强装笑脸，甚至好多次睡梦里，佳佳都在"爸爸""爸爸"的喊叫声中哭醒。面对孩子无法修复的情感伤口，佳佳妈妈常常暗自抽泣。在佳佳住了不到一年后，由于收入太低，深圳消费又高，无奈的妈妈只好将她又送回了老家。

　　佳佳妈对我说，与孩子那一别，就是五六年，在这五六年里，佳佳妈和佳佳爸都忙着应对长时间的加班和处理各自私人生活，组建新的家庭，除按双方当时的协议寄了一点生活费、回家看过两次外，爸爸妈妈便很少顾及在老家的佳佳了。说起女儿，每次分别时佳佳那撕心裂肺的哭声，至今都让佳佳妈心痛不已。更痛心的是，佳佳从上次被送回家之后，又恢复了以前的样子，脸上长期不见笑，从不主动理人，成绩也不好。一个人常常坐在家门口发呆。但面对一个家庭生存必需的开支和孩子将来所需的巨额求学费用，佳佳妈表示，自己还得这样坚持几年。

"父母不和，成绩下降""父母离婚了都不管我们，妹妹生病了，我不知道该怎么办""我病了没有钱去医院""妈妈与爸爸离了，没有爸爸的疼爱，我觉得非常的伤心""由于父母打工不在一起，爸妈闹矛盾了，在我们一家好不容易团聚的那个除夕夜，父母竟大吵了一架，然后是离婚"……在"父母外出打工以来，你最伤心的一件事"一栏，有28%的孩子填写的与父母离异或父母不和相关。

有专家称："与西欧和美日等国家在不同年代出现的农村人口劳动力的外流及其引发的诸多社会问题相比，20世纪80年代以来的中国农村的状况都更加独特：一面是外出者无根飘零，遭遇着黑心老板的压榨、城管队员的驱赶以及城市市民的白眼，一面是留守者们同样的紧张、孤独、痛楚和无助。正如'后院起火'这一中国式的语汇所包含的意蕴那样，没有哪一个国家的劳动力流动引发了如此迅猛、广泛和深刻的家庭解体，乃至于形成名副其实的人道主义危机。"有媒体载：中部地区有25万多农民外出的农业大县怀远，县法院近年受理的离婚案逐年增加。从2004年1月19日至2月9日的21天内，到法院起诉要求离婚的达120人，2月9日一天受理31件，创下该院的历史纪录。新华社的一篇报道说，在河南省豫东商丘农村的离婚率已经超过了当地的城镇，在西部的重庆，一些基层法庭的法官对打工女诉夫离婚的情形已习以为常了。一个县的一个乡镇法庭2003年办理了164件离婚案件，2004年上半年受理98件。外出打工女起诉离婚案已成为一些律师的主要案源，其中八成以上是外出打工一方先行起诉。在我所调查的几个县市，当地离婚诉讼的原告也主要是外出打工女。调查中，笔者翻阅过一些少年犯罪的案卷，在案卷中发现，未成年人犯罪有一定规律可循，一半以上的犯罪留守孩子大多是家庭破裂，或者父母长期不和的未成年人。

城乡分割的二元经济和社会制度作为城市对乡村农民夫妻的一个绝对诱惑，造成了多数情况下一方出走而另一方留守家中的当代农村婚姻生活格局。拉大了的空间距离和时间距离渐渐疏淡了往日的夫妻情感，当二者之间双方都不被融合，冲突便在所难免，走向离婚便成了一个必然的结局。这样，汹涌澎湃的务工潮事实上就导致了乡土中国无数个家庭的解体。

四　隔代抚养，三代人的疼痛

2006年岁末，在我所调查的一山区发生了一件十分凄惨的事件，因山路人稀，邻居相隔太远，一八十多岁高龄的老人因半夜心脏病突发，无人及时抢救而死亡。而与他相依为命同床共枕的两岁孙儿也因无人知道爷爷的死去而无人及时代管，活活饿死家中。可以想象，满怀热望外出挣钱养家的孩子父母及亲人得此噩耗，是如何地痛断肝肠。这与湖北的一李家祖孙同赴黄泉路的悲惨情景是何其相似：2005年6月19日晚，在十堰打工的李师傅往老家父亲手机上打了一个电话，无人接听。次日中午，他打电话时发现他父亲手机关机。几天之后才知真相：他五十六岁的父亲和他三岁的儿子双双被发现死在家中。事后据警方调查，他父亲李某系突发急病死亡，他儿子兵兵两天之后因饥饿和脱水死亡。这虽是两个个案，但个案的一次次重演就会成为一个时代的悲剧。其实在近几十年外出打工浪潮汹涌澎湃的大背景下，我们也不难看到，伴随着无数的青壮劳力抛家别子远走他乡，一个又一个的家庭饱尝着母子分离、夫妻分居、亲人相隔、幼无所育、老无所养、病无所医等种种揪心之苦，为了生存，无数个寻常之家，竟然到了连起码的一家人一年同桌吃顿饭、见个面都十分艰难的地步，这不能不说是一家老、中、少三代人连筋带骨的疼痛。这其中又有多少难以言喻的无奈。

老人：谁愿抚了竹子再哺笋？

在中国农村，本应该受到公共财政大力支撑的农村社会保障体系还远远没有建立起来，农村老人目前只能依靠子女来养老。从表面上看，青壮年的外出务工本应有助于提高其经济上赡养老人的能力，但在实践过程中，这种能力远没有转化为现实上的供养水平。事实上更多的青壮年外出，给老人带来的是雪上加霜。在儿子媳妇女儿女婿均外出的情况下，很多的老人还要承担起抚育第三代的重任，有的一至两个，多的达到六七人，这明显超出了他们的负担能力。青壮劳力外出后，老人们起早贪黑，有的还要为农活操劳，农忙季节往往不得不进行超体能的劳动。

河南一老婆婆今年已89岁，有三个儿女在外打工。但儿子们在外挣钱少，从来很少有钱供养她。见到她时，操坪上并排摆有两大盆衣服，老人正光脚趿着双凉鞋在搓洗着。看到我，老人有些诧异，不好意思地说，今天是星期天，一家七口换下的衣服还没洗完，家里不像个样子。老两口带着五个孙子和外孙，她说："趁我们还能动，田里还种了两亩呷饭谷呢！"

孩子们听话吗？我问。

外孙磊磊学习不上路，成绩差不说，总是大错不犯，小错不断。柜里摸钱，田里放野火，剪女同学的头发，喊老师的绰号，提起他我就头痛，都喊他做"野牛子"，来找我告状的不断。有什么办法呢？他又不听我的。爹娘在家，他就好些。像个小"精怪"。两家的小孩子，又是五个男伢，何况他们毕竟不是一个屋里出来的，平常，总是会为一些鸡毛蒜皮之类的小事闹得鸡犬不宁。小孙子甚至以"东家"自居，动不动就对其他几个说："不要你在我屋里住。"有一次，四个小家伙在屋里玩球，因两句话不和，大孙子梭梭就打了大外孙磊磊一个嘴巴，四个人当即滚成一团。打得两个人都出了血。手心手背都是肉，看着我心里打颤颤，还生怕打出个好歹来，背不起责任。晚上做梦都在跟他们解交。

不知几时是个头啊！写在老人脸上的是一脸的茫然。

辛苦吗？看着她那双脱了几层皮，看上去十分粗糙的手，我问。

不辛苦是假的。晚上都不敢睡死，冬天的话，起床盖被子都要好几趟！早上五点多就得给他们准备早饭，洗衣，下田。有时候他们哪个逃学了，我还得找人去把他们找回来："幸好身子还硬扎！"

"幸好身子还硬扎！"五年来，老婆婆都是自己上山捡柴火，打猪草，下田种地，做饭洗衣。老人用单薄的身子支撑起了后方这个缺少支撑的家，但这只是这几个孩子的幸福，更多的留守子女却难得有如此的幸运。透过老人苍老疲惫的笑容，留在我心中拂之不去的，是老人内心深处难以言说的无奈。

"他们出去，我们不反对，多搞点钱，免得总是借钱过日子。只是儿子在家，媳妇在家，我们就好些，有爷有娘照看自己的伢子，就好一点。再说，我们对他们不好教育，像书上的题目，他们问我，我晓得个鬼。"显然，隔代教育只是作为外出父母一个良好的愿望而存在着，生活照顾勉强为之，太多的老人根本担不起教育这副重担。

除开上面"身子还硬扎"的特例，在留守老人中，还由于缺少来自于后代的亲情照料和交流，使得大多数老人的孤独感更加普遍和深刻。许多老人甚至觉得他们的日子便是带着病痛等死。在调查中发现，在大多数祖孙相处的家庭里，老人由于无人照应，遇到身体不适，只能是大病小看，小病不看，死在家中多日后才被人发现的事件不是一件两件。而对于那些男人外出而媳妇留在家中的家庭来说，老人虽然只是农活、家务和照看孩子上的帮手，但婆媳之间很容易滋生矛盾。有媒体报道说，某村一七十多岁的老婆婆，三十岁时丈夫因病去世，她含辛茹苦把三个儿子抚养成人，均已成家立业。然而，老人并没有因此过上好日子。近几年，三个儿子分别外出打工挣钱，三个儿媳不顾老人体弱多病，都要求老人为各自家庭洗衣、烧饭、带小孩、种菜。老人整天奔忙于三个儿子家，从无停歇。一次，老人因受凉感冒发高烧，没有起床，二媳妇却把老人从床上拽下地要求干活，老人被儿媳强拽到地上后，内心无比心寒，绝望之中在自己破屋内上吊身亡，结束了痛苦的一生。邻居说，多年来被三个儿媳虐待的老太是看在外出打工的儿子和可爱的孙子孙女身上，才勉强活了这么多年。

晚年残生，如果不是不得已，谁愿抚了竹子又哺笋？更何况许多老人为儿女操劳数年，只落得身枯体残，没有保障。于是近些年也有不少地方出现了老人受生活所迫，将子女告上法庭的事，理由是索要带孙费。引起家庭内部的纷争和非议。一法学人士说："老人带孙子只是传统，但不代表法律。""赡养父母是我们的义务，带不带孙儿是他们的权利。"去年11月，《中国妇女报》还以《婆婆该不该索要"带孙费"？》为题展开讨论。可在农村，凡儿女出门大多是因为经济窘迫，在出门打工谋生的父母中，又有谁出得起钱请人带孩子？家里有爷爷奶奶的，扔下的孩子只能请爷爷奶奶帮着带，没有爷爷奶奶的就请外公外婆、姨父母、姑父母之类的其他亲戚带。这是存在于农村的普遍现象。所以更多的老人心痛子孙，还是默认了命运的这个安排。

"奶奶，我觉得您真的好伟大！为了我们父母能够在外挣钱养家糊口，您毅然选择接受了照顾我们。在我们最需要帮助的时候，您选择了留在我们身边。您本来是和伯伯他们生活在一起的,身体又有病,平时生活都得由伯伯他们照顾。可自从我爸妈问您一句:是否愿意到我们家来照顾我和妹妹的时候,没想到,您肯定地答应了!原本还需要人照顾的您,现在却反过来带我们,多不易呀!"正如湖南省益阳市一中学学生蔡艳在调查表"最想对代理家长说的一句话"一栏中所说的一样,当下中国农村,正是这数千万本应安享天年的老人如残烛一般倾力摇曳的人伦之光,燃烧着自己生命最后的热度,照亮了众多孩子险些就要熄灭的希望和梦想。

孩子:为什么最深的伤害,要给最亲的我?

由于缺少父母的管教,许多留守孩子虽说人高树大了,但还是习惯衣来伸手、饭来张口的生活。平时还经常以游戏厅、网吧为家,夜不归宿,老人想管,但根本管不了。老人在繁重的劳动之余,不论他们教育水平如何,内心里总还担负着监管孩子的责任。但许多孩子根本不服老人管。父母不在家,老人对孩子骂不能重骂,打是万万不可能。双方稍不理智,就可能滋生事端。

2004年6月2日,湖北省某村发生了一起命案,村里12岁的女孩小洁被自己的奶奶杀了。惨剧发生的那天,孩子父母亲都在外地打工。当夫妇俩赶回家的时候,都还不知道,杀死自己女儿的,正是自己的母亲。原因是一个要管,一个不服管。盛怒之下的奶奶就做出了不理智的事情。2004年6月1日,国际儿童节,小洁早上起床后发现红领巾不见了,于是划了根火柴在一个房里找,哪知一不小心,就把房里的东西烧了。家里发生了这么大的事,奶奶发现后,就说了小洁一顿。哪知第二天下午小洁竟没有去上学,还玩到很晚才回家。一直在为小洁担心的奶奶又说了她,并怒其不争,作势要打她。谁知小洁回敬奶奶的竟是:"你不要住在我家里！""你勒！"就这样，气急的奶奶用手里的毛巾顺手往孙女脖子上一套，想吓她一下，结果顺手一拉，小孙女却真的死了。

小洁的父母有兄妹五人，有四个都在外地打工。年近七十的爷爷不仅要种五亩多地，还要照顾留在家里的三个孙子孙女。去年春节回家过年时，爷爷奶奶就告诉父亲，自己岁数大了，孩子太调皮，不听话，管不了了。可父亲早在女儿小洁一岁多的时候就开始在外打工，经过数年奔波，才好不容易在福建找到了一份相对稳定的工作，若回来，他所在的镇人均只有八分地，除了种田，几乎没有什么其他的生计。就请小洁姑姑回娘家做爷爷奶奶的工作，老人这才答应再帮他带一两年。且他所在的镇大多都是这样由爷爷奶奶带孙儿孙女，壮年男女出门打工。谁知怎么会发生这种惨事呢！

我所调查的一个山村小学四年级的三个班级中，一班、二班、三班人数分别为60人、60人、58人，父母皆在外、父在外、母在外合计占班级人数比例为，一班50％，二班39％，三班68％。留守学生的抚养状况显示，这些留守学生由祖辈抚养的占50％以上。该校校长说，隔代抚养可能形成的监护缺失不容忽视，搞得不好，还会成为一种最深的伤害。在留守孩子中，由于爷爷奶奶监护不力或无力监护而导致孩子伤残、死亡的事情时有发生。有一次，笔者在一个乡就留守孩子问题组织几个乡镇宣传委员座谈，其中听到这样一个案例：一个两岁的孩子感冒了，奶奶拿出一包冲剂给孩子吃，孩子见气味不好闻，哭着吵着不吃，奶奶强行将冲剂调好的水灌进孩子喉咙里，不到半个小时，孩子气息全无。奶奶哭得死去活来：村医告诉她，她喂给孩子的竟是一包"鼠毒强"。随便走到哪里，都能听得到由于监管不力而出现淹死、轧死等非正常死亡的留守儿童事件。

家长：陌生的儿啊，你成了我心中永久的痛！

今年正月初二，听说笔者要了解留守孩子的问题，一位从广州打工回家过年的王家媳妇抹着眼泪告诉笔者："我和老公出门时儿子才5岁，出去后的九年里，我们在外面受尽了冷眼，做着城市里最苦最累的活，吃舍不得吃，穿舍不得穿，为的就是小孩子今后能够有个出息。可现在倒好，前年回来时，孩子早就辍学了，天天在社会上鬼混，进网吧、上迪厅，整日只知道和乱七八糟的朋友吃喝玩乐。孩子不听话，去年我们就花钱把孩子送进一所全封闭制管理学校，可才开学两周，孩子就被学校开除。想和孩子好好谈谈，他根本就不听。现在我一说到孩子的事就伤心，像有人拿刀剐我心尖尖子肉，这么多年拼死拼活地做，我们到底为了什么啊？！"

在我调查的一个看守所，几名犯人都曾对我说起这样一件事，前不久因吸毒二进宫的艾滋病少年在被父母接回家的第一晚，即用针管注射大量的毒品自杀身亡。令其父母痛不欲生。而在此之前，艾滋病只是作为疾病存在于他的体内，并没有严重到发作而引起他对人生的绝望。他同在监室待过的监友说，他对父母产生了深深的失望，父母是他最恨的人，他宁可流浪，宁可坐牢，也不愿回到父母的生活中："从小，父母就把我丢在家里不管不顾，自己去打工，没人管我，我才结交社会上的朋友的。毒品也是被人诱骗误食后上瘾的，艾滋病也是吸毒染上的。"

湖北大学心理系严梅福教授认为，父母长时间不回家，与孩子之间的感情势必会淡漠，孩子年龄越小，造成的关爱缺失越明显，并影响到孩子健全人格与道德观念的形成，进而在其一生中都会留下痕迹。

由于农村城镇化、城市周边边缘化，社会保障、公民权益等一系列工作还缺乏统筹与协调。父母外出打工，孩子只能留在家中，父母经过苦打苦拼，能够在城市里有一份工作安身立命已属不易，平时哪里还顾得了数千数百里之外的孩子？尽管有的父母有点根基后开始拖儿带女到城市生活，但异地借读、赞助费、各地教育差距、学校冷眼等因素的存在，农村儿童往往还是被拒于城市校门之外。即使勉强进了城，也是在脏乱差的城乡结合部。且父母做工时间长，劳动强度大，孩子安全极无保障，有的稍有不慎就被人利用去乞讨、强行卖花、卖盗版光盘，甚至偷窃。上三年级的磊磊跟父母到广州后，被人骗去打牌、逃学、看黄色光碟，还险些误食毒品，成绩也成了班里倒数第一。而父母全天倒班，根本无暇顾及。最后只好将孩子送回家乡就读。显然，即便是进了城，农村孩子的境况也令人堪忧。所以父母一般还是放弃带子打工的打算。有的孩子出生后，就一直是祖辈抚养，长时间与父母没有生活在一起，且不说父母的语言、情感给他们留下了多少印象，就连父母亲的模样都不是很熟悉了，对这部分孩子来说，父母亲完全成了一个失去血肉和情感的文字符号。

一次在一留守孩子家里，问起与自己感情最好的是谁，三个孩子有两个说是爷爷奶奶，一个说的是外公外婆，没有一个回答是爸爸妈妈的。父母双双外出，孩子教育全部交给爷爷奶奶或外公外婆代管。由于爷爷奶奶或外公外婆的年龄和文化差异，隔代血缘的影响，特别是他们那种传统的教育后代的方法，对孩子只求吃得饱，穿得暖，对孩子的学习和成长根本不管，或者说根本管不了，这些孩子大多生活上娇气，学习上随意。生活中受到的委屈不能找父母倾诉，或者是得不到父母的及时正确引导，久而久之，有的孩子其人格还表现出要么是攻击性较强，要么是偏向于抑郁型。还有的自制力差的孩子，由于得不到父母亲情感染与关爱，缺乏情感慰藉，只好外出寻求情感生活的替代，上网聊天，交友，耽误了学习时光。而对父母与生俱来的亲情便渐渐淡漠、遗忘。

针对农村留守儿童话题，笔者在调查的五个省份范围内随机抽取

756位外出务工人员进行了问卷笔录。调查结果显示，62％的被访者是夫妻双方在外打工，38％是夫妻一人在外、一人留在农村。被访者中，45％的孩子留在农村和爷爷奶奶或外公外婆生活，7％的在亲戚家代养，3％的孩子无人代养。在被访的父母中，有27％的父母一个月和孩子联系一次，27％平时很少联系，只在过年过节时回家看看，8％的父母一年难得回一次家。其中有36％的孩子老师反映其不爱说话，性格孤僻，23％的孩子交上了一些不三不四的朋友，经常惹事。89％的孩子不想让父母出去，希望和他们生活在一起。91％的孩子认为住在一起的亲戚没有父母对自己好。孩子多数认为所谓的监护人对自己的约束、教育较少，遇到困难多半不能解决。当问起受访人"在外打工，最担心孩子什么？"时，有83％的父母回答怕孩子学习成绩下降，今后考不了好大学找不到工作，只有27％担心孩子违纪违法。"打通妈妈的电话时，妈妈却急着问起我钱的花销，问我的考试分数，不问我的委屈。"一孩子委屈地对我说。

"爸爸妈妈：在您的心目中，我是一个不听话的孩子，想想在老师的眼里也是。爸，你真的不了解我。也许是跟我分开太久，有时，就算是我做错了事，也没机会跟你们解释。"正如这个孩子所说，许多留守孩子的父子母子之间原本浓郁的亲情，就这样被亲子空间、时间上的距离活生生地断裂开来。

五 "留守"，留给教育的尴尬

留守儿童留下的最大问题还是教育。一般来讲，留守儿童在小学的教育问题不是很明显，初中开始突出。留守孩子进入初中阶段后的在校率也大幅度下降。有很多学校留守儿童的在校率仅为85％。这与我国九年制义务教育的发展目标是相背离的。而留读的许多留守孩子也是人留心不留，抱着什么都无所谓的心理在应付学业。我所调查的一所学校397名打工子女中，有41％的孩子学习成绩为较差，43％的学生成绩中等偏下。"在初二，有一个小孩子成绩本来很好，父母出门后，孩子寄宿，家长寄钱养，但没有人管教，逃学，打架，一个学期下来，成绩就垮了，孩子情绪也低落。成绩下滑，学校苦恼，家长也最敏感，找我，我说：'就一个办法，至少有一个家长要回来。'大人又犹豫，我问他是要钱还是要人？结果孩子妈听我的劝回来了，孩子什么都好了。"这是在调查过程中得到的少有的家庭愿意放弃打工回来管教孩子的例子。大多数父母则不然，出于生存的压力考虑，他们只能将外出打工进行到底。

家庭教育是最重要的教育。但是，目前仍有不少家长认为，教育是学校的事情，只要能把孩子送到好一点的学校就读，有学校管着，自己就可以放心地外出务工了。调查中，因为家庭教育的缺失，有55.5％的留守孩子表现为性格孤僻，感情脆弱，自暴自弃，读书上进的观念淡薄。留守儿童和当地同龄孩子相比，往往更容易受到外界不良环境的引诱，出现逃学、早孕、辍学、失学等问题，这给家庭父母带来无尽痛苦的同时，也给教育带来了说不尽的尴尬。一些农村中小学负责人说，现在的教育，已经成了一个真正的弱势群体。

尴尬之一：作为教育的管理范围在无限扩容

在我所调查的学校中，无论是留守孩子工作做得好的，还是不好的，学校对留守孩子的帮辅工作除了形式上老师与学生的一帮一之外，实际上都是班主任老师负总责。说起留守孩子的管理，许多班主任老师苦不堪言。如有的女生没有母亲在身边，来了例假都得老师教她怎么处理，班主任老师是女的还好，不是女的就闹出更多的笑话；如有的读书三天打鱼，两天晒网，有事也不请假；如有的爷爷奶奶对孩子只能做到不冻着不饿着，从来不关心孩子心里想什么，导致孩子心理孤独无人开解、个性变得孤僻、自卑、无安全感、在学校出现一定的交往障碍。老师批评几句、同学之间打水、打饭相撞之类的小事都能引起双方打架和斗气。大部分班主任老师都说，对这样的孩子，哪怕再忙，每天都得抽出时间来找他们念一遍三字经："今天跟谁闹矛盾没有？""科任老师上课听得懂不？""有什么事情要我跟老师和同学讲不？""不然，就容易引起矛盾冲突。几乎每所学校学生管理的重点都成了留守学生。"

尴尬之二：作为教育的管理绩效受到前所未有的冲击

有些留守孩子往往自由支配的钱比有父母管束的要多，在一定范围内的同学中有号召力，能够"呼风唤雨"，相对来讲，破坏性就极强。一些留守孩子对我说，找父母要钱，父母基本上都会给。有时候，就会做东请同学打桌球、上网。钱多的时候，就到酒店，一起过过抽烟喝酒的瘾。由此可见，他们的负面影响正在向这个群体外延——非留守孩子群体扩展。一个十岁男孩父母长年在外打工，他在学校和同学十天一大架，三天一小架，且非常凶猛，打得别的同学平时连看都不敢看他一眼。上课要么睡觉，要么找前后左右的同学说话。老师若有批评，他就在课堂上找老师胡闹，让学生看老师笑话。整个班级的正常学习活动不得不经常性地受到他的干扰。还有一男生，奶奶教育他，他打奶奶，爷爷说他，就打爷爷。一次还带了同学到家里撬门撬锁拿走母亲的金项链、金戒指等，然后找大一点的孩子换钱分给同学买零食吃。一些自制力差的孩子平常就喜欢跟着他跑。而面对留守孩子在学校犯下的种种错，学校既不能打骂，也不能开除。父母不在家，老师对他们连话都不敢说得太重。对待留守孩子中品质恶劣、且影响其他学生正常学习者，学校同样毫无办法。媒体上广为热炒的"五加二等于零"现象，也不是危言耸听。少数学生在校接受五天的品德、心理健康教育，常常被双休日两天接触到的不良行为所抵消，甚至两天所接受的不良影响，还远远大于学校积极的正面的教育，成为品德、心理上的问题学生。而这里指的少数学生中，多数就是无父母管束的留守孩子。

"我们班就有几个这样的学生，平时不爱学习，经常请假，理由不是头疼就是拉肚子，要去看医生。其实我很清楚他们是在撒谎，可是我又有什么办法呢？我总不能不让他们去看医生吧？再说了，万一真的病了延误治疗，我能承担得了责任吗？没办法打电话给家长吧，可是父母在外打工又没有电话。有的好不容易打通了，家长关心的就是孩子在学校有没有出什么事，一旦知道没出什么事的话也就心安了。要是你再说孩子平时如何不爱学习，怎么不守纪律，他们大都很无奈地说，我们平时都不在家，孩子在你们身边就麻烦你们老师多管教了，有老师在，我们家长就放心了！"——在荆棘鸟的BLOG上，我看到这段话，这应该是教师的真正心声。

尴尬之三：作为教育的管理成本在无序透支

一分管德育的副校长说，这些孩子大都处于心理发育期，有的父母长期不在身边，自我约束能力相当差，毫无组织纪律观念，习惯于私自外出。给学校的管理增加了很大难度，管理成本也在无限拔高。而我国农村基础教育资源本来薄弱，一个学校若有几个这样的留守孩子，常常就会鸡犬不宁，且负担沉重。这些孩子极易受外部复杂环境影响，人小胆大，让你防不胜防，随便闹出点什么事，学校就得花大量的人力物力去查办。2006年上学期，他们学校有几名留守女生在上网时，相互约好第二天弃学不读，异想天开想到深圳去找工作，结果第二天三个学生全部失踪。班主任老师带人逐一去问代管的爷爷奶奶、亲戚邻居，但都不知道其去向。情急之下，学校安排几名同学专事上网视频"钓鱼"，得到一些线索后，连夜派出两路人，租两部车，每路一名校长带队，安排一名老师、一名学生，为方便求助所在地派出所，还带上一名干警，到长沙、岳阳寻找。到长沙后已是晚上十二点多，他们跑遍了长沙火车站八十多家网吧，没能找到，那时已是第二天五点多了。带去的女生上网后发现出走的一女生一直在线，便与之通话，但那名女生始终不说出准确的位置。在没有办法的情况下，学校找到网监中心求助，还出示了警官证，但因没有县级机关证明，网监中心也没能受理。直到第二天下午两路人马会合，采取地毯式的排查办法，才费尽周折找到她们。与她们在一起的，竟然还有其他学校的七名同样无家人管束的学生。而仅仅为了找这三名女生，学校租车等开支，就花掉了五千多元。在安徽，有所小学来了一个民间的马戏团，两名学生跟着看，看着看着就跟着马戏团走了。学校寻找了半个月时间，才将他们找回。所到之处，大多数学校都为留守孩子中出现的这种任意逃课、随意出走的问题而叫苦不迭。

尴尬之四：作为教育的管理责任边际界定不明

我国劳动力的流动、农民工的出现，突出地表现在父母与未成年子女的空间上的分离。在由此而带来的一系列问题中，到底家庭、学校的责任边际在何处？社区组织、政府的责任边际在何处？在道义上，所有权力机构、相关部门及媒体都很容易要求学校对留守孩子给予更多的教育、帮助与关爱。但从法律的角度讲，在条件上、资源上、制度上，目前学校对留守孩子与非留守孩子一视同仁，具有合法性与合理性。换个角度说，班主任、任课老师、校领导对待留守孩子具有正常的义务，但不具备非正常的义务。可我们随便找一所现在的初中以下的学校就可以看到，几乎每所学校都把对留守孩子的监管作为德育工作的重中之重，在学校各项资源极其有限的情况下，他们都在倾其所有地为留守孩子额外付出。那么当留守孩子仍然在学校就学期间出现严重问题，如辍学、失学、离家出走、伤亡、违法违纪等情况时，家庭、社会与政府的责任在哪里？"没有。责任在外界舆论上全部都推到了学校，而学校再怎样努力，也达不到预期的效果。"谈起留守孩子，许多农村校长苦不堪言。

尴尬之五：作为教育的德育目标与中国应试教育壁垒形成矛盾

德育的理念，是教会人理性、健康、乐观，与环境的和谐共处。心理学研究显示：最好的学习，是从孩子认知需要出发的学习，而最糟的学习是竞争需要的学习。可中国当前应试教育莫不是烙在孩子心中无法消弭的痛。目前，"分数第一，分数即命运"的观念还是像瘟疫一样在全国流行。谁都知道孩子逼得苦，但大多数父母都在逼孩子。还处在应试教育这个怪圈，这种大环境里的大多数中国公民不得不下狠心来逼孩子。许多中学家长对孩子说得最多的一句话就是："只要把学习搞好了，别的你都不用管。"老师经常说的就是："如果不努力，就会被淘汰，当然也不会考上好的大学。"在应试教育的大环境下，不仅教育大纲规定的德育活动时间受到挤占，而且老师学生普遍加班加点。谁说"少年不识愁滋味"？现在的中学生每天晚上12点多睡觉，早上6点起床，白天精神不振，晚上失眠。少有年少的朝气。调查显示，过重的学习压力仍然是导致留守孩子厌学、自杀的主要原因。中学教师是对孩子实施"强制"教育的主体，在调查过程中。他们也表现出同样的无奈与愤懑："书包越背越重，资料越印越多，要把学生逼死，也把老师逼死！"但对比而言，非留守孩子有父母平时的亲情陪伴与关键时期对孩子细致入微的照顾，孩子心理上的积郁大都能够在父母那里得到有效排解，而留守孩子面对学习上无休止的比与拼，过重的压力再添负荷，等于是应了农村一句土语："落雨担稻草，越担越重。""在读小学时，爸妈在家，什么家务都是爸妈做。没想到读初中时父母就出门了。现在晚上回家，我要帮奶奶做饭，打猪菜，不但作业没人辅导，没人督促，而且连作业都完不成了。因为各科的作业都堆成山。只能'做一天和尚撞一天钟了'。"这样，留守孩子就更容易出现问题。

"有时候父母电话里问：成绩好吗？我就想哭，因为爷爷经常不在家，我不会洗衣，也不会做饭，有时候饭都没吃。但怕父母担心，忍住了。结果总在被子里哭。上课的时候也老是在想，怎么能让父母早些回家里来。"从调查问卷中了解到，许多孩子成为分数的奴隶，却连起码的生活自理能力都没有。留守孩子留给教育的尴尬还远不止这些。

尾 声

2000万个孩子，一个都不能少

"一个阶层的上升通道如果因为太多'结石'而产生梗堵，痛感迟早要传递出来被社会的每个部分感知。"农村留守儿童一旦出现问题，首先伤害的是他们自身，同时也伤害了他们的家庭，也影响着中国的未来。正如相关专家所说，农村留守儿童问题是中国特定历史时期的状况造成的，是社会转型中的成本和代价，这个成本和代价需要政府、全社会来共同承担，而不应由农民自己来扛。关注留守孩子的健康成长，就是关注祖国的前途未来。切实关注和解决中国农村留守孩子问题，既关系到这些孩子的健康成长，又关系到农村人口的整体素质，更关系到我们这个社会的和谐和可持续发展。

随着今年"两会"的召开，农村留守孩子问题开始摆上各级党委政府的议事日程。我们欣喜地看到，从中央到地方，各级党委政府、社会团体关爱农村留守儿童的活动日渐升温，有的地方一些工作方法既有创意，又行之有效——

湖南省是农村留守孩子关爱工作做得较早的省份之一。自2004年以来，湖南省连续三年在每年9月开展"家庭道德教育宣传实践月"活动，报省"未成年人思想道德建设创新案例"达100余个，其中报送中央文明办达20个。省妇联儿童部2005年、2006年连续两年荣获全国家庭道德教育宣传实践月活动优秀组织奖。针对农村留守儿童出现的家教缺乏问题，湖南组织开展以组建百名家庭教育专家讲师团、建立百个"母亲教育工程"培训基地、举办百场家教亲子活动、招募百名母亲教育工程志愿者、征集百个教子有方良策、树立百对母子（女）共同成长典型、推荐百本家庭教育优秀读物、对百万母亲进行家教知识传播与指导为内容的"儿童早期教养进万家"系列活动。近年来，湖南省委更是将留守儿童教育管理问题列入"群众最直接、最关心、最受益"三最问题之一予以督办。针对留守儿童大多由祖辈监护，而祖辈缺乏对留守儿童必要的教育和监护知识的现状，2006年，该省组织省内儿童心理、儿童教育方面的专家精心编印全国第一部《留守儿童家庭教育策略》，今年元月7日，湖南省委副书记梅克保为《留守儿童家庭教育策略》作序，免费向全国留守儿童家庭首次发放10000册。全书十余万字，对留守儿童心理健康、行为品德等方面的特点和问题进行认真的剖析，并从教育学、心理学、社会学等方面提出解决问题的方法和途径。受到了广大留守儿童监护人的热烈欢迎。人格缺陷，道德失范，是留守孩子中容易产生的问题。全国第一本《留守儿童教育专刊》杂志和《留守儿童双周报》、全国第一个"留守儿童"教育专题网络也在该省浏阳市创立。全省二十多万名社会青年加入到关爱留守儿童行列并正式注册为志愿者。

湖北省各部门相互支持与配合，团委、妇联、文体、广播、公检法司、卫生、环保、老干等单位整合资源，积极投身农村留守学校建设，成效显著，尤显特色。暑假期间留守子女的安全、教育、生活等问题，是进城农民工最为担心的事情。自2004年以来，湖北省武汉市新洲区教育局、团区委、区文明办、区妇联等部门以辛冲镇为试点，积极创办"外出务工人员留守子女暑期学校"。从2004年至今，先后在旧街、汪集、仓埠和辛冲四个街镇开办九所"暑期留守子女学校"。学校摒弃"老师教、学生听"的传统成规，采取集中授课、分散自学和社会实践"三位一体"的教学模式，寓教于乐，取得显著教学效果。在历时两个月的集中学习生活期间，学生一是完全可以就近选择参加集知识性、科学性、娱乐性、趣味性于一体的科技、艺术、法律、历史、卫生、革命传统、理想信念、公民道德、公共安全等课程学习；二是可以根据自己的兴趣爱好，参加球类、棋类、书画、音乐、计算机等多个兴趣活动小组，开展丰富多彩的文娱、体育活动，以及参观、访问、公益劳动等活动，由老师带着他们"玩"，学校图书室、计算机教室、体育场活动室、交流室和辅导室全部定期为留守学生开放；三是可以参加以专题讲座、心理咨询为形式，情感关爱为主题的谈心活动，吸收公共安全、自我保护与心理健康知识。且暑期学校不收取任何费用，不布置家庭作业，让孩子们轻松快乐地学习、成长。特别是针对留守孩子这一特殊群体普遍存在的心理缺陷，留守学校开设心理课程邀请心理辅导师对留守孩子显性和隐性的心理压力进行疏导，化解家庭教育缺失的消极影响，减少留守儿童心理上的断层与真空，区公安分局各派出所开办的"留守儿童暑期法制安全趣味班"，民警为留守儿童讲安全防范课，学习安全防范儿歌等活动，受到外出家长的普遍好评，赢得了当地群众和广大家长的普遍欢迎和广泛赞誉。

四川省有一千八百多万常年外出务工人员，占全省总人口的五分之一。在农村中小学，留守学生人数达到三百余万人。该省关爱留守学生行动早于2006年2月全面启动。领导小组组长由省委常委李登菊担任，省委宣传部、省教育厅、省财政厅等12个省级部门共同参与，由团省委作为行动的牵头部门。四川省所有的市州和区县都相继成立了由党委分管领导任组长的领导小组，并在留守学生比较集中的乡镇，依托学校、社区和民间力量，创建了1500所"留守学生之家"。与此同时，由四川省首创成立的农村留守学生爱心基金会，目前已经筹集资金290万元，为各地建设活动阵地、资助贫困留守学生提供强有力的支持。中江县所有学校全面推行"代理家长"制度。目前，全县共有一千多名教职工担任了"代理家长"，承担了超过两万名留守学生的监护任务。眉山市青神县还以学校、家庭、社会三位一体的方式帮扶留守儿童，获得了亚洲开发银行三万美元的资助。成都、遂宁、达州、广元等地划拨关爱留守儿童工作专项经费，建立市、区（县）、乡（镇）三级政府工作责任制，将留守儿童管理服务工作纳入统筹城乡发展和新农村建设的总体目标任务。通过针对性地开展活动，培养孩子们正确的道德观、价值观和积极向上的人生观，使更多的留守孩子体验到家人之外的亲情温暖。为建立长效工作机制，团省委又相继出台《四川省"留守学生关爱行动"志愿者招募管理办法》《四川省留守学生爱心基金管理办法》和《四川省关爱农村留守学生工作联席会议制度》，使四川农村留守儿童关爱工作可望持续健康地开展下去。

安徽省出台六项措施关爱留守孩子。一是建立起农村留守孩子生活、学习详细档案；二是建设起农村留守孩子百所寄宿制学校；三是建立农村留守孩子关爱帮扶制度；四是设置农村留守孩子亲情电话；五是铺设农村留守孩子心理健康绿色通道；六是开展农村留守孩子人文关怀活动。以此弥补亲情缺失对其人格发展的消极影响，让孩子体会到学习的欢乐、成长的快乐。安徽退休教师王直老人还自筹款项办起留守儿童寄养院，把放学回家面对空荡荡家庭的留守孩子集中起来，照顾他们的生活，找老师辅导他们的学习，让孩子们重新找到了家的温暖。

河南省针对农村留守儿童远离父母，学习、生活基本上由祖父母照应，特别是放学之后，缺少必要的游乐设施和课外指导这一实际情况，今年4月，河南周口市组建的第一批有留守儿童亲情档案，配备有亲情电话、电脑，由指导老师专门负责管理的"亲情港湾"建成投入使用。在老师的指导下，留守儿童每周与父母通一次亲情电话，每月给父母写一封信，汇报自己的学习和生活情况。指导老师每月对进入"亲情港湾"的留守儿童进行一次家访，亲切关注他们的学习、生活情况，从心理、生活上给予他们帮助。河南省社旗太和乡中心小学教师张怡萌还创办"留守孩子之家"，为附近村庄的31名留守孩子创造一个合适的学习生活环境。

党和政府的高度重视，进而引起学术界、文艺界及媒体对农村留守孩子问题的高度关注。全国各地不是少数，而是大量的有志之士纷纷投入到关爱农村留守孩子的实践活动中。2007年元宵晚会上，打工者一曲《挥挥手》唱出了多少农民工难言的辛酸；去年春晚农民工孩子一句："同是祖国花，同是中国娃！"唱出了多少留守孩子含泪的梦想与企盼！3月17日，在我国中部的古城襄樊，一部以关爱留守孩子为题材、由诗人导演刘君一出资两百多万元拍摄的公益影片《留守孩子》公开上映，并感动了众多观众，引起了社会强烈反响。影片中出现的"留守孩子之家"的感人场面也很快得以从影片中走下来，来到全国许多农村留守孩子的现实生活中。在湖南华容万庚，湖北监利、孝感、咸宁等地，"代理家长"作为一种新的社会工作在各级党委政府的广泛发动、各界爱心人士的力促下，已被社会各界有识之士作为爱心接力和应尽的社会责任主动承揽下来。江西省玉山县南山乡枫林村是一个非常偏僻贫穷的村子。改革开放以来，当地青壮年村民纷纷汇入民工潮，而将子女托给年迈的爷爷、奶奶照看，或寄养在亲戚朋友的家里。由于父母常年在外，缺乏父母应有的约束教育，早些年，许多留守在家的学龄儿童整天在村子里四处游荡。南山乡枫林村普通女教师、现已六十三岁的钟文花在繁重的教学任务之余，十五年来将圣洁的母爱无私地洒向她这个村子35名农村留守孩子身上，其中有7名学生考上了大学，她倾情呵护农村留守孩子的事迹先后在《上饶日报》《江西日报》《信息日报》《人民日报》等中央、省市主流新闻媒体刊发，在社会上引起强烈反响。退休之后，钟文花又将自家六间平房腾出来，不收一分钱房租、电费，扶助村民童友红办起村里的幼儿园，使村里六十多个"留守孩子"有了崭新的学习、生活乐园。

在笔者的视野之外，肯定还有很多关爱留守孩子的感人故事。

应当说，一个全面解决农村留守儿童问题的新时期已经到来。

（选自《报告文学》2007年第12期）

木棉花开

李春雷

　　到广东上任的时候，他已经六十六岁了。面皱如核桃，发白如秋草，牙齿全部脱落了，满嘴尽是"赝品"。心脏早搏，时时伴有杂音，胆囊也隐隐作痛。但他显然还没有服老，1.71米的个头，80公斤的体重，敦敦实实，走起路来，风风火火，踩得地球"咚咚"直响。

　　省委门口有一个副食店，每天凌晨3点钟，黑黢黢的寒风中，市民们揣着鱼票、油票、糖票等花花绿绿的票证，开始在这里排队抢购。什么物资都缺，广东产鱼，广东人更喜欢吃鱼，可市民们每人每月只有0.5元的鱼票，还不能保证供应。副食店7点30分才开门营业，买鱼的队伍长长的，比鱼还多。排在前面的阿公阿婆太困了，要回家再睡一觉，就放下一个替身：一把凳子，一顶帽子，或一个菜篮子……

　　几天后的一个傍晚，他又来到了深圳的文锦渡口。放眼望去，河对岸就是英国政府租管的香港，高楼大厦，灯火璀璨。而自己这边呢，黑灯瞎火，四野无声。

　　就在一年前，这里曾发生了一起震惊全国的大逃港事件。十多万饥民扶老携幼，面对着荷枪实弹的边防军，冒死闯关，出逃香港。一位村党支部书记向着黑压压的人群哭喊："跟我回去！跟我回去！"因为跑过界河的人群中，还有他患难的妻子。但隔着界河抛过来的却是一句比石头还要生硬冰冷的诅咒："死了以后骨灰都不要吹回这边来！"……

黑格尔在他那个时代曾经称中国历来就是一个"灾荒之国"，亚当·斯密则认为中国下层农民的生活状况，比欧洲的乞丐还要凄惨。

枯黄的秋风吹乱了他的满头白发和满心愁雾。

这一顶白发，这一腔愁雾，就是1980年11月的中共广东省委第一书记任仲夷。

疯狂的年代过去了，苦难的中国终于找到了自己的轨道，而濒临香港、澳门和台湾的广东省还是一片低地。长期以来的战争思维，国家在这里基本上没有工业项目投资；交通更是落后，京广铁路在广东境内竟然全是单行线。从广州到珠海、深圳，中间都要转乘四五次轮渡，需要花费一天的时间；农业也不行啊，是全国最大的缺粮省份，虽然国家每年调进5亿公斤，但仍是饥肠辘辘，路人相闻。1979年全省工农业生产总值人均只有520元，远远低于全国平均数字636元。还有一个数字更让粤人汗颜，偌大的广东省，面积是香港的200倍，而每年的创汇总量却不足人家的十分之一。与台湾相比，更是无法同日而语。

台湾海峡对岸的蒋经国一直在宣称，让共产党划给他两个省，看看国民党的治理水平。香港、澳门也像两颗复杂的眼睛，在冷眼观望着这一块沉浮未定的大陆。

也许正是这诸多的原因，中央政府才下决心在广东试办经济特区，先行一步。于是，就选派了他。

应该说，在共产党的高级干部里，任仲夷是一位少有的既懂政治又懂经济的通才。青年时代他在中国大学攻读的专业就是政治经济学；抗战时期，他就主编了党内第一本《政治经济学》教材；新中国成立以后长期担任黑龙江省委书记，他的政绩至今仍然活跃在松花江畔；主政辽宁三年，这个"文化大革命"的重灾区不仅政局平稳，经济发展更跃至全国三甲之列。

可他毕竟已经年近古稀，又是第一次来广东，这一片土地，能接受他吗？

省委大院里植满了榕树，这南国的"公民"，站在温润的海风中，悬挂着毛毛茸茸、长长短短的胡须，苍老却又年轻，很像此时的他。

但他似乎更喜欢木棉树，高大挺拔，苍劲有力。忽地一夜春风，千树万树骤然迸开，那硕大丰腴的花瓣红彤彤的，恰似一团团灼灼燃烧的火焰，又如年轻威武的丈夫，用刚健的臂膀挽着娇美的新娘，虽然来去匆匆，却也轰轰烈烈……

他的血液像珠江一样奔腾起来。

他摸了摸满头秋草，似乎那是蓬蓬勃勃的南国春芽……

查阅中国统计年鉴：1978年广东省的经济总量为185亿元，列全国第23位。可仅仅到任仲夷离任的1985年，广东已经赫然位居榜首。短短的几年时间，这是一个怎样超常规的跨越！

二十多年后，回味那一场不太遥远的过去，好多故事仍然令人瞠目结舌，不可思议。

放开物价、市场经济、私营企业、出让土地、政企分离、股份制、外资银行……在那个严格的计划经济体制年代里，这一切都无异于玩火弄险，又无异于雾中疾行，而路途中又是一个个隐蔽的雷区，随时都有可能被炸得人仰马翻……

2007年8月，我应邀到广州采访丰田汽车公司，晚上和广东作家吴东峰、鲍十诸位喝茶，聊及广东经济已超越香港、台湾和新加坡时，话题自然而然地谈到了已故的任仲夷先生。吴东峰兄感叹道，任仲夷是广东的恩公，实在应该写一笔。此时，窗外桂兰氤氲，室内茶香浓浓。我心内猛然一顿，似乎感应到了一个使命的召唤。

在哈尔滨，我曾听到关于他亲手研制和推广冰灯的传说，那里的人们至今仍然尊称他为"冰灯之父"；我也去过辽宁，他冒险为烈女张志新平反的故事更是妇孺皆知。其实，在座各位并不知晓，我与任仲夷本是同乡，相距不过百里，他的传奇在我们冀南一带也早已广为流传。

于是，年底的时候，我再次赶到羊城，开始了有关任仲夷的采访。

很多广东人至今仍能清晰地记着当年的"鱼骨天线"风波。

经济状况稍稍好转，广东沿海地区的不少家庭开始有了黑白电视。可有了电视却没有可看的节目，大陆电视台节目频道少，信号不稳，且播出时间太短。很快，不知谁发现了一个好看处，那就是香港电视节目，只需要一根带有放大器的鱼骨架形天线，用竹竿伸进天空，指向东南方向就可以直接收看。于是，美味的食品，漂亮的服饰，欢快的主持人，批评总督的辩论，自卖自夸的广告，还有邓丽君的情歌，恋人的拥抱和接吻……哇，香港人竟然是这样生活的！资本主义社会原来就是这般模样？

一时间，家家户户效仿，很快就普及到了整个珠江三角洲。连广州市的高高矮矮的楼顶上也发豆芽般地长出了密密麻麻的鱼骨天线，像向日葵一样，仰望东南方向。

当时正值全国舆论开始猛烈围攻广东的时候，"鱼骨天线"事件不啻是火上浇油，再次引爆了海潮般的谴责声；又赶上中央主抓意识形态的负责人正在酝酿发动"排除精神污染"活动，广东更成了众矢之的。

"香港电视每分每秒都在放毒！"

"广州已经香港化了！"

高层某领导公开批评："广东变修了，变烂了！"有关部门更将此定性为"反动宣传"，必须"坚决打击，依法严惩"。不少内地城市甚至打出了"反对广州的精神污染"的标语。

"资本主义道路"属于意识形态的高压线，是当时最敏感的政治问题。迫于压力，广东省委、省政府紧急制定措施，严禁收看香港电视，对违反的党员干部进行严厉处分，并严令各地派出工作组，甚至动用消防车逐村逐户地强行拆除。特别是每每有中央领导人莅临广州，位于某地的一个大功率干扰电台就会施放出强烈的干扰信号，使整个珠三角地区的电视屏幕里飘满茫茫大雪。

老百姓竟然想出了一个当年对付日本鬼子的办法：空舍清野。工作组未进村，消防车刚出动，家家户户的"鱼骨天线"就快速地撤下来，夜幕降临之后，再悄悄地送上屋顶，当地人称之为"晚上升旗，早晨降旗"。有的党员干部家庭被查住了，也有解释："孩子老婆不是党员，他们觉悟低，是他们看的。"无法处分，只能收缴。但仅仅是当天晚上，另一架鱼骨头就伴随着咒骂声再一次升上了天空。

群众骂声如蝉鸣蛙鼓，鱼骨天线似春树满山。于是，全省各地的数百辆红色消防车，像热锅上的蚂蚁，四处出击，疲于奔命，焦头烂额，各地收缴的鱼骨天线像柴垛一样堆成了小山，又成吨成吨地卖给了炼钢厂。

外商们意见更大。此时，佛山、南海、江门、中山、顺德、东莞和惠州一带的"三资企业"正在渐成气候，无数的港、澳、台客商及东南亚华侨资本如过江之鲫，纷纷来粤试水。他们都在驻足观望：连香港电视也不让看，还算什么经济特区？我们的生意怎么做？我们的信息哪里来？我们的娱乐何处寻？

鱼骨天线，恰如鱼骨在喉，顿时成为任仲夷最为棘手的火辣辣的难题。

广东省委宣传部原副部长张作斌告诉我，当时的省委真是左右为难，中央三令五申，严禁收看，坚决拆除，而城乡群众怨声载道，情绪激烈。长期下去，不仅进一步激化干群矛盾，而且将严重影响外资的进入。任仲夷苦思许久，终于下定了决心。一天，他打电话把张作斌找去，给他布置了一个特殊的任务。

1983年5月上旬的一天，张作斌带着两名干事，悄悄赶到深圳，住进了临近香港的一家旅馆里，专门找了一台信号清晰的电视机，三天三夜没睡囫囵觉，把香港电视所有的节目一一记录下来，并写出了一份调查报告，交给了任仲夷。报告中分析，香港两家电视台的电视剧和综艺节目，是为了迎合一般香港市民的口味而设计的，比起还处于起步阶段的大陆电视剧和文艺节目，自然具有较大的吸引力。而知识分子喜欢的是香港电视台快捷的新闻，尤其是那些转自CNN、BBC的快讯，中央电视台要么没有，要么隔一天才能看到。低俗无聊的节目时有所见，而黄色和反动的宣传几乎没有。

几天之后的一个上午，任仲夷来到省委宣传部，召集宣传文化系统负责人开会，正式表明了自己的看法和意见。

采访时，我想方设法找到了这份当年记录的讲话稿。

在这份约5000字的讲话里，他主要谈了两个问题。一是不提倡看香港电视，要与中央保持一致。第二就是要千方百计办好自己的广播电视节目，丰富群众的文娱生活。

正是在这个讲话里，他第一次提出了那个著名的观点："排污不排外。"自觉排污是必要的、明智的，但决不能因噎废食，笼统地反对一切外来思想文化，盲目排外是错误的、愚蠢的。排污要分清界限，要排真正的污，对资本主义国家先进的科学技术和优秀的文化成果，我们不仅不能排斥，还应当积极地吸收借鉴。

在整篇讲话里，对于拆除鱼骨天线和干扰香港频道，他只字未提。

就在此后的不长时间，中共中央总书记胡耀邦来到广州，住进了珠岛宾馆。按照惯例，服务员把他房间电视的香港频道全部锁闭了。任仲夷发现后，马上吩咐把所有的电视频道全部打印出来，放在电视机旁边，方便客人选择收看。

连续几天，胡耀邦始终没有提什么意见。

从此之后，香港电视在任仲夷的任期内再也没有受到强行干扰，鱼骨天线也成了南粤大地一道独特的风景，在悄悄地却是猛烈地发酵着传统的岭南意识……

正是这个时候，发酵的珠江三角洲像一个硕大无朋的香喷喷的蛋糕，依靠毗邻港澳的独特地理优势和侨乡众多的人文优势，以较低的土地价格和充足的廉价劳动力吸引了大量外资的直接进入，尤其吸引了港澳台制造业的大规模转移，以"三来一补"（来料加工、来样制作、来件装配、补偿贸易）为主要贸易形式的外向型企业迅速遍布城乡，如春风野火，熊熊燎原，形成了星河般繁密的群落，掀起了中国改革开放之后第一轮经济大潮……

搬掉罗湖山，填平罗湖洼地，是深圳特区建设的第一项大工程。可刚刚开工，就遇到了种种人为难题，任仲夷不得不亲临现场疏通。

正是从这个问题中，他又发现了一个更大的问题：特区的领导班子不够协调团结，靠这个班子打不开局面，更别说"杀出一条血路"了。经与刘田夫、梁灵光、吴南生等人协商后，决定马上动手调整。

经过多方考察后，他认定省委常委、广州市委第二书记梁湘是最佳人选。

身材魁梧的梁湘是军人出身，新中国成立之初即随叶剑英南下接管广州，他不仅是一位具有开拓精神的实干家，还十分熟悉城市管理和经济工作，更重要的是，他身上充溢着一种饱满的理想主义激情。

但62岁的梁湘毕竟是一位老资格的省级干部了，而且性情刚烈如火。他明确表示不去深圳，愿意继续留任广州。

反复谈话，梁湘仍不情愿。不少资料在叙述这一段历史时，都记载了一个相同的情节：梁湘曾为此与习仲勋大吵一架。这应是笔误或者是以讹传讹，因为习仲勋此时早已离开广东到中央工作。如果有此事，吵架的对象应是任仲夷。这的确是一个颇具戏剧性且无比珍贵的文学细节，只是缺少鲜活文字的详细描述。采访时，我曾刻意搜寻，但因为两位当事人俱已作古，当时无人在场，笔者又不能妄自虚构，所以只好望风而叹了。

不过，任仲夷并没有轻易放弃，他再一次地约见了梁湘。

这一次的谈话，他的秘书琚立铭正好值班。那是1981年1月的一天晚上，心事重重的梁湘步履蹒跚地走进了任仲夷的办公室，这可以从他的满脸愁云里看得出来，也可以从他上楼时拖沓迟缓的脚步声中听得出来。任仲夷微笑着从座位上走出来，与梁湘握手后，又亲自为他沏了一杯热茶，而后就随意地坐在了旁边的一把竹制躺椅上。

据琚立铭回忆，直到凌晨时分，任仲夷办公室的门才缓缓打开。他进去的时候，两人的正式谈话已经结束，原本诙谐幽默的梁湘又回复了本性，他似乎刚刚讲了一个广州时下流行的笑话，任仲夷猛然"哈哈"大笑起来。他仰躺在竹椅里，一前一后地晃悠着。雪亮的灯光下，浑圆的银白色的笑声在四壁间清脆地撞击着、回响着，他头上的丝丝白发也仿佛是一绺绺导电的钨丝，在闪烁着明晃晃的光泽。

1981年2月，梁湘慷慨赴任。

随后，任仲夷又从各地选调一批专业对口、德才兼备的精锐干部，为深圳特区打造了一个特别能战斗的领导班子。

从此之后，深圳特区建设踏入快车道，开始上演一幕幕惊天大剧！

但是，一切都在试验探索，樊篱重重，荆棘遍野，跨越常规，冲破体制，特事特办，很多创举连最高决策层也无法表态，这就使得深圳的道路显得格外地血腥和惊险。

1982年春天，深圳市政府与外商合资开发土地，并出台了相关地方法规。一时间，舆论如鞭似刀，黑云压城："深圳除了九龙关门口仍挂着五星红旗，一切都已经资本主义了"，"姓梁的把国土主权卖给了外国人，是卖国贼！"……正在这时，中央针对广东开展了大规模的反走私斗争，而深圳又深陷其中。更让人惊骇的是，有关部门还专门下发了一个白头文件《旧中国租界的由来》，直接针对深圳，使得政治气氛骤然紧张！在高层会议上，有人甚至声言"要收回失地"，"要杀一批头"。

向来敢说敢干，敢冒风险的硬汉梁湘此时也胆怯了，常常紧锁双眉，沉默不语，缓缓踱步，狠狠抽烟。

梁湘当年的秘书邹旭东清清楚楚地记得，就在这气氛最为肃杀的一个多月里，平时很少亲临的任仲夷竟然连续三次来到深圳，时间分别是2月2日、2月18日和3月6日。每次到来后，除与市委领导班子全体成员见面外，重点就是与梁湘谈话。最后一次谈话是在任仲夷下榻的宾馆房间里，关着门，吩咐谁也不许打扰，一直谈了三个小时。两人谈了什么内容，谁也不知道，但送别任仲夷时的场面大家都印象深刻：两人紧紧握手，相视无言，一个笑靥如菊，一个满面春风。

从此之后，梁湘如释重负，依然故我。

地球人都知道，正是在这短短的几年时间内，深圳以她特有的"深圳速度"，从一片偏僻的小渔港蜕变成为一座繁茂的大都市，成为面向世界的最靓丽的东方形象……

几年后，六十七岁的梁湘悄然卸任。站在市府大楼门口，面对着近千名依依不舍的深圳人，他满眼泪花，哽咽着说："如果我必须生一千次，我愿意生在这个地方；如果我必须死一千次，我也愿意死在这个地方！"那一天阴云密布，电闪雷鸣，但所有的人都默然不动，任凭冷雨浇淋。梁湘汪然出涕，猛地扔掉雨具，双手抱拳，大声鸣誓："我在此先立下遗嘱：死后骨灰安葬在梧桐山上！"说到这里，闻者无不泪流滂沱，号啕失声。

历史已经证明，梁湘是这座城市的英雄！而成就梁湘的正是任仲夷！

他们之间肯定有着太多的故事和秘密，只是可惜无法探知了。但有一个细节让我感慨不已：多年以后，梁湘病重，八十多岁的任仲夷不顾年老体衰，多次亲趋探望。病危通知书下达之时，任仲夷正在医院输液，听到消息后，他马上拔掉针头，执意让家人搀扶着，赶到病房，紧紧握住梁湘的手，无语凝咽，老泪纵横……

在采访中，我还听到一个任仲夷和袁庚的故事。

深圳腾飞的同时，位于其西部一隅的蛇口工业区也以惊世骇俗之举引起社会瞩目。蛇口工业区隶属于国家交通部，管委会主任袁庚也是一位老干部，曾任中国驻印尼雅加达总领事馆领事、交通部招商局常务副总经理，此人有胆有识，敢作敢为。任仲夷经过多方考察后，深知此人是一个不可多得的干才，考虑到特区工作过于繁重，而梁湘又身兼两职，便以省委的名义向中央推荐袁庚拟任副省长兼深圳市市长。中央组织部经过相关程序后，同意省委意见，并颁布了任命。

可是，出乎所有人意料的是，袁庚竟然拒不赴任。他表示蛇口的改革试验刚刚全面启动，自己不愿离开。另一个原因是自己与梁湘性格相近，一山二虎，恐生矛盾。更主要的是本人无意为官，决心为中国的经济改革和政治改革做一些实质性的探索。

任仲夷经过慎重考虑后，理解并同意了袁庚的请求。后来又反复向中组部解释，最终收回成命。

不久之后，任仲夷主持省委常委会，专门为蛇口工业区制定了一个"31号文件"，赋予四大特权，使之成为中国大陆上第一个真正实现政企分离的企业，为袁庚的改革扫平了道路。果然，蛇口很快便成为中国最先锋也是最鲜亮的"改革试管"。

如果说深圳是中国改革开放的皇冠，那么蛇口就是这顶皇冠上的明珠。

深圳和蛇口，梁湘和袁庚，相互避让，相得益彰，成为一段历史佳话。

那一年，青涩男孩郑炎潮还是华南师范大学的一位在读研究生，专业是经济学。

这时候，他用自己的眼睛惊奇地发现了一个天大的秘密：马克思经典著作与广东现实之间竟然存在着尖锐的矛盾！

按照马克思《资本论》中的界定，个体经济的雇工不能超过8人，超过这个数目就不是普通的个体经济，而是资本主义经济，其性质是资本家剥削。根据这个论断，国家对个体经济的帮工和学徒数目进行了明确规定，不允许超过雇工8人的个体经济存在和发展。但是，广州的现实情况却是大相径庭，几百年通商口岸的历史在这里积淀了丰厚的经商传统，政治气候稍稍回暖，以手工业者和小商贩等为代表的中国第一代个体户已在街头巷尾星火重燃。特别是近年来，随着与港、澳地区联系的增多和外资企业的逐渐进入，以服装、皮具、电器、餐饮等行业为主的大量家庭作坊和私营工厂的规模越来越大，雇工数目何止8人，有的已经突破80人，甚至800人。这是一种什么性质的经济呢？他们都是新兴的资本家吗？

此时，"私"字在中国还是一个让人谈虎色变的名词，官方理论界仍然坚持马克思的说法，言辞很是霸权，甚至杀气腾腾。他们说，个体企业的再扩大就是私营化，而私营化就是私有制，私有制就是地地道道的资本主义经济，允许私有制经济发展，中国就是走资本主义道路。正是这时，1981年12月30日，国务院又出台了严格控制农村劳动力进城务工的规定，舆论界蔑称其为"盲流"。

面对这种现状，郑炎潮很是担心，但这个课题却又强烈地吸引着他。于是，这个初生牛犊不怕虎的研究生在毕业论文里悄悄地列出一章，开始专门探讨。他走街串巷，对广州市超过8个雇工的个体企业进行了大量调查，为这种新兴的经济形式定义了一个名字："社会主义初级阶段的私营经济"。无疑，这个概念太敏感、太越轨了。论文答辩前夕，导师明确告诉他，这一章必须放弃，如不放弃，答辩肯定不能过关，他也不能毕业，更分配不了工作。

郑炎潮很迷茫，很痛苦，也很不甘心。这时候，他偶然听到一则消息：省委第一书记任仲夷很重视个体经济的发展，最近曾要求广东学术界专门研究这个问题。于是，1982年5月的一天，他突发奇想，把这一敏感的章节单独抽出来，买了一张8分钱的邮票，用平信寄了出去。

让他做梦也没有想到的是，仅仅几天之后，任仲夷的电话就来了。

任仲夷的电话是亲自打给学校研究生院办公室的，说要找小郑。办公室人员根本没想到对方就是省委第一书记，说小郑不在，有什么事我们转告吧。任仲夷说这个事可没法转告，我要和小郑本人见面谈谈。于是就留下了一个电话号码，让郑炎潮晚上与他联系。

那一天晚上，这个平时羞与人言的农家小伙子忐忐忑忑地拨通了省委第一书记办公室的电话。

"您是任书记吧？"

"是啊。"

"我是郑炎潮，您打电话找我吗？"

"是啊，我打电话找不到你呀。"

"您有什么事吗？"

"你的论文，我收到了，感觉非常好，我想约你谈谈这个事，你有没有时间来？"

"好啊，我也想请教您啊。"

"明天来吧，怎么样？我接你过来。"

"不用接，不用接，我自己坐车就行了，我知道您在省委。"

"你不用自己来，我派车接你。是我请你的嘛，怎么能让你自己来？"

郑炎潮的心激动得"嗵嗵"狂跳，他不敢想象省委第一书记的专车到学校接他会引起什么后果，他只是不想让别人知道他的秘密。于是就在电话里结结巴巴地解释着，坚持要自己去。最后，任仲夷只好同意了，并告诉明天下午3时在省委办公楼三楼办公室等他。

谈起那一天，郑炎潮永远记得。

第一次走进省委大院，而且是面见省委第一书记，对于这个乡下出身的孩子来说，实在是太离奇了，太紧张了。当走进那栋神秘的办公楼时，他愈发地双手颤抖，心如撞兔。他被领进了一间宽大且简朴的办公室，一位满头白发满脸皱褶的老者微笑着迎了出来，拿住了他的手，用力地握着。当他明白这一掌温暖，这一泓微笑就是任仲夷时，心底那一只惊慌的兔子竟然倏忽不见了，他猛地感到面前这位慈善的老者极像自己乡下的父亲。这位慈善的父亲告诉他，自己四十六年前上大学时，专业也是经济学，自己也曾对理论感兴趣，后来在战争间隙还写过一本书叫《政治经济学》……他们的话题就这样徐徐展开了。

原来，以任仲夷为首的广东省委，对新兴的个体经济和雇工经营不仅没有任何"制止"和"纠正"，而且一直在努力为其争取着合法地位。上一年底，广东省工商局就出台了全国第一个鼓励支持个体经济发展的具体措施，就在十多天前，佛山市还成立了全国第一家个体劳动者协会。

郑炎潮结合调研资料和一些具体案例，对自己的观点进行了阐述。

任仲夷说：现在对于个体经济，只能扶持不能压制，但要扶持，首先就要正名，如果头上始终悬着一把"资本主义"的达摩克利斯之剑，那还怎么发展？马克思关于个体经济有一个"8人规定"，但是到底超过雇工8人的个体经济应该叫什么？我们也没有想好，刚好看到你的论文，这在理论上是一个重大突破和创新，为我们的决策提供了依据，我支持你！我们还要围绕你的这些观点，制定一个政策，给它取一个正式的名字，就叫作"私营经济"怎么样？让它发展，让它壮大。

从此，中国改革开放史上正式诞生了一个全新的名词：私营经济。

接着，任仲夷深深地叹了一声："在中国搞学问不容易啊，有风险。"

"是啊，导师提醒我有麻烦，答辩可能过不了关。"

"你已经超出了马克思的书本，人家说你怎么样你就怎么样，说你反马克思你就成了反马克思。"

"我没有反啊，马克思也主张解放生产力，列宁还有'新经济政策'呢，为什么我们不能借鉴呢？"

"不过你不要怕，时代在进步，你要根据自己掌握的材料，选准自己的研究方向。选准了方向就要坚持下去，坚持自己的学术品格，不要为任何非学术的评价所动。"

⋯⋯⋯⋯⋯

窗外的木棉树在静静地聆听着，思考着。

谈话时，任仲夷的眼睛一直在慈祥地抚摸着郑炎潮。据不少见过他的人说，任仲夷相貌清奇，最奇迥的就是那一双凸出的大眼：愤怒时猎猎如火，静思时深邃如渊，兴奋时明亮如灯。"文革"时，造反派画漫画，就抓准他这个特点，三笔五画，就是一幅肖像。多少年后，郑炎潮永远铭记着那一双慈祥的眼睛，热热的，亮亮的，像一盏灯，在他的心底温暖了几十年。

这次谈话之后，郑炎潮的论文答辩顺利过关。毕业后，他也走上了经济研究之路，直至成为广东一名优秀的经济学家。

这一年，广东省进一步出台了一系列支持个体私营经济的措施，并组建广东省和广州市个体私营协会，同时划分皮具、服装、美容、饮食、眼镜等行业分会，西湖路灯光夜市、一德路咸杂干果市场、文园电器城、番禺易发商场等专业市场纷纷成立。

"东南西北中，发财到广东。"一时间，广州成了个体私营者的天堂，成了试水者冒险家最早的乐园，大街上挤满了操着南腔北调、提着大包小包的外地批发商⋯⋯

喇叭裤、牛仔装、运动鞋、电子表、计算器、烫发头、迪斯科、邓丽君⋯⋯"广式潮流"引发的蝴蝶效应，像春风一样吹绿了全国城乡的角角落落，为正在从动乱和贫穷中走出的10亿国民送上了第一束五彩缤纷的时尚之花。

据不完全统计，截至1985年年底，珠江三角洲地区的个体私营从业人员已经超过500万人。

这500多万名个体私营企业雇工，连同"三资企业"里的数百万打工仔一起，共同掀起了声势浩大的第一轮中国民工潮，汹涌澎湃，直至今天。

他们为传统的中国带来了时尚，带来了财富，带来了活力，也带来了方向……

那是一个乍暖还寒的时节，一棵初试天地冷暖的幼苗刚刚出土，或冻死荒郊，或傲霜凌寒，只要挺过惊蛰前的冰雪肃杀，她就是天之骄子，她就占领了整个春天。

那是一个意识形态过分敏感的年代，"公"和"私"，"资"和"社"，"左"和"右"，这几个金属般生硬的字块常常在天空中碰撞着，碰撞得火光四溅，铮铮作响，浓雾弥漫，空气中的每一丝颤动，都有可能引爆一场惊雷和闪电……

1981年，广东旅游部门开始组织内地公民香港游，这是中国大陆第一批惊艳的眼睛。

也是在这一年，香港歌星第一次来广州演出。按照多年的模式，歌者只能端庄地站在舞台上，对着固定的麦克风，像做报告一样表演。但是这一次却出了大乱子，唱到兴奋处，这位名叫罗文的著名歌星，一把抓过麦克风，拉起电线，在舞台上边跳边唱，指手画脚，摇头摆尾，煞是陶醉。这一下引来舆论大哗，各地报刊纷纷开炮，痛批"资产阶级腐朽台风"。

炮声越来越响，硝烟越来越浓，任仲夷不得不出面表态，马克思怎么说的？难道站着唱就是社会主义，走着唱就是资本主义？我们共产党的省委应该只管唱什么，不应该管怎么唱。

东方宾馆最早开设了一家营业性音乐茶座，很是火爆。笙歌悠悠中，霓虹明暗里，青年男女在这里唱歌，跳舞，喝咖啡，广州人开始享受一个个温馨浪漫的彩色之夜。

时尚渐起渐盛，街头巷尾处处飘起了港台流行的抒情歌曲，浓浓的情歌情调中，款款而行的是烫发头、喇叭裤、迷彩服、高跟鞋、超短裙……内地传言成虎：广州街头到处是"美军"（因男青年的迷彩服上襻多、兜多，类似美国军服）！到处是妓女！内地一位副省长来广州出差，看到种种场面，气愤得在旅馆里擂墙大哭："没想到我们社会主义国家竟然变成这个样子了！"还有一位老将军，更是跺足捶胸，仰天长叹："靠这一代年轻人当兵上战场，我们部队如何能打胜仗？"于是向中央写信控诉，痛骂广东，坚决要求"收复失地"。

1981年4月，国务院副总理万里来广州督导疏港（因广东进出口量剧增，港口吞吐量太小，致使不少外国货轮无法报关，在公海等候，形成国际纠纷），看到大街上的花花世界，这位中国农村改革的先行者也有些担心，便正色相劝："仲夷，还是管一管吧，北京议论很大啊。"

任仲夷半开玩笑地说："万里同志啊，我们要管大事，这些生活小事还是随它吧。留胡子，我们共产党的祖师爷马克思就是大胡子。穿喇叭裤有什么不好？我们老祖先在唐朝就开始穿了。至于迪斯科，不就是蹦蹦跳跳扭扭屁股吗？男女并不贴身。我们过去跳交谊舞，可都是男男女女搂在一起的。在延安时，我们党的领袖们不是每个周末都举行交谊舞会吗？"

白天鹅是第一个来粤试水的海外来客。

这是中国大陆出现的第一家五星级宾馆，由香港霍英东先生投资，设计楼高四十多层，是当时广州的最高建筑。可想而知，白天鹅从开工的第一天起，就引起国内舆论热议："共产党怎么能和资本家签约呢"，"五星级宾馆里允许开妓院"……

白天鹅本来是涉外宾馆，服务对象是港澳台外地客商，可是为了汇聚人气财气，1982年试营业时，霍英东决定向全社会开放。于是，门童的斑马裤、迎送小姐的旗袍、银质的餐匙、精致的牙签、室内的瀑布等等都惊爆了广州人的眼球。

可好景不长，尴尬事接踵而至。原来不少广州人此时还没有见过牙签、餐巾等一次性用具，顺手就牵走了。当时卫生纸在普通市民中还未普及，因此酒店卫生间的厕纸也成了抢手货，一天就要补上几百卷。更让店方痛惜的是，一些男青年穿着时髦的带有铁掌钉的皮鞋，在大理石地面上随意踢踏，留下了难以修补的斑斑点点。

宾馆不得不有所规定：衣冠不整者禁止入内，皮鞋掌钉者禁止入内，并在门口专设了拔除铁掌钉的工具和工作人员。

这一来，引起举国诉讼，羊城内外，南北媒体，口诛笔伐，气势汹汹地围攻这一只刚刚出巢的白天鹅：根本不合中国国情，倡导资产阶级生活方式，歧视国人，是旧中国"华人与狗不得入内"的翻版。

霍英东忧心如焚，悔恨自己投资大陆过于冒险了。

苦恼中的霍英东决定在白天鹅请任仲夷吃一顿饭，于是便试探着发出了一份请束。

身边人员劝说任仲夷，这种场合还是不要去了吧，一旦出席，明天的香港报纸就登出来了，北京也都知道了。你吃一顿饭，人家就会说你与资本家穿连裆裤，是把兄弟。

他边打领带边笑呵呵地说："广州和香港不是把兄弟，而是亲兄弟，不仅合穿连裆裤，还同吃一个奶（指同饮珠江水）。今天亲兄弟请客，又是一个出名的好机会，我为什么不去？况且，谁规定共产党的省委书记不能去五星级酒店呢？"

席间，面对着境内外的新闻记者，西装革履的任仲夷与港澳各界商人谈笑如故友，满堂生春风。

霍英东喜出望外，唤来纸笔，请他题词。他环视大家："题什么好呢？"稍稍构思，援笔立就，是李白的浪漫诗句："两岸猿声啼不住，轻舟已过万重山。"

白天鹅起飞之后，李嘉诚、胡应湘、郑裕彤、利铭泽、李兆基等港商投资的中国大酒店、花园酒店也先后落户羊城。接着，连官方的东方宾馆也扩建成了五星级。

1985年，中国公布了大陆第一批五星级酒店，共5家，前4家全在广州。

一场突如其来的风暴，几乎击碎了广东的春天。

那是1982年的早春二月。

广东率先放开物价等几项大胆的经济改革引起了各地恐慌，在价值规律的作用下，国内流通渠道里原本十分匮乏的商品物资纷纷流向广东，周边几省惊呼"广东是特区，我们变灾区"，于是在省界各路口设立岗哨，严查过往物品和商贩。财政部、经委、计委、税务总局、工商总局、外贸部、物资部等国家机关也叫苦不迭，因为当时实行严格的计划经济，而广东的市场经济是对全国一盘棋的巨大冲击。还有意识形态的开化和自由，也让内地省份视若洪水猛兽、瘴气瘟疫。这一切，都使得中央高层屡屡震怒，某领导人曾严厉斥责："任仲夷还是共产党员吗？"

风暴在云层里剧烈地酝酿着。

伴随着经济的突飞猛进，广东沿海也出现了较为严重的走私现象。于是，走私事件便成了这场风暴的导火索。

1982年1月11日，中央以2号文件形式下达了一个《中共中央紧急通知》，矛头直指广东，言辞之烈，让人心惊肉跳："对于这个严重毁坏党的威信，关系我党生死存亡的重大问题，全党一定要抓住不放，雷厉风行地加以解决。对那些情节严重的犯罪干部，首先是占据重要职位的犯罪干部，必须依法逮捕，加以最严厉的法律制裁。"

文件下达后，中纪委主要领导立即带队进驻广东，调查办案。

不难想象，此时的南粤大地已是山水战栗，群鸟惊飞。

事态还在继续恶化。2月上旬，中央书记处紧急电令广东所有的省委常委立即进京开会。接到通知，任仲夷大惊失色！本党对某一个省委采取如此特殊的严厉措施，在"文革"之后还从未有过。

会议气氛极为严峻，中央大员纷纷发言，认为这是"资产阶级又一次向我们的猖狂进攻"，"宁可让业务上受损失，也要把这场斗争进行到底！"因为"文化大革命"后已经宣布不再搞政治运动，所以就讲这场斗争是"不叫运动的运动"，"决不能手软！"由于过去对走私罪没有规定死刑，会上就有人提出要修改刑法，要准备枪毙一批人。某领导人在讲话中明确表示，广东已经变了颜色，过去的租界就是糊里糊涂送给外国人的，经济特区就像当年的租界。还认为，广东这样的地方，是资本主义的熟门熟路，不应当用思想解放的人，必须用金刚钻。

任仲夷两耳轰鸣，五脏俱裂。

会议结束后，他扛着一颗覆满白发的沉重的脑壳，踉踉跄跄地回到了广州。可刚刚坐稳，胡耀邦的电话又急急火火地追了过来，说书记处将会议情况向中央政治局常委做了汇报，政治局常委认为广东的思想还是不通，有些问题还没讲清楚，明确指令任仲夷马上再次回京。

这就是社会上传说的所谓"二进宫"。

见面后，胡耀邦代表政治局常委再次对广东进行严肃批评，并希望他站稳立场，明确表态。最后，责成他给中央政治局写出一份书面检查。

任仲夷呆若木鸡。

胡耀邦摊开双手，同情却又无奈地说："我都（口头）检查了啊。"

当天晚上，任仲夷回到宾馆后，枯坐无言，感慨如海。参加工作近50年，他还从来没有写过检查。"文化大革命"中，他曾受到过2600多次大大小小的残酷揪斗，鞭鞭见血，唾液满脸。一年冬天，红卫兵把一桶臭臭的墨汁兜头浇下，棉袄棉裤全湿透了，他彻底被涂成了黑人。虽然皮肉受苦，脸面受辱，可他的心底是坦然的，清白的。但这一次，他是违心的，扭曲的。作为一个历经政治运动的省委第一书记，他清楚这份检查意味着什么。但是，如果不承担这一份责任，不仅自己过不了关，整个广东的干部都难逃一劫啊。

夜色如铁，冷月如冰。昏黄的灯光，映照着任仲夷乱草般的白发和乱草般的愁绪。47年前，就是在这里，就是在北京，自己还是中国大学的一名学生，秘密加入了共产党，从此舍生忘死，投身战火。新中国成立后，从最北端的黑龙江，又到最南端的广东，兢兢业业为党工作一辈子，总还算是一个合格的党员吧，难道中央真的要开除自己的党籍吗？他的心在颤抖，在泣血，他哆哆嗦嗦地拿起了笔……

在以后的日子里，他一直在挂念着这一份沉痛的检查。退休后，他曾多次向有关部门申请，想复印一份，留作永远的纪念，但至死也未能如愿。

书面检查虽然交上去了，但另一道难关却在广州等待着他。

如何向全省传达会议精神呢？广东的各项改革刚刚开始，正是如火如荼的时候，如果把会上实况全部传达下去，势必会浇灭大家的热情。还有，会议明确指示要查处一批干部，但他坚信，广东的干部除极个别害群之马外，绝大多数是清白的。面对这些披荆斩棘、冲锋陷阵的亲爱的可敬的勇士们，他如何能下手呢？

几天之后，全省三级干部大会庄严肃穆地开幕了。

风声鹤唳，草木皆兵，各路诸侯早就闻知了中央会议的内幕。不少人战战兢兢，如临大难，有的人干脆带来了行李，准备接受随时可能到来的审查和询问。

但出乎所有人预料的是，在会上，任仲夷仍然轻松自若，谈笑风生。他在强调"打击经济犯罪"的同时，重点强调的仍然是"改革开放坚定不移"，希望大家进一步放开手脚。别的省领导私下劝他："都什么时候啦，还讲这些，最近北京的报刊都不讲啦。"他说，中央文件并没有不让讲啊。

讲到大家最为关心的干部处理问题时，任仲夷霍地站了起来，深深地注视着在座的各位，双目炯炯似火，然后，慢慢地却是庄严地、斩钉截铁地承诺："只要没有往私人腰包里装钱，而是按照省委部署抓工作的，即使出些问题，也由省委负责，主要由我负责！"

这时候，整个会场鸦雀无声，旋即掌声雷动，泪飞如雨。

广东的那一批干部至今都在感谢任仲夷。他们说，如果任仲夷是一个明哲保身的官僚，或者是一个胸怀野心的政客，他完全可以严厉清查干部队伍，进行人人过关，撤职一批，判刑一批，甚至杀掉一批。他自己不仅可以金蝉脱壳，顺利过关，而且还可以博取上悦，邀功讨宠。如果那样，广东肯定会是另外一种样子，广东就没有今天！

这一场风暴总算过去了。但是，有谁知道任仲夷为此付出的是一个怎样沉重的代价。

那一年的秋后，中共"十二大"即将召开，以他的资历、能力、政绩和威望，本来已经被列入中央领导班子的考察人选，并很有可能出任十分重要的职务。但他到广东后的所作所为，引起了太多的是是非非。

历史上的改革者大抵如此，他们在革除社会痼疾的同时，也往往革除了自己。

香一年，臭一年，香香臭臭又一年。

在这香香臭臭、坎坎坷坷的雾途中，是任仲夷和岭南人倔强的背影。

走私事件之后，中央政府及有关部门将下放给广东的外贸进出口权收了回去，内地一些省市也采取措施，把广东运往各地的许多物资当作走私物品扣压、冻结。广东的供销人员到外省市进行正常的业务活动，也受到冷落，有的还被当作走私分子看待，轻者搜去证件，重者无理扣押，有些省市甚至明确表示不准供销人员去广东做生意……

全国各地的许多邮政部门对来自广东境内的邮品也格外虐待，随意拆封检查，在他们的意识里，广东就是全国黄货毒品的老巢，精神污染的源头。

这种现象也渗透到了意识形态领域。在那些年拍摄的电视和电影中，几乎形成了一个固定模式，大凡经济领域的反面人物都被刻画成了广东人，说一口粤语。这种现象甚至一直贻误到今天。

一段时间，北京曾有这样的传言，要将任仲夷撤职，开除出党。

经济特区的思路是邓小平提出的，但是几年来，他一直在观察，在思考，不否定，也没有肯定，他只是说："深圳经济特区是个试验，路子走得是否对，还要看一看，搞成功是我们的愿望，不成功是一个经验嘛。"

境外不少媒体就此大肆渲染，夸大中共高层的分歧，说深圳只是一个试验品，很可能是牺牲品，最后肯定还要斩马谡。

那些年，中国的经济改革正是全面探索时期，连国务院的官方文件中也表示"要摸着石头过河"。的确，在那个复杂的年代里，在那个特殊的环境中，处在那个敏感的位置上，任仲夷需要摸的石头太多了，不仅有经济的，还有政治的，文化的，稍不小心，这些石头们就会突然飞起来，无情地砸破他的头。

他的秘书琚立铭告诉我，年岁的逐渐增大，工作的极度繁忙，心理的重重压力，再加上生活习惯上的巨大差异，使得任仲夷的健康状况频频亮起红灯。他的牙齿早就全部脱落了，满口假货，吃东西很不方便，且极易损坏，常常要去看牙医。

1983年春天，任仲夷明显感到心律不齐，去医院检查，连医生的脸都白了：他的心跳竟然每天早搏3万次。劝他马上动手术，他笑一笑，说自己身体好能抗得住，拒绝了。又劝他半天工作半天休息，可这无异于与虎谋皮，怎么可能呢？

任仲夷的工作量之大让人难以想象。有一个细节可窥一斑，他在任期间极少乘坐轿车，他的专车就是一部12座的丰田面包。为什么？就是为了利用路途时间便于听取汇报和讨论开会。面包车就是一个流动的办公室，而他就是一台永远不知疲倦的机器，每时每刻都在高速地高效地运转着……

驾驶着羸弱的身躯，背负着繁重的压力，任仲夷像一个无所畏惧的孤胆英雄，高擎着自己的灵魂之火，透支着全部的生命能量，义无反顾地行走在广袤的岭南大地上。他在探求着一条道路，他在追寻着一个梦想。

那是百姓的福祉，那是文明的微笑，那是人类的大道！

…………

他的胆囊又开始隐隐作痛了，愈加剧烈，发展到腹胀，厌食，疼痛难忍。

1984年元旦过后，他被送进了医院。胆囊结石，严重发炎，必须马上切除，否则，腹背受敌，危及生命。

手术开始了，所有的医生简直惊呆了，做了这么多例手术，还从来没有见过如此畸大的胆囊，畸大的胆囊被撑得鼓胀胀的，随时可能爆裂，像一个熟透的桃子。打开"桃子"，医生们更是叹为观止：里面塞满了16枚圆圆滚滚的结石，大的像鹌鹑蛋，小的似花生豆、黄豆、豇豆……

哦，怪不得老家伙如此生猛，原来他的胆囊里揣满了石头！

哈维尔说：政治是求得有意义的生活的一种途径，是保护和服务人的一种途径。真正的政治家，并不仅仅是那些手握国柄、经略风云的股肱巨擘，而是每一个公务员，是不是在各自所处的岗位上尽到了应尽的社会责任。从这个意义上说，绝大多数的人都有所欠缺，而任仲夷则是一位伟大的政治家。他在广东省委第一书记的任职上，竭尽全力，敢踩逆流，不避斧钺，为天地立心，为生民立命，为岭南开太平，尽到了当时的历史条件下所能尽到的几乎全部天职。

但他又是一个清醒的现实主义者，他阅尽沧桑，大彻大悟，洞察世事，知其所能为，亦知其所不能为。这就注定了他的一生是一位奋勇的开拓者、冒险者，同时又是一位清醒的孤独者、失落者。

任仲夷退休的1985年，广东的经济总量已经跃居全国第一位。岭南大地已经全面发酵，物阜民丰，山河肥美，而只有他自己萎缩了。他的体重比上任时减少了近30公斤，身材也矮小了5厘米，他瘦弱成了一个干巴巴、颤巍巍的岭南阿公……

卸任前，他又一次去了深圳。站在文锦渡口，眺望着两岸星河般灿烂的灯光，他笑了，他的笑容一如这星河般灿烂。

他挥挥手，他要告别这一片灿烂的星河了。

这是一次平静而隆重的谢幕……

任仲夷退休时，中央本已安排他到北京定居。但是，他的感情已经在这里深深扎根，他决心把自己的余生交给这片土地了。

生为岭南人，死亦岭南土。

他的身体在一天天地衰老下去，像一株粗皴枯朽的木棉树，但他思维的枝叶依然滴青流翠，他激情的火焰仍旧喷薄迸溅。而且愈到晚年，其情愈殷，其心愈烈，烈烈如火，殷殷似血。他用颤抖的双手高捧着自己滴血的心脏，向他的后人向这个民族奉献着最后的真诚……

任仲夷晚年喜欢与社会各界人士交往，也包括那些颇受争议的人物。2004年3月的一天，他突然吩咐儿子把家院的门槛锯掉。家人大惊，原来是北京的好朋友于光远要来了。于氏小他一岁，已经瘫痪，出行需乘坐轮椅。于光远到来后，九十岁的他颤巍巍地推着轮椅上的老友，慢慢地在东湖边散步、聊天，累了，就坐下来，静静地看着湖畔晚霞般漫衍的猩红的木棉花，那是生命的火焰，那是岁月的叹息，那也是他永远的遗憾和隐痛啊……

公元2007年11月，我去采访的时候，任仲夷已经逝世两周年了。

我穿过繁华的广州街市，去银河公墓凭吊。浩瀚的碑群中，静静地矗立着一块普通的石碑，碑面上只是嵌刻着他的名字。如果不注意的话，来往的人们根本不会联想到他。可他的碑石似乎是一块奇异的磁铁，吸引了几乎所有人的目光和脚步。人们站在他的面前，垂首躬身，默默地致敬，或上前抚摸一下石碑，似乎在与主人对话，似乎在与主人握手。而那块幸运的碑石，早已被抚摸得光光亮亮的，像老人慈祥的笑脸。

他的儿子告诉我，临终时，任仲夷早已不能言语，但意识里仍然半明半昧，交代完遗言后，似乎仍有牵挂，便用手指为笔，在儿子的手掌上哆哆嗦嗦地写字，让把生前所用的老花镜、放大镜、收音机、钢笔与他的骨灰放在一起。

哦，可爱的老人，即使在天国里，他也在惦念着这片土地，凝视着这个民族……

我相信，1000年之后，当广东的后人们在数念起20世纪时，仍然会敬重他的名字。

岭南的疆土上肃立着数不清的木棉树，像一枚枚火炬，在默默地燃烧着……

（原载《广州文艺》2008年第4期）

废墟上的儿童节

李鸣生

一

6月1日，儿童节。

没想到，这个节日的由来，竟与历史上一场血腥的屠杀有关。1942年6月1日，德国法西斯枪杀了捷克利迪策村的全部婴儿以及140个16岁以上的男性公民，并将全村妇女和90名儿童关进了集中营。7年后，为悼念利迪策村和全世界所有在法西斯侵略战争中死难的儿童，国际民主妇女联合会在莫斯科举行理事会议，将每年的6月1日定为国际儿童节。此后，世界各国纷纷废除了自己原有的儿童节，统一将儿童节定为6月1日。新中国成立后，很快也废除了原有的"四·四"儿童节，而将每年的6月1日，正式定为儿童节。

由此可见，世界人类是多么地珍爱儿童啊！

然而，2008年的儿童节，即汶川大地震后的第一个儿童节，当全国乃至全世界的孩子都和自己的爸爸妈妈欢天喜地地在一起时，在都江堰新建小学，有326名在地震中遇难的小学生，却是在阴阳两隔的废墟下听着爸爸妈妈、爷爷奶奶那撕心裂肺、悲痛欲绝的哭泣声度过的。

这一天，我也在新建小学的废墟上。本来，在这个属于孩子的节日里，我有很多话要对新建小学的孩子们说，但我却连最想说的一句话——"孩子，祝你们节日快乐！"——也说不出来。

二

6月1日上午9时整，我专程赶到都江堰。当我来到新建小学的校门口时，800多名悲伤的家长和无数善良的人群，已将学校里三层外三层地围了个水泄不通。所有学生家长的身上，都统一穿着一件白色短袖汗衫。白色短袖汗衫的前胸，统一印着一行字体：坚决为遇难学生讨回公道！白色短袖汗衫的后背，则赫然印着一行醒目的大字：严惩"豆腐渣"工程的腐败分子！

这是我第二次来到新建小学。我第一次走进新建小学是10天前的一个傍晚。倒塌的教室，零乱的废墟，以及废墟中的书包、课本、衣帽、鞋子，曾令我潸然泪下，悲愤不已；而走访中获得的信息，更让我灵魂震颤，欲哭无泪。

新建小学是一所公立学校，位于都江堰市繁华地带的建设路中段。新建小学的校门很窄——准确地说，不是校门，而是一个门洞。我对这个门洞反复做过目测，几个学生家长也对这个门洞亲自做过测量，他们告诉我说，门洞宽仅有2.9米，高仅有3.12米。由于门洞太矮，地震发生那天下午，消防官兵接到命令赶来后，却无法将消防车驶进校门！消防官兵急得团团转，学生家长气得捶胸顿足。后来，只好调来大型挖掘机，先在门洞的下方挖下去10多公分，再在门洞上方撤掉一块水泥板，一辆消防车——仅一辆消防车——才勉强挤了进去！不少家长都说，如果消防车当时能顺利开进学校，肯定会救出更多的孩子！

新建小学的校园很小，由两排平房、一幢四层教学楼和一个小小的篮球场组成。教学楼的左侧，是都江堰市机关幼儿园；教学楼的右侧，是都江堰宾馆。无论是幼儿园还是宾馆，都和学校的教学楼紧靠一起，甚至幼儿园和教学楼还紧紧相连。我不知道新建小学的教学楼为什么会倒，我也不清楚新建小学的教学楼到底是不是"豆腐渣"工程，但我先后两次走进了这所小学，亲眼看到的是：四层教学楼全部倒塌；而左侧的都江堰市机关幼儿园和右侧的都江堰宾馆不但没有倒塌，而且完好无损。

新建小学有教学楼四层，每层3个班，共有班级12个，学生687人。地震那天，在校学生680人：一年级和学前班的孩子在平房学习；高年级两个班的孩子在教室外上体育课和练习跳舞；其余二到六年级的学生全在四层教学楼上课。灾难降临时，四层教学楼瞬间轰然倒塌，580多名师生全被压在下面。十几秒钟前还书声琅琅的校园，顿时化为一片废墟；十几秒钟前还活蹦乱跳的生命，瞬间变成一团肉饼！抢救结束，初步结果是：10个班级中，200多个孩子伤残，326个孩子丧生！

孩子不能死而复生，家长却欲死不能。从5月12日到5月31日，整整20个日日夜夜，上千名家长都是在泪水中熬过来的。在这二十天时间里，他们流尽了一生的泪水，哭够了一生的哭泣。他们冰凉的泪水，打湿了前胸，打湿了后背，打湿了孩子们留下的书包，打湿了孩子们没有读完的课本，打湿了孩子们来不及做完的作业，而后渗进岷江，伴着岷江之水，滔滔滚滚，一泻千里！

但他们知道，悲伤不能解决问题，愤怒换不来公道，泪水无法让几百个孩子的亡灵得到平息。

于是，他们选择了六一儿童节！

他们要在这个本该属于孩子天真活泼的节日里，在这片洒满血水与泪水的废墟上，向孩子表示哀悼与歉疚，向公众宣泄他们的悲伤与痛苦，向社会表达他们的愤怒与诉求；同时以哭诉与跪拜的方式，和326个不该离去却偏偏离去的孩子一起，"痛痛快快"地度过最后一个原本应该快乐的儿童节！

而且，将用一个悲壮的祭奠仪式，告慰326个孩子孤独的亡灵！

三

9时30分，800多名家长陆续走进校门。他们中，有年轻的爸爸妈妈，有老迈的爷爷奶奶，还有外公外婆，或者哥姐弟妹。

校门的左边，挂着一块醒目的白布，每位家长进门后，都在白布上写下自家遇难孩子的名字；校门的右边，拉着一根长长的铁丝，上面悬挂着一幅幅凄美动人的挽联；一拨儿一拨儿的家长到来后，便在挽联上写下自己对孩子的最后留言。

这800多名家长，都是普通的百姓。他们中除了下岗工人，就是打工仔；不是家庭妇女，就是"三无人员"（无职业，无工资，无单位）。他们一无官，二无权，甚至数百名学生家长中连一个小小的科级干部都没有。他们唯一的权利，就是哀悼，就是诉说，就是哭泣。

这800多名家长，都是底层的穷人。他们没有钱，没有房，没有车，没有地。他们很想把孩子的最后一个节日办得隆重一点，风光一点，体面一点。然而一夜间，地震埋葬了他们所有的家当，让他们失去了原本就穷困的一切，从一个穿着体面外衣的穷光蛋，变成了另一个彻底赤裸的穷光蛋！为了能和孩子一起过节，每个家长都做了一个镶嵌自己孩子遗像的镜框。然而有谁知道，这些为孩子做遗像镜框的钱，竟是几百个家长想方设法凑起来的！

这800多名家长，都是共和国再好不过的公民。即便他们的孩子已经变成肉饼，化作尘土，埋进废墟，但他们也要讲良心，讲公德，也要死死压住自己岩浆样的悲愤，大火般的怒气，依然秉持"顾大局，不添乱"的原则，小心翼翼地履行着他们要做的一切：他们不仅向都江堰市委报告了他们要为孩子过一个儿童节的愿望，还向都江堰市委请示了要为全体遇难师生举行哀悼祭奠仪式的计划；他们不仅向都江堰市公安局提交了他们致都江堰市委的公开信，甚至用泪水和血水写给孩子的悼词，也要亲手交到公安局审查。直至正式同意、批准，他们才走进昔日的校园今日的废墟。

很快，废墟前一块篮球场大的空地上，挤满了上千人。人群中除了800多名家长，还有数十名记者和不少善良的人们。其余围观者，一律被隔挡在了校门之外。

一位家长指着装有女儿遗像的镜框对我说，我女儿生前就盼着过儿童节，可惜还差20天，没过上就走了。所以这个儿童节，我无论如何，也要给女儿补上！

一位母亲一直捧着孩子的遗像，站在那里，一直痛哭不止。她的儿子刚满8岁，地震前两天，全家才给儿子过了生日。谁知生日后仅两天，灾难发生了。由于神志恍惚，母亲渐渐有些站立不稳，装有儿子遗像的镜框突然从手中滑落下来，摔在了废墟上。母亲慌忙一看，镜框上的玻璃竟出现了一道裂痕！母亲惊恐万分，慌忙跪到地上，口中喃喃自语：儿子，对不起，妈妈摔痛你了！说着，竟不顾一切地用手去擦拭沾在玻璃上的泥土。谁知一不小心，手指又被玻璃划破，一滴一滴的鲜血沿着镜框的边缘汩汩流了出来，滴在废墟上，渗进母亲的心里。

一位父亲一直弓着腰，在地上默默地摆放着儿子获得的各种奖状，以及儿子创作的美术作品。儿子叫黄宇智，今年九岁，三年级学生。父亲对我说，我没有文化，只读了六年书，但喜欢摄影，所以儿子才三岁，我就教他学摄影了。我就是希望儿子长大后有文化，成为一个对社会有贡献的人。儿子从小学画画，从小就想当画家，还没上学，就开始画画了。五岁时我送他一台电脑，他在电脑里给我画了一幅画，画得相当好。儿子很有画画天赋，他的漫画作品七岁就得了全国少年儿童漫画大赛优秀奖。12号下午，我是在尸体堆里找到儿子的。我给他擦洗身体的时候，没有看到任何伤痕，身上只有2.5公分的一个小口子，嘴巴里都是干干净净的。儿子完全是在里面给憋死的。这个学校其实早就打过报告，是危房。但没人管，消防工作也没人管。我们现在唯一的要求，就是要追查豆腐渣工程的责任，为这几百个孩子讨回一个公道！

一位父亲拉着我，希望我给他和镜框中的儿子照个合影。我爽快地答应了。父亲对我说，他儿子叫刘星宇，是五年级一班的学生，今年十一岁，但个子已经长到了一米五。儿子最喜欢的是打篮球，最喜欢的明星是乔丹，前不久还参加过成都市的篮球比赛。本来，再过一段时间就要放暑假了，儿子已经接到通知，一放暑假，就去成都参加篮球比赛。没想到，儿子就这样走了，留给我的，只有我从废墟堆里捡到的一只球鞋！

还有两对年轻的父母，双手搂着孩子遗像的镜框，在操场的边上哭得死去活来。其中一对父母，有两个孩子，都是男孩，而且是双胞胎！一个叫李灏宸，另一个叫李懿宸。两个孩子感情极深，十分可爱。父母一路艰辛，好不容易养到了十二岁。然而一场灾难，天不容人，骨肉兄弟，双双夭折！而另一对年轻的父母，则是一对龙凤胎。儿子叫唐博宇，女儿叫唐欣宇，都是十二岁，同在五年级一班。儿子从小喜欢画画，女儿从小喜欢弹琴；儿子数学挺好，女儿英语特棒。兄妹俩天天一起上学，天天坐在一张课桌，天天一起玩耍，天天一起回家。然而，自

5月12日早上兄妹俩背着书包挥手告别妈妈，手牵着手走进学校，就再也没有回到家门。

一位家长哭着对我说，有的孩子死了，爸爸妈妈有幸见着了尸体，孩子埋掉前，还为孩子化了妆，并对着孩子的尸体说了话；但有的父母连孩子的尸体都没看到一眼，至今都不知道孩子到底在哪儿？

一位家长哭着对我说，地震以来，新建小学的废墟上，每天都有家长寻找孩子的尸体，寻找孩子的课本，寻找孩子的衣物，寻找孩子的鞋袜。甚至，哪怕是一支铅笔，一本作业，一本相册，一个发夹，他们也会细心寻找。结果，每天都有急救车从这里拉走晕倒的家长。

一位家长还告诉我说，地震第二天，温家宝总理就来过新建小学。那天下午，天上下着小雨，路很滑，但温家宝总理来了，一脸焦虑不安的样子，说话声音很小。他见两个孩子压在下面，就蹲下去，流着眼泪，对孩子说，孩子，听爷爷的话，一定要挺住，我们一定会想法救你们出来的！这两个孩子，一个叫赵其松，一个叫王佳淇。后来，温总理又到医院看望了这两个孩子。后来又听说，温总理还问王佳淇，孩子，你想和爷爷说什么话吗？王佳淇说，我代表新建小学的小朋友，感谢温家宝爷爷！温家宝就说，等你好了以后，也代我向还活着的新建小学的小朋友们问好！所以，在这段时间里，我们非常想念温家宝总理。我们相信温家宝总理一定会再回来的！

四

10时许，仪式开始。

低沉的哀乐，缓缓响起；凄惨的旋律，如泣如诉。阳光下，800多名家长个个臂缠黑纱，手托遗像，按班级顺序，依次列队站在废墟前的一块空地上。

仪式第一项，一位年轻女性，代表全体学生家长，在哀乐声中向废墟下326个孩子哭诉衷肠：

亲爱的孩子，我们来了！多少年来，你们总是期盼，期盼着爷爷奶奶、爸爸妈妈陪伴你们过一个快乐的六一儿童节。然而我们总是说自己太忙，未能让你们如愿以偿。今天，我们终于来了，都来陪伴你们过一个儿童节。但我们再也看不到你们活泼的身影，听不见你们欢快的歌声。在这片满目疮痍的废墟上，留给我们的是无尽的伤痛与悲吟！亲爱的孩子，我们怎能忘记，教室里那勤奋学习的你，一双明亮的眼睛装满了对知识的渴求，对世界的好奇。你用稚嫩的小手，描绘出一个个彩色的梦，梦里有蔚蓝的天空，有飞翔的小鸟，有快乐的孩子。你说："妈妈，我真希望自己是一只小鸟，等我长大了，就可以飞到很远很远的地方，带回好多好多漂亮的礼物送给你；我还要给爸爸做一顶结实的帽子，在上班的路上，他就再也不怕火热的太阳，调皮的小雨；对了，我还要为爷爷奶奶准备一双温暖的手套，在寒冷的冬天，搀扶我上学时，就再也不会冻坏双手了。"

亲爱的孩子，我的小天使，我们怎能忘记，那天清晨，你背着最心爱的书包，蹦蹦跳跳地走到我们面前说："爸爸，妈妈，我上学去了，再见！"这声再见，却是永远的别离，永远的伤痛，我们永远再也见不到你了！但我们发誓，来世我们一定做你的好爸爸、好妈妈。亲爱的孩子，我们的容颜请你一定要深深铭记！

亲爱的孩子，昔日书声琅琅的校园，如今成为一片废墟，让人震撼，让人触目惊心！你说过，要一辈子和爸爸妈妈在一起，可你的人生才刚刚开了一个头，你就要这么匆忙地离开吗？你是否看见爷爷奶奶哭红的双眼，爸爸妈妈过早斑白的双鬓，还有哥哥紧握着的愤怒的拳头？是的，我们不能原谅，那使你们顷刻间葬身废墟的罪魁祸首！地震不可抗拒，人祸无法容忍！孩子，因为有了你，爷爷奶奶的白发少了；因为有了你，爸爸妈妈变得年轻了。但今天，站在这片废墟上，我们痛苦，我们失望！

孩子，你们放心走吧，相信你们的爸爸妈妈一定会坚强地活下去；孩子，你们一路走好，爸爸妈妈一定会陪伴你们，永远永远记住你们！

仪式第二项，一位满头白发的老奶奶，代表全体家长，宣读致都江堰市委、市政府的一封公开信：

中共都江堰市委、市政府：

"5·12"地震那一刻，新建小学10个班4层教学楼在顷刻间整体坍塌，530多名师生被埋在一片瓦砾中，造成重大师生伤亡，给无数家庭带来巨大的伤痛和震惊，给社会带来重大损失。

事发后，党中央、国务院，省委、省政府高度重视，成都市委、市政府、都江堰市委、市政府在整个抗震抢险中，做了大量积极的工作，我们为之感动和欣慰，中国人民解放军、武警官兵战斗在抗震抢险的第一线，用生命捍卫人民群众的生命财产安全，表现了听党指挥、作风优良、军事过硬、保障有力的崇高气节。在此，我们新建小学遇难学生全体家长向参加抗震抢险的解放军、武警官兵说一声辛苦了，并致以崇高的敬意！向关心支持灾区的社会团体，社会各界人士表示衷心的感谢！

新建小学是一所平民学校,其就读的孩子绝大部分都来自下岗工人,"三无农民",打工族家庭。孩子是无辜的,在同一座城市接受一种不平等的教育,我们为孩子难过!孩子是被动的,在指定的豆腐渣教学楼内接受教育,我们为孩子而伤心。满目疮痍的废墟和新建小学尚未垮塌的办公楼仍在佐证,吞噬孩子们生命的罪魁祸首是谁?孩子们是可爱的,这片废墟留给我们的记忆却是血腥的!

天灾人力无可抗拒,人祸难以容忍。因此,我们新建小学遇难学生全体家长秉持"顾大局,不添乱,不讨回公道不罢休"的原则,恳请都江堰市委、市政府以鲜明的态度,为我们这个特殊的弱势群体主持公道,请省级以上的专家组,公开透明地对新建小学的整体坍塌的教学楼楼房做出公正的鉴定,并依照党纪、国法从严查处有关责任人员,还孩子一个公道,平息遇难学生家长心中的"余震",维护党纪、国法的严肃性。维护社会的和谐与稳定。

新建小学遇难学生全体家长

2008年6月1日

仪式第三项,向全体遇难的师生默哀。

哀乐声中,800多名家长,面对废墟,一起低下头颅,默哀3分钟。

仪式第四项,各班派出代表,为遇难的师生敬献花圈……

五

仪式刚一结束,哀乐声骤然鸣响,废墟似乎也被感动得剧烈颤抖起来。此时此刻,悲痛欲绝的800多名家长再也无法抑制自己的感情,他

·749·

们抬着各自孩子的遗像和花圈，走着，哭着，说着，喊着，一起拥向早被泪水打湿的废墟。

他们或跪在废墟前，或匍匐在水泥地上，一边不停地给孩子磕头，一边为孩子点着一炷又一炷的香火，一边为孩子烧着一张又一张的纸钱，一边还叫着自己儿子或女儿的名字，而后抓扯着自己的头发，呼天抢地，号啕大哭！

所有在场的人们，无不为之泪流满面，心酸动容。

一位父亲跪在废墟上，用头不停地磕着砖头，反复不停地说，孩子，我对不起你啊！

一位母亲跪在废墟上，哭叫着说，我的儿子哟，你死得好惨啊！

一位奶奶跪在废墟上，哭喊着说，我的孙女哟，你死得冤枉哟！

一个母亲当场哭晕过去；很快，一位母亲又倒在了丈夫的怀里；接着，另一位老奶奶也倒在了地上……医生们一个个赶来，志愿者一个个迎上。

一时间，校园变成了悲伤的祭坛，废墟变成了泪水的海洋。

在这哭泣的人群中，我从镜头中发现了一个孩子。孩子是个男孩，他蹲在地上，一双稚嫩的小手不停地在废墟堆里扒来扒去。孩子的妈妈叫杜兰兰。她告诉我说，孩子叫文伟，文化的文，伟大的伟，刚满4岁。他的姐姐叫文青，十二岁，已经走了。自12号那天起，小儿子就再也不说一句话，只反复说一个字：怕！今天，他一定要跟着来。他说，他要从地下把姐姐找出来。

他姐姐非常善良，从小就喜欢画画，还在北京的一次画画比赛中获得过二等奖！她姐姐平常在上学的路上，只要见了穷人，比如一些要饭的，收破烂的，还有街头一些卖艺的瞎子老人，她就把自己中午的饭钱省下来，给他们，自己却饿着肚子回来。12号以后，儿子再也没有见着他姐姐，再也听不见他说话了，19天了，他只反复说了一个字：怕！他最怕的是声音，只要听见有声音，就大声喊妈妈，我怕我怕！过去，他是非常活泼的，常常和姐姐打闹，有时姐姐在做作业，不跟他耍，他就咬姐姐的屁股。他姐姐脾气好，一点不生气，还吻着他的脸说，弟弟，别闹，等姐姐做完了作业，再陪你玩，好吗？但自姐姐离开他后，他好像就变了，只要一想姐姐，就发脾气，很狂躁；或者不说话，谁也不理；晚上还做梦，梦中常常惊叫，醒来后就叫姐姐，然后就满头大汗，浑身发抖！我每天都到学校来找女儿的作业本、衣物，他也要跟着来，不让他来，他就哭，就发脾气。今天是儿童节，本来不想让他来的，但他一定要来，就来了。

这个叫文伟的孩子一直蹲在废墟里，我的镜头一直跟着他。他的眼睛这儿看一看，那儿瞧一瞧；手这儿抠一抠，那儿刨一刨。孩子手中没有钢钎，没有铁镐，也没解放军叔叔的力气和消防队员的水平，但孩子对姐姐的情感，却力压千军——当他妈妈伸手去拉他起来的时候，孩子终于说了一句话：妈妈，我要自己扒出姐姐！

…………

六

下午4点，废墟上数百名学生家长依然泪流满面，长跪不起。

越来越弱的哭泣声，反复回荡在废墟的上空，声声悲凉，久久不息。不少遇难孩子的家长痛哭着对我说，我们一定要陪孩子过完这个儿童节！

我望着相框里一个个活泼可爱的孩子，和废墟上一个个生不如死的父母，泪如泉涌，心在滴血……成千上万个本不该死去的孩子，为何偏偏失去？成千上万个本不该破碎的家庭，为何偏偏破碎？326个花朵般的孩子哟，你们为何走得如此匆忙？如此凄惨？如此决绝？

有人说，汶川大地震和唐山大地震的最大区别，就是唐山大地震留下了一大批失去父母的孤儿，汶川大地震留下了一大批失去孩子的父母。

是的，这些永远失去孩子的父母，这些在废墟上长跪不起的学生家长，他们都还年轻，人生的路才刚刚开始。那么在今后痛苦而漫长的日子里，他们将如何抚平心中的悲伤与怨恨，他们将怎样度过自己的劫后余生？他们除了悲伤，除了哭诉，除了哀悼，除了流泪，还有别的选择吗？

温家宝总理——孩子们的好爷爷，这废墟上泣血的哭泣声，您一定听见了，对吗？

（原载《中国作家·纪实》2008年第7期）

守望天山

——一个老兵24年的感恩故事

党益民

一条冰雪之路

一段雪藏30年的历史

一个老兵与168座坟茔

一家人24年孤独地守望

作者手记——

陈俊贵的故事我早就听说过。

故事很简单：30年前，部队在修筑天山公路时，遇到了大雪封山，官兵被围困在雪山上，弹尽粮绝，上级派陈俊贵等四名战士去40公里外送信求援。四名战士带了20个馒头，在冰天雪地里爬行了三天三夜，生命遭到极大威胁。班长郑林书将最后一个馒头让给了陈俊贵，陈俊贵因此活了下来，而班长郑林书和副班长罗强英勇牺牲，陈俊贵腿部冻残，另一名战士陈卫星脚指头被冻掉。陈俊贵复员回家后十分思念班长，抛弃了县城的工作，带着妻子和刚出生不久的儿子重返天山，为班长和168名烈士守墓。

不简单的是，陈俊贵这一守就是24年，而且还将继续守下去。他为什么要这样？是什么力量让他和他的家人支撑了24年？他们是怎么熬过来的？2007年9月，我从北京调到新疆，在陈俊贵原来的老部队——武警交通二总队担任副政委。带着这些谜团，2009年春节刚过，我踏上了通往天山的公路，前去探访陈俊贵。

巍峨的天山将新疆分成南疆与北疆。天山独（山子）库（车）公路建成以前，从独山子到库车，必须东绕乌鲁木齐或西拐伊犁河谷，至少需要四天时间才能到达。1974年4月21日，毛主席亲自批准了国务院、中央军委《关于加快天山公路建设的命令》。从此，天山独库公路工程建设拉开了序幕。

1974年4月，军委基建工程兵第十二支队（后改为中国人民武装警察部队交通第二总队）从湖北宜昌挥师天山，投入兵力13000人，担负独库公路施工任务。官兵们征服了"老虎口"，开辟了6公里的"飞线"（路段设计在悬崖绝壁，上接云天，下临深涧，黄羊都难以攀登；测量人员因无法实地测量，只好在图纸上标成虚线标志，称为"飞线"），凿通了3条隧道，架设了65座桥梁。1983年8月胜利竣工，缩短南北疆的行程距离近600公里，创造了我国筑路史上的奇迹。独库公路的建成，对于维护新疆稳定，巩固国防和开发天山资源，促进南北疆沟通和繁荣，改善各族人民的物质文化生活条件，都具有十分重要的意义。

建成后的独库公路全长562公里，北起"石油之城"独山子，南至龟兹古国库车，途经乌苏、尼勒克、新源、和静等县，翻越哈希勒根、玉希莫勒盖、拉尔墩、铁力买提四个冰达坂，跨过奎屯河、喀什河、巩乃斯河、巴音郭楞河、库车河五条天山主要河流，穿越著名的高山草原——巴音布鲁克草原。道路陡峭险峻，很多地段被标明在"雪线"（终年积雪）以上，年平均气温-9℃，最低为-46℃，环境异常艰苦，施工难度很大。

筑路十年间，部队官兵战冰雪斗严寒，经受了生与死的严峻考验，先后有168名官兵献出了宝贵的生命，几千人受伤致残，官兵们用青春、鲜血和生命谱写了一曲生命绝唱，创造了著名的"天山精神"。四届人大代表、党的十一大代表、军委命名的"雷锋式好干部"姚虎成和优秀指导员李善国就是捐躯烈士中最杰出的代表。

"碧血洒满天山，捐躯为谁？为国威军威振奋；夫妻十年分居，幸福何在？在千家万户团聚。"这是80年代初轰动一时的电影《天山行》里的一副对联。而这部电影，就是根据这支英雄部队的事迹创作而成。

1984年1月，新疆维吾尔自治区人民政府、新疆交通厅在天山公路中段的乔尔玛修建了天山独库公路烈士纪念碑，纪念为独库公路工程献身的官兵。

我们沿着险峻蜿蜒的冰雪之路艰难前行。路上冰雪很厚，很滑，来往车辆极少，路中间是两道深深的冰雪车辙印，我们的行进速度相当缓慢。

中午时分，我们到达了尼勒克县乔尔玛。在雪山环绕的烈士陵园门口的平房里，我见到了传说中的老兵陈俊贵。他50多岁的样子，身板硬朗，脸膛黝黑，已经明显谢顶，豪爽的东北腔里夹杂着维族和哈萨克人的混合口音。都是筑路兵出身，我们一见如故。他的手有力而温热。

他和妻子正在做午饭，锅里炖着马肉，屋子里香气四溢。尼勒克的马肉很出名。从乌鲁木齐出发前我和陈俊贵通过电话，他知道我今天要来，所以专门准备了马肉。他说还给我准备了雪莲，让我回去时带走。我很感动，说马肉可以吃，但雪莲不能要。我知道采集雪莲是一件很不容易的事。他说天山上到处是雪莲，不值几个钱，算是他们的一点心意。

屋角放着一个半人高的蓝色塑料桶。我揭开一看，里面是半桶冰雪。陈俊贵说，他们一年四季吃的全是冰雪化的雪水。他走到靠近火炉的另一个屋角，揭开一个同样大小的塑料桶给我看，说这是已经化好的雪水。果然是，里面还漂浮着几块薄冰。我问他吃雪水对身体有没有影响，他说没多大影响，就是对牙齿不好。说着他张开嘴让我看。他的牙齿很稀疏，而且发黄发黑。他说吃了几十年的雪水，牙齿全松动了，要不了几年就会掉光。他和妻子很少吃肉，就因为咬起来费劲。我问他雪水怎么会使牙齿发黑呢？他笑了，说那不是因为雪水，是因为抽烟。他说山上空寂无人，寂寞无聊，他一天要抽一两包烟。

我想先去祭奠烈士。陈俊贵带我走进陵园。积雪没过膝盖。我们沿着他开辟的"雪道"前行，迎面是高耸入云的纪念碑，上书"为独库公路工程献出生命的同志永垂不朽"。陈俊贵说，以前墓地不在这里，在新源县，因为这里有纪念碑，所以2006年才在这里建了烈士陵园。

绕过纪念碑，白雪皑皑的山坡上，是一排排整齐的墓碑。不用数，我也知道那是168座。我被眼前的一排排墓碑震撼了，驻足良久。"168"，以前只不过是一个数字，但是现在它们排列在一起，不能不让我的灵魂颤抖。墓地雪白一片，像是一个童话世界。这里安息着168位烈士的英灵。

陈俊贵指着墓地告诉我说，在这168名烈士里，职务最高的是副师，叫李黑土，河南人，牺牲时五十七岁；最小的叫王爱林，新疆人，牺牲时十八岁。

迈向墓地的脚步很沉重，脚下积雪的"咯吱"声，像是我的灵魂在呻吟。

我们烧了纸钱。鸣放了鞭炮。

陈俊贵对那些沉默的坟茔说："战友们，总队首长看你们来了，天气冷，给你们烧点纸钱，暖和暖和。"那口气，好像那些墓碑是一个个活生生的人。

我们一人手里拿着一瓶酒，踩着厚厚的积雪，祭洒在每一个烈士的坟头。

陈俊贵说："战友们，喝口酒吧，驱驱寒。这酒不错，'伊力老窖'，你们不准抢，一人只准喝一口，喝多了要犯纪律的。"

最后，我们站在最里边的一座墓碑前，墓碑上写着"郑林书烈士之墓"。这就是陈俊贵的班长。班长命令陈俊贵将最后一个馒头吃下去。班长牺牲了，陈俊贵活了下来。

陈俊贵蹲在班长郑林书的墓碑前，点燃三支烟，摆放在碑座上。他说班长不喜欢喝酒，喜欢抽烟，他每次来要给班长点三支烟。陈俊贵对墓碑说："班长你抽吧，这可是软中华，一包六七十块钱呢，昨天过路的一个州里领导给的。我没舍得抽，给你留着呢……"

祭奠完毕，回到陵园门口陈俊贵夫妻住的平房里，吃着他妻子炖的马肉，喝着酒，陈俊贵开始了他的讲述——

一　守望老兵：陈俊贵

我们是战友，有啥说啥。

当年你们十一支队（基建工程兵的一个师）在青海修青藏公路，我们十二支队在新疆修天山公路；你们修了十年，我们也修了十年；你们牺牲了108个，我们牺牲了168个。咱们都是从基建工程兵出来的，都在雪山上抡过铁锤，背过石头，所以见到你感觉特别亲。

我们实话实说，不整那没用的。但是有些话、有些事，你可别写到书里去。别让人家笑话咱老兵没水平。来，喝，听我给你慢慢唠。

我这一辈子呀，做过最大的一件错事，就是吃了四个战友最后的一个救命馒头。当然，我也做对过几件事：一是当了兵，二是娶了个好老婆，三是退伍后又重返天山为班长和牺牲的战友守墓。

我们村里的许多媳妇都是骗来的

我家在辽宁省辽中县老达房孟家岗。我们弟兄三个，我是老二。老大是残废，二十三岁那年，给生产队赶马车，让马给踢了，双目失明，现在还没有成家呢。老三也是个农民，成家了，有一儿一女，听说日子过得还可以。

你说我父母？我父母已经不在了。我父亲是2003年去世的，我没回去，太远了，没有那么多路费。再说接到家信时，人都下葬一个多月了，回去也不赶趟。我母亲是去年去世的，我也没有回去。当时烈士陵园的事挺多，离不开，我想她老人能原谅我。

不瞒你说，我来天山24年了，没有回过东北老家一次。为什么？我也说不清，阴差阳错的，就是没有回去。现在父母不在了，以后更不可能回去了。我想一直陪着我的老班长，陪着这168个战友，死后就跟他们埋在一起。你看天山这地方多美呀，多干净呀，死后能跟这么多战友埋在一起，也是我的福分。

我父亲排行老二，是个农民。我大伯也是个农民，担任过大队书记。老三当兵去了朝鲜，牺牲在了朝鲜战场。老四当了工人。我父亲最没本事，大字不识一个，人老实得有点过分。"文化大革命"的时候，人家给队长写大字报，落款都写的是我父亲的名字：陈彦令。我父亲不认识，还乐呵呵地跟在人家后面看热闹，结果让队长臭骂了一顿。后来知识青年上山下乡，给公社、县里领导写信告生产队长，落款也写我父亲的名字。你说这老实人倒霉不倒霉。

那时候穷啊！我们家过春节买不起鞭炮，我父亲是赶大车的，就用马鞭子甩两下，让我们听个响，算是过年放了炮。我的小名叫"赶趟子"，你知道为什么这么叫吗？因为我出生的第二天，正好赶上生产队分粮。小时候看人家戴手表，我特别羡慕。当时"戴手表、穿皮鞋、镶金牙、别钢笔"，最牛气。不管有没有文化，衣兜里也要别上一支钢笔，有的别两支三支。再多就不行了，别上一排，那是修钢笔的。有的没有钢笔，捡了人家扔掉的笔帽别在衣兜上，冒充有文化。

我哥哥12岁就辍学了，回家放猪。我父亲吃了没文化的亏，自己的名字都不会写，希望我和弟弟能继续上学。那时我就想，一定要好好学习，将来买一支真正的钢笔别在衣兜上，那才叫真有文化。可是好好学也没用，那时提倡的是交白卷。我们辽宁的张铁生就交了白卷，还说"条条铁路通北京，老师何必硬强求"。当时没人好好上学，天天写大字报，学生给老师写，老师给校长写，贴得满墙都是。

我们村的知青说：老达房这个地方，从村东头到村西头光棍能把人绊倒。女娃都嫁出去了，男娃找不到对象。找不上对象咋办？骗呗。咋骗？跑到山东去骗。让村里最年轻长得最帅的小伙子去山东相亲，说我们那里地多人稀，哪个姑娘要是肯嫁过去，连她的亲娘老子弟弟妹妹都可以带过去。这话很管用，又看小伙子长得帅，姑娘就上了当。

但是新婚之夜，前去相亲的那小伙子就消失了，换成了另外一个人。等新娘子发现上了当，生米已经做成了熟饭，只好认了。

最要命的是，新婚三天后，新房里的摆设都让村里人抬走了。为啥？因为当时为了糊弄娘家人，全村人都把自己家里最好的摆设集中在了新郎家。媳妇已经到手，当然要物归原主了。

我当兵就是为了能吃上馒头

但是，我母亲不是父亲花钱骗来的，是她自己主动来到我们孟家岗的。来的时候，母亲怀里还抱着一岁多的大姐。我父亲三十多岁还没结婚，就娶了我母亲。母亲以前的丈夫是谁？为啥来到我们孟家岗？我一直没弄明白。母亲不说，父亲也不说，这事就成了一个谜。现在父母都走了，这个谜永远也解不开了。

母亲生下我后大出血，几乎死掉。我一声没哭，也不睁眼，一动不动。父亲以为是个死胎，就拿破布一卷，用草绳一捆，扔到了山上的野沙岗。父亲走出老远，听到我的哭声，又把我抱了回来。我确实也不争气，小时候多病多灾，长到十一岁才会说话。村里的土医生说，是因为我的舌头大。

那时我们那里以吃高粱米、玉米、大豆为主，想吃大米白面得到外地去换。过年的时候村里才发几斤面粉，让大家初一包顿饺子。一年到头，三十那天能吃顿猪肉炖粉条。粉条是自己用土豆或者红薯加工的。把红薯放在缸里，捣烂，加水，把浆打出来，淀出淀粉，然后加上白矾和成面，支一个大锅，下面烧苞米秆，上面"漏鱼"，就是粉条。生产队分的粮食，一年总有一两个月接不上顿。

记得有一次，锅里就剩下了两个苞米贴饼子。我和弟弟放学回来，揭开锅一看，谁都舍不得吃，又悄悄去了学校。父母和哥哥还要下地干活，饿着肚子可不行。我和弟弟坐在教室里上学，省力气，饿一顿也没啥。

可是我们经过苞米地时，实在饿得走不动了，就溜进去掰青苞米啃。青苞米不好消化，容易放屁，而且还特别臭，又不敢放，怕同学听见，就拿捏着，一点一点悄悄放。同学嗅到之后，问谁放的臭屁？我也左顾右盼，寻找放屁的人。

我记得很清楚，毛主席去世那一年，在城里工作的堂姐夫来我们家，拿了一盒点心，用红纸包着。堂姐夫走后，母亲将点心挂在屋梁上。母亲不让我们吃，一是舍不得，二是想让人家看看，我们家来城里客人了，还带了这么好的点心，觉着很有面子。等家里没人的时候，我踩着凳子，用手指头将红纸抠开一点点，蘸了点心上的油，用舌头舔了舔手指，算是解了馋。后来时间久了，那红纸上落了厚厚一层灰，母亲才取下来分给我们吃。那时点心已经有点变味了，但是吃起来还是很甜，很香。

你知道，我们东北农村都睡大炕。家境不好的一家人挤一个大炕。有人开玩笑说：老公公把儿媳妇的鞋都穿错了。我们一家六口人就挤在一个大炕上。我大姐长大了，还和我们挤在一个炕上。但是大姐穿衣服优先，她毕竟是女娃，不能让她穿露屁股的衣服。大姐穿过我们再穿。我十六岁以前，一直都穿大姐的旧裤子。那时女式裤子前面不开叉，解手很麻烦，我就自己在前面开一个小洞。一条裤子你穿了我穿，穿破了也舍不得扔，补一补又穿。有时来不及补，就用书包挡着屁股后面的破洞往家走。哎呀，别提多别扭了。

当时谁都想穿一身绿，但是买不起绿布啊，咋办？母亲就把莲花叶子和生布放在锅里一起熬，捞出来就成了绿布。母亲用这样的绿布给我做了一身衣裳，穿在身上心里别提多美了。我喜欢绿军装。我做梦都想长大了去当兵，穿上真正的绿军装。还因为当兵能吃上馒头，而且管饱。这话是我姐夫告诉我的。

那时大姐已经出嫁，嫁给了一个解放军。姐夫是沈阳军区的，叫何长友。他第一次来我们家，看着他那一身绿军装真是眼馋。我说何哥，能不能把你的军装脱下来，让我过过瘾？他只把上衣脱下来让我穿了一会儿。哎呀，那领章，那帽徽，真是让人羡慕。姐夫说，你要是喜欢，等长到十八岁也报名参军，部队不光能穿绿军装，还能吃上馒头和猪肉炖粉条。那时我就发誓，一定要去当兵。不为别的，就为了能穿上绿军装，能吃上馒头。

为了当兵，我给大队书记跪下了

其实，我最先想当的不是基建工程兵，而是云南的野战军。那是1978年3月，当时我已经体检合格了，有人告我的状，说我高中还没毕业，结果没去成，我心里很难过。那时政审很严，大家都想当兵，争破了头。

你不是告我高中没毕业吗？那好，我干脆不上学了，回家务农，就等着当兵。但是我不会铲地铲苞米，队长见我有点文化，就让我跟人去拉草，拉回来粉碎了喂牛喂马。生产队有一头瘸骡子，没人愿意赶，队长让我试着赶。

那年冬天，又开始征兵。这次是我们基建工程兵。当时不知道基建工程兵是干啥的，也不管那么多，只要能当兵就行。

我们大队五个体检合格，另外那四个都有来头，就我没有一点关系。这可咋整呀？上次没整成，这次再黄了，我当兵的梦不就破灭了吗？

我夜里长吁短叹，睡不着觉。母亲也替我难过，可是有啥办法呢？我们家没有一点关系，找谁帮忙呢？后来母亲想了个办法。大队书记姓王，我母亲也姓王，母亲就跟人家书记套近乎，提着半篮子鸡蛋，领着我去找书记。

母亲见了书记说，大兄弟，咱们都姓王，五百年前是一家，我求求你了，让这个外甥去当兵吧。母亲说着眼泪就下来了。母亲一边流泪一边让我跪下，喊书记"舅舅"。我心里很难过，很不情愿，可是为了当兵，我还是扑通一下跪在书记脚下，喊了一声"舅舅"。那一刻，我的泪水也落了下来。

书记很高兴，答应研究研究。

书记说话还真算数，没过多久，我就穿上了崭新的军装。

生产队长对我父亲说，陈彦令，你儿子要当兵走了，放你一天假，你去赶大集。父亲就抱着家里唯一的一只母鸡去赶集，准备卖了钱再买点肉和菜，请大队干部吃饭。可是父亲把老母鸡揣在怀里，在集市上转了一圈又一圈，没舍得卖，又抱了回来。母亲说那就把老母鸡杀了吧，给大队干部吃。这是规矩，人家请，我们不能不请，我们家再穷也不能少了人家这顿饭。

父亲就把母鸡宰掉了。我心疼啊。家里就指望这只老母鸡下蛋换钱，给母亲买药呢，鸡蛋送给了书记，现在连鸡也杀了，母亲以后靠啥买药？母亲说，儿子你放心走吧，妈以后吃黄连素，黄连素便宜。我当时就暗下决心，到部队后好好干，将来混出个人样来，为父母争气。

第二天，民兵连长把我们带到公社，然后坐汽车直接去了辽中县城。晚上我们到了沈阳，啥也没看见，又被送上闷罐子兵车。

闷罐车上只有一个小窗户，车厢里光线很暗，接兵干部都穿着"四个兜"，也分不清谁大谁小，见了"四个兜"都叫首长。我第一次坐火车，心里很激动。想问"四个兜"我们去哪里，但始终没敢问。

天安门上的钉子不是金子做的

一下火车，我们才知道到了北京。那个激动啊，简直没法说。但是看了看周围，没有多少楼房，不像是心目中首都北京的样子。一打听，才知道是房山区李庄大队。我们将在那里度过三个月的新兵训练生活。

我们住的是老乡的房子。我们班住的那家姓池，他家有个沼气池。那一带许多老乡都用沼气做饭。训练休息时，我经常帮老乡清理沼气池，干点家务活。老乡很喜欢我。他家有两个丫头。

老头子跟我开玩笑说，小伙子，你将来退伍了，就给我当上门女婿吧。

我听了心里很不乐意。我刚到部队，还准备好好干一番哩，将来穿个"四个兜"啥的，你却说我退伍的事，你知道我一定会退伍？

但是冷静一想，老头子说得也没错，再说，人家丫头长得也不差。

说实话，我既然出来了，就不想再回东北老家了。

三个月新训结束后，我们才真正走进北京城，驻扎在西城区安德路，任务是修地铁。我们连队的主要任务是扎钢筋、支模板，支好后往里面浇水泥，等水泥凝固了再把模板拆掉。你说啥？馒头？那当然了，连队馒头管饱，我们新兵特别能吃，干的又是重体力活，一顿能吃七八个。但是我们天天在地下施工，又是封闭式管理，很少看见外面的繁华世界。

一个休息日，连长对我们说，你们新兵刚到北京，可以出去转转，但必须三人一组，由老兵带队。还说，出去时要衣帽整齐，军姿端正，不要影响军人形象。这可是我们伟大的首都，你们一定要注意！

我们把军装平铺在床上，用嘴往上面喷些水，用装有开水的茶缸熨平。然后穿上，高高兴兴地走出了营门。

一个老兵带着我们两个新兵逛王府井。我对逛街没兴趣，一心想去天安门。为啥？说了不怕你笑话，我们村里人都说天安门城楼大门上碗口大的钉子，全都是金子做的，有人还为此打过赌。我就是想亲眼去看看到底是不是金子做的，还要亲手摸一摸，将来探家的时候好给村里人吹牛。心里这么胡思乱想着，我就与另外两个战友走散了。找了半天没找到，我干脆自己一个人去天安门。

我一路问到了天安门。看到雄伟的天安门城楼，我激动不已。我用手摸了摸大门上那碗口大的钉子盖，原来不是金子做的，而是铜铸的。

我在天安门转了很久，后来就转迷了，找不到回去的路了。

我问路人：西城区安德路怎么走？人家说安德路地界大了，你到底要到哪里？我说不上具体地址。我一路走一路问。我从地上捡到半根粉笔，担心自己越走越迷，就在走过的电线杆上画一道，如果找不到，大不了顺电线杆子再折回来，重新再找。后来还真找到了。但是天已经很黑了，连长急得在院子里跳，带我出去的那个老兵站在一边，吓得满头大汗……

天山的冰棍不花钱

我在北京修了半年地铁。

1979年，对越自卫反击战打响后不久，我们才离开北京。不是去前线，而是去相反的方向。但是当时我们并不知道，以为是去越南前线。

当时传说是一部分人要调走，大家都很兴奋，都盼望着去前线。为啥？去前线可以立战功，立了战功可以入党、提干，穿上"四个兜"。能入党，能穿上"四个兜"，是每一个新兵的梦想。别看北京是首都，是全国人民向往的地方，但是前线才是我们真正向往的地方。北京再好，我还是一个兵，可是上前线我就有可能穿上"四个兜"。

那天晚上，天很黑，我已经睡着了，突然听到了紧急集合哨。

连长在外面喊：一号装备，把该带的都带上。

我们打好背包，黑压压站在操场上。

连长说，点到谁谁出列。

营门口停着6辆解放车，车厢用帆布蒙着。气氛神秘而紧张。被连长点了名的站到另一边。我心里很紧张，等着连长点我名字，可是就是听不见"陈俊贵"三个字。心里那个紧张啊！我一心想去前线。打仗我不怕，死了也痛快，不死就立功、提干。连长终于念到我了，我很激动，答"到"的时候，声音都有点哆嗦。

解放车把我们拉到丰台，我们在那里坐上了闷罐车。一人发了一袋江米条、两瓶罐头。窗户还不让打开，只留一道缝。铁门一直关着，只有停车解手的时候才打开。我们的火车白天不走，晚上才走。白天停靠的都是小站，也不让下车，大家就坐在车厢里等。也不知道走到了哪里，离越南边境还有多远？干部不让问，说保密，这是纪律。

现在总队的雷永文副总队长，当时就跟我坐一趟闷罐子车。但当时我们并不认识，前年他来乔尔玛看我，说起来以前的事，我才知道他当时也在。

闷罐子车把人坐得晕头转向，也不知道走了几天几夜，最后到了一个地方，让大家打背包下车集合。我们下车后才知道，是乌鲁木齐。有人问干部，不是说到前线吗？怎么跑新疆来了？干部说，队列里不要说话，注意纪律。没人敢吭声了。后来我们才知道，其实那个小干部当时也不知道是怎么回事。

九月的乌鲁木齐，已经有点冷了。我看见许多大篷军车朝我们开过来。我们按次序上车，刚坐稳，车就开动了。军用帆布把车厢蒙得严严实实的，看不见开往哪个方向。

颠簸了整整一天，到了一个兵站。睡了一晚上，第二天继续往前走。半路上来一个矮个子，姓郝，"四个兜"，人很精干，也很和气。后来才知道他是副团长。听说他后来当了将军，现在已经退休了，住在北京。你认识他？那太好了，你见到他就说，他以前的兵陈俊贵向老首长问好。

我们坐在车里啥也看不见，心里那个急呀。我就用手悄悄抠帆布，抠开一个小洞，往外一看，乖乖，满世界都是冰雪。除了冰雪啥也没有。

天黑的时候，我们到了一个叫那拉提的地方。这才知道已经到了天山，我们的团部就在那拉提。但是那时我并不知道这个叫那拉提的地方，后来会跟我有那么深的不解之缘。

第二天继续往天山深处走。一路往上，积雪越来越厚，路也越来越滑，大家吓得不敢吭声。走到半道，车队停下了，说前面塌方了。有人问塌方是咋回事？没人回答。干部们神情都很严肃。干部说路不通了，都下车，步行。我们就背着背包，徒步前进，走到天黑才到营地。刚从工地上下来的老兵们，一个个黑黢黢的，脸上带着笑，列队站在营门口，敲着脸盆欢迎我们。

我和另外17个新兵分到了二营五连。我们连长叫许排顺。连长把各个班长叫过来，说来了一批新战友，谁谁谁到一班，谁谁谁到二班。班长把我们领回各班帐篷。

我的班长是四川人。他把我领进帐篷，老兵们帮我拿行李，铺床，说你一路辛苦了。我一看那环境，心情不是很好，但是老兵的热情让我挺感动。帐篷里生的火炉子是用废油桶做的，上面连着两个水桶，里面都是雪水，一个洗脸，一个饮用。正副班长住在两头，中间住战士，因为两头到了夜里比较冷。帐篷里没有电，点的是煤油灯，用罐头盒做的。也不是煤油，是柴油，所以直冒黑烟。老兵们就往油里撒点盐巴，烟一下子就小了。这一手我很快就学会了。

当天晚上吃的是面条。那时的面条可是病号饭，一般人平时吃不上，那天是连队专门招待我们新兵的。还有大肉罐头、鸡蛋罐头。那顿面条吃得特别香，现在都记忆犹新。饭后，老兵们给我们打了一盆热水，说你们走了很远的路，烫烫脚好睡觉。这时老兵才告诉我说，我们是基建工程兵，是专门来修天山公路的。我一听心就凉了。本来想去前线，没想到被拉到这里修路来了。但是坐了几天的车，确实很乏，一躺下就呼呼睡着了。

第二天起来，老兵们早不见了，上了工地，帐篷里就剩下了我们几个新兵。火炉子上有洋芋片，大米粥，还有七八个馒头。我们吃过饭，走出帐篷，外面全是白茫茫的冰雪。有几只比兔子大点的动物，肉乎乎的，笨笨的，在雪地上跑来跑去，"嘎嘎"乱叫。后来老兵告诉我们，那是旱獭。

我们几个没事干，就往山上爬。想爬到山顶上看看山外是啥样子。可是等我们气喘吁吁地爬到山顶，山外还是山，一座比一座高，连绵不断，没有一个人影，看不到尽头，只有一条小路通往山外。

我们坐在山顶，有些绝望。这咋整？怎么来到这么个熊地方！

晚上，指导员把我们新兵叫过去开了个会，说这是毛主席最关心的一条重要的国防公路，叫独库公路。但是你们给家里写信不要提具体干什么，也不要提国防公路，这是军事秘密。

最后指导员开玩笑说，新战友们，北京有北京的好，天山有天山的好，你们想想，你们在北京吃冰棍还得花钱，我们这儿的冰多的是，随便吃，不用花钱。

从此，我就在天山上开始了筑路生活。

在天山修路，牺牲是常事

那时，天山公路已经修了六年，大部分毛路已经开辟出来了。

部队没有大型机械，用的全是钢钎、铁锹，最先进的工具就是风钻。后来机械能开上山了，才配备了几台D80推土机。我们连队主要任务是备料。说实话，施工环境相当艰苦，劳动强度也相当大。早上天麻麻亮就得上工地，晚上天黑得看不见了才收工，中午饭在工地上吃，一天至少要工作十三四个小时。

我们白天施工，晚上还要学习。学些啥？学政治，学"两报一刊"社论，学在天山上牺牲的烈士们的先进事迹。我印象最深的就是姚虎成和李善国，他们两个的墓碑你刚才在陵园里都看见了。

姚虎成是你们陕西人，城固县的，牺牲的时候是副营长。入伍前他是个孤儿。到部队后特别能吃苦，有点拼命三郎的劲头。部队打导洞出现塌方，他冲进去排险，连续42个小时没合眼。战士们把他硬从导洞里拉出来，强迫他休息。他从手腕上摘下手表交给通信员，说你半小时后必须叫醒我，否则我处分你。他只打了一个盹，又钻进洞里指挥排险。有一次，几台筑路机械要运上山，上级要求他带领战士们炸山开路。那时机械可是宝贝疙瘩，不能有半点闪失。他用七天就开辟出一条道路来，保证将机械按时运上了山。后来他荣立了二等功，还当选了第四届全国人大代表和党的十一大代表。

我到天山的前一年，姚虎成和打前站的战友为大部队开辟道路。他们从早上一直干到中午，他看时间不早了，就让战士们先回去吃饭，自己和两个推土机手留下继续清除积雪。战士们刚走不久，冰达坂上突然传来一阵轰隆隆的响声，雪崩发生了，把推土机冲出50多米，两个推土机手昏迷在变了形的驾驶室里，姚虎成不幸牺牲，年仅二十八岁。当时他还没有结婚。姚虎成牺牲后，中央军委授予他"雷锋式好干部"荣誉称号，号召全军指战员向他学习。

另一个就是李善国。他是湖北武昌人，1965年入伍，牺牲时是政治指导员。1974年，他跟随大部队第一批进军天山。第二年6月底，他爱人来队，他正带领部队打"飞线"，没有下山去接，他爱人自己上山找到部队。爱人来队他也没有休息一天，坚持带领官兵在"飞线"施工。半个月后，一场意外的大塌方发生了，李善国等五位同志不幸牺牲。李善国终年29岁。他爱人就在不远的营地等着他。你想想多惨。

新疆军区有个作家叫李斌奎，好像也是你们陕西人，他根据姚虎成和李善国的事迹写了小说《天山深处的大兵》，还改编成了电影，就是80年代初轰动一时的《天山行》。

我再给你讲一个比这还悲惨的故事。但不是发生在我们团，而是另一个团，我是听战友讲的。部队在"老虎口"施工，突然塌了，一块巨石落了下来，把一个入伍不到一年的四川兵砸住了，整个身子都被压在巨石下面，压成了饼子，只有头露在外面。当时人没死，还能说话。战友们用钢钎撬，想把石头撬开，把他救出来。可是那么大的石头，咋撬得动啊！当时"老虎口"在悬崖峭壁上，机器又上不去。想用炸药炸开石头，又怕伤了他。一点办法都没有。看见战友的惨状，全连人哭着喊着围着石头跑来跑去，就是无从下手。

被压在石头下面的那个兵说，你们别白费劲了，我肯定活不成了，你们就把我和石头一起炸了吧，别影响施工。

谁忍心炸？没人这么干！

那兵说，我还没来得及给家里写封信呢。

战友们急忙找来纸笔，说，你说，我们写，一定寄到你家去。

那兵就说：爸，妈，我在部队挺好，工作也不累，吃得也不错，首长很关心我，战友关系很不错，跟亲兄弟一样，你们就放心吧。爸，妈，我啥子都好，就是有点想念你们。

说着，那兵的眼泪涌了出来，跟鼻子里的血一起流在了雪地里。

那兵最后说，爸，妈，我在部队很努力，干得不错，没有给你们丢脸。

在场所有的人都哭了。但是一点办法都没有。战友们把全连所有好吃的东西找出来，轮流给他喂吃喂喝，陪他说话。第二天，那兵才牺牲。眼睁睁地看着自己朝夕相处的战友一点一点死去，那是一种啥心情？我每次想起这事都流泪。

当年在天山修路，确实很艰苦，很危险，战友牺牲的事时有发生，要不烈士陵园里咋会有168座墓碑？

有一个叫石博韬的湖北兵，在隧道施工时遇到了塌方，他为了救战友，献出了自己年轻的生命。2006年，总队组织"重走天山路"活动时，也邀请了他父亲石文华。老人七十多岁了，当时站在儿子的坟墓前老泪纵横，泣不成声。

老人说：我没有一天不想念儿子，我人在湖北，心在新疆，因为新疆还有我的儿子。每天晚上，我都和老伴要看新疆的天气预报，三十年来天天都是这样，已经养成习惯了……

有一个老兵，叫董二龙，当年他们营打2号隧道，去年他从河南老家来新疆捡棉花，回去的时候专门跑到天山来，想看看牺牲的战友，看看2号隧道。他走到隧道口，"扑通"一声就跪下了，泪流满面，他哭着说：三十年前，我在这里奋战了五年，我的好几个战友就牺牲在这里啊……

我的班长郑林书

我跟我们班长只相处了38天，我却甘愿用一生来为他守墓。

我原来是一班，那年老兵复员后，才把我调整到了四班。四班长叫郑林书，湖北人，个不高，圆脸，大眼睛。他普通话讲得不好，说话爱带个"老"字。说话爱带把子，我不大喜欢。但是后来有两件事，让我挺感动，改变了对他的看法。

你也知道，山上海拔高，馒头蒸不太熟，抓在手里黏糊糊的，吃到嘴粘牙。把馒头从炊事班打回来，先放在火炉子上烤，然后再吃就好一点。你们那时在青藏高原也烤馒头吃？呵呵，看来都一样。对，用铁丝编个小笼，把馒头放上去烤，如果时间允许，烤得焦黄焦黄的，吃起来特别脆，一咬嘎巴响。我看老兵烤，我也去烤。第一个吃完后，觉着不过瘾，又烤了一个。结果吃到一半听到了集合哨子，我顺手把剩下的半个馒头丢进了帐篷角的脏水桶里，跟着战友跑了出去。

连长集合说，今天营里检查卫生，要求大家回去好好整一整，一定要扛上卫生红旗，不能给连队丢脸。那时啥都讲究争第一，见第一就争，见红旗就扛。

可是还没等我们整理好，营里检查的人就来了。也该我倒霉，人家正好就抽查我们班，发现了我丢在脏水桶里的半个馒头。结果红旗没扛上不说，连长还让营里来检查的人训了一顿。那时丢半个馒头，可不是个小事。连长很窝火，把班长叫去训了一顿，让他一定要把丢馒头的人查出来。

班长回来黑着个脸，问谁扔的馒头？我看事情闹大了，吓得不敢吱声。我要是承认了，今后入党就没戏了，提干就更别想了。我心里有鬼，很害怕。班长瞅了我一眼，没说话。我是最后一个跑出帐篷的，当时就我一个人吃烤馒头，还能有谁？班长肯定知道是我干的，但他什么也没说。

班长从桶里捞出那半个馒头，看了看，当着我们全班的面，一口一口吃了下去。吃完后，班长说：我们部队苦，老百姓比我们还苦，我们绝大部分人都是农村来的，可不能这样糟蹋粮食！

我羞愧难当，感动得几乎给班长跪下。但我当时什么也没有说，我没有勇气承认。这事我们班长自己扛了下来，说是他扔的，连长把他臭骂了一顿，没有再追究。一直到班长牺牲，我也没有机会向班长承认馒头是我扔的。我后悔死了！

还有一件事情，让我终生难忘。

有一天晚上，我洗完脚，去帐篷外面倒水，刚一出门，我就"哗"的一声泼了出去。只听有人"哎呀"一声，原来是班长。他刚从连部开会回来，被我当头浇了一身脏水。那时山上多冷啊，零下十几摄氏度，泼出去的水很快就能结冰。

我说，班长对不起，我不是故意的。

他一边往帐篷里走，一边说，没关系没关系。

我们班的战士见我泼了班长一身水，赶忙帮班长把衣服脱下来，在火炉子上烤。大家都瞪着我，说你个新兵蛋子，净干些没屁眼的事！

班长冻得直打哆嗦，一边用毛巾擦头发上的脏水，一边说，没事没事，陈俊贵，你以后倒水跑远点，别倒在门口，一结冰，容易滑倒人。

这两件事，特别让我感动。这就是我的班长，比我亲哥哥还能包容我的战友！现在班长就躺在陵园里，我想对他再说声对不起，他都听不见了……

班长把最后一个馒头让给了我

1980年4月6日，这个日子我死也记得。

当时大雪封山，"42"已经断粮。那里是2号隧道，有三个营的兵力，一年四季都在隧道里施工，春节也不休息。因为在42公里处，所以大家习惯叫"42"。路上的许多电线杆被风雪刮倒了，通信中断了，团里决定派人去"42"送信。团里把这个任务交给了我们连，因为我们连离"42"最近，只有40公里。

连长让班长郑林书挑选三名身体好、素质高的兵去执行这次任务。我们班长就挑选了我。我当时正在帐篷里洗衣服，班长站在帐篷门口喊，陈俊贵，你过来一下。我跑过去。班长说，你跟我去执行一次任务，愿不愿意去？我问去哪儿，班长说去"42"送信。我一想，这么大的雪，要跑40公里去送信，太难了。但是班长能叫我去，说明组织信任我，在考验我，再说我还欠着班长的情呢。于是我很干脆地说，班长，我很愿意跟你去！

出发的时候我才知道，跟我们一起去的还有副班长罗强和战士陈卫星。

我们四个人把炊事班剩下的20个馒头装进挎包，背了一支步枪、一部军用电话，简单吃了点东西就出发了。时间大概是下午两点。团里的意思是，如果走到前面电话线能通，我们就给"42"打电话，传达了团里的指示就可以返回。平时这42公里，最多走一天，谁想到我们却走了三天三夜……

开始，我们沿着刚修好的公路走。路上的积雪只有半尺深，走起来不是很吃力。天快黑的时候，我们走到一个被遗弃的道班，里面没人，我们稍事休息，吃了点馒头，又继续往前走。

这时天已彻底黑了，到处白茫茫的，路基也没有了，我们只有顺着电线杆子走。天又开始刮风下雪，地上的积雪也越来越深，已经没过了大腿，走起来非常艰难，许多地方我们都是爬过去的。雪坑里的雪有一两米，如果掉进去，要费很大工夫才能爬出来。

班长说，我们这样走不行，一是耽误时间，二是会掉进雪坑里，很危险。我们爬上一根电线杆，看看电话通不通。

他说着就往一根电线杆上爬。电线杆结了冰，很滑，爬不上去。班长蹲在地上，让罗强踩着他的肩膀，又让我踩着罗强的肩膀，陈卫星扶着我们，以免被风刮倒。折腾了半天，我才爬上去，接上电话，却打不通。电线上有冰，粘手，一拉一层皮，但那时我已经被冻麻木了，也不觉得疼。

我们只好顺着电线杆继续往前走。

天快亮的时候，我们已经筋疲力尽，实在爬不动了。棉袄、棉裤里全是汗水，外面沾满了冰雪。趴在雪地上刚休息了一会儿，棉袄、棉裤就被冻住了，像盔甲一样，钢钢的，动都动不了，爬也爬不起来。班长就用枪托砸自己身上的冰，砸开了，爬起来，又帮我们砸。我们不敢再休息，继续往前爬。爬一会儿又冻了，身上的冰雪越滚越厚，死沉死沉的，腿都打不了弯，前进的速度特别慢。

班长说，照这样的速度前进，我们非冻死在雪地里不可。

他让我们把棉袄、棉裤全脱了。脱又脱不下来，全冻住了。就拿枪托砸。把冰砸碎，然后一人坐着，一人抱腰，一人往下拽棉裤，这样才相互脱下来。谁的棉袄、棉裤谁背着，班长还背着枪，我们继续往前爬。这样爬起来倒是快，但是穿着绒衣冷得够呛，那风跟刀子一样，嗖嗖的，直扎骨头。

我们实在爬不动了，就坐下来休息，又不能时间太长，浑身哪儿都疼，手像冻没了似的，一点不听使唤。那时真是喊天天不应，叫地地不灵。班长冲我喊，快起来，赶快走，坐下来等于等死。我说班长，我实在爬不动了，你就把我放这里吧，你们走吧。班长说不行，绝对不能把你一个人扔下，我背也要把你背出去！我哪能让班长背着走呢？只好咬着牙继续往前爬……

就这样，我们在雪地里又爬了两天两夜。

第三天早上，我们爬到一处山坡上。这里距离目的地还有8公里，大家都坚持不住了，倒在了雪地上。班长用颤抖的手拿出了最后一个馒头。我们每个人心里都明白，这个馒头意味着生死存亡，谁吃下了，谁就有可能活到最后。馒头外面的皮已经磨没了，看上去烂糟糟的，但是我们四个人的眼睛都盯着那馒头。一路上，馒头都由班长掌握、分发。大家饥肠辘辘，谁都想吃。说实话，我当时真想一口把它吞下去。

班长看了我们每人一眼，举着那个馒头说，我们就剩下这最后一个馒头了，我和罗强同志8天前刚被批准为预备党员，陈卫星比陈俊贵兵龄老，所以我建议，这最后一个馒头让新兵陈俊贵同志吃，大家有没有意见？

罗强说，我没意见。

陈卫星迟疑了一会儿说，我服从班长的决定。

我说，我不能一个人吃，要吃大家一起分着吃。

班长说，就一个馒头，大家分着吃，对谁都没有作用，就这么决定了！陈俊贵，我命令你把馒头吃下去！

说良心话，当时我真饿啊！班长把馒头递给我，扭过头去。罗强也跟着扭过头去。陈卫星没有转身，看着我。我背过身去，三口就把馒头吞了下去。

等我转过身来，陈卫星瞪着我，意思是班长让你吃，你还真的一个人吃了！你怎么这么不懂事！那时我才开始后悔，后悔不该一个人吃了那个馒头。但是馒头已经落进肚子，后悔也没有用。这个救命馒头后来成为我心里永远的悔恨。

班长见我吃了馒头，冲我笑了笑说，很好，我们继续前进。

雪仍在下，风刮得很大。但白天比夜里强多了，能看见方向，也没有夜里冷。但是我们每走一步仍要付出全身的力气。谁走在前边，谁付出的力气最大，因为是逆风，前面的人给后面的人挡风。谁在前面？那还用说，当然是班长。班长让我走在最后边。

我们走到中午的时候，班长突然倒下了。

跟在班长后面的罗强喊：班长，你怎么啦？

我们几个人爬过去一看，班长趴在那里，半个脸都埋在了雪里。我们把他翻过来，他一脸的冰雪。当时我没想到班长会死，以为他是太累了，躺下休息一会儿，喘口气就好了。班长闭着眼，不吱声。我摸摸他的脸，冰凉。但他的鼻子还在喘气，说明他还没死。

罗强说，陈俊贵，你在这里守护班长，我和陈卫星去找点柴火给班长取暖。

可是，漫山遍野都是雪，哪有柴火？连一根草都没有！罗强他们走了几步又失望地回来了。

我们呼唤班长的名字，班长就是不睁眼。我害怕极了，但我没有哭。不知那时为啥就没有哭，也许脑袋被冻木了。班长躺着，我围着班长转圈，不知如何是好。班长终于醒来了，我跪在他身边，他脸上全是雪，我替他抹去，很快雪又落满了。

班长对罗强说，你们继续走，别管我，我不行了。你们一定要完成任务！

他又把目光转向我说，陈俊贵，如果你能活着出去，将来你到我湖北老家去看看我的父母。

我把他的头抱起来说，班长，你不会死的，我们背你出去。

班长没有说话，闭上了眼睛。

我感觉他的头越来越重。

班长死了。他的身子很快就冻硬了。

这时我才哭出了声。我跪在那里，呼喊着班长。他一动不动，雪很快覆盖了他的脸。我用手拂去班长脸上的雪，把自己的棉衣盖在班长的脸上。我不想让班长冻着，也不想让老鹰啄伤班长的眼睛……

我们朝天鸣枪，为班长送行。

任务还没有完成，我们必须继续往前走。我们一步一回头。走了一会儿，三人又不约而同地返回来，幻想着班长刚才是睡着了，希望能看见班长奇迹般地醒了过来。但是班长身上很快落了一层雪，已经看不见他军装的颜色。

我们也不知走了多久，走着走着，罗强又咔嚓倒下了。我们已经失去了班长，不能再失去罗强。我和陈卫星背着罗强走。一个人背，一个人在后面提着他的腿。可是我们俩也没多少力气了。后来罗强牺牲了。我又背着陈卫星走，背着，走着，我就昏了过去。后来，一位哈萨克老牧民救了我和陈卫星……

班长郑林书和副班长罗强被追认二等功。《解放军报》还专门介绍了他俩的事迹，文章的题目我还记得，叫《短短预备期，青春放光彩》。意思是他们俩入党才8天，就为国家献出了年轻的生命。

陈卫星的左脚指头全被冻掉了，被评为二等甲级残废，后来退伍了。

我的右大腿上的肌肉被冻死，陆陆续续在医院住了三年，被评为二等乙级残废。1984年底，我复员回了辽宁老家。

我一直记着班长牺牲前给我说过的话，想去湖北寻找他的父母，可是我和班长仅仅相处了38天，他家具体地址我不知道，上哪儿去找？我退伍后给部队去信打听班长家的具体地址，信都被退了回来。独库公路1983年秋天竣工后，部队就撤离了天山，有人说部队撤销了，有人说编入其他部队，到别的地方修路去了。从此，我与老部队彻底失去了联系。我向以前的战友打听班长的老家，他们说班长的老家移民搬迁了，我就更无法寻找了。

但是我想，总有一天我要找到班长的亲人！

快乐的日子里，我把班长忘了

我退伍回到了我们辽中县。像我这种情况，立过功，又是残废军人，按规定可以安排工作。我想到公安局当个民警，民政局长说你有残疾，遇到坏人你都自身难保，咋当民警？不合适。他说这样吧，你去电影院放电影吧。我一想，放电影也好啊，我们在天山看一场电影多难啊，现在可以天天看电影了。

说是放电影，其实我只负责捯片子。放电影是老王的事。老王说，咱们电影院8个人，就你和我是党员，我负责放电影，你也别光捯片子，你给咱负责收门票吧，你是党员，责任心强。我说好。捯完片子，我就去门口收票。

收票是个相当体面的活。没过多久，几乎全县城的人都认识了我。我的故事也在县城传开了，有人说陈俊贵当过特种兵，在天山执行过特殊任务，负过伤，立过功，是个英雄。县城里那些穿喇叭裤、提三洋收录机的地痞也不敢惹我，见了我老远就打招呼，点头哈腰地递烟。

听到这些传言我很不好意思，就给人讲我们那次执行任务的真实情况。

有人说，你们一共去了四个，冻死了俩，另一个脚指头冻掉了，为啥人家冻死了，你没有冻死？你是不是没去啊？

有人说，我看你走路好好的，是不是真的有残疾？

我很难回答这些个问题。但是日子一长，就没人关心这些事了。

人们后来关心的是我能不能不要票放他们进去看电影。在电影院收票也算有点小权力。收不收票我说了算。老战友来了，不要票，进！老同学来了，不要票，进！买不起票的学生来了，不要票，进！当然，文化局领导的亲戚来了，也不能要票，进！那时我算是彻底明白了，权力这玩意儿就是好，难怪好多人挖空心思想当官呢。我有生以来第一次拥有了权力，也是唯一的一次。

我跟你说吧，我活到五十岁，那是我最开心的一年，最风光的一年，是我最快乐的一段日子。刚开始，我还经常想起天山，想起老班长，但是后来快乐的日子多了，我就渐渐把雪山上的班长忘了。尤其是我遇到了一个姑娘后，忙着谈对象、结婚，更是把班长忘得一干二净。

现在想想，我真不是人！

电影也不是天天放，即使晚上有电影，白天也没啥事。没事的时候，我就一个人骑着自行车满大街转悠，看看哪个单位有漂亮的姑娘。干啥？找对象呗。工作有了，我想有个家。那时我已经二十五岁了，总不能一直这样"一人吃饱，全家不饿"吧？也该正儿八经成个家了。还有一个原因：民政局领导说了，只要你成家了，我们就给你分房子。就是为了能分到房子，我也得赶紧成家。

你也别笑话我，咱一个退伍老兵，一个残废军人，在县城又没啥亲戚，谁给咱介绍，不这么找咋找？

以前，也有人给介绍过一个。一见面，女方家人说，你家在农村无所谓，你长得黑点也无所谓，你当过兵吃过苦也是好事，你放电影虽说不算个啥技术，但也是份正经工作，可是听说你在部队负过伤，会不会影响今后的生活？人家说我们再考虑考虑。这一考虑就没了下文，肯定是嫌我有残疾。

没办法，我只有自己给自己找媳妇。哪个单位姑娘多我就往哪儿转悠。

你还别说，我骑着自行车这么转悠来转悠去，还真遇到了一个好姑娘。她叫孙丽琴，在我们县征稽站收养路费，是一个合同工。那天我转悠到她单位，她正坐在那里收费开票。她十七八岁的样子，长得不算很漂亮，穿戴也不像城市姑娘，没穿喇叭裤，看上去很朴实，但干净利索；个子也不高，但身材好，还留着一根大辫子。我一眼就看上了她。这不就是我要找的人嘛，就是她了！

可是咋跟人家搭话呢？我总不能冒冒失失走过去，对人家说：我看上了你，你嫁给我吧。那肯定会遭骂。第二天，我去找老战友王爱民。他比我退伍早，给单位开车，经常到征稽站去办事，跟那里边的人熟。我让王爱民去给那姑娘说。没想到事情很顺利，一说就说成了，见了几次面后，姑娘就同意嫁给我。

一个月后，我们结了婚。民政局说话算话，给我分了两间房子。这样一来，我有了一个媳妇，在县城也有了一个属于自己的家。

一年后，我们有了一个儿子。

电影《天山行》让我寝食难安

1985年10月，我第一次看到电影《天山行》。

看过之后，我就开心不起来了，就想念班长，想得心口疼。从那时起，我就有了重回天山为班长和牺牲的战友守墓的念头。

当时我媳妇已经怀孕8个月了，我每天捡好片子，收完票，也不看电影，就急急忙忙跑回家伺候媳妇。那天，我像往常一样，稀里糊涂捡完片子，连电影名字也没留意看，把门票收完后准备回家。我进去拿东西，电影已经开演了，八一电影制片厂片头上的红五星一闪一闪地放着光芒。我想肯定又是战斗片。那时年轻人对战斗片已经不像六七十年代那么喜欢看了。大伙说，看不看也知道结果，都是日本败，中国胜；国民党败，共产党胜。那时爱情片刚出来，年轻人特别喜欢看。所以我更没留意。

可是当我刚要走出影院，不经意一回头，咦，电影上的地方咋这么眼熟？我站在那里看了一小会儿，越看越像我们天山。

我急忙跑回去问老王，今晚放的啥电影？

老王说，你捯的片子你不知道？

我说，我没注意。

老王说，《天山行》。

我说，我的娘啊，真是我们天山！

我激动得手直哆嗦，对老王说，电影上演的就是我们部队！

老王疑惑地看着我。

我抓住老王的手说，真的，我不骗你，我一眼就看出来了。

老王也很激动，说，那你还不赶快去看？

我坐到观众席里，认真地看起来。那里面演的不就是李善国的故事吗？那个男主角郑志同，不就是李善国吗？我很激动，心儿怦怦跳。故事很感人，我边看边流泪。我真想站起来朝黑压压的观众喊：电影里演的就是我们部队！电影上的那些人就是我以前的战友！但是我只顾流泪，没有站起来。我那时的感受很复杂，有点像外出多年的儿子终于找到了家的感觉，但又不全是。

当天晚上回家的路上，我脑子里全是电影上的景象和班长牺牲时的情景。想起班长，我心里很难受，脑袋晕晕沉沉的，浑身没有一点力气。我感觉很疲劳。

媳妇问我，今天咋回来这么晚？

我说，没啥事，就是有点累。

我一个人坐在那里抽烟。当时我不会抽烟，收票时别人塞给我的

"大生产"，我从来不抽，回家随手扔在抽屉里，准备家里来人时拿出来招待。可是那天不知咋整的，突然就特别想抽烟。从那以后，我就抽上了烟，现在一天至少一包，心烦的时候得两包。

媳妇看我有点不对劲，问我，你咋的啦？

我说，没咋的。

她说，你肯定有事，你平常不抽烟啊，今天咋抽起烟来了？

我没说话。她马上就要生孩子了，见我把屋子弄得乌烟瘴气的，很生气，把烟一把抢过去，扔在了地上。我还是没说话，捡起来又接着抽。

她说，你到底咋的啦？

我说，今天放的电影是《天山行》，演的就是我们部队，我想我班长了，心里很难过，很烦。

她就不吭声了。

结婚前，我就给她讲过班长的故事。她是个好女人，很善解人意。

我说，班长牺牲的时候，让我去湖北老家看看他的父母，可是我回来一年多了，到现在还没有去，我真不是人！

她说，你不知道具体地址咋去？

我说，关键是这一年来我几乎把班长忘了。这是人做的事吗？我现在老婆有了，家有了，马上就有孩子了，可是班长呢？他现在还躺在雪山上……

那天晚上，我抽了两包烟，早上起来嘴上都起了泡。

我决定重回天山，为班长守墓

第二天，我对县城里的几个战友说，昨晚放的电影《天山行》演的就是我们部队的事。几个战友一听很激动，让我晚上一定留几张票，大

783

家一起看。我说片子下午就要被别的县拉走了。战友们说,这么点事你都办不了,还在电影院混?我去找老王,说我们几个战友想看一遍《天山行》,老王很痛快地答应,中午专门给几个战友放了一场。

看完电影我请客,大家喝了不少酒,战友们都流泪了。有个战友说,陈俊贵,这辈子你要是忘了你们班长,你就不是人!战友说这话的那一刻,我突然做出了一个决定:去天山给班长守三年墓。

晚上回到家,我把自己的想法给媳妇说了。媳妇半天没说话。我说,我去为班长守三年墓,三年后回来咱们好好过日子。我媳妇想了很久才开口说话。她说,人就应该知恩图报,我同意你去为班长守墓,但是要等孩子生下来你再走,我跟你一起去。我说你就不用去了,天山很苦,你受不了。她说嫁鸡随鸡、嫁狗随狗,你走哪儿我跟哪儿。我很感动。她还说,从现在开始,我们就要多挣钱,少花钱,准备一点路费,再说将来有一天你去湖北找班长父母也需要花钱。

那一夜,我们一直盘算到天亮。

自从我们决定去新疆后,就开始节约花钱。我们东北有一种汽水,一瓶三毛钱,我媳妇特别爱喝,尤其是怀孕以后,几乎天天都要喝一瓶。可是从那天开始,她不喝了。我也戒了烟,本来刚开始抽,烟瘾就不大,很好戒。别人给我的烟,我就悄悄拿到小卖部卖掉,能积攒几毛钱。

儿子出生三个月后,也就是第二年春天,我们准备辞职去新疆。

我给朋友说,我要辞职去新疆,为班长守墓三年。朋友不信,说你是不是下海挣钱去呀?当时刚时兴下海,大家都想着挣钱,想当"万元户",没人相信我辞职是为了报恩。朋友说,守墓三年回来,工作没了咋办?另外,你媳妇马上就要转正了,你们去了新疆,她这几年不白干了吗?

我去找我们电影院老王。老王说，陈俊贵，你现在的工作是在部队用命换来的，容易吗？咋想辞就辞了呢？你想报恩何必去新疆守三年呢？我告诉你吧，每年春节、清明的时候，你打点纸钱，打上你班长的名字，然后到十字路口烧了，边烧边念叨你班长的名字就行了，他也能知道你心里在想他。我说不行，我良心过不去，我必须去。老王说，你真是个死脑筋！

我去找我们县文化局局长。局长在二炮当过兵，转业时是正连。我讲完我和班长的故事，说了我的想法，局长很感动，说，陈俊贵，你是好样的！做人就应该这样！我支持你！只要我不退休，你不管去几年，电影院的工作我都给你留着！他听说我媳妇是征稽站的，又说，征稽站的主任是我老铁，我打电话过去，让他先给你媳妇转正，然后把她的工作留着，一直等你们回来！

就这么着，我们瞒着家里人，悄悄上了火车，来到了新疆。

为啥守满三年没回家？当时主要是生活艰难，没有路费；再一个是我们在天山也慢慢习惯了，离不开那些烈士，感觉他们就是我们家的成员；还有一个，我们当时住在坟地旁边的地窝里，身上穿的全是过路的人给的，破破烂烂的，连捡破烂的都不如，回去怕人家笑话。

三年时间满了，我没有提这个话题，有意躲着。我媳妇也没提。她那人爱面子，很要强，但是心强命不强。她不想让家里人知道她在外面受这么大苦。所以大家都装糊涂，就这么一年又一年，熬过来了。

后来生活条件好点了，攒够了路费，可是父母都相继去世了，就不想回去了。现在，我感觉天山就是我的家，烈士们就是我的亲人。你不是说嘛，我的口音都带着维吾尔和哈萨克的味道。我现在是一个纯粹的新疆人了。

这24年是咋过来的？熬过来的呗。但是再咋熬，再咋苦，也不能跟班长和陵园里这些烈士比。起码我还活着。我能活到今天，就已经足够了。好了，不说这个了。你想知道，等会儿我媳妇说给你听。

我这人一喝完酒，这条残腿就发痒，坐不住，必须出去走走才能缓过来。但是一天不喝点又不行，腿疼。今天你来了，我们喝"伊力老窖"，平时我不喝这个，太贵，哪儿喝得起啊。平时我喝的是几块钱的用雪莲泡的药酒，喝一点，出去转一圈，回来再往腿上抹一点，腿就不疼了。等会儿吃完饭，我去墓地清雪，你跟我媳妇聊。说实话，我能在天山守到今天，真得感谢我媳妇。

好了，咱不整没用的。接下来，我给你说说去湖北找班长父母的事情吧。其他事可以不说，但这个事必须说。说一说，我心里痛快。

我终于找到了班长的亲人

你问我咋知道班长家的具体地址？这事说来也巧。我儿子不是在当兵嘛，他在乌鲁木齐参加集训，快结束的时候，他有一天上街看见有几个武警战士，戴着"交通"臂章。他想起我以前的老部队是基建工程兵，筑路兵。交通武警？不就是修路的部队吗？他就过去问那几个战士。这一问还真是我以前的老部队。

部队当年没有解散，改编成了"武警交通部队"，我们以前的基建工程兵第十二支队，就是现在的武警交通二总队，总队机关就在乌鲁木齐。

儿子把这个好消息告诉我。我家哪有电话啊，儿子把电话打到了邻居家。那时我们早就不住地窝子了，新源县政府已经让我们搬到了那拉提，给我们上了户口，还分了地。一听到这消息，我高兴得哭了，一夜没合眼。我可找到老部队了！那心情，就像闺女找到失散的娘家人一样。关键是，找到部队我就可以打听到班长家的具体地址，我就可以去找班长的亲人了。

这是2005年10月份的事。

我给总队打电话，总机转给了政治部的韩敬峰干事。他一听这事也很激动，说马上给领导汇报，跟湖北那边联系。几天后，韩干事打来电话说，政治部徐升主任对这事特别关心，指示要想尽一切办法，找到烈士的亲人；现在湖北那边已经联系上了，他陪我一起去湖北寻找班长的亲人，明天就过来接我。二十多年了啊，终于有了班长亲人的消息，那种激动的心情你都无法想象。

当天下午，我去了墓地。烈士陵园建立起来以前，班长的墓地在兔耳根乡，在原新疆野战军155医院后面2公里的山坳里。我跪在班长的坟前，眼泪刷刷地流。我说：班长，老部队没有解散，还在，我已经找到了，你老家也找到了，我明天就去看望你的父母。班长，对不起，二十年了，我才去看望老人，你能原谅我吗？可是我实在没办法，你老家迁移了，我找不到啊！班长，你要是想回家，就跟我一起走吧，咱们回家去看看……

那是我二十年来，第一次轻松地给班长上坟。那天尽管我流泪了，但是心里特别高兴。因为我就要见到班长的亲人了，就要实现班长牺牲前留下的遗愿了。

第二天，韩干事带着车来了。当时我儿子集训结束了，第二天就回来探家了。儿子当了四年兵，这是第一次探家。说实话，我也想儿子，想看看他这四年长啥样了。但是我不能等儿子回来，我必须走，马上就走，一刻也不能耽误。班长的父母等待了我二十年，我四年没见儿子算个啥？

我们到了乌鲁木齐，坐飞机去了湖北。我还是第一次坐飞机。我的心早就飞到湖北去了，比飞机还要快。我想象着见到班长父母的情景，想该对老人说点啥，怎样向老人讲述班长牺牲的经过。我想，见了老人，我一定跪下对老人说，班长走了，我就是您的儿子，我给您二老养老送终！我还想，我现在多幸福啊，班长别说坐飞机，见都没见过飞机。这么想着，心里就特别难过。

到了湖北，天已经黑了，我们只好住下来。我一宿没有合眼。

第二天，我们坐车赶往罗田县。到了罗田县，找到民政局。民政局的人查了档案，说有这么个烈士，叫郑林书，他家原来在古庙乡，多年前由于国家修水库，早搬迁了，也不知道搬到哪里去了，你们先去古庙乡找找看。

我们找到古庙乡，到处向人打听，所有人都摇头，说没有听说过有个叫郑林书的烈士。我就给人讲班长的故事，人们很感动，许多人都落泪了，说一定帮我找班长的家。在当地群众的帮助下，一直到黄昏，才有了一点眉目：有人说有一家姓郑的，可能搬到白莲花乡去了。

那时天已经黑了，那里离白莲花乡还有很远，只能第二天再去。但是已经有了线索，而且我的双脚已经踏在了班长当年曾经踏过的土地上，心里就踏实多了。

这么多年一直想来，现在来了，马上就要见到老人了，可是我心里又害怕见到老人。老人要是问我：陈俊贵，你和我儿子一起去执行任务，你回来了，他咋没回来？是不是因为我儿子把最后一个馒头让给了你，你才活了下来？那最后一个馒头你当时就忍心一个人吃了？我咋说？

我这么一直胡思乱想，又是一宿没闭眼。

第二天早晨，我们没有吃饭，急急忙忙赶到白莲花乡。乡党委书记和民政干事听了我们的介绍，说当年确实有一位在天山修路的烈士，姓郑，但是好像他父母早就去世了，他姐姐和弟弟还在。我一听这话，脑袋"嗡"的一声。我来晚了，老人已经不在了。但心里又有点侥幸地想，也许乡里干部记错了，他们只说"好像"，说不定班长的父母还健在呢。但愿他们还在吧，也好圆了我的心愿。

乡干部带我们找到了班长的姐姐。她五六十岁的样子，看上去很憔悴。知道了我们的来意，她惊讶地张大嘴巴，半天说不出话来，过了好一会儿才哭出声来。我说大姐啊，我来晚了，对不起你们啊！我与大姐抱头痛哭……

大姐告诉我说，班长的父亲在他参军第二年就去世了，家里怕影响他的工作，就一直没有告诉他。母亲是2003年去世的，去世时一直念叨班长的名字。

我要是早来三年，就能看见班长的母亲了。我真后悔啊！

大姐带我们来到班长父母的坟前。

我跪下来，对着坟墓说：老人家，对不起，我来晚了！我没有实现班长牺牲时的遗愿。老人家，您放心，在我有生之年，我要一直守护班长！

我给老人烧了纸，磕了三个响头，就回了天山……

作者手记——

陈俊贵抹了把泪，说："今天见到老战友，我的话特别多，也特别容易掉泪。好了，不说了，吃菜吃菜。"又对在一边忙碌的妻子孙丽琴说："菜凉了，你给热热。"孙丽琴也不说话，端了盘子去热菜。

吃罢饭，陈俊贵说："老党，我这伤腿坐不住，得去墓地转转，你坐着烤火，跟我老婆唠唠嗑。她可是有一肚子委屈，让她往外倒倒畅快。可是有一条，她埋汰我的话你可别信，这娘儿们对我意见可大了。”

说着，他大咧咧一笑，独自走出屋门，扛着雪铲上了墓地。

二　陈俊贵的妻子：孙丽琴

作者手记——

采访陈俊贵的妻子可不是一件容易事。她说话声音很小，又不善言谈。她满腹心思，才四十三岁头发几乎全白了。看上去，好像头上顶着一座雪山。那雪山圣洁而沉重，让我肃然起敬。

她十九岁跟着陈俊贵上天山，一守就是24年。她把一个女人最好的时光献给了丈夫，而且还要继续陪伴他守下去。她当初真的像陈俊贵说的那样，心甘情愿来到新疆？是什么力量让这个看上去如此羸弱的女人坚守了这么多年？漫长而孤独的岁月里，这个苦命的女人到底积攒了多少苦水？她的心底到底蕴藏了多少不为人知的秘密？

她越是不善言谈，我越想跟她聊聊。

果然，跟她一开始聊，她的泪水就涌了出来。好像那些苦水早就在那里等着，满满当当的，一句话就让它们奔涌四溢。我们聊了两个小时，许多时候我们的谈话会被她的哽咽和泪水打断……

下辈子，我不会再嫁给他

你别听我们家那人瞎吹！

我当时根本就没看上他。他天天缠我，撵都撵不走，我没办法才嫁给他的。当时还有几个人追我，都比他条件好。他这么一缠，影响出去了，别人就不追了。我父亲早去世了。我母亲看他心眼好，脾气也好，就同意了。他脾气确实好，不管我咋说他，他就是个笑。如果让我现在选择，我肯定不会选择他。

他经常拉我去看免费电影，弄得单位人都知道了。我这人爱面子，既然大家都知道了，说他是我对象，我就只好嫁给了他。女人嫁人太重要了，嫁一个人就等于嫁一种命。嫁给他，我等于嫁给了黄连。有时候他开玩笑说，下辈子我还娶你。我说没有下辈子，就是有下辈子，我也不会再嫁给你。

下辈子，我要好好当一回女人，把该享受的都享受到。最起码，我得给自己买个金戒指、金项链啥的。

当时咋结的婚？很简单。那时我十八岁，还没到结婚年龄，不知他咋整的，人家就给我们扯了结婚证。他残废的事，倒没有骗我，实话告诉了我。我也不知道那时咋整的，谈了一个多月，就稀里糊涂嫁给了他。那时年龄小，可真傻。

我们结婚的时候，没有多少钱，买了一个木箱子，一个炕上用的那种四角柜，一辆"白山"牌的自行车，一台缝纫机，还有一个座钟，其他就没啥了。三转一响？没有。对了，他还买了个收音机，说是要听国家大事。我说你一个退伍兵，听啥国家大事？他说这你就不懂了，因为你不是党员。我们结婚一共花了六七百块钱，有一部分钱还是我拿的。我们摆了一桌，叫了他几个战友，他战友王爱民端着酒杯说了两句，我们就算结婚了。

有一点他说得没错，是我自愿跟他上新疆的。你都嫁给了人家，人家上哪儿你不得跟着？当时咋离开家的我已经记不清了，好像把钥匙交给了邻居，让人家帮我们看门，说我们三年就回来。谁想到这一走，就再也没有回过东北老家。我记得离开东北的时候只带了四五百块钱。钱我管着，掖在儿子的小棉袄里，怕路上丢了。那时车费便宜，我们从沈阳到乌鲁木齐，一张票才70多块。

到了北京，我们下车中转，他想带我看看北京，坐坐地铁，说那地铁是他当年修的。我们还去了毛主席纪念堂，我抱着儿子进去看毛主席，他老人家躺在水晶棺里，还是那样慈祥，跟睡着了一样。我们一家三口，在天安门照了张相。他还带我参观了人民大会堂。他在那里买了两条印有"人民大会堂"的烟，一条好像15块。他说一条给班长抽，一条到新疆办事用。他自己舍不得抽，还抽几毛钱一盒的烟。

他说北京的烤鸭好吃，要带我去尝尝。其实他也没吃过。到烤鸭店一问，太贵，半只我们也吃不起。他还硬撑，说来半只给你和孩子尝尝。我说尝完了路费咋整？算了算了，走吧，我们看看，知道烤鸭长啥样就行了。我说我爱吃饺子，走吧，你带我吃饺子去吧。他就带我在火车站附近吃了顿饺子。那饺子真大，全是肥肉，真解馋。吃完饺子，我们又上路了。

火车过了西安，孩子病了，重感冒，咳嗽，不吃，光吐。我们又没带药，这可咋整？旁边的小两口去北京旅行结婚回新疆，是独山子油田的，一听我们家那人以前修过天山公路，哎呀，那个热乎劲，一路上净给我们东西吃。见孩子病成那样，小两口子说，你们去找列车员嘛，拿点药，或者让列车员在火车上喊一下，看看乘客里有没有医生。

我们家那人拿了残废证去找列车员，人家还真在广播里喊了，不一会儿就来了个医生，说孩子感冒挺重的，可能是肺炎，光吃药不行，得赶快输液。车到了天水，列车长给我们签了字，让我们下车先给孩子输液，坐下一趟车再走。

我们在天水给孩子输了两天液，稍微好点，又继续赶路。孩子一路上还是咳，车上的人知道我家那人是残废军人，都把好东西拿出来给孩子吃，让我很感动。那时候，我才感觉出残废军人的价值。

我们下了火车换汽车，又走了三天，才到了新源县。他拿着残废证去找民政局，说想给牺牲了的战友守墓。民政局的人对他说，你不忘本，知道感恩，是个好同志，我们支持你，但是当时部队撤走的时候没把墓地交给我们地方。这样吧，我们给那边农场的领导说一下，以后有什么困难，你们可以找他们。人家就写了一封信，让我们去找农场的一个民政干事。

那时候，墓地那片草场已经分给了牧民，我们要想守在墓地，就得跟牧民商量。第二天我们去找农场的民政干事，干事把场长叫来了。场长是哈萨克人，很热情，说牧民那边我们做工作，你们可以在墓地盖房子，种粮食种点菜。

第二天，我们找到墓地，祭奠了他的战友。那里坟墓很多，有的墓碑已经坏了，有的已经倒了，看上去真是有点凄凉。我们家那人说，看来我们来对了，不能让烈士们寂寞，受委屈，我们得整理墓地，守着他们。

他掏出从人民大会堂买的烟，给班长点了三颗，给罗强点了三颗，给杨波点了三颗。杨波是谁？我以前也不知道，后来听我们家那人说，杨波是沈阳市人，当兵前在我们辽中县下乡当知青，跟他一趟火车到了天山。就在他们四人执行任务出事之后20天，杨波在施工中被石头砸死了。

我们家那人点上烟，对他班长说：班长我来看你了，以后你就不会寂寞了。

我四下里打量，我们住哪儿呢？那时是三月份，天山还很冷。我们两个大人还好说，可孩子病还没好，这咋整？后来，我们在离墓地几公里的地方，找了一处废弃的破房子，暂时先住了下来……

我们在墓地边的地窝子住了9年

我们准备在墓地边搭个窝棚。

我们家那人说，这样离墓地近，修整墓地比较方便。可是方圆十几里没有人家，我们去哪里找材料呢？离墓地最近的地方是原来新疆军区的155医院，已经废弃了，我们就想去那里找找看。找到那里，有个老汉在看营地，是个甘肃人。我们家那人说了事情的来龙去脉，告诉老汉说，我们想在墓地那边盖个窝棚，想找点砖。老汉很感动，给我们找了一些塑料布，说那边菜地有一堵倒塌的墙，你们去那里扒，随便扒，别扒营房就行了。

砖有了。可是咋运到墓地？那里离墓地还有两公里，而且是上坡。我们家那人说，没别的办法，我来背。接下来的日子，我看孩子、挖野菜、做饭，他往墓地背砖。他一回背20块，一天要跑七八趟。背回来的砖一部分修了窝棚，一部分修了战友的坟墓。

半个月后，我们的窝棚搭起来了，他的衣服也早磨破了。我心疼他。他说这不算啥，我们以前在山上修路，就是这样背石头，连长营长都背，大家的棉衣都磨破了，跟叫花子一样，但谁也不叫苦。

窝棚搭好那天，我给他做了一顿疙瘩汤。菜是野菜，好像是蒲公英。那天他吃得很香，一连吃了好几碗。他抹了抹嘴说，哎呀，我们终于有个家了。

可是这是啥样的家呀！一到晚上冷得够呛。风一吹，塑料嚓嚓嚓，嚓嚓嚓，响个不停，听上去真是吓人。后面全是坟地，左一堆，右一堆，谁不害怕？我晚上都不敢出去解手，不敢抬头瞅门口。他安慰我说，你别怕，他们都是我的战友，我们来给他们做伴，他们不会吓唬你。

但是住了几个月，窝棚让一场大风掀了顶，塑料布被风吹得没了踪影。

我们就挖了一个地窝子，地上铺上砖，里面打上土炕，还搭了一个灶台，跟我们东北老家一样，与土炕相通，白天做饭时就烧热了土炕，夜里就不会冷了。但是一下雨，屋里都是泥巴，锅碗瓢盆都放在炕上接水。就是这样的地窝子，我们一住就是9年。那9年是咋过来的，现在我都不敢想，一想就头疼。

我们在附近的山坡上开荒种地，一共开了四五亩。第一年收成很不错，有苞米，也有菠菜和小白菜。十几里外有人种蓖麻籽，人家收完了，我去捡回来一些。用擀面杖、碗、勺碾碎，做饭的时候，往锅里搁一点，当油用。有一种叫麻子的野草，撸回来后搁锅里炒，擀碎，做饭的时候往里撒一点，算是调料。这样一来。吃饭的问题总算解决了。

我们干活的时候，孩子就在墓地里爬来爬去。墓地里有蛇，但是从来没有咬过孩子。我想，可能是他的那些战友在保佑孩子吧。

三年很快就过去了。说心里话，我真想回老家去。这三年我们过的是人不人、鬼不鬼的日子，确实很苦，我真想回去。可是我心里又很自卑。当时走的时候没给家里人说，现在像叫花子一样突然回去，我的脸面往哪儿搁？

一提起回家的事，他总是对我笑，也不说话。我知道他是不想回去，来的时候他答应我只待三年，又不好食言，所以啥也不说，就傻笑。有几次，我已经把东西收拾好了，准备走，可是朝墓地那边一看，心里又有些不好意思。

我也是有儿女的人，人心都是肉长的，人家的孩子十八九就牺牲在这里，那些父母是白发人送了黑发人，该有多痛苦！我不管咋苦，咋累，咋受罪，但毕竟我们一家几口在一起，三个儿女在一天天长大。可是人家的儿子早就牺牲了，就在那山坡上剩下了一个冰冷的碑子。人家孩子牺牲了，埋在这雪山上，孤零零的，总得有人守着吧。大道理我说不出来，当时我就是这么想的。

在墓地待时间长了，好像跟那些从来没见过面的烈士有了感情，有点分不开的感觉。我出去干活，不管干什么，心里总是空空落落，有什么牵挂似的，说不出来的感觉。可是只要一回到地窝子，看到那片墓地，我心里就踏实了。我们走了，那些牺牲了的人待在这里多孤单啊！人家把命都扔在这里了，我们苦点算个啥？

再说，我也习惯了住在墓地的生活。好像那就是一个村子，他的战友就是我们的邻居。真想离开的时候，心里还真有点舍不得。后来他也不提回家的事，我也不提，一年拖一年，就这么一直待了下来，直到现在。

我的女儿和小儿子都是在地窝子里出生的。唉，别提在地窝子生孩子的事了，想起来心里就难过。那不是人受的罪！别提了，有些事我都没法给你说，说不出口……

为了生存，我捡羊骨头卖钱

唉，我现在记忆力不行了，还经常失眠，整夜整夜睡不着觉，也不知道为啥。去年有个医生路过乔尔玛，来陵园祭奠，说我可能得了抑郁症。听说城里文化人容易得抑郁症，你说，我一个长年守在山上的女人咋就得了这种病？

睡不着咋办？抽烟呗。你别笑话我，也别写这事。

实话告诉你吧，三十多岁的时候我头发就全白了，那时我就学会了抽烟。有时一个人抽，有时他陪着我抽，两人一晚上能抽两包。好烟抽不起，就抽两块三块钱的，能冒烟就行。日子苦的时候，没钱买烟，就抽大黄叶子。山上有大黄，把大黄叶子采回来晒干，揉碎，用报纸一卷，就那样抽。虽然没啥劲，可是能冒烟。不抽不行啊，山上寂寞，无聊，不抽咋办？

我记忆力不好，但是有一件事我记得很清楚。

那是1995年春天，新源县的领导来墓地看我们，当时他正在地窝子前编筐，我在喂鸡。陪同的人说，这是我们县委刘书记，专门看你们来啦。

刘书记祭奠完烈士，对我们说：我上任时间不长，听说了你们的事，很感动。你们的娃娃都长大了，应该上学了，不能把娃娃耽误了。这里太偏僻了，很不方便。这样吧，你们喜欢附近哪个乡，就搬迁过去住，我给你落户口，分地，你们一家从此就是我们新源的人了。你们好好想想，想好了告诉我，我让人马上给你们办手续。

刘书记的话让我们很感动。

是呀，孩子们一天天长大了，总得上学啊，不能一直待在墓地。刘书记走后，我们商量还是搬家好，对孩子有好处，但是又不能离这里太远，要方便过来修整墓地，看望他的战友。我们家那人说，还是搬到那拉提比较好，那里离天山公路最近，离墓地也不是太远。

几天后，我们家那人去了一趟县城，给县里领导汇报了想法。那时车费不贵，来回五块两毛钱，但对我们来说就挺贵的了。他没舍得在县城吃饭，回来的时候，给我和孩子们买了一个西瓜。那西瓜真甜，一家人吃得挺高兴，我现在都能记得那西瓜的味道。

这么着，我们就搬迁到了那拉提乡八大队三小队。

那时，那拉提乡的党委书记叫贾成，听说他现在是新源县电力局的局长。他很关心我们，让队里给我们划了房基地，分了土地。当时正经土地已经分完了，队里就在河坝山边这里分一亩，那里分三亩，零零碎碎的，加起来也有八九亩地。贾书记说，你们先种着，以后土地调整时再给你们补好的。

我们开始自己盖房。我们借来哈萨克人的拉拉车，两口子到河坝去捡松树枝，到山坡上去割草，拉土和泥，自己动手盖了一间土坯房，还盘了一个大炕。几年后又盖了几间。有了住的地方，我们开始在地里种土豆。那时土豆每公斤8分钱，一年下来能卖几百块钱，可以买油盐酱醋，供孩子上学。

我们搬迁到了村里后，尽管条件比以前好多了，能吃饱饭了，但是日子还是苦。主要是没钱花。说句不怕你笑话的话，自从到了新疆，我们一家人从来就没有买过一件新衣服，我穿的全是当年从东北带来的做姑娘时的旧衣服。穿破了，补补再穿。我实在穿不成了，就东剪西凑改小了，给孩子们穿。

冬天下雪了，有的哈萨克人牛羊冻死了，哈萨克不吃死的牛羊肉，就给了我们。我们哪儿舍得吃呀，我们家那人就扛着牛腿，走街串户地去卖，卖给汉族人，卖个十来块钱，也是一笔不小的收入。

我也不能闲着，种完地，干完家务，就去捡破烂，捡骨头，捡酒瓶卖。村外山谷里的牛羊骨头比较多，我主要捡骨头卖钱。一公斤骨头四毛钱。夏天的时候，骨头上有味，就掉价了，两毛钱一公斤，有时人家还不收……

最困难的时候，我自杀过两次

我三十几岁的时候，三个月时间，头发全白了，嗓子哑得一句话也说不出来。当时我都觉得自己完了，哑巴了。一个多月才能说出话来。

咋啦？日子艰难，愁的呗。

我是个女人，没有男人坚强。我们家那人很乐观，大大咧咧，再苦再累都能忍受，很少见他愁眉苦脸。我不行。女人爱面子，心眼小，容易想不开。实在熬不过去了，我就想一死了之。

我第一次想死，是大儿子上学的时候，因为交不起学费。那时，我们附近都是民族学校，要想到外村的汉族学校去上学，就得比当地孩子多交学费。我记得好像一个孩子一年400块。对我们这样的家庭来说，这可不是一个小数目。

不瞒你说，因为没钱，孩子使的本子，正面写完写反面，反面写完之后，还要拿橡皮擦掉再写。写一遍，擦一遍，再写一遍，再擦掉。擦来擦去，把本子都擦薄了，稍不注意就擦出一个窟窿。看见同学扔了的旧本子，孩子悄悄捡回来，有空白的裁下来，一片接一片，用白线订起来当本子用。看着孩子这么懂事，我心里特别难受。我觉得自己很对不起孩子，不是一个称职的母亲。

这都好说，关键是学费，让我头疼死了。交不起学费，学校就把孩子撵回来，不让上课。我就到村子里挨家挨户去借钱，转来转去，一块钱也借不上。没人愿意借给我们，因为人家知道我还不起呀。我在前面悄悄抹泪，孩子跟在后面哭。

我原来在东北有好好的工作，有固定的工资，我要是不上天山来，我能有这么难吗？我一个女人家，出来借钱，看人家的脸色，连一点自尊都没有了。这么多年，我把别的女人没吃的苦都吃了，没受的罪都受了，我这是为啥呀？我想人家是个女人，我也是个女人，为啥就该我遭这么大的罪？

我想不通，我就想到了死。

我死了孩子咋办？当时我也想了。我死了，孩子还有他爸。我只要眼睛一闭，就不受这个苦了。现在想想，那时也挺自私的。我要是真的眼睛一闭走了，孩子们还小，肯定比现在还要苦。人家不是说了吗？幼年丧母，中年丧妻，老年丧子，是人生的三大不幸。但是当时没这么想。我把孩子们哄出去玩，把绳子往屋梁上一搭，就把自己挂上去了。后来，我们家那人正好回来取东西，把我救下了。

第二次为啥事我记不得了，反正也是因为穷，没钱，我跟他吵了一架，委屈得不行，就去摸电线，想把自己电死。他跑过来，把电线扯断了……

我很心疼我那三个孩子。他们自从来到这个世上，就没享过一天福。我们苦也就罢了，让孩子跟着一起受罪，心里很不落忍。

我们家孩子太懂事了。就说我那二儿子吧，现在尼勒克念高中，今年考大学。我们两口子在乔尔玛守陵园，孩子一个人上学，自己做饭。孩子有一次说，妈，我咋觉着自己像个孤儿。说得我当时眼泪就下来了。

我这一辈子，最对不住的就是我那三个孩子。

后悔不后悔？说实话，也没啥后悔的。当时后悔，现在不后悔了。其实，我们家那人心肠特别好，很善良，我们穷是穷，但他对我和孩子很好，有啥好吃的先给我们娘儿几个吃。他也不容易，为了给战友守墓也吃了不少苦。你都看见了，他头发都快掉光了。现在想想，我也不后悔。后悔不后悔，这一生也快过去了。

三　陈俊贵的女儿：陈晓梅

作者手记——

第二天，我离开乔尔玛，来到尼勒克县。

在尼勒克民政局"光荣院"的一间小屋，我见到了陈俊贵的女儿陈晓梅。她放假回来，一直住在这里，给弟弟做饭。弟弟陈晓刚上学去了。半个月前，路通了，父母下山来买东西，他们一家才得以团聚。

陈晓梅今年二十二岁，正在乌鲁木齐某学院读书。她是一个懂事的女孩。她没有化妆，脸上冻伤的痕迹依稀可见。她的眼睛很大，也很清澈。刚见面的时候，她话不多，很腼腆。她是学中文的，喜欢写作。听说我业余时间也写点东西。又听我说是她爸老部队的战友，便不再局促，我们之间的距离一下子拉近了。

但她说话的时候，总是低着头，摆弄着手里的一个皮筋，缠来绕去，好像那是一项很重要的工作，又好像在对皮筋说话……

我剥了一片馒头皮，我爸打了我一巴掌

我们家以前不在尼勒克，在新源县那拉提。那是一个民族混居的地方，前面是山，后面还是山。冬天经常下雪，特别冷。不下雪的时候，就刮黑风。风特别大，一刮就是好几天，甚至半个月，把地都刮黑了，人的脸也刮黑了。

您问我童年都玩些什么？我都不好意思说。我跟着哥哥在我家前面的河坝里玩泥巴。怎么玩？把泥巴和好，在手里团成窝窝头那样子，然后使劲往地上摔，看谁的泥团炸开的花大。冬天雪很大，有一尺多深，我们也玩打雪仗。用雪堆出两个城堡，孩子们分成两队，然后相互进攻，对方一个人跑过来把你拍一下，你就算是死了；自己人把你拍一下你又活了，最后谁攻进了对方的城堡谁就算赢了。

其实这都是男孩子玩的，但我喜欢跟哥哥们一起玩。

等我长大了，不好意思跟男孩子玩了，就跟女孩子玩跳皮筋。我们那里离集镇远，买不到皮筋，就把家里坏了的雨鞋一圈一圈剪下来，然后跳着玩。

小时候，我最喜欢过年了。特别让我期盼的是，过年我可以穿新

衣服。说是新衣服，其实是半新不旧的，最好的是七八成新，都是别人给的。

上初中前，我从来就没有穿过一件属于自己的新衣服。

我爸在乌鲁木齐有个战友，经常给我们拿来一些衣服。也不管男女，谁能穿谁就穿。也不是随便穿，得由我妈分配。一般都是过年才分给一件两件。我记得有一年，妈妈给我分了一件半新的黄衣服，我特别喜欢，过年只穿了几天就舍不得穿了，自己收起来，准备过六一儿童节表演节目的时候穿。

我记忆最深的是，有一年过六一儿童节，我被学校选上跳舞蹈。老师说我个子高，苗条，跳舞好看。我很高兴，回家告诉了妈妈。妈妈给我买了一条项链，两块钱，特别漂亮。跳舞的时候，我戴着妈妈买的项链，感觉特别幸福。

上初中的时候，我爸给我买了一双布鞋，牛筋底的，上面有米老鼠图案。我特别喜欢，穿上它走路特别轻快。

其实我父母都很疼我，因为我是女孩子，吃的穿的都比哥哥弟弟强。爸爸特别疼我，平时我吃剩的饭，都是他帮我吃掉。但是上小学五年级的时候，爸爸打了我一巴掌，让我特别伤心，现在还记忆犹新。

那时我十三岁。以前我爸从来没有打过我，以后也没有，那是唯一的一次。那天吃饭的时候，我发现手里的馒头上有几个黑点，好像是有点发霉，就把馒头皮剥了，随手扔在了地上。我爸看见了，很生气，说你给我捡起来，吃掉！我不捡。我也很生气，多大的事嘛，用得着这么夸张嘛。我爸说，你捡不捡？我不但没捡，还用脚把馒头皮踢开了。我爸说你咋这么不珍惜粮食？上来就给我一巴掌。我委屈地哭了。我妈跟我爸吵了起来，说不就是一点馒头皮吗？你看把孩子打得脸上都起印了。我爸从地上默默地捡起馒头皮，自己吃了。

为这事，我一个星期没理我爸。我爸倒像是自己做错了事，看我的眼神里充满了内疚。我也很后悔，不该扔那馒头皮。但是他打我太重，第二天上学脸还是肿的，眼睛也哭红了。我忍着，就是不理他。

有一天放学，家里就爸爸一个人。爸爸对我说起他以前当兵的时候，班长把最后一个馒头让给了他，班长牺牲了，他活了下来的事情。开始我还板着脸，跟他赌气，后来我听着听着，不知不觉眼泪就出来了。

我对他说：爸爸，我以后再也不糟蹋粮食了。

到别人家去看黑白电视

在我们那拉提，只有我和另外一个女孩子考上了大学，其他现在基本都嫁人了，有个女同学甚至都有孩子了。

我们那里人思想很保守，女孩子读到三年级就不让读了。他们的父母认为，女孩早晚是别人的，读书也是白读。在这方面，我父母很开通，特别是我妈，说你哥上不了大学还可以当兵，你一个女孩子不上大学咋办？根本没有出路！我苦了一辈子，可不希望你跟妈一样待在这山沟里受罪。

我从小学二年级开始就自己洗衣服，有时也帮弟弟洗。妈妈下地干活去了，我就学着做饭。我记得第一顿饭是炒茄子，好像没炒熟，但我妈说特别香。

小时候，父母经常为生活琐事吵架。都是因为没钱，生活艰难。我爸开始啰嗦，我妈一厉害，他就不吭声了。每次都是以我爸的失败而告终。

我问我爸，你是不是怕我妈？

我爸说，我怕她？笑话！我是因为她年龄比我小六七岁，让着她。

再说了，她跟我跑到天山上来，这些年也没过啥好日子，爸爸欠她的。

我上小学的时候，我们村里只有一个女同学家有电视，14英寸，黑白的，屋顶上插个木杆子算是天线，只能收三个频道。我就跑人家去看。人家高兴的时候让看，不高兴的时候就早早把门关了。到我上了初中，我们家才买了一台电视。12英寸，黑白的。那时人家已经是大彩电了。前几年政府修建了陵园，我们家从那拉提搬到了乔尔玛，地方政府送给我们家一台大彩电，那台黑白电视才结束了它的使命。

我不爱逛街是因为我没钱

女孩子都爱逛街，但是我不爱逛街。因为我没钱。逛街对于我来说，是一种折磨，一种痛苦。

我上大学一年学费3700元，住宿费600元，10个女生住一间宿舍。一个月我妈就给我400元生活费，包括吃饭穿衣，还要买日用品。我妈没工作，我爸两年前才有了工作，工资一千多。我上学的钱基本都是我哥给我妈，然后我妈给我。每个月都很紧张，都得特别仔细地计划着花。

每年清明、春节，我爸都给他的战友去上坟。其他节日也去。家里有了高兴事他也去，坐在那里，点上一根烟，跟战友们唠叨唠叨。我哥当兵时他去了，我考上大学时他也去了。他有时带我们去，更多的时候是自己一个人去。

上大学前，我爸带我去了墓地。他郑重其事地给我讲了他们的故事。我感悟挺深。我们家日子再苦，起码一家人团圆，都好好地活着。可是那些牺牲了的叔叔们，没有看到现在社会发展的样子，没有享受到天伦之乐，只得到了一个墓碑。即使现在您写了书，宣扬他们，他们也不知道。

这些年，我爸为战友守墓，我们已经习以为常了，觉得是应该的，是分内的事，是我爸、我们家生活的一部分。但是也有人不理解，说我爸是"苕子"。意思是说我爸笨，傻呗。听到这种说法，我心里特别难过。

第一次跟爸爸走天山路，看到那些山那些沟，那么危险的路，想象着我爸和他的战友当年修路的情景，心里特别辛酸，说不出话来。突然觉得我爸挺伟大。

去年，我们班上教育课，老师让我们每个人讲一段故事，我就把我爸的故事讲了。那天我也不知道哪儿来那么大勇气，讲得特别投入，有几次都忍不住掉泪了。老师和同学们听得也很专注，不知不觉就下课了，但是没有一个人离开。

但是我没有讲，故事里的那个老兵就是我爸。

下课之后，几个关系铁的女同学围着我问：你讲的都是真的吗？我说都是真的。那时为了证明故事的真实性，我才忍不住悄悄告诉她们，那个老兵就是我爸。

同学们都很惊讶，特别佩服我。

我觉得挺自豪，为有这样一个爸爸。

我上了三年大学，我妈只来乌鲁木齐看过我一次。她身体不好，经常失眠，胃也不好，吃不下东西，人越来越瘦。她来乌鲁木齐看病，顺便来学校看我。我妈带我到外面吃了顿饭，母女俩吃了30块钱，这是我上学以来吃得最贵的一顿饭。我妈舍不得住旅馆，晚上就跟我挤在女生宿舍。跟母亲头一次睡在一张床上，我感觉特别幸福。

第二天，我妈临走时，我忍不住悄悄告诉她，我谈了一个男朋友。其实那时我才刚开始谈。别的班一个男孩子追我，两人见过几次面，连手都没拉过。

我妈一听就急了，说，我们一家人供你上大学容易吗？你怎么这么不懂事！年龄这么小怎么能谈朋友？影响学习怎么办？你大老远地来城里上学不是为了谈朋友！现在你懂个啥？以后你毕业了，找到一份好工作，想找啥样的没有？

我妈说得特别严厉！说得我无地自容。我答应她不谈了，马上分手。我妈这才放心地走了。后来，我真的和那男孩分手了。

其实我妈根本就不了解现在的城市，不了解现在的大学生活。我谈个朋友算什么？我本来就很传统，不喜欢上街，不喜欢出去玩，网吧、酒吧从来不去，像我这样的女孩子学校里已经很少了。我们许多同学一谈上对象，就租房子住在了一起。俩人住一阵子觉得不合适，又散了，另换一个，照样出去租房子住。有的女大学生还被人包养呢。这些事要是让我妈知道了，还不把她吓死？

选择什么样的生活是每个人的自由，我无权干涉，也不加指责。但是我不喜欢那样。我可以吃最便宜的饭菜，穿最便宜的衣裳，但是我一定要过一种有尊严的生活。

这几年，有许多好心人关心我。有个漂亮姐姐叫陈小溪，她去乔尔玛陵园后知道了我们家的情况，专门来学校看我，给我买了衣服和女孩子用的小提包，还经常请我出去改善生活。有个叫管维的大哥哥，是搞荒山绿化的老板，他驾车去天山旅游，知道了我爸的事迹，回到乌鲁木齐也来看我。后来我哥哥病了，他热情地联系医院，帮了我家很多忙。还有已经退休了的孙丽阿姨，她加入了新疆"妈妈协会"，这个协会是专门帮助困难妈妈的。孙阿姨从乔尔玛回来后，来学校看我，见我床上的褥子很薄，就买了一床厚褥子给我。去年中秋节的时候，孙阿姨还专门请我跟他们家人一起过节。这些好心人让我很感动，让我在乌鲁木齐感到温暖，不再孤独。我唯一能回报他们的就是好好学习，将来做一个对国家有用的人，一个热心帮助别人的人。

你问我将来最大的心愿是什么？就是毕业后能找份工作，为国家多做点事。再就是挣钱养活自己，养活父母。我拿到工资的第一件事，就是给我妈买一枚白金戒指。我妈什么首饰也没有，一辈子没戴过戒指。她年轻的时候可漂亮了，头发很长，垂到屁股那里，编一个大粗辫子。现在老了，您在乔尔玛都看见了，头发全白了。其实她才四十多岁。

为什么一定是白金戒指？因为我喜欢白色呀，我妈也喜欢。也许因为我从小在天山长大，看惯了山上的冰雪和雪莲，觉得白色很纯洁吧。

四　烈士亲人如是说

作者手记——

2006年部队组织"重回天山路"活动时，特别邀请了烈士石博韬的父亲石文华。听说老人当时说过这么一句话：尽管我人在湖北，但是24年来，我每天都在看新疆的天气预报，因为新疆有我一个儿子。

老人的这句话让我很感动。

我决定采访七十四岁的石文华老人。

石博韬生前是113团的一个排长，湖北新洲县人，1976年3月入伍，1977年12月入党。1983年7月19日，带领战士在天山独库公路二号隧道施工，拆除导洞支撑木时，突然遭遇塌方，为救战友，壮烈牺牲，时年二十六岁。

石博韬牺牲时，总队原参谋长、高级工程师马海卿大校就在二号隧道施工。回到乌鲁木齐后，在马海卿的帮助下，我联系上了石文华老人。

我拨通了老人家里的电话。听说我是他儿子生前部队的战友，老人特别激动。电话采访进行了将近一个小时。老人当过教师，担任过教育局时政科科长，说话文质彬彬，条理清晰。但是他的讲述时常会因为哽咽而中断……

陈俊贵？当然认识。我们见过两次，一次是1999年，一次是2006年。我去给儿子扫墓，他在那里守墓，我们就认识了。他退伍后在辽宁有工作，条件比新疆好，但是他放弃了，重新回到天山，为战友守墓。他是个知恩图报、忠义守信的好人，我很敬佩他！他当时对我说：老人家，您放心吧，我一定守好您儿子的墓。他让我很感动。听说他现在还守在天山。他为战友守了24年墓，一般人很难做到。真了不起！如果你见到了他，一定代我向他问好。

好吧，我说说儿子博韬的事。

博韬牺牲的时间是1983年7月19日。

7月20日，部队来了电话。我当时在县教委工作。电话没有直接打给我，而是打给了我们熊局长。局长把叫我到他办公室，我当时一点预感也没有，还以为局长找我是中考阅卷的事。

局长问我，老石，你有个儿子在部队当兵吗？我说，是。他问在哪个部队，我说在新疆。他说刚才新疆部队来了电话，说你儿子病了，很想念你们，让你们去看一看。我一听这话，心里咯噔一下。

儿子病了？部队有医生，干吗叫我们去？再说这么远的路，生个病也没必要让我们跑一趟。我就知道儿子出事了。我两腿发软，有点站立不住。

我说，熊局长，你不用瞒我，我知道，我儿子牺牲了。

他说，不不不，没有，确实是病了。

我一路流着泪往家走。走到家门口，我把泪擦干才走进去。我对老伴说，儿子病了，部队让我们去看看。老伴当过妇联主任，是个明白人，一听这话当时就哭了，哭得几乎晕过去。等她平静后，我说，你也别哭了，我们赶快去新疆吧，去晚了，恐怕连儿子最后一面也见不上了。

第二天，我们带着三儿子一起上路了。当时单位已经把粮票、路费给我准备好了，还专门到县政府开了介绍信，说那里是边疆，路途遥远，带上介绍信路上方便。我们搭车到武汉，之后从汉口上了火车。

到乌鲁木齐后，我们找到部队中转站。王所长接待了我们，他人很热情，说明天部队有车送你们去团部。团部在新源县那拉提。我们路上走了四天四夜。

到了团部一下车，我老伴看见一个兵，上身穿着白衬衣，下身穿着黄裤子，特别像我的儿子博韬。她激动得对我说，你看，那不是我们博韬？

她朝那个兵喊：博韬，博韬！

我说：那不是我们儿子，你看花眼了。

她不信，使劲喊：博韬，博韬！

结果，那个兵转过身来，是一个陌生小伙子。

到了团里，我们才知道博韬已经下葬了。团里派了跟博韬一起入伍的战友来照顾我们。看到那些一起来的老乡都好好的，而我们的博韬已经不在了，我们更加伤心。

第二天，王副团长陪我们去了博韬的墓地。我跪在那里半天起不来。儿子走的时候活蹦乱跳的，现在却变成了一个冰冷的土堆，真是让人无法接受。

第三天，我们上山去了2号隧道，那是我们儿子牺牲的地方。连部、营部、团部的首长陪同我们一起走进隧道。当时是七月天，天山上很冷，洞里冰水很大，我们戴着安全帽，穿着棉衣和长统胶靴。博韬牺牲的地方离洞口308米。

走到那里，连里干部给我们介绍博韬当时牺牲时的情况。正说着，突然"嘣咚"一声，吓了大家一跳，以为又塌方了，原来是一个钢钎从上面掉下来了。我从来不信神，但是那时我信了。我儿子知道我看他来了，显灵了。我拿塑料袋装了一点那里的土，算是我的儿子，准备带回家去。

我们从隧道出来，来到儿子生前所在的连队。他的战友给我们谈了他平时的一些情况，说他怎么关心战士，怎么不怕吃苦，怎么带领全排战士完成施工任务。

他们告诉我，当时连队让他休息三天，他本来可以不去上班，如果真是那样，他就躲过了那场灾难。但是他责任心强，知道洞里很危险，只用了一天时间去团部办事，当天就搭便车回了连队，第二天又上了班。

7月19日早上，天还没有亮，他们连队就起床上了工地。九点多的时候，我儿子带着战士们拆除支撑木，发现上面嘎嘎响，就朝战友们喊：要塌方，赶紧撤！洞里施工的声音很大，有些战士没听见，他跑过去一个一个往外推，最后推出来的是一名叫于志雄的新战士。刚推出来，就塌方了。于志雄的后腿被砸伤了，而博韬被三根大木头砸中了，一根在肩膀上，一根在腰上，一根在腿上。他牺牲的精确时间是上午10点45分。因为他的表被砸坏了，表针永远停在了这个时间点上。

这块表我带回了家，一直保存到现在。每当想念儿子的时候，我就拿出来看一看，擦一擦。

谈话中，我发现战士们情绪很低，思想包袱很重。我儿子牺牲后，连队已经停工十几天了。那天晚上，睡在儿子生前睡的床铺上，我特别想念儿子。又想，儿子牺牲了，战友们心里难受可以理解，但是这么长时间不开工，会影响工程进度。如果儿子在天有灵，也不愿意战友们用这种方式悼念他。

第二天是八一建军节，部队首长让我给战士们讲几句。

我对战士们说：人非草木，孰能无情？我儿子才二十六岁就牺牲了，我的心情非常悲痛，说不悲痛是假的。我儿子当兵走的时候，我在他的笔记本上写过这么一段话：为谁参军？为谁扛枪？为谁打仗？自参军之日起，就必须在理论和实践的结合上弄清这个问题，争当一个雷锋式的毛主席的好战士。这就是我的全部希望。"人生自古谁无死，留取丹心照汗青。"我儿子是为救战友牺牲的，是为国捐躯，我为有这样的儿子感到光荣和自豪。但是工程不能停下来，必须搞下去，而且要搞得更好，这才是对我儿子最好的悼念。

听了我这话，下面的许多战士都哭了，为我鼓掌。

第二天他们就上了山，重新开工了。

我把那包沙土带回家，用儿子小时候上学戴过的红领巾包起来。我感觉自己年龄越来越大了，可能无法再到新疆去看望儿子了，就在家乡给他建了一个衣冠冢，里面放着他的红领巾和天山上的沙土。

博韬牺牲后，她妹妹石翠芬要求到部队去当兵。那时部队在新疆乌苏，离她哥的坟墓很远，部队专门派车送她去给哥哥扫墓。她在天山当了三年兵就退伍了，现在武汉工作。

二十几年来，我人在武汉，心在天山，每天都在看新疆的天气预报，下雪啦，下雨啦，天冷啦，天热啦，总是在关心新疆的天气，感觉新疆很亲，因为我的儿子在那里。1999年，我特别想念儿子，和老伴去了一次天山。2006年八一建军节，部队组织"重走天山路"活动，我又一次上了天山，去看儿子。

那是我最后一次看望儿子，也是最后一次见到为我儿子和那些烈士守墓的陈俊贵。他比以前老多了，头发都快掉完了。我深深地给他鞠了一躬，为的是他对战友的那份感情。我儿子当时抢救战友，那只是一闪念的事。可是陈俊贵在天山苦苦守墓24年，可不是一时心血来潮，不是一般人能做到的。所以他很了不起，我很敬佩他。

五　昔日战友如是说

退伍老兵陈卫星——

我们四个人那次去执行任务，确实很艰难，班长郑林书和罗强牺牲了，我和陈俊贵活了出来，我的脚指头冻掉了，陈俊贵的腿冻残了。陈俊贵讲的一点没错，当时的情况就是那样。他讲过了，我就不啰嗦了。

我给你说句实话，其实当时我并不想执行那次任务。为什么？因为我想退伍。万一出了事，我就永远回不去了。这是真话。部队那时在天山上施工，每年都有十几个战友牺牲。当时并不是非去不可，不是命令，谁愿意去就去，不愿意去可以换别人。罗强劝我，我才跟他们去了。

我跟罗强是同年兵。1978年3月，我们一起从广东连州入伍。罗强比我干得好，当上了副班长，还入了党。我什么都不是。对了，那次执行任务前，罗强入党才七八天。

我们从小生活在广东，哪儿见过冰天雪地？冷得受不了，手都冻伤了，耳朵冻黑，吃的住的都不习惯，一年多时间才适应过来。部队整天在天山上修路，说难听点，跟劳改犯差不多。我当兵三年，没有下过一次山，连团部都没有去过。我看在部队干也没什么前途，所以就想等到年底退伍。

有一点陈俊贵忘了讲，或者当时又冻又饿，人都已经冻糊涂了，他没有注意罗强牺牲前给我说了些什么。罗强说，我不行了，你回去告诉我家人，说我是执行任务时牺牲的。他摸摸胸口。我明白他的意思，帮他从衣服兜里掏一张黑白照片。他看了一眼，又示意我装进去。然后他就闭上了眼睛。

那照片上的人是他对象。

我跟陈俊贵继续往前走。我实在走不动了，他就背着我走。他后来也走不动了，我们就往前爬。再后来，我们俩都爬不动了，趴在雪地里什么也不知道了。

我醒来的时候，发现躺在一个哈萨克牧民的家里。毡房里很温暖。哈萨克老大爷很高兴，朝我们叽里咕噜说些什么，我们也听不懂。老人喂我们馕饼和奶茶，我一口气喝了七八碗奶茶。之后，我又昏迷过去。

直到15日早上，我才醒来。我们离开连队已经整整七天了。我们俩急着回去报信，哈萨克老人送我们。我趴在马背上，陈俊贵趴在牛背上，也不知道在风雪里走了多长时间，终于看见了穿军装的战友，我一下子昏了过去……

我先在团卫生队住了半个月，后来转到了野战军155医院。部队给我记了三等功，评了残，那年底我就退伍了。

我印象很深的是，当时天很冷，风很大，雪很厚，又结了冰，几乎把耳朵冻掉了。我们获救后，战友们找到郑林书和罗强的遗体，他们两个已经冻在了雪地上，搬都搬不动，折腾了三天才把他们抬下山来。现在想想，心里都打战。

要不是那位哈萨克老大爷，我和陈俊贵早就没命了。我退伍之前，专门去寻找过老大爷，但是他已经不在那里了，不知道他游牧到了哪里去了。二十多年来，我经常想起老大爷。真的，特别感激他，想念他。我最大的愿望就是，在我有生之年，能看见那位哈萨克老大爷。

2006年，部队搞"重走天山路"活动，邀请我和罗强的家人一起参加。我去接罗强的父亲。老人又一次拿出儿子的照片、领章和红五星，还有二等功奖章，看了又看。

老人对照片说，罗强，我就要去新疆看你了。

罗强的家还是以前的老样子，父母都七十多岁了，还得自己下地干活。自从罗强当兵后，他们就再也没有见过罗强。当年，罗强母亲得知儿子牺牲的消息，一下子就昏了过去，在医院住了好几天。现在两个老人更加苍老了。

我们临出门时，罗强的母亲把早已准备好的纸钱装进罗强父亲的背包。我说纸钱到新疆再买。罗强母亲说，还是家乡的纸钱好，你们多带点，新疆那地方很冷，给罗强多烧点，别让他冻着。

罗强母亲把我们送出门，一路走一路对罗强父亲唠叨：你给罗强烧纸钱的时候，一定要大声喊罗强的名字，那里风大，你不大声喊他听不见。你告诉罗强，说我身体还好，还能干活，让他不要担心。回来的时候，你一定要把罗强的魂引回来，你要一路走一路喊他的名字。你无论到哪里都要喊，大声喊他才能听见。特别是走到十字路口，或者是换车的时候，汽车换火车，火车换汽车，一定要记着喊，别让罗强走丢了……

到了天山墓地，我见到了离别26年的战友陈俊贵，我们抱头痛哭。我把罗强的父亲介绍给陈俊贵，陈俊贵跪倒在老人面前。

我们带老人来到罗强的坟墓前。

老人扑倒在儿子坟前，哭喊着：罗强，罗强，罗强……

我们把老人带到当年罗强牺牲的地方，讲述了事情的经过。老人流着泪说：当兵就是会死人的，我这一辈子对国家没有什么贡献，我把罗强献出去，就算是为国家做了一点事……

作者手记——

我从天山回到乌鲁木齐一个星期后，总队常委分工让我去天山独库公路起点独山子蹲点，指导部队"进点"工作。冬季天山冰封雪裹，部队无法施工，只好撤下来休整；到了春天冰雪融化，上山的道路通了，部队再"进点"施工。

如果从库车出发，沿天山独库公路一路蜿蜒北上，走出白雪皑皑的天山沟口，你的眼前会豁然开朗，展现在你面前的是一望无际的戈壁滩。戈壁滩上，孤零零地蹲守着一座小山，像陈俊贵一样孤独地守望着天山。

也许，这就是著名的石油小城"独山子"的由来。但是在维吾尔语和哈萨克语中，独山子叫"玛依塔克"和"玛依套"，意思是"油山"。

独山子距离乔尔玛烈士陵园只有一百多公里，可是现在山上都是积雪，道路不通。否则的话，我真想再去看看陈俊贵。

独山子是克拉玛依市的一个区，地处天山北麓，准噶尔盆地西南边缘，南屏天山，与奎屯、乌苏毗邻。独山子石油开采始于清光绪二十三年（1897年）。民国二十五年（1936年）开始引进苏联技术装备，在独山子（山）北坡形成石油工人聚居的矿区。到1953年已发展成万余人的新型城镇。1958年克拉玛依市成立，独山子划归为克拉玛依市的一个区。但是独山子距克拉玛依市区还有150公里。在世界上所有的城市中，独山子也许是离市区最远的一个城区。

我与秘群科长张伟峰抵达独山子的当天，就去了三十年前部队修筑天山公路时的巴音沟营地。那里是111团的团部。三十年前，副总队长何俊才是团部的干部干事，他让我拍几张照片回去，想看看现在的巴音沟变成了什么模样。遗憾的是，这里几乎变成了一片废墟。没有倒塌的营房里，散居着几户哈萨克牧民。团部的大门已经看不出从前的模样，只有两根水泥柱子孤独地矗立着，好像在向死去的战友默哀，又像是向人们诉说着当年的故事。

　　第三天，七支队独山子北段工程指挥员李传华上校带领官兵开始上山。那天风和日丽。但是让我们始料不及的是，当天晚上天山突降大雪，上山的道路一夜之间又被封堵了。多亏部队带足了给养，否则后果不堪设想。好在接下来的几天温度渐渐回升，路上的冰雪慢慢融化，路又通了。

　　但是麻烦接着又来了：11中队测量班长肖彦平的血压突然升至一百八，呼吸困难，几近昏迷。我们连夜将他送到独山子医院。经过一夜的治疗，肖班长脱离了危险。医生说他是因连日劳累，加之刚上山身体不适所致。

　　大家刚松了一口气，李传华又病倒了，拉了一夜肚子，人几乎虚脱，不得不输液治疗。他说，吃雪水拉肚子是常事。30多年前部队在山上一年四季吃雪水，官兵们还不是照样完成施工任务。你看人家老兵陈俊贵，吃了这么多年的雪水也不见拉肚子。习惯了就好了。现在部队条件好多了，配备了饮水净化器。

　　在场的七支队副政委唐金江接口说，部队刚上山吃的都是雪水，因为饮水净化器被冻成了冰疙瘩，无法使用，等天气暖和了，净化器才能使用，那时饮水问题就解决了，这一两个月还得吃雪水。去年部队上山就有许多人拉肚子，七八天后肠胃才慢慢适应。

今年大家有了经验，提前吃了止泻药，拉肚子的人比去年少。李传华上校最近一直奔波在工地，带领技术人员勘察线路，指挥布点，天山峡谷寒风刺骨，他又喝了雪水，所以比较严重。不过没事，他身体结实，过两天就好了。

10年前我就认识唐金江，那时他在三中队当指导员。三中队解放战争时期。参加过保北战役、平张战役和太原大会战，屡立战功。抗美援朝战争时期，先后历经龟城、泰川、平康、华川等四次战役洗礼，作为先头部队率先突破"三八线"。被志愿军总部授予"突破'三八线'尖刀连"荣誉称号。在上甘岭战役中，官兵们在水尽粮绝的情况下坚守阵地，以少胜多，被志愿军总部授予"五音山功臣连"荣誉称号。1974年5月三中队随大部队开往天山，担负哈希勒根冰达坂隧道施工任务，在环境极其艰苦危险的情况下，打通了隧道，荣立了集体二等功，被基建工程兵授予"硬骨头三连"。

唐金江说："天山精神不能忘，陈俊贵这样的老兵不能忘。"

这天晚上。远在400公里之外、驻扎在独库公路南段的五支队张权年大队长打来电话报告说，他们打前站的官兵已经进入工地，但是由于南段山上积雪很厚，机械发动不起来，暂时还无法施工。巧的是，张权年现在所在的地方，就是他哥哥张盛年（现任总队后勤部部长）当年战斗过的地方。

第二天，李传华的病好多了，我们一同上了工地。

路上，李传华告诉我说，去年5月12日汶川大地震，13日那天，他和唐金江、总工刘罡、副大队长王思远四人挺进天山，为部队施工进点勘探线路。他们首先看望了老兵陈俊贵，祭奠了168名烈士。然后来到哈希勒根冰达坂1号隧道。当年"雷锋式好干部"

姚虎成就牺牲在那里。他们停下来祭奠姚虎成。这时突然发生了雪崩，他们赶紧撤离，雪崩在距离他们50米的地方停了下来，有惊无险。

李传华说："这是烈士们在保佑我们！"

我们来到哈希勒根冰达坂，隧道口挂满了冰溜子。总队总工程师和郁富曾在这里干过三年。他的左手在一次施工中受伤，缝了21针，现在手指还有些弯曲。

李传华指着一处悬崖说："那就是当年部队打'飞线'时，留在上面的钢钎。"我顺着他手指的方向，果然看见绝壁上有一根钢钎，隐约还能看见钢钎上带着断断续续的绳索。那时已经使用尼龙绳索了，不容易腐朽。30年了，它们还在那里。因为没有人能攀上去把它们取下来。

我们来到架设在两个山崖之间的一座小桥前，李传华指着山崖上的一个山洞说，听当年的老兵说，那里曾经住过一个排，这座桥就是这个排修建的。

这些都是那段艰难岁月的历史见证。

李传华先后组织指挥过6个工程项目的施工，都圆满完成了任务。他是武警交通部队基层新一代指挥员，虽然没有参加过当年的天山会战，但他对完成任务充满信心。

他说："党和政府让我们部队重回天山，担负这么重要的施工任务，是对我们的信任，也是对我们的考验！在老一代筑路兵战斗过的地方，有陈俊贵这个榜样在激励着我们，有那么多烈士的目光注视着我们，我们一定能圆满完成任务！"

穿行在蜿蜒崎岖的天山公路上，我的耳边又一次响起了那首熟悉的歌：

当我永别了战友的时候，

好像那雪崩飞滚万丈。

啊——

亲爱的战友，

我再不能见到你雄伟的身影，

和蔼的脸庞。

啊——

亲爱的战友，

你再也不能听我弹琴，

听我歌唱……

想起长眠雪山的168名战友，想起墓地边陈俊贵一家住过的地窝子，想起陈俊贵屋里塑料桶中长年饮用的冰雪，想起陈俊贵黝黑的脸上爬满了皱纹，想起陈俊贵妻子雪山一样耀眼的白发，我的双眼渐渐模糊了……

蜿蜒而平坦的天山公路，是筑路老兵们用青春、热血和生命铸就的历史奇迹。陈俊贵和他的战友们的故事，将伴随着这条天山公路传向远方。战友们的无私奉献、为国捐躯是一种大爱，班长的舍生忘死是一种大爱，陈俊贵的知恩图报也是一种大爱。而爱，就需要相互传递。我希望这种大爱会越传越远，抵达每一个人的心灵。

陈俊贵守望的不仅仅是班长给予他的那份恩情，更是那段激情燃烧的岁月。在那段岁月里，一批批战友战斗在祖国最需要的地方，用奉献和牺牲建设着美丽的人民共和国，诠释着共和国军人的核心价值观。我们永远不会忘记他们！

现在，新一代的筑路兵又重回天山。我们有理由相信：他们一定会继承和弘扬老一代筑路兵创造的天山精神，圆满完成祖国赋予的光荣使命！

天山，当年的"大兵"又回来了，请你检阅！

2009年3月6—16日　草拟于天山脚下独山子

2009年3月18—20日　修改于乌鲁木齐、成都

（选自《北京文学》2009年第6期，单行本由解放军文艺出版社

2009年6月出版，有删节）

胡风案中人与事

李洁非

一

事发于1955年的胡风案，若以1980年中央批转"复查报告"的《通知》为截止，前后延续二十五年；若以1988年下发《关于为胡风同志进一步平反的补充通知》为限，则大幕之完全落下一共用去三十三年。

何满子先生认为，胡风案"应该是中国现代文学史中的第一件头等大事"。理由是：它开了践踏共和国宪法的先例，造成一代知识分子喑哑，迫使一些人在压力下随声附和，说假话，作伪证，败坏了中国知识分子的品格，导致发生文化灭绝的十年灾祸，对我们民族危害深而且重。（《中国现代文学史上头等大事中一个小人物的遭遇》）

打个比方，假如"文化大革命"是中华文明所遭逢的一次"黄河大泛滥"，那么，胡风案便是其决堤处。如果反右运动是"文革"的预演，则胡风案又可谓反右运动的先声——"急风暴雨"沿着这条线路而来。

这种关系，当初人们无从预窥，若干年后，已是普遍共识。眼下，距胡风案彻底平反又过去了二十年，这二十年中，胡风案未因"尘埃落定"而远离学者视线，反而愈益重视，研究深度不断加强。原因是，随着时间推移，大家愈益体会到胡风案在六十年来中国人文精神方面的深刻含义。无疑，沿此方向的追问、探究，事关重大，应该锲而不舍地掘进，以求得对历史的透彻觉识。

然而，本文之作，却有意从另外的角度切入。

关于胡风案，笔者此前做过两篇文章，即《误读与被误读——透视胡风事件》和《路翎底气质》。两文合计约七万言，篇幅不可谓短小，触及的问题自感也具有重量。可是在某个层面，我对它们一直有不能释然之感。简而言之，两篇文章的角度，使我在准备写作的过程中接触的许多材料，处在无处安放、无法处理的状态。因为，预设的思考重心，是胡风案作为历史冲突之表现这类宏大主题——这无疑是值得思考以及应该继续加深思考的对象，但又确实构成了某种排斥，令案中大量活生生细节不能进入我们的讨论。

例如，在中共中央1980年6月19日批转的由公安部、最高检察院、最高法院联合做出的《复查报告》中，这么写道：

胡风案件触及2100余人，逮捕92人，隔离审查62人，停职反省73人，正式定为胡风分子72人（其中共产党员32人），胡风骨干分子23人，到1958年给予停职、劳教、下放劳动处理的62人。

这段文字极简，实际内容只是八组数字，不知详情的人读着它大约很难有何感触，而我读着这不足百字的简述，却从脑际浮现出来曾经被上百万字讲述过的一个又一个曲折离奇的故事。与抽象简单的数字不同，那是一张又一张交织、变幻着复杂表情的面孔以及充斥着各种形象、氛围、景状、声响、光线和气味的场景。

我由此突然想，如果你是一个普通的中国人，你没有为了研究胡风案阅读过很多材料，那么，那八组数字对你来说会意味着什么？

这个问号闪出时，我不觉为之一震。显而易见，那些干枯的数字，只做出了很有限的陈述。假如有一普通读者，他在看见这些数字后，打算了解更多的情况时，他会遇到什么呢？可供他阅读的东西似乎很丰富。从成果来说，围绕胡风案，近二十年无论是专门的著作抑或散见于报刊的文章，都相当可观。然而意想不到的是，这位读者挑来选去，最后却一无所获。为什么呢？原因是这位读者没有多少文学修养，缺乏文学史、文艺理论方面充足的知识储备——甚至还可以设想，他素来也很少思考人文精神方面那些抽象的问题。他的目的，仅仅想知道那些数字背后究竟发生了什么事，那些人究竟遭遇了什么……如此而已。

现实中，类似这样的读者是少数吗？我们知道是绝大多数。绝大多数中国人和这位读者一样，有自己的生计、事业和职业，对于文学知之甚少，而且一般来说，对精神思考也没有很深的兴趣和能力。如果他们愿意了解一下胡风案，多半是从生活的角度，从中寻找一些与自己切实相关的体会。

我们没有理由对他们提出更多的要求，更无法责备他们为什么不和我们一样做好足够的专业准备。但是我们知道，胡风案作为深刻影响了中国历史的事件，就深层论，没有哪个中国人可以说与之无关：对此，他们不光有了解的必要，更重要的是，他们实际上有这个权利：能够提出要求的是他们，而不是我们。尽管他们的表现也许只是发现无从入手之后无声地走开，但对我们来说，这是一种责备。我们应该从中看到，由于自己工作的缺陷使千千万万普通中国人远离了他们生活中的某些重要真相。迄今，那些关注、讨论、研究胡风案的著作，几乎都致力于从精神思想层面，对这一事件进行剖析、究诘和反思。我前面说过，这当然是必要的工作，它的进展很值得我们重视与欣慰。但是，这里有一个根本的不足：这些工作面向的对象，连带它所产生成果的分享人，基本上处在一个"小众"或者专业的范围。越出这一范围，它的影响就微乎其微。换言之，在人文知识分子对于胡风案认识日益深入的同时，社会一般公众对这一历史事件的了解与感受却日益模糊和疏远。

是的，我们忽视了普通公众对于历史的感受，忽视他们的参与性，也可以说忽视了他们的知情权。学术上的"文人自我中心"，近些年趋于严重。在考核制度和僵化模式的双重作用下，我们对于所从事的工作，只考虑自己的知识状况，只考虑自己的视角，只考虑自己的表述方式，而失去与读者大众的换位意识，不注重思想成果的社会共享。这种状况，对于中国的进步不利。

目前的情形，某种意义上又凸显了毛泽东在《讲话》中提出的"普及"与"提高"的关系。专业知识分子一心一意搞"提高"，他们与公众之间的距离，一直在拉大。知识者的使命不是自己获取和拥有知识，而是将知识变成社会财富。藏于密室的书，并不构成"知识"——它永远藏在那里，也就永远如此——只有进入阅读、进入更多人的阅读，然后才进入文明史。"百科全书派"的意义，不单在于它的思想，尤在于它的形式——那种打破经院传统、玄学面目的大众知识形式。中国当代知识分子，如果仍以推动国家进步为己任，就不应忘记自己的工作包含为社会服务之义务。

本着以上认识，笔者写下此文。它不求完整，亦无意讨论过深的思想及理论问题。这个写作（从内容到形式），旨在进行一次有关胡风案的"普及"，以使其尽可能多地进入普通中国人的历史记忆；或者说，在每个垂览本文的人自身生命体验与那段历史之间，架设一条管道。因此，所突出的主要是"形象"，令人一经寓目就再难忘却的形象。

这些形象被选择进入文中，不取决于它们在胡风案中重要与否，也未考虑情节上的关联，通常，是因为它们富于瞬间的表现力。我一直认为，从冗长的过程中寻找生活的真谛既费力又渺茫，重要的是捕捉突然爆发、稍纵即逝的瞬间，那里，往往有照亮一切的东西。尤其胡风案，迁延二三十年之久而头绪纷杂，除了专门研究者，实无必要将一切尽收眼底；适合于一般人们的，大抵如充斥了各色人等的稠密的舞台，有那么几束追光投下，罩定若干特定人物和区域，借此来感知整个场景。

二

我们的第一束追光，将罩在这样一个人身上。

他笔名化铁，原名刘德馨。这两个名字无论哪一个，人们大概都感到陌生。以笔者来说，虽然从事文学研究将近三十年，也未曾读过他的作品。当然，专门研究诗歌的人应有不同，但纵有所读恐怕也有限。他不单算不上一个重要的诗人；被捕后，提刑官一边打量阶下囚，一边翻看卷宗，难以置信他学历如此之低（初中毕业），于是脱口而出："原来你还算不上是个文化人！"

就是这句话，使我决定故事从化铁开始讲起。一直以来，都称胡风案是新中国成立后最大一起"文字狱"，是针对"知识分子"的政治整肃。对不对呢？大致上可以这么说。但另一方面，过于强调这一点，就暗中对胡风案的意义加了一道限定。好像只与知识分子有关，被触动的只是某个特定人群和阶层。如果这样，对于国人认识这段历史，会形成误导。举个相近的例子，平时在网上看见人们谈论"文化大革命"，经常会有人说，"文革"挨整的只是知识分子和既得利益者，意思是其他国民大可不必对这段历史深恶痛绝。固然，我不担心这种观点会被很多人接受，但它的确试图利用将某件事划出特定受害者的办法，来达到使大众疏离历史的目的。这是必须警惕的。无论"文革"，还是"反右"或者胡风案，其所伤害的，绝不只是一小部分中国人；归根到底，它伤害的是文明社会的基本限度，这样的限度，与每个人的生存和权利紧密相连，一旦被伤害，无人可逃，绝不因为你不是知识分子而可以超然其外。

从化铁在胡风案中的遭际，可见一斑。他真正的职业，是气象技术工作。谈到跟胡风的交往，化铁使用了"非常稀少"的词汇。40年代他写过一些诗，受到胡风的指导。不过，他没有成为"文人"的打算。事实上，在40年代，许多青年沾上文学，原因并不在于文学本身，而在于革命。那时，文学经常是追求进步的一种手段或者一个工具（不含贬义），用文学讴歌光明，用文学鞭挞黑暗，亦因文学结朋识友、发现同道、议论时政。所以，那时的进步青年，几乎没有不"爱好"文学的。化铁的情况很典型。从抗日战争到解放战争，他经常感到写诗的必要，参加文学的聚会，甚至跟朋友们一起编着文学的刊物；而革命一成功，1949年以后他迅速退出了文学，已经不再像过去那样需要它。他自己这样说：

　　上海解放后不久，我调到南京空军工作，从那以后就告别了上海。虽说后来听说他（指胡风）已全家迁到北京，但究竟住在哪个胡同哪个院，也还是不清楚，我们的交往本来就很平常很淡泊，毫不奇怪。有时途经北京。但也没想着前去拜访。怕是那时我的生活节奏太快，忙于气象这门业务，对文学艺术反而变得无知起来，仿佛失去了过去岁月中的那份从容。几年来，就连信也很少写的。（《逆温层下》）

胡风案一定意义上是"因信得罪",而对化铁搜查的结果,"就是没有胡风的信"。像发现化铁学历不高一样,这也让办案人员很扫兴。

解放以后就离开文学,不搞创作甚至不关心文学,跟胡风几无来往……纵使如此,化铁仍然进入了"胡风反革命集团"名单。唯一的原因,是与胡风相识。揆以常理,这岂能成为获罪根据?然而化铁偏偏就这么被抓了起来。1957年6月,他就此提出申诉,要求复查。申诉书写得很认真,也很长,足足五页。结果,"几个月的时间,一点动静没有地过去了"。这种不回答甚至不屑于回答,所透露出的信息是:抓了就是抓了,有什么好啰嗦的?事后,反倒是化铁对自己感到"惊讶":"当时为什么送呈南空党委?看来我是认为党是可以依靠的,党是能够真正解决问题的。"

胡风案"第一批材料",也就是舒芜贡献出来的那些信件,1955年5月13日在《人民日报》登了出来。巧得很,第二天化铁就登上去北京的火车,参加军委空军气象处的一个会议。行前,他没有看报,旅途中无事买了一份《人民日报》,于是在火车上知道了此事。但他并没有往心里去,"匆匆翻了一遍,就撂到一边去了,后来大约用来包了烧鸡"。这种既不在意也不太关心的态度,他本人解释为当时不觉得事情很严重。但我想,主要是在心理上认为这件事与己无关。毕竟,文学和胡风,早就是过去的事了。

到得北京,初无异常。5月16日开了一天会,晚上出门散步,返回住地时,一进门气氛就有点怪,"白天与我一起开会的那位副处长,忽然哼哼哈哈起来,不敢理睬我又不得不理睬的模样"。不待化铁多想,埋伏者便从门后闪出,将他"请"至某室。在那里,化铁交出武器(一把手枪),被扯掉帽徽领章。

此即化铁被捕之仪式,然后,他于黑暗中被带往某处,打开后,发现是一菜窖子。犯人被驱入其间，空间不足三平方米却悬着一只一百瓦灯泡，惨亮。化铁却也没心没肺，倒地即睡。不知过了多久，被人唤醒，灯仍然惨亮，出窖子才发现已是白昼。吃完饭，又回到窖内，一时难再入睡，又没有别的办法打发时间，便在斗室里做俯卧撑。如此轻微的声音，亦未逃过外面卫兵耳朵，"'不许说话！不许动！'他圆睁双眼，怒吼"。

如今，网民遇见他们打算装聋作哑之事，以"俯卧撑"自嘲。而在化铁当日，即便做做"俯卧撑"这点自由，也是没有的。

在菜窖关了几天，化铁被押解回南京。下了火车，吉普车七弯八拐，费了好大力气到达目的地，其实却离火车站很近。此举显然是对化铁高度警惕，而用上了对付训练有素的老牌特务的办法。这新的拘禁地，总算不是地穴；一张床和一个抽水马桶占去整个面积，有"高不可攀的铁窗和深不可测的屋顶"。门上监视孔，每十五分钟打开一次，然后就有"阴森的眼珠子"往里面查看。审讯"彻夜进行"，而白天却又不许睡觉。

化铁每每想到茨威格写过一个犯人。此人于提审时从审讯官的口袋窃得一本棋谱，靠它打发漫长孤寂，沉溺其中，以自己为对手，左右互搏。被释放以后，偶有机会与世界冠军对弈，几步之内，冠军大惊失色，难以置信世上竟有此等高人。对此，茨威格说，那是因为他连自己都战胜过。

化铁或许会用这故事激励狱中的自己，而我想的却是，茨威格的犯人毕竟还有一本棋谱为伴。

化铁被羁押一年半之久，从1955年5月至1956年11月。先是彻夜审讯，后来整日"面壁"。出狱时，有关方面告诉他："本来是可以杀掉的，现在以'不予起诉'处理。"言语之间，希望他"感恩"。其实，从"可以杀掉"到"不予起诉"，是高层政治新动向所致——1956年，提出了"双百方针"和改善知识分子政策，许多胡风分子"沾光"出狱。

化铁提出回部队，哪怕从列兵干起；答复：不行。再提出去北大荒（那时部队正动员人去那里开荒，但没人愿去）；答复：不行。他被开除军籍，被抛弃了。这时，他三十岁出头。他来到了最底层。如今，总有一些明显不曾经历过五六十年代生活的人，信誓旦旦地作证，那时没有社会底层，生活是普遍美好而幸福的。而下面化铁所述，是他的亲身经历：

> 我的日子很不好过，我做过拆城墙的工人；做过装卸工：在火车站为整车皮的煤炭、盐巴装卸，在江边码头上为整船的矿砂装卸；做过金笔厂的笔坯压制工，浴室里的沙发修理工，菜场里的拖菜工、板车队等等临时工。

他所干的，曾有一个词，叫"苦力"，不中听，但质朴和实事求是；作为词，它也许从我们眼前消失了，作为事实则没有。化铁就是一个"苦力"。纵然这样的糊口方式，亦将随时失去，"多则一年，少则三两月"；为什么呢？因为干得时间长一些，可以转为正式工，而他总是在接近转为正式工的时候，丢掉饭碗。化铁"非常卖力"，不恤身体，惟欲将"苦力"做牢做稳，是亦不能。尤可叹者，他所付出的"苦力"当中，一部分还与糊口无关，是作为"改造"的义务劳动——"白天做苦工，晚上挖防空洞（那时正在执行深挖洞的指示，我是当然的劳动力），早上三点钟起来扫街。"

化铁说："要说工人和无产者，我大约要算最贫困的无产者了，连孩子明天吃什么我都没谱。"这种景况，在他非一二天，也非一二年，而是持续二十载。化铁由强壮而衰老的二十年，就这么付与了"连孩子明天吃什么"都不知道的挣扎。这都是拜反复搜查毫无证据的胡风案所赐，若不是"无来由遭此大难"，化铁的三十多岁至五十多岁，可以怎样度过呢？我想起魏巍先生在《谁是最可爱的人》结尾歌吟着的：

> 亲爱的朋友们，当你坐上早晨第一列电车走向工厂的时候，当你扛上犁耙走向田野的时候，当你喝完一杯豆浆，提着书包走向学校的时候，当你安安静静坐到办公桌前计划这一天工作的时候，当你向孩子嘴里塞着苹果的时候，当你和爱人悠闲散步的时候，朋友，你是否意识到你是在幸福之中呢？你也许很惊讶地看我："这是很平常的呀！"可是，从朝鲜归来的人，会知道你正生活在幸福中。请你们意识到这是一种幸福吧……

多么温馨、宁静、美好的画面啊，然而，像化铁一般生活的人会作何想呢？他们也会"很惊讶"地说"这是很平常的"吗？不，他从来不能"坐上早晨第一列电车走向工厂"，从来不能"安安静静坐到办公桌前计划这一天工作"，从来不能"和爱人悠闲散步"，他的孩子也从来体会不到"喝完一杯豆浆，提着书包走向学校"的感受。化铁写道：

> 一切不过才刚刚开始，在那随后的二三十年中，还有漫长的岁月需要度过。对于一个犯人来说，他会一天一天、一个小时一个小时地计算他的刑期；但对我来说，一切事情就像宇宙一般，没有尽头。

三

在所谓"胡风集团"里，有一个人，重要性仅次于胡风和路翎。虽然不宜称之为"三号人物"（那样，似乎有接受"集团"说之嫌），但是，假如把胡风及其朋友们视为一个文学流派，那么，此人在这流派中的位置，是可以排在第三位的。他就是阿垅。胡风以外，他年龄最大，有如长兄。胡风诸弟子之间，路翎无疑是创作成就最高者，阿垅除了创作不俗（"要开作一枝白色花——／因为我要这样宣告，我们无罪／然后我们凋谢"，是他的名句），在理论批评方面功力颇深，解放初，正式批胡风本人之前，路翎的创作和阿垅的理论，被挑选出来列为打击胡风的两个主要靶子，可见在对手眼中阿垅在胡风派中的分量。

这里，主要讲一讲1965年他写于狱中的一份申诉材料。这份材料于1980年胡风案复查过程中流出，但未曾公开发表。直到2001年，方由《新文学史料》以《可以被压碎，决不被压服》为题披露。

阿垅首先指出，此案完全是造假。而且，绝非出于工作上的失误失察，是从一开始就明确抱了造假的目的，彻头彻尾有意、人为、精心编织的结果：

> 所发布的"材料"，不仅实质上是不真实的，而且还恰好混淆、颠倒了是非黑白。真是骇人听闻的。"材料"本身的选择、组织和利用，材料发表的方式，编者所做的按语以及制造出来的整个气氛，等等，都说明了，足够地说明了"案件"是人为的。现在，我坦率地指出：这样的做法，是为了造成假象，造成错觉；也就是说：一方面歪曲对方，迫害对方，另一方面则欺骗和愚弄全党群众

和全国人民！！

从一些用词和语气上看，阿垅不知道案件的深刻背景，比如"按语"的作者是谁，他仍然以为主谋人是胡风派在文艺界的对手——"迫害对方"一语反映了他这个认识。这是当然的。第二批"材料"公布以后，阿垅很快入狱，没有可能了解"材料"的那些内幕。

下面一段话，振聋发聩，今天看来更足引起切肤之痛，且不得不说，太多的事情在不断验证阿垅1965年发出的警告：

> 谎话的寿命是不长的。一个政党，一向人民说谎，在道义上它就自己崩溃了。并且，欺骗这类错误，会发展起来，会积累起来。从数量的变化到质量的变化，从渐变到突变，通过辩证法，搬起石头打自己的脚，自我否定。它自己将承担自己所造成的历史后果，再逃避这个命运是不可能的，正像想掩盖事实真相也是不可能的一样。

以上两节引文，是这份申诉材料的精要处。概括一下，说了两点：第一，有人造假；第二，造假为什么是可怕的。

如果有人企图把胡风案仅仅定义为对知识分子的打击，那么，请结合上述两点重新考虑一下自己的看法。这个案子的伤害，故在于几十个人身陷囹圄、数千家庭饱尝痛楚，更在于它是公然造假。从当时来看，这个造假，受害者不过是若干书生而已，"何有于我哉"，然正如阿垅所言"会发展起来，会积累起来"，越数十年，社会最大痼疾，已是"诚信"的荡然，造假也终于从当年一小撮知识分子的"霉运"潜入今日婴幼儿服食的牛乳。其实，类似的教训根本无须到今日才去发现与记取，距胡风案仅仅三四年，就庞然出现了史无可比的登峰造极的造假——所谓亩产十余万斤的记录。

作为胡风案"骨干分子"，阿垅坐牢至死，1956年以及60年代初，都有一些"分子"被释或保释出狱，阿垅不在其内。1966年8月，天津市法院曾经宣布对阿垅"予以提前释放"，但并未执行，原因似乎是他的骨髓炎已病入膏肓，入监狱医院而不治，死于1967年3月17日。火化时，不具姓名只有号码，更不曾通知家属。他在世上，唯余一子，自知不起，曾修书一封，希能见最后一面，却未如愿。（晓风：《丹心白花铁骨铮铮》）

四

1955年5月13日，"第一批材料"由《人民日报》公布后，胡风就是一个人人喊打的名字。然而，5月22日，在中国文联、中国作协主席团联席扩大会议上，有一个人竟然"冒天下之大不韪"，发出不同声音。

这是一个与会者多至七百的声讨胡风的大型誓师会，先后有二十余人发言，同仇敌忾、义愤填膺。忽然，一个斯斯文文、面色白皙、戴着金丝眼镜、看上去生活考究的人，走上台去。他说话声音很轻，毫无谈锋，以至于木讷，然而大家还是被他的话惊呆了：

> 胡先生不该发表舒芜的错误文章（指1945年发表在《希望》杂志上的《论主观》一文——引注），但这不是政治问题，是认识问题。不能说他是反……

简直有如平地雷起，根本不等他把话讲完，周围立刻喊起口号，抗议的声浪拔地而起，说时迟，那时快，只见某"诗人和理论家"跳上台去，一把将"大放厥词"之人拽下了台。

当天，新华社电讯就这一事件报道说："会上，胡风分子吕荧在发言中为胡风集团辩护，遭到会议的一致驳斥。"

是的，这个不识时务者名叫吕荧，美学家和翻译家。

以上所述，是1961年初他对出狱不久的梅志先生亲口所言（见梅志：《人的花朵——记吕荧与胡风》），但梅志先生所忆，或因时间久远，未必尽合原貌。近有闻敏引述多人回忆，写成《吕荧——惟一敢为胡风申辩的人》，可资稽考。在那里面，众人所谈，相同处有四点：第一，吕荧确实说了不同意胡风为反革命的话；第二，吕荧明确表示，作为学术思想问题，胡风理论有批判的必要（舒芜的回忆甚至认为，吕荧的意思是批胡风没有批在点子上，"要批就得这么批，否则，胡风就会如何如何说"；李希凡回忆亦称："那天吕荧发言不是为胡风辩护。他是说自己早在40年代就对胡风的文艺思想提出过批评。"）；第三，他的发言坚持了一段时间，不是三言两语就被轰下了台；第四，带头喊口号的人是张光年，他当时的反应最强烈。把吕荧拉下台的，可能也是张光年。对此众人回忆未予明指，但梅志转述吕荧的话，说拉他下台的那个人是"诗人和理论家"——这跟张光年的情况相符。

恐怕吕荧事件现在多少有些被人们理想化。吕荧的举动，应无"中流砥柱"的意义。否则，与吕荧本人性格以及他与胡风的关系，都不相符。梅志《人的花朵——记吕荧与胡风》，虽然有所模糊，但字里行间能够看出，吕荧与胡风固有朋友之谊，可在文艺问题上彼此并不认同。梅志说：

胡风每次去北京接受批评时，他都会去看胡风，并且一定要请胡风吃饭，表示深切的关注，意思是他绝不是趋炎附势的小人。但胡风不愿他卷进这是非窝里，早就不同他谈自己的情况，尤其是不谈文艺思想。他也不问。彼此心照不宣。

又说：

胡风也不愿意对他说什么。从没有向他透露过自己写《三十万言意见书》的事，也没有和他讨论过文艺思想问题。主要是怕牵连他。

不谈，应是谈不到一块去，而非"胡风不愿他卷进这是非窝里"或"怕牵连他"。"心照不宣"，亦应该是对思想不一心照不宣。梅志说，两人在一起几乎总是相对无言，枯坐、吸烟、喝茶，"这样默默地相对而坐不到一个小时，他就会站起来很有礼貌地说：'我走了，改日再来看你……'胡风送他到门口，回来时总深深地叹口气。情义是感人的，但这场面也真使我们难受！"我以为，吕荧回回定要来看胡风，定要请吃饭，是传递他为人的信息：分歧归分歧、不一归不一，自己却不会跟着别人一道打击胡风，偏偏还要继续公然地认胡风为朋友，特意地标识自己绝不趋炎附势的性格。后来，这近乎成为吕荧显现个人品质的一种仪式。1954年深冬，当在"我们必须战斗"的怒吼已然发出之后，吕荧最后一次来胡家，带来一条中华烟，"取出一半放在桌上，没说什么"，不久，起身，默默离去。

解读这些细节，吕荧面对胡风的方式，乃是对"爱惜羽毛""世人皆浊我独清"等文人风骨的坚守。我想，这样解释才比较符合吕荧的内心世界。综合各位现场目击者的叙述，5月22日，他执意发言（据李季说，先后给主席台递了三次条子；详闻敏《吕荧——惟一敢为胡风申辩的人》），只是试图表示：吾亦以为胡风可批，但不应批成尔等那样。也正因此，1961年他见到梅志的时候，才急于解释说："我今天来看你，是想向你说明白，你千万不要误解，我没有说胡先生的坏话，我是被强力赶下台的。"可见那天他登台，本意并非如现在所渲染的，是拍案而起、挺身而出、舌战群儒、为被"缺席审判"的胡风代言。"在那个知识分子自相践踏的年代，吕荧的存在，为这个苦难的民族挽回了一点点尊严。"（傅国涌：《吕荧是一面镜子》）这心情我能体会，亦何尝不希望5月22日会场上有这样一个人出现，但吕荧确实不是从一个"战士"的角度站出来的，而是作为一个狷介文人站出来的。

即令如此，吕荧仍旧令人肃然。不是从"英雄"的意义上，是从知识分子独立品格的意义上。他的发言，大概谈不上替胡风一辩（彼此意见本不一致），但在那样的场合，他选择了不改己见，不人云亦云，不随风转舵，这种古来文人就有的似乎"陈腐不堪"的"书呆子气"，此时此地显得弥足珍贵、大放硕彩。恐怕在场的每一个人（更不必说我们后人）心里都很清楚，这口古老的"气"，即将或者已经消失于士林。历经"反右"与"文革"，吕荧当日所留下的书呆子形象，五十五年来，已成绝响；尽管内秉坚孤者仍未绝迹，但像他那样且以那种方式展露于大庭广众的例子，则不复有闻。

吕荧没有成为"胡风分子"。根据他对梅志所说，事后，他被软禁在家一年，"只叫我写交代"。没有逮捕，也没有戴帽子。李希凡说，那次会后，胡乔木问："吕荧先生是怎么回事？"（闻敏《吕荧——惟一敢为胡风申辩的人》）看来，当局确实不把他算在"集团"里。

直接看，吕荧处境比胡风其他朋友好得多，但这只是表面现象。从结局来看，他没有逃脱那种命运，甚至比有些入狱、流放者更惨。

软禁结束，吕荧恢复自由，却失去了工作。写书，则不能出版。为此，他求见周扬，周扬倒是同意让他在《人民日报》上发表文章。但是，这样的事岂可多得？从前吕荧，是衣食皆很考究之人，然而只几年光景，当梅志出狱与他邂逅时，看见他是这么一番形容：

> 他没有多大变化，只是不再衣冠楚楚，而是有点邋遢了。我奇怪，他怎么也会来买几个火烧和一碟炒素菜呢。按我过去的印象，他应该是大饭馆的客人。我引我女儿走开，离他远些，但看见他吃得很香，很满意的样儿。并且，吃完后将剩下的两个火烧用纸包起来，和书放在一起，慢悠悠地站了起来，目不斜视地走出来。

这个吕荧，从形到神，实在都很像鲁迅笔下的孔乙己。见面后，吕荧约好改日到梅志家中看望。他果然来了，开始谈话没有什么异常，后来忽然一脸神秘地说：最近周扬和林默涵到古巴去了，"那地方可是去得的？是美国的后院呀！回来的时候已经不是他们了，早已被换掉，是假的了"。这时，梅志发现，吕荧原来已经精神失常。

他的精神失常，至少已经两年（亦即从1959年起）。那年，他去上海，"找重庆时文协的秘书张梅林，希望能住到他那里。他忘了文协早撤销了，梅林的住处当然不是文协的驻地了"。显然，张梅林意识到吕荧精神不正常，打电话给上海作协领导叶以群，后者派来车，把吕荧送至精神病院。

一年后，吕荧设法从精神病院逃出来，却无法从精神病中逃出来。"文革"初，与人为房产事争吵，用水果刀比画了几下，被公安机关强制劳改。1969年3月5日，在劳改地冻饿而死。

胡风案屡见疯掉的例子（胡风本人以及路翎都如此），吕荧是又一个；而他这个例子似乎是专为告诉我们，即便未被幽闭于大墙之内，这样一个案子照样可以把人摧折至疯，因为它本来就是从精神上迫害人。

五

胡风案中，有不少奇人。张中晓是其中之一。

他虽出身读书人家庭，然家境贫寒。念到初一，即失学，摆摊谋生，"摆过香烟摊、糖摊、杂粮摊等等"。（张中晓致胡风，1950年7月27日。下同。）几年后，这个学历仅仅初一的青年，却成为重庆大学的学生。为什么呢？因为自学。他一边谋生，一边自学，等到考大学的时候，"我底英文自修到已能读《莎氏乐府本事》"！然而，大学刚念了两年，困厄再次纠缠于他——"1948年5月，我突然吐血（据医生诊断是已有五六年历史底肺结核）很厉害，血吐了两大面盆，原因大概是过去几年底困苦和二年来底'用功'。"治病，开刀拿掉了五根肋骨，致胸部一侧塌陷，从此肩膀倾斜。除身体损伤外，学业再次中断。换言之，他总共上了一年初中、两年大学。倘说学历不代表学问，张中晓是绝好例子。1951年，他入上海新文艺出版社任编辑，在这文化人成堆的地方，与其说谁都不敢藐视张中晓，毋宁说反过来，不少人因为自知学问弗如而暗自感觉着张中晓的压力，顺便把他想象成"傲慢"之人，为自己的浅陋开脱。的确，不必说一般人，就是在马列文论方面造诣很深的吕荧，张中晓也让他吃了一惊。那是1952年2、3月间，吕荧在上海耿庸家谈起其编译中的《列宁论作家》，张中晓一旁插话，说列宁曾有一段论述如何如何，吕荧却"不记得列宁说过这样的话，说'到目前为止，编译出版的马恩列斯论文艺一类的书里没看到这一条，也没看到

· 838 ·

有谁的著作里引用过'"。当即一查，果如张中晓所说。吕荧连连称赞，送给张中晓八个字："言不在多，言在必中。"（耿庸：《却说张中晓》）

梅志《青春祭——记张中晓与胡风》说："我们敬爱的领袖对这个张中晓是印象很深的，幸好他可不是封建帝王……"这句话，指的是张中晓那封著名的给胡风的信。此信被编辑、摘入《关于胡风反革命集团的第三批材料》，于1955年6月10日《人民日报》披露：

为了想写一写，看了一遍毛著"论文艺问题"，但，看了之后，就不想写了，现在告诉你一些我对这本书的意见：

作家与对象在创作过程进行搏斗。在我觉得这是真假现实主义的分歧点，但，他只说："观察，体验，研究，分析"，多冷静！

"功利主义"云云。这个标准压杀了真正的批评，压杀了新的东西。对于"暴露"，"歌颂"的三小段，是不对的，这完全是形式的理解和机械的看法。我讨厌"暴露"，"歌颂"（这含义应该与"暴露"相对）这类说法，我觉得，应该换写为痛苦，欢乐，追求和梦想，我觉得，现实主义应该驱逐这些庸俗的恶劣的说法。

关于鲁迅杂文的一段，是完全不对的。杂文，是从现实人生要求中随处发掘出一切新思想的锋利的锄头，假如仅仅把他看作"处在黑暗势力统治之下，没有言论自由，故以冷嘲热讽的杂文形式作战"才"正确"，那就根本没有懂得鲁迅。

其他当然还有好几点。以上的一些，我觉得特别重要，而且深刻地感觉得它是不对的。总观全书，其本质是非现实主义！

……

这书，也许在延安时有用，但，现在，我觉得是不行了。照现在的行情，它能屠杀生灵，怪不得帮闲们奉之若图腾！

譬如"观察，体验，研究，分析……"乔木就引用过。

当然，里面有一些是对的，譬如"不是在作品中写哲学讲义"。以及你在"论现实主义的路"第十页所引的一些。但，我觉得这些都该是马列主义的常识。

我真不敢想那些以为这本书是"最完整"的文艺方针而且谆谆教训别人的指导家们心中作何想头！

直到今天，这也是一段从报端所能见到的"攻击"《讲话》最"恶毒"的文字。据悉，"材料"编者按、序言及批语，多系毛泽东亲笔或经其修改（参阅《建国以来毛泽东文稿》，第五册，《关于编辑、发表胡风问题材料的批语》），但张中晓这封信的批语，毛泽东空置未写，而由别人补上。不写，除了避嫌，也凸显了毛泽东在这些话语面前的特殊感受，他必定深深记住了这个狂悖的年轻人。第三批"材料"最后一封信，也是张中晓的，在这封信后面，我们看到以下批语：

还是这个张中晓，他的反革命感觉是很灵的，较之我们革命队伍里的好些人，包括一部分共产党员在内，阶级觉悟的高低，政治嗅觉的灵钝，是大相悬殊的。在这个对比上，我们的好些人，比起胡风集团里的人来，是大大不如的。我们的人必须学习，必须提高阶级警觉性。政治嗅觉必须放灵些。如果说胡风集团能给我们一些什么积极的东西，那就是借着这一次惊心动魄的斗争，大大地提高我们的政治觉悟和政治敏感，坚决地将一切反革命分子镇压下去，而使我们的革命专政大大地巩固起来，以便将革命进行到底，达到建成伟大的社会主义国家的目的。

"还是这个张中晓"，透露了一种心情。

"材料"中，有关张中晓的部分特别惹眼，他出言无忌，态度激烈。除"诋毁"《讲话》是"图腾"和"屠杀生灵"，从另一封信摘录的这几句话也很刺眼："二年来，我脾气变了许多，几乎恨一切人……对这个社会秩序，我憎恨。"当时，这些都被视为"分子们"反革命凶恶嘴脸的最好证明。如今，经梅志先生解释，我们得知张中晓某些愤世语，事出有因，与家族内部纷争有关。即便没有那些内情，也正常；那时，张中晓二十岁出头，谁处在这个年龄，思维方式大抵都难免偏激，尤其富有理想、心地纯洁的正派青年，更易疾恶如仇。我还注意到梅志先生这样说，"……很明显是一个卧病在床的病人变态了的悲观世界观的反映"，很有道理。须知，这是一个被拿掉几根肋骨、长期患着严重肺结核的人。谁都知道，肺病病人易怒、厌世、情绪无常，连恋爱中的林妹妹在肺病折磨下也感觉不到幸福、动不动甩脸子哩。

我有一个印象，如果说40年代胡风及其一些主要的朋友，还有一种论战姿态，那么，新中国成立后，他们对于"现实"已感无奈，苦于自辩，实际上内心陷于退忍。只有张中晓不是这种心态，真人率性，胸臆袒露，敢想敢说。这可能跟年龄有关，可能跟他与胡风派接触较晚、对过往的虬结纠绕了解不深有关，但无疑也是性格使然。

他结识胡风虽迟，却颇受倚重。起草《三十万言书》时，胡风特地把他请到北京，大约是因他比较熟悉马列文论，可在这方面发挥作用。

这个人的一生，真可谓极其坎坷又极其有力。少年时代即为贫困、病痛交逼，两度辍学却满腹经纶，二十五岁卷入惊天大案、得到"御批"之眷顾，然后入狱，大好年华就此断送。以后，直到亡故，根本是在无人知晓的寂寞之中，至今没有人能确切说出他的遭遇，只知道他"大概"于五几年被公安机关批准回家养病（以他那样的身子，对于监狱也真是个负担)、每月给予"大概"二十元生活费(真难为他靠这点钱支撑那样的病体),最后,"大概"在"文革"开始后不久肺病复发、吐血而死。平反之后,梅志先生与张中晓弟弟联系上,他告诉梅志先生,哥哥"曾将上半截已穿成满是破洞的背心剪下较完整的下半截来改成一条短裤,就这样度过一个夏天"。可就是在如此情形之中,"保外就医"的张中晓仍然勤读苦思,留下密密麻麻几十万字笔记,分别题为《红楼梦文史杂抄》《狭路集》和《随思录》,1996年由路莘整理为《无梦楼随笔》在上海远东出版社出版。

品味张中晓不倦于思、"造次必如是,颠沛必如是"的一生,我觉得眼前有一座真正的思想者雕像。

当年,因肺病被推上手术台时,他曾闭着眼,在脑海的边际盘旋着这么一句话:

> 会稽人张中晓,认真活过、读过、写过、爱过、恨过,在还很不愿死时,死了。

不到二十年,这句话的每个字,不幸而全部言中。

六

阅读胡风案的资料,向来有透不过气的压抑与沉重。唯一例外,是读何剑薰《从一到〇》的时候。

对于何剑薰,在文学史著作里很难找到他的身影。《胡风回忆录》提到他时是这样说的:"这人很健谈,知识很丰富,尤其是谈起四川的一些人物,如绅士,地主,教员等,简直可以使你喷饭,而他不笑,很有幽默感。不过，情绪也就因此阴暗了些，但他笑起来又很天真，绝不是那种老于世故的玩世不恭者。"又说，何剑薰擅长讽刺小说，给《七月》投了不少稿，都准备用，但屡屡被国民党当局"枪毙"，"使得中国文学史上讽刺小说这一栏里缺少了一名有特色的作者"。为胡风所称道的那些作品，我还无缘拜读；然而，单单这篇《从一到〇》，已足以让人为胡风的评判投上一票。

第一批"材料"，亦即舒芜交出的那批信件，其中第二十六封是这样的：

> 这信刚写完（早上），他就来了。《新蜀报》副刊已说妥，——每周三天。要稿子，而且要我非写不可。一来那个报坏得很，二来不知道他会弄出什么花头来，但无法谢绝，只好答应写一点，但请他允许换一个名字。他说，不行！你看，这如何得了！这又怪我多事，不但不能在战略上得一配合的小据点，反而秀出了麻烦，弄得不好就要增加攻击者们底材料。

注释写道："［他］指何剑薰同志。当时胡风介绍他编《新蜀报》的副刊'蜀道'。"前后三批"材料"，何剑薰名字只出现过这一次。而只此一次，即让他遭受十个月拘禁。

其实，何剑薰自己说："我同胡风交往虽有七年之久，但后面几年，相处却不很好。"类似情况，在胡风案中并非一例。刘雪苇、吕荧皆相仿佛。梅志先生讲过一句话："胡风一案说它是瓜蔓抄也不为过。"（《追忆往事——悼念雪苇同志》）"瓜蔓抄"，出《明史·景清传》："成祖怒，磔死，族之。籍其乡，转相攀染，谓之瓜蔓抄。村里为墟。"朱棣篡位后，迫害建文忠臣，恣意株连，哪怕只是一丁点儿关系，也绝不放过，这就是"转相攀染"的瓜蔓抄；例如景清，本人惨死不说，整个故里人财充公。胡风案第一批"材料"公布后，有人见到何剑薰的名字，持报相告，何剑薰还不以为意，因为自己与胡风早已断了来往，然而事实却很好地教育了他。

正是："无事家中坐，祸从天上来。"他先被找去谈话，继而被搜家，然后关起来写交代材料，处境和吕荧接近。较之于关到牢房里的其他"分子"们，吕荧、何剑薰"待遇"貌似好一些，可是不要忘了，吕荧就是在这之后精神失常，可知熬过这种摧折也谈何容易。而何剑薰竟然从中"全身而退"，没有垮掉，更不曾疯癫，豁然地活着。恢复自由后仅数年，就以主笔身份完成藏族伟大史诗《格萨尔王传》第一卷的整理工作，由上海文艺出版社出版（1961年）；"文革"结束后，又拿出一部研究成果《楚辞拾渖》。这一切，使我对这个人佩服不已，充满好奇。

答案可以到《从一到〇》中去找。我平生所读，"好文"不少，叹为"奇文"的却并不多。我也并不真的清楚这二者的差异，只是一种感觉而已；大抵，"好文"是精美之作，"奇文"不见得很精美，却具有令人匪夷所思的性质。《从一到〇》记述胡风案发之后，作者的遭遇、经过和态度。这样的内容，其实跟其他"分子"回忆往事之作差不多，但那些文章，只是读得人萦纡索结、苦痛心酸，《从一到〇》则丝毫也不给人这种情绪，相反，时时会心一笑，乃至畅怀大笑，甚而愿为之浮一大白。

例如，"大事不好"之际，他竟会这样反应：

在去厕所的路上，遇到李教授拿着一份报，边走边看。见到我时，忽然停住说：

"报纸上点你的名了。你看看。"

我站住，看了一下。原来报纸上的话是这样说的：

"他，指何剑薰同志……"

我说："世界上的'他'多得很，怎么这个'他'竟是我呢？"

这幽默，真是"冷"得可以。等到被拘，"解手才能出去"，他又辛辣地写道：

这屋子很好。这里原是西师（西南师范学院，何剑薰单位——引注）首长们的住宅，但不知道是谁的。后来，才知道是邹剑龙同志的住宅。因为外出解手，看见邹安娜在厨房门口梳头，看见我，虽然匆忙一梳子把头发梳过来掩住脸，但我还是认出了她。她是我的学生，一个很好的学生。现在不敢相认，是怕羞吗？当然不是。因此，我一面写一面想：这叫什么？拘禁？软禁？禁闭？禁锢？拘囚？拘羁？待字闺中？……好像都不是。叫什么呢？将我头脑中所知道的这类术语全部都搬了出来，似乎随便哪个，都不合用。

孔子曰："名不正则言不顺。言不顺，则事不成。事不成，则礼乐不兴。礼乐不兴，则刑罚不中。刑罚不中，则民无所措手足。"当然，我的交代就不能清楚。我必须问一问，这到底叫什么？

愤世，然而无一句控诉或鸣冤，只把荒谬撕扯得体无完肤，变成碎片撒在空中纷纷扬扬……"是怕羞吗"，令人喷饭；"待字闺中"，或是我见过的最妙的挖苦；而对孔子的征引，生动至极，用在这里简直字字珠玑。

中间有个段落，刻画人物。那时，作者写完了交代材料，"任务已经完成，指日可以出去了"。"就在怀着这样喜悦的心情等待之际，谢院长来了。他微笑着，带着他平时一贯具备的那种悲天悯人、谦逊和蔼的态度，好像有重要的、使我感到欣喜的消息要告诉我，但又不想立即说出。就像是，要给小孩子一件美好的玩具，先把这个玩具藏在背后，让他猜，一次次逗他"。作者没有得到期待中的"玩具"——显然，"大人"还没有逗够"孩子"——相反，倒是被哄着交出了一样东西：一张"同意检查"的字条。"他拿出一张纸，要我在上面写几个字，'同意检查'，而且再三再四地说：'不是搜查'。""我写了，给了他。他轻轻地、轻轻地走了。出门时，还向我打了个招呼，表示并未忘记我的协助。"这时，作者又一次亮出他不动声色的讽刺才华：

> 谢院长走后。我感到茫然。觉得他来的目的，原来是为了得到一张要我同意的搜查证。虽然他叫的是"检查证"，但对我这不懂法律的人来说，实质都是一样，没有什么区别。（着重号为引者加）

天哪，这一支笔，叫人如何招架得了？
又有一小段，写拘禁中苦夏，饱尝蚊虫侵扰。说：

> 我感到，天下善于钻空子的，莫过此物了。躺在床上，迷离惝恍，长久不能入睡。无奈，只好做诗，做骂蚊虫的诗。

深得"比""兴"之道。

伏笔、隐喻、反讽、双关……这篇文章，真是做得摇曳多姿、奇趣横生。文中有一处，突然斜插进来，提了一句《阿Q正传》。初读，只以为是兴之所至，可看到结尾，才恍然大悟：这是"草蛇灰线"，是文眼——文章从"［他］指何剑薰同志"那条注释写起，结尾又回到这条注释，因为当一、二、三批"材料"于1955年6月由人民出版社结集成书时，"同志"二字悄然消失。于是，末尾最后两句写道：

"同志"这条辫子从我头上给革掉了！

"噢嚄，革掉了……"

起死人而肉白骨——可怜的辛亥革命后掉了脑袋的阿Q同志，又开口说话了吗？至于"同志这条辫子"，这般绝妙好词，怎么想得出来！《从一到〇》（写于1985年），挑《阿Q正传》之精要，承《狂人日记》之笔意，可惜我从未在各种"当代散文选"里看见过它。这且按下不表；此时此地，让我们记住，那巨大苦难所唤起的反应中，有何剑薰这一种，亦即由看透而觉悟，再由觉悟而谈笑如歌。

七

当然，何剑薰式的通透，不可多得。案中诸多"分子"，往往一边勇敢地守着阿垅式的"可以被压碎、决不被压服"的信念，一边吞咽焦虑、忿懑和抑郁。也还有人，在国家机器泰山压顶之威权下，如同被波塞冬三叉戟搅起的滔天巨浪中命悬一线的俄底修斯，号啕战栗，展示了普通人的脆弱。他们或许不高大，但同样值得铭记和同情。

我们讲一讲李正廉的故事。

第一次注意到这个名字，是因为何满子先生一语带过的描写。《中国现代文学史上头等大事中一个小人物的遭遇》中，有这么一句："这之间我换了几次囚室，听见过贾植芳的喊叫，也听见过李正廉的抖抖索索的声音。"这"抖抖索索"四个字，虽然简单，但很形象，而吸引了我。在所读到的那么多有关胡风案的叙事里，很少直接看见此类形象。而何先生用了这四个字来描述自己的一位"同犯"，我相信没有其他含意，仅仅是实录。

后来，读李正廉自己写的《"一般分子"的"一般苦难"》，看到了详尽的情形。

李正廉下狱，也是因为一封信里的几句话。在第三批"材料"的第五十八条，摘录着：

你可以想象这些日子所听到的噪音，是怎样使唯一能欣赏音乐的耳朵也失灵了。这里、那里的不协和音，和无基调性，简直令人诅咒。……

注释是：

［噪音］指对于胡风的批判。

仅仅八个字的短注，令李正廉于1955年国庆前夕被宣布逮捕。

李正廉不是一条"好汉"，他在文章中坦承了自己的懦弱和胆小。"市委宣传部长陈冰对我说：像舒芜那样，站出来，揭露胡风，重新做人，把看到的、听到的、想到的，统统写出来。我照着做了，但无济于事。"——"像舒芜那样""照着做了""但无济于事"。他是我所读资料中，唯一承认自己被捕后"像舒芜那样"的人。我像佩服别人的不屈一样，真心佩服李正廉的诚实。

我们来看李正廉为什么"抖抖索索"：

> 第一次审讯，戒备森严，荷枪实弹，有人用刺刀对准我。公堂一排高柜后面坐着的像是法官和书记。

荷枪实弹，还"用刺刀对准"，这阵势用来对付一介文人、一个平头百姓，过于"隆重"了。当然，那是吓唬他，不至于稍不称心，就"架出去崩了"。如果是在今天——我们知道今天的法庭很规范很文明，不会摆那阵势，但假设也出现荷枪实弹和"用刺刀对准"的场面，受审者大概不会魂飞魄散，因为他心里有数，法律制度在，谁也不能乱来。可是五十年前，李正廉们心里有这个底吗？恐怕不大有，恐怕要满腹狐疑。所以他一进法庭，已经吓了个半死，加上堂上大人当庭怒斥，说他"隐瞒历史"，李正廉心惊肉跳，用他自己话讲，庭审之后"吓昏了好几天"。

自从这一次过堂，李正廉就神思恍惚：

> 由于心中深感冤屈，而情绪又紧张，以至有一天在倾倒囚室粪桶时过分恐惧加上体力不支而跌倒。于是粪便和尿水四溢，人的头颅跌破，鲜血和粪水、尿水流在一起，狼狈之状可想而知。

这一跤可摔得不轻，不是擦破点皮、流几滴血，以致送到监狱医院做了缝合术。送回囚室后，昏迷数日，滴水不沾。李正廉以为，此番休矣，"必死无疑"；还好，又活了过来。

之后，他被移往上海南市第一看守所，关进单人牢房。本来，这应属条件之改善，可是李正廉过去读马列，偏偏对马克思的一篇在法庭上的辩护词留有深刻印象，"知道单人牢房会使人患上精神分裂症的，莱茵会议曾通过用流放代替单身牢房的监禁法令"。眼下，自己也置身单人牢房，李正廉在心中培养着恐惧。很快，除了忧虑可能疯掉之外，又添了新的恐惧，因为从他的那间单人牢房里——

一眼就能望见窗外架有机枪的堡楼，不禁使我幻觉丛生，自认是一名死囚。

也就是说；他的理解完全搞拧了：他不认为关进单人牢房，是坐牢条件有所改善，他恰恰把它视为已获死罪的凭据。

这是灵魂彻底被恐惧吞没的结果。我们知道，死神根本没有走近他，甚至新千年来临之际他仍然活着；但是，有好几年他确确实实活在对于自己必死的确信当中。这样地活着，将比死亡本身更加可怕。

1956年，调整知识分子政策。李正廉因此出狱。不过，出狱并未释放他的恐惧，他仍处在绝望中，以致直接的死亡威胁已经离去，他自己却还是树立不起活下去的信心。因为无处可去，李正廉流浪到宁夏，于60年代初大饥荒中被作为"流窜犯"抓起来。这新的打击，使几年来挥之不去的死亡幻觉，终于变成一种对于他行为的一种暗示与诱导——李正廉持刀自刎，从对死亡恐惧到真正品尝死亡滋味，而且不是被宣判生命不宜继续，是主动、亲自动手。

人就是这样奇怪：对某件事极度恐惧，到头来被它驱赶得无路可走，反而自己选定了所恐惧的事情为结局。如果不知道所谓"心灵摧残"是什么，李正廉由怕死到"勇敢地"挥刀自尽，就是一个最好的说明。

自杀没有成功，李正廉不得不继续活着。他回到原籍四川自贡，和化铁一样，卖苦力维持生活。这位已经四十多岁的男人，一无所有，同样属于化铁所说的"最贫困的无产者"。较之一般"无产者"，他们还缺少尊严、人格，在政治和精神上被视为"黑人"。

这时，我们看到了一个伟人，一个可能是这社会唯一爱他的人——李正廉八十多岁的老母亲。是白发苍苍的她，领着人到中年却没有任何社会地位的儿子，找到派出所，去争取一个"窝"：

> 派出所通知居委会，指定一小块堆过垃圾的地方，叫我盖房子。我老母亲高兴地与我一起劳动，割稻草用来和泥，我自打土砖，花了约一个月的时间方清理出一块平地，又申请到二分木料，八百块瓦片，我担着箩筐，四处拣拾断砖，就这样盖成了我的"窝"。我老母亲九十九岁那年逝世，就停尸在我们母子合盖的那间小屋里，我痛苦万分。听说居委会曾想在那间小屋里为她祝贺一百周年生日，却竟早一年就离开了她受苦的儿子和她奋斗来的那间小屋。

这位女性，不单单是李正廉的伟大的母亲；其实，她用一个人的肩膀，代整个社会扛起了基本的人道责任。

李正廉1989年书写他的回忆时，最后出人意料地请求着"谅解"。他说，自己的心态、精神状况，直到现在，"与平常无此遭遇的人，不能相提并论"。他说他清楚这一点，所以希望读者对他"某些异常心态和思维定势能加以谅解"。他告诉人们："我有你们难以想象的痛苦。"

八

前面，我们的追光先后投向了七个人物，虽然可以将故事数倍于此地讲述下去，且毫不减色，但一切总有结束的时候。胡风案中单个人物的遭遇，我们打算再讲一个。

第三批"材料"第二十九条"1951年6月24日欧阳庄给胡风信（自南京）"，内容是："苏州有一个同志可谈（在市委工作，党员），此人在解放初期受了打击（"自由主义"），可能斗志较差，但可一试。"批注和按语就此写道：

> ［苏州一个同志］欧阳庄向胡风报告他发现了在苏州有一个可以"联络"的人。他们发现犯了错误的共产党员，就认为是"可谈"的，也就是可"争取"的对象。
>
> 按：共产党员的自由主义倾向受到了批判，胡风分子就叫作"受了打击"。如果这人"斗志较差"，即并不坚持自由主义立场，而愿意接受党的批判转到正确立场上来的话，对于胡风集团来说，那就无望了，他们就拉不走这个人。如果这人坚持自由主义立场的"斗志"不是"较差"而是"较好"的话，那么，这人就有被拉走的危险。胡风分子是要来"试"一下的，他们已经称这人为"同志"了。这种情况，难道还不应当引为教训吗？一切犯有思想上和政治上错误的共产党员，在他们受到批评的时候，应当采取什么态度呢？这里有两条可供选择的道路：一条是改正错误，做一个好的党员；一条是堕落下去，甚至跌入反革命坑内。这后一条路是确实存在的，反革命分子可能正在那里招手呢！

欧阳庄说,起初他没有看出按语的"来历",接受讯问时,还"大不敬地辩驳了一通"。

——这就是胡风案中有名的"苏州一同志"。他名叫许君鲸。认识欧阳庄,见过路翎,从未见过胡风,连通信也没有。许君鲸对路翎创作评价很高。解放后不久,路翎即受批判,欧阳庄信中提到他,意思是不知道许君鲸愿不愿意为路翎鸣一点不平。从口气看,其实欧阳庄一点把握也没有,只是提一提,连姓名都没涉及。

仅此,许君鲸就倒了霉。这个连胡风自己都说不出个子丑寅卯的"苏州一同志",被裁定为"胡风分子"。

许君鲸被清除出党,先送苏北滨海农场劳改,次年流放青海。"在青海两年,正处于天灾人祸的饥荒时期,他饿得捉蛇吃、捉老鼠吃。"相反,也几次差点被饿狼吃掉。1961年,连劳改农场都把他当成累赘,遣送回苏州。回到苏州,母已亡故,无家可归:

> 要不是地下党老友,和过去与他相识的同志们暗中相助,他极有可能饿死街头。有一次他被老友的父母留宿,户籍警发现后即予制止,他不得不到处露宿。后来经过地下党老友一番努力,他先后在蔬菜农场和果园劳动,总算有口饭吃。他养过猪,就住猪棚一侧,十多年与猪为伍。(欧阳庄《〈蚂蚁小集〉·胡风·"苏州一同志"》)

又据荣棣《"苏州一同志"》:

> (在劳改农场)老许当时只有一条裤子,实在脏得不像样子,就跳到水里,人浸在水里脱下裤子,搓洗一番,再央人晾在岸边树

枝上，等有那么六七成干了，再悄悄出水穿上。

被钦点为"苏州一同志"时，许君鲸二十七岁，1980年平反，五十二岁。二十五年来，孤身一人。曾有一"人品端庄"的女子，"同情他敬慕他，愿意跟他一起生活"；许君鲸自觉身体不佳恐误人终生，约期半年，倘健康有所起色，再结连理。半年之后，他给人家的回复是：谢绝好意。

1988年，也即为胡风彻底平反的那一年，5月10日，"苏州一同志"被人发现在他的小屋里自缢身亡。这一年，也恰逢他六十大寿。

乍一看，他此时自尽，让人费解。可是，打开他生命的册页，从二十七岁开始，劳改、流放、饥饿、露宿街头、与猪同眠一十五载、没有家、没有女人、面如死灰、心似槁木、一身病痛……你就会清楚知道由头何在。

遗言这样写道：

> 顽疾缠身，久治不愈，形同废物。今年逾花甲，生活日难自理，活着徒然是社会和亲属的累赘，平添麻烦，还是先走一步罢。
>
> 许留八八年五月

这"形同废物"四个字，我注目良久，反复体会。仅仅被人在信中提了一句，即换来这四个字的一生。

作为一段历史，胡风冤案早已结束，似乎可以封存到档案里去了；但对于许君鲸，它却仍然是摆脱不了、继续为之挣扎的现实，永远不会成为"过去"。这是许君鲸迟至1988年的自尽，所带来的一个震撼性提醒。

九

现在这个段落，特别留给"胡风分子"的亲属们。

这冲动（我觉得有必要使用这个字眼），是从读了梅志先生所写冯大海女儿故事后产生的。

冯大海身世极苦，幼年时，家中即有父无母，不久，父亲也病死，姐姐咬牙将他带大，为此沦为私娼。姐姐不单以卖身供其衣食，更发誓绝不让弟弟中断学业。冯大海也争气，含泪苦学，考取重庆的名牌中学。后来，姐姐从良，跟了一个跑运输的浙江人，当时提了唯一一个条件，就是供给弟弟上大学的费用。就这样，冯大海得以成为一个北大毕业生。这庶几可谓现代翻版的"陈三两传奇"，不同之处是，弟弟并非忘恩负义的李凤鸣。1954年，冯大海调作协刊物《文艺学习》（主编韦君宜）做编辑。1955年，胡风案发，仅见过三次胡风的冯大海，牵连在内，被调离作协，下放河北小县。"文革"开始，冯大海难禁迫害，赴水而亡。

冯大海有一个女儿。关于父亲，她只留下短暂而遥远的记忆。这些记忆，截止于她的幼儿园时代。她记得，父亲常在周六下午接她从幼儿园回家；记得父亲领她去动物园，把她举得高高的，看狮子老虎……以后，父亲就从生活中消失了。这可怜的女孩不能丢开对父亲的思念，当残忍时代终于过去，她就踏上了漫长的寻父历程。她甚至根本不知道父亲究竟流落到河北什么地方，她找得很苦……后来，好不容易从一个人那里打听到父亲的模模糊糊的消息，模糊到说不清他曾经落脚在哪个梆子剧团，更说不清他如何被迫害致死。

就这样，女儿辗转地向梅志求救了，所提出的愿望竟然只是想得到父亲的一张照片！换句话说，她长到快三十岁了，脑子里却连父亲比较清晰的形象也没有！

梅志先生把她的故事写到《从寻找一张照片说起——忆冯大海与胡风》这篇文章里。梅志凄凉地问道："难道连一张照片都没能留在世上吗？"在文尾，写着最后一句话："我再一次向他的朋友们呼吁：找一找吧，哪怕拇指大的一个头像让它留在人间也好啊！"文章的发表起到了作用，有人献出一张包括冯大海在内的一张合影，给了那悲伤的女儿。一张。是的，只有一张。

这故事，让人气郁难舒。从此，特别注意案件对于"分子"们的家庭冲击。一旦留心，与冯大海女儿相似或者更为悲凉的故事，纷至沓来。

——泥土社老板许史华，入狱时女儿尚幼，被关十年放出，所愿就是与女儿重聚，然而找到改嫁后妻子的家，却被人一把推出。这个刚刚恢复"自由"的人，游魂似的走回旧屋，投缳自绝。

——方然被捕时，妻子正是有孕之身。之后，她产下一对双胞胎女儿。可叹方然，妻子分娩不能守候，女儿降生不能相迎。而两个娇嫩的生命，名曰有父，其实无父。方然也是被关了十年放出。这时，妻子改了嫁，老母已在绝望中悬梁自尽。妻离子散、家破人亡的方然，想见见出生以来缘悭一面的双胞胎女儿，并未如愿。时隔一年，方然被发现淹死在一条水沟里，"说不清是自沉的，还是体力不支滑倒在水沟里再也无力爬起来……"（冀访：《活着的方然》）

——1955年5月15日天刚蒙蒙亮的时候，耿庸被几个不速之客从家中带走。临走时，和妻子王皓道别。他万万没有想到，说过"再见"之后的四个月，在看守所里好几次听到了妻子读报的声音。他说："每当听到她的声音，我就感到心在收缩，感到牵连了已成了家庭妇女的她才真是一罪过，一下子成了三个孤儿的三个无辜的孩子又怎么过活呢。"后来有一阵子，不再听到妻子的读报声，耿庸幻想她已被放出去。果然，传来消息，王皓已经出狱，大儿子东宁上了小学，耿庸略觉宽慰。1966年3月24日，是耿庸释放的日子。在释放之前，承办员突然向他提出一个问题："你想过王皓怎么样了吗？"随即告诉他："是的，她自绝于人民，她已经死了……"——原来，十年他始终活在错觉中，到头来，"三个无辜的孩子"终于还是成为"三个孤儿"。

——1955年夏天，朱健和夫人分别被隔离审查；此时，他们的小儿子尚在襁褓之中。不久，朱健被正式逮捕，"妻子在工作单位严加看管，日夜逼供。襁褓婴儿则成了向母亲放回压力的筹码，不彻底揭发、交代'胡风集团''特务活动'，就不准与小儿子见面。即使八月中秋万户团圆之日，母亲号啕痛哭，千般祈求，也打不动几位同样为人慈母者的坚定立场和铁石心肠——1956年夏天，一年过去，我们总算看到小儿子。他已经蹒跚学步，却歪歪倒倒，怎么也走不好。仔细观察，小腿明显是弯的。多方求医，终无明效大验。一位自愿留在中国、私人开业的日本医生，抚摸着儿子肥嫩的小腿，低声说：'没有别的办法，孩子长大了，腿长了，弧形就不明显了。'这位异域医生自然不知道孩子罹疾的真实原因，但他怅然神伤的目光，却长久留存于我的记忆中。"（朱健：《胡风这个名字……》）

——顾征南走出家门时，身后，有六旬老母、怀孕八月的妻子和一双幼小儿女。一年零六个月后，他即被释放；然而，在这短短时间内，"年老的母亲思子心切回乡后在极度悲痛中离开了这人世"。以后二十余年，子女长期政治上受歧视，妻子"在忍气吞声、抑郁沉闷中得了癌症"，"过早地离开我们"。（顾征南：《我所认识的胡风先生》）

——于行前这样描述与亲人分手告别时的情形："不知厄运痛苦的

是我两周岁的儿子和不到一周岁的女儿，他们以为爸爸和往日一样去去就回来，都伸张着两只小手要爸爸抱一抱，亲一亲。我一手抱起儿子，一手抱起女儿，我天真美丽的女儿，双手抱着我的头，用她的小嘴亲吻着我的面颊……我不愿叫孩子看见我在流泪。"（于行前：《我和胡风相识前后》）

——严望和女儿，又是一对从未见过面的父女；1965年9月，严望被宣布释放时，女儿都上小学三年级了，而她的妈妈则已经改嫁。还好，他没有被拒绝与女儿相见。他领孩子去吃涮羊肉，略尽父道，泪眼相对。可是，没几个月，"文化大革命"席卷而来。1967年，重入劳改队的严望，收到女儿信。信，引用了最高指示"谁是我们的敌人……"然后宣布："我同你划清界限。"直到"文革"结束，他们才恢复联系。

——阿垅只有一子，1966年瘐死前曾要求见子一面，而前文已说过，没有相见。

——何满子岳母惊忧成疾，于女婿被关押期间去世。他还有一个弟弟，自杀。

——张中晓之弟在1957年以"替胡风反革命分子张中晓鸣不平"罪名，打成"右派"，发配新疆服劳役二十年。

劫后幸存，"分子"们聚首一交谈，"几乎所有的家庭、亲友、学生乃至有屁大一点瓜葛的人都遭到了或重或轻的株连；而且辐射开去，受波及的难以统计。"（何满子：《中国现代文学史上头等大事中一个小人物的遭遇》）这个层面上的人和事，大多应该不在"胡风案件触及2100余人，逮捕92人，隔离审查62人，停职反省73人，正式定为胡风分子72人（其中共产党员32人），胡风骨干分子23人，到1958年给予停职、劳教、下放劳动处理的62人"等一组统计数字之内。

十

至于"分子"们本人，除自杀外，最常见的情形是精神失常或心理变异。

下面，是我所知道的相关名单：

胡风（70年代初发病，终身未愈）。

路翎（60年代初发病，终身未愈）。

吕荧（50年代后期发病，至死未愈）。

王元化（50年代中期发病，后治愈）。

满涛（晚年有"多疑的不正常心理状态"，至去世未能摆脱。见王元化《关于满涛之死致陈冰夷信》）。

李正廉（50年代中期起饱尝恐吓、惊悸与绝望，自认为心态、精神状况"异常"）。

心理学上有种认识，视精神失常为巨大痛苦的一种成功逃离方式。按此说法，患上精神病，实际上以意识错乱和扭曲，化解、消化、规避了精神的崩溃或者折断（其行为表现就是自杀）。

这种看法，有挖掘精神失常"积极意义"之嫌，对罹疾者来说不免"残酷"。但是我们清楚，残酷并不来自理论。

一小部分精神病，存在遗传学背景，更多的，则由社会产生。总的来说，人类从两个方面致力于使自己健康地生存，一是提高或改善物质生活质量，一是提高或改善精神生活质量。文化（其中包括文学）属于后者。文化愈丰富、愈发展，人的幸福度也就愈益增强。

自古以来，文化的进步一直起到物质进步无法起到的作用，文化建设者也自觉承担那种使命。胡风及其朋友们有一个主要的认识，即由于历史和社会的不正确，使人类身上存在"精神奴役创伤"，文学应该为克服"精神奴役创伤"做工作。这样理解文学的作用，是触及根本的。

岂知这些为克服"精神奴役创伤"而工作的人，自己沦为受害者。作家、艺术家、思想家等人文工作者，由于迫害而精神失常以至精神崩溃，是社会悲剧中最为糟糕的一种，再也没有什么现象，比这更能说明，社会精神文明处在怎样危险的状况。

获奖感言

感谢各位评委秉持开放性眼光，感谢他们对于某种跨文体写作探索的慷慨鼓励和支持。本篇作品，是我几年来持续进行的一项系列写作的一部分，读过它们的人知道，这种写作既带着学术研究的性质，又兼具传记、纪实文学的某些特征。这使得它们在形式、体裁上颇难归类。在今年另一文学奖项评选中，我的作品也曾作为理论批评获得提名，但上述的文体边缘性、不确切性或非典型性，显然令人困扰和为难。应该说，这非常的自然。从这意义上说，本篇承蒙鲁迅文学奖认可，对我实属意外之喜。但我看重的并非个人获此殊荣，而是从中领略了一种乐于见到文学认识、文学样式、文学经验不断有所丰富和扩展的良好期待。我投身文学生涯已近三十年，对散文、批评、理论、小说、随笔、史传等体裁均有尝试。我一直认为。虽然不同文体各有其特殊性和规定性，但理想的写作者却并不应该被限制或拘束在单面的写作样式之中，而应尽力开发自己的多样性语言方式和感觉，使写作越过阻隔、走向通融，去接近一种"随心所欲不逾矩"的状态。对我来说，这是写作生涯令人着迷、乐而忘返的魅力所在。再次感谢如此的美意！

（原载《钟山》2009年第5期）

闪着泪光的事业

——和谐号："中国创造"的加速度

蒋　巍

为什么我的双眼常含泪水，

因为我对这土地爱得深沉……

——艾青

引　子

20世纪70年代，一位西方政要访问中国时登上长城，他看到一个古老大国的沉雄奇伟，也看到一个民族的封闭与落后，归国后他发出这样一句感慨："一个停滞的民族是没有前途的。"

1978年那个静悄悄的雪夜，地球似乎突然晃了晃，整个世界都感觉到来自东方大陆的震动。一位在政坛上曾三次东山再起的中国老人靠在中南海的沙发上，他目光深邃，沉思良久，毅然做出这样一个判断：中国不改革开放，不发展经济，不改善人民生活，只能是死路一条。

从此，中国进入改革开放的新时期。从此，中国铁路进入一个崭新的历史阶段……

八九十年代，铁道部挥师鏖战，先是"南攻衡广，北战大秦，中取华东"，后来又"强攻京九、兰新，速战宝中、侯月，再取华东、西南"，中国铁路版图的红色箭头有了强劲的延伸。

2008年6月24日，"中国速度史"上一个闪闪发光的日子。那天有雨，乌云密布，但耀眼的闪电不在空中而在地上，那就是中国铁路最新的"形象大使"——造型优美时尚的乳白色"和谐号"。司机李东晓浓眉长目，体形壮硕，身着笔挺制服，衣袋里装着"中华人民共和国铁道部CRH3型动车组第0001号驾驶证"，号称"中国一号铁路司机"。此刻他手握操纵杆，稳稳上推，列车渐渐加快，城镇绿野飞速向后掠过。铁道部的相关同志屏息注视着驾驶室内闪烁不停的屏幕，显示时速的数字不断跳跃冲高，人们的心跳也不断加速：150，200，250，300，350……394.3！

"今天天气不好，不要冲了！"铁道部总工程师何华武大声对司机李东晓说。他的声音激动得有些喑哑，但这句话已被淹没在热烈的欢呼声和掌声中。394.3公里——由国产动车组创造的中国高铁最高时速纪录诞生了。

这样的速度，插上翅膀就可以起飞了！

笑声和掌声中，在场所有的铁路人都泪光闪闪。

"中国高铁速度"的第一座里程碑昂然崛起！

29分43秒，"和谐号"抵达天津，比开车从北京的东直门到西直门还快。后来北京市长对天津市长笑说："看来我是你的北郊了。"天津市长笑答："不，我是你的海边了。"

三十年河东，三十年河西。从牛背上的中国到高铁上的中国，最伟大的变化就是："速度"。"中国速度"已成为中国发展的代名词。"和谐号"诞生的速度和它创造的速度，让整个世界为之震动。大洋彼岸的白宫就被惊动了，奥巴马总统在他的第一部国情咨文中这样表述了他的心情："我们没有理由让欧洲和中国拥有最快的铁路。"

一 涌动的人潮："中国之梦"和"中国之痛"

仿佛一夜之间，南国一个贫穷破败的小渔村忽然变成梦幻般绚丽的大都市。那是世界上最年轻的大都市。

就是它创造的"深圳速度"，唤醒了亿万农民的渴望与梦想：打工去，赚钱去！农民们扛起简单的行李卷，从乡村的泥泞小路跋涉到长沙、贵阳、成都、郑州等中西部的大小车站，然后坐在行李卷上茫然四顾。其中很多人没有预定的目的地，只要买到向东向南的车票，扛起行李就出发。于是在改革开放的中国，形成人类文明史上一个前所未有的奇观：范围最广、规模最大、持续时间最长的人口大流动。30年来，亿万脸色苍黑的农民工汇集成全球最壮阔的"候鸟群"，一年一度，春节前"回巢"，春节后"南飞"，在中国版图上像海浪一样潮涨潮落、涌来涌去。他们在追寻和创造文明的同时，也领悟和接受着文明。

这是20世纪80年代以来充满生机和诱惑的"中国之梦"。但是，或许没有多少人意识到，正是这个令人振奋的"中国之梦"，同时造就了一个范围最广、规模最大、持续时间最长的"中国之痛"。

你听到了吗？多少年来，延伸在全国各地的两条钢轨一直在颤抖和呻吟！你看到了吗？那么多铁路员工在谈到自己和同事的辛劳、付出和牺牲时，谈到家庭、老人和孩子时，眼里都闪着痛楚的泪光。新时期以来，在中国，大概没有任何一个行业，像铁路这样承受着巨大的压力，付出极大的努力，却又遭受着无尽的责难。他们半委屈、半幽默地说："我们累个半死，又给骂个半死……"

中国铁路无愧于"国脉"的光荣称号。那时，它仅占世界铁路营业里程的6%，却承载了世界铁路25%的运输量。全国85%以上的木材和石油，80%以上的钢铁和冶炼物资，60%以上的煤炭和大部分三农物资，都是通过铁路运输的。但是，国门打开之初，当我们好奇地张望这个陌生世界的时候，让一些人最眼热、最心跳的不是铁路，而是民航、高速公路和互联网——民航更快，高速公路更便捷，有了互联网就不用出差了——这才叫信息化和现代化！至于叮当作响、老旧不堪、趴在轨道上喘粗气的火车，一些人认为它已经沦为"夕阳产业"，未来只有等着进博物馆了。

一批批从欧美购入的飞机在各大城市间翱翔起落，一条条高速公路在大江南北迅速延伸，但穿行于群山荒野和城市里隔着斑驳老墙的铁路，似乎成了"被爱情遗忘的角落"，延伸在蒸汽机车喷出的团团白雾之中……

但是，"国脉"在艰难地、坚忍地默默运行着。因为亿万民工和普通百姓需要它！日夜不停地运往全国各地的煤炭、矿石、木材和石油需要它！来自城镇乡村并享受半票优惠待遇的大学生们（这在世界上是独一份）需要它！在冰冻灾害、汶川地震、玉树地震等大灾大难中，驰援军队、救灾物资、运送伤员需要它！现代文明史上一年一度的人口大流动、中国最独特的社会景观——"春运"需要它！

那一幕记忆犹新——

咣当，咣当……飞驰的冬夜和冷风中，刚刚参加工作的列车员小曾（后为广铁集团干部）抱着一位旅客发高烧的1岁女儿落泪了，他一筹莫展。他服务的是棚车，俗称"闷罐车"。20世纪八九十年代春运期间，因客车数量不足，只好临时用货运棚车来装人，一节车厢里塞进二三百人，挤得像沙丁鱼罐头。地板上铺些稻草，角落处打个洞就算

"方便"的地方。列车员的"服务工具"主要是手电、钳子和铁丝。入夜，小曾一定先用手电检查一下旅客的安全和状态，再用铁丝把大铁门拧死，以免中途有人想透透气被甩下去。因为车厢人太多，想"方便"都无法移动，大家只好在黑暗中就地解决。小曾只能站着喊着，或者像走过瓜地一样，跨过席地而坐的旅客们的脑袋进行服务，等到中途有人下车了，他才能在稻草铺上歇歇……

那一幕惊心动魄——

2008年春，冰冻灾害席卷南国，广州地区聚集了350万等待回家的旅客大军。春节前10天，仅广州站就涌入200万人。站前广场上，每平方米平均站8个人以上，体重轻的脚都悬空了，几昼夜动弹不得，想出都出不来。有的孩子挤晕了，旅客们就高举双手组成长长的"天桥"，把孩子传出来。时间长了，人海昏昏欲睡，浪潮般东倒西歪。铁路和部队、武警派出上万人，手挽手在外围组成六道铁壁铜墙。一会儿，半睡半醒的几十万人一齐向南歪倒，过一会儿又向北歪倒，只要外围用血肉组成的"长城"顶不住，一旦被冲垮，多少人将被踩踏在地……有时，心情焦灼的几十万旅客激动亢奋起来，一起高喊着："回家！回家！"向站前候车室潮涌而去，咆哮的人浪、声浪、气浪如怒海狂涛，难以遏止。"长城"们被撞得头破血流，但他们仍然手挽手肩并肩，好言劝解，屹立不倒。登车而去的旅客们可以吃喝和睡觉了，而"血肉长城"不吃不喝不睡，夜以继日挺立在人民的周围，守护着生命的价值。以至于铁道部不得不下达了一道死命令："让大家轮流休息，每人每天不得少于两小时！"

客运员高惠英刚做过心脏搭桥手术，每天引导十几万旅客排队上车，春运结束回家后，鞋子被踩得变了形，袜子只能用剪刀一块块剪下来，因为和血肉模糊的脚沾在一起了。

电路中断，信号灯失灵，张权林顶着严寒，手挥信号旗在风雪中挺立了整整18个小时。第二天接班的李建强赶到时，浑身凝着霜雪的"冰制信号灯"张权林砰地摔倒在地，已不能弯曲的手仍然保持着举旗的姿势，李建强抱着严重冻伤的战友大哭不止……

2月6日大年三十上午，集中在广州站的200万旅客终于全部安全送走，站前广场空空荡荡，只有旅客扔下的行李和被踩掉的鞋子堆积如山。一些筋疲力尽、依然守在广场上的工作人员歪靠在栅栏上就睡着了，很多媒体的年轻记者目睹这一幕都掉了泪。他们说："你们创造了世界铁路史上的奇迹！"

那一幕令人心痛——

因风雪阻隔，西安至广州的L307次列车被困在湖南益阳境内的一个小站望城。断水断电断粮，乘务员的进餐停了，休息车的供暖停了，自备的厚衣服给老人和孩子披上了。没水，19名列车员带上水桶和脸盆，冒着风雪，在列车和农家小院的300米距离之间组成一条传水人链；黑夜中，厨师杨大伟带人摸索到附近村庄，总算买到350斤大米和一些面条、蔬菜（一棵白菜卖到20元啊！），4个小时后扛回列车。一批盒饭做好了，两天两夜没有进餐的列车人员一盒未动，而是像押送钞票一样，前面乘警开路，车长负责殿后，中间列车员护送着一车水一车盒饭，他们宣布："首先保证老人和孩子进餐！"

受阻第四天，旅客们的忍耐力已经超出极限，哭声喊声叫骂声响成一片。他们觉得，两条轨道好端端地摆在那儿，火车不动，就是列车长"怕出事，磨洋工"。一群人围住车长发泄着满腔怒火，制服被撕碎了，帽子被掀掉了。几位女列车员用身体挡住那些失控的拳头，她们哭着喊："你们以为就你们想家啊？我们车长的两岁女儿已经生病住院了，我们厨师刚刚接到岳母病危的电话，为了大家能吃上饭，我们乘务员已经两天没吃一口饭了！你们怎么能这样？"

车长的眼圈也红了，他平静地说："其实，我们大家都是同样的心情，如果有什么不同，那就是我们肩上还有一份责任！如果你们觉得打我一下骂我一句就能解气、就能回家的话，那就打吧，骂吧。"

铁路人坦率地说，春运对他们而言就是一场灾难，年年躲不过。为尽可能缓解春运期间"一票难求""黄牛党"倒票的问题，从电话订票、团体订票、上门送票，再到2010年在广州、成都试行的"实名制"，中国铁路人绞尽脑汁，想尽了一切办法，同时他们给自己制定了世界上最严格的管理制度：售票员的手机禁止带入工作室；禁止内部人"走后门"购票等等。2009年春运，广铁一位售票员为亲戚从内部购买了一张全价票，上午发生的事，下午她就被警告处分并调离现职。她是哭着走的。

承受着世界上最大运输压力的中国铁路人不愧为一支铁军。他们是一群把"家"安在轨道上的人。他们是送人民回家过年，而自己不能回家过年的人。他们是扛着压力、咬碎委屈、而把微笑送给群众的人。他们从事的是"闪着泪光的事业"。

二 从"加快"到"跨越"：中国等不及了！

一个人口最多、发展速度最快的大国，坐在两条脆弱而行驶缓慢的轨道上，那不就是"大象走钢丝"吗？2002年，中国火车平均时速只能跑50多公里。全国铁路日装车请求量最高达到30万辆，铁路只能提供10万辆左右。中国铁路无疑处于泰山压顶、四面楚歌的巨大压力之下。无论铁路人付出怎样巨大的辛劳与牺牲，赔上多少委屈和笑脸，只要"一票难求、一车难求"的现象不能从根本上扭转，人们怨气冲天甚至跳脚骂娘就是不可避免的。

现实不相信眼泪，需求不相信眼泪，市场不相信眼泪。

历史已经到了这样的时刻：站在新世纪的大幕前，望中华大地风起云涌，千帆竞发，百舸争流，积重难行的中国铁路究竟向何处去？铁路人必须做出选择，必须向人民、向时代提交出自己的答卷了。

要加快发展，要跨越发展，中国已经等不及了！国家需要重如山，人民利益高于天。为实现铁路的跨越式发展，200万铁军誓师出征，开始了一场排山倒海的大决战。

提速，提速，再提速！从1997年4月到2007年4月，中国铁路共进行了6次大提速。10年间，纵横全国的主要干线时速相继提升到120公里、160公里乃至200公里以上，催逼得国人走路似乎也快了许多。登上流线型的"和谐号"，人们忽然有了许多新鲜感和愉悦感。看来，"老土"的铁路人终于和时代接轨了，"一站直达""夕发朝至""旅游专列"等等，成了那几年的流行语，女列车员们的服务与微笑也变得分外温情和靓丽。第六次大提速时，曾担任京津既有线时速200公里动车组首任列车长，后又担任京津城际铁路时速350公里动车组第一任列车长的徐颖，见证了中国铁路从提速到高速的巨大变化。徐颖身材高挑，容貌姣美，服务细致入微，是网上的明星级人物，人气极旺，堪称中国高铁的"形象大使"。"和谐号"驶过的第一个母亲节，她和同事们向所有"母亲旅客"赠送了5000朵康乃馨。旅客们高兴地对她说："姑娘们和空姐绝对有一拼了，我们就叫你们'动姐'吧！"

天上有空姐，地上有动姐，我们的生活变得分外美丽。

但是，没多少人知道，在6次大提速的背后，铁路人付出了何等艰辛的努力！在遍及高山平原、穿越江河峡谷的线路上，所有客货列车都在紧张地运行，所有时限都不得突破。因此，沿线换枕、换轨、换岔和线涵桥隧的整治工程、电气化改造工程，大都必须在下半夜，在列车行驶的间隙当中插空进行。数十万建设大军就这样默默无闻，夜战数年。一列列灯火通明的客车风一样掠过，没人知道他们的名字，甚至没人看到过他们的身影。

为适应大提速，必须精简铁路沿线层层叠叠的管理机构。2005年3月18日，那是个悲壮的日子。在全路电视电话会议上，铁道部正式宣布，从即日起撤销43个铁路分局，由四级管理改为三级管理。一夜之间，数万名科以上干部进入"待业"状态，许多对政治前途抱有热望的青年干部和"后备干部"，自此加入"等待重新分配工作"的行列。但他们是经过"铁律"训练出来的人。他们忍下巨大的痛楚与失落，需要继续在岗位上尽责的，就默默守在岗位上；不需要的，就默默清理好自己的办公桌，走上新的岗位。经历了涉及人数如此之多、牵动面如此之广的体制性"大手术"，那个夜晚，中国铁路安然无恙，稳如泰山，安全正点！

2002年，中国铁路营业里程为7.2万公里，人均铁路长度仅为5.5厘米，"还不如一根香烟的长度"。如此严峻的现实意味着，仅靠现有铁路提速是远远不够的，必须加快速度，建设更多的大运量、低能耗、占地少的现代化高速铁路！大决战的前夜，几间堆满国内外资料的"暗无天日"的房间——全世界的"铁路"从最落后到最现代的都装在里面了。铁道部精英云集，全员出动，茶杯里泡着让人亢奋的浓茶，烟缸里插着不睡觉的烟蒂，墙上挂着巨大的中国地图。历经几个月智慧与勇气、激情与思考、技术与梦想的激烈碰撞，房间里云遮雾绕，火花四射，键盘山响，图纸纷飞，墙上的中国地图用红蓝铅笔画了那么多穿山越岭、粗重有力的线条……

入秋，国家发改委会同铁道部将一份关于铁路发展规划的建议送达国务院。2004年1月7日，国务院常务会议讨论并原则通过了《中长期铁路网规划》。这是大力推进铁路建设的纲领性文献。

号角已经吹响，道路已经指明。空前规模的铁路建设大潮澎湃而起，中国铁路实现"陆地飞行"的历史时刻即将到来！

三　中国"高铁模式"：没有失败者的大国博弈

2004年1月，四十九岁的何华武出任了铁道部总工程师。

他出生于四川省资阳县一个宁静的小镇，每天走在上学路上和夜里做梦，他能听到的最嘹亮的声音，也是小镇上唯一代表工业文明的声音，就是成渝线上隆隆而去的火车，那雄壮的汽笛声仿佛是对他青春之梦的召唤。因此上大学读硕士，他都毫不犹豫地选择了铁路。接受高铁任务的那个夜晚，何华武对身患胃癌、体质极为虚弱的妻子说，以后工作会比现在更忙了，我恐怕抽不出多少时间来照顾你了，孩子也在读大学，我们都伸不上手，你可要照顾好自己啊！同为铁路人的妻子泪水盈盈说，你去忙吧，我理解，我会照顾好自己的……

何华武唯一能做的，就是给妻子备下一些方便食品，然后毅然走向紧张繁忙的高铁建设现场。从选址到组织重大工程攻关，从主持关键技术试验到论证各种建设方案，何华武全身心投入到崭新的高铁事业之中。京津城际铁路通车之后，何华武专门陪妻子登上"和谐号"，让妻子体验一下今日中国的"高铁速度"。妻子兴奋得两眼炯炯闪光，那驾风驭电的速度是丈夫的梦想，也是她的梦想啊……

在北京城市建设规划中，北京南站原本没有如此宏大的规模。正是京津城际铁路和京沪高速铁路的建设，催生了京南这座富于流线美、闪耀着人文光辉的椭圆形建筑。能容纳上万人的宽阔候车区，进出方便快捷的无障碍通道，能发电、采光、保温、隔热的5700块太阳能板，把城市地铁、轻轨、公交、出租全部纳入"内循环"的精妙设计……这一切都闪耀着以人为本的熠熠光辉，使北京南站成为中国高铁"皇冠上的明珠"。当然，还有新建的武汉站、广州南站、上海虹桥站……在迅速延伸的高速线上，一座座各具特色、造型优美的现代化建筑拔地而起，犹如五线谱上一个个华美的音符，共同汇聚成一首凝固的"交响乐"。

2004年4月，国务院召开专题会议，就发展高速铁路和机车装备问题提出一个重大指导方针："引进先进技术，联合设计生产，打造中国品牌。"在"中国铁路"这个世界最大的棋盘上，一场需要深谋远虑、大智大勇的大国博弈开始了。

中国决定海纳百川，博采众长，走"引进消化吸收再创新"的技术道路。于是，掌握和代表着当今世界高铁技术制高点的四大跨国集团：德国西门子、法国阿尔斯通、日本川崎重工和加拿大庞巴迪纷至沓来，进入中国的旋转门。红地毯上出演了真诚而热烈的美酒加咖啡的欢迎仪式，中国东道主们个个西装革履，彬彬有礼——因为他们都是地道的"学生辈"。改革开放以来，铁道部的诸多领导和高层技术人员都曾到这几个国家或留学，或考察访问，或参加相关学术会议。那时，他们还年轻，坐在西方的高速列车上，风一样的速度让他们眼界大开，激动不已——火车原来可以跑得这样快呀，"火车跑得快、全靠车头带"的模式原来可以改变，牵引动力可以分散到各个车厢啊！他们不断向东道主表达着真诚的敬意，同时又觉得脸上一阵阵潮红，中国的火车何年何月才能赶上西方的速度啊？

可以肯定，当时他们谁都没有预料到，这个激动人心的时刻来得这样快，这个伟大的历史使命竟然是在自己的手上完成的。改革开放，为他们缔造人生辉煌提供了千载难逢的机遇！

那是2004年初夏的早晨，学生和老师分坐在谈判桌两侧。中国"学生"们注意到，座中的德国老师们不仅鼻子最高，神情也相当倨傲。他们确实有恃才傲物的资本——德国高铁堪称世界一流，他们的精密制造技术也一向是称雄世界、无可匹敌的。

中方郑重表示，希望引进各国高铁机车车辆制造的先进技术，不过，铁道部明确表示："参观过故宫的外国朋友都知道，进入中国大门是有门槛的。我们的政策是：中国铁路市场不搞'诸侯混战'，只有一个买主，就是铁道部。从整车技术到任何一个零部件，都由铁道部代表中国政府，统一招标、统一向制造商下订单。要进入中国铁路市场，必须实行关键技术全面转让，必须使用中国品牌，实行本土化生产，必须价格合理……"

行事谦恭的日本人频频点头，性情浪漫的法国人报以灿烂的微笑，表情深沉的加拿大人不动声色，只有盛产哲学家的德国人保持着"哲学式"的孤傲。在他们看来，一流的德国高铁技术是中方非买不可的。不过，两个月后，铁道部一位小科长十分同情地对西门子公司谈判代表说："可惜啊，你们德国人长着方脑袋！"

德国人不好意思地笑了，那笑容分明含着几丝苦涩——因为他们出乎意料地出局了。

那些日子，长春客车公司同时拉住法国阿尔斯通和德国西门子分别谈。那意思很明白，谁的价格优惠就跟谁合作。但过于自信的德国代表根本没把法国对手放在眼里，也完全不考虑中方意愿，"方脑袋"和大鼻子挺得高高的，就是不肯圆通，咬住每列原型车单价3.5亿元人民币、技术转让费3.9亿欧元的天价，死不松口。

他的一口价就是"底线"，天下哪有这么做生意的？

所有谈判进程当然都在铁道部的密切掌控之中。开标前夜，即2004

年7月27日，双方依然没有达成协议。关键时候，必须由总工何华武出面了，他把话说得语重心长和直截了当："作为同行，我们对德国技术是非常欣赏和尊重的，很希望西门子成为我们的合作伙伴，但你们的出价实在不像是伙伴，倒有点儿半夜劫道、趁火打劫的意思。我可以负责任地表明中方态度：你们每列车价格必须降到2.5亿人民币以下，技术转让费必须降到1.5亿欧元以下，否则免谈。"

德方首席代表靠在沙发椅上，不屑地摇摇头："不可能。"

何华武坚定地说："中国人一向是与人为善的，我不希望看到贵公司就此出局。何去何从，给你们五分钟，出去商量吧。"

"方脑袋"确实像个撬不开的钱匣子，商量回来，脑袋仍然很"方"，没有一点圆通的余地。中方翻译都忍不住了，他瞅瞅何华武的眼色，然后礼貌地说："各位可以订回程机票了。"

第二天早晨7时，距铁道部开标仅有两个小时，长客宣布，他们决定选择法国阿尔斯通作为合作伙伴，"双方在富有诚意和建设性的气氛中达成协议"。大梦初醒的德国人呆若木鸡。早餐桌上，得意洋洋的法国人品着香甜的咖啡，还不忘幽了德国哥们儿一默："回想当年的滑铁卢之战，今天可以说我们扯平了。"

"德国人从中国的旋转门又转出去了"，消息传开，世界各大股市的西门子股票随之狂泄。放弃世界上最大、发展最快的中国高铁市场，显然是战略性的错误。西门子有关主管执行官递交了辞职报告，谈判团队被集体炒了鱿鱼。

不过，西门子知道，他们还有一棵"救命稻草"，即中国北车集团唐山轨道客车公司。富有戏剧性的是，在铁道部这次招标中，雄心勃勃的唐车和野心勃勃的西门子同时"流标"，被关在中国高铁事业的大门之外。

唐车，始建于清末的1881年，迄今横跨3个世纪，被誉为"中国机车车辆工业的摇篮"。中国第一台蒸汽机车"中国火箭号"，供慈禧太后乘坐的第一辆专列"銮舆龙号"，就诞生于唐车。中华人民共和国成立后，唐车青春焕发，贡献卓著，但在1976年唐山大地震中又遭受重创。厂房大面积坍塌，员工和家属死伤过半，并遗留下由工厂扶养的"八百孤儿"，活下来的员工也大都深陷丧亲之痛。老厂长说，"八百孤儿"进入结婚年龄以后，他作为唯一的"家长"，参加过的婚礼不计其数，每次都让他喜笑颜开又老泪纵横。大地震之后的唐车似乎再没恢复过元气，干部职工每月只能领到二三百元的最低生活费，许多人被迫流落到社会上打工，或者蹲街头卖羊肉串儿。

2003年，山雨欲来风满楼，唐车人嗅到浓烈的临战气息。他们搜集了大量国外高铁资料进行学习，并主动送到部里以期引起重视。他们勒紧腰带，组织力量清理环境，翻新厂房，准备迎战。他们还自筹经费造了一辆"高速样板车"，欢天喜地、披红挂彩拉到北京，让部里看看他们是多么的积极主动，干劲冲天，志在必得。听说世界高铁技术四大巨头的谈判代表到了国内，他们立即派人联系游说，期望合作。但那时的唐车困难重重，老外根本不理睬他们。倔强的唐车人不甘心，"没有门就跳窗户，没窗户就撞墙！"开标之前，他们费时数月，精心制作了一套一尺多厚的投标书递了上去……

2004年7月28日，铁道部开标之日，气氛空前紧张。凌晨3时，眼睛熬得血红的唐车老总王润（后出任北车集团副总工），对结果已经有所预感，他命手下给西门子总部发了一份传真，大意是：如果贵公司在这次招标中出局，我们愿意与你们精诚合作，争取下次机会。文中颇有点儿惺惺相惜、同病相怜的意味。不想放弃中国市场的德国人很快给唐车回了一份传真，算是给自己留了一条"后路"。

这个夜晚，聚集在北京的三十多位唐车人无事可干又都没有合眼。

睡不着，"我们就像等待宣判的囚犯一样"，女工程师出身的党委副书记孔学云说。上午，派到现场的工作人员终于打来电话，声音极为沉重："流标了！"

所有的努力付诸东流，梦碎了。守在房间里的唐车人全哭了。王润铁青着脸跟大家说："你们在北京哭个够吧，不过绝不能把这种情绪带回厂里！"过后，王润依然干劲十足，要求全厂振奋精神，不可松懈。他说："我们还是大有希望的，其一，现在引进的高铁技术时速是200公里，中国的雄心绝不会停止在这个水平上；其二，西门子的高铁技术是有优势的，只要价格合理，铁道部的大门对它还是敞开的，我们只要抓住西门子就有希望……"

孔学云嘲笑他："你就天天给我们画饼充饥吧！"

2005年，铁道部启动第二次招标。唐车与西门子同时意识到，对方是自己必须抓住不放的最后一棵"救命稻草"。这回，西门子终于放下身段，同意以每列车2.5亿元人民币、技术转让费8000万欧元的价格与唐车合作。

一举中标！

与德国人第一次出价相比，中方节省了90亿元人民币采购成本，但中国的"高铁模式"没有失败者，德方也获得一份巨额订单和广阔而统一的中国市场——双赢！

德国人的脑袋其实还是很圆的。

####四 "山高我为峰"：一个民族的雄心与胸怀

高速铁路自1964年在日本发端，首开时速210公里的纪录，此后在西方国家走过漫长的四十多年发展道路，运营时速一直在250公里上下徘徊。这显然与他们民航和高速公路比较发达，高铁缺少紧迫而巨量的市场需求有关系。而在中国，辽阔的疆土、广阔的市场、人民的需求和高速发展的国民经济，一切让铁路人疲于奔命、泪光闪闪的巨大压力，都转化为助推高铁事业呼啸猛进的强大动力！

天下争雄，舍我其谁！现在来看看中国高铁令人目眩的发展速度：

——从2004年、2005年相继引进日本、法国、加拿大和德国的高铁技术，到2010年3月，中国投入运营的高速铁路长达6552公里，时速和里程都冲到世界第一的位置。

——时速高达380公里的动车组日前刚刚下线，这是中国创造的高铁运营速度的更高纪录，同时意味着世界上更快的京沪高铁将很快投入运营。

——时速400公里的检测车、500公里的试验高速动车组及相关路网、信号配套系统，正在紧张的研发之中。

前后不过6年，中国一举跨过发达国家高铁40年的发展道路，创造了后来居上、自主创新、领跑世界的奇迹！

一个国家的雄心，会激发出全民族巨大的精神能量。回望高铁6年征程，我们看到，众志成城的举国体制和闻风而动的统一政令，展现出强大的动员力和凝聚力。50多名院士，15万科研人员，150多家核心企业，数百家产业链上的企业，200万铁路大军，数十万筑路工人，全国各行各业的有识之士和支援团队，一呼百应，呵气成云，攻坚克难，所向披靡……

辉煌就这样被创造出来并在祖国大地上迅速延伸。

集中力量办大事，一心一意谋发展——中国特色社会主义制度的优越性又一次得到验证。

毫无疑问，中国高铁超乎寻常的发展速度，首先源于我国综合国力的迅速提升，源于几代铁路科研人员的技术积累。但是，还有一个重要的助推力是我们不应当忘记的：那就是发达国家近半个世纪的科学探索和技术研发，给我们提供了一飞冲天的平台。"山高我为峰"——那是因为我们站到巨人的肩膀上了。

按照合作协议，青岛四方、唐山客车曾分别派出一批青年工人，到日本和德国学习铝合金车体焊接技术。洋师傅们对中国工人普遍十分友好，认真负责传授了相关的知识和技术。所有这些工人回国后，无一例外，全部成为企业的技术骨干。青岛工人离开日本时，日本师傅与他们紧紧拥抱，相约再见，洒泪而别。

张雪松，唐客工人技师，两获"全国技术能手"称号，"河北省十大金牌工人"之一。他从钳工转入数控机床操作，再转入装调维修，每次都成为行内"状元"。这样一位优秀的专家型工人，他的勇于探索的积极性，有一次却遭到德国工人的严厉批评。那天，他趴在焊接机器人下面的地上，正在为排除故障冥思苦想时，耳畔传来一句生硬的德语。张雪松爬出来抬头一看，一个高高瘦瘦的西门子工人紧皱眉头站在面前。德国人看张雪松没有听懂他的话，于是招手叫来一名翻译。

翻译对张雪松说："他问你在设备下面干什么？"张雪松说："设备坏了，我在修设备。"德国工人又问："你有维修焊接机器人的资质吗？"张雪松摇摇头："我是负责数控设备维修的……"德国工人严肃地说："如果你没有维修资质，你就不能维修这台设备，请离开吧。"

"谢谢你！"面红耳赤的张雪松脱口而出。那是他发自内心的声音，那一刻他深刻认识了德国式的"一切都有规矩，一切都按规矩办"的严谨作风。正是这些看来似乎过于"刻板"的规定和纪律，培育了德国精密制造在世界上的崇高声望。

唐车因此在全厂展开一个学习运动，要求广大员工全面学习、模拟和落实德国严格、严谨、严密的工作方法和工作作风。

日本川崎重工的专家和技术工人进入青岛四方以后，也让四方人耳目一新，深受震动。过去中国工人把机车线路接上头并保证无差错，就算完活了，日本专家却要求线路配管一定要"横平竖直"。日本工人到达工作点，首先铺开一块布，把工具按顺序排好，工作结束，再按顺序裹起来带走，一样不会丢失。而中国工人用一个大背兜，用什么掏什么，干完稀里哗啦一装，走人。一把钳子就这样遗忘在动车组车厢里。为此，日本专家石野主动召集中国工人开了个班组会，他严肃地说，把工具忘记在产品里，"就像医生做手术把钳子刀子遗忘在病人肚子里"。深受教育的青岛四方，为此在全厂轰轰烈烈开展了一场长达半年的"向不良习惯说不"的运动，厂报记者每天四处抓拍中方工人随意、粗放的行为表现，登报示众，进行点评。工人们说，平时没感觉，登报一对比，"真是惊出一身冷汗"！

在长期的合作中，中国工人和外国专家结下深厚的友谊，过年过节，德国专家被请到家里一起包饺子，法国人、加拿大人被请到联欢派对上跳舞唱歌。在青岛四方工作的日本专家归国后，有些人借休假之机，还自费到青岛来看望他们的中国"师兄弟"。看到中国工人夜以继日地奋战，德国专家布拉赫激动地跑进唐车领导人办公室，强烈要求安排工人休息。看到中国工人那么辛苦，一些德国人不计报酬，和中国工人一起加班……

唐车建厂129年，青岛四方建厂110年，都是中国民族工业和产业工人生长发育的"摇篮"。但是，面对西方数百年工业文明打造的科学精神、优良素质和严谨作风，中国铁路人看到自己的巨大差距并用心学习、奋起直追，这无疑是我们更为重要、更具长久意义的收获。

和平、发展、合作是当今时代的主题。谈判桌上的讨价还价、唇枪舌剑都是"各为其主",不必苛责。虚怀若谷,海纳百川,始终保持清醒的头脑,善于学习借鉴世界各国的文明成果和发达国家的先进经验,才是一个伟大民族的胸怀和希望所在。

五 让闪电掠过大地:中国铁路人在行动!

引进消化时速200公里动车组技术——自主研发时速350公里动车组——创新研制时速380公里动车组。六年时间,中国高铁完成了惊人的"三级跳"。

高铁是当代新技术、新材料、新工艺集大成的产物,除了没有翅膀(却多了两条信息化、现代化的轨道),其复杂程度几乎与航空航天技术不相上下。让中国高铁运营速度冲到世界第一,没有强大的自主创新能力是不可能办到的。

——那个夜晚,在千里冰封、万里雪飘的塞北大地,赵明花"冻成了冰棍儿"。2007年冬,京哈线上的一列动车组在行驶中因突然断电而停车。长客副总工程师赵明花立即带领一批专家赶往现场了解情况。旅客安全"摆渡"登程之后,浓浓夜色中,只剩下孤零零、空荡荡的动车组。这位身体单薄、性情文静的朝鲜族女性与同事们一起登上车顶,查找故障原因,测试各种数据,最后认定:速度飞快的动车组从北京到哈尔滨,经历了急剧变化的温差,造成车顶出现冷凝水,导致电路短路。赵明花和同事们意识到,"这肯定不是偶然的事情,如果不从内部结构上加以防范,在高寒地区有可能经常发生"!由赵明花主持的一个设计团队迅速组成,几个月之后,一项动车组电器内部构造的创新设计完成了,从根本上杜绝了冷凝水断电故障。一个看似偶然的事故,激发出一项中国创新!

2009年圣诞节前夕，穿越英吉利海峡海底隧道的"欧洲之星"高速列车遭遇大雪天气，进入隧道后因冷凝水浸漫导致断电，5列车被堵在隧道里动弹不得，"欧洲之星"被迫停运3天——赵明花看到这则新闻，感慨地对同事们说："幸好我们早有发现、早做预防了！"

——高铁"水土不服"的难题就是多。北方有冰冻，南方又多雨。飞驰在武广线的动车组，面临着长时间的雨季漏水和潮湿浸润的问题，在唐车副总工程师杜会谦的主持下，又一项防雨防潮的创新设计诞生了。

南辕北辙，各有高招！

——赵秀丽"叫板"两条大汉的故事，是高铁建设工地上的一段佳话。2005年7月，京津城际铁路开工建设，中铁六局丰桥公司承担了14910块无砟道板的预制任务。轨道板是无砟轨道结构体系中最基本、最重要的部件，精度要求非常高。按德国工艺要求，轨道板必须用超细水泥制作，而国内尚无厂家能够生产，如果全部进口，不仅价格昂贵，工期也很难保证。

一个受制于人的大难题横在高铁人面前。丰桥公司副总工程师赵秀丽跑遍华北各大水泥厂，动员游说厂方进行试制。一次次试验的失败，令多家水泥厂先后告退，只有一家还在犹豫不决。厂长是个膀大腰圆的汉子，赵秀丽对他说："你一个大男人，还不如我坚强吗？"几个月后，符合国际标准的高规格水泥终于试制成功，实现了原材料国产化的重大突破，仅此一项，为丰桥公司节约资金1500多万元。

但是，赵秀丽的思考与探索没有停止。超细水泥不仅成本过高，而且耐久性差。能不能用改进的国产普通水泥替代呢？她和同事们废寝忘食，反复研究试验，寻找最佳配比和路径。京沪高铁开工以后，赵秀丽找到山东一家水泥厂，厂长一听她对水泥成分的新要求，吓了一跳，连连摇头说：“我们的产品已经达标，不愁市场。你的要求我们做不到，算了。”赵秀丽向他介绍了中国高铁的宏伟计划，说：“高铁市场这么大，要是把新型国产水泥搞出来，将带来源源不断的效益，你连这点雄心壮志都没有吗？”

这位山东大汉热血沸腾了。经过数百次反复试验，又一项创新成果——国产新型“绿色高性能水泥”问世，世界一流的无砟轨道板诞生了，为企业节省投资7000万元，更为今后中国高铁大发展提供了充足可靠的材料保障！

——中国幅员辽阔，地形、地质之复杂是国外同行不曾遇到的。郑州至西安，是全世界唯一建造在黄土地带的高铁，何华武说：“黄土缺少支撑力，遇雨就沉降变形，像水浸过的面包一样。”高铁路基架在这样的土质上，如果固化不好，轨道就变成“面条”了。十几位院士和一批专家汇集到黄土高坡上“集体会诊”。就凭着这样的集体智慧和创新勇气，郑西线的湿陷性黄土地基，武广线的岩溶地基，广深港和甬台温的淤泥地基，合宁的膨胀地基，哈大线的高寒软土地基等高铁修建难题，都被中国铁路人一一攻克，并实现了“零”沉降！

再来看看空中的创新。

2009年12月9日，在武广线试运行过程中，中国动车组以“双弓重联”的方式，创造了时速394.2公里的速度，这是当时的又一项世界级的新纪录！

所谓“双弓重联”，就是将两列动车组、共16节车厢联挂运行，上部同时升起两个受电弓，从空中的接触网导线获取动力。这种大编组联挂，无疑会大大提高运输效率。但这绝不是“1+1=2”的简单等式，因为列车前弓高速冲击接触网后，会引起接触网的振动，使后弓与导线的“密贴跟随性”（专业术语称之为“弓网耦合”）大为降低，剧烈的振动有可能造成后弓离线、撞线，产生大量火花，严重的时候可能会出现烧线、刮弓，引发重大故障。此前，仅有西门子在西班牙高速铁路上做过"双弓重联"试验，尚未在正式运营中应用。

中铁电气化局年轻的副总工程师董安平率领他的团队，承担了攻克"双弓重联"这一世界性难题的重任。回忆这段艰辛的历程，董安平感慨良深，他说，中铁电气化局是个老企业，搞了几十年电气化铁路建设，过去把导线一挂，平直度差个一两公分无所谓，只要不出现波浪弯和扭面，跑起来不打火就算完事大吉。武广高铁建设按标准要求，导线在1米长的范围内平直度不得超过0.1毫米。中国这些架线老手必须从零开始，在上千公里的辽阔线路上，那些粗糙的大手仿佛在一针一线地"绣花"。完工之后经检测，武广线牵引导线的平直度平均达到0.05毫米，比头发丝还细。这不仅是工程质量、技术水平的质的飞跃，更是中国工人在素质、理念、作风上的跨越性进步！

高铁系统对导线性能的要求是极高的：一是要有足够的硬度，受电弓几十万次与它高强度、高频率的摩擦，硬度不够，耐磨性低是不行的；二是必须有很高的导电率。但在金属材料学中，强度和导电率恰恰是一对矛盾：强度越高，导电性越差；导电性越高，强度越差。比如铜比铁软，导电性却比铁高。

那么，能不能找到一种新的合金材料，两种性能都能得到足够的保证呢？董安平知道，80年代，日本研制出一种性能良好的PSC导线，于是他向日本有关方面表示，希望引进这个技术。日方专家经过内部讨论，最后以"我们的技术还不成熟"为由，拒绝了中方要求。毕竟，中国曾是远远落后于他们的角色，如今变成强大的竞争对手，他们必须小心提防了。

中国高铁发展的前景，又一次遭遇受制于人的瓶颈。董安平的心情久久不能平静，他和同事们开始探寻自主创新之路。一个偶然的机会，他们与浙江大学金属材料研究所所长、博士生导师孟亮教授遇上了。窗外一弯月，桌上几杯茶，海阔天空聊起高铁上的导线，孟教授说，中国航天器上用过一种新材料，他进行过专题研究，还发表过论文。

董安平大喜过望，双手把桌子拍得山响，茶杯都跳起来了。电化设计院总工程师王立天迅速飞往浙江，在孟教授的实验室看到一小块样品，那一刻，他激动得眼泪都涌出来了！"我们成立个合资公司怎么样？"王总当即提议。铁路系统的河北一家制造商闻讯自愿加盟，十几天后合资公司正式启动。

试验过程中，年近六旬的孟教授有胃病，天天靠冷水吞药片顶在第一线；董安平瘦了十几斤，笑称"攻关就是最好的减肥运动"；项目经理何劲松35岁时才要孩子，为了高铁事业，妻子怀孕五个月时他"离家出走"。孩子渐渐大了，会认爸爸了，妻子只能抱着孩子到公司大厅的光荣榜前，指着何劲松的照片说："那是爸爸……"

"中国导线"终于在千里武广线上横空飞架，牵引着"和谐号"高歌猛进。

通信信号是铁路的"神经系统"。从当年"李玉和式"的手摇信号灯，到今天集成创新的数字技术控制，与共和国同龄的中国铁路通信信号集团做出重大贡献。研发中心总工程师江明那一年32岁，他的话可以代表所有高铁科研人员的心声："我们的工作很有干头，因为我们解决的都是前人和别人没有解决的问题。"他还有一句更牛的话："什么难题我们都能找出办法来，主要是时间不够用。唉，人类为什么要睡觉呢？"

在迅猛前进的高铁事业中，还行进着一个默默无闻的庞大群体——中国新一代知识化、专业化的产业工人。他们全是80后甚至90后，个个朝气蓬勃，英姿勃发。就是这些被父辈视为"掌上明珠"的独生子女一代，构成中国新一代"铁军"。

——"五朵金花"坐在我面前，谈起这些年的艰辛与劳苦，全哭了。她们是青岛四方的"女焊花"：史秀华、曲先华、孙国华、于延伟、崔恩霞。

"和谐号"工程上马之初，还没有机械化焊接设备，由她们负责焊接铝合金车体。从接受任务的第一天开始，她们就成了一群"不要命也不要家的女人"，被不叠、衣不洗、锅不刷了，化妆品扔抽屉里了，几乎天天踏着晨露上班，顶着星光回家，一进家门骨头就散架了。吃奶的孩子，狠狠心断了奶，扔给老人。上学的孩子，经常一连几个星期见不到妈妈的影子。那天曲先华半夜回家，丈夫去上夜班了，她一进门就听3岁女儿在梦中喊"妈妈"。黑暗中，曲先华坐在床头热泪长流，哽咽不止。

她们无数次答应过孩子："等妈妈忙过这阵子，就带你去公园、看电影。"可她们从未实践过自己的诺言。读小学的孩子批评说："你是最不守诚信的妈妈！"上大学的孩子说："放假我再也不回家了，你们都在厂里忙，剩我一个人守着空房子有啥意思！"

背过身，妈妈怎么也抹不尽滚滚而下的泪水。

终于有一天不加班了，史秀华乐疯了，脱下工作服就往家跑，跑到家门口才发现自己忘乎所以，拎包和钥匙都锁在工具箱里忘带了，只好敲门。孩子上学，老公在单位，家里只有瘫痪在床多年的老母亲。老母亲挣下床，在地板上爬了近半个小时，才颤巍巍支撑起来把门打开。门开的那一刻，史秀华抱起母亲，一边往屋里走一边哭……

——一列动车组有几万个接线头，接线工必须成年累月以跪蹲方式进行工作，那大概是世界上最枯燥的劳动，一天忙下来眼花缭乱，夜里做梦，满脑子仍然飞舞着五颜六色的线头。唐车接线工高向丽，文静柔弱，走路和说话都是轻轻的。因为长时间跪蹲工作，第一次怀孕不幸流产。但就是她，以惊人的定力创造了两万根接线无差错的纪录。唐车所有接线工都保持着极高的无差错纪录，德国专家说，你们已经超过西门子的水平。

——身材纤秀、容貌端丽的孙斌斌，是唐车选送到德国培训的首批青年焊工之一，家里三代都是唐车人。新中国成立初期，唐车制造出第一辆火车头，上面的毛泽东像就是她爷爷亲手刻制的。好家风培育了一个意志坚定、好学上进的好女儿，孙斌斌在德国顺利通过"国际焊接教师"的资格考试——成为全球第一位获得此项资格的女性。她受邀走上讲台，为西门子培训德国学员——她又成为"中国第一人"。因为她授课耐心细致，德国学员们把好几位本国教师赶走了，说"你们能上哪儿就上哪儿吧，我们只让中国老师教！"

在唐车动车组奋战的第一代优秀青年焊工，都是孙斌斌一手"克隆"出来的。

——女工吕开香，地震中两个姐姐不幸遇难，她成了父亲唯一的"掌上明珠"。唐车决定送她去德国培训时，父亲老泪纵横，不愿意女儿跑到那么远的异国他乡去，但她还是扔下两岁的女儿，和同厂的丈夫一起踏上征途。从她离家那天起，女儿每天夜里都抱着妈妈的枕头睡觉，而且不允许任何人碰那个枕头，因为枕头上有"妈妈的味道"。

说到这里，吕开香泣不成声。

世界上的女人是水做的，中国高铁女工们是汗水和泪水做的。但她们无比骄傲和自豪，她们说："我们做出了世界上最好最快的动车！"

截至目前，中国南车和北车集团已经出口轻轨动车组成套设备达23亿美元。

无论多么绚丽的梦想，无论多么伟大的设计，当最后一道工序完成时，站在旁边默默擦汗的一定是一群工人。他们是中国高铁真正的钢轨和基石。他们如同春蚕，用自己的爱和生命，默默吐出一条流光溢彩的钢铁的"丝绸之路"。

尾　声

2009年9月，新中国成立60周年大庆前夕，北京南站披红挂绿，热闹非凡。铁道部组织全路上万名劳模，登上京津"和谐号"城际列车，以领略中国高铁的建设成就。伴随着速度显示屏上节节上升的红色数字，劳模们站立起来，激动地挥动双臂，齐声高喊，仿佛不是接触网上的巨大电流，而是他们的喊声在推动列车飞速前进。那是"中国创造"的加速度，那是几代铁路人的梦想与追求，那是中华民族走向伟大复兴的激越步伐啊！两鬓飞霜的老劳模老泪纵横，气宇轩昂的青年劳模热泪盈眶……

是泪花，也是骄傲与自豪，在他们的脸上闪闪发光。

十六大以来的八年，中国铁路谱写了辉煌壮丽的篇章：从世界上最快的"和谐号"到地球上最高的青藏铁路，从六次大提速的技术集成创新，到运煤专线大秦线（大同至秦皇岛）创造的世界重载最高纪录——那可是壮观到令人惊叹的景观啊！第一位上线的"和谐号"重载货运列车司机程利甫是西北汉子，英眉朗目，虎虎生威。他告诉我，大秦线上每天飞驰着95对重载列车，年运量达4亿吨。一列重载列车最高载重达2万吨，编组200多节车辆，总长2.5公里，最高时速120公里，这意味着大秦线平均每秒飞过去13.7吨煤，如同一条波澜壮阔的煤河，每天源源不断地从大同流到秦皇岛……

中国铁路人终于在大地上画出最新最美的图画。高速、高原、重载、既有线提速等创新成就一鸣惊人，傲立于世，并在国际上一举打响"中国创造"的最优品牌。"火车一响，黄金万两"，这是国人对轨道交通价值意义最通俗也最精到的概括。到2012年，随着京沪、京广、沪汉蓉、沪昆等"四纵四横"高速铁路网的建成，闪闪发光的高铁将如一条条彩带，把北京和各省会城市紧密联系起来，从"1小时生活圈"到"8小时生活圈"，再到西部边疆省区的"一日生活圈"，56个民族组成的"中华大家庭"载歌载舞，仿佛都聚汇到辉煌壮丽的天安门广场……

横空出世、光彩熠熠的高铁，成为中国递给世界的一张亮丽名片。国际铁路联盟高速铁路部总监说："中国正成为全球领跑者，世界铁路的未来在中国。"一位曾在广州车站当过春运志愿者的大学生，在经历和目睹了太多的崇高和感动之后，写下这样一首温情的小诗：

> 有一种车次，千百趟的终点
> 都是同一个站名——家
> 有一种运送，千百趟的目标
> 都是同一个向往——团圆
> 有那么一群铁路人，日夜工作
> 都是同一个希望——让您回家团圆
> 因为他们的坚守，因为他们的温暖
> 这个除夕不太冷

中国铁路人以对国家和人民的勇敢担当、艰难奋斗和炽热情感，在中华大地建立起一座以"无私奉献"命名的历史丰碑。

面对这座丰碑，我们充满敬意。

（原载《人民日报》2010年6月11日，收入本书时略有修改）

亮剑湄公河

——中国警方"10·5"案件侦破纪实

冯　锐

引　子

这是共和国历史上极为特殊的一起案件。

2011年10月5日，在大毒枭糯康的策划下，若干名武装匪徒强行登上正在湄公河上行驶的两艘悬挂中国国旗的商船，疯狂开枪射杀船员，十三名中国船员惨死他乡。

案件发生后，党中央、国务院高度关注。当获知有泰国军人涉案后，10月29日，中国国家领导人与泰国总理通电话，要求泰方查明真相，加紧审理此案，依法严惩凶手，希望中泰老缅四国协商建立联合执法合作机制，共同维护湄公河航运秩序。

案情扑朔迷离，国务委员、公安部部长孟建柱亲赴云南召开会议，专题研究处理"10·5"案件有关事宜并实地考察澜沧江至湄公河流域航道情况。

公安部副部长张新枫受命率中国公安高级代表团赴泰国开展工作。

案件发生在大白天，又非一人所为。在湄公河上，河里有船，两岸有人。在这种情况下，作了案想销声匿迹，杀了人想瞒天过海，那是办不到的。张新枫副部长在泰国的表态掷地有声。

生命权是一切权利的基础，是最基本的人权。十三名同胞异国他乡遇害的惊天命案，践踏的不只是十三名遇害者的生命权，更是对一个国家民族尊严的伤害。

很快，以公安部禁毒局局长刘跃进为总指挥的湄公河"10·5"专案组奔赴侦查一线。

挑战在前，义无反顾。作为国之利器，中国警察于湄公河上擂响战鼓，锋芒所向直指异域匪帮，以一片赤诚之心铸就了永不磨灭的辉煌篇章。

湄公河上神秘消失的商船

2011年10月5日，热带雨林中如墨色飘带般舞动的湄公河河水湍急流淌，天空清澈明净。

"华平号""玉兴八号""华鑫六号"等三艘悬挂中国国旗的商船顺流而下，像往常一样奔赴共同的目的地——泰国清盛码头。

船员们没有觉得此次行程与往日有何不同。要说特别，就是这一天天气很好，每个人心情都很不错，使他们暂时忘记了以往行船时特有的紧张感，忘记了暗礁与河盗可能带来的致命威胁。这三艘商船是湄公河上诸多商船中的普通一员。谁也不会想到，厄运即将降临到"华平号"和"玉兴八号"头上。

发源于青藏高原的澜沧江，由北向南流出中国后改称湄公。沿湄公河顺流而下，经过老挝孟喜湾水域大约二十公里，快要抵达泰国北部小城清盛时，与同样流经此地的美塞河交汇，交汇处自然形成一个三角地带，系泰、老、缅三国交界点。这一带就是人们常说的"金三角"地区，而从大概念来说，"金三角"还包括缅甸北部的掸邦、克钦邦，泰国的清莱府、清迈府北部，老挝的琅南塔省、丰沙里、乌多姆塞省及琅勃拉邦省西部，包括大小村镇三千多个，总面积约二十万平方公里。

"金三角"地处三国交界处，属于"三不管"地带，因此成为全球最大的毒品生产基地之一，社会政治腐败，治安混乱，军阀混战时有发生，航行于湄公河上，经常会有各路势力登船收取保护费。

这样一个好天气，"玉兴八号"船长杨德毅站在甲板上，眼看周围茂密的山林不断向自己身后涌去。那场景，杨德毅再熟悉不过。在世人眼中带有浓厚神秘色彩的"金三角"，在他看来却没有那么扑朔迷离。他在船头伸伸懒腰，又向不远处"华鑫六号"的船员们摆摆手，对方也招手致意。双方船员甚至会通过对讲机拉拉家常。

此时，船员们刚刚吃过早饭，在甲板上悠闲地闲聊。皮肤黝黑的王贵超是一位勤俭的父亲，为供儿子念书十几年不曾买过一件新衣服，一个船员对他说："老王，你把钱都留给儿子，他长大了不孝顺你怎么办？你挣那么多钱，也给自己花点儿，太难为自己可不行。"

王贵超笑着回答："不管他长大对我咋样，我这个爹就这么当了，否则心里不踏实，对不对？"

李燕是船上唯一的女子，新婚不久，她是个热心肠，听了两个人的对话后对王贵超说："老王，给儿子攒钱没错，但还真不能太委屈自己。你都这么大年纪了，穿戴可以节省，嘴里的东西可不能省，否则这到处跑船，身体垮了可不行。"

王贵超说："等你有了孩子就知道了。"

李燕笑了："跑完这趟船我就不出来了，在家安心生孩子。我对我家那位说了，我得给他生一个健康的宝宝。"

一切都是那样自然而然、按部就班，看不出任何异常。然而，"玉兴八号"的船员们并不知道，当它从港口出发后不久，一双双贼眼就密切关注着它的航程。当船长杨德毅眼望茂密山林的那一刻，密林深处潜伏着的幽灵也在回望着他。对于"华平号""玉兴八号"的船员们来说，这将是他们生命中的最后一次航行。这样一个阳光明媚的日子，谁也不会将其与残忍的杀戮联系在一起。

"华平号""玉兴八号""华鑫六号"匀速前行，"华平号""玉兴八号"在前方，"华鑫六号"则在靠后位置。经常在这一带航行，船员们自然知道这里是毒品的重灾区。大家心里都清楚，在这一带养家糊口最重要的一个底线，就是不能碰毒品，不能从事任何与其有关的活动，这对于他们来说是生存之本。但是，他们从不碰毒品，并不代表毒贩会和他们相安无事。今天这次行程，一次致命碰撞正等待着他们。

对于"金三角"黑恶势力的勒索，他们早有心理准备。经常有武装分子拦截船只，他们往往以检查毒品为名登船翻腾一遍，然后索要保护费，再把船上的啤酒、食品带走一些。船员这边破财免灾就算完事，而武装分子们满足要求后也不会赶尽杀绝。但是这一次却不那么简单……

转眼间，三艘商船来到了缅甸散布岛上游五公里的弄要，这一带的治安最为混乱无序，船长及船员们均提高警惕，并把船速开到最大。这时候，两艘不明身份的武装快艇突然出现在船员视线当中。大家的心情骤然紧张起来。

快艇上的匪徒们身穿清一色黑衣，手持冲锋枪，疯狂吼叫着让商船停下。武装快艇速度极快，商船根本无法将其甩掉。转眼间，快艇插到了"华平号""玉兴八号"和"华鑫六号"之间，由于"华鑫六号"位置靠后，快艇没有理会它，而是直奔"华平号""玉兴八号"

而去。"华鑫六号"的船员在远处看到，有七八名武装匪徒登上两艘商船，两艘商船上的船员们在甲板上显得很慌乱。由于距离比较远，"华鑫六号"上的人听不清那边说什么，只是看到匪徒上船后迅速挟船离去。

两艘商船被劫持的时间为当天上午九点左右。"华鑫六号"船长郭志强不断呼叫"华平号""玉兴八号"，却没有任何反应。

着急归着急，郭志强此刻并没有把事情想得过于严重。他觉得两艘船被对方刁难一番后，还会继续前行。但是，三个小时后，郭志强发现情况完全不是自己预想的那样。当日中午十二点左右，他们收到"玉兴八号"船长杨德毅的紧急呼叫，对方只说了四句话："我现在在吊车码头！马上叫救护车！马上报警！有人受伤了！"

之后，联系中断。"华平号""玉兴八号"再也没有了消息。

案件留下最多的是问号

清盛旅游码头隶属于泰国清莱府，其上游有一尊大型金佛，是那里的一个标志。湄公河上来来往往的船只和各色人等，每天都在佛祖目光的注视下匆匆而过。

透过忙忙碌碌的景象，中泰老缅四国格局一目了然：来自中国的大型商船丰富了清盛的贸易；泰国人多从事旅游业，除了铁皮船外，还有一种电视里常见的狭长形快艇，涂成鲜艳的颜色；老挝一侧，基本都是小舢板渔船，河岸上连基本的防护堤都没有建好，干裂的岸基龟裂成一道道大口子；缅甸这一侧几乎看不到船只，只有出来打工的密密麻麻的人流。

码头下游六公里处还有一个生意清淡的吊车码头，从事力工的小伙子素拆，手里拿着附近一带最流行的一款手机摆弄。手机设计成法拉利跑车的形状，翻盖后，会响起一阵类似赛车引擎的声音。在泰国，这款手机很受年轻人的欢迎，只卖一千三百泰铢，折合人民币约二百六十元。手机店老板总会说这是从中国进的货，但中国市场上却从未出现过这样的手机。湄公河上，有着各种谎言和欺骗，一部手机不算什么。

中午正是清盛旅游码头最繁忙的时候，从旅游大巴上下来的游客主要以欧美人为主，他们往往会买张船票，坐上小快艇，在"金三角"一带的湄公河上跑一圈。素拆所处的吊车码头距离清盛码头还有几公里，与清盛码头不同，吊车码头总是冷冷清清，没活干的时候，他就会坐在岸边摆弄手机。那天，他偶尔一抬头，远远看到悬挂中国国旗的"华平号"和"玉兴八号"商船，后边还跟着快艇。两艘中国商船靠得很近，一路鸣笛。这情况让他觉得有点儿不对劲。更为反常的是，商船平日到了这里，都会放慢速度，准备在吊车码头装卸货物。可是这两艘船并没有减速，根据轰鸣的马达声判断，它们是在全速前进。

素拆隐约感到，这两艘船一定有问题。

河面上出现了短暂的平静，那种平静令人恐怖。"华平号"和"玉兴八号"在几百米之外拐了一个弯便不见了。又过了一段时间，一艘从上游驶来的巡逻艇载着荷枪实弹的军警出现在河面上，似乎是在追逐前方的"华平号"和"玉兴八号"。军方巡逻艇很快驶过了那个水湾，素拆没有看到接下来发生的场景，却在随后听到了可怕的枪声。那些琐碎的画面是素拆等目击者看到的场景，除此之外的一切则在瞬间成谜。

过了那个水湾不远，是一段偏僻的河道。放眼望去，只有一棵鸡素果树在风中摇曳。这里，距离吊车码头大约四点五公里。正是这棵鸡素果树，成了"华平号"和"玉兴八号"终点。当两艘船抵达这里时，船上顿时枪声大作……

商船被快艇依然尾随着。枪声响过后，商船上有四个人跳上快艇慌忙离开，他们都背着枪，身穿黑衣。此时，岸上有一伙军人驱车而来，黑衣人向他们开枪射击。军人们下车后，有的呈站姿，有的呈跪姿，有的呈卧姿，共同把枪口对准悬挂中国国旗的"华平号"和"玉兴八号"，枪声再次响起。再后来，军人登上商船，商船上又响起了零星枪声。

随后两天，人们只知道在"玉兴八号"的驾驶舱，船长杨德毅的尸体下压着一支AK47，其他船员不见踪影。按照泰国官方后来公布的说法，泰国军警在得到毒品走私线报后前往拦截，并与船上毒贩发生枪战，一名毒贩当场被击毙，其余逃走。军警登上两艘一片死寂的空船，除了杨德毅面目全非的尸体，又在两艘船中搜出了毒品。毒贩逃走了，船员又哪里去了？从两艘商船被劫，到若干名歹徒乘坐快艇离开，两艘中国商船上的船员到底遭遇了什么？这几个小时的时间段，由于某种人为因素成为了一个谜。

10月7日下午，在距离开枪地点不远处，一个体态很胖的人背部朝上浮出湄公河水面，双手被手铐反锁，头被套住，嘴上还缠着胶带。人们将其拉到岸边一看，竟然就是"华平号"船长黄老九。黄老九成了第一个浮出水面的被害船员。

自黄老九被发现的第二天早上开始，"华平号"和"玉兴八号"两艘商船余下的十一名船员尸体陆续浮出水面，他们大多被反绑着双手，很多人身上被打了两三枪，几乎每一枪都是致命的。更为残酷的是，一人的右眼几乎被挖出，一人的舌头被割掉一半，还有两个人颈部有致命刀伤……

这样残忍的杀戮方式，明显带有虐待性质，从常理上来说只有很深的仇恨才能干得出来。

接着，泰国媒体陆续发布这样的消息——

泰国英文报纸《曼谷邮报》先是在网络版的报道中称，泰国军方10月5日接到毒品走私入境线索，在当地时间十三点半左右发现出事船只，并与船上五名武装人员交火，武装人员中一名被击毙，其余逃离。《曼谷邮报》又称，泰国警方相继从湄公河捞起了十一具中国船员尸体，船只应该是被毒贩劫持，杀害船员也是劫匪所为。

泰国中文报纸《世界新闻》报道，清莱府警方近期接到报案，称邻国有一大批毒品准备运往"金三角"，可能会通过水路运输，警方遂加强巡逻和检查力度，争取将这批毒品拦下。警方巡逻艇10月5日在清闲镇湄公河上发现两艘从上游驶来的货船，分别为"玉兴八号"和"华平号"，均是三百吨级的货船。警方发现，船上装的货物是苹果、雪梨等水果，与普通货船无异，但货物旁有人看守，样子却不像是水手。警方遂示意货船停船接受检查，可是两艘货船并未停下，反而加速逃跑，并利用庞大的船体强行逼退警方巡逻艇。巡逻警方用无线电请求支援，边境警方当即派出武装快艇追逐。货船上的人看到快艇逼近，竟然向快艇上的警员射击，警方立即还击，并击毙一名毒贩。毒贩们纷纷跳下水逃跑，警方将两艘货船拦下，在货船内搜到九十二万粒冰毒和一支AK47自动步枪……

这所谓被击毙的毒贩，应该就是指的杨德毅了。

最令人难以捉摸的是"华平号"和"玉兴八号"的停泊方式。从两船的停泊方式基本可以推断，停船靠岸是由专业船员完成的。一艘装满货物的船重三百吨以上，停船靠岸是个技术性很强的活儿，先得调头，然后逐步减速熄火，而且"华平号"操作方式非常特殊，不是本船的船员根本不会操作。从拴在鸡素果树上的缆绳看，也是"内行"所为。既然经历了这样一场交火，既然船员全部"逃亡"，到底是谁把商船稳稳当当停下并拴好缆绳的呢？

这里不得不让人怀疑，所谓的"毒贩们"逃走后，"华平号"和"玉兴八号"上似乎还有人活着，正是那个活着的人把船停下了，甚至还有那么一点儿时间拴上了缆绳。

这样的矛盾之处，给人的感觉只有一个：目前官方所公开的一切，似乎都与真相相去甚远！

真相能否最终呈现，给所有这些乱象一个最终答案？全世界的目光都集中到了湄公河。东南亚各大媒体持续关注与事件有关的点点滴滴，各种猜测五花八门。

遇害中国船员反被栽赃贩毒

案件发生后，泰国警方向当地媒体展示了缴获的毒品，并称"华平号"上的毒品是在船员宿舍发现的，"玉兴八号"上的毒品则藏在船舱里。泰方声称从两艘中国货船上总共发现了九十二万粒俗称冰毒的脱氧麻黄碱，价值超过一亿泰铢，约合人民币两千万元。

两艘商船上的船员，果真是在运输毒品？他们的遭遇难道是"罪有应得"？类似新闻虽然不一定可信，但听起来却很刺耳。

最近几年，泰国海关对货船的检查越来越严格，以前只是在岸上招呼船员下船接受检查，后来发展到上船检查货物。每当船一靠岸，海关人员就径直上船，不仅检查货舱，连驾驶室、船员宿舍都不放过。即便没有遇到泰国军警的阻截，货船顺利靠岸，这么多毒品也很难从清盛港顺利出关。况且，两艘船上的毒品都是过期的，无论谁倒卖毒品也不会倒卖过期的。

中国警方开展大量走访工作，详细调查了十三名遇害船员及家属、接触关系等情况，没有发现任何与毒品有关的违法犯罪迹象。事实非常清楚，两艘中国商船上的船员被栽赃陷害了。

按照当时泰国媒体的说法，船员遇害似乎同当地军警没有任何瓜葛。但问题是，商船非常专业地停靠岸边，而军警上船后依然有零星枪声。已经可以确定的是，在湄公河驾驶商船专业性极强，而且每艘船都有每艘船的特点，只有本船船员才能摆弄。这就有两种可能，一种是歹徒离开时还有船员活着，该船员将船停稳后被杀；另一种可能则是，河面上根本没有发生所谓追逐中的枪战，而是有人威胁船员将船逆水回转后稳稳停下，又将缆绳拴在鸡素果树上，随后对船员进行屠杀。但匪徒与军警扮演了怎样的角色却暂时难以定论。

推理归推理，一切还需要靠真实证据来佐证。泰国警方组成了一支专门的调查队伍，从全国抽调了很多调查人员，开始广泛寻找目击证人。询问了近百名目击者，但诸多疑问在很长一段时间里没能得到明确解答。比如，泰国方面是何时、通过何种方式得到的情报？执行任务的部队到底是哪一支？中国船员被杀的具体时间和地点？船上的毒品到底属于谁？

此时，一系列谜团亟待解开，武装匪徒和不法军人朝着悬挂中国国旗的商船密集射击，仅仅通过外交部门表示严重关切是远远不能解决问题的。事关国家尊严，党和国家领导人高度重视，连续对案件调查处理做出批示。国务委员、公安部部长孟建柱亲自部署，公安部副部长张新枫亲临一线指挥，孟宏伟副部长通过相关国际合作机构致信缅甸、泰国、老挝警方，公安部雷厉风行，大动作、快节奏的攻坚战就此拉开序幕……

胶着时刻，公安部副部长张新枫与禁毒局局长刘跃进抵达泰国清莱府，泰国主管安全事务的副总理差林表示将全力协助中方处理善后事宜，事件很快在张新枫副部长离开的前一天出现突破性进展。

在10月24日于曼谷召开的新闻发布会上，泰国警察总监飘潘表示，在湄公河杀害中国船员的凶手已经到案，他们是隶属于泰国第三军区"帕莽"军营的九名士兵。飘潘一再强调，这九名士兵是泰国军队中的败类，杀害中国船员是他们的个人行为。九名军人的音译名字分别是：少校车彭、中尉阿奴颂、士兵查仁彭、士兵易提沙、士兵喀尼颂、士兵猜哇、士兵巴扎、士兵彭、士兵潘沙……

次日，张新枫副部长和刘跃进局长刚刚离开泰国回国，九名军人便在接受警方简单讯问后返回军营，由军方负责看押。

参与杀害中国船员的泰国不法军人到案表面上看似是个突破，但一系列疑问依然没有得到明确而清晰的解答。"金三角"地区虽然动荡，但以如此手段行凶实属罕见。十三名中国船员在湄公河流域惨遭杀害的恐怖场景，持续不断地在人们心中发酵，不管是往来"金三角"多年的船员，还是长期关注这一地区的研究者，给出的评价都是一个词——不可思议。案件发生后，湄公河流域航运量锐减90％，沿岸国家正常商贸活动受到严重损害。

建立联合执法安全合作机制

按照公安部党委要求，禁毒局局长刘跃进率员奔赴西双版纳，抽调云南省公安厅、西双版纳州公安局骨干侦察员成立"10·5"案件专案组。临行前为刘跃进送行时，张新枫副部长目光坚毅，语气坚定异常：案子不破，不许回北京！刘跃进郑重敬礼，随后转身踏上征程。那离去时铿锵的脚步已经预示着：他将代表中国警察出征，让盘踞在湄公河的武装匪徒受到最有力、最强硬的打击！心中装着一个强大的国家，凭着融入血脉的忠诚，中国警察踏上征途，真正的勇者只有一个坚定的信念，出击、出击，不断地出击，让对手畏惧、让匪帮胆寒。

这是共和国历史上极为特殊的一起案件，专案组即将面对一场特殊的战役。每个人都清楚，揭开案件真相是他们义不容辞的责任。案件发生在国外，凶手都是外国人，等待他们的一定会是一个又一个难关。但是，全国人民都在期待他们，也都在默默鼓励和支持着他们。

每一个出征的专案组成员都把拳头攥紧！十三名遇害中国船员的身影，每时每刻都像一记记重锤击打着他们的心。云南省委常委、政法委书记、公安厅厅长孟苏铁给专案组壮行：举全省公安之力，全力配合"10·5"案件侦查工作。

为了侦查工作的需要，专案组成员需要反复翻看证据，当他们一遍遍回看视频，一次次审视那些惨案现场照片的时候，眼中流着泪，心头滴着血——这些被害人不是别人，他们是我们的同胞，他们和我们血脉相连，我们一定要为他们报仇雪耻。

来自泱泱大国的一种正义力量荡涤着湄公河上的乌云，中国警察高昂的工作状态令那里的邪恶势力惴惴不安、惶惶不可终日。

彻查湄公河案件真相、严惩幕后真凶的同时，如何保障湄公河航运安全，防止类似案件再次发生，成为更艰巨的任务。湄公河上的货运，基本被来自中国的商船所主导。按照云南省的官方数据，湄公河国际航道的货运船只在2011年共有一百三十艘，其中一百一十艘属于中国。清盛作为泰国的一个边陲之地，在港口的带动下发生了翻天覆地的变化，每天都会有数千吨中国水果、蔬菜抵达这个小港，回国的船上则装满了泰国的橡胶、木材和干果。但是，这一切都在案件发生后停了下来。真凶没有抓到之前，很少有商船敢于再次冒险进入那片危机四伏的水域。

2011年泰国水灾期间，中国是第一个向其提供赈灾援助的国家。10月29日，温家宝总理打电话给泰国总理英拉，首先就泰国遭受罕见的洪涝灾害表达了诚挚慰问，并表示在已提供的援助基础上，再向泰国政府提供救灾援助。他同时要求泰方查明真相，加紧审理此案，依法严惩凶手，并希望中泰老缅四国协商建立联合执法安全合作机制，共同维护湄公河航运秩序。

建立联合执法安全合作机制——这是恢复湄公河秩序的负责任之举，体现了中国以苍生为念的大国智慧与胸怀，最为受益的将是湄公河两岸的各国人民。毕竟，他们的生活、他们的发展、他们的未来都寄希望于这条大河。

2011年10月31日，国务委员、公安部部长孟建柱与泰国副总理哥威、老挝副总理兼国防部长隆再和缅甸内政部长哥哥在北京召开专门磋商会议，并发布了《中老缅泰关于湄公河流域执法安全合作的联合声明》，就在湄公河流域加强联合巡逻执法、联合整治治安突出问题、联合打击跨国犯罪、共同应对突发事件等议题达成了共识，表示将争取在12月大湄公河次区域经济合作领导人会议召开之前恢复湄公河航运。

生活在湄公河沿岸熟悉"金三角"环境的人都清楚，受地理环境的制约，湄公河上游二百多公里的航段基本处于原始丛林中，四国常态化护航的经济成本高、操作难度大，但多边执法安全合作机制显示的是中老缅泰四国对于恢复该地区正常秩序的决心。

湄公河的幽灵

湄公河河水湍急，暗礁林立，险滩密布，沿途近三百公里的航线充满危险。这条古老河道最窄处不足十米，货船经过时，站在甲板上甚至能够伸手摸到两侧的峭壁。

　　早年，湄公河航道没有得到有效治理时，中国商船只要能够顺利开到泰国，再平安开回去，一趟下来没撞船，就谢天谢地了。没有长期在此行船的经验，根本无法在湄公河上航行。但是，像"玉兴八号"船长杨德毅这些常年往返于湄公河的人都知道，这里最大的危险不是来自湍急的河水与密布的险滩，而是来自于一个人，一个名字叫糯康的人。

　　"老九，最近糯康手下在湄公河折腾得很厉害，我们都要小心些。"

　　黄勇也是一名船长，朋友们都叫他黄老九。杨德毅和黄老九很熟悉，两个人即将分别带领一艘货船出行，于是来到关累港附近一家酒馆喝酒。

　　听了杨德毅的话，黄老九感慨地说："吃我们这碗饭的，真不容易，除了险滩，还有人祸。"

　　"那怎么办？跑船虽然危险些，但收入还是不错的，一家老小花销那么大，都靠我们了。"常年跑船在外，杨德毅皮肤黝黑，眼中布满血丝，似乎总有浑浊的泪水常驻其间。

　　黄老九也是一样，只不过身材比杨德毅胖许多，说起话来瓮声瓮气："河盗那么多，如果我们把赚的钱都当成保护费交给他们，我们自己回家怎么过日子？将来我们所有船长联合起来，都不给他们保护费，行船时都连在一起出发，看他们能怎样！"

　　杨德毅点点头，和黄老九碰碰杯子，两个人把杯中酒一饮而尽。

　　关累港是湄公河与澜沧江之间的口岸，通连老挝、缅甸、越南、柬埔寨、泰国。关累港水流湍急，杨德毅与黄老九对饮时，不远处浑浊的水面如同红色火龙般翻滚着，似乎是在向两个人发出某种警示。杨德毅望着水面若有所思："但这一次，我们兄弟俩还是要多加小心，尽量躲着他们，万不得已就破财免灾吧！"

这次小聚，成为了两个船老大此生最后一次畅饮，不久的将来，一个凶险的阴谋正等待着他们。

而糯康，就像湄公河上的幽灵，他会敏感地捕捉每一个可能令其发财的对象……

茂密的原始森林深处，糯康吞吐着鸦片烟，眼中戾气逼人。雾霭沉沉，身处其中可以感受到不远处湄公河的气息。糯康喜欢将自己全身心沉浸在带着湿润气息的林木当中。他喜欢这里，也从未真正走出这里。他从未坐过火车，更没有坐过飞机。湄公河流域很多国家都在通缉他，目前他是国际刑警组织通缉的大毒枭。他在这片森林当中游走，至今毫发未伤。糯康知道，自己早些年曾有机会离开。如果那时离开，他也许会获得此生真正意义上的安宁，但他在这里有太多的不舍。毒品、财富、地位，假如他走了，这一切又将属于谁呢？

糯康，1969年11月8日生，掸族，原籍缅甸腊戌，外号"教父"，身高一米六八，体态中等，吸毒并贩毒，通缅语和泰语。糯康原系泰缅边境贩毒武装头子坤沙的部下，1996年坤沙向缅甸政府投降后，糯康收编了坤沙残部，盘踞"金三角"湄公河流域，大肆从事走私、绑架、抢劫、贩毒等犯罪活动。

晚饭时，各种美味已经摆到桌面上，来自泰国的鳄鱼肉是糯康的最爱，从中国商船上劫得的白酒、啤酒、红酒琳琅满目。丛林深处普通人家平日里是见不到肉腥的，糯康的生活则完全不同。糯康时常想，如果自己一辈子本本分分的，眼下会是什么样子呢？

桑康和依莱带着两三个手下出现在糯康的视野中，糯康确认他们身后没有尾巴，自己是可以接见他们的。无论手下们外出归来，还是某些军警势力前来拜访，糯康都会用警惕的目光审视许久。设置营地的时候，糯康总会把自己的窝棚选在高处，每当有人来访，他都会仔细观察，确定一切平安无事才会出来与其见面。正是由于这份警惕，糯康才躲过了一次又一次清剿，进而在中老缅泰边境地区称王称霸十六年。

"这几天，河面上的人是否听话？"

面对老大糯康，依莱想起"玉兴八号"和"华平号"就万分懊恼，他的手下向"玉兴八号"收取保护费，却遭到拒绝。

听到有人竟敢不交保护费，糯康眼中露出凶光。"又是这两艘船，我让那两个船主主动来谈谈，他们不来，一点儿诚意都没有！湄公河上，还有敢不听我们命令的？"

"老大，按照你说的，我们也认真搜查过这两艘船，没发现毒品。"

"没翻到不代表没有，以后接着翻……"

湄公河上来来往往的普通商船都要向糯康缴纳保护费，夹带毒品的商船需要按照一粒冰毒一泰铢或两泰铢缴纳。糯康手下上船检查时，如果夹带毒品不主动报告，就会遇到大麻烦。

"不交保护费，这个口子不能开！是你们下手不够狠吧？"

"不是不狠，他们不怕死，要钱不要命，态度比我们还硬气！"

听了这番话，糯康的铲刀脸没有一丝表情，他吸了点儿冰毒，目光空洞地望着远处。"这两条船到底是干什么的？"

"我们已经摸清，'玉兴八号'主要是拉油料，往来于关累港和清盛码头之间。'华平号'拉水果什么的，船体比'玉兴八号'大些。"

冰毒开始在糯康体内发酵，他恶狠狠地说："找阿叔，让他联系泰军，与泰军合作干票狠的，让所有人都知道我们的厉害。只要我们一招手，所有船都得乖乖停下，乖乖交保护费！"

所谓的"阿叔",是糯康团伙的"外交部长",这个人和湄公河流域各个国家军政界都有往来,家里经常贵客盈门,地方行政官员、军方要员时常光顾。

"好!中国船没毒品,我们就放毒品上去,让阿叔事先和泰军商量好,让军队收拾他们!"

前一段时间,缅甸军方曾临时征用中国商船清剿糯康,造成糯康多名手下伤亡,糯康也把这笔账记到航行在湄公河上的中国商船之上。此刻,糯康想起这一幕恨得咬牙切齿,他轻易不敢触动缅甸军队,但对手无寸铁的中国船员则完全不同,他觉得他们都是自己的盘中肉。

湄公河流域,最近几年确实没有人敢于挑战糯康了。糯康没有"辜负"湄公河"教父"这个称号,手下都把糯康遭到国际刑警组织通缉当作一种荣耀:"美国是当今世界最强大的国家,他们可以抓住拉登,但休想抓到我们大哥。"近年来,美国中央情报局的特工多次深入缅甸、老挝搜寻糯康的行踪,不但无果而终,还有个别特工失踪。人们都怀疑是糯康集团杀害了失踪特工。某人若在糯康活动的地区打探消息,这正是雨林生活的大忌。按照当地习惯,任何人在任何时候都不能提起糯康的名字,这是不成文的规矩,谁犯规谁就会倒霉,糯康一向杀人不眨眼。镇子上、雨林深处、湄公河上,经常会出现无名尸体,那里的人们对此都已习以为常。当地但凡有点儿身份的人,出门时都会有手持冲锋枪的保镖跟随。

湄公河流域就是如此混乱不堪,而糯康用自己特有的方式控制着这片雨林。一位老板在大其力地区经营着一家赌场,他在湄公河畔有一幢属于自己的钢筋水泥别墅,看上去特别惹眼。

糯康大部分时间都待在丛林里,走出丛林总会让他感觉不适应,城市里的钢筋水泥丛林更是让他感到无比窒息。糯康在丛林里有很多别墅，但都是木制的，他讨厌钢筋水泥以及与钢筋水泥有关的一切，包括那个赌场老板。

缅甸的掸族和中国的傣族同宗同源，糯康喜欢传统的东西，包括左胳膊上的刺字都是古老的傣文。按照民族习惯，普通百姓只有名字，只有皇族才有姓氏，比如刀姓就是如此。糯康对此很不服气，手下每次去收取保护费的时候，糯康心里都会默念：要让他知道，这片丛林里现在我们是"皇族"、是主宰！

和糯康的交往上，赌场老板犯了一个错误。由于和糯康手下熟悉了，言谈话语间因此也随意了很多，见到糯康开始勾肩搭背。付保护费时，老板派头十足，他把钱随意扔到桌子上让糯康手下拿走，而不是怀着一种虔敬之心将钱款奉上。糯康被激怒了：要让他懂规矩！

没过多久，这位老板发现，他身边的人和赌场里的顾客一个接一个失踪。糯康对此并不掩饰，他让手下告诉对方，绑架不是为了钱，希望他今后按规矩办事！

糯康不但控制了"金三角"地区每年价值上亿的毒品生意，还兼顾绑架勒索。一些部落首领的子女经常成为糯康的目标，这些人要支付的赎金往往是数百万美元。糯康还从事人口贩卖生意，这一行也会为他带来每年上千万美元的收入。

糯康的手下每个月都会得到一万到两万泰铢不等的生活费，他还经常拿钱贿赂底层军人、警察和"村干部"。对待丛林里的居民，他也从不吝惜金钱，从小恩小惠到重金收买，糯康总会以某种方式施以"恩泽"。他生活在这片丛林里，他非常需要他们的支持。看哪里桥塌了、路坏了，就拿钱来修。一来二去，就得到了当地人的信任。一旦有要抓糯康的消息，总会有人给他通风报信。当然，这些收买人心的举动，都是手下实施具体操作，很少有人看到他的真容。

糯康只想让自己在这片赖以生存的土地上声名远扬，却不轻易让别人知道他身在何方。时间久了，糯康这个名字被罩上了一层神秘的面纱。糯康生性多疑，居无定所。在其常年生活的湄公河水域，许多村子都有他的老婆或情人。糯康为她们修建了多处房子，这些房子也是他平日藏身的地方。只有几名贴身手下才知道他每天住在哪里。不过，即便是他们，也不清楚他到底有多少个藏身地点。

湄公河亘古川流不息，糯康相信这条河流是有河神的，而自己是河神唯一的眷顾。对待湄公河上的过客，糯康心狠手辣，绑架、杀人从不手软。他把这一切看成是对河神的祭祀。除了部分获得过其"恩泽"的原住民，糯康在湄公河流域声名狼藉。正是由于糯康及其手下的所作所为，那条河流被喻为东南亚的亚丁湾。

手上沾满鲜血的糯康，身处山林的时候却像是一个暮鼓晨钟的隐士。山林里有许多小型寺庙，糯康总会来这些寺庙祈祷，求佛祖与河神保佑自己。糯康在缭绕的香火中面色平静，双手合十，心中念念有词。他正在筹划一个行动，他祈祷行动一切顺利。

人生如同下棋，在湄公河这个大棋盘上，他曾走过很多险棋，有过成功，更有过遭受重创的时候，但总体算来，目前还算赢多输少。但糯康不会因此满足。和自己当年的老大坤沙相比，现在的他还差得远。糯康的心情无比急切，他已经四十二岁，他希望能够用最短的时间实现一次大飞跃。只有这样，他才会真正成为湄公河的主宰，才会真正配得上"湄公河教父"这个称谓。

糯康是一个善打"暗箭"的人。许多年来，他靠打"暗箭"起家，逐步在湄公河流域树立起了自己带着血色的威望。这次，糯康准备对"玉兴八号"与"华平号"下手了，他明白，自己是在走一招险棋，一招挑战中国的险棋。

国之利器展现锋芒

糯康第一次进入中国警方视野，是"10·5"案件之前发生的西双版纳州公安局水上分局"007号"快艇遇袭事件。

那一天，初春的阳光带着暖意，柔和地洒在江面与每个人的脸上。悬挂中国国旗、装有警灯的云南省西双版纳州公安局水上分局"007号"快艇在湄公河上飞速前行，快艇上是出境执行警务联络任务的水上分局局长孙战云等六人，没有配备武器。

行至老挝"老岳哥"附近水域，突然，一阵密集的枪声传来，快艇上的警灯随即被打碎。紧接着，又有子弹断断续续飞来，一会儿两三枪，一会儿十多枪。快艇当时处于顺流而下的状态，在它的正前方则有两艘木制长尾巴快艇逆流而上，子弹正是从那两艘快艇上射出来的。当时双方的距离大约二百米，对方快艇上的人都端着自动武器，大呼小叫让他们停船靠岸。

江面约有三四百米宽，中间还有一块沙洲。"007号"快艇只有六米多长，艇身为玻璃钢纤维材料，根本抵挡不了子弹。坐在第三排的民警张伟第一个中枪，他的左手被一颗子弹击穿，手骨也被打断。第二位中枪的是随船的机械师，其膝盖骨在密集的射击中被子弹击碎。无人驾驶的快艇失控了，在湄公河上打着转。子弹撕裂船板、击碎物品的声音和伤者的呻吟混成一片。

机械师中枪后，民警秦华意识到必须恢复对快艇的操控，尽快脱离毒贩手中自动武器的射程。他尝试控制船舵，但他的第一次努力没有成功，两颗子弹击中了他的身体，一颗打在腹部，另一颗打在脚面，他的手刚刚摸到方向舵就眼前一黑。

这种状况大约持续了两分钟，射击还没有停止的意思。漂着挨打总不是个办法，而且快艇一旦在沙洲搁浅，就会彻底成为活靶子。过了十几秒，秦华的视力恢复了，他第二次尝试控制船舵并取得成功。快艇正常行进了一段路程，秦华的右腿又中一枪，终于坚持不住了。局长孙战云继续开船。快艇逐渐接近泰国码头，歹徒终于停止射击并离去。

伤员被送到泰国清盛县医院抢救。由于抢救及时，受伤人员没有生命危险。后经刑侦部门检测，击中"007"快艇的子弹共有二十六发，仅驾驶座上就有八个弹孔。

这惊险的一幕，仅仅是湄公河流域近年来众多船只遇袭场景中的一个。类似事件均事发有因，全部来自湄公河流域最大毒枭糯康的阴谋。2011年10月5日湄公河案件发生前，涉嫌糯康抢劫中国船只的报案就有二十七起，多次造成中国人死亡。由于发案在国外，湄公河一带很多地方又处于"三不管"状态，糯康及其手下作恶多端，却一直平安无事。

中国警方断定：与西双版纳州公安局水上分局"007"号快艇遇袭事件一样，"10·5"湄公河案件一定与糯康集团有着某种联系，所有的疑问会在糯康落网后迎刃而解！

湄公河是中国与东南亚各国友好交往和开展经贸、旅游活动的"黄金水道"。作恶多端的糯康武装贩毒集团长期以来对过往商船进行抢劫、敲诈、枪击等，无恶不作，已严重威胁到沿岸国家人民群众的生命财产安全。公安部的一次案情分析会上，部领导和诸多刑侦专家心如刀绞，投影屏幕上播放着糯康犯罪集团的累累罪行——

2008年3月10日16时许，中国船只"中山三号"在湄公河象腊浅滩水域靠缅甸一侧下水行驶中，遭到来自缅方岸上的不明身份武装分子枪击；2009年2月18日，中国船只"宏源三号""中油一号""富江三号""盛达号"等四艘船只在从泰国清盛码头承载货物返回途中，至孟喜岛处遭缅方一侧枪击，一名船员被打死；2011年4月3日11时许，"中油一号""正鑫号""渝西三号"等三艘中国船只在泰国清盛码头上游约三十公里处被十二名非法武装人员劫持，三十四名船员被扣押，价值二十六万余元的财物被劫；2011年5月2日，在湄公河距离"金三角"经济特区上游约五十公里处水域，中、老双方各一人遭不明身份武装分子枪杀……最后，投影上再次出现了2011年10月5日的悲惨一幕：十三名中国公民驾驶"玉兴八号""华平号"前往泰国清盛途中被武装分子劫持，惨遭杀害。

这一天的案情分析会上，包括湄公河案件在内，总共罗列了糯康武装贩毒集团涉嫌的二十八起抢劫枪击中国货船和公民的案件情况——决不允许此类悲剧重演，决不容忍糯康贩毒集团在湄公河流域横行霸道，国之利器需要展现咄人锋芒！

"10·5"案件凶手密谋策划于境外、组织实施于境外、犯罪后又藏身于境外，涉案人员多为外国籍，专案组调查、取证、抓捕等工作均要在境外开展，要查明真相、抓获凶手，必须与有关国家开展密切的执法合作。中国与老、缅、泰三国执法部门建立二十四小时重要情报信息交流热线，织就了一张围捕糯康武装贩毒集团的天罗地网。

中国警方掌握的情报显示，糯康十分狡猾，曾投降缅甸政府军，被整编为民团，但他回村寨是老百姓，在湄公河一上船就是悍匪。直至2009年，糯康仍有被缅甸政府承认的合法身份，并长期拥有一个官方头衔，即大其力北部小镇红累镇民兵团的领导人。为了在"金三角"长期盘踞，糯康使出了许多手段。糯康曾公开承认，自己贩毒的收入有很大一部分分给了"金三角"地区的各种势力，包括一些国家的个别军警成员。如果没有地方政府和军警的默许，糯康很难做大，他与当地军队、政府的关系使得他几次绝处逢生。

2006年1月10日，当时的缅甸军政府突然采取"成功行动"，对糯康在大其力的仓库和工厂进行清剿。然而糯康因为一些人的"通风报信"安然逃脱，等风声过后，他又回到了大其力。此后，糯康改变了制毒贩毒的单一赚钱模式，他将手下的七八十名武装分子派往湄公河的区域，要求过往船只交"保护费"，站稳脚跟后又通过威逼利诱当地村民和拉拢当地军警，逐步壮大实力。他的活动范围北至缅甸梭累码头，南至"金三角"大赌场，主要集中在孟喜岛一带的湄公河两岸。

面对这样一个地头蛇，侦查抓捕工作的难度可想而知；然而，中国警察无惧"金三角"的刀光剑影与阴谋暗箭，于异国他乡巧施暗战，锋芒所向，令罪犯闻风丧胆。

迫于中国警方压力，缅甸军警连续展开对糯康犯罪集团的清剿行动。中国警方与老挝、缅甸安全部队对糯康穷追不舍，让他的民兵团元气大伤，糯康一度对外宣称自己被炸死，这是坤沙用过的伎俩。在此期间，不甘寂寞的糯康依然不断制造零星血腥案件，以显示其在湄公河流域的主宰地位。

从斩首战略到"截指断肢"行动

距离西双版纳机场十余公里处，有一家占地面积很大的宾馆。宾馆院内铁树、芭蕉树、雨树等各类亚热带植物纷繁茂盛，芒果树、荔枝树、龙眼等随处可见。宾馆安保制度严密，有保安二十四小时巡逻，因为"10·5"专案组前线指挥部就驻扎在这里。

自2011年11月2日开始，专案组组长刘跃进就在这里运筹帷幄，贯彻来自公安部领导的每一个指示，同时努力寻求案件突破口。专案组设在西双版纳的前线指挥部从最初的二十余人，逐渐增加至二百人。每名参战人员都抱定不惜一切代价的决心，誓言要给遇害同胞一个说法。每当途经西双版纳那段河水时，他们都会想起河水下游的血色记忆，每个人的心都会因此而激愤。

以往国内发生大要案，公安部往往都是派出专家组在目标地点进行工作指导，从来没有像"10·5"案件这样，由业务局长亲自带领大队人马出击，并且一干就是数月。从这一点上，可以看出公安部党委的决心之大！

最初的日子，每分每秒的工作都很艰难。

准确地说，糯康进入中国警方视野的时候，具体身份是"10·5"案件重大嫌疑对象，当时警方手中没有任何确凿证据能够证明此案是糯康所为。即使是袭击水警的案子，也没有明确的线索可以深查下去。对于糯康，专案组掌握的资料实在少得可怜。仅有的一张照片，还是糯康二十年前的模样，至于他目前的高矮胖瘦根本无从知晓。

怎么办？从刘跃进到专案组成员，每个人都在心里反复琢磨着这个问题。专案组和有关国家取得联系，希望能够得到帮助，但这些国家所掌握的情况并不比中国多多少。按照四国联合工作机制，相关国家配合中国警方深入湄公河流域各民族村寨，探寻与糯康有关的消息。然而在湄公河流域，糯康眼线众多，任何人在任何时候打听与糯康有关的信息都是个大忌，一不留神就性命难保。因此，调查启动不久便无法再进行下去了。围捕糯康集团的大网虽然已经张开，但却大鱼小鱼都不见！

刘跃进对案件进展心急如焚。专案组进驻的宾馆内有一条环形小路，一圈七百米，案件侦查不顺利的时候，刘跃进就会一圈接着一圈快步行走，在行走中思考案件整体架构和每一个细节。

"突破的方法一定会有，不要灰心！"一次又一次，刘跃进不断鼓励自己。这一次，刘跃进有了一个新的想法，他要给专案组开个会。一次对案件侦破有决定意义的讨论开始了。

"我觉得，我们的办案思路需要突破一下。我们一心想着擒贼先擒王'斩首'糯康，其实对于这样一个案子，我们更应该注意对其'断指'和'截肢'，打残糯康的'手'，敲断他的'腿'，让糯康寝食难安，让他的团伙内部动摇、混乱……"

刘跃进的开场白，很快得到了大家的响应。"对，如果抓捕糯康过于费力，我们可以先抓他的几个重要手下，把他的几条'大腿'都打断，糯康就会成为'瘸子'，抓起来就容易了。"

"我们的情报显示，糯康集团的二号、三号人物分别叫桑康、依莱。只是，我们没掌握这两个人的犯罪证据。"

"既然是得力干将，就不怕没有证据，等两个人到位后，我们重点组织讯问工作。"

糯康都不见踪影，如何才能发现其手下的踪迹呢？刘跃进决定：立足湄公河流域和我国与缅甸、老挝、泰国边境，开展一次大范围缉毒行动！

"只要我们围绕糯康的活动范围不断清剿毒贩，总会发现隐藏其中的与糯康有关的人员，哪怕对方只是糯康手下的一个小喽啰，说不定也会带给我们惊喜。"

这是一个令案件侦查打破僵局的工作思路，大范围、大纵深的清剿毒贩工作随之展开。

云南省公安厅禁毒局副局长张峰个子不高，身形黑瘦，别看相貌不起眼，他却是多次深入贩毒团伙内部、屡建奇功的禁毒英雄。这一次，张峰按照专案组要求开展工作的时候，为整体案件的突破撕开了一个口子。

2011年12月，张峰在清剿毒贩过程中捕获毒贩阿九。讯问的时候，提起糯康，阿九就显得有些遮遮掩掩，张峰觉得其中定有玄机。凭借多年的讯问经验，张峰很快获得了振奋人心的消息。一次讯问的时候，阿九说："我真的和糯康没有任何关系，但我认识一个叫岩相宰的人，我觉得他好像和糯康很熟悉，但不能百分之百确定……岩相宰曾说，过一段时间要到一个村子办事，估计是进行毒品交易……"

得知这个消息的时候，正在北京开会的刘跃进立即飞回云南，连夜召开紧急会议部署工作。阿九所说的村子，距西双版纳景洪镇有四个多小时车程。刘跃进指示专案组侦察员：立即出发，一秒钟都不能耽搁。如果岩相宰不在村里，就在那个村子死守，不抓住岩相宰就别回来。

有些事情，也许在冥冥之中已经注定。就在侦察员赶到那个村子询问岩相宰这个名字时，一位路人对他们说："岩相宰？刚刚走进村子里！"

侦察员来得正是时候！在一条村路上，他们遇到了两个往村外走的人，侦察员上前很自然地问："看到岩相宰了吗？"

其中一个人立即回答："我就是，什么事？"

岩相宰就这样轻松落网。对于刘跃进来说，这是专案组成立以来最为振奋人心的消息，他长长呼出一口气："兵贵神速，好险啊！"

事后证明，如果失去这次抓捕岩相宰的机会，专案组说不定还会在黑暗中摸索许久。

岩相宰当时携带大量毒品，他向专案组表示要戴罪立功。岩相宰交代，他的老大是缅甸人，名字叫依莱，是糯康的手下。"10·5"案件发生后，依莱曾经在他的船上住了两天。岩相宰估计依莱参与了

"10·5" 案件，但具体情节不详。岩相宰分析，依莱应该躲藏在老挝首都万象的某个地方。

得到这个关键信息，中国和老挝警方联合组成的万象工作组立即展开行动，重点立足万象城区搜寻依莱的踪迹。

糯康的自负

一位掸族妇女背着贡品行走在山间小路上。女人面目清秀，衣着简朴，表情虔诚。山间有一座用竹子搭建的寺庙，外表看起来有些简陋，但里边泥塑的佛像却光彩如新。女人在寺庙前停住脚步，拜了几拜后走了进去。

寺内，女人摆好贡品，又点燃三炷香，接下来便是虔诚的跪拜。清晨的阳光透过树木茂密的枝叶，伴着稀疏的薄雾，星星点点洒落在寺庙当中，各种山鸟在鸣叫，女人口中念念有词……

女人知道丈夫在外是做大事的，她每天早晨洗漱完毕第一件事，就是来这里上香礼佛，为丈夫祈祷平安，求佛祖永远保佑他。她是丈夫的第一任妻子，双方还是孩子的时候，家里就已经给他们订好了这门亲事。在老挝、缅甸、泰国一带，男孩子很小的时候就要被送进寺庙披上袈裟，并在那里接受教育，其实也就相当于上学。丈夫走出寺庙那年，两个人就在家长的主持下结婚了。那时，丈夫十五岁，而她才十三岁。

结婚后不久，刚刚脱掉袈裟的丈夫又穿上了军装，背起了冲锋枪，成为坤沙部队里的一名士兵。最初，丈夫平日无事的时候就在田里摆弄庄稼，冲锋枪放在地头，只要有人呼唤就会立即带枪离去。后来，丈夫再也不去田里摆弄庄稼了，而是整天背着冲锋枪进山。女人从来不问他去干什么。每次丈夫回来，她都会给他准备可口的饭菜，把脏衣服全部清洗得干干净净。丈夫出门时，她又会把他送出很远，丈夫的身影已经模糊，她还在不停地摆手。

丈夫给她带回了很多钱和名贵玉件，她家成了附近最富有的人家，而且随着时间的推移，家里的钱多得用不完。但是，女人始终有个担忧，她知道丈夫从背起冲锋枪那天起，就在从事着和毒品有关的事情。女人非常清楚，前后左右的男人们，已经有太多的人为了那些白色粉末丢掉性命。女人每天虔诚地礼拜，为保丈夫的平安而长期吃素。

女人回来的时候，糯康正在通过卫星接收器看来自中国的电视新闻，他向她摆摆手便又把注意力转移到了电视上。

"警方已经掌握充足证据，可以证明造成十三名中国船员遇难的湄公河案件，是'金三角'特大贩毒集团头目糯康勾结泰国不法军人所为……"

这还用证据吗？是我干的又能怎样？你们得抓到我才算。糯康心里充满不屑。但他对中国警方能够这么快确定此案是他勾结军方所为还是很惊讶的，原本他以为这个计划天衣无缝。按照糯康的想法，把"10·5"案件设计成军方在查缉毒品时击毙毒贩，一切看起来顺理成章。然后再散布一些模糊信息，让外界隐约感觉此次事件与他有着某种联系，但又找不到任何证据，从而为他在湄公河流域的恐怖形象加分。

"抓不到我，还说什么证据不证据的？"糯康轻蔑地笑了笑，他确定谁也无法在丛林里抓到他，除非他自己前去自首。既然没有人能够抓到他，那么最后的胜利就一定还是属于自己。

看过电视，糯康觉得警方最近一段时间会有大动作。如果自己想取得胜利，他就需要扛过这段时间。

自己的女人屋里屋外地忙碌着。饭菜摆到桌子上后，又拿起糯康的衣物到院子里洗。眼前的这个女人，是自己众多女人中的一个，但又与其他女人不同。他是自己的第一个女人，也是最为信任的女人。他知道她每天为自己烧香礼佛，祈求平安。他把她叫过来说："我们可能要很长一段日子不见面了。没有我的电话，你最近不要到林子里来找我了。你住在泰国那边的米赛可以，红累也可以。"

红累镇就在大其力市郊，说是镇，其实不过是在道路两旁的一些破旧平房。糯康在这个小镇上拥有自己的武装势力，政府对此心知肚明。有一座远离道路的房子被铁丝网圈起来，紧闭的大门后隐约能看到有来回走动的人影和狼狗。当地人极少接近这所房子，更不知道这房子属于大名鼎鼎的糯康。这就是糯康为原配妻子提供的住处，但他本人为了安全起见，却很少在那里出现。除了这个住所，糯康在泰国米赛还有一处比较正规的住宅，家里很多亲属都住在一起，包括父母兄弟。但自2000年开始，他一次也没有回过那里。对于糯康来说，最安全的地方永远是茂密的丛林。

听了丈夫的话，女人点了点头，眼中泛出了泪水，但没有任何不同意见。她从认识他的那天起就这样，夫唱妇随、言听计从。她只是轻声对他说："你自己要注意安全。"

糯康点点头："记住，无论我发生什么事情，你都不要管，照顾好孩子。"

接下来，糯康将要进行一场非常刺激的游戏。

站在高处，糯康看到五六个军人朝着自己的住处走来，每个人的左臂上扎着一根红带子，都没有带重武器。他们是应约而来的，糯康一直在等他们。在确定绝对安全的情况下，糯康带着二十几个全副武装的手下与来访军人会面。

双方按照缅甸当地礼节互致问候。糯康开门见山："最近，外边都有些什么动静？"

这些军人都已经被糯康收买，他们定期从他这里得到大量金钱。他们彼此已经成为利益共同体。领头的那个军人年纪已经不小，头发斑白。"现在风声越来越紧，我们近期可能还要清山。上边的态度很强硬，我这里不采取动作肯定不行。一旦有了动作，我手下队伍里的人认识你的还是少数，万一他们过于认真，非常容易伤到你。"老军人说到这里，冲着不远处几个手下努努嘴，"我手下的人不会都像他们几个那么懂事，这是我比较担心的。"

糯康听了这番话，表情依然冷静，正是由于几个和眼前这位老军人一样的内线，他才能在这片丛林里安然无恙许多年。他对老军人说："还是用老办法，如果有行动，你提前想办法告诉我。"

"现在上边对我们也不是很信任，什么时候采取行动，或是重点选择哪个方向清山，不会提前告诉我们。"

"不要紧，这一带谁也没有我熟悉，谁也找不到我。"

"但这回我从上边得到的命令是，中国、老挝、缅甸、泰国要开展联合执法，从林子里到水面，都会采取行动。"

"我主动出击，搞他几下子，让他们知道知道规矩！"

老军人似乎非常了解糯康的脾气，对这种明显带着疯狂意味的表态没有表示反对。老军人知道，这丛林里最凶猛的不是豺狼虎豹，而是眼前的糯康。他知道湄公河案件就是眼前这个人策划的，但他和糯康见面的时候，谁也不提那一幕，这也算是一种默契。翻山越岭来一趟，他重点是要解决自己的口袋问题。

老军人带来的几个年轻士兵与糯康的手下说说笑笑，一看就是老相识。糯康拿出一个袋子，里边是沉甸甸的钞票。老军人没有客气，叫过来一个年轻士兵，让他背着。糯康对老军人说："很久不见，咱们喝酒！前几天，从船上弄了很多啤酒。"

武力挑衅四国联合执法

得知了四国联合执法的消息，糯康隐隐有些不安。这种不安，他以前还从来没有过。因为他知道，他和手下一帮人在丛林里单独对付一个猎人好办，但要是一下子来了四个猎人，问题就严重了。自己必须更加小心，稍不注意就会酿成大错。

这个时候，糯康决定主动袭击，"回敬"四国联合执法。为此，糯康和几个手下商量了具体细节。糯康画了一个草图，对大家说："最近这段时间，最好不要上船收保护费，重点要在这几个位置对河面上的船只进行袭击。"

一个手下点点头说："步枪杀伤力小，我觉得可以用枪榴弹，威力大，一个飞过去，一船人都够呛！"

糯康有一个年轻手下，对枪支弹药很有研究。平日里，所有枪支的保养都由他负责。糯康看到他时，突然想起了什么："你研究的那种手机炸弹呢？弄好了没有？"

年轻人回答："弄好了，把炸弹放到预定位置，你这边一打电话，那边就爆炸。"

糯康恶狠狠地说："这回都用上，什么四国联合执法，这回让他们联合完蛋！"

2011年12月10日，案件发生两个月后，湄公河正式复航。

当天，五艘巡逻执法船护卫十艘商船顺江而下。此前一天，中老缅泰湄公河联合巡逻执法指挥部在关累港设立，并在老挝、缅甸、泰国分设联络点。指挥部非常清楚，武装护航并不意味着一帆风顺，疯狂的毒贩子们什么事情都能做得出来。

护航行动开始之前，来自全国十个边防总队的三百名官兵快速集结到西双版纳，组建成云南边防水上支队，随后进行了一个月的高强度集训；巡逻执法船全部经过了认真改造，加厚了装甲，加强了火力，确保了一旦有袭击发生，能够立即进行强有力的反击。武装护航的同时，湄公河两岸国家的清山活动同步进行。

湄公河两岸，呈现出大兵压境、严阵以待的状态。糯康东躲西藏，感受到了与以往完全不同的压力。

一个下午，糯康和手下来到一个村子，他在村子里遇到一个村民，这位村民和他相识，早年也在坤沙手下做事。"糯康，你不能再这样折腾下去了，你手下的那些年轻人，跟着你最后都得送命。你让他们都回家种田，老老实实过日子！"

当年在坤沙部队的时候，这个人算是一个团长级干部，糯康当时仅仅是一个连长。糯康以往看到他时，都会带着几分尊重，但今天对方的表现让糯康很下不来台。

听到争吵，村子里的人开始向他们聚拢过来，他们很多人都曾通过糯康的手下受到过他的"恩惠"，但没有人亲眼见过糯康，也没有把眼前这位受到团长训斥的人与糯康联系起来。这位团长知道糯康的脾气，见有村民过来，便不再多说。糯康没有发火，扭头带着一帮手下离开了。

当他们走远的时候，村民中有人指着他的背影说："快看，那人就是糯康！"

话一出口，立即引起轰动，大家纷纷举起双手挥舞起来，仿佛看到了自己的救世主一般。糯康在远处回过头，向着人群摆了摆手。这场面让糯康心满意足。当年坤沙就是这个样子，无论走到哪个村子，人们都会向他振臂高呼。每每遇到危急时刻，坤沙也总会得到这些人的保护。糯康相信，自己也会有那样的待遇。事实与他估计的相差无几，军警后来进村调查有关糯康的事情时，村民全部守口如瓶。

那位老团长犯了糯康的规矩，在糯康手下面前让他没面子，严重伤害了糯康的自尊。没过几天，村民们就在茂密的雨林里发现了老团长的尸体。

夜已经很深了，月光倾泻在河面上，波光粼粼。此时，不远处的山间，几个幽灵般的人影背着武器朝着缅甸万崩码头方向走来。

澜沧江—湄公河客运轮船安静地停泊在万崩码头附近。此前一天，停航数月的澜沧江—湄公河客运正式恢复，这艘客轮经过一整天的跋涉来到此地。由于航道的危险性，湄公河在夜间全部停止行船。船上，人们都已经熟睡，只有一个人在甲板上负责警戒。

天还未亮的时候，负责警戒的一名缅甸警察发现附近山林上有些异样，他还没来得及缓过神，一道亮光呼啸而来，看上去像是一颗火箭弹。

"不好了，有人袭击！有人袭击！"

客轮上的人们炸了锅。由于人们漫无目的地跑动，客轮摇摇晃晃。面对混乱的人群，船长高声说："大家不要慌，不要慌，不要乱跑，找好隐蔽的地方……"事实上，船长也不清楚到底该怎样应付这个局面。

由于刚才那道光亮，警戒人员确定对方射过来的是某种炸弹。船上的人都听到了警戒人员的呼喊，所有人都沉浸在巨大的恐惧之中。但对方的袭击却暂停了。船上渐渐传来恐惧的哭泣声，谁也不知道接下来会发生什么，只能坐以待毙。

这时候，警戒人员突然意识到，炸弹射过来后，并没有听到相应的爆炸声，这又是怎么回事呢？难道自己看错了？出现幻觉了？不对，绝对是有人袭击，对方发射过来的炸弹一定是因为某种故障未能引爆。

"立即准备起航，立即准备起航！"关键时刻，船长命令发动引擎，离开这片水域，他觉得在这里待下去会成为袭击者的活靶子。不远处的巡逻艇也给船长发来同样的建议：立即起航，离开危险水域！

水手快速跑到岸上，解开缆绳。船锚已经升起。很快，两艘船开动了。刚刚离开事发水域，又一道亮光出现了，另一发火箭弹模样的东西从山腰发射过来。这一次，众人清楚地看到它射到了河中，并在两艘船刚刚离开的位置爆炸。

巡逻船上的人当即断定，对方使用的是杀伤力很大的枪榴弹。枪榴弹属于撞击爆炸型的便携式武器，也就是说枪榴弹发射出去后必须撞到物体上才会爆炸。匪徒发射的第一枚枪榴弹很可能是由于发射不规范，导致枪榴弹落入水中，因为没有撞击到坚硬物体而未发生爆炸。

对于这次行动，糯康对手下非常不满意。他原本以为，一颗枪榴弹射出去，一艘船就得报销，这比"10·5"案件来得更方便。湄公河流域是打伏击的好地方，不少地段都有一人当关、万夫莫开之利。糯康估计在暗处打几个枪榴弹过去，报销几艘船，四国联合执法就得暂停，他就可以击败"四国联军"。

糯康难掩内心的激动，虽然自己没有和手下一同前往，却在营地里兴奋得几乎一夜未眠。几名手下走了四个小时山路返回营地时，糯康刚刚起床。得知袭击没得手，糯康暴跳如雷，他狠狠地一拍桌子："废物，你们怎么打个枪榴弹都打不明白？"

手下们战战兢兢地解释说："天太黑了，不好瞄准。"

"那就距离近一些再打，胆子怎么像老鼠一样小呢？以后好好练练枪法。我们的枪榴弹储存不多，以后一定要保证一枪一个，明白吗？"

糯康对四国联合执法的挑衅还在继续。十天过后，中国商船"盛泰十一号"与第二次联合护航船队夜间从泰国返回。由于湄公河河道的特殊性，护航船队有时在一些险滩河段没有办法与商船靠得太近，落后十分钟航程属于正常。

当天夜里没有月亮，中国商船"盛泰十一号"途经孟喜岛时已经与护航船队拉开距离。商船发动机嗡嗡作响，打破了夜的寂静，在危机重重的水域孤单行进。这样的时刻，船长是不敢大意的，他顺着探照灯仔细查看，并不时地向岸上张望。突然，他看到岸边有一束手电光在晃动，并听到有人在喊让船靠岸。船长的心顿时紧张起来，他对身边的人说："靠岸是坚决不行的，即使让他们把船打沉了也不能靠岸！"

按照船长的命令，商船继续前行，同时向中国执法巡逻船求助。大家判断岸上一定是糯康的人。若在以往，船们一般都会听话地靠岸，否则匪徒就会永远记住这条不服从命令的船，以后若是再次碰见，就将会是这艘船的噩梦。但有了"10·5"案件，有了四国护航行动，船长们吸取了教训，也坚定了信心，坚决不再给匪徒任何机会，坚决不再做任人宰割的羔羊。

糯康的几个手下一直跟踪"盛泰十一号"，当他们看到这艘船和护航船队拉开距离的时候，才发出了让船只靠岸的命令。他们原本想继续收取保护费，用这样的举动来证明四国联合执法行动没有效果，所有的商船还是服从他们的命令，本质上讲依然是一次示威行动。但是，他们却发现自己所谓的"威"已经大不如从前。糯康的手下气急败坏，向"盛泰十一号"连开了十多枪，子弹在黑夜里吐着火舌向船只飞来。但船长依然无所畏惧，将油门拉到底。中国巡逻船收到求救信号后，立即向其靠拢，"盛泰十一号"很快进入巡逻船保护范围。糯康的手下眼看袭击无果，便迅速消失在丛林之中。

面对四国联合执法行动，糯康的表现极度嚣张。他这个时候没有意识到，他是在对一个国家的尊严发出挑战，更是对国际秩序的野蛮践踏。他把自己想得过于强大。糯康一心想成为湄公河的坤沙，事实上只是痴人说梦。

糯康的报复活动依然没有停止。比如，他让那个年轻手下做了手机遥控炸弹，想对武装巡逻船只进行威胁，也搞过几次爆炸，但并没有造成直接损害。

沿湄公河流域的联合巡逻执法行动取得了显著效果，多次击退贩毒集团的武装袭击，处置了大量警情、危情，救助了数十名各国遇险公民，直接为四国挽回经济损失达数千万元。

三号人物依莱落网

为捕获糯康，专案组共派出六个工作组，分赴老挝、缅甸和泰国，与当地警方合作搜寻糯康及其手下。但"斩首"也好，"断指截肢"也好，糯康一帮人毕竟不是一般的对手。工作每前进一小步，都要克服巨大的困难。

由于此案发生在境外，又在"金三角"这个特殊地区，一切调查工作全在境外进行，这与在国内开展侦查工作完全不是一回事。有时即使是一次很小的抓捕，也会神不知鬼不觉地走漏消息。针对屡屡有人走漏消息，专案组决定，只能让一个人知道的事，绝不让第二个人知道，只能让两个人知道的事，绝不让第三个人知道。

专案组不断采取措施挤压糯康的生存空间。糯康主要在湄公河的缅甸和老挝地界活动，由于中国与老挝警方的打击力度大，"10·5"案件后，糯康基本上龟缩在缅甸大本营。中方敦促缅甸对糯康的驻地展开一次次清剿，目的是将其赶出大本营。

虽然糯康未被抓获，但面对一次次清剿，糯康的手下也被抓了不少，他藏身的空间越来越小。可明知道糯康已经被挤压到了一个很小的空间内，却依然不见其踪影。

"我们知道他，可没有人见过他。"追捕组每到一处，就会到背景比较可靠的当地人那里询问，但这是他们一致的回答。

大毒枭糯康，在那片丛林里是个传说。有时，便衣追捕组还会受到当地一些好心人的劝告："你们是外地人，不懂得我们这里的规矩，到我们这里一是不要随便拍照，再有就是不要东问西问，对什么事情不要好奇。转转看看可以，但不要在这一带过夜。"

追捕组在听到类似说法的时候，都会在地图上作个重点标记，因为他们知道，越是那样风声鹤唳、草木皆兵的地方，越是说明糯康的势力在那里存在，甚至糯康本人也很可能会光顾那里。

按照岩相宰的分析，依莱很有可能躲藏在老挝首都万象，万象工作组成为那段时间所有人的关注点。

"如果依莱果真在万象，我们一定要抓住这个好机会。和在丛林里抓捕相比，在城市抓捕无论如何都容易许多。绝不能让他离开万象回到丛林！"西双版纳指挥部的态度非常明确。

老挝首都万象位于湄公河中游北岸的河谷平原上，隔河与泰国相望。这是一座佛教气氛浓厚的城市，市内各种寺庙和古塔随处可见。岩相宰分析得没错，糯康犯罪集团三号人物依莱就藏匿在这座国际闻名的旅游城市里。

依莱时常会驾着他的丰田车驶过老挝的标志性建筑塔銮和那座带有一层佛塔的凯旋门，金碧辉煌的塔銮和壮观别致的凯旋门总会令依莱心情平静。他也曾想过去玉佛寺里敬香，但他不敢。依莱害怕离开自己的丰田车，害怕自己那张脸呈现在世人面前时会立即被发现。

在"10·5"湄公河案件中，依莱的角色主要是通风报信。从"玉兴八号"出发的那一刻起，依莱手下马仔便三步一岗、五步一哨地盯着，随时报告那艘中国商船的方位。案件发生时，依莱本人就在那棵鸡素果树附近岸边，目睹了泰国军人枪击中国商船的全过程。

负责通风报信的依莱对社会面上的各类信息敏感异常。案发后，依莱陪着糯康一起东躲西藏，渐渐发现风声越来越紧，自己陪着糯康这样下去只有死路一条。虽然糯康信誓旦旦要与四国联合执法对抗到底，但依莱却还是明显感觉到了死亡的气息。

依莱随便找个借口离开了糯康。糯康以为他还会回来，依莱心里却清楚，自己永远不会回来了。躲藏在万象，依莱可以安稳地睡觉，不用担心蚊虫叮咬，不用害怕蚂蟥与丛林里出没的各种毒蛇。如果运气好，还可以办一个仿真度极高的身份证，他就可以在万象永久躲藏了。没有获得身份证之前，持有缅甸身份证的依莱不敢随便离开房间和自己的丰田车，把自己封闭在狭小的空间里。

依莱对自己东躲西藏的生活并不满意，他焦急地等待着一个蛇头的帮助，那个蛇头许诺给他办一张老挝身份证。一天早晨，依莱驾驶着丰田车来到蛇头住处，汽车停下时卷起漫天尘土。眼见周围无人，依莱小心地下车，敲响了蛇头家的房门。

房门吱呀一声开启，蛇头显得很不耐烦："我告诉过你，还得再等等，仿真度越高，越不好办。你放心，这里的穷人我都能弄出国，给你弄个身份证不算什么。"

　　依莱很不开心。他在丛林里如果遇到一个令自己不开心的人，马上就会结果他的性命。但是，眼下既然有求于人，自己只有忍耐。依莱默默注视着蛇头，拿出一沓钞票递过去，蛇头毫不客气地收下了。

　　依莱转身离开。天气很热，依莱满头大汗，走着走着，他又若有所思地回头看看蛇头家那扇门。屋内，蛇头关上门后显得很紧张，后背贴在门上，双手合十喘着粗气，他对屋里的女人说："这家伙是个狠茬子。这么多年，我一看别人的眼神就知道他是怎么回事。我不能给他办身份证，办完了，咱俩命也就没了……"

　　万象工作组在当地进行了大范围排查，主要目标为宾馆、酒店、赌场和各种娱乐场所。结果发现，万象各大宾馆酒店住宿管理非常松散，并不需要像国内那样出具身份证，客人随便报上一个名字即可住宿，哪怕是个假名字也没关系，这令工作组大失所望。

　　万象常住人口七十万，并不算多。工作组手中有一张依莱的画像，是根据岩相宰提供的信息还原的，岩相宰说那张画像已经和依莱目前的长相十分接近。按照工作组要求，老挝警方外松内紧，所有出入万象的地方全部加强戒备，尤其是机场、码头等。

　　但依莱像是蒸发了一样，不见踪影。就在工作组进退两难的时候，意外从蛇头那里得知了依莱要办假身份证的消息。蛇头不放心依莱这桩生意，主动将此事透露给警方。工作组因此信心大增，认定依莱一定没有离开万象，各项堵截查缉工作全面升级。

　　几天后，依莱独自驾车经过一个交通检查站，他没觉得停车接受交警检查会有什么不妥，结果连同车内的儿子一起落网。这一天，是2011年12月12日。

鸡素果树下的罪恶计划

夜晚，依莱在武警押解下走进西双版纳州看守所。起初，依莱并不配合，对于与湄公河案件有关的问题一问三不知。一连十几天，他始终保持着"零口供"状态。

专案组仔细研究了讯问方案，决定调整策略。此时，老挝警方传来消息，他们抓获了一个名叫白端的毒贩，此人曾经给依莱开过快艇，算是老相识。专案组立即请老挝警方将其移送中国。

再次讯问依莱的时候，警方有意押着白端、岩相宰等人从他跟前经过，又不让双方有任何交流。依莱的心理防线瞬间被击溃。讯问室内，湄公河案件的照片反复呈现在依莱面前，他表面上无动于衷，心里却是翻江倒海。

"依莱！你还想抵赖多久？告诉你，糯康带着你们干的那些事情，已经把你彻底带上了死路。你不交代，不代表别人不交代。你们的人，我们只会越抓越多……你不说可以，不差你这一个……"

讯问人员对依莱的心理状态心知肚明，他对糯康还抱有幻想，他甚至认为死扛一段时间，一切都会过去。很快，讯问人员将他的幻想全部打碎了。

"依莱，你不要以为糯康还有戏，糯康完蛋了，他的结局绝对不会像坤沙那样，获得某种特赦。你明不明白？别人的态度比你要好多了！你别以为这样死扛下去，能够保护糯康，你最后连自己都保护不了！"

这一席话，令依莱原本僵硬的表情逐渐开始松动。最后，他用一种非常冷静的语气说："湄公河上杀中国船员的事情我知道，是糯康让我们干的。这次行动是对中国船员不交保护费的警告。而且，我的老大糯康怀疑'玉兴八号''华平号'运输毒品，但我们两次拦截，都没发现毒品。我们老大让我们传话，希望船主能够主动来和我们谈谈，但对方没有理睬。老大为此怀恨在心，才决定报复。10月1号、2号、3号，老大一天一个电话，催我往那两艘中国商船上放毒品。"

对于事件起因，依莱娓娓道来。案件发生前的一幕幕，逐渐进入侦察员的视野——

"我们要动真的吗？"

面对依莱的提问，糯康的回答不容置疑："真的，必须给中国商船一点儿颜色看看。"

那个名字叫阿叔的人也在他们身边，阿叔是糯康与泰国军方之间的联系人。"军队那边已经同意了，我们如果能够把毒品放到中国船上，清盛码头附近的泰国军队就会出击查缉，他们会因此立功，我们得到的报酬是，今后可以自由进出清盛港，他们还会资助我们武器弹药。"

糯康静静听着，随后对手下们说："军方给我们提供的条件很优厚啊，我们不能放弃这一举两得的好机会。去和军方具体商量一下细节，研究好了就开始行动。阿叔、依莱，你们要先去踩点，要找人少好认的地方。"

2011年10月3日下午15时，泰国清莱咩尖咖啡馆。

阿叔容光焕发。他在哪里都像富甲一方的绅士，言谈举止彬彬有礼，出手阔绰并乐于把大把钞票资助给政界和军界高官。任何人都无法发现隐藏在他心中的暴力元素，就连阿叔自己也不明白，为什么总是不惜一切代价置身于各种风暴的中心。他本可以安心做生意，安心发财，安心待在雨林里那栋宽敞奢华的别墅里，和各种政界、军界名流推杯换盏。可阿叔天生不是个省油的灯，早年杀害议员逃亡多年，事态刚刚平息下来，他还没过上几年安稳日子，又与糯康勾连在一起，准备进行新的冒险。

咖啡馆里，阿叔与依莱说说笑笑。这时，四名军人推门而入，径直来到他们身边坐下。气氛显得很严肃，军人们不苟言笑，阿叔一直用自己特有的幽默调节气氛。

"没问题，事成后，我们在清盛码头给你们一个大约一百六十米宽的专用停船地点，你们的人可以自由出入清盛，我们还会给你们提供武器弹药。"

"好的，我们准备好毒品，你们负责抓人。我们明天去踩点，选好地点后通知你们。"

2011年10月4日，距离"金三角"大佛两公里的一棵鸡素果树下，罪恶计划正逐步向前推进。鸡素果树的样子看起来很像大榕树，阿叔和依莱不约而同停下了脚步，也停下了四处搜寻的眼神。

"就是这棵树吧！"两个人不约而同说出这句话。

那棵大树孤零零生长在泰国一侧岸边，视线所及范围内不再有任何树木了，既偏僻又易于辨认。

当天下午，糯康召集桑康、依莱、阿叔、翁蔑等人在散布岛营地开会，对第二天的行动进行分工。桑康陪同糯康在营地坐镇指挥，依莱带手下负责在岸上一路监视中国商船，阿叔负责和泰国军队具体联系，而翁蔑负责登船。

"杀死一部分中国船员，震慑一下就可以，然后把残局留给泰军。"

这是整个计划中最重要的一个步骤，糯康把这个任务交给翁蔑，翁蔑则信心满满地保证绝不会出差错。

会议结束了，糯康给大家每人一份冰毒，众人吸食后兴奋异常，这种病态的兴奋一直充斥着整个犯罪过程。

10月5日早晨，翁蔑带领一部分手下出发设伏，而依莱派出的手下则奔赴上游寻找"玉兴八号"和"华平号"的踪迹。

时间一点点过去，糯康始终没有得到依莱手下报上来的信息，他无法知道"玉兴八号"和"华平号"的准确位置。糯康感到开局不利，决定让翁蔑带领手下驾驶快艇逆水而上，搜寻"玉兴八号"和"华平号"。不久，快艇在散布岛上游四公里的地方发现了这两艘商船。接下来，快艇迅速折回，召集人手并准备毒品。

若干小时后，"玉兴八号"和"华平号"被劫持，所有船员被捆绑控制，船长被戴上手铐继续开船。六纸箱毒品被放到"玉兴八号"的货舱里，四编织袋毒品则被放到"华平号"下层船员宿舍床下。

船上紧锣密鼓，阿叔和依莱在岸上一直与泰军保持联系，通报行船位置。见"玉兴八号"和"华平号"距离大佛已经很近了，便通知泰军。阿叔、依莱一直在岸上观望，泰军少校车彭带领军人来到大佛处时，距离阿叔、依莱五百米左右距离。

"玉兴八号"和"华平号"在鸡素果树前掉头停船，接着船上枪声大作！

"船员全被我打死了！"翁蔑给依莱拨了电话。

依莱没觉得这有什么大不了："打死就打死吧！"

翁蔑和手下驾驶快艇离去的时候，泰军距离他们只有一百米距离，没有任何追击动作，任由他们大摇大摆离开。泰军赶到鸡素果树附近，唯一做的事情就是向"玉兴八号"和"华平号"乱枪扫射……

当天12时许，泰军除车彭外全部上船，按照和阿叔的约定，他们把一支AK47冲锋枪放到杨德毅身边，制造船员先开枪，泰军被迫还击的假象。

踪迹锁定却频频失手

依莱陆续交代了全部同伙，包括老大糯康的行踪。糯康在湄公河两侧的缅甸和老挝有很多小老婆，目前，他很有可能躲在老挝波乔省内安村的小老婆家。

这是一个振奋人心的消息！终于等到了这一天，与糯康藏身之地有关的第一个准确线索出现了。专案组为成功抓捕糯康进行了精心准备。行动前，侦察员认真查看了地形，制作了内安村的完整地图和沙盘，反复进行模拟演练。

糯康手下众多，轻重武器齐全，抓捕的危险性可想而知。参战人员全部配备冲锋枪和手雷，按照军事专家的要求把单兵火力配至最强状态。

一切准备就绪，波乔军区也派出力量配合抓捕。2011年12月6日，各路抓捕力量浩浩荡荡直奔内安村，准备进行全村大搜查。

"按老挝规定，你们手续不全，不能进村搜查！"谁也没有想到，内安村村长突然冒了出来，挡在抓捕队伍面前百般阻挠，不让进村。

糯康所在的这个少数民族村寨地处山区，山高林密，人烟稀少，外人很难进入。糯康早就在当地收买了很多眼线，包括这位村长。

硬闯不妥，抓捕人员立即给波乔军区首长打电话请示，军区首长则请示高层领导。高层领导就是一个字——抓！

可惜的是，来回请示耽误了几个小时。糯康利用这段时间，在六名拉祜族武装人员的保护下已经跑出很远。逃跑时，糯康连鞋都来不及穿，脚板被山间荆棘扎得血肉模糊。

在糯康小老婆那里，抓捕人员搜到了三千四百多万泰铢、六十公斤冰毒及地雷、炸弹等大量武器弹药。

第一次抓捕虽然失败了，却极大地震慑了糯康，原本嚣张的气焰收敛了许多，龟缩在缅甸丛林中不敢外出，再也没敢到老挝这边来。糯康对手下说："这次把事儿闹大了，中国人真的不干了！动真格的了！"

表面上，糯康销声匿迹；暗地里，糯康和抓捕人员依然在角力。老挝在湄公河实行了封锁政策，夜晚禁止一切船只通行，冒险行船会遭到警告，不听劝阻就会遭到枪击，糯康及其手下的活动空间再次被挤压；糯康则加大力度对缅甸丛林中的各种势力进行重金收买，使他暂时得以安稳度日。

2012年1月30日中午，糯康营地。

依莱不见了，糯康已经意识到发生了什么。依莱原本负责糯康集团的毒品交易活动，糯康需要不断进行毒品交易换来大笔金钱，贿赂军政人员和地方势力，以保全自己的性命。依莱失踪后，糯康将毒品生意交给侄儿占拉负责。

经历了老挝的惊险一幕，糯康把活动范围收缩到大其力一带孟喜岛西侧散步村和万巴萨村之间的丛林当中。糯康本人依然选择地势较高的地方居住，有亲信卫兵站岗放哨，而桑康等手下住在下方的布棚里。他们的武器装备很具杀伤力，自动步枪、轻机枪、重机枪、40火箭筒等一应俱全，营地周围的树林里都安装有绊线雷。整个营地戒备森严。

长期在山林里逃亡，糯康的身体状态越来越差，脸上长出了疥疮。侄儿占拉看到糯康这个样子，心情也差了许多。占拉原本对糯康崇拜得五体投地，正是因为参与了糯康的生意，占拉迅速脱贫，每天开着一辆宝马车招摇过市。而如今，占拉透过糯康沮丧的神情感觉到大事不妙。

"我压力很大,好几个国家都在找我……"糯康像是和占拉说话,又像是自言自语。占拉不敢搭话。

"我准备在约色和缅甸政府谈判,谈成了我就返回大其力。"

糯康喜欢谈判。许多年来,糯康和各种势力进行过数不清的谈判,几次因此绝处逢生,他相信自己的谈判能力。桑康、依莱等一帮手下之所以对他俯首帖耳,与他那种强大的谈判能力密不可分。他总是能够通过谈判扩展自己的毒品生意,并提升自己在湄公河流域的地位。

"10·5"案发以来,占拉是与糯康见面次数最多的人。占拉每次来到营地,所有人都会聚集到他的周围,听听外界的声音,然后按照糯康确定的数额从占拉那里取走大量钞票。

那次见面,是占拉与糯康等人最后一次见面。占拉下山后的第二天,来到一个地下钱庄取钱时,刚一出门就被抓获。

落网后的占拉,对糯康的信心迅速归零,他表示要和糯康分道扬镳,答应和抓捕组一起进入大其力地区抓捕糯康。

对于专案组来说,这又是一个意外惊喜。按照占拉提供的情况,专案组得知了糯康隐藏的具体位置。2012年2月22日夜,抓捕组向糯康营地进发。

"务必要生擒,让他接受世纪审判!"这是专案组的命令,也代表着公安部党委的决心。公安部副部长张新枫指出:抓再多喽啰不算赢!只有抓住糯康才算赢!

专案组对这次抓捕给予很高期望,希望毕其功于一役。出发之前,抓捕组再次举行了细致的沙盘演练,并进行了阵地战、游击战及突围战等训练。

糯康藏身处地形复杂,山高林密,夜视仪、望远镜难以发挥作用,百余名抓捕组成员跋山涉水，原本四个小时的山路，却走了七个小时。到达预定位置后发现，他们确定的目标位置与糯康营地偏离了五十米。原本打算趁糯康一伙熟睡时动手，结果一番波折，行动不得不拖至天亮，其中暗含的危险与不确定性可想而知。

"站住，干什么的？"

行进中，抓捕组突然听到糯康的暗哨发出的警告，接着对方就打过来一枪，子弹呼啸而过。抓捕组这边一枪打过去，暗哨应声倒地。接下来，双方开始交火。

位于高地的糯康早就被惊醒了，如惊弓之鸟般迅速逃离，追捕组立即开始追击。追捕进行到最为关键的时刻，不可思议的一幕再次出现，大其力地区军事力量的上级部门打来电话，措辞严厉：谁让你们擅自用兵？立即撤退！

追捕组内出现分歧，来自大其力地区的军事力量必须服从上级命令，他们对追捕组明确表态：必须撤退，否则你们后果自负！

很显然，有某种保护糯康的势力在暗中助其一臂之力。糯康再次得以全身而退。

西双版纳这边，专案组度过了一个难熬的夜晚。天亮后专案组得到抓捕行动失败的消息。刘跃进在宾馆小路上疾步行走，一声不吭。小路一圈七百米，他走了一圈又一圈。

与糯康两次交锋连续受挫，令专案组有种举步维艰的感觉。但是，专案组没有气馁，调整一下心理状态，同时组建"野象突击队""海豹突击队"，全面进行山地训练，继续搜寻糯康的踪迹。孟建柱部长在北京批示：总结经验教训，重新制订下一步工作方案。

第二次抓捕虽然失败，却再一次打击了糯康的气焰，犯罪集团开始分崩离析，越来越多的人离他而去，包括糯康集团二号人物桑康。团伙成员中，桑康和糯康最有感情，他轻易不出去从事毒品交易等活动，专心在营地管理内务。糯康没想到桑康竟然动摇了，他怒不可遏，却阻止不了桑康离开。

对于警方的连续打击，糯康如坐针毡，他认为自己不能这样一味地坐以待毙，他要让别人看到自己依然强大。他本人亲手策划的一起爆炸案就此拉开序幕。这是糯康落网前最具威胁的一次反击。

最后的疯狂

每到周末，大其力地区有头有脸的军政人物都要聚在一起打高尔夫。又是一个周末，在一处极为高档的高尔夫球场，几个破衣烂衫的少年，手里抱着三个篮球，一边走一边说说笑笑。趁着管理人员不注意，几个少年把篮球分别放到三个不同的位置，随后就离开了。没有人注意到他们来了又走，也没有人把发球台下边那几个篮球当回事。

几位军政大佬每周聚在一起打高尔夫，都会在固定时间出现在球场，这是糯康非常清楚的。大其力地区有头有脸的人物，无论是个人爱好还是生活规律，糯康全部一清二楚。

这一次，出了点儿小意外。几位军政大佬把酒言欢，一时兴起多喝了几杯，结果晚到高尔夫球场半小时——就是这晚到的半小时，救了所有人的性命！

每个篮球里都装有TNT炸药，通过手机遥控引爆。糯康在山里觉得时间差不多了，便在开球时间陆续拨打手机。几个篮球炸弹把高尔夫球场炸出了一个大坑。湄公河流域各种枪击事件时有发生，但像这样的爆炸案却不多见，几位军政大佬吓得魂不附体。

事后，大其力军事指挥官比哈姆接到了糯康的电话。糯康虽然已经落魄不堪，但语气依然沉着，字字句句都保持着一位毒枭老大的派头："让您受惊了，我的小弟都很疯狂，我也管不了他们，希望你们做事谨慎些，惹他们不高兴，说不定会有什么后果……"

虽然糯康制造恐怖事件的能力依然强大，但他已经是强弩之末了，这是糯康一伙最后的疯狂。可即使是最后的疯狂，糯康的家底和人脉还远远没有用尽，这些因素都成为抓捕糯康的巨大阻力。专案组每分每秒都在和这种巨大阻力相抗衡……

不久后，专案组又在丛林里发现一处可疑营地。经过侦查确认，那里就是糯康的藏身之所，专案组立即指派突击队前往抓捕。突击队带了五天的干粮出发了。路上下起了大雨，突击队雨中行军两昼夜，在泥泞中艰难跋涉。快要到达目的地时，指挥员被告知——撤退，已经跑风！

抓捕糯康困难重重。刘跃进和专案组的人都觉得，很多事情想做，但有时有一种无力之感，无从下手。2011年春节前的两个月，刘跃进带领专案组度过了最困难的时期，他有时候也会在心里问自己：还有希望吗？

每当失望、沮丧的情绪汹涌而来的时候，遇害船员的身影和他们的家属无助的泪水总会浮现在刘跃进的脑海。他咬牙坚持，多角度总结经验教训，试图寻找新的突破口。他觉得越是失望、沮丧的时候，越是不能丢掉信心。

一段时间里，很多人都认为糯康永远抓不到。每当听到这类泄气的说法，专案组成员都憋着一口气——不抓到糯康，不回北京！这年春节，专案组成员全部坚守岗位。

刘跃进的岳父在昆明居住，老人恰巧在案件侦查期间因病去世。刘跃进将这个消息封锁了，没有告诉组织，也没有告诉身边任何一位同事，自己也没能去参加葬礼，只是在独处时默默流泪。专案组副组长、禁毒局副局长韩旭光在云南工作期间，父母两次重病，没有一次能回家尽孝。由于任务繁重，云南省公安厅副厅长先燕明未能照顾患病住院的妻子一天。专案组年轻侦察员张鹏的父亲癌症晚期卧床不起，刘跃进等领导了解情况后，几次三番要求他休假探望。可忠孝难两全，张鹏始终坚守岗位，直至抓住糯康。每一个民警身后都有一家人的默默支持与付出，专案组每一名成员都以实际行动践行了"人民公安为人民"的庄严承诺。

云南省公安厅禁毒局副局长张峰多次深入虎穴开展工作，每次回到专案组，他都会在心里默念：回家的感觉真好！

"我们很辛苦，糯康在丛林里的日子也一定不好过。就说这雨天吧，山里蚂蟥特别多，糯康一定很遭罪。我们袭击他的码头，再刺激他一下，早晚把他逼出来！"

张峰的建议得到专案组的认可。几天后，糯康在湄公河上的一处私人码头被彻底捣毁。要知道，糯康在雨林里的一切都是神圣不可侵犯的，更何况私人码头？得知这个消息，糯康真的绝望了，他感觉到自己在湄公河的权威已经丧失殆尽了。更坏的消息还在后头——桑康落网了！

2012年4月的一天，在城市里逍遥自在的桑康被专案组抓获。这标志着糯康落网已经进入倒计时。终于，糯康斗志全无，再也没有了和某种势力谈判，以期在湄公河流域继续称王称霸的念头了。

糯康的大本营主要是在湄公河的缅甸一侧，他和手下骨干分子多数时间待在缅甸。从工作进展来看，专案组和老挝军警的合作更加顺利。专案组断定，在老挝一侧抓获糯康的条件要好一些。但是，湄公河案件发生后，糯康知道中国和老挝配合基础比较好，也知道到老挝的风险比较大，因此很少到老挝活动。

"采取行动，把糯康挤到老挝！"刘跃进提出了明确的工作目标并制订了行动方案。

为了把糯康挤到老挝，专案组和缅甸军方警方加强联系，敦促缅甸军警对糯康集团反复清剿，形成了把糯康挤到老挝的态势。清剿行动具体进展情况实时报送至公安部，孟建柱部长鼓励专案组：坚决打赢活捉糯康这一仗！

缅甸军警的反复清剿，迫使糯康不断转移。一批军警走了，另外一批军警又换上来。糯康觉得有些扛不住了，他决定带着几个手下去老挝躲一躲。

4月25日，老挝波乔省敦棚县孟莫码头对岸，糯康盯着河水观察了许久。码头那边静悄悄的，没有任何异样。糯康摸了摸腰间的手枪，又拿出来看了看，他把弹夹取下，仔细检查了枪支状态，随后又装上弹夹，插回腰间。糯康觉得差不多了，可以出发了，于是向手下递了一个眼色。

湄公河水像白色的带子，在寂静的早晨将两岸的山林鲜明地区分开来。糯康曾经无数次经过这条河流，这里的河水不止一次地让他染成红色。糯康相信无论山林中的菩萨，还是水中的河神，都会保佑他。正是因为相信这种护佑，糯康在这片土地上肆无忌惮。十六年来，他总是让别人心惊肉跳，但这一天渡过河流的时候，糯康却感觉魂不守舍。

糯康乘坐一只小船悄悄地横渡湄公河。小船刚刚停稳，糯康和两名手下便迫不及待地快步上岸。岸边的密林就在眼前，只要进去就一切平安，好像鱼归大海。糯康困极了，他最强烈的想法就是首先找个地方休息一下，好好睡上一觉。

这个时候，一个威严的声音令糯康双腿瞬间瘫软："不许动！"

霎时间，多名持枪的老挝警察突然现身。糯康见势不妙，第一个反应就是逃跑。更多警察从四面八方而来，包围圈如同布袋，越收越紧。终于，糯康和手下束手就擒。

"麦恩、麦恩，快来救我，我快死了……"糯康不断呼唤着一个手下的名字。但此刻谁也救不了他。

"糯康抓住了！"捷报，第一时间传给了坐镇指挥部的公安部禁毒局局长、专案组组长刘跃进。刘跃进长长舒了一口气，这口气已憋了太久。

擒贼先擒王，凶猛的毒枭已经落网，在糯康手下当中引发了强烈震动。随后半个月，糯康手下成员陆续有三十多人主动走出丛林投降。

糯康落网当天下午，一个衣着简朴的掸族女人安静地走进老挝的警察局。

警察问她："你有什么事？"

女人回答："我要找人。"

"找谁？"

"糯康。"女人的回答令所有人都把目光投向了她。

警察说："糯康犯了重罪，回不去了！"

女人却不慌不忙地说："不要紧，我有钱，可以把他赎回去……"

这个女人就是糯康的大老婆，她的举动令所有在场的人哑口无言。

让全世界见证正义的力量

5月10日，糯康落网后第五天，老挝万象国际机场。

"金三角"地区特大武装贩毒集团首犯糯康戴着手铐脚镣，乘坐一辆囚车到达机场指定位置。这一天，糯康被老挝警方正式移交中国警方。

当地时间上午10时整，中老两国警方抓获糯康联合新闻发布会暨移交仪式正式开始。大厅正中央，一张摆有中老两国国旗的桌子格外醒目。中老警方代表分坐两侧，共同见证这一庄严的时刻。老挝外事局副局长吉玛尼郑重宣布："请中老双方代表共同签署备忘录！"

中方代表公安部禁毒局局长、专案组组长刘跃进与老方代表老挝公安部警察总局副总局长兼禁毒局局长坎朋一同走向签字桌前，共同签署了意义深远的移交备忘录和两国警方加强合作继续追捕糯康团伙成员备忘录。在热烈的掌声中，两位代表的手紧紧地握在一起。为了这一刻，中老两国专案组的成员付出了太多心血和努力。

随后，中方代表刘跃进，老挝公安部党委常委、警察总局局长西沙瓦分别代表中老警方，共同向新闻媒体宣布抓获糯康并移交中方事宜。

一阵骚动中，在老方警官的押解下，曾长期盘踞于湄公河两岸、从事严重暴力犯罪活动的"金三角"最大毒枭糯康终于现身。糯康曾是湄公河沿岸船民闻之色变的噩梦，也曾是制贩毒品、绑架杀人、抢劫商旅、敲诈勒索、收取保护费的山匪。此时，糯康身穿蓝色囚服，戴着脚镣手铐，再也无力做任何挣扎。糯康神色略显憔悴，但看起来很平静。他的身后，正是联手将其抓获的中老警方代表。

糯康被老挝警方要求跪下，整个身体挺直，半坐在脚后跟上，安静地面向前方，没有说一句话。偶尔抬头看一下周围，然后迅速低下头。很难想象他就是目前"金三角"最大的毒枭、特大武装贩毒集团的头目。只是在偶尔的一瞥之中，才能看到他眼中戾气逼人。此时的糯康并不知道自己会被移交给中国警方。

糯康被押解至机场停机坪，由特警和押解组医生对其进行例行检查。在中方押解专机的舷梯下，他被老挝警方解除了械具，卸脚镣时，老挝警察拿一把扳手将脚镣上的螺丝长钉一点点拧下来，其间糯康流露出稍许痛苦的神情。随后，中国特警给糯康戴上中国的械具，并将其直接押上飞机。至此，老挝当局正式把糯康移交给中方。

糯康一登机便被中国押解组带到指定座位。他所在的座位后面，有一条黄色警戒线将之与其他乘客隔离。飞机平稳起飞后，押解组为糯康摘掉头套，而糯康在飞机上的所有食品、饮用水都要贴标签，并用整理箱留存备检。

四个小时的飞行中，糯康没有大的动作，其间特警给他喝了一点儿水。糯康只问过一句话："要飞到哪里？"被告知飞往北京后，他没有再说话，后来竟然睡着了。

押解组有专人告知糯康下飞机后的相关程序，以便其能提前做好心理准备。中国特警为糯康"量身定做"了一个"软性"卫生间。所谓"软性"，是押解特警为防止犯罪嫌疑人出现意外而因地制宜设计的。特警们选择一个合适的机上卫生间，用宽胶带将飞机上乘客使用的靠枕两两捆绑，再分别固定在卫生间的门框、镜子等特定区域，以确保犯罪嫌疑人的人身安全。

有的人活着，却已是鬼——比如糯康！近年来，糯康特大武装贩毒集团盘踞湄公河流域"金三角"地区，长期从事制贩毒品、绑架杀人、抢劫商旅、敲诈勒索、收取保护费等犯罪活动，涉嫌针对中国籍船只和公民实施抢劫、枪击犯罪二十八起，致死十六人，重伤三人。

坐在飞机上的糯康面色平静，但心里却是山呼海啸。他很清楚，自己已不再是丛林里最凶猛的野兽，曾经属于自己的一切都已灰飞烟灭。自幼笃信小乘佛教的糯康，原本以为自己所有的罪恶都会在佛祖那里得到宽恕。糯康只看重佛祖的宽恕，却从没想到过有一天会接受法律的审判。

糯康脑海中永远记得童年的一个画面。

五岁那年缅甸饥荒，糯康带着瓦盆来到施斋的寺庙，拥挤的人群中没人理会他的弱小。那一天，斋饭没有讨到，瓦盆也摔碎了。他的哭泣无人理睬，刻骨铭心的场景一生永留心底。按照习俗，糯康八岁时披上袈裟来到寺庙做和尚，别人做到十五岁离开，他则在十二岁就跑到坤沙军营里拿起了枪。因为他五岁时就已经攥紧拳头告诉自己，善念与慈悲无法拯救一切，只有枪握在手里的时候，真正的拯救才算开始。

从内心来说，糯康对大多数人充满仇恨，这种仇恨自幼年起就在他的心灵深处打下了深深烙印。如今，凶狠、残暴、杀戮已经成为糯康的标志，因为他知道，在丛林里要想生存无忧就必须成为最凶猛的野兽。偶尔，他也会做"善事"。缅甸湄公河一带经济落后，大多数居民吃饭的时候除了野菜便没有其他副食了，菜里没有油，更谈不上肉，往往是一碗黏米饭拌上辣椒末就下肚了。糯康会定期给那些有利用价值的居民送点儿油和肉，为的是让他们给自己充当眼线。

湄公河畔的原始森林白天精彩纷呈，夜晚幽深恐怖。身处其中，除了天上的星星和丛林中的萤火虫，一切都是墨色的。糯康却从来不会为此恐惧，他最初从事毒品生意时，经常夜间在丛林里四处游走，累的时候就会席地而卧呼呼大睡。早年打天下时，糯康是特别能吃苦的，但随着他成为湄公河一带数一数二的人物，他的吃苦精神弱化了许多。这次落网，糯康觉得就是因为自己过于贪图安逸，非得寻个舒舒服服的地方藏身，结果被抓个正着。如果他能像早年一样在密林深处潜伏，荔枝、芒果、野菜、椰果和各种野味完全可以维持生存，可如今他却不能像早年那样，夜晚在野兽出没的山野间席地而卧。为了躲避追捕，他疲于奔命；为了寻找一个更加舒适的藏身之所，他最后落入法网。

在老挝机场，当地警方曾要求他面对中国警察和各国媒体下跪。那一刻，糯康心里不服气，他相信自己的手下们如果在从林里通过卫星电视看到这一场景，无一例外都会暴跳如雷。被捕的这些天里，他曾多次装病，一会儿这里疼，一会儿那里疼，甚至还曾伪装小便失禁。医生说，他眼睛滴溜溜乱转，一看就是装的。糯康的小丑举动持续上演，丢了面子的他彻底没了往日的威风。

糯康沉默寡言，很少与人争吵。他喜欢悄悄地接近那些让他感到不悦的人，然后迅速出手。他很少高谈阔论，也从不试图证明哪些事情是对的，哪些事情是不对的，他只做他想做的事，干掉任何敢于阻碍他发财的人，无论对手是警察还是皮肤黝黑、憨笑起来露出一口白牙的水手。

最初几天，糯康与中国警察较量时，发现中国警察也从不和他多说一句废话，一种强大而冷峻的气场压得他喘不过气来。糯康知道了，这一回才算遇到了真正的对手。中国警察正用清晰而有力的证据一步一步摧毁他的防线。糯康明白了，所有罪行的证据确凿无疑，他在湄公河落网那一刻就已经进入了末日倒计时，自己和泰国不法军人的所作所为无法抵赖。

飞机升空之后，糯康透过舷窗，最后看了一眼他所熟悉的雨林。川流不息的湄公河涛声阵阵，椰林、棕榈、菩提树、雨树及硕大的芭蕉叶遮天蔽日。而这一切，再也不属于他了……

5月10日下午16时，首都国际机场。

停机坪上一番忙碌景象，公安部民警代表整齐列队，各个岗位工作人员迅速就位，负责警戒的特警神情肃穆，红色的条幅迎风飘扬：热烈欢迎缉毒英雄凯旋……

一架客机出现在天空中。飞机上，久未与祖国亲人谋面的"10·5"湄公河案件专案组成员押解着"金三角"最大的毒枭糯康，怀着无比激动的心情等待着重新踏上祖国的土地。历经七个多月的辗转奔波，专案组成员的汗水洒遍中老缅泰湄公河流域的各个角落，在惊心动魄的较量中决战决胜，给祖国和人民交上了一份满意的答卷。

飞机轰鸣着陆，缓缓滑行至预定位置。舷梯渐渐靠上飞机，舱门最后完整开启。在八名中国特警的押解下，湄公河案件重要犯罪嫌疑人糯康出现在人们的视野中。

"糯康，根据《中华人民共和国刑事诉讼法》的规定，在公安机关对案件侦查期间，犯罪嫌疑人有如下诉讼权利和义务……根据《中华人民共和国刑事诉讼法》第五十九条之规定……你已被执行逮捕。"

两名中国警察分别用汉语、傣语向糯康宣读《犯罪嫌疑人诉讼权利义务告知书》。被特警押解的糯康认真听着，并未表示任何异议。只是在中国警方拿出逮捕证时，他的眼神立即变得毫无生气。糯康非常清楚，这张薄薄的逮捕证，宣告着他毒枭人生的彻底完结。糯康在专案组成员和在场人们的注视下拿起笔，签下了自己的名字，并摁上了手印。

国务委员、公安部部长孟建柱在迎接专案组凯旋时强调：该案是我国国际执法合作的典型范例，意义重大，影响深远。要认真贯彻落实中央领导同志重要指示精神，总结经验，把握规律，进一步提升开展国际执法合作、打击跨国犯罪的能力和水平，为创造更加安全稳定的外部环境、保护人民群众生命财产安全做出新的更大的贡献。糯康及其骨干成员的成功抓获，标志着"10·5"专案侦办工作取得重大突破，标志着湄公河流域四国联合执法机制已取得明显成效，有力震慑了湄公河流域其他犯罪团伙和犯罪分子，维护了湄公河流域航运安全，充分展示了我国公安机关加强国际执法合作、打击跨国犯罪的能力和水平。希望专案组同志深入开展案件侦办工作，彻底查清案件全部过程和事实真相，给受害人家属和广大人民群众一个满意的交代。

当日央视《新闻1+1》节目中，著名主持人白岩松这样感慨：四个小时的航程可以说又短又长。为什么说短，毕竟只有四个小时；但是为什么又说长呢，从去年的10月5日案件发生，七个月以来人民等待的就是这一天，因此它足够长。

2012年9月20日上午9时20分，震惊中外的湄公河"10·5"案件在昆明市中级人民法院公开开庭审理。昆明市人民检察院对糯康、桑康、依莱、扎西卡、扎波、扎拖波六名被告人分别以涉嫌故意杀人罪、运输毒品罪、绑架罪、劫持船只罪依法向昆明市中级人民法院提起公诉。

十三位冤死的中国船员终于可以安息。

对中国人民和湄公河流域人民犯下累累罪行的糯康团伙，终于得到正义的审判和法律的制裁……

湄公河，这条哺育中老缅泰多国人民，却一度令人心生恐怖、阴霾笼罩的古老河流终于恢复了她慈祥的神态。

震惊中外的"10·5"案件的成功侦破，必将载入共和国公安史册。

中国警方以全球视野和世界眼光，运用大国智慧，迅速建立起湄公河流域执法安全合作机制，合力织就围捕"10·5"案件元凶的天罗地网。他们走过的道路虽然荆棘密布，饱含艰辛与汗水，却为今后我国打击此类跨国案件辟出一条创新之路，为深入推进我国国际司法协作和警务合作提供了宝贵的经验。

中国警方全力侦破湄公河案件，不出动军队，不伤及无辜平民，通过与周边国家的国际执法合作机制，把在境外残害中国公民的外籍犯罪嫌疑人抓捕归案，引渡到中国进行审判，成功树立了中国政府对本国公民负责、对地区安全负责的良好国际形象，同时表明了中国政府保护本国公民在境外的合法权益和人身安全的坚强决心。

（选自《啄木鸟》2012年第11期）

低天空：珠三角女工的痛与爱

丁　燕

这是一篇亲历性调查纪实作品。作者隐瞒身份，进入珠三角的一间普通工厂，体验一名中国普通女工的生活。工厂的生活枯燥、机械、严格、压抑，损坏人的身体与心灵。可就是这些普通工人，成为中国三十年经济奇迹的坚实基础。如何改善她们的生存环境，将成为中国经济持续发展的一个重要课题……

引　子

女性的天空是低的，羽翼是稀薄的，而身边的累赘又是笨重的！

——萧红

第一章　沉默迁徙

1.工装人

那条横幅一直挂在那里：大量招收男女工，薪多粮准！

宽红布，大白字，如火如荼的感叹号。

工厂过去和现在都需要人，而工人并非生来就是工人，在某段时间，工人是被邀请到工厂来的。和传统大厂不同，在珠三角，密集的小楼里拥挤着各类小厂，重复而相像。当镜头展示其内部时，总竭力表现出信息的完整性没有受到损害，然而，遮蔽和裁剪，总令工人的身影模糊不清。

从新疆迁居珠三角后，每当我对某些场景提出疑问——人们为何走路吃盒饭，厢式货车为何横冲直撞，邮局提款机前为何排长队，皆被一句轻描淡写的话所打发：工厂多啊。那条通往镇中心的道路，正午时分，行人稀疏，但在清晨或黄昏，车轮滚滚，人流澎湃，米粉店、小卖部、菜场或水果摊前，到处是穿工装的人。

很快我便发现：事情比我所看到的更为复杂。在我的周围，半明半暗中，大多数是穿工装的人，数百名、上千名穿工装的人……这么说，简直像在拍电影，然而，这是真的。在新疆，我学习到游牧文明的魂是转场，农耕文明的根在定居，然而，对工业化进程中的钢铁、戒律和坚硬，我是盲目的。这一空白，令我对目光所及的南方景象，总处于惊讶状态。我变得不安起来。我的不安告诉我，在我的近旁，还有另一个隐秘世界。我想进入到那里去，不是被人介绍，处处受照顾地体验生活，而是自己拿着身份证，递过去。

于是，我像这样说的做了。

中年女瞟了我一眼，即刻做出判断：你干不下来的……

又问：高中（我在学历一栏填了高中）？见我点头，说我帮你问一下QC（Quality controller的英文缩写，质量检查员）招不招人。

我穿着灰衣灰裤旧运动鞋，戴着隐形眼镜，试图让以往的身份变得模糊，然而，这个女人依旧看出了某种差别。我身旁的女人粗矮黑胖，头发腻成缕，她不会写自己的名字，掏出身份证，让保安帮她写，而中年女对这举动没提出任何异议，好像这个女人才是她要招的人。

在中年女打电话时，保安递来一沓发黄的打印纸，写着各类规定：上下班要打卡，厂方有权力要求员工加班；旷工一天反扣一天工资，辞职要提前30天通知厂方；殴打他人、罢工、调戏女工，解雇时扣工资20%；严禁上班睡觉，可没收在宿舍内的煮食器……

中年女沮丧地向我摇头：不行……你年龄太大了。她的惋惜令我迷惑。她是招工的，却用某种奇怪的方式，在竭力阻止我进厂。保安突然笑起来，犀利夸张。女人把脸一沉，嚷道：我不想把人家骗来，干不了又走！……骗？除了身份证，我有什么多余的东西可骗？片刻的沉默后，中年女又拿起我的表，不甘心地问：文凭带来了吗？有复印件吗？见我摇头，她便肃然起来，在表格的职位栏，写下两个字：啤工。

可这不是啤酒厂……是音像带盒厂啊！然而，我忍住纳罕。我已不能随便发问，我已不是我自己，而是，118号。直到这时，我还不知道那个字的念法：bie（阴平）。

2.工厂时间

第二天，6：50分，我骑着电动自行车，已拐入工业区，春风猎猎，扬起头发。迎面走来一群女工，清一色土黄工装，大声说话，伴以粗粝锐笑，牙齿白得瘆人。是她们的嘴咧得比常人大，还是晨光中明暗对比更强烈？后来我才知道，她们也是啤工：我上的是白班，她们是晚班。机器24小时不休息，所以啤工一般都是两班倒，半个月白班，半个月晚班，倒班时休息两天，平时周末正常上班，每天8小时后，再加班3小时。

四周高墙包裹着办公楼、厂房、操场、宿舍楼。办公楼的玻璃窗很大，外墙悬挂着空调主机，操场上立着篮球架，宿舍楼上晾晒着衣服，而车间的模样，显得既现代又壮观……如今，这一切，都和我有了联系。我心跳怦怦地冲进门卫室，拿起卡，却不知该打两台打卡机中的哪一台。保安疾呼：这个！打卡后，我居然迟到了两分钟！我拿起手机一看：离7点还差4分钟。

虽然厂规规定，迟到或早退5分钟，扣人民币1元，我迟到了两分钟，还不会被扣款，然而，我惊诧的却是这时间！保安道：打卡机快6分钟，二十年了，一直这样！我脱口而出：这种走在时间前面的时间，根本没道理！

随着我在车间的时间越长，便越理解"时间就是金钱"的内涵：抓紧一切时间，埋头苦干，是工厂创造财富的秘诀；而时间的损失，就是个人收入和公司利润的损失。不同的时间段工资不同：正常上班时间，工资较低，只有加班时间，工资才更高，故而，精打细算地控制时间，不仅来自生产机器的要求，还包括生产者本身。

保安将我带进通道，左右敞开两个巨大车间。他指着右边道：进去吧，找组长。

我傻了：谁是组长？保安眯起眼，指着晃动的白衣服说：就是他。

3.全能眼

这就是注塑车间：水泥地面潮湿，噪音巨大，四处是碎屑，充满刺鼻的混合味。这个车间并非全封闭，相反，除东西方各有两个大门外，中部还有两个对称小门。车间长50米，宽30米，有两层楼那么高，顶部挂着排排日光灯，行车轨道上吊着大铁钩，像倒置的问号，能轻而易举钩起千斤重的货物，一圈圈铁链弯曲而下，机修工一扯，链子便哗啦响。靠墙的两侧摆放着十几台注塑机，中部立着六七根水泥柱，白灰斑驳，每根柱子上悬着台风扇，一圈圈黑铁丝，中间是花瓣心脏。

在注塑机和水泥柱的空当，垒着一摞摞高出人头的塑料箱，一摞十几个，或黄或蓝，内铺塑料薄膜，放着各类产品，在箱子和箱子间，夹着小纸条，是"塑胶成品标签"，印刷着日期、班别、机号、工号、产品、色粉号码、数量、检查员……这些红字，居然是繁体字：原来老板是香港人。

路过卫生间时，我从脏污的镜子里看到自己：土黄工装，淡黄帽子，松紧带已脱线，帽檐软塌塌耷在脑袋上，邋遢如片落叶，但我的脸色是红扑扑的。几乎所有从农村来的女孩，都持有这样的红晕；但到了工厂后的第二年，脸色就会变得发黄，乃至发青、发乌。

我迎向那个穿白大褂的男人：一米八，五官祥和，但各个部位都发生了下垂，无论眉毛、眼皮、嘴角。说起来，他长得不差，但器官却从原来的位置歪斜下来，显出不可遏制的老相。他已秃顶，侧旁头发留得很长，耷到头顶，支援中央。我对他说：组长你好，我是新来的。他看了我一眼，什么都没说，转身就走。我就跟着他走。他歇脚后，指着29机说：你到那儿。然后，转身朝门口走去。

我完全愣怔。到那儿？干啥？

两台机器的空当内，有个女人，正从水箱里捞货，看到我，用脚踹过个反扣的塑料箱过来：坐。箱底上垫着纸壳，边缘沾着水渍，箱子下汪着水，浮动着机油。我坐在上面——在两台注塑机的缝隙中，坐了下来。轰隆声在这个地方，陡然变得硕大，前后叠加的雷声，无碍地砸向前胸后背，我怀疑我马上就要碎掉。我的脸正对着机子闸口，每过三分钟，闸门打开一次，将啤（bie）好的注塑品扑哧吐出来，刚好掉进装满凉水的箱子里。刚啤出的产品温度太高，要用凉水降温。

这个叫方姐的女人，身量瘦小，五十多岁，焦黄长脸上挂着双三角眼，额头皱纹深刻，鬓角处有白发。她让我把"726刷头"（刷马桶的小型刷头，像两根冰棒，中间被水口相连）从水箱里捞出，再放进另一个水箱，用倒扣的塑料筐压住。还是为了降温。而她呢？终于可以从两台机器间抽身而出，坐在通风的过道口，待刷头完全冷却，从水口上拧下，用干净白布擦拭，刀片削去披锋（凸起毛刺），交替码在箱内。

一旦跨入车间大门，被安置在特定位置，工人便被牢牢地钉在一个由权力和法律编织的网格中，劳作，即刻迫不及待地作用在工人的身上。每个工位都规定了身体应采取的姿势。个体所能做的，和应该做的，就是严格遵守这个工艺流程。这种重复劳作持续久了，人像在封闭的噩梦中，不断循环、循环、循环……最终，达到癫狂。

这种工作的恐怖，不在惨烈，而在消磨：注塑机在规定的时间开机、出货；接着继续：开机、出货。时间被切割成块，四方四正，不多不少；同时，也将人的身体切割成无数个格子，放在规定尺寸中。这种活计若只坚持几分钟，并不会感觉疲倦，可1个小时呢？5个小时、11个小时呢？若去上厕所，那机器还在扑腾、扑腾往下掉货；如果想偷懒，货就会明显地积压下来，招来组长臭骂。工人在车间存在的理由，只有一个：重复、重复、重复地干活，让一个简单动作，一万次乘一万次地，重复再重复！最终，工人变得和注塑机一样，一起动作、呼吸、旋转。

我好羡慕方姐，她让自己稳稳地坐在干爽处，拿布擦刷头，浑身松弛；而我所在的位置，扫水是没用的，因为将刷头捞起，放进旁边水箱时，总会有水溢出。水混合上机油（姜黄如糖浆后），形成一条条变形的蛇。我貌似有板凳，却要不断起身捞刷头，根本无法享受坐的滋味。因脚底寒凉，一阵风从大门吹进时，我止不住打了个冷战。车间里的浮尘侵入眼睛，让原本如水滴般柔软的隐形镜片，变成两把小刀，不断刮擦眼仁，硬生生地痛。

在捞刷子的间歇，我下意识地闭了闭眼。突然，组长从天而降，话像锥子，猛地扎入耳膜：一大早就打瞌睡！货都满了！我的脑袋轰地一下响了一声，突然变得清醒，双手赶忙探入水箱。方姐见组长走了，一拍大腿笑起来：我来不及告诉你啦。下次吧，下次一定！方姐说，她最害怕组长说："交工衣，走人！"听到组长只是催促干活，知道他不会辞退我。我心存感激，说我倒不是瞌睡，而是眼睛疼。

奇怪得很，每次当我试图闭眼，或吃了口东西，或拿出手机看时间时，组长都会从天而降，大喝一声：还不做事！是因为我开小差时，表情很慌张吗？我渐渐发现，恐惧是个活物，在脆弱而孤独的灵魂里，它会生长，会变出各种花样。"你要小心，有人会打小报告。"当方姐告诉我这个秘密时，我感觉脚底愈发寒凉。

只有我是傻瓜——以为只要逃得组长盯视，便可偶尔偷懒。我错了。车间里的每个人，都目光灼灼，互相盯视，然后在某个隐秘时刻，向组长汇报，以换得他们想要的好处。啊……他们并不为二十年如一日、提前六分钟打卡而愤怒，相反，却要死死地盯着那些新来的、更弱的、懵懂的人！然而，在车间干活，每个人都会疲惫、打瞌睡、往嘴里塞食物、到卫生间接电话……每个人，都无法让自己彻底变成机器。

方姐对我接替了那不断躬身，将双脚浸在油水中，双手泡在凉水里的活计，充满歉意。她絮叨说：这活一个人做不来的。她说她的手一会儿干，一会儿湿，腰一会儿直，一会儿弯，所以，向组长提出一个人干不了！现在，为显示她的工作强度，她举着抹布道：这水有毒的！矿泉水瓶子上贴着三个字：天那水。就是香蕉水，无色透明，易挥发，燃烧，有一定毒性，对人体有害。我们无法不闻到那味道：无形无象，却尖锐存在，堵得鼻孔发紧，每呼吸一次，心脏就更猛烈抖一下。但我却无法不呼吸，不管我多么不想让这毒气进入体内。

方姐说她不愿去别的厂，因为这里发粮准：二十年如一日，不容易！"出门打工就是要挣钱，不加班的厂，谁去！"对从没打过工的人来说，这是种陌生的生活，陌生到你根本无法想象。当我听到方姐这样说时，深深地吸了口气，像将某种灼痛也同时吸进肺腑，然后，再吐出。仅仅坐在办公室里，或看报纸、听广播，根本无法体会方姐们的心情。存钱是她们的终极目标，如果将时间用来娱乐，那简直是扯淡。

我们俩分工合作，步调趋向默契。某个间歇，方姐问我从哪里来，我说是新疆，她于是两眼放光。"你们那里雪下得很大吧？吃什么肉？有没有鱼？棉花几月熟？"我尽量以形象而专业的语言回答这些问题。虽然厂规规定：闲聊、开玩笑、吃东西是不允许的，但是，有时候组长走来走去，盯的只是工人的手，只要手还在麻利地动着，他便睁一只眼闭一只眼。也许他知道，不聊天是不可能的，否则人会崩溃；同时，组长并不指责我们在卫生间里磨蹭几分钟。

总算熬到11点，我准备下班，但方姐却拦住我：坚持到12点。她分析：上午干4小时，下午就要干7小时；上午干5小时，下午只干6小时。她说：劲要匀着使才行。我点头同意。然而，下班前的最后一小时，难熬至极，大脑趋于呆滞，手指的速度明显降低。快到12点时，组长来了，看着我，语气突然变得温柔：吃完饭快点回来啊，机器可是不停的哦。他指了指那箱子：货堆得太多可不行啊。

从早7点到晚7点，不间断工作，中间只休息1小时，而他居然说，吃完饭快点回来！他要求啤工像机器，完全适应钢铁的速度。要知道，人下班了，机器不停，人走开的那段时间，虽然有同事会帮着接货，可货堆在那里，要等自己回来做。除非这个机器坏掉，否则，它便永远不会停下来。这种所谓的午休，反而需要身体更加卖力才行。

我的午饭怎么办？我刚进厂，到食堂吃饭要交五元现金，不能享受从工资里扣三元的待遇。去外面吃，我对小吃店一概不熟。方姐一挥胳膊：走，到我家！时间太紧迫了。一小时六十分钟，每一分钟，都在静静流逝，我来不及多想，触电般起身，朝门外走去。打卡后，我将帽子从头上捋下来，把工衣也脱了；而方姐，只摘下了帽子。

4.大厦旁的瓦房

一百米处就是巷子尽头，过了主通道，进入对面小巷，两侧是五六层高的农民楼，穿过小菜场的凉棚，空间陡然变暗，味道比车间更难闻：黑泥、灰尘、排水沟、鸡屎、尾气、皮革、汽油……菜场旁的空地上，纵横交错着瓦房，有上百间，每一间都有扇单独的门。

令这片瓦房得以存在的原因，是打工者的身份总是城市的匆匆过客。在劳务市场，农民工并非真正意义的工人，而只是临时工，不仅"认真、肯干、易于管理，且不用变更户口"，"有工作的时候来，没工作的时候走"；这种暧昧的身份，不仅为城市提供了劳动用工，而且又不会导致城市人口增多。而当农民被召唤到城市来打工时，这里并没有相应的住房和教育提供给他们，他们要么住宿舍，要么租住贫民区；他们的孩子，要么在老家读书，要么上当地的私立学校。

方姐掏出钥匙，打开房门，阳光射进内部，投下斜影：只是单独的一间屋，没有窗户，靠门的左侧，立起道水泥墙，隔出个卫生间，令整个房间弥漫着浓烈的怪味，像钢爪，一下子就掐住我的喉咙，让我想吐。屋子四壁黝黑，从没粉刷过，墙角有霉点，双人床上窝着被子，桌上倒扣着碗筷，拉杆箱靠在衣柜旁。

没有阳台！没有厨房！没有阳光和清洁的空气！这片瓦房令人沮丧：它莫名其妙地藏在小巷深处，像个巨大的垃圾堆。房间里除了味道难以忍受，还有种可怕的窒息——如果将门关上，整个内部将陷入完全墨黑，无一丝光亮，如墓穴。

显然，这屋子仅仅只提供一个睡觉的地方，而不具备房屋所包含的温馨内涵。到了夜晚，这片瓦房如黑魆魆的波浪，潜伏在周围灯光璀璨的摩天大厦下。

这些房子的主人是本地人。他们不仅盖起五六层小楼，还在逼仄处盖起简易瓦房，皆用来出租。这个地方已形成两个阶层：拥有本地户口的本地人（拥有生产资料、土地、居住权）及外来工（向本地用工单位出卖劳动力但没有在此长期定居的权利）。

方姐将煤气罐搬到屋外，拎出炒勺，撕开两包方便面煮起来。这时，周围的门一扇扇打开，回来的几乎都是中老年妇女。她们大声地嬉笑，麻利地做饭。有人在面条里卜了几片生菜叶，有人蒸了米饭，就着榨菜和辣椒酱吃。食物在这里变得异常简单：一个菜、一碗米饭、一碗面。没有肉。我目光所及的碗里，没有一星肉。但她们非常爱笑，喜欢互相开玩笑：谁和谁去吃饭啦；谁和谁分手啦；谁因为谁的关系从普工变成文员啦……她们总会说到男人，出现在她们话语体系中的那些男人，不再高大神圣，反而遭到了某种程度的消解。虽然她们知道这种消解是无力的，然而，同样能给她们带来快感。

方姐说，不同年龄段的打工者，住的各不相同。十几岁的年轻人住宿舍，二十几岁的租一室一厅，250元；有老人和孩子的中年人，租两室一厅，350元；四五十岁的夫妻俩，租瓦房，150元。方姐的丈夫就在旁边印刷厂工作，两人每月可挣4000元，1500元用来维持基本生活（房租、食品、电话费），预留500元现金机动，存2000。

我想弄明白，何以方姐如此大的年龄才出来打工，答案令我惊诧：早在20年前，方姐就已出门打工！她和这家音像盒带厂的关系，哪里如我这般简单：看到招聘启事，一个人来到门卫室，掏出身份证。不，她和这个厂的关系，几乎称得上血肉相连。

二十年前，当这家厂刚刚建成，方姐的小姑子便离开四川农村，成为第一批打工妹。春节时，小姑子说起工厂趣事，令方姐十四岁的女儿颇为心动，遂弃学南下。几个月后，方姐亦收拾行李，来到此厂——家里的地让丈夫打理。小姑子和女儿在拉线上当普工，方姐当清洁工。对在大田劳动惯了的方姐来说，打扫卫生相当于玩耍。她和女儿住在一间宿舍，小姑子住在隔壁，周末时三人去逛街，并不寂寞。

在珠三角的工厂中，工人们之间大多有着各种联系。内地乡村的异变，通常从两三个女工开始，之后，以她们为核心，扩散到她们的家人、亲戚、老乡，令打工者队伍不断增多，形成族群，大家彼此照应，遵守互惠原则。这种蜂窝状的关系网，是被特定的时间和情境创造出来的。那些刚到城市来的打工者，往往寄身于熟人在工厂的宿舍。她们住不起招待所——哪怕是最便宜的地方，于是，由亲戚或同乡构成的这个隐秘族群，便为她们抵达城市并进入其内部，提供了最初的支持。

年复一年……五年过去了。女儿十九岁时找了个男友，是老乡，于某个周末突然宣布要辞工，回老家。方姐惊诧：难道女儿要跳槽？她们在这里待得太久了，犯不着去别家。然而，女儿的理由让方姐无法不辞工：她怀孕了。这是显性原因；隐性原因是：女儿厌倦了打工生活。女儿越来越知道，她们和本地人有差别。女儿拼命存钱，但并不奢望在这里定居，她知道她买不起这里的房子，也知道没有户口，孩子上不了公立学校，她想的是多存些钱，回老家结婚。

方姐操持了女儿的婚礼后，将自己和女儿攒下来的钱凑起来，开了家服装店，让女儿经营，又买了辆二手小面包，让女婿进货，她自己，当起了全职外婆。看起来，方姐的生活和周围村妇一样：做饭，带孙女，洗洗涮涮。然而，关于工厂的回忆，常在夜深人静时，猛然涌起。

方姐变了。她不再像别的村妇那样没有时间概念。在乡村，农民遵循着耕种和收获的模式生活，这种劳动方式是闲散的，无需争分夺秒，然而，五年的工厂生活，令方姐将生活安排得井井有条：起床、做饭、歇息，皆有定时。参加红白喜事，方姐总穿得整齐干净，手里捏着餐巾纸。

六年后，当方姐决定再次南下时，不仅让女儿吃惊，更令全村惊骇。"哪有厂要你这样的外婆？"但方姐自有打算：外孙女上的是住宿学校，田里的事可让女婿打理，家里虽盖起二层楼，但手头还是拮据，不如最后一搏！她和打工回来的女孩闲聊，获悉珠三角缺工人，年龄大的女人也能找上工作。

方姐似乎又回到了十一年前的那个夜晚：也是灯下，也在收拾行李。然而那时，有小姑子和女儿等在厂里，她并不害怕；而这次，她还要带上从未出过门的丈夫！

她用工资说服他：哪怕是清洁工，一个月也有好几百。并且，再等下去，这辈子就再也没有机会了！方姐不懂政治，不懂经济，只凭生存嗅觉，在关键时刻，心一横，脚一抬，做出决断。

二楼清洁工的美差，自然不会等着她，然而一楼的啤工，又脏又累，总是缺人。方姐一咬牙：干！她不愿去别的厂。铁打的工厂流水的工人，总会有人要走，总可以等到机会。她带着丈夫围绕着这家音像带盒厂找工作。没出几日，丈夫便被印刷厂要去。两人一合计，在两家工厂间的巷子里，租了间瓦房。

5.打工连环套

返回车间，水箱里虽然浮着刷头，但却不多，显然，有人帮我把货捞了出来，且已堆在旁边箱子里。是谁呢？两台注塑机间的位置，空空荡荡。来不及细想，我即刻弯腰，开始干活！

时间一声不吭地下达着命令，让我从脑海中挤掉半点想象，开始变成注塑机身上运动的零件。短暂的午休，换来的是频率更高的劳作：我的手、肩、颈、腰，全都动了起来，希望能把活干得更巧妙、迅速、出色。和早晨不同，那时的肉身充满清新和希望，而现在，只剩单调和艰涩。我渐渐顿悟，农民在田里干的活可能更繁重，秋收时需要连夜干，但他们可以选择干活的时间，也便更自由；而车间里的活却像苦役，其艰苦程度在于永无休止、不断重复。

空气越来越污浊：汗腥味、脚气味、塑胶味、柴油味、铁锈味、受潮的木板味、腐烂的石灰味、电焊味、旧塑料味；噪音更剧烈：咚咚、轰隆、吱嘎、咔咔、沙沙，每一种声音，都比早晨扩大了好几倍。气味和声器互相重叠、倾轧、交织，并非只侵占了人的身体，更如蛇芯，钻入人的血液，形成痉挛，要将五脏六腑都掏出来。

组长板着脸走过来时，没有在我的身旁停留一秒：他在表达他的愤怒！他像只秃鹫，锐利的双眼什么都能看见。越到快下班，方姐变得越有耐心。她告诫我：别出现不良品，省得返工；而我却愈发焦虑，烦躁，心里乱成蚂蚁窝，想即刻逃离此地。

这就是我和方姐的差别：这个车间对我来说，是某段旅程中的客栈；但方姐做活用力均匀，有条不紊，不随意停歇，也不猛烈狂干，她不觉得这活是惩罚，也不觉得这车间是牢笼，她将整个身心扑在活计中，反而更坦然。

当方姐让我帮她填写工单时，我愣住：她是个文盲！她自己无法将"塑胶成品标签"上的空白处填满。显然，她并非一时心血来潮邀我吃饭，而是早有预谋！同时，她说出了新的打算：去新疆打工！

听说音像带盒厂要搬迁到江西，方姐意识到，她不能选择随厂迁徙。内地有大把年轻的女孩，就是啤工，也不会轮到她，但方姐却不想返乡。有老乡从新疆回来，说那边活多，无论拾棉花、晒辣子皮、摘红花、割麦子，总缺人，吃的饭里有肉，喝的是雪水，就是离家远。我这个新疆人的出现，令方姐的狂想有了依据。她定下决心，下半年走西口，去新疆！

"新疆再远，还不是中国？"她哈哈笑着，像已经穿过河西走廊，看到了天山。

第二章　夹缝抗争

1.屈从于时间表

卡上出现的时间是6：58。我笑了；同时，心里一紧。

我已不再像刚进厂时那么愤怒，身体像完全接受了这个事实：打卡机快6分钟。现在的真实时间应是6：52。当我习惯性地"走在时间前面"时，我知道，我还习惯了其他。

譬如这个车间。它还如第一次所见的那般喧嚣，那些气喘如牛的注塑机，依旧轰响；穿土黄工装的啤工，依旧如枯草般抖动……然而，时间一久，这一切便如褪色画面，丧失了最初的饱满和尖锐，变得不再扎眼。

譬如每天6小时睡眠。开始我觉得我坚持不了一周；然而，一周后，那种重复的循环、稳定的规律性，不仅精密地操控住我的身体，同时，还渗透进我的灵魂和精神中。无论我最初多么不适应，最终，还是屈从了这新的日常生活习惯。工厂的时间表规定得细致而严格，每个进厂的人，都会强烈地感受到它的存在，都必须熟悉它，实践它。现在，当我套上工衣，对着脏镜子扣上帽子，端着不锈钢茶杯，走向注塑机时，脚步平稳，眼神安然，像在这里已待了几辈子。

在工厂工作，比参观工厂有意思得多。一旦受雇，无论是注塑机、卫生间、塑料箱，还是那敞开的前后左右四个门，都显得真切起来。人们承认工厂是重要的，但如果不参与其具体的日常工作，很难理解"重要"这两个字的真正含义，也会对工人的某些行为，感到怪诞惊诧。参观者永远不会真正了解一个工厂：工厂被努力装饰过；而参观者所能提出的疑问又那么少。

那天早晨，一切都那么平静。当我走向29号机时，停住脚步：那里已有人在干活。是个女孩，十七八岁，身子细长，小脸白肤，单眼皮，怯生生望着我。我问她方姐呢。她没听懂，"什么意思？"我将茶缸放在倒扣的塑料箱上，冲着机器里喊：方姐？

阿凤探出身子，团团的脸，肿眼泡。她用手戳了戳对面车间：去了那边。我瞥了眼那女孩：你老乡？她点点头，新来的。看起来，她像片移动的纸：白、薄、脆；而阿凤，则刚好相反：黑、胖、粗。

2.捏钳子2000下

118号！

我打了个寒噤。在车间，每个人都必须牢记自己的号码。这个号码会让人忘记自己的私人身份，而变成某种被高度浓缩的简化品。我想起草原上的哈萨克人，他们能认得出羊群中的每一只，并根据不同特征，给它们起名：半只耳、黑白花、小尖角、傻大个。

迷你衣架有巴掌大，凹槽里凸起的塑胶棍，需用钳子剪掉，再用布子擦净，放进箱内，每箱5摞，每摞20个，一箱100个。看起来，这个活比从水箱里捞刷头轻松许多，至少，那种钻入骨缝的寒凉，不再侵袭我。然而，我高兴得实在太早：衣架刚啤出，滚烫，凸起小棍虽细如铅笔芯，有一指节长，却相当坚硬，加上支架内交叉着十字框，所剩空隙有限，若要平稳剪去小棍，须将钳子完全探入，适度斜侧，方能彻底了断。若第一次剪不彻底，留有凸点，需补剪。

这一天，我做了20箱货，捏钳子2000次以上。我从未如此大规模、频繁地使用过手掌。因为没戴手套，到中午，右手几近僵硬，从无名指至掌心，表皮磨出道暗红印迹，大拇指变粗，虎口处肌肉隆起。那凸起的小棍，不是一个个出现，而是一群群，我的动作变得越来越捉摸不定……我总想找一块尚未受到挤压的地方，然而，丝缕暗伤，已蔓延到整个掌心，无论我从何种角度捏下，都能扯得心痛。

没有人计算过，一双手的皮肤、血管、肌肉和神经，到底能承受得住多少次挤压。枯燥、单调；单调、枯燥。循环往复！也许我会发疯。现在我没有过去，没有未来，只和钳子组成一个整体，我是不存在的，只是钳子的一部分。

3.快的秘诀

嫌我干得慢，组长把阿凤调过来。她确实快，简直太快了。我剪掉一根棍子的时间，她已剪掉两个、三个。这种活生生的逼迫，令我真想抢起衣架，打在她的肩膀上，让她慢一点。然而，很快我就发现：我错了。

阿凤才不傻，只顾埋头苦干，把自己变成机器人，不，阿凤的聪颖，需面对面，潜心观察，才能发现：她往往在一阵大干之后，突然起身，像听到有人喊她的名字，昂头疾步走到对面，从注塑机间穿过，从有风和阳光的门口穿过，再挺直腰杆，大踏步返回座位。她干得太漂亮了！脸色坦然，嘴角挂着笑，根本不像无故脱岗。当她返回，坐定，再次启动手指时，像某台机器被按了启动键，闪电般干起来。如果这时组长进来，会一眼看到，整个车间里，唯阿凤最卖力。

阿凤的快让我的慢变得扎眼，我戴着隐形眼镜，对焦总不那么利索，并且，我没有那样一双手：五指粗短，像被烟熏过的木棍，指甲乌黑，看不清掌心纹路，左手大拇指内侧，有几道印痕，像毛笔蘸着白漆在黑纸上画过（她削东西时总是刀片朝内）。她说：绝不在一根棍上剪第二下。我纳闷：活干得快，有表演性质；但活还要干得细，不返工，才是最后的胜利。我惊诧地问：QC让返工怎么办？她哑了一口，咬牙道：QC跟我们，从来都不是一家！

组长喜欢熟手，怂恿大家速度要快，填工单时，可以将总数最大化，可是，这一切都必须要过QC关。阿凤将对QC的声讨扩大化，延展到对这个厂的不满。她扬言再过两个月就走，回原来的玩具厂，说这里不好，要连上十三天才能休息，下半个月还要上夜班，能把人熬死。我诧异地问她：何不现在就离厂？她叹气：春节为回家辞了工，再来时，厂里已招满人。但她揣测，再过两个月，天气变热，到了卖玩具的高峰期，工厂为赶货，还会再招工……

这种来自个人的民间揣测，令我瞠目。十几年前，对像阿凤这样的村妇来说，完全不晓得要自己去找工作。然而，阿凤终于学会了，虽然整套程序看起来充满偶然和臆想，而在珠三角，阿凤们，就是这样，凭借着某种安插在头脑中的无形天线，四处寻找到打工机遇。

突然，没有任何征兆，阿凤甩下钳子，冲着小老乡喊：阿红，走！阿红像触电般，即刻抬起苍白小脸，丢下刷头，将湿漉漉的双手在工衣上擦了擦，跟着阿凤冲出大门。她们居然……上了办公楼！上班时间擅自离岗，简直是发癫。阿凤打工多年，哪里不知这道理；即便是阿红，也不会如此愚痴！可是，听到阿凤召唤，阿红依旧毫不犹豫地跟在她身后，一派生死与共的模样。

她们离开车间后，这里的一切都在继续，像没发生任何改变，然而，某种古怪的情绪四处蔓延，致使空气稀薄。每个人都呼吸紧张，眼神古怪。20分钟后，她们从大门口进入，我即刻做出判断：她们不会走。因为她们……没有摘下帽子！那帽子在我看来，实在丑陋：稀疏面料，疲沓帽檐，松紧带丧失弹性，既不像厨师帽般雪白，也不似头盔般坚硬，非但不能赢得某种职业尊重，反而更让人丧失自信。若我离职，第一时间，就要把那帽子摘下来。

我对啤工的工装颜色亦很愤怒：土黄色。在这个厂里，还有湖蓝、粉红、果绿、白色工装，那些颜色让人显得鲜艳、干净；而啤工=土黄；其心理暗示是：低人一等。我曾在克拉玛依陆梁油田，和采油工深入古尔班通古特沙漠，既不感觉害怕，也没有因穿了工装而感觉身体遭到贬抑。现在想来，同为工装，意义大不相同：石油工人是个确定称号，他们生活在自己建造的城市里，颇具自豪感，完全不同于珠三角的打工者。

阿凤和阿红回到座位，一声不吭地开始干活。不到10分钟，阿凤忍不住骂起来：破保安！昨晚，保安突击检查宿舍，发现阿凤屋里接了电线，要罚款（工厂为省电，宿舍不安装插座，手机在门卫室充电）。阿凤说她根本不知道这根电线的存在，一定是前面的人接的。保安说，你们湖南女人最会说谎！

在工厂，打工者总是被预先设定了某种身份，以及一系列被想象和假定出来的文化特征。在广东人看来，外省人懒惰、不讲文明；而外省人却总是力图通过抗争，来纠正这种偏见。阿凤虽打工多年，能听得懂，也会说广东话，但却坚持说湖南普通话。她不喜欢广东人，觉得他们仗着自己有钱，就胁迫别人说他们的方言。

我吃了一惊：在阿凤看来，广东话是方言！在女工宿舍，很多女孩周末租碟看电视剧，不是为了剧情，是为学广东话。她们都强烈地意识到，在珠三角，若想获得更多上升机会，不仅要改变以往生活的"坏习惯"，还要改变口音。而阿凤则认为，只要自己干得足够快，就已是好员工。

今天一早，阿凤都在寻找机会，当看到经理的身影闪过门口时，她弹跳起来，喊上阿红，直冲三楼申冤。这种做法危险至极！如果经理心情好，一切都好说；如果碰巧烦躁，懒得听这种越级汇报，阿凤便会失去工作。今天，经理的心情不坏也不好，听完阿凤的讲述，叫来组长，让他处理这件事。

经理并非纵容这种行为，实在是，珠三角严重缺工；并且，工厂就像个压力锅，必须让工人有地方透气。放别人一条生路，否则，就会有人在你喉咙上开一道口子——这道理，经理懂。组长根本不愿辞退阿凤：他最讨厌培训新手。一切因素纠结在一起：国际大环境+工厂小环境，令阿凤的这次赌博行为，非但没有遭遇惨败，反而，以保住工资、挽回尊严告终！

4.煎熬到中午

车间生活只有一个目的：复制、复制、复制。注塑机中不断吐出啤好的模具，让它们从一变成一亿，无限膨胀，大如银河系。所有的机器都在动，自己也在动，整个世界都在动。在运动的车间，思想是软弱的，没有中心，一切都围绕着机器在旋转，没有任何支撑点，人变得随波逐流，成为漂浮物。

当我不断地捏下钳子，终于明白：肉身是有极限的。手掌磨烂，肩头酸痛，腰肢弯曲，汗液从全身喷涌……疲惫、疼痛、困倦，无尽头的重复，没完没了的衣架，汹涌而来的珠光蓝小棍……扭成龙卷风，裹挟着我，让我几近晕厥。人到底不是机器——甚至机器，也要加油，也要发脾气，突然啤出如婴儿拳头般小的产品，像那天心情不爽，要罢工。

人在机器面前失去的是自由——这是最重要的症结。

当人类初享工业革命的成果时，却丧失了对情感的重视。人在工作中受到极度压抑，工作之余，便极端渴求作为生物族类的本能满足。解决机器和工人的矛盾，并非要打碎机器，也许，应当是扩大和延长工人的自由时间、私人时间、情感时间，不致让人性枯萎。

当我陷入思忖时，干活的速度就会变慢。我总比不上阿凤。她说，最初在电子厂干活时，也慢，被拉长训斥后，罚她不吃饭，中午加班。整个拉线上只有她一个人，她边干边哭，不是因为累，而是屈辱。她发了狠，尽量不去想任何事，让脑袋一片空白，只用眼睛盯着电子板。奇迹发生了：速度提了起来。

我试图照着阿凤的样子，让手指快起来，然而，我却无法让脑袋一片空白。阿凤说我的心思太多，说老板根本不喜欢像我这样的人，说老板喜欢年轻、没有经验的女工，不会提更多要求，不会打架滋事，一干就是好几年。

终于熬到中午。

厨房紧靠宿舍楼，是间大平房，侧旁开着窗，窗外有个铁护栏，长四五米，人群在其间蜿蜒，一个挨一个。菜装在长方形不锈钢铁盘里：炒豆腐、炒黄瓜片、炒油白菜、炒笋丝。除笋丝里有些肉外，其余三个皆素。汤和饭放在露天的大桌上，管够。汤的颜色灰白发乌，装在大桶里，看不到底，用木柄长勺舀起后，有丝缕蛋花浮动。

饭堂不大，有20平方米，长条木凳前坐着三四个人，端着碗，正盯着电视看《甄嬛传》。坐在中间，如痴如醉的人，居然……是组长！一绺头发耷拉到额头，却浑然不觉。屏幕上的人服饰华美面孔精致，正与他疲倦的脸色、脏污的工装成反比。据说，组长算不上管理级，工资只比普工稍高一点，角色十分尴尬，别说董事长、经理、QC他得罪不起，就连熟练的普工，他也不敢怠慢。他在监督别人干活的同时，自己也要干，将装好货的塑料箱码在大拖车上，运走，忙得昏头涨脑。

更多的人走到露天的棚子下，坐在塑料桌椅上吃。靠墙立着个一人多高的木架，六七米长，搭着木板，放着各式碗筷。洗碗池三米长，前后两个水龙头，有公用洗洁精。我洗净碗，打了饭，坐在凳子上时，突然反应过来：阿凤呢？

阿红说，阿凤出门，是为了还赌债！

上次倒班时，阿凤去打麻将，输掉150元。我知道男工嗜赌成风，却第一次听说女工也爱赌。阿红垂下眼皮：湖南人没法不爱打麻将，小伢子站不稳时，扶的就是麻将桌！

我们俩沉默地吃起饭，米粒和菜搅拌在一起，第一口和最后一口的味道，一模一样。喝完汤，肚子鼓胀起来，但舌头却没有任何滋味，嘴里淡得很。离上班还有40分钟，这时候就返回车间，下午简直没法熬。我提议出门去吃烤肉肠。

出了大门，走到巷子与大街的交叉处，是排农民房，一楼是铺面，楼上出租，晒着各类衣物，衬衫、牛仔裤、胸罩、枕巾，像万国旗，招摇在灰尘和尾气中。便利店门口放着台烤肠机，滚动着油光锃亮的肉肠。

阿红接过肠子，咬了一口：真香啊。这是她第一次吃烤肉肠。我笑了起来，随后，又被一阵抑郁的难过湮没。我突然意识到，在中国，与其说省与省有差别，不如说，城市和乡村的差别更大。无论湖南、湖北、广西、江西，乡村总是闭塞、边缘、孤绝的。

5.邵阳麻将

侧旁的屋里传出喧闹声，从门里看进去，麻将桌前围坐着男女，用夸张动作抓牌后，再甩出去，飞沙走石。女人戴着金戒指，男人将赤脚缩在凳子里。有台小风扇在半空旋转，它放在一个倒置的塑料凳中，用绳子缠住腿，勒在柱子上。我直喷笑：若不是亲眼所见，我断断不能想象，还有这种放风扇的办法。而那风扇底下的女人，正是阿凤。

这时候的阿凤，不再是车间里的阿凤：她的眼里像有种怪异的光，身体不可思议地晃动着，变成了某种精神的附属品，无论眼睛、鼻子和眉毛，皆像被强光照射，变得灵动溢彩。她被一种绝对的、无条件的幸福感所笼罩，并且，这感觉似乎会伴随她一生。

然而，这种时间太短了。打完一局，阿凤起身，当她离开桌子时，像离开了她所依赖的土地，陡然变得虚空，皱纹爬上她的额头眼角，她又变成了平庸的啤工。

我诧异何以没有年轻女孩打麻将，阿凤撇嘴道：靓妹可以到网吧聊天，逛商场，拍拖（恋爱），她们的日子不难熬啊！"熬"这个字，从她的齿缝冷冷蹦出。

我递给她烤肉肠，她不客气地咬着，突然发狠，咬牙低吼：我根本不喜欢打工！然而……我却无法接话。在车间，她是强者，她的活做得那么快，总能获得组长首肯，而我，几乎是个被嘲弄的笨蛋。转瞬，她又笑了起来：改天，我请你们吃邵阳米粉！

邵阳这两个字，在珠三角是重要的：邵阳人从不打广东麻将，只打家乡麻将，且，只和老乡打。一晚上输个几十块，几百块，不算什么事。打牌的人有小老板、主妇，也有如阿凤这般的普工，到了牌桌上，外在的标签皆被消解，只剩下两个字——老乡。邵阳人始终是岭南大地的陌生人：他们不说粤语，喜吃辣椒，但他们的身体上像长出了软壳，压住他们，让他们不能轻易返回家乡。于是，某种精神上的返乡之旅便建立起来：打麻将不仅仅是娱乐，更是某种"中国式的社交活动"。邵阳人用家乡话传递信息，相互照应，形成小集团，对抗强大的外部世界。

见我用5元钱买了双塑料手套，阿凤瞪圆眼睛：你不能这样花钱！我说我的手好疼。她瞧了瞧，确实，和她的不同。突然，她看我的眼神变得古怪起来。她从我请客吃烤肠、买手套不眨眼等细节，觉察出我是"富裕"的，但是，某种惯性思维依旧让她止不住说下去：咱们出门打工，就是为了存钱，你这样花钱，哪里能存得住，一个月不是白辛苦了……

我冲口而出：你输掉的150元，能买多少双手套？

她愣住，血气凝在脸上，愈发苍老。她慢慢道：我是戒不了……

某种压抑的气氛笼罩住我们，那吃到嘴里的烤肠味，变得有些古怪。

6.返乡回家

下午的时间打发得很快，转眼到了3点。我暗中计算，还有4个小时就可以下班；还有4个小时，今天就变得无比完美。组长疾步走来，速度快得吓人，令我浑身一抖，然而，他却看都不看我，直挺挺走向阿凤。阿凤将钳子放进塑料箱，跟在他身后，出了车间大门。20分钟后，阿凤回来，头上居然——没了帽子！

这是我最后一次见到阿凤。这时的她，和中午在牌桌上的她，迥异。她脚步踉跄，脸色乌黑，像被人举起枪打了一靶，正中眉心。她已经死去，只凭借着本能的挣扎，挪动身躯。她无力多说话，只在拿走茶缸时，向我们摆了摆手。

阿凤的丈夫雨天跌下山沟，摔断了腿，高位截瘫。

和别的女性主动逃离乡村不同，阿凤是被丈夫赶着出门打工的。丈夫眼瞅着别人家里慢慢富起来，心里急，就和阿凤商量，必须有个人出门打工。说来说去，还是决定让阿凤出门。阿凤便拎着包，上了火车。阿凤的强悍坚毅，都是在打工途中历练出来的。她也累，甚至比别人更累，但却咬着牙硬挺着。一年又一年。每次春节都嚷嚷着不出门，可正月一过，还是照样上了火车。

虽然，她的能干有口皆碑，然而，她从不以此为豪，她和工厂，和城市，始终处于隔离状态；现在，阿凤将重返老屋，照料丈夫吃，下田种地，烧火做饭，洗刷缝补，拉扯孩子，巨细靡遗，一点不漏。她将变回一名普通村妇，春种秋收，让曾在南方的生活，恍如一梦。

然而，这样一场梦，那么容易被遗忘吗？

阿凤不再是从前的她。从前她是家里向外延伸的翅膀，说不定，能带着一家人飞起来；现在她是家里的一根梁，里里外外都靠她，她需加倍努力，才不致让日子陷入困顿褴褛。但她到底，和那些从未出过门的女人不同。

"嘿，我打工的时候啊，你才这么大点……"阿凤曾和阿红这么开始聊天。

阿凤能够诉说的南方，不过是把门推开了微小的局部，而就那么一点点光亮，吸引着阿红，毅然离家。如今，当阿凤返乡回家后，那扇已经推开的门，在身后，无声无息地关上了。

第三章　异化劳动

1.车间里的调情

早晨一进厂，组长还未派活，大家便围坐在凳子上，边剪迷你衣架上的小棍，边说笑。好景不长。20分钟后，组长拿到工单，伸出手指：118号！

我被调到23号机前：它正从洞里吐出B-370刷头，白色，用PP塑胶粒制成。这种刷头成型后，以四个小圆缀成品字形出现，我先拧下刷头，再将半米长的柄插入，看能否到底，将接缝处的白色凸点、披锋（边缘毛刺），用刀片削去，擦净水和油，方才合格。有些刷头因浸泡不充分，长柄插不到底，或插进去拔不出来，我便对着箱子边磕。无论插、拔、磕……都得使大力，干半小时后，肩头酸痛起来。

阿清出现在门口，车间一片窸窣：QC来了，QC来了。大家并不叫她的名字。在珠三角，我逐渐习惯靓妹（美女）、醒目仔（漂亮的孩子）、炒鱿鱼（被辞工）、出粮（发工资）、搞掂（办事成功）、八卦婆（多嘴女人）、卖剩蔗（大龄未婚女）等词，也不再为英文字母混在粤语中皱眉。这种南方语汇的腐蚀力是强大的。某些词语，已成功北伐，譬如"埋单"（结账）。

阿清穿着蓝工装，帽子戴得稍微向后，将刘海裸出，像道黑瀑布，恰好停在清泉之上。她的五官虽然标致，但却一股稚气，说话细声细气，总喜欢哎呀哎呀大叫，那声调出现在车间，简直就是娱乐。

阿清在查阿超的刷头。阿超的手虽然还在忙碌，但眼神已变得暧昧，语调从贵州腔换成广东腔。阿超二十八岁，十年前，他出门打工，先在浙江，后到广东，攒了点钱，去年回家结婚，不到一年就离了婚。

新婚妻子不让他赌钱，他就甩出拳头。打来打去，只能散伙。

"靓妹，和哥晚上去消夜？""没空！"

"哥好想你哦……""闭嘴！"

"哥很累了，你不心疼啊？""关我什么事！"

"你不要让哥返工啊……""该返就要返！"

"返就返，谁让你是皇太后！""做不好就要返！"

阿超正处于肉体和精神的双重饥渴期，他疯狂追求阿清，而阿清却不吃他那套。阿清在箱子里挑挑拣拣，眼神锐利，态度凛然：不良！不良！不良！最终，阿超抠女（泡妞）失败，被迫端着塑料箱，坐到注塑机对面，一个人孤零零地开始返工。

阿清走到我身旁，轻声说：干得仔细点。

她住在我的隔壁宿舍，晚上聊天时，我获悉她是广东焦岭人，父母连生七胎，最后一个是儿子，她排行老三。小学毕业那年，跟着叫吴校长的人，到广州附近印刷厂打工，说是"培训实习"。父母倒很愿意她出门，家里孩子太多。她说印刷厂的环境还可以，但组长脾气太坏，如果做得慢或做坏了，就要吃拳头；男孩子更惨，要被抓起头发来扇巴掌。每天工作11个小时，一个月800元，她知道厂里根本没按加班工资付。她想要跳槽，便常买报纸看招聘信息。听同学说这个厂出粮准，便来见工，因为视力好，直接分到QC部。

随着时间的推移，在我的眼前，无数个刷头跃动起来，像一群刚上岸的鲤鱼，我头晕眼花。太累了。我起身朝厕所走去：在那里可以暂时歇息一下。厕所在车间大门右侧，用水泥墙隔出两个屋，镜子脏污，洗手池发黑。没有门，穿过水泥框架，拐个弯，就到了里间。三个坑，也都没有门。没有垃圾桶：卫生纸、卫生巾，就丢在角落，散发着黏稠的血腥味。我蹲下，一侧眼，发现墙上写满字迹——

我很累！我不想加班！都是我的错！我只爱你！我想要你！
你去哪里了？我要杀了你！嫁不出去吗？王鲜香爱马为亮！有你这
样的男人！如果你爱男人？如果有一天！相识是一场梦！我叫马志
英！女人没人爱！我累得要短路！恨能维持多久？快乐的我不见
了！快疯了我！我一直在等你！

在珠三角，由于男女比例失调，女工对性的需求格外强烈。60后、
70后的打工者，因为穷怕了，一心想挣钱，把性的问题紧紧压抑住；到
了80后、90后，性成为格外刺目的问题。

2.断指

没有任何征兆，我被调至36号机。这里在啤899上盖（出口日本
的小型垃圾桶盖）。用料是GPHH195。这个机器面目狰狞，像张狮子大
嘴，外套闸门，关闭后，内里两个铁家伙一对接，浇铸出塑料壳。啤工
需把外门拉开，将胳膊完全探入，将粘黏在机器左侧的壳子取下来。壳
子滚烫，散发着甜腥味。将外门关闭后，机器继续对接。组长演示一
遍，即刻转身走人；我凝立在机器前，陷入两难：我怕胳膊伸进去后，
把握不准手指缩回的时间，被两个铁家伙夹在正中。

断指……！我在虎门医院工伤康复中心，一早晨见到过六个断指
者。一个男人的右手只剩大拇指，被切掉其余四指的地方，形成道古怪
斜线；另一个男人的断指被及时接上，但却不如以前灵活（即便是最成
功的手术，看起来，也和正常的手指完全不同）；那个断脚趾的男子对
我说：我可以把脚趾向上翻过去。我惊骇得直摆手：不要……不要……
然后他大笑，说现在不行，而是刚砸断的时候。他走路时斜着身子，已

经做了手术的脚趾黑黄，粘着干巴巴的药膏，像秋天被雨水浸泡后的树根。

我伸出右臂，浑身都在发抖，满脑子闪过那些断指者。我关上外门，紧紧盯视内里的运动：凸起钢铁深深插入凹槽。看起来，一切都没有问题，然而，啤出的产品越来越小，充满黑气纹，淡黄油渍，无一合格。我毛发悚立：机器有问题！

几分钟后，阿清和QC主管到。主管拿起产品仔细看：不良、不良、不良！然后，将废品丢弃，顷刻间，堆满两大筐。我好不容易挑出个齐整的，递给阿清，她却轻易地找出瑕疵。我们继续，拿起一个又一个。主管走后，阿清揉着眼睛说好累。我也累，不仅仅胳膊、手、腿和脚趾累，眼睛最累！要紧紧盯着白色面板，在灯光下晃动，细细检查表面，一遍遍重复后，眼里像揉进沙粒，磨得发痛。我恍然明白：何以阿清一进厂就干上QC，而我只能干啤工。她那十八岁的眼睛，多么明亮、新鲜！工厂要的就是这样的眼睛。如我这样的年龄，必然遭到歧视。似乎，中年妇女、老年妇女，是可以被完全忽视、根本不存在的群体。而据我从美国回来的朋友说，在国外，女人到了中年以后，非常受人尊重。

阿清轻声说：主管不喜欢你。我知道，她说出这句话，下了很大决心；同时，我也能理解主管何以讨厌我。在注塑车间久了，啤工们被这里的气场驯服得卑躬屈膝，视角越来越低，只顾盯着脚面看，只看到那些浮动着油花的积水。因为是超负荷劳作，且每一项工作，都不以他们的意志为转移，于是，啤工的适应能力格外高超。见了主管，便不自觉地畏缩、讨好、巴结。但是，即便农民耕田再自由，人们还是愿意到工厂里受束缚：从土地里得来的收入太微薄！

（厂规第五条：厂方有权要求员工加班或调动部门及工作时间；员工请假，经部门主管、组长批准，旷工一天反扣一天工资；员工必须服从厂方负责人支配工作，否则，将予以解雇。）

阿清丢下产品：不行。她叫来机修工。那男人瘦而黑，脸色冷峻，扯过挂在行车上的大铁链，套在注塑机上，又拿起钢钎，对着某个地方捣鼓。在他大规模动作时，啤机的外门依旧一张一合，我依旧要伸进胳膊去。

我忍不住问他：如果不关外门，里面就不动？他含混地嗯了一声，脸色愠怒。难道在我之前，没有任何一个啤工，质疑这台机器的安全性？而它，显然不是万能的：我眼瞅着它因为缩水，让产品从一本书的面积缩成一片树叶。然而，在机修工看来，我对机器的不信任，就是对他工作的藐视？我对机器性能的揣测，就是对他技术的嘲讽？后来，机修工说我多嘴多舌。

我不放心这个铁家伙，拉开外门，取出产品后，仔细揣摩凸起的钢板要过多久，才会插入凹陷处。虽然我知道，厂方压下我的身份证，并用我的5元钱，买了工伤保险，但是，我才不想享受那个保险！我本来就对机械反应迟钝，加上近视，举止有些迟钝；现在，要克服巨大的心理障碍，掐算好时间，举起手臂，一次次伸进这个恐龙大嘴里。

在工伤康复中心，那个家具厂的男工说：随时随地都存在危险！他盯视着我：不管你是新工人，还是干了二十年的老工人，不管你是刚上班，还是要快下班，因为你不是机器，总会有一不留神的时候，然后，扑哧，你的手就完蛋了……他伸出他的手，凑到我眼前，我下意识地朝后退了退：看起来，那手掌完好无损，白而大，没有明显的疤痕，然而，他抱怨说，明显不如以前灵活。他说：我做家具十年都没出事，那天，我根本不知道是怎么回事，只剩下最后一片木板，用手推过去，心里一愣神，扑哧一下，指头已经被咬住了，举起一看，血淋淋的，断了四根，能看到白森森的骨头。我大叫着完了完了，赶快坐上摩托车到医院，说快做手术，快做手术。可医生先包扎起来，让我去交钱。2000元不够，我让工友们凑，交了5000元，一个小时后才开始做手术，做了4个小时，总算都接上了。麻醉过后，疼得直打摆子。现在好些了，不那么疼了……

他的模样很周正，甚至，算得上英俊。他是湖北人，三个孩子的父亲，已买好回老家的火车票，当晚就要上火车。然后，扑哧一声，一切都变得和以前不同。他将很难再找到技术性较强的工作；而全家大小的开支，原本都靠他。但他又笑着指指旁边的人：总比没有手指强！

难道这种社会底层的牺牲是发展之必需？

在当代中国迅速成为一个"世界工厂"，为全球生产提供大量廉价劳动力和自然资源之际，这些断指者的疼痛和记忆，凸显出这个时代的创伤，让笃信资本和市场会带来现代化的中国人，在心头留下永恒的伤疤。

3.身体的极限

注塑机修了10分钟，没有好转迹象。主管到，拖着长腔：哎哟，看来，早晨是搞不掂了！她耸着右肩，顺势，往机修工身上顶了过去。在这样的空间，看到如此暧昧的身体动作，令我瞠目。那机修工无言地转身走了，而她，还在笑……直到那男人走远，她的嘴角依旧上翘。

36号机是无法继续等下去了，组长带我去20号机。那里有个钢铁装置，类同机械手，高高在上，咔嗒，右移，长铁杆下缀着铁板，上面吸着两个白色PC305内碟，铁板向下一翻，内碟坠落桌上，铁杆收回，左移，再向下探去，吸出内碟，循环往复。

被调离此岗的大姐皱眉：我干得好好的，凭什么让我去那儿？

我理解她。到新岗位，要适应新程序，会加重身体的疲劳感。

每日连续工作11个小时，人的身体会变薄，变脆，皮肤变厚，脸颊干燥，每个手脚关节都痛。不痛的时候，发酸，肌肉不可控，四肢失去整合能力，目光无法长时间集中于一点，看什么，都有些摇晃。

但她还是接受了现实，教我如何操作。机械手在半空丢下两张碟片后，她将其分别归拢后道：左边那摞很干净，不用管它；右边的，侧面有油垢，要用棉花蘸上天那水擦掉。我不解：为什么左边没油垢？她住手，惊骇地瞪我：不知道哦。

我已很熟悉这种表情了……上一个啤工只负责告诉下一个，你去怎么干，没有人会问为什么。我的想法是，如果出现油污，说明机器的某个部位脏了，何不直接擦净机器，而不必让啤工在成品上一个个擦拭，浪费时间。但是，我的提问让我在这个空间变得滑稽、可笑、突兀。人的好奇心和创造力，在工业化流程中，已被榨干，只剩一具机械操作的躯壳，像牲口一样不停地干活，让你干什么就干什么，任何时候都得服从命令。

大姐拿起吹风机，对准光碟的披锋吹，原本细小的碎片，在热风中缩成小晶体，渐次消亡。要等到吹风机的头部变红，才开始吹；风不能太大，否则，会吹过头，让盒子上出现白色晶体。她告诉我怎么将260张碟片装入箱子后，走了。我扯过铁腿高凳坐下，打开电吹风，启动身体内部的程序，一刻不停地擦、吹，将碟片对好，先数出50个为一摞，用硬物压住，压好4摞后，将第一摞装入箱中。每个动作看起来都毫不费力，但却要保持快速和稳定的节奏。

我真想磨洋工。但是，不行……一旦机器设定好速度，便有了自己的意志，它会推着人往前走。如果不想被组长骂，桌上的货便不能堆得太多。所以啤工虽然是一个人面对啤机，无人盯视，但却像身旁站着个幽灵，正监督这一切，身体陷入周而复始的怪圈中，能量被最大限度地压榨了出来。

崩溃终于来临，这种无止境的速度让我真想大吼一声：不干了！可我到底还是……忍住了。我想起那个中年女，她看穿了我，说你干不下来。不，我不能自己败下阵来。我趁着去找空箱子，快步走到车间大门，在那里顿住脚步：一股风吹过，我赶紧深吸两口，喔，干爽，甜，洁净。原来，外面的风是这样的味道！此前，我从未觉察。咬咬牙，返回啤机，挥动手臂，接着干起来。

当身体越过那个尖锐的坎后，变得麻木起来。

身体像飞机失事的黑匣子沉入深海，意识，居然纵入茫然。

现在，我不看任何人的脚步，不管任何人的脸色，一心一意将碟片擦净，吹好，扣在一起，理好260个，装入空箱。

汗流了出来，不是从额头渗出，从腋窝泌出，而是，从浑身上下的每一个细胞，喷涌而出。身体像水库的闸门被拉开，汩汩外溢液体。汗，如此之多……甚至腰部，也滑腻起来，像泡在游泳池。此前，我从来不知，身体可以这样流汗。我陡然想起走在塔克拉玛干沙漠的人，会因为脱水而晕厥、死亡，突然害怕起来，赶忙翻出水杯，接了水来，啜了两口。我忘记给自己补充水分，忘记身体是个多么纤细、敏感的物件。

我干得太投入了，甚至中午去食堂，还惦记着那些噗噗掉下来的碟片。

我居然用15分钟吃完饭，5分钟返回车间，提前40分钟到岗！

桌上多了四堆碟片，静静地等在那里，等着我来处理，我的身体像上了发条的闹钟，咔嗒，咔嗒，加速度运转起来。我和20号机融为一体。我逐渐适应了这个空间的一切：味道、噪音、油污、速度……我投入地劳动。我正在自我消失。我作为人的特点，正在被机器抹杀，它越来越坚强，而我，越来越像它的某个零件。这是我到达这里后，最和谐的时刻！我不再紧张地环顾左右，看组长是否来巡查，想法子去厕所，找个机会偷懒……没有。我一心一意干活，将整个桌面清理得干净利落。我简直要表扬自己：在某个时刻，我甚至比机器还快！当我停下来等它时，会犒赏自己：看窗外。围墙边那排芒果树，顶着繁茂而可爱的绿叶，每一片叶上，都有纹脉，涌动着鲜活气。

4.不能插嘴

阿清来了，拿起一张碟片，对着阳光道：披锋有些没吹好。我接过那张：还要再吹？她点头。我便抄起吹风机，再吹。递过去后，她皱起眉头：过了。

"过了？怎么过了？"我太想把这个活干好，于是，不断吹，不断问：这样？这样？很快掌握了技巧。这个度，无法精确细算，但干多了，手便有了灵感。阿清不断点头：就是这样。

主管来了，径直走到这台啤机前，看了看箱子里的货，突然道：这里绝不能出现次品。

我不明白这话从哪个角度横空出世，下意识地反抗：没有次品啊。

她和我对视一眼：她的脸很白，眼皮有些浮肿，涂着淡色唇膏，面色愠怒，和冲着机修工媚笑时，完全不同。我和她，同时想到了那一刻：她知道我看到了那一幕。她突然恼羞成怒：你顶嘴！我的忍耐亦达到极限：我只是说这箱子里没次品……她容颜大变：你还插话！一转身，她大喊：组长！组长顷刻间赶来，铁青着脸对我说：她们是检查产品的，你要听她们的，不然会返工！你要返工的！他浑身颤抖，像触到高压线。他急切地说：你不懂，产品要让她们查，你刚来，不明白……

我怎么能不明白！QC主管高看一眼，产品就过了关；低看一眼，就要返工。一箱子几百个货，端到一边，比别人多干1个小时，还连累整个车间的出货率。

组长说：你道歉。

我瞪着眼，简直不敢相信。我闭紧嘴唇。不……我绝不会道歉。我提前40分钟来上班，努力掌握吹披锋的技术，甚至将速度提高到机器之前，工作台没有堆积一个产品……如果我承认我有错，那就是我将自己的汗水一笔抹掉，不留一点痕迹。别说我的自尊心不答应，首先是我的汗水不答应。

组长道：你怎么不听我的话？

我不解：我一直都在听啊。

他苦笑：你看，我说话的时候你也插嘴。

明白了。我终于明白了。这个瞬间真是具有典型意义：啤工，车间里最低级别的工种，身体上只长着耳朵，没有嘴巴，只能乖乖地聆听，而不能开口说话。只要开口，无论说的是什么，就是插话，就是反抗，就是不服管教！

后来，每当我试图反思这场"插嘴事件"时，都像深夜里走在戈壁滩，感觉周身辽阔，彻骨寒凉。这场事件，对真正的打工者来说，小得不值一提，但是，我记录下它，是因为它的价值在于，我是现场的亲历者。无论我将身体的耐力发挥到怎样的极限，如何适应各种规章制度，忍受疲劳疼痛，都难以改变啤工的最终命运。在这个大系统中，作为个体的啤工，其力量是微小的。在车间，啤工并未自由地发挥出体力和智力，因劳动而幸福，而感觉肉体备受折磨，精神备受摧残。只有逃出车间后，啤工才感觉获得了自由。

然后，他们全都消失了：主管、组长、阿清……只剩下我和20号注塑机。

半小时后，组长走来，向我招手。我站起身。他眼皮耷拉，脸色很不好看。他并不看我。在我和他之间，出现了一段极为复杂的安静。我心跳得厉害。他终于开口，语调沉闷：他们都反映你插话，打瞌睡，偷懒……现在，你可以——他咽了口唾沫（他知道我比刚进车间时进步了多少）——你可以走了……

在这个车间，我一点机会都没有，我做什么都不对，因为我骨子是彪悍的，我的脑袋里总在想着什么，我的舌头下总藏着个大怪物，让我止不住要说点什么。所以，我是被一股合力推出车间的，而不是被哪个人，哪项制度。

（厂规第八条：员工辞职，要提前30天通知当事方，按当地政府最低工资核算；离厂前将工衣洗净，交回人事部，如果遗失，照价补偿。凡没办理离职手续者，当月工资不发。员工触犯法律法规，后果与厂方无关）

我的第一个反应，就是拽下帽子。

我看着他说：谢谢你，组长。他涨红了面颊。

我三下两下脱掉工装，朝门口走去。我知道，那些忙碌在啤机前的人们，都看到了这一幕。我获得了解脱，而他们的刑期，还长得很。在这个油污之地，在声器和浊气中，过着没有希望又胜似有无穷希望的日子。当我转身挥手时，他们并不显得吃惊，但我知道，他们因知道自己无法轻易摆脱这个地方，而在内心里悲伤不已。

倒在床上时，我听到骨头缝咯咯响，身体的每一个部位，都像遭到强有力的挪移，不在原来的位置，某些地方变得沉重、坚硬，而另一些地方，又像根本不存在。这种累所导致的痛，令人昏沉，像吸食了乙醚，什么都不想干，只想尽快睡着，白天晚上地睡，一周两周三周四周地睡。

我沉沉睡去。能听到自己的呼吸声，还能闻到鼻腔中有股怪味：是混合了机油、塑胶、潮湿的车间味。我可以洗净身体表面，却无法涤荡掉那已吸入肺部，进入循环系统的车间味。我的身体！当它迸发出超强能量，变得安静下来时，多像一片薄羽毛。

第四章　后勤世界

1.最初的训诫

电子厂的大门并非现代化的伸缩门，而是蓝色的钢板大门。

门口挂着告示：

出入请执证　上班时间谢绝探访

要上楼，先换鞋。台阶涂了油漆：果绿色！墙角一并挂着4只灭火器；拐角处立着幅广告画：端庄的短发女子，土黄工装，掐腰，左胸处戴工牌，两手交叠相握，蓝色裙边恰好及膝，肉色丝袜，两脚并拢成丁字形。这个不说话的女子一直微笑着：迎接来自四面八方的女工。此前她们大多生活在乡间，呼吸着新鲜空气，在田野间游荡，身体年轻，时间观念松散。工厂的首要任务，是要将流动人口改造为有用工人。这个过程将利用文化、权力等控制手段，或明或暗地影响人们的行为、信念、姿势和习惯，让他们迅速成长为工厂所需要的那种人。现在，这张图用标准像塑造出一个典型：有礼貌、诚实、服从。

性别被特别凸显出来。和过去强调阶级而否定性别差异相反，在珠三角的这些工厂里，女工比男工更受欢迎。生产机器只对特殊的身体，年轻女性的身体，更感兴趣，因为女性更能适应精益生产方式的要求，价格更便宜，更容易管理和控制。

在楼梯拐弯处，摆着三层玻璃的展示柜，内里铺着紫红金丝绒，凸显出电子元件的重要性，每一个元件的前面，都立着牌子，配有说明。那些被单独拿出来的电子元件，看起来很古怪，迥异于大自然中的浑然之物，然而，它们现在是珍珠一样的宝贝。这又是一堂课：离开田地的农民，需要迅速掌握另一个体系。这些物件看起来并不大，没有体温，无需和四季有关，但其内里却相当复杂，需要几千人、上万人，围着它们转。

没有暴力，没有强制，农业劳动的贬值拉大城乡差距，让年轻女孩想到城里打工，她们甚至十分清楚工厂生活的实质，可她们还是来到城市，到工厂出卖自己的劳动力。在崭新而充满压迫的新世界里，为了求生存，她们不得不接受一系列的规训，努力让自己的微笑符合画中人标准，尽快掌握紫红金丝绒上，那些古怪物件的性能。

2.本地人与外地人

会议室有两个。面积大的，是张大长桌，铺白桌布、高背木椅；面积小的，小方桌，钢制椅。悬挂的白板上贴着告示：使用会议室后，自行将凳子整理好；另一处贴着：节约用电。我在小会议室里等后勤主管。这个屋子那么安静、整洁，尤其，当我从轰响的注塑车间、喧嚣的大街进入后，突然感觉有点压抑，心跳和鼻息被陡然放大，像某个重要的事情，即刻要发生。

乔小雨出现。光亮额头，梳着马尾，无框眼镜，宽大的蓝工装底下，身材纤细，但笑容是知识分子的，大方地伸出手，一迭声标准普通话：你好你好。乔小雨是本地人，到二十五岁才决定去日本留学，且是自费。此前，她高中毕业后在铁路上当高压配电工，一干6年。萌生留学念头，是她发现日资厂多了起来，突然意识到，掌握日语，或许能打开一片天。在日本，她白天上课，晚上打工，在餐厅洗盘子，到生产线做面包，当卫生员，送报纸。暑假时，一天打三份工，累得脑袋发涨，双腿打抖。

这些经历，对她管理电子厂有很大帮助。在她的建议下，厂里不间断地举行卡拉OK、跑步、拔河比赛，自愿报名，奖品是饮料，纯属自娱自乐。但乔小雨知道，玩，也是重要的。她的后勤工作，其实就是想尽一切办法留住员工。厂里有本《管理手册》，规定了许多详尽的制度，甚至具体到没穿工鞋，罚款十元；但乔小雨说，罚款可不是最好的办法。现在厂里缺普工，缺女工。员工流失让她的工作难上加难：不能随便开除人。

春节前，厂里的员工人数为1500人，春节后变成1200人；而6年前，人数超过3000人。由于珠三角恶性用工制度，致使自2007年起，员工流失率增大。乔小雨的目标是：将流失率控制在5％。春节前厂里开会，号召员工回家后喊老乡、亲戚来厂里工作，男女都要，只要介绍的人做满三个月，便可领到50元介绍费。春节后，厂里多了300名新员工，但却流失了600人。

员工不够，远远不够……厂里常年打出招工启事：女性，17～38岁，服从公司管理，能吃苦耐劳；而公司能给予员工的是：干净防尘式车间、安装大型中央空调、每周加餐三次、给员工举行生日晚会、法定假日放假并加餐、娱乐设施齐全……并允诺有超值收获：文员、技术员等职务，皆在公司内部招聘（给普工一个提升的机会）。电子厂似乎不单是制造产品的地方，更在进行一场沉默的社会革命，这场革命的主角，就是那些离开乡村的年轻女工。

这家厂成立于1993年，董事长是日本大阪人，属商人世家，年近七旬，每年到厂视察一次；执行董事长是老板的侄儿，每月来一次；总经理负责全盘业务，是日本人；管理人员及员工，都是中国人。在高级管理人员中，有3个本地人，而员工中，没有一个本地人。某种古怪的搭配这样产生：日本人／中国人；本地人／外地人。在金字塔最高层的，人数最少，多数人在最底层，但他们的命运被少数人操纵，前途未卜，不容乐观。

中国的户籍制度，不仅决定了一个人的居住地，还决定了他的整个生活：社会等级、工资、福利、食物配给量及住房。改革开放前，中国只有一个户籍体系：城市常住居民户口、农村常住居民户口。自20世纪80年代初，东南沿海出台了关于流动人口的管理办法，于是，城里人被分为常住人口（本地人）和暂住人口（外地人）。外地人无法享受到住房和其他福利；一旦他的劳动力不再被需要，他便在城市无法继续生存。

"困身"这个词，我第一次听说。乔小雨说，本地人自由惯了，习惯于喝早茶打麻将，在厂里困身8小时，哪能受得了。外地人是没办法，才在厂里打拼。可本地人不敢干太多坏事，而外地人的道德水准，普遍偏低。

"加班"是个矛盾的词：有家的人希望加班，年轻女孩不喜欢加班。加班少的工厂工人不愿待，但加班过头，工人的离职率又会很高。最初，这家电子厂每天从下午6点加班到10点，甚至11点。后来发现不行：员工太累，不良品增多，人员流失得厉害。最后确定：加班最晚到10点。日资厂虽然管理严格，但薪水发得准时，即便老板资金周转不过来，也会借钱来发薪（乔小雨说，这点比台资港资厂都好）：5天8小时制，基本底薪920元；平时加班1小时7.93元；周六周日加班1小时10.57元。法定节假日加班1小时15.86元。夜班津贴1个月50元。绩效奖1个月10～130元。每月20日发上月工资。

"日语"是这个厂的难题：全厂上下都在努力克服语言关（图纸是日文的）。厂里培训技术员和组长学日语，并鼓励普工自己买书和磁带学习，通过考试，达到基础日语水平的员工，1个月补贴100元。即便是留学归来的乔小雨，也需要再学习：专业技术语汇，还需要啃。

3.车间和活动室

制造一部的车间门口，贴着用各种颜色块标注出的"楼层平面图"，以及硕大汉字构成的标语：

输在犹豫　赢在行动

在工厂，总能看到这种对仗工整的语言。在这个特定的环境中，某种理念总在被强调、被凸显。无论一个人多么反感这些强硬而空洞的话，感觉它们形同虚设，然而日复一日，这些词语终将会被灌输到人的无意识之中。

进门后，侧旁立着开水器，木架上放着各类水杯，色彩斑斓。即便是这样一个普通角落，这家日资厂比我做啤工的港资音像带盒厂都要更细致：四层木架涂成深蓝，台面干净，外部搭着布帘。杯子里最显眼的是粉红、米黄；多数是不锈钢杯，也有装冰红茶的塑料瓶；洗手池上有面镜子，很干净。

穿上鞋套后进入，整个车间敞开：一个巨大的蜂巢。顶部横梁挂着口号：

环境整洁身心好　　整理整顿效益高

车间长约100米，宽约50米，以中部水泥梁柱为分界线，划分成左右两个区域，各排列四条长桌，女工穿粉色工装，头上扎着三角巾；男工穿深蓝工装，帽子有檐。窗户密封，拉上塑料窗帘，将工人的视线与外界隔绝，人们无法根据日出日落来判断时间，也无法呼吸到新鲜空气。中央空调24小时开着，将温度保持在20度（这是电子板所要求的温度）。地面刷着果绿色，没有任何碎屑。电子厂的环境貌似干净，但因频繁使用化学药品，女工容易头痛、喉咙痛、眼部疲劳、恶心、咳嗽、痛经。

每个工人的操作台前都立着个牌子，写着检查前、作业后、二次外观检查、导通检查、档板……他们低头忙碌，手旁放着塑料盒、铁盘、黄皮封面的《手加工作业记录本》。在工厂，每个工人都是有用的，但却并非不可或缺，没有任何个体能够了解和影响生产的整体运作，工人只需将英文字母、箭头、图形等，储存进脑海，等看到它们，做出相应反应，准确操作便可。工人的记忆、眼睛和手指，天衣无缝地黏合在一起，形成条件反射，根本无需使用大脑。

靠窗的有个男工长相清秀，正在数一把褐色铜丝，再按照一定数量捆扎起来。在他的掌心里，铜丝显得格外纤细，他的桌上放着个牌子：LOT确认品。一想到他要整天、整月、整年地，数着这些铜丝，我不禁感到绝望；转念一想，如果这些铜丝捏在女性手里，似乎对比感便不会如此强烈。

乔小雨说：现在的情形，和刚建厂时大有不同。现在男工占三分之一，此前，从未到过四分之一。在乔小雨眼中，男员工=难管。他们会经常打架，在宿舍或饭堂，发生口头争执后，便会动手；男员工还做事不细心，随便丢烟头、扔垃圾，喜欢聚众赌博，容易惹上街头的古惑仔……总之，每一个喉结鼓凸的青年男子，都是座可以随时爆发的活火山。

但女工也有她们的问题：上班时间爱聊天，爱闹小情绪，在宿舍里拉帮结派，若中层领导是湖南、湖北、四川、广西的，提拔干部时，大多会推荐自己的老乡。这似乎是女工的悖论：她们逃离家乡，为摆脱根植于土地上的关系网，当她们在他乡的工厂，试图对自己进行重塑工程时，又不得不再次勾连起一张族群网络图。

我们来到活动室。敞开的大房间，地板依旧果绿，玻璃窗硕大，水泥横梁上缀着红灯笼，每根横梁上都贴着标语，三张桌球，六张长条桌，多把红色软椅。我在这里看到了"妇女书屋"。其实就是一个书架，三人宽，一人高，玻璃门，上面塞着书，底部放纸张文具。

侧墙上贴着漫画，配以口号：

以服务团队为荣　以背叛团队为耻
以努力工作为荣　以好逸恶劳为耻
以甘于奉献为荣　以自私自利为耻
以节约物料为荣　以浪费资源为耻

这些语言，像浓缩的感叹号，每一句都携带着百分之百的肯定，而在前一个肯定之后，即刻出现一个与之相反的否定，形成两种价值体系的落差，非此即彼，非黑即白。

漫画上的女孩和男孩，眼睛出奇的大，显然受日韩影响；还出现很多拟人化的动物：举着大拇指的猫咪，在木桌上的老鼠，略带童趣，但指导这些漫画的，是粗暴、粗陋甚至粗鄙的理念。当一个团队只是为了建立这个团队的少数几个人服务，而以牺牲绝大多数人的利益为代价的话，这个团队还需要愚痴地服从吗？

那些农村来的女孩——仅仅受过一些基础教育（天性驯服，不善反叛），当她们面对这幅漫画墙时，更会被画中人的发型、服饰所吸引，而很少反思词语背后的深意。在这个厂，我依旧能感觉到种种不适。某种真正的平等关系，还需努力奋争，才能构建起来。

4.免费杂志

操场上，十几个男工正在打篮球，周围站着的女工，只默默观看，并不发出喝彩声。我发现，下班后，男工并不忌讳戴着帽子，而女工则无一例外，全都摘掉了三角巾；另一个特点是，无论男女，皆三两结伴而行，很少有独行的女工或男工。

饭堂侧旁的洗手池嵌着白瓷砖，女工们正在洗碗，圆柱状蓝色垃圾桶，盖子敞开，倒剩饭的人并不多。进入饭堂，敞亮的大厅，左右各置塑料桌椅，灰绿色，稀疏坐着几个女工，边吃边看电视（吊在半空，液晶屏）。靠墙的箱子带小门，专放餐具。玻璃窗内，穿白衣、戴白帽、口罩的大师傅正在整理灶台。窗口分不辣区和辣区，不锈钢大盆里装着素炒海带丝、素炒卷心菜、肉丝炒腐竹、素炒黄瓜片。饭钱从工资里扣：一天三顿9.2元，一个月上班22天，共扣203元；周六周日吃饭要用现金买饭票。饭、汤管够，菜不能随便加。

宿舍就在办公楼后，5层，墙面上的蓝白瓷砖已破旧，有丝缕雨痕，阳台上挂着衣服，密密麻麻。靠近宿舍的一角，是个小型便利店，卖泡面、火腿肠、可乐等；木架子上有台电视，正在播放《甄嬛传》（奇怪：无论我走在哪里，电视里都晃动着服饰华丽的宫廷男女）。侧旁的公用电话，正被四个工人使用。宿舍门前停着排自行车，多数为女式自行车，也有电动自行车。

除科长有单独宿舍外，中层管理人员6人住一间宿舍，普工8或10人；宿舍两端的水房里安装了太阳能热水器，晚上冲凉要排队。每个员工要从工资里扣除住宿加水电费100元（乔小雨解释：工厂原来不扣这笔费用，是2011年上调工资后才开始扣的）。

推开宿舍的门：水泥地面，高低床被颜色、图案不同的花布，围成一个个封闭的"帘子世界"，床和床的空隙处塞着箱子，镜子吊挂在床头，垃圾桶里是揉成团的纸巾。床头是本杂志，封面是穿粉红礼服的美女。乔小雨解释：那是医院发放的免费杂志，一次发500本，发杂志的是医院员工，包吃包住，一个月1000元。乔小雨说，每期杂志都要印两三万份。

封面美女具有国际化标准：大眼、红唇、丰乳、长发、细腿；封二是广告：人流手术费，原价520元，现价260元；引产手术费，原价720元，现价360元；封三：美国痔疮清除术、韩式腋臭清除术、韩式包皮包茎手术；封底：男科妇科免费检查项目，妇科手术半价项目，全面实行药品"0"利润……正文：娱乐新闻、财富职场、健康专题医院、两性话题、情感故事、幽默笑话……

当这本杂志被女工翻阅时，呈现出某种古怪的状态：女工的身体经过工装、微笑、厂规的联手塑造，已趋于驯服；而她们手中的封面女郎，其身体却是不驯的，充满欲望、挑逗和放荡的暗示；但在这两者之间，并非彻底地割裂，而是相通互补。人在工厂服从机器后，变成机器的一部分，工作紧张、单调；工作之余，人便竭力渴求生理满足，于是，大多数现代人过上了一种可怜的生活：摇摆在机器与动物间。

翻开一页：意外怀孕的少女阿丽，通过健康热线×××找到了××医院意外怀孕救助中心，最终，在医生的救助下，不但解除了意外怀孕的烦恼，还打开了心结。原来，让阿丽第一次怀孕的男友，是她在KTV认识的（在这样的故事中，类同KTV的地点还有录像厅、夜总会、酒吧、发廊），两人发生了性关系。当得知阿丽怀孕后，男友不告而别，这件事严重影响了阿丽的生活观念，从此，她便以不断更换男友的方式折磨自己，变得玩世不恭，并且做爱不采取任何防范措施。阿丽已做了6次人流。所以，医生不但抚平了阿丽身体上的伤痛，更帮助她树立了正确的性意识。

离开这家电子厂后的第二天，我按照杂志所示的地点找到了这家女子医院：大厅空荡，墙壁上挂着粉红招贴画，营造出温馨氛围；免费挂号后，填了单子，被文员领着去二楼。大理石地面整洁，没有来苏水的味道，没有喧嚣，无需排队，这里像个豪华客厅，宽阔的长沙发上，躺着个女孩（刚做完手术？），身旁的男孩黄发，在看电视。我被领到医生办公室。医生是个女的，微胖，细眼，手里握着笔，眼神冰凉地看过来，一派"我什么都知道，你放心"的模样。我陈述病情：我有些头晕……她即刻打断我，连珠炮般地发问：月经什么时候来的？上一次性生活什么时候？有没有固定的性伴侣？我赶忙摆手，肯定自己根本没有怀孕，并提示说，我脖子疼，是不是因为颈椎引发的头晕？她愣住了，拿在手中的笔停顿了下来。我能感觉她的脑子在飞快旋转。几十秒后，她当机立断：我们治不了颈椎，你去别的医院看吧。原来，这个"专为女人看病"的医院，其实只擅长无痛人流、私处整形、妇科炎症、不孕不育……但却治不了女性眩晕症。

输液室里很安静，只有一个女孩在打吊针，十八九岁模样。我低声问她，是不是做了人流？她点点头。我问她花了多少钱，她皱着眉头说，好多。然后，脱口而出：你千万别来这个医院，他们好黑……还没说完，护士来轰我：不打针的到外面去。

我在楼下等了半个小时，看到女孩出来，上前询问：你到底花了多少钱？她说，本来选的是999元的，一上手术台，便通知要做检查，各种不同的检查做完，一算，9800元。她和男友虽然目瞪口呆，但也没办法，只好找工友借。我问她何不到公立医院去，她说，杂志上说这个医院环境好，便宜。

来自《虎门镇异位妊娠与生殖健康知识调查》的报告显示：虎门医院曾对496位异位妊娠（宫外孕）患者进行问卷调查（85％为非户籍流动人口，年龄在十六至四十五岁间，初中以下文化程度者占91％），其中，77％的异位妊娠患者，同时患有生殖系统感染，20％的患者有过2次以上的人工流产史，虽然41％的患者知晓人流有害，但只有16％的人知道生殖系统感染容易导致异位妊娠。

故而，人工流产并非免费杂志所标榜的那样：确保手术绝对安全，确保真正无痛、无副作用……调查结果显示：人工流产容易导致妇女生殖系统受感染，致使异位妊娠呈上升趋势，将严重威胁妇女身心健康，甚至会危及生命。

5.恋爱和上学

无论乔小雨的后勤管理工作搞得多么细致，总会有疏漏。面对茅草丛生的性问题……她，如何通过管理来捋顺？

听说，有男工会同时交两个女友？我盯着她看。

这种情况……喔……她面不改色：是有的，但不多……

她的回答令我惊诧。我原以为她会回答得更含蓄，或者，干脆拒绝回答，可乔小雨却表现得无比坦白。电子厂里男女比例失调，导致女工很难找到男友，故而引发出系列问题。乔小雨从胸腔里重重地喘出一口气：我真想，全招女工……但她马上进行否定：那样也不好。

女工经常会因痛经而晕倒在车间，这种情况在夏天很频繁，一个月会发生两三起；也会发生在赶货时（越是急，越出问题）。晕倒的女工脸色煞白，嘴唇没有血色，浑身颤抖，被抬了出去后，生产线被迫出现短暂的停顿。这是所有女工，都将会遇到的问题：月经时间和工作时间的冲突。尽管规训成功地控制了女性时间的大部分，但是，女性月经来临的确切时间、痛经的程度，以及引发的愤怒，都无法精确预见，而工作时间却刻板而僵硬，当它们发生尖锐冲突时，会引发女性晕厥。除此，经前综合征、痛经、产假、各类妇科病等，都是令工厂头痛的"女人问题"。即便女人如此麻烦，乔小雨还是不喜欢男工。她对男工的容忍，完全站在工作效率的角度。她的思维是工业时代追求效益最大化的思维：如果都是女工，会让女人感觉绝望，工作效率反而更加不高。

乔小雨不是粗陋的管理者，留学的见识，过来人的亲历，都让她深深懂得：女工对情爱的需求，远远强烈于男工。男工可以通过各种渠道排解性饥渴（看色情片、找廉价性工作者）；而女工的情感诉求更复杂：她们不仅需要性伴侣，更需要情感伴侣。而这个问题，哪里是一本充满商业味的免费杂志所能解决的？

后勤主管和车间主任，是让工厂顺利起飞的一对翅膀。单抓业务是不行的，毕竟，干活的是荷尔蒙旺盛、脸上喷痘痘的年轻人。他们远离家乡和亲人，告别了过去的生活方式，置身于全然陌生的环境，对异性的渴求，更强烈灼烫。忽视了这一点，简直像面对大海，只知道它很平静，而不知道会发生海啸一样愚痴！

下班时，从车间里涌出的人流，呼啦啦，像体育场或电影院的出口，不让她们恋爱，根本不可能！厂里对此有明确规定：不允许男女在公众场合拉手、搭肩；不能因恋爱而妨碍工作。前一条好办，一个人走在前，一个人走在后即可；而后一条，几乎算得上暧昧：怎样叫妨碍？怎样叫不妨碍？那些热恋中的男女，即便手里在干着活，也无法抑制住强烈的思念情绪。

一切都和以往不同。过去的国营大厂，生老病死全由工厂包，工人享有农民望尘莫及的特权地位，他们不仅为国家工作，且工作是终生制，并享有住房、医疗保障；而现在，工人和工厂的关系皆发生了深刻改变，掌握资本的新老板雇佣劳动者，其劳动是临时性的，可以随时被更低价格的劳动所代替的，打工者的流动性极强，工厂只追逐效益最大化，不会考虑工人的情感需求。

即便结婚的事顺利解决了，孩子上学，则是一把横在打工者心头的刀。进当地的公立学校（学费和书本费全免），几乎不可能：没本地户口；进私立小学，一学年花五六千，相当于三个月工资。私立学校教师的流动性很大，存在很多问题，但对家长来说，这是不得不如此的选择。

我曾在一家文具店里买东西，看到柜台前的桌子上，有个穿校服的孩子在写作业，便忍不住夸他认真。他的父亲翘起嘴角，冷笑道，认真也没用，还是考不上好大学。这个五年级的男生说：老师上课就是随便讲讲，然后让大家看书，他拿出根青瓜（黄瓜）来，开始大嚼。我目瞪口呆：在课堂上！当着学生的面！

乔小雨的女儿十一岁，在市区上住宿私立学校，周末回家，一年学费3万。两年前，孩子刚住校时很不习惯，一打电话就说耳朵疼、脖子疼，要回家；现在，自理能力提高很多。她对女儿很严格，成绩稍有下滑，便找老师补课，两小时100元。女儿身体弱，就让她参加了跆拳道班。

对一个月靠加班才能拿到两三千的普工来说，无论是免费的公立学校，或质量好的私立学校，都不可能，只能选择质量一般的私立学校。第二代的差别，从进入不同学校的那刻起，就已开始凸显。家境差的孩子，要靠自己用脑袋撞墙，才能撞出个辉煌未来。

告别乔小雨后，我向车站走去，阳光扑面而来，眼睛一阵刺痛。

回头看，那个外表颇具现代色彩的电子厂，慢慢地变小了。

结　语

在工厂的日子，是一连串的因果链条，没有什么人会对女孩子们夭折的青春负责，在她们饱满的躯体内，蕴藏着最荒凉的记忆。她们沉默着，安静而倦怠，比实际年龄还老。我和她们相遇——我看到她们在排队等饭，下班后涌出楼道，在拉线上拿起电子板，从啤机里取出塑胶品，但我却无法看清她们的全貌；当工厂的大门关闭后，这幅少女群像图，渐渐变得模糊，成为某张褪色的旧照片。无论我怎么辨认，也还原不了其中的万分之一。我只能说出我所看到的那点细小和琐碎，那点微光和温暖。

（选自《北京文学·精彩阅读》2013年第2期）

板仓绝唱
——杨开慧手稿还原毛泽东爱情

余　艳

引　言

我对杨开慧的探究最初是从一个墙洞开始的。

这"墙洞"在湖南板仓，在板仓坐西朝东的杨家老宅里，在杨家老宅的西北角杨开慧卧室的床帐后。

杨开慧把洋洋万言的手稿封存在这墙洞里，应该没想到，半个多世纪后，她的这些心灵笔记就是一代共和国领袖的情感秘密！又是她的夫君毛泽东盼了好久、寻了好久、等了好久，却遗憾又残酷地最终没有看到的秘密。

这是怎样一堵墙，能承载这段千古绝唱；

又是怎样一处洞，能装下一腔博爱深情！

其实，世界各地都有秘藏私信、封存秘密的风俗。

世上的秘密，只要你曾经告诉过一个人，就不能再称之为秘密。真正的秘密只能烂在自己肚子里，实在憋不住了，告诉墙洞，或者树洞、山洞，只有它们，也许会始终沉默。

又当这秘密无处可藏，不想被人知道，就下决心埋葬这段揪心的牵挂。找一处墙洞，或者树洞、山洞，悄悄装进去，这秘密就死了、埋葬了，可能永远不再被人发现，不被人知道。也告诫自己，永远放下、终身不念了……

杨开慧是这样吗？

当年，杨开慧把日积月累、三年中写就的心灵笔记用油纸包好扎紧，塞进墙洞，再用相近的泥浆封堵洞口。这处秘密没被敌人发现，也没被亲人发觉。如果不是1982年和1991年两次修缮故居，那沓尘封在板仓杨家老宅的心灵笔记将永远沉睡在那堵旧墙中。

字！

2011年2月的最后一天，是早春二月一个难得的艳阳天，我从湖南省委宣传部提回一大袋子书籍和资料，都是有关杨开慧的，诸如手迹复印件之类的史料。

初春的阳光下，我首先读到的是那篇《追忆》。

追忆？依常理，一个正值韶华的年轻女子，该是更多的憧憬未来。她的从前毕竟太短，而她的未来正长。正长未来的人却偏偏要追忆并不太长的从前。她是不是感觉到从前已经太长，而未来已经太短？

一字一句，字字像滴落的泪，句句如伤感的情。娟秀的字，温软的心，凝于笔端流淌在毛边纸上的字啊，全是深深的痛和深深的爱。我突然感觉到，这些在老墙中尘封了几十年的心灵文字，与其说是写在纸上，倒不如说是字字刻在笔者滴血的心坎上。

再去板仓！记不清是第十几次去了，2012年1月28日这天，我只想在杨开慧当年的卧室、她当年写就《追忆》的这天晚上、当年凄风冷雨的这个季节，陪杨开慧坐一晚，从傍晚到天明，去熬一个杨开慧千百个彻夜难眠中的一个通宵……

这夜，我读着手稿，漫漫长夜一分一秒地过。在八十三年前的今天，杨开慧就在这屋，这桌，这飘风的寒夜，写着，纠结着，煎熬着。

八十三年，这字没有逝去；像到永远，这个人还活着！

死？

我一字一句地通读手稿，每读完一遍，掩卷闭目，试图回忆手稿中给我印象最深的句子。

"说到死，我并不惧怕，且可以说是我喜欢的事。"

天啦，我怎会清晰地记下这段文字？但千真万确，伴随初看时心里猛烈地"咯噔"那一下，到掩卷而思反复回味，这句话总在眼前不停地晃悠。

死是杨开慧喜欢的事？一个正当华年的女人，究竟要到什么时候什么地步什么心境才会认定，死是她喜欢的事？

我不敢胡乱猜测藏在这句话背后的惊悚答案。

一个年轻女子，独自一人带着三个梯形大的孩子与年迈的老母在家乡艰难度日。三年时间遵从丈夫的嘱托，就地参加地下斗争，面对大革命失败后的白色恐怖，她文弱的双肩既担着三个孩子的重担，又要躲避敌人的捕杀，更撕心裂肺地牵挂生死不知的丈夫。夜雨婆娑，一灯如豆，娇小玲珑的身影，孤寂地投在板仓土屋的泥墙上，娟秀的字体流泻在纸上，字字句句道不尽的思念和苦痛。为了丈夫毛泽东的事业，学贯中西的名门之秀，选择了一条忧愁痛苦、险恶丛生的路……

更为揪心的是，杨开慧身边的战友、朋友、亲人、闺蜜一个个倒下，激起仇恨的同时，也激起她非常的革命斗志，而让她义无反顾——

赴死；还是焦虑、担忧、疲惫、躲藏，一个女子，柔弱的身躯，想尽快结束这马拉松式的折磨？

还是，有别的原因？

墙？

杨开慧的手稿句句肺腑之言，谁都不怀疑它们的真实。因为我感觉，烈士的这些心灵笔记不是写给世人看的，而是写给她自己看的，甚至就是她自己跟自己说的悄悄话。否则，她就不必把它藏在老墙中。

腥风血雨、生死无常的年代，喘不过气来的杨开慧带着三个小儿，躲避敌人，保藏自己，牵挂爱人，坚持斗争。她的那些泣血的文字、真实的心声，一半是刻意的隐藏，一半是希望有个地方可以代为存放。就这样，墙洞成了她精神的闺房。将她的所思所想点滴安放；墙洞又作为消减痛苦的心灵邮箱，为焦虑无奈的女子做了有效的储藏和有力的分担。

怎么会藏在墙洞里，是不想让任何人知道、看见，是想永远尘封这个秘密？

自藏在墙洞中的这些文字曝光后，人们对这些手稿有各种猜想与各种理解。有人说，这是"墙洞里的情书""藏在墙洞里的绝唱"，也有人说，那个墙洞是杨开慧选定的心灵坟墓。因为——

她根本没想让人知道那个地方，更不想有人揭开那个秘密。否则，她完全来得及把墙洞里的秘密告诉她应该告诉的人。

比如她的母亲；

比如跟她一起坐牢的保姆孙嫂和儿子岸英。

但是，她没有说。

果!

对墙洞里的那段秘密，杨开慧谁也没有告诉。

是已然顿悟，那些文字，只不过是她心路上一度迷乱的心灵碎片。那些特定时候从心中飞扬出来、定格为稿纸上的文字，可能连她自己都不明白，是为了纪念一段心路，还是咀嚼一段寂寞，或是想叫家人有一天能把那些心灵文字转交给心中喊了千万次的人？

然而，大牢中的炼狱，杨开慧已经不是手稿上的杨开慧了。手稿上的心音不过是秋虫般的呢喃，期期艾艾顾影自怜的家妇，而大牢中的杨开慧已亮丽于信仰的高山，这时的她才是毛泽东当之无愧的爱人！

两个完全不同的自己啊，别让世人混淆，更别让夫君看见。就让那段寂寞的文字永远寂寞在墙洞之中，永不示人。但是——

历史有如河底的沉沙，看起来粒粒相似，其实每一粒沙都有各自不同的故事。但那些河沙以及河沙里藏着的故事不会再说话。因而，活着的人们就特别喜欢评说历史，似乎只要一评说，评说者就变得聪明。因为无论活人怎样评说，历史都无法反驳。正如河底的沉沙，你说它粒粒相同，或者各有各的不同，或者各有什么不同，全都任人评说，那些河底的沉沙是不会说话的。正由于此，活人对历史的评说便远远多于对历史的思考。

有感于此，我告诫自己，我无意于评说过去的故事，也不敢对过去的故事作什么聪明的解读。因为，在历史面前，根本就没有聪明的活人。我只想，以杨开慧的心灵笔记为指引，并顺此指引再重走一遍那些与之相关的足迹，试图寻找出被历史迷雾所遮盖的历史真相。

第一章　手稿上的井冈山

1.无论怎样都睡不着……总是不见来信

这是一个月淡星稀的夜晚，毛泽东把杨开慧母子几人悄悄送回了板仓老家。

即便是在晚上悄然回家，毛泽东也是在冒极大的风险。

那正是白色恐怖疯行城乡的非常时期。自1927年"四一二"反革命政变后，以蒋介石为首的国民党右派对共产党人的捕杀，似乎越杀越红眼。李大钊、罗亦农、赵世炎、陈延年等著名共产党人相继遇害。在当时的中国，连乡下都知道，抓一个"红脑壳"，政府就奖十块大洋。像毛泽东这样著名的"红脑壳"，自然是反动派枪口随时瞄准的对象。

1927年，是中国历史风云变幻的一年，也是中国共产党死中求生的一年。

这一年的湖南长沙更是惨烈。

猝不及防的共产党人纷纷倒毙于敌人的枪口与屠刀之下。当时的长沙，从南门口一直连向天心阁，城墙上皆挂满了革命者的头颅。有的甚至还不是革命者，只是被那场疯狂屠杀而误杀的普通百姓。据说连当时的狗，也因为吃惯了人肉而吃人成性，见到活人就一顿乱咬。到6月底，共产党员、工会农会干部以及国民党左派被杀者已达500人以上，三湘大地有"死地"之称。

这一年，也是毛泽东动荡徘徊、忧心忡忡的一年。

这一年，中国共产党在汉口召开中共五大，毛泽东关于"开展土地革命、迅速发展农民武装"的提案，没有引起大会重视。

这一年，眼看着一个个共产党员和革命志士在国民党右派的屠刀下纷纷倒下，党中央总书记陈独秀还在忍耐、迁就、让步、观望……

这一年，曾经在毛泽东心中沉思日久的一个思想越来越明朗坚定：拿起枪，组织自己的工农武装。

可是，要完成"武装斗争"这一大步的跨越，毛泽东知道，先要走出1927年最关键的一步：巧妙"摆脱"老拧巴的陈独秀。

这一步，毛泽东没按常规出牌。他避虚就实、扬长避短地睿智了一把。1927年8月初，毛泽东和他的心有灵犀的共产党员们在九江举行紧急会议。巧妙设计，让陈独秀未能出席。结果，瞿秋白接任党的总书记，陈独秀就被排除出中央领导层，毛泽东再次顺利进入中央委员会。他抓住来之不易的话语权，让会议接受他的建议：继南昌起义之后，马上在中国农村发起秋收起义。毛泽东在会议上特别提出："须知政权是由枪杆子中取得的"。

这句话，后来演变成一个真理："枪杆子里面出政权"。

这次会议，毛泽东被党中央任命为中央特派员，回湘组织秋收起义。作为秋收起义的建议者，毛泽东自然也成了这次起义的主要领导者。他明白，秋收起义的枪声一旦惊响在湘湘大地，斗争的方式将由暗变明。那一声枪响后，无论是他还是他的起义部队，都将会引来敌人疯狂的围剿。从此以后，夫妻恩爱与儿女天伦肯定将从他生命中淡出。等待他的，定是枪林弹雨中的残酷搏杀。

就在板仓，就在杨开慧简陋的卧室，毛泽东夫妻一别，就再也没有相见。

那天，黑夜中的告别，虽然比从前任何一次告别都要匆忙，但毛泽东却一反常态地显得重复啰唆，老是反复叮嘱妻子要注意安全注意安全。

杨开慧后来对堂妹杨开英说，从前，她跟毛泽东的任何一次分别都没有那种掏心掏肺的感觉。可那一次偏偏那么奇怪，那个人一融进夜色中，她的心就空了。

事实上，杨开慧的直觉没有错。那黑夜中的匆匆一别，竟成夫妻永别。那煤油灯下的最后一眼对视，竟成了后来岁月中回味不尽的终极影像。

这以后，杨开慧就开始了彻夜难眠苦度时日。

> 无论怎样都睡不着，虽然是倒在床上。一连几晚都是这样，合起来还睡不到一晚的时晨（辰），十多天了，总是不见来信……

2.我简直要疯了……人越见枯瘦了

也许是一种莫名的预感在作怪，与毛泽东别过多次的杨开慧，从来没有像这一次分别那样令她心神不定：

> 我检（简）直要疯了！我设一些假想，恼（脑）子像戏台一样，还睡什么觉？人越见枯瘦了。

手稿中诸如此类的文字比比皆是，但这绝不是简单意义上的少妇思夫。那段时间，在杨开慧的那些思梦中，肯定多是噩梦。国共两党越来越激烈的武装对抗，她当然明白，身处对抗前沿的毛泽东，每时每刻将会面临着什么。

在那些寝食不安的日子里，看报成了杨开慧每天必不可少的重要生活。

杨开慧总是千方百计地找报纸看，就连已经看过的报纸，都是看了一遍又一遍。虽然那些消息让她感到虐心，但她还是忍不住想看。就好像不得不看的病中亲人，不看不放心，看了又虐心。

报纸上的"赤匪"被描绘成惶惶不可终日的走寇。在各路武装的围追堵截中，那些"赤匪"似乎只能挨打逃窜，而无还手之力。杨开慧从报纸上得知，丈夫毛泽东领导的秋收起义部队，似乎天天在敌人的追杀中东躲西藏，已陷入走投无路的绝境，并随时面临全军覆没的危险。丈夫的队伍越打越少，最后一小股赤匪流窜到了井冈山，苟延残喘，惶惶不可终日……

杨开慧虽然不完全相信报纸上的说法，但同时她也明白，在围追堵截的险恶环境里，丈夫毛泽东和他的起义部队，会遭遇怎样的险境。

其实，秋收起义后的毛泽东和他的起义军，要比杨开慧想象的境遇更糟更难。

1927年9月9日，毛泽东领导秋收起义爆发。开始，枪声打响之后，起义部队曾一度势如破竹，所向披靡。起义进入高潮时，毛泽东曾写下一首词，记下了当时的情形：

> 军叫工农革命，旗号镰刀斧头。匡庐一带不停留，要向潇湘直进。
> 地主重重压迫。农民个个同仇。秋收时节暮云愁，霹雳一声暴动。

然而，秋收暴动像霹雳一样出现，也像霹雳一样从空中划过去了。

初战胜利的喜悦还没从战士的脸上消失，起义部队便遭到了敌人的疯狂反扑。于是，部队中那股被胜利燃烧起来的激情马上低落下来。在这个兵源来路不一的起义部队中，悲观丧气的情绪就像瘟疫一样在部队中传播蔓延。

偏偏这个时候，远在上海的党中央领导人却遥遥发来指令，要起义部队继续攻打长沙。而起义军内部，憋了一肚子气的个别将领也主张继续攻打长沙。毛泽东权衡再三，认为这无异于飞蛾扑火，自取灭亡。最终，毛泽东毫不犹豫地做出了一个重要决定：走。

起义部队在转移过程中，毛泽东顺势完成了两个重自选动作：一是浏阳文家市的会师转兵，二是三湾村的"三湾改编"。前者成为中国土地革命战争初期的重要转折点，后者奠定了中国共产党领导人民军队的基本治军思想：党指挥枪。

在"三湾改编"中，毛泽东亲自起草了"三大纪律六项注意"。其中的一条"注意"是：不拿群众一个红薯。规定细到了红薯，可见当时的起义部队军纪之涣散，已到了何等令人担忧的程度。

但是，把中国工农武装引向正确方向的毛泽东，这一保留革命火种的撤退，却被当作违抗党中央指令而受到严厉处分。"右倾逃跑主义""可耻的退缩者"，甚至被传令者误传为开除党籍。就连毛泽东提出的"枪杆子里面出政权"的论断，都要毛泽东做出自我反省……

在板仓，与毛泽东魂系梦绕的杨开慧像有一种生命感应。

> 站在门前，心里跑到他那里去了。好像看见他带着一种凄黯的神色在那里。

杨开慧当然不可能想象丈夫受什么处分，她只是心忧与心疼地想象着他的艰难。带着一种凄凉神色的毛泽东要多糟糕就有多糟糕：山上的部队可能没有粮食，可能没有医药，可能没有衣服，可能没有子弹，可能有很多糟糕的可能。

在杨开慧眼中，曾经毫不起眼的那个井冈山，当时已成为她心目中最要命的山。夜里梦见那座山，醒来想着的还是那座山。

3.我不能忍了，我要跑到他那里去

不能忍的原因绝不仅仅是因为思念，而更多的是因为牵挂与担忧。

杨开慧非常明白，在那时那刻，她就算寻到井冈山，等待她的并不是夫妻团聚的喜悦与浪漫，而是同甘共苦的艰难，是生死与共的命运。甚至，就是死亡。

　　没有我在身边，他不会注意的。

已经给毛泽东生了三个孩子的杨开慧，这句话绝不是自以为是之言。在杨开慧那些伴夫走天涯的日子里，她知道，生活中的毛泽东是不屑于生活琐事的。甚至面对危险也仍然没有应有的警觉。

杨开慧不会忘记，当年她陪毛泽东回韶山，得悉省长赵恒惕要派兵抓捕毛泽东，而且抓捕的部队已经向韶山奔来。得此消息的毛泽东竟然从容不迫地要带着杨开慧母子几人一块儿走。要不是杨开慧一反常态的暴怒催促，后果还真不敢想象。虽然，杨开慧也明白，毛泽东要带妻儿一块儿走，是不放心把她们母子丢在韶山。抓不到毛泽东的那些捕兵，极有可能把她们母子抓走。但是，当时的杨开慧心里只有毛泽东的安危，根本没考虑自己将会面临什么……

毫无疑问，那时那刻的杨开慧决意要上井冈山，明显带着共赴危难的强烈意识。在杨开慧貌似纤弱的身躯里，多情善感的情怀与刚烈倔强的个性同时并存。即使没有杨开慧英勇就义的那一幕，单看杨开慧的手稿，就不能不让人坚信：如果需要，杨开慧随时准备为毛泽东去死。

我觉得我为母亲而生之外，是为他而生的。我想象着假如一天他死去了，我母亲也不在了，我一定要跟着他去死，假如他被人捉着去杀，我一定要同他去共这一个运命！

　　藏在墙洞里的这些心语，可不是杨开慧的自夸自的人前之语，而是她真实的心声。

　　中国历史从来不乏贞妇烈女的故事。中国女性漫长的人生中，嫁给了一个男人，也就嫁给了一种命运。像王宝钏，十八年守成一座活的望夫石……

　　但杨开慧显然不是王宝钏。她是一个女人，同时还是一名共产党员。在杨开慧意欲奔赴井冈山的冲动中，无疑包含了激情燃烧的信仰与舍生取义的大气。革命有难，此时不出，更待何时？！但是，如果把杨开慧按捺不住的冲动仅仅理解为共产党员的本能反应，恐怕也嫌简单。历史地看，我们不得不注意到一种事实：在那些令人唏嘘的故事中，只见女人为男人而死，却少有男人为女人舍命。正如那些被捕的革命者们，只见变节的男性，而少见叛变的女人。

　　其实，在那些贞妇烈女的故事中，传承着我们这个民族永远不敢漠视的精神特质：忠贞与坚守。漂流在民族文化之河上的那本《女儿经》虽然已经渐行渐远，但历史的轻风仍然会把书中的碎片吹到人们面前，并散发出令人难以抗拒的余香。

　　作为著名伦理学家的女儿，杨开慧自然有机会接受中国传统伦理文化的熏陶与浸润，并把它们化为中华女性共同的某种姿态，在历史的原野摇曳出一个大写的花名：中国女人。

　　也许正是这些因素，造成了杨开慧当时的去意彷徨：

作为革命者，在革命遭受挫折之时，理应挺身而出。与战友们一道并肩；

作为一个妻子，在丈夫遭遇厄运之时，理应相行相伴，与丈夫共渡难关；

作为一位母亲，杨开慧却又不能无视三个儿子的存在……

革命需要战友，丈夫需要妻子，但儿子需要母亲。也许正是这多重身份增加了杨开慧选择上的两难。

杨开慧肯定也曾经想过要把三个儿子一并带到井冈山。但那种念头恐怕也只能随着一声叹息而自然消失。在东躲西逃的艰难困境中，真带孩子走，无异于把三个孩子送上杀场，又同时给革命添累赘。可是，把孩子留在家，自己一人前往？那孩子谁管？母亲年迈，一人带三个孩儿，显然不现实。托付他人代养？杨开慧不忍，何况毛泽东知道也绝不会赞同，甚至会极为不悦。

爱夫爱到骨子里的杨开慧，自然不愿意惹丈夫不快。一头丈夫一头儿，杨开慧能怎么样？会怎么样？

天地没有回应，命运闭着眼睛……

第二章　我是真的爱他呀

1.幸喜天保佑我接到了那贵重的信

那段时间里，杨开慧每天最重要的心思就是盼信。

太难过了，太寂寞了，太伤心了！这个日子我检（简）直想逃避它。但为着这几个小宝，我终于不能去逃避。他终于有信来了，我接着喜欢得眼泪滚下来了……只有五十天，幸喜天保佑我接到了那贵重的信。

杨开慧说的那封贵重信，是毛泽东用暗语写来的，信中说："开始生意不好，亏了本，现在生意好了，兴旺起来了。"接到来信的开慧禁不住喜极而泣。

其实，这封只有寥寥数语的信并没有告诉杨开慧太多。她更不知道，在收到这封贵重信时，井冈山上的毛泽东，生活正在悄悄地发生变化。

初上井冈山的毛泽东，可能是他政治生涯中最失意的一次。他不但被撤去了党内要职，竟然还被传言"开除了党籍"。于是，毛泽东病了。当他孤独的身影一瘸一瘸地走在山道上时，那情形看上去已经没有"霹雳一声暴动"的气概了。

就在毛泽东身心疲惫情绪低迷之时，有一位19岁的少女及时在毛泽东身边出现了。

少女名叫贺子珍，在当时当地被称为"永兴一枝花"。这位能骑善战的年轻女战士，对来自山外的青年毛委员似乎特别关注。尽管，眼前的他体弱多病，头发过长越发显得单瘦，但是，年轻女战士贺子珍却仍然强烈地感觉到，在青年毛委员落魄的外表下，在那双忧郁的眼睛里，似乎藏着一个深不可测的世界。甚至连那瘦削却不失挺拔的身影，都彰显一种男人的孤独与倔强。

要说毛泽东对女战士的那双明眸视而不见，那有点不现实。更何况，体弱多病的毛泽东还不时地享用着贺子珍为他弄来的那些可以补身子的山雀、泥鳅等美味。不难想象，当身心俱糟的毛泽东在品尝着那些美味时，也无意间品味出了一位少女弯弯曲曲的心事。

腿伤稍见好，毛泽东便忍不住想出去转悠了。他当然清楚，脚下的这块土地，将是他和他的起义部队长期立足的地方。对这么个命运攸关的地方，不熟悉地貌、不了解情况的毛泽东，自然要深入调研的。于是，年轻的女战士贺子珍自然而然成了毛泽东的向导，甚至还是拐杖。

在两个人的山间小路上，话题涉及革命和工作，也涉及日常生活。他们的话题自然而然跳出了弯弯曲曲的山道，飞到了更广阔的空间。偏偏毛泽东不张口则已，一张口便是妙语连珠落玉盘的美妙，话中的世界便是贺子珍倍感新鲜的另一个世界。也许连毛泽东自己都没有意识到，在他进行社会调查时，他自己也正被一位女战士悄悄认识。

其实，在见到毛泽东之前，贺子珍对毛泽东的名字并不陌生。读书时候，她就早已读过毛泽东的文章。比如毛泽东发表在《湘江评论》和《政治周刊》上的文章，那些一气呵成的排比句让你一看就停不下来。面对那些美文，贺子珍曾经猜想，能写出这种锦绣文章的人，一定是个长得很丑的人。因为公平的造物主不会让一个人把好事占全。在让他拥有深刻透辟的思想的同时，还让他拥有赏心悦目的容颜。可等贺子珍知道来井冈山的这个人，就是写出那些美文的人，贺子珍才知道，造物主也有不公平的时候。

然而，无论山道上的脚步挨得多近，两颗心却似乎挣扎着不敢靠得太近。因为毛泽东告诉过贺子珍，在湖南老家，他早有妻子和孩子。

井冈山之外的杨开慧自然不知道，她日夜牵挂的爱人正面对一位少女的深情而苦苦挣扎。此时的杨开慧，仍然在思念的迷途上越走越远：

> ……连那他写的字，只要是他的，一概变了比珍宝囊还要要紧些。太难过了，我疑惑我的肚子里已经有了小毛。在这时，我感到一种爱惜了，连那几个。大寂寞了，太伤心了！

杨开慧笔记中，提到肚子里的"小毛"，虽然很快被确诊是一种假孕。但从这些文字中可以看出，杨开慧在思夫的心路上，已经把自己给丢失了。

2.我总是要带着痛苦度日

1928年5月，朱德、陈毅所部与井冈山的部队会师于宁冈龙市。自此，"人不过千户，粮不过万担"的井冈山呈现出了异常兴旺的景象。

一时间，那些来自四面八方的年轻共产党人，操着各自的湘音、川调、粤语、赣声以及客家方言，碰响在罗霄山脉的中段，汇成了一曲不同凡响的井冈山革命大合唱。

从此，"朱毛"红军成了当时中国社会日日更新的民间传说。并在那些传说中，把朱毛传成了不同版本的神话。

从此，小小的宁冈龙市仿佛在一梦之间变成了中国举足轻重的政治要地。

也在此时，毛泽东终于走出了政治上的低谷。首先是朱德、陈毅证实，党中央开除毛泽东党籍的所谓决议是误传。然后，他们又带来了党中央对井冈山斗争的充分肯定。朱毛会师之后，两部合为第四军。朱德为军长，毛泽东为党代表兼军委书记。

朱德、陈毅等人很快发现了毛泽东与贺子珍之间那不一般的眼神。这两位喝过洋墨水的青年将军，在此时此刻此山此地说出的话，可没有半点的起承转合。他们直截了当的几句话就把那层窗户纸给捅穿了。

1928年5月28日，毛泽东与贺子珍以吃顿饭的形式结为了革命伴侣。

然而，他那生活终归是要使我忧念的。我总是要带着痛苦度日。又许久没有信了，不眠症依然来到。

在毛贺结合后不久，远在长沙的杨开慧见到了一个重要的人，这人就是杨开慧的堂弟杨开明。此时的杨开明已被任命为湘赣特委书记，即将到井冈山的永新赴任。杨开明此行前来与堂姐见面，一是与杨开慧辞行，二是问杨开慧有没有东西捎到井冈山。

见到堂弟的杨开慧，几乎就把堂弟杨开明当成了活生生的井冈山。那极端细节琐碎的询问，恐怕除了杨开明能耐心作答，再没有别人能认真听认真答。

其实，对井冈山上的情况，杨开明早已知道个大概。但杨开明没有告诉姐姐杨开慧井冈山上的实情。

没有把这事及时告诉姐姐，杨开明出于某种善意，虽然可以理解，但应该也是一种残酷，或者叫善意的残酷，残酷的善意？

偏偏这次，杨开慧托堂弟杨开明带去了两坛豆豉辣椒和两双亲手做的布鞋。

可以肯定的是，那两双布鞋不是赶做的，那是杨开慧于极端寂寞时的排遣。甚至可以说，那鞋底上的一针一线，就是杨开慧写在鞋上的另一行行思念的文字。

当毛泽东看到杨开慧捎来的那两双布鞋，一向妙语连珠的毛泽东沉默了。

当时的杨开明恐怕也是此时无声胜有声。面对那两双布鞋，也许两个男人说话也尴尬，不说话也尴尬。好在那种尴尬并不伤及某种默契。那不是男人之间的默契，那是革命者之间的默契。因为，在毛泽东和杨开明心中，有一杆铁秤是永远不会失衡也永远不会弯曲的。那就是——革命利益的天平。

但人的心中不可能只有一杆秤。当革命暂时淡出心中的某些时候，情感的天平便会不失时机地潜入人的心底，并不怀好意地把人心钩在秤杆上不停地荡秋千。当时的湘赣特委书记杨开明，就在堂姐杨开慧和曾经的堂姐夫毛泽东之间来回摇摆，在理智与情感的两头时高时低、时重时轻。

对于远在故乡的那位堂姐。杨开明可是再熟悉不过了。那是一位清纯得不惹一丝尘埃的女人。而且在杨开明的心目中，堂姐杨开慧甚至比亲姐还要亲。在长沙读书的那段时间，住在长沙的他们一家对他无微不至的关爱仍然历历在目，姐姐是把他视为至亲啊。后来的杨开慧在料定生命无多之时，把自己的三个孩子托孤给杨开明，足见姐弟之间的那种亲情非同一般。杨开明不敢想象，一旦得知毛泽东生活变化的真相，清纯如透明人一般的姐姐将会出现怎样的状况。

最让杨开明纠结不已的是，在天平另一头的毛泽东也是让他难以释怀的人。在杨开明的心目中，毛泽东不仅仅是他曾经的堂姐夫，也是他的同志和战友。毛泽东还是他走上革命道路的引路人，是他学生时代所崇拜的偶像。

可以想象，杨开明见毛泽东无疑是理性的。那种理性可能不仅仅来自于革命利益的原则，也许还来自于毛泽东身边的那个女人贺子珍。

身在井冈山上的杨开明，自然有机会耳闻目睹贺子珍的处事与为人。在井冈山根据地，那是个有口皆碑的女人。

杨开明就亲眼见识过贺子珍让人为之一动的另一面。那次，杨开明正与井冈山的几位领导开会研究工作，突然得报敌人的部队正向这边摸来。已有身孕的贺子珍一听，想都没想便摸出双枪冲了出去，竟凭两支手枪逗着敌人追着自己满山跑；杨开明自然也听说，贺子珍与毛泽东结合后，备有个随时准备离开的行包。说是一旦开慧姐姐上山来，她就背上行包让位走人。取代堂姐的竟然是这么一位有胆有识、有情有义的女人，杨开明还能怎样？他除了沉默只能还是沉默。

身在井冈山的杨开明自然也发现了毛泽东与贺子珍在众人面前的避嫌和收敛。对此，著名作家王行娟在她的《贺子珍的路》一书中，曾对毛泽东的心理负重有过细腻的描述：

有一次，毛泽东要到下面视察工作。临行前，他深情地看了看刚刚给自己收拾好行李的贺子珍，柔声地提出了一个要求：

"我要走了，你送送我好吗？"

贺子珍答应了。马夫牵着马在前面走，他们两人在后面慢慢地跟着，一面走，一面聊。僻静的山路上没有行人，走了一段路以后，毛泽东忽然说：

"我先走一步，在前边等着你。"

他上马走了。贺子珍莫名其妙，不知发生了什么事，只能按他的意思，继续往前走。好一会儿，她看到毛泽东果然在前边等着。毛泽东迎上来解释说：

"刚才要经过红军医院，我们走在一起，怕影响不好，所以我先走一步。"

贺子珍理解地点点头……

从这段描述中可以看出，这时的毛泽东已经不像正常状态下的那个毛泽东。但正是这种看似不合毛泽东性格的拘谨与避讳，让人感觉到了毛泽东内心深处那种难以言状的心理负重。

对毛贺之恋，《毛泽东传》的作者特里尔对此做了一种中国式的解读：

"这一点很合毛的脾气，他笃信诚实的乡土美德。他不同于那些'五四'型的知识分子，在他们看来，大胆的社会实践有其自身的合理性。他和开慧及子珍的婚姻在当时的环境中都是稳定的。确实，毛泽东并不看重结婚的仪式。然而，一旦确定这种关系就会稳固地保持下去，直到因外部因素而发生突变。"

我由此想起了井冈山上的另一位年轻女战士曾志。这位后来拥有三座雕像的红色夫人，晚年在接受记者采访时说："那个时候我们有今天没明天，我们没有时间卿卿我我，我们是大情大爱，爱得更热烈，也只能爱得更直接，爱和生命每时每刻都连作一起，如果说男人革命是用生命，那女革命者是带着情和爱投身革命，直至献出生命在所不惜。因为，女人的生命和爱是同时存在的，一方面消亡，另一个必定跟着去了。"

第三章　伤心的日子依然来了

1.毛泽东托吴福寿长沙找寻杨开慧

这一回，我是第三次到井冈山，专为毛泽东与贺子珍的情路探访。

在向导的带领下，我们几经周折找到了一个健在的知情人谢美华。但是，很快我就发现，这是一次毫无发现的探访。不管我多么用心良苦地启发诱导，上了年纪的谢美华仍然像背书一样地给我们讲述了一个众人皆知的老故事：

谢美华的姑父吴福寿，当时跟井冈山上的毛泽东住得很近，一来二去，比毛泽东大29岁的吴福寿，与毛泽东成了忘年交。

许久得不到妻子音讯的毛泽东，想派人去长沙寻找妻子，探实情况。思来想去，"闯荡江湖"的银匠吴福寿成了他物色的合适人选。

吴福寿受毛委员之托向湖南方向去了。没过多少时日，他回到茅坪，当夜来到八角楼向毛泽东复命。在毛泽东几次急迫询问下，吴福寿才说了一句："毛委员，看来你们很难相见了。"毛泽东闻言大惊，问到底怎么回事，吴福寿只是难过地摇头，并不言语。

毛泽东明白了。当时呆若木鸡，痛苦地流下双行泪水……

谢美华老人讲这个故事时讲得很流畅。不难想象老人已经无数次地对人讲过这个故事。在老人的讲述中，我几次想插话提出我的质疑都不被老人理睬。老人只是执着地按照她的故事走向讲下去，直到故事结束，老人不回答任何质疑。

我没有再为难老人。告别老人之后，一个久已在心里的疑问再次冒出来：毛泽东既然委托吴福寿寻找杨开慧，那么吴福寿回来之后，不管结果如何，是不是应该把寻找的过程与结果认真告诉毛泽东才对？但是我发现，到处传扬的这个故事，都无一例外地忽略了吴福寿寻找杨开慧的过程和结果。吴福寿究竟找了杨开慧没有？怎么找的？过程怎样？结果如何？所有类似的故事都避而不谈。吴福寿只对毛泽东说了一句话："毛委员，看来你们很难相见了。"就这么一句话，吴福寿就把寻找之行对毛泽东交代了？

按照常理，毛泽东既然要吴福寿去找杨开慧，就不可能不告诉吴福寿去哪里找。既然告诉了，吴福寿就不可能不去板仓。既然去了板仓，就不可能找不到杨家老宅。既然找到了杨家，就不可能找不到杨开慧的家人。因为当时的杨家老宅从来就没有空过人。杨开慧的母亲就一直住在家里，杨开慧的堂妹也经常过来。杨开慧的哥哥嫂嫂也经常回家看望老母。杨开慧本人也偶尔回家看望儿郎。找到了杨开慧的家人，吴福寿不可能打探不到杨开慧的行踪。吴福寿找到杨家人，更不可能无法取信杨家人，因为取信于杨家的办法应该早已经想好。

但是，吴福寿回来的复命却只有极为简单的一句话："毛委员，看来你们很难相见了。"那言外之意无疑是说，杨开慧已经不在人世。但是，如果吴福寿真的到了板仓，他绝不可能得到杨开慧已不在人世的误传。

因为这一连串的不合情理，让我禁不住做出一种自以为是的推断：吴福寿有可能根本就没有去找杨开慧，或是去了，回来也是善意"撒谎"。

作为毛泽东的近邻，也作为贺子珍的远亲，吴福寿不可能对毛贺之间的暗恋甚至明恋视而不见。吴福寿也不可能不明白，毛贺之间那种退不得进不得的恋情，全因为在毛贺之间还隔着一个杨开慧。于是，善解人意的吴福寿假意受命去找杨开慧，在外面虚走一趟后即回来向毛泽东复命。也许，望着毛泽东黯然神伤的样子，用心良苦的吴福寿想着，先为眼面前的两个有情人做件好事再说。

不必讳言，毛贺之恋一直是井冈山历史研究中绕不过去的结点。也是世人众说纷纭的敏感处。对毛贺之恋的各种看法与见解，甚至早已跳出了历史的范畴，而直接指向伦理道德的层面。

2.井冈山的政治联姻?

我注意到，一些研究资料都为毛贺之恋找出了严肃的背景铺垫，甚至挖掘出了毛贺联姻的现实无奈与历史必然。那些用心良苦的解读与诠释，皆为了明白无误地告诉人们，井冈山上的毛贺之恋，不止是情感的使然，也是政治的必然。

关于那些解读，下面的说法恐怕是人们最熟悉的：

自工农革命军进驻茅坪以来，井冈山上的两个山大王跟毛泽东一近一远，一亲一疏。袁文才认定毛泽东的确是个"中央才"，很想将他长久地留在井冈山。而一向疑心很重的王佐，却担心毛泽东想吃掉他的队伍当山大王，一直对毛泽东若即若离，心存戒备。而势单力薄的毛泽东如不能尽快与王佐的部队联手对付敌人的围追堵截，井冈山这块根据地将朝不保夕。要想让心存戒备的王佐放心，最好的办法就是他们提出的让毛泽东成为井冈山的女婿。于是，一个联姻妙计似乎是顺其自然地出笼了。这条妙计的始作俑者自然是王佐和袁文才，主角自然是毛泽东与贺子珍，而与工农革命军刚刚会师的朱德与陈毅则成了这段婚姻的推波助澜者。

那些众所周知的说法还告诉我们，毛泽东开始自然是本能地推挡着这桩婚事。推挡的理由自然也合情合理。因为山外还有毛泽东割舍不下的妻儿。然后井冈山上的几个婚姻说客继续对毛泽东晓之以理、动之以情，最后把毛贺婚姻与革命前途联在了一起。于是毛泽东在犹豫再三之后，为了联手王佐，为了巩固井冈山根据地，为了井冈山的发展出路，与贺子珍结合了。

但是，这个故事中的毛泽东，真的是世人所了解的那个毛泽东吗？

单看毛泽东在党内地位中的那些起起落落，我们不难发现，每当毛泽东的思路决策与党中央领导的思想相左相悖之时，毛泽东的思想坚持与行为坚定从来没有动摇过妥协过，哪怕毛泽东深知自己的坚持会给自己的政治生涯带来什么后果。毛泽东素来反对没有爱情的结合，以他决不屈从的性格，他会为了两个山大王而让自己的婚姻打上政治功利的烙印？

其实，对毛贺之间的这段姻缘，完全没有必要去刻意放大或刻意缩小或刻意遮掩。在毛贺之恋的故事中，我们可能无法淡化一个特定的历史背景：当时的井冈山根据地，正处于革命的低迷阶段。当时的工农革命军，并不是从一个胜利走向另一个胜利，而是从一个挫折走向另一个挫折。在前有豺狼后有虎豹的险恶环境里，同志之间的相帮相扶已成最后的生之希望。在那艰苦卓绝的岁月中，在毛泽东身体衰弱情绪低迷之时，一位纯洁深情的女战士来到了被开出党籍的毛泽东身边，对落魄的毛泽东给予了无微不至的关爱。对当时的毛泽东而言，贺子珍的出现，犹如沙漠旅人在干渴之时看见了一泓清泉。其实这就够了。毛贺结合完全没有必要再去寻找爱情之外的理由。

其实，在当时的共产党人中，类似毛贺之恋的情感故事并不鲜见。历史地看，如果用移情别恋或另结新欢来表述这类故事，显然是片面的。在共产党人艰难而漫长的革命生涯中，曾经离得很近的人走远了，曾经相隔很远的人走近了。在一远一近的情感困惑中，如果苛求他们为痴等远水而忍受近渴，恐怕也是某种矫情的诗歌。其实，浏览那些已成过去的情感故事以及故事后面的故事，人们不难发现，在共产党人的情感世界里，情感的负重与情感的洒脱总是那样如影随形，难以剥离。在那特定的年代，他们的情感故事已然成为那段历史的一部分。不管人们怎样看待那些故事，都无法忽视一个事实：那些看似有违传统道德的情感故事，不但滋润了故事主角的精神与生命，甚至可以说，那些故事滋润了一段历史。

又何况，当时并不是一夫一妻的婚姻制，"家里一个顾老小，身边一个知冷暖"更是普遍。

类似情形也发生在毛泽东在井冈山上的战友朱德将军身上，他在跟第四任妻子伍若兰结婚时说："这不是常规的婚姻。我在四川有妻子，自从1922年以来没有见过面。我们有时通信，她早就明白我的生命是属于革命，我不可能再回到家里去了。伍若兰和她的家庭对此是全部知道的，但他们并不受传统礼教的束缚。当然，像其他妇女一样，她还保持自己的姓名，在政治部做自己的工作，她大部分时间是在村子里。"

前中央文革的戚本禹说:"1966年夏天我曾向周恩来询问过这一段历史,周恩来的答复是,当时井冈山的人听说杨开慧已经被国民党反动派杀害了。朱德将军也有过类似的情况,当时中央对这些问题已有过解释。"

贺子珍晚年时,曾这样回忆井冈山的那段时光:"物质生活虽然贫困,但我们的精神生活却是富有的。毛泽东博览群书,夜深人静,他写累了,就给我讲他读过的故事,讲他的诗文。他的话,把我带入一个五光十色的世界。常常是一个讲着,一个听着,不知不觉迎来新的一天。"

我想,读到晚年贺子珍这段朴实无华的追忆,那些聚光在毛贺之恋的一双双眼睛,会不会突然收回追光,在沉默中设身处地、将心比心……

第四章 最美丽无上的爱

1.自从听到他的许多的事,看了他许多文章,我就爱了他

漫漫等待中,回忆,就成了杨开慧时间大餐中的最精美的主食。

自从听到他的许多的事,看了他许多文章,我就爱了他。

手稿里的这句话,背景是1917年。那年,杨开慧正好十六岁。

十六岁少女的眼睛正是极端敏感的时候。月亮可以照出她的忧伤,太阳可以点燃她的灿烂。甚至,在十六岁杨开慧的眼中,太阳可能被她读成月亮,月亮也可能被她读成太阳。

这一年,毛泽东已是湖南第一师范三年级学生。

在长沙浏正街曾经赫赫有名的李氏芋园内，住着湖南第一师范学校的几位名师。学校伦理学教员杨昌济的家也在其中。

毛泽东早已是李氏芋园的常客。他和蔡和森、萧子升的哲学小组就跻身于此。李氏芋园中的几位名师对这三个不太安分的学生似乎带有一种难以言状的偏爱与放任。老师们有空的时候，甚至会有意无意地参与到他们的讨论当中，陪着三个学子深刻一番或者幼稚一番，竟然感到别有一番意趣。

那段时间，杨昌济一拨弟子们经常在他的饭桌上口若悬河慷慨激昂。从弟子们口中跳出来的话题不外是国家民族或是国运民生，以及那些与此相关的各种各样的主义。他发现，弟子们口中的各种主义就像三月的春草，比着劲儿地在他这间陋室中疯长，且互不相让互相争风。每当这个时候，杨昌济总是静静地在旁听着，很少评点，更不轻易裁判。每当这个时候，杨昌济都会得意于自己当初的一个重大决定：放下省教育厅厅长不做，而做了湖南省第一师范学校的一名教员。

这位游学四国的杰出教育家，从来就不反对教育救国。但他同时也冷静地看到，教育家不可能直接救国，可以直接救国的是教育家培养出来的国之栋梁。这位学贯中西的学者，总是时不时请弟子们到家中一坐。名义上是请弟子们吃饭，但最享受的是他自己。因为弟子们的慷慨激昂，就是他最好的精神大餐。

书生们在先生家的高谈阔论，先生的女儿不可能视而不见。少女杨开慧发现，那个经常出入杨家的书生毛润之，简直就是父亲杨昌济脸上开不败的笑容。崇拜父亲的杨开慧当然相信，学贯中西的父亲所喜欢的得意门生自然是非同一般的青年俊才。

于是，情窦初开的杨家少女开始自觉不自觉地关注着有关毛润之的一切。不管是在家里还是在家外，只要碰到毛润之的文章，杨家少女的眼睛就会闪闪发亮。只要听到毛润之的逸闻轶事，世上所有声音便不再美妙。

"天下者，我们的天下；国家者，我们的国家；社会者，我们的社会；我们不说，谁说？我们不干，谁干？"

寥寥数语，不是社会就是国家，不是国家就是天下。要是换了一般的少女，也许听一听笑一笑就过去了。但那些激扬的文字跳进杨开慧的眼里，就过目不忘。

偏偏诸如此类的句子在青年毛泽东的文章中比比皆是。于是十八岁的杨开慧总有看不完的激扬文字。总有静不下来的少女心事。

> 那个时候，大约是十七八岁的时候，我对于结婚也已有了我自己的见解。我反对一切用仪式的结婚，并且我认为，有心去求爱，是容易而且必然的要失掉真正神圣的不可思议的最高级最美丽无上的爱的！

不知道究竟是先注意上那些文章，才注意上了写文章的书生，还是先注意上了那个书生，而后注意上了那些文章。总之那些文章和文章背后的书生，不知不觉间已在情窦初开的杨家少女心中挥之不去。

最要命的是，有关毛润之的那些逸闻轶事，总能在杨家少女的心中乐出会心的一笑：

毛泽东可以跟人打赌，一餐吃下三碗红烧肉；

毛泽东可以不带一分钱就优哉游哉地走访民间，一走就是一个月。回来时，那带回来的一大袋社会调查笔记，让杨家少女的父亲看后赞不绝口。

毛泽东可以在冰天雪地的冬天跳进河里，并在冰凉的水里游出响当当的毛氏格言：文明其精神，野蛮其体魄！

而他一次次慷慨激昂的论述，更是多了一个不引人注目的听众。

"俄国革命成功后我在思考：究竟怎样才能改变千疮百孔的社会、拯救这个内忧外患的国家？过去，是读书、求学。现在，俄国革命的经验是走进工农中间，团结他们、影响他们，甚至改造他们！暑假那次游学，给我的触动很大，一个资本家，就能让多少穷工人几代人给他卖命；一个土财主，能骑在那么多佃户头上为所欲为。为什么？因为他们手上有权有钱，还依仗着没落的政府、混乱的社会，欺世盗名。老百姓没文化，愚昧到只相信自己苦命，他们老实，他们动不起来。读书人能明白，可读书人才几个？何况，你书读得再多，一帮学生翻不了天。你读一万本书，挡不住汤芗铭的那一营兵。真正多的，是农民工人老百姓。那么，走进工农中间，让他们觉悟，唤他们觉醒。一个人不行，我们结交朋友，我们组成团体。要解决中国的问题，唤醒民众，肯定是件非搞不可的事。我们这些热血青年，也只有眼睛向下，盯着最广大、最底层的民众，团结他们才能真正成就一点事情。"

在这个忧国忧民的书生身上，究竟还藏着多少秘密？不知不觉间，喜欢读书的杨开慧把眼中的书生当成了一本从未读过的圣书，虽然眼中看不懂，但心中已经放不下。

2.我虽然爱他，却绝不表示

那时，杨家少女对毛泽东的这种关注，充其量不过是怀春少女的一首朦胧诗。

直到1917年年底，发生在毛泽东身上的一件事情，让杨家少女心中的那首朦胧诗不再朦胧。

这年年底，命运似乎有意给青年毛泽东提供了一次豪赌的机会，而且，那机会似乎是专门为毛泽东而准备的。

在护法战争中被击溃的三千北洋残兵败逃长沙。败兵临近长沙城外时，城中却空无一兵可资防守。似乎一场灭顶之灾将从天而降。消息传开，整个城区陷入一片恐慌。

就在人们争相逃命的慌乱时刻，毛泽东仿佛从天而降。只见他登高一呼，满场为之震撼："不能撤！难道三千败兵就吓坏了偌大一个长沙城吗？！难道三千败兵就吓坏了岳麓山下成百上千的热血男儿吗？！我中华之病根，民族之悲哀，就是千人怕一个！万人怕一人！面对区区一群残兵败将，人人丧胆，全城变色！这是岳麓山下千万学子的耻辱！这是长沙全城的悲哀！我毛润之在此毒誓：这条命，我赌定了！不怕死的，站出来！跟我走！"

所有在场的听者都被那阵气急败坏的狂吼烧得热血沸腾。人们很快站到了毛泽东身边。

那场战斗似乎解决得过于简单。简单得让那些准备赴死一战的学子们觉得很扫兴很不过瘾。在长沙郊外一个名叫猴子石的地方，那一拨残兵正在山洼里心灰意冷地似睡非睡。突听一阵枪响，然后就有人喊他们投降。那些残兵一看，见暮色中的四面山上，全是拿着枪的围兵。又有枪声大作，火光冲天。早已没有斗志的那些残兵马上意识到，他们的气数是真的尽了。于是，他们按照职业军人的投降惯例，以最快的速度交枪。

这次战例，成为湖南第一师范引以为豪的校史佳话。在湖南第一师范的陈列室里，至今存有详细的记载。

毛泽东当然不知道，他那次气冲云天的冒险胜利与豪赌险赢，在杨家少女心中激起了怎样的波浪……

然而，为之震撼的杨开慧是心里爱了，嘴上却绝不说。像她手稿上说的：

我虽然爱他，却绝不表示。

哦，绝不表示？这的确像是杨开慧的性格。但是，绝不表示的杨开慧却差点在爱情上让别的少女捷足先登。

那位少女名叫陶斯咏。这位比杨开慧大五岁的学姐，当时已是湖南学界鼎鼎有名的"江南才女"。才女偏偏还兼得一面如花的容貌，加上富甲一方的家庭身世，陶的丽影便免不了常常飘逸在精神的高坡上，让人只能望之，不能近之。

当时的毛泽东与当时的陶斯咏并不在一个学校。但是，作为湖南学界有名的活跃分子，两人见面的机会却多之又多。两人同为湖南学界的灵魂人物，在众多联手组织的活动中，他们彼此之间的熟悉程度，甚至不用睁眼看，只用鼻子闻就能把对方闻出来。

出色的男女对爱情的态度从来都是从容不迫的。当时的毛泽东与当时的陶斯咏恐怕就是这种心态。在密切的接触中，也许两人之间的相互欣赏常常潜入梦中，但是一梦醒来，毛泽东还是那个高傲的毛泽东，陶斯咏还是那个高傲的陶斯咏。

毛陶之恋的公开化，那位"绝不表示"的杨家少女自然有所耳闻。但杨开慧对这一次的毛陶之恋并无太多的失落。因为杨开慧并没有对毛泽东表示什么，毛泽东也没有意识到什么。在毛泽东心目中，先生的女儿杨开慧是个永远长不大的小师妹。杨开慧对毛陶之恋的另一个无奈的感觉又是：那个陶斯咏太出色了。她明白，要是站在比她大五岁的陶斯咏面前，那她杨开慧只能算是一枚涩涩的青果。

青涩少女的这种短暂暗恋还来不及在心中刻下很痛的痕迹，杨开慧就随父母到了北京。时空阻隔让少女杨开慧渐渐弱化了对湘江岸边那位青年才子的依恋。如果命运的瓜葛到此终结，那么，毛泽东可能还是毛泽东，但杨开慧肯定不是后来的杨开慧了。

第五章　北京之恋

1.他那生活终归是要使我忧念的

杨开慧随父母到北京之后不久，命运的推手就再次把毛泽东从千里之外推到了杨开慧面前。

1918年8月，毛泽东千里迢迢来到北京，只为一件事：为湖南学子赴法勤工俭学争取经费资助。

对毛泽东的到来，素来自尊的杨开慧开始并没有想得太多。自从得知父亲的得意门生跟那个出类拔萃的陶斯咏好上之后，杨开慧早已把那段青涩的暗恋埋在了无人知晓的角落。然而毛泽东无意中对父亲说出的一个情况，却让心如止水的杨开慧又荡起了心之涟漪。

毛泽东无意中告诉恩师，他跟陶斯咏闹翻了。闹翻的直接原因与感情无关，却把感情伤得鲜血淋漓。两人闹翻的直接原因缘自信仰的分歧。陶斯咏主张教育救国，她对毛泽东改造社会的暴力主张素来嗤之以鼻。恋爱之后，当初恋的狂潮归于平静，思想的交锋便成了家常便饭。两个出类拔萃的有志青年在信仰的分歧上要想一方说服另一方，恐怕不是一件很容易的事情。更何况，两人的个性都没有迁就别人的习惯。在毛泽东这边，信仰的坚守是任何人都无法撼动的泰山。陶斯咏的那张利口自然不会老是吃素。当这对恋人为信仰之争互不相让的时候，陶斯咏口中的那些犀利的言词就像一枚枚锋利的钢针，直刺毛泽东最要命的地方。

　　毛陶情变的故事在杨家少女的心中再次激起了莫名的涟漪。本来，对曾经朦胧在心中的那段青涩的暗恋，杨开慧早已把它当成了断线的风筝，并确信那只风筝已然飘到了她找不到的地方。理性告诉她，她没有必要再痴望那风筝消失的天空，并傻傻地等着那断线的风筝再度飘回来。

　　但是，曾经让她惆怅不已的那只飘远的风筝竟然又飘回来了，还就落在她身边。这究竟是命运恩赐还是命运捉弄？杨开慧再次陷入了少女的烦恼之中。

　　好在杨家少女不会在湘江才子面前失态。北方的冬天让这位南国的少女在一年之间仿佛长大了十岁。面对从天而降的爱情机会，"绝不表示"的杨家少女仍然在嘴上绝不表示，但在行动中却不失时机地表示着她想表示的一切。

　　杨开慧开始掺和毛泽东为赴法勤工俭学而进行的"化缘"活动。说到这"化缘"，自然不是毛泽东和他的学友们的拿手好戏。毛泽东和他的学友们很快发现，筹资的难度远远超出了他们的想象。他们拜会的那些达官贵人社会名流们，对他们说起赴法勤工俭学的意义来，比他们这些即将赴法的学子们还要谈得深刻。可一谈到钱，就开始环顾左右而言他了。

　　为了省钱，几个学子们挤在一个顶上漏雨四面漏风的破房子里，八九个人挤在两张床上，只好长床短睡，并排横躺在床上。八九个年轻人的脚便露出一大截在冷风中。杨开慧知道后，只在那间破屋里忙活了一天，那间破屋床也有了，屋也不漏了，窗也不进风了。不仅如此，杨开慧每次一来，总会带来大包小包好吃的。这对于餐餐吃窝头就酸菜的学子们而言，杨开慧带来的无异于美味佳肴。只要杨开慧隔一天未到，学子们就会问：小师妹今天没来，是不是病了？听到学友们对小师妹的赞誉，毛泽东似乎这才突然发现，他的小师妹长大了。从前那个蹦蹦跳跳的青涩少女已然出落成一位楚楚动人的大家闺秀。

然而，他那生活终归是要使我忧念的。

像杨开慧手稿里说，她总是默默地担忧着毛泽东，悄悄地关注他、暗暗地帮助他。在此期间，杨开慧不经意间一次断言，在毛泽东心中唤起难以言状的触动。

那是湖南学子准备动身赴法留学的前夕。按照事先的约定，毛泽东也是准备与学友们一同赴法留学的。眼看着启程的日期一天天临近，杨开慧竟然非常肯定地对父亲说，毛泽东绝不会出国，他一定会留在国内。随后的变化果然被杨开慧言中：在学友们即将出行之时，毛泽东突然宣布，他不出国留学了。

而且，毛泽东并没有对学友们做过让人信服的解释。

一种难以言状的失望与落寞写在几个好友脸上。他们突然想到，该找个什么人劝劝毛泽东。这么一想，就自然想到杨昌济。要劝毛泽东回心转意，除了他的恩师杨昌济，没有什么人更合适了。

让大家倍感意外的是，杨昌济一点也不感到意外。

杨昌济笑着说："赴法勤工俭学，是一条路，有和森、子升和你们大家去探索，很好了。但是，它并不是寻求真理、改造中国的唯一出路。润之决定留下，一定有他深刻的考虑。我深以为然，非常赞同。新民学会让一些人留在国内，让一些人走向世界，蓄才积能，多方求索，将来两股力量合在一起，中西合璧，如虎添翼，这实在是一件令人欣慰的事。"

如果这些让大家吃惊，更让毛泽东吃惊的是小师妹早就断定他不会出国，毛泽东这才真正注意上杨开慧，这位从前忽略了的难得的知音。

后来，党史专家对毛泽东留在国内有许多的说法，但不愿对外详说心底秘密的毛泽东还是有说法的。当时，毛泽东只对他的另一位恩师黎锦熙写信详说过个中缘由。毛泽东在给黎锦熙的信中写道：

"……因此我想暂不出国去，暂时在国内研究各种学问的纲要……老实说，现在我于种种主义、种种学说，都还没有得到一个比较明了的概念，想从译本及时贤所作的报章杂志，将中外古今的学说剌取精华，使它们各构成一个明了的概念。有工夫能将所剌取的编成一本书，更好。所以我对于上列三条的第一条，认为更属紧要。"

如此复杂隐秘的心底秘密，连熟悉他的学友们都看不透，而杨开慧却能一语道破天机。知己深到入骨，那个曾经不起眼的小师妹突然让毛泽东刮目相看了。

2.我遇见且爱上了杨开慧

杨开慧可能没有料到，她无意间的一句断言，竟在毛泽东心中引起了特别的震动。从那以后，毛泽东眼中的杨开慧不再是从前的那个熟视无睹的小女孩。面对难得一遇的知音，毛泽东开始有意无意地主动找杨开慧，而每次交流的内容，都是毛泽东不常与人探讨却又很想与人探讨的问题。

对毛泽东一反常态的态度变化，敏感的杨开慧自然不缺少敏感。她明白，眼前的润之哥哥再也不会仅当她是小师妹了。而在杨开慧心目中，父亲的这位得意门生似乎也越来越神秘：并不打算出国留学的毛泽东，却是那样投入地为勤工俭学的学子们四处游说、逢人化缘。这个人心中究竟藏着一个怎样的世界？

毛杨之间的北京之恋虽然还没有浮出水面，但是杨开慧的父母却已经看在眼里，动在心里。

作为毛泽东的恩师，杨昌济对毛泽东这位得意门生的心志与才华自然观察得入木三分。但是，如果要让这位得意门生成为自己的女婿，杨昌济却是喜忧参半。其中之喜自不必说，而其中之忧也实实在在：杨昌济虽然早就认定这位得意门生以后将是不可多得的济世之才，但忧虑也缘于此，既为济世才，毛泽东以后的生活自然免不了浪迹天涯，一生漂泊。这种漂泊不定的生存状态自然无法给家人带来安宁的生活。女儿一旦嫁上这种人，也就等于嫁给了漂泊一生的命运。作为伦理学家的杨昌济非常明白，一个好学生不见得就是个好女婿。最让杨开慧父母放心不下的是，小女杨开慧从小身体就不好，甚至哭得厉害点也会闭气晕倒。凭女儿如此纤弱的身体，怎么敢想象她能伴夫走天涯？

也许正是基于这种矛盾心态，杨开慧父母对两个年轻人的恋情，既没有明确反对，也没有明确支持。换言之，杨开慧父母对毛杨之恋的态度是顺其自然的。甚至可以说是放任的。

这种放任似乎不合那个年代的家长做派。但是，在特定的家长群落中，却是一种常态。一个有趣的事实是，杨昌济那几个留学归国的好友，皆无一例外地对他们的子女给予了非常宽松自由的人生选择。更有趣的是，那些好友们的孩子，长大后都无一例外地跟中国共产党发生了难分难解的关系。比如柳直荀、李淑一、李一纯等人的父辈，皆是留学国外，与杨昌济是交情甚深的好友。

在北京的那段时间里，毛泽东与杨开慧的恋情还来不及浮出水面，毛泽东就接到家信：母亲病危。于是毛泽东以最快的速度赶回了湖南。

毛泽东回湖南不久，北京就爆发了五四运动。那突如其来的运动狂潮让惊慌失措的政府对此做出惊慌失措的反应。陈独秀被捕，很多学生被抓。政府的镇压行动很快引起学生运动新一轮反弹。革命的浪潮由北京迅速蔓延到全国各地。

身在北京的杨开慧，心又情不自禁地飞到了千里之外的长沙。

那个人还好吗？那个人不会出什么事吧？杨开慧知道，在这场迅猛翻卷的洪波中，那个人是绝对不会袖手旁观的。他不但会积极参与，还会走在最前列。但是，枪打出头鸟啊，政府连陈独秀都敢抓，未必不敢抓他。

偏偏见不到那个人的只言片语。就忙得连写封信的时间都没有吗？天天说北京有他一个家，既然是家，为什么就不能寄一纸家书报报平安呢？可见那个人也就是说说而已，其实他心里并没有把杨家当成他的家。杨开慧这么一想，就忍不住在父亲面前抱怨开了。

杨昌济平静地说，他现在还没有平安，他又怎么报平安？再说，他现在事情又多又杂，要办《湘江评论》，要领导湖南的"驱张"运动，那个被湖南人驱赶的张敬尧到处在找他抓他。这个时候你还要他写信？我亲爱的女儿，你什么时候变得蛮不讲理了？你看看这篇文章，你就会明白，他那支笔是给你写信重要，还是给千千万万的民众写文章重要？

一本新收到的《湘江评论》放到杨开慧面前。

杨开慧打开一看，第一眼就看到了她熟悉的文笔："……国家坏到了极处，人类苦到了极处，社会黑暗到了极处。补救的办法，改造的办法，就是民众的大联合……"

仍然是她熟悉的那种排比句，仍然是那排山倒海雷霆万钧的气势。也许那一刻，杨开慧突然明白：指望这样的一支笔给她写点小诗小信，的确是暴殄天物！

果然，毛泽东再次来到北京，为的是湖南的"驱张"运动。

驱张，即驱逐湖南最高行政与军事长官张敬尧。那个湖南最高行政与军事长官，在那块土地上，没有什么他不能、不敢做的，可湖南的老百姓不答应。在湖南人民的一致声讨中，青年毛泽东恰到其时地站出来，并成为这次驱张运动的发起者和组织者。毛泽东此次来京，就是要争取北京各界对"驱张"运动的支持和声援。

与毛泽东一同前来北京的是一个浩浩荡荡的百多人的请愿团。

杨开慧弄不明白，这位普通农家出身的穷书生，究竟用了什么魔法，能让湖南上百名社会名流跟着他上京请愿？对毛泽东的这一壮举，杨开慧的反应是疑问多于欣赏：在这个人身上，究竟还有多少事情是在她意料之外的？

可现实中，杨开慧没有时间去细想这个问题。因为她的父亲杨昌济已病重住院。从医生那隐晦的口气中，杨开慧隐隐感觉到，父亲的时间不多了。

来到北京的那段时间，毛泽东只要有空，就马上赶到医院陪护恩师。

重病在身的杨昌济似乎也感觉到，他已经没有太多的时间静观两个年轻人的未来。在病重之时，杨昌济致函章士钊，拜托他以后多关怀和提携毛泽东、蔡和森。遗言虽短，但字字郑重：

"吾郑重语君：二子海内人才，前程远大，君不言救国则已，救国必先重二子。"

弥留之际，杨昌济终于将"海内二子"中的一子与爱女杨开慧的手拉在了一起。

杨昌济过世后，毛泽东以亲人身份在恩师的灵柩前守灵三天三夜。

埃德加·斯诺在《西行漫记》中记录了毛泽东这么一段回忆：

在北大图书馆工作的时候……我遇见而且爱上了杨开慧，她是我以前的伦理学教员杨昌济的女儿。

第六章　爱情再起波澜

1.我不要人家被动的爱

过了差不多两年的恋爱生活，忽然一天一个炸弹跌在我的头上，微弱的生命，猛然被这一声几乎毁了！但这是初听这一声时的感觉。他究竟不是平常的男子，她爱他，简直有不顾一切的神气；他也爱她，但他不能背叛我，他终究没有背叛我……

杨开慧手稿中的这段话，其故事背景是1920年。

那一年，已经先行回湘的杨开慧在长沙静候着流亡上海的毛泽东。"驱张"运动胜利后，毛泽东不用再为躲避张敬尧的抓捕而四处流亡。毛泽东终于回到了长沙。

偏偏这个大名鼎鼎的"驱张英雄"回来后，毛泽东成了记者包围的目标，更具体的是，毛泽东回到长沙到一师附小做主事，一些漂亮的女老师、女学生争先恐后围着他转，其中不乏长得漂亮、性格活泼、家境富有、主动示意的。杨开慧好不容易等来了日思夜想的恋人毛泽东，却没想到这么多"蝴蝶"蜂拥而至。

开慧特别自尊的性格让她干脆先"退"出来。于是，她哪儿也不去，更不跟毛泽东见面。任凭毛泽东多次约她，她都编出理由不肯出校园一步。

毛泽东、杨开慧的爱情出现了波澜。可这时的开慧发现自己真爱了，挡都挡不住地日夜揪心着毛泽东。像后来她在手稿中承认的：

> "我是十分爱他……不过我没有想过会同他结婚。""因为我不要人家被动的爱，我虽然爱他，我决不表示，我认定爱的权柄是操在自然的手里，我决不妄去希求。我也知道都像我这样，爱不都会埋没尽了么？"

开慧是在深深的回忆里找到了自己的答案。

在北京，他们十指相扣漫步在北国的雪地上、依偎在早春二月的梨花树下……这些还不说，开慧记得那是1920年过完年，爸爸杨昌济的身体一天不如一天，他抓紧跟女儿长谈了一次，提示她选择毛泽东就等于选择一生的磨难和坎坷。开慧当然知道爸爸说话的分量，认真地拿出一沓毛泽东送她的书、日记和文章，告诉爸爸。从这个男人用心血凝结成的日记和文章里，看那跳跃的人生火花；在他雄才大略、卓尔超群的闯荡中，谈他的宏愿大业。开慧坚定：能与他融为一体，助他、成就他，就是自己的理想！其实，她何尝不知道这个男人是心骛八级、身游四海、以天下为己任的大抱负之人。她不期望富贵荣华，甚至不奢望鲜花蜜语，以后的生活也不会是花前月下、卿卿我我，而是对人生崇高境界共同的渴望和追求。这些，看起来的普通养料更能营养自己、营养她一辈子！

爸爸去世后，开慧跟着母亲回到湖南。家境突变的，母亲向振熙为女儿的婚事又有所顾虑。没有父亲照料的女儿该有个知冷知热、生活殷实的男人照顾。毛泽东不富没关系，动荡、危险，今后的日子能安稳吗？杨母怕女儿委屈。但开慧向母亲表白：

"我为母而生之外，是为他而生的。"

明了女儿的心迹，母亲终于放心，最终依从了开慧的选择。

……

这些，难道你都忘了？初时的认定都坚如磐石，轮到现在还犹豫不定？杨开慧一遍遍地自己问自己。

2.我为母亲而生之外，是为他而生的

我好像生性如此，不能够随便，一句恰好的话可以表现我的态度出来："不完全则宁无。"

对杨开慧突然变冷的脸，毛泽东又从另一角度读出问题。毛泽东毕竟是毛泽东，他素来喜欢把复杂的事情简单化。

毛泽东首先给杨开慧看了一首词。并告之，这首词是他在上海时因为思念一个女人而作。杨开慧展开诗稿，那首《虞美人·枕上》一下就把她抓住了：

堆来枕上愁何状，

江海翻波浪。

夜长天色总难明，

寂寞披衣起坐数寒星。

晓来百念皆灰尽，

剩有离人影。

一钩残月向西流，

　　对此不抛眼泪也无由。

　　这是他写的吗？杨开慧欣喜若狂。想不到这个人还能写出如此缠绵悱恻的艳词。他那些惯于用排比句的文章她至今都能背出许多篇章。那些文章的气势跟这首绵绵长长的小词相比，可真是判若两人。虽然这小词中的句子看起来有点过于幽怨绵长，对这个惯写排山倒海诗句的男人，倒也是难为他了。

　　可是，这时的毛泽东还在犹豫，不进不退的毛泽东还是不进不退。只是，他绝非是有别的想法，毛泽东是站在开慧的位置上反复犹豫和彷徨。六年了，守着一朵花开，该是采摘的时候了，为何驻足不前？人道说，成就事业仗内助，自古豪杰谁无情？自从走上这条路，也想学壮士绝柔肠。却两难，红粉好遇知音难求。几多心思，揪心缠人，罢罢罢。既无神仙缘，还宜报知音。偏又生在乱世斗巨浪，难得给她避风港，无力护爱就得放手给她平安，艰难险阻拉上一个好女子，实在是不忍不安……

　　开慧这段时间的避而不见，是不是真犹豫了、害怕了？记得那个周末，在文化书社没等来开慧，他第一次没心思做工作，冲进雨水里就往福湘学校跑。站在大门口，他又犹豫了。开慧也许真在游离动摇之中，毛泽东你是个男人，不能太自私，你应该给弱女子足够的空间，选择。毕竟，她一个名教授的女儿，我一个穷书生，无财无权无产业。更致命的是，你日后的生活全是动荡、艰险、坎坷，甚至牺牲。就你一个人受吧，别牵一个垫背的，会害她。

　　毛泽东想象着、回忆着，也犹豫着、纠结着……

　　另一头的开慧，整天待在寝室睡觉，偏偏眼都合不上，望着单色的天花板和空荡荡的寝室，发呆或数羊。再后来，她就睡也不是，坐也不是。起身，站也不是，走也不是。天啊，这怎么熬呀。

性格都要强，给这对恋人带来了感情的波折。开慧固执地等毛泽东追求。可毛泽东的不进不退算怎么回事？既然有苦难言，素来自尊的杨开慧以她沉默的方式对毛泽东表示出一种刻意的冷漠与疏远。这里，有开慧手稿为证：

> 我们彼此都有一个骄傲脾气，那时我惟恐他看见我的心……他因此怀了鬼胎，以为我是不爱他。但他的骄傲脾气使他瞒着我一点都没有表现……

一个外表文静、谦和，内质里却是有思想、有个性、非常解放的新女性，杨开慧不愿将就，可她又太知道，毛泽东更是心高气傲不将就任何人的主儿。于是，很长一段时间，两个人心热口紧，互相爱恋就是不说，让爱情僵持了很长一段时间。加之开慧对爱要求太高，甚至苛求完美，开慧等于给自己再设了一道"门槛"。

最终越过这道门槛，是嫂子李一纯的功劳，她带来毛泽东明确的态度："心爱的人只有霞姑（开慧的乳名）"。而杨开慧一句简单的却透亮的回话也表明了心境，让毛泽东最后释怀："不怕穷苦只怕离，不图享乐和安逸，只图恩爱夫与妻。"

这天，毛泽东来到福湘女中。

开慧一个人在寝室。突然，门被推开了，毛泽东一大步跨上前张开双臂就抱住了日思夜想的女人。看着开慧用一双布满血丝的眼睛望着他，毛泽东动情地说："你为何要折磨自己？"开慧柔在他的臂弯里，半天才说出她的忧虑：

"我不如别人能干富有，我不如女生们漂亮活泼……"

"可你比任何人都让我依赖和离不开……"毛泽东打断了她的话。

"不，我原来就说要独身的，莫打乱我的宁静。"

"开慧，我需要你，我们的信仰多么一致。你知道的，我早把革命事业当成今生唯一追求，在我今后漫长艰辛的求索路上，困苦艰难，甚至砍头牺牲都可能面对。谁能跟我同行？谁能与我相知？只有霞妹你。共患难、同生死，我们牵手走未来。"毛泽东终于说出了他的肺腑之言……

含情脉脉的开慧终于点点头，柔在他怀里说："其实，我从来没有犹豫过，一生都会跟定你毛泽东。这次只是个考验，我想探探你爱我到底有多深……"

一直到他有许多的信给我，表示他的爱意，我还不敢相信我有这样的幸运！不是一位朋友，知道他的情形的朋友，把他的情形告诉我——他为我非常烦闷……

到此，两人才算走出爱情低谷，一对痴情人终于变成一对比翼双飞的同林鸟。这条九曲十八弯的情路啊，再也没有拐弯。纯净、不掺杂质的开慧，最后，终于等候来完美无瑕的爱情。

第七章　伴君走天涯

1. 王春和那样爱我，我连理也不想理他

1920年下半年，毛泽东与杨开慧终于结合了。但是，初为人妻的杨开慧却没有料到，现实中的家庭生活与想象中的二人浪漫相去甚远。

如果没有那些进进出出的朋友，他们这个小家的开销还是从容宽松的。毕竟两个人都喜欢简单的生活。但这个小家每天来人不断、成为一个免费餐馆，杨开慧就很难再做一个巧妇。而丈夫毛泽东好像是没有钱米概念的，好像一个人只要生有一张嘴，就必定有饭吃。至于那饭怎么来，他是不屑去想的。因为他要想的事情太多，要忙的事情也太多：

毛泽东忙于湖南一师附小的管理，因为他是附小的主事，这是他的饭碗；

他要忙于文化书社的部分事务，因为他是发起人之一；

他要忙于湖南自修大学的工作，因为他是这所大学的教务长；

他还要忙于湖南通俗报社的指导，因为他被何叔衡聘为该报编导；

他又要忙于马克思主义研究会和俄罗斯研究会，因为他是发起人；

而最让毛泽东忙得心潮澎湃的，是为湖南共产主义小组的成立做准备。

......

对毛泽东的忙碌，杨开慧是有思想准备的。她知道，她的毛润之先生要是不忙，那就不是毛润之了。至于家务之内的芝麻小事，他不理也就不理吧。

那些芝麻小事在丈夫毛泽东那头变得越轻，在杨开慧这头就变得越重。越来越多的朋友造访，费力还贴补。于是，杨开慧在承担繁重接待和家务的同时，不得不去外面找一份工作，以补贴家中越来越大的开销。

如果杨开慧仅仅满足于作一个贤妻良母，杨开慧也许会让自己就这么融化在家事中，并像当时的众多女人那样，生儿育女，然后看着儿女慢慢长大，自己慢慢变老。杨开慧二十多年来亲眼看见母亲就这么过来的。但她显然不是这种类型。否则她就不会嫁给毛泽东，而会嫁给另一个年轻人。

那个年轻人叫王春和。

王春和的父亲是长沙有名的食品大王。难能可贵的是，这位富家公子却没有那种见怪不怪的骄奢之气。这，还不是王春和经常出入杨家大门的真正理由。真正理由是杨昌济很快发现王春和在伦理学方面的独特悟性。很多伦理学的经典著作，这个年轻人都看过，并能对经典提出很多有理有据的质疑。于是，那个天资非凡的高才生自然就成了杨昌济的得意门生兼得力助手。

有趣的是，王春和不但深得杨昌济的喜爱，连杨开慧的母亲向振熙也自觉不自觉地把这个谦和的富家公子当成了未来女婿的不二人选。毫无半点纨绔子弟气息与大富人家骄横的年轻人，那张英气勃勃的脸上，有的是儒雅、聪慧与谦逊。向振熙感觉，那个年轻人好像就是专为女儿而生的。最让向振熙高兴的是，年轻人对女儿的感觉非同一般，他在女儿面前竟然有几分胆怯、几分羞涩。

越来越熟之后，向振熙曾问过王春和究竟喜欢女儿什么。王春和的回答恐怕让世上任何一个少女听了都会为之一动。他说：开慧不像普通女孩是吃饭长大的。她像是吃月亮长大的，吃天上星星长大的，吃冰山雪莲、喝天山之水长大的。

当母亲把王春和的这番话转告给杨开慧时，她瞪眼望望，啥都没说。

　　人的感情真是奇怪，王春和那样爱我，我连理也不想理他。我真爱他呀。天，给我一个完美的答案吧！

这段话的前句是没看重王春和，后句真爱的"他"指的是毛泽东。

为什么？其实，这其中早有答案，答案就在杨开慧自己身上。

从学生时代开始，貌似文弱的杨开慧可不是一个乖乖猫。在学校，她是经常让那个教会学校头疼不已的角色。在那个教会学校，最早违反校规留短发的是她；拒不参加学校唱诗班的是她；拒不参加早晚祷告的是她；最积极参加社会示威活动的还是她。到最后，杨开慧干脆从那个教会中学退学，转到长沙岳云中学。

岳云中学是长沙第一所男女生同校的中学。由近代著名教育家何炳麟先生创办。学校破例招收女生时，有勇气进入该校学习的女生寥寥无几。当时，与杨开慧一同进入该校的女生只有蒋玮等为数不多的几个女同学。其中，与杨开慧同时入校的蒋玮成为中国著名的女作家，也就是后来被毛泽东赞为"昨日文小姐，今日女将军"的丁玲。

在岳云中学的校史展览室里可以看到一长串校友的名字：革命志士杨开慧、李启汉、何孟雄、潘心源，文学家丁玲、叶紫，音乐家贺绿汀，两院院士孟少农、曹建猷、钟训正，开国上将邓华，抗日名将廖耀湘，原中组部副部长、毛泽东秘书李锐，国民党陆军部长刘咏尧上将……甚至连马英九之父马鹤凌也曾是岳云中学的学生。

性格即命运，杨开慧有别于传统女性的人生走向，从那种对传统反叛和对社会关注的少女时代走过来的女人，如果要她仅仅做一个贤妻良母，无异于一种精神苦刑。

我要一个信仰！我要一个信仰！来一个信仰吧！！

杨开慧手稿中的这句话和每句话后面的惊叹号，几乎就是一种心底的呐喊。

挣扎在杨开慧心中的那种呼唤和呐喊很快有了回音壁。

1921年7月，中国社会发生了一件具有深远历史意义的大事：中国共产党成立了。

我党成立以后，毛泽东担任了中国共产党湖南湘区委的书记。并从此开始了职业革命家的生涯。区委办公场所就设在杨开慧与毛泽东的小家中。杨开慧自然成为湘区委的秘书兼湘区委联络员，甚至还是湘区委的后勤管理员兼厨师。不难想象，数职兼于一身的女人在当时有多么劳累。

奇怪的是，面对如此繁重工作和劳累，杨开慧却累得两脚生风笑容满面。仿佛那累的本身就是一种美妙的享受。

这个积极奉献、用行动书写自己承诺的优秀青年，那一年，光荣地加入了中国共产党。杨开慧成为中国共产党早期的第二位女党员。

细读杨开慧的手稿，我们不难发现，呼唤信仰的杨开慧，选择共产党人的主义作为自己一生的信仰，是与杨开慧少女时代的某种精神特质极其吻合的。

> 那时我同情下层生活的同胞，我忌（嫉）恨那些穿华服只顾自己快活的人。我热天和下层生活的人一样，穿大布衣。

一个生于名门世家的大家闺秀，在这种简朴的生活习惯背后，无疑蕴含着与下层劳动者的情感亲切。也许，正是从共产党人的主义中，杨开慧找到了情感与思想上的默契与共鸣。

2.我一定要同他去共这一个运命！

婚后的杨开慧伴随丈夫毛泽东四处漂泊。

有趣的是，已是职业革命家的毛泽东，起初并不觉得妻子杨开慧的伴随有什么必要，甚至在心底认为是一种累赘或羁绊。毛泽东第一次被党中央机关调到上海，杨开慧就想跟着去，毛泽东不答应。还有意给杨开慧抄录了元稹的《菟丝》以提醒妻子摆正位置：

> 人生莫依倚，依倚事不成。
> 君看菟丝蔓，依倚榛与荆。
> 下有狐兔穴，奔走亦纵横。
> 樵童砍将去，柔蔓与之并。

杨开慧一看就明白了：丈夫在借这首元稹的《菟丝》来委婉地暗指她像一根缠树的菟丝蔓。杨开慧自然要讨个说法，讨来讨去却讨出了毛泽东一首即兴而就的《贺新郎·别友》：

> 挥手从兹去。更那堪凄然相向，苦情重诉。眼角眉梢都似恨，热泪欲零还住。知误会前番书语。过眼滔滔云共雾，算人间知己吾和汝。重感慨，泪如雨。
> 今宵霜重东门路，照横塘半天残月，凄清如许。汽笛一声肠已断，从此天涯孤旅。凭割断愁思恨缕。我自欲为江海客，更不为昵昵儿女语。山欲堕，云横翥。

毛泽东把心中想说的话浓缩在短短的词句中——虽有断肠的汽笛撩拨起天涯孤旅的伤感，但无法改变职业革命者的宿命——我自欲为江海客，更不为昵昵儿女语。

一点就透的杨开慧自然无需说太多。特别是那句"算人间知己吾和汝"，已经让杨开慧满足得不能再满足。

据说当时的杨开慧特别问了一句：为什么不题别妻？而题别友？

毛泽东的回答轻得像是自言自语：革命伉俪，既是夫妻，又是战友。如果二者相冲，夫妻轻于战友，战友重于夫妻。

毛泽东没有想到，这句不经意间的感慨，成了杨开慧后来的人生指路牌。

毛泽东去上海不久，杨开慧接到了组织通知：命她速去上海工作。

杨开慧一到上海，便很快发现丈夫不对劲。不但精神落寞沉郁，连说话都有气无力。最让杨开慧束手无策的是，连医生都说不准毛泽东究竟生了什么病。

杨开慧突然想起了母亲的一句话：妻子是丈夫最好的医生。很快，杨开慧从向警予那里摸清了丈夫的病因：原来党内高层人物中，不止一人对毛泽东所执着的农民运动不屑一顾。思想的孤独给毛泽东带来一连串的冷寂。杨开慧知道，对丈夫毛泽东而言，那种孤独无异于一剂毒药，难怪丈夫出状况了。

等到两人独处的时候，杨开慧给毛泽东开出了一个治病良方：回故乡韶山去，那里的一山一水一草一木，还有那里的乡亲，都是我夫君的补药。毛泽东听后豁然开朗。杨开慧继续说：你的病不在身体在精神，别人对你的思想不以为然，何不丢开这些不快与失落，去看看你难以释怀的土地和土地上的农民。那是你思想与智慧的土壤，是你指点江山的灵感源泉，当然是你养病的最好地方……

也许从那以后，毛泽东再不把相伴同行的妻子当一种累赘或羁绊。

3.他爱我的时候，他真是个有福的人

偕夫回乡的杨开慧虽然明白此行的目的是陪伴丈夫回乡调养身心。但是杨开慧更明白，回到故乡的毛泽东，还没有从上海的政治失落中走

出来。对生病的丈夫而言，最好的灵丹妙药不是药片，而是心疗。向来执着于农民运动的毛泽东，如果能在故乡的土地上，看到一出农民运动的乡土大戏，这对毛泽东而言，无疑是最好的心灵鸡汤，最好的灵丹妙药。

于是，毛泽东为农民运动跳跃出来的任何一个想法和主意，都成了杨开慧为之奔忙的理由。而毛泽东似乎总有出不完的主意，于是杨开慧总有停不下来的奔波。初回韶山的毛家媳妇，杨开慧以"走人家"的借口在韶山冲里来回走访。就是这奔忙中，韶山农民夜校成立了，雪耻会成立了，秘密农会和改进教育会成立了，韶山党支部都秘密成立了。

党支部成立不久，韶山因干旱而陷入了夏荒。市面上六十文一升的米涨到一百二十文，见利忘义的财主们眼见乡亲饿着，就是不肯出仓卖米，一心想等米价再涨。

对此情况，韶山党支部自然不会坐视不管。

因为毛泽东与杨开慧的参与，这场较量自然融进了更多的智慧含量。心领神会的杨开慧把毛泽东的斗争智慧细化成详尽缜密的行动方案。因为斗争背后那两双智慧的推手，韶山平粜救灾的斗争，没流一滴血，没抓一个人，以广大农民的全胜而告终。

杨开慧发现，那天似乎是毛泽东来韶山后最为高兴的一天。杨开慧还发现，来韶山养病的毛泽东已然不见半点病态。

也许不能绝对地说，杨开慧所执导的那一幕幕乡土大戏，完全是为了丈夫毛泽东。因为杨开慧也是共产党员。对下层劳苦大众的命运关注与觉悟启发，也是她之己任。但是，农民运动并不是杨开慧熟悉的工作范围。如果不是为了给毛泽东制作一道精神大餐，杨开慧恐怕不可能在农民运动中奔走忙碌。

在韶山宗祠的墙上有一幅画，画作取材于杨开慧跟毛泽东回韶山。

画面上，毛泽东手牵岸英，身形飘逸地走在故乡的山道上。并肩而行的杨开慧，抱着岸青，面如朝霞。身后，头缠布巾的韶山冲农民，挑着箩筐，脸上满是纯朴的笑。画面上的开慧，明媚的脸上春光灿烂，宛如韶山冲里那遍地燃烧的映山红。在有关杨开慧题材的画作中，这幅画似乎是唯一没有忧郁色彩的画。韶山人民对这位唯一回过婆家的毛家媳妇，给予了中国民间最高的礼遇：画像放入毛家宗祠。

他爱我的时候，他真是个有福的人。

手稿中这句貌似自夸的话，其实含着一位贤妻良母自鸣得意的欣慰与幸福。事实上，在爱情上"绝不表示"的杨开慧并非没有表示，更不是不会表示。只是，她的表示不是用她的语言，而是用她的行动。甚至，用她的生命。

韶山之行以后，毛泽东不管到任何地方，稍事安顿之后，便会马上把杨开慧母子几人接过去。在毛泽东的心目中，妻子杨开慧再也不是那个缠人的菟丝蔓了。

在毛泽东以后的漂泊岁月中，杨开慧就像丈夫人生之船上的一只铁锚，毛泽东停在哪，杨开慧就抛在哪。两人相互之间那种须臾难离的感觉，已经跳出了一般意义上的夫妻之情，而更丰富地指向革命伉俪的事业默契。

杨开慧常常不动声色的一些举动，让毛泽东耳目一新刮目相看。

1926年，杨开慧随毛泽东辗转几地之后来到了中共中央的总部机关武汉。来到武汉后的毛泽东更忙了。杨开慧注意到，毛泽东经常拿起又放下的那几本厚厚的笔记，是毛泽东来武汉之前，在湖南五县考察农民运动时记下的。那次考察历时六个月，行程千余里，可以想见毛泽东对那次考察的重视程度。毛泽东工作繁重分身乏术，他每天回家都已是深夜。于是，已到临产期的杨开慧不动声色地接过了整理工作。

杨开慧发现，丈夫的那些笔记写得极为简洁又极为细腻。简洁处一字带出许多思想的飞白。细腻处洋洋洒洒极尽思想的开阔与深刻。杨开慧看着看着，突然起了一种冲动，她要让这些思想的金矿石闪出它夺目的光芒。

在经过了不长不短的白天黑夜之后，一篇字迹工整的文稿就摆在了毛泽东的面前。这时，只有近在咫尺的毛泽东，才能明显感觉到身边的妻子不仅仅是一位贤妻良母，同时也是一位非常默契的战友。

很快，中央政治局委员瞿秋白看后大为赞赏，并表示要为此文作序；

很快，中共中央宣传部把《湖南农民运动考察报告》印成小册子在党内发行；

很快，瞿秋白的序言里，称毛泽东、彭湃为"农民运动之王"；

很快，《共产国际》先后用俄文和英文发表了《湖南农民运动考察报告》。

难怪，后人说，毛泽东的早期思想，都有杨开慧的思想在闪光。

《湖南农民运动考察报告》问世不久，杨开慧到医院生下第三个孩子岸龙。妻子产后三天，毛泽东才赶来探视，一声长叹又似乎含着无边无际的心事。

杨开慧明白，当时的国共合作已像开了条条裂缝的玻璃，一碰即碎。党内一些明智之士，已经有了山雨欲来风满楼的不安感觉。

果然，接踵而至的一连串政治突变，让中国共产党人猝不及防。

1926年3月18日，蒋介石策动震惊中外的中山舰事件，并以"莫须有"的罪名，逮捕了中山舰舰长，共产党员李之龙。至此，蒋介石排共反共的真实面目大白于天下。

1927年4月12日，蒋介石在上海发动了"四一二"反革命政变。

4月15日，广州发生反革命政变，逮捕杀害共产党员和国民党左派两千多人。不久，李大钊也在北平惨遭杀害。

自此以后，国民党右派的反共恶浪在血雨腥风中愈演愈烈。昔日的政治盟友瞬间成为政治死敌。中国第一次国共合作宣告破裂。

在这危急关头，党中央的主要负责人陈独秀与国民党的合作幻想仍然挥之不去，而应有的危机意识却老也呼之不来。

那天，杨开慧把毛泽东带到了黄鹤楼附近一个临江的酒楼，杨开慧告诉了毛泽东一个决定：目前形势下，她想带着孩子离开此地回到老家，免得毛泽东牵绊太多。

毛泽东以难言的沉默表示了认同，只是这种选择从杨开慧的口中说出来，自然让毛泽东平添了几分感动。临江楼上，相对无言的这对革命伉俪都似乎预感到前路漫漫，命运难测。

仿佛是为了回应夫妻俩那无边无际的心事，窗外的天空突然雨声哗哗。

此刻，司空见惯的江景被蒙蒙细雨一罩，仿佛一下就罩住了人间千般感慨万种心情。窗外的那山那水那楼，被如烟如雾的雨幕一罩，顿然苍茫一片。苍茫得让人不想分辨，而只想融进那苍茫一片。就连朦胧在烟雨之中的黄鹤楼，此时此刻也淡然在烟雨之后，似楼非楼，与那些苍茫淡成了一片虚无。

望着毛泽东满眼的迷蒙，杨开慧知道，那位久违的青年诗人又回来了。于是杨开慧把点菜单推到了诗人面前。菜单上，龙飞凤舞的狂草顿时狂泻出毛泽东按捺不住的诗情：

茫茫九派流中国，沉沉一线穿南北。烟雨莽苍苍，龟蛇锁大江。黄鹤知何去？剩有游人处。把酒酹滔滔，心潮逐浪高！

这首《菩萨蛮·黄鹤楼》，应该是毛泽东政治诗中，写得最压抑最凝重的一首。他后来在解释这首词的时候，毫不掩饰地说："1927年，大革命失败的前夕，心情苍凉，一时不知如何是好。这是那年的春季。"

幸好啊，毛泽东有善解人意的杨开慧陪伴左右，总算给他苍凉的心境平添了几分温暖。

1927年无疑是中国共产党的多事之秋。风云突变的政治迷局迫使中国共产党不得不认真反思党的从前与未来。

这年的"八七"会议之后，总书记陈独秀让位，主持中央工作的瞿秋白，希望中央政治局候补委员的毛泽东到上海当他的左右手，被毛泽东拒绝。他坚持做中央特派员，返湘发动秋收起义。

关于毛泽东为什么没有去中央机关工作，毛泽东还就此试探过妻子，杨开慧的回答让毛泽东再次对她刮目相看。杨开慧说，你如果跟瞿秋白到上海中央机关，充其量是个高级幕僚。你对中国革命的思考与见地，要是能跟他对接还好，要是对接不上，你就只能在一旁干着急。但是一旦离开中央机关，你就像龙游大海，虎归南山。更何况，中央已经看到了武装斗争的必要性与紧迫性。其实你早已看透，在中国革命的前途问题上，笔杆子说话说不响，枪杆子说话才灵。

杨开慧的一席话，让毛泽东半天没做声。他曾经做出的几次人生选择，每一次都难逃妻子的法眼。藏在背后的深层原因可以说知者无几，而妻子杨开慧却常常能一语道破天机。毛泽东只能在心中感慨，继而倍加珍惜。

其实，杨开慧对毛泽东内心深处的那种洞悉之所以入骨三分，原因也并不那么玄奥。以杨开慧做女人的悟性，她不可能对自己的爱人漠不关心视而不见。从她的手稿中可以看出，她敏感的特质几乎渗透在每一行文字中。而杨开慧对毛泽东的痴爱程度就像恨不得让自己融化在毛泽东身上。爱夫至此，对丈夫的关切自不必论。对善解人意的杨开慧而言，拿准丈夫的思想脉搏与情感脉搏，自然是杨开慧不能不重视的功课。

更何况，对杨开慧而言，毛泽东就像一本她翻读了无数遍的书。杨开慧从少女时代就已经开始偷窥那本书，到后来从容不迫地研读。就算那本书是世上最伟大的经典，也早已被杨开慧读懂了十有八九。所以，要杨开慧说出那本书上某页某段某句写的什么内容，已经不是什么难事。

第八章　我在做一个噩梦？

1.我疑惑他已把我丢弃……

我疑惑他已把我丢弃……我真的在做一个噩梦呀！

杨开慧的这段文字，看似来自女人的直觉，但又绝不仅仅是一种直觉。

从史料上看，这个时期的杨开明给堂姐杨开慧通过两封信。对此，杨开慧不可能不冒出一个问号：丈夫与堂弟同在井冈山，既然堂弟杨开明可以想法给她来信，为什么丈夫毛泽东就没有信来？

好在杨开明给杨开慧的第二封信提到三件事：一、毛泽东近况有好转，知道你们母子都平安后非常高兴，但他的双脚因只穿草鞋，又烂了，久治不愈；二、毛泽东生活已有人照顾，请姐不要挂念；三、自己正在努力工作，也告诉姐姐及家人不要牵挂……信是从井冈山茅坪寄出的，两个月后杨开慧才收到。

毛泽东生活已有人照顾？对冰雪聪明的杨开慧，堂弟的这句暗示几乎不算暗示。更何况，来自井冈山的信中，只见堂弟杨开明的文字，却看不到丈夫毛泽东的只言片语，这事实本身已然说明问题。更何况，作为井冈山上的灵魂人物，毛泽东的一举一动，无论是他的敌人还是他的朋友，都会倍加受关注。毛泽东有妻室儿女早已不是秘密。那么井冈山上毛泽东的变化也就自然成为不胫而走的传闻。对此，杨开慧不可能一点没有耳闻。

不至于丢弃我罢……或许有他不寄信给我的道理。

不寄信有不寄信的道理？手稿中的这句话，寥寥几字却透出难言的疑惑与迷惘。毛泽东不是无法写信寄信，而是有其他原因。

可关山远隔独步难行啊。收不到信的杨开慧开始自己给自己写信。写信人是她，收信人也是她。每当夜深人静时，那些寂寞的心语挤在她的喉咙口，欲说无声。无声的心音便从笔下流出，变成了一个个沉默的文字，在稿纸上时走时停。

在文字寂寞行走之间，那并不久远的时光好像有一种恍如隔世的遥远。

他会丢弃我吗？回望曾经相伴的那些岁月，那曾经的浪漫，那曾经的默契，那曾经的难分难舍……那曾经发生过的一切难道只是一帘幽梦？当回忆的碎片在脑海中纷纷飘舞，惯于自省的杨开慧仿佛觉得每张碎片上都画着一个个问号。

杨开慧就先问自己：在那些相恋相伴的日子里，她曾经有过不当之处或者失职之处或者令人讨厌之处吗？

也许，初恋时的她，爱得过于被动？绝不表示的她，会不会让他以为自己不在乎他？

也许，结婚后的她，又爱得过于放任？杨开慧记得，结婚后的第二年，毛泽东去上海时，曾经有意去南京看过他的女同学。但她真认为那是顺其自然的自然之事，没有多说半句酸话。他是不是以为自己不懂嫉妒？都说女人没有嫉妒就没有爱，他是不是以为自己不爱他？

也许，在他面前，自己是不是显得有些自作聪明？自以为是地断定，他不会出国留学，自以为是地认定他不会到中央机关工作。虽然那些断定都成为事实，但是他会不会以为自己太自以为是太自作聪明了？都说聪明的女人最善于装傻。世上有哪个男人愿意自己在女人面前一览无遗、无可隐藏呢？

也许，自己对他的关心显得过于琐屑，以至于让他生出了某种厌烦？他喜欢吃的红烧肉和辣椒总是经常可以在桌上看到；他不喜欢吃的酱油在桌上总是看不到；他出门前总要过一下她这面活镜子，他回家后总有擦脸的湿毛巾；他不回家，再晚她都不会睡，他还来不及敲门，她已经给那阵熟悉的脚步打开了家门……这些过于琐碎的关爱是不是让那个人觉得烦不胜烦？都说男人不喜欢被管得太细，自己是不是管得太细了？

也许，自己对那个人过于宽容了？为他生了三个孩子，每到临产时，他都不在身边，但是自己却毫无半句怨言。据说适当的时候，妻子是应该对丈夫发发牢骚，这样才能让对方经常感觉到妻子的存在，也让对方感觉到做丈夫的职责。自己把什么都做完了，他是不是觉得，就不用他理解什么了？

也许，自己为了他，早已把自己弄丢了。在那些相恋相伴的日子里，他的得意就是自己的得意，他的失意就是自己的失意。他的烦恼就是自己的烦恼，他的快乐就是自己的快乐，他的成功就是自己的成功，他的失败就是自己失败。连母亲都曾经提醒过自己，一个女人不要融化在男人身上。记得那次，他办文化书社缺钱，她竟然要母亲把父亲的奠仪费拿出来，实在不行把自己的嫁妆提前支出来，给他办文化书社。从小到大很少挨骂的她，那次被亲爱的母亲臭骂了一顿。也许，母亲骂的那些话是对的？她的确是融化在那个人身上了。既然融化成了一体，他又怎么能够看见她呢？

杨开慧就在那一个个问号中反思出一个个的"也许"，但她思来想去却仍然想不出确切的答案。

于是，杨开慧又把问号推到毛泽东面前。他真是个无情无义的人吗？

杨开慧想起了相恋时的一件小事。那一年，毛泽东得知韶山的母亲病得不轻，却死活不愿意到省城医院治病。最后被毛泽东左说右劝请到了长沙医院。杨开慧现在还记得那个人对她说的那番话："太多的下层的百姓，都像我娘一样，从早累到晚，日复一日年复一年。中国最苦的莫过于我娘这样的穷人家的妇女，一辈子不会为自己清闲，就是苦熬苦做，省吃俭用。一直做到累出一身病痛，都还不舍得看医生……"

毛泽东的母亲过世后，杨开慧看过毛泽东为母亲写的那篇《祭母文》。那篇长长的极为工整的四字祭文，让杨开慧读后泪流不止。

杨开慧还记得，毛泽东回乡后做的第一件事情，就是去父母的坟上扫墓。作为毛家媳妇的杨开慧自然陪同前往。可毛泽东在扫墓时所做的一件事，却让杨开慧感慨万千感动不已。

在毛泽东父母坟茔的旁边，紧挨着还有另一座坟茔。毛泽东告诉杨开慧，说这是他的原配罗文秀的坟。

毛泽东说完，就开始给罗文秀的坟上清理杂草杂树。杨开慧发现，毛泽东清理杂草的动作很慢很细心。那样子看起来，既像是在清理杂草，又像是在清理他内心深处的某些东西。毛泽东一边清理一边像是在喃喃自语："文秀呀，你是个好女人，你也是个可怜的女人。婚娶婚嫁本来是件好事，没想到这件好事却把你我给害了。但不管怎么说，是我对不住你。你空守毛家那么多年，是我让你有夫妻之名而无夫妻之实。我今天看你来了。我来向你赔罪来了。过几天，我去看看二老一家人。我只能做这些了。"

……

就是这些不经意间的小细节，让杨开慧看见了丈夫内心深处那难以言状的情感负重。如果不是一个有良知的人，那些言行能装出来吗？

杨开慧还记得，1927年8月底他们最后一次分别。丈夫连夜把她们母子几人送回板仓老家。那正是到处抓杀"红脑壳"的非常时期，丈夫那是"红脑壳"之王啊，那次相送他是冒了多大的风险。当时，她曾劝说丈夫不要送，可他坚持要送，说不送不放心。可以用生命相送的丈夫，他可能是个无情无义的人吗？

更何况，杨开慧知道，在她与毛泽东之间，既是知心知音，也是知交知己。如此多的相知，含着的不是一天两天、一年两年了解，而是相知后才意识到的无数的相似和相同：

她与他对弱势群体都有一种深长的恻隐之心。杨开慧小时候就常常帮助寡居阿婆做家务，还常常把家里的好吃东西拿给那个可怜的阿婆过年过节，而毛泽东小时候也经常帮助邻居的毛四阿婆干重活。甚至下雨时，毛泽东丢开自己家的谷子不收，先帮毛四阿婆抢收谷。

她与他的生活习惯那般相似，都喜欢简朴简单。杨开慧的一件粗布衣服可以穿几年，毛泽东的一件长衫可以成为他年年不变的礼服。两人对生活各个方面都简而又简。缸中有米即为满足，屋顶不漏即是安康。

她与他对知识都充满着永远追求的热望。哪怕是双双为妻为夫为人父母的时候，两人的手头总也放不下书本。

她与他对婚姻都有相同的认知，都"反对一切用仪式的结婚"。他们结婚，杨开慧仅提个简单的文件箱，叫了一辆人力车，就把自己送给了新郎；她与他都认为对方是自己生命中的唯一。她婉拒了富家公子王春和的痴情，他告别了江南才女陶斯咏的一往情深；她与他都有共同的信仰共同的理想，并抱定为此奋斗一生，生死早已置之度外……

正忧郁时，杨开慧遇见自己的好友李淑一，她问：如果设身处地，你作何感想？没想到李淑一的一番话又让杨开慧惊为仙语。她说，如果她的那位在外面有人代她尽人妻之劳，她不认为是坏事。在天各一方的特殊日子里，在丈夫的部队天天被打得屁滚尿流的时候，作为爱莫能助的妻子，有个女人能替自己在丈夫身边代为照顾，也省去她很多心疼的牵挂。夫妻之间的善待，无论聚时别时，都应该是一致的。

李淑一的一番话，如醍醐灌顶，久久回响在杨开慧的耳边。

2.只要他是好好地，属我不属我倒在其次

只要他是好好地，属我不属我倒在其次。

这句话告诉我们，在情感的心路上迷不知返的杨开慧，已经找到了心灵的归途。其实，人生的走向永远摆脱不了心灵的暗示，而心路的历程永远走不出人生的河床。

在杨开慧的精神特质中，善良是杨开慧从小到大难以改变的情怀。心中有爱天地宽，爱与宽容从来都是人间如影随形的精神天使。正是杨开慧心中那挥之不去的悲悯情结，让她面对情感的变故表现出有悖常理的宽容与善意。

如果把杨开慧面对情感变故而表现出来的宽容与恻隐，仅仅归因于天性的善良，当然有嫌简单。其实，在杨开慧的人生阅历中，她亲眼目睹的情感故事不可能没引发她对人生、对爱情的深层思考，并在思考中领悟到人生的某种境界。

杨开慧的好友向警予和李一纯的情感故事，就曾经在杨开慧的心中产生过不小的冲击，并让杨开慧思绪万千感慨非常。

1925年年末，向警予跳跃式地给杨开慧讲述了"她出事了"的大致经过。

原来，身为党中央宣传部长的蔡和森因病离开上海到外地休养，一个与蔡和森完全不同的风格的男人闯进她的生活。向警予终于不能把持地跟他好上了。

可不久，向警予就深深地愧疚与后悔。

偏偏，向蔡婚姻破裂后，两人的关系并非形同陌路。

1928年3月，当蔡和森听到向警予被捕的消息时，已经与李一纯结婚的蔡和森心急如焚，情急之下，竟然恳求已经闹翻的老同学萧子升，望其营救。得知向警予牺牲的消息，蔡和森含泪亲撰《向警予同志传》。篇末悲呼："伟大的警予，英勇的警予，你没有死，你永远没有死。你不是和森个人的爱人，你是中国无产阶级永远的爱人！"泣血之辞，读后令人为之动容。

蔡和森与向警予的情感变故，曾对杨开慧产生过不小的冲击。偏偏这时候，另一位闺蜜的故事令杨开慧瞠目结舌，感慨万千。那就是她曾经的嫂子李一纯。

仅因共同的一段旅途，嫂子李一纯就跟当时的工人领袖李立三好上了。李一纯再没回夫家板仓，而跟着李立三双双到了安源参加革命，成为一对事实夫妻。

从前的闺蜜后来的嫂子突然变成了他人妇，杨开慧发誓今生今世永不再见李一纯。可偶然中的必然，她们还是见面了。

貌似尴尬的见面被李一纯几句淡淡的心语柔化为如烟如雾的回忆。杨开慧终于明白，她这位曾经的闺蜜和曾经的嫂子，仿佛又是她永远挥之不去的精神伴旅。但是，杨开慧万万没有料到，李一纯后来竟然又爱上了蔡和森，也正式结为夫妻。

两人再次见面，杨开慧毫不客气地对李一纯问了无数个为什么。

李一纯告诉杨开慧，蔡、向婚姻出现裂痕后，组织为挽救这段婚姻，有意安排他们去莫斯科工作，与李立三夫妇在一起。可两人常大吵，向警予伤心之余先行回国，蔡和森一人留在莫斯科。蔡和森后来病倒了，李立三叫李一纯抽空多去照顾自己的同志。一来二去，蔡和森的依赖，让李一纯无法分离……

当李一纯把真实感觉告诉李立三，说蔡和森像个孩子，他一天不见她，就生气，甚至不吃药不吃饭。李立三反问她的感受，李一纯就坦白承认，她被一个优秀男人依恋，很受用、很幸福，她感觉才真正活出一个女人……偏偏，这事得到李立三匪夷所思的理解与支持。李立三说，革命者不滥情，但革命者也不会为情所困。和森同志是我党不可多得的栋梁材，在他情绪低迷时，你能把他带出来，也实属一件善事好事。

当时的杨开慧听完李一纯的讲述，久久没吭声，她陷入深深的思索之中。

也许，正是几位好友的情感纠结，触动了杨开慧对人生与爱情的再度思考。流转在几位好友之间的情感故事，貌似随意随性，但那些故事和故事背后的故事，却远远不像故事的表面那样浅俗。特别是她的前嫂子李一纯，在她几度移情的背后皆含着一个女人对完美爱情的不倦追求。正因为如此，杨开慧对这位背叛了哥哥的前嫂子不但敬意有加，而且亲密无间。那种知己般的亲近在杨开慧的手稿中有着明明白白的文字流露：

　　　　沪有一纯姊，思伊展我怀。能识我衷肠，能别我贤愚。

　　杨开慧当然也不会忘记，李一纯当年与哥哥分手以后，把自己的亲妹妹介绍给哥哥做了妻子。与李立三分手以后，李一纯又把她另外一个亲妹妹介绍给了李立三。在这个女人谜一样的情感世界里，又怎是一个情字了得？

　　在耳闻目睹了几位好友的爱情故事之后，从小喜欢思考的杨开慧，不可能没有新的感悟。

　　"只要他是好好地，属我不属我倒在其次。"其实，在这句看似豁达仁厚的话里，同时还隐隐流露出杨开慧对这段感情的释然与淡然。

　　因为，杨开慧始终是个完美主义者。

　　杨开慧的手稿上，完美主义情结总是在字里行间时明时暗时隐时现。

　　小时候的杨开慧天生病弱。为了摆脱身体的病弱，杨开慧竟然从少女时代就开始在冬天洗冷水浴。以病弱之躯在大冷的冬天面对刺骨的冰凉，如果不是追求生命的尽善尽美，恐怕不是每个病弱的少女都能做到的。

　　事实上，杨开慧对生命的完美追求远不只是强身健体，而是更广面地指向她所承担的一切社会角色。为人女，为人母，为人妻，为人友……杨开慧似乎想把每一个角色都做到尽善尽美。

> 我觉得我为母亲而生之外，是为他而生的。
>
> 我必定要打起精神，把一切烦恼丢开。不然，将来小孩怎样生活？并且，母亲跟着受苦。
>
> 小孩，可怜的小孩，又把我拖住了。
>
> 我的心挑了一个重担，一头是他，一头是小孩，谁都拿不开。

很明显，为人女，为人母，为人妻……杨开慧对落在头上的每个角色都难以轻放，都倾尽全力将每一个角色做到位，做到尽善尽美。

从前，杨开慧曾经"挑了一个重担，一头是他，一头是小孩"，而现在，杨开慧似乎不用再心挑两头，因为，有一头已经有人替她挑上了。

"天保佑他罢"，她仍然遥祝远方的爱人，但是，从语感上感觉，那种祈祷与祝愿没有从前牵肠挂肚愁肠百结的要命感觉。但这句良好的祝语背后，还牵着杨开慧割舍不下的浓浓的夫妻情。

完成了一次心灵涅槃、精神洗礼的杨开慧，在情感上，仿佛重获新生。杨开慧，会用新的手笔浓墨重彩描画生命的另一个高处吗？

第九章　听见死神在呼唤

1.杀！杀！杀！人为什么这样狞恶

在杨开慧的手稿中，爱与死的字眼俯拾皆是。

爱的字眼频频出现在一个春花怒放的少妇心中，可能不足为怪。但死的字眼频频出现在一个正当华年的女人心里，难免令人诧异。

　　其实，那种死亡的阴影不只是罩在杨开慧的成年，也早早地罩在了杨开慧的童年。

　　……那时候，我还不大知道人的事，但我已知道人是要死的……

这段文字忆及的是童年的杨开慧。从文字中可以看出，死亡的阴影是如此浓重地罩在杨开慧幼小的生命中。

　　我的身体生下来就弱得非常，一哭就要晕的，一切和平常小孩不同，小孩是好活动的，我不爱活动，小孩是不能深思的，我能够深思。

思想是人间最痛的精神苦旅。生来羸弱的小开慧不喜多动却喜多思，那种敏感的精神特质注定会赐给她如影随形的精神孤独。

　　到了和毛泽东这样的济世之才相识、相知，情窦初开的杨开慧对于死亡的认识发生了变化，也导致她人生观和价值观的根本转变。还记得在一师的教室旁听的那堂关于"大我""小我"的讨论课……

　　毛泽东回答提问："古圣贤们舍生取义而不悔，至今是我们的榜样。像孔子困于陈匡、耶稣钉死在十字架上、苏格拉底被毒死……圣贤们不惜牺牲自己肉体的小我，而取以天下苍生利益的大我为己任，圣贤们舍生取义、舍己殉国，至高至美的境界，应该是我们的楷模。"

　　记得开慧回到家告诉父亲自己的体会："'小我'不是我、'大我'才是我。一个有抱负的人，要牺牲小我，成全大我。女人也一样！"博得大教授的爸爸一番赞许。

这个大境界再一次升华是爸爸杨昌济病危的时候，杨开慧的一番话，让毛泽东吃惊不小。"每个人总有一死，这没有区别。区别在于死的价值不同，有的人死后无声无息，有的人死得别人拍手称快，有的人死得被人无限怀念。几十年，上百年，千秋万代，人们都怀念他。他是永生的。因为，他永远活在人们心里！"

死亡，如此沉重的话题，只有对世界大慈悲、对人世至深眷恋、对亲人怀有感恩之情、内心又格外细腻多情的人，才会有这番深刻的感触。开慧不是一个平凡的女子。敏锐的内心从一开始就在替自己规划未来做最重大的抉择——

生与死的意义！

毛泽东清醒地看到这一点，这又是否是毛泽东最终选择杨开慧做终身伴侣的一个重要缘由？因为，他看清了、认定了，在他毛泽东充满艰险的革命征程中，只有这个女子会不怕牺牲，与他荣辱同担、生死与共。

杀！杀！杀！人为什么这样狰恶？

这明显是成年杨开慧无奈的困惑。可能还有她对人间暴行的反感与厌恶。事实上，在这段文字形成之前，杨开慧已经耳闻目睹了太多的杀戮与血腥。特别是那些惨死的好友们的影子，无论醒着还是梦着，都令她难以忘怀。

从黄爱、庞人铨被枪杀，尤其黄爱被砍三刀后仍奋力高呼"大牺牲，大成功！"她第一次亲历革命斗争伴随着付出生命和血的代价，这种死亡，让她悲痛、震撼，也让她开始把革命、生命与死亡联系起来，久久地思索着……

随着斗争的深入和惨烈，一大批战友、同志甚至亲人被敌人杀害。

1928年3月29日，毛泽东与杨开慧的好友郭亮被杀害于长沙司门口，刽子手将他的头颅挂在长沙定王台的高墙上示众，再把人头运往不同的城市巡回"展演"。

1928年5月，杨开慧的好友向警予在历尽种种酷刑后被押赴刑场。在赴死的路上，向警予试图完成她生命中最后的一次演讲。极端恼怒的宪兵们在她嘴里塞满了尖利的小石子，并用皮带缚住她的双颊，向警予的脸立刻变形紫胀。目睹惨状的市民们一个个都含泪低首，不忍多看。

1928年8月，杨开慧的闺蜜郑家奕在经受种种酷刑后，敌人把已经不成人形的郑家奕用箩筐抬到刑场，再一排枪口对着箩筐频频点射……

杨开慧从流泪痛哭到化痛苦为仇恨，化仇恨为燃烧烈火。她开始对死亡没了恐惧，而是一种英勇的敬仰、高尚的重生。

像她对战友张琼说的：有思想的人执着于自己的理想，对于死亡也有充分准备。像牺牲的我们的战友我们的英雄，他们已经觉悟到生之价值与死之玄妙，从而能坦然地笑望新生。

人们面对死亡的正常反应是恐惧，仇恨和愤怒的杨开慧却明显对死亡抱有一种莫名的淡定，甚至期盼。这不仅仅缘于她年少时的敏感特质，更缘于革命者生死难料的人生宿命。因为她绝不会忘记，她是一位共产党员，是一位随时准备为信仰而献身的革命者。

有了对理想生命的大彻大悟，一如理智提前穿透时间和肉体，预先规划自己的未来。杨开慧对人生清晰认识和坚定判断之后，无所畏惧地面对随时而来的死亡。

2.我好像已经看到了死神

我好像已经看到了死神——唉！它那冷酷严肃的面孔，说到死，本来，我并不惧怕，且可以说是我喜欢的事。

死是杨开慧喜欢的事？这句看似匪夷所思的妄语，到这里，我们也明白了藏在杨开慧思想背后实实在在的心路走向。

当时的杨开慧，面对一个个倒下的战友，心中所引发的绝不仅仅是悲伤，应该更多的是仇恨、愤怒与抗争。

杨开慧初闻向警予牺牲是在平江舅舅家躲避时，当时她把自己关在房中半天不出来。等她再开门出来，行装已经带在身上。舅舅向明卿一看就被吓住：外甥女变了一个人，完全变了一个人。可变在哪儿，向明卿说不清楚。但可以肯定，顿生出一种不祥的预感：外甥女从此一别，可能不会再回来。

杨开慧一回到板仓，就开始向地下县委讨要工作任务。

县委杨书记一下就犯难了。这位女共产党员，是有着特殊身份的同志。记得湖南省委的领导同志早就提醒过他，不要给她安排工作任务。开慧同志最大的任务就是保护好自己和孩子，平平安安等着毛泽东回来。

当杨书记说出这个意思，杨开慧就火了，毫不客气地顶上杨书记：我的工作就是保护自己？那郭亮呢、向警予呢？有谁告诉过他们，他们都只要保护好自己？那么多的好同志为了党的事业前赴后继，英勇牺牲……如果大家的任务都是保护好自己，党的工作谁来做？！只要开展工作，就会有危险和牺牲！

杨书记苦笑着说，我得承认，你说的有道理。但是，板仓熟悉你的人太多。你在板仓开展工作，太引人注意了。

杨开慧不依，我记得向警予同志在武汉党中央机关工作多年，中央机关撤走以后，她却坚决请求留下来。在已经成为白区的武汉，难道认识她的人会少吗？她怕过吗？我知道你想说什么。你们不就是怕哪一天敌人把我抓住了，敌人会拿我当诱饵当砝码来要挟井冈山上的那个人吗？你们想错了。山上的毛泽东绝不会拿山上的一条枪甚至半条枪来交换我杨开慧。因为枪不但是我党的生命，枪也是他毛泽东的命。你们更不用担心我会在牢里挺不住给他丢脸，给我党丢脸。女人是不叛变的。我可以告诉你，从我入党的那天起，就没准备活着看见革命的胜利！

杨开慧说完就气冲冲地走了。

杨书记望着杨开慧的背影，感慨万千地叹口气：看不出，也是个烈性子……

很快，杨开慧就在板仓发展了一股召之即来的革命力量。他们随时准备着，在党最需要的时候，冲上去。

曾有人提出一个疑问：杨开慧突然一反常态，由东躲西藏到坦然复出在白区的地下战线上，是不是因为伤心的情变已使她万念俱焚？是不是因为被丢弃而萌发了赴死的念想？

不必讳言，情感变故可能会使杨开慧产生一种难以言状的轻松感与解脱感。因为她生命中所担当的一个重要角色演完了，她生命中最重要的一幕戏提前谢幕了。但是，杨开慧如果就因此去赴死，就是你太不懂杨开慧。

从小到大，杨开慧对生命的态度都是积极的，这是个不争的事实。

少女时代，她挺着羸弱之躯在冬天洗冷水浴；她在无奈停学之后重又入校学习；成为母亲之后，仍然孜孜以求人生的信仰并成为中国共产党的第二位女党员；她能历尽艰辛带着三个孩子伴夫走天涯；她能在人生的每个阶段都燃烧着求知的热望，即便为人妻为人母的繁忙中，仍手不释卷……她在女人的多重角色中，能做好每一个角色。如果没有积极的人生态度，会这样吗？又做得到吗？

其实，对生与死的感悟，早在杨开慧的少女时代就得过一次难得的点悟。点悟她的是她亲爱的父亲杨昌济。

那是杨昌济病危期间与爱女杨开慧的一次深谈。那一天，病中的杨昌济似乎敏锐感觉了女儿那藏在心中的悲伤。于是，他把话题主动引到了死亡。

杨昌济说，生命不过是一个过程，死亡就是这个过程的最后一个句号。这个过程的意义不在于长短，而在于深浅。人在临死之前，更不必忐忑于那虚无的地狱与天堂。其实，在上路之前，人的灵魂早已在天堂或地狱中流连。因为人世间的每一个脚印，都是天堂与地狱的精神标签。我走以后，你不必悲伤。人人都有的悲伤，那不是真正的悲伤。生者对逝者的怀念太短，而人间的苦旅却太长。我希望那种矫情的悲伤不要显现在我女儿身上。我走之后，我希望我的女儿为我祝福，因为我已经问心无愧地完成了我的人生旅程，当我从容闭眼的那一刻，我的人间征程结束了，我解脱并升华了……可以想象，父亲杨昌济那番通透人间万象的惊人仙语，对敏感多思的杨开慧将产生怎样强烈的触动。

父亲死了！我对于他有深爱的父亲死了！当然不免难过，但我认为父亲是得到了解脱，因此我并不十分悲伤。

深爱的父亲走了，杨开慧却并不十分悲伤。这种对死亡的淡然与超然，源自于杨开慧人生经历中的独特感悟。事实上，那种感悟并没有诱导她消极地走向死亡，只是暗示她从容淡定地面对死神。

人，一旦达到这个境界，方寸无所乱，心中无所惧。

第十章　情在大义中升华

1.今天是他的生日，我格外的不能忘记他

杨开慧重返地下工作以后不久，就接到了一个重要任务：给井冈山秘密运送药品。

这免不了让杨开慧感慨万千。她终于可以为那个曾经梦魂牵绕的井冈山出力了。但是，杨开慧没有随同押送药品的同志一同顺工作之便上井冈山。这本来是一举两得的事，一个多好的借口去看井冈山上的那个人。

一个合情合理之举被从小到大极度自尊的杨开慧放弃了。其实，这又是从小到大善解人意的杨开慧。因为她太明白，这个时候上井冈山，等着她的将是难以言状的尴尬。不只是她一个人、更是山上那个人，还有他身边那个她的尴尬。

　　我认定爱的权柄是操在自然的手里，我决不妄自希求。

决不妄自希求的杨开慧也许曾经想过，要不要在那些药品中夹带点情感的示意，就像当年她捎上井冈山的那两双布鞋。不，杨开慧什么都没做。杨开慧照样明白，她已经没有理由再给那个人做鞋。虽然，鞋子对东奔西跑的他肯定是多多益善。但是，感情的位置恐怕不能多多益善。在这点上，无论是自尊的杨开慧还是善解人意的杨开慧，都不会给自己定位错。

这又绝不是杨开慧的漠然。在她天性敏感的心中，那段刻骨铭心的

爱情并非像飘到眼前的烟雾，挥手即去。恰恰相反，那段铭刻在情感深处的记忆，宛如夏夜里的萤火虫，总是在寂寞的夜里时远时近，时明时暗。那些寂然在墙洞中的文字，就是明证。

今天是他的生日，我格外的不能忘记他。我暗中行事，使家人买了一点菜，晚上又下了几碗面。妈妈也记着这个日子。

记得那天，杨开慧叫孙嫂买回一斤肉，她亲自下厨做起红烧肉，下着长寿面。

三个闻香而来的孩子，早就趴在了锅台边。岸英是学生了，说话就到位些："妈妈，吃爸爸的长寿面，我们多吃，爸爸就平平安安、无病无灾，是吧？"老夫人向振熙也说："红烧肉是润之的最爱，能应验的，能应验的。"

晚上，窗外一头皎洁的月亮，几个孩子背着诗、唱着歌，杨开慧不禁在心里说：润之啊，润之，我不能在你身边照顾你，你可记得今天是你三十六岁生日！如果你忘了，谁会帮你想起？如果你记得，谁又陪你度过？现在，你三个儿子在遥远的家乡为你唱着歌，给你过生日，你听到了吗，看到了吗？如果真像我哄孩子的，你是孙悟空的眼能看十万八千里，你看到我们为你吃长寿面、唱平安歌了吗？

一切尽在不言中。那顿没有主角在场的生日宴，是一个重情重义的女人发自内心的祝福宴。杨开慧啊，爱没走远，亲情依旧。尤其是她虔诚盼望毛泽东平安、健康，完成他的大业，实现他俩共同的理想，早已跨越爱情，超越现实……

2.为什么人家欣喜的事，我却要悲伤呢?

远在山上的毛泽东不会想到，远方的家人竟然会为他准备一顿不能到场的生日宴。越来越严酷的斗争形势，让他无暇顾及这些情感上的细节。

在此期间发生的一件事情，竟然同时刺痛了山上山下的相关人。

1929年2月1日，井冈山红军途经江西寻邬县吉潭，遭国民党军一个团包围。为掩护部队转移，朱德妻子伍若兰率警卫排同敌人展开激战。最后，子弹打光了，身负重伤的伍若兰被俘，押往赣州。敌人诱其同朱德脱离关系，自首投降。伍若兰的回答斩钉截铁："要我同朱德脱离，除非赣江水倒流！"

1929年2月8日，伍若兰被杀于赣州。又因她是湖南人，伍若兰被杀后，敌人将她的头颅押送长沙，挂于城墙示众。暴行传开，举国震惊。

身在长沙的杨开慧当天就耳闻，井冈山红军军长朱德的妻子被砍头示众，头颅就挂在长沙定王台。开慧心中仇恨升级，也知道这是自己最后的死亡信号。

从战友闭眼的容颜上，开慧找到一种陌生的熟悉，那是共同宿命的靠近，死亡将离自己不远了。井冈山的首领"朱毛赤匪"是国民党反动派多次下令捕捉的要犯，朱德之妻已先行一步，毛泽东的结发妻、他三个儿子的母亲，杨开慧是不用多想的，厄运迟早会降临，杨开慧告诫自己：坦然面对，时刻准备着。

看完欣赏人头的文章，杨开慧的热泪早已被文中的那股恶风吹干。随后不久，杨开慧给当时的《莫愁》女刊写下了一段怒不可遏的文字：

> 对于杀人的事实，常常是这样说：杀人是出于不得已的啊！虽然事实常常不是这样的……可是啊，这一次杀朱德妻的事，才把我

提醒过来！原来我们还没有脱掉前清时候的文明风气，罪诛九族的道理，还在人们心里波动……

作为井冈山朱德军长的夫人，伍若兰似乎从来没有把自己当成军长夫人。这些，杨开慧尽管不详知，但真能猜出个一二。这个红军高级干部的夫人，一定是个冲锋陷阵的勇士，一定是个为爱人守护尊严的斗士。要不，二十六岁的如花生命怎会这么早就凋零？而且，她在敌人那里，不屈服、不投降，如此英勇的小妹呀，她就是我们共产党人的楷模，也许，还是我的前奏？

杨开慧在后来的牢狱中，一定想象着小她三岁的伍若兰如何与敌人斗争，如何英勇和顽强。在朱毛红军征战井冈山时，两位高级将领的夫人应该同他们一样英勇顽强、可歌可泣。如果，毛泽东、朱德他们的丰碑立在井冈山，那么，杨开慧、伍若兰同样让人高山仰止！

贺子珍、伍若兰、曾志等几位知名的红军女战士，她们是当时那个年代无数革命女战士的缩影。

在她们灿烂的生命底色中，积淀了一代代中华女性坚贞不渝的精神传承；

在动人心魄的爱情绝唱中，展现的是对爱情和信仰的难分彼此无限坚贞；在她们柔弱娇嫩的身躯里，释放出来的巨大能量，甚至连敌人都匪夷所思；

在她们难以摧毁的意志中，流溢出来的是古老的中华女性的高贵与忠贞！

我想，在历史的原野上曾经发生过的那些惊心动魄的较量与搏杀，可能终有烟消云散的一天，唯有那些曾经怒放的女人花，可能将永远芬芳于历史的原野，日久弥香。从精神的层面看，她们就是中华民族永远的母亲。

3.不能不早作预备

伍若兰之死，自然让杨开慧想到了她自己。那尊高悬在长沙定王台上的头颅，完全应该是她杨开慧的头颅。民间传说中的朱毛红军，朱与毛的命运是唇齿相依的。同理，朱德的妻子可以被砍头示众，作为毛泽东的妻子、他三个孩子的母亲，能被敌人漏掉？她杨开慧的脑袋总归会被敌人取下来大做文章。

这一个遗嘱样的信，你见了一定会怪我是发了神经病？不知何解，我总觉得我的颈项上，好像自死神那里飞来一根毒蛇样的绳索，把我缠着，所以不能不早作预备！……

这个时候的杨开慧似乎显得出奇的冷静。杨开慧接下来的一连串举动，好像已经在为后事做准备。

最让杨开慧放心不下的自然是她的三个孩子。杨开慧很快给三个孩子改了姓，其用意不言而喻：不让三个孩子因为毛泽东的名字受株连。仿佛仍然还放心不下，杨开慧还专门给远在武汉的堂弟写了一封信。那是一封揪心的托孤信。

只有我的母亲和我的小孩呵！我有点可怜他们……我决定把他们——小孩们——托付你们；经济上只要他们的叔父长存，是不至于不管他们的……但是倘若真个失掉一个母亲，或者更加一个父亲，那不是一个叔父的爱可以抵得住的，必须得你们各方面的爱护，方能在温暖的春天里自然地生长，而不至受那狂风骤雨的

侵袭！

杨开慧的信还未及发出，就接到了杨开明的一封信。信中告诉杨开慧，他可能会回长沙一趟，诸事到时再面谈。于是，杨开慧的那封信没再发出，最后存进了墙洞里。但是，杨开慧却给堂弟杨开明写了另一封信：

> 那封像遗嘱的信，没有发来，你能回家一转，极所盼望。他未必能来上海吧？我到（倒）愿意他莫来上海哩，我又要不放心了呵！

在这之前，杨开慧在另外的手稿中早有类似的话：

> 我的心挑了一个重担，一头是他，一头是小孩。
> 小孩，可怜的小孩，又把我拖住了。

这些话，其实还可以这样理解：与其说小孩拖住了杨开慧，倒不如说杨开慧舍不下孩子。

那段时间，杨开慧的心情就像一架跷跷板，一头是丈夫，一头是儿子。哪一头都轻不得，哪一头也重不得。这头起来那头下去，这头下去那头起来。

说到小孩，杨开慧从做母亲的那天起，似乎注定要比一般的母亲付出更多。

杨开慧从小体弱多病，加上生活颠沛流离，每一胎孩子生下来都不足月。孩子体重不正常，带养起来自然不省心。大儿子野，二儿子弱，三儿子整天不笑不说。有时候，抱着孩子想把孩子哄睡的杨开慧，往往手中的孩子还没睡着，自己却累得先睡着了。

面对三个情态不一、体重偏轻的孩子，杨开慧硬是凭耐心细心把三个孩子带成了正常：体重跟正常孩子一样了，不爱说的爱说了，不爱笑的爱笑了。

命运也许真要把这个女人逼到绝境。就在杨开慧给堂弟杨开明写好那封托孤信不久，杨开明却不幸被捕。像无数英勇的共产党员一样，杨开明在过完那些免不了的严刑拷打之后，就在口号声和枪声中倒下了。

对堂弟杨开明的死，杨开慧为家中几位崩溃的老人强忍悲痛。但是，一个可以托孤的人，竟然先她而去，堂弟之死带给杨开慧的伤痛，当然是可想而知的。

最放心的托孤人突然离世，杨开慧最大的一块心病变得更沉了。三个儿子以后怎么办？母亲年事已高，根本不敢指望她带大三个孩子；托给哥哥嫂子，突然给他们增加三个孩子，不现实；托朋友？听起来也不是不可以，但是集中托显然不近情理，分开托？三个孩子怎分开？

杨开慧几乎是神经过敏地想象着三个儿子将会遇到的最坏遭遇。并开始给孩子们进行各种境遇中的应急教育。那些设想出来的各种情况，现在听起来可能是好笑的：三兄弟走散了怎么办？没吃了怎么办？有病了怎么办？没地方住了怎么办？怎么去找家中亲人？怎么去找妈妈的朋友？怎么回答生人的问话？杨开慧要求三个孩子把那些问题及对策统统牢记在心，并一个个通过她的考试……

第十一章　移动的井冈山

就在杨开慧为自己的身后事做安排的时候，在井冈山上，一场灭顶之灾正悄然逼近。

井冈山沦陷的消息自然传到杨开慧耳中。从知情那一刻起，杨开慧已然明白：从此以后，失去根据地的红军将在中国更广阔的崇山峻岭中辗转奔袭。红军中那一位马背诗人，也将会在她的生命中渐行渐远，化成报纸上的一个名字。

但杨开慧万万没有料到，那位马背上的诗人会突然带着部队打到长沙城外。

1930年7月，彭德怀的红三军团乘虚一举攻下了长沙。轻取长沙城的事实，让远在上海的党中央负责人李立三产生了极大的错觉。一月后，李立三命令毛泽东率领红一方面军从赣南长途奔袭，二攻长沙。

第一个回合打下来，红一军团和红三军团就战死三千多人。

前来督战的周以栗是个不乏军事悟性的人，两人当机立断地做出了决定：立即撤离长沙。撤离之前，周以栗有意地问了一句毛泽东：据说你的妻子杨开慧就在长沙城里？

毛泽东的回答极为简明：我没有权力让成千上万的红军战士为了我们夫妻一见把命丢在这里。

周以栗一听，再也没碰这个话题。在革命者的心目中，革命利益高于一切。在这点上，革命者彼此之间的默契也是不容置疑的。

其实，毛泽东率部攻打长沙城时，杨开慧就在长沙县板仓老家。其中有一路攻城的红军正好就经过板仓。红军经过板仓时，自然少不了围观的群众，但杨开慧没有出门。

她是怕见到那个人？那个曾经让她日思夜想、让她梦魂牵绕、让她愁肠百结的人……

攻打长沙的红军突然撤离，让国民党湖南省主席何健倍感恼火。那种恼火就像突然被人打了一下，等回过神来，那人却跑掉了。要是毛泽东不跑，何健的心里可能要平衡得多。但是，那个毛泽东打他一下就跑了。这让何健感到很窝火，感到一种有气无处撒的烦躁。何健明白，要把那个溜走的毛泽东再抓住，那无异于在大水塘里抓一条泥鳅。何健还有一个恼火的原因是，那个毛泽东也太不知趣了。明明知道自己的妻儿老小就在长沙城里，还那么无所顾忌地再三骚扰长沙，投鼠忌器的道理难道你毛泽东不懂吗？那个朱德老婆伍若兰的下场难道你毛泽东还不警醒吗？

其实，毛泽东的那个堂客杨开慧始终都在他手下的监控之中。他之所以没有轻易动那个女人，是因为还不到时候。何健明白，想要拿一个杨开慧来要挟毛泽东，无异于痴人说梦。像毛泽东那样聪明的男人，不会只要美人不要江山。

但是现在的情形非比从前。何健突然想在毛泽东的女人身上做一点文章了。那个让他颜面丢尽的毛泽东，那个跟他没完没了的毛泽东，他何健要不能一礼还一拜，那他何健就不是何健了。既然毛泽东把他何健搞得有气不能出，他何健不要说动毛泽东的女人，就是挖毛泽东的祖坟，他何健也照样做得出。

1930年10月，也就是毛泽东率军攻打长沙后不久，杨家老宅周围突然多了一些形迹可疑的生人。

望着屋外那些闲游的生人，杨开慧马上明白：意料之中的那一天要到了。

望着窗外那些闲游的生人，房中的杨开慧下意识地看了一眼墙上的某个地方。在那个地方的墙里，藏着她后来补写出来的一篇篇心灵笔记。她早已把墙缝巧妙封好，恐怕连神仙都难以发现。

当时的杨开慧从卧室出来，走到了母亲向振熙的面前，平静地说，妈，我要走了。向振熙的话也是出奇的冷静：我早知道有这一天。

外面的人很快就闯进来。荷枪实弹的兵痞们不仅带走了杨开慧，同时带走的还有保姆孙嫂和杨开慧八岁的儿子毛岸英。

第十二章　用生命续写情书

1. 意想不到的劝降

囚车上，自以为可以坦荡面对这一天的杨开慧，却突感忧心忡忡。敌人把孙嫂和儿子捎带进来，这是杨开慧始料未及的意外。她知道，敌人既然把孙嫂和小岸英抓进来，就一定有阴谋。她虽然暂不知敌人会借此玩什么花样，但她有一种不祥的预感：敌人要借孙嫂和小岸英做什么文章，那将是她最难过的一关。

杨开慧的确猜对了。杨开慧的主审官李琼之所以不急于提审杨开慧，就是想在提审前把功课做足。他的上峰何健亲自交代他：审毛泽东那个堂客，东拉西扯的事情懒得来，跟她就提一件事：跟毛泽东断绝夫妻关系。何健还特别交代李琼，对付毛泽东的那个堂客，要多动脑子少动刑。那女人的父亲杨昌济生前有不少朋友，他们大部分都是社会上有头有脸的人物，做得太过后面不好应付。

李琼第一次提审杨开慧显得很客气也很直率。主审官李琼直截了当地告诉杨开慧：这次请你来，别的不想为难你，只要你写个声明，声明跟你丈夫毛泽东断绝夫妻关系。你就可以出去了。

杨开慧的回答自然直截了当：做不到。

接下来的对答，简直不叫对答。劝一个被丈夫"抛弃"的女人跟丈夫脱离关系，自然不缺少充足的理由。李琼原本是习惯用枪说话，但劝说杨开慧却极其投入地越说越来劲，甚至把自己感动了。杨开慧听着听着，突然忍不住笑了。

杨开慧说："白痴猪猡竟然也想学讲人话。在这个惨无人道的刑讯室里，你们残忍地杀害了我无数的同志和战友，再装模作样的嘴脸实在令人恶心。你我都明白，在此时此地，我们谁也没有兴趣讨论什么道德伦常夫妻情分。你们需要的是我送你们一把软刀子，你们自以为拿着这把软刀子就可以把毛泽东刺得浑身不自在。你们想错了。有一点是你们永远理解不了的：革命伉俪，既是夫妻，又是战友。当两者相冲，夫妻轻于战友，战友重于夫妻。在革命者的心目中，革命利益高于一切。请你睁开你的狗眼瞧瞧，站在你面前的不是一个被人抛弃的怨妇，而是一名中国共产党党员，是一个与你们不共戴天的死敌。我劝你不要在我面前装腔作势了。你们这点政治上的雕虫小技，只配哄哄三岁小孩。别浪费时间了，给我上刑吧。既然进来，就没指望舒舒服服地去死……"

李琼那番自以为声情并茂的劝告，被杨开慧锥子一样的犀利之言给中止了。这自然让李琼感到很尴尬，但李琼没有马上就给杨开慧动刑。他明白，那是不得已的下下策。真到动刑的时候，已经不指望对方开口了，特别是女共产党员。

在他审讯的经历中，他见过不止一个男共产党员在他的刑讯室里乖乖就范，但却没见过一个女共产党员在他的严刑拷打下投降。他曾经审过一个叫郑家奕的女共产党员，那个女共产党员最后被他的手下折腾得不成人形，两腿被打断，双手被抽筋，身上没有一寸完肤。可那个女共产党就是不供出她的同伙。

这曾经让李琼感到一种难以言状的疑惑与迷惘：女共产党真的是女人吗？在那看似柔弱的身上，究竟藏着什么样的意志与力量，可以支撑她们抗住那些人间酷刑。李琼心中甚至生出一种难以言状的恻隐和敬意，因为坚贞不屈的女人让他看见了一个女人的忠贞与高贵。如果丢开敌对立场，他愿意这样的女人成为他家中的任何一个角色，并为之骄傲。

为此，女共产党不叛变的现象还成了他难以放下的研究课题。那种研究兴趣绝非仅仅缘于职业的需要，还缘于一种连他自己都说不清楚的某种情结。

暂时没有受刑的杨开慧自然不会因此而感到轻松和庆幸。恰恰相反，对意料中的那一坎没有及时到来，让杨开慧生出某种难以言状的烦躁。她曾刺向李琼的那番锥子一样的犀利之词，其实就是想激怒李琼来得干脆点。

这种貌似不合情理的想法，其实正合当时杨开慧的某种心态。耳闻目睹了那么多同志惨死之后，她对自己的东躲西藏已经产生难以言状的厌恶，甚至是羞耻。特别是自己的两位好友，向警予与郑家奕在牺牲之前所受的折磨，无疑对杨开慧产生了极度愤怒的刺激。她甚至觉得自己不配做她们的朋友和同志。有一天在另一个世界与她们相见时，她将无颜面对亲爱的战友。而现在，同样的考验来到了她的面前，她杨开慧要让人看看，她是个什么样的女共产党员。对即将到来的严刑拷打，杨开慧不但毫无半点畏惧感，甚至还充满了一种难以言状的迎接感和自罚欲。在这一点上，极度自尊、追求完美的她完全统一在了对信仰的忠贞上。

但是，李琼好像并不急于要对杨开慧动刑。李琼知道，他自己已经不适合对杨开慧劝降。他甚至敏感到，杨开慧对他说的那些极不入耳的话，像是成心刺激他对她动粗。于是，他把希望放在了要求探监的人身上。

在那些纷纷要求探监的人中，李琼瞄准了两个人。一个是李淑一，一个是王春和。不能不说李琼挑选的劝降人选用心良苦：李淑一作为杨开慧的发小和闺蜜，她会在难舍中千方百计劝杨开慧回头，再引动心中一些莫名的感慨，李琼想要的变化没准就有了。

至于那个王家大公子，李琼原来并不知道他跟杨开慧有什么瓜葛。李琼问他为什么想看杨开慧？没想到那个王家大公子竟毫不掩饰地说，他是杨开慧的初恋。李琼一听，差点笑出声来：哪里送来的这么个宝贝？这位衣冠楚楚英俊儒雅的大家公子，不知能否唤起杨开慧心中的某种追怀甚至追悔？

首先跟杨开慧见面的是李淑一。她自然不是李琼希望的那种说客，但她想劝杨开慧走出牢狱是真的。

见面的宽松环境是李琼特意安排的。此时此地，素来不善言辞的李淑一毫不客气地指穿杨开慧，说你至今不愿跟他断绝关系，不是出于你的什么革命大义，你是想用你对爱情的坚贞、对革命的坚定，用你如花的生命和承受生不如死的精神与肉体的痛苦折磨，让你的润之哥哥为你后悔一辈子，思念一辈子，痛苦一辈子。他以后无论经历多少女人，都比不上他心中永远不死的女人——杨开慧。

杨开慧笑笑："如果我不是个革命者，不是个共产党员，我可能会如你所想。可惜我偏偏就是。"

"可母以子为贵你总该知道吧？你只要把命留着，带好毛泽东三个儿子，无论怎样，都没人废掉你第一夫人的位置！跟敌人不就是虚虚假假地绕圈子。关键，是你们孩子的未来……政治斗争，翻手为云覆手为雨；战场上，血雨腥风，白骨遍地。这些，都不是你一个女人能改变的，让男人们去争高下，你只管带好儿子等待将来，犯得着拿自己的生命去铺垫？"

"人心哪不是肉长的？我知道，生命的灯火一旦熄灭，一切物质和精神随之消亡。可是，我是妻子，要保存我志存高远的爱人；我是党员，当灾难来了就当叛徒，至少是逃兵，我还是人吗？你用这些言辞去跟向警予、郭亮、夏明翰他们说去，如果能唤回他们，我跟你走。你，能吗？"

仿佛是为刺醒执迷不悟的杨开慧，贯来宽厚的李淑一，竟然说女人要有起码的自尊吧。

杨开慧这次不笑了。她说，你错了。说到女人的自尊，我的眼睛比你更掺不得沙子。但我不能让我的敌人在我跟他的情感问题上借题发挥大做文章。在他和他的部队被追得东奔西逃的时候，他怎么好，我就应该怎么高兴。不仅因为我是他的妻子，还因为我是他的战友，是他的同志。在共产党人艰苦卓绝的苦难岁月里，情感的哀哀怨怨悲悲戚戚不但是可笑的，也是可耻的。我要是在这个时候声明跟他断绝夫妻关系，那恰恰是我最大的不自尊。无论作为一个女人，还是作为一个革命者。淑一，早不久，你还劝我要给男人宽松的环境……我知道你想激我出去……

李淑一还能说什么，只能默然沉寂地流泪抽泣。心疼不已的杨开慧反倒从另一个角度安慰她——

还记得和森与警予吗？警予移情别恋之后，和森虽然也一时难以释怀，但是，当警予被捕之后，和森却是竭尽全力在营救她。为了救警予，和森甚至去恳求已经闹翻了的萧子升。还有我那个前嫂子李一纯，跟和森好上后，一纯跟警予仍然是好朋友。在牢里的这些日子，我常常想起他们。我曾经以为他们爱得有点随性，甚至爱得有点乱，现在我理解他们了。因为，对革命者而言，战友之情永远重于夫妻情，重于男女情。

无论杨开慧说什么，好朋友总是难舍这个奇女子可能的转身消失。李淑一转而打起亲情牌：孩子总是现实而不可回避的吧？润之临走时肯定反复交代要你带好他三个孩子。在无奈之下你有点退让，也是为了这个家。跟润之暂时解除一下关系不就是权宜之计？他日后也能理解。相反，几个孩子没了娘、没人管，毛泽东才会怪罪于你……都说人人心中有个天平，到你这里怎么就邪门了，整个一个歪倾斜，你那个什么理想信念，怎能压过你的孩子、青春、爱和未来。你还懂不懂平衡？

可是，杨开慧的一番回答又让李淑一哑言了。

我和润之你是知道的，我所有的特质润之都有，我所有的梦想，都能通过他实现。他就是我的追求，就是我的未来，就是我实现理想的梦啊！即便自己走了，追求的事业还在，理想的爱人还在，未来的梦想还有人替我去实现。可如果保全自己的性命与润之脱离，背叛了爱情，也背叛了革命，其实就是背叛了自己！那活着还有什么意义？淑一啊，我只能说你不懂我们的婚姻，或者是，我不能当它是一般的婚姻。宁愿一死，我决不背叛我的理想、我的婚姻！

"人都没了，你还有什么理想、完美可言？脱离关系不只是换自由，那是换你三个孩子的前程。出去了，带着儿子再等毛泽东，怎么就不行？"

"不，我和润之是夫妻、更是战友，是生是死，就不能分开。哪怕小小的退让，都是信仰的背叛、情感的亵渎。你也别劝我了，今生今世，我有一场轰轰烈烈的爱、有十年心满意足的婚姻，有一段刻骨铭心、温润永远的生活，够了，足够了！一个女人，真正的爱，一瞬间都是永恒！我也无憾了，爱了一个以天下苍生为己任的英雄！我们在一起，留下一段完美的爱，写下一个无瑕的故事，我不想、也不能给这完美的故事掺半点杂质、留一丝遗憾。"

李淑一啊，这时也许才彻底明白，当年的毛泽东为什么没选择别人而选择眼前这个女人。那个男人是早看懂了，只有这个小女人一辈子能死心塌地跟定他，到死都不改变！

可是，自己到死也不明白，就这么个和自己差不多文静的知识女性怎会有如此惊天地、泣鬼神的英勇？怎会有如此撼不动、攻不破的精神堡垒？再想想，她身上，有着父亲从小植入的强大思想基础，有着五四时期和毛泽东共同坚定的理想信仰。她向往社会改良，追求民主自由，崇尚众人平等。她的渴望毛泽东最了解，她的心和毛泽东靠得最近，两人的情操志趣也最相投。他们的爱情注定是高尚精神的契合、真挚情感的共鸣！即使生命将到达终点，她也会——

用鲜血浇注对理想的无私和忠诚；

用生命托起对丈夫的希望和信赖！

再说也是多余，李淑一最后只能是一步三回头地掩面痛哭而去……

钱，有时真是万能的。

为了探监的这天，王春和重金铺路让他获准来看这个揪心的女人。偏偏在之前，他还买到一个绝密情报。手握杀手锏，王春和对后面的劝说总算有了一份把握。

在牢狱门口，王春和巧遇一男一女杨开慧的两个亲戚探监，他远远地看着。

女亲戚说："我们这些亲戚朋友全想不通，前面你死心眼也算了，现在，毛泽东死了，你搭上性命为一个'死人'扛名节，不值也没有意义吧？"

男亲戚接着说："蒋介石动用中央军二十万，围剿井冈山，朱毛红军才两万人。第一次围剿毛泽东幸运逃脱了，这一次，十倍的悬殊力量，毛泽东凶多吉少，也难怪……唉，人死不能复生，好在你还活着，几个孩子还有点指望……"

隔着铁栏的开慧显然伤得太重，又被巨大的噩耗摧残着。只见她抓住栏杆吃力地挪挪身子，才说："六舅妈、六舅公，你们就莫劝了，我死活不会跟润之脱离。他死了，红军队伍还在，一个红军领导的家属说变就变，所有的红军将士怎么办？他们还怎么在一线安心战斗？家，都是前方将士的精神支柱啊……"

杨开慧反过来还劝两长辈：毛泽东为广大的劳苦大众死了，我为他牺牲，值得！孩子是我最难舍的，但向警予、郑家奕他们这些革命者，牺牲时哪个没有孩子和亲人？再想想，敌人为什么非要我和润之脱离关系，他们要打这张王牌，杀共产党的威风。我若贪生怕死、只顾自己而听他们摆布，绝不是小背叛啊……敌人这一招看来是生活小节、一家私事，一旦崩溃，灭的不只是毛泽东的威风，那是打击所有共产党人的士气！

……

一旁的王春和突然没了信心。他明白，这位让他永远难以释怀的女人，不是那么容易劝回来的。他今天的结果也会如所有的劝说者一样。

开慧啊，为理想赴死，为爱人牺牲，你何尝有过一丝一毫的动摇？！

想当年，王春和第一眼见杨开慧，就被她清丽脱俗的气质惊住了。正是杨家少女那种超凡脱俗的特质，让他自以为他遇上了今生今世的唯一。可奇怪的是，杨开慧对他委婉的拒绝并没有让他感到多少失落与不快。他甚至认为，这样的少女天生就是为拒绝而生的。因为，她不是人间之物，她是天国的女儿。今天，已有妻儿的王春和就是想不惜一切代价救她。可是……

近距离见到杨开慧的那一刻，不流泪的王春和，还是哽咽着好半天都说不出一句话。

怎么伤成这样？怎么能……看着伤痕累累、手臂上还缠着黑纱为丈夫凭吊着的憔悴女人，王春和心里刀割般地剧痛。这是他牵挂一辈子的女人啊，面对铁栏，面对她一身的伤痛，怎么帮她？怎么分担她的痛？王春和是那么无助和无奈。

见到王春和，倒是杨开慧没有料到的事情。可杨开慧又笑了，她笑自作聪明的敌人给了她一个好机会，让她可以实施一个早已酝酿在心的对策。杨开慧拜托王春和，要他尽力多召集一些记者采访她，人越多越好，采访次数也越多越好。

　　其实，杨开慧此举，是为了防止敌人在孙嫂和儿子身上打主意。她想当众揭穿敌人卑鄙无耻的行径，并迫使敌人在社会舆论的压力之下，不至于对孙嫂和儿子有太多的伤害。对杨开慧这个唯一的要求，王春和自然不打半点折扣地应承。办法很简单，用钱。

　　但眼下的王春和还是纠结着自己的心事，那条信息告不告诉开慧？不说，她全当丈夫死了，孩子无人照料她会因此而留下性命？说了，她会对自己毕生追求的理想更有信心。她就是为理想精神而活的女人。

　　犹豫再三的王春和临走时，还是违背了自己来时的愿望，将刚获得的私密信息告诉了杨开慧：

　　——毛泽东没死，那张报纸是假的，他们想要你的签字……

　　原来，"好话"说尽，对杨开慧仍没撬动一丝一毫的敌人，使出最损的一招：谎编一张报纸，其中一篇毛泽东在反围剿中被国民党击毙的消息很是醒目。"毛泽东死在井冈山了，你不用再为他守了。快快签字，带儿子保姆回家……"敌人的咆哮，并没模糊杨开慧的视线。痛不欲生的杨开慧，强忍心中悲痛，还是不写那一纸脱离书……

　　可眼下，王春和看到了惊喜的一幕：

　　"岸英，儿子，你又有爸爸了，爸爸没死，爸爸没死啊……"转而，她又告诉临牢的姐妹："毛泽东没死，毛泽东没死，革命又有希望了……"大牢里终于传来杨开慧入狱后最兴奋和喜悦的声音。

　　幸运的王春和，也由此看到了杨开慧最后的美丽——

　　她嘴角挂着带血的笑容，那是为儿子咬断手臂上的黑纱，渗出的滴

血微笑;

她脸上溢出久违的红润，那是为夫君重获新生澎湃而出的喜悦；

她眼里放着他从未见过的光芒，那是对他做最后的告别，又是充满对救出儿子走出牢笼的殷殷希望。

王春和也笑了：毛泽东活着，开慧的精神就不会倒。即使为理想牺牲，那也是化作丰碑更高地耸立。因为，她理想的希望还在，她信仰的高山还在！此时的王春和反倒不痛不悔了，只有这个时候，他才知道，他对杨开慧的爱也升华了——他是爱着她的爱、梦着她的梦，他完成自己一个崭新而崇高的——人生涅槃。

强忍心中的痛、眼中的泪，王春和临走时给了开慧一个完美的微笑……

2.招魂的天籁之音

王春和走了以后，接连不断地被采访，让杨开慧倍感奇怪：那个早已被她淡忘的王家公子，怎么能召来那么多的记者？

面对那些来路不一的各路记者，杨开慧把有限的话语权用到了极致。特别是敌人把她八岁儿子抓进来的事情，更是在记者中引起一片哗然。果然，各家报纸上很快做出反应。甚至连国民党的报纸都对何健把几岁小孩抓进大牢颇有微词。杨开慧感觉，有各家报纸的跟踪关注，敌人迫于舆论压力，孙嫂和儿子可能有放出去的希望。真要这样，她的"软肋"就没被敌人抓住，她最后的一块心病也算解除了。

记者们自然免不了追问杨开慧一个问题：为什么不愿跟毛泽东脱离夫妻关系？面对那些用心不一的提问，聪明的杨开慧用一位外国哲学家的格言作了简单的回答："世界上有两样东西是亘古不变的，一是高悬在我们头顶上的日月星辰，一是深藏在每个人心底的高贵信仰！"

这些效果自然不是李琼想要看到的。李琼感觉自己有点不耐烦了。当李琼感觉一切办法都毫无作用的时候，李琼决定：那个不是办法的办法也不得不用了。

对杨开慧动大刑，是在杨开慧被抓进大牢的第九天。

刑讯室里，敌人开始动用酷刑。皮鞭、竹桠、碗口粗的木棍和水牢，无数次把她折磨得昏死过去，皮开肉绽、惨不忍睹……当筋疲力尽的刽子手们住手时，杨开慧已经昏死过去。

据同狱难友杨经武回忆，杨开慧受刑之后昏迷了几天几夜。一天晚上，夜很深，小岸英躺倒在妈妈和孙嫂的中间，依偎着妈妈身上的伤痕睡着了，小脸上还留着未干的泪滴……

昏迷不醒的杨开慧是被一种声音唤醒的。昏迷中的杨开慧隐隐约约听见耳旁有人在念一首词：

独立寒秋，湘江北去，橘子洲头。看万山红遍，层林尽染，漫江碧透，百舸争流。鹰击长空，鱼翔浅底，万类霜天竞自由。怅寥廓，问苍茫大地，谁主沉浮？

携来百侣曾游，忆往昔峥嵘岁月稠。恰同学少年，风华正茂。书生意气，挥斥方遒。指点江山，激扬文字，粪土当年万户侯。曾记否，到中流击水，浪遏飞舟。

多熟悉的词句啊，这是她任何时候都能背下来的一首词。不但她能背，她还要求孩子们背。每当小岸英想要讨好妈妈的时候，就会在她面前背那首意气飞扬的词。每每听到这首词，杨开慧的心里总是情不自禁地生出一种女人特有的骄傲。能写出这种壮美之词的男人该有何等高尚的情怀、何等高远的境界啊……

昏迷中的杨开慧终于被熟悉的词唤醒过来。睁眼一看，见儿子小岸英正泪光盈盈地坐在身旁，泣不成声地在给她反复背诵那首生命中永远挥之不去的美词。

宛如天籁之音，从儿子口中背诵出来的那些词句，不但抚慰着她身上的伤痛，也点醒了她曾经迷惑的心灵。就在那个刑讯室里，在撕心裂肺的痛苦中，她曾经想寻找信仰之外的某种力量支撑，却一直没有找到。

现在她突然找到了。

这首词，看起来像回忆新民学会那段生活，实际上，毛泽东从此为过去的书生意气画上了一个句号。他告别了纯粹抒写个人情感的写作时代，从此，具体沉实的历史使命感构成他诗歌的主旋律。

这首词又绝不是一首词的创作，杨开慧知道，她的夫君就在写出这首大气磅礴的词之后，开始了他波澜壮阔的革命。

在杨开慧眼里，这又验证了她非凡的眼光和独特的追求。杨开慧从崇拜、爱慕、跟随毛泽东，就无怨无悔地付出、心甘情愿地牺牲，因为她知道：毛泽东，是"独立寒秋，湘江北去"中"怅寥廓，问苍茫大地，谁主沉浮"的毛泽东；是"北国风光，千里冰封，万里雪飘"里"数风流人物，还看今朝"的毛泽东。多少年后，即使她为毛泽东牺牲了，可历史证明了她非凡的眼力：当井冈山根据地的艰苦卓绝，长征路上雪山草地的苍茫，陕北窑洞长夜不灭的灯光，辽沈、淮海、平津三大战役的波澜壮阔，人民解放军百万雄师过大江的风雨苍黄和新生共和国辉煌灿烂的礼花，传奇而完整地创造出一个伟大的革命家、军事家、战略家、思想家、政治家时，杨开慧当然只有欣慰：一个女人爱上一个旷世伟才，一个妻子成就一个国之栋梁。与其说，每个人都有遗憾，自己为家和民族事业吃太多苦、受太多难，过早离开人世，不如说相对成就伟丈夫与民族大业，这些牺牲都太值得、太应该，还有什么付出能与这些得到，抗衡！

原来，她是这个世界上最幸运的女人。她遇上了一位了不起的男人，并有幸成为他的妻子。那个男人的生命本就不属于某一个人，更不属于某一个女人。那位在苦难大地上用枪作诗的男人，他的生命只属于这片苦难的大地。自己有幸与这样的男人结为夫妻，已是命运对她的——最大恩赐。

杨开慧突然发现，她已经找到了抵抗一切摧残的力量支撑点——守护好丈夫的尊严！

守护这个尊严，就是守护一段历史的尊严；

守护这个尊严，就是守护灾难深重的民族尊严。

这个男人的尊严，像他生命轨迹必定与共和国历史同在，与我们伟大民族的尊严同在！

彻底通畅的杨开慧像脱胎换骨，重获新生。

随后又经历的两次严刑拷打，跟前三次受刑不同，杨开慧再没有因为撕心裂肺的痛苦叫喊。她是毛泽东的妻子，毛泽东的妻子应该是优雅高贵的，应该是从容淡定的，应该是无可挑剔的。长期以来，她一直梦想做一个完美女人，而现在，极端的酷刑给了她一个表现与展示完美的特殊机会。她不允许自己有半点失态，更不允许自己有半点失格。她要让敌人看看，毛泽东的女人是个什么样的女人！

3.来不及写出的情书

杨开慧受刑之后，李琼特意把保姆孙嫂调到了杨开慧的牢里。并特别告诉孙嫂，杨开慧的身体要是出什么状况，立即报告。

杨开慧这才知道。孙嫂也受了刑，但是受过刑的孙嫂并未在意到她自己。她看到杨开慧被折磨成那样，这个淳朴的农家妇女心像刀割一样。

在杨开慧家当了这么久的保姆，孙嫂也早已把自己当成了这个家中的一员。自从得知井冈山的故事之后，孙嫂的难受一点都不亚于杨开慧。在她眼皮底下看了七八年的这对恩爱夫妻，就是打死她也不信，会有什么事情能把这对夫妻拆开。但是看杨开慧的样子，开慧的那个心中人儿好像真的有新人了。

孙嫂发现，自那以后，开慧与她谈起那个好人儿的时候，总是用"他"来代替称呼。从前可不是那样。从前开慧一说起那个好人儿，总是称润之。润之说如何如何，润之喜欢怎样怎样；润之又有心事了，润之今天特别高兴，快给润之做一顿红烧肉……

让孙嫂大感意外的是，从受尽酷刑的开慧口中，孙嫂又听见了那声好久没有听见的"润之"。

当久违的"润之"二字从杨开慧口中再次说出，孙嫂的眼睛一下就红了。

从杨开慧被关进大牢到她英勇就义，虽然只有短短二十天。但正是这短短的时间里，在炼狱般的大牢中，杨开慧完成了她心灵中最后一次涅槃。可惜她美妙的心音再也无法变成心灵的文字，再也无法放进那个墙洞。否则，墙洞中的那些手稿，将会出现最美丽的崭新篇章——

只有在来不及写的篇章里，人们才能看见一个女人感天动地的爱情心音；

只有在写不动的文字中，人们才会感受到一位高贵女人真正的高贵！

也许正因为如此，藏在墙洞中的那些手稿，杨开慧最后都没有告诉任何人。她是有机会告诉他人的。比如牢中的保姆孙嫂，还有儿子岸英。还有前来探视她的亲人。但是，她谁都没有告诉。是不是身陷囹圄的杨开慧已然顿悟，那些手稿上的文字，只不过是她心路上一度迷乱的心灵碎片？那些碎片在某段时间里从心中飞扬出来、定格为稿纸上的文字，究竟是为了纪念一段心路，还是为了咀嚼一段寂寞？或者想叫家人有一天能把那些心灵文字转交给心中喊了千万次的人？

但是，大牢中的杨开慧已经不是手稿上的杨开慧——

手稿上的心音不过是秋虫般的呢喃，大牢中的杨开慧却亮丽于信仰的高山；手稿上的杨开慧不过是一个期期艾艾顾影自怜的家妇，而大牢中的杨开慧才是毛泽东当之无愧的爱人！

也许，大牢中的杨开慧正因为清楚地看清了手稿上的自己和大牢中的自己，已经是完全不同的两个自己。所以，杨开慧才决定，让那段寂寞的文字永远寂寞在墙洞中，永不示人。

但杨开慧更没有料到，那座坚实的杨家老宅有一天会被政府翻修。她当然不知道，八十三年后的今天，她已是中国大地上人人敬仰的英雄，她的塑像，一如永远不倒的丰碑，生生不息耸立，千秋万代荣光！

只是，她若知道手稿有一天会惊现，她可能提前叫亲人们把它们悄悄烧掉。因为她怕有一天会被丈夫毛泽东看见。也幸亏晚了七年，否则，毛泽东看到的就不是他真正的爱人的心曲，更不是他恋了一辈子的霞妹真正的分量。

——因为手稿中缺少了最美丽的章节，在那段未及写就的章节里，有她写给润之哥哥的最动人的恋歌：

今生今世，因你而生；

今生今世，以你为荣；

今生今世，为你而死；

今生今世，死也无憾！

4.愿润之革命早日成功

杨开慧在大牢里，父亲杨昌济的好友们都在为他的女儿四处奔走游说，试图要把杨开慧救出。以蔡元培、章士钊为首的联名保释信就交到了何健手上。还不放心，蔡元培和章士钊又电话告知何健，不日将亲赴长沙面见何健，探望身在狱中的杨开慧。

这让何健烦不胜烦。对那些社会名流的联名保释，他在心里自然是不屑一顾。但在表面上，该有的态度他又不得不做。但是，就凭那封轻飘飘的保释信也想要他乖乖放人，这可不是他何健的做派。在中国，从来只有笔杆子听命于枪杆子，岂有枪杆子听命于那几个字？这位上过三所军校的大军阀，一生只认一样东西：枪。枪是他的命，枪是他的王，枪是他的爷，枪是他的天！如果就因为笔杆子弄出那么些信，他把那个毛泽东的堂客给放了，他那十几万条枪岂不要吃素了？

但是何健明白，他可以把那一纸废话丢进废纸篓，但他不可能把写信的人也丢进废纸篓。既然蔡元培和章士钊要亲自来湘，他何健也不得不见。见了之后，要跟那些老书生比口才，肯定不是他何健的强项。左思右想，何健决定，趁那两个老书生未到长沙之前，把那个又臭又硬的女人送上黄泉路。到那时，那两个老书生口才再好也没劲啰唆了。

据说何健的手下曾经请示何健：杨开慧的儿子杀不杀？何健想了半天，终于决定：不杀。其实，斩草除根的道理他不是不懂。但是，杀一个几岁的小孩，毕竟会引起社会舆论的一片哗然，那些缠人的破记者，这段时间他算是见识了，麻烦。关键，那种舆论的压力一旦反弹到蒋委员长那里，他何健恐怕就祸福难料了。

杨开慧似乎感觉到敌人要狗急跳墙了，她郑重其事地给儿子岸英交代：你出去以后，记住告诉爸爸，妈妈没有给他丢脸，只愿他的事业早日成功。

生命将尽，杨开慧提醒前来探视的亲人：请给她带点化妆品来。

杨开慧在走上刑场之前，非常精细地为自己描画着生命中最后一次亮相。带着妆扮过的精细与从容，带着二十九岁的华年里最后一次亮丽。

临刑之前，杨开慧郑重地留下了两句遗言：

牺牲小我，成全大我。

我死不足惜，愿润之革命早日成功。

杨开慧被押上长沙识字岭那个有名的杀场时，刽子手要杨开慧背对行刑队的枪口，杨开慧没搭理，她面朝行刑队的枪口现出一种迷人的微笑。准确地说，是面对远方的血阳现出一种迷人的靓丽。不知道杨开慧的微笑里究竟含着什么，但是，她微笑着眺望的方向，正好指向——井冈山。

那一抹微笑随着一声枪响永远留在她满足而无憾的嘴角上……

那一年是1930年11月14日；那一天是杨开慧二十九岁生日后的第八天。

1930年11月14日，这个在中国历史上并不起眼的日子，没有因为杨开慧的死而显得特别起眼。

只有板仓的乡亲们给那一天传扬出一些灵异的传说——

板仓人说，那一天的太阳红得像血，那一天的太阳好像老也不愿下山，好久好久都挂在山上，把天上地上染得一片血红；

板仓人又说，那些血红的阳光是给他们的霞姑铺成一条归路。霞姑本来就是太阳的精灵，来人间走一趟后，就被太阳接回去了。

（选自《时代报告·中国报告文学》2013年第12期）

塘约道路

王宏甲

海，昨天退去。

出现在眼前的山，从天上俯瞰，宛若无数远古征战的帐篷安扎在大地。它不像太行山、神农架或者欧洲的阿尔卑斯山那样连绵不绝，多是一座一座平地而起。好像有一只上帝之手，曾经在这里做游戏，造了这么多小山峰。

这里的山，便是两亿年前海底世界的景观。在这些高度差别不大的群山之间，曾经有许多海底生物在"山"与"山"之间游弋，是两亿年前海底的自然力量造就了这里特有的群山。

我们今天所说的青藏高原，就在那时候出生。它曾是远古的浅海低陆，距今约二三百万年前开始大幅度隆起，形成今天的"世界屋脊"。最后露出水面的这片海底世界，因无数小山峰耸立于斯，便成为当今中国唯一没有平原支撑的省。

这里是贵州。我没有想过，工业发展滞后的贵州能在信息时代为全国提供什么经验，但是，现在这远山深土是如此生动地教育了我，令我不得不重新审视眼前的世界。

一　这是坏事，还是好事

2015年以来，有关"很多企业关门了"的说法就多起来，2016年更见有文章说"工厂机器沉寂，马路货车渐稀"。有人说，一批外企外资撤离中国，留给中国打工人口的失业震荡不小。还有人描述道："别小看每月三千元的工资。小小一张工资条的后面，有数百万留守儿童嗷嗷待哺，还有千百万白发苍苍的空巢老人的殷殷期待……"在这些说法中，失业的绝大多数是农民工。

与此同时，房价令人吃惊地暴涨，波及各类房租上扬，地下室也不例外。下岗农民工能在城市里等到企业再录用他们吗？能等到撤离中国的外国资本返回来再录用他们吗？

农民工回乡了。

不仅是单枪匹马外出打工的，不少农民夫妻带着孩子在城市打工的也拖家带口回来了。这些年，政府努力使农民工的孩子在城市拥有上学的书桌。现在，他们也回来了。

这是坏事，还是好事？

农民工回来了，还是这片天空，还是这片土地。不少人的地转让给别人种了，或撂荒了。现在干什么，日子怎么过？

多年前，我到洛水上游采访，看到许多"空壳村"，看到公路两侧的墙上刷着大标语"外出打工如考研，既学本领又赚钱"。那是当地政府部门刷出的标语。

曾经，面对"空壳村"，村干部感到无可奈何。现在村民们回来了，党支部能怎样？村支两委能带领村民重建家园吗？

今年，我五次去贵州省安顺市一个叫塘约的村庄，这里前年还是个

"榜上有名"的贫困村。我走进他们新建的村委会小楼。看到最醒目的四个红色大字就是：穷则思变。

他们确实在变。他们把改革开放初分下去的承包地重新集中起来，全村抱团发展，走集体化的道路，变化和成效皆惊人。我在这里看到了百姓的命运、国家的前途、党的作用、人民的力量。

二　在一贫如洗的废墟上

塘约村辖十个自然村，三千三百多口，劳动力一千四百多人，外出打工最多时达到一千一百多人，青壮年几乎全走了。这是个典型的"空壳村"。

白纸厂寨是村里最低洼的一个寨子，洪水半夜来了，村里多是妇女和老幼病残，寨前的村路被水淹得不见了，二牛从无路的半山踩过去到了寨子，就听见大人的喊声、小孩的哭声。天已微亮，水从后山涌进寨子，从寨子人家的前门里涌出来，村民在慌乱中喊叫着往屋外搬东西。

"别搬了，快往山上撤！"他大声喊道。

几乎没人听他的。

他进了一户姓邱的人家，这家夫妻都是智障，还有个小孩。夫妻俩站在水里发愣。他说："走啊！"

男的说："外面下雨！"

他喝道："屋子会倒啊！"他不听他们说什么了，硬把他们一家拽了出来。

这时他发现村主任彭远科也到了这里，还有两个村委委员也在疏散群众，他们把残疾妇女的一家人弄出来了。

瓢泼大雨还在下。滔滔洪水把衣服、鞋子、灶具、家具、电视机都从前门冲出来了。快六点时，水更大了，有个八十多岁的老人全身浸在水里从屋里出来，人们说他是"游出来的"：老人从水里被拉上来，搀扶上山。这时二牛看到，还有一些不是这个寨子的群众也来帮助抢险。

天亮了，部分房屋倒了。现在能清楚地看到寨子前方的土地不见了，一片汪洋般的混浊水面上漂浮着寨子人家的衣物和用具……这是塘约地势最低的一个村，塘约还有九个村在暴雨中，九个村都有危房。

二牛姓左，大名文学，这年四十三岁，是村党支部书记。这一天是2014年6月3日，塘约村遭遇百年未见的大洪水：田也毁了，路也毁了。左文学在暴雨中望着被洪水洗劫的家园，灌满他脑子的一个巨大问题就是：怎么办？现在怎么办？

受灾的不仅是塘约村。安顺市位于贵州省中西部，地处长江水系乌江流域和珠江水系北盘江流域的分水岭地带，有两区一县，还有三个少数民族自治县。这场暴雨，使这片土地受灾很广。

6月5日，安顺市市委书记周建琨等人踩着泥泞，来到受灾最重的白纸厂寨，看到几个人正在帮一对残疾夫妻修房子。一问，这几个人都是村干部，是义务帮忙。

"村书记呢？"周建琨问。

"也在帮人修房。"有人马上去叫左文学。

几个妇女围住周建琨哭诉："啥都没了，粮也泡水了……帮帮我们吧！"

周建琨问："怎么帮？"

"先帮我们修路！"

男人们出去打工了，女人是村里种田的主力，路没了，她们下地干啥都难。周建琨后来告诉我，他当时忽然很感动，她们不是要粮要钱，而是说修路。

周建琨正在跟几个妇女说话，村支书左文学来了，浑身沾着泥浆，两眼通红，像一匹狼。

左文学回顾，那天周书记看望了家家都在修房的村民，然后就在受灾现场跟他谈话。

周书记说："你这个村子有前途！"

左文学愣着，心想什么都没了，前途在哪儿？

周书记说："我看你这个班子很强。这么大的水，人住得这么散，没死一个人。你们干部了不起！"

左文学还是愣着。

"你为什么不成立合作社？"周书记又说，"你这里百姓也很不错，党支部可以把人组织起来呀！"

左文学说村里大都是妇女、儿童和老人。

"不管怎么讲，你要记住，"周书记说，"政府永远是帮，不是包。党支部也一样，要依靠人民群众。"

左文学告诉我，就在这天，他记住了周书记说的"要靠群众的内生动力"这句话。周书记说："妇女讲先修路，好，政府出水泥出材料费，你们出工出力干起来，行不行？"

左文学说："行。"

周书记接着说："要致富，你要有思路，有魄力，要敢于踩出一条新路来！你想想怎么干，我下次来，你给我讲。"

左文学告诉我："那天，周书记走后，我哭了。我一个人，躲起来哭得忍不住。"

我感到他的哭里有内容，大约有很多辛酸的往事涌上来吧，于是就问他为什么哭。他说："我看到了前途。"左文学告诉我，之前，村里人靠传统农业勉强度日，这场大水把很多农户冲得一贫如洗。是穷到

1097

底、困难到底了，大家才重新走上这条全村抱团发展的集体化道路。

三 左二牛的奋斗史

左文学这天躺进了一个椭圆形的大木桶，桶里热水齐腰深，他泡在桶里想往事想前途。

左文学做过文学梦，可是，读完高中回乡，父亲说，种地吧！家有九亩地，种粮，有饭吃，没钱。年底结婚了，要养家，他必须出去打工。这是1991年初春。他这时的梦想，是赚了钱回来到县城开个大超市。

少年时的朋友大多对他那个文绉绉的名字不感兴趣，叫他二牛。二牛有种干什么非干成不可的劲儿，同学都喜欢跟他玩。现在他是跟人出去的，到北京海淀区苏家坨搞房屋装修。

"做电工，现学的。"他读过物理，很快学会做电工，但渐渐感到"这不是一条路"。

打工半年多，他带回一千多块钱。

当然也带回来见识。他注意到北京郊区的大棚菜，他想，要是我们那里有大棚，也能在冬天种蔬菜，还能养羊、养猪、养鸡……回到家乡想搞大棚，没资金。他决定种药材，到信用社贷款五百元，去四川眉山引进党参、桔梗、独角莲……回来，播种，搞了两个月，失败了。

决心养猪。最多时养了六十头猪，那时他家前后左右都是猪圈。他还到信用社贷款购置了碾米机、磨粉机、压面机，在家里搞了个粮食加工厂。给村民加工米，对方把糠给他。加工小麦，做成面条，加工费就是糠和麦麸。他逐渐存下了六七万元，被寨子里的人认为是个能人。

养猪前五年是赚钱的，第六年养得最多，一下就亏了。他说："改革放开了农民手脚，确实没人捆住我的手脚，我可以放手去干了。但是，我深深体会到了，单打独斗很难抵御市场风险。"

不甘心，决定养牛，养了三十头母牛、六头公牛。在整个平坝县（后来改成平坝区）都很出名："那个养牛的叫左二牛。"

他越来越明白，养猪养牛，都得用头脑养。他发现一群牛中必有一个头牛，众牛都会围绕着它。于是给它脖子上系铃铛，别的牛四处吃草时不会走出牛耳听不到铃铛的范围。他感觉这个范围至少有五十米。他开始梦想搞一个大的养牛场。

养牛得去放牛，他每天带两样东西：雨具和书。他记得初中语文老师彭万师曾对同学们说，你们一生中一定要看看《古文观止》。现在有时间了，他就买来读，读得津津有味。

2000年换届，左文学被村里人选为村主任。乐平镇大屯片区总支书朱玉昌来村里找他谈话。他说我在养牛，脱不开身。父亲听说后表示，他说了不算，等晚上开个家庭会。

当晚，父亲主持家庭会，问儿媳妇："这个村主任，你同意不同意他干？"

儿媳说："他想做的事就做吧，我从来都没拦着他。"

父亲说："村干部要付出的，没有你支持，他干不下去。"

儿媳问："咋支持？"

父亲说："你就支持他两点：一是他有事，随时要走的，你不能拖后腿；二是有人来找，端椅倒茶要及时，找你吵架，你也必须先倒茶。"

儿媳说可以。

父亲再问二牛什么态度。二牛说牛还在。父亲说："没必要老想着挣钱。盖多大的房，你只有一张床。你消化再好，一天也是三餐饭。"

二牛说："现实中，没钱也挺难的。"父亲说："能生活就行了，到我这个年龄，给我钱也没用。"

父亲又说："村干部就像一栋房子要有几根柱子，没几根靠得住的柱子，一个村庄撑不起来。你有机会给大家做点儿事，是福气啊！"

左文学的父亲叫左俊榆，当了三十八年的村支书。

第四天，二牛把牛全部卖了，开始当村主任。这年他入了党，2002年底任村党支书。

塘约村有条河叫塘耀河，河上有座桥，近三十米长，桥面只有一米宽。小孩上学，四个寨子的村民进出都靠此桥。桥面临水很低，雨下大点儿，一涨水就把桥淹了，人就过不去了。生产队散伙后，村里只见个人不见集体，这座桥听凭水淹水落，几十年无可奈何。二牛决心修建一座高大的桥。找上级支持，县里给了六万元，只修了三个桥墩，钱用完了。

桥面没钱做，只好伐木用木板搭起临时的桥面。又去找了三个煤厂的老板化缘，发动村民捐钱、出工出力，总算把桥建起来了。左文学想，一定要让后代记住这些拿自己的钱做公益事业的人，于是在桥头立了一块"功德碑"，碑上刻着一副对联：众手绘出千秋业，一桥沟通万民心。

当地有煤炭资源，左文学曾想给村里办个煤厂，还想给村里办个木材加工厂，可是没有启动资金，也怕办砸了，不好给全村人交差。直到今天，周书记问他为什么不成立合作社，党支部可以把人组织起来呀！这话比洪水之夜的电闪雷鸣更让他震撼。

左文学在浴桶里泡了一个多小时，感到有重大的事要发生了。他爬出来，开始用手机通知"村支两委"全体成员：今晚开会。

一个政府，若无资产就无法管理社会。村是一个小社会，怎么能没有集体资产？村是中国最基层、幅员最广的地方，缺集体经济，村就涣散了，社会就会缺乏坚实的基础。左文学意识到，眼下最重要的事不在修桥或办厂，而是要把村民重新组织起来，靠集体的力量抱团发展。

四　塘约村的十一人干部会

2014年6月5日晚，"村支两委"十一位成员齐聚村委楼。小楼还是改革开放前夕生产大队那时盖的，如今已破旧不堪，屋顶滴滴答答漏雨。

"今天周书记问我：为什么不成立合作社？"左文学直接点明了会议主题。

合作社已不是新话题。早先沿海地区出现的那种大户承包，也有外面的老板来承包，雇农民干，种菜的、种果的、养鸡的……这类"专业合作社"，如今贵州也有很多。可是塘约村没有大户，没有谁承包得起。现在路坏了，田坏了，更没有外面的老板来包了。

"我们要成立怎样的合作社？"此刻，这是大家的问题。

"我想好了。"左文学说，"把全村办成一个合作社，把分下去的责任田全部集中起来，由合作社统一经营。"

"这可以吗？"会议室顿时热闹起来，大家七嘴八舌。穷！这是会上讨论到的一个核心问题。曹友明等年长的村委说，他们童年时的村庄穷到令人难以置信。

"这是真的，"曹友明说，"我小时候还盖过秧被。"

"啥是秧被？"我问。

"就是把插秧剩下的秧苗洗净晒干，用上面绿的编织，下面白的根须软软的，可以贴身。"

我在他们新建的办公楼里试图找回那个夜晚的声音。他们告诉我，家家都有织土布的织布机，穿自己织的土布衣，住茅屋。结婚，"一套新衣一尺红布"，这一套里没有内衣内裤，一尺红布用来盖头。生孩子，烧热水，用剪刀在火里烧一烧剪脐带。没剪刀的用瓷片。没有草纸，孩子生在灰堆里，烧得干干净净的草木灰。

"生病了怎么办？"

"请土郎中。用针刺放血，取老烟斗里的烟油烟垢抹上。拔草药煎喝，用生姜擦太阳穴。"

"大病怎么办？"

"没办法，只有死。"曹友明说这话时很平静。

我接着问，那时候，用钱，从哪里来？

他们说，背柴去城里卖。当地还有煤，背煤去卖。山地坡度大，只能背，去县城要走三个小时。当地有一种土，黏性高，可以烧制砂锅，拿去城里卖。

点灯？点不起。逢年过节，有客人来，办红白喜事才点灯。黑夜很长，没有火柴，用蒿草晒干搓成细绳，山里有一种黑石头，铁匠铺能买到一种小铁片，用这三样东西打出明火。1950年塘约村有了火柴，叫"洋火"，两分钱一盒，家家户户都买得起了……

回到2014年这个夜晚。天上还下着雨，屋顶滴滴答答地漏着，会议室里的讨论在继续。

左文学说："强强联合，可以使富的更富。强弱联合，强的帮弱的，才能同步小康。这道理是明白的。问题是，你是较强的，你愿不愿意跟弱的联合？"

"可是，你强吗？"有人这样问。大家都听懂了，这是问在座的每个村委委员。

在这漏雨的小楼里开会的十一位委员，一般说，都被村民们看作是村里的能人。他们绝大多数都有打工的奋斗史。村主任彭远科曾经到浙江慈溪打工四年。他们几乎一致的体会是，生产队解体后，确实没有人捆住你的手脚，你有多少本事都可以使出来。他们也确实奋斗了、拼搏了。但是村里没人靠打工富起来的，反倒是从前一家人团聚的生活变得支离破碎。左文学最深的体会是："单打独斗没出路。"

他们谈道，离乡去打工，你的农民身份就是束缚。青壮年都走了，本村落后的环境缺少人去改造，留在村里耕种的妇女、老人很辛苦，收获很少。

仿佛是一种心中早有的愿望，在这个夜晚苏醒，村委委员们都激动起来了。

左文学讲自己是在浴桶里想啊想，想明白了："要踩出一条路来，第一步就是要成立合作社，把全村的土地都集中起来，搞规模经营，实现效益最大化。第二步就是调整产业结构。"

什么叫调整产业结构？左文学展开来说，村里出去打工的人里面，搞建筑、跑运输的很多，分散了都看不见。我们可以把回来的人组织起来，搞建筑公司、运输公司。

这两步，怎么去实现？他说："我看到有个'流转'的说法，是十八届三中全会关于全面深化改革的决定里说的，农民有承包地经营权。这个经营权可以向专业大户、家庭农场、农民合作社、农业企业流转。"

说到这里，左文学加大了声音："我们为什么不成立一个土地流转中心？通过流转，把承包地重新集中到我们办的村合作社。你们看，行不行？"

大家发言热烈。有人提出疑问："把分下去的承包地重新集中起来，是不是走回头路啊？"

"我想过了，"左文学说，"以前那叫改革，我们这叫深化改革。"

作为过来人，大家都深有体会，比较一致的说法是：生产队解体后，村里只见个人不见集体，青壮年都出去打工了，村不村，组不组，家不家。

"日子不能再这样过下去了。"村委们都这样认为，并很快转为积极出主意。有人说，我们干部带头，先去做贫困户的工作，这事就容易做起来。有人提议，先成立一个老年协会，去做老年人的工作。村里多是老年人，看重土地，还在种地的也多是老年人。先把老年人团结起来，很重要。这个建议被大家一致认可。

曹友明被推举为老年协会会长。他当过民办教师、大队会计，还当过平坝信用联社营业部主任，退休后就被左文学请来当"军师"，是塘约村最年长的超龄干部。

左文学肯定了干部带头的意义，接着说："这件大事还是要村民来定。"

他说十八届三中全会那个决定的最后一条写着："人民是改革的主体。"他从笔记本里把他抄下来的话念给大家听，"要坚持党的群众路线，建立社会参与机制，充分发挥人民群众的积极性、主动性、创造性。"

会议最后决定：明后两天做准备工作，第三天上午召开村民代表大会，对成立塘约村合作社，把承包地重新集中起来统一经营一事，进行公决。

贵州省省委省政府向全省提出同步小康，旨在2020年贵州省要与全国同步实现小康，不拖后腿。在塘约村表现为，要同步小康就必须把单家独户的农民从零散的地块里解放出来，实行规模经营、多种经营。这里深刻的原因还在于，在信息时代，仅靠传统农业方式已无法承载农民生计，真正的贫困已日益表现为旧有生产方式的束缚，在改革的基础上深化改革势在必行。

五　村民的选择

老年协会是塘约村最年轻的一个组织，因为它刚刚成立。

"塘约村六十岁以上的老人有六百二十人。"曹友明说。

采访中我得知，塘约村的老人也多是打过工的，三十多年前，他们中的很多人也曾是打工仔、打工妹。那时候，山里父母还多是让男孩在家乡成家立业，被推向市场的多是女孩。一趟趟"盲流专列"把乡下人如集团军般拉到南国的劳务市场，火车到站，汽笛声响得让人心慌。

那以后月尾节初，有打工族的地方，邮局就挤满了他们的身影。把流水线上的劳动所得变成汇款单，寄往贫穷的家乡，被家乡人戏称为"外汇"。谁能说他们没有过青春梦想？可是几十年过去，把汗水洒在东部的许多城市，他们回来了。每个人都比从前更知道哪里是自己真正的家乡。

先去做老人的工作，不是因为难，而是更容易。曹友明喜读古典，他说这符合老子说的"天下难事必作于易"。

从村支两委开过会议的第二天开始，村干部就分头工作。老人协会也开始紧张工作。村民代表怎么产生？每十五户人选一个代表，原则就是：你相信谁就选谁。

2014年6月8日上午，出太阳了。这是个不寻常的日子，十个自然村寨的村民代表，集中到塘约村本部开大会。

会议开始，先由左文学向大家报告，我们村为什么要办合作社，办怎样的合作社。他说，把土地集中后就能统一规划。组建农业生产、养殖、建筑、运输、加工等专业队，将来发展成专业公司。妇女也要组织起来，开展适合妇女的创业。男女都可以在各专业队上班，按月领取工资。另外，村民入股到合作社的土地经营权，可以按每亩一年的约定价领取资产性底线收入，年底还能分红。

　　为什么现在做这件事？

　　左文学说，洪水把村路冲坏了，是按老路修，还是拓宽修好一点儿呢？我们想修一条把塘约十个村都连起来的"环村路"！这就要经过一部分人的承包地。如果土地转到合作社，这事就比较好办了。还有一部分田地被水冲毁了，不管冲了谁的，要修复都很难。土地转到合作社后，修复就是集体的事了。

　　怎样才叫入社？

　　不是行政命令，也不是简单的报名参加。前提是，必须维护农民的土地承包经营权。是农户自愿把土地承包经营权转给合作社，这个"转"，上面的专家给取了个新名词叫"流转"。大家记住，把土地"流转"到合作社，也就是"入股"到合作社，也就是入社了。

　　左文学在讲话中反复强调了一个原则：入社自愿，退社自由。左文学讲得明白易懂，一讲完，会场就像开了锅。

　　最后对是否同意成立塘约村合作社投票公决，参会代表八十六人，全票通过。

　　土地确权流转，是一项艰巨、细致的工作，要对村民承包地重新丈量，登记存档，张榜公示，接受全体村民监督。最后市政府颁给土地承包经营权证，简称"土地确权"。

　　但是，我这样描述，是远远不够的。

渐渐地，先前也曾耳闻目睹的事，现在以不同的情势在眼前呈现，我问自己：难道没有看见农村土地被大量征用，名目繁多的各种"开发区"已如燎原之火不可遏止，已大大超过20世纪90年代初期的"开发区热"，很多农民成为"无地农民"……这是与我们这些非农民无关的事吗？

2013年12月下旬，中央农村工作会议在北京召开：会议发布公告说，要用最严谨的标准、最严格的监管、最严厉的处罚、最严肃的问责，确保粮食安全，坚守十八亿亩耕地红线。

会议把这十八亿亩耕地红线定为我国粮食安全的底线。

为什么必须守住这条底线？

中国有近十四亿人口，以十八亿亩耕地为底线，人均耕地是一亩二分多。目前中国粮食平均亩产约三百二十公斤，按此计算，一亩二分多耕地的粮食产量约三百八十公斤。以一般人均粮食三百七十公斤计算，十八亿亩耕地也就是中国人的"口粮田"。这条底线一旦破除，大量耕地势必被强势资本圈占，中国的粮食生产就不可能做到自给。

国内外都有人竭力促使中国取消这条耕地红线，论述"在中国种粮不如向国外买粮"。然而一个人口大国，粮食安全的主动权若不掌握在自己手里，岂不是很危险吗？所以中央农村工作会议强调，中国人的饭碗任何时候都要牢牢端在自己手上，中国饭碗应该主要装中国粮。

再看2014年的中央一号文件，强调深化农村土地制度改革一定要守住三条底线。

第一条就是要坚持农村土地集体所有制不动摇。

第二条是要坚持农村基本经济制度。其含义是在农村土地集体所有权的基础上，巩固家庭经营在农业中的基础性地位，不能随便侵犯农民的承包地经营权。

第三条仍是要坚守十八亿亩耕地红线。

为什么一再强调要守住这些底线？因为这些底线不断遭到国内外资本的挑战。

土地所有权是集体的，农民的承包地只是得到经营权，这种从承包政策中得到的经营权并不稳定。承包地常常被"代表着集体"的权力出卖了，名义多是政府征用、发展需要用地，然后转卖到了地产开发商手里。农民拿到一笔钱后，那本属于他经营的土地就不复存在了，也永远失掉了本属于他的土地经营权。

改革开放三十多年来，农村在土地方面积攒了不少问题，如增加人口不增土地、死亡人口不减土地等。在侵害土地集体所有制方面存在的问题，被概括为"四地"问题：一是违约用地，二是违规占地，三是非法卖地，四是暴力征地。

塘约村或因地方穷而偏僻，尚无房地产商涉足，没有非法卖地，也没有暴力征地，但塘约村有违约用地和违规占地。

违约用地，指承包人没有按照责任制承担起应尽的责任，致使土地荒废、农田设施毁坏、土地用途改变等。

塘约村土地撂荒达到百分之三十，这就是没有履行承包职责的违约行为。

由于土地的所有权是农村集体所有，村集体是有权收回撂荒土地的。如果这么做了，在塘约人看来，这是重视土地而忽视人。

村集体没有这样做，而是在土地确权中，对撂荒的土地丈量后依然确权给承包人，再由承包人自己选择——如何使用确权颁证后的承包地经营权。此举，深得塘约村民之心。这百分之三十撂荒的土地，确权后全部流转到村合作社。

如此，塘约村的土地确权，无疑巩固了集体所有制，也保障了每一户村民的承包地经营权，维护了全体村民的利益。

但是，我这样叙述，仍然是不够的。

当今的"确权"和"流转"，出现在我国深化改革的"现在进行时"，与之有关的不仅仅是作为个体的农民，更不只是贫困地区的农民。当今的专业大户、外来资本，也盯着农村土地确权，也可以成为农村资产"确权"后的"流转"对象。而且，他们比一般农民，特别是贫困地区的农民，更有资本购买"确权"后的种种权益。

至此我看到，"确权"是"流转"的基础，流转给谁，才更为关键。农民一旦把承包地确权后的经营权出卖给大户或外来老板，农民自身就丧失了对承包地的经营权，就只剩下打工的身份了。

今天塘约村民的道路中有他们自己的选择，他们知道参加合作社后，可以选择在农业生产专业队干，还是选择去建筑队或者运输队。他们还知道，将由自己来选举他们的专业队长。如果他们的队长不称职，或者不能领导着大家完成订立的指标，他们的队长是会被罢免的。

现在塘约村的土地流转中心，由曹友明挂帅。

具体操作时，有些村民还是有顾虑的。如果一一去动员，则工作量巨大，去动员的干部也不一定都能讲得准确，于是由曹友明执笔，最初是以村支两委的名义（后来也以土地流转中心的名义）给全体村民写信，印刷了发到各家各户。类似的信，后来多次在塘约村的改革发展进程中出现。

我感觉这种工作方法，带着曹友明这位乡村知识分子的做事风格。他说现在家家户户都有会识字的人，把信发到户，与每一户人好好沟通，这是个节约人力的好办法。

他还说："村里发生了什么大事，每一户村民都要知情。他们可以慢慢看，看了想，想了再看，就都明白了。"

我看到这封信的开篇是这样写的：

尊敬的全体村民：

　　自6月3日、7月16日两次特大洪灾以来，本村得到了各级政府的关心和支持。市委周书记多次组织工作组到塘约考察调研并指示："要使塘约村民富裕起来，必须把农民从土地上解放出来，去从事第二三产业，或重新回到自己的土地上（指外出打工的回乡），从而激活农村经济，推动美丽塘约建设的加快发展，实现'双赢'的目的。"

　　传统农业已经不能适应当前农村经济发展形势，须把土地流转集中使用。鼓励村民用土地作价入股，把身份转变为合作社社员……

我在他们的方法中，感到了村领导集体与村民沟通的意义。在这封信里，可以清清楚楚地看到，塘约村的土地确权、流转，都不是目的，目的是为了调整产业结构，改变乡村沿袭了几千年的、传统的、单纯的农业生产方式，推动家乡的发展。

同时，我还得知，干部带头把土地确权流转到合作社，也很重要。

具体丈量土地，先用仪器测量，再用土办法量一次，直到两种方法测量的结果基本一致。

曹友明介绍说，按老子讲"天下大事必作于细"，我们这件事也做得很仔细。我听着他的说法，心里想，民以食为天，这真是天下大事。他说合作社起步之初，缺集体经济，老人协会成员协助做了很多工作，是义务的。

"他们被称为'老人志愿者'。"曹友明说。

土地承包制三十多年了，土地上也积下了不少纠纷，原因五花八门。如果是有纠纷的地界，"老人志愿者"就会去指定地界做裁判。土地确权历时十个月，他们始终与相关农户到地头指定地界，协助丈量，并在亩数确认后协助村里与农户签约、按手印等。

我渐渐发现，这个老人协会是塘约村当今一个发挥了很大作用的组织，他们的核心成员有十六人。他们不是一般的"发挥余热"，他们在少年时天天听"社会主义好"的广播长大，说这些"老人志愿者"身上活跃着"社会主义的因素"是不过分的。他们期望用自己此生尚存的力气，使第二代、第三代有更好的家园，这是他们的内在动力。我甚至感到，他们内心有这一代老年人悲壮的情怀！

新中国成立以来，塘约村一切激动人心的变化几乎都与组织起来有关。塘约村前还有一条河叫洗布河，早先只是一条弯弯曲曲的水沟，下大雨就要淹没周边的大片田地。1975年大搞农田基本建设时，靠集体的力量开掘成一条小河，最宽处有八米，就在塘约地势最低的白纸厂寨旁边。由于这条河还是太小，2014年大洪水来的时候，无法起到泄洪作用。村里把土地集中起来统一规划后，为了保障这片土地久远的安全，他们把河道拓宽到三十米，还修筑了两岸的防洪堤。

他们说："这是一条生态河。"

我问："为什么这么说？"

他们说："堤上种树种花草，河里有鱼有虾。"

与此同时，靠集体力量，他们还进一步疏通塘耀河道，也修筑了两岸的防洪堤坝。如今呈现在我们眼前的塘耀河，已是一条河面达三十五米宽的家乡河。

"这次拓宽洗布河，全体村民一起干，用二十二天就修好了。"左文学说。

大洪水后，安顺市市政府出材料费，村民出工出力，修建了连接起十个村寨的硬面环村路。这条环村路有十六公里，它的修成，使村民们切实地感到十个分散的村寨是一个整体，同时重新体会到，大家都肯为公益事业出点儿力，村庄就会出现奇迹。

还有一件令人意想不到的事情，塘约村在土地确权之前，全村的耕地面积是一千五百七十二点五亩，从土改到人民公社，到家庭联产承包制时期，一直是这个数目。这次经用仪器测量和土法丈量后，确认的全村耕地面积是四千八百六十二亩。

没错，多出了三千二百八十九点五亩。

这是纯粹的耕地，不包括山林。

2016年4月，习近平总书记在安徽小岗村主持召开农村改革座谈会，在会上强调：不管怎么改，都不能把农村土地集体所有制改垮了，不能把耕地改少了，不能把粮食生产能力改弱了，不能把农民利益损害了。

对照一下塘约村的土地确权流转，塘约人自己都没有想到，每一户人的承包地都比从前多出一倍以上，确权后入股到合作社，得到的资产性收入也增加了一倍以上。

"越到后来，希望流转入股到合作社的积极性越高。"左文学说，"之前，由于大量青壮年外出打工，塘约全村百分之三十的土地撂荒。荒在那儿什么收入也没有，流转入股了就有收入，在外打工的也回来把土地流转入股了，谁也不想落下。"

曹友明说："后面流转的都看到好处了。当他们把承包地之间的田坎界挖掉时，那种高兴劲儿跟土改时分到土地也差不多。"

他们说的"田坎"，就是江南农民说的田埂，全体村民的承包地全部流转入股到村合作社。

把承包地确权流转到合作社统一经营，这是在三十多年改革的基础上继续改革，是中国农民再一次选择命运、选择前途、选择生活、选择同步小康的发展方向。

六　重新组织起来

左文学说的"第二步"，就是土地集中后的农村"产业结构调整"。

负责组建合作社各专业队的村干部叫丁振桐，三十二岁，他中专毕业后到江苏打过五年工。

合作社组建各个专业队，村民们根据自己的能力和愿望，选择参加哪个专业队。专业队由大家选队长，报村支两委认定。

农业生产团队有四个组，领导人称班长。四个班长分别是罗光辉、李从祥、肖红、张贵方，他们都是外出打工回来的。

四十五岁的罗光辉被选为种地的班长，他重视精耕细作，用拖拉机耕地，别人耕两遍，他耕三遍。他还把工厂里的标准化生产运用到农地里，如此就把个人的优势传播到众人的劳作中。在他的带领下，一亩地产出辣椒七八千斤，去年一斤辣椒卖一块二，一亩收入就达到万元了。之后还能种一季小白菜，一亩收入三四千元。

"过去主要是种水稻和玉米，一亩田种下来，除去成本，大小季合起来最好的也不到五百元。"他们说的大小季，大季指水稻，小季指水稻收割后还可以种一季别的作物。

四个生产种植组共八十人，季节性用工（如采摘时）可用到三百多人。

"目前，"左文学说，"合作社农业团队的主力军还是妇女，人数占到八成。"

一个妇女在水田劳作一天一百元报酬，做旱地一天八十元。一个月有四个休息日，最低月工资两千四百元。出勤二十六天算一个月。不满二十六天，按天扣工资；超过，按天付加班工资。按月付薪。

班长罗光辉的年薪五万元。如果完不成预定产值，扣年薪；超过了，超产部分百分之三十归他，百分之七十归合作社。归合作社的部分，年终全社分红，百分之四十给农户，百分之三十归合作社，百分之二十提留公积金，百分之十提留村委会用于办公。所定产值，是能够保障团队支付基本工资的费用。

罗光辉因种植业绩突出，很快被推举为合作社的农业社长。这里，四个组不存在竞争，而是可以互相学习，互传经验，资源共享，共同向外开发市场，更好地发挥规模效益。

合作社成立一年多，这个以妇女为主力的农业团队，把先前所有撂荒的土地都种上了，其中种植了精品水果一千二百五十亩、浅水莲藕一百五十亩、绿化苗木六百一十二亩，还建成四百亩用农家肥的无公害蔬菜基地。这蔬菜，专供城里的学校食堂。所有这些，都是以前单打独斗不可想象的。

选择参加建筑队的也有不少妇女。

谷抨寨有个王学英，丈夫七年前因肝炎恶化去世。家里留下四个子女，最小的不到两岁，最大的不到十岁。为给丈夫治病，家里还欠下六万多元债。家里只有一亩五分承包地，没法维持生活。那年她三十五岁，没有改嫁。把地种上，就去附近建房子的地方做小工挣钱养家。

"你家怎么只有一亩五分地？"黄海燕问。

黄海燕是平坝区区委宣传部副部长。我在塘约村采访，对当地有些方言听不懂时她就给我翻译。

王学英是从外村嫁过来的媳妇，她和孩子都没有地，这一亩五分地是她丈夫的承包地。而三十多年前，这地最初的承包人也不是她丈夫，是她丈夫的父亲。后来，做父亲的把承包地分给几个长大的儿子，她丈夫就只分得一亩五分。

为了攒钱还债，在丈夫去世后，她自己和四个孩子都没有买过一件新衣服，身上穿的都是亲戚邻居送的。孩子的衣服总是大的穿了小的穿，缝缝补补，直到不能再穿。没有给孩子做过一个生日。过年，孩子也没有得过一分压岁钱。人家说她"省"，她说她不是"省"，而是没有东西可"省"。

孩子的爸爸去世时，最小的儿子只有两岁，他要爸爸，母亲就告诉他，爸爸去打工了。一次儿子发高烧几天不退，她害怕了，背着儿子到五公里外的乐平镇去看病。在镇医院输完液，往回走的时候已经是晚上八九点。出了镇子，路上就没有行人了。

她背不动儿子了，这时的儿子快三岁了，她只好把儿子放下来，牵着儿子的手走。幸好天上有月光。走了一会儿，儿子突然说："妈妈，我怕，你打电话叫爸爸来接我们吧！"

她心里一颤，泪水流下来，又把儿子抱起来走。她是有个老手机，也是别人换新手机时把不用的送给她，她有这手机联系做工就方便了些。她对儿子说："你爸爸的电话打不通。"

她说丈夫去世后，没有一个亲戚朋友到过她家里做客。世上有很多人，可她经常感到只有她一个人。多少年了，她都是半夜睡，天蒙蒙亮就起。苦不怕，累不怕，饿不怕，最怕孩子生病。孩子把她抱得紧紧的，然后她跟孩子一起哭，哭得叫天天不应，叫地地不灵。

忽然，听说村里要成立合作社了，她是谷掰寨头一个报名参加合作社的。又听说合作社要成立建筑队，妇女也可以报名，她又是头一个报名的。大家也都知道，她这些年净在建筑工地上做小工。

大洪水后，平坝区区委书记芦忠于到村里扶贫，看望了王学英和她的孩子，非常感动："这个母亲很了不起啊！坚持把四个孩子抚养大，每个孩子都供去读书，还把债还了。"

洪水把她家那又小又破的土房子泡得没法住了，政府拨款帮扶她建新房，合作社的建筑队承建。她就是建筑队的一员，建她的房子。她是拌灰沙的副工，同时还负责做饭给建房的工人吃。这样她有工资，一个副工一天工资是一百二十元。

但是，王学英没要。她说："这是给我盖房子，我做什么都是应该的，怎么还能拿工资呢？"

政府给她建的新房子有一百二十平方米，在她看来，这就是天堂一般的房了了。她说她做梦都没想过怎么有这样的好事。

左文学告诉她，她是精准扶贫对象。

她听不懂什么是精准扶贫。

黄海燕告诉她，"精准扶贫"是习近平总书记2013年11月提出来的，2014年3月在两会期间再次强调要实施精准扶贫，瞄准扶贫对象，要"重点施策"。这项政策刚刚落地，你就享受到了，是你的福气。王学英这才有点儿明白了。

但由于这件好事是跟合作社成立一起来的，她总觉得这件事跟合作社有关。现在她心里就是感到合作社是她的靠山。自从加入合作社建筑队后，她不用自己东奔西颠去找小工干，有建筑队安排，她有了稳定的工作，欠人的钱很快就还清了。

她说："我现在什么都不怕，就怕合作社解散了。"

采访中我还得知，因贫困还欠着债的，村里有个说法叫"债民"，塘约村有百分之三十的"债民"。

左文学告诉我："他们，都是最拥护成立合作社的。"

原因就在于，他们平日在困境中比别人更体验着孤独无助，现在也更感到合作社是他们的靠山。

合作社建筑队总队长叫彭德明，今年六十六岁。多年来，他一直在本县内做工程，石工、泥水工、木工都会做。人民公社时期，他当过大队出纳、保管员，土地承包制后当过村委会副主任，有管理能力，有公信度，大家就选他。

彭德明介绍说："搞建筑，一般两个主工，需要一个副工，副工主要是妇女。"

讲到妇女，我想知道作为副工的妇女主要承担什么。彭德明说："副工搅拌灰沙，把砖放到提升机里，运上脚手架。有集体，能安排，妇女就有活儿干。"

他还说："我们建筑队，主工每天工资三百元，副工一百二十元至一百五十元。"以此算来，作为副工的妇女，月薪至少可拿到三千六百元。

"也有妇女是做主工的。"左文学说，三十岁的王桥仙就很出名，远近的人家都喜欢她粉刷的墙壁。

建筑总队下面有十二个队，共二百八十六人，分水泥工、粉刷工、石匠、水电安装、室内装潢等工种。其中妇女近百人。

合作社运输队的队长叫刘尧光，他的父亲刘仁全当兵时学会驾驶，退伍回乡后开拖拉机，后来买车跑运输。刘尧光十来岁就跟着父亲在车上跑，很早就学会了开车。

运输队有四十多人，六成以上是打工回来的。土地确权流转到合作社后，合作社出面担保给农户贷款，没车的可以用贷款买大货车或中型车。现在运输队有四五十辆车。开大型车的每月收入三万元左右，开中型车有一万多元，没出车的日子还可以做别的工。

就在他们投票公决后不久，塘约村合作社把老队部的旧楼拆了，盖成一座更大的新楼。这新楼就是他们自己的建筑队和运输队合力的"作品"。

他们说合作社是全体村民的总部，村民的大家庭，要有一个有号召力的新形象。这座楼里有一个"道德讲堂"，不仅讲孝道，也讲科学养殖等。我看到来听讲座的男女老少都有，热闹得让我恍若置身于某个电影中农会的场景。

2015年4月，塘约村的运输队正式成为运输公司；建筑队成为建筑公司，注册资金八百万元；还建立了一个水务管理工程公司，把全村自来水、提灌站集中起来管理，注册资金九百万元。

现在可以归纳一下，塘约村成立合作社后，第二步就是产业结构调整。之前，土地的产出率不高，商品率更低，现在生产的组织化和产业化焕然一新。这无疑得益于产业结构调整，然而产业结构调整是从组织生产的技术层面去说的，深刻的原因还是把全体村民重新组织起来，才有如上所见崭新的劳动生活。现在，塘约村支两委更加认定自身的责任和意义，进而知道，就在这乡土里还有更多农村资产需要确权，并落实到集体和每一个村民。

七　七权同确

"我看到你们的内生动力了，很好！你给我讲讲下一步怎么干。"在塘约村，周建琨见到左文学就这样对他说。

这一天是2014年8月16日，塘约村尚在土地丈量确权之中。

左文学汇报了成立农业、建筑、运输各专业队的情况，还讲了要建三个基地……他把已经做的、正在做的和准备做的都说了。

"你们看，只要支持一下，他们的内生动力就会爆发出来。"周建琨这话是对一同来的区、镇党委领导说的。他还说，"有些事，是要领着农民干的，有些是农民已经干起来了，我们要跟上。"

周建琨此后在很多场合说到塘约村，讲基层的内生动力起来后，会产生不少首创，首创一旦出来，党委、政府怎么办？他说："要去学习，去补位。不能落在后面，更不能阻挡。"

我在一个夜晚访问了周建琨书记，"夜访"是因为他忙。我注意到左文学现在常说的"内生动力"，还有干部们说的"农民的首创"，都来自"周书记说"。

周建琨是从农民的贡献说进去的，他说："新中国的成立，靠农村包围城市，农民的贡献非常大，这不用说了。就说改革开放以来，去东部和城市打工的多数是贫困地区的农民：两亿多农民离乡离土去打工，在哪里都是用最长的劳动时间，干最辛苦的活儿，为东部的建设，为城市建设，做出了巨大贡献。但是，他们自己的家乡现在还很穷。"

我说："是的。"

他说："所以，我们今天扶贫，怎么帮扶都不为过。但是，最重要的是农民自身要产生内生动力。内生动力出来了，就可能出现种种新的做法。上级如果认为以前都没有这样做过，不妥，那就会把农民的首创熄灭。从这一点讲，我们也要警惕体制束缚农民的首创。中国农村这么庞大的群体，要引向致富不容易。农民在基层的首创是走向发展进步的首要因素，党委和政府要及时补位，就要敢于担当。"

他告诉我，他读了毛泽东当年亲自编的《中国农村的社会主义高潮》这部书，很感动，很受教育。他说毛主席当年是那样一心一意地使"六万万穷棒子"走上社会主义道路而工作。他从手机里点出当年毛主席写在安顺马鞍山合作社调研报告上的按语，那是一张影印照片。我看到毛主席在一张稿子上修改得密密麻麻的文字，最后一段话是："领导一定要走在运动的前面，不要落在它的后面。在一个县的范围内，党的县委应当起主要的领导作用。"

我于是领略了"内生动力"和"农民的首创"之间的关系，也理解了周建琨为什么说，有些事是要领着农民干的，有些是农民已经干起来了，我们要去学习，去补位。

现在周建琨再次来塘约，他对左文学说："你们有了合作社，还要有电商平台，要有新型的金融中心。"

左文学听得似懂非懂，但他会去买书来看。他很快知道了要学会运用网络、电话建立销售渠道，而不只是把产品弄到市场上去叫卖。他还琢磨了"互联网+"，考虑怎么弄"互联网+塘约+蔬菜"。

什么是"新型的金融中心"？就是如何运用确权后的土地、山林等生产资料，向银行融资贷款，使农村资源变资金，用来发展集体经济，而不是依靠招商引资等外来老板的资本。

左文学说："周书记每次来，说的话不多，但我都要拼命看书学习才能懂。"左文学家里没书柜，读的书在床头、厕所、浴桶旁边随便放着。

左文学说："这次周书记还嘱咐，你们的土地确权了，还有山林、房屋可以确权，你再全面想想，争取搞个农村产权制度改革试点，行不行？"左文学还不知要怎么做，就说行。

2014年10月，安顺市农委把塘约定为全市深化农村改革试点村，称之"拉开了农村产权制度改革的序幕"。

今春，他们已是贵州省农村产权"七权同确"第一村。

什么是"七权同确"？它们的意义在哪里？他们是怎么做的？

先说有哪"七权"。

他们告诉我，除了土地承包经营权，还有农民宅基地使用权、林权、集体土地所有权、集体建设用地使用权、集体财产权、小水利工程产权。

为什么要"七权同确"？

前面说过，农村的"四地"问题，塘约也有"违规占地"问题。这是指把集体的土地、荒坡地或林地占为己用，或种植或建房。当对集体所有的土地、林地全面进行确权时，那些侵占集体耕地的行为就在确权中显露出来，就该归还集体。

你可以仔细看看，上述七权，全都指向巩固农村集体经济所有制、巩固农村土地集体所有制。

怎样来理解和看待这项工作的意义？

生产队散伙三十多年了，村里出现了不少村民侵犯村民利益、村民侵占集体资源的行为。纠纷发生时，怎么解决？

"看谁的拳头大。""看谁兄弟多。""看谁有权力……"

那侵占，有的是强占，霸道出来了。管，还是不管？

尤其是村民侵占集体资源的现象，多年来，存在村干部不愿得罪人或不愿管、不敢管的情况，以致集体资源被随意占用。主要有以下三种现象：一是建房侵占集体土地。山村的房屋距离土地近，比方说，他的宅基地只有一百平方米，建的时候，往往扩宽挤占到一百二十平方米，甚至更多，这就蚕食了集体土地。二是占用集体沟渠。大集体时修建的沟渠，在生产队散伙后年久失修，渐渐废弃。有些承包地紧靠沟渠的人家，把沟渠挖平占为自己的田地。三是占用集体山地。土地承包到户后，荒山无人管理，部分村民在山上开荒种玉米，久而久之，那山地就变成"他家的"了。

这些情况，管还是不管？怎么管？

比如怎么看待在荒山上开荒种玉米这件事情。这荒山要是荒着也是荒着，比起那些违约撂荒了责任田的事，这件事是有功还是有过呢？如果他们家多种这几十亩日子比别人好了，那不是"劳动致富"吗？

要是不管，这山地分明属于集体资源。

左文学汇总、梳理，发现几十年积累下来的矛盾有十七种。

老年协会则在调查盘点中指出，有不少问题出在村干部身上。

十八届三中全会提出全面深化改革。我现在感觉到了，这里确实存在一场深刻的改革。当改革改到干部头上了，怎么推进？

左文学去向毛主席请教。他从《毛泽东选集》第三卷里读到《关于领导方法的若干问题》，看到毛主席开篇就写道：我们共产党人无论进行何项工作，有两个方法是必须采用的，一是一般和个别相结合，二是领导和群众相结合。

左文学说他受到启发，感到首先要解决四种人的问题。

"哪四种人？"我不禁好奇。

"村委、党员、村民组组长和村民代表。"他说这四种人不是都有问题，有问题的只是"个别"。又补充说，这"个别"虽然不止一两个人，但比起一般群众，这些有问题的干部毕竟是少数：我们先解决好这"个别"的问题，一般群众就好办了。

他首先去做前任党支部书记的工作。因为调查反映，前任党支部书记私占集体的荒坡地。再有，他还私占集体荒坡地建房。现在怎么处理？

前任支书支持了村支两委现在开展的确权工作，把耕种的集体坡地完全归回集体，一共有两块，共一点二亩。

那么在集体坡地上建房怎么办呢？

村支两委讨论，大家认为建房也不容易，不能把房子推倒，于是讨论了一个价格，按每平方米五十元计算，让当事人把钱交给该坡地所属的村民组，这个宅基地使用权就确权给当事人。前任书记私用的这个宅基地共有一百二十平方米，应交六千元。这个处理方法，最后提交村民代表大会讨论，得到通过。

就这样，通过解决"个别"党员干部的问题，"一般"群众的问题果然都比较顺利地得到解决。左文学由此体会说："毛主席他老人家的办法还是好。"

农村确权与流转等新事物涌现，在塘约呈现出一个丰富的世界。在新办公楼里，左文学打开电脑，向我演示了一个管理系统，这是在GPS、航拍定位等工作的基础上做的全村"七权"数据。只要点击眼前的卫星地图，塘约各类资源就会以不同的色块标示出来。点击某个蔬菜基地，就能看到该区域在哪儿，涉及哪些农户的多少亩多少宗地块。

村主任彭远科介绍说，为了更精确，我们招标外请专业公司来做测量，用卫星测绘，上级有关部门配合，做林权勘界等，最后由平坝区人民政府确认后颁证。解决了农村各类产权关系归属不明、面积不准、四至不清、登记不全、交易不畅等问题。

左文学说，现在我知道"大数据"的重要了，这个系统还要升级，要细化到每一块土地的酸碱度、肥沃度，才好选择最适合的利用方式……这里一经成立合作社。就像整个村庄被发动起来，干部群众都进入一个快速学习期，他们因此建立了一个"综合培训中心"。

从他们的学与做中，我还看到，那些适用的接地气的科研知识，才会在农民的土地里结出硕果，真正的社会进步是在运用中。我也由此看到他们墙上大书的"培育新农民，发展新农业，建设新农村"，是有激动人心的实在内容的。

塘约村的森林覆盖率达到百分之七十六点四，山林确权后，两千多亩林地正在逐步开发"林下养鸡"，这是个两百万羽生态鸡的规模。

从前大集体时搞的小水利工程确权后，流入小箐龙潭的水是完全无污染的山泉，水量很大，合作社正在筹建山泉水厂，将主要安排妇女就业。他们还在下游搞了个占地三十多亩的水上乐园，其中有山泉游泳池，水清澈、透亮。从贵阳到此五十分钟车程，从平坝区到此只有二十分钟。他们开始建设美丽家乡，为村民的生活舒适建设，也为迎接游客。

他们正在硐门前寨建一个大型现代养猪场，农民家庭养猪不免有村舍污染。先前左文学养猪房前屋后都是猪圈，全家就生活在臭烘烘的环境里，并影响邻居。现在合作社择地集中养，大型养猪场可以建大型化粪池，水肥一体化系统可解决有机肥问题。与此配套，他们在硐门前寨前方又新辟了六百亩蔬菜基地。

塘约村民原本居住很分散，上述各项建设不可避免地会遇到村民的房屋，房屋确权后就可以参与交易。

我注意到塘约还有个"金融服务中心"。他们说金融进村，塘约是贵州第一家。这不光是方便合作社与金融部门交易，更在于方便村民与金融部门交易。

安顺市总结塘约村的变革是这样描述的：在这过程中，测量、勘定是村的行为，称"确权"；颁证是政府行为，称"赋权"；交易属市场行为，称"易权"。通过这"三权"促"三变"，资源变资产，资金变股金，农民变股民。巩固了农村资源集体所有权，维护了农民土地承包权，放活了土地经营权。

左文学的总结是半夜写出来的，他说塘约村得到的好处就在于全村实现了"一清七统"：一清是集体和个人产权分清了；七统是全村土地统一规划，产品统一种植销售，资金统一使用管理，村务财务统一核算，干部统一使用，美丽乡村统一规划建设，全村酒席统一办理。

面对塘约村涌现的新气象，我再次注意到他们的"综合培训中心"，心想现在这里还真是需要这样一个学习场所。

今天，对于一个西部山区的贫困村来说，过去长期处在单家独户的耕作中，农民感到自己缺乏面对市场去赚钱的技能，也缺少自信。县乡的干部们也常常思索穷村要有个怎样有技术含量的支柱性产业，才能改变贫困命运，这自然是没错的，但苦于村里没有人才。现在塘约村农民在合作社综合培训中心里学技能、学新技术推广、学政策、了解市场规律、培养村庄自己的人才。这样的培训，实在是非常重要。

但在塘约村，比教学知识与才能更重要的，大约还有政策导向为这里出现的"七权同确"创造了变革的环境，大量新知识扑面而来，因之促使农民产生学习的冲动。一切社会最重要的建设是人的建设。求知欲的苏醒，也是缔造内生动力的源泉吧！

然而，面对塘约的实践，我也不断意识到自己正面对着一个广阔而陌生的新课堂。许多事，他们已经做了并坦诚告诉我了，我并不是马上就懂。我为我能迅速察觉自己的不懂而感到庆幸，否则，有许多能够开人眼界的新事物就会受阻于我的自以为懂。

农业部近日发布消息，今年将进一步扩大农村承包地确权登记颁证省试点至二十二个，这只是指"承包地确权登记颁证"。塘约的"七权同确"不仅是贵州省"第一村"，在全国也是走在前列的。

塘约的"七权同确"，贵在步步为营全是巩固集体所有制，这正是把改革的成果更多更公平地惠及全体村民。塘约人因此对自己"村社一体，合股联营"的合作社有更多的体制自信。左文学把"全体村民所有"简称为"我们是全民所有"。当村民在这个集体中体会着有尊严的劳动生活时，才有主人的地位，这是产生"内生动力"的真正的源泉。从人的意义上说，这是人的解放。

八　红九条与黑名单

"村风要正。"左文学对塘约历史上的村风很自信，"我们塘约从来没有一个人出去讨饭，再穷，饿死也不讨饭。但是这些年，村里光是办酒一项，就能把我们村毁了。"

都说城里吃喝风严重，中央八项规定六条禁令管住了干部，难道这么穷的地方，农民也有惊人的吃喝风？左文学早就痛感应该刹住，可是，竟然也是周建琨书记提出来后他才启动，这是为什么？

塘约村有个叫杨成英的苗族老党员，她丈夫去世了，儿子弱智，儿媳妇哑巴，生活很困难。2014年底，周建琨到杨成英家看望她，听她说"吃酒吃不消"。

周建琨问："像你这样，包礼要包多少？要不要五十？"

杨成英笑了："五十？现在五十拿得出手吗？最少要一百。"

"那你一年要包多少礼？"

"一万两千块。"

"钱从哪里来呢？"

"贷款。"

"贷款吃酒？"

"是呀，不光我一户人。"

周建琨知道现在乡村盖房子办酒，放线开工要办，盖到一层要办，二层要办，封顶要办，建成还要大办。也知道有人卖猪卖牛借钱甚至贷款办酒……现在从一个老党员口里听说"贷款吃酒"，他不禁一惊。为什么非要贷款吃酒？要应付的太多，穷，没钱，又不能不送礼……乡风民俗中有一种让你"不得不"的力量。

乡村办酒真是五花八门，办酒规格年年攀升，一办几十上百桌，鸡鸭鱼肉、烟酒饮料俱全。礼金一般的，并不是特困户杨成英说的"我就包一百"，而是最少二百，内亲要一千。不光本村人办酒你要去，还有邻村、邻乡镇亲戚朋友办的酒，也不能不去。有些人家仅仅是为躲避包礼，六十多岁了还选择到远方去打工，过年了也不回村。

"逢年过节前后十天半月，不是在吃酒，就是在吃酒的路上。我们左家有一个人'专业吃酒'。我没时间，我哥去。"左文学说。

"吃丧酒最厉害。"孟性学说。

孟性学也是个村干部，他说："死一个人，整个寨子的人都去吃，最少百余人，中等三百多人，多的五六百人；最少吃五天，最长吃九天。村里有句话说：'人死饭甑开。'"

像这样吃，东家花钱多的要七八万元，少的也要三万元以上。来帮忙的没事干，玩牌打麻将，扎金花、斗地主，那真是"风声雨声麻将声"。来帮忙、来吃酒的损失都很大，县内打工的，不管你干什么都要请假回来。一请一周，要请人去代班，你一百五十元一天的工资，请人去替要花二百五十元到三百元，不然你回去就没那个岗位了。能不来赴宴吗？不能。最不能不来的就是丧宴。不来，你会被看作不敬老人。

赴很多酒宴，把礼送出去了，也得找个名目办酒把钱收回来。收来了还得还出去，有人把请柬说成是"催款通知书"。谁都懂这是还不完的人情债，如此一直在恶性循环。

左文学做过一个调查，铺张浪费、误工损失，一笔一笔并不夸张地算给大家听，最后那个数据是：仅滥办酒席一项，塘约一年吃掉将近三千万元！

"一个贫困村，一年自身损失近三千万，要是拿这笔钱来扶贫，什么样的项目才有这么大呢？"周建琨对左文学说，"我们把它作为一个大扶贫工作来做，刹住滥办酒，你这里开个头，好不好？"

"要开头，就拿我们整个镇来开头。不然，塘约压力太大。"一同前来的乐平镇马松书记这样说。

为什么这么说？因为邻村亲戚办酒，塘约人不能不去。如果全镇开展，塘约人不去就有理了。

周建琨说："好。回去具体研究一下，就这么办。"

左文学曾这样对我说："我知道周书记还会来，但没想到他来了十一次。"

"十一次？"我问。

"没错。"左文学说，"我知道的有九次，他还偷偷来了两次。"

"怎么叫'偷偷'？"

"就是'暗访'吧。他直接去农户家里，访问后就走了。村民后来告诉我的。"左文学说这话时，是2016年5月。

左文学说："周书记每次来，叫我干的，我想想有道理，不管有多大困难，我都想尽办法去干。可是，跟风气做斗争，怎么做？"左文学还是苦想了几天，"头都想疼了"。他又把自己泡进浴桶，泡呀泡，泡出一个村规民约，有七条。他想"七条同做"会有更好效果。他通知村支两委开会。

后来加了两条，就成为"红九条"。

每一条都是警戒的红线，谁踩了红线，就被"拉黑"。

讨论中也有人提议，以倡导新风为好，讲应该怎样。但多数人认为，你倡导该怎样，他不那样你又能怎样？最后都同意用警戒和惩罚。

后来我听说，平坝其他村定的村规民约都是应该如何，唯有塘约村定了反向的九条。

后加的两条，一是"不孝敬父母，不奉养父母者"，二是"不管教未成年子女者"。加这两条，当然是因这两条存在的问题也很突出。比如村里有人盖了新房自己住进去，把老人放在破旧危房里不管。这样的事，村里人都看不过去，就得有组织管。还有，父母外出打工，孩子交给老人，老人管不了，孩子打伤了别人的孩子，派出所也管不了。怎么办？谁来管呢？

小坉上一户人到浙江打工，把孩子留给奶奶。奶奶八十五岁了，只有能力做饭给孙子吃。孙子读到五年级读不下去了，独自流浪去浙江找父母。

肚子饿，没钱，犯事进了少管所。

这样的事，村里得管管吧。怎么管？只能管孩子的父母。难道让父母不要打工，回来吧，那生活怎么办？

村里还有许多"留守儿童"，缺少父母的关爱，心灵有难以弥补的创伤，这些问题日后还会成为社会的问题。这又哪里只是一个塘约村的问题呢！

"留守儿童"和"空壳村"，都基于外出打工，支离破碎的生活，从四面八方都涌出问题来。塘约村试图尽量解决自己的问题，成立合作社后，他们确实在创造条件让外出打工的父母回来，这条"不管教未成年子女者"就在为村民的家庭考虑。

这加上去的两条，禁止和惩罚都容易得到大多数村民拥护。禁"乱办酒席"只是九条之一，这就有利于在全村多项整体行动中减少执行的难度。

村规民约草案出来后，召开村民代表大会讨论，通过后，在各自然村各路口张贴公告。与此同时，也给全体农户写了一封信，说明为什么要做这件事，并把"红九条"印成小张公告，发给塘约九百二十一户每户一份。

我注意到公告下面的落款，除了村支两委，还有"塘约村老年协会"，再次感到这一代乡村老年人对整顿歪风重树新风发挥的重要作用。

不仅是发到户而已，还有专人上门督察，检查三个"有没有"：学习了没有？懂了没有？贴上墙了没有？

然后每一户人都签了约定的承诺书——既是"村规民约"就需要签个约——村里存档。

工作做到这里并未结束，更重要的不是纸上禁止，而是应该怎么做。村里成立了"红白理事会"，前面提到的孟性学被推举为会长，主抓全村酒席统一办理。

为什么叫"红白理事会"，因为只准许办结婚酒和丧葬酒，此外一律禁止。

全村酒席总量减少了百分之七十。

建立了办酒申报制度，结婚提前一周申报，老人过世当天申报。不到法定结婚年龄的，申请办结婚酒，不予批准。

凡批准了，就由村集体提供餐具、厨具，以及厨师等服务人员为之免费操办。为此，村集体购置了八点七六万元的锅碗瓢盆等餐厨具。厨师和服务人员的工钱，也由村集体支付。

酒席服务队共有三十二人。

酒席规格实行标准化管理。喜宴八菜一汤，不上大菜，以吃光为标准。不上瓶子酒，不发整包烟，烟散放在盘子里，谁想抽就点一支。老人过世，大家吃"一锅香"，五个菜打到一个大盘里，打多少吃多少，相当于自助餐。负责办丧事的服务队共有三十六人，实行火葬，骨灰拿回来后出殡，有小棺木或大棺木。丧葬服务队抬棺到墓地，掘坑，入土，包坟，全过程所有工作都是免费提供服务，服务队的工钱由村集体支付。

孟性学说："过去，办婚宴的东家要给客人发床单，或热水瓶、脸盆等礼物；办丧宴的要给客人发毛巾或寿碗等纪念品。现在一律取消，宴席统一的规格，谁也不用攀比。"

左文学说："我们村集体花了不到六十万元，堵住了过去村民滥办酒席近三千万元的损失，怎么说都太值得了。"

俭朴自古与勤奋相系，责任与权益相邻。堵住滥办酒席之灾，把被贫困压得透不过气来的人心从沉溺中唤醒，才能找回淳朴乡风，这是社会生活的领导者、组织者应该去做的事情。

怎么叫"拉黑"呢？

违反九条中的任何一条，就列入"黑名单"管理，一旦列入，"该户不享受国家任何优惠政策，村支两委也不为该户村民办理任何相关手续"。这是公告中写明的。

"这制裁很严厉吗？"我问。

回答说："很严厉。"

危房改造，低保评定，困难户评定，都不考虑他了。孩子出生上户口，银行存折丢了去挂失，身份证丢了要补办，凡需要村里盖章的都不盖。

"这是村民的基本权利，不能不给办吧？"我问。

回答说："这是村民代表大会决定的，是村民自治。"

什么时候才能取消对该户的"黑名单"管理？

制定的最短期限是三个月，户主改正了，要在村民小组会上检讨，组委会五人签字，报村民代表大会审议通过了，才恢复正常。审议通不过的，再延长三个月，直至村民代表大会审议通过。

"这么严厉，有踩红线的吗？"我问。

"有啊！"他们异口同声。

第一个踩红线的是不交卫生管理费的。

"我是残疾人，我不交。"她曾患小儿麻痹症，她丈夫、女儿都是正常人。卫生管理费每人每月两元，他们家一个月该交六元。她坚持不交，就被"拉黑"。村里停了她每月二百三十元的低保费，她来找左文学了。

左文学说："你跟村里签约了吗？"

她说："签了。"

左文学说："你看看九条的第二条就是'不交卫生管理费者'。"

这一条为什么很重要——先前村庄卫生没有人管，全村脏兮兮的，大家都像生活在垃圾堆里，还谈什么建设美丽乡村呢？交两元卫生管理费并不多，也不在于集一笔钱支付专人负责收集垃圾的工资。重要的是，交两元钱就是对大家的教育，促使每家每户不乱扔乱倒垃圾，并互相监督。

对方仍然说不应该扣了她的低保费，左文学说不管是谁，违反了就不享受国家任何优惠政策，这是村民代表大会定的，只能按村规民约办。

他说："我说了不算，村民代表大会说了算。"

最后这个妇女补交了卫生管理费，做了检讨。三个月后，村里把暂停的低保费如数给她。

塘约对村规民约的实施，一丝不苟，维护了村规民约及村民代表大会的权威。所有犯规违约的农户最终都检讨并改正，迄今一年多了，全村无一户再踩红线。

塘约的"红九条"，每一条都是维护道德的底线。"黑名单"管理看起来是以管的形式实施，然而听听左文学说的"我说的不算，村民代表大会说了算"，你就理解这种村民自治，也是村民共治共享。

这个村规民约并不简单，给我们的启示至少有三：其一，这里的村民共治是有民主的，是人民民主；其二，民风是一个国家和社会的基础，塘约红九条所维护的道德底线，是在中国社会最基层重建乡村规范和重建良好民风；其三，当人皆为自己谋而不管公共利益时，人就陷落在自私中，负能量弥漫，社会甚至会出现嘲笑和亵渎正义，因而抑制不良，弘扬正气，不仅关乎经济建设，更重要的是人的精神建设。

九 党支部管全村，村民管党员

这句话是左文学的原话。

自从成立合作社后，左文学越来越感到最重要的工作是党支部建设，重中之重是党员的思想建设。

塘约村现有四十三名正式党员、五名预备党员。2015年4月，经乐平镇党委批准，塘约村党支部升格为党总支，领导着四个党支部、九个党小组。村行政有村委会、合作社、老年协会、妇女创业联合会、产权改革办、红白酒席理事会六大机构。六大机构在党总支的领导下，一把手都必须是党总支委员。

"三会一课"制度在这里执行得雷打不动，党总支每周一晚上（或白天）必开例会，村支两委委员必参加并安排工作。

加上学习，党总支会有时每周两次。

在别人看来，可能会认为是不是多了。

左文学说："不多，我们过去学习很少，现在要补课。"

何谓安排工作？如果看到塘约村的变化有多大，就会理解他们说的"安排工作"有多么重要。"我们脱贫，改革攻坚，到了攻城拔寨的时候。"左文学是这样说的。

党小组会最少半月一次，因为部署的工作要落实。

上述会议都开得短，很务实，说了就去干。

党员大会最少每月一次。"一课"融在其中，成为常态。

每次党员大会，党员都要带《中国共产党章程》，是人民出版社出版的小红本。每次党员大会必集体学习两个内容：党员的权利和党员的义务。即使已经学过一百遍了，仍然每次集体学，就像一种庄严的仪式。

左文学说："什么是原则，什么是党性？在每个党员的心目中，要像种树一样，把根扎下去，要把树种活，成为一棵大树。"

左文学还说："党组织定下来的事，不管你有什么意见，可以保留，也可以向上级党委反映，但你必须执行，不能打折扣。"

在塘约村以外的很多老党员看来，可能会觉得这些都是常识。左文学认为，常识最重要。他说："如果党员不知道，如果丢了、忘了，就没有戏唱了。"

他们自己到平坝印刷厂印了《塘约村"两学一做"系列讲话学习材料》，党员人手一册。这册小红本，精选了习近平主席九篇重要讲话，关于全局、关于农村、关于脱贫攻坚……左文学说："每一篇都是我们必须学的，很有用。"

这个小红本与我见过的其他学习材料明显不同，一是字号小，二是每页都印得很满。一眼看去，四周留白很少，连标题都是紧贴着版心上方"顶天"印的。简直就像插秧，把一丘田都插满。

我问："印这一本多少钱？"

他们说："一块八毛钱。"

我在塘约村看到党总支组织的一次学习，学2016年5月16日习近平总书记在中央财经领导小组第十三次会议上的讲话精神。这是刚刚见报的讲话，是上述小册子以外的内容。

他们学习其中讲的"六个必须"，特别讨论了"必须完善收入分配制度，坚持按劳分配为主体、多种分配方式并存的制度，把按劳分配和按生产要素分配结合起来"。

这是因为土地确权入股到合作社后，年终可以分红，如何坚持以按劳分配为主体，怎样把握按生产要素分配的比例，就是当前应该力求合理实行的。

只有做到合理实行，才有利于实现"六个必须"中的另一条："必须弘扬勤劳致富精神，激励人们通过劳动创造美好生活。"

习近平总书记2016年七一讲话一见报，他们马上组织全体党员学习。

"我们每个党员都知道了，有八个'不忘初心'。"左文学说，"我认为这是改革开放以来党内最有价值的文献。"这是一个村党支书的评价，我特记之。

在"两学一做"中，党总支给党员布置了一项任务：每个党员都要找出三个存在的问题。

"给村领导班子成员找一个，给自己所在的村民组找一个，给全村社会经济发展找一个。"左文学这样表述。

我问："为什么说'社会经济'？"

他说："有村公共事业方面的，有经济发展方面的。"

"有人提出问题吗？"

"有。"左文学说，"提出的问题交到党小组，党小组从中选出一个问题，提出解决方法和办一件实事。党小组再把这个方案报到党总支，由党总支综合考虑这件事情能不能办，怎么办，什么时候办。"

"举一个例子。"我说。

曹友明说："我在第五党小组，我们组由把丫关和偏坡寨两个村民组的党员组成。把丫关的党员刘尧光提出，现在办红白酒席，到办酒的人家里去办，不够好。应该用组里的集体资金征用一块地，建一幢房子，用来办红白酒席。这样有利于管理，也好控制规模，平时村民组开会学习也有个地方。"

一个农民，辛劳一生，去世了。大家在一个村集体共有的场所，按传统习俗办一个酒宴，纪念其劳动的一生。

这样一座村集体共有的建筑，亦如村庄的一个殿堂。

一对年轻人组成一个家庭，大家在这个殿堂里共聚一堂，共同举杯祝福他们。村庄里新的生命将会因他们的结合而诞生，这里喜气洋洋地预示着村庄的未来。

任何一个家庭但凡有红白大事，走进这个殿堂，由村集体为其操办，都会体验到一种光荣和温暖。

平日，这个乡村殿堂就是村民学习和活动的场所，也是陈列村庄艰苦奋斗的光荣传统和英雄人物的地方。它不是从前哪个家族的祠堂，它是全体村民共有的殿堂和大会堂。

"建了吗？"我问。

"还没批呢。"

"为什么？"

"这件事是要做的。"左文学说，"现在有五个村提出来了，也要建。我们想好好规划设计一下，想建得好一点儿。"

忽想起刚才曹友明说"用组里的集体资金征用一块地"，我问：

"现在组里也有集体资金了？"

"有。"

"有多少？"

"过去没有一分钱，现在有十五万元。"

"十五万元怎么够建一座房？"

"征用一块地没有问题。"

"那，拿什么钱来建？"

"集体要建，群众力量大，不用担心。"

我接着问，党员提的问题，有做成了的吗？回答说有。我希望他们举一例。左文学说，第一党小组组长邓仕江、党员周其云提出修一条机耕路到田间和山上。为什么要修这条路？现在间伐木头，交通不便，一立方米只能赚两百元，如果有一条能走中型车的路，把木头运出来，一立方米就能赚六百元。党总支讨论，做这件事可以降低劳动力成本，增加收入，可以干，就批了。怎么修？八个字："不等不靠，自己动手。"

于是，相关的六个寨子，出了一千多人，全部是义务劳动，用十八天修成了一条十九公里的机耕路（尚未打水泥的毛路）。有多宽？四米五宽。

"为什么是义务劳动？"我问。

"现在人都在合作社干活，修这条路只有付出，没有收入。"

"为什么是六个寨子的人干呢？"

"六个寨子就是六个村民组。路在这六个寨子的区域，他们受益比较多。"

此前，我还有一个情况不明白：成立合作社后，人都在各个专业公司干活了，原来的村民组还存在吗？

现在我懂了，合作社是从事生产经营的部门，村民组是管理村寨公共事务的部门，比如卫生管理、调解民事纠纷等等。简单说，合作社发展经济，村民组是中国最基层的行政单位。党小组在村民组里，是村民组的领导核心。"村社一体"后，在塘约村形成了更有组织化的党组织和群众密切联系的组织结构。

"我们要求每个党员必须是一面旗帜。"左文学说。

"怎么检验？"

他说他们有个村民议事会，他们把每个党员（包括领导班子成员）的评价表，发给所在村民组的每一户群众，不是一次性调查，是常态，由村民打分，交给村民议事会评议。平均分不及格的，党支部给予警告。三次考评不及格说明过不了群众这一关，不是合格党员，那就劝其退党。他们把这叫作"驾照式"扣分管理模式。

左文学说："我们体会，党建不光是党组织的工作，也要群众参与，党员合格不合格，要群众认可。"

"有不合格的吗？"

"没有。"他说，"以前没有考核，好像也无所谓，现在一考核，都很重视。要是不合格，连孩子都会被村里人瞧不起，丢不起人。"

与此同时，每个党员都有一本《党员积分册》，这相当于大集体时记工分的模式，用来记党员的成绩。这个积分册在村民组的组委会手里，按月记分，每个月的满分为十分。不能只记分，根据什么记分要写出来。

我看到这个积分册的每一页都印着"得分事由"四个字，做了什么好事、怎么关心群众、怎么起带头作用，要把具体事情写在页面里。我看到今年4月得满分的一个老党员的积分册，上面只写着一句话："老人八十五岁了，还参加义务修公路，干到半夜两点钟还不回家。"

虽然只有一句话，但够分量。

这个老党员叫杨进武。我反复读着这句话，心想究竟是什么使老党员杨进武这样做呢？我能感到的只是，这大约也算一种具体事迹和数字化相结合的评价方式吧。它有利于表扬党员所做的好事，也有利于作为表彰优秀党员的依据。

左文学说："好的要得到赞扬，不好的要能受到批评教育。如果是坏的，就不能留在党里面了。中央讲要保持党的先进性和纯洁性，我们只能这么干。"

左文学还告诉我，现在要求入党的年轻人不少，村里有十七个积极分子。2014年大洪水洗劫塘约之前，塘约还是个二级贫困村，村集体经济只有上级拨给的办公费三万元，加上间伐木材一万多元。到了2015年人均收入达到八千元，2016年到6月份集体经济已超过一百七十万元，年底可超过两百万元。

周建琨曾这样说："选对一个路子，选好一把手，是重中之重。安顺有一千零七个村，如果有十个左文学这样的支部书记，辐射作用将非常大，有一百个，变化不可估量。"

左文学也说了"四个好"："选好一个路子，建好一个班子，带好一支队伍，用好一套政策。面貌就会大改变。"

2015年6月18日，习近平总书记在贵州考察时提出，加大力度推进扶贫开发工作要做到"四个切实"：切实落实领导责任，切实做到精准扶贫，切实强化社会合力，切实加强基层组织。塘约村几乎应声而出就走出了贫困，正是"四个切实"在这片土地上的集中体现。

十 三千听众的露天现场会

决定开这样一个现场会，是需要激情的。

2016年4月13日，安顺市市委全面深化改革领导小组第十七次会议暨现代山地农业现场观摩会在塘约村召开。这个会议把安顺全市各区县、各乡镇，以及部分村的主要领导人都集中到塘约村的一个文化广场上来开露天现场会。

左文学把村民们召集来听会，与塘约相邻的村竟也有百姓来。参加开会的干部和听会的群众加起来有三千多人。会场上有扩音器传出来的发言者声音，有领导讲话，偶尔还有抱在母亲怀里的小孩的哭声，间或还有村里的犬吠声。令参加会议的四级干部不无意外的是，这不是看电影看戏，站着听会的三千多群众竟然到会议结束还没有散。

主持会议的是安顺市市长曾永涛，他说："这样的露天现场会，这么多群众在认认真真地听会，是很多年没有见过的事了。特别是群众中有很多年轻人的面孔，可见外出打工的年轻人大部分都回来了。这个村庄朝气蓬勃，非常喜人。"

他还说："开会的干部们也很受鼓舞。到这里开现场会，当然也是想让干部们来亲眼看一看塘约。从前来过塘约的人，说现在看到的塘约几乎难以相信。"

就脚下这个文化广场，面积一千八百平方米，它不是铲平而已的土广场，是石板和砖相结合的建筑，附属的停车场还有一千五百平方米。这些建筑，一个月前还不存在。

一年多前的那场洪水，使塘约的房屋或倒或塌或损，都需要修缮，甚至重建。眼前所见的塘约村，不论修缮或重建的都焕然一新，全用上了陶瓷瓦。

我想起从前大寨人"先治坡，后治窝"，现在塘约人是"窝"与"坡"并治。他们说，外出打工好久了，一直没有个像样的家，非常渴望有个安稳的舒适的家。

他们的做法符合当今倡导"建设美丽乡村"的要求，现在大家看到的塘约几百幢色彩亮丽的房子，正是他们心愿的绽放。

平坝区委书记芦忠于介绍塘约，特别讲了两年前、一年前、半年前、一个月前的塘约是什么样的，以表述塘约变化的速度是怎样不断加快，给大家留下深刻印象。

左文学第一次在这样的大会上发言。

区里曾协助他准备了一个稿子，但他感到直接说更顺口，没按稿子念。他说以前村里大部分人都去打工了，集体经济是空的，想做点儿什么，要人没人，要钱没钱，啥都做不成。现在人大部分回来了，村里不仅人气旺，还有很多人才，光驾驶员就有二百多，还有汽车、摩托车修理工几十人，有八百多个砖、木、漆、电技术人员，还有一批种养能手。还有三百五十多个曾经在流水线上干过活的女工，她们回来了，村里成立了妇女创业联合会，正与衣帽厂、鞋厂、玩具厂商议合作事宜，准备搞村里的轻工业。

他说："要说变化，最大的变化我感觉有三点：一是成立合作社统一经营后，比较好地解决了农村存在的多种矛盾；二是有利于解决实现农业现代化的难题；三是深化改革'七权同确'，而且权利完全落实在村集体和全体村民身上。我们因此有了四大支撑体系：土地储备体系，金融信用体系，风险防控体系，市场经营体系。"

他说："有人问我这么多是怎么做的，我看最重要的有两条：一是党支部管全村，村民管党员；二是村民自治。只要正气和力量发挥出来，什么奇迹都能创造。"

一个月后，我听到村里人说，以前看共产党开会只能从电视上看新闻，都是播音员在讲，也不知在商量啥，这回可是听到了。比如喇叭里说："我们今天这些建筑，这种变化，就外观来说，和东部已经没有什么差别，甚至还会比东部有些地方好。但是，我们还有不足，最大的不足在于两个方面：一是群众的腰包还没有鼓起来；二是公共配套服务还没跟上，大病还看不了，读书还没有优质的学校，垃圾、污水处理还没有完全到位……"

塘约村已经有不少村民认得周建琨书记，有人告诉外出打工新回来的人说，看，这是周书记在说话。

其实，这是周建琨在引述省委书记的话。他告诉大家，这话是省委陈敏尔书记说的。

总之，现在群众不仅听到了干部开会从头到尾都在讲怎么脱贫、怎么解决农村的困难，还知道省委领导也知道我们塘约，感到很自豪。

周建琨在这次会上肯定了塘约"七权同确"充分激活了农村沉睡的资源，肯定了"村社一体、合股联营"的优势，是保障改革的成果真正落实到农民手里。他说，六十年前毛主席亲自编了一本书，叫作《中国农村的社会主义高潮》，书中收录了当时安顺两个村庄的典型事例：一个在今天的修文县，讲男女同工同酬；一个在镇宁的马鞍山。1956年至今刚好六十年。重温六十年前毛主席的思想，同那个年代比，今天已经发生了天翻地覆的变化。在新的情况下，怎么组建合作社，塘约村在"村社一体"上做了一个很好的探索。他要求全市各乡村要抓住合作社这个"牛鼻子"，不断壮大集体经济，全力消除"空壳村"，走同步小康之路。全市其他地方也成立了各种专业合作社，但是做得还不够，要最大限度把每一个村民都纳入进来，特别是把最后一个村民纳入进来。

他在大会上再次强调："选好一把手，选优配强村级领导班子，是村级发展的关键。"他肯定了塘约左文学、彭远科的领头作用。

最后，他说："今天在塘约村看到的只是初步成效，但给我们展示了一幅未来发展的美好画卷，只要按照这个方向努力，毛主席六十年前倡导的、当时还未能实现的远景，我们今天完全有条件有能力去实现。"

三个月后，7月28日，贵州省召开"全省发展村级集体经济推进大会"。会议全员到贵阳市、安顺市、六盘水市的六个村观摩。省委副书记谌贻琴带队来到了塘约村。

在观摩的六个村中，塘约是唯一一把全体村民凝聚在一个合作社里的村庄。谌贻琴副书记对塘约的路子和村集体经济的快速发展给予了充分肯定和赞扬。

8月5日，贵州省委常委会专题听取了安顺市工作情况汇报。省委书记陈敏尔听完汇报后做了点评讲话。其中讲道："今天给你们说的关键词、主题，就是两句话：发挥比较优势，推动黔中崛起。"

安顺成为"国家新型城镇化综合试点"，陈敏尔书记说这是"拿到了国家新型城镇化综合试点的旗帜"。他鼓励说："这个更具有引领性，更具有综合性，更具有'牛鼻子'的意义，不能错过。错过了就对不起党中央，对不起国务院。这是国家战略，是安顺的使命所在，要有强烈的使命感、责任感和紧迫感。"

陈敏尔书记把"试点"称为"旗帜"，讲得形象而富有深意。他说："拿来了，我们就要高举，举什么旗，走什么路，在发展上也是这个道理。"

再说回来，露天现场会对塘约全体村民和周边村庄的群众鼓舞都很大。目前邻近的大屯村，已有六十户农民，将确权后的土地流转给了塘约村合作社。

大屯村历史上一直经济比塘约村强，自然条件也比塘约好，现在看到过去比他们穷的塘约兴旺起来，竞相前来投奔。乐平镇党委书记马松因此感慨地说："农民是用眼睛选择前途的。"

这是土地流转确权后的跨行政村流转。

新型城镇化建设的试点也激励着"镇村联动"的联手与共享。乐平镇党委正与塘约村党总支商讨建立"八村+塘约"的"合作联社"。

八村，是塘约周边的八个行政村。如果把以塘约为旗帜的九个行政村的村民都组织在新兴的合作联社里，这个变化，我们将怎样来看待？

周建琨说，这确实是涌现的新事物，党委该怎么去引领，去补位？"八村+塘约"，塘约党总支与邻村党支部是什么关系？是不是可以成立党委？如果更大范围的"合作联社"出现，这种形式既不是小岗村，也不是华西村，这种新情况该怎么去认识，是说不行，还是应该支持？这确实很考验我们啊！但我相信，农村这个广阔天地正大有作为。

十一　回来吧，乡亲们

再讲一个修路的故事。

2016年3月初，左文学看到"镇村联动"这个词，头脑里一亮，决定去安顺找周建琨书记。一路上，他想好了，可以这样跟周书记说：我们塘约同平坝区和乐平镇在地图上是个三角形，开车去平坝要二十分钟，从平坝转去乐平镇要三十多分钟，这样从塘约到乐平镇绕了一个大圈，开车要花费一个小时，很不方便。周书记你讲"镇村联动"，我们也想搞。从塘约去乐平镇有一条小路，只有五公里，如果把这条小路开成公路，镇村联动有很多事可以做。

安顺市委是个群众来访可以直接走进去的地方，何况左文学是个党总支书记。可是，他找到市委办公室后，得知周书记在开会。等吗？他想起《古文观止》里读过的韩愈《上宰相书》，便想给周书记写个报告。

他向秘书要了纸笔，写的其实是个报告不像报告、留言不像留言的东西。秘书说吃午饭时可以见到周书记，留他吃了饭再走。他说："不了。周书记忙我也忙，我回村还有事。"

下午，秘书打电话告诉左文学："周书记批了。由住房建设局牵头，财政、交通几个单位到塘约现场调研落实。"

第三天，在曾永涛市长的安排下，来人了。

又过几天，开修了。方法仍然是政府出水泥、柏油等材料费，塘约村出人力。

开修的日子是3月12日。这次修路，塘约村出的人力同样全部是义务劳动。

考虑到修公路不是种瓜得瓜、种豆得豆那样能产出果实去卖钱的劳动，如果计报酬打入其他生产成本，将影响到其他生产劳动的分配，于是决定：义务劳动，自愿参加。

结果有多少人自愿？用"男女老少齐上阵"来形容，并不夸张，但是不够。

几乎每天都是倾村而出，每天都干到午夜以后，而且自带干粮。时值春耕，有些不可误农时的活儿不能停下来，白天在田地里忙农活的，夜里也到筑路工地来加班。一半以上是妇女，小学生放学了也来抬土搬石块。

"乐平镇的马松书记、大屯片区的朱玉昌主任，一直跟我们并肩战斗，每天加班到半夜。"左文学说。

"每天？"我问。

"二十八天，没有落过一天。晚上就在指挥部里坚持值班，半夜跟

1145

我们一起吃土豆。"

"就像抗洪救灾。"孟性学说。

"他们能调动镇里的资源。施工不能断电断水，突然断了，没他们不行。"曹友明说他们能调动供电所、水利站。特别是最后铺油砂路面那两天两夜，他们跟大伙一样整宿没睡。

现在不是打火把挑灯夜战，村里的摩托车、汽车都出来了，车灯都打亮，烧的都是自己的油。还有采煤用的电瓶灯、手电筒，几百条光柱把路面照得亮如白昼。

天上下着毛毛雨。不仅铺路，还有很多人在挑水洗路。

八十五岁的杨进武老人也来了，他就是前面讲到的那个《党员积分册》上得满分的老党员。

深夜零点了，左文学劝他回家。

"我要看。"老人说，"我年轻的时候见过，现在又看到了。再不看，我就没机会看了。"

"大爷，那您拿个铲子站这里就行了。"

老人拿个铲子站那儿，就像一块碑！

左文学说自己非常感动。年轻人看到这个八十五岁的老党员，都很感动。杨进武老人没有吃晚饭，连一口水都没喝。左文学想要去弄点儿吃的来给老人，正想着，有邻村人做馒头送到工地上来卖，左文学去买。

对方问："买多少？"

左文学说："你这车馒头我全买了。"

于是买了给大家发馒头。那是自带干粮修这条路，仅有的一次给大家发馒头。就这样，4月9日全部完工。用二十八天，修筑了一条宽八米，长约四公里的柏油公路。之前，从塘约直接去镇里只有一条小路，步行要走一小时，现在公路开通了，开车五分钟就到了。再行七分钟，就上了高速公路，可直通安顺和贵阳。路修成，家家户户都在新路上用手机照相留念，还恍然不敢相信这是真的。

左文学回顾自己种药材、养猪，单打独斗的日子，他说："每天早晨睁开眼睛就在考虑怎么挣钱，要不就在会不会亏本的焦虑中，这人就变得自私、狭隘。天天这样打拼，还说不定哪天就亏大本了。这样的日子有什么意思！"

他还说："合作社改变了我，也改变了大家。"

曹友明说："村还是我们村，人还是这些人，分散了，谁也看不出一个村有多大力量，集中起来真的能愚公移山。"

左文学则说："通过开这条路我体会到，什么力量大，人民力量大。什么资源好，人民资源最好。"

关于左文学，周建琨还告诉我这样一件事。

他说，有人告诉他，组织上发给左文学每月一千八百元的津贴，他没要，而是放进村集体的经费里去了。周建琨去核实了，确实有这件事，于是他严肃地批评了左文学。

周建琨说，你这样可不对。这是组织上给你的法定的津贴，是每个党支部书记和村主任都有的。你上镇里、区里、市里来开会了，就是误工了，没有收入了。实际上，这津贴是你作为村支部书记的误工补贴。你必须拿回去交给你的爱人，因为你顾不了家。

周建琨说，你不拿津贴，村主任彭远科也不拿了，你这就影响了人家，怎么行？县委书记、市委书记也得拿工资呀！你不能这样，你这个错误要改过来。

周建琨对我说，有一年多了，我不知他改了没有。

我于是向曹友明了解，得知左文学和彭远科仍然没有要那津贴，两人的津贴都放在村集体的经费里。

我于是也对左文学说，你这样不对，还是去把钱领回家吧。

左文学回答："我没有要别人学我。我不要那钱，是想要求自己全力以赴搞好集体经济。集体好了，我就有收入。如果集体不好，我拿那一千八百块钱有什么用？"

现在，他们比任何时候都更期望还在外打工的乡亲们回来。

两年间，百分之九十以上的人都回来了。

他们对本村外出打工的做过一项调查，得出的一个说法是："一般的情况，有三个三分之一。"

一是每年能带一部分钱回来的，带回来的钱大约在一两万元之间。二是打平手的，除了在外吃住用，基本没什么结余。三是生病在工厂受伤回乡，或犯错误回来，还有犯法被判刑的。有个少年抢了一个妇女的钱包，里面只有一块五毛钱，被公安抓住后送少管所六个月。村里去把他接回来。如今结婚了，建房了，村里给他建房补助八千元。

目前还有七十多人在外，没有回来。

"是在外过得还不错的吗？"我问。

"不是。主要是年轻人。"

"为什么没回来呢？"

我于是听他们说出一个新词"农二代"，不禁心中一震。

他们的父母是第一代打工者，现在打不动了。

他们这第二代，有的是书只念完小学就随父母出去打工的，已经适应不了农村生活，对农活没技能，也干不了。左文学说："他们对农村是有感情的，对农活没感情。"

他们在城市受歧视，随时失业。有的上有老、下有小；有的上有老、下没小——年岁不小，还成不了家，哪有小孩呢！

还有一种，他们就生在北京，或生在东部的某个城市，但他们在那里上不了户口。他们是那个城市的人吗？他们是塘约的人吗？都不是，他们就像没有家乡的人。

他们融不进城市，回不了乡村。在城市与农村的边沿漂泊，像没有根的人。不管怎么说，他们是"悲伤的农二代"。

今天的塘约村本部，每天都悬挂着一条大红横幅，上书："回来吧，打工的乡亲们！"那就是对游子的召唤。

左文学说："我们村'农二代'的问题，我们解决了。我们要是不能解决'农二代'的问题，叫他们回来怎么办？"

我于是问："你怎么解决的？"

左文学说："我们现在有二三产业呀！他们干不了农活，可以选择二三产业。"

他举了一个例子，彭珍强三十二岁，他的父亲彭光德就是第一代打工的，过世了。他和妻子都在浙江打工，有两个孩子，在外面过得很艰难，回来不会干农活。村里成立合作社后，2014年底他回来流转土地，看到村里变了，不走了。他会开车，合作社给他贷款八万元，他买了一辆大货车，参加到运输公司了。

村里现在贷款创业的已经不少。

女的回来有自己开发廊、开服装店、开餐馆的。

车多了还有开小型修理厂的。

男男女女把打工学的本领回乡用起来，从前荒凉的"空壳村"，开始热闹起来了。

他们说，今天的塘约合作社可以这样说，不管外面有多少失业者，我们这里没有一个失业者。不论出去打工的乡亲什么时候回来，你都可以在村里上班，最低月薪是两千四百元。

"回来吧，乡亲们！"听到呼唤了吗？

塘约说："家乡需要你们！"

塘约说："我们这里没有剩余劳力。"

我在想，平日里听到说现在企业不行了，很多外资外企撤离中国，农民工下岗回乡……这是坏事，还是好事？

我在想，从中国共产党诞生到中华人民共和国成立，有两个支部发挥了巨大作用：一是"党支部建在连上"，保证了党领导的人民军队有无坚不摧的战斗力；二是党支部建在村里，保证了党最有效地凝聚起中国最广大的人民群众。即使当今有外资外企撤离中国，我们是等待着外资外企再回来招收中国农民为他们打工，还是依靠农村党支部带领广大农民建设自己的家乡、自己的生活？

农民工"下岗"回到家乡了，这是坏事还是好事？

是好事，好得很的事！

这首先是村党支部大有作为的时候。

我在贵州采访时了解到，截至2016年4月，安顺市在工商登记注册的农民专业合作社达到一千八百三十一个，其中种植业一千三百四十个、畜牧业三百五十八个、农产品加工业二十二个、服务业八十六个……塘约能在短时间内取得飞跃性成就，最重要的原因就是：它不是大户做东的专业性合作社，是党支部领导下的村社一体全体村民合股联营的合作社。

这不仅是农村党支部大有作为的时候，也是市委、县委、乡镇党委大有作为的时候！塘约的变化，离不开镇党委、区委和市委以及各级政府的积极作为。

我在采访周建琨书记时还得知，整个安顺在推行土地确权流转中发现，安顺原先在册的耕地一百五十九万亩，重新丈量后竟有四百四十四万亩，多出二百八十五万亩。

在当今深化改革中，农村产生了很多城里人陌生的事物，当然不只是安顺。贵州是很多人印象中的贫困地区。就地貌而言，它是全国唯一没有平原支撑的省，但今日贵州号称"进入平原时代"，因为每个县都通了高速，驱车各县皆如履平地。这不仅是经济发展必要的建设，也是均衡发展所必要的。我感到了贵州正在追求同步小康的路上，悄然发生着不可低估的进步。

再看塘约，感觉它最重要的成就，并非经济所能衡量。

贫穷并不可怕，当很多人回来报效家乡，必是家乡有着如同旭日东升的气象，如新中国诞生之初，钱学森等众多学子回归祖国。农民需要一个精神焕发的村庄，塘约做到了。我们大家都需要一个精神焕发的国家，我们个人也需要一个精神焕发的人生。

改革同一切发展中的事物一样，需要扬弃。这是哲学告诉我们的。深化改革，意味着需要把改革开放的成果继承下来，对出现的问题加以改进。塘约"村社一体、合股联营"的合作社，吸收了新中国诞生以来，包括改革开放至今的经验和成就，我想可以称之为：一种新型的社会主义的合作社。

2016年5月24日，习近平总书记到黑龙江考察时指出：农业合作社是发展方向，有助于农业现代化路子走得稳、步子迈得开。

"不忘初心，继续前进"，如今大家深感亲切的八个字，凝聚着十分丰富的内涵。

（原载《人民文学》2017年第1期）

大　桥

何建明

这是一座跨越大海、连接香港、澳门和祖国大陆的大桥。55公里的长度，使它一举成为无可争议的"世界第一跨海大桥"……

这是一座连接历史与未来、通达四方、凝聚人心的大桥。壮丽、唯美和彩虹一般的曲线，以及与海、与海豚、与群山岛屿及蔚蓝天色融为一体的大桥……

习近平总书记称这桥是"圆梦桥""同心桥""自信桥""复兴桥"……呵，大桥啊，你承载了史无前例的使命与荣耀，你让13亿中国人骄傲，也让这个世界为你而发狂！

而我知道，关于这座大桥还有更多奇妙与伟大之处：近13公里长的海底隧道在伶仃洋的腹地轻盈地穿越，几座像翡翠一般嵌在蓝色海洋中的人工岛，以及稳稳地躺在海底深处的每一节堪比航母的33节沉管串成一线，任凭车水马龙风驰电掣地在它腹中穿行……

我当然还知道，仅在这十几公里的海底隧道施工中，中国的工程师创造了537项专利、24项国家和省部级科研成果，以及10余项"世界第一"、两项国际工程大奖！历史如此，稀有一项历时十余年岁月、耗资一千多亿元的重大建筑工程可以在验收时获得满分。但港珠澳大桥的核心工程——岛隧工程则由三地评估专家在严格评审之后给出了99.63的分数，近乎完美！其实，它已经完美。

自然，人们很想知道创造这奇迹的是谁……

他叫林鸣。大桥核心控制工程——岛隧工程项目的总经理、总工程师和党委书记。

一个原本与伶仃洋毫无关系的工程师，因为造桥，使他跟这片大桥结下了不解之缘。林鸣在参与港珠澳大桥之前，已经为珠海造过两座大桥——珠海大桥与淇澳大桥，前者是珠海特区最初的交通命脉，后者是香港、澳门和珠海三地人民探寻跨海相通的第一个梦想。当二十年之后的林鸣再次踏上珠海大地时，他已经是中国交通建设集团的总工程师了！

林鸣新的使命是投身港珠澳大桥建设，并且作为大桥控制性工程的总承包人和技术总负责。

从接受任务的第一天起，富有激情和冲劲的林鸣给自己立了一个誓言：每天晨跑10公里，让自己的步履与漫长的大桥建设岁月一起奔跑……

这一跑，林鸣一直跑到了大桥建成的那一天，时达整整十三年。

最初他迎着晨风、沿伶仃洋海岸跑的时候，那飘来的海风挟带的海水是苦涩的。于是他想起了文天祥那"惶恐滩头说惶恐，伶仃洋里叹伶仃"的千古绝唱。后来，一天又一天晨光里的奔跑中，大桥在海洋里延伸，慢慢地，林鸣感觉这片伶仃洋的海水有些甜了、一直甜到了他的心坎上。

呵，这感觉美极了！

后来，55公里长的港珠澳大桥正式动工开建时，林鸣领受了那段穿越海底的关键性任务——六点七公里长的岛隧工程。那一天开始的晨跑中，林鸣感觉自己的心一下阔如大海，无比激荡……

所谓"岛隧工程"，就是在大海中垒起一个或若干个"人工岛"，随后利用其再深入挖掘并铺设海底隧道。这种风险极高的海洋工程，在国外虽有个别先例，但像港珠澳大桥如此长距离、最深处达四五十米的海底隧道，绝无仅有。

中国人又想创"世界海洋第一工程"？难道他们不怕在伶仃洋上步先人一样的命运吗？外国同行在远远的地方以嘲讽的口吻看着林鸣他们。来自伶仃洋另一岸的同行也在摇头：大陆工程师有能力把桥修建起来，但想建穿越海底的百年跨海大桥，怕是力不从心！

奔跑中的林鸣在默默地下着决心与恒心：为什么我们不能干？中国人应该干出世界超一流的工程来！但奔跑中的林鸣，却被迎面扑来的海水刺痛了：所有的工程建筑标准得按国际标准，而且大桥的建筑设计寿命应是120年，而不是中国标准的100年……

林鸣抹抹脸上的海水，坚定而自信地回答：我们不仅要按国际标准施工，而且还要按最高的一档实施，整个岛隧道工程必须做到"滴水不漏"！

海那边的权威笑了：说这话就意味着有所"漏水"，因为世界上同类工程还没有哪个能保证不滴水！林鸣回敬："滴水不漏"，这是我所担任总指挥和总工程师的这个大桥项目的"唯一标准"和"基本标准"。

林鸣就是这样的人，他认为：港珠澳大桥是气吞山河的大工程，没有气吞山河、至高无上的高标准和"零瑕疵"的严要求，那就不是他和他的团队们所干的活。

一个有远大理想和抱负的完美主义者，其胸怀就是一片浪漫与诗的世界，你不曾抵达他心灵和情怀深处时，是无法理解的。

大桥岛隧道工程包括了最基本的项目：海上"人工岛"建设、海底软基加固及沉管预制和安装等。在离岸数十里的深海区建"人工岛"，在数十米深的软基海底上挖筑一条十几里路长、壁基差异不得大于0.5厘米、且必须经得起巨大海水压力的基槽和预制及安装33个类似航空母舰分量的沉管，并确保整个工程在120年的寿命中保持"滴水不漏"！有人嘲讽林鸣是准备在伶仃洋上为自己设计一个"壮丽的海葬"。

没有人敢对一个一千多亿元的投资项目开玩笑，而且港珠澳大桥，关系到的是香港、澳门和大陆三地人民的百年梦想和国家大战略。林鸣那轮廓分明的脸庞上用严峻回答了别人的疑问。

"陆军"战将要干"海军"将领擅长的"超级海战"，能行吗？有人怀疑也在情理之中。毕竟，林鸣作为建桥筑路的国家队——中国交通建设集团的总工程师，他和他的团队虽在全国各地的陆地和江河上建桥筑路，早已功成名就，但在深海建隧道还是头一回，其实中国人也是头一回担起如此庞大而复杂的超级工程。世界海洋工程权威专家、丹麦科研公司资深经理穆勒先生说："在珠江三角洲建造一条世界最长海底隧道是前所未有的，工程难度直逼技术极限，这是一项破世界纪录的工程。"

世界也在期待中国又一伟大奇迹的诞生。自然，最企盼这奇迹早日变成现实的，是千百年来吃尽伶仃洋隔海之苦的港、珠、澳三地的百姓们。

数十年南征北战于祖国交通战线的林鸣，早已心怀国家"大交通"情结。在他心目中：修桥筑路，何止是为了解决人的出行问题，那是标志一个国家强盛的步履，更是一个时代的人民迈向幸福的企盼。"港珠澳大桥连着港、珠、澳三地人民的未来百年幸福和珠江三角洲的大湾区国家发展战略。作为建设者，我们唯有按照最高标准来为大桥量身定做，再无其他选择。"林鸣无数次对着大海心誓。

举世瞩目的工程，总是有非同寻常的开端与过程。

中国人畅想了百年，又历经了数十年动议和反复论证的"世界级跨海通道"，终于在2009年12月15日拉开了西线"桥头堡"的填海开工战幕。随即，承担大桥最关键性的"岛隧工程"项目，也以"设计施工总承包"的方式，紧锣密鼓地开展起来。

垒筑"人工岛"是第一个硬仗。在外伶仃洋的大海深处，建筑一条全封闭的海底隧道，为的是能让日通5000余艘船只的繁忙航道正常行驶和保护区内的白海豚能够仍旧自由游弋。但林鸣和建设者即遇到了挑战：如果选择世界上惯用的抛石填海法，一则将惊扰和破坏中华白海豚保护区，二则不会少于三年的工期。

"两者皆不可取！"林鸣断然决定另找办法。可在辽阔的大海上能有什么办法快速地"圈"出一个可以保证坚固120年的"岛"来呢？

"痴心妄想吧！"国内自然无例。到国外求助经验，人家给出的结论能噎死人。

林鸣又在奔跑了……奔跑的每一步都在翻阅他的人生往事，就像电影一样。突然，一个童年时代在湖塘戏水的灵感跃入林鸣的脑海：若用一个个大钢圆筒替代抛石填海的围岛方法行吗？如果成，不就避免了工期、白海豚等等"麻烦事"嘛！

"王工，我想用个新法子围海填岛……你好好帮我论证可行不可行！"林鸣激动得立即向建筑工程勘察设计大师王汝凯求教。

"哈，亏你想出这个妙法啊！"手机那一头，王汝凯兴奋道，不过他说，"围填十万平方面积的人工岛，每个大钢圆筒的直径不能少于二十米，而且钢圆筒的高度应有五六十米，这是那里的水深所决定的。这样的话，大钢圆筒的钢板厚度也该有六七厘米……真是个庞然大物啊！"

"可不，一个'大家伙'的面积，就等于一个篮球场大，还要向海底直插几十米深！不知稳定性如何？"林鸣急切地想获得结论。

"这需要测试和实验。但我更担心的是，有没有那么大的振沉装备将这些大'钢桶'准确无误地安装到位，这很关键。"王汝凯说的"振沉装备"，一种使用振动方法使桩具振动而沉入地层的桩工机械。有没有这样的设备是决定是否采用大钢圆筒的关键。

"我们一定想办法解决振沉装备问题！"林鸣知道，国内根本没有这样的装备，国外也只有一次使用两台振沉器的先例，而他现在构想的每一个大钢圆筒重达七千余吨，将如此庞然大物插入海底，则需要八台以上的振沉器同时作业。这样的装备全球无处可觅。

林鸣从体育比赛中的"组合拳"获得了联想，于是从美国APE公司引进一批集震力超大的APE 600型液压振动设备，并请我国振华重工厂家研制完成了八台以上的振沉设备联动组装系统。

"经过多项测试，你的大钢圆筒围岛法可行。"三个月后，王汝凯将团队的成果告诉了林鸣。

"太好了！"欣喜不已的林鸣这时却给对方提出了另一个请求：你们再给做一个大钢圆筒围岛的"不可性"课题。"对百年大计的工程，作为项目总负责人的这种反向思维特别重要。"与林鸣并肩战斗数个大桥项目的港珠澳大桥岛隧工程总设计师刘晓东这样说。

后来王汝凯的团队给出了大钢圆筒围岛无"不可性"的结论。

所有"纸上谈兵"的设计和实验都已顺利圆满。由6万吨特种钢材制成的120个"大钢桶"，振华重工用了半年多时间全部制作完工。这些巨大无比的"天兵天将"们，几乎把振华重工的上海长兴基地所有空地全给"撑"满了。

2010年5月15日那天，当第一个大钢圆筒在万吨巨轮的载运下，稳稳地进入伶仃洋海面时，林鸣带着千余名施工人员在海上列队迎接。大桥东西岸的建设工地上更有万千只目光也在热切地注目着……

伶仃洋海上开始沸腾起来：只见拥有1600吨起重力的"振浮8号"船舶，伸出长长的吊索，稳稳地将振沉系统和大钢圆筒一起吊起，再由施工方自主研发的"钢圆筒打设定位精度管理系统"引导下，正确定位于海水之中。这时，只听现场一声"振沉开始"的号令，8台振动"大锤"同时发声发力——这是世界上最大一套海上振沉系统在负载运转，其势其威，足让云风缓步，足让海水止流。四周，白海豚以优美的姿势，在欢快地跳跃。

此刻，现场所有的施工人员，一起屏住呼吸，目光全都盯在"大桶"与"大锤"之间的均衡振沉点上：一分钟、二分钟；五分钟、十分钟……"振沉成功——！"

"这不可能！不可能这么顺利嘛！"林鸣似乎不敢相信眼前所发生的一切，快步跑到现场指挥孟凡利的身边，急切地问："大孟，好了？"

"好了。"

"钢筒垂直吗？"这是林鸣最紧张的事。

"直。没有比这更直的了，偏差在1/1000之下……"孟凡利两眼眯成一条线，自豪得不行。

"好你个家伙！"林鸣释怀地抡起拳头，朝爱将的胸前重重砸去，然后说，"第一个打得这么好，回去你写篇题为'每一次都是第一次'的文章，好让大桥工程上的所有施工都按今天这个标准做！"

"记住了：'每一次都是第一次'！"从此，"每一次都是第一次"成为大桥岛隧工程建设中的一个基本要求和企业文化。

大钢圆筒深海筑岛，创下第一项世界纪录，而且林鸣带领筑岛团队以快马加鞭的劳动干劲，将两个人工岛的筑岛工期整整缩短了两年。

"世界纪录"再次被刷新。那些曾经抱有极大怀疑态度的外国专家开始叹服起来，甚至说：林鸣创造的钢圆筒快速围岛方法，"掀开了海洋造岛的一个新时代"。

奔跑在"拔地而起"的人工岛上的林鸣，此刻，眺望着被伶仃洋相隔了千百年的两岸同胞，感觉自己的步履更加铿锵、方向格外清晰。因为，在这之前，他经历了一段近似耻辱的经历——

为了给繁忙的伶仃洋预留30万吨巨轮级航运通道和保护中华白海豚的珍贵栖息地，大桥必须有十几公里长的海底隧道。而在四五十米以下的深海软土层安置沉管来实现海底的来回六车道公交等设施，无疑又是一个世界工程史上的"前所未有"。

荷兰籍国际海洋隧道专家汉斯·德威在听说中国要建港珠澳大桥时，就这样断言：这是"全球最具挑战的跨海项目，其中岛隧工程迄今为止是最为复杂的一项工程。谁突破了它，谁就登上了世界海洋工程建设的制高点"。

有人把深海工程与航天工程相提并论，是有其道理的。根据大桥工程设计，林鸣他们承担的岛隧工程的沉管部分，共6.7公里，按照每节沉管平均180米左右的长度计算，就需要33节沉管。不说每节沉管中需要配制的几十条错综复杂的各种线路与装置，仅每个长180米左右、宽38米、高13米的沉管，其单体体量也超过了"辽宁号"航母。设想，要将这33个"大家伙"沉入四五十米深的海底，还必须实现分毫不差的合缝对接和"滴水不漏"的密封，并确保120年里永远安然无恙，是何等功夫和难度？

"最初，我们的工程技术人员听了一些深海沉管的基本知识，就有种恐惧感。因为这样的工程和技术远远超出了我们以往的经验与能力。"林鸣说。

　　选择引进和求请有经验的国外专家及同类装备是明智的做法。林鸣他们不敢轻易贸然，于是便四处寻求合作者。结果十分意外，曾经用过沉管技术的荷兰、丹麦与韩国，其制造沉管的设备早已废弃，至于相关的技术，人家似乎并不情愿出让。"相对友好的公司，也只是让我们远远地看一眼，连最基本的原理都不想向我们公开。"中方总设计师刘晓东说，"后来我们就是靠着一本《隧道》杂志上刊登的一点基本知识，开始了世界海洋工程的顶级技术攻关……"

　　那些日子，林鸣奔跑的脚步慢了下来，一个严峻的现实摆在他的面前：几十米的海底深处，就像魔宫一样，谁能确保几十个"航母"般的沉管安装不出一点意外，之后又怎能保证它120年内"滴水不漏"？

　　工程遇上了超级难题。

　　为求绝对保险，林鸣不得不面带谦和的笑容，去国外寻求那些曾经做过沉管安装的专业团队。

　　有人"接单"了。条件是：可派28位专业人员，但只在大桥沉管安装时前往中国施工点负责现场咨询服务——"整个安装仍由你们自己的人员负责操作。"

　　那么这样的现场技术指导是什么价呢？林鸣谨慎地问。

　　1.6亿欧元。对方写了一个数字，并说：韩国的巨加跨海大桥海底隧道所采取的方式与你们是一样的。

　　"这相当于15亿人民币哪！可我们的沉管安装预算总共才只有4亿人民币！"林鸣回忆起最后一次与这家公司的谈判时，声音有些颤抖，"我问他们：如果我们拿出3亿元人民币的话，能给什么样的服务？对方微微一笑，说：'只能给你们唱一首祈祷歌！'"

"那只能由我们自己干了！"林鸣起身站起的那一刻，他的胸膛像大海一样起伏激荡……

但真要自己干又谈何容易！首先，林鸣与之谈判的那家公司在中国注册了相关专利，并且明确告诉林鸣：如果现在不签合作协议，以后再来找他们的话，十倍价！

显然，人家是要逼林鸣就范。

回国的那一天，林鸣站在伶仃洋上，脑海里回荡的尽是文天祥的那句脍炙人口的诗句：留取丹心照汗青……那一天，他理解了文天祥的悲壮心境：国家不强大，民族何处存？

"坦率地说，中央批准建造港珠澳大桥的那天，就标志着我们国家已经有能力和实力，朝着建世界级大桥的目标前进了！这个信仰，对我们战胜一切困难极其重要。"林鸣说。

国家真的强大了。当林鸣他们选择了"工厂法"预制沉管后，十亿元投资的沉管制造厂在外伶仃洋中的一个叫"桂子岛"的无人岛上建起。这是全世界最现代化的海洋工程预制厂。起初有人说，一个临时工厂，值得这样应有尽有吗？林鸣回答：要在此造一流的装备，就得有一流的工匠。要让近两千名的工匠在这孤岛工作和生活六个春秋，就得建一流的服务体系。于是他亲自上岛指挥建设者用了十四个月打造出一座花园式工厂，甚至还为青年员工修建了一条环岛"情侣路"……"让劳动者获得尊严，才可能让劳动创造出有尊严的工作成果。"这是林鸣一直挂在嘴边的话。无论上岛还是下海域的施工船上，林鸣第一件事就是去看一看正在打扫卫生的工人和最底舱的值班海员。

即使精密的沉管内部制造，也离不开人工捆扎钢筋和搅捣混凝土的细致劳动。地处亚热带的伶仃洋上，一年有三季时间炎热异常。每一个沉管制造过程中，那些搅捣混凝土的工人们常常需要深入十多米深、仅有几十公分狭窄的管槽内作业。为了改善工作环境，林鸣要求现场安装鼓风设备，用冰块带出的冷气，让工人们获得最舒适的劳动条件。

"一个沉管，造价就是1亿多元。每一道设计工序和制作工艺，都是我们自己摸索过程中完成的，所以林总要求我们每时每刻既要有搏浪战海的胆略，又得具备穿针引线般精细，还要像海豚一样灵敏与机智。"刘晓东认为近两千名沉管制造者就是用这种劳动态度，坚守孤岛六年，为大桥隧道工程出色地完成了33节巨型沉管的制造。

然而，制造出沉管，仅是整个大桥岛隧工程的"万里长城第一步"。林鸣团队紧接着所面临的考验，是被国际工程界称为"直逼技术极限"的沉管深埋问题。对此毫无经验的林鸣清楚：倘若他们的工作一旦在某一环节失手，毁的何止是海底隧道，而是整座跨海大桥和国家信誉。

关于沉管的深海埋接方法，有经验的国外权威专家给出的方案仍是"深埋浅做"，但这需要增加十多亿元投资，而且工期至少延长一年多。林鸣紧皱眉头：按"深埋浅做"法，尚可向各方交待。但这不是林鸣所要的，他希望能够找出一条高性价比的新路子。

"晓东，看我们能不能在刚性和柔性之间找到第三条出路。"林鸣把刘晓东叫到办公室，俩人连续扎在资料堆里几天几夜，像两匹倔犟的野马，蹿奔在沉管深埋技术的"刚性"与"柔性"的丛林之中……一时又找不到方向。

"把所有能用得上的人都动员起来！"林鸣说。

攻关的技术人员们又陆续来到大家所熟悉的"智囊室"——这是林鸣为解决项目技术问题而特设的一间会议室。"除了工地，这里是最热闹的地方！"一位工程师对我说，"有一天午后，林总召集我们讨论一个技术方案。因为要放PPT，所以把窗帘拉上了。之后激烈的讨论一直延续了很长时间，等到讨论有结果时，林总伸伸胳膊，欣然宣布散会，并说：今晚我请你们吃夜宵。这时有人拉开帘子，说：林总，太阳都出来了呀！"

"他就是这样一个人：从接下大桥的工程任务起，每天都在想工程上的事。"刘晓东说，"曾经有几个月，我们就是走不出刚性与柔性的沉管结构理论胡同，搞得很绝望。突然有一天凌晨五点十分左右，我的手机上收到一条短信：'尝试研究一下半刚性'。发信人就是林鸣。我一下被他的'半刚性'激动兴奋得从床上跳了起来，随即与他进行了一个多小时的热议……"

林鸣和刘晓东越说越激动，最后连早饭都顾不上吃，便一起来到办公室，比比划划，开始草拟"半刚性"沉管深埋新办法。

一个月后，林鸣正式对外宣布将采用"半刚性"深埋沉管。一时间质疑四起，尤其是那些国外权威，竟毫不客气地冲他说："你们不要刚会走路就想跑！"

林鸣自信而淡然道：任何科学创新，都是留给那些别无办法的探索者的。当我们无路可走时，奔跑就不失为一种选择。他进而解释自己的创新思路：沉管深埋采用"半刚性"的新结构，恰好兼具了刚性和柔性的优点，只需将原来设计的临时预应力替换成新型预应力体系，它是可以成为解决深埋沉管的一个好办法。

经过之后的200多天反复试验与论证，证明"半刚性"结构机理完全过硬可靠。随后，林鸣他们邀请6家国外专业机构，进行"背靠背"的分析计算，结果完全趋同。

"半刚性"沉管深埋方法，一举成为中国工程界又一世界级创新。国际沉管权威专家汉斯先生这样评价：这是中国工程师被迫创新出来的一项世界先进技术，它使复杂的沉管深埋机理有了一个全新的方向。

大海总在向挑战者挑战。

现在，林鸣和全体建桥人要接受他们早已渴望看到的第一个考验：将第一节沉管安放到预定的大海深处……

这是伶仃洋上前所未有的一场奇观：8万吨重的一节沉管安装，从桂子岛的深坞内拖出，到大桥建设的海面，需要拖运14公里的海路，与之一路相伴的拖运船舶就需40余艘，可谓浩浩荡荡，堪比一次军事演习。然而这是中国海洋工程史上的一次空前实战，因为沉管出坞，犹如卫星发射，有去不能回。

"安装前的一周左右，我们每天夜里就看他的房间灯光总是彻夜长明……"项目的同事们说。

"睡不着啊！毕竟，谁也从没做过的事，你得把18大类、300多项风险，像看电影胶片似的逐一翻遍了还生怕有漏……"沉管安放前夜，林鸣就蹲在安装船上，连启动吊车的"船老大"的睡眠他都关照到。尽管在这之前进行过4次沉管安装的预演，但一月只有两个"窗口"期的海域沉管实地安装有太多的不确定性！

2013年五一劳动节后的第一天，庞大的第一节沉管被固定在两艘专用安装船上，再由8艘大马力拖轮牵引、8艘锚艇相陪、12艘海事船警戒护航下，徐徐地向大桥建设的指定点行驶。14公里的水路，"大家伙"整整走了13个小时。

5月6日10时许，沉管开始"深海之吻"……只见两艘沉管核心安装船启动各自的动力系统，有序地控制着数万吨重的"大家伙"渐渐沉入海中，并通过吊索与人工岛上的管节实行对接。"听起来似乎只是两个管节之间的对接，但一个在海面、一个在深海，又都是庞然大物，要实现在斜悬之间分毫不差地对接，其实比穿引绣花针还难！"工程项目部副总工程师尹海卿告诉我：在先前的四次模拟演习中，每一次沉管对接都出现了各种不同的问题。"海水是运动着的，天气等因素也在不断变化。即使我们选择了'风平浪静'的所谓'窗口'，也是相对而言，现场的所有可能都会出现。"

果不其然。本以为一切皆"万事俱备"的安装现场，出现了预料不及的问题：当沉管沉放到入海底基槽时，并没有到达设定的位置便停住了！

"潜水员，下——！"林鸣急令。

十几分钟后，一群潜水员探出水面，报告道：海底水流局部形成小漩涡，一些泥沙被带入基槽上。"多的地方有六七厘米！"

林鸣本想指挥在一旁待命的"金雄"抓斗船上阵，这也是预案之一，但这种个别的小漩涡所形成的基槽浮泥，机械和人工刨除同时进行也许更实际。于是，他向"金雄"船长和潜水员们同时下达命令："你们双管齐下，迅速清除浮泥！"

数小时后，潜水员和抓斗船同时报告：基槽内沉积的浮泥已被清除。与此同时，海底侦察系统的传感数据也送达林鸣手中：沉管可以下潜入槽。

于是，浮悬在水中的"大家伙"又一次开始下潜，直到与早已坚固在海底的基槽合缝。此时，安装在沉管上的拉合系统开始发威，一幕最激动人心的情景出现了：那庞大而斜卧在海底的管节，在远程控制的拉合千斤顶拉合下，缓慢而精确地向预定的方向开始移动，最后与人工岛上的那个同样身材的固定管节"热烈拥抱"在一起……而这并不是沉管对接的全部工序。林鸣和工程师们知道，两个数十万吨重的管节之间的真正对接，还须通过预先安装在各自端面上的一个环状钢板圈和另一个特种橡胶圈，通过巨大的水压使这一刚一柔的管节两端实现严丝合缝的工业对接。之后，还要利用海水涨潮的压力，使管节之间再度进行物理性水压对接。最后的工序是：当两个管节实现上述对接后，形成密闭系统，建设者通过人工岛上的固定管节，打开沉管预设的操作门，然后通过计算机系统，对两节已经"紧紧拥抱"着的沉管做进一步的科学微调，直到理想精度……

"报告林总：E1沉管安装对接完毕，技术标准和精度完全实现！"当现场操作员前来报告时，林鸣长叹一声：总算圆满。他看看表，心算了一下：安装全程，共花去96个小时！

这是惊心动魄的96小时。当林鸣从紧张的状态中回过神时，人工岛上已经有人点燃起鞭炮和烟火，大桥两岸的欢呼声也随之掠过伶仃洋海面，沉管对接现场一片沸腾。

有人发现，此刻的总指挥林鸣则默默地站在一旁，目光格外严峻地凝视着大海……

副总工程师尹海卿悄悄走到他身边，轻声问：想什么呢？

林鸣：这仅是一场三十三分之一的鏖战，不知今后的每一次安装会遇到什么样的事啊！

尹海卿轻轻一笑：知行合一，心诚则灵！

知行合一，心诚则灵！对啊，只要心思到家，便可实现"知成一体"！林鸣似乎又来了精神。

然而大海并不会轻易顺从人意。

2014年11月15日，是安装E15节沉管的"窗口"。出发前的13日，多波探测小组的专家对沉管隧道基床进行的三维扫测证明，安放沉管基床的轮廓清晰，无任何影响施工的异物。但14日再次扫测时，发现基床的垄沟有三四厘米浮泥。但此刻的E15节沉管已被拖出坞区，正在伶仃洋面上。

怎么办？箭在弦上，前方、后方四千余人等着总指挥林鸣的令声。

林鸣神情凝重，一言不发。

"报告——：潜水员刚下海底检测，浮泥密度已经在减小！"

"继续前行！"这回，林鸣断然命令道。

浩荡的船队重新开始向预定的大桥建设点前进。数十艘拖运沉管的船队抵达目的地时，已经又过了八九个小时。林鸣命令潜水员做安装前的再次下潜检测基床情况。

"当时我们内心都很忐忑，怕浮泥重新卷土而来。哪想果不其然，这时的浮泥像疯狂的魔妖一样有意跟我们作对！"项目总设计师刘晓东说："但按照国际标准，我们还是有可能对沉管实施安装的。可是林总为了实现工程'滴水不漏'，他选择了放弃，命令将这节沉管返回坞区。这个选择对林总和所有人来说，都极为痛苦……"

庞大的沉管一次出坞就达数千万元费用，而在安装设计中就没有"返回"一说，且不言回拖一次沉管同样需要几千万元的费用，谁又能确保娇气十足的"大家伙"经得起来回折腾？

"基础不牢，地动山摇！如果继续安装，未来的沉管隧道就存在极大的不确定性。更何况，一旦安装时出现不测，八万吨的'大家伙'要是沉入海底，世界上还没有一台设备可以将其提起，这对中国最繁忙的珠江口航道意味着什么？"林鸣号着沙哑的嗓门说，"这是港珠澳大桥的一条生命线，我们绝不能拿大桥的质量和沉管安全做赌注。中止安装，沉管回航！"

17日16时，E15节沉管回航，编队船顶着五六级大风，小心翼翼地用了24小时，才把"大家伙"安然地拖回了深坞。尽管这是一次无功的回程，但也创造了世界海洋建桥史上的一项奇迹。

险情倏然而至，方向又在何处？安装第E15管节时的海底淤泥来势之凶猛和积聚的数量之多，远不是E1时的那种可以让潜水员、简便抓挖机能清除得了的。于是林鸣紧急请来各路专家商议，最后仍是众说纷纭，没有结果。

大海啊大海，是谁给了你如此神秘莫测的天性与本领？是谁让你如此肆无忌惮和狂妄作对？那些无奈和揪心的日子里，林鸣常常独自蹲在人工岛上，迎着伶仃洋的海风，时不时地掬起一掌水，无数次地这样询问大海。

大海无声。大海似乎也在痛苦地呜咽……林鸣的心突然一颤：难道非海过，而是人之罪吗？

"晓东，咱们走！到上游去看看！"林鸣立即起身，叫上刘晓东等，登上小快艇，直向珠江口上游飞速而去。

天哪！这么多挖沙船呀！最先发出如此感叹的是刘晓东，因为他和林鸣等看到就在他们大桥施工不很远的珠江口上游两岸，竟然有林一般的挖沙船在那里热火朝天地作业着。令下游安装沉管发怵的"恶魔"——海水中的巨量泥沙正是源发于此。

"恶魔！恶魔！"林鸣心中悲愤。但当他们靠近那些挖沙船，打听到这些船只都是"有证"挖沙时，便哭笑不得了！

无奈，为了大桥，林鸣上书广东省政府，恳请政府出面调停珠江口挖沙船的季节。"我们马上协调。"省政府二话没说，即发通知。

伶仃洋的海域泥沙含量迅速下降。林鸣立即命令：E15沉管再次出坞。因为有关部门给出的上游停止挖沙时间是当年的2月11日至5月1日时限。而林鸣发出E15再度出坞的日子是这一年的春节初四。等待了数个月的大桥沉管安装的数千名员工，早已摩拳擦掌。

但E15被拖至距目的地还有三分之一的海域时，前方的对讲机里传来林鸣那近似哽咽的命令：现在我宣布，本次安装推迟，E15再回坞区……

什么？这是为什么？上一次我们几百人72小时连续没打个盹，可那次失败了……这回我们铆足了劲要干一场漂亮仗，可为什么又？……山东大汉宿发强在安装船上跺着双脚，边哭边号着，他这一号一哭，惹得安装沉管现场的前方、后方一片悲情。

"你们哭什么？有什么可号的？海底突然发现了基床尾部有2000多方的淤积物，而且高达八九十厘米，像小山一样地堆垒在那里，我们能把宝贝E15往那里搁吗？啊，你们说能往上搁吗？"林鸣也号了，嗓子沙哑着号，一直号到他发不出声音，只有眼泪在面颊上流个不停……

"这是一次基床石壁像雪崩一样的倒塌，纯属意外，但它给我们的教训是深刻的。"负责海底清淤的工程师梁桁说："林总认为，认识世界的过程，就是为改造世界提供了准备和前提。有些代价必须付出。"

善于思考和解决问题的林鸣，开始找到海洋气象部门和科技单位，研发一套海洋泥沙预报系统和研发一台高精度清淤设备。当上述问题获得圆满结果后，E15先前遇到的意外便迎刃而解。当年3月24日，历尽周折和磨难的E15沉管，第三次踏浪出海，且在40多米深的海底与等候那里许久的E14沉管"亲密拥抱"成功！

这一天，林鸣笑了。数千名现场安装人员笑得更灿烂，许多人笑得溅出了泪花。

"大海无情亦有情，就看你如何对待它了。"常听林鸣这样说。而在建设大桥的日子里，他还有一句话："我的生命已经连着大海，离开一天，全身上下就会产生紧张感。"

真的吗？大桥建设者告诉我：在七年建设大桥的数千个日子里，除了到外地开会的100来天外，他林鸣没有一天不是在海上的工程现场。"33节沉管，每节制造过程和安装过程，都像是我的孩子出生过程，我能舍得离开吗？"他这样比喻。

他更这样做。

大桥在不断向大海延伸。海底隧道一节连着一节在向远方延展……

突然有一天，正在工作着的林鸣胸襟前一片血迹。"林总，你的鼻子怎么啦？"身旁的人惊叫起来。

"怎么啦？我……"林鸣低头一看，好家伙：鼻血流了一身。

"赶紧送医院！"同事们手忙脚乱地帮他止血，但鼻血仍旧畅流不停，于是赶紧将他送到附近的珠江某医院。哪知，竟然在医院内出现了一次错误的手术，结果导致林鸣的鼻血如注地往外喷涌……"一下喷了小半盆！医生和我们全都吓坏了！"项目党委副书记樊建华说。

"林总，无论如何你不能睡着，必须开动脑筋，想你要想的问题！"惊慌失措的医生一边叮嘱林鸣，一边紧急启动抢救方案，并求助上级火速调集专家来援助。

"那之后的十多个小时里，我们紧张得不停地呼唤林总，不让他眯盹，怕出意外。而林总则泰然处之地反倒安慰我们，说：我的脑袋里装满了大桥工程的事，有的是事情可以想呢！"樊建华感慨道，"他就是台'激情机器'，每根神经都连着大海、连着大桥……"

"你怎么可以跑步呀？"大手术第二天，医生早晨起来，看到鼻子上绑着厚厚纱布的林鸣竟然在楼道里小跑，惊得直叫。

林鸣笑笑："习惯了。不走走浑身不舒服。"

第七天，他披着毛毯，悄悄溜出医院，奔跑着上了人工岛，因为这一天又有沉管要在海底安装……"我们都知道走钢丝很艰难，每一次海底安装沉管，就是一次千人走钢丝的过程，我是总指挥，不可能脱离现场！"林鸣经常对自己的团队这样说，"我们每一个人都是在'走钢丝'的人，而且走的是世界上最长、最细的'钢丝'。要实现海底隧道

120年滴水不漏，每个人、每一天、每一个工序都不能懈怠，这就是港珠澳大桥对我们建桥人的历史性要求。"

大桥建设七年，岛隧工程是这七年中最艰巨和艰辛的核心工程。用中交公司建设者们的话说，林鸣就是在这七年中每时每刻都举着显微镜在"走钢丝"的那个工程总指挥。

2017年5月2日凌晨5点50分，当朝阳把第一缕曙光洒向伶仃洋时，万名大桥建设者翘首期盼的海底隧道的最后接头安装的时刻终于到来！

最后一刻，总也最为激动人心和格外壮观：拥有12000吨吊力的我国自制装备"振华30"吊装船首次出场。只见它伸出长长的吊臂，将静待在"振驳28"运输船上的那个重达6000吨的沉管最终接头稳稳吊起，然后一个90度的漂亮旋转，再相继完成"脐带缆"连接、姿态调整、海底条件、基床回淤等等情况复核后，将12米宽的最终接头缓缓沉入30多米的海底，与早已在那里迎接它的E29、E30沉管合缝对接。这样的一次超高难度的"三巨头会师"误差，必须小于1.5厘米……

当晚22点33分。林鸣激动地宣布：最终接头完美着床，平面误差不足0.5厘米！

"奇迹！""世界奇迹！"

后来，令亿万中国人激动无比的电影《厉害了，我的国》中的第一个镜头，就是林鸣指挥沉管隧道最终接头的现场情形。跟着镜头走的是林鸣的一段旁白：如果每一个行业都去实现一个梦想，那这个国家将会变得无比强大。

2018年10月23日，这一天，国家主席习近平来到大桥，宣布"港珠澳大桥正式开通"。后来，习主席在四周烟波浩渺、海天一色的人工岛上，与林鸣和他的建桥团队骨干一一握手，并与之亲切交谈。习主席指出，港珠澳大桥是国家工程、国之重器。你们参与了大桥的设计、建设，发挥聪明才智，克服了许多世界级难题，集成了世界上最先进的管理技术和经验，保质保量地完成了任务，我为你们的成就感到自豪。

合影时，林鸣就站在习主席的身边。那一刻，林鸣感到无限幸福，眼里不停地闪动着泪光……

后来，他告诉我，那天当他看着自己和万余名建桥团队用了整整七年时间建起的大桥上出现车水马龙的情景时，他才真切地明白了大桥的意义。第二天，他发来一张背景是大桥的晨跑照片。他说，他和他的团队，已经遵照习近平主席的教导，重整行装又将奔赴一座新的大桥。

呵，那瞬间，我突然神思飞扬起来：林鸣和他的团队，不就是担负祖国重任的"大桥"吗？这"大桥"如时代奔涌的海潮，在不断向未来延伸、延伸……

（原载《人民日报》2018年9月5日，原题《那片开始甜了的海》，

收入本书时作者做了一定的补充与修改）

附录

中国当代报告文学作品（1949—2019年）存目

（排序不分先后）

华　山		《童话的时代》	1955.9作，收入《远航集》，中国青年出版社，1960.5
柳　青		《一九五五年秋天在皇甫村》	《散文特写选》，人民文学出版社，1956
李若冰		《柴达木手记》	作家出版社，1959
王　石	房树民	《为了六十一个阶级弟兄》	《人民日报》，1960.2.29
魏钢焰		《红桃是怎么开的？》	《人民文学》，1963年7～8期
徐　迟		《地质之光》	《人民文学》，1977年10期
黄　钢		《亚洲大陆的新崛起》	《人民日报》，1978.1.7
理　由		《扬眉剑出鞘》	《新体育》，1978年6期
穆　青　陆拂为廖由滨		《为了周总理的嘱托》	《人民日报》，1978.3.14
柯　岩		《船长》	《人民文学》，1979年11期
黄宗英		《大雁情》	《十月》，1979年1期
		《小木屋》	《文汇月刊》，1983年5期；福建人民出版社，1984
杨匡满　郭宝臣		《命运》	《当代》，1979年2期；人民文学出版社，1980
张书绅		《正气歌》	《鸭绿江》，1979年5期

程树臻		《励精图治》	《当代》，1980年2期
张 锲		《热流———河南漫行记》	《当代》，1980年4期
鲁 光		《中国姑娘》	《当代》，1981年5期
乔 迈		《三门李轶闻》	《春风》，1981年6期
孟晓云		《胡杨泪》	《文汇月刊》，1984年4期
李延国		《中国农民大趋势》	《解放军文艺》，1985年5期
李延国	李庆华	《根据地》	泰山出版社，2015.4
钱 钢		《唐山大地震》	解放军文艺出版社，1986
涵 逸		《中国的"小皇帝"》	《中国作家》，1986年3期
袁厚春		《百万大裁军》	《昆仑》，1987年2期
徐志耕		《南京大屠杀》	《昆仑》，1987年6期
胡 平	张胜友	《世界大串连》	《当代》，1988年1期
胡 平		《情报日本》	东方出版中心，2008.5
张胜友	徐 锋	《百年潮·中国梦》	《人民日报》，2014.5.27
赵 瑜		《强国梦》	《当代》，1988年2期
		《寻找黛莉》	《中国作家·纪实》，2009年12期
赵 瑜	胡世全	《革命百里洲》	中国青年出版社，2003.12
董汉河		《西路军女战士蒙难记》	《西北军事文学》，1988年2期； 解放军文艺出版社，1989.1
徐 刚		《伐木者，醒来！》	《新观察》，1988年2期
		《国难》	《报告文学》，2003年9期
贾鲁生	高建国	《丐帮漂流记》	山东文艺出版社，1988.5
麦天枢		《西部在移民》	《解放军文艺》，1988年5期
王宏甲		《无极之路》	解放军文艺出版社，1990.6
		《智慧风暴》	新华出版社，2000

	《中国新教育风暴》	北京出版社，2004.8
	《塘约道路》	《人民文学》，2017年1期
杨守松	《昆山之路》	《雨花》，1990年11期
黄传会	《"希望工程"纪实》	《当代》，1993年1期
邢军纪　曹岩	《商战在郑州》	《十月》，1993年1期
曹　岩　马泰泉等	《极度威胁》	作家出版社，2015.7
邓　贤	《中国知青梦》	人民文学出版社，1993.4
一　合	《黑脸》	《中国作家》，1995年2期
李鸣生	《飞向太空港》	《当代》，1991年1期
	《震中在人心》	上海文艺出版社，2009.4
	《千古一梦》	江西人民出版社、百花洲文艺出版社，2009.5
金　辉	《恸问苍冥———日军侵华暴行备忘录》	解放军文艺出版社，1995.6
郭晓晔	《东方大审判———审判日本侵华战犯纪实》	解放军文艺出版社，1995.6
杨黎光	《没有家园的灵魂》	九洲图书出版社，1996
	《生死一线———嫩江万名囚犯千里生死大营救》	《报告文学》，2000年2期
	《瘟疫，人类的影子———"非典"溯源》	《中国作家》，2003年8期；人民文学出版社，2003.12
王家达	《敦煌之恋》	《当代》，1996年4期
何建明	《落泪是金》	中国青年出版社，1998
	《中国高考报告》	华夏出版社，2000
	《根本利益》	作家出版社，2002
	《部长与国家》	新世界出版社，2006.1

	《精彩吴仁宝》	山东文艺出版社，2007.2
	《生命第一》	浙江文艺出版社，2008.10
	《南京大屠杀全纪实》	江苏教育出版社，2014.12
	《那山，那水》	红旗出版社，2017.9
	《浦东史诗》	上海文艺出版社，2018.10
	《那片开始甜了的海》	《人民日报》，2018.9.5
何建明（执笔） 厉　华	《忠诚与背叛：告诉你一个 真实的红岩》	重庆出版社，2011.6
陈桂棣	《淮河的警告》	人民文学出版社，1999
梅　洁	《西部的倾诉——中国西部女性 生存状况忧思录》	《报告文学》，2000年7期
	《大江北去》	北京十月文艺出版社，2007
毛　毛	《我的父亲邓小平（文革岁月）》	中央文献出版社，2000.10
徐光耀	《昨夜西风凋碧树》	北京十月文艺出版社，2001
李春雷	《宝山》	花山文艺出版社，2002.10
	《摇着轮椅上北大》	光明日报出版社，2007.3
	《朋友——习近平与贾大山 交往纪事》	《光明日报》，2014.4.21
张积慧	《护士长日记——写在 抗非典的日子里》	广东教育出版社，2003.5
曲　兰	《老年悲歌》	《北京文学》，2003年6期
杨晓升	《只有一个孩子》	华艺出版社，2004.6
李林樱	《生存与毁灭》	四川人民出版社，2004
	《啊，黄河…… ——万里生态大灾难调查》	文汇出版社，2006

周　勃	《民以何食为天		
	——中国食品安全现状调查》	《报告文学》，2004年9期	
徐　剑	《东方哈达》	百花洲文艺出版社，2005.1	
党益民	《用胸膛行走西藏》	解放军文艺出版社，2005.1	
	《守望天山》	《北京文学》，2009年6期	
张洪涛	《国殇——国民党正面战场		
	抗战纪实》	团结出版社，2005.3	
彭学明	《两地书·母子情》	《民族文学》，2005年3期	
刘元举　康锦达	《人民代表冯有为》	《北京文学·精彩阅读》，2005年3期	
刘元举	《啼血试验		
	——朱清时和他的南科大命运》	《北京文学·精彩阅读》，2011年9期	
魏荣汉　董江爱	《昂贵的选票		
	——"230万元选村官事件"再考》	《报告文学》，2005年5～6期	
季羡林	《学海泛槎——季羡林自述》	华艺出版社，2005.5	
蒋　巍　徐　华	《丛飞震撼》	作家出版社，2006.1	
蒋　巍	《闪着泪光的事业——和谐号：	《人民日报》，2010.6.11	
	"中国创造"的加速度》		
朱晓军	《天使在作战》	《北京文学·精彩阅读》，2006年6期	
	《"乌坎事件"调查》	《北京文学·精彩阅读》，2015年3期	
朱晓军　李　英	《让百姓做主——浙江省		
	琴坛村罢免村主任纪事》	《北京文学·精彩阅读》，2011年4期	
黄传会	《我的课桌在哪里？》	人民文学出版社，2006.6	
	《中国新生代农民工》	人民文学出版社，2011.9	
王树增	《长征》	人民文学出版社，2006.9	
	《解放战争》	人民文学出版社，2009.8	

刘国强	《日本遗孤》	辽宁人民出版社，2011.9
	《祖国至上———战略科学家 黄大年"飞行记录"》	《北京文学·精彩阅读》，2018年7期
李 迪	《丹东看守所的故事》	群众出版社，2011
叶多多	《一个人的滇池保卫战》	《北京文学·精彩阅读》2012年2期
阎 纲	《美丽的夭亡———女儿病中的 日日夜夜》	《北京文学·精彩阅读》2012年5期
冯 锐	《亮剑湄公河———中国警方 "10·5"案件侦破纪实》	《啄木鸟》，2012年10期
聂还贵	《中国，有一座古都叫大同》	中华书局，2012.8
肖亦农	《毛乌素绿色传奇》	远方出版社，2012.3
徐世立	《一个孩子的战争》	人民文学出版社，2012.1
丁 燕	《低天空：珠三角女工的痛与爱》	《北京文学·精彩阅读》，2013年2期
阿 来	《瞻对：两百年康巴传奇》	《人民文学》，2013年8期
朝 煜	《面对大海的诉说》	《北京文学·精彩阅读》，2014年10期
紫 金	《泣血长城》	《中国作家·纪实》，2014年10期
徐锦庚	《懒汉治村》	《人民日报》，2014.3.19
马 娜	《天路上的吐尔库》	《人民日报》，2014.10.18
丰 收	《西长城———新疆兵团一甲子》	人民文学出版社，2014.9
李朝全	《梦想照亮生活：盲人穆孟杰和 他的特教学校》	河北教育出版社，2014.3
周 芳	《重症监护室———ICU手记》	《北京文学·精彩阅读》，2015年11期
弋 舟	《我在这世上太孤独》	《美文》，2015年3期
吕 铮	《猎狐行动》	作家出版社，2015.2
张向持	《圣殿———1959—1961：信阳	

	大饥荒沉思录》	线装书局，2015.3
丁晓平	《另一半二战史	
	——1945·大国博弈》	华文出版社，2015.7
黄志雄	《知青家长李庆霖》	中共中央党校出版社，2015.10
白　描	《秘境：中国玉器市场见闻录》	北京十月文艺出版社，2016.1
许　晨	《第四极：中国"蛟龙号"	
	挑战深海》	作家出版社、青岛出版社，2016.4
丁一鹤	《东方白帽子军团》	《中国作家·纪实》，2016年7期
艾　平	《一个记者的九年长征》	《人民文学》，2016年10期
冯骥才	《地狱一步到天堂：韩美林口述史》	《收获》，2016年6期
陈启文	《袁隆平的世界》	湖南文艺出版社，2016.12
张子影	《试飞英雄》	安徽人民出版社、安徽文艺出版社，2017.2
宁　肯	《中关村笔记》	北京十月文艺出版社，2017.4
长　江	《天开海岳——走近港珠澳大桥》	人民文学出版社，2018.8

1977—1991年全国优秀报告文学奖获奖作品篇目

（中国作家协会主办）

1977—1980年全国优秀报告文学获奖作品

《哥德巴赫猜想》	徐迟	《人民文学》	1978年第1期
《地质之光》	徐迟	《人民文学》	1977年第10期
《大雁情》	黄宗英	《十月》	1979年第1期
《美丽的眼睛》	黄宗英	《上海文艺》	1978年第6期
《船长》	柯岩	《人民文学》	1979年第11期
《特邀代表》	柯岩	《人民日报》	1980年4月26日
《中年颂》	理由	《北京文艺》	1979年第11期
《扬眉剑出鞘》	理由	《新体育》	1978年第6期
《热流——河南漫行记》	张锲	《当代》	1980年第4期
《励精图治》	程树臻	《当代》	1980年第2期
《命运》	杨匡满、郭宝臣	《当代》	1979年第2期
《祖国高于一切》	陈祖芬	《人民日报》	1980年10月2日
《从悬崖到坦途》	雷铎	《解放军文艺》	1979年第6期
《彭大将军回故乡》	翟禹钟、何立庠、	《中国青年》	1979年第3期

	罗海鸥、汪立仁		
《铁托同志》	刘白羽	《人民文学》	1980年第4期
《一封终于发出的信》	陶斯亮	《诗刊》	1979年第1期
《为了周总理的嘱托》	穆青、陆拂为、	《人民日报》	1978年3月14日
	廖由滨		
《勇士：历史的新时期需要你》	韩少华	《人民日报》	1980年11月1日
《笼鹰志》	李玲修	《人民文学》	1980年第2期
《正气歌》	张书绅	《鸭绿江》	1979年第5期
《赤子之心》	杨笑影	《解放军文艺》	1979年第5期
《无声的浩歌》	任斌武	《人民文学》	1980年第8期
《历史之章》	金河	《鸭绿江》	1979年第10期
《划破夜幕的陨星》	王晨、张天来	《光明日报》	1980年7月21、22日
《爱情的凯歌》	艾蒲、向明、	《解放军报》	1979年4月12日
	郭光豹		
《写在她远行的路上》	马继红、王宗仁	《人民文学》	1980年第8期
《从青工到副教授》	杨世远、孙兴盛、	《中国青年》	1979年第5期
	史祥鸾		

1981—1982年全国优秀报告文学获奖作品

《中国姑娘》	鲁光	《当代》	1981年第5期
《三门李轶闻》	乔迈	《春风》	1981年第6期
《废墟上站起来的年轻人》	李延国	《泉城》	1981年第8期
《共产党人》	陈祖芬	《人民日报》	1982年6月28日
《一片叶子》	刘真	《人民日报》	1981年5月4日

《橘》	黄宗英	《人民文学》	1982年第2期
《还是那双眼睛》	孟晓云、丛林中	《人民日报》	1982年9月13日
《希望在人间》	理由	《人民文学》	1981年第10期
《"蓝军司令"》	江永红、钱钢	《解放军文艺》	1981年第8期
《癌症≠死亡》	柯岩	《北京文学》	1982年第7期
《刑天舞干戚》	徐迟	《人民文学》	1982年第5期
《播鲁迅精神之火》	何启治、刘茵	《当代》	1981年第5期
《大洋的此岸和彼岸》	蒋巍(执笔)、贾宏图	《人民文学》	1981年第4期
《啊,龙!》	李君旭	《当代》	1982年第3期
《海河边的一间小屋》	肖复兴	《文汇月刊》	1982年第9期
《足球教练的婚姻》	李玲修	《人生》	1982年第3期
《河那边升起一颗星》	朱秀海、袁厚春	《解放军文艺》	1981年第12期
《继母》	韩少华	《当代》	1982年第6期
《爱的暖流》	牟崇光、桑恒昌	《山东文学》	1981年第9期
《生命的近似值》	黄尧、朱运宽	《边疆文艺》	1981年第11期
《她心中有个明亮的世界》	向义光、张飙	《中国青年》	1981年第21期
《路的呼喊》	凤章	《雨花》	1981年第2期

1983—1984年全国优秀报告文学获奖作品

《省委第一书记》	袁厚春	《昆仑》	1984年第4期
《访苏心潮》	王蒙	《十月》	1984年第6期
《小木屋》	黄宗英	《文汇月刊》	1983年第5期
《在这片国土上》	李延国	《解放军文艺》	1983年第10期

《"两用人才"的开发者们》	徐志耕、程童一、陶正明	《解放军文艺》	1983年第2期
《希望在燃烧》	乔迈	《当代》	1984年第3期
《开拓者》	那家伦	《民族文学》	1984年第2期
《热血男儿》	李士非	《花城》	1984年第6期
《催人复苏的事业》	陈祖芬	《人民日报》	1983年1月3日
《恶魔导演的战争》	刘亚洲	《解放军文艺》	1983年第5期
《生当作人杰》	肖复兴	《北方文学》	1984年第1期
《原野在呼唤》	王兆军	《报告文学》	1984年第6期
《中国的回声》	陈冠柏、周荣新	《江南》	1984年复刊号
《古老的东方有一条龙》	贾鲁生、王光明	《解放军文艺》	1984年第12期
《南方大厦》	理由	《人民文学》	1984年第8期
《玛丽·若瑟的选择》	林亚光	《报告文学》	1984年第10期
《长河精英》	岳非丘、邹越滨	《人民文学》	1984年第1期
《奔涌的潮头》	江永红、钱钢	《昆仑》	1984年第3期
《在大时代的弯弓上》	蒋巍	《人民文学》	1983年第11期
《胡杨泪》	孟晓云	《文汇月刊》	1984年第4期
《她在丛中笑》	贾宏图	《报告文学》	1983年第7期
《塞外传奇》	孟驰北、张列	《当代》	1983年第4期
《冰海沉船》	吴民民	《萌芽》	1984年第10期
《南通虎》	周嘉俊	《文汇月刊》	1984年第11期

1985—1986年全国优秀报告文学获奖作品

《中国农民大趋势》	李延国	《解放军文艺》	1985年第5期
《倾斜的足球场》	理由	《人民文学》	1985年第7期
《唐山大地震》	钱钢	《解放军文艺》	1986年第3期
《多思的年华》	孟晓云	《十月》	1986年第5期
《万家忧乐》	霍达	《当代》	1986年第6期
《理论狂人》	陈祖芬	《人民文学》	1986年第7期
《中国的"小皇帝"》	涵逸	《中国作家》	1986年第3期
《北京失去平衡》	沙青	《报告文学》	1986年第4期
《黑色的七月》	陈冠柏	《文汇月刊》	1986年第11期
《在人的另一世界》	胡平、张胜友	《文汇月刊》	1985年第12期
《魂系中华》	赵军	《中国青年报》	1986年11月7日
《蒙山沂水》	彭雁华、彭雁平	《人民文学》	1986年第4期
《人生环行道》	蒋巍	《文汇月刊》	1985年第11期
《中国男子汉》	鲁光	《中国作家》	1985年第1期
《当年他们多年轻》	何晓鲁	《昆仑》	1985年第5期
《法兮归来》	凤章	《啄木鸟》	1986年第2期
《知识的罪与罚》	郭慎娟	《报告文学》	1985年第11期
《一个成功者和他的影子》	罗达成	《北方文学》	1986年第4期
《市长张铁民》	和谷	《延河》	1985年第5～6期

1990—1991年度全国优秀报告文学获奖作品

（以得票多少为序，票数相同者以发表或出版时间先后为序）

长篇

《无极之路》	王宏甲	解放军文艺出版社	1990年6月
《沂蒙九章》	李存葆、王光明	作家出版社、《人民文学》	1991年第11期
《走出古老的寓言》	长江（蒙古族）	中国工人出版社	1990年1月
《深圳的斯芬克思之谜》	中共深圳市委宣传部写作组	海天出版社	1991年12月
《通向世界屋脊之路》	王戈	《西北军事文学》	1991年第11期
《神农架之野》	曾凡华、李德禄	解放军出版社	1990年11月
《昆山之路》	杨守松	江苏文艺出版社	1991年1月
《走向天堂》	陈澍	作家出版社	1991年8月

中短篇

《神秘王国的领衔主刀》	江奇涛	《红十字星座》	1991年第6期
《黄土地，黑土地》	马役军	《当代》	1991年第5期
《疯狂的盗墓者》	曹岩、邢军纪	《十月》	1991年第3期
《雪域战神》	燕燕、张卫明	《十月》	1991年第5期
《蓝色太平洋》	江宛柳	《人民文学》	1990年第7～8期
《一颗遗落在荒原的种子》	白描	《家庭》	1991年第6期
《莽昆仑》	徐志耕	《解放军文艺》	1991年第7期
《塔克拉玛干生命的辉煌》	罗盘	《中国作家》	1991年第5期
《人民子弟》	江深、陈道阔	《昆仑》	1991年第6期

《冲击亚洲的坎坷》	孙晶岩	《传记文学》	1990年第4期
《藜鏊》	杨景民	《四川文学》	1991年第4期
《大森林的回声》	贾宏图	《人民文学》	1990年第9期
《人生的课题》	刘富道	《中国作家》	1991年第3期
《鲲鹏展翅》	朱大建	《萌芽》	1990年第10期
《极光下的梦》	王作人、王守义	《中国作家》	1991年第1期
《渭北高原，关于一个人的回忆》	陈忠实、田长山	《陕西日报》	1991年5月
《千日养兵》	傅剑仁、张同明	《昆仑》	1991年第5期
《她的中国心》	徐福铎	《中流》	1990年第8期
《奥迪迎面驶来》	李玲修	《人民日报》	1990年11月
《中国留日学生心态录》	吴民民	《小说界》	1991年第2期
《永远是黎明》	周嘉俊	《文汇报》	1991年5月
《汪洋中的安徽》	郭传火（回族）	《民族文学》	1991年第10期
《孔雀西南飞》	陈祖芬	《十月》	1991年第6期
《飞向太空港》	李鸣生	《当代》	1991年第1期
《原动力的潜层开掘》	蔡子谔	《长城》	1991年第4期

鲁迅文学奖全国优秀报告文学奖获奖作品篇目

（中国作家协会主办）

第一届（1995—1996年）

《锦州之恋》	邢军纪　曹　岩	解放军出版社，1995年
《灵魂何归———王建业特大受贿案探微》	杨黎光	九洲图书出版社，1996年
（亦名：《没有家园的灵魂》）		
《黄河大移民：三门峡移民始末》	冷　梦	《中国作家》，1996年第2期
《黑脸———当代包公传奇》	一　合	作家出版社，1995年
《恸问苍冥：日军侵华暴行备忘录》	金　辉	解放军文艺出版社，1995年
《没有掌声的征途》	江宛柳	解放军文艺出版社，1998年
《东方大审判：审判日军侵华战犯纪实》	郭晓晔	解放军文艺出版社，1995年
《温故戊戌年》	张建伟	《青年文学》，1995年第10期
《淮河的警告》	陈桂棣	《当代》，1996年第2期
《大国长剑：中国战略导弹部队纪实》	徐　剑	作家出版社，1995年
《敦煌之恋》	王家达	《当代》，1996年第4期
《共和国告急》	何建明	《青年文学》，1996年第5～6期
《走出地球村》	李鸣生	人民文学出版社，1995年

| 《开埠：中国南京路150年》 | 程童一等 | 昆仑出版社，1995年 |
| 《毛泽东和蒙哥马利》 | 董保存 | 《北京文学》，1995年第5期 |

第二届（1997—2000年）

《落泪是金》	何建明	中国青年出版社，1998年
《远东朝鲜战争》	王树增	解放军文艺出版社，1999年
《西部的倾诉——中国 西部女性生存现状忧思录》	梅　洁	《报告文学》，2000年第7期
《中国863》	李鸣生	山西教育出版社，1998年
《生死一线——嫩江万名囚犯千里生死大营救》	杨黎光	《报告文学》，2000年第2期

第三届（2001—2003年）

《中国有座鲁西监狱》	王光明　姜良纲	《人民文学》，2001年第12期 作家出版社，2002年9月
《宝山》	李春雷	花山文艺出版社，2002年10月
《瘟疫，人类的影子——"非典"溯源》	杨黎光	《中国作家》，2003年第8期 人民文学出版社，2003年12月
《西藏最后的驮队》	加央西热（藏族）	北京十月文艺出版社，2003年10月
《革命百里洲》	赵瑜、胡世全	中国青年出版社，2003年12月

第四届（2004—2006年）

《天使在作战》	朱晓军	《北京文学》，2006年第6期
《部长与国家》	何建明	《中国作家》，2004年第10期
		新世界出版社，2006年1月
《用胸膛行走西藏》	党益民	解放军文艺出版社，2005年1月
《中国新教育风暴》	王宏甲	北京出版社，2004年8月
《长征》	王树增	人民文学出版社，2006年9月

第五届（2007—2009年）

《震中在人心》	李鸣生	上海文艺出版社，2009年4月
		《中国作家·纪实》，2009年第5期
《生命的呐喊》	张雅文	新华出版社，2007年12月
《感天动地——从唐山到汶川》	关仁山	河北教育出版社，2008年7月
《解放大西南》	彭荆风	云南美术出版社，2009年7月
		《中国作家·纪实》，2009年
		第8期
《胡风案中人与事》	李洁非	《钟山》，2009年第5期

第六届（2010—2013年）

| 《中国新生代农民工》 | 黄传会 | 人民文学出版社，2011年7月 |
| 《粮道》 | 任林举 | 吉林人民出版社，2011年8月 |

《毛乌素绿色传奇》	肖亦农	远方出版社，2012年3月
		《中国作家·纪实》，2012年第6期
《中国民办教育调查》	铁流、徐锦庚	《中国作家·纪实》，2012年第11期
		作家出版社，2013年3月
《底色》	徐怀中	人民文学出版社，2013年4月

第七届（2014—2017年）

《朋友——习近平与贾大山交往纪事》	李春雷	中国言实出版社，2014年6月
《西长城——新疆兵团一甲子》	丰收	人民文学出版社，2014年9月
《第四极：中国"蛟龙"号挑战深海》	许晨	《中国作家·纪实》，2015年第11期
		作家出版社、青岛出版社，2016年4月
《大森林》	徐刚	北京十月文艺出版社，2017年5月
《乡村国是》	纪红建	《中国作家》，纪实版2017年第9期
		湖南人民出版社，2017年9月

图书在版编目 (CIP) 数据

中华人民共和国成立 70 周年优秀文学作品精选　报告
文学卷：全 2 册 / 李朝全主编 . — 北京：北京十月文
艺出版社，2019.9
　ISBN 978-7-5302-1966-9

Ⅰ . ①中… Ⅱ . ①李… Ⅲ . ①中国文学—当代文学—
作品综合集②报告文学—作品集—中国—当代 Ⅳ .
① I217.1

中国版本图书馆 CIP 数据核字 (2019) 第 114802 号

中华人民共和国成立 70 周年优秀文学作品精选　报告文学卷
ZHONGHUA RENMIN GONGHEGUO CHENGLI 70 ZHOUNIAN
YOUXIU WENXUE ZUOPIN JINGXUAN　BAOGAOWENXUE JUAN
李朝全　主编

出　　版　北京出版集团公司
　　　　　北京十月文艺出版社
地　　址　北京北三环中路 6 号
邮　　编　100120
网　　址　www.bph.com.cn
发　　行　新经典发行有限公司
　　　　　电话（010）68423599
经　　销　新华书店
印　　刷　固安县铭成印刷有限公司
版　　次　2019 年 9 月第 1 版
　　　　　2019 年 9 月第 1 次印刷
开　　本　880 毫米 ×1230 毫米　1/32
印　　张　38.25
字　　数　949 千字
书　　号　ISBN 978-7-5302-1966-9
定　　价　159.00 元
质量监督电话　010-58572393
如有印装质量问题，由本社负责调换。